国家社科基金重大招标项目"19世纪西方文学思潮研究"阶段性成果　　总主编　蒋承勇

19世纪
西方文学思潮现代阐释

主编　马　翔　杨　希

浙江工商大学出版社
ZHEJIANG GONGSHANG UNIVERSITY PRESS

图书在版编目(CIP)数据

19世纪西方文学思潮现代阐释 / 蒋承勇总主编；马翔,杨希主编. —杭州：浙江工商大学出版社,2022.8
ISBN 978-7-5178-4970-4

Ⅰ.①1… Ⅱ.①蒋… ②马… ③杨… Ⅲ.①文艺思潮—研究—西方国家—19世纪 Ⅳ.①I109.9

中国版本图书馆CIP数据核字(2022)第093044号

19世纪西方文学思潮现代阐释

19 SHIJI XIFANG WENXUE SICHAO XIANDAI CHANSHI

总主编：蒋承勇　主编：马　翔　杨　希

出 品 人	鲍观明
责任编辑	唐　红
责任校对	张春琴　何小玲
封面设计	屈　皓
责任印制	包建辉
出版发行	浙江工商大学出版社
	(杭州市教工路198号　邮政编码310012)
	(E-mail:zjgsupress@163.com)
	(网址:http://www.zjgsupress.com)
	电话:0571-88904980,88831806(传真)
排　　版	杭州朝曦图文设计有限公司
印　　刷	浙江全能工艺美术印刷有限公司
开　　本	710 mm×1000 mm　1/16
印　　张	52.25
字　　数	825千
版 印 次	2022年8月第1版　2022年8月第1次印刷
书　　号	ISBN 978-7-5178-4970-4
定　　价	228.00元

"重返19世纪"与外国文学研究话语更新

——以西方文学思潮研究为例

一、何言"重返"？

不少人认为,西方文学的19世纪离我们已比较遥远了,尤其是,从五四迄今100多年来,我国学界对它的研究与认识已比较深入,缺少可资借鉴的新资源,这是一个"陈旧"的学术领域。殊不知,由于百余年来本土社会历史和学术文化发展的特殊性,我们对19世纪西方文学的研究显然失之粗疏,并且,迄今开垦这块文学土壤者还为数甚寡,而追捧20世纪现代主义文学者则为数甚众(从20世纪80年代至今依然如此),因此可以说,西方文学的19世纪仍然是一片有待深耕细作的学术研究的肥田沃土。20世纪西方现代主义文学当然是值得研究的,不过,其为人称道之"创新",源头却在19世纪,因此,"创新"并不意味着与19世纪文学的"断裂"。更何况,19世纪西方文学本身的历史贡献是巨大的,它是整个西方文学发展史上辉煌之巅峰,作为学术研究的重要领域,对其发掘与阐释的深入、准确、全面与否,直接指涉了本土外国文学研究甚至文学理论、现当代文学研究之知识谱系和学术话语体系之基础与构架——19世纪西方文学与本土之文学理论及现当代文学有着密切之关联。

一段时期内,我国学界关于"重写文学史"的讨论十分热闹,也取得了不少成果,但是,如何突破文学史写作中的瓶颈,却依然是摆在我们面前的十分紧迫的重要课题,在外国文学研究领域尤其如此。本土各种集体编撰的西方文学史或者外国文学史(教材),大都以作家列传和作品介绍的形式呈现,对文学历史的展开,既缺乏生动真实的描述,又缺乏有说服力的深度阐释;同时,用偏于狭隘的文学史观所推演出来的观念去简单地论定作家、作品,也是这种文学史(教材)的常见做法。此等情形长期、普遍地存在,可以用文学(史)研究中文学思潮研究这一综合性层面的缺席来解释,而这也许正是重写西方文学史和外国文学史长期难以获得突破的瓶颈之一,其间也指涉了外国文学研究和文学史叙述之话语体系的更新与重构的问题。

19 世纪以降,西方文学的发展与演进大多是在与传统的激烈冲突中以文学"思潮""运动"的形式展开的,因此,研究最近 200 余年的西方文学史时,如果不重视对文学思潮的研究,势必会因缺失对其宏观把握而失之偏颇。在当下显得不无浮躁的学术氛围中,如何实实在在、脚踏实地、切实有效地推进文学思潮研究,显然是摆在对外国文学研究持有一份真诚和热情的学人面前的一个既带有总体性又带有突破性的重大学术工程。

20 世纪伊始,19 世纪西方文学思潮陆续在中国传播,对本土文坛产生了重大影响,可谓是五四新文学革命的催化剂。浪漫主义、现实主义、自然主义、象征主义、唯美主义、颓废主义等主要文学思潮大致以共时态方式在中国文坛流行,本土学界对它们的研究也随之展开。不过,不同的文学思潮在我国受青睐的程度是各不相同的。它们在本土文坛经历了一段时间的热闹纷繁后,由于接受主体之期待视野的特殊性,各自遭遇了"冷""热"不一的待遇。20 世纪 20 年代中后期,与本土国情和文化传统更为贴近的现实主义(写实主义)获得了最高的"礼遇",在中国学界与文坛获得了主导地位,浪漫主义也多少受到了一定的重视,其他的思潮流派都受到了不同程度的冷落。中华人民共和国成立后,现实主义的旗帜依旧得以高扬,浪漫主义也因其有"理想主义"精神而得到部分的肯定。不过,在理论形态上,后来它们分别演变成了"社会主义现实主义"与"革命浪漫主义",或者"革命现实主义"与"革命浪漫主义""两结合"的形态。20 世纪 70 年代末 80 年代初,现实主义"独尊"的局面有所改变,学界对浪漫主义、自然主义、象征主义、唯美主义和颓废派的研究陆续展开。但是,随着改革开放历史步伐的快速迈进,西方现代主义以一种学术时尚在本土文坛和学界大受推崇和追捧,19 世纪西方文学则被认为是"过时"

"陈旧"的东西而备遭冷落。此等情境,在很大程度上搁置了我国学界对19世纪西方文学思潮的深入研究与阐释,从学术话语的角度看,面目显得陈旧而古板。

纵观100多年来19世纪西方诸文学思潮在中国的传播与接受过程可以发现:本土学界对19世纪西方文学思潮在学理认知上始终存在系统的重大误判或误读;较之西方学界,我们对它的研究也严重滞后,即便是对我们自以为十分了解的现实主义,实际上理解与研究也存在诸多偏见、偏颇及误区。这些都在不同角度和程度上为笔者强调外国文学研究领域"重返"西方文学的19世纪提供了理由与根据。

那么,如何"重返"呢?

二、"重返"之路径

对19世纪西方文学思潮的研究,本土学界当然是有一定积累的,只不过几十年来拓进甚微,话语更新甚少,今言"重返",则必先强调挣脱固有窠臼,从反思性、超越性、原创性和系统性原则出发,把该时期六大文学思潮置于西方文学史演变的历史长河中,既作为一个整体,又分别作为各自独立的单元,以跨学科方法多角度展开透析,发掘和阐释各自的本原性特质、历史性地位与学术价值,从而在研究方法创新性、研究内容系统性和研究结论前沿性、原创性方面实现对本领域过往之研究的超越。从研究角度与路径的选择上,有鉴于文学思潮研究必然地属于文学跨学科范畴,对19世纪西方文学思潮的反思性研究,就必须从哲学、美学、神学、人类学、社会学、政治学、叙事学等多元多层次的跨学科角度展开,沿着从文本现象、创作方法、诗学观念到文化逻辑的内在线路对浪漫主义、现实主义、自然主义、象征主义、唯美主义和颓废主义等六大文学思潮做全方位扫描,而且有必要对它们之间的纵向关系(如浪漫主义与自然主义、浪漫主义与象征主义等)、横向关联(如浪漫主义与唯美主义、浪漫主义与颓废派以及自然主义、象征主义、唯美主义、颓废派四者之间)以及它们与20世纪现代主义之关系进行全面的比较辨析,从而在融通文学史与诗学史、批评史与思想史的基础上,力求从整体上对19世纪西方文学思潮的基本面貌与内在逻辑做出新的系统阐释。为此,笔者对研究视角与路径选择做如下描述。

（一）"人学逻辑"视角与路径

文学是人学,西方文学对人的认识与表现有一个漫长的发展历程。就19世纪西方文化对人之本质的阐发而言,个人自由在康德—费希特—谢林前后相续的诗化哲学中已被提到了空前的高度。康德声称,作为主体的个人是自由的,个人永远是目的而不是工具,个人的创造精神能动地为自然界立法。既不是理性主义的绝对理性,也不是黑格尔的世界精神,浪漫派的最高存在是具体的个人;所有的范畴都出自个体的心灵,因而唯一重要的东西即是个体的自由,而精神自由无疑乃这一"自由"中的首要命题,主观性因此成为浪漫主义的基本特征。浪漫派尊崇自我的自由意志;而作为"不可言状的个体",自我在拥有一份不可通约、度量与让渡的自由的同时,注定了只能是孤独的。当激进的自由意志成为浪漫主义的核心内容时,作为"世纪病"的忧郁症候便在19世纪西方文学中蔓延开来。古典主义致力于传播理性主义的共同理念,乃是一种社会人的"人学"表达,浪漫主义则强调对个人情感、心理的发掘,确立了一种个体"人学"的新文学观;关于自我发现和自我成长的教育小说便由此应运而生,成了一种延续到当代的浪漫派文体。局外人、厌世者、怪人在前者那里通常会受到嘲笑,而在后者这里则得到肯定乃至赞美;人群中的"孤独"这一现代人的命运在浪漫派这里第一次得到正面表达,个人与社会、精英与庸众的冲突从此成了西方现代文学的重要主题。

无论是古希腊普罗米修斯与雅典娜协同造人的美妙传说,还是圣经中上帝造人的故事,无论是形而上学家笛卡儿对人之本质的探讨,还是启蒙学派对人所进行的那种理性的"辩证"推演,人始终被定义为一种灵肉分离、承载着二元对立观念的存在。历史进入19世纪,从浪漫派理论家F·施勒格尔到自然主义的重要理论奠基者泰纳(Hippolyte Adolphe Taine)以及唯意志论者叔本华、尼采,他们都开始倾向于将人之"精神"视为其肉身所开的"花朵",将人的"灵魂"看作其肉身的产物。而这很大程度上要归功于19世纪中叶科学上的长足进展逐渐对灵肉二元论——尤其是长时间一直处于主导地位的"唯灵论"——所达成的实质性突破。1860年前后,"考古学、人类古生物学和达尔文主义的转型假说在此时都结合起来,并且似乎都表达同一个信息:人和人类社会可被证明是古老的;人的史前历史很可能要重新写过;人是一种动物,因此可能与其他生物一样,受到相同转化力量的作用。……对人的本质以及人类历史的意义进行重新评价的时机已经成熟"①。在这种历史文化语境下,借助比较解剖学所成功揭示出来的人的动物特征,生理学和与之相关的遗传学、病理学以及实验心理学等学科纷纷破土而出。在 19 世纪之前,生理学与生物学实际上是同义词。19 世纪中后期,随着生理学家思考的首要问题从对生命本质的定义转移到对生命现象的关注上来,在细胞学说与能量守恒学说的洞照之下,实验生理学的出现彻底改变了生理学学科设置的模糊状态,生理学长时间的沉滞状态也因此陡然得到了彻底改观。与生理学的迅速发展相呼应,西方学界对遗传问题的研究兴趣也日益高涨。在1860 年至 1900 年期间,关于遗传的各种理论学说纷纷出笼(而由此衍生出的基因理论更是成了 20 世纪科学领域最耀眼的显学)。生理学对人展开研究的基本出发点就是人的动物属性。生理学上的诸多重大发现(含假说),有力地拓进了人对自身的认识,产生了广泛的社会—文化反响:血肉、神经、能量、本能等对人进行描述的生理学术语迅速成为人们耳熟能详的语汇,一种新型的现代"人学"在生理学发现的大力推动下得以迅速形成。

　　无论如何,大范围发生在 19 世纪中后期的这种关于人之灵魂与肉体关系的新见解,意味着西方思想家对人的认识发生了非同寻常的变化。在哲学上弭平唯物主义和唯心主义二元对立的思想立场的同时,实证主义者和唯意志论者分别从"现象"和"存在"的角度切近人之"生命"本身,建构了各具特色的灵肉融合的"人学"一元论。这种灵肉融合的"人学"一元论,作为现代西方文化的核心,对现代西方文学合乎逻辑地释放出巨大的精神影响。可以毫不夸张地说,与现代西方文化中所有"革命性"变革一样,现代西方文学中的所有"革命性"变革,均直接起源于这一根本性的"人学"转折。文学是"人学",这首先意味着文学是对个体感性生命的观照和关怀;而作为现代"人学"的基础学科,实验生理学恰恰是以体现为肉体的个体感性生命为研究对象的。这种内在的契合,使得总会对"人学"上的进展最先做出敏感反应的西方文学,在 19 世纪中后期对现代生理学所带来的"人学"发现做出了非同寻常的强烈反应,而这正是自然主义文学运动得

---

　　①　威廉·科尔曼:《19 世纪的生物学和人学》,严晴燕译,上海:复旦大学出版社,2000 年版,第 111 页。

以萌发的重要契机。"人"的重新发现或重新解释,不仅为自然主义文学克服传统文学中严重的"唯灵论"与"理念化"弊病直接提供了强大动力,而且大大拓进了文学对人的表现的深度和广度。如果说传统西方作家经常给读者提供一些高出他们的非凡人物,那么,自然主义作家经常为读者描绘的却大都是一些委顿猥琐的凡人。理性模糊了,意志消退了,品格低下了,主动性力量也很少存在:在很多情况下,人只不过是本能的载体、遗传的产儿和环境的奴隶。命运的巨手将人抛入这些机体、机制、境遇的齿轮系统之中,人被摇撼、挤压、撕扯,直至粉碎。显然,与精神相关的人的完整个性不再存在;所有的人都成了碎片。"在巴尔扎克的时代允许人向上爬——踹在竞争者的肩上或跨过他们的尸体——的努力,现在只够使他们过半饥半饱的贫困日子。旧式的生存斗争的性质改变了,与此同时,人的本性也改变了,变得更卑劣,更猥琐了。"①另外,与传统文学中的心理描写相比,自然主义作家不但关注人物心理活动与行为活动的关系,而且更加强调为这种或那种心理活动找出内在的生命—生理根源,并且尤其善于刻意发掘人物心灵活动的肉体根源。由此,传统作家那里普遍存在的"灵肉二元论"便被置换为"灵肉一体论",传统作家普遍重视的所谓灵与肉的冲突也就开始越发表现为灵与肉的协同或统一。这在西方文学史上,明显是一种迄今为止一直未得到公正评价的重大文学进展;而正是这一进展,使自然主义成了传统文学向"意识流小说"所代表着的20世纪现代主义文学之心理叙事过渡的最宽阔、坚实的桥梁。可见,"人学逻辑"的视角是19世纪西方文学和文学思潮深度阐发的必由之路径。

(二)"审美现代性"视角与路径

正如克罗齐在《美学纲要》中所分析的那样,关于艺术的依存性和独立性,关于艺术自治或他治的争论不是别的,就是询问艺术究竟存在不存在,如果存在,那么艺术究竟是什么。艺术的独立性问题,显然是一个既关乎艺术价值论又关乎艺术本体论的重大问题。从作为伦理学附庸的地位中解脱出来,是19世纪西

---

① 拉法格:《左拉的〈金钱〉》,朱雯等编选:《文学中的自然主义》,上海:上海文艺出版社,1992年版,第341页。

方现代文学发展的主要任务;唯美主义之最基本的艺术立场或文学观点就是坚持艺术的独立性,今人往往将这种"独立性"所涵纳的"审美自律"与"艺术本位"称为"审美现代性"。

作为总体艺术观念形态的唯美主义,其形成过程复杂而又漫长:其基本的话语范式奠基于 18 世纪末德国的古典哲学——尤其是康德的美学理论,其最初的文学表达形成于 19 世纪初叶欧洲的浪漫主义作家,其普及性传播的高潮则在 19 世纪后期英国颓废派作家那里达成。唯美主义艺术观念之形成和发展在时空上的这种巨大跨度,向人们提示了其本身的复杂性。

正是种种社会—文化方面的原因,在 19 世纪,作家与社会的关系总体来看处于一种紧张的状态,作家们普遍憎恨自己所生活的时代。他们以敏锐的目光看到了社会存在的问题和其中酝酿着的危机,看到了社会生活的混乱与人生的荒谬,看到了精神价值的沦丧与个性的迷失,看到了繁荣背后的腐败与庄严仪式中掩藏着的虚假……由此,他们中的一些人开始愤怒——愤怒控制了他们,愤怒使他们变得激烈而又沉痛,恣肆而又严峻,充满挑衅而同时又充满热情;他们感到自己有责任把自己看到的真相暴露在光天化日之下。而同时,另一些人则开始绝望,因为他们看破了黑暗中的一切秘密却唯独没有看到任何出路;在一个神学信仰日益淡出的科学与民主的时代,艺术因此成了一种被他们紧紧抓在手里的宗教的替代品。"唯美主义的艺术观念源于最杰出的作家对于当时的文化与社会所产生的厌恶感,当厌恶与茫然交织在一起时,就会驱使作家更加逃避一切时代问题。"[①]在最早明确提出唯美主义"为艺术而艺术"口号的 19 世纪的法国,实际上存在三种唯美主义的基本文学样态,这就是浪漫主义的唯美主义(以戈蒂耶为代表)、象征主义的唯美主义(以波德莱尔为代表)和自然主义的唯美主义(以福楼拜为代表)。而在 19 世纪后期的英国被称为唯美主义者的各式人物中,既有将"为艺术而艺术"这一主张推向极端的王尔德,也有虽然反对艺术活动的功利性却又公然坚持艺术之社会—道德价值的罗斯金——如果前两者分别代表该时期英国唯美主义的右翼和左翼,则瓦尔特·佩

---

① 埃里希·奥尔巴赫:《摹仿论——西方文学中所描绘的现实》,吴麟绶等译,天津:百花文艺出版社,2002 年版,第 564 页。

特的主张大致处于左翼和右翼的中间。

基于某种坚实的哲学—人学信念，浪漫主义、自然主义和象征主义都是 19 世纪在诗学、创作方法、实际创作诸方面有着系统建构和独特建树的文学思潮。相比之下，作为一种仅仅在诗学的某个侧面有所发挥的理论形态，唯美主义自身并不具备构成一个文学思潮存在的诸多具体要素。质言之，唯美主义只是在特定历史语境中应时而生的一种一般意义上的文学观念形态。这种文学观念形态因为是"一般意义上的"，所以其牵涉面必然很广。就此而言，我们可以将 19 世纪中叶以降几乎所有反传统的"先锋"作家——不管是自然主义者，还是象征主义者，还是后来的超现实主义者、表现主义者……都称为广义上的唯美主义者。"唯美主义"这个概念的无所不包，本身就已经意味着它实际上只是一个"中空的"概念——一个缺乏具体的作家团体、独特的技巧方法、独立的诗学系统、确定的哲学根底支撑并对其实存做出明确界定的概念，一个从纯粹美学概念演化出的具有普泛意义的文学理论概念。所有的唯美主义者——即使是最著名的、激进的唯美主义人物也不例外——都有其自身具体的归属，戈蒂耶是浪漫主义者，福楼拜是自然主义者，波德莱尔是象征主义者……而王尔德则是公认的颓废派的代表人物。

自然主义旗帜鲜明地反对所有形而上学、意识形态观念体系对文学的统摄和控制，反对文学沦为现实政治、道德、宗教的工具。这表明，在捍卫文学作为艺术的独立性方面，与象征主义作家一样，自然主义作家与唯美主义者是站在一起的。但如果深入考察，人们将很快发现：在文学作为艺术的独立性问题上，自然主义作家所持守的立场与戈蒂耶、王尔德等人所代表的那种极端唯美主义主张又存在着巨大的分歧。极端唯美主义者在一种反传统"功利论"的激进、狂躁冲动中皈依了"为艺术而艺术"（甚至是"为艺术而生活"）的信仰，自然主义作家却大都在坚持艺术独立性的同时主张"为人生而艺术"。两者的区别在于，前者在一种矫枉过正的情绪中将文学作为艺术的"独立性"推向了绝对，后者却保持了应有的分寸。这就有：在文学与社会、文学与大众的关系问题上，不同于同时代极端唯美主义者的那种遗世独立，自然主义作家大都明确声称——文学不但要面向大众，而且应责无旁贷地承担起自己的社会责任和历史使命。另外，极端唯美主义"艺术自律"的主张，反对"教化"，但却并不反对传统审美的"愉悦"效应；

自然主义者却通过开启"震惊"有效克服了极端唯美主义者普遍具有的那种浮泛与轻飘,使其文学反叛以更大的力度和深度体现出更为恢宏的文化视野和文化气象。就思维逻辑而言,极端唯美主义者都是一些持有二元对立思维模式的绝对主义者。沿着上述逻辑线索,审美现代性是我们深入展开 19 世纪文学和文学思潮研究的又一重要路径。

(三)"观念"聚焦与"关系"辨析

历史是断裂的碎片还是绵延的河流?对此问题的回答直接关涉"文学史观"乃至一般历史观的科学与否。毋庸讳言,国内学界在文学史乃至一般历史的撰写中,长期存在着严重的反科学倾向——一味强调"斗争"而看不到"扬弃",延续的历史常常被描述为碎裂的断片。比如,就西方文学史而言,20 世纪现代主义与19 世纪现实主义是断裂的,现实主义与浪漫主义是断裂的,浪漫主义与古典主义是断裂的,古典主义与文艺复兴是断裂的,文艺复兴与中世纪是断裂的,中世纪与古希腊—罗马是断裂的,等等。这样的理解脱离与割裂了西方文学发展的传统,也就远离了其赖以存在与发展的文化土壤,其根本原因是没有把握住西方文学中人文传统与思潮流派深度关联的内在文化逻辑。其实,正如彼得·巴里所说,"人性永恒不变,同样的情感和境遇在历史上一次次重现。因此,延续对于文学的意义远大于革新"[①]。当然,这样说并非无视创新的存在和重要性,而是强调在看到创新的同时不可忽视文学史延续性和本原性成分与因素。正是从这种意义上说,因西方文学潜在之人文传统的延续性及其与思潮流派的深度关联,其发展史便是一条绵延不绝的河流,而不是被时间、时代割裂的碎片。具体说来,就是 19 世纪西方文学发展过程中相对独立地存在的各个文学思潮与文学运动——浪漫主义、现实主义、自然主义、唯美主义、象征主义和颓废主义文学,每一个思潮都需要我们对其做准确把握,深度阐释其历史现象里里的本原性特质,从而达成对 19 世纪西方文学思潮历史演进之内在逻辑与外在动力的全方位的阐释;内在逻辑的阐释要站在时代的哲学—美学观念进展上,而外在动力的溯源

---

① 彼得·巴里:《理论入门:文学与文化理论导论》,杨建国译,南京:南京大学出版社,2014 年版,第18 页。

则必须落实于当时经济领域里急剧推进的工业革命大潮、政治领域里迅猛发展的民主化浪潮以及社会领域里的城市化的崛起上。每个文学思潮研究的基本内容应该大致包括(但不限于)文本构成之特征的描述、方法论层面的新主张或新特色的分析、诗学观念的阐释以及文化逻辑的追溯等。总体说来,19世纪西方文学思潮的研究大致属于"观念史"的范畴。文学思潮研究作为一种对文学观念进行梳理、辨识与阐释的宏观把握,在问题与内容的设定上显然不同于一般的作家研究、作品研究、文论研究和文化研究,但它同时又包含着以上诸"研究",理论性、宏观性和综合性乃其突出特点;而对"观念"的聚焦与思辨,无疑乃文学思潮研究的核心与灵魂。

文学思潮是指在特定历史时期社会—文化思潮影响下形成的具有某种共同美学倾向、艺术追求和广泛影响的文学思想潮流。根据19世纪的时间设定与文学思潮概念的内涵规定,19世纪西方文学史上的六大文学思潮既相对独立,相互之间又有割不断的内在逻辑关系,这种逻辑关系均由19世纪西方文学思潮真实的历史存在所规定。比如,在19世纪的历史框架之内,浪漫主义与现实主义既有对立关系又有传承关系;自然主义或象征主义与浪漫主义的关系,均为前后相续的递进关系;而自然主义与象征主义作为同生并起的19世纪后期的文学思潮,互相之间乃是一种并列的关系;而唯美主义和颓废派文学作为同时肇始于浪漫主义又同时在自然主义、象征主义之中弥漫流播的文学观念或创作倾向,它们之间存在一种交叉关系,且互相之间很大程度上存在着一种共生关系——正因为如此,才有了所谓"唯美颓废派"的表述(事实上,如同孪生子虽为孪生也的确关系密切,但两个人并非同一人——唯美主义与颓废派虽密切相关,但两者并非一回事)。这种对交叉和勾连关系的系统剖析,不仅可以对"历史是断裂的碎片还是绵延的河流"这一重要的文学史观问题做出有力的回应,而且可以彰显这种研究之"跨领域""跨学科"系统把握的"比较文学"研究的学术品格。

三、"重返"之案例举要

19世纪初期的浪漫主义文学思潮是在与文学传统以及公众—社会的激烈冲突中以文学"革命"的"运动"形态确立自身的。其后,伴随包括工业化、城市化、民主化、法制化、理性化等内涵的现代化进程的急剧提速,西方文学思潮的"运动"形态亦得到大大强化。既然19世纪西方文学的展开呈现为思潮"运动"的形态,把握住思潮的律动则成为把握19世纪西方文学的关键。换言之,研究最近200年的西方文学史,如果不重视对文学思潮的研究,势必会失却对其进行宏观把握的思维方法与理论框架。与作为个案的作家研究、作品研究相比,以"综合性""观念性"见长的文学思潮研究在文学史研究中处于最高阶位,合乎逻辑地成为文学史研究中的中枢地带。因此,从文学思潮研究出发"重返"西方文学的19世纪,不只是深化19世纪西方文学研究之本身的需要,也是外国文学研究之话语体系更新与构建之需要。在此,笔者择若干案例略做举证与说明。

　　浪漫主义作为一种文学思潮,是西方文学史上空前的文学革命,"革命"效应使其成为西方文学进入现代阶段的标志。浪漫主义以降,西方文学诸多思潮——象征主义、唯美主义、颓废主义、现代主义以及后现代主义文学等均是对浪漫主义的"正反应"——它们均肇始于浪漫主义,并从不同的侧面深化、发展了浪漫主义;而现实主义、自然主义则基本是对浪漫主义的"负反应"——它们虽然也肇始于浪漫主义,但基本上是以浪漫主义的"矫正者"的身份确立了自身的历史地位。作为一个历史的概念,浪漫主义内涵纷繁复杂,对此,我们完全可以站在跨文化比较的基点上,以浪漫主义文学思潮之核心思想"自由"为切入口,从个人自由与孤独本体、信仰自由与中世纪情怀、政治自由与社会批判、民族自由与文化多元、艺术自由与文学革命等多个角度,深度阐释其本源性特征与内涵,同时辨析其与工业革命、法国大革命及世纪末西方文学之关系。文学是自由的象征,浪漫主义中的"自由"问题是一个超越意识形态的学术课题。对浪漫主义文学思潮的深度探讨,不但可以从整体上拓进浪漫主义研究的理论深度,更可以完善、重构国内浪漫主义研究的话语体系和研究范式,其意义并不限于浪漫主义研究本身,亦不限于西方文学史研究本身,还涉及了文学的观念、批评术语的运用等问题。

　　关于现实主义,虽然我们以往已经谈得很多很多,似乎已对它了如指掌,但其实不然。现实主义文学思潮是世界文学史上特别重要而又极为复杂的文学现象;在世界文学中,现实主义不仅是文学问题,同时是关涉政治、哲学和实践之问题,迄今依然有很大的重新阐释的空间。因此,我们有必要追踪现实主义的发展历史,将19世纪西方现实主义文学思潮界定为"现代现实主义",着重以现代性与理性精神为切入口,从科学理性与求真精神、实证理性与写实精神、实用理性与社会功能、理性书写与审美禀赋等层面对该思潮展开深度研究,深入探究其本原性内涵与特质及其多种"变体",揭示其依旧拥有的艺术价值与经久的生命力,从而对"现实主义问题"给出崭新的阐释。从跨学科和跨文化比较理念与视野出发,把19世纪现实主义文学思潮放在西方文学史演变和中外文学关系比较的基点上予以重新阐释,对深化和推进文学现实主义这一重大问题的研究,对更新和丰富外国文学研究的话语体系,均具有重要学术价值与意义;同时,由于现实主义在我国现当代文学发展中影响深远,这种研究对我国文学理论、现当代文学研究和文学创作实践均有重要参考与借鉴价值。

自然主义是继现实主义之后出现的又一西方文学思潮,国内学界长期以来对它的系统性误读,致使人们对这场发端于19世纪60年代、在世界范围内一直持续到20世纪初叶的文学革命始终难以给出准确的评价。因此,从文本建构、创作方法、诗学观念、文化逻辑等诸层面系统地回答"何谓文学上的自然主义"这一重大但却长时间处于混乱中的问题,并在对自然主义展开系统性阐释的努力中接续"断裂"的"文学史",勘探、揭示自然主义与现代主义在文本构成、创作方法、诗学观念等诸层面的承续性同构关系,是19世纪西方文学乃至外国文学研究领域的重要课题。作为在整整两代作家中产生过广泛、深刻影响的文学思潮,自然主义在诗学观念、创作方法和文本构成等诸层面都对西方文学传统成功地实施了"革命性爆破",并由此直接影响到了现代主义的产生与发展,成为其最基本和最重要的起点。在与同时代象征主义和唯美主义文学风尚相互影响共同存在的文学空间中,自然主义以其比象征主义"硬朗"、比唯美主义"沉实"确立了自身的历史"主导性"地位。如此展开关于自然主义文学思潮的研究,无疑意味着在理论阐发上的显著突破,对正确认识自然主义文学思潮以及西方现代文学演进诸问题具有正本清源的重要作用。

需要特别指出的是,"重返"19世纪西方文学思潮的研究,显然有助于我们深化马克思恩格斯文艺思想之研究。马克思恩格斯文艺思想始终是我国文学研究的理论与方法指南以及文学学术话语的根本遵循,深度理解与把握马克思恩格斯文艺思想之理论内核与渊源,有助于我们增强坚持马克思主义文艺思想、方法与话语的自觉性。纵观马克思恩格斯关于文学文艺的论述,我们在惊叹他们在文学艺术方面丰富而深刻的见解的同时还可以发现,他们的论述中涉猎最多、论述最集中同时也是构成其文艺思想之核心内容的,主要是 19 世纪欧洲文学,尤其是现实主义文学。19 世纪现实主义文学之繁荣,很重要的原因在于它空前地强调文学对现实世界的研究,高度关注急剧变化中的社会及生存于其中的人的生活方式、道德面貌和精神状态,要求作家用科学的思维、写实的笔触记录社会历史的变迁,让人们通过文学,感受到这种社会的巨变和人的心灵的扭曲不是空洞、苍白和抽象的,而是生动、形象而具体的。"现实主义的文学实践整个就是坚持人物活动的语境、历史和社会语境……世俗性问题时隐时现,因为现实主义是将人物放在日常生活情境、名利场生活中阅读的一种模式,以明显的日常性、谋生中遇到的问题、与邻里的关系、所得所欲、家庭生活为题材。读者必须结合人物生活境况阅读现实主义小说中的每个人物的故事。"①于是,19 世纪现实主义文学自然也就拥有了深刻的社会批判精神和社会认识价值。作为极具现实关怀和人道精神的理论家与思想家,马克思恩格斯从历史唯物主义和辩证唯物主义立场出发,把经济关系视为社会历史发展的决定性基础,并致力于通过研究物质经济形态与人的关系去揭示社会发展的规律,尤其是揭示资本主义社会人与人的关系及其发展趋势。19 世纪现实主义小说的写实传统和真实性品格,与马克思恩格斯的人道情结和现实关怀有某种精神本质上的暗合,也同马克思主义理论在思想逻辑上有着天然的默契,尤其是在现代性思想取向上达成了一致。这不仅是马克思恩格斯高度关注 19 世纪欧洲现实主义文学的重要原因,也是 19 世纪现实主义文学"写实"传统和真实性审美品格成为他们文艺思想之基石或核心精神的重要缘由。就此而论,"重返"19 世纪,深化对西方文学思潮的研究,对深化马克思恩格斯文论研究,强化马克思恩格斯文论话语对我国文学研究的指导与引领,具有重要的现实意义与学术价值。

　　总之,从文学思潮研究出发"重返"西方文学的 19 世纪,对具有承先启后作用的 19 世纪六大文学思潮做深入、全面的反思性研究,可为我国学界重写西方

---

　　① George Levine. "Literary Realism Reconsidered: The 'World in its Length and Breadth'", *Adventures in Realism*, Oxford: Blackwell Publishing Ltd, 2007, p. 26-27.

文学史和外国文学史提供新理念、新方法、新成果,这不但有助于我们达成对 19 世纪西方文学的深度理解,而且有助于准确理解与把握 20 世纪现代主义,尤其是有助于更新与重构我国外国文学研究乃至文学理论、现当代文学研究之知识谱系、学术范式和话语体系。

(作者:蒋承勇)

目　录

自然主义思潮研究

唯美主义思潮研究

象征主义思潮研究

颓废主义思潮研究

综合研究

浪漫主义思潮研究

"浪漫"之钩沉

——西方浪漫主义之中国百年传播与研究反思

可以肯定地说,没有西方文学思潮在我国本土的传播,就不可能有五四新文学乃至后来这种范式的中国现当代文学。因此,在倡导加强和扩大中外人文交流的"全球化—网络化"的当下,在五四新文化运动 100 周年之际,对 19 世纪西方文学思潮在我国的译介、传播与研究的历史和现状进行梳理、反思与讨论,无疑是必要的和有意义的①。浪漫主义是 19 世纪西方文学中开风气之先、具有"革命性"意义的文学思潮,对我国五四新文学也产生过重要影响。然而,出于社会历史和文化传统等多方面的原因,相比于浪漫主义在西方流行时的浩大声势及日后的深远影响,迄今为止,它在我国的传播与影响显得十分微弱,对其研究也尚显偏狭与浮泛。有鉴于此,本文试图对其在我国的传播与研究历史重新进行梳理、考察与审视,并提出若干问题供学界同人讨论,希冀深化其研究。

一、"浪漫"的中华之旅:时代风潮中的沉浮

20 世纪初,浪漫主义文学思潮经由西方和日本两个重要途径进入我国。1903 年 10 月,《新小说》刊出了摆伦(即拜伦)和嚣俄(雨果)的画像,此像背面附

---

① 蒋承勇:《人文交流"深度"说——以 19 世纪西方文学思潮之中国传播为例》,《外语教学与研究》,2018 年第 4 期,第 608—618 页。

有简单的文字介绍——称雨果是"十九世纪最著名之小说家、戏曲家",而拜伦则为"英国近世第一诗家",其文"感化力最大",其人"实为一大豪侠者"(梁启超)。翌年,留日翻译家马君武在《新民丛报》上将雨苟(雨果)称为一个"能文之爱国者",并将其与摆伦并称为"十九世纪二大文豪"。1903年,《浙江潮》第5期刊发了庚辰(鲁迅)所译嚣俄(雨果)的小说《哀尘》。1904年东大陆图书译印局刊行了由苏子谷(苏曼殊)、陈由己(陈独秀)合译的小说《惨世界》。此后,雨果等西方浪漫主义作家的作品在我国被大量译介出版。

　　五四文学革命前的1908年,《河南》期刊发表了令飞(鲁迅)所撰写的《摩罗诗力说》。此文是我国现代文学批评史上的重要文献,也是中国关于西方浪漫主义文学思潮最早的重要评论之一。鲁迅以"摩罗诗派"指称西方浪漫主义文学之"恶魔派"——"恶魔者,说真理者也";"自尊而怜人之为奴,制人而援人之独立,无惧于狂涛而大傲于乘马,好战崇力,遇敌无所宽假,而于累囚之苦,有同情焉"[1]。在鲁迅看来,浪漫主义"要其大归,其趣于一",即反抗顺世"和乐"之音[2]。正因如此,他极为推崇"摩罗诗派",其中尤以拜伦、雪莱为尊。他认为这些诗人"立意在反抗,指归在动作"[3],这在中国传统文学中是找不到的,因此他要"置古事不道,别求新声于异邦"。在文末,鲁迅发铿锵之问:"今索诸中国,为精神界之战士者安在? 有作至诚之声,致吾人于善美刚健者乎? 有作温煦之声,援吾人出于荒寒者乎?"[4]借异邦之精神,求民族之新生的意图十分明显。日后发动文学革命、首倡白话文运动的胡适也翻译过很多欧洲浪漫主义诗歌,1914年他还尝试采用"骚体"翻译了拜伦的《哀希腊》。在文学革命前的1917年,《哀希腊》出现了3个中文译本。是时形成一波拜伦译介热的因素有两个:一是拜伦援助弱小民族的英雄行为在中国文人心中所激发起的民族主体意识;二是"拜伦式英雄"所表征的个人主体意识契合了当时中国知识者关于人之解放的呼声。可以说,这两种启蒙意识以一种朦胧含混的方式交织在世纪之初觉醒的一代中国文人心中,但是以民族启蒙为主。

---

① 鲁迅:《摩罗诗力说》,《鲁迅全集》(第1卷),北京:人民文学出版社,1998年版,第82页。
② 鲁迅:《摩罗诗力说》,《鲁迅全集》(第1卷),北京:人民文学出版社,1998年版,第66页。
③ 鲁迅:《摩罗诗力说》,《鲁迅全集》(第1卷),北京:人民文学出版社,1998年版,第66页。
④ 鲁迅:《摩罗诗力说》,《鲁迅全集》(第1卷),北京:人民文学出版社,1998年版,第66页。

至 20 世纪 20 年代初,西方浪漫主义文学观念与作品在中国的传播渐趋高潮。1923 年,郭沫若等人在《创造》季刊发表系列文章,大力宣传浪漫主义诗人雪莱。在此之后,郭沫若、郁达夫、成仿吾等人还结合自己的创作,系统地阐述了他们对浪漫主义的理解。比如:认为浪漫主义从本质意义上看就是反抗;崇尚灵感与天才,"艺术是自我的表现","不是再现";诗人要把小我推广为大我,把艺术与革命结合起来等。在他们的强力推动下,中国现代浪漫主义文学之创作论堪称初步成形。① 20 世纪 30 年代,随着曾觉之的著名论文《浪漫主义试论》②的发表与韩侍桁翻译的勃兰兑斯(Brandes)《十九世纪文学主流》的出版,国内的浪漫主义研究进入一个较为深入的层面。

西方浪漫主义在中国传播的过程中,一直伴随着理论上的争论。这种争论主要集中在对文学的性质及功用的探讨上,其核心是探讨文学与生活的关系问题,其间自然也涉及现实主义与浪漫主义的优劣比较。"学衡派"的胡先骕和吴宓反对纯然的写实派,认为这种以真实描写或真实反映为宗旨的现实主义文学因偏重揭露黑暗而缺乏审美价值,因而大力推崇浪漫主义。茅盾发表《文学上的古典主义、浪漫主义与写实主义》《为新文学研究者进一解》等一系列论文,以进化论观点称欧洲文学走过了"古典—浪漫—写实—新浪漫"的过程,反驳吴宓等人对欧洲写实派的轻视和攻击。③ 宋春舫、陈望道等人也撰文加入论争。大致说来,是时本土学界、文坛关于浪漫主义的论争中,"学衡派"更强调浪漫主义在艺术上独特的美学价值,而茅盾、宋春舫和陈望道等人则更侧重于阐发西方浪漫主义对现实强烈的反叛性、深刻的批判性和坚定的革命性。但遗憾的是,在后来中国文学思想的演进中,"学衡派"的声音基本上被历史淹没了。其实,"学衡派"侧重于接纳、研究和传播以卢梭为源头的审美主义(aestheticism)浪漫派传统——反思人类文明之负效应、抵制现代科技与工业文明对人性的异化、倡导艺术自由与文学自律——这是颇具浪漫派人文精神和美学思想之本质特征的。对这一派别的西方浪漫主义文学思潮的忽略,也就导致了我国学界的西方浪漫主义研究之天平长期的严重失衡,这不能不说是这一重要领域学术研究的缺憾。

---

① 钱中文:《浪漫主义与现实主义问题》,《文艺理论研究》,1999 年第 5 期,第 66 页。

② 曾觉之:《浪漫主义试论》,《中法大学月刊》,1933 年第 3—4 期,第 1—61 页。

③ 茅盾:《新文学研究者的责任与努力》,《小说月报》,1921 年第 12 卷第 2 期,第 29 页。

1930年3月,中国左翼作家联盟在上海成立,"马克思主义文艺理论研究会"等组织也相继成立。苏联的"拉普派"把浪漫主义文学认定为唯心主义,法捷耶夫提出了"打倒席勒"的口号[①]。瞿秋白在《革命的浪漫谛克》一文中一开始即引述法捷耶夫《打倒席勒》一文的观点[②]。浪漫主义概念中开始融入强烈的政治色彩,锋利的意识形态之刀将其切割成两半:积极浪漫主义和消极浪漫主义。这种分割的直接来源乃苏联无产阶级文学的旗手高尔基。按高尔基的理解,消极的浪漫主义"或者粉饰现实,企图使人和现实妥协;或者使人逃避现实,徒然堕入自己内心世界的深渊,堕入不祥的人生之谜、爱与死等思想中去";而积极的浪漫主义则力图"加强人的生活意志,在他心中唤起他对现实和现实的一切压迫的反抗"[③]。1933年11月,周扬在《现代》杂志上发表了《关于"社会主义的现实主义与革命的浪漫主义"》[④],介绍社会主义现实主义这个口号,论文的副标题是"'唯物辩证法的创作方法'之否定"。他在否定和批判"唯物辩证法的创作方法"的同时,对作为文学思潮的西方浪漫主义做出了否定性的重新评价。事实上,被本土文学史家称为"浪漫主义首领"的郭沫若在1925年便已展开了对浪漫主义的全面批判,提出了"写实主义"的口号。在1926年《文艺家的觉悟》中,他对作家与现实、革命与文学的关系做了比较系统的论述,认为现在是"第四阶级(指无产阶级)革命的时代",在斗争中没有中间道路可走。"我在这儿可以斩钉截铁地说一句话,我们现在所需要的文艺是站在第四阶级说话的文艺,这种文艺在形式上是现实主义的,在内容上是社会主义的,除此以外的文艺都已经是过去的了,包含帝王思想宗教思想的古典主义,主张个人主义自由主义的浪漫主义,都已过去了。"[⑤]经由"革命"之路径,郭沫若在短短的几年间便迅速完成了从浪漫主义到现实主义,再到革命浪漫主义的跳跃。在西方浪漫主义研究在中国的这种沉浮与变换中,郭沫若的创作演变和思想轨迹堪称最佳标本。

---

① 李辉凡:《二十世纪初俄苏文学思潮》,北京:社会科学文献出版社,1993年版,第230页。

② 瞿秋白:《革命的浪漫谛克》,《瞿秋白文集·文学编》(第1卷),北京:人民文学出版社,1985年版,第456页。

③ 高尔基:《论文学》,北京:人民文学出版社,1978年版,第162—163页。

④ 周应起(周扬):《关于"社会主义的现实主义与革命的浪漫主义"》,《现代》,1933年第4卷第1期,第11页。

⑤ 郭沫若:《文艺家的觉悟》,《郭沫若全集·文学编》(第16卷),北京:人民文学出版社,1989年版,第29—30页。

1949 年以后,中国在文艺方面追随苏联,对 19 世纪作为文学思潮的西方浪漫主义采取了贬抑、批判的态度。浪漫主义基本上被等同于唯心主义,而被冠以"革命"二字的"革命浪漫主义",其基本内涵则是"革命的理想主义"。根据周扬 20 世纪 30 年代初就提出的说法——革命的浪漫主义与社会主义现实主义不相对立,前者可被后者所包容。因为要写本质,要写典型,就一定离不开革命的浪漫主义,即革命的理想主义。"革命浪漫主义"也罢,"社会主义现实主义"也好,在这种表述中,其实"浪漫主义""现实主义"一点也不重要,重要的是"革命"和"社会主义"。一旦加冠了"革命"或"社会主义"之名,浪漫主义就成了现实主义,而现实主义也就囊括了浪漫主义。这在相当程度上排斥了作为独立文学思潮的浪漫主义,或者说浪漫主义差不多已被忽略不计。

1953 年 9 月,全国第二次文代会政治报告明确指出:"我们的理想主义,应该是现实主义的理想主义;我们的现实主义,是理想主义的现实主义。革命的现实主义和革命的理想主义结合起来,就是社会主义现实主义。"①1958 年 3 月,毛泽东在成都工作会议上提出"革命现实主义"和"革命浪漫主义"相结合,后来被概括为"两结合"创作方法。随后郭沫若撰文《浪漫主义和现实主义》声称:"从文艺活动方面来说,马克思列宁主义为浪漫主义提供了理想,对现实主义赋予了灵魂,这便成为我们今天所需要的革命浪漫主义和革命现实主义,或者这两者的适当的结合——社会主义现实主义。"②类似的表述,一直持续到 1979 年。

新时期以来,随着社会—文化系统的拨乱反正,国内的浪漫主义研究与其他学术研究领域一样渐渐开始出现新机。20 世纪 80 年代曾出现过一些为西方浪漫主义文学翻案的文章,然而这类文章大都颇像惊魂未定的毳氃裹脚老太,只是在旧有意识形态思维层面上修修补补,最大的成就也就是煞有介事地小声唠叨:不应该将浪漫主义一棒子打死。90 年代以降,随着整体的文化潮流在新的"社会—政治—经济"格局下之陡然变化,愈来愈技术化、数字化的学人不是在概念翻飞中陷于泡沫炒作,就是在复古浪潮中堕于春秋大梦;30 多年下来,除了少数几本西方浪漫主义研究著作的译介,本土的西方浪漫主义文学思潮研究成果堪

---

① 周恩来:《为总路线而奋斗的文艺工作者的任务——在第二次全国文代会上所作的政治报告》(1953 年 9 月 23 日),《周恩来论文艺》,北京:人民文学出版社,1970 年版,第 53 页。

② 郭沫若:《浪漫主义和现实主义》,《红旗》,1958 年第 3 期,第 159—165 页。

称寥若晨星、乏善可陈。

可以说,19 世纪西方浪漫主义文学思潮在中国近百余年的译介、传播与接受、研究,总体上沉浮于社会政治风雨的坎坷之旅,从学术研究的角度看,至今依然是远远不够深入的。然而,在浪漫主义思潮发源地的西方各国,对这一思潮的研究是一门显学。抛却具体的浪漫主义作家作品研究不论,单是从整体上对浪漫主义文学思潮进行研究的成果也可谓汗牛充栋。纵观西方浪漫主义研究的学术历程可以发现:浪漫主义研究的存在状态与时代的自由主义精神状况息息相关;两者之间存在着正向的呼应与契合关系。由此,人们很容易理解,随着以"新保守主义""新自由主义""存在主义"等名头行世的 20 世纪西方自由主义越发显现出复杂、多元的面相,研究范式愈益成熟的 20 世纪西方学人对浪漫主义思潮的探讨,也就日趋细致入微,更显斑驳多彩。相形之下,我国本土的浪漫主义研究则显得狭隘而肤浅,许多方面有待拓展;不过从另一方面看,这恰恰又意味着这里有学术生长的广阔空间。在此,笔者特提出若干相关问题与学界同人一起反思、讨论。

二、浪漫派之于启蒙运动及法国大革命: 传承抑或反叛?

长期以来,我国学界满足于对浪漫主义文学思潮与启蒙运动之传承关系的认定,认为启蒙思想推动和促进了浪漫主义文学思潮的产生与发展,而忽略了传承中的差异、发展中的反叛。李赋宁先生就认为,启蒙思想"推动了欧洲浪漫主义文学运动"[①]。当然,这种传承关系无疑是存在的,启蒙思想的核心内容诸如"民主、自由、平等、博爱"等,不仅对浪漫主义文学思潮的产生起了至关重要的影响,而且还在后者那里得以大力弘扬。问题是,某些方面存在的传承关系并不意味着后者对前者的整体性接纳与延续;尤其要看到的是,某些层面的传承同时又包含了另一些层面的反叛,这反叛恰恰是文学与文化史发展中特别具有创新、创造和超越性价值之所在,也乃本文重点关注之所在。

---

① 李赋宁主编:《欧洲文学史》(第 2 卷),北京:商务印书馆,2001 年版,第 4 页。

浪漫派接纳了启蒙思想中个性主义和世俗化观念,但是,与启蒙运动标准化、简单化的机械论相反,浪漫主义的基本特征是生成性、多样性的有机论,即欣赏并追求独特和个别,而不是普遍及一般。浪漫派的这种反启蒙主义的思想立场使其在"平等"与"自由"两个选项中更强调"自由"。启蒙学派曾以理性的怀疑精神与批判精神消解了官方神学的文化专制,但最终却因丧失了对自身的质疑与批判又建立了唯理主义的话语霸权,从而走向一种偏颇与偏狭:"理性的神格化使人的天性中很大一部分受到了蒙蔽。"①而浪漫派则反对理性主义,因为在他们看来,只有感性生命才是自由之最实在可靠的载体与源泉,而经由理性对必然性认识所达成的自由,在本质上却是对自由的取缔。启蒙主义倡导一元论的、抽象的群体自由,且往往从社会公正、群体秩序、政治正义的层面将自由归诸以平等、民主为主题的社会政治运动,因而它在本质上是一种倾向于革命的哲学;浪漫主义则更关注活生生的个体的人之自由,且将这种自由本身界定为终极价值。

在浪漫派思想的先驱康德、费希特、谢林等前后相续的诗化哲学中,个人自由被提到了空前高度,且康德等人均重视通过审美来达成自由。康德声称,作为主体的个人是自由的,个人永远是目的而不是工具,个人的创造精神能动地为自然界立法②。在让艺术成为独立领域这一点上,康德美学为浪漫派开启了大门。作为现代性的第一次自我批判,浪漫主义反对工业文明;在其拯救被机器喧嚣所淹没了的个体的人之内在灵性的悲壮努力中,被束缚在整体中成为"零件"或"断片"的人之自由得以敞开。浪漫派蔑视以快乐主义"幸福追求"为目标之粗鄙平庸的物质主义伦理,指斥从洛克到边沁的功利主义价值观以及人与人之间冷冰冰的金钱关系现实。对工业文明和城市文明的否定,使浪漫派作家倾向于到大自然或远古异域寻求个体的人的灵魂宁静、精神超越与情感自由,诗性的文学实现了人对现实存在的超越。因此,浪漫派使"西方文化从一个将理性奉若神明的极端,跃到将激情奉若神明的另一个极端"③,与崇尚理性的启蒙思想构成了冲突。"启蒙运动对人的动机,对社会,对政治等的解释其实都是相当狭窄、天真的,总是危险地为自己设置内在的路障,将自己封锁在一个沉闷而抽象的知性主

---

① 约翰·卡洛尔:《西方文化的衰落》,叶安宁译,北京:新星出版社,2007 年版,第 163 页。
② 康德:《未来形而上学导论》,北京:商务印书馆,1982 年版,第 92—94 页。
③ 约翰·卡洛尔:《西方文化的衰落》,叶安宁译,北京:新星出版社,2007 年版,第 164 页。

义世界里。而且在它的早期就从内部的行列中产生了第一股对抗自己的势力——浪漫主义(Romanticism)。"①在这方面,德国浪漫派与启蒙理性的抵牾及其对文学之诗性境界的追求是极具代表性的。

德国浪漫派张扬的恰恰是启蒙思想家所忽略的感性自我与人的心灵世界,他们更关注人的感性世界的丰富性和多样性。因此,德国早期浪漫派从诺瓦里斯到蒂克、施莱格尔、霍夫曼、沙米索、维尔纳到克莱斯特,几乎都是内心敏感、善于体悟人的情绪与心理状态,热衷于描写离奇怪诞、充满神秘色彩事物的作家。他们对人的感性自我的关注远远胜过对理性自我的张扬。他们热衷于表现的怪诞、梦幻、疯狂、神秘、恐怖等,恰恰是人的理性触角所难以指涉的感性内容。对此,以往我国学界简单地用政治与历史标准去评判是失之偏颇的,还应该从人文传承和艺术自身发展的角度做深入的解读②。

与上述问题相类的是,我国学界通常认为:"浪漫主义是法国大革命的产物"③;"浪漫主义思潮是法国大革命催生的社会思潮的产物"④。其实,法国大革命一方面是启蒙理念正面价值的总释放,另一方面也是启蒙运动和大革命本身之负面效应的大暴露。而浪漫派对法国大革命以暴力手段与集体狂热扼杀个人自由的反思,强化和凸显了"自由"在其价值观念中的核心地位,也拓展了"自由"概念之内涵,因此,认定浪漫主义是法国大革命的直接产物,未免过于简单进而失之偏颇。事实上,18 世纪后期英国感伤主义、德国狂飙运动以及法国卢梭等人的创作早已在文学内部透出了浪漫主义自由精神之先声,突破了古典主义之理性戒律,但大革命所招致的欧洲社会对启蒙运动之政治理性的反思与清算,直接引发了 19 世纪初叶之自由主义文化风潮,这对浪漫主义文学思潮之精神集聚和勃兴无疑起到了关键作用。

此外,浪漫派对理性逻各斯的扬弃,使得西方人的精神命运第一次与"荒诞"正面相遇,克尔凯郭尔(存在主义哲学家)作为现代西方第一位"荒诞哲学家",是在浪漫主义时代应时而生的。基于对人的精神世界的高度关注,浪漫派比既往

---

① 约翰·卡洛尔:《西方文化的衰落》,叶安宁译,北京:新星出版社,2007 年版,第 163 页。
② 蒋承勇:《西方文学"人"的母题研究》,上海:华东师范大学出版社,2018 年版,第 270—271 页。
③ 外国文学编写组:《外国文学史》(上),北京:高等教育出版社,2015 年版,第 268 页。
④ 郑克鲁:《法国文学史》(上),上海:上海外语教育出版社,2003 年版,第 491 页。

时代的作家更敏感地体察和感受到了代表着"无限"的理想与表征着"有限"的现实的冲突在情感上所造成的不适,以及追求个性解放的个体在与外部世界相冲突时所遭遇到的种种精神苦痛;而"荒诞"作为一种生命体验,它正是主观意识在面对客观世界时产生的一种不无痛苦的不适感。在"荒诞"隐现的现代社会之开端,敏感的浪漫派第一次意识到了个人真正可以凭依的东西只有与生俱来的自由,而存在主义哲学中与"荒诞"一体两面相依共生的"自由"观念,则正是浪漫主义文学思潮之核心观念,这意味着浪漫主义与"荒诞"观念之渊源甚深。①

　　上述行文,不管论及启蒙运动、法国大革命还是浪漫派文学,都涉及了"自由"这一核心关键词,但又均未对其本身之内涵做深入阐述;在我国以往的浪漫主义文学思潮研究中,对其所做的分析与研究也颇为空泛,而"自由"恰恰又是该文学思潮研究需要精准把握的"牛鼻子"。事实上,西方自由主义思想传统本身是复杂的,它提供了诸多自由的概念;作为在西方各国持续半个世纪之久的文学思潮,浪漫主义同样是复杂的,并且因其提供了诸多不同的"自由"之范式而具有多元论特征。因此,"自由"在浪漫主义文学中呈现为复杂乃至悖谬的奇异文化—文学景观,剖析其多元存在则有助于对西方浪漫主义文学思潮做出有力度、有深度的系统阐释。

三、"自由"内涵之多义性辨析

　　没有哪个时代的作家像浪漫派一样如此全面地关注自由问题,也没有哪个时代的诗人写下了那么多关于自由的热情颂歌,无怪乎雨果直称:"浪漫主义其真正的定义不过是文学上的自由主义而已。"②而美学家克罗齐则进一步指出:"理论和思辨的浪漫主义是对在启蒙运动中占统治地位的文学学院主义和哲学唯理智论的论战和批判……它理解自发性、激情、个性有多么重要,并把它们引入伦理学。"③20 世纪 30 年代,我国学者曾觉之也在其著名论文《浪漫主义试论》

---

　　①　关于浪漫主义与"荒诞"的关系,笔者将另有论文做深入阐述。

　　②　雨果:《〈艾那尼〉·序》,《雨果论文学艺术》,柳鸣九译,石家庄:河北教育出版社,1999 年版,第100 页。

　　③　克罗齐:《十九世纪欧洲史》,北京:商务印书馆,2015 年版,第33 页。

中精准指出:浪漫主义者之"唯一目的在打破文艺上之专制局面,一尊系统,他们只是要求表现之自由,即艺术之自由。所以许蜕说:'浪漫主义就是自由主义';'浪漫主义一字不过是战争之口号'。所谓自由是扫除一切规律,解放一切缚束之自由,所谓战争是对压制者,对古典派之战争"①。可见"自由"是浪漫主义文学思潮之灵魂。然而,在我国研究者的学术视野中,自浪漫主义传入本土以来,出于社会历史、文化传统等种种原因,对"自由"的关注却呈日渐淡出之态势,于是,"自由"作为理解浪漫主义最精准的学术入口也出现了偏移,我们的浪漫主义研究也就长期飘忽、徘徊于外围细枝末节的泛泛而谈之中。有鉴于此,本文以下就浪漫派"自由"之内涵做若干讨论。

(一)个人自由与本体孤独

既不是理性主义的绝对理性,也不是黑格尔的世界精神,浪漫派的最高境界是具体存在的个人;所有的范畴都出自个体的心灵,因而其唯一重要的东西即个体的自由,而"精神自由"无疑乃这一自由中的首要命题,主观性因此成为浪漫主义的基本特征。"浪漫派竭力崇尚个体的人之价值,个性主义也成了浪漫主义的显著特点。"②浪漫派对个人自由意志的高度推崇,决定了自由意志极度膨胀的自我必然是孤独的。既然自由与孤独相伴相生这一悖论成为人生不可逃脱的命运,那么作为"世纪病"之忧郁症候也就在浪漫主义文学中蔓延开来。较早的"法国浪漫主义之父"夏多布里昂,其小说《勒内》(1802)中"年轻的主人公将自己淹没在厌倦忧郁中,与其说是在被动地忍受孤独,不如说是在孤独中孵育培植心灵的虚空"③。小说刊行后旋即风靡法国,并迅速弥漫整个欧洲文坛,俨然成为世纪之交新旧文学交替的标志。于是,追随着忧伤、孤独的少年维特之足迹,夏多布里昂笔下的勒内、龚斯当笔下的阿道尔夫、缪塞笔下的奥克塔夫、拜伦笔下的哈罗尔德等,一系列满脸忧郁的主人公便在浪漫派文学中鱼贯而出,西方现代文学的"孤独"主题即由此滥觞。

从西方文学史演变的角度看,此前的古典主义文学致力于传播的理性主义

---

①　约翰·卡洛尔:《西方文化的衰落》,叶安宁译,北京:新星出版社,2007 年版,第 164 页。

②　Barzun,Jacques. *Classic, Romantic and Modern*, London: Secker & Warburg, 1962, p. 6.

③　Travers,Martin. *From Romanticism to Postmodernism*. London: Macmillan Press Ltd., 1998, p. 18.

之共同理念,乃是一种社会人的"人学"表达,而浪漫主义则强调对个人情感、心理的发掘,确立了一种个体"人学"的新文学;由此,关于自我发现和自我成长的教育小说,也应运而生并成了一种延续到当代的浪漫派文体。局外人、厌世者、怪人在古典主义那里通常会遭遇嘲笑,而在浪漫派这里则会得到肯定乃至赞美;人群中的"孤独"这一现代人的命运不仅在其间得到最初的正面表达,而且,个人与社会、精英与庸众的冲突从此也延展成了西方现代文学的重要主题。所有这一切,都原发于浪漫派"个体自由与本体孤独"这一关于自由的延伸内涵。

(二)信仰自由与中世纪情怀

文学与宗教有着特殊的人文亲缘关系,它们是呵护和滋养人的内在自我的最有效之文化形态。在大革命后欧洲宗教复兴的社会文化思潮背景下,渴慕"无限"自由的浪漫派就自然地在宗教信仰中寻求精神支援,夏多布里昂、诺瓦利斯、蒂克等人的心灵由此倾向于正统的天主教或新教;深切而孤绝的自我意识,也使得浪漫派作家将宗教当成可以带来心灵安慰的诗歌或神话,与之相应的则是泛神论以及超验主义宗教观的勃兴。"启蒙运动和科学主义在摧毁教会统治与蒙昧主义的同时,传统文化价值观念的失落无疑使人的精神产生空虚感与无依托感。"①这类似于后来尼采所说的"上帝死了"时人们信仰失落而生的迷惘。不少浪漫派作家将诗与宗教、诗人与上帝界定为一体,这倒也合乎神性观念与完美观念结合在一起的基督教传统。浪漫派的宗教观经由自由精神的催发显得多姿多彩,其共同点在于:用内心情感体验作为衡量信仰的标准,使宗教变成热烈而富有个人意义的东西;这不仅使浪漫派神学与以福音派和虔敬派为代表的基督教复兴相互呼应,而且使宗教信仰自由观念也成了浪漫派之自由价值观体系中十分重要的命题之一。于是,上帝不再是"自然神论"或理性宗教中的机械师,而是一桩令人陶醉的神秘事物;中世纪也被浪漫派从启蒙学派的讥讽中解救出来,成为作家反复吟唱讴歌的精神与心灵憧憬。对此,我们显然不宜简单地将其一概定性为社会政治立场上的复古与反动。这方面,最典型的也是德国浪漫派。

---

① M. H. Abrams. *A Glossary of Literary Terms*. Fortworth:Harcourt Brace Jovanovich College Publishers,1993,p. 122-129.

　　德国早期浪漫派普遍对现代科学、理性主义以及资本主义新秩序表示不满。针对18世纪末19世纪初西方社会科学主义、理性主义过于膨胀,针对人们凭借科学而对自我之力量产生的盲目乐观,德国浪漫派表现出了忧虑与反叛,其中具代表性的是诺瓦利斯。他对理性主义启蒙哲学在批判传统文化与文明时所表现出来的片面性持批评的态度,他的思想代表了精神与信仰追寻者的焦虑与恐慌。他向往中世纪基督教时代的欧洲,这在历史观上固然是复古式回望,但在18世纪末19世纪初那个战争与动乱的时代,中世纪曾有的统一与宁静以及精神信仰给人的心灵安抚,无疑使人有一种稳定感、安全感和精神上的归属感,而这正是大革命后的西方社会所缺乏的,也是科学与理性所无法给予的。在此,诺瓦利斯不是从政治的维度,而是从精神文化的维度,尤其是从宗教与文学的维度,把宗教作为精神和心灵启迪的资源,从而赋予中世纪以内心体悟、感性自我显现的启迪意义和人文传承的正面意义。在他那里,浪漫主义的"自由"观念,经由宗教信仰与人的内心体验等渠道得到了体现,也为文学表现人的心灵与情感提供了新方法、新途径。所以,"诺瓦利斯不是保守的僧侣阶级的代言人,对他来说,教会的本质应是'真正的自由'"①。人的精神、灵魂和感性世界如何从科技理性与功利主义的"物化"压抑状态中挣脱出来,精神与灵魂如何得以宁静和栖息? 这恰恰是功利主义与工具理性盛行的那个时代为文学与哲学提出的重要命题。诺瓦利斯的理论中隐含着对灵魂与精神的"人"的追求,也代表了当时一部分文化人对人的"自我"与本性的另一种理解与关注。他虽然推崇中世纪,但真正所要体认的并不是神秘的信仰世界本身,而是现实中人的炽热而真实的感性世界;他要通过对这感性世界的真实领悟,从而感受生命的存在、个体自由的存在以及生命的意义。

(三)政治自由与社会批判

　　如前所述,我国最初对西方浪漫主义思潮的引进,侧重于具有社会反叛精神的"积极""革命"的浪漫主义者,鲁迅在其《摩罗诗力说》中就特别推崇拜伦、雪莱、密茨凯维支、裴多菲等"摩罗"诗人。他试图通过推介他们,借以批判现实中

---

① 　任卫东、刘慧儒、范大灿:《德国文学史》(第3卷),南京:译林出版社,2007年版,第32页。

国社会之黑暗和国民之蒙昧,检讨中国传统文化之痼疾,其间表现出了启蒙主义的理性批判精神。此后以郭沫若为代表的创造社也侧重于推崇这些"积极浪漫主义"诗人,其立意和出发点也与前者大致相似。无论是鲁迅倡导的"摩罗派"浪漫主义还是郭沫若主张的"积极浪漫主义",都倾向于张扬政治自由和社会批判精神,同启蒙运动的理性批判精神达成一定程度的默契,而与以卢梭为源头和代表的审美主义浪漫派相去甚远。美国著名学者约翰·卡洛尔指出,"浪漫主义和启蒙运动享有同一个激进的个人主义,崇尚自治,对习俗、传统,尤其是人类团体的束缚充满敌意"①。这里的"浪漫主义"主要就是"摩罗派"或"撒旦派"浪漫主义诗人。拜伦式"摩罗派"浪漫主义光大了启蒙运动的自由批判精神,与大革命后社会政治领域里的自由主义思潮相呼应;他们祭出撒旦的精神反叛之大旗,反对一切目的论、决定论的社会历史观,怀疑一切既定的社会、政治、伦理成规,且声称"文学自由乃政治自由的新生女儿"②。孤独而决绝、抑郁而傲岸的"拜伦式英雄",用生命来捍卫至高无上的个人自由,而自由的敌人则不但有专制的国家权威,更有"多数人的暴政"乃至整个人类文明。愤世嫉俗、天马行空的拜伦式英雄所体现的无政府主义的自由主义,显然不同于法国龚斯当等浪漫主义者所信守的宪政自由主义。自由即反叛,而且反叛一切乃至反叛整个人类文明,拜伦式浪漫派的反叛精神中包含和张扬的英雄崇拜意识及"超人原型"③,意味着他们真正关注的只是自由意志的恣肆放纵和感性陶醉,而其政治立场则是暧昧模糊的。正因为如此,我们没有必要把他们拔高为反封建、反阶级压迫的"战士"——中国当时社会对此类斗士的需要与呼唤,并不等于拜伦式英雄本身便是意识形态意义上自觉的阶级"战士"。

　　还值得一提的是,以往我国学界通常认为,19世纪现实主义作家注重描绘社会的黑暗,具有强烈的社会批判性,高尔基称其为"批判现实主义",由此,"社会批判精神"几乎被看成19世纪西方现实主义文学原创的本质属性。其实不然,这种社会批判精神与浪漫派基于政治自由理念的叛逆精神有血脉关系。不仅如此,20世纪西方现代主义孤傲、决绝的"先锋精神"也与浪漫派的"反叛""孤傲"等

①　约翰·卡洛尔:《西方文化的衰落》,叶安宁译,北京:新星出版社,2007年版,第164页。
②　雨果:《〈艾那尼〉序》,《雨果论文学艺术》,柳鸣九译,石家庄:河北教育出版社,1999年版,第93页。
③　蒋承勇:《西方文学"人"的母题研究》,上海:华东师范大学出版社,2018年版,第301—310页。

有血缘关系,浪漫派的"目空一切"的叛逆精神和"革命"意识是西方文学史上一份颇具价值的文学遗产。

由政治自由和社会批判推及国家与民族问题,一些浪漫派诗人在这种自由精神的鼓舞下,极力主张民族的独立与解放——尤其是对于弱小民族而言。作为 19 世纪一种引人注目的意识形态,民族主义或许后来转向了反动,但在其刚刚兴起的 19 世纪初叶,它既不反对自由主义,也非全然属于国际主义的对立面。它仅仅意味着:民族是旧有社会政治秩序土崩瓦解之后新的社会平等的天然载体,民族性是上帝赋予每个民族在塑造人类过程中的角色,所有民族均有自由自决的权力。浪漫派高标个体与独立,否定作为政治实体的国家之权威,但承认个体的成员接受民族语言、文化遗产的制约,乃至承认自由的个体要通过特定的民族身份来实现自我,因而他们本能地认同自由主义的民族主义,并信守文化多元论。于是,与当时方兴未艾的民族主义思潮相呼应,浪漫派作家普遍表现出对异族文化风情的热切关注和对民族解放斗争的坚定支持。在俄国和波兰等东欧地区,浪漫主义尤其容易与本土民族主义达成默契。密茨凯维支、裴多菲等都是民族独立与解放的斗士,拜伦则把最后的生命献给了希腊民族解放运动。这也正是我国对这些浪漫主义诗人格外推崇的重要原因。不过,拜伦式浪漫派所"指归"的民族解放之"行动",其实在思想渊源上依然是以个人自由为根基的浪漫主义政治自由观念,而不是我们通常所理解的无产阶级的国际主义精神。

(四)艺术自由与文学革命

在浪漫主义文学思潮形成以前的 17、18 世纪,美学逐步从关于真与善的科学理论中剥离了出来,基于文学审美与自律的"艺术自由"观念随之日渐彰显,这为西方文学艺术之现代性转型奠定了哲学与美学的基础。西方美学学科的创始人鲍姆嘉通首先把美学与一般科学做了明确的区分,他认为:美学"是研究感性知识的科学"[①],其研究对象是审美的感性活动,尤其是艺术的审美感性活动;而审美活动是一种感官接受活动,是感性认识的完善。此后,康德进一步把美学视

---

① 鲍姆嘉通:《美学》,马奇主编:《西方美学史资料选编》(上卷),上海:上海人民出版社,1987 年版,第 691 页。

为与人的认知和意志相独立的情感领域,并把审美现象与认知现象明确加以区分。由是,审美也就是个体对世界的一种认识方式,即感性的认识,其内容包括"感性经验、想象以及虚构(fabulae),一切情感和激情的纷乱"①。作为一种特殊的认知方式,审美活动不仅意味着感性经验的知识,而且还包括了感性的愉悦与自由。正如康德所说,"假使它拿快感做它的直接的企图,它就唤做审美的艺术。这审美的艺术又可以是快适的艺术,或美的艺术"②。正是在这种理论滋养下,作为"文学中的自由主义"的浪漫派,就成功确立了"艺术自由"的观念,从而大大解放了艺术家的创造力,浪漫派也就成了西方文学现代性转型的标志。

众所周知,浪漫主义是在与古典主义的反复而激烈的争斗中得以确立的,但是,它由此获得的艺术上的"自由",绝不仅仅是文学创作上"挣脱了古典主义'三一律'的束缚"那种常识性的简单,而至关重要的是,在这场争斗中亦已蔓延开来的浪漫主义"运动",命里注定是一场史无前例的最深刻的文学"革命"! 正如英国著名学者以赛亚·伯林所说,"浪漫主义的重要性在于它是近代史上规模最大的一场运动,改变了西方世界的生活和思想。对我而言,它是发生在西方意识领域的一次转折。发生在19、20世纪历史进程中的其他转折都不及浪漫主义重要,而且它们都受到浪漫主义深刻的影响"③。从"艺术自由"的角度看,浪漫主义以感性和审美的方式对启蒙理性做了反向抨击,对启蒙运动的成果——资本主义的现代文明——发起了猛烈攻击,进而开启了西方现代审美主义(aestheticism)文学思潮。对此,我国学界的理解与研究是严重滞后的,由此也长期滞缓了对浪漫主义美学理念与人文内涵的深度把握和广泛传播。

文学以教育、影响他人为目标,为道德、哲学、宗教、政治和社会等他者服务,这是多少世纪以来在西方文学史中占主导地位的文学观念;而戈蒂耶等浪漫派作家却将诗与雄辩术区别开来,标举艺术的自足地位,倡导"为艺术而艺术"。"浪漫主义运动的特征总的说来是用审美的标准代替功利的标准"④,柯勒律治、济慈与爱伦·坡、戈蒂耶等都倡导文学自律的理论。当然,对绝大多数的浪漫主

① 鲍姆嘉通:《美学》,马奇主编:《西方美学史资料选编》(上卷),上海:上海人民出版社,1987年版,第692页。

② 康德:《判断力批判》(上卷),宗白华译,北京:商务印书馆,1964年版,第150页。

③ 以赛亚·伯林:《浪漫主义的根源》,吕梁等译,南京:译林出版社,2008年版,第9—10页。

④ 罗素:《西方哲学史》(下),北京:商务印书馆,1997年版,第216页。

义理论家来讲,文学自律观念是隐含在他们的文论当中的,诸如强调天才、想象、情感、独创等,本身都暗含了对于文学独立性的认同。在文学艺术的社会功能方面,大多数浪漫主义批评家尽管并没有完全放弃传统的文学功能观,却又强调文学艺术对人的"善感性"的培养,这是一种与传统文学功能观念全然不同的新概念。"卢梭(Rousseau)早在1750年就写下了'理性腐蚀着我们'的论断,认为艺术和科学败坏了所有神圣的东西。他所标新立异的神祇是激情,作为对笛卡儿('我思故我在')的尖锐还击:我感觉,因此我在。"①在启蒙理性和资本主义现代文明对个体人的心灵不断构成异化文化环境里,浪漫派便以感性和审美的方式予以抵制,在他们心目中,美是和谐的个体和国家的表象或显现②。浪漫主义通过与启蒙理性对抗以及对感性与审美的张扬,在西方文学史上首次实现了情感对理智、文学对现实、审美对功利、天才对庸众的超越。浪漫诗学与浪漫反讽的确立以及浪漫派的文类创新,均从不同的向度揭示了浪漫主义的"革命性"。与此同时,随着文学自律性地位和非功利性观念的确立,浪漫派还制造了诗人被冷酷无情的社会和"庸众"所毁灭的悲情传说;此后将艺术自由发挥到极致的唯美主义作家群的出现,则标志着纯文学与通俗文学、精英文化与大众文化的分裂在浪漫主义时代已初显端倪。从浪漫派开始,西方文学几乎都是在与文学传统以及"大众—社会"的激烈冲突中以文学"革命"或"运动"的方式展开的。正是在这种激烈的冲突中,文学"运动"和作家的"先锋性"日益凸显和强化,这也是文学现代性特质的一种表现。而伴随包括工业化、城市化、民主化、法制化、理性化等内涵的现代化进程在19世纪的急剧提速,西方文学思潮的"运动"形态亦得到大大强化,直接酿就了更为激进和反叛性更强的现代主义文学思潮。

总之,"自由"之于浪漫主义文学思潮的核心地位,不仅使浪漫派丰富、光大了构成西方文化精髓的自由主义传统,而且使浪漫派成了西方文学史上最光辉灿烂的篇章。作为文学思潮,浪漫主义因其内在的"自由"观念的彰显而成了西方近现代文学发展过程中最伟大的一场文学革命;在文学艺术领域,浪漫主义运动堪与德国的哲学革命、英国的工业革命、法国与美国的政治革命相媲美,同时

---

① 约翰·卡洛尔:《西方文化的衰落》,叶安宁译,北京:新星出版社,2007年版,第163—164页。

② Beiser,Fredrick C. *The Romantic Imperative*:*The Concept of Early German Romanticism*. Cambridge,Massachusetts,and London:Harvard University Press,2003,p.40.

又是对它们的表达或补偿。但是,历史、辩证地看,浪漫派之自由观念亦因其时代局限性而释放出负面效应:社会文化层面——在以自由至上对理性至上的反拨过程中,浪漫派在某种程度上将个性扩展为任性,将自我变成自恋,将张扬感性演绎为情欲泛滥,将对"无限"的憧憬转化为对现实的弃绝,终使自由在失却了自己的边界之后成为缥缈的迷雾流云,幻化成一抹失却了精神力量的虚无;文学艺术层面——浪漫派在消解功利主义艺术观念的过程中,割裂了艺术作为自由之象征与艺术作为苦闷之象征的关系,从艺术自由推衍出艺术至上,终使艺术在很大程度上蜕变为失却了现实生活大地牵引而任凭自由理念吹向神秘天国的断线风筝。浪漫派"自由"观念的局限性决定了它也将随着历史的演进而退场——它只能是属于那个世纪某个历史阶段有极大创新性的"文学思潮"。但是,站在五四运动爆发 100 周年的今天,我们必须看到,浪漫主义文学思潮给西方文学带来了革命性影响,它的精神已经融进了西方文学乃至世界文学的血液之中,对此,我们有必要对其做更深入的考察、研究、认识与把握。

(本文作者:蒋承勇)

浪漫主义与"荒诞"观念的形成

　　文学史上很早就出现了描写世界或人生"荒诞"的作品。上古神话中,人类面对无法解释的诸多自然现象流露出来的困惑或恐惧即是荒诞感的最初表现。20世纪,随着存在主义哲学的兴起与广泛传播,"荒诞"观念大行其道,受此观念影响产生的荒诞派文学此起彼伏,蔚然成风。"荒诞"与文学源远流长的关系,是如何从不绝如缕的不温不火突然演进出洪峰高潮的呢?

　　众所周知,作为个体的生存体验,"荒诞"是反理性的;作为文学思潮,高标个性解放、强调情感表现的浪漫主义亦明显具有反理性的倾向。对理性主义的反拨以及对非理性主观体验的表现,使得浪漫主义与"荒诞"观念珠胎暗结,款曲相通。基于对人的精神世界的高度关注,浪漫派比既往时代的作家更敏感地体察和感受到了代表着"无限"的理想与表征着"有限"的现实之间的冲突及其在情感上所造成的不适,"荒诞"作为一种生命体验,正是主观意识在面对客观世界时产生的一种不无痛苦的不适感;而存在主义哲学中与"荒诞"一体两面相因共生的"自由",也正是浪漫主义的核心观念,即雨果所谓"浪漫主义其真正的定义不过是文学上的自由主义而已"①。这一切,均与昭告浪漫主义与"荒诞"观念的流行渊源甚深。克尔凯郭尔以浪漫主义作家与存在主义哲学奠基人的双重身份,使其历史地成为两者之间相互连通的桥梁。

---

① 雨果:《〈艾那尼〉序》,《雨果论文学艺术》,柳鸣九译,石家庄:河北教育出版社,1999年版,第100页。

一、浪漫主义:"反理性"开启"荒诞"

理性时代那种基于逻辑思维和经验科学的理性在认识自然规律、拓展科学知识方面成效卓著,但由此逐渐形成的理性崇拜却也日益漠视意志、忽略情感;理性强设的诸般标准、各种规则成了凌驾于人性之上的绝对律令,束缚人的自由意志,窒息人的创造精神,这就有卢梭所谓"人是生而自由的,但却无往不在枷锁之中"①。在理性乐观主义的喧嚣声浪中,浪漫派最早预见到了科学理性带给人的分裂和不幸:"(人)永远束缚在整体中一个孤零零的断片上,人也就把自己变成一个断片了。"②由是,浪漫主义者开始弃绝机械论转向有机论:"生物学强调生命不是一堆死的部件的组合,而是一种秉有有机结构与功能的自然力;生命最基本的事实是个体而非构成个体的部分或那些包围着个体的人为的群体。简言之,生物学意味着个体主义。"③

18 世纪与 19 世纪之交,面对诸如"我是谁""我从何处来""我要到何处去"等长期被理性罔顾的精神价值问题,人们试图通过非理性视角来重新界定生命的意义,并开始寻找业已丧失了许久的精神灵性与生命激情。经济领域的工业革命与政治领域的法国革命所带来的社会大动荡,使这种非理性情感对唯理主义的反叛迅速演变为时代的精神狂飙——浪漫主义。

作为现代性的第一次自我批判,浪漫主义奋起反抗工业文明及其功利主义人生观对人之精神个性的荼毒与侵蚀,渴望精神的自由,追求情感的解放,并由此转向大自然和远古异域寻求解脱和诗意。浪漫派作家纷纷质疑、抛弃古典主义的理性原则——"首先须爱理性:愿你的一切文章永远只凭着理性获得价值和光芒"④,转而重视发掘生命深处说不清、道不明但也因此越发显得丰富多彩、活跃生动的情感世界,"他们喜欢奇异的东西:幽灵鬼怪、凋零的古堡、昔日

---

① 卢梭:《社会契约论》,何兆武译,北京:商务印书馆,1980 年版,第 8 页。
② 席勒:《美育书简》,徐恒醇译,北京:中国文联出版公司,1984 年版,第 51 页。
③ Jacques Barzun, *Classic*, *Romantic and Modern*, London: Secker & Warburg, 1962, p.55.
④ 布瓦洛:《诗的艺术》,伍蠡甫主编:《西方古今文论选》,任典译,上海:复旦大学出版社,1984 年版,第 62 页。

盛大的家族最末一批哀愁的后裔、催眠术士和异术法师、没落的暴君和东地中海的海盗"①。的确,浪漫主义是"感情,而非理智;相对于脑的心",是"生命的再次觉醒,对于中世纪的思索",是"心灵中一种较少自觉的层次上的解放;一个如痴如醉的梦想",是"与理性和真实感相对的想象"②。一言以蔽之,以"反理性"为基本精神诉求的浪漫主义,乃"感觉对理性的反叛、本能对理智的反叛、情感对判断的反叛、主体对客体的反叛、主观主义对客观性的反叛、个人对社会的反叛、想象对真实的反叛、传奇对历史的反叛、宗教对科学的反叛、神秘主义对仪式的反叛、诗与诗的散文对散文与散文的诗的反叛、新歌德对新古典艺术的反叛、'自然'与'自然物'对文明与技巧的反叛、情绪表达对习俗限制的反叛、个人自由对社会秩序的反叛、青年对权威的反叛、民主政治对贵族政治的反叛、个人对抗国家——简而言之,19 世纪对 18 世纪的反叛"③。

"对神秘莫测和奇异怪诞之事的兴趣,是浪漫主义抵制启蒙理性的一种特殊表现。"④经由在一派反叛声中解放了的非理性,浪漫派打开了荒诞世界的入口;荒诞感作为个体生存之最深刻的生命—精神体验也就成了浪漫主义文学表现的重要内容。以讲述怪诞诡异故事著名的霍夫曼,赋予笔下的人物以神魔的造型、奇怪的经历和不着边际的头脑,在其 19 世纪初叶的一系列谈魔说怪的作品中虚构了一个个怪异的幻想世界;通过对恐怖、绝望、病态等极端非理性意识的聚焦,另一位浪漫主义的奇异人物爱伦·坡对人之潜意识世界的探索在 19 世纪中叶达到了空前的深度,非理性在其作品中常常成为导致人物自我毁灭的主要原因。由是,人们也常常给浪漫主义作家冠以"古怪""疯狂""梦幻"的标签。"只需要通读蒂克的一个剧本的人物表或者随便其他一个浪漫主义诗人的剧作的人物表,就能想象出在他们的诗意世界里出现的是多么稀奇古怪、闻所未闻的东西。动物说着人话,人说起话来像个畜生,凳子、桌子意识到它们在生存中的意义,人感到生存是个毫无意义的东西,无物变成一切,一切变成无物,一切是可能的而又

① 罗素:《西方哲学史》(下),马元德译,北京:商务印书馆,1976 年版,第 217 页。
② 弗斯特:《浪漫主义》,李今译,北京:昆仑出版社,1989 年版,第 4—6 页。
③ 威尔·杜兰特、阿里尔·杜兰特:《世界文明史·卢梭与大革命》(下),台湾幼狮文化译,北京:天地出版社,2017 年版,第 956 页。
④ 卫茂平:《作为德国事件的浪漫主义》,吕迪格尔·萨弗兰斯基:《荣耀与丑闻——反思德国浪漫主义》,卫茂平译,上海:上海人民出版社,2014 年版,第 3 页。

是不可能的,一切是合乎情理的可又是不合乎情理的。"①时而是霍夫曼作品中呈现在理想和现实之间的精神矛盾,时而是爱伦·坡作品中主宰着理性思维的歇斯底里,"荒诞"在浪漫主义作品中常常以一种可笑或可怕的逻辑支配着理智。"针对启蒙运动的明晰,浪漫主义作家倡导搅动人之'幽暗的本能',即世人身上的狄俄尼索斯之力或非理性。"②的确,经由聚焦人之内在精神矛盾和深层情感悖谬,浪漫主义文学为存在主义哲学进一步阐发"非理性的人"做好了充分的准备。勒内(夏多布里昂:《勒内》,1802)的"彷徨苦闷",奥克塔夫的"迷茫绝望"(缪塞:《一个世纪儿的忏悔》,1836),曼弗雷德(拜伦:《曼弗雷德》,1817)的"世界悲哀"……这些浪漫主义时代无所适从、焦躁不安的灵魂,所共同表达的正是存在主义哲学集中阐发的孤独、无聊、焦虑、虚无、绝望等非理性生命体验。

当个人情感被社会理性束缚在种种不可逾越的规则中时,其自身内部的诸多情绪冲突和精神矛盾都掩蔽在理性的"合理解释"之下;而今,浪漫主义大潮以反理性的姿态将人们尘封已久的各种生命体验与非理性情绪解放出来,以主观体验反观自身存在的人遂遽然领悟:习以为常的那个世界原来竟是那样陌生,那些因感觉亲近而生发出来的"必然"背后原来藏着那么多悬浮于不确定性中的"偶然"……那个因熟悉而习惯的世界的崩塌带来了旧有自我的沦陷;刚刚醒转过来却满头雾水的个体,在迷惘中挣扎、摸索,竭力摆脱那些曾经显得那么理直气壮而现在看上去竟是如此苍白、虚伪的"标准"说辞与"规范"逻辑,努力要做一个真正自由的新人。但何谓真正的人?关于人生意义的新的答案又在哪里?绝对自由最终所抵达的难道不是一份绝对的虚无吗?"在这个时刻,彻底的不信宗教和彻底的虔信宗教都没有前途了。只剩下了怀疑——即诗歌领域的激进主义,对有关人生的目标和价值提出了千百个痛苦的使人烦恼的问题。"③当人们为了达成自我的救赎而进一步追问这些生命之谜的时候,无法化解的怀疑的团团乱麻最终所凝成的"荒诞"就会不断沉淀在那些迷惘的心灵深处。

"荒诞"乃理性发展到较高阶段后人们才有可能达成的一种对世界和人生的

①　克尔凯郭尔:《论反讽概念》,汤晨溪译,北京:中国社会科学出版社,2005 年版,第 263 页。
②　卫茂平:《作为德国事件的浪漫主义》,吕迪格尔·萨弗兰斯基:《荣耀与丑闻——反思德国浪漫主义》,卫茂平译,上海:上海人民出版社,2014 年版,第 9 页。
③　勃兰兑斯:《十九世纪文学主流》(第三分册),张道真译,北京:人民文学出版社,1988 年版,第 296 页。

深度体验与清醒意识;这份体验对僵硬思维模式的摇撼解构,体现着主体意识在不断延展中对既有理性逻辑的超越与扬弃。的确,在不安分地试图颠覆既定理性秩序的努力中,浪漫派一时间也难以廓清生命的意义,但他们愿意投身到强烈的生命洪流中去体验希望、喜悦、热爱等每一种幸福的战栗,去感受孤独、恐惧、绝望等每一种痛苦的情绪,因为这一切的全部才是生命存在的证明。浪漫主义大潮过后,宣称"上帝死了"的尼采在19世纪末将反理性的事业推进到了更高的阶段,并由此成了存在主义哲学发展过程中具有划时代意义的人物。在尼采看来:个体不必再受上帝的支配,而依附于此信仰体系建构起来的道德规范也已然坍塌;一旦人们过去确信的真理化为泡影,个体自身存在的所有意义说明也就失去了依据或合理性,"荒诞"由此缤纷绽放。简言之,尼采"上帝死了"的断喝进一步确认了世界与人生的"荒诞","在存在主义的演进过程中,尼采占着中心的席位:没有尼采的话,雅斯培、海德格尔和沙特是不可思议的,并且,卡缪《薛西弗斯的神话》的结论听来也像是尼采遥远的回音"①。

二、浪漫主义:"自由"与"荒诞"相因共生

在谈到浪漫主义革命时,20世纪著名自由主义思想家伯林独具只眼:"两种因素:其一是自由无羁的意志及其否认世上存在事物的本性;其二是破除事物具有稳固结构这一观念的尝试。某种意义上,这两种因素构成了这场价值非凡、意义重大的运动中最深刻也是最疯狂的一部分。"②在浪漫主义文学运动中,自由取代理性成为最高价值,所有的范畴都出自人的自由心灵,一切理性规则和习惯都要用自由这一最高原则衡量一番。"这就是浪漫派,其主要任务在于破坏宽容的日常生活,破坏世俗趣味,破坏常识,破坏人们平静的娱乐消遣",但"浪漫主义的结局是自由主义,是宽容,是行为得体以及对于不完美的生活的体谅,是理性的自我理解的一定程度的增强。这些和浪漫主义的初衷相去甚远……他们有志于实现某个目的,结果却几乎全然相反"③。以"自由"为灵魂的浪漫主义革命由是

①　W.考夫曼编著:《存在主义》,陈鼓应、孟祥森、刘崎译,北京:商务印书馆,1987年版,第13页。
②　以赛亚·伯林:《浪漫主义的根源》,吕梁等译,南京:译林出版社,2008年版,第118页。
③　以赛亚·伯林:《浪漫主义的根源》,吕梁等译,南京:译林出版社,2008年版,第145页。

从整体上呈现出"荒诞"的意味。

自由乃西方文化的伟大传统,并非浪漫主义时代所独有。法国浪漫主义的重要作家、当时西方最重要的自由主义思想家贡斯当曾写过一篇著名的文章《古代人的自由与现代人的自由》,翔实分析了古代雅典城邦人的自由与浪漫主义时代"现代人"的自由在内涵上的重大分别:古代西方人的自由是"群体的自由",而现代人——也就是浪漫主义时代的人的自由是"个体的自由"。① 而所谓"个体的自由",绝非是说个人可以肆意妄为——想干什么就干什么;卢梭所谓"人是生而自由的"指的主要是人之精神层面的自由,而"无往不在枷锁之中"则显然是指行为层面上的人的自由的现实状况。虽然浪漫派的"个体自由"包含了诸多行为层面的自由,如迁徙自由、贸易自由、婚姻自由等,但它最强调的其实是精神层面的自由。事实上,也只有在精神层面,人的自由才是无限的、无条件的。

"作为现代性的共同起源,浪漫主义一方面是对启蒙主义的延续,同时它在很多方面也与启蒙主义相对立。"②浪漫主义的自由与启蒙主义的自由显然有所不同。高标自由、平等、博爱,启蒙学派以怀疑的精神解开陈规旧俗对人之灵性的羁约牵绊,同时以革命的激情冲决王权和神权专制带给人身的禁锢戕害,启蒙运动自始至终都贯通着社会—政治革命的红线,这意味着它往往要基于社会进步和政治正义的关切将自由归诸平等和民主的社会—政治运动,从而某种程度上削弱甚至瓦解了自由的个体性原则。而且,启蒙主义确立了对人类理性的绝对信仰,理性作为最高价值一定程度上必然也带来对人之自由价值的遮蔽;与此同时,人的情感亦遭到流放与贬抑。"浪漫主义者是这样一个作家,他利用我们的文化手段攻击启蒙时期和革命时期。"③"这种文学的根据正是关于个人无限重要性的观念。"④"浪漫派高度推崇个人价值,个体主义乃浪漫主义的突出特征。"⑤在力倡众生平等、社会公正的启蒙运动中,启蒙思想家所宣扬的自由乃是

---

① 贡斯当:《古代人的自由与现代人的自由》,阎克文、刘满贵译,北京:商务印书馆,1999 年版,第 26—27 页。

② Marshall Brown, ed, *The Cambridge History of Literary Criticism*: *Volume 5 Romanticism*, Cambridge: Cambridge University Press, 2008, p. 30.

③ 勃兰兑斯:《十九世纪文学主流》(第二分册),刘半九译,北京:人民文学出版社,1988 年版,第 297 页。

④ 勃兰兑斯:《十九世纪文学主流》(第二分册),刘半九译,北京:人民文学出版社,1988 年版,第 233 页。

⑤ Jacques Barzun, *Classic, Romantic and Modern*, London: Secker & Warburg, 1962, p. 6.

一种以集体为主体的群体自由,而浪漫主义运动在自由问题上对启蒙运动进行了扬弃,尤其强调活生生的个体的人之自由,并将个体自由确立为整个文化系统的最高价值。"世袭君主制的拥戴者所提出的上帝至上论和崇奉群众的革命派所提出的人民至上论,现在被个人至上论所代替。"①与此前启蒙学派的标准化和简单化相反,浪漫主义的基本特征是多样性或多元论,其所倡导和张扬的是独特与个别,而非普遍与一般。"18 世纪的文学是一种社会文学,不是追求表达个人的心灵,而是力图传播共同的理念。"②而当个人心灵及其自由意志成为浪漫主义的根本动力,古典主义专事书写"社会人"的旧文学也就自然转变成为浪漫主义高标"个体人"的新文学。

对个体"自我"的寻觅开启了对内心意识的探求,"内在性"—"主体性"—"主观性"或主观主义成为浪漫主义文学最基本的特征,而张扬个人自由所达成的个性解放则成为浪漫主义革命最基本的推动力。"文学创作的任务永远是用凝练的形式表现一个民族或一个时代的整体生活。浪漫主义文学却抛却了这个任务。以诺瓦利斯为最典型的代表,他们从诗人的心灵中排出整个外部现实,而用它的诗意的憧憬创造出一个诗与哲学的体系。他们并不表现人生的广度和深度,只表现少数才智之士的梦幻。"③事实上,个人自由正是个体主观性的显现,人的本质也正在于其能够经由自我的自由精神(主观性)而赋予自身以价值。在浪漫派这里,自由的个体主体不再简单的只是被动反映现实的"镜"之实体,而是以想象力与创造力作为光源照亮、开启世界的精神之"灯"。

与浪漫主义渴求无限、追求超越的精神相契合,浪漫主义的自由乃是一份趋向无限的绝对自由。人自身存在的有限性和其对无限性的渴求所构成的生存悖论,既是浪漫派一直萦绕在心的斯芬克斯之谜,也是浪漫主义最终导出"荒诞"观念的基本逻辑依据。"有限与无限的关系原则是浪漫主义的首要原则,任何别的东西都是依赖于它的。"④"浪漫主义打破了无限与有限的平衡,借助于无限的动

①　勃兰兑斯:《十九世纪文学主流》(第三分册),张道真译,北京:人民文学出版社,1988 年版,第125—126 页。

②　斯特龙伯格:《西方现代思想史》,刘北成、赵国新译,北京:中央编译出版社,2005 年版,第 240 页。

③　勃兰兑斯:《十九世纪文学主流》(第二分册),刘半九译,北京:人民文学出版社,1988 年版,第234 页。

④　蒂利希:《基督教思想史》,尹大贻译,北京:东方出版社,2008 年版,第 331 页。

力超越了一切有限形式。"①浪漫派所憧憬的幸福按其本质而言是绝难变成现实的,因而这份憧憬"在所有浪漫主义者笔下,便被描写成永远到处骚动不安的追求"②。在浪漫派趋向绝对自由的精神中,人最必不可少因而实际上成了人的根本属性的东西就是其作为有限对无限的渴望与追求。而正是对无限的这种永恒的渴望与追求,直接规定了人不断在自由创造中超越自我与当下、超越有限与命定的高贵品格。"个体人格与超个体价值之间的关系十分重要。它们两者的关系如果建构在客体化世界中,人则轻易沦为奴隶;如果建构在生存和超越中,则展现自由的生命。"③

浪漫主义的"自由"是一个内涵极为丰富的概念,其要旨则是张扬个性达成超越的个体精神自由。概而言之,浪漫主义的"自由"所昭示的就是个人从有限到无限的自我超越。"人是要被超越的一种东西"④;存在主义思想家尼采对这种达成自我超越的自由精神大唱赞歌,并反复指证人之本质就在于其不断自我超越的自由人格。在尼采的"超人哲学"中,所谓"超人"便是基于强力意志与酒神精神在自由创造中不断超越自身的人。在人的自由和超越向度上,后世的存在主义者大都吸收和发展了尼采的"超人"思想。⑤

存在主义把人自身看成是一切存在的核心,是世上一切事物存在的出发点;人之为人,乃"自为的存在",而客观世界作为"自在的存在"其实是因"自为存在"之主观性的"去蔽"才得到"澄明"的;这就有——若无"自我"即无"世界"。主观性就是人的自由;"人并不是首先存在以便后来成为自由的,人的存在和他'是自由的'这两者之间没有区别"⑥。"我命定是自由的,这意味着,除了自由本身以外,人们不可能在我的自由中找到别的限制。"⑦存在主义高标个体主观性,认为只有个人的主观意识和内在的生命体验才是可靠的、第一性的存在,而外在客观世界则是不可知的,置身其中的人生也并无意义可言,这也就是所谓一切均为虚

---

①　蒂利希:《基督教思想史》,尹大贻译,北京:东方出版社,2008年版,第333页。
②　勃兰兑斯:《十九世纪文学主流》(第二分册),刘半九译,北京:人民文学出版社,1988年版,第224页。
③　别尔嘉耶夫:《人的奴役与自由》,徐黎明译,贵阳:贵州人民出版社,1994年版,第12—13页。
④　尼采:《查拉斯图拉如是说》,楚图南译,贵阳:贵州人民出版社,2004年版,第13页。
⑤　刘放桐等编著:《新编现代西方哲学》,北京:人民出版社,2000年版,第333页。
⑥　萨特:《存在与虚无》,陈宣良等译,北京:生活·读书·新知三联书店,2007年版,第54页。
⑦　萨特:《存在与虚无》,陈宣良等译,北京:生活·读书·新知三联书店,2007年版,第535页。

无,世界原本荒诞。

在"荒诞"隐现的现代的开端,敏感的浪漫派第一次意识到:个人真正可以凭依的东西只有与生俱来的自由。浪漫主义自由内涵的丰富性有时候直接表现为其自身的悖谬。如自由既是权利也是责任,其存在要承当后果的责任,意味着自由这一权利其实也是不自由的;再如,人既向往自由,但又逃避自由乃至喜欢奴役或喜欢被奴役——"人悬于'两极':既神又兽,既高贵又卑劣,既自由又受奴役,既向上超升又堕落沉沦,既弘扬至爱和牺牲,又彰显万般的残忍和无尽的自我中心主义"①。事实上,不管"自为存在"在主观性和本质上多么自由,仅仅其伊始处"被抛"的那份"偶然性",就足以使人之自由本身显现出十足的荒诞性。人之绝对自由,使其找不到任何可以依仗凭援之物,只能孤零零地独立于一派虚无之中。然而,也正是绝对的自由所构成的这片无限绝对的虚无,为人的绝对主体性、无限创造性、永恒超越性提供了可能。一言以蔽之,绝对自由开启的虚无释出荒诞;自由本身的悖谬导出荒诞,而荒诞同时也解开了所有成规的束缚,解放了自由——"自由"与"荒诞"原本就是互为表里的二位一体。

三、克尔凯郭尔:浪漫主义与存在主义之间的桥梁

在人类的历史长河中,荒诞感古已有之,但严格意义上的"荒诞"其实是一个现代才有的哲学范畴。作为哲学观念,"荒诞"是生命境遇层面最初的那种荒诞感经由抽象提升到人类存在的形而上层面达成的。存在主义哲学家将"荒诞"阐发为个人在世界中的一种生命体验——它既是颠覆理性—信仰后无所依凭的孤独感,也是对悬置于偶然性中不确定未来的恐惧和人生无意义的绝望。

孤独、恐惧和绝望,连同厌倦、疯狂和迷醉等,均是浪漫主义时期文学表现的标志性现象。"厌倦与孤独,乃浪漫主义时期反复出现的文学主题。"②从勒内、哈洛尔德等忧郁成性的诸多"世纪儿"形象中可见:对如上心理体验的表达,实乃浪漫主义文学的核心属性或基本特征。"我所感到的,是一种巨大的气馁,一种不

①　别尔嘉耶夫:《人的奴役与自由》,徐黎明译,贵阳:贵州人民出版社,1994年版,第3页。

②　F. W. J. Hemmings, *Culture and Society in France 1789—1848*, Leicester: Leicester University Press,1987,p. 112.

可忍受的孤独感,一种朦胧的、不幸的、永久的恐惧,对自己的力量的完全的不相信,彻底地缺乏欲望……我不断地自问:这有什么用? 那有什么用? 这是真正的忧郁的精神。"①在浪漫主义之前,"荒诞"基本上停留在人们无力对世界做出合理解释而产生的迷惘、困惑这一层面;正是循着迷惘、困惑的情绪路径,19 世纪中叶的克尔凯郭尔第一次将由勒内发端的大量"世纪儿"形象内里的核心要素"忧郁"进一步阐发成为后来加缪笔下"局外人"莫尔索所表征着的那份"荒诞"。② 准确地说,"荒诞"乃是"忧郁"内里那份混乱的激情或热忱冷却下来凝成的观念结晶。

作为体现着个体主观感受的心理体验,"荒诞"即"荒诞感";"荒诞哲学"显然建立在对个体主观性的强调之上,这一点在克尔凯郭尔这个存在主义始祖的表述中已然确定无疑。"就像一株孤傲的冷杉,兀然而立,直指天际,我站立着,不留下一丝荫影。"③克尔凯郭尔的所有哲学论题都建立在对个体的思考之上,其实在的生活和精神的信仰均表明他的哲学是来自个人绝对孤独的尖叫。在很大程度上,正是基于其"孤独个体"这一新的思想轴心,克尔凯郭尔才开启了直接影响尼采并进而改变西方文化走向的哲学革命。

身为浪漫主义作家的克尔凯郭尔将其哲学思辨与神学探究的触角延伸到后世存在主义哲学的核心命题——"荒诞",并以"个体性"为基础深入阐发了"荒诞"的内涵。在克尔凯郭尔那里,"荒诞"是个体意识基于真切的生命体验所体察到的存在之无可规避的悖谬性;作为一份非理性的主观感受或"反理性的主观性",克尔凯郭尔的"荒诞"观念满透着孤独、恐惧、绝望、虚无的意绪。后来萨特将这种"反理性的主观性"称作"绝对的内在性":"显然应该在虚无化中找到一切否定的基础,这种虚无化是在内在性之中进行的。我们必须在绝对的内在性中,在即时的我思的纯粹主观性中发现人赖以成为其自身虚无的那种原始活动。"④否认理性对人之存在的过度解释,存在主义转而强调人是"被

---

① "波德莱尔 1857 年 12 月 30 日致母亲书",转引自波德莱尔:《恶之花》,郭宏安译,桂林:广西师范大学出版社,2002 年版,第 75 页。
② 美国文化观察家恺撒·格兰娜在 20 世纪 60 年代就曾经明确指出:"作为某种社会现实的表征,现代文学中那种边缘乃至匿形的'局外人'在西方文化中出没的时间不是 30 年,而是已然 130 年。"Cesar Grana, *Bohemian versus Bourgeois*, New York & London: Basic Books Inc., Publishers, 1964, xi, xii.
③ 克尔凯戈尔:《克尔凯戈尔日记选》,晏可德、姚蓓琴译,上海:上海社会科学院出版社,1992 年版,第 28 页。
④ 萨特:《存在与虚无》,陈宣良等译,北京:生活·读书·新知三联书店,2007 年版,第 77 页。

抛"到世界上来的,充满了"偶然性"的存在;"偶然性"的高耸,使得客观世界和人生都因"必然性"的悬置而陷入了意义丧失的状态,来自乌有去向子虚的虚无感和荒诞感由是沛然而出,即所谓"荒诞是指缺乏意义……在同宗教的、形而上学的、先验论的根源隔绝后,人就不知所措,他的一切行为就变得没有意义,荒诞而无用"①。

"浪漫主义背离权威而追求自由,拒绝陈旧僵化的学问而崇尚个体的探究,拒斥安稳的恒定性而拥抱不可预见的戏剧性……"②正是浪漫主义运动对理性的颠覆,为"荒诞哲学"或存在主义哲学在 19 世纪中后期的形成与发展提供了重要的前提条件。感性自由的空前释放,使浪漫派成为文学史上第一个与个人存在的荒诞性正面遭遇的作家群。不唯如此,在浪漫主义运动的后期阶段,历史绝非偶然地提供了第一位将"荒诞"从生活体验上升到形而上学观念的诗人哲学家——克尔凯郭尔。有意识地从个体性、反理性以及强调人的孤独、恐惧、绝望等心理体验的角度来思考人的存在,他提炼创造了"荒诞"这一"极其丰富的、远远超前他们时代、只有下一个世纪的人才理解得了的观念"③。此后,随着尼采、海德格尔、萨特等哲学家对"人的存在"的不断阐释以及陀思妥耶夫斯基、卡夫卡、加缪等文学家对生存体验的不断描述,"荒诞"最终被确定为是对存在的一种根本性描述——世界是荒诞的,人的存在在根本上也是荒诞的;由是,"荒诞"也就成了存在主义的核心观念。

作为 19 世纪重要的浪漫主义作家,同时作为 20 世纪存在主义哲学的奠基人,克尔凯郭尔的双重身份与历史地标,使其历史地成了两者之间相互连通的桥梁。克尔凯郭尔的存在,使得自由主义思想家伯林关于浪漫主义与存在主义的如下论断变得确凿而又昭彰:

> 存在主义的关键教义是浪漫主义的,就是说,世上没有任何东西能够依靠。④

---

① 袁可嘉等编选:《现代主义文学研究》(下),北京:中国社会科学出版社,1989 年版,第 675 页。
② Jacques Barzun, *Classic, Romantic and Modern*, London: Secker & Warburg, 1962, xxi.
③ 巴雷特:《非理性的人》,段德智译,上海:上海译文出版社,2007 年版,第 13 页。
④ 以赛亚·伯林:《浪漫主义的根源》,吕梁等译,南京:译林出版社,2008 年版,第 141 页。

浪漫主义认为,人之存在的某些方面被彻底忽略了,尤其是生命内在的一面,所以人的形象被严重扭曲了。在今日,由浪漫主义所引发的诸多运动之一就是所谓法国存在主义,存在主义是浪漫主义的真正继承人。①

（本文作者:曾繁亭　蒋承勇）

---

① 　以赛亚·伯林:《浪漫主义的根源》,吕梁等译,南京:译林出版社,2008 年版,第 138 页。

"个人"与"革命"的变奏:
西方浪漫主义中国百年传播省思

作为主导 19 世纪上半期西方文坛的思潮,浪漫主义乃西方文学史上空前绝后的文学革命:它不但以"自由"取代"理性",终结了此前 200 多年的古典主义文学主潮,而且用"表现说"颠覆了此前 2000 多年占主导地位的"摹仿说",从根本上革新了西方的文学理念。如果说,18 世纪后期首先发端于英国的工业革命使西方社会在经济层面以告别农业文明、进入工业文明的方式开启了真正的"现代时期",1789 年在法国爆发的政治大革命使西方社会在政治层面以告别专制制度、进入宪政民主的方式开启了真正的"现代时期",那么,18 世纪末在康德哲学革命的基础上首先发端于德国的浪漫主义文学革命则开启了西方"现代文学"的大门。

不唯如此,中国现代文学的大门也正是由一百多年前叩关而来的西方浪漫主义开启的。

一、"个人的发现"

1902 年,梁启超在《新中国未来记》中借人物之口引出拜伦及其诗篇《哀希腊》,盛赞他为最自由之人,并以为这诗似乎正为国人所写——鼓励其为摆脱奴役地位而奋起反抗。他提出要以拜伦等"泰西文豪之意境之风格熔铸,然后可为此道开一新天地"①。

---

① 梁启超,吴趼人,陆士谔著,黄霖校注:《世博梦幻三部曲》,上海:东方出版中心,2010 年版,第 67 页。

鲁迅在 1907 年写下的《摩罗诗力说》，乃国内浪漫主义研究最重要的早期文献。鲁迅亦认为拜伦好自由——他及其笔下人物均有任由自我、推崇强力的倾向。诸如《海贼》(现多译为《海盗》)中的康拉德，遵从自己的意志与手中之剑，而蔑视国家法度与社会道德；再如《曼弗列特》(现译为《曼弗雷德》)中的曼弗列特自诩知悉善恶，而不惧鬼神。鲁迅称"立意在反抗，指归在动作"的拜伦是一个混合了拿破仑的破坏和华盛顿的自由的人①，是一个以个人主义为核心的自由者②，并因此视浪漫主义为一个以个体自由为核心的文学流派。与此后 100 多年本土对西方浪漫主义的若干论断相对照，人们当会惊讶地发现：站在 20 世纪起点上的鲁迅目光如炬，是洞悉了浪漫主义实质或秘密的先知。

浪漫主义在中国广为人知是在"五四"前后。备受封建思想束缚的学人当时热切期盼来一场颠覆传统的运动，而西方浪漫主义正是以挣脱旧规则、旧秩序束缚的自由解放而著称，两者一拍即合，就有了"在五四运动以后，浪漫主义的风潮的确有点风靡全国青年的形势，'狂风暴雨'差不多成了一般青年常习的口号。当时簇生的文学团体多少都带有这种倾向"③。"五四"前后，拜伦、雪莱、司各特、海涅与惠特曼等浪漫派作家纷至沓来，诸多浪漫主义作品被翻译进来，拜伦的《哀希腊》在当时甚至有梁启超、苏曼殊、马君武和胡适等人的 4 个译本，而郭沫若则在很短时间内翻译了雪莱、海涅等多位浪漫派作家的作品。

对西方浪漫主义的评论阐释，一时间成为"五四"一代着力甚多的文化焦点。如 1920 年茅盾发表了《文学上的古典主义、浪漫主义和写实主义》一文，先提到浪漫主义乃文艺复兴的发扬光大，其后论及了提倡个性与想象的浪漫主义是对古典主义拘役于古人思想和理性的反驳：古典主义认定美是不变的，后者以为美是相对的；古典主义的文学是静的，后者是动的……"有两个字可以包括浪漫文学的精神的，便是'自由'"④。再如，1921 年，黄仲苏发表了《1820 年以来的法国

---

① 鲁迅：《摩罗诗力说》，《鲁迅全集》(第 1 卷)，北京：人民文学出版社，2005 年版，第 81 页。

② 鲁迅：《摩罗诗力说》，《鲁迅全集》(第 1 卷)，北京：人民文学出版社，2005 年版，第 81 页。对个人主义的阐发，同参鲁迅 1907 年另一篇文章《坟·文化偏至论》：个人对自我的意识诞生于法国大革命，而后人"既知自我，则顿识个性之价值；加以往之习惯坠地，崇信荡摇，则其自觉之精神，自一转而之极端之主我"。

③ 郑伯奇：《〈中国新文学大系·小说三集〉导言》，饶鸿兢、陈颂声、李伟江等编：《创造社资料》(下)，福州：福建人民出版社，1985 年版，第 720 页。

④ 茅盾：《文学上的古典主义、浪漫主义和写实主义》，《茅盾论文学艺术》，郑州：郑州大学出版社，1979 年版，第 99 页。

抒情诗之一斑》,称对浪漫主义下定义是很困难的事情,而他则试图从尊重中世纪的艺术、启发人类对于自然界及世界的新观念、破除一切习俗的拘束、提倡个性的完成和着重主观的表示等八个方面对之进行概括描述。①

相对于从整体上阐述西方浪漫主义,是时学人们做得更多的是对浪漫派作家作品的推介性阐发。1919 年,田汉写了《平民诗人惠特曼的百年祭》,称"按着本性而非规则"写作的惠特曼为平民主义诗人。② 郭沫若在 20 世纪 20 年代初就将歌德为浪漫主义奠基的名著《少年维特之烦恼》译进国内,并在译本"序引"中罗列该书的要旨:主情主义,即以个人情感为书写重心与创作源泉——作者根据自己的主观情感综合与表现事物,抑或依据自己的想象创造事物,即使事物原本不存在;"泛神思想",即自然万物皆是神的表现,而万物皆因"我"之存在、观察而显现——"一切自然都是我的表现",这实际上意指主体自我即为神。③ 1923 年《创造季刊》开设了"雪莱纪念号",刊载了郭沫若的《〈雪莱的诗〉小序》、徐祖正的《英国浪漫派三诗人:拜轮、雪莱、箕茨》等多篇评述雪莱的文章。1924 年,商务印书馆出版了林纾和魏易翻译的《撒克逊劫后英雄略》,正文前面刊有沈德鸿(茅盾)对司各特的评述:尽管与雪莱等同属浪漫派,但他多受古代诗人影响,创作有怀旧情绪。④ 1925 年,《文学旬刊》还发表了萨渥特尼克《俄罗斯文学中的感伤主义及浪漫主义》的译文,评介了俄罗斯浪漫主义代表人物茹考夫斯基(现译为茹科夫斯基)。⑤

在西方浪漫派作家中,拜伦因其激越的自由反叛而成为"五四"一代津津乐道的文化"明星"。在其逝世 100 年后的 1924 年,《小说月报》第 4 期刊发了 30 多篇纪念他的文章(执笔者几乎囊括了当时学界的重要人物)。其中有译作,比如徐志摩译的 Song from Corsair、顾彭年译的《我见你哭泣》等;有国外关于拜伦研究著述的译文,如勃兰兑斯的《勃兰兑斯的拜伦论》、R. H. Bowles 的《拜伦在诗

---

① 黄仲苏:《1820 年以来的法国抒情诗之一斑》,王锦厚:《五四新文学与外国文学》,成都:四川大学出版社,1996 年版,第 643 页。

② 田汉:《平民诗人惠特曼的百年祭》,《田汉文集》(第 14 卷),北京:中国戏剧出版社,1987 年版,第 6 页。

③ 郭沫若:《〈少年维特之烦恼〉序引》,《创造季刊》,1922 年第 1 期。

④ 沈德鸿:《司各德评传》,司各德著,林纾、魏易译,沈德鸿校注:《撒克逊劫后英雄略》,上海:商务印书馆,1924 年版,前言第 2 页。

⑤ 萨渥特尼克著,吕漱林译:《俄罗斯文学中的感伤主义及浪漫主义》,《文学旬刊》,1925 年第 76 期。

坛上的位置》等;更有本土学人撰写的评介文章,如郑振铎在《诗人拜伦的百年祭》中称,拜伦是一个为自由而战、反对专制且坦白豪爽的诗人,他的全部人格都显现在其作品中;①王统照在《拜伦的思想及其诗歌的评论》中扼要地将拜伦的一生分为五个时期展开论述,尤其提到其自由是文艺、道德与政治三个方面的自由。② 曾写过《夏多布里昂的浪漫主义》③一文的华林于 1928 年在《贡献》上撰文《拜伦的浪漫主义——读〈曼佛莱特〉(Manfred)》,盛赞拜伦是"王中之王",且称拜伦的诗篇使其涕泗滂沱、拔剑狂呼。④ 饶有趣味的是,在时人对拜伦一腔热情推崇的赞颂声中,胡适却在翻译拜伦的时候对其诗作提出了批评:虽富于情性气魄,但铸词炼句,失之粗豪。⑤

尤其值得注意的是,"五四"前后,本土众多新文学社团纷纷以西方浪漫主义文学理念相标榜,引其为自身的基本文学立场与价值取向。如,创造社的领袖人物郭沫若在诗中狂热地歌颂拥有绝对自由、位处宇宙中心的独立自我⑥;而创造社另一位重要成员郁达夫则干脆宣称"自我就是一切,一切都是自我",因而"我"只要忠于我自家好了,有我自家的所有好了,另外一切都可以不问的。⑦ 夏志清因此说郁达夫有将"'五四'运动含蓄的个人自由推到极处的勇气"⑧。又如,新月诗派的徐志摩在《列宁忌日——谈革命》(1926)一文中声称:"我是一个不可教训的个人主义者。这并不高深,这只是说我只知道个人,只认得清个人,只信得过个人。"⑨显然,大力推崇"自我"的如上表述在本土文化传统中堪称空谷绝音——"'五四'运动的最大成功,第一要算'个人'的发现。从前的人,是为君而存在,为

---

① 郑振铎:《诗人拜伦的百年祭》,《郑振铎全集》(第 15 卷),石家庄:花山文艺出版社,1998 年版,第 227 页。

② 王统照:《拜伦的思想及其诗歌的评论》,《小说月报》,1924 年第 15 卷第 4 号。

③ 华林:《夏多布里昂的浪漫主义》,《贡献》,1928 年第 3 卷 2 期,第 54—55 页。

④ 华林:《拜伦的浪漫主义——读〈曼佛莱特〉(Manfred)》,《贡献》,1928 年第 2 卷 8 期,第 46—47 页。

⑤ 胡适:《哀希腊歌》,《尝试集》(简体版),北京:北京外文出版社,2013 年版,第 97 页。

⑥ 譬如,"我赞美我自己,我赞美这自我表现的全宇宙的本体!……一切的偶像都在我面前毁破","我是一条天狗呀!我把月来吞了,我把日来吞了,我把一切的星球来吞了,我把全宇宙来吞了。我便是我了"。郭沫若:《梅花树下醉歌》,《郭沫若全集·文学编》(第 1 卷),北京:人民文学出版社,1982 年版,第 95—96 页;郭沫若:《天狗》,《郭沫若全集·文学编》(第 1 卷),北京:人民文学出版社,1982 年版,第 54 页。

⑦ 郁达夫:《自我狂者须的儿纳》,《郁达夫文集》(第 5 卷),香港:生活·读书·新知三联书店香港分店,1982 年版,第 144—145 页。

⑧ 夏志清:《中国现代小说史》,刘绍铭等译,杭州:浙江人民出版社,2016 年版,第 115 页。

⑨ 徐志摩:《落叶》,天津:百花文艺出版社,2005 年版,第 124 页。

道而存在,为父母而存在,现在的人才晓得为自我而存在了"①。

作为新文学革命的内核,"个人的发现"实则标志着中国现代文学大门的开启。"五四"一代不仅在思想上普遍接受了作为浪漫主义核心观念的自由思想,且在文学观念上也大都推崇浪漫主义的"情感表现"。1920年,田汉吸取了华兹华斯等浪漫派诗人的观点,称诗是托外形于音律的一种情感文学,是创作者内部生命与宇宙意志接触时的一种音乐的表现。"诗歌者有音律的情绪文学之全体!"②郭沫若等人也异口同声地宣称,文学不是现实的反映,而是创作者之自我世界与主观情感的表现,"诗底主要成分总要算是'自我表现'了"③;"艺术是艺术家自我的表现,再无别的"④。既然创作基于诗人内心,是诗人自我的表现,那么文学作品就不是一个遵从固定规则制作出来的产品,而是一种天才的独特创造,"文艺是天才的创造物,不可以规矩来测量"⑤。郭沫若甚至提出了一个诗的构成公式:诗=(直觉+情调+想象)+(适当的文字),第一个括号内的部分构成内容,第二部分则是形式。⑥

二、"革命浪漫主义"

20世纪20年代中期,浪漫主义热潮开始消退。原来狂呼"个人"、高叫"自由"的激进派诗人纷纷放弃浪漫主义,"几年前,'浪漫'是一个好名字,现在它的意义却只剩下了讽刺与诅咒"⑦,其中,创造社的转变最具代表性。自1925年始,郭沫若非但突然停止关于"个性""自我""自由"的呼喊,而且来了一个180度的大转弯——要与浪漫主义这种资产阶级的反动文艺斩断联系,"对于个人

---

① 郁达夫:《〈中国新文学大系·散文二集〉导言》,《郁达夫文集》第6卷,香港:生活·读书·新知三联书店香港分店,1982年版,第261页。

② 田汉:《诗人与劳动问题》,许霆编:《中国现代诗歌理论经典》,苏州:苏州大学出版社,2008年版,第92页。

③ 郭沫若:《郭沫若全集·文学编》(第15卷),北京:人民文学出版社,1990年版,第119页。

④ 郑伯奇:《新文学之警钟》,饶鸿兢、陈颂声、李伟江等编:《创造社资料》(上),福州:福建人民出版社,1985年版,第71页。

⑤ 郁达夫:《艺文私见》,《郁达夫文集》(第5卷),香港:生活·读书·新知三联书店香港分店,1982年版,第117页。

⑥ 郭沫若:《郭沫若全集·文学编》(第15卷),北京:人民文学出版社,1990年版,第16页。

⑦ 朱自清:《那里走》,《朱自清全集》(第4卷),南京:江苏教育出版社,1990年版,第231页。

主义和自由主义要根本铲除,对于反革命的浪漫主义文艺也要采取一种彻底反抗的态度"①。在他看来,现在需要的文艺乃是社会主义和现实主义的文学,也即革命现实主义文学。借鉴苏联学者法狄耶夫的见解,革命文艺理论家瞿秋白在《革命的浪漫谛克》(1932)等文章中亦声称浪漫主义乃新兴文学(即革命现实主义文学)的障碍,必须予以铲除。②

不同于郭沫若、瞿秋白等人将浪漫主义与革命及革命现实主义对立起来的做法,受苏联理论家吉尔波丁思想的启发,年青一代革命文艺理论家周扬20世纪30年代初连续发表了《关于"社会主义的现实主义和革命的浪漫主义"——"唯物辩证法的创作方法"之否定》(1933)、《现实的与浪漫的》(1934)和《高尔基的浪漫主义》(1935)等多篇关于"革命浪漫主义"的文章。周扬认为:因为对社会主义与现实主义都不无用处,浪漫主义与革命现实主义并非截然对立的,它作为革命现实主义的一个元素存在,能促进革命现实主义的丰富与发展;革命文学不可以虚无缥缈,但可以浪漫幻想;高尔基的浪漫主义就充分地体现了革命文学中的浪漫主义,它既不遮掩现实使人遁入神秘、虚无之境,也不只是描绘现实的丑陋面,而是经由浪漫蒂克描绘出进步的革命英雄,表现出积极的乐观精神,从而照耀现实、充实现实、鼓舞群众。事实上,蒋光慈在1928年发表的《关于革命文学》一文中便表达了类似观点:革命文学并不是照搬现实或社会的机械照相,它也要歌咏和创造,即以浪漫的方式去热情赞颂革命活动和革命英雄,只不过革命英雄已经不是拜伦笔下的个人主义者,而是群众。蒋光慈主动承认自己是浪漫派,他认为革命的理想、革命的创造精神就是浪漫主义。

左翼文人基本确立了将浪漫主义区分为革命与反动两类的话语模式。事实上,革命浪漫主义与反动浪漫主义这种区分的最早提出者是高尔基,他在20世纪30年代便将西方浪漫主义区分为积极与消极两类:"一个是消极的浪漫主义——它或者粉饰现实,想使人和现实妥协;或者就使人逃避现实,堕入自己内心世界的无益的深渊中去……积极的浪漫主义则企图加强人的生活的意志,唤

---

① 郭沫若:《革命与文学》,《郭沫若全集·文学编》(第16卷),北京:人民文学出版社,1989年版,第43页。

② 瞿秋白:《革命的浪漫谛克》,《瞿秋白文集·文学编》(第1卷),北京:人民文学出版社,1985年版,第459页。

起人心中对于现实的一切压迫的反抗心。"①有人将在本土大行其道的"革命浪漫主义"视为中国特色的"准浪漫主义":"它摈斥了'五四'浪漫文学思潮的个性意识,强化了阶级意识与群体意识,作品表现出一种社会化、群体化的情绪……在它所推崇的群体意识中,又分明流露出许多知识分子的个人情趣和个人意志;在它所塑造的革命浪漫主义英雄形象身上,也分明可以看到拜伦式人物的影子。因此,革命浪漫蒂克文学应该属于浪漫主义思潮的范畴,只是它比'五四'浪漫文学思潮更加不纯,在这个意义上,我们同意将它称为'准浪漫主义'。"②但事实上,作为西方浪漫主义在中国的变异形态,被周扬等左翼理论家首肯的浪漫主义(革命浪漫主义)与作为文学思潮的西方浪漫主义("五四一代"早先接受的浪漫主义)已不是同一种东西。革命浪漫主义作品中的主人公是没有个人意识、无条件为集体的革命事业服务并献身的英雄。"'革命的浪漫主义'是和古典的资产阶级的浪漫主义乃至'揭起革命的小资产阶级文学的旗帜'的所谓'革命浪漫谛克'没有任何的共同之点。"③西方浪漫主义以个体为价值依托,革命浪漫主义则以集体为价值指归;前者的最高价值是"自由",后者的根本关切为"革命"。因此,表面上对西方浪漫主义有所保留的蒋光慈说得很透彻:"革命文学应当是反个人主义的文学,它的主人翁应当是群众,而不是个人;它的倾向应当是集体主义,而不是个人主义……"④创造社成员何畏在 1926 年发表的《个人主义艺术的灭亡》一文中,对浪漫主义中的个人主义价值立场亦进行了同样的斥责与批判。⑤

　　1949 年后,源自苏俄的革命文艺观念遂成为中华人民共和国的文艺方针。虽然浪漫主义作为反唯物主义、反现实主义的西方资产阶级反动文学受到进一步批判与否定,但"革命浪漫主义"却从上个时期传袭下来并被发扬光大。1956年,《文史哲》刊载了苏联理论家伊万申科《十八世纪末—十九世纪初英国浪漫主

　　① 　高尔基著:《我怎样学习写作》,戈宝权译,北京:生活·读书·新知三联书店,1951 年版,第 11—12 页。
　　② 　罗成琰:《现代中国的浪漫文学思潮》,长沙:湖南教育出版社,1992 年版,第 19 页。
　　③ 　周扬:《关于"社会主义的现实主义和革命的浪漫主义":"唯物辩证法的创作方法"之否定》,《周扬文集》(第 1 卷),北京:人民文学出版社,1984 年版,第 114 页。
　　④ 　蒋光慈:《关于革命文学》,中国社会科学院文学研究所现代文学研究室编:《"革命文学"论争资料选编》(上),北京:人民文学出版社,1981 年版,第 144 页。
　　⑤ 　何畏:《个人主义艺术的灭亡》,饶鸿竞、陈颂声、李伟江等编:《创造社资料》(上),福州:福建人民出版社,1985 年版,第 135—138 页。

义文艺思潮》的译文。① 该文称英国浪漫主义的根源在于当时工人与资本家之间、自耕农与大地主之间的阶级矛盾与阶级斗争,拜伦、雪莱等因为站在人民一边属于革命浪漫主义者,湖畔派因想回到过去成了反动浪漫主义诗人。同年,在《革命浪漫主义诗人拜伦的诗》一文中,杜秉正将伊万申科的观点又重新演绎了一番:拜伦对统治者的反抗给群众带来了莫大的希望,因而其创作属于"革命浪漫主义"。②

1958 年,毛泽东提出要将革命现实主义与革命浪漫主义结合起来。郭沫若与周扬分别写了《浪漫主义与现实主义》《新民歌开拓了诗歌的新道路》两篇文章,对"两结合"的提法进行了理论阐发。在他们看来,文艺活动的本质是兼具浪漫主义与现实主义的,若偏执一个,则会有悖优秀的或革命的创作③;"目前的'大跃进'时代应该说就是革命的浪漫主义时代,也应该说就是革命的现实主义时代。"④"两结合"成为文艺新口号,虽说原因复杂,但当时需要文艺去对时代进行宣传当为主要考虑。所以,郭、周两人的文章不仅同声称颂毛泽东诗词是"两结合"的典范,且对当时涌现出来的民歌也给出了"两结合"的赞美。

在郭沫若、周扬的示范率领下,大量有关"两结合"的文章迅速刊发,并在很长时间内成为党与国家文艺政策的基本表述。如吕美生的《论革命的现实主义和革命的浪漫主义相结合》⑤、于言的《革命的现实主义和革命的浪漫主义相结合问题的讨论》⑥、周来祥的《马克思、恩格斯论现实主义和浪漫主义》⑦、童庆炳的

---

① 伊万申科:《十八世纪末—十九世纪初英国浪漫主义文艺思潮》,金诗伯、吴富恒译,《文史哲》,1956 年第 1 期。本文中文题目为译者所加,本文内容原为苏联科学院高尔基世界文学研究所出版的《英国文学史》(第 2 卷第 1 分册)一书的序言。

② 杜秉正:《革命浪漫主义诗人拜伦的诗》,《北京大学学报》(人文科学版),1956 年第 3 期,第 100—115 页。

③ 现实主义若没有浪漫主义,会成为流于鼠目寸光的自然主义;浪漫主义若没有现实主义,容易成为虚张声势的革命空喊或知识分子式的想入非非。周扬:《新民歌开拓了诗歌的新道路》,洪子诚编:《中国当代文学史·史料选:1945—1999》(上),武汉:长江文艺出版社,2002 年版,第 462—463 页。

④ 郭沫若:《浪漫主义与现实主义》,《郭沫若全集·文学编》(第 17 卷),北京:人民文学出版社,1989 年版,第 14 页。

⑤ 吕美生:《论革命的现实主义和革命的浪漫主义相结合》,《复旦》,1959 年第 9 期,第 10—22 页。

⑥ 于言:《革命的现实主义和革命的浪漫主义相结合问题的讨论》,《文学评论》,1959 年第 2 期,第 121—124 页。

⑦ 周来祥:《马克思、恩格斯论现实主义和浪漫主义》,《山东大学学报》(哲学社会科学版),1960 年第 21 期。

《试论革命的现实主义和革命的浪漫主义相结合的艺术方法》①和范存忠的《论拜伦与雪莱的创作中现实主义与浪漫主义相结合的问题》②等文章。

1966 年 4 月 10 日,中共中央将经毛泽东反复修改定稿的《林彪同志委托江青同志召开的部队文艺工作座谈会纪要》批转全党,该文件明确了此后若干年中国文艺的基本方针。《纪要》重申创作要采取"两结合"的方法大力表现革命英雄主义和革命乐观主义,要求文艺为无产阶级政治和工农兵服务,"他们的优秀品质是无产阶级阶级性的集中表现。我们要满腔热情地、千方百计地去塑造工农兵形象"③。1969 年,于会泳为文艺塑造英雄归纳出著名的"三突出"原则:在所有人物中突出正面人物,在正面人物中突出英雄人物,在英雄人物中突出最重要的即中心人物。后来又在"三突出"的基础上衍生出"三陪衬""三铺垫""三对头"等细则。至此为止,"两结合"创作方法中的浪漫主义一维,迥异于其固有的个人主义与自由主义价值立场。

三、"告别革命"

改革开放启动后,我国进入了一个以经济建设为中心的时代。20 世纪 70 年代末 80 年代初,也许"革命浪漫主义"的思维惯性过于强大,人们对西方浪漫主义文学思潮的重新探讨进展缓慢。虽有人呼吁并推动这项工作,但很多人却一时难以告别旧的阶级观念,仍将西方浪漫主义视为反动的资产阶级唯心主义文艺。直到 1983 年,中国外国文学学会会同华东地区十所高校在安徽召开了西方浪漫主义研讨会,学界重新评价西方浪漫主义的学术工程才算正式启动。

随着对浪漫主义作家作品重新阐释的逐步深化,对浪漫主义的整体再认识也得以小心翼翼地推进。《文艺理论研究》杂志在 20 世纪 80 年代初连续刊发了保罗·梵·第根之《前期浪漫主义》、居斯塔夫·朗松之《司汤达》等多篇国外浪

---

① 童庆炳:《试论革命的现实主义和革命的浪漫主义相结合的艺术方法》,《北京师范大学学报》,1961 年第 1 期,第 49—61 页。

② 范存忠:《论拜伦与雪莱的创作中现实主义与浪漫主义相结合的问题》,《文学评论》,1962 年第 1 期,第 66—84 页。

③ 《林彪同志委托江青同志召开的部队文艺工作座谈会纪要》,洪子诚编:《中国当代文学·史料选:1945—1999》(下),武汉:长江文艺出版社,2002 年版,第 526 页。

漫主义研究文献的译文,《中国比较文学》《国外社会科学》等杂志也纷纷刊载亨利·雷马克所撰的《西欧浪漫主义:定义与范围》、R.塞耶与 M.洛维联合撰写的《论反资本主义的浪漫主义》等译文。同时,类似《关于浪漫主义的评价问题》①这样的文章也在大费周章地表明:表现主观不等于歪曲真实,浪漫主义能够用自己的方式反映现实,有其独特的美学意义。虽开始有罗钢《浪漫主义文艺思想研究》②等少数标志性的成果出现,但总体来看,20 世纪 80 年代学界对西方浪漫主义的言说大都只是在旧有层面上修修补补。

"积极浪漫主义"与"消极浪漫主义"这样的划分直到 20 世纪 90 年代都难以被彻底放下,如马家骏在《关于欧洲浪漫主义的几点思考》一文中称,不应将浪漫主义视为整体一块,它是一个复杂的文艺思潮,即便消极的浪漫主义作家身上也会有积极的部分。③ 大致来说,本土对西方浪漫主义的阐发发展为真正的学术研究范式大致是在 20 世纪 90 年代中后期,但"告别革命"后有价值的学术成果的大量产出无疑是在新世纪。以"浪漫主义"为关键词在中国知网搜索,20 世纪 90 年代相关文章大致有 100 篇,但 2000 年后每年则有数百篇,2012 年的论文数量更是高达创纪录的 885 篇。

正常学术生态中的学术争鸣或观点交锋亦不断出现。如,认为将卢梭与康德看作浪漫主义鼻祖实乃望文生义与断章取义的相关文章④发表后,进一步论证"卢梭是浪漫主义之父"这一旧有认知的文章《卢梭:浪漫主义的先驱》⑤也旋即刊出。当然,更多的学术争鸣是针对之前阐释的不足与局限的。如《关于浪漫主义中的反科学主义的几点质疑——与俞兆平〈中国现代文学史浪漫主义的历史反思〉商榷》一文,对俞兆平之浪漫主义反科学的观点提出了质疑,并指认其犯了逻辑上简单概括的错误⑥;又如,《革命·意识·语言——英国浪漫主义研究中的几

---

① 邹忠民:《关于浪漫主义的评价问题》,《文艺研究》,1984 年第 5 期,第 79—82 页。
② 罗钢:《浪漫主义文艺思想研究》,西安:陕西人民出版社,1986 年版。
③ 马家骏:《关于欧洲浪漫主义的几点思考》,《外国文学研究》,1990 年第 4 期,第 148—150、155 页。
④ 申扶民:《被误解的浪漫主义:卢梭的非浪漫主义与康德的反浪漫主义》,《学术论坛》,2010 年第 7 期,第 11—15 页。
⑤ 高宣扬:《卢梭:浪漫主义的先驱》,《上海交通大学学报》(哲学社会科学版),2012 年第 5 期,第 41—50 页。
⑥ 汤奇云:《关于浪漫主义中的反科学主义的几点质疑——与俞兆平〈中国现代文学史浪漫主义的历史反思〉商榷》,《文学评论》,2000 年第 5 期,第 153—155 页。

大主导范式》一文指认近两百年的"英国浪漫主义研究"主要受政治—历史范式、内在性范式和解构主义的语言范式的影响,对浪漫主义中著名的"雅努斯"难题——浪漫主义本质为何物、它究竟是启蒙还是反启蒙——没有做出很好的解释,作者认为"现代性"范式的引进必将有助于这一难题的解决。① 应该说,这些质疑或争论,对本土学界深入准确地理解浪漫主义显然大有裨益。

　　之前的研究偏重于英法浪漫主义,新世纪本土浪漫主义研究越来越倾向于德国浪漫主义(尤其是德国早期浪漫派)。蒋承勇的论文《于"颓废"中寻觅另一个"自我"——从诺瓦利斯与霍夫曼看德国浪漫主义文学的人文取向》,透过德国浪漫主义文学所谓"病态"与"颓废"的表象,发掘出其自我扩张与个性自由的理想:"死亡诗人"诺瓦利斯通过歌颂"黑夜"与"死亡"去感悟生命,表达对生命的执着,其间隐藏着一个向"无限"扩张开去的精神自我;霍夫曼借离奇怪诞的情节与人物展示了人之双重自我与心理张力,表现出在人文取向上与启蒙文学的明显分野。② 在《德国早期浪漫派的美学原则》中,张玉能认为耶拿派将诗宗教化、崇尚非理性、高标无意识及反讽等一系列美学建树对整个欧洲的浪漫主义文艺观念影响甚大。③ 王歌在《德国早期浪漫主义的反启蒙与启蒙——以"自我"概念为契机》中提出浪漫主义并不是反理性的,它反对的是启蒙理性中隐含的暴力以及工具理性对人的情感及想象力的销蚀。④ 刘渊的博士论文《德国早期浪漫派诗学研究:以弗·施莱格尔为代表》着重阐释弗·施莱格尔的诗学主张,认为德国早期浪漫派诗学立基于康德、费希特等人的哲学,以感性生命存在为依托,以"诗化人生"为手段,促进了人的全面发展。⑤

　　随着对德国浪漫派研究的深入,浪漫主义文学中的宗教问题、哲学问题、美学问题均得到了本土学者的充分关注。2003 年,本土基督教研究专家卓新平的

　　① 张绪春:《革命·意识·语言——英国浪漫主义研究中的几大主导范式》,《外国文学评论》,2001年第 1 期,第 116—127 页。
　　② 蒋承勇:《于"颓废"中寻觅另一个"自我"——从诺瓦利斯与霍夫曼看德国浪漫主义文学的人文取向》,《外国文学研究》,2008 年第 4 期,第 50—56 页。
　　③ 张玉能:《德国早期浪漫派的美学原则》,《厦门大学学报》(哲学社会科学版),2004 年第 6 期,第 85—91 页。
　　④ 王歌:《德国早期浪漫主义的反启蒙与启蒙——以"自我"概念为契机》,《现代哲学》,2013 年第 2 期,第 1—8 页。
　　⑤ 刘渊:《德国早期浪漫派诗学研究:以弗·施莱格尔为代表》,华中师范大学博士学位论文,2008 年。

长篇论文《基督教与欧洲浪漫主义》在《国外社会科学》上分两期(2003年第5、6期)连载,文章借鉴了朱光潜等前辈学人的观点,将浪漫主义的哲学、神学与文学作为统一的文化思潮做了系统的阐述。张欣在论文《体验的自我——欧洲初期浪漫主义文学中的基督教印迹》中认为浪漫主义继承和发展了中世纪基督教的许多重要概念与精神,不少抒情主人公像修士一般倾诉内心,"忏悔"成为很多作品中的重要文学因素。① 生安锋的论文《美国浪漫主义文学中的人神关系》②、王林的博士论文《西方宗教文化视角下的19世纪美国浪漫主义思潮》③等则聚焦美国浪漫主义文学中的宗教问题。而李金辉的《浪漫主义的反讽概念:实质、类型和限度》④、张世胜的《施勒格尔浪漫主义反讽理论的形成》⑤、陈安慧的《从哲学到美学的浪漫主义反讽》⑥等文章对浪漫派反讽问题进行了深入阐发,从另一个侧面揭示了本土新世纪西方浪漫主义研究的理论深度。可喜的是,在"反讽"概念被深入研讨的同时,浪漫主义中的"直观""隐喻""天才"与"象征"等重要范畴亦均有专论做深入梳理。

尤其值得注意的是,从维塞尔《马克思与浪漫派的反讽》(2008)之中译本面世开始,许多学者开始关注马克思哲学与浪漫主义的关联,这也就生成了近年本土西方浪漫主义研究中一个特殊的学术热点。中山大学罗纲的《反讽主体的力度与限度——从德国早期浪漫派到青年卢卡奇的马克思主义》(2009)、山东大学李正义的《诗意的延续:从浪漫主义到共产主义——对于马克思哲学的一种解释》(2010)和吉林大学刘聪的《现代政治哲学视域下的浪漫派、黑格尔与马克思——从浪漫主义反讽角度重释马克思阶级理论》(2011)等博士论文均为代表性的成果。2012年11月26日至29日,国内11所重点院校的专家还在中山大学马克思主义哲学与中国现代化研究所召开了"马克思与浪漫主义传统"学术研讨会。上述研究初步揭示出:马克思没有一刀切地否定浪漫主义,浪漫

① 张欣:《体验的自我——欧洲初期浪漫主义文学中的基督教印迹》,《外国文学》,2008年第5期,第94—100页。
② 生安锋:《美国浪漫主义文学中的人神关系》,《外国文学研究》,2002年第4期,第60—64页。
③ 王林:《西方宗教文化视角下的19世纪美国浪漫主义思潮》,东北师范大学博士学位论文,2007年。
④ 李金辉:《浪漫主义的反讽概念:实质、类型和限度》,《思想战线》,2018年第3期,第143—148页。
⑤ 张世胜:《施勒格尔浪漫主义反讽理论的形成》,《外语教学》,2017年第4期,第107—110页。
⑥ 陈安慧:《从哲学到美学的浪漫主义反讽》,《华中学术》,2011年第2期,第72—81页。

主义本身就是马克思思想的渊源；马克思在写作风格上还学习借鉴了浪漫派
的反讽形式。①

余论：浪漫主义的变异及其逻辑

　　本土新时期对西方浪漫主义的研究，热点之一便是对其在中国的变异进行
反思。在《现实主义、浪漫主义在中国的误读与误判》一文中，杨春时和刘连杰梳
理了浪漫主义在中国被误判的过程与问题，称误读发生的根本原因在于审美现
代性和国家现代化二者的冲突。② 王元骧在《我国现代文学理论研究的反思与浪
漫主义理论价值的重估》一文中也分析了浪漫主义在中国的接受情况：被简单地
等同于内容上的"主情主义"、艺术上的"自由主义"和意识形态上的"资产阶级属
性"等。③ 应该说，这些反思性的阐述均触及了问题的某些方面。

　　除却20世纪初始的短暂蜜月，西方浪漫主义在中国的百年历程可谓命运多
舛，究其内里不难发现：除前文所述的影响之外，作为西方浪漫主义内核的"个体
自由"观念在本土文化土壤中始终水土不服难以落地，当为根本的因由。

　　在西方文学史上，没有哪个时代的作家像浪漫派一样如此全面地关注自由
问题，也没有哪个时代的诗人写下那么多热情的自由颂歌。启蒙学派曾以理性
的怀疑精神与批判精神消解了官方基督教神学的文化专制，但最终却因丧失了
对自身的质疑与批判而又建立了一种唯理主义的话语霸权。浪漫派反对启蒙学
派的理性主义，因为在他们看来只有感性生命才是自由最实在可靠的载体与源
泉，而经由理性对必然性认识所达成的自由在本质上只不过是对自由的取消。
"浪漫主义其真正的定义，不过是文学上的自由主义而已。"④正是在此等"个人自
由"观念形成的氛围中，浪漫派作家才以一种近乎偏执的儿童式的任性大肆讴歌

---

　　① 罗纲：《马克思与浪漫主义初探》，《马克思主义研究》，2008年第11期，第41—48页。
　　② 杨春时、刘连杰：《现实主义、浪漫主义在中国的误读与误判》，《社会科学战线》，2007年第4期，第
100—107页。
　　③ 王元骧：《我国现代文学理论研究的反思与浪漫主义理论价值的重估》，《外国文学评论》，2000年
第1期，第16—26页。
　　④ 雨果：《雨果论文学》，柳鸣九译，上海：上海译文出版社，1980年版，第32页。

遗世独立的个人，几乎不加限度地张扬"无政府主义"式的自由。"浪漫派高度推崇个人价值，个体主义乃浪漫主义的突出特征。"①"浪漫主义所推崇的个体理念，乃是个人之独特性、创造性与自我实现的综合。"②

　　在中国数千年的文化传统中，个人是被约束在社会、群体与家庭之下的存在，甚至文人只可代圣人立言而不可有自己的观点。渴望从这种"个体不张"的文化传统中挣脱出来，正是"五四一代"热烈推崇浪漫主义的重要缘由。然而即便是在达成"个人的发现"之辉煌历史时刻，"五四一代"精英学人对西方浪漫主义之"个人"价值取向也持有保留态度：从一开始，不管是作品的翻译还是作家的推介，文化启蒙与政治革命共同构成的"新家国情怀"使得国人对西方浪漫主义的选择明显体现出"弃德而就英法"，重拜伦、雨果而轻华兹华斯、夏多布里昂的倾向。

　　很快，以"集体"为价值指归、以"革命"为根本关切的"革命浪漫主义"，便压倒了以"个体"为价值依托、奉"自由"为最高价值的西方浪漫主义。作为西方文化现代转型开启的标志，浪漫主义虽有着自身的美学规定与方法论系统，但它首先更是一个丰富、复杂的文化价值系统；而本土革命文人以苏俄为师而大力推崇"革命浪漫主义"，并将其简化为一种以"表现理想"为本质规定的文学创作方法（作为两种基本的创作方法之一，排在"反映现实"的现实主义后面）③。

（本文作者：曾繁亭　张照生）

---

① Jacques Barzun,*Classic*,*Romantic and Modern*,London：Secker&Warburg,1962,p.6.

② Steven lukes,*Individualism*,Oxford：Basil Blackwell,1973,p.17.

③ 1988 年复旦大学、华东师范大学、武汉大学等多所著名高校的专家联合编撰了《西方浪漫主义文学史》，该书除第三篇介绍 19 世纪欧美各国的浪漫主义文学外，其余篇幅都是在缕述古希腊神话、中世纪骑士文学、文艺复兴文学等内容。其明明就是一本西方文学史，却要冠以"浪漫主义文学史"的名头，背后的逻辑就是将浪漫主义理解为一种"基本的创作方法"。杨江柱，胡正学主编：《西方浪漫主义文学史》，武汉：武汉出版社,1989 年版。

浪漫派之"孤独"：从"忧郁"到"荒诞"

一、"人群中的孤独"

　　"一切法规、仪式、教条和原则全都消失；每个个人通过一个特殊的过程就使一切成了自己的东西"①。不可名状、难以通约的个体意志，挣脱社会规制的羁绊走向独立自由，却又难逃失去社会依傍后的无所凭靠。失去了基督上帝在人伦道德中的规范诫勉，又抛弃了理性主义对世俗生活的规制指导，浪漫派那些精神自由的个体在个性解放的狂欢过后忽然体味到了刻骨铭心的孤独。

　　事实上，浪漫派尊崇个人的自由意志，而自由意志极度膨胀的自我，注定了只能是孤独的。既然自由与孤独相伴相生成为人生不可逃脱的命运，作为"世纪病"的忧郁症候便在浪漫主义文学中蔓延开来。追随着少年维特的足迹，夏多布里昂的勒内、拜伦的哈罗尔德、贡斯当的阿道尔夫、缪塞的奥克塔夫……一群满脸忧郁的主人公便一路蹒跚着纷至沓来。通过这类形象，"人群中的孤独"这一现代人的命运在浪漫派这里第一次得到正面表达，个人与社会、精英与庸众的冲突从此成了西方现代文学的重要主题。

　　法国浪漫主义之父夏多布里昂最早触发了正在时代深处潜滋暗长的"世纪病"——一种灵魂深处难以排解的孤独与厌倦。《勒内》(1802)中"年轻的主人公

---

　　① 勃兰兑斯：《十九世纪文学主流》(第三分册)，张道真译，北京：人民文学出版社，1988 年版，第257 页。

将自己淹没在厌倦忧郁中,与其说是在被动地忍受孤独,不如说是在孤独中孵育培植心灵的虚空"①。小说刊行后旋即风靡法国,并迅速弥漫整个欧洲文坛,俨然成为世纪之交新旧文学交替的标志:

> 一群诗人勒内和散文家勒内数也数不清:人们听见的都是悲哀的、东拉西扯的话;所写的只是风和暴风雨,只是云和黑夜的不可理解的话。从学校里出来的无知学生,无不梦想成为最不幸的人;十六岁的小孩子,无不耗尽了生命,无不以为受到其天才的折磨;在其思想的深渊里,无不投身于模模糊糊的激情中;无不拍着苍白、脱发的额头,用一种痛苦使那些目瞪口呆的人吃惊,对这种痛苦,他和那些人都莫名其妙。②

尤其是在其故国法兰西,勒内的同道者甚众。阿道尔夫、阿莫里、奥克塔夫……紧步勒内的后尘鱼贯而出,络绎不绝。不论思想上还是行为上都堪称勒内胞弟的阿道尔夫,孤独而痛苦地游离于社会群体之外,只有在完全独处时才感到自在。是的,一个思想活跃的人,必然会对世俗教条感到厌恶,"每当我听到庸人之辈自鸣得意地论述道德、习俗、宗教等领域中那些众所周知且不容置疑的普遍原则——并有意将其混为一谈时,便忍不住与他们唱唱反调"③。越是失却了行动的意志,敏感心田上的各式念头就越发茁壮疯长,也就越发"变得孤独起来,而且越是陷于冥想就越发变得以个人为中心,因而越发变得容易苦恼。最苦闷的是那些脑子最发达的人"④。

独自静坐在岩石上,对着滔滔的河水与广漠的荒原沉思冥想。浪漫派主人公的忧郁既表现为与庸才对立的那种天才之曲高和寡的"高处不胜寒",也体现为那种引发了对大自然之爱的孤寂与苍凉。那位使拜伦一举成名的风中

---

① Travers, Martin. *An Introduction to Modern European Literature*:*From Romanticism to Postmodernism*,Macmillan Press Ltd.,1998.

② 弗朗索瓦-勒内·德·夏多布里昂:《夏多布里昂精选集》,许钧选编,济南:山东文艺出版社,2000年版,第776页。

③ 本杰明·贡斯当:《阿道尔夫》,刘满贵译,上海:上海人民出版社,2007年版,第43页。

④ 勃兰兑斯:《十九世纪文学主流》(第一分册),张道真译,北京:人民文学出版社,1988年版,第43页。

游子恰尔德·哈洛尔德称："远避人类不一定就是憎恨人类,和他们一起厮混简直是受罪。"①"古堡矗立着,像心灵的孤高,虽然憔悴,但决不向庸众折腰"②,于是,剩下的也就只有难以排遣的孤独和无法解脱的郁悒:"旅人的心是冰冷的……旅人的眼是漠然的"③,他本想从海外游历中寻求解脱,可随着对现实越来越深刻的认识,他的性格也变得越来越孤僻,只能尽情地陶醉在大自然里。

因为一刻都不能离开其所爱的自由,很多浪漫派主人公非但耽于思辨丧失了行动的能力,而且看上去性格乖张、怪里怪气,不愿接受生活常规的一丁点约束。"连钟对他都意味着最大的折磨。钟一响他就得像工人、商人、公务员一样,立即把自己这时的心情撕得粉碎,对他来说这等于剥夺了苦难重重的人生所给予他的唯一一样好东西,即独立自主"④。为了这份宝贵的"独立自主","连和别人的一切友好关系,只限于在能把别人看成是自己的'自我'的客观化的情况下才可能存在"⑤。"连友谊都很危险;婚姻还更危险……绝不要接受任何官职。如果有人接受了,那就成了一个十足的约翰·安尼曼,成了国家机器中一个小得可怜的齿轮。"⑥一句话,常规的生活是无法忍受的,为此他们甚至逃避职业,"因为选择一个职业意味着把全部自由和人生的一切特权换成受约束的状态,就像牲口被关进牲口棚一样"⑦。因为不愿意以服从为代价换取发号施令的权力或不被发号施令的安逸,所以他们反感乃至痛恨整个社会的层阶结构,断难想象他们会为了得到某个社会的位置或角色而对上司点头哈腰。对充满了诸多陈规俗套的社会生活的弃绝或逃避,让他们越发走向自我中心或自我孤立,"他和别人相处,总感到格格不入;他们的感觉和他的感觉不同,他们相信的东西他不相信。他觉得他们都被迷信、偏见、伪善风气和社会上不老实的做

————————————

　　① 乔治·戈登·拜伦:《恰尔德·哈洛尔德游记》,杨熙龄译,上海:新文艺出版社,1956年版,第143页。

　　② 乔治·戈登·拜伦:《恰尔德·哈洛尔德游记》,杨熙龄译,上海:新文艺出版社,1956年版,第130页。

　　③ 乔治·戈登·拜伦:《恰尔德·哈洛尔德游记》,杨熙龄译,上海:新文艺出版社,1956年版,第62页。

　　④ 勃兰兑斯:《十九世纪文学主流》(第一分册),张道真译,北京:人民文学出版社,1988年版,第49—50页。

　　⑤ 伯特兰·罗素:《西方哲学史》(下卷),马元德译,北京:商务印书馆,1976年版,第222页。

　　⑥ 索伦·克尔凯郭尔:《或此或彼》(上),阎嘉译,成都:四川人民出版社,1998年版,第317页。

　　⑦ 勃兰兑斯:《十九世纪文学主流》(第一分册),张道真译,北京:人民文学出版社,1988年版,第49页。

法所败坏,因此他不愿和他们接触"①。由是,他们身上存在着一种怪异悖谬的情绪——一方面泛爱人类,另一方面却又对现实中的所有人及一切社会关系漠不关心乃至厌倦排斥。

"不幸起因于不能承受孤独。"用拉布吕耶尔的这句名言开篇的《人群中的人》②,是爱伦·坡表现"人群中的孤独"这一浪漫派常见主题的名篇。故事讲述的是叙述者"我"发现一位衰弱的老人一天一夜在伦敦大街上追寻人群:他漫无目标地一遍又一遍地过街,一走进繁忙的大市场,他又像最初所见的那样漫无目的地在蜂拥的商人中间挤来挤去。夜晚来临,市场上的人群开始散去,老人紧张地环顾四周,快速跑过许多弯曲无人的街道,在一个散场的剧院门口,老人喘息着加入人群,似乎喘不过气来。入夜,街上的行人越来越少,他开始变得踌躇不安,甚至紧跟着十多个狂欢暴饮的人走了一会儿。当黑暗的街巷里没有一个行人的时候,他焦躁地走向了伦敦最混乱可怕的地方——夜里的纵情者在肮脏不堪的路上来回摇摆,他一见到人便立刻来了情绪,就像即将熄灭的灯重新燃起一样。天亮了,他依然在来来回回地走,整个白天他没有错过街头的喧嚷。在爱伦·坡的笔下,这个无名的老人,不吃不喝夜以继日地追逐人群,却始终无法在摩肩接踵的人流中被他人了解和认识,一直陷在无论如何都逃避不了的孤独之中。

二、孤独艺术家

弃绝了理性崇拜,浪漫派将所有范畴都用自我的心灵体验来衡量的时候,理性宗教和自然神论中的最高价值便开始黯然失色,不再赋有令人心驰神往的魅惑,代之而起的是另一种精神上的浪漫归宿——不少浪漫派作家将诗与宗教、诗人与上帝联系在一起。"伟大的艺术家都是被选拔的,蒙受神惠的圣者。"③谈到浪漫派作家的特质,勃兰兑斯称:

---

① 勃兰兑斯:《十九世纪文学主流》(第一分册),张道真译,北京:人民文学出版社,1988 年版,第50 页。

② 爱伦·坡:《爱伦·坡短篇小说选》,孙法理译,南京:译林出版社,2008 年版。

③ 勃兰兑斯:《十九世纪文学主流》(第二分册),刘半九译,北京:人民文学出版社,1988 年版,第105 页。

在古老的年代里,诗人是宫廷的达官贵人,像拉辛和莫里哀;或者是社会名流,像伏尔泰和博马舍;或者简直不过是个普通的有体面的市民,像拉封丹。如今,他变成了为社会所忽视的前生子,人类崇高的传教士,尽管因为贫穷而为人唾弃,然而却有星光照亮的前额和火焰般灼人的舌头。……他宁愿挨饿而死,也不愿用庸俗的作品贬低他的诗神的地位。①

回眸文学史不难发现——以影响他人并为他者服务为目的,这是多少世纪以来文学艺术的决定性特征;而戈蒂耶等浪漫派作家却坚持要将诗与雄辩术区别开来,标举艺术的自足地位,倡导为艺术而艺术。伴随着美学从关于真与善的科学中剥离出来,浪漫派最终成功确立了艺术自由的观念;艺术自由大大解放了艺术家的创造力,浪漫主义因此注定演进成为一场最深刻的文学革命。

浪漫派作家喜欢写"人群中的孤独",尤其喜欢将"人群中的孤独"与艺术家独特的命运相关联。这类作品往往关乎现实世界给艺术家带来的精神创伤,很大程度上乃浪漫派艺术与生活、艺术家与大众关系的一种寓意性说明。"作家们此前也时常表达对'公众'的不满,但这种情绪在19世纪初叶的文学中却变得强烈而又普遍。"②在很多浪漫派作家看来,"诗并不是人生和事业的表现,人生和事业倒要以诗为出发点。诗在创造人生"③;而要创造人生,其前提便是要打破现实世界中那带来束缚的各式既定规制,"一个天生的艺术家,他的首要任务永远是在他的艺术领域里同传统的因袭成见决裂,在每个时代里都跃跃欲试地要向社会成规挑战"④。的确,艺术家偏执的理想主义情怀与其置身其中的世俗现实环境是永远冲突的;不管艺术家拥有如何纯真的赤子之心或怎样忠诚于自己的艺术事业,他毕竟首先是一个有血有肉的人,这意味着艺术家天才的激情与其同样无法弃绝的世俗

---

①　勃兰兑斯:《十九世纪文学主流》(第五分册),李宗杰译,北京:人民文学出版社,1982年版,第17—18页。

②　Williams, Raymond. *Culture and Society*: 1780—1950. Chatto & Windus, p. 1958, p. 33.

③　勃兰兑斯:《十九世纪文学主流》(第二分册),刘半九译,北京:人民文学出版社,1988年版,第220页。

④　勃兰兑斯:《十九世纪文学主流》(第五分册),李宗杰译,北京:人民文学出版社,1982年版,第140页。

幸福的理性算计也是不相兼容的。外在的冲突与内在的矛盾,这双重的挤压使得艺术家大都成为命定的悲剧人物:或者精神遗世独立肉身潦倒不堪直至死亡或疯狂,或者活着却成为他人眼中的笑柄,变成所谓的"怪人"。

浪漫派制造了诗人被冷酷无情的社会和庸众所毁灭的悲情传说,孤独艺术家的毁灭乃浪漫派作家最热衷的题材。对既定现实中的一切,浪漫派作家似乎都有一份神圣的忧郁和愤怒。缪塞写道:"讨厌的家庭! 该死的社会! 混蛋的城市! 去他妈的祖国!"①"神圣的孤独感",乃贯穿于法国浪漫派大诗人维尼创作中的一条红线。

《摩西》(1822)、《狼之死》(1838)均是其表现忧郁和孤独的著名诗篇。1832 年,维尼发表了小说《斯泰洛》,同名主人公斯泰洛是个被社会所毁灭的悲情诗人。三年后,热衷于这一主题的维尼又将查铁敦搬上了舞台。《查铁敦》(1835)是一出现代悲剧:诗人查铁敦徒有天才,却不为社会所容,最后只能服毒自尽。像他这样的诗人是可怜的不幸者,完全为自己的想象力所主宰,没有赚钱能力,且也不想有此能力——查铁敦宁愿服毒也不愿接受每年有 100 法郎收益但毫无诗意的工作。

> 查铁敦的悲剧揭示了一个悖论:作为知识分子和艺术家,作家期待或者要求得到的认可与时代实际上给出的评价之间存在着巨大的落差;作为一个秉有灵感的特殊族群中的一员,作家精心为社会创制出来的作品却只能在一个狭小的圈子内获得推崇;作家承载着自己首肯并大力赞颂的价值,然而这些价值却并不为大多数人所认同。②

既是法律官员,又是艺术家和小说家,徘徊在世俗之人和艺术家之间,霍夫曼过着两种截然不同的生活,艺术家在俗世中的孤独也就常常成为其作品的主题。一个秉有高尚情操的艺术天才乃不为世人理解的所谓怪人,这便是霍夫曼在小说《克雷斯佩尔顾问》(1816)③中所表达的意旨。围绕着克雷斯佩尔,作者描

---

① Grana,Cesar. *Bohemian versus Bourgeois*. Basic Books Inc. ,Publishers,1964,p. viii.

② Grana,Cesar. *Bohemian versus Bourgeois*. Basic Books Inc. ,Publishers,1964,p. 41.

③ E. T. A. 霍夫曼:《克雷斯佩尔顾问》,杨能武主编:《伊尔的维纳斯铜像》,郑克鲁等译,贵阳:贵州人民出版社,1997 年版,第 1—24 页。

述了一系列荒诞不经的现象:他让工匠依据自己匪夷所思的创意修建了一幢设施完备却怪模怪样的住宅;他与人交谈时常常异想天开地狂呼乱叫——不是东拉西扯从一个话题迅速跳转到另一个话题,就是揪着某件事翻来覆去没完没了;他能制作最好的小提琴,但对自制或买来的好琴却从来只拉一次;他的妻女都有着令那些女歌星黯然失色的绝妙音色,但却也都无法摆脱某种先天就有的生理缺陷——一开口唱歌脸色就会大变乃至有丢命的危险,因此失去女儿之后的克雷斯佩尔竟唱着滑稽的歌在屋里蹦来蹦去……克雷斯佩尔行为怪僻,有着不为世人所理解的艺术天才,但人们却将他的所有言行都看成毫无意义的病态行为,唯一能使他愿意与生活达成和解的亲人也都相继死去,他成了一个完全疏离于这个世界的孤独的怪人。小说结尾时,克雷斯佩尔煞有介事地说:"你可以当我是傻瓜,当我是疯子,这个我都不怪你;须知咱俩都被关在同一座疯人院中。"[1]在小说《格鲁克骑士》(1809)[2]中,霍夫曼重复了"孤独艺术家"的主题:大名鼎鼎的作曲家格鲁克面对着他人对自己作品不无错误的演奏和鉴赏,深感"荒芜围绕在我周围,因为没有跟我类似的灵魂走向我"[3]。"我向不信神灵的人出卖了神圣,一只冰冷的手抓向这颗炽热的心。"[4]"我被诅咒,在不信神灵的人中像一个被驱逐的幽灵般漫游。"[5]"所谓的自由就是要摆脱一切活动、一切职业、一切义务。"[6]史南古的书信体自传小说《奥勃曼》(1802)中的同名主人公奥勃曼便没有职业,没有固定的工作,没有特定的活动领域,没有密切的亲友圈子,没有家庭,没有爱情,没有信仰,只有充斥着心灵纤细到病态的敏感与满脑子稀奇古怪的想法——小说的开头是这样写的:"下面这些信写的是一个感想多而行动少的人的种种想法。"[7]

---

① E. T. A. 霍夫曼:《克雷斯佩尔顾问》,杨武能主编:《伊尔的维纳斯铜像》,郑克鲁等译,贵阳:贵州人民出版社,1997年版,第17页。

② E. T. A. 霍夫曼:《霍夫曼短篇小说选》,王印宝、冯令仪译,长沙:湖南文艺出版社,1996年版。

③ E. T. A. 霍夫曼:《霍夫曼短篇小说选》,王印宝、冯令仪译,长沙:湖南文艺出版社,1996年版,第290页。

④ E. T. A. 霍夫曼:《霍夫曼短篇小说选》,王印宝、冯令仪译,长沙:湖南文艺出版社,1996年版,第294页。

⑤ E. T. A. 霍夫曼:《霍夫曼短篇小说选》,王印宝、冯令仪译,长沙:湖南文艺出版社,1996年版,第294页。

⑥ 勃兰兑斯:《十九世纪文学主流》(第五分册),李宗杰译,北京:人民文学出版社,1982年版,第126页。

⑦ 勃兰兑斯:《十九世纪文学主流》(第一分册),张道真译,北京:人民文学出版社,1988年版,第46页。

可能正是因这份敏感和太多的想法,作者史南古在小说结尾才安排奥勃曼去当一个作家。"在浪漫主义派的诗文创作里,无用之人总是最具诗意的人物。"①

三、作为个体本质或命运的孤独

"浪漫派高度推崇个人价值,个体主义乃浪漫主义的突出特征。"②在浪漫派作家笔下,难以名状但却深透骨髓的那种孤独感固然来自社会,实际却更源自自身;作为某些个体独有的精神境遇,孤独实乃他人和社会都无力消解的精神宿命。这就有大文豪罗曼·罗兰所谓:"人生只有一个朋友,而且只有少数天才人物才有——这就是孤独。"③而"世纪儿"正是这属于少数的天才人物:他们觉醒了,但觉醒后的命运则是成为一个个孤独的个体。"厌倦与孤独,乃浪漫主义时期反复出现的文学主题。"④"孤独本能对社会束缚的反抗,不仅是了解一般所谓的浪漫主义运动的哲学、政治和情操的关键,也是了解一直到如今这运动的后裔的哲学、政治和情操的关键。在德国唯心主义的影响下,哲学成了一种唯我论的东西,把自我发展宣布为伦理学的根本原理。"⑤

浪漫派对理性逻各斯的扬弃,使得人类第一次与"荒诞"正面相遇;现代西方第一位"荒诞哲学家"由是在浪漫主义时代应运而生。19 世纪中叶,克尔凯郭尔从个体性出发把孤独感提升到哲学层面做了深入阐发。

克尔凯郭尔的所有哲学论题都建立在对个体的思考之上。在实在的生活层面,"就像一株孤傲的冷杉,兀然而立,直指天际,我站立着,不留下一丝荫影"⑥。而对精神的探究则几乎可以被看成来自他个人绝对孤独世界的尖锐回声:"我所写的一切,其论题都仅仅是而且完全是我自己。"⑦在他看来,真正的人必须保持

---

① 索伦·克尔凯郭尔:《克尔凯郭尔文集 1:论反讽概念》,汤晨溪译,北京:中国社会科学出版社,2005 年版,第 244 页。

② Barzun, Jacques. *Classic, Romantic and Modern*. Secker & Warburg, 1962, p. 6.

③ 安息孟:《孤独的哲学》,银川:宁夏人民出版社,2006 年版,第 4 页。

④ Hemmings, F. W. J. *Culture and Society in France:1789—1848*. Leicester UP, 1987, p. 112.

⑤ 伯特兰·罗素:《西方哲学史》(下卷),马元德译,北京:商务印书馆,1976 年版,第 222 页。

⑥ 索伦·克尔凯戈尔:《克尔凯戈尔日记选》,罗德编,晏可佳、姚蓓琴译,上海:上海社会科学院出版社,1996 年版,第 28 页。

⑦ 索伦·克尔凯郭尔:《克尔凯郭尔文集 1:论反讽概念》,汤晨溪译,北京:中国社会科学出版社,2005 年版,中文版序言第 2 页。

体现着其人格完整性的绝对孤独;作为独立的精神个体,作为自己对自己的反观和自省,自我在本质上只能是一种排他性的、孤独的精神存在。因此,他无疑会无条件赞同其德国浪漫派前辈荷尔德林的名言:"在美妙的孤独中,我时常生活于我自身之中。"①

克尔凯郭尔毕其一生都在撕扯"国家""民族""人民""共同体"这类集体概念的虚伪面纱。伴随着对黑格尔庞大唯理主义理论体系的清算与批判,他努力将个人从"公众"中剥离出来。他坚称公众是"一个幻象,一个精灵,一个巨大的抽象,一个无所不包的虚无"②;他坚信每个个体的存在自有其主观性,其作为人的意义绝不应消解在任何"群体"的概念之中;存在是具体的,每个人都处在不断地变化—生成中,个体在任何一个阶段都具有不确定性和未完成性,因而个体只能在对自身存在的关注中发现自身,每个个体都必须在直面孤独的痛苦中体验自身。克尔凯郭尔认为所有关于群体性生活价值的说辞都在架空与背离个人的生命意义,"群众所在之处,即是虚妄所在之处。因之,即使每一个人在私下里都具有真理,然而一旦他们聚集在一起,成为噪杂喧闹的群众,虚妄就立刻明显可见"③。

人与人在生活层面虽有许多相似的共同体验,但每个个体都有着自己不能被他人所全部理解的精神愁苦;面对他人和群体,个体多呈现出在审美和伦理层面上无法消解的孤寂——疏离感。在克尔凯郭尔看来,孤独感,既是个体为发现自我而远离他人返回自身时所不得不接受的不适意绪,也是个体超越局部表象向浩瀚世界敞开因而领受自我渺小卑微的那个瞬间的尴尬表情。就此而言,孤独作为个体生存所必须面对的体验成为一种根本性的存在。的确,作为自我意识的一种重要形态,孤独让人独自面对并感知到生命幽深处的那些神秘古奥的东西,并由此成为人类区别于其他动物的一种独特的精神—情感标识。在喧嚣的人群中,人有可能会突然体悟到最深沉的孤独——那是一种人与自我、人与上帝之间所发生的神秘、深沉的低语。虽说一生都深爱着蕾琪娜,但因为坚持要做

①　索伦·克尔凯郭尔:《克尔凯郭尔文集1:论反讽概念》,汤晨溪译,北京:中国社会科学出版社,2005年版,第115页。
②　吴晓明主编:《二十世纪哲学经典文本·序卷》,上海:复旦大学出版社,1999年版,第112页。
③　W.考夫曼编著:《存在主义》,陈鼓应等译,北京:商务印书馆,1987年版,第89—90页。

一个精神独立的"孤独的个体",克尔凯郭尔最终放弃了与她结婚的选择;"你是我的爱,我唯一的爱,当我不得不离开你时,我爱你超过一切"①,"我必须囿于我隐私所营造的囚牢,直至我的末日来临,在更深层次的意义上,远离他人的群体"②。

在克尔凯郭尔看来,作为一种主观真理,基督教信仰直接与个体之主观性相关;而主观性或内在性的东西只能为个体自身所独有,所以,信仰就是孤独的个体在恐惧和绝望中走向上帝,上帝也只对个体的忏悔进行审判和救赎。他坚称,人之基于个人体验所形成的主观意识乃世界上唯一的实在,真实存在的东西只能是存在于人的内心的东西,而人的存在、上帝的存在则均是通过恐惧、痛苦、绝望等生命体验才得到揭示的。上帝的殿堂就建筑在人的内心深处,对上帝的信仰只能靠人内心深处的直觉和顿悟去体验和领会;只有内在地意识到自己的罪并感到沮丧、悔恨和绝望,孤独个体才能瞥见上帝的存在。信仰是绝对私人的事务,成为信徒意味着与上帝建立一对一的关系;因此,克尔凯郭尔始终坚决反对用教会所主导的那种群体信仰的方式来面对上帝。他认为每个个体都独立地具有自身的罪,只有自己才能对此做出判断和忏悔;而信仰就是每个个体在孤独中向上帝忏悔、与上帝交流的精神过程,因为一个人只有在孤独中、在孤独的自我反思中,才能真正意识到自己是一个罪人,才能够在悔罪意愿的驱使下走向上帝,才能够在信仰中成为那"无限的自我"。一言以蔽之,在面对上帝时,个体在宗教层面上体验到了其作为信徒必须承当的孤独。

"我只有一个朋友,那就是回音。为什么它是我的朋友?因为我爱自己的悲哀,回音不会把它从我这里夺走。我只有一个知己,那就是黑夜的宁静。为什么它是我的知己?因为它保持着沉默。"③"我还有一个密友——那就是我的抑郁,它常常在我兴高采烈,埋头于工作之际前来拜访我,将我唤到一边。"④克尔凯郭尔为自己自始至终是一个孤独的人而自豪,他认为"衡量一个人的标准是:在多长的时间里,以及在怎样的层次上他能够甘于寂寞,无须得到他人的理解。能够

---

　　① 索伦·克尔凯郭尔:《克尔凯郭尔文集1:论反讽概念》,汤晨溪译,北京:中国社会科学出版社,2005年版,中文版序第6—7页。
　　② 索伦·克尔凯戈尔:《克尔凯戈尔日记选》,罗德编,晏可佳、姚蓓琴译,上海:上海社会科学院出版社,1996年版,第133页。
　　③ 索伦·克尔凯郭尔:《或此或彼》(上),阎嘉等译,成都:四川人民出版社,1998年版,第22页。
　　④ 索伦·克尔凯郭尔:《或此或彼》(上),阎嘉等译,成都:四川人民出版社,1998年版,第556页。

毕生忍受孤独的人,能够在孤独中决定永恒之意义的人,距离孩提时代以及代表人类动物性的社会最远"①。个体的本质寓于其孤独之中,克尔凯郭尔大部分神学和哲学论题都是从其作为"孤独个体"之内在主观体验中生发;作为其哲学建构中的核心论题,克尔凯郭尔的"个体性"的思想在西方哲学的现代演进中影响深远。他由"孤独个体"之"内在性"或"主观性"所展开的"个体性"哲理建构直接开启了中经尼采直到萨特的哲学革命:"真正体验到基尔凯戈尔和尼采思想的哲学家绝对不会再在学院哲学传统模式内从事哲学探讨。"②

四、孤独:从"忧郁"到"荒诞"

作为一种深刻的生命体验,孤独乃主体与群体相疏离而导致的一种心理挫败与精神失落。对一般人而言,即便他能够忍受诸如饥馑或压迫等各种痛苦,也很难忍受那全然的孤独。所有人都可能会孤单,但只有天禀卓越的人才能承受并拥抱孤独这份特殊的精神苦痛。"有些人成群结队才觉得快活。真正的英雄是独自快乐。"③生活的单调与重复、生命的卑微与有限都会激发寂寞感与空虚感,"生活的有限性激发的是一种忧郁的感觉,唯有朝向无限突破的人才是有意义的"④。

19世纪伊始,形单影只面容苍白的勒内以其踉跄的步履触发了正在时代深处潜滋暗长的"世纪病"——一种以孤独不安作为标识的、灵魂深处难以排解的忧郁。是的,勒内有一种天生的忧郁,忧郁且自我;忧郁的他异常孤独,且这份孤独与人群中常见的那种孤单大不相同——勒内的孤独因内里的悖论而显现出难以名状的荒诞:他表面冷漠,但内心却压抑着巨大的热情——教堂的钟声让其联想到每过一小时就会增添一座坟墓,他便会流下热泪。他不乏精神的热忱,但目之所及却是一派荒凉——独自观赏飘忽不定的云朵,静听林间洒落的雨声,失神

---

① 索伦·克尔凯戈尔:《克尔凯戈尔日记选》,罗德编,晏可佳、姚蓓琴译,上海:上海社会科学院出版社,1996年版,第103页。

② 威廉·巴雷特:《非理性的人》,段德智译,北京:商务印书馆,1999年版,第12—13页。

③ 夏尔·波德莱尔:《私密日记》,张晓玲译,长沙:湖南文艺出版社,2007年版,第242页。

④ 米歇尔·沃维尔:《死亡文化史》,高凌瀚、蔡锦涛译,北京:中国人民大学出版社,2004年版,第43页。

地观看落叶随着流水漂逝,感到人的命运就像落叶一样可怜。他性格古怪、孤
僻,觉得世上没有一个知心人,只能登上高山去呼唤理想的爱人。他常常夜半惊
醒彻夜不得安眠,也常常白天在野外狂走——即使大雨淋头,雾凇扑面。他总在
梦想中挥汗如雨却并无半点行动的意志与实干的能力,所以无论如何他都觉得
缺少东西来填补生活与内心的巨大空白,只能在呆愣愣的冥想中越发陷入难以
自拔的孤独……

> 勒奈的沮丧情绪,他的以自我为中心,他表面的冷淡和内心压抑的
> 热情,在那个时期许多有才华的作家身上,在他们创作的许多最出名的
> 人物身上都有所表现,而且同这种外在原因无关——例如,蒂克的威
> 廉·洛维尔,弗里德里希·施莱格尔的朱丽厄斯,拜伦的科塞尔,克尔
> 恺郭尔的约翰纳斯·福佛爱伦和莱蒙托夫的《我们时代的英雄》。它们
> 成了十九世纪初期欧洲文学中男主人公的共同特点。[①]

感性与理性、自由与秩序的乾坤大挪移,使得高大威猛、神武圣明的一干古
典主义"高大上"主人公独霸文坛的局面为之一新。各式形貌各异既往只配受到
挖苦嘲笑的孤僻古怪人物,突然从幽暗的周边角落冒出来,大摇大摆地步入舞台
的正中央。诸多浪漫派主人公"陷于梦幻,进入忘我的境地,深刻却不活泼,崇高
却不热情,充满活力却没有意愿"[②],耽于思辨但却丧失了行动的能力。因为一刻
都不能离开其所爱的自由,他们看上去一个个都显得性格乖张、怪里怪气。"群
体中的孤独"作为浪漫派主人公的基本精神属性,意味着他们都是一些遗世独
立、卓尔不群的"怪人"。浪漫派作为未被驯化或者无法驯化的特殊群体,其作品
中大量充斥的"世纪儿"形象或"拜伦式英雄",大都具有倾向于无限—绝对自由
的精神特性,这使得他们在某种程度上都成了反常、反体制、反文明、反社会的无
政府主义者。维特的"烦恼",勒内的"彷徨",奥克塔夫的"迷茫绝望",曼弗雷德

---

① 勃兰兑斯:《十九世纪文学主流》(第一分册),张道真译,北京:人民文学出版社,1988年版,第
42页。
② 勃兰兑斯:《十九世纪文学主流》(第一分册),张道真译,北京:人民文学出版社,1988年版,第
55页。

的"世界悲哀"……这些在深重的孤独中无所适从、焦躁不安的灵魂,其"忧郁"中所涵纳着的正是存在主义哲学大肆张扬的孤独、烦闷、恐惧、绝望、虚无等体现着"荒诞"观念的现世生存体验。正是经由对孤独个体之精神矛盾和情感悖论的聚焦,浪漫主义文学为存在主义哲学进一步阐发"非理性的人"做好了准备。

　　存在主义将"荒诞"界定为个人在世界中的一种生命体验——它既是颠覆理性—信仰后无所依凭的孤独感,也是对未知可能性的恐惧和人生无意义的绝望。从勒内、哈洛尔德等忧郁成性的诸多"世纪儿"形象中可以看出:孤独、恐惧和绝望,连同厌倦、疯狂和迷醉等,均是浪漫主义时期文学表现的标志性现象。在著名批评家亨利·雷马克列举的浪漫主义的几个核心要素中,"个体主义"与"厌世忧郁"赫然联袂在列①。"我所感到的,是一种巨大的气馁,一种不可忍受的孤独感,对于一种朦胧的不幸的永久的恐惧,对自己的力量的完全的不相信,彻底地缺乏欲望……我不断地自问:这有什么用? 那有什么用? 这是真正的忧郁的精神。"②正是以浪漫派作家笔下那些忧郁成性、充满悖论的古怪形象为基础,作为个体本质或命运的"孤独体验"才在19世纪中叶克尔凯郭尔的哲学探究中进一步发酵成为构成"荒诞"观念的核心要素。

(本文作者:曾繁亭)

---

① Ferber,Michael. ed. *A Companion to European Romanticism*. Blackwell Publishing Ltd. ,2005,p. 7.
② 夏尔·波德莱尔:《恶之花》,郭宏安译,桂林:广西师范大学出版社,2002年版,第75页。

革命性"反叛"与功利性"宿命"

——浪漫主义对文学教育功能的疏离及其文学史意义

在西方文学史上,"寓教于乐"说影响深远;在 19 世纪以前,文学之教育功能是西方文学的一个颠扑不破的定律。事实上,迄今为止,文学具有教育功能,这似乎是关于人类文学的一个基本而简单的常识。然而,18 世纪末 19 世纪初的浪漫主义文学提出了"非功利性"和"为艺术而艺术"的理论主张和创作理念,排斥文学的教育功能和其他社会功能,表现出了对西方文学史上延续了 2000 多年的"寓教于乐"说的反叛,而且,这种理论主张和创作理念,深远地影响了后来的西方文学,尤其是现代主义倾向的文学。那么,浪漫主义的这种"反传统"果真彻底颠覆了传统西方文学之"寓教于乐"说和文学教育功能之定律吗?浪漫主义的这种革命性"反叛",给其后的西方文学到底带来了什么深远影响?本文试图对这些问题展开讨论,探寻文学教育功能之"常识"背后的学术新话语。

一、文学教育功能溯源

在西方古代文学中,文学对社会功能的追求主要表现在对"善"的追寻上——让文学具有社会教化的功能。古希腊时期,人们把文学作为社会教化的教科书之一,诗人(作家)被尊崇为人生的导师,拥有立法者的显赫地位。长期以来,由于柏拉图把诗人开除出他的"理想国",不少人认为他是否定文艺之社会和道德教化作用的。其实,柏拉图虽然不是明确地从正面肯定文艺作品的教化作用,但他提出过文艺有伤风败俗、亵渎神明、损害理性、放纵情感等弊端的批评性言论,认为文艺有不利于教育和培养道德高尚的人的弊端,所以他把诗人开除出他的"理想国"。但是,全面而深入地看,柏拉图所认为的"伤风败俗"的诗,是指那些同他的建设政治"理想国"要求不相符的作品,而不是指所有的文艺作品;而且,他这种表述本身说明了他承认文艺有道德教化作用——无非是认为某些"伤风败俗"的作品的教化作用是负面的和消极的而已——因此,柏拉图实际上看到并承认了文艺的道德教化作用。从他这种理论逻辑出发,如果诗人创作的作品符合了他构建"理想国"的政治标准,那么就可以达到道德教化的积极作用,于是,这样的作品也就可以被允许存在,这样的诗人自然也就可以留在"理想国"之中了。所以他又说,只要"诗不仅能引起快感,而且对国家和人生都有效用"①,那么,诗人也就"证明他在一个政治修明的国家里有合法的地位,我们还是很乐意欢迎她回来,因为我们也很感觉到她的魔力"②,在这种意义上,"诗不但是愉快的而且是有用的"③。这里的"有用"主要是教育作用。柏拉图还认为,优美的文艺作品可以使青年们"不知不觉地从小培养对美的爱好,并且培养起融美与心灵的习惯"④。显而易见,柏拉图在本质上是强调文艺要发挥其正向的社会功能——政治影响与道德教化作用,也即一种宽泛的教育功能。因此,柏拉图要求把诗人逐出"理想国"的言说,并不意味着他要放逐所有的诗人和艺术家,更不意味着他否定了文艺的社会功利性,与之相反,他恰恰是意识到了文艺的审美"魔力",要求诗人的创作尽可能减少情感欲望的宣泄从而使之更具有社会责任感和理性精神,用优良的作品对国家和公民产生积极的教化、训谕的教育作用。可以说,柏拉图在其论中婉转地表达了他对文艺教育功能的高度强调,同时又隐含了他贬低和贬抑文艺之审美功能和娱乐功能的倾向,要求审美和娱乐必须服务或服从于教育教化功能。不过,在柏拉图的这种贬低和贬抑中,我们分明也可以看到审美和娱乐也是文艺的题中应有之义,是文艺与生俱来的;文艺之教育、训谕功能必须以审美和愉悦为载体,或者说是在审美和娱乐中实现教育和道德教化及训谕作用的。

---

① 柏拉图:《柏拉图文艺对话集》,朱光潜译,人民文学出版社,1963年版,第88页。
② 柏拉图:《柏拉图文艺对话集》,朱光潜译,人民文学出版社,1963年版,第88页。
③ 柏拉图:《柏拉图文艺对话集》,朱光潜译,人民文学出版社,1963年版,第88页。
④ 柏拉图:《柏拉图文艺对话集》,朱光潜译,人民文学出版社,1963年版,第62页。

　　此后,柏拉图的学生亚里士多德不仅肯定情感在文艺作品中的合理性,而且从"净化说"出发更为突出地强调了文艺的道德训谕功能。他认为,情感是受理性支配的,适当的宣泄对人的健康是有益的,因此艺术具有陶冶和净化情感的作用。他认为,"写诗这种活动比历史更富于哲学意味,更被严肃地对待"①;悲剧是通过对严肃、完整的行动的模仿,"给我们一种特别能给的快感"②,"借引起怜悯与恐惧来使这种情感得到陶冶"③。亚里士多德把诗提到了比历史更高的位置,因为诗比历史更真实进而更接近真理,由此也就更富有哲学意味和理性精神,其间产生的愉悦性"快感"也就更富于陶冶和净化人的情感与心灵的教育功能。亚里士多德阐明了艺术之所以给人以美感,是因为人一面欣赏一面在满足和实现求知欲和现实的认知,艺术作品也就完成了为人提供真实的知识,引导人认识世界、认识生活的作用。至于文学中的情感问题,柏拉图认为文艺表现无理性的情感,迎合了人性中的卑劣,而亚里士多德则肯定了艺术中的情感的合理性,认为情感是人所固有的,并且是受人的理性支配的,因此艺术中正当的情感表达对人是有益的,这就是艺术对人的情感与心性的陶冶和净化作用。比如,悲剧就借助于情感"引起怜悯与恐惧使这种情感得到陶冶"④。文艺对人的情感的这种"陶冶",有利于人的生理健康,而这就是一种积极的道德训谕之社会功能。亚里士多德从文艺"摹仿"之"真"及其认识价值,进一步确认了由此产生的无可置疑的教育功能——陶冶、净化、怜悯和恐惧等,都是教育和道德训谕得以实现的种种表征。

　　如果说柏拉图和亚里士多德都是侧重于从公众或者读者的接受效果的角度来阐释文艺的教育功能的话,那么,古罗马的文艺理论家贺拉斯则是侧重于从作家创作目的的角度探讨文艺之教育功能的。贺拉斯说:"诗人的愿望应该是给人益处和乐趣,他写的东西应该给人以快感,同时对生活有帮助……如果是一出毫无益处的戏剧,长老的'百人连'就会把它驱下舞台;如果这出戏毫无趣味,高傲的青年骑士便会掉头不顾。寓教于乐,既劝谕读者,又使他喜爱,才

---

① 亚里士多德、贺拉斯:《诗学·诗艺》,罗念生、杨周翰译,北京:人民文学出版社,1962年版,第29页。
② 亚里士多德、贺拉斯:《诗学·诗艺》,罗念生、杨周翰译,北京:人民文学出版社,1962年版,第43页。
③ 亚里士多德、贺拉斯:《诗学·诗艺》,罗念生、杨周翰译,北京:人民文学出版社,1962年版,第43页。
④ 亚里士多德、贺拉斯:《诗学·诗艺》,罗念生、杨周翰译,北京:人民文学出版社,1962年版,第19页。

能符合众望。"①贺拉斯的"寓教于乐"强调了文艺的道德训谕,又强调了审美和娱乐,认为这两者的高度统一才是作家和艺术家创作应该追求的最高境界,这样的作品和艺术家才能"扬名海外,流芳千古"②。贺拉斯的"符合众望"表达的是他关于文学作品之优劣评价的核心观点。他认为美学是一种实用的综合体,这不仅仅是说文学应该创作得好或者不好,也不是说后来这个作品畅销与否;文学在经济上取得成功的奥秘,在于其美学之功用(也在于其思想道德等功用)。"贺拉斯要求文学对社会有用并且又能给人以愉悦的观点,产生了巨大的影响,因为他坚持既要让读者陶醉,又要为其提供道德忠告。"③从美学的角度看,贺拉斯的理论显得更加成熟且全面,因而也更切合文艺之本质与本原,所以在西方文学史和美学史上影响也更大,尤其为17世纪的古典主义文学家乃至18世纪的启蒙文学家所大力推崇。"愉悦与教化的结合不仅在古典主义的所有诗学中,特别是贺拉斯以后变得司空见惯,而且成为艺术的自我理解的一个基本主题。"④显然贺拉斯发展了柏拉图和亚里士多德的理论。

在欧洲中世纪,教会认为世俗文艺作品是表达情欲的,引导人追求尘世的享乐,因此是淫秽的和亵渎神圣的,所以创作和传播世俗文艺被认为是一种罪孽,故而予以强烈的抵制。此时,即便是宣扬宗教教义的宗教文艺,其地位也远在哲学、神学之下。不过,虽然中世纪教会总体上把文艺看成了哲学的奴婢、神学的附庸,把文艺当成了道德说教的工具,但是,事实上把文艺用来宣传教义、传播基督精神,倒也说明了文艺社会功能和教育作用的客观存在。所以,中世纪的基督故事、圣徒传记、赞美诗和祷告文等,其实就是以文艺为载体来表述宗教关于神圣的精神和真理,为宗教教义的传播服务,其间体现了文艺的社会功能,尤其是道德教化作用。在这种意义上,中世纪的文艺实际上是宗教的附庸,文艺本身不是一种自主自立的存在,但其教育功能却从来没有缺席过,或者说,如果没有教

①　亚里士多德、贺拉斯:《诗学·诗艺》,罗念生、杨周翰译,北京:人民文学出版社,1962年版,第155页。

②　亚里士多德、贺拉斯:《诗学·诗艺》,罗念生、杨周翰译,北京:人民文学出版社,1962年版,第155页。

③　Habib, M. A. R. *Literary Criticism from Plato to the Present: An Introduction*. Wiley—Blackwell, 2011, p.36.

④　彼得·比格尔:《先锋派理论》,高建平译,北京:商务印书馆,2002年版,第111页。

育功能的存在,中世纪的文艺连"附庸"也算不上。当然,既然是"附庸",那么文艺之审美性和愉悦性就大大萎缩了。

文艺复兴时期是西方文学现代性的起点,文艺之功能得到了拓展——包括政治功能、教育功能和审美功能。随着古典文化的复兴,文艺复兴时期的诗歌、戏剧、小说等艺术形式都广泛流传,文艺逐步走出了宗教世界的狭隘天地,融入了世俗生活的洪流之中,从而朝着世俗化方向快速发展。小说在文艺复兴时期是一门新兴的文学体裁,自薄伽丘《十日谈》开创了小说文体后,在较长时期内,它一直被认为是虚假、肤浅且庸俗的东西,难登大雅之堂。塞万提斯不仅以《堂吉诃德》的广泛影响力改变了人们的看法,还对小说的功能做了阐发。他在《警世典范小说集》中提出了小说具有"鉴戒"功能和娱乐功能①,阐明了小说的虚构与现实、娱乐与劝诫之关系,这对小说的教育功能和社会地位的确立具有重要意义。从创作目的上看,塞万提斯的长篇小说《堂吉诃德》正如他在前言中所说的,其宗旨是"攻击骑士小说"②,并要把它"扫除干净"。虽然这未必就是他真实的创作意图,因此"我们大可不必仅仅根据作者的自白去领会他创作的真正用意,这样做将使读者误入歧途"③。但是退一步说,塞万提斯创作这部小说不仅有明确的功利目的,而且事实上也十分有效地达到了这个目的,有效地显现了小说的社会教化功能——《堂吉诃德》因其丰富的内容、深刻的含义、高度的娱乐和审美效果,达到和拥有了比作者的初衷重要得多也多得多的创作目的与社会意义,尤其是对民众的教育作用,让他们从阅读低劣的骑士小说的泥坑中挣脱出来。在西方文学与文化走向现代性的起点上,小说这种文体显然更具有可读性和普及性。在文艺复兴时期,薄伽丘与塞万提斯等小说家的创作有力地促进了文艺复兴的发展,对挣脱精神束缚、解放思想、开启民智起到了不可或缺的作用。由此,文学不仅仅表现出了巨大的道德价值,也表现出了审美价值;文学的功能远远不只是道德教化的作用,还通过寓教于乐的审美途径对社会、人生和文明史的发展产生了重大的影响,从此文学从宗教神学的附庸地位中挣脱出来,成为人类精神文化中一个独立的、不可或缺的部分,而潜移默化的教育功能,始终是举足轻重的核

---

① 塞万提斯:《塞万提斯全集》(第5卷),张云义译,北京:人民出版社,1996年版,第4—5页。

② Torgovnick, Marianna. *Closure in the Novel*, Princeton UP, 1985, p. 112.

③ Torgovnick, Marianna. *Closure in the Novel*, Princeton UP, 1985, p. 112.

心要素。

17世纪的法国文化在欧洲居于领先地位,巴黎的时尚就是整个欧洲的时尚,路易十四的喜好和法国宫廷的趣味就是欧洲上流社会的时尚风向标。在文艺领域,表现上流社会生活的古典主义文学就是当时的主流,或者说,古典主义文学就是绝对君权之意志在文艺领域的体现,古典主义文学是君主集权和宫廷贵族思想精神的产物。布瓦洛作为法国古典主义文学的"立法者",他所追求的是以理性为灵魂、美与善高度统一的典雅艺术。在布瓦洛看来,理性与情感的天平上,理性高于情感,艺术作品中的情感固然可以打动读者,但是让读者接受理性的启迪和熏陶才是最终目的,艺术的使命就是传达真理、教化民众,而不是沉迷于情感娱乐。所以,布瓦洛当时批评一些标新立异、哗众取宠的作家时是这么说的:

> "因此你只能示人以你的高贵小影。
> 危害风化的作家,我实在不能赞赏,
> 因为他们在诗里把荣誉丢到一旁,
> 他们背叛了道德,满纸都是海盗海淫,
> 写罪恶如火如荼,使读者喜之不尽。
> ……一个有德的作家,具有无邪的诗品,
> 能使人耳怡目悦而绝不腐蚀人心:
> 他的热情绝不会引起欲火的灾殃。
> 因此你要爱道德,使灵魂得到修养。"①

与柏拉图显然有些相似,布瓦洛出于维护国家理想的实现以及国民精神生活的健康向上之需要,强调文艺教化民众的要求,其间有明显的政治目的性。不过,由于受特定时代与社会的制约,布瓦洛比柏拉图更强调文艺的政治目的,他的理论更符合当时君主王权的意志,所以,布瓦洛倡导的"理性"也具有特殊的政治意味。在这种政治意味的理性精神指导下,古典主义文学通常也都符合王权

---

① 布瓦洛:《诗的艺术》,任典译,北京:人民文学出版社,1959年版,第65页。

意志和宫廷原则,作家的创作都恪守和体现明显的政治化道德责任和社会使命。古典主义的悲剧往往以古罗马式的崇高、宏大、悲情的风格描写"英雄"与"公民",描写重大的历史事件,力图表现重大而有时代、国家和民族意义的政治主题。而且,布瓦洛明确提出要歌颂路易十四:"我们有贤明的君主,他那远虑深谋,使世间一切才人都不受任何痛苦。发动讴歌吧,缪斯! 让诗人齐声赞美。他的光荣助诗兴胜于你全部的箴规,让高乃依歌颂他,再拿出往日豪情〔……〕让拉辛再产生出新的新奇杰构,刻画着英雄人物都以圣主为楷模。"①不仅如此,布瓦洛还极力反对在文艺作品中表现"市井""村俗",他认为莫里哀的不足就在于过多描写下层平民,"过分做人民的朋友"。可见布瓦洛艺术规范和理性原则的政治依附性十分明显,古典主义文学不仅因此拥有了强烈的政治理性意识,而且还有政治教育工具的意味。不过,在当时的历史条件下,国家政治和民族意志、国民意愿与历史发展的大趋势达成了一致,因此,这种体现政治理性的古典主义文学,其实用理性原则也体现了国家意志、民族精神和公民情感与心理;以理性哲学为基础的艺术技巧——"三一律",也与体现这种国家意志和公民心理达成一致,因此,古典主义文学的艺术形式还是很好地服务于其内容的表达,从而繁荣了这种特定时代的特定文化与艺术——古典主义,而文学的教育功能中的政治教育功能得以凸显。

18 世纪西方世界的知识、思想和精神生活处在大变革时期,启蒙哲学是启蒙运动的思想核心,文学的实用理性在整个思想文化领域得以突显。在启蒙作家的眼里,文学艺术是一种开启民智、惩恶扬善的重要工具。"启蒙哲学的主要趋势是走向理性主义、经验主义、实用主义和功利主义(utilitarianism);这些趋势形成了资产阶级自由主义思想(liberal-bourgeois thought)的核心。"②文学作为启蒙运动时期思想文化解放潮流中的一部分,其社会实用价值的发挥尤其明显,或者说,文学与社会的关系在启蒙运动特定的政治文化背景下结合得尤为密切。启蒙文学不像古典主义文学那样崇尚古代、歌颂王公贵族,代之而起的是新兴资产阶级和普通市民的形象,启蒙文学也从古典主义的服务于君王的政治转向了

---

① 布瓦格:《诗的艺术》,任典译,北京:人民文学出版社,1959 年版,第 51 页。

② Habib, M. A. R. ,*Literary Criticism from Plato to the Present*; *An Introduction*. Wiley-Blackwell, 2011, p. 118.

平民的政治。剧作家博马舍说，"雅典和罗马事件,对于我们这样一个 18 世纪君主国家的和平臣民来说,有什么相干呢? 我会对伯罗奔尼撒的那个什么暴君的死或者奥利特一个青年公主的牺牲,产生强烈的兴趣吗? 这一切对我毫不相干,这对于我是不会有什么意义的。"①博马舍的戏剧代表了当时第三等级平民的审美趣味和思想倾向,它们都直接地为当下的破除迷信、崇尚理性、解放思想、启迪民智而摇旗呐喊。狄德罗是启蒙思想家中最杰出的代表人物之一,他继承了亚里士多德等哲学家和文学理论家的传统,强调文学的模仿说。但是,文学是借助于想象和虚构而成的,不可能完全地忠实于客观现实,不过能揭示事物之间的内在联系,因此文学描写的事实反而比历史记录的事实更加逼真。当然,狄德罗认为,"诗人不能完全听任想象力的狂热摆布,诗人有他一定的范围。诗人在事物的一般秩序的罕见情况中,取得他行动的模板。这就是他的规律"②。这里的"规律"意味着文学创作要有理性精神,并借以扼制低劣的情感宣泄与泛滥,从而起到道德引领的教育作用。

在狄德罗看来,文学艺术需要以情动人,但是情感是有低劣与高尚之别的,理性可以让艺术家滤去情感之低劣而走向高尚,制约并引导欣赏者也走向道德的高地,这样对现实中的法律可以起到正面的辅助作用。还值得我们注意的是,狄德罗从启蒙运动中广大市民的要求出发,倡导并论证了"严肃喜剧",主张建立严肃的思想。这种严肃喜剧实际上是一种市民剧,剧中的人物由古典主义的帝王将相变成了普通的市民和新兴的资产阶级。狄德罗力图通过这种市民化的严肃喜剧,用市民形象取代贵族形象,以市民的高尚道德抨击贵族阶级的腐化堕落,从而为市民和新兴的资产阶级树碑立传。他还借此要求用新戏剧引导人们崇尚道德、摒弃现实社会的种种罪恶现象,让人们从善如流。他认为:戏剧的目的就是"引导人们对道德的爱和对恶行的恨";文艺作品的宗旨,在于"使德行显得可爱,恶行显得可憎,荒唐事显得触目,这就是一切手持笔杆、画笔或雕刻刀的正派人的宗旨"③。所以,狄德罗不仅主张文艺的"寓教于乐",而且在更大范围的

---

① 普列汉诺夫:《普列汉诺夫美学论文集》(Ⅰ),曹葆华译,北京:人民文学出版社,1983 年版,第476—477 页。

② 狄德罗:《狄德罗美学论文选》,徐继曾译,北京:人民文学出版社,1984 年版,第 163 页。

③ 狄德罗:《狄德罗美学论文选》,张冠尧译,北京:人民文学出版社,2008 年版,第 106 页。

思想领域中让文学服务于启蒙运动,用文学教化民众、启迪民智、改造社会,这大大拓展了文学的教育功能。另一位启蒙作家伏尔泰说:"悲剧是一所道德学校。纯戏剧与道德课本的唯一区别,即在于悲剧的教训完全化作了情节。"①除了戏剧之外,启蒙时期的哲理小说,同样是启蒙思想表达的"传声筒",其哲理性、思想性和社会批判性鲜明、深刻而尖锐,是启蒙运动的思想锐器。因此,由于启蒙思想家力图通过新的知识体系促进人类进步,帮助人类更好地理解自然、社会、自我、道德、进步、社会公平与正义及人类幸福等②,使文艺的教育功能的实际发挥远远超出以往"寓教于乐"的范畴,在某种程度上,文学成了当下社会启蒙的工具或主要载体,体现的是一种"大教育"的社会功能。

　　18 世纪英国的现实主义小说代表着这一时期英国文学的主要成就,这种小说较以前的文学有了更明显的现实性和真实性以及道德教化功能。笛福在《鲁滨孙漂流记》的序言中就说,自己处处以严肃的态度去进行创作,目的是"以现身说法去教导别人,叫我们无论处于什么环境都要敬重造物主的智慧",读者通过阅读他的小说,"从它里面就消遣来说、就教训来说都可以同样得到益处,因为在这些方面的内容它都具备",所以这部小说出版后可以说对世人做出了"一番很大的贡献"③。也就是说,在笛福看来,他的这部小说在道德教育方面是有重要的训谕作用的,这也是他创作这个作品的重要目的之一。菲尔丁把自己的小说作为世人道德上自我体认的镜子——通过阅读小说让读者看看自己的道德面目;他说自己写小说《约瑟夫·安德罗德》是为了让那些终日生活在优越生活环境中的人"端详一下自己的丑态,好努力克服"④。他说《弃儿汤姆·琼斯史》的创作目的之一是"扬善举德",他在作品的"献词"中要读者和批评家相信:

　　　　在全书中定无有害宗教、有伤道德之处,绝无不合严格礼教风化之处……亦绝不至刺目而忤意。不但此也,我且于此处郑重宣称,我在此书中全力以赴者,端在善良与天真之阐扬。此真诚之目的,曾谬蒙执事

①　伏尔泰:《伏尔泰论文艺》,丁世忠译,北京:人民文学出版社,1993 年版,第 395 页。
②　尤尔根·哈贝马斯:《论现代性》,王岳川、尚水编:《后现代主义文化与美学》,北京:北京大学出版社,1992 年版,第 16—17 页。
③　丹尼尔·笛福:《鲁滨孙漂流记》,徐霞村译,北京:人民文学出版社,1997 年版,第 1 页。
④　亨利·菲尔丁:《弃儿汤姆·琼斯史》,张谷若译,上海:上海译文出版社,1993 年版,第 iv-v 页。

认为已经到达,实则此种目的,在此类著作中为最易达到者。因一副榜
样即一幅图形,在此图形中,道德即成为有目共睹之实物,且于其玉体
莹然裸露之中,使人起明艳耀眼之感,如柏拉图之所称道者。①

在此,菲尔丁对自己作品的教育目的和社会作用的自我表白可谓信誓旦旦。

19世纪是西方文学与思想更趋于多元化的时期,传统的文学寓教于乐、社会
功能等功利性追求,在延续、传承与发展中有了明显的更新。如上所述,从古希
腊(柏拉图)到18世纪,"寓教于乐"是西方文学史上关于文学艺术之功能的权威
与核心的学说。其中的"教"由张扬理性、道德教化或宗教训谕、净化灵魂等逐步
扩展到多层次多方位的社会功能;而"乐"则由感性、愉悦、情感宣泄等逐步拓展
到审美以及美育等诸多方面。在"教"与"乐"的天平上,在19世纪以前的西方文
学中大致特别注重前者,而后者则似乎仅仅是前者的载体和辅助手段,是服务于
前者的。但是,到了19世纪初,文艺以体现道德训谕和教育作用等社会功能为
主的功利性传统观念受到了质疑,这种质疑恰恰是从18世纪启蒙思想家内部开
始的,那便是浪漫主义文学思潮的滥觞。

二、浪漫派对文学教育功能的"反叛"

以影响他人并为他者服务为目的,这是多少世纪以来西方文学艺术的本原
性特征;而在浪漫主义时代,瓦肯罗德、戈蒂耶等浪漫派作家却开始将诗与雄辩
术区别开来,标举艺术的自足地位和天才的灵感与创造,倡导"为艺术而艺术"和
文学的"非功利性"。伴随着美学从关于真与善的科学中剥离出来,浪漫派成功
确立了艺术自由的观念。艺术自由大大解放了艺术家的生产力与创造力,浪漫
主义因此注定演进成为一场最深刻的文学革命。

在"实用"的意义上追求"进步",以及不断"进步"所激发出来的理性乐观
主义,是伴随欧洲工业革命开始弥漫全欧洲的社会风尚。"进步"意味着生产
有用的产品,使生活和工作更快捷、方便、高效,但此种"进步"的终极目的何

---

① 亨利·菲尔丁:《弃儿汤姆·琼斯史》,张谷若译,上海:上海译文出版社,1993年版,第iv-v页。

在？功利主义者的回答很干脆——为了快乐或听上去更高大上的"幸福"。正是运用这样的实用标准来考量,功利主义之父杰里米·边沁才宣称——就让人快乐的功能而言,诗歌远不如当时流行的图钉游戏①。浪漫主义形成与发展的重要背景便是工业革命及其社会—文化效应,对工业革命的排斥与拒绝,很大程度上构成了西方文坛浪漫主义者最为显著的共同特点。浪漫派作家普遍对当时正在茁壮成长的资本主义体制与商业主义气息持有公然蔑视的态度,对作为其价值观基础的功利主义甚为鄙夷,对作为其生活方式基础的城市化极为反感。莱奥帕尔迪愤怒地斥责时代的荒谬:"这个愚昧的时代,竟将实用作为最高的追求,而全然不顾生命本身越来越丧失了意义!"②弗·施莱格尔在小说《卢琴德》中写道:"勤勉与实用就如手执无情宝剑的死亡天使,横立在人们通往天堂的路上。"③反其道而行之,"无用性"开始成为浪漫主义者所看重的人生目标——史达尔夫人情不自禁地慨叹:"哦,我是如此痴迷于无用之物——美首当其冲。"④雪莱在《为诗辩护》中则更加直言不讳:"实用的要旨在于为最高意义上的快乐提供源泉与保障,只有诗人或具有诗意情怀的哲学家才堪大任。"⑤由是,浪漫诗学以及浪漫派的文类创新,均从不同的向度揭示了浪漫主义对传统文学观念的革命性"反叛"。浪漫派制造了诗人被冷酷无情的社会和庸众所毁灭的悲情传说;后来,将艺术自由发挥到极致的唯美主义作家群的出现,标志着纯文学与通俗文学、精英文化与大众文化的分裂在浪漫主义时代初显端倪,文学的教育或教化功能也日渐淡出。

　　如前所述,启蒙时期的思想既十分活跃丰富又相当庞大复杂,恰恰是在宣扬理性主义的启蒙运动中,酝酿滋生了感性主义的文学潮流,卢梭乃其间之先驱。比柏拉图批评文艺之"伤风败俗"更有过之而无不及,卢梭认为一切的科学和艺术都是滋生人类罪恶的渊薮。"我们可以看到,随着科学与艺术的光芒在我们的地平线上升起,德行也就消逝了。"⑥"我们的灵魂是随着我们的科学和我们的艺术之

---

① Ferber, Michael. *Romanticism: A Very Short Introduction*. Oxford UP, 2010, p. 99.
② Ferber, Michael. *Romanticism: A Very Short Introduction*. Oxford UP, 2010, p. 99.
③ Ferber, Michael. *Romanticism: A Very Short Introduction*. Oxford UP, 2010, p. 100.
④ Ferber, Michael. *Romanticism: A Very Short Introduction*. Oxford UP, 2010, p. 99.
⑤ Ferber, Michael. *Romanticism: A Very Short Introduction*. Oxford UP, 2010, p. 100.
⑥ 卢梭:《论科学与艺术》,何兆武译,北京:商务印书馆,1963 年版,第 11 页。

臻于完美而越发腐败的"①,并且,"科学与艺术都是从我们的罪恶诞生的"②。于是,卢梭认为,欣赏文学艺术不仅浪费时间,而且使人沉湎于虚华、奢靡、倦怠和精神堕落,腐蚀、败坏了社会风化。一句话,文学艺术不具备社会教化功能,或者说,文学不应该以社会教化功能的实现为宗旨。虽然卢梭的言论有些过激,而且事实上他也并不是一概否认科学与艺术的社会作用的,但是,他的这种理论确实是在传承西方文学史和美学史上关于感性、娱乐、审美的传统观念基础上的进一步发扬光大,是对科技理性、工具理性以及现代工业文明压制人性本能、情感、欲望、自由、个性等异化现象的反拨,因此他的文学"非功利性"理论对当时和后世的文学和美学影响极大,特别是对浪漫主义文学思潮的发生起到了催发和引导作用。

当然,说到文学的浪漫主义及文学之"非功利性"观念,我们不能不论及德国古典美学家康德与席勒,他们的"审美不涉利害""审美只涉形式"等美学创见无疑对浪漫主义的滥觞起了关键性作用。在卢梭的启发下,康德从哲学和美学的角度考察了科学、理性与人类文明发展的关系,在辨析了"科学理性"与"道德理性"(即实践理性)的关系的基础上,强调了理性应有的"必然的实践运用"③,这为德国浪漫主义运动提供了理论支柱。特别是,他的"审美无利害"论不仅为浪漫主义文学思潮提供了理论依据,促进了这一文学思潮的迅猛发展,也为后来唯美主义文学思潮的"为艺术而艺术"提供了理论先导,而且,对此前西方文学史上在实用理性支撑下长期占主导地位的文学"寓教于乐"说带来了强有力的冲击;或者说,在19世纪西方文学与美学领域,除了长期占主导地位的文学的社会实用观念之外,又产生了颇具影响力的文学"非功利"说以及"为艺术而艺术"的美学思想。卡西尔(Ernst Cassirer)认为,"康德在他的《判断力批判》中第一次清晰而令人信服地证明了艺术的自主性。以往所有的体系一直都在理论知识和道德生活范围内寻找一种艺术的原则"④。"浪漫派发展了康德的某些观点,坚持艺术独立性的主张,力图把艺术从长期以来的道德主义和功利主义的规

---

① 卢梭:《论科学与艺术》,何兆武译,北京:商务印书馆,1963年版,第12页。
② 卢梭:《论科学与艺术》,何兆武译,北京:商务印书馆,1963年版,第21页。
③ 康德:《纯粹理性批判·第二版序言》,蓝公武译,北京:商务印书馆,1997年版,第18—21页。
④ 康德:《判断力批判》(上卷),宗白华译,北京:商务印书馆,1964年版,第175页。

范中挣脱出来。"①席勒在其著名的《审美教育书简》中指出,个体和国家只有经由调和克服了两者之间"感性冲动"与"形式冲动"的内在冲突,才能达成自由的生活与平等的共和国;而此种调和即所谓文化的根本使命。作为一种将两者调和起来的"统一冲动","游戏冲动"乃是一种脱离了需求或义务的审美本能。席勒认为,艺术作为审美活动绝非可有可无的边缘化活动,它是人类存在的核心:"人类只有在完全实现了'人'的意义时才会游戏,而且人只有在游戏的时候才是完整意义上的人。"②受席勒"游戏说"影响的德国早期浪漫派,很早便对艺术在个人和集体精神成长中之重大作用做出了阐释:"美自身就能给整个世界带来幸福,而每一个生命都会因美的魅惑而忘却自身的有限性。"③

　　总体而言,在席勒与康德那里,文学作为自由艺术的"游戏"功能得到了阐发,而强调文学的教育功能则被认为是对文学创作的一种制约。在接受了席勒与康德"自由艺术"的思想之后,浪漫派进一步高标艺术自由。浪漫派作家普遍认为,文学作为艺术不再是实现任何其他目的的工具——不管是教育还是娱乐,它是一种独立自足的存在,自身便足以构成为其存在提供意义与价值的目的;在德国浪漫派先哲瓦肯罗德看来,正是因为免却了具体的功利用处,艺术才具有了永恒的价值;庄严伟大的艺术家的作品与那些实用的物品或通俗的文化消费品截然不同——

　　　　精美的绘画不同于教科书中的条文:我费一时之力掌握条文的意思后,就可以把它看作无用的外壳,弃之身后;非凡的艺术作品则不同,它带给人的享受是持续的、永不磨灭的。我们常常以为早已透彻地理解了它们,而事实上,它们却总是不断点燃我们新的感受,我们心灵的感悟永无止境。艺术作品中燃烧着永恒的生命之火,它永远不会从我们的眼前消逝。④

---

　　①　Habib,M. A. R.,*Literary Criticism from Plato to the Present*:*An Introduction*. Wiley-Black-well,2011,p. 145.

　　②　Reed,T. J. *Schiller. Oxford UP*,1991,pp. 68-69.

　　③　Ferber,Michael. *Romanticism*:*A Very Short Introduction*. Oxford UP,2010,p. 20.

　　④　瓦肯罗德:《一个热爱艺术的修士的内心倾诉》,谷裕译,北京:生活·读书·新知三联书店,2002年版,第81页。

事实上,早在 18 世纪末,"为艺术而艺术"的观念在瓦肯罗德那里便趋于成熟——

> 艺术的精神对于人类是一个永恒的谜,人们尚无法探明其中的奥秘。——正如世上所有伟大的事物,艺术的精神也将永远令人叹为观止。[①]
> 艺术家应该只为自己而存在,只为自己灵魂的崇高和伟大而存在,只为自己的知音而存在。[②]

作为精神绝对自由的象征,文学使得"有限"的人渴慕—张望"无限"成为可能。在"有限"中追求"无限",用"诗化"来赋予平庸乏味的人生以瑰丽的色彩,并通过各种文体(韵文与散文等)乃至各种文化部类(哲学、神学等)的整合融汇来拯救被工业革命与现代社会所区隔肢解了的人生碎片,最终在艺术中找回人的整体感与自由品格。只有在文学艺术"游戏"活动的自由中,备受现实规训与扭曲的个体才能逃离诸般现实规则与利益的束缚,找回在现实中迷失了的自我。在仿用中世纪德国绘画大师阿尔布莱希特·丢勒的一位徒弟写给朋友的信中,德国诗人蒂克声称:"世间只因有了艺术才变为一个美好可爱的栖居之地。"[③]个体自由意识的高涨,乃是"为艺术而艺术"观念形成并得以传播的重要前提。

总之,浪漫主义思潮蕴含着一种艺术观念的革命性的变革,它一开始就具有一种"为艺术而艺术"的倾向。浪漫派对文学传统的革命性反叛,正是 19 世纪西方文学观念的多元化的一种表征,也开启了西方文学现代性的新局面。从文学的角度看,18 世纪末 19 世纪初的浪漫主义是一种反抗工业文明、排斥科学与理性、崇尚个性自由强烈愿望的文学思潮,总体上它张扬的是审美现代性理念。浪漫主义"用一种焕然一新的现代观念完全否定了古典主义的既有规范"[④],于

---

① 瓦肯罗德:《一个热爱艺术的修士的内心倾诉》,谷裕译,北京:生活·读书·新知三联书店,2002年版,第 142 页。

② 瓦肯罗德:《一个热爱艺术的修士的内心倾诉》,谷裕译,北京:生活·读书·新知三联书店,2002年版,第 139 页。

③ 蒂克:《一位身居罗马的年轻的德国画家致其纽伦堡朋友的一封信》,瓦肯罗德:《一个热爱艺术的修士的内心倾诉》,谷裕译,北京:生活·读书·新知三联书店,2002 年版,第 93 页。

④ Behler, Ernst. *Irony and Discourse of Modernity*. Cambridge UP, 1993, p. 40.

是,"现代人(moderns)最终在诗歌领域里得以确立,现代性的时代也就真正开始了"①。正是浪漫主义的这种别具内涵的审美现代性,后来"导致先锋派产生"②。"那些以极端审美主义为特征的运动,如松散的'为艺术而艺术'团体,或后来的颓废主义与象征主义,当它们被看做反对正在扩散的中产阶级现代性及其庸俗世界观、功利主义成见、中庸随俗性格与低劣趣味的激烈论战行动时,能够得到最好的理解。"③19世纪浪漫主义文学和后来强调"艺术自律"的"世纪末"文学及20世纪的现代主义文学,也都是在资本主义现代化进程中生成与发展起来的,但是,它们更多的是资本主义现代文明的反叛者。正是在这种意义上,浪漫主义文学思潮被认为是西方历史上"'现代性'(modernity)的第一次自我批判"④。因为,"浪漫派那一代人实在无法忍受不断加剧的整个世界对神的亵渎,无法忍受越来越多的机械式的说明,无法忍受生活的诗的丧失"⑤。正是在这种文化的和审美的理路上,20世纪的现代主义文学思潮是19世纪浪漫主义和世纪末诸流派的后继者,它们也就被称为"新浪漫主义"。"为艺术而艺术"这个口号的提出和"为艺术而艺术"作家群的确立,不唯是浪漫主义文艺运动中引人注目的现象,而且是这一运动的重大成就。在浪漫主义运动后期出现的这个作家群在西方文学发展的历史上起着承先启后的作用,由此我们就可以解释19世纪中后期以及20世纪的诸多"反传统"的重大文学现象。就此而论,浪漫派的"为艺术而艺术""非功利性"追求及其对文学教育功能的革命性反叛,在西方文学史上具有划时代意义。

三、文学教育功能的不可逾越性

如前所述,浪漫派"这种文学'非功利'观念的背后有一种理论,认为文学必须摆脱一切固有的道德职责任务和政治目的;文学的主要目的不是为人们提供

---

① Behler, Ernst. *Irony and Discourse of Modernity*. Cambridge UP, 1993, p. 40.
② 马泰·卡林内斯库:《现代性的五副面孔》,顾爱彬、李瑞华译,北京:商务印书馆,2003年版,第48页。
③ 马泰·卡林内斯库:《现代性的五副面孔》,顾爱彬、李瑞华译,北京:商务印书馆,2003年版,第51页。
④ 刘小枫:《诗化哲学》,济南:山东文艺出版社,1986年版,第5页。
⑤ 刘小枫:《诗化哲学》,济南:山东文艺出版社,1986年版,第5—6页。

道德教育,也不是什么促进社会事业的发展,而仅仅是为人们提供娱乐;不管文学还有别的什么作用,但我们重视文学,其目的就在于让文学给人们提供快乐,这就足够了"①。这种观念在当时是十分标新立异和反传统的,因此,"从柏拉图到 18 世纪的大多数思想家也许对这样一种理念会感到迷惑不解甚至为之恼怒:虽然他们可能会承认文学的功能之一是要使我们'快乐',但是他们仍然会坚持认为,文学的重要功能必须拥有道德的、宗教的和社会的维度"②。事实也是如此。一种理论可以侧重于在某一方面深入阐发乃至拥有不无片面的合理性,但对实际的创作和具体某个作家的创作来说,则往往处在理性与感性、道德教育和审美愉悦等多重关系的纠葛之中,并不都是随理论之所愿而非此即彼的,反倒会常常表现为各有侧重的前提下的兼而有之的状态。比如,即使是康德这样强调"审美无利害"的美学家,其理论中也仍然不排斥理性和道德功能的一面。他把文艺视为一种"游戏",其实主要是从艺术家创作心理的角度强调一种自主的和独立的艺术创作原则,至于文艺作品的实际效用,他也并没有一概否定其思想价值和社会功用。他强调"美的艺术不同于快适的艺术",就在于它不凭"单纯的官能感觉快乐",它尽管没有直接的功利目的,却具有"促进心灵诸能力陶冶的作用"③。所以,实际上虽然康德的"审美无利害"、艺术"非功利性"的观点影响了后来的浪漫派,但不能因此就认为康德完全是一个主张"纯艺术"理论的美学家和哲学家。从这种意义上看,即使浪漫派在理论上竭力推崇"艺术自由""艺术独立"和"非功利性",但在创作中也不是所有作家一概如此,而只能看作是一种总体趋向或理论和观念的追求目标。实际上,不同国家和文学家之间的差异性是非常明显的,文学的功利性和教育功能不可能完全被浪漫派逐出文学艺术领域,——虽然浪漫派的这种文学理念和美学追求为 19 世纪末的象征主义、唯美主义、颓废主义以及 20 世纪现代主义朝着"为艺术而艺术"共同趋向发扬光大,但是,事实上不少浪漫派作家主观上依然高度重视文学的社会功用——因为文学之社会功能永远是文学的本质属性之一。比如说,德国浪漫派比较倾向于"美

---

①　Habib, M. A. R. ,*Literary Criticism from Plato to the Present*:*An Introduction*. Wiley-Blackwell, 2011, p. 129.

②　Habib, M. A. R. ,*Literary Criticism from Plato to the Present*:*An Introduction*. Wiley-Blackwell, 2011, p. 129.

③　康德:《判断力批判》(上卷),宗白华译,北京:商务印书馆,1964 年版,第 150—151 页。

就是它自身的目的”,较之其他国家的浪漫派,德国浪漫派对文学之非功利性的追求更强烈而明显,但这并不等于所有德国的浪漫派作家都如此,更不意味着其他国家的浪漫派也都纯粹崇尚文学之“非功利性”。在这方面,法国浪漫主义表现得更为典型。

在19世纪20年代,法国浪漫派侧重于关注文学自身的问题,而到了30年代则“转而关注社会问题。过度的关注自我以及夸张的抒情,使浪漫主义与人道的价值和诉求并不相称,它现在意识到要通过与人类建立密切联系来使自己重生”①。正如拉马丁在1834年一个关于文学未来使命的演讲中说的一样:“诗歌将不再是抒情的……它将是哲学的、宗教的、政治的、社会的。”②30年代的法国浪漫派作家们开始以创造一个和谐、道德、大众的新时代为己任,在诗歌、小说、戏剧中揭示社会问题,激荡并传递正能量。19世纪30年代开始,法国浪漫主义者特别关注社会问题。拉马丁、雨果、维尼等浪漫派作家都以不同的方式赞同由圣西门与傅立叶等社会改革家们所阐发的“政体等值”理论——社会发展在任何政府形态下都可以发生。30年代,拉马丁开始反省自己早年那种狭隘、自私的个人主义,并从此转向人道主义。由此,他不仅在各种场合用各种方式谴责暴政,宣扬平等、博爱与民主,而且身体力行,积极投身于为争取社会正义与和平的伟大斗争中。1848年革命爆发以后,七月王朝旋即覆灭,热衷于社会改革事业的诗人拉马丁还出任了临时政府的首脑。作为法兰西浪漫主义的领袖,30年代后的雨果堪称法国浪漫主义者中的伟大改革家,是进步和博爱理念的虔诚信徒;他是穷人、失意者、悲伤者、违法者、被放逐者的捍卫者,是不合理社会制度下所有受害者的捍卫者。在他的诗歌、小说、戏剧、散文以及在立法议会履职的演讲中,他对自己的社会改革事业倾注了永不消退的热情。雨果认为,“为艺术而艺术固然美,但为进步而艺术则更美”,“我的全部作品,写得明明白白的,恰巧是与这句话完全相反的思想”③。雨果作为浪漫主义作家,他的文学作品尤其是小说,充满理性精神和人道情怀,道德感化不仅是他处理作品中人与人之间矛盾冲突的高妙手段之一,而且也是他那比大海和天空还要广阔的人道主义博爱精神对读者产

---

① Clement, N. H. *Romanticism in France*. Kraus Reprint Corporation, 1966. p. 249.

② Clement, N. H. *Romanticism in France*. Kraus Reprint Corporation, 1966. p. 249.

③ 维克多·雨果:《雨果论文学》,柳鸣九译,北京:人民文学出版社,1980年版,第83、190页。

生感天动地的道德教育之无尽源泉。总体上看,"很少有一部雨果的小说是不谈论社会问题的"①。在雨果的创作理念中,文学作品里"崇高、神圣和美德的东西",可以让人们看到上帝埋下的爱的"火种"与"灵魂"②的感动。所以他说,"诗人担负着灵魂的责任,不应该让群众没有得到一些辛辣而深刻的道德教训就走出戏院"③。雨果的所有作品几乎"都在对社会病症进行诊断,宣称压迫者是罪恶的来源并要求他们同情、帮助受害者,强烈要求无产者的进步改良,预测他们的要求得不到满足将会爆发革命"④。强烈的社会批判和道德训谕功能,在很大程度上的确是1830年之后法国浪漫派的一种特质。而英国浪漫主义中,拜伦式的"撒旦派"文学作品有很强的社会教育功能且影响深远,对我国五四以来的文学与社会变革产生过重要影响。鲁迅在《摩罗诗力说》中之所以如此肯定这一派诗人,就是因为他们的创作"立意在反抗,旨归在动作",表现了强烈的反叛性和社会批判性,拥有强有力的社会教育功能。而俄国的浪漫主义文学与启蒙思想密切相连,对当时在沙皇农奴制统治下的俄国民众具有很强的民主主义启蒙教育作用。

可以说,浪漫主义并没有因其强调文学的"非功利性"和"为艺术而艺术"的唯美倾向而完全丧失了文学对教育功能和社会功利的追求,事实上,大部分浪漫派文学作品在客观上仍然具有社会的和教育的功能。这一方面是因为,浪漫主义在思想根源上起源于对现代工业资本主义文明的不满,"浪漫主义者注意到了工业主义在一向优美的地方正产生的丑恶,注意到了内心在'生意'里发了财的人(在他们认为)的庸俗,憎恨这种丑恶和庸俗,这使他们和中产阶级形成对立,因而有时候他们和无产阶级的斗士结成了一种仿佛什么联盟"。于是,理论上的"非功利性"取向并不等于创作实践上完全的"为艺术而艺术"。另一方面是因为,质而言之,文学的教育功能是文学与生俱来的本质属性之一,任何一种形态的文学都不同程度地蕴含着显在的和潜在的教育功能,而不可能存在缺失了教育功能这一质的规定性的纯粹"为艺术而艺术""娱乐"和"唯美"的文学,或许我

---

① Clement, N. H. *Romanticism in France*. New York: Kraus Reprint Corporation, 1966, p. 256.
② 维克多·雨果:《雨果论文学》,柳鸣九译,北京:人民文学出版社,1980年版,第120—121页。
③ 维克多·雨果:《雨果论文学》,柳鸣九译,北京:人民文学出版社,1980年版,第108页。
④ Clement, N. H. *Romanticism in France*. New York: Kraus Reprint Corporation, 1966, p. 258.

们可以说这是文学的一种"宿命"。因此,浪漫主义文学虽然因其革命性的"反叛"而对文学之教育功能在一定程度上有所疏离,并由此开启了西方文学史上"非功利性"和"为艺术而艺术"的审美现代性转换,但其创作的教育功能和"功利性"内质并没有因此而真正、完全的消失,这是其作为艺术形态的文学所无法摆脱和逾越的"宿命"。

(本文作者:蒋承勇)

现实主义思潮研究

仅仅是"妇女解放"问题吗?

——《玩偶之家》及"易卜生主义"考辨

　　19世纪挪威戏剧家易卜生(Henrik J. Ibsen)是西方"社会问题剧"的创立者,也被称为"西方现代戏剧之父"。他的剧本《玩偶之家》是"社会问题剧"的代表作之一。以往评论界称该剧是妇女觉醒与解放的宣言书,易卜生则是描写妇女解放、为妇女争取自由的戏剧的先驱。这在我国学界几乎也是无可争议的。

　　应该说,这样的文本解读并没有偏离原作本身所演绎的基本内容,因为该剧确实通过对男女主人公娜拉与海尔茂的矛盾冲突的描写,撕下了男权社会中温情脉脉的家庭关系的面纱,暴露了建立在男权统治基础上的夫妻关系的虚伪,提出了妇女解放的问题。剧本的描写中,表面上娜拉和海尔茂的家庭和谐美满,小两口日子过得十分温馨。海尔茂看上去似乎很爱娜拉,平日里对她满口的甜言蜜语。他说夫妻应当分挑重担,并且,他常常盼望有一件危险的事威胁娜拉,好让他拼着命,牺牲一切去救娜拉。但当他发现了娜拉曾假签名借债后,不但没有挺身而出,反而怒骂娜拉是"道德败坏"的"下贱女人",因此不准娜拉有教育子女的权利。可见,他关心的只是自己的名誉和地位,他爱妻子不过是口是心非,骨子里只是把她当作好看的"纸娃娃",是一个玩偶,没有自由的意志,一切要由他来支配。在他看来,妻子对丈夫只有责任,而没有任何权利,因此,在家庭生活中,娜拉是自己的私有财产和附属品;男女是不能享受平等权利的,女人可以为男人做出牺牲,而男人则不行。他曾直接对娜拉说:"人不能为他爱的人牺牲自己的名誉。"相反,娜拉对丈夫的感情是真诚纯洁的。在父亲病重因而无法拿到他的签名的情况下,她不得已冒充父亲的签名借钱为丈夫治病;当伪造签名的事将败露时,她曾决定牺牲自己,甚至以自杀来保全丈夫的名誉。这些都表现出她的真诚与善良。娜拉和海尔茂的冲突展示了各自不同的思想境界和性格特征。如果说海尔茂代表了当时欧洲普遍的男权主义思想,那么,娜拉则代表了女性对独立人格与尊严的追求。随着剧情冲突的展开,温馨家庭的面纱被掀开了。当娜拉明白了自己在家庭中不过是个玩偶之后,就毅然出走了。

娜拉的出走,向男权主义提出了公开挑战,向社会提出了男女平等、妇女解放的问题。

该剧上演后引起了社会的巨大反响。所以,以往评论界说《玩偶之家》是妇女解放的宣言书,易卜生也被誉为描写妇女解放、为妇女争取自由的戏剧的先驱,是不无道理的。正因如此,这个经典剧本对当时和后来一个时期西方社会的妇女解放运动起到了激发和推动的作用,并且其影响是世界性的。

"五四"时期,《玩偶之家》传入我国之后受到了广泛的欢迎。"五四"的先驱者对易卜生都表现出了空前的热情,纷纷推介他的戏剧作品。《新青年》曾经很特殊地出过"易卜生专号",《新潮》和《小说月报》等刊物也相继推介易卜生作品,一时间文化艺术界出现了"易卜生热"。阿英在《易卜生的作品在中国》中说:"就由于这些介绍和翻译,更主要地配合了'五四'社会改革的需要,易卜生在当时的中国社会里,就起了巨大的波澜,新的人没有一个不狂热地喜欢他,也几乎没有一种报刊不谈论他。"①尤其是《玩偶之家》,它几乎可以说是中国女性解放的教科书,娜拉成了广大青年男女争取婚姻自由、个性解放的偶像。受此剧本启发,不少作家也创作了同类题材的文学作品。胡适模仿《玩偶之家》创作了表现男女平等、婚姻自由主题的《终身大事》。他还说,易卜生"把家庭社会的实在情形都写了出来,叫人看了动心,叫人看了觉得我们的家庭社会原来是如此黑暗腐败,叫人看了觉得社会家庭真正不得不维新革命"②。鲁迅则以该剧主人公为题发表了《娜拉走后怎样》的演讲,更深一层地探讨中国式的"妇女解放"这个社会基础问题。他还以此为题材创作了短篇小说《伤逝》,提出了"娜拉现象"背后的社会问

---

① 范伯群、朱栋霖:《中外文学比较史(1898—1949)》(上),南京:江苏教育出版社,2000 年版,第 190 页。

② 胡适:《易卜生主义》,《新青年》,1918 年第 4 卷第 6 期,第 489—500 页。

题。总之,作为"社会问题剧",《玩偶之家》在我国主要被理解为表现了家庭婚姻、男女平等、妇女解放问题的经典戏剧,在中国的文化与文学语境中,该剧无疑具有很强的反封建意义。该剧所表达的妇女解放、男女平等的观念,几乎成为一种母题,深深融入了我国的文化价值系统。正如阿英在《易卜生的作品在中国》一文中所指出的,"易卜生的戏剧,在当时的妇女解放运动中,是起了决定性作用的"①。

　　然而,易卜生自己对该剧的创作却别有一番心机。他在该剧发表20年后的一次演讲中说:"谢谢大家……但我的确不敢领受为妇女运动而自觉努力的盛誉。我甚至不明白什么是'妇女运动'。我只关心人类本身的事……我不过是一个诗人,却不是人们通常认为的社会思想家……就像许多其他问题,妇女的社会问题应当给予解决,但是那不是我创作的原始动机。我的创作的目的是描写人类。"②在此,易卜生起码表达了两层意思:第一,《玩偶之家》的创作动机不是妇女解放、男女平等;第二,该剧讨论的根本问题是人类而不是男女平等之类的一般"社会问题"。研究一个作家及其作品时虽然不能被作家自己的"一家之言"牵着鼻子走,但也不能不作为参考,更为关键的是,要借此通过文本解读去证明其可靠性。

　　从《玩偶之家》的深层意蕴看,该剧表达的是"人"的觉醒和人性解放的问题;换言之,娜拉不仅代表妇女,更代表生存于西方传统文化中的整体的"人"。男女平等、妇女解放,诉求的是男女人格尊严上的平等,指涉的主要是社会道德和制度问题,而"人"的觉醒和人性解放,不仅仅是社会道德和制度问题,更是其赖以存在的文化根基问题。

　　剧本的开场是在圣诞节前夕,海尔茂马上要升任银行经理了,家里的气氛格外热烈。从象征意义的角度看,圣诞节意味着耶稣受难与复活;从剧情发展的角度看,主人公的精神与灵魂将迎来"受难"与"复活"——娜拉在痛感"玩偶"地位后的觉醒与反叛,这是剧本结局的深沉隐喻。剧中,海尔茂极力规劝准备离家出走的娜拉,而她说:"这些话现在我都不信了。现在我只信,首先我是一个人,跟

---

　　①　范伯群、朱栋霖:《中外文学比较史(1898—1949)》(上),南京:江苏教育出版社,2000年版,第192页。

　　②　Ibsen,Henrik.,*Letters and Speeches*,Ed.,Evert Sprinchorn,NewYork:Hill,1964,p.232.

你一样的一个人——至少我要学做一个人!"①娜拉说的"我是一个人",当然包含了"女人也是人"的意思,同时也是指人类意义上的"人"。从后一层意义上说,娜拉提出的不仅仅是男女平等、妇女解放的问题,而且是指西方传统文化中人的自由与解放的问题。因为,剧本中海尔茂极力维护的不仅仅是传统的家庭婚姻的道德规范,而且是那个社会赖以存在的传统文化体系,娜拉则是它的叛逆者。

在娜拉提出要出走时,海尔茂就搬出宗教和法律来逼迫娜拉就范,在他眼里,这一切都是天经地义的。海尔茂认为,宗教能拯救人的灵魂,犯有过失的人就应当认罪,要"甘心受罪",也就是说,娜拉就应该认罪并受罚。娜拉则反驳说:"不瞒你说,我真的不知道宗教是什么……牧师对我们说的那套话,我什么都不知道。牧师告诉过我,宗教是这个,宗教是那个。等我离开这儿一个人过日子的时候,我也要把宗教问题仔细想一想。我要仔细想一想,牧师告诉我的话究竟对不对,对我合用不合用。"②这是她对宗教合理性的大胆质疑,其间隐含了尼采式关于传统文化死亡——"上帝死了"的意味。海尔茂认为,现实社会的法律是神圣的、合理的,他还用法律来威胁娜拉。娜拉则公开对这种法律提出抗议,认为它是"笨法律"。她说:"国家的法律跟我心里想的不一样,可是我不信那些法律是正确的。父亲病得快死了,法律却不许他女儿给他省去烦恼。丈夫病得快要死了,法律不许他妻子想法子救他的性命!我不相信世界上有这种不讲理的法律。"③

显然,上述讨论的问题是这个社会赖以存在的文化对于人之合理性的问题,是人的自由与权利的问题,已经远远超越了婚姻与家庭问题。所以,娜拉反叛的不仅仅是家庭道德、婚姻规范和"男权主义",而且是西方社会的传统文化价值体系;她追求的不仅仅是女性的人身自由,而且是整体意义上的"人"的精神自由、人性的解放。在这种意义上,娜拉的觉醒不只是妇女的觉醒,更是"人"的觉醒,海尔茂所代表的不仅仅是所谓的"男权社会"和"男权主义",还是传统的文化体系,并且他本人也是一个不自觉地受制于这种文化的非自由的人。因此,该剧讨论的问题也由一般家庭婚姻的"社会问题",上升为更具超前性、革命性的人性解

① 易卜生:《易卜生戏剧选》,潘家洵译,北京:人民文学出版社,2001 年版,第 247 页。
② 易卜生:《易卜生戏剧选》,潘家洵译,北京:人民文学出版社,2001 年版,第 248 页。
③ 易卜生:《易卜生戏剧选》,潘家洵译,北京:人民文学出版社,2001 年版,第 191 页。

放和"人"的觉醒的西方文化之普遍性问题。易卜生自己曾言,从早期开始,他创作的就是"关于人类和人类命运的作品"①,他认为基督教传统文化世界就像一艘行将沉没的船,拯救的唯一方法是文化自新,他的创作所揭示的就是西方传统文化所面临的这种危机。这是易卜生戏剧之"现代性"特征在文化哲学内涵上的表现。

在此,我们来看看这个剧本的结尾,请注意以下这段对话中多次出现的"奇迹"两个字:

　　海尔茂:娜拉,难道我永远只是个陌生人?

　　娜拉:(拿起手提包)托伐,那就要等奇迹中的奇迹发生了。

　　海尔茂:什么叫奇迹中的奇迹?

　　娜拉:那就是说,咱们俩都得改变到——喔,托伐,我现在不信世界上有奇迹了。

　　海尔茂:可是我信。你说下去! 咱们俩都得改变到什么样子——?

　　娜拉:改变到咱们在一块儿过日子真正像夫妻。再见。(她从门厅走出去。)

　　海尔茂:(倒在靠门的一张椅子上,双手蒙着脸)娜拉! 娜拉! (四面望望,站起身来)屋子空了。她走了。(心里闪出一个新希望)啊! 奇迹中的奇迹——

　　〔楼下砰的一响传来关大门的声音。〕②

海尔茂希望娜拉回心转意回归家庭。但是,就娜拉来说,对应剧本开场的圣诞节灵魂复活的隐喻,"复活"了的娜拉是不可能回归的,除非发生"奇迹中的奇迹",但是现在的她根本不相信什么"奇迹"。所以,结尾最后那"砰的一响"的关门声,意味着海尔茂期待的"奇迹"不过是一种幻想。剧本结尾的潜在文本是一种象征隐喻,它表达了人对传统文化信仰的动摇以及人的个性意识的觉醒与"复

① Heiberg,Hans. *Ibsen:A Portrait of the Artist*,Trans. Joan Tate. Coral Gables:U of Miami P,1971. p.242.

② 易卜生:《易卜生戏剧选》,潘家洵译,北京:人民文学出版社,2013年版,第195页。

活",而不仅仅是娜拉的女性意识的觉醒。这就是《玩偶之家》乃至易卜生的所有戏剧所表现的对传统话语体系的解构意义,以及对人与人关系重构的期待。此处那"砰的一响"的关门声,似乎回荡着另一个声音——"上帝死了",预告了一种新的现代文化和现代人的诞生。娜拉出走所告别的不仅仅是传统婚姻道德束缚下的旧家庭,更是那个疾病缠身的传统文化社会,娜拉的觉醒表达了易卜生对西方传统文化的反叛,揭示的是"人"的觉醒与解放的问题。这是易卜生"社会问题剧"之"问题"的文化哲学内涵和现代意蕴所在,也是"易卜生主义"的精髓所在。"世界上最有力量的人是最孤独的人。"这是易卜生《人民公敌》中主人公的名言,其实这何尝不是作者本人内心的真实写照? 剧作家易卜生在文化哲学上的超越性、超前性,达到了哲学家尼采的反传统境界,在同时代人中,他们必然陷于精神和文化上的孤独之境。

因此,对《玩偶之家》的理解,仅仅停留在"社会问题剧"的社会批判、"妇女解放"意义上,就无法真正理解"易卜生主义"的本质内涵,也无法深入理解其中关于"人"的问题所表达的现代意义。正是在这一点上,我国"五四"时期思想文化界对《玩偶之家》以及易卜生的整体接受是存在浅层化阅读或误读的,由此而生的"妇女解放""男女平等"的追求显得空泛和不着边际,既脱离社会环境,又远离了文化本体性批判与反思。当年戏剧理论家余上沅在"易卜生热"过后就反思说,当时的作家们只浮于人生问题的表层,"不知道探讨人性的深邃,表现生活的原力"[①]。鲁迅的《娜拉走后怎样》以及短篇小说《伤逝》也表达了对与妇女解放相关的社会经济、政治问题的深刻反思,他提醒那些倡导娜拉式出走、追求"妇女解放""婚姻自由"的作家和妇女:人必须生活着"爱"才有所附丽,人必须有衣食住行才谈得上"爱",妇女必须首先在经济上独立,才有真正解放的现实的基础,否则永远只能是"傀儡"。这些道理对"易卜生热"时期狂热而盲目追求婚姻自由的青年男女来说,无疑是一剂清醒剂。对于"五四"时期思想文化界对《玩偶之家》的理解与讨论,今天的我们可以将之归结于时代的局限或者文化的误读。我们必须明白,我们原来普遍理解与接受的并不是"易卜生主义"的全部,更不是其本

---

① 范伯群、朱栋霖:《中外文学比较史(1898—1949)》(上),南京:江苏教育出版社,2007年版,第194页。

质内涵,其偏差和不足是明显存在的。

　　不过,尽管如此,对于"五四"时期乃至以后一个时期的中国来说,妇女解放的问题毕竟是一个不可回避的社会问题,从比较文学之影响研究的角度看,易卜生《玩偶之家》从批判男权主义,倡导男女平等、妇女解放的层面讨论社会问题,深深影响了中国"五四"及后来一个时期的妇女解放运动,同时也影响了表现妇女解放主题的小说、戏剧等文学创作,这构成了中国现代文学与文化史上的"易卜生现象"。因此,《玩偶之家》和"易卜生主义"在现代中国所产生的积极意义与作用是不可否认、不可磨灭的。

　　只是,时至今日,站在深化西方文学与文化研究,尤其是站在"经典重估"、探讨"易卜生主义"之深层的与本质的内涵的角度看,我们不能满足于以前对《玩偶之家》以及易卜生创作的理解上,而要揭示其创作更富于现代意义的内涵。正是在这种意义上,娜拉出走后那"砰"的一下关门声,至今依旧意味深长、耐人寻味,它敦促我们进一步体悟、理解和深入探讨该剧文本背后的深层意蕴和当代文化意义。也是在这种意义上,今天我们"重估"过往的文学经典,是有必要也是有意义的。

(本文作者:蒋承勇)

魔幻现实主义文学的"现实"究竟是什么

　　拉美魔幻现实主义文学作为 20 世纪最重要的文学现象,自其产生以来就不乏研究者。长久以来,学界对魔幻现实主义文学的整体探讨、"魔幻"探讨、魔幻现实主义文学与现代派文学的关系、魔幻现实主义文学的影响、魔幻现实主义与世界文学的关系等的研究比较充分,但对魔幻现实主义文学的"现实"究竟是什么,魔幻现实主义文学的"现实"有何特质,魔幻现实主义的"现实"与古典主义、浪漫主义、现实主义的"现实"之间究竟有何区别等问题还缺乏探讨,本文即立足这些问题展开论述。

一、植根拉美社会历史的"现实"

　　对于拉美魔幻现实主义文学,研究者向来多专注于其"魔幻"层面的研究,而对其"现实"层面多有忽视。其实,对于拉美魔幻现实主义作家而言,现实才是其书写的根柢所在。莫妮卡·曼索尔说,魔幻现实主义中,"现实主义"是主题方面的,而"魔幻"是语义方面的。① 李德恩说:"魔幻现实主义的支撑点、它的根是落在现实上。"②魔幻现实主义文学的"现实"植根于拉美的历史文化中,落在拉美的传说、历史、现实上。

---

① 莫妮卡·曼索尔:《鲁尔福与魔幻现实主义》,陈光孚选编:《拉丁美洲当代文学论评》,桂林:漓江出版社,1988 年版,第 304 页。
② 李德恩:《魔幻现实主义小说的技巧与特征》,《外国文学》,1989 年第 1 期,第 65 页。

　　拉美文化灿烂,早在 4—10 世纪古印第安人就创造了辉煌的玛雅文化,在其后的征服时期和殖民统治时期,独立运动及各共和国初期,拉美文化虽然几经磨难,但始终弦歌未绝。到了现当代时期,拉美文学则是大放异彩,地域文学、先锋文学、新小说、后现代主义诗歌、当代新诗歌,各种文学思潮和文学流派此起彼伏,而其中又以小说和诗歌尤为世界所瞩目。纵观拉美文学的发展历程,对现实的观照始终是拉美作家孜孜以求的,从玛雅人的圣经《波波尔·乌》到征服时期的《王家述评》,从利萨尔迪的《癞皮鹦鹉》到拉美社会浪漫主义文学、感伤浪漫主义文学、高乔文学,现实始终与拉美作家的书写血脉相连,是拉美作家倾心书写的对象。

　　魔幻现实主义文学诞生于 20 世纪 20 年代末,在 50 年代成熟,在 60—70 年代盛行,随着阿斯图里亚斯、加西亚·马尔克斯等人获得诺贝尔文学奖,魔幻现实主义文学更是赢得世界性声誉。自其发端,魔幻现实主义文学就始终与拉美的历史现实相联系。19—20 世纪,拉丁美洲战乱频发,革命不断,资本积累、外敌入侵、民主革命、内战、经济危机、工人运动此起彼伏,拉美国家地区和人民处于百年未遇之大变局中,其中"魔幻""怪诞"的事情不一而足。拉美社会风云变幻,魔幻现实主义代表作家大都躬逢其盛,他们当中不少人,还投身于社会运动、社会现实中。比如,魔幻现实主义文学旗手阿斯图里亚斯就曾多次到农村调查,积极支持社会变革,还多次以公使衔参赞的身份出使多国,他还曾被暴政剥夺国籍,流亡国外十余年,他的一生充满魔幻色彩和传奇色彩。加西亚·马尔克斯也是如此,加西亚·马尔克斯本人不仅深受自由党、保守党争权夺利之害,中途辍学,还曾举行过"文学罢工"抗议智利的军事政变。而现实生活中马尔克斯对许多特殊事情具有超前的感知并且有颇多禁忌及怪癖。[①] 被誉为"穿裙子的加西亚·马尔克斯"的阿连德出身贵胄,伯父为智利民主选举的总统,但横遭军事政变,伯父与亲人大多罹难,阿连德与丈夫和孩子被迫流亡海外。个人命运遭际充满魔幻感,类似阿斯图里亚斯、马尔克斯、阿连德的例子在拉美魔幻现实主义作家当中还有不少。

　　拉美魔幻现实主义作家不仅现实人生充满魔幻感,而且日常生活也充满魔幻感。卡彭铁尔说:"拉丁美洲的一切都异乎寻常:崇山峻岭和巨大的瀑布,广阔

---

　　① 加西亚·马尔克斯、P. A. 门多萨:《迷信、怪癖、爱好》,《番石榴飘香》,林一安译. 海口:南海出版公司,2015 年版,第 166—176 页。

无垠的平原和难以逾越的密林。混乱的城市建设伸入到风暴频临的内陆。古代的和现代的,过去的和未来的,现代技术和封建残余,史前状态和乌托邦理想,这一切交织在一起。在我们的城市里高耸的摩天大楼旁有着印第安集市,集市上巫师术士随处可见。"①马尔克斯说:"在加勒比地区,在拉丁美洲……我们认为,魔幻情境和'超自然'的情境是日常生活的一部分,和平常的、普通的现实没有什么不同。对预兆和迷信的信仰以及不计其数的'神奇的'说法,存在于每天的生活中。在我的作品中,我从来也不曾寻求对那一切事件的任何解释,任何玄奥的解释。那一切不过是生活的一部分。所以当人们认为我的小说是'魔幻现实主义'的表现时,这说明我们仍然受着笛卡尔哲学的影响,把拉丁美洲的日常世界和我们的文学之间的亲密联系抛在了一边。不管怎样,加勒比的现实,拉丁美洲的现实,一切的现实,实际上都比我们想象的神奇得多。我认为我是一个现实主义者,仅此而已。"马尔克斯甚至声称:"你可以拿我的书来提问,我能逐行逐句地向你解释它取自于现实生活中的哪一方面或哪一片断。"②

认为自己书写的是现实而非魔幻,自己是现实主义者而非魔幻现实主义者的魔幻现实主义作家不止马尔克斯一人。阿连德说:"我们的大陆是一块无须作家挖空心思进行想象的大陆。这里所展示的一切都是事实。"③阿斯图里亚斯指出:"在欧洲人看来,我们的小说显得不合逻辑或者脱离常规。并非是这些作品追求骇人听闻的效果,只是我们经历的事实在骇人听闻。整块整块的大陆被大海淹没,争取独立的种族遭到阉割,'新大陆'裂成碎片。作为拉美文学产生的背景,这一切太悲惨了。"④

大多数人阅读拉美魔幻现实主义文学多为其魔幻性所吸引。实际上,在"他者"看起来充满魔幻性的书写在大多数情况下只是拉美作家对个人际遇魔幻性和现实遭际魔幻性的投射。《百年孤独》中关于香蕉园的故事在外人看来是相当魔幻的,但现实历史上香蕉工人大罢工、遭遇军队屠杀都有据可查。马尔克斯

---

① 丁文林:《魔幻现实主义与超现实主义》,柳鸣九主编:《未来主义　超现实主义　魔幻现实主义》,北京:中国社会科学出版社,1987年版,第378页。

② 加西亚·马尔克斯:《马尔克斯谈风格和艺术创新》,《文艺理论研究》,1989年第1期,第97页。

③ 伊莎贝尔·阿连德:《爱情与阴影》,陈凯先译,昆明:云南人民出版社,1995年版,前言第6页。

④ 米·安·阿斯图里亚斯:《受奖言说》,《玉米人》,刘习良、笋季英译,桂林:漓江出版社,1986版,第359页。

说:"《百年孤独》中描述的香蕉园的故事是完全真实的。问题在于拉丁美洲的现实中总存在奇特的现象,甚至香蕉园的情况也不例外。那里的情况是那么悲惨,那么残酷,无论如何也不能令人相信。"①他还指出:"这不仅是历史的一个事件,而且我的小说也提供了子弹杀人时所根据的命令的号码,提供了签署命令的将军的名字和他的秘书的名字。他们的名字就写在那里。事件在国家的档案里也有记载。现在人们在小说中读到它,却认为是夸张……"②而《百年孤独》中,俏姑娘雷梅黛丝、布恩迪亚上校在现实生活中也具有原型。③乔治·麦克穆拉研究发现,"在历史方面,《百年孤独》对破坏拉丁美洲绝大部分地区的那些社会、经济和政治灾难,从19世纪初反对西班牙统治的独立运动开始,做了高度的概括。其中最明显的是地理名称的偶合和有关内战和香蕉种植园鼎盛时期的轶事"。"关于内战的章节非常准确地反映了历史事实","加西亚·马尔克斯笔下的香蕉热及其灾难性的后果,也是建立在史实的基础上"④。

　　马尔克斯的作品与现实有着极大的相关性,而其他魔幻现实主义文学作家也大多与现实存在着极强的关联。阿斯图里亚斯的《总统先生》和《玉米人》被誉为早期魔幻现实主义文学的代表作。前者在书写中直指拉美暴君专制,以高度凝练和集中概括的艺术形式塑造了一个典型暴君形象,并将笔触深入至拉美独裁统治的社会根源和历史根源;后者则将加斯巴尔·伊龙、马丘洪、七戒梅花鹿、邮差野狼等七个看似独立的故事连缀成篇,反映现实生活中危地马拉军政府对印第安人的迫害,拉丁美洲土著人的宇宙观、信仰及其生活的悲惨遭遇。胡安·鲁尔福是拉美魔幻现实主义的奠基人之一,他的《佩德罗·巴拉莫》是拉美魔幻现实主义文学和亡灵叙事的经典之作,看似与现实关系不大。实际上,鲁尔福在看似神秘、朦胧的笔触下展示的是拉美恶霸庄园主治下的现实世界生存图景,而《佩德罗·巴拉莫》中展示的庄园主政治、暴力革命、基督教会暴乱等也无不与墨西哥的历史真实相关联。小说中的亡灵书写也与现实生活中胡安·鲁尔福家乡

---

　　①　加西亚·马尔克斯:《马尔克斯散文精选》,朱景东译.北京:人民日报出版社,1999版,第345页。

　　②　加西亚·马尔克斯:《马尔克斯散文精选》,朱景东译.北京:人民日报出版社,1999版,第347页。

　　③　加西亚·马尔克斯:《马尔克斯散文精选》,朱景东译.北京:人民日报出版社,1999版,第343—344页。

　　④　乔治·麦克穆拉:《神话与现实的完美结合》,陈光孚选编:《拉丁美洲当代文学论评》,桂林:漓江出版社,1988年版,第514—515页。

哈里科克州的亡灵节息息相关。《幽灵之家》与《百年孤独》庶几近之，其叙述中颇多扑朔迷离的神秘故事，但在根柢上其书写的也大多是历史真实，书中殖民掠夺、土地纷争、学生运动、军队哗变等也大多是拉美真实历史事件的艺术再现。

　　可以说，在"他者"看来充满魔幻意味的拉美魔幻现实主义文学的"现实"大多建立在拉美深厚的历史、事实的基础上。拉美的历史文化、拉美作家的人生际遇、日常生活充满"魔幻感"，而他们的现实书写在很大程度上就是对这种现实生活中的"魔幻性"的照亮和重现。只是在呈现上，马尔克斯等魔幻现实主义作家"无非是用拉丁美洲人的认识方式去表现拉丁美洲的客观现实"①。这种现实呈现带有拉美人独特的审美眼光，带着浓郁的拉美地域文化风情。

二、融合拉美本土传统与现代派技巧的"现实"

　　拉美魔幻现实主义文学立足拉美社会、历史现实，从拉美历史、现实中取材，其创作大多建立在拉美社会历史现实的基础上，它有深厚的现实主义基础。同时，拉美又有较为深厚的现实主义文学传统，拉美魔幻现实主义作家将拉美现实主义传统、拉美地域文化特色及西方现代派技巧相融合，拉美魔幻现实主义的"现实"书写展现出拉美传统、拉美现实历史与西方现代派技巧相奏鸣的特质。

　　拉美文学具有深厚的现实主义文学土壤。早在征服时期的纪事文学、殖民时期的史诗中，拉美文学就展现出现实主义的因子，到了近现代，"智利的巴尔扎克"阿尔贝托·布莱斯特·加纳以及路易斯·奥雷戈·卢科、卡尔沃·内拉、图尔内尔、卡洛斯·玛利亚·奥坎托斯等拉美现实主义作家闪耀文坛，影响了诸多拉美作家。而魔幻现实主义文学的代表性人物加西亚·马尔克斯、鲁尔福等人最初也是通过现实主义文学作品登上文坛的。加西亚·马尔克斯在《百年孤独》之前的作品如《没有人给他写信的上校》《枯枝败叶》等魔幻因素较少，却展现出极强的现实主义的质素。特别是《没有人给他写信的上校》塑造了一个晚景凄凉的退伍上校形象，小说细部写实而又形象典型，堪称现实主义文学的样本。鲁尔福早年的作品如《马卡里奥》《我们分得了土地》《平原烈火》《只剩下他一个人的

---

　　① 陈众议：《〈百年孤独〉及其艺术形态》，《外国文学评论》，1988年第1期，第81页。

夜晚》《教母坡》《都是我们穷》《告诉他们，别杀我》等，或着眼于农家孩子的生活苦乐，或状写农民起义军与政府军的交锋，或写杀人强盗之间的内讧与火拼，或反映农村阶级压迫与不公正，这些小说大多直面墨西哥革命后的农村图景，与其后期的魔幻现实主义之作相去较远而与现实主义文学非常相近。卡彭铁尔的《这个世界的王国》通常被看作魔幻现实主义文学的代表作，书中黑人起义领袖马康达尔被烧死后飞翔、升腾、变形等情节都极具魔幻色彩。但这部小说实际上也是建立在西班牙与法国私下缔结条约将海地领土划给法国、海地黑人四次武装起义反对法国殖民统治并最终获得胜利、海地成为独立王国等大量史实的基础上的。小说第一、二部分在不无魔幻的氛围中叙述海地黑人的两次武装起义即是较好的证据。而阿连德、阿斯图里亚斯等魔幻现实主义作家塑造典型形象、描写客观现实的本领也极强。可以说，魔幻现实主义作家虽然以魔幻现实主义作品成名，却大多有着极强的写实功夫，其作品中展现出的现实批判性、悲观主义色彩，其对人性之恶的书写、对社会黑暗现实的揭露等都展现出浓重的现实主义色彩。魔幻现实主义文学与传统现实主义文学无论是在写实精神上还是在对"真"的追求上都"存在斩不断的血缘关系"①。而魔幻现实主义的"现实"中就时常闪现着拉美现实主义"现实"影响的因子。

但真正让魔幻现实主义作家声名鹊起、取得世界性影响的，还是其魔幻现实主义之作。魔幻现实主义作家将拉美现实主义文学传统、拉美地域文化传统与拉美社会历史相结合，以拉美人的眼光和理解方式来审视世界并书写拉美的"现实"，他们笔下的"现实"也呈现出诸多独特品格及特质。具体来看，拉美魔幻现实主义文学的"现实"具有以下特点。

首先，魔幻现实主义的"现实"是融入拉美魔幻色彩事物的"现实"。大多数情况下，作家对现实进行书写时追求客观、真实、具体的描写，力图在真实环境中呈现典型人物，而较少在作品中书写魔幻、神秘的事物。或者说，大多数作家在书写现实时对魔幻、神秘、离奇事物的书写比较排斥。魔幻现实主义作家不是这样。拉丁美洲历史文化中现实与神话、传说、民族传统难以截然分离，"现实中人

---

① 蒋承勇：《十九世纪现实主义"写实"传统及其当代价值》，《中国社会科学》，2019 年第 2 期，第168 页。

们同周围的事物有着神奇的联系。大海具有一切可以想象的蓝色,飓风把居民的住房卷向天空,村镇笼罩着尘土,热气充斥着一切可以呼吸的空间。对加勒比地区的居民来说,各种自然灾害和人类的悲剧都是家常便饭。此外,在这个世界上还存在着非洲文化、奴隶带来的同大陆的印第安文化交织在一起的神话和西班牙文化的强大影响;尤其是安达卢西亚人的想象力,它产生一种非常特别的观念,一种对生活的神奇幻觉。这种幻觉给生活周围的一切带来一种神奇色彩"①。对于拉美作家而言,魔幻、神奇就是其生活的日常组成部分,在外界看来充满魔幻性、神秘感的事情对于魔幻现实主义作家就如同家常便饭,而在外界看来充满魔幻感的写作对于他们而言不过是生活实录。于是,魔幻现实主义作家在"现实"书写中大量融入民间传说,鬼怪幽灵,神奇、怪诞的人物、情节和超自然的现象。在魔幻现实主义作家笔下,与魔鬼对歌、与死神交谈、人鬼往来等各类颇具魔幻色彩的事物层出不穷。

其次,魔幻现实主义的"现实"是引入西方现代派技法的"现实"。魔幻现实主义着眼拉美历史现实,关注拉美社会历史,在创作中大量融入拉美魔幻色彩事物来展现拉美的现实。在技法上,拉美魔幻现实主义文学在呈现现实的过程中大胆借鉴西方现代派技巧,他们向卡夫卡、乔伊斯、福克纳、加缪、普鲁斯特、多斯·帕索斯等西方现代派大师学习创作的技法。拉美魔幻现实主义作品除了书写拉美魔幻神秘的社会现实历史之外,还大胆地书写人的潜意识,梦境,人物的知觉、感觉、幻觉,人的临终感受,精神病理,变态心理,内心独白,梦魇呓语。而在书写拉美现实时,魔幻现实主义文学还常常打乱时间和空间,大胆运用意识流、象征、隐喻等西方现代派手法。在叙事上,拉美魔幻现实主义作家大胆求新求变,向前卫的西方现代派作家取法。可以说,虽然魔幻现实主义的现实书写现实感非常强,但它不再是传统意义上的、中规中矩的现实书写,在魔幻现实主义作品中,即使是极具现实主义品格的作品也常常通过时序颠倒跳跃、情节分割断裂、场景转换、叙事跳跃、回忆、对话、独白等现代主义的方式呈现。而在拉美魔幻现实主义作品中,过去、现在、未来打通,情节切割、分离、颠倒,叙事时间和空间花样百出也十分常见。

---

① 加西亚·马尔克斯:《马尔克斯散文精选》,朱景东译,北京:人民日报出版社,1999 版,第 381 页。

此外,魔幻现实主义的"现实"还是陌生化、夸张化、抽象化、概括化的"现实"。如前所述,拉丁美洲的移民垦殖、异国侵略、军事独裁、寡头政治、宗教运动、爱国运动、革命运动等现实历史事件都成了魔幻现实主义作家的素材。但魔幻现实主义作家面对拉美社会历史事实不像大多数作家那样追求真实、客观、镜子式的呈现。在魔幻现实主义作家笔下,拉美的现实大多是以夸张、变形、陌生化、抽象化、高度概括化、浓缩化的方式呈现。林一安说:"如果说现实主义是社会的一面镜子,那么魔幻现实主义似乎可以比喻为社会的一面哈哈镜。虽然它笼罩着一层神秘的外壳,但是通过它的折射,也能在一定程度上反映出光怪陆离的现实世界。"①这种现实书写方式在大多数人看来也许离经叛道,甚至是胡说八道、荒诞不经,但针对现实反映而言,拉美魔幻现实主义作家笔下夸张化、陌生化、漫画式的现实也许更接近拉美现实本身。在拉美历史上,独裁者生活荒淫无度,情妇众多,大多拥有多个私生子,这本是常态,但马尔克斯《族长的没落》中的独裁者竟然拥有五千多个私生子,就明显是漫画式与夸张化的手法了。现实中,下雨、失眠皆是生活中司空见惯的事情,但《百年孤独》中马孔多下雨竟然长达四年十一个月两天,而马孔多人的失眠症竟然能相互传染,让马孔多居民曾短暂地集体失去记忆,这就明显地带有夸张和象征的意味了。这些夸张化、陌生化、象征化的技法以另类的方式展现了魔幻现实主义作家认知下的拉美社会历史现实。

三、开宗立派的"现实"

现实复杂、丰富、多元,为文学提供了可供垦拓的空间,赋予了文学多种可能性。作为文学最重要的书写对象和灵感触媒,现实历来为作家和理论家所重视,从古希腊、罗马文学到超现实主义文学、魔幻现实主义文学,从柏拉图、亚里士多德、贺拉斯到别林斯基、巴赫金,无数作家和理论家围绕现实发力,产生了众多优秀的文学作品和理论著作。面对现实,作家和理论家们或亲近,或疏远,或紧贴,或逃离,或歌颂,或批判,展现出多种形态,但无论对现实持哪种态度,大抵都没有脱离现实的框架。

---

① 林一安:《拉丁美洲的魔幻现实主义及其代表作〈百年孤独〉》,《世界文学》,1982 年第 6 期,第 121 页。

在现实主义文学作品中,现实尤为现实主义作家看重。从古代现实主义到文艺复兴时期的现实主义,从批评现实主义到社会主义现实主义,现实主义文学的现实书写展现出丰厚的创作实绩。特别是 19 世纪以来,司汤达、巴尔扎克、福楼拜、狄更斯、托尔斯泰、果戈理、屠格涅夫、契诃夫等伟大作家更是在古典主义文学、浪漫主义文学、现实主义文学的基础上将现实书写推到了巅峰,后辈作家要想在他们的基础上对现实书写进行突破和推进,无疑是非常困难的。为此,变革求新、开辟新路径、注入新元素就成了推进现实书写的必然要求。

拉美作家对现实向来关注,对现实书写及现实书写的创新也不遗余力。近代以来,马查多·德·阿西斯、阿卢伊西奥·阿塞维多等拉美知名作家在其创作中大胆涉笔亡灵回忆、精神分析等内容,对现实书写的边界多有冲击,但影响毕竟有限。魔幻现实主义作家其生也晚,他们中最年长的阿斯图里亚斯出生于1899 年,是时,在世界范围内现实主义影响式微,现代主义引领着世界文学的潮流和走向。但在拉美却呈现出现实主义与现代主义并行不悖的奇特局面。一方面,拉美以社会问题为中心的反映农民斗争、农民运动、印第安人生活和斗争的现实题材作品不断涌现,《在底层的人们》《绿色地域》《金属魔鬼》《太阳之下》等拉美现实主义作品具有相当大的影响力;另一方面,在这一时期,拉美作家又对象征主义、表现主义、意识流、超现实主义、存在主义、荒诞派、黑色幽默、未来主义、达达主义、垮掉的一代等形形色色的现代主义文学作品不无迷恋。魔幻现实主义作家对现代主义文学多有痴迷和研习,加西亚·马尔克斯、阿斯图里亚斯、卡彭铁尔等魔幻现实主义作家不仅有前往现代主义文学的中心英、法等国学习、生活、工作的经历,他们中的一些人还直接参与了现代主义文学运动。比如,魔幻现实主义的代表人物阿斯图里亚斯不仅与超现实主义领袖布勒东等人交往颇多,还曾积极办报宣传超现实主义文学,为超现实主义的发展及传播呐喊奔忙。现实主义与现代主义成为推动拉美魔幻现实主义向前发展的重要力量。

在现实主义、现代主义、拉美本土经验的激荡与交汇的影响下,魔幻现实主义作家的现实书写没有因循守旧,走传统现实主义文学现实书写的老路。相反,在书写现实时,魔幻现实主义作家对超现实主义文学等现代主义文学多有师法和借鉴,但魔幻现实主义文学的现实在呈现上又不像超现实主义文学等现代主义文学那么极端。整体来看,魔幻现实主义作家在现实书写上走的是一条思想上现实主义而技法上现代主义的折中之路。魔幻现实主义作家对传统的现实主义文学现实书写的技法是不满的,对于传统现实主义文学现实书写"老套"的表现方式他们多有取舍。丁文林指出,魔幻现实主义文学在继承现实主义文学传统的时候"保留了其中反映现实的特色,而摒弃了现实主义文学平铺直叙的传统表现手法"①。在书写现实的技法上,魔幻现实主义作家更多的是大胆借鉴实验现代主义文学技法,但魔幻现实主义作家对现代主义文学重技法而轻现实,重臆造想象而无现实根据等做法也颇为不满。马尔克斯说:"我发现一个人不能任意臆造或凭空想象,因为这很危险,会谎言连篇。而文学中的谎言比实际生活中的谎言更加遗患无穷。事物无论多么荒谬悖理,总有一定之规。"他又说:"我认为虚幻不过是粉饰现实的一种工具。但是,归根结底,创作的源泉永远是现实。"②卡彭铁尔说:"我觉得为超现实主义效力是徒劳无益的。我不会给这个运动增光添彩。我产生了反叛情绪。我感到有一种要表现美洲大陆的强烈愿望。尽管还不清楚怎样去表现。这个任务之艰巨激励着我……我的作品将在这里展开,将有着浓烈的美洲色彩。"③富恩特斯的话则更具代表性,他主张,一个当代拉美作家,要不断地探索新的技巧以反映新的现实,也就是说,既要做巴尔扎克,也要做新小说派代表人物比托尔。④

在拉美本土经验、现实主义、现代主义等几股潜流的交汇及影响下,拉美魔幻现实主义文学的现实书写展现出既不同于古希腊、罗马文学追求崇高、壮美的现实书写的方式,又呈现出异于古典主义文学、浪漫主义文学、现实主义文学的现实书写的面相和品格。在现实书写上,古典主义、浪漫主义、现实主义各有不同。古典主义作家深受笛卡儿和唯理哲学的影响,在"现实"呈现上极力追求条理、秩序、均衡和对称的美感,在书写现实时,古典主义作家大多遵循一定的程式和章法。整体来看,古典主义文学的现实书写追求章法、规范、标准,呈现出来的

---

① 丁文林:《魔幻现实主义与超现实主义》,柳鸣九主编:《未来主义　超现实主义　魔幻现实主义》,北京:中国社会科学出版社,1987年版,第372页。

② 加西亚·马尔克斯:《虚幻与想象有天壤之别》,《两百年的孤独——[哥伦比亚]加西亚·马尔克斯谈创作》,朱景冬译,昆明:云南人民出版社,1997年版,第186页。

③ 丁文林:《魔幻现实主义与超现实主义》,柳鸣九主编:《未来主义　超现实主义　魔幻现实主义》,北京:中国社会科学出版社,1987年版,第380页。

④ 富恩特斯:《〈阿尔特米奥·克罗斯之死〉出版说明》,亦潜译,北京:外国文学出版社,1983版,第1页。

现实精美、典雅、规整;浪漫主义作家深受德国古典哲学和空想社会主义的影响,其作品大多激情澎湃,充满想象力和个人色彩,呈现出来的现实也大多具有浓重的个人主义色彩,充满激情、想象,其现实书写具有感性浓重的特点;对于现实主义作家而言,现实书写是其拿手好戏。恩格斯说:"现实主义的意思是,除细节的真实外,还要真实地再现典型环境中的典型人物。"①真实细节、典型人物、典型环境成为驱动现实主义的现实书写的三驾马车,长久以来对现实书写具有笼罩作用。

与古典主义、浪漫主义、现实主义的现实相比,魔幻现实主义的现实展现出极大的不同。这种不同首先表现在魔幻现实主义作家对现实的理解比古典主义、浪漫主义、现实主义作家更宽泛,也更具包容性。朱景冬说:"加西亚·马尔克斯所理解的现实的内容要比传统的现实概念丰富得多、广泛得多。他心目中的现实不仅包括自然现象、社会生活和历史事件,而且包括种种文化现象和思想观念,如神话故事、古老传说、阴魂还阳等迷信思想,以及各种令人难以置信的事情,等等。"②笔者认为,魔幻现实主义文学"强调反映现实生活,反映社会、政治等方面的现实问题,使文学创作具有现实意义。它对现实之'真'的追求,恰恰是传统现实主义文学最基本的创作原则,然而,其写实求真的方法又迥然不同于传统现实主义文学,主要是因为这种写实手法融入了拉美本土的和特定的时代的'魔幻'艺术元素,还融入了欧洲超现实主义文学元素"。"传统现实主义及其'写实'精神在衍变中是包容开放的,魔幻现实主义接纳了前者之精髓又有明显的创新性拓展。"③其次,魔幻现实主义作家触及并书写了古典主义、浪漫主义、现实主义较少触及的现实暗角和疆域,为现实书写增添了新质素。加西亚·马尔克斯说:"现实是最高明的作家,我们自叹不如。我们的目的,也许可以说,我们的光荣职责是努力以谦虚的态度、尽可能完美的方法去反映现实。"④面对现实,魔幻现实

① 恩格斯:《致玛·哈克奈斯》,《马克思恩格斯选集》(第4卷),北京:人民出版社,1995年版,第682页。

② 加西亚·马尔克斯:《虚幻与想象有天壤之别》,《两百年的孤独——[哥伦比亚]加西亚·马尔克斯谈创作》,朱景冬译,昆明:云南人民出版社,1997年版,第9页。

③ 蒋承勇:《十九世纪现实主义"写实"传统及其当代价值》,《中国社会科学》,2019年第2期,第168页。

④ 李德恩:《魔幻现实主义文学的技巧与特征》,《外国文学》,1989年第1期,第61页。

主义作家没有沉溺于古典主义、浪漫主义、现实主义所开拓的疆域,而是探索将现实主义、现代主义以及拉美本土经验融为一体的"完美的方法",积极拓展现实书写的拉美路径。他们触及并书写了在拉美世界中客观存在的而在他者看来充满魔幻性的现实,这种现实客观存在于拉美人的现实生活中却又从未出现在古典主义文学、浪漫主义文学、现实主义文学的现实书写中,堪称现实书写的暗角。魔幻现实主义作家开拓并书写了这一暗角,并在一定程度上为日渐教条和僵化的现实书写开辟了新路。路易·阿拉贡说:"用教条主义的尺度一贯地抛弃一切不是表现'现实'的东西,是阉割和缩小现实主义,特别是模糊了艺术发展的一个基本问题:像通常所说的文化继承问题。因为,怎么能够抛弃那些有可能在明天成为反映现实的作品。"①在某种程度上,拉美魔幻现实主义作家关注到了为各种思潮、各种流派的文学所极少关注到的具有文化继承性和地域文化性的拉美独特而又魔幻的现实,并在日渐僵化、阉割、缩小的现实书写中将拉美本土经验与外来技法相结合,开创了现实书写的拉美路径。

现实是复杂、多元的,现实书写也应该是复杂的、多元的。但长久以来,我们常常对现实书写持一种标准而对其他的书写方式多有排斥和忽略。莫泊桑说:"一个现实主义者,如果他是个艺术家的话,就不会把生活的平凡的照相表现给我们,而会把比现实本身更完全、更动人、更确切的图景表现给我们。"②黑格尔说:"艺术的真实不应该只是所谓'模仿自然'所不敢越过的那种空洞的正确性,而是外在因素必须与一种内在因素协调一致,而这内在因素也和它本身协调一致,因而可以把自己如实地显现于外在事物。"③魔幻现实主义作家既潜入拉美历史文化内部,又深入拉美社会生活的肌理,以拉美人的眼光和思维打量拉美的现实世界,熔拉美独特的自然、社会、历史、文化和思想观念于一炉,并将拉美本土元素和西方现代派技巧协调融合,不仅让魔幻现实主义的现实展现出不同于古典主义的现实、浪漫主义的现实、现实主义的现实的新质,更开启了文学书写现实的新阀门。

(本文作者:谢文兴　蒋承勇)

---

① 路易·阿拉贡:《序言》,罗杰·加洛蒂:《论无边的现实主义》,吴岳添译,胡维望校,上海:上海文艺出版社,1986 年版,第 8 页。

② 莫泊桑:《小说》,伍蠡甫、胡经之主编:《西方文艺理论名著选编》(中卷),柳鸣九译、李健吾校,北京:北京大学出版社,1987 年版,第 265 页。

③ 黑格尔:《美学》(第一卷),朱光潜译,北京:商务印书馆,1979 年版,第 200 页。

多元融合　阅读评论　媒介传播：
《简·爱》经典化过程考论

　　文学经典之经典地位往往不是一蹴而就的，"经典化"是一个流动变化的过程；不同作品之经典性因素的生成途径也是多渠道、多方面的。简而言之，它既得益于创作者对优良文学传统之创造性承续以及个性化超越，也得益于作品问世后读者与评论者的阐发、推介所致的阅读效应，还得益于不同传播媒介之传播效应的实现，等等。作为一部世界文学经典，夏洛蒂·勃朗特的小说《简·爱》的影响力可谓经久不衰，其经典性之多渠道生成，正是文学经典化的典型案例。追考《简·爱》的经典化历程，辨析其经典性元素之成因，对于深化对该作品以及其他经典作品的理解不无学术价值与方法论意义，可以拓宽我们对文学经典研究的思路。

一、多元融合：哥特式小说、成长小说和浪漫小说

　　《简·爱》之经典生成，与夏洛蒂·勃朗特有效地借鉴和承续优秀文学传统，创造性地吸纳不同文学类型的艺术技巧有直接关系。她从欧洲文学传统中所汲取的至少包括童话和民间故事。她爱说故事，这或许能够让读者更容易回溯自己的童年。《简·爱》在许多方面与灰姑娘和蓝胡子的童话类似。她也受到《圣经》及其他基督教典籍的影响。尤其是在确定《简·爱》的叙事形态和方式方面，班杨的《天路历程》的影响更是显而易见，如简·爱为危险和诱惑所困扰，而常常由于天意的介入而获救。在罗彻斯特性格描写方面，她也借鉴了弥尔顿的《失乐

园》。此外,她还关注某些社会问题。这一点,在许多读者看来,赋予《简·爱》一种迫切感,增加了时代相关性。那么,在《简·爱》写作和出版的时代,究竟哪些文学传统对当时的读者更具吸引力而让夏洛蒂·勃朗特给予了更多的关注与承续?重点说来是哥特式小说、成长小说和浪漫小说。

哥特式小说最初出现于 18 世纪末的英国。英国作家贺拉斯·沃波尔(Horace Walpole)的《奥托兰多城堡》(*The Castle of Otranto*,1764)一般被认为是哥特式小说的开山之作。哥特式小说在背景和情节设置上与欧洲中世纪流行的哥特式艺术和建筑密切相关。小说背景通常是偏僻的地方和过去,描述的常常是一些奇异的和超自然的事件。对小说男女主人公的描写模式通常是,年轻的女性遭受暴君的威胁,最后为坚毅和勇敢的年轻男性所救助,从而摆脱了她们的厄运。小说中的恶徒通常是一些有权有势的男人,或者是冷酷专横的贵族,或者是腐败堕落的教士。小说以古堡或拥有众多地牢和秘密通道的庄园古宅为背景。小说氛围阴郁、幽闭和恐怖,常常包括一些身体暴露和性暴力。小说情节通常围绕着遗嘱、继承和贵族婚姻问题展开。这类小说比较能够让读者感到兴奋和紧张,使其获得一种恐惧的快感。沃波尔的《奥托兰多城堡》问世后,许多作家竞相效仿,推出不少哥特式佳作,不久在英国文坛掀起了一股"哥特热",其对欧洲浪漫主义文学运动的发生产生了重要影响,因此被称为"黑色浪漫主义"(Dark Romanticism)。虽然到了夏洛蒂·勃朗特的写作时代,哥特式文学已风光不再,但那一时代的作家,包括勃朗特姐妹、简·奥斯汀、狄更斯等,都有热衷阅读哥特式小说的经验,因此他们的创作不同程度地受到了哥特式文学的影响。

《简·爱》由于包含了较多的现实主义因素,因而不被认为是一部纯粹的哥特式小说。但是它的确借鉴了哥特式文学的某些元素和技巧。例如,小说背景是在桑菲尔德府。这栋建筑具有哥特式小说中偏僻而神秘的庄园古宅的元素。楼上传出的神秘声音类似哥特式小说中用来制造紧张和神秘氛围的手法。女主人公简·爱在决定自己命运方面常常感到孤独无助。小说中有一个中心谜团,即罗彻斯特的疯妻子之谜,这仿效了哥特式小说中一个共同的主旨。此外,某些幽灵和魔幻元素在小说中也不罕见。将现实主义因素同哥特式文学元素融为一体,这也许恰恰是《简·爱》超越传统哥特式小说的创新之处。

《简·爱》的创作显然也吸纳了欧洲成长小说(Bildungsroman)的叙事技巧。

成长小说主要描写主人公从小到大心理和道德上的成长,其中性格的改变至关重要。这类小说最早见于歌德的小说《威廉·麦斯特的学习时代》(1795—1796)。虽然成长小说起源于德国,但是对欧洲乃至世界都产生了广泛的影响。英国历史学家托马斯·卡莱尔(Thomas Carlyle)将歌德的小说译成英文,并于 1824 年出版。此后,许多英国作家在写小说时深受这部歌德小说的启发和影响,这部小说也得到众多读者的青睐。成长小说叙述主要人物的成长或成熟,这类主人公大都比较敏感,一直在寻求人生的答案和经验。通常在故事开始时,主人公因情感缺失而离家出走。成长小说的目的就是写人的成熟,主人公并非在短时间内轻而易举地获得成熟。它突出了主要人物同社会之间的冲突。比较典型的是,社会价值逐渐为主人公所接受,主人公最终融入社会,主人公的错误和失望由此结束。有的成长小说的主要人物在获得成熟后也能够伸出手去帮助别人。显而易见,《简·爱》的情节沿用了成长小说的模式。它叙述了简·爱的成熟过程,重心是叙述了激励她成长和成熟的情感和经历。小说清楚地呈现了简·爱成长发展的五个阶段,每一个阶段都与特定的地点相连。简·爱在盖兹海德府度过童年时代,在洛伍德教会寄宿学校接受教育,在桑菲尔德做家庭教师,在沼泽居同李维斯一家住在一起,最后与罗彻斯特重逢和结婚。经过这五个阶段的经历,简·爱变成了一个成熟的女性。简·爱的成长历程显然是一种成长小说模式。欧洲的成长小说在当时是一种颇受作家看好和读者欣赏的小说类型之一。19 世纪最受欢迎的小说,如狄更斯的《大卫·科波菲尔》和《远大前程》、巴尔扎克的《高老头》、司汤达的《红与黑》,无不是对欧洲成长小说的发展与超越。其中最主要的发展是将成长小说的叙事模式同社会批评结合起来。《简·爱》正是如此。它将简·爱的成长经历同对当时某些社会问题的关注和批评成功地融为一体,将简·爱的渴望同社会的压迫和期望置于冲突之中。《简·爱》就像大多数维多利亚时期的小说那样,通过对不同社会阶层的人物的描写,再现了社会全景,也触及了性别差异问题。勃朗特把简·爱的婚事用作隐喻来探索英国政治问题的解决途径。维多利亚时期,英国社会发生了巨大的变化,像勃朗特这样的作家探索了英国社会的危机和进步。英国对外扩张,成为全球帝国,从殖民地获得了大量财富。英国国内,由于工业革命,制造业成为英国的经济支柱。中产阶级发现了赚钱机会,而新兴的劳动阶级则为增加工资、工作保障和改善工作和生活条件而斗争。《简·爱》包括了从英国社会危机中产生的改良主题：更好的政治诉求、工作条件和教育。在维多利亚社会中，女性地位不高，然而这些社会改良很少是直接用来解决妇女问题的。在小说中，简·爱一直在为经济的和个人的独立而努力，这就触及影响维多利亚时期英国社会的阶级问题、经济问题和性别角色问题。就此而言，《简·爱》以成长小说的叙事方式阐释当时英国受众最关心的社会问题，这就不难理解为什么《简·爱》出版后会立刻引起一般读者和职业批评家们的关注和反响，从而有助于其经典性生成。

《简·爱》还吸纳了浪漫小说（Romance Novel）类型的艺术手法。这一小说类型主要见于英语国家。此类小说描写的中心往往是男女主人公之间的关系和浪漫爱情，结局必须是乐观的，人物最终要获得情感上的满足。英国作家萨缪尔·理查生的小说《帕米拉》（1740）属于最早出现的浪漫小说之一。该小说有两点创新意义：一是几乎完全聚焦于求爱，二是完全从女性主人公的视角来叙事。到了19世纪，简·奥斯汀扩展了这种类型的小说。她的《傲慢与偏见》常常被看作这一类型小说的缩影。《简·爱》中的男女主人公显然是浪漫小说中的浪漫男女主人公。罗彻斯特常有沉思状，有时需要某种精神上的支撑，言行中还带有一点偏激和危险性。他长得并不英俊，但看上去很坚毅。简·爱和罗彻斯特在经历了险境和困境之后最终得以幸福结合。简·爱做了她应该做的，学会了如何对人更加热情和信赖，因此她获得了好报。作者在罗彻斯特身上则有意突破了那一时代的道德准则，要让简·爱作为他的情人同他生活在一起，尽管被后者拒绝了。也许，对今天的中国人来说，罗彻斯特既要照顾他的疯妻子，又要同简·爱一起过一种更好的生活，很少有人会大加指责。然而，他的行为却有悖于大多数维多利亚时期人的道德信念，在婚外同某一个人同居肯定被认为是有违道德的。无论罗彻斯特有多么不幸，他都有义务和责任让简·爱成为他的妻子而非情人。因此，在小说中，罗彻斯特为他的错误付出了沉重的代价。小说故事结束时，他在经历了足够的忏悔之后，也获得了浪漫爱情的回报。应该说，《简·爱》符合浪漫小说的特点，这也是该小说引起读者兴趣的因素之一。

总之，夏洛蒂将三种传统小说类型的艺术元素有机地融合在《简·爱》之中，从而使之彰显了深厚的文学传统积淀，也拥有了丰富的艺术元素，让读者从这部小说中感受到了文学的厚重和魅力，因此它不是一部纯粹的现实主义小说，或者说,现实主义小说完全可以接纳其他流派文学的长处从而魅力无限。此外我们也可以看到,哥特式小说、成长小说和浪漫小说这三种文学类型在文坛上并非昙花一现,其实它们一直是后世作家、批评家和读者的兴趣点所在,以至于时隐时现地延续至今。而对《简·爱》来说,正是这种对不同类型文学的艺术与审美元素的创造性承续及多元融合,它才拥有了成为文学经典的丰厚艺术内蕴。

二、阅读评论：经典地位的提升

一部作品问世后,若不能引起读者的持续兴趣和评论者的持续关注,其接受也就无从谈起,自然也难以成为经典。《简·爱》也与大多数文学经典一样,出版后立刻引起了一般读者的阅读兴趣和批评界的评介;持续不断的评论,无论在当时是肯定的还是否定的,对《简·爱》成为文学经典都是不可或缺的。在当时,《简·爱》不仅深受读者欢迎,更是受到学术界的青睐。对《简·爱》的研究和批评主要集中在以下几方面:其一,《简·爱》是一部以现实主义方法描写人经历的作品;在这部作品中,勃朗特创造了一个可信的中心人物简·爱,这个人物真实地表现了作者本人的社会和情感经历。其二,《简·爱》是一部道德寓言,重在表现简·爱的"朝圣历程";其间她经受了诱惑和挫折,最终获得了婚姻和幸福。其三,《简·爱》是一部浪漫爱情小说;作者在作品中融入了"如愿"的元素。其四,《简·爱》是一部批评社会丑恶的小说,特别批评了儿童教育方面存在的弊端。其五,《简·爱》是一部评论基督教改革的作品。其六,《简·爱》是一部女权主义小说——简·爱的言行体现了两性平等的女权思想。从上述多角度的批评不难看出,《简·爱》不是一部思想内容单纯的作品,其内涵是丰富多样的,因此不同的读者和评论者对这部作品有着不同的解读。也正是这种多维的解读,显示出《简·爱》的经典潜质。

不管怎样,《简·爱》最初的被接受对其日后成为经典是至关重要的。当《简·爱》首次出版时,大多数评论持肯定和欢迎态度,认为这部小说代表了一种新的、大胆的创作理念和追求。一名未署名的读者在《阿尔塔》上评论道:"这部小说不只前景可观,而且也手笔非凡,是多年来出版的家庭浪漫小说中最有力的一部。在这部小说里很少或者丝毫看不到惯俗的印记。……它充满生机和创新,让人感到新鲜和紧张,让人心无旁骛、全神贯注。"①萨克雷在读了《简·爱》后说:"这部小说真是太让我感兴趣了,以至于在最忙的这段时间内,我用了一整天的时间来读它。——该小说的作者是谁,我无法猜测。如果作者是一位女性,那么她比大多数有教养的女士更熟悉她使用的语言,或者说,她接受过'古典文学'教育。可以说,这是一本好书——"②《弗雷泽杂志》也发表评论:"现实,具有深刻意义的现实,是该书的特征。"③对《简·爱》的现实主义特征、所展示的情感力度、主人公与众多读者之间因经历和感受的相似性而激起的共鸣感,评论家们都给予了高度的评价。

然而,另一些评论者,尤其是那些宗教性和保守性的媒体,对这部作品不以为然,认为它开了一个危险的先例。"它燃烧着道德上的雅各宾主义"④,评论者将《简·爱》同"雅各宾主义"相提并论,意在说明该作品表达了一种极端思想。说一部有关年轻女性生活的作品有可能预示某种政治巨变,对今天的读者来说,似乎过于夸张,但是人们应该记得,《简·爱》出版之时,英国乃至欧洲都正处于激烈的政治动荡时期。19 世纪 40 年代,英国宪章运动发展,工人阶级强烈要求政治变革,其中包括扩大国会议员的特权和待遇以便让他们成为各阶层的代表。1846 年至 1848 年期间,法国、意大利、奥地利、普鲁士和波兰等欧洲国家发生了革命或其他颠覆性事件,人们担心,随着宪章运动引起的动荡加剧,英国也许会成为下一个大规模动乱的国家。正是在这种背景下,《简·爱》的影响让某些人感到忧虑和不安。这里引用一段伊丽莎白·里格比(Elizabeth Rigby)于 1848 年12 月在《伦敦评论季刊》上发表的评论:

> 《简·爱》很受读者欢迎,这一点证明了对非法之恋的喜好已深深植根于我们的天性。……简·爱彻头彻尾体现的是一种灵魂堕落、为所欲为的精神。……的确,简·爱的行为还不错,显示了强大的道德力

---

① Allott, Miriam, ed. *The Brontes*: *The Critical Heritage*. London and New York: Routledge, 2003, pp. 66-67.

② Ray, Gordon Norton, ed. *The Letters and Private Papers of W. M. Thackeray*. Volume IL Harvard University Press, 1946, pp. 318-319.

③ Lewes, George Henry. "Rchecent Novels: Fren and English." *Frazer's Magazine* December (1847), p. 691.

④ *Remembrancer*, *Christian xv*, April (1848), pp. 396-409.

量,然而,这只不过是一种根深蒂固的异教思想支配下的力量。在她身
上丝毫感受不到基督教的优雅。她丝毫不差地秉承了我们堕落的天性
中最深的罪孽——骄傲罪。因其骄傲,她也不知感激。……正是凭借
自己的才智、德行和勇气,她得到了人类幸福的极致。就简·爱自己的
说法而言,没有人会认为她会为此感激天上的上帝和地上的人。……
再则,简·爱的自传性非常明显是反基督教的,其中充满了对富人的舒
适和穷人的贫困的低声抱怨。就个人而言,这是对上帝安排的抱怨,其
中含有对人之权力的自豪和明确的要求,然而有关这一点,在神的话语
和意愿中都找不到权威性的依据。渗透作品中的那种渎神的不满调子
体现了那种最显著、最微妙的邪恶。当下正在努力使社会文明化的法
律和神职人员却不得不同这种邪恶进行斗争。我们肯定地说,国外那
种颠覆权威、违反人类行为准则和神意的倾向和国内滋养宪章精神和
反叛精神的思想基调同《简·爱》的思想基调如出一辙。①

伊丽莎白·里格比的观点在当时很有代表性。这恰恰说明,《简·爱》所表
达的思想既具有现实性又具有前瞻性。正是作品中所表现出的这种前瞻性吸引
了一波又一波的评论潮。也正是这种持续不断的评论潮支撑并推动着这部杰作
走向经典。

从《简·爱》出版到今天,对它批评接受方面的一个重要话题是其与女权主
义的关系。这一话题,随着西方女权主义运动或女性主义思潮的发展越来越热,
并持续发酵。《简·爱》的主题涉及爱情、性别平等、女权主义和宗教等。难以将
简·爱的性别障碍同经济地位分离开来。她的女性身份使她无法像罗彻斯特这
样的男性人物一样去闯荡世界。这是对维多利亚时代的写照:女性在社会事务
中不能发挥与男人一样的作用,女性在追求自己的生活方面面临着更多的艰难
和障碍。罗彻斯特出身高贵和简·爱出身寒微之间的差异直接导致了不平等,
而性别不同加剧了这种不平等。《简·爱》包含了许多与维多利亚时代的理想女
性观念相悖的女权主义观点。有评论认为,勃朗特本身就是她那一时代最早一

① *The London Quarterly Review* No. CLXVII, December (1848),pp. 92-93.

批的女权主义作家。她写《简·爱》就是要向维多利亚时代的社会传达女权主义的信息,因为在维多利亚时代的英国社会,女性受到社会的歧视和压制。《简·爱》所体现的正是男女之间在婚姻方面乃至社会方面的平等意识。作为一位具有女权思想的小说家,夏洛蒂·勃朗特通过她的小说支持和传播当时独立女性的观念:为自己工作,有自己的思想,按照自己的意愿行动。有充足的例证表明,小说中的简·爱是一个充满女权意识的人物。她是一个普通的女孩,但敢于以一种独立和坚持的精神追求自己的幸福。她代表了女性对男性支配权的抗争。她的所思所想和所作所为仍然关乎今日的女性。因为当今的女性感到,因性别她们曾受到过歧视。19世纪初,社会并没有给予女性多少机会。因此,当她们试图进入社会时,大都感到不适和不安。良好教育机会的缺失、对各职业领域的疏离让她们在生活中的选择受到极大限制。她们要么做家庭主妇,要么做家庭教师。《简·爱》形象地再现了当时英国女性的处境和状况,也通过简·爱表达了对男女平等的吁求。正是《简·爱》中传达出来的女权主义思想和信息,引起了此后约一个半世纪的持续不断的女性主义批评的关注。有关《简·爱》的女性主义批评专著和文章汗牛充栋。在当代,美国女性主义批评家伊莱恩·肖瓦尔特(Elaine Showalter)在《她们自己的文学:从勃朗特到莱辛的英国女小说家》(*A Literature of Their Own: British Women Novelists from Bronte to Lessing*,1977)中表达了自己对夏洛蒂·勃朗特的高度欣赏。肖瓦尔特认为,简·爱是一个圆满的女主人公,具有非常丰富而实际的社会经历。简·爱的要求在当时的社会中是革命性的。英国作家弗吉尼亚·伍尔芙在《普通读者》中也给予《简·爱》高度评价。她完全相信,在《简·爱》中,作者除展示了她卓越的写作艺术和技巧外,也表现了她的宝贵天赋。利用《简·爱》为女性主义写作的是美国女性主义批评家桑德拉·吉尔伯特(Sandra Gilbert)和苏珊·古芭(Susan Cubar)合著的《阁楼上的疯女人:女作家和十九世纪文学想象》(*The Madwoman in the Attic: The Woman Writer and the Nineteenth Century Imagination*,1979),该论著被认为是女性主义的经典之作。通过简·爱的愤怒和芭莎的疯狂,吉尔伯特令人信服地展示和确证了在男权主义文化中女性所感受到的愤怒,该论著成为女性批评的范例。显而易见,当代著名的女性主义批评家对《简·爱》的肯定性接受,对作品中女权思想的关注和汲取,进一步提升了《简·爱》作为经典的地位。

三、媒介传播：经典性的拓展与延伸

对于《简·爱》之经典化拓展，不同媒介的传播扩散也功不可没。小说于1847 年问世后被英国各种传播媒介不断地复制和再现，从而获得了广泛的传播。其中最常见的是对原作的复制，即重印和再版。英国各类教育机构在提供的文学教学中对《简·爱》予以介绍和评论，撰写相关论文等。此外，还可以看到《简·爱》的插图版和画册，甚至仿作，它还被改编成舞台剧、电影、电视剧、音乐剧、芭蕾舞剧等。最有趣的是后来的一些富有创意的作家对《简·爱》的各种各样的改写或重写。这些再生品不限于英国，也见于其他英语国家和地区。一出根据《简·爱》改编的舞台情节剧早在 1856 年就在纽约上演过。

为了弄清《简·爱》怎么成为经典，必须关注《简·爱》的多媒介跨界传播的历史情形，这不仅由于《简·爱》对读者有深刻影响，还由于人们以不同的方法对其进行处理和改造，使其植根于各种各样的土壤，产生出各种各样的果实。在此，笔者关注的重点是《简·爱》文本变异的过程，从历史的角度解读、考察它的变异是如何发生的，为什么会发生。

当今时代是快速传播的时代。一本书能够在几秒钟完成下载，也可以一夜成名。然而，维多利亚人的速度也不慢。在英国，还没有哪本书能够像《简·爱》那样如此快速地出名。1847 年 8 月 24 日，夏洛蒂·勃朗特将《简·爱》手稿寄给史密斯-埃尔德出版公司。两周后，出版商对这部新书的出版表示了兴趣。又在两周内，出版商寄来了 100 英镑的稿酬，并告诉夏洛蒂他们正在校稿。在 19 世纪，一部小说手稿从被接受到出版一般需要两年的时间。而《简·爱》仅用了八周的时间，在 10 月 7 日就出版了。在初版《简·爱》的欣赏者中就有萨克雷等著名英国作家。到 12 月初，《简·爱》第一版销售一空。夏洛蒂为《简·爱》第二版写序。到第二年 2 月，根据小说改编的舞台剧在伦敦的维多利亚剧院演出。

小说的故事情节——洛伍德学校、简·爱的家庭教师生涯、罗彻斯特先生、阁楼上的疯女人、困境和援救、幸福的救赎等牢牢地抓住了读者。然而，夏洛蒂在小说第一版时使用假名"科勒·贝尔"也加速了小说的口头传播。人们纷纷猜测《简·爱》这位神秘作者的身份和性别。这种猜测随着埃利斯·贝尔(安恩·

勃朗特)的作品《阿格尼斯·格雷》和阿克顿·贝尔(艾米莉·勃朗特)的作品《呼啸山庄》在 12 月间的出版而达到火热的程度。其实,后两部小说早在一年前就被出版商接受了,但是一直尘封在那里,直到《简·爱》出版获得成功后才激励了出版商将它们付梓。这三部小说出版后,夏洛蒂才向她父亲吐露了《简·爱》作者的真实身份。人们越来越猜测"科勒""埃利斯"和"阿克顿"这三个作者很可能就是同一个男作者。随着这种猜疑加深,夏洛蒂去伦敦找到她的出版商澄清了作者真实身份。

公众从一开始就对《简·爱》充满了热情。《简·爱》作者的真实身份披露之后,好奇的人络绎不绝地出现在夏洛蒂·勃朗特的家乡豪沃斯。夏洛蒂在 1855 年去世。两年后,盖斯凯尔夫人的《夏洛蒂·勃朗特传》出版,造访豪沃斯的人数大增,有的来自遥远的美国。当地商店通过卖勃朗特一家的照片收入大增。夏洛蒂的父亲帕特里克将她的书信剪成碎片来满足人们收藏她的手迹的需要。在勃朗特的家乡,勃朗特三姐妹的书一直在卖,慕名而来的人一批又一批。到 1893 年,勃朗特协会成立。两年后,一个小型的博物馆对外开放。

亨利·詹姆斯曾对夏洛蒂去世 50 年勃朗特三姐妹依然盛名不衰感到困惑。他认为那种对勃朗特姐妹生活的迷恋是在不幸地浪费精力。他说,有关她们"沉闷枯燥"的生活故事转移了对《简·爱》和《呼啸山庄》的成就的认识。由盖斯凯尔夫人点燃的、勃朗特崇拜者煽起的"勃朗特热"已经破坏了对她们作品本身的批评性欣赏。弗兰克·雷蒙·利维斯(Frank Raymond Leavis)似乎为了支持亨利·詹姆斯的看法,在他的《伟大的传统》(*The Great Tradition*,1948)一书中将勃朗特姐妹排除在外,理由是《简·爱》只显示了"对不太重要事情的持续不断的兴趣",《呼啸山庄》尽管"令人惊异",但是也只是"一种游戏"。而在某些男性批评家眼里,勃朗特姐妹的小说也不过类似"高档名牌"。然而不可否认的是,《简·爱》和《呼啸山庄》在今天不仅拥有众多的读者,而且也为批评界所推崇,并越来越多地走入各种媒体。亨利·詹姆斯若泉下有知想必会感到愕然。其实,围绕着《简·爱》的事件层出不穷,活动丰富多彩,评论持续不断。亨利·詹姆斯完全不必担心人们对它的冷落。1895 年,一些学者创办了杂志《勃朗特研究》;其后,越来越多致力于勃朗特姐妹及其创作研究的学者先后参与该杂志的经办,从而使该杂志历经百年,延续至今。如今该杂志增扩为每年四期,以满足全球勃发的对勃朗特姐妹作品的热情,为铸就经典《简·爱》功不可没。

除了图书出版媒介的传播之外,《简·爱》还通过另外两个重要的传播平台将影响扩大到了全世界,它们是舞台情节剧和"女性"小说。《简·爱》最初给予读者的印象完全是革命性的。1848 年,一位匿名评论家写道,在"革命之年"(1848 年),《简·爱》的"每一页都燃烧着道德上的雅各宾主义"①。"不公平"是对当时社会现状和权力的反思结果。对《简·爱》的反应表明,保守的英国中产阶级从这部小说的话语中感受到了某种革命的火药味。对《简·爱》的早期评论主要集中于简·爱的反抗意识。因此,人们认为《简·爱》很适合用作舞台情节剧的素材,因为正如当时评论所说,"情节剧的独白总是充满了激进民主的调子";在情节剧中,"传统需要的真实与道德标准统统受到了质疑"②。《简·爱》刚一出版,其舞台情节剧本便出现了。但是这些剧本对原作做了某些改动,例如,通过剧中人物之口夸张地表达了《简·爱》给人的阶级压迫感。到 19 世纪 80 年代初,至少有 8 部根据《简·爱》改编的舞台情节剧在英国和美国上演,其中包括约翰·考特尼(John Courtney)的《简·爱》(1849)和约翰·布鲁汉姆(John Brougham)的《简·爱》(1856)。这些舞台情节剧在本质上是一种浪漫情绪的表达,但是基于原作的思想和英国社会现实,融入了更为强烈的现实主义因素。例如,考特尼的舞台剧对原作中简·爱同罗彻斯特邀请的贵族客人会面的场景进行了改动。在剧中,简·爱不是一个静坐一旁倾听贵族们轻蔑地品头论足的人,而是一个明确表达自己看法的反叛者。她占据了舞台的中心,向舞台上的演员也向剧院里的观众高声呐喊:"不公平! 不公平!"舞台情节剧针对社会现实问题强化了现实主义倾向,引起了观众的共鸣,由此拓展了《简·爱》的影响。

此外,《简·爱》还通过对同时代小说家的影响,延续着自己的艺术生命,也继续着其经典性再生成和经典化拓展的历程。奥利芬特夫人(Mrs Oliphant)在1855 年写的评论中认为,《简·爱》不仅影响了读者,也影响了同时代的女小说家。这些女小说家的作品,像《简·爱》那样,对爱情和婚姻问题给予了高度关注,表达的思想或多或少与《简·爱》相似。不过奥利芬特夫人更关注的是简·

①　Allott，Miriam，ed. *Charlotte Bronte*. London：Macmillan，1974，p. 90.

②　Allott，Miriam，ed. *Charlotte Bronte's Jane Eyre and Villette*. London：Macmillan，1973，p. 57.

爱对爱情与婚姻的态度的影响,认为作者将她描写成一个有害于"和谐社会"的危险的小人物。她评论道:"这样一个冲动莽撞的小鬼冲入我们的秩序井然的世界,闯过了它的边界,公然蔑视它的原则。最令人恐慌的现代革命已经随着《简·爱》的入侵而到来。"①尽管简·爱在人们看来举止端庄,但是读者还是不难看出她那求变的不安灵魂。奥利芬特夫人注意到,与夏洛蒂同时代的不少女小说家持有和夏洛蒂相同或相似的看法,她们的作品都重复着与《简·爱》相似的主题,作品中的人物身上多少都能看到简·爱的影子。根据谢利·福斯特(Shirley Foster)在《维多利亚女性小说:婚姻、自由和个人》(*Victorian Women's Fiction*:*Marriage*,*Freedom and the Individual*,1985)中的统计,在《简·爱》出版前,类似《简·爱》主题的女性小说只有 3 部,但是在《简·爱》出版之后,猛增到 50 多部。《简·爱》的影响显而易见。1850 年 11 月 16 日发表在《雅典娜神庙》杂志上一篇评论朱丽叶·卡万纳(Julia Kavanagh)的小说《娜塔莉》(*Nathalie*,1850)的文章说,无论这个世界如何看待简·爱或罗彻斯特夫人,对于这个女人,人们吵来吵去,好像她是一个实际存在的女人。无论她是否被当成无耻扰乱我们社会制度的人还是被当成具有"顽强意志"的经典人物,我们只能认为,夏洛蒂·勃朗特笔下的简·爱就是"娜塔莉"的先人(*Athenaeum*,1184)。除了朱丽叶·卡万纳的《娜塔莉》外,受《简·爱》影响的女作家写的作品还有黛娜·木洛克·可雷克(Dinah Mulock Craik)的《奥利弗》(*Olive*,1850)、伊丽莎白·巴雷特·布朗宁(Elizabeth Barrett Browning)的《奥罗拉·雷》(*Aurora Leigh*,1857)、爱玛·沃波埃(Emma Warboise)的《桑尼克罗夫特府》(*Thorneycroft Hall*,1865)。这些女性作家的作品似乎都是夏洛蒂·勃朗特的《简·爱》的演绎本,有意无意地在张扬着《简·爱》这面大旗。

如上所述,不同渠道与形式的传播与影响,都说明了夏洛蒂·勃朗特《简·爱》经典性生成与经典化历程的不断拓展与延伸,也为这部小说经典性之多元多层次承载提供了佐证。

(本文作者:蒋承勇)

---

① Oliphant,Margaret. "Modern Novels—Great and Small", *Blackwood's Magazine*, vol. 77, May (1855),p. 557.

"独尊"了什么"主义"?

——五四以降现实主义中国接受史反思

　　五四前后,19 世纪西方现实主义开始在我国被接受、传播与研究。百余年来,由于中国特有的文化期待视野和社会政治情势,在诸多外来文学思潮流派中,现实主义在本土文学与文化领域是传播最为广泛深入,同时也争议最多、内涵最具复杂性与多变性的文学思潮。在五四新文化运动百年之际,我们有必要对其在本土的接受与传播历程及与其相关的文学现象做深入的梳理与论析,进而更深入地认识与把握其本源性内涵与特质,借以促进我国文学创作与文学、文化理论建设之发展和繁荣。

一、"小说界革命":现实主义本土传播之先声

　　20 世纪初新文化运动前后,现实主义与自然主义交混在一起,以"写实主义"的名义被介绍到我国,因为,这两种文学思潮都以"写实"为根本追求与特征,陈独秀、胡适、周作人、茅盾等通常被认为是"写实主义"在中国的最早传播者。不过,我们在追溯西方现实主义在中国的传播历史时,除了关注以"现实主义"的名义直接介绍与引进之外,还应该关注此前以"写实"文学的名义在我国文学界传播的现象,因为这是西方现实主义文学思潮在中国本土接受和传播的先声。就此而论,我们讨论的起点必须前移至晚清时期。

　　中国是一个"诗的国度","诗"和"文"历来被尊为文坛之正宗,而"小说"这种

文体直到晚清时期仍处于"正统文学"之边缘,写小说被认为是文人很不光彩的一件事。但是,事实上晚清时期由于中国社会的变化和人们审美趣味的转换,特别是应和了这种变化的出版印刷业的发展和报刊消费市场的拓展,小说的流行和普及获得了物质上的支持和生存空间上的拓展。1900 年,康有为就在《闻菽园居士欲为政变说部诗以速之》中说,"我游上海考书肆,群书何者销流多?经史不如八股盛,八股无如小说何"①。说明小说在 19、20 世纪之交已经开始广泛流行。阿英在 20 世纪 50 年代的《晚清戏曲小说目》中披露,五四运动前的 20 世纪初,国人自己创作的小说计 478 种,国外翻译进来的小说计 629 种,合计 1107 种。而根据日本学者樽本照雄于 20 世纪 90 年代出版的《新编清末民初小说目录》统计,20 世纪初我国创作小说 7466 种,翻译小说 2545 种,合计 10011 种②。这两个不同的统计各自涵盖的年限有所不同,但可以看出 20 世纪初我国小说流行之广。不过,晚清时期刚刚兴起的小说,虽然数量甚众,但在文坛尚未占据重要的位置,这不仅仅因为重诗文轻小说的中国传统观念,同时也因为此时的小说确实品位普遍不高,多为抓人眼球、取悦读者而作,通常描写一些诲淫诲盗、荒诞离奇的故事,情趣低俗、粗制滥造者多。正如梁启超所言:

> 观今之小说文学者何如?呜呼!吾安忍言!吾安忍言!其什九则诲盗诲淫,或则尖酸轻薄无取义之游戏文也,于以煽诱举国青年子弟,使其桀黠者濡染于险诐钩距作奸犯科,而模拟某种侦探小说中之一节目。其柔靡者浸淫于目成魂与逾墙钻穴,而自比于某种艳情小说之主人者。于是其思想习于污贱龌龊,其行习于邪曲放荡,其言习于诡随尖刻,近十年来,社会风气,一落千丈,何一非所谓新小说者阶之厉?③

可见,当时的小说从写作动机和表现内容上看,确实没有传统诗文的文雅优美,从"文以载道""兴观群怨""讽怨谏刺"等无论哪一方面看,都可斥其为"不登

---

① 康有为:《闻菽园居士欲为政变说部诗以速之》,陈平原编:《20 世纪中国小说理论资料》(第 1 卷),北京:北京大学出版社,1997 年版,第 511 页。
② 郭延礼:《中西文化碰撞与近代文学》,济南:山东教育出版社,1999 年版,第 525 页。
③ 郭绍虞主编:《中国历代文论选》(第四册),上海:上海古籍出版社,1993 年版,第 35 页。

大雅之堂"的消遣之物。但是,这样一种文学文体却适时而生,在民间风靡一时,其造成的结果正如梁启超所说的"社会风气,一落千丈"。在他看来,小说在当时简直就是"伤风败俗",它导致世风日下,人心不古。"在梁启超看来,中国人的思想,如宰相思想、才子佳人思想、江湖盗贼思想、妖巫狐鬼思想,都直接或间接来源于小说的势力;中国国民的性格,如迷信风水鬼神、追求功利、轻弃信义、诡诈凉薄、沉溺声色、喜好结拜等,都是小说的缘故。"①梁启超所说的中国旧小说和晚清出现的流行小说对社会风气的败坏,固然多少有些言过其实,但特别值得我们注意的是,他看到了小说的流行所造成的对世风人心的强大作用,也就是他所谓的小说对社会的强大的"效力"②,不过,此时他看到的是一种反向效力(今天常说的"负能量")。正因为如此,不久后梁启超怀着改造社会、革故鼎新的雄心壮志,反其道而行之,力图让小说的反向效力转化成正向效力,因而把小说当成了改造旧中国的重要思想武器,并竭力主张革新小说,努力开创新小说的繁荣局面。极为典型的是,他于 1902 年在《论小说与群治之关系》中提出了"小说界革命"之口号,其间充分表达了他革新小说的勃勃雄心以及关于小说社会功用的见解与观念。梁启超提出:

> 欲新一国之民,不可不新一国之小说,故欲新道德,必新小说;欲新宗教,必新小说;欲新政治,必新小说;欲新风俗,必新小说;欲新学艺,必新小说;乃至欲新人心,欲新人格,必新小说。③

此前,梁启超看到的是小说对民风堕落的恶劣作用和反向效力,现在他反过来看到了小说可能拥有的强大的正面社会作用——既然品质低劣的流行小说对中国社会之群治腐败是一个总根源,那么只要改变小说的品质,就可以使其一变

---

① 何光水:《儒家文化与晚清新小说的兴起——以梁启超小说功用观为中心考察》,武汉:湖北人民出版社,2013 年版,第 86 页。

② 梁启超在《论小说与群治之关系》中,将小说通过人的心灵审美功能("势力")进而实现社会政治作用的功能称为"效力"。小说的"势力"是蕴含于文本中的未发之力,而小说的"效力"是通过文本及读者的阅读所产生的对世道人心的实际作用。"势力"是"效力"的前因,"效力"是"势力"的后果。

③ 梁启超:《论小说与群治之关系》,郭绍虞主编:《中国历代文论选》(第四册),上海:上海古籍出版社,1980 年版,第 207 页。

而成为革新社会的有力武器和有效工具。在《论小说与群治之关系》中，梁启超就有"小说有不可思议之力支配人道"，"小说为文学之上乘"的观点，提出"欲改良群治，必自小世界革命始；欲新民，必自新小说始"①，明确表达了通过"小说界革命"使小说之"效力"从反向变为正向的理想。这篇著名的论文全面论述了小说的社会政治作用、道德教化作用、艺术审美作用以及小说在文学中的地位等，特别强调了其对改造国民、改造社会的重要价值，从政治的角度充分阐述了小说与社会政治及文化启蒙的关系，高度肯定了小说对"群治"的作用。此文是当时"小说界革命"的理论纲领，也是 20 世纪初我国"文学启蒙"的第一篇宣言。

　　客观地说，梁启超对小说之于"群治"作用的理解，与曾经阐述的关于小说与群治腐败之关系一样，固然都有主观性夸大，但是不管怎么说，他的论文揭示了小说将成为文坛之主角，成为文化启蒙和社会改造的重要载体的客观趋势——此文也有效地起到了为小说取代诗文而造势的作用。可以说，中国社会发展到这个时候，人们对小说之功能的自觉认识，既是晚清以来小说这种新兴文学体裁发展的必然，也是社会发展对文学社会功能的迫切需求之必然。也是基于这样一种背景，在梁启超等人的倡导及推动下，小说的地位也确实有了在较短时期内陡然提升的可能——事实上此后不久，小说在我国终于从丑小鸭变成了白天鹅，成了"五四"前后文坛的主角，创作小说和研究小说蔚然成风，其间虽然还有其他许多因素和环节促成了小说地位的这种重大改变，不过，笔者在此特别要说的是：梁启超高度强调了小说的社会政治功能，空前地张扬了文学的"写实"精神，从而让这个时期的文学既接续了中国"文以载道"的传统文学功能观，也呼应了西方写实传统的现实主义文学向中国文坛的"频频示好"，从而为接下来在特定的时期内现实主义文学（小说）在中国的广泛接受与传播做好了文学观念、文学理论和文学实践的有效准备；或者说，梁启超的"小说界革命"潜在地呼唤着西方现实主义文学在中国的生根、发芽，因为，现实主义文学（小说）是西方文学史上最具现实精神和社会"效力"的文学样式，也为 19 世纪现实主义文学进入中国后其社会功能被高度关注和充分发掘乃至不断扩大种下了前因。此时，梁启超虽然没有明确提及西方的"现实主义文学思潮"这样的字眼，但他把小说明确归结

① 　陈平原编：《20 世纪中国小说理论资料》（第 1 卷），北京：北京大学出版社，1997 年版，第 50 页。

为"理想派"和"写实派"两类,其依据是:前者主要使读者超越经验、超越现实、超越自我,倾向于理想和虚幻;后者则倾向于教化人心、切入现实、认识自我与社会。"就发展来看,梁启超引进了西方批评术语'理想派'和'写实派'来表述小说移入的'二体',使他的小说观具有现代特色,从而使中国近代文论开始融入世界文论的潮流之中。"①从对"小说界革命"的总体目标追求看,梁启超无疑更推崇有利于改良"群治"和塑造"新民"的"写实派"小说,其间既表现出他对"文以载道""经世致用"等中国传统的文学功能观的接续,又体现了对西方现代实用理性和文学写实精神的接纳,就字面而言,"写实派"是写实主义、现实主义的近义词。②因此可以说,梁启超关于"小说界革命"的号召及其理论阐述和影响,实际上就是五四新文化运动"文学革命"的先声,其间蕴含了五四新文学的精神内核;或者说,由于五四新文化运动对外来文学与文化的接受,必然且必须是一种基于国情和本土传统审美心理期待的选择性接受,因此,他的"小说界革命"的精神内核必定在"五四文学革命"中得到充分的传承和光大,对文学之"写实"精神和社会功能的突出强调和追求,不仅是五四新文学的核心价值理念,而且是此后中国现代文学长期的主导价值观,更是19世纪西方现实主义文学思潮之中国接受与传播之前奏抑或前因。

二、现实主义何以"一枝独秀"?

19世纪与20世纪之交,在中国文化界,梁启超倡导"小说界革命",力图通过小说推动社会的改革。而在欧洲,早在19世纪初就开始进入"小说的世纪";19世纪西方文学主潮现实主义(包括自然主义)的繁荣是以小说的兴盛与成熟为标志的,这比中国早了差不多一个世纪。晚清时期我国知识界人士对域外小说的译介,无疑也是催化20世纪中国小说兴起的重要因素。西方19世纪现实主义文学(小说)的基本特征是反映现实生活、再现历史风貌,具有强烈的社会批判精神和人道情怀,具有很高的社会认识价值和道德训谕作用。正是这种富于理性

---

① 何光水:《儒家文化与晚清新小说的兴起——以梁启超小说功用观为中心考察》,武汉:湖北人民出版社,2013年版,第92页。

② 梁启超早期的"政治小说"观念和后起的塑造"新民"的思想,都源自西方的文化思想。

精神和社会功能的文学思潮和文学体裁,投合了"五四"前后的中国社会之需要,尤其是契合了梁启超"小说界革命"对发挥文学之社会功能的急切诉求。而随着五四新文化运动的兴起和"文学革命"的推进,更多有识之士进一步倡导文学的社会功用,倡导写实文学和"为人生的文学",借以促进社会变革。这是文化与文学跨界传播、交流过程中的内因与外因的相向推进现象。

五四新文化运动前后,19世纪西方文学思潮经由日本和西欧两个途径被介绍引入中国,对本土文坛产生巨大冲击。西方文学思潮在中国的传播,乃新文化运动得以展开的重要动力源泉之一,并直接催生了"五四文学革命"。这些文学思潮原本可以在中国这个东方古国一起缤纷绽放,但是,本土的社会需要、文化心理期待和审美趣味等,对不同的外来文学思潮不可能持一视同仁的态度。因此,在实际的传播过程中,各种思潮流派进入中国的时间先后是次要的,而本土之集体性接受期待和主观选择显得格外重要。面对诸多外来的文学思潮,本土作家和学者的主体性选择作用很快就开始决定各种思潮在中国的命运,由是,写实传统的现实主义和自然主义成了"五四"前后中国学界重点关注的对象。

1915年,陈独秀作为最早翻译介绍西方文学思潮的学者之一,在《现代欧洲文艺史谭》中明显青睐富于写实精神的现实主义(自然主义)。陈独秀从进化论和实用理性的角度分析评价西方文学发展史,认为富有科学精神的写实派文学是当今时代文学中的生力军。他说:"欧洲文艺思想之变迁,由古典主义(classicism)一变而为理想主义(romanticism),此在18、19世纪之交。……19世纪之末,科学大兴,宇宙人生之真相日益暴露,所谓赤裸时代,所谓揭开假面时代,宣传欧土,自古相传之旧道德、旧思想、旧制度,一切破坏。文学艺术亦顺此流,由理想主义,再变而为写实主义(realism),更进而为自然主义(naturalism)。"[①]面对诸多的西方文学思潮,比照中国社会与文化之情势,陈独秀认为:"吾国之文艺,尤当在古典主义理想主义时代,今当趋向写实主义……庶足挽今日浮华颓败之恶风。"[②]而他之所以崇尚"写实主义",是因为他认为"自古相传之旧道德、旧思想、

①　陈独秀:《现代欧洲文艺史谭》,《青年杂志》第1卷第3、4号;贾植芳、陈思和编:《中外文学关系史资料汇编》(下册),桂林:广西师范大学出版社,2004年版,第709—712页。

②　陈独秀:《答张永言》,《新青年》第1卷第6期;贾植芳、陈思和编:《中外文学关系史资料汇编》(下册),桂林:广西师范大学出版社,2004年版,第712页。

旧制度"最具"破坏"精神,而现实主义文学最符合他提倡的"国人而欲脱蒙昧时代,羞为浅化之民也,则急起直追,当以科学与人权并重"①的思想,让文学与科学和民主一起成为变革愚昧时代和社会的武器。到了 1917 年,他又借声援胡适《文学改良刍议》之机发表《文学革命论》一文,提出了文学革命的"三大主义",即"曰推倒雕琢的、阿谀的贵族文学,建设平易的、抒情的国民文学;曰推倒陈腐的、铺张的古典文学,建设新鲜的、立诚的写实文学;曰推倒迂晦的、艰涩的山林文学,建设明了的、通俗的社会文学"②。可见,陈独秀高度肯定、重视具有写实和批判精神的现实主义文学的态度十分鲜明,这种体现"五四文学革命"的主张,为现实主义在中国文坛的立足并生根打下了坚实的基础。

五四时期另外两位重要人物胡适和周作人,对现实主义文学之中国接受与传播也有重要作用。关于新文学的倡导,胡适侧重于建立一种"活的文学",其发表于 1917 年的著名论文《文学改良刍议》,提出了"白话文学论"和"历史的文学观念论"。胡适提出的文学改良的"八事"总体倾向上也是写实主义的,他认为"唯实写今日社会之情状"的文学才可谓是真正的文学。他强调文学应当描写"工厂之男女,人力车夫,内地农家,各处大商贩及小店铺,一切病苦情形",还有关于"家庭惨变、婚姻痛苦,女子之位置,教育之不适宜"等各种社会现状,还强调在具体的描写方法上要"注重实地的考察和个人的经验,以及周密的想象"③。不过,相比之下,侧重于建立"人的文学"的周作人,对现实主义的倾向更直接而明显。周作人于 1918 年发表了著名论文《人的文学》,提出了新文学在思想内容上要以人道主义为本的主张,主张新文学应该是"人的文学",而反对"非人的文学"。周作人倡导西方 19 世纪的人道主义,"人的文学"就是"用这人道主义为本,对于人生诸问题,加以记录研究的文字"④。这种文学又分为两类,"(一)是正面的,写这理想生活,或人间上达的可能性;(二)是侧面的,写人的平常生活,或非人的生活,都很可以供研究之用。这类著作,分量最多,也最重要。因为我们

---

①　陈独秀:《敬告青年》,《青年杂志》,1915 年 9 月第 1 卷第 1 号。
②　陈独秀:《文学革命论》,《新青年》,1917 年 2 月第 2 卷第 6 期。
③　胡适:《建设的文学革命论》,《中国新文学大系·建设理论集》,上海:上海良友图书印刷公司,1935 年版,第 136 页。
④　周作人:《艺术与生活》,北京:北京十月文艺出版社,2011 年版,第 14 页。

可以因此明白人生实在的情状，与理想生活比较出差异与改善的方法"①。这"正面"的一种显然是指西方以表达理想为主的浪漫主义文学；后一种"侧面"的则是指写实的现实主义文学。而且，他认为以后一种为"最多"也"最重要"，因为这种文学描写的是人的"平常生活"，包括"非人的生活"，可供人们对现实人生状况展开研究，从而认识"人生实在的情状"，与理想的生活展开比较，让人们辨别现实与理想之人生的差距，在认识人生的基础上进而寻找"改善"人生的"方法"，以冀让人们"看见了世界的人类，养成人的道德，实现人的生活"②。与"人的文学"的倡导相呼应，稍后他在《平民的文学》一文中，又提出用通俗的白话写"普遍的思想与事实"，以"真挚的文体，记真挚的思想与事实"的"以真实为主"的"平民的文学"之主张③，文学关注和描写现实人生的思想进一步从另外一个角度得以彰显。以是观之，周作人认为"中国文学中，人的文学本来极少。从儒教道教出来的文章，几乎都不合格"④。所以他和梁启超一样，认为中国的旧文学也都是毁坏世道人心的，那些关于神仙鬼怪、黑幕强盗、才子佳人的文学，"全是妨碍人性的生长，破坏人类的平和的东西，统统应该排斥"⑤。因此，周作人关于"人的文学"和"平民的文学"的主张，对梁启超、陈独秀的文学思想有所传承与弘扬，但又显得更平和开阔，更倾向于文学对人性的熏染、对人生的改善，而不是过于功利地强调社会变革和政治宣传与道德训诫。因此，"五四"时期周作人的文学观念更贴近文学之本质，更贴近西欧具有浓郁人道色彩的现实主义，也与胡适的新文学观念有相当程度的契合。周作人"人的文学"和"平民的文学"的思想，不仅是"五四"时期新文学的核心观念，而且对日后现实主义文学的接受与传播起了重要作用。

可以说，五四新文化运动初期，虽然对多种西方文学思潮都有不同程度的介绍与引进，并形成了本土一些相应的文学社团和流派。但是，出于反对贵族化的中国"古典主义"文学和有害世道人心的旧文学，"以挽今日浮华颓败之恶风"⑥之

---

① 周作人：《艺术与生活》，北京：北京十月文艺出版社，2011 年版，第 13—14 页。
② 周作人：《艺术与生活》，北京：北京十月文艺出版社，2011 年版，第 19 页。
③ 周作人：《艺术与生活》，北京：北京十月文艺出版社，2011 年版，第 4—6 页。
④ 周作人：《艺术与生活》，北京：北京十月文艺出版社，2011 年版，第 14 页。
⑤ 周作人：《艺术与生活》，北京：北京十月文艺出版社，2011 年版，第 15 页。
⑥ 陈独秀：《答张永言》，《新青年》第 1 卷第 6 期；贾植芳、陈思和编：《中外文学关系史资料汇编》（下册），桂林：广西师范大学出版社，2004 年版，第 712 页。

现实需要,新文化运动的先驱者很快就相对聚焦于接受与传播 19 世纪西方现实主义文学。崇奉浪漫主义的"创造社"、信奉古典主义的"学衡派"、认同现实主义的"文学研究会"等经过短时期的论战,以"浪漫主义首领"郭沫若在 1925 年转向"写实主义"为标志,20 年代中后期,"写实主义"/现实主义在中国学界与文坛成为被介绍与研究的主要对象。其中,文学研究会为现实主义在中国本土的传播与接受起到了关键而深远的作用,在此,我们有必要着重对其关于现实主义的理解与推介的情况做更深入的分析。

五四新文化运动高潮过后,新文学阵营内部分化为以文学研究会为核心的"人生派"和以创造社为代表的"艺术派"两种文学倾向。1921 年 1 月,以文学研究会的成立为标志,倾向于现实主义的"为人生而艺术"的文学派别形成。"人生派"的代表人物茅盾,早在 1920 年就借《小说月报》这一园地开始推广西欧的写实文学。同年 1 月,他在《小说月报》的"小说新潮"栏发表栏目宣言:"新思想是欲新文艺去替他宣传鼓吹的,所以一时间便觉得中国翻译的小说实在都'不合时代'。……中国现在要介绍新派小说,应该先从写实派自然派介绍起。本栏的宗旨也就在此。"①茅盾做此"宣言",目的是以外国的写实派文学为榜样,推动本土文学创作的写实主义风气。同年 9 月,《小说月报》刊发第 12 卷的号外《俄国文学研究》,在中国现代文学史上首次批量译介俄国文学,其中有果戈理、高尔基、屠格涅夫、安德烈夫等作家的写实风格的作品。1922 年,茅盾又在《小说月报》开辟"自然主义论战"②专题,以解答读者来信的方式推介写实、自然派文学的精神。除了推介以外,茅盾还撰写文章与著作阐述自己的现实主义文学理论主张。1920 年初,他在《文学与人生》中强调文学为人生,认为"文学是人生的反映",也就是"人们怎样生活,社会怎样情形,文学就把那种种反映出来"③。他通过考察西方文学史的发展,认为当今人类最进步的文学是写实主义的文学,西方文学思潮的演变,"无非欲使文学更能表现当代全体人类的生活,更能宣泄当代全体人类的情感,更能声诉当代全体人类的苦痛与期望,更能代替全体人类向不可知的

---

① 记者(茅盾):《"小说新潮"栏目宣言》,《小说月报》,1920 年 1 月第 11 卷第 1 号。

② 茅盾:《通信·自然主义论战》,《小说月报》,1922 年 5 月第 13 卷第 5 号。

③ 茅盾:《文学与人生》,《茅盾文集》(第 11 卷),北京:人民文学出版社,1961 年版,第 91 页。

命运作奋抗与呼吁"①。在浪漫派与写实派之间,他明显倾向写实派,对那种"蹈入空想和教训"②的文学持批评的态度。他批评了把文学作为游戏、消遣之物的观点,认为文学应该讲究社会价值,新文学更应该反映人生,有社会价值,描写必须"忠实"于生活。总体上看,茅盾是通过推介自然主义文学③来表达现实主义(写实主义)文学观念的,这实际上就是对欧洲现实主义文学思潮的接纳和传播。不过。也许是由于对中国传统审美趣味和价值判断的谙熟,茅盾对自然主义关于生物的"人"的描写保持了相当的距离,认为自然主义"专在人间看出兽性"的那种描写,"中国人看了容易受病"④。他强调文学反映现实人生和为人生,这与周作人"人的文学"的主张一脉相承,也体现了"人生派"的核心要义。但是,茅盾不是停留于一般的为人生的口号上,而是在具体创作方法上竭力倡导文学描写的细致与真实,甚至是把科学的原理用于文学创作。这一方面是欧洲19世纪现实主义和自然主义"写实"精神的中国式接受与传播,另一方面也表现出作家兼理论家的茅盾对文学本质的理解的准确性和全面性。即便是涉及文学对社会的揭露与批判,茅盾也没有离开文学审美的立场而一味地跌入文学功利主义的偏执之中,把文学的社会功能夸大为社会革命与现实政治的"工具"。1922年他在《自然主义与中国现代小说》一文中他就批评当时文学创作中出现的不重视细节描写的"记账式"叙述,批评"过于认定小说是宣传某种思想的工具,凭空想象出一些人事来迁就他的本意"⑤。茅盾所理解和接纳的现实主义(写实主义),起码在"写实"精神上比较符合欧洲现实主义之本色,虽然,这种文学思潮的内涵极其丰富,但仅就他理解和接纳的内容而言,总体上未曾夸大和扭曲。从本土现实主义文学的创作与理论发展角度看,茅盾所起的作用是积极而显著的,也是不可或缺的。

如果说20世纪20年代初以茅盾为代表的学界人士对现实主义的理解、接

---

① 茅盾:《新文学研究者的责任与努力》,《小说月报》,1921年第12卷第2号。

② 李之常:《自然主义的中国文学论》,《时事新报·文学旬刊》,1922年第46、47期。

③ 其实,20世纪初乃至后来相当长的时期内,国外学界也多有将现实主义和自然主义笼统称为写实主义(现实主义)的现象。如日本岛村抱月的《文学上的自然主义》就把自然主义囊括在现实主义门下,陈望道将此文译成中文后,我国当时的学界对此也颇有效仿。

④ 周作人致沈雁冰信。参见沈雁冰:《致周志伊》,原载《小说月报》,1922年第13卷第6号。

⑤ 茅盾:《自然主义与中国现代小说》,《小说月报》,1922年第13卷第7号。

纳和传播是混淆了与自然主义之区别的话——不过在根本上都属于写实传统的现实主义的范畴——那么,差不多在同一时期里,鲁迅对现实主义文学的理解和推介则又是另一种情形,他倾向于俄罗斯现实主义。20 世纪 20 年代前期,鲁迅一边从事文学创作,一边译介和阐述文学理论。鲁迅文学观念之理论来源当然不仅仅是西方的现实主义。他对中国文学做过深入的梳理和研究,出版过中国最早的小说发展史著作《中国小说史略》,对"瞒和骗"的文学表示了极力的反对,而强调文学正视现实人生,描写现实生活,而且,他认为新文学应该有新的"载道"的内容,那就是承担"思想革命"、重塑国民灵魂的"有所为"之责任。他在《文艺与政治的歧途》一文中指出,真正的文艺或者真正的"革命文学",始终是"不安于现状的",因此,"文艺和革命原不是相反的,两者之间,倒有不安于现状的同一"①。因为,只有不安于现状者才会想到起来革命,同样的道理,文学家对现实有不满,希望变革现实,于是就用文艺作品表达思想,"文艺催促社会进化使它渐渐分离;文艺虽使社会分裂,但是社会这样才进步起来"②。也就是说,文学家创作的目的,是通过促进社会变革来推动社会不断进步。这是一种不满现实社会的文艺,它在过去的中国基本上没有——有的只是如鲁迅指出的"瞒和骗"的文学,而这种"不满意现状的文艺,直到 19 世纪以后的(欧洲)才兴起"③。联系外国的文学,鲁迅显然是在竭力推介具有写实和批判精神的现实主义文学:

> 十九世纪以后的文艺,和十八世纪以前的文艺大不相同。十八世纪的英国小说,它的目的就在供给太太小姐们的消遣,所讲的都是愉快风趣的话。十九世纪的后半世纪,完全变成和人生问题发生关系。我们看了,总觉得十二分的不舒服,可是我们还得气也不透底地看下去。这是因为以前的文艺,好像写别一个社会,我们只要欣赏;现在的文艺,就在写我们自己的社会,连我们自己也写进去;在小说里可以发现社会,也可以发现我们自己;以前的文艺,如隔岸观火,没有什么切身关

---

① 鲁迅:《文艺与政治的歧途》,《鲁迅全集》(第 7 卷),北京:人民文学出版社,1998 年版,第 113 页。
② 鲁迅:《文艺与政治的歧途》,《鲁迅全集》(第 7 卷),北京:人民文学出版社,1998 年版,第 114 页。
③ 鲁迅:《文艺与政治的歧途》,《鲁迅全集》(第 7 卷),北京:人民文学出版社,1998 年版,第 113 页。

系;现在的文艺,连自己也烧在这里面,自己一定深深感觉到;一到自己
感觉到,一定要参加到社会去!①

在此,鲁迅高度推崇欧洲现实主义文学,认为它不仅仅是供人饭后茶余的消
遣,而且能够让人通过文学作品认识现实的社会,认识现实社会中的他人和自
己,这样的文学才是他认为应该推崇也是他自己致力于创作的新文学。而且,这
种新文学的作者,自己必须直面现实人生,且有变革社会的热切希冀,有需要呐
喊的来自切身感受的心声。所以他觉得,从创作的角度看,"我以为文艺大概由
于现在生活的感受,亲身所感到的,便影印到文艺中去"②。在这种意义上,正如
高尔基所说,他本人之所以写作,是因为苦难的生活让他感受多得不能不写作;
也是在这种意义上,文学创作就是鲁迅十分喜欢的日本文艺理论家厨川白村所
说的"苦闷的象征"③;同样是在这个意义上,"文艺家的话其实还是社会的话"④。
鲁迅的文学观念,有来自中国古典文学传统,有取自日本文学的传统,更多的是
欧洲现实主义尤其是俄国文学传统;他的文学思想,同梁启超、陈独秀、周作人等
新文化运动先驱者有许多吻合之处,但是学医出身的鲁迅,他更注重发掘民族文
化和国民精神的"病根",而且对描写之真实的追求达到了无情和冷峻的地步。
当然这除了和他喜好日本的现实主义讽刺作家夏目漱石的小说和理论家厨川白
村的文艺心理学理论有关系之外,尤其与受到了果戈理、托尔斯泰、契诃夫和高
尔基等俄国批判现实主义作家的影响有关。

总体上看,五四新文化运动的十年左右时间内,19 世纪西方现实主义文学在
中国被接纳和传播且势头强劲。不过,原本在西方历时性生成的诸多文学思潮
流派,在我国的传播过程中却不可能按照时间先后依次有序地进入本土,而差不
多是以共时态方式整体性地被介绍和接纳的。面对五花八门,令人眼花缭乱的
诸多西方文学思潮,文学文化界同人在应接不暇之余,最终选择和接纳什么,是
因人、因时势之需要而异的,其间,现实主义则是最明显地因其本身内涵同中国

①　鲁迅:《文艺与政治的歧途》,《鲁迅全集》(第 7 卷),北京:人民文学出版社,1998 年版,第 118 页。
②　鲁迅:《文艺与政治的歧途》,《鲁迅全集》(第 7 卷),北京:人民文学出版社,1998 年版,第 115 页。
③　厨川白村这方面的理论著作名为《苦闷的象征》,其从心理学的角度研究文学创作之奥秘。
④　鲁迅:《文艺与政治的歧途》,《鲁迅全集》(第 7 卷),北京:人民文学出版社,1998 年版,第 116 页。

传统文化、审美趣味和当下社会情势有相对较高的契合度而被"待遇从优"并得以"一枝独秀"。

三、现实主义"变体"与"功利性"追求

如上所述,在1917—1927这10年左右的时间里,我国文学界接纳与传播的外来文学思潮的主体是19世纪西方现实主义,其中最主要涉及的国家是俄国和法国,且以俄国为甚。对此现象我国学界以往给予了一定的关注,但是对其中原因及其造成的后续影响之分析尚显表面和简单,因此仍有必要做深入研究。

"根据《新文学大系·史料索引》不完全统计,1917—1927年共出版外国文学译著225种,总集或选集38种,单行本187种,其中俄国65种,法国31种。"[①]从代表性的作家来看,鲁迅对西方现实主义文学的接受倾向于俄国,其中许多又是通过日本学界对现实主义接受之渠道间接地接受并传播到中国的。茅盾虽然一开始对法国现实主义(自然主义)推崇有加,这源于他对法国式现实主义之科学化的真实、精细的描写风格有某种喜好,并特别想借此"医中国现代创作的毛病","纠正新文学凌空蹈虚、不切实际之病",为现实主义健康发展提供借鉴的样板。但是,他对俄国式写实主义同样推崇,并且在理论阐发上更倾向于俄国。他于1921年1月执掌《小说月报》之后,先是推出"法国文学研究"专号,接着于1921年9月推出"俄国文学研究"号外,其中的论文部分有《俄国文学的启源时代》《十九世纪俄国文学的背景》《近代俄罗斯文学底主潮》等总论性、理论性文章,另有果戈理、托尔斯泰、屠格涅夫、陀思妥耶夫斯基等作家的传记,此外还有果戈理、列维托夫、屠格涅夫、高尔基、柴霍夫、安德烈夫、陀思妥耶夫斯基、梭罗古勃、库普林、普希金等作家的翻译作品。此外,这个时期的《小说月报》还经常刊发俄罗斯、东欧的文学译作。至于周作人,早在1909年他和鲁迅合作出版的《域外小说集》中,主要的作家作品就是俄罗斯和东北欧的。可见,"五四"时期我国文坛和学界对俄罗斯和东北欧被损害民族的有写实精神和反抗精神的文学有一种特殊的接受喜好,也有力推进了我国本土批判性、写实性文学的发展,对中

---

① 王嘉良:《现代中国文学思潮论》(上),上海:上海文艺出版社,2011年版,第67页。

国式现实主义文学思潮的形成和发展起到了积极作用;或者说,"五四"时期中国式现实主义的骨子里,镌刻着俄罗斯文化的印记。

众所周知,19世纪西方现实主义文学思潮生发于西欧各国,然后传播到世界各地,因此,最具本源性特征的现实主义文学应该在西欧而非其他任何一个被传播的国家或区域。那么,为什么"五四"时期乃至后来相当长的时期里,我国文学与文化界虽然也接纳西欧的现实主义文学,但又对俄罗斯及东北欧,尤其是俄罗斯文学特别青睐呢?其间有何文化缘由?这是一个值得细究的文学跨文化交流与传播的话题。

现实主义作为一种文学思潮,虽然起源于西欧,但是,作为国际性文学思潮的流行,则是在整个欧洲和北美,或曰"西方"主要国家和地区。文学以文化为土壤,并且是文化的一部分,"西方文学思潮"就是西方文化体系内相关国家的文学,且主要是欧美地区的文学思潮。那么,19世纪西方现实主义就是欧美地区的一种写实传统的文学思潮,就此而论,俄罗斯和东北欧地区也是19世纪现实主义文学思潮的发源地,或者说是宽泛意义上的发源地。不过,依笔者看,在宽泛意义上做如此归类,并不妨碍我们从文化差异性和跨文化比较的角度辨析"西方"不同国家和民族之文化和文学的差异性,尤其是辨析俄罗斯(包括东欧国家)现实主义文学与西欧国家现实主义文学之差异性及其在中国的再传播过程中的"变体"特征与新质属性。

18世纪末19世纪初的俄罗斯还处在农奴制社会,资本主义尚处于萌芽阶段,在政治经济上远远落后于英法等西欧国家,文化上的现代性发展也属于西欧国家的启蒙对象。从文学上看,俄罗斯19世纪的浪漫主义和现实主义都是在西欧的启迪和影响下发展起来的。正如茅盾所说,当时"俄国是文化后进国家,在文艺上,它把西欧各国在数世纪中发展着的文艺思潮于短时间一下子输入了进去"①。尤其是,由于俄国的现实国情,俄国社会的有识之士都希望借西欧之"先进"思想改造社会,他们的改良、变革或者革命意识十分强烈。因此,他们在接纳西欧现实主义和浪漫主义时,原本也都从俄国本土当下之需要出发,选择性地接纳并改造外来的现实主义和浪漫主义。比如,他们在接纳西欧浪漫主义的抒情

---

① 茅盾:《西洋文学通论》,北京:书目文献出版社,1985年版,第23页。

性和主观性,接纳现实主义的写实性和真实性本质性内涵的同时,又有所放大地接纳和传播这两种文学思潮的社会批判性和政治性内涵,因此,俄国的浪漫主义和现实主义都具有强烈的社会批判精神和政治变革意识。就19世纪俄国现实主义来说,除了强烈的社会批判精神之外,还具有明显强于西欧的政治与文化变革的意识和激情;俄国现实主义文学的倡导者别林斯基、车尔尼雪夫斯基和杜勃罗留波夫(合称"别车杜")都是充满战斗精神与政治激情的批评家和作家。① "别车杜"生活的19世纪俄国正处在沙皇统治下的落后而腐朽的农奴制社会,此时,欧洲的启蒙主义思想也正影响着一大批俄国知识分子,他们以不同的方式推进着俄国社会的思想启蒙与民主改革。"别车杜"对启蒙思想有着宗教般的虔诚与迷恋,他们把弘扬启蒙思想同解放农奴、拯救苦难者、拯救俄罗斯命运的实际行动结合在一起。启蒙理性和民主主义思想让他们直面现实的苦难与罪恶,并力图以文学和文学批评为解剖刀,撕开隐藏在虚华现实背后的丑恶与黑暗,其间寄寓着他们启蒙式的文学的和政治的理想,而且,他们以满腔的热情为这种理想呕心沥血。他们影响力巨大而深远的文学批评和文学创作改变了俄国文学创作和文学批评的走向,而且改变了一个民族思想发展的走向,具有强烈的社会感召、思想引领和精神启蒙的作用。他们把西欧现实主义文学思潮的社会批判精神发扬到了极致,这实际上意味着对西欧现实主义的一种改造,或者说,俄罗斯现实主义文学以其强烈的政治激情、民主主义精神和启蒙理性在欧洲独树一帜,并由此在19世纪和20世纪俄罗斯文学史、苏联文学史乃至现当代中国文学史上都具有深远影响。我们甚至可以说,俄罗斯现实主义文学以其独有的风格丰富和发展了西欧现实主义,前者是后者的"变体"。

当我们看到俄罗斯现实主义文学是后发于西欧而又明显有别于西欧现实主义,进而把俄国(包括东北欧乃至日本等)现实主义看作西欧本源性现实主义的一种"变体"的时候,也许就可以窥见我国文坛和学界在"五四"时期乃至后来长期青睐俄国现实主义的缘由之一斑,那就是:俄罗斯现实主义文学中那种比西欧现实主义文学更加鲜明的启蒙理性(这在西欧主要是18世纪启蒙时代的思想)、战斗的民主主义思想、强烈的社会变革及批判意识等,都呼应了当时中国本土的

---

① 蒋承勇:《作家与批评家的"恩怨"》,《浙江社会科学》,2019年第1期,第150—154页。

社会情势,投合了我国有识之士对精神疗救、开启民智、文化更新、摆脱蒙昧、政治变革、社会转型等的诉求,因此,它对中国本土有一种特别的文化与政治的亲和力,这就是两个民族之间文化"情结"建构的内部与外部、主观与客观的原因。对此,我们不妨来听听鲁迅的解释吧。在谈到怎样做起小说来的时候他说,当时"也不是自己想创作,注重的倒是在绍介,在翻译,而尤其注重于短篇,特别是被压迫民族中的作者的作品。因为那时正盛行'排满论',有些青年,都引那叫喊和反抗的作者为同调的"。"因为所求的作品是叫喊和反抗,势必至于倾向了东欧,因此所看的俄国、波兰以及巴尔干诸小国作家的东西特别多。"[①]至于后来"'为什么'做小说罢,我仍抱着十多年前的'启蒙主义',以为必须是'为人生',而且要改良这人生。我深恶先前的称小说为'闲书',而且将'为艺术而艺术',看作不过是'消闲'的新形式的别号。所以我的取材,多采自病态社会的不幸的人们中,意思是在揭出病苦,引起疗救的注意"[②]。有鉴于此,鲁迅称赞"俄国文学是我们的导师和朋友。因为从那里面,看见了被压迫者的善良的灵魂,的辛酸,的挣扎[③]。他还说,"俄国的文学,从尼古拉斯二世时候以来,就是'为人生'的,无论它的主意是在探究,或在解决,或者堕入神秘,沦于颓唐,而其主流还是一个:为人生"[④]。其实,茅盾、周作人等也基本上都是出于这样的目的而倾向于接受和传播俄国现实主义文学的。茅盾虽然一开始着力介绍法国等西欧现实主义文学,但后来也关注并介绍俄罗斯现实主义文学。1941 年茅盾在《现实主义的路》一文中指出:"五四以后,外国的现实主义作品对于中国文坛产生最大影响的是俄国的批判现实主义文学。"[⑤]他本人后来之所以力推俄国现实主义文学,是因为俄国当时"处于全球最专制之政府之下,逼迫之烈,有如炉火,平日所见,社会之恶现象,所忍受者,切肤之痛苦。故其发为文学,沉痛恳挚;于人生之究竟,看得极为透彻"[⑥]。茅盾不仅看到了俄国社会与当时中国社会的相似性,也看到了俄国现实主义对社会的批判与揭露之深刻以及描写之"沉痛恳挚",这正是他所期待和追求的我

---

① 鲁迅:《我怎么做起小说来》,《鲁迅全集》(第 4 卷),北京:人民文学出版社,1998 年版,第 511 页。
② 鲁迅:《我怎么做起小说来》,《鲁迅全集》(第 4 卷),北京:人民文学出版社,1998 年版,第 512 页。
③ 鲁迅:《祝中俄文字之交》,《鲁迅全集》(第 4 卷),北京:人民文学出版社,1998 年版,第 460 页。
④ 鲁迅:《〈竖琴〉前记》,《鲁迅全集》(第 4 卷),北京:人民文学出版社,1998 年版,第 432 页。
⑤ 茅盾:《现实主义的路》,《新蜀报》,1941 年 1 月 30 日。
⑥ 茅盾(沈雁冰):《托尔斯泰与今日之俄罗斯》,《学生杂志》,1919 年 4 月第 6 卷第 4—6 号。

国的新文学。这种新文学与传统的中国文学是完全不一样的——那就是像俄国文学一样立足现实世界,追寻人生的意义。正如他后来回忆时所说,当时"恐怕也有不少像我这样,从魏晋小品、齐梁辞赋的梦游世界里伸出头来,睁圆了眼睛大吃一惊,是读到了苦苦追求人生意义的俄罗斯文学"①。而在"五四"时期的周作人看来,"俄国在十九世纪,同别国一样受着欧洲文艺思想的潮流,只因有特别的背景在那里自然地造成了一种无派别的人生的文学"②。"十九世纪的俄国正是光明与黑暗冲突的时期,改革与反动交互的进行。"③恰恰由于"中国的特别国情与西欧相异,与俄国却多相同的地方,所以我们相信中国将来的新兴文学当然地又自然地也是社会的,人生的文学。"④俄国当时的"特别国情"和特别的文学背景有许多与中国相似,所以对"中国的创造或研究新文学的人,可以得到一个大的教训(即借鉴,引者注)"⑤。正是由于俄国现实主义文学拥有相比于西欧现实主义文学更适于中国新文学发展与建设的特质,所以不仅"五四"前后我国文坛和学界对其给予了特别青睐,而且,后来我国文学—文化界也长期给予青睐,甚至对接踵而至的苏联文学也特别青睐,其缘由是相通的——因为俄罗斯现实主义的固有特质与传统其实也延续到了其后继者苏联文学之中。由此观之,如果俄罗斯现实主义在一定程度上是西欧现实主义文学的变体,那么,我国"五四"时期倡导和传播的现实主义,既是西欧现实主义的变体,更是俄国现实主义的变体,或者是两者交融形成的新的变体。在这种意义上,我国"五四"现实主义文学是欧洲"变体"形式的文学思潮、创作方法和文学批评,也是一种写实传统的审美观与价值观。

值得注意的是,无论是西欧的还是俄罗斯的现实主义文学,都特别强调文学的社会功能,而俄罗斯现实主义则因其在社会功能上高强度体现而显示出自己作为"变体"的个性特征。我国"五四"新文学在追求过程中,现实社会之变革的需要促使"为人生"成为一种主流文学价值观,而对"为艺术而艺术",视文学为"消遣""娱乐"的非功利文学观认同者寡。文学研究会"人生派"作家的追求目标

①　茅盾:《契诃夫的世界意义》,《世界文学》,1960年第1期,第127页。
②　周作人:《文学上的俄国与中国》,《艺术与生活》,北京:北京十月文艺出版社,2011年版,第73页。
③　周作人:《文学上的俄国与中国》,《艺术与生活》,北京:北京十月文艺出版社,2011年版,第74页。
④　周作人:《文学上的俄国与中国》,《艺术与生活》,北京:北京十月文艺出版社,2011年版,第78页。
⑤　周作人:《文学上的俄国与中国》,《艺术与生活》,北京:北京十月文艺出版社,2011年版,第78页。

集中于倡导现实主义文学上,因此,他们也就成了这个时期我国文学界接受与传播 19 世纪西方现实主义文学思潮的主渠道。由于俄国作家之创作"社会的政治的动机"十分强烈,把文学当作"社会的,政治的幸福之利器",并以其为"革命之先声"①,所以他们倾向于接受与传播俄国现实主义文学。

由此看来,我国"五四"时期以文学研究会为主导的对现实主义文学的接受,是明显具有社会功利性倾向的,这也决定了我国对现实主义,特别是俄国现实主义的理解、接受与传播也突出了社会功利性——突出了其政治理念与社会批判与变革意识。当然,在当时的情况下,强调文学的社会功利性,凸显现实主义之社会批判精神和变革意识,也是我国本土文化传统和当时社会情势本身使然,因此这有其历史的、文化的必然性与现实的合理性、正确性。不过,由此来整个地涵盖 19 世纪西方现实主义文学思潮之特征与内涵,又显得狭隘和片面。正是这种"片面"与"狭隘",为此后 19 世纪现实主义在我国本土的继续深入接受、研究、传播与发展埋下了隐形的障碍。

四、从"功利性"到"工具"与"口号"

循着上述逻辑思路,再来看 20 世纪 20 年代后期至 30 年代我国文坛关于现实主义的接受、传播和研究情况,我们发现此时不再有"五四"时期的那种热情与执着,西欧的现实主义更加难以为国人所接纳与传播;"现实主义"的旗号依旧高高飘扬,而其内涵却与"五四"时期迥然不同。

20 世纪 20 年代至 30 年代,冯乃超、钱杏邨、蒋光慈、李初梨等对"革命文学""新写实主义""无产阶级写实主义"概念的提出,标志着我国的文学观念开始偏离"五四"时期的"为人生"的现实主义主流,或者说,"革命文学"口号的提出使对文学现实主义的追求,在社会客观情势和文坛新思潮的作用下,把"五四"时期关于文学"为人生"基础上的社会功利因素做了非文学性的放大,这实际上背离了"五四"现实主义"为人生"之根本宗旨,把文学当作致力于反映革命斗争现实、服务政治革命的宣传"工具"。1928 年,后期创造社和太阳社成员倡导无产阶级(普

---

① 李大钊:《俄罗斯文学与革命》,《人民文学》,1979 年第 5 期。(说明:该文此时为首次发表)

罗列塔利亚)文学,主张抛弃"五四"时期被他们认为"落后"了的现实主义文学传统。冯乃超在《艺术与社会生活》一文中,对过往"艺术派"和"人生派"的文学观念都做了否定性批判。他认为:"艺术派"的观念使文学脱离现实,无视人生的痛苦与社会的矛盾;"人生派"的观念宣扬资产阶级人道主义和"人性论",与无产阶级思想背道而驰。在此基础上,他阐明了自己的主张:"艺术是人类意识的发达、社会构成的变革的手段",这一观点的理论基础是"严正的革命理论和科学的人生观"①。从这样的理论出发,他认为当时的中国新文学是一文不值的,"现在中国文坛的情况,堕落到无聊与沉滞的深渊,虽是革命文学的议论的嚣张,而无科学的理论的基础,及新人生观和世界观的建设,毕竟问题依然作问题存在,总不能给一个解决。为什么呢? 他们把问题拘束在艺术的分野之内,不在文艺的根本的性质与川流不息地变化的社会生活的关系分析起来,求他们的解答"②。冯乃超他们理解的"社会生活"偏狭于革命与政治的生活。所以在他们看来,"五四"时期现实主义作家们都是脱离"生活"的,茅盾、鲁迅等的现实主义创作与理论主张都不过是"堕落"与"沉滞"的过时"旧货"。实际上这些"革命罗曼蒂克"者和"革命文学家"缺乏并轻视的恰恰是现实主义本质意义上对"生活"的理解。正如李初梨和钱杏邨所说,"文学,是生活意志的表现"③。"超越时代的这一点精神就是时代作家的唯一生命!"④钱杏邨还说,"普罗列塔利亚作家所要描写的'现实'……绝不是像那旧的写实主义,像茅盾所主张的,仅止是'描写'现实,'暴露'黑暗与丑恶;而是要把'现实'扬弃一下,把那动的、力学的、向前的'现实'提取出来,作为描写的题材"⑤。"意志"和超越时代的"精神"以及"提取出来"的"现实",都意味着与真正的现实生活的疏离。这些作家一味地强调无产阶级的意识和意志,而不注重生活实践和经验,这和现实主义精神几乎风马牛不相及。他们在创作实践上不提倡写作家熟悉的生活,而是写理想与想象中的革命斗争生活。蒋光慈在《现代中国文学与社会生活》中说,"我们的时代是黑暗与革命斗争的时

---

① 冯乃超:《艺术与社会生活》,《文化批判》,1928 年 1 月 15 日(创刊号)。
② 冯乃超:《艺术与社会生活》,《文化批判》,1928 年 1 月 15 日(创刊号)。
③ 李初梨:《怎样地建设革命文学》,《文化批判》,1928 年第 2 号。
④ 钱杏邨:《死去了的阿 Q 时代》,《太阳月刊》,1928 年 3 月号。
⑤ 钱杏邨:《中国新文学中的几个具体的问题》,《拓荒者》,1930 年创刊号。

代,是革命极高涨的时代,我们的作家应为这个时代的表现者"①。他认为不去表现这种革命生活的作家就是落后于时代的"瞎子"和"聋子"。茅盾对"革命文学家"对于生活的狭隘的理解表达了自己的看法。他认为:生活是多方面的,革命文艺也是多方面的,"革命文学"不应该进入"一条单调仄窄的路";"我们不能说,唯有描写第四阶级生活的文学才是革命文学,犹之我们不能说只有农工群众的生活才是现代生活"②。所以,鲁迅也以其一贯的讽刺口吻回应"革命文学家":"近来的革命文学家往往特别特别畏惧黑暗,掩藏黑暗","欢迎喜鹊,憎厌枭鸣,只捡一点吉祥之兆来陶醉自己,于是就算超越了时代",其实是"不敢正视社会现象"罢了。如此说来,"革命文学家"们所谓的"超越时代",实际上就是脱离时代。鲁迅又不无讥讽地说:"恭喜的英雄,你前去罢,被遗弃了的现实的现代,在后面恭送你的行旌。"③

关于"革命文学"的争论,从学术术语及其表面内容看,似乎无关现实主义问题,其实不然。从其间对"现实"与"生活"的理解以及如何描写现实与生活的态度上看,"革命文学家"们几乎全盘否定了鲁迅、茅盾的现实主义传统,这对日后我国的现实主义文学发展起到了反向影响,因此,这实际上关乎对西方现实主义和我国"五四"现实主义精神与传统的理解、接受与评价、传播,也关涉我国未来现实主义乃至整个文学事业的发展方向的问题。历史地看,"革命文学家"不仅狭隘地理解了"现实"与"生活",而且在文学观念上夸大了文学的社会功能和功利价值,把文学当作宣传的工具,而且表现出"左倾"思想和宗派意识以及文学批评方法上的粗暴作风。1929 年,"革命文学"的倡导者为摆脱"革命文学"的创作实践所面临之困境,又提出了"新写实主义"/"无产阶级写实主义"(普罗列塔利亚写实主义)的文学主张,这似乎是对原先"革命文学"论狭隘理解现实与生活的一种自我纠偏。但是,新写实主义的倡导者们由于对现实主义的历史演变及其精神内质缺乏深入准确的理解与把握,其文学观念在根本上依然基于"宣传"与"工具"的范畴。比如他们当中理论素养较好的钱杏邨,把"五四"现实主义简单

---

①　蒋光慈:《现代中国文学与社会生活》,《太阳月刊》,1928 年创刊号。
②　茅盾:《欢迎〈太阳〉》,《文学周报》,1928 年第 5 卷。
③　鲁迅:《三闲集·太平歌诀》,《鲁迅全集》(第 4 卷),北京:人民文学出版社,1998 年版,第 103—104 页。

地称为"静的现实主义",把他们倡导的新写实主义称为"动的现实主义"①,也即能够写革命的发展与胜利的现实主义。可见,他们的新写实主义最终无法摆脱宣传工具的"宿命"。对这样的文学"高论",鲁迅一直保持清醒的头脑,他说:"一切文艺固是宣传,而一切宣传并非全是文艺,这正如一切花皆有颜色(我将白也算作色),而凡颜色未必都是花一样。革命之所以于口号,标语,布告,电报,教科书……之外,要用文艺者,就因为它是文艺。"②今天看来,鲁迅在20世纪20年代末就在提醒国人不要把文艺仅作为宣传的工具了。然而,历史的发展还真是"不以人的意志为转移"的,虽然鲁迅、茅盾等当时如此努力地坚持本源性的现实主义,但由于受时代与社会等的影响,他们的努力都无济于在根本上阻止这种"工具"理论的传播与影响。这对现实主义在本土的深入接受与传播来说无疑是一种逆行。不仅如此,后来一段时间的发展更不尽如人意。

20世纪30年代末至40年代,随着左翼文学运动和民族救亡运动及国内战争的风云变幻,文学与政治的关系较之"五四"时期变得尤为难分难解,文学的政治内容和社会功利性被大力张扬,现实主义文学也因其与生俱来的鲜明的社会批判和政治历史属性而在这特殊背景下凸显其"工具性"功能。左翼文学激进主义在特定的社会情势下使文学与政治的联系更为密切,这就为即将登场的新形态的现实主义——"社会主义现实主义"以及"革命的现实主义"做了政治与思想基础之铺垫。首先,相对谙熟苏联文学与政治的周扬及时地传播了社会主义现实主义创作方法。1933年11月,周扬在《现代》杂志第4卷第1期上发表《关于"社会主义的现实主义"与革命的浪漫主义》一文,这是中国学人第一次正式介绍与倡导"社会主义现实主义"。这"是当时文坛上的一件大事,标志着苏联社会主义现实主义汇入并左右中国现代文学主潮"③,也预示着左翼文学思想沿着新的路线向前发展,更预示着俄苏现实主义和社会主义现实主义将成为外来现实主义在中国传播与接受的主流,而西欧的本源性现实主义的接受与传播以及"五四"现实主义传统的延续在相当程度上进入式微状态。1938年,雷石榆在《创作方法上的两个问题——关于写实主义与浪漫主义》一文中明确将写实主义分为

---

① 钱杏邨:《中国新文学中的几个具体的问题》,《拓荒者》,1930年第1卷第1期。
② 鲁迅:《三闲集·文艺与革命》,《鲁迅全集》(第4卷),北京:人民文学出版社,1998年版,第84页。
③ 温儒敏:《中国现代文学批评史》,北京:北京大学出版社,2006年版,第144页。

自然主义的写实主义和社会主义的写实主义:前者着重客观表现现实之真实,如实地、摄影机似的记录或解剖现实,巴尔扎克、莫泊桑、托尔斯泰等作家莫不如是;后者不但真实地表现现实,而且更积极、更科学地透视现实的本质,因此现实的多样性、矛盾性、关联性、个别性、活动性以及发展的必然性得到充分揭示①。此后,欧洲现实主义在中国的传播与发展便基本上循着"社会主义的写实主义"的主渠道一路高歌。

　　新中国成立后不久,茅盾就在《略谈革命的现实主义》一文中提出:"社会主义的现实主义的创作方法和我们目前对于文艺创作的要求也是吻合的。"②1950年,他在《目前创作上的一些问题》一文中又说:"最进步的创作方法,是社会主义现实主义的创作方法。基本要点之一就是旧现实主义(即批判的现实主义)结合革命的浪漫主义。而在人物描写上所表现的革命浪漫主义的'手法',如用通俗的话来说,那就是人物性格容许理想化。"③20 世纪 50 年代,针对冯雪峰(《中国文学从古典现实主义到社会主义现实主义的发展的一个轮廓》)和茅盾(《夜读偶记》)认为现实主义在中国源远流长且一直居于主流地位的观点,同时也是基于"现实主义"的标签在杜甫等中国古典文学家头上飞舞的状况,对中国古典文学中是否存在现实主义文学,本土学界曾经存在过持续的争论。但总体来看,基于冯、茅二人的政治势头,这场争论事实上并没能够有效展开。

　　20 世纪 50 年代后期,在"百花齐放,百家争鸣"和批判教条主义的背景下,秦兆阳发表了《现实主义——广阔的道路》一文,对"社会主义现实主义"提出质疑。他特别强调正确处理好文学艺术与政治的关系,反对简单地把文艺当作某种概念的传声筒。他认为"追求生活的真实和艺术的真实"是现实主义的一个最基本的大前提。现实主义的一切其他的具体原则都应该以这一前提为依据。"现实主义文学的思想性和倾向性,是生存于它的真实性和艺术性的血肉之中的。"秦兆阳说,如果"社会主义精神"是"艺术描写的真实性和历史具体性"之外硬加到作品中去的某种抽象的观念,这无异于否定客观真实的重要性,让客观真实去服从抽象的、固定的、主观的东西,使文学作品脱离客观真实,变为某种政治概念的

① 雷石榆:《创作方法上的两个问题——关于写实主义与浪漫主义》,《救亡日报》,1938 年 1 月 14 日。
② 茅盾:《略谈革命的现实主义》,《文艺报》,1949 年 10 月第 1 卷第 4 期。
③ 茅盾:《目前创作上的一些问题》,《文艺报》,1950 年第 3 卷第 9 期。

传声筒。他认为,在现实主义的内容特点上将两个时代的文学划出一条绝对的界线是困难的。他提出了一个替代的概念"社会主义时代的现实主义"①。周勃在《论现实主义及其在社会主义时代的发展》、刘绍棠在《现实主义在社会主义时代的发展》中表达了与秦兆阳相近的见解。

稍后,与反右派斗争密切相关的政治批判浪潮旋即呼啸而来。1957 年 9 月 1 日《人民日报》发表题为《为保卫社会主义文艺路线而斗争》的社论,谴责右派分子企图在提倡艺术真实性的旗号下"暴露社会生活阴暗面"的险恶用心。姚文元在《社会主义现实主义文学是无产阶级革命时代的新文学——同何直、周勃辩论》中断言,我国文学理论中出现了一种修正主义思潮:"这种修正主义思潮强调现实主义的中心是'写真实',强调社会主义现实主义同过去的现实主义没有方法上的不同,因此不能成为一个独立的流派;强调现实主义方法对艺术的决定作用,而把作家的思想同创作方法完全割裂开来,以为有了艺术性就一定会有思想性。"②从 20 世纪 40 年代前后就开始流行的"社会主义现实主义"(周扬、夏征农、邵荃麟、林默涵等的推介与传播),经过不断的论争,逐渐在 60 年代前后演变成为与"革命浪漫主义"相结合的"革命现实主义"。1966 年出台并在"文革"中发生了重要理论作用的《林彪同志委托江青同志召开的部队文艺工作座谈会纪要》(下文简称《纪要》),将"革命""两结合"规定为唯一正确、合法的创作方法;《纪要》于 1966 年 4 月 10 日作为中央文件下发,1967 年 5 月 29 日在《人民日报》正式公开发表。

不过,历史地看,中国的"社会主义现实主义"实际上是苏联社会主义现实主义的一种"翻版"或者"变体"。在苏联,社会主义现实主义自诞生起,也一直在反复的讨论中不断摆脱"庸俗化的教条主义"的"狭隘性"内容,以"广泛的真实性"和"开放的美学体系"、现实生活发展的"没有止境"③等新内容不断丰富其内涵。社会主义现实主义之确立的根本目的是:社会主义苏联的文学必须体现社会主义思想并为无产阶级和广大劳动人民服务;而在创作理念与方法上,又汲取了包

---

① 秦兆阳:《现实主义——广阔的道路》,《人民文学》,1956 年 9 月。

② 姚文元:《社会主义现实主义文学是无产阶级革命时代的新文学——同何直、周勃辩论》,《人民文学》,1957 年第 9 期。

③ 中国大百科全书出版社编辑部编:《中国大百科全书·外国文学(Ⅱ)》,北京:中国大百科全书出版社,1982 年版,第 911—912 页。

括高尔基在内的俄罗斯现实主义,乃至西欧现实主义的"写实"精神与传统。因此,苏联的社会主义现实主义无疑是 19 世纪现实主义的一种"变体",而且,因其影响广泛而久远,实际上"已经成了国际的文学现象"①。所以,它一问世,就得以在中国接受与传播;苏联文学也在社会主义现实主义旌旗下从 20 世纪 30 年代开始至中华人民共和国成立后的五六十年代,一直是我国文学创作和文学研究、学习、效仿和借鉴的主体。

如前所述,我国文学界从 20 世纪 30 年代初就直接借用苏联的"社会主义现实主义",并尊其为我国新文学的方法与方向;尤其是,出于长期对苏维埃社会主义的崇拜和对苏联"老大哥"的敬仰,苏联文学及其"社会主义现实主义"之精神,有效地促成了我国现当代文学灵魂的铸就。就像"五四"时期我国文学界特别青睐俄罗斯现实主义文学一样,这种延续下来的俄罗斯情结,此时成了催发对苏联文学特别喜好的"酵素";或者说,俄罗斯现实主义文学的某些特质,延续到了苏联文学之中,这也是我国文学界对其深感亲切因而对其爱惜有加的深层原因之一。所以苏联文学尤其是社会主义现实主义的观念,无形中渗透在了我国无产阶级和社会主义形态的文学与理论之中。在此,有一个具体的典型案例特别值得深度分析阐发,那就是 20 世纪 40 年代毛泽东《在延安文艺座谈会上的讲话》(1942,下文简称《讲话》)的发表和后来的影响,以及《讲话》与中国"社会主义现实主义"文学的关系问题。毛泽东的《讲话》并没有明确提出将"社会主义现实主义"作为解放区文艺创作的基本方法,但是,他根据当时的国情,强调文艺为广大人民大众服务,首先为工农兵服务的基本宗旨与大方向,这不仅在相当程度上呼应了苏联的"社会主义现实主义"——事实上《讲话》本身也已经接受了苏联社会主义现实主义的影响——而且也催化或者促进了苏联社会主义现实主义在中国的接受与传播,并使我国现实主义文学从理论到创作步入了一个新境界。文艺为人民大众服务,首先为工农兵服务,这固然有特殊年代较强的政治功利色彩,但其历史与现实之必然性与合理性也是不容置疑的。因为,就文学之本质而言,政治性与功利性也是其题中应有之义,"艺术中的政治倾向是合法的,不仅仅因

---

① 中国大百科全书出版社编辑部编:《中国大百科全书·外国文学(Ⅱ)》,北京:中国大百科全书出版社,1982 年版,第 912 页。

为艺术创造直接与实际生活相关,而且因为艺术从来不仅仅描绘而总是同时力图劝导。它从来不仅仅表达,而总是要对某人说话并从一个特定的社会立场反映现实以便让这一立场被欣赏。"①这么说,当然不意味着我们赞同文学的功利主义和"工具化"。历史地看,毛泽东强调的文学方向和宗旨,其精神实质承续了"五四现实主义""为人生"之文学精髓,也契合了当时社会情势对文学之社会功能的期待。因为,"为人生"的核心是启迪民智、披露社会黑暗以及国民之精神病疴,救民众、民族与国家于水深火热之中。在 20 世纪三四十年代,救亡和启蒙都是家国与民众之安危所系,文艺为人民大众、为工农兵的功能与价值追求,也是新形势下的一种"为人生"精神之体现,也是"人的文学"和"平民的文学"的一种体现。至于毛泽东强调作家与现实生活的关系、文学反映现实生活,本身也不乏现实主义的"写实"与"求真"之精神,而且,《讲话》针对国统区和抗日根据地的实际情况,强调"一切危害人民群众的黑暗势力必须暴露之,一切人民群众的革命斗争必须歌颂之"②。应该说,《讲话》所倡导的文艺创作与批评方法,总体上与苏联的社会主义现实主义原则比较接近,也接续着"五四"时期的现实主义之传统。《讲话》发表之后,其精神基本上贯穿了 20 世纪 30 年代到 70 年代末从解放区到中华人民共和国成立后的我国现当代文学。从文学跨文化传播的角度看,这段历史也可以说是中国文学界对苏联社会主义现实主义之接受、传播与实践的历程,中国的"社会主义现实主义"和"革命现实主义"文学是苏联社会主义现实主义的变体,同时也属于 19 世纪西方现实主义的变体,而《讲话》是这种"变体"之核心精神的特殊形态的显现。而且,《讲话》又是对马克思、恩格斯关于现实主义之论断的一种接受与传播,是马克思主义文艺思想的一种中国式展示。

如上所述,苏联的"社会主义现实主义"是俄罗斯现实主义的一种"变体",这种"变体"了的"现实主义"在具有强烈的社会功利性这一点上放大性地传承了俄国现实主义的社会政治功能,与此同时又把原有的强烈的社会批判性内涵予以挤兑,于是,其本质上由于拥有了过多的超越文学自身本质属性的意识形态内容而演变出鲜明的政治宣传之特征,政治理想色彩浓郁,社会批判功能削弱。至于

---

① Arnold Hauser,"Propaganda,ideology and art", *Aspects of history and Class Consciousness*,ed., István Mészáros,London:Routledge & Kegan Paul,1971,p.131.

② 毛泽东:《在延安文艺座谈会上的讲话》,《解放日报》,1943 年 10 月 19 日。

我国把苏联的"社会主义现实主义"加以改造后出台的与"革命浪漫主义"相结合的"革命现实主义",则更是现实主义的变体的"变体",尤其是在"文革"这种"极左"思潮盛行的特殊语境里,"革命现实主义"更成了一种空洞的口号和政治宣传工具,庸俗社会学的特征十分明显。确切地说,这种意义上的"革命现实主义"实际上已经算不上什么"现实主义",也谈不上是"变体"了,而是蜕变为空洞的口号,这在本质上是一种背叛现实主义的"伪现实主义"。因此,这种"革命现实主义"客观上构成了对现实主义精神、方法和理念的冲击和损害。

五、现实主义被"独尊"了吗?

"文革"结束以后,"社会主义现实主义"以及"两结合"的"革命现实主义"虽在一段时期内仍保持政治与理论正确的主导地位,但这种经过特殊年代"极左"思想浸濡的"创作方法",实际上到后来已成了一个与创作实践相脱节的空洞口号。随着"思想解放"运动的持续展开,人们对曾经被尊为最好的创作方法的"社会主义现实主义",尤其是对所谓的"革命现实主义"不断质疑,由此终于在20世纪70年代末至80年代前期引发中国学界关于现实主义的大讨论。这种讨论与文学创作中充满写实与人道情怀的"伤痕文学"的兴起几近同步,理论探讨与创作实践两相呼应,表达了对"恢复写实主义传统"[1]的强烈期待。这一波讨论的焦点集中在三个层面:第一,何谓现实主义? 大致有五种代表性的观点。其一曰:现实主义是一种创造精神[2]。其二曰:现实主义作为文学的基本法则,是衡量一切文学现象的总尺度[3]。其三曰:现实主义是一种文学思潮或美学思潮[4]。其四曰:现实主义是一种创作方法或美学原则[5]。其五曰:现实主义是一个文艺流派。[6]

---

① 姚鹤鸣:《理性的追踪——新时期文学批评论纲》,南京:江苏教育出版社,1998年版,第42页。

② 於可训:《重新认识现实主义》,《人民日报》,1988年9月13日。

③ 何满子:《现实主义是一切文学的总尺度》,《学术月刊》,1988年第12期,第52—57页。

④ 李洁非等:《现实主义概念》,《文学自由谈》,1986年第2期;周来祥:《现实主义在当代中国》,《文艺报》,1988年10月15日。

⑤ 王愚:《现实主义的变化与界定》,《文艺报》,1988年3月5日;朱立元:《关于现实主义问题的断想》,《文汇报》,1989年3月3日。

⑥ 曾镇南:《关于现实主义的学习、思考和论辩》,《北京文学》,1986年第10期;刘纲纪:《现实主义的重新认识》,《人民日报》,1989年1月17日。

这些讨论对恢复现实主义的传统表现出了高度的热情,也说明"现实主义传统的恢复反映了历史的必然要求"①。第二,现实主义的内涵是固定的还是开放的?其外延是有限度的还是无边的?大致有两种代表性的观点。其一曰,现实主义有确定的内涵,因而其外延是有限度的②;其二则称,现实主义作为一切艺术的总尺度,内涵在不断发展之中,外延是无边的③。这方面的讨论意味着学界对以往"现实主义"理解上的不满足,表现出力图对我国以往各种明目的"现实主义"的拓展、突破的内在企求。第三,"社会主义现实主义"是否过时因而应予以否定?杨春时等认为其作为政治化的口号应该否定④;陈辽等人则认为其作为正确的创作方法不应该否定⑤;刘纲纪等人则持中庸态度——对之肯定中有否定,否定中有肯定。社会主义现实主义作为一种政治色彩较浓的特殊的"现实主义",在此时对它的讨论多少还有些谨小慎微,但是,对其工具性、口号性特征以及一定程度上对现实主义的扭曲,学界普遍表现出了批评态度。总之,20 世纪 70 年代末80 年代前期关于现实主义的诸多讨论大家各抒己见、歧义纷呈,表达了各自对现实主义的不同理解,并都致力于摆脱"左倾"思潮盛行时期强加在现实主义头上的种种似是而非的说法,让现实主义恢复其本来面目。这种努力无论在理论建设还是文学创作实践上都有明显的成效。以往学界普遍认为现实主义在此时得以"回归",这种说法不无道理。但是,随着我国改革开放步伐的迈进,70 年代末80 年代初文学界在为现实主义的"回归"而庆幸之际,西方"现代派"文学也悄然迈进了我们的文学大花园。于是,经过小心翼翼的探索性传播与借鉴,特别是 80年代中后期经过"现代派"还是"现代化"的大讨论后,终于酿就了现代派在我国传播之热潮。一时间,无论是作品翻译、理论研究还是文学创作,现代派或"先锋文学"都成了一种时髦的追求,"现代派"几乎成了文学与文化上"现代化"的别称。在这"现代派"热潮滚滚而来的态势下,刚刚有所"回归"且被特殊年代之政治飓风颠卷得惊魂未定的"现实主义",瞬间又变得有些灰头土脸、满脸尴尬,而

---

① 何西来:《新时期现实主义思潮论》,南京:江苏文艺出版社,1985 年版,第 7 页。

② 张德林:《关于现实主义创作美学特征的再思考》,《文学评论》,1988 年第 6 期,第 87—96 页。

③ 张炯:《新时期文学的革命现实主义》,《红旗》1986 年第 20 期,第 22—26 页;狄其骢:《冲击和命运》,《文史哲》,1988 年第 3 期,第 5—13 页。

④ 杨春时:《"社会主义现实主义"再思考》,《文艺报》,1989 年 1 月 12 日。

⑤ 陈辽:《"社会主义现实主义"再认识》,《文艺报》,1989 年 3 月 3 日。

且在现代派的时髦热潮中很快被认为"过时"。即使是90年代的"新现实主义"，它标志着写实主义传统的文学在新的历史条件下的新发展，也"超越了现实主义与现代主义的既有范畴，开拓了新的方向，代表了新的价值取向"①，但也没有构成压倒现代派倾向文学之态势。真所谓风水轮流转，假如现实主义果真像许多人常说的那样曾经被"独尊"过的话，那么，此时"独尊"的已不是它，而是"现代派"了。对此，笔者一直有一个疑问："五四"时期曾经出现过现实主义的"一枝独秀"，但这显然远不是所谓的"独尊"，只能说在当时诸多的流派呈现中有"木秀于林"现象。因为在"五四"时期，经过本土学人和作家们的选择性接受，新文学中现实主义处于相对主流的地位，故而可谓"一枝独秀"。不过其他诸多非现实主义的文学思潮和流派也仅仅是相对淡出而已，却未曾也不可能被强制性退出文坛，因此各种支流或者派别的文学样式继续存在着，象征主义、唯美主义等思潮流派也依然被"小众化"地接受与传播。再者，在当时的社会情势和政治形势下，新文学对现实主义的主动而热情的接受与传播，也仅仅在五四新文化运动前后的10余年时间里，此后到20世纪70年代末，现实主义本身也一直处于不断地被讨论和"变体"的过程中。若此，现实主义在我国文坛和学界到底什么时候享有过被"独尊"的待遇？若一定要说有，那么，"独尊"的是什么"现实主义"？"社会主义现实主义"？"革命现实主义"？在笔者看来，确切地说，真正本源性现实主义其实从来未曾被我国文坛和学界"独尊"，如果说有被"独尊"的"现实主义"，也只不过是一个被抽空了现实主义本质内涵的空洞、扭曲的"现实主义"口号而已，或者说是一种非现实主义的"现实主义"。因此，现实主义其实从来未曾被我国文坛和学界"独尊"；现实主义"独尊"的说法是一个似是而非的命题，至少是一种很不符合客观事实的判断，并且，其间对现实主义不无藐视、嘲讽之意。在这种"独尊"语境里，现实主义差不多是在代"极左"思想受过，一定程度上成了一个"出气筒"。因此，戴在现实主义头上的这顶高高的"独尊"的帽子不仅不是它原本未曾有过的荣耀，而且是一种不堪承受之负担。因此，如果说现实主义"独尊"的说法表达了对一个时期内被扭曲了的所谓"现实主义"的不满，那么这种不满

---

① 王干：《近期小说的后现实主义倾向》，孟远编：《新写实小说研究资料》，南昌：百花洲出版社，2018年版，第15页。

的心理是真实的和可以理解的;而如果用来描述一种客观存在的历史事实,那是不妥当的。澄清这一点,有利于 19 世纪现实主义在学理和本源意义上在中国的研究、接受和传播,有利于我们摆正对现实主义或者其他任何什么"主义"的评判态度,也有利于本土特色之现实主义文学的健康发展。

其实,若一定要说文学上有过什么"独尊"的"主义",我倒是觉得,20 世纪 80 年代的西方现代派曾经被我国文坛和学界"独尊"得相对比较纯粹。因为,事实上那段时间里现代派崛起得相当迅捷,接受与传播得也相当广泛深入,研究和模仿现代派进行文学创作一时间成了一种既高雅又前卫的文化时尚。在那种文化氛围里,似乎学界或文坛人士不看或者看不懂或者不会谈现代派文学,则立马有可能被认为是"背时"或"落后"的人。20 世纪 80 年代我国对现代派的接受和传播,当然也有其历史必然性与合理性,其对本土文学与文化发展的转型和建设之历史功绩是不可否认的。但是,一段时间里对其过分膜拜甚至某种程度上近乎"独尊",现在看来,这不仅仅是当时文学和文化上求新求异求变革心理的反映,也真可谓是我们自身文化心理不成熟、不自信的一种表现,而与此同时对现实主义的夸大化的贬抑和排斥,自然也是过激的和不公允的。现实主义还没有坐暖"回归"的椅子,就几乎在一夜间惨受冷遇,大有中国社会常见的"墙倒众人推"之怪现象。当然,究其原因,这其实是受曾经戴在现实主义头上的那个虚幻的政治光环给它带来的一种莫名的伤害。当现实主义被现代派"过时"且一定程度上也被"边缘化"之际——实际上现实主义和现代主义两者并不必然构成冲突,相反是可以互补的,后来也不同程度地实现了互补①;现实主义因其固有的强劲之生命力、写实倾向与风格的文学创作在新时期我国文坛也从来没有衰竭过——有人若仍然在褒奖现实主义或者坚持现实主义风格的创作,也马上可能会被认为是观念"落后"或者思想"陈旧"。正如路遥于 1988 年评价国内文坛之文学观念时一针见血地指出的那样:"许多评论家不惜互相重复歌颂一些轻浮之作(指现代派倾向的'先锋文学',笔者注,下同),但对认真努力的作家(指坚持现实主义倾向的作家)常常不屑一顾。他们一听'现实主义'几个字就连读一读

---

① 蒋承勇:《19 世纪现实主义"写实"传统及其当代价值》,《中国社会科学》,2019 年第 2 期,第 159—181 页。

的兴趣都没有了。""尽管我们群起而反对'现实主义',但我国当代文学究竟有过多少真正现实主义? 我们过去的所谓现实主义,大都是虚假的现实主义。"①确实,现代派盛行时期我国文坛和学界对现实主义的态度是有几分简单乃至粗暴的,此后较长一个时期内对现实主义的评价自然也是不够客观的。甚至可以说,时至今日,在我们的国内主流话语一再地呼唤并倡导和张扬现实主义的情况下,本土的文化集体无意识之深处对它似乎有一种莫名的排斥和抵触,或者说是本能地将它与"工具""口号"联系起来,于是有意无意中投之以轻视或轻蔑。这既说明了出于本土的历史原因,对现实主义有太多太深的误解,对现实主义附加了太多文学艺术之外的有关意识形态方面的内容,也说明了百余年来西方现实主义在中国的接受与研究还没有扎实而牢固的根基,对其本源性内涵与特质的理解、发掘和传播尚不够准确深入。就此而论,不仅谈不上现实主义在我国文学创作和理论研究上的"过时",也谈不上真正意义上的现实主义之深度的"回归"。

　　客观地说,实际上我们至今还缺乏严格的、真正的和深度意义上的现实主义文学思潮、方法和理论与创作实践,真正现实主义的文学一直未在我国文坛做强做大,我们有世界影响的现实主义精品力作为数甚少。因此,我们依然需要呼唤现实主义,当然我们依然也不排斥现代主义和后现代主义;我们需要在自信和相对成熟意义上对它们进行公允、客观的评价和理解基础上的接受、传播与借鉴。在此种意义上,现实主义在我国并没有"过时",19 世纪现实主义在我国的研究和传播有其现实价值与意义。

(本文作者:蒋承勇)

---

① 路遥:《致蔡葵的信(1988 年 12 月)》,厚夫:《路遥传》,北京:人民文学出版社,2018 年版,第295 页。

批评家与作家的"恩怨"及其启示

　　萌芽时期的19世纪俄国现实主义文学,被反对派贬称为"自然派",而正是这个"自然派",后来成了俄国文坛上现实主义文学潮流的别称。其间,年轻的文学批评家别林斯基的评论、批评起到了独特而重要的作用,并留下了世界文学史上批评家与作家互动促进的一段佳话。

　　1834年,别林斯基发表第一篇文学批评文章时年仅23岁,该文题为《文学的幻想》,洋洋洒洒达10余万言。正是这篇以诗的语言写成的不无稚嫩和瑕疵,却激情澎湃又不乏理性和睿智的论文,让年轻的别林斯基展露了出众的才华。他在俄国文学史上首次阐发了由罗蒙诺索夫、杰尔查文、茹可夫斯基、普希金等人开创的俄国文学优秀传统,并与当时俄国文学创作中具有非现实主义文学倾向的作家、理论家展开了激烈论战,引起了整个俄国文坛的高度关注。从今天的学科专业角度看,《文学的幻想》以西欧文学特别是英法德文学为参照物来评说俄国文学;从其研究与论证方法看,此文属于优秀的比较文学论文。该文高屋建瓴、回肠荡气的宏阔与磅礴,不免让人联想到丹麦批评家、文学史家勃兰兑斯《19世纪文学主潮》的文风。

　　在小说家果戈理的早期作品发表后,别林斯基就以《论俄国中篇小说和果戈理先生的中篇小说》(1835)等评论文章,对其创作中直面现实的批判精神予以阐发和维护。而后,当读到果戈理《死魂灵》第一部的手稿时,他敏锐地发现这是难得的揭露俄国农奴制社会之丑恶的讽刺史诗,随即帮助果戈理将其出版。《死魂灵》的公开问世,犹如在当时沙皇统治下的俄国社会投下了威力惊人的炸弹,使得整个文坛对作品异见纷呈,也激起反对派对果戈理的猛烈攻击。此时,别林斯基几乎是单枪匹马,冒着枪林弹雨,挺身为处于孤立无援和茫然恐惧中的果戈理辩护。他以《一八四六年俄国文学一瞥》(1847)、《一八四七年俄国文学一瞥》(1848)等一系列论文,在理论上阐发和捍卫了果戈理的现实主义传统。别林斯基认为,果戈理的"自然派"小说真实地描写和批判了俄国农奴制社会的黑暗与腐朽,表达了苦难的民众要求变革社会的强烈愿望,具有真实性、人民性和独创性,继承并发展了普希金和莱蒙托夫开创的俄国现实主义传统。别林斯基的系列评论,不仅把论战方用来攻击、贬低果戈理的"自然派"概念正面阐发为新型的俄国"现实主义"文学流派,而且明确指出了果戈理的"自然派"就是未来俄国文学发展的正确方向,进而把赫尔岑、涅克拉索夫、屠格涅夫、陀思妥耶夫斯基等大批作家团结在"自然派"旗帜下。经过别林斯基的论证,由普希金开创的俄国现实主义文学传统得以确立,从此,俄国许多写实倾向的作家都沿着这个传统进行创作,从而促成了19世纪俄国现实主义文学的繁荣。这是世界文学史上文学创作引发文学批评、文学批评促进文学创作的范例。

别林斯基对果戈理的文学批评有什么历史价值和当下启示呢?

"文学是人学",对此,首先可以理解为:文学表达人的情感,文学是情感的产物。由此而论,阅读文学作品是思想的碰撞与启迪,更是情感的交流与共鸣。文学批评需要理性与思辨,但它的前提是感性体悟,其语言表达需要情感与诗意。别林斯基说:"俄国文学是我的命,我的血。"他把文学批评作为表达思想、抨击邪恶、追求正义与真理的崇高事业,并不惜用生命与鲜血去捍卫之。他的评论文字既充满理性和睿智,更流淌着源自青春生命的火一样的激情。他说,批评家从事文学批评的创作活动,"有一股强大的力量,一种不可克服的热情推动他、驱策他去这样写作。这力量、这热情,就是激情";"激情,把理智对意念的简单的理解转变为精力充沛的、强烈追求的对意念的爱"①。他的文学批评,让警策的思想在情感的河流里翻腾跳跃,激情四射,气势磅礴。可以说,别林斯基创造了一种激情的、诗意的文学评论文体。

别林斯基的文学批评实践告诉我们,文学评论和文学批评需要情感的投入,批评与评论的行为不应该尽是冷冰冰的概念演绎和无病呻吟的理论说教,它可

---

① 别林斯基:《别林斯基选集》(第 3 卷),满涛译,上海:上海译文出版社,1980 年版,第 423 页。

以和文学创作一样充满情感,或者说,它本身就是一种有激情的文学创作。对今天的我们来说,似乎需要强调,文学研究与文学教学也同样需要激情,而不能是一种冷冰冰的电子化、数字化的技术操作。

无论是作家还是批评家,激情既可以表现为对正义与真理的勇敢捍卫与讴歌,对人性善与美的弘扬和赞颂,也可以表现为对邪恶势力的揭露和批判,对人性恶与丑的抨击和嘲讽,而后者更能显示创作者的勇气和使命担当,因而也更难能可贵。别林斯基恰恰属于后者。当他敏锐地发现果戈理《死魂灵》是对俄国封建沙皇统治时期社会"恶"和庸俗的深刻揭露与抨击时,就冒着危险通过自己的各种关系,让这部小说得以在沙皇统治时代严厉的出版审查制度下迅速出版。尤其体现其勇气与担当的是,在果戈理因小说《死魂灵》对俄国社会的讽刺与揭露而遭遇各种攻击,一时陷入苦恼、茫然甚至绝望之时,别林斯基挡住来自反对者阵营的"万箭齐发",把对果戈理的攻击与谩骂引向自身,用自己饱含激情和犀利思想的评论文章有力回击论战对方,捍卫了果戈理的"自然派"传统。这些文章总字数超过了《死魂灵》本身。别林斯基的疾恶如仇、直面苦难与厄运的激情和勇气,让他拥有了无数拥戴者,也使他拥有了许多不共戴天的仇敌。当别林斯基37岁英年早逝时,沙皇的警察头子说,他们"本来要让他在牢里腐烂"。

别林斯基的勇气与责任担当,不仅仅表现在与论敌论战时一往无前的忘我与无畏上,也表现在他对同盟者真诚而无私的批评上。果戈理在经历了《死魂灵》(第一部)出版所引发的激烈论争后陷入了矛盾与迷惘之中,试图走一条中间道路,于1847年发表了《与友人书简选》,为沙皇和农奴制以及在《死魂灵》中他曾经讽刺过的地主们辩解。用别林斯基的话来说,果戈理在这些书信中"借基督教和教会的名义教导地主向农民榨取更多的钱财,教导他们把农民骂得更凶"[1]。这是别林斯基绝对无法同意、无法容忍的。因为在他看来,"在这个国家里,不但人格、名誉、财产都没有保障,甚至连治安秩序都没有,而只有各种各样的官贼和官盗的庞大的帮口!今天的俄罗斯最紧要的和最迫切的民族问题,就是消灭农奴制,取消肉刑,尽可能严格地实行至少已经有了的法律"[2]。所以,果戈理信中的宗教式的忏

---

① 别林斯基:《别林斯基选集》(第3卷),满涛译,上海:上海译文出版社,1980年版,第583页。
② 别林斯基:《别林斯基选集》(第3卷),满涛译,上海:上海译文出版社,1980年版,第582—583页。

悔,怎么可能不让别林斯基顿生难以控制的愤慨呢? 果戈理书信的基本精神违背了他自己创作《死魂灵》的原意,也背离了别林斯基此前对其所肯定的现实主义创作方向。别林斯基在痛心疾首之际,通过《给果戈理的一封信》,以一种爱恨交织的痛苦与真诚,对果戈理的错误思想予以毫不留情的严厉批评。这封信可以说是一篇表达民主主义思想和重申现实主义原则的宣言书。别林斯基对盟友的无私而尖锐的批评,又一次有力地捍卫了俄国现实主义文学方向,其间的真诚、无私与坦荡,是批评家勇气与责任担当的又一种表现,是文学史上少有的可贵精神。

别林斯基生活的 19 世纪俄国正处在沙皇统治下的落后而腐朽的农奴制社会,此时,欧洲的启蒙主义思想也正影响着一大批俄国知识分子,他们以不同的方式推进着俄国社会的思想启蒙与民主改革。别林斯基对启蒙思想有着宗教般的虔诚与迷恋,他把弘扬启蒙思想与解放农奴、拯救苦难者、拯救俄罗斯命运的实际行动结合在一起。启蒙理性和民主主义思想让他直面现实的苦难与罪恶,并力图以文学和文学批评为解剖刀,撕开隐藏在虚华背后的丑恶与黑暗,其间寄寓着他启蒙主义式的"文学的幻想",而且,他以满腔的热情为这种"幻想"呕心沥血。别林斯基是俄国文学史上光彩夺目的流星,他的人生虽然短暂,但他的影响力巨大而深远的文学批评改变了俄国文学创作和文学批评的走向,而且改变了一个民族思想发展的走向,具有强烈的时代精神和社会思想引领的作用。英国牛津大学学者伯林在《俄国思想史》中说:

> 他(别林斯基)改变了批评家对本身志向的观念。他的作品长久的
> 效果,则是改变、决断而无可挽回地改变了当时重要青年作家与思想家
> 的道德与社会眼光。他改变了众多俄国人思想与感觉、经验与表达的
> 品质与格调。①

俄国批评家阿克萨克夫也说:

---

① Isaiah Berlin. *Russian Thinkers*. London:Penguin Classics,2008, p. 8.

　　每一位能思考的青年人、每一位生活在乡下的龌龊沼泽里渴求一丝丝新鲜空气的人,都熟知别林斯基之名……你要是想寻找诚实的人、关怀贫穷与受压迫者的人、诚实的医生、不惧奋战的律师,在别林斯基的信徒里就能找到。[①]

直面苦难,正视现实的丑恶,为贫苦民众呼唤公平与正义,这不仅仅是别林斯基文学批评表现出来的勇气与使命担当,也是他的拥戴者和追随者的共同精神气质和道德取向——俄罗斯现实主义文学的本质特征。别林斯基说:

　　一般来说,新作品的显著特点在于毫无假借的直率,把生活表现得赤裸裸到令人害怕的程度,把全部可怕的丑恶和全部庄严的美一起揭发出来,好像用解剖刀切开一样……我们要求的不是生活的理想,而是生活本身,像它原来那样。[②]

　　别林斯基和车尔尼雪夫斯基、杜勃罗留波夫一起(史称“别车杜”),捍卫了具有社会批判精神的俄罗斯现实主义文学流派,形成了革命民主主义倾向的社会历史批判的文学批评传统,在 19 世纪和 20 世纪俄罗斯文学史、苏联文学史乃至现当代中国文学史上都影响久远。

　　不过,当我们回溯这些令人赞叹不已的文学事件和文学史现象时,似乎不应该忽视 19 世纪俄国文学史发展中的另一些事件和现象,尤其是它们背后可能隐含的当代意义与价值。在此,笔者还得从别林斯基与陀思妥耶夫斯基的文学恩怨说开去。陀思妥耶夫斯基是俄国文学史中继果戈理之后的又一位杰出的现实主义作家,别林斯基则是他早期文学创作的导师。他的第一部小说《穷人》于 1844 年底 1845 年初完成了写作,最先阅读这部作品的是正在筹划出版一个小说集的涅克拉索夫。涅克拉索夫看了后十分欣喜,惊叹地说:“又一个果戈理诞生了!”他随即兴奋地带陀思妥耶夫斯基去见当时的著名批评家别林斯基。别林斯

① Isaiah Berlin. *Russian Thinkers*. London:Penguin Classics,2008,p. 18.
② 别林斯基:《别林斯基选集》(第 3 卷),满涛译,上海:上海译文出版社,1980 年版,第 576 页。

基看了后也称其为"果戈理的后继者",认为《穷人》是写出了"可怕的真实"的"自然派"作品。对当时的情景,陀思妥耶夫斯基在 30 年后仍然记忆犹新,认为那是他一生中最幸福的时刻。1861 年 1 月,《穷人》被收入涅克拉索夫主编的《彼得堡作品集》中出版了。随即,别林斯基文学圈内的作家与评论家也都对陀思妥耶夫斯基刮目相看,把他看作新流派的同人,读者对《穷人》也十分欢迎。一时声名大噪的陀思妥耶夫斯基也有些飘飘然,当时的自负与傲慢也让他闹出了不少笑话。但是,就在陀思妥耶夫斯基初登文坛并声名鹊起之时,他对别林斯基等人有关《穷人》的某些赞扬已开始感到不满。因为,别林斯基是把《穷人》作为一部描绘当时俄国社会的卑劣与黑暗的现实主义杰作看待的,而他自己则认为更能体现该小说之艺术特色和成就的是对人的心灵的真实描绘以及它的哲学主旨。同年,他的第二部小说《双重人》出版,它进一步发展了描绘"心灵的现实"这一现实主义风格,而不是注重于对外在社会现实的揭露与批判。对此,别林斯基表示了不满与否定,他的友人们也对此反应冷淡甚至感到失望,屠格涅夫则投之以讽刺和挖苦,两人也从此断交。随后,陀思妥耶夫斯基与别林斯基的关系也日渐疏远,直至最后分道扬镳。

别林斯基和陀思妥耶夫斯基之间的文学"恩怨"对我们又有什么启示呢?

陀思妥耶夫斯基与别林斯基的分歧,除了他们个性方面的原因之外,关键的是各自在现实主义美学原则上有明显的分野。陀思妥耶夫斯基注重人的灵魂的发掘,他写小说是为了"详尽地讲讲所有俄国人在近十年来精神发展中所感受的"[①];而别林斯基则注重人所处的外在世界,描写现实的丑恶,揭露与批判社会的黑暗,坚持"自然派"的道路。陀思妥耶夫斯基认为,人在现实生活中的苦苦争斗本身是"实实在在的现实","我们心灵的生活,我们意识里的生活难道就不是现实? 难道就不是最实在的东西?"[②]。而别林斯基则认为,陀思妥耶夫斯基所强调和注重的"心灵的生活"是"幻想和神幻的白日梦",那并不是"实实在在的现实"。对此,陀思妥耶夫斯基感到十分苦恼,他想:"为什么别林斯基认为我们这个时代神幻内容只有在疯人院而不是严肃文学中才有地位呢? 难道幻想和神幻

---

① 陀思妥耶夫斯基:《陀思妥耶夫斯基书信选》,冯增义、徐振亚译,北京:人民文学出版社,1993 年版,第 214 页。

② 尤·谢列兹涅夫:《陀思妥耶夫斯基传》,徐昌翰译,北京:人民文学出版社,2011 年版,第 45 页。

的白日梦不也是实实在在的现实吗？它们不也跟具有社会性的思想一样，都是新时期各种条件的产物吗？难道人的内心世界，尽管是一个不正常的世界——要知道这种不正常就具有社会性——不正是充满了神幻的世界吗？"①他认为，"神幻内容只是现实的另一种形式，它可以使人们通过日常生活来看清某些共同的东西。神幻，神幻又怎么样呢？神幻是假的，然而其中包孕着暗示！"②。所以，陀思妥耶夫斯基不肯接受别林斯基给他制订的艺术框框，执着地要按自己所理解的那种现实主义美学原则去做艰难而孤独的艺术跋涉。这也就必然导致了他与自己从前的导师别林斯基的分裂。

如果再深入一步从创作理论与文学史发展规律的高度去分析，我们可以发现，陀思妥耶夫斯基的现实主义美学原则也确有其超越别林斯基美学思想的地方，这也可以从他日后独辟蹊径、执着探索所带来的另一番现实主义文学的成功天地而得到证明。陀思妥耶夫斯基把文学作为研究人的灵魂和表现这种研究的园地，认为文学应该"描写一切人类灵魂的底蕴"③。他艺术地透视和把握生活的焦点是人，是人的心灵与精神的存在状况。所以，虽然他和果戈理等一样都是现实主义的新潮作家，但他与果戈理不同：没有写农奴制的黑暗，没有写对生活之庸俗的憎恶，而是写在这个制度下饱受蹂躏的低微如兽类却又不失人之尊严者的心灵痛苦，表达对他们的怜悯与同情，有一种宗教式悲天悯人的人道情怀。相比于同时期的屠格涅夫和托尔斯泰，他没有像这两位作家那样叙写社会之宏大主题，也没有再现广阔之现实生活。虽然创作早期的他事实上也十分想写屠格涅夫和托尔斯泰小说那样的宏大主题，成为他们那样在当时更容易被认可的"严肃文学"作家，但是，他的实际创作尽管也密切联系着当时的俄罗斯现实社会，却始终没有呈现托尔斯泰和屠格涅夫小说那样的广阔而宏大的社会生活背景。这其中的根本原因在于：在他看来，"历史往往不是绵延的，而是紧紧纠结成一团的当代的结：这里的一切既都是过去的，又包含着未来，就像籽粒里的庄稼、橡实里的橡树——每一个瞬间都集中了永恒，需要的是能够猜出它，发现它……人类的

---

① 尤·谢列兹涅夫：《陀思妥耶夫斯基传》，徐昌翰译，北京：人民文学出版社，2011 年版，第 78 页。
② 尤·谢列兹涅夫：《陀思妥耶夫斯基传》，徐昌翰译，北京：人民文学出版社，2011 年版，第 79 页。
③ 勒内·韦勒克《批评的诸种概念》，罗钢、王馨钵、杨德友译，上海：上海人民出版社，2015 年版，第 222 页。

全部历史就是一个人的历史,就是他的精神搏斗、探索、堕落、坠入无底深渊、丧失信仰到人的心灵的否定和获得重生的历史"①。在此,陀思妥耶夫斯基要说明的意思是:在历史的一个横切面——当代生活中,就可以看到历史的过去与未来;人类的历史可以从一个人的内心矛盾冲突的事实中得到发现。正是基于这样一种认识,他在小说中立足于通过对人物的某一共时性心理横断面的解剖,去破译人物的心灵之奥秘。由于"每一个瞬间都集中了永恒",因而,在共时性心理横断面的解剖中,既可以发现这个人物内心世界的历史,也可以窥见人类心灵之一斑,乃至"人类的全部历史"。也就是说,陀思妥耶夫斯基致力于通过小说创作透析人类心灵之历史,并由此去洞察外在社会之广阔的历史。所以,陀思妥耶夫斯基有着与果戈理、屠格涅夫以及托尔斯泰等现实主义作家不同的审视人类社会与表现现实生活的角度与方法。他的创作不注重外在客观现实的真实描绘,而是注重个人自身心灵的展示。

说到对人的心理描写,托尔斯泰无疑也是备受赞誉的,他在小说中运用的"心灵辩证法"使他成了心理描写的大师。但是,托尔斯泰擅长的是捕捉人物心理的瞬间变化与颤动,借以展示人物性格,而陀思妥耶夫斯基擅长的是挖掘人物灵魂深处的矛盾与冲突,尤其是透视畸形心灵之痛苦的自我争斗与撕咬。"陀思妥耶夫斯基的小说不仅通过高略特金、拉斯柯尔尼科夫、'地下人'、伊凡等自我意识双向悖逆的人物来说明人类自身的矛盾性,而且还进一步扩展开去,在这些核心人物之外塑造与之对应的人,形成各种自我意识互相对照、互相映衬的网络,从人物群体的角度来观照人的内心世界的复杂多样性。这不仅拓宽了人性自身矛盾描写的面,也使这种探索得以深化,从而也就更有力地说明了人类自身矛盾的复杂性与客观性。"②从文学流派的归属看,陀思妥耶夫斯基和托尔斯泰等作家一样,从来都被认为是19世纪俄国现实主义文学的杰出代表,只不过他的创作风格不完全是别林斯基等革命民主主义理论家们倡导的那种现实主义原则,他信奉的是"完满的"或"最高意义的"现实主义,他要通过小说窥视人的灵魂之恶的奥秘。因此,陀思妥耶夫斯基的现实主义创作原则与审美取向不同于"别

---

① 尤·谢列兹涅夫:《陀思妥耶夫斯基传》,徐昌翰译,北京:人民文学出版社,2011年版,第288页。
② 蒋承勇:《十九世纪现实主义文学的现代阐释》,北京:中国社会科学出版社,2010年版,第147页。

车杜"倡导的侧重外部社会形态描写的现实主义传统——这也正是以往我国学界特别推崇的高尔基说的"批评现实主义"传统。然而,正是陀思妥耶夫斯基的这种对人的心理真实的探索,使现实主义文学向灵魂写实的方向发展。事实证明,他的这种创作风格不仅不是别林斯基等人当初所评判的那样是对现实主义原则的背离,相反,这是对现实主义的拓展与拓宽,更是现实主义对未来文学的一种开放与衔接。正因为如此,陀思妥耶夫斯基成了19世纪现实主义文学向20世纪现代主义文学过渡的桥梁,是19世纪俄国现实主义作家中最具现代性的作家之一。

当然,作如是说,并不意味着对"别车杜"文学批评传统之历史作用与当代意义的否认,更不是对他们推崇的果戈理、屠格涅夫、托尔斯泰现实主义传统的贬低。别林斯基在启蒙理性鼓舞下所倡导的俄国现实主义文学,不仅铸成了俄国文学史上的一座丰碑,而且这种具有强烈的人民性、民主性、社会批判性倾向的现实主义文学在俄罗斯思想启蒙和现代化道路上纵横捭阖,促进了俄国社会朝着革命民主主义方向阔步前行,甚至对苏联时期的文学与文化也起到了重要的影响作用——如社会主义现实主义文学。也正是这一条启蒙理性和革命民主主义的思想逻辑理路,接通了俄罗斯苏联文学与我国五四新文化运动发展的理路,推动了我国现代文学、文化和社会的变革;我国文坛从接受俄国批判现实主义直到接纳社会主义现实主义,都有"别车杜"思想的光影与精神的基因。然而,也是因为如此,19世纪后期的俄国以及较长时期内的苏联文坛,较少关注和研究陀思妥耶夫斯基创作倾向的现实主义文学乃至现实主义之外的别种文学流派。

今天看来,19世纪俄国现实主义文学以及"别车杜"的文学社会历史批评,在高扬启蒙理性的同时,事实上忽略了现代性的另外一极——审美现代性,或者说,当时的革命民主主义者和思想家、文学家压根儿就未曾形成审美现代性的概念;这也许是因为这种审美现代性与农奴制时代的俄罗斯现实需要确实相距甚远。但是,随着19世纪后期至20世纪初俄国以及西方文学的历史演进,"别车杜"美学观和文学史观在张扬了其鲜明的革命民主主义特色和社会历史批判功绩的同时,其历史局限性和文学观念的狭隘性似乎也是不言而喻的——就像在19世纪俄国社会急剧变革时期,陀思妥耶夫斯基式的心理现实主义和追求唯美倾向之文学的历史局限性和狭隘性的存在一样。但是,站在文学史发展和文学本体性立场看,文学不仅因其社会批评和历史认知功能而显其存在之价值与意义,也因其形式与审美本身而宣示其存在以及存在的价值和历史贡献。就此而论,别林斯基的文学批评在俄国文学发展史上的审美现代性方面发挥的作用是相对微弱的,甚至某种程度上曾经是一种阻碍。因为客观地说,启蒙现代性与审美现代性的双重进路中,"别车杜"文学批评理论及其开启的俄罗斯现实主义文学传统更大程度上趋于前者,这就导致了俄罗斯文学中的现代性呈现相当程度的双向分裂。

就是在别林斯基批评陀思妥耶夫斯基,并认为他的第二部小说《双重人》背离了果戈理"自然派"方向的时候,他和俄国文坛上"纯艺术派"理论家和作家们展开了旷日持久的激烈论战。"纯艺术派"形成于19世纪四五十年代,他们原先和别林斯基、涅克拉索夫等一起是《现代人》杂志同人,后来在关于"自然派"的论战中,他们不同意别林斯基等革命民主主义者的新美学思想,随后脱离了《现代人》杂志。他们不甚关注俄国的现实问题,却倾心于个人的主观世界和心灵体验,认为文学应该超越日常生活,追求非功利目的和艺术之美。他们中理论家的代表有亚历山大·德鲁日宁、鲍特金和巴维尔·安年科夫等;作家以阿法纳西·费特、雅科夫·波隆斯基和阿·康·托尔斯泰等为代表。在特定的历史条件下,别林斯基等革命民主主义者的声音自然是特别嘹亮的,响应者众,对社会的积极作用也是有目共睹的,完全压倒了"纯艺术派"。但是,就是从那时起,"纯艺术派"的声音一直存在并且经久不息,特别是19世纪中后期,俄国文坛上唯美主义、象征主义等崇尚艺术形式与唯美倾向的文学艺术也成绩斐然,它们以后成为19世纪末乃至20世纪俄罗斯文学史上不可或缺的思潮与流派。从这种意义上看,"别车杜"之文学批评观和美学观,也只是特定历史时期的一部分——当然是极为重要的一部分。然而必须指出:我们不能因为这极为重要的一部分的存在及其不可磨灭的历史功绩,而忘记、忽略抑或无视乃至贬低其他的一些"部分"或者许多的"部分"的存在及其文学史价值和意义。

与之相关的是,在我国的俄罗斯文学接受史中,明显存在过接受与研究的非均衡性:启蒙现代性的强势抑制了对审美现代性倾向的文学的接受与传播,并且,这种非均衡性也一定程度上影响了我们对俄国文学乃至整个西方文学的接受与研究。对此,我国学界并不是至今毫无觉察和纠正,但我以为其重视程度显然还是不够的。这不单单关涉文学批评、文学评论之方法问题,而且是关涉文学本质论、文学价值观理解等根本性问题。本文所说的批评家与作家的"恩怨",不正是基于文学本质论、文学价值观方面的异同吗?

(本文作者:蒋承勇)

19世纪现实主义"写实"
传统及其当代价值

近40来年,西方现代派文学对我国文学产生了深远影响。现代派文学的"先锋性"及其对传统文学尤其是19世纪现实主义文学的反叛性,使不少人一度认为现实主义文学已经"过时",西方19世纪现实主义文学对我们已没有借鉴价值,现实主义创作方法自然也属"陈旧"和被"淘汰"之列。然而,事实上19世纪现实主义文学的"写实"精神与"真实性"品格,以及作品中所展示的现实关怀与呈现的历史风格,已深深融入人类文学并成为其本质属性之一,是文学生命活力的重要源泉,也是马克思主义文艺思想的基本品格,具有永久的文学魅力与永恒的艺术价值。

历史发展到今天,毫无疑问,我们不应否认现代派文学对人类文学的创新与贡献,但是,当我们已经与之拉开了相当的时间距离时——同样与19世纪现实主义文学也拉开了更远的距离——再回望这一道道渐行渐远的文学风景线,在看到现代派"实验性"创新之绮丽多姿的同时,也清晰地看到了其所主张的"反传统"在相当程度上的过激性、局限性以及创新的有限性。比如,现代派文学不同程度上存在着过于抽象的表现方式、过于凌乱的意识流动、过于放纵的情绪宣泄、过于错乱的时空交替、过于晦涩的语义表达、过度低迷的心志隐喻、过度解构的历史虚空、过度游戏的娱乐至上等。如果说现代派倾向的文学有助于展示"二战"前后人们空前迷惘、恐惧、悲观的内心世界,现代派的艺术手法与人文观念对特定时期人的精神与心理表达颇具创新价值,那么,今天我们已和那段梦魇般的历史拉开了时间距离——虽然人类仍然面临着新的威胁与恐惧,"网络化—全球化"时代的人类难免会有新的焦虑、迷惘与惶恐——我们的文学创作是否还有必要偏好于实验性的"先锋文学",是否还有必要用表现特定生存环境下人的梦魇与恐惧的方法,持续表现当下和未来时代人的精神与心理境遇呢? 尤其要考虑的是,这种文学的审美观念与表现方法是否合乎我国的文化传统、审美期待以及社会发展情势? 这样说,并不意味着我们不应该继续传承现代派文学的优秀审美资源与人文养料,将其融入文学创作和研究之中;同理,我们也不能拒斥经典现实主义文学的优秀审美资源与人文养料。曾经在一个时期里,在摆脱了"现实主义独尊"的历史性狭隘之后,我们的文学创作同样陷入了"现代派独尊"的另一种极端。时至今日,依然有人不同程度地以这种狭隘思维看待现实主义文学,不无偏见地冷落乃至试图封存这份珍贵的文学遗产。

不可否认,精神性文化遗产的传承与渗透不以人的主观意志为转移,常常以潜在的方式进行,而事实上,现实主义传统在我国新时期文学中从来没有间断过,并且通过许多优秀作家的坚守与实践取得了斐然成就。但是,承认这种传承与渗透,看到部分现实主义倾向作家的某些成就,并不意味着我们可以忽略思想观念、创作实践以及批评研究等领域对现实主义传统的轻视、漠视甚至有意无意的贬低。"我们当下的文学,表现更多的是支流、暗流等。譬如日常的、世俗的琐碎生活,譬如情感的、内心的精神困境等,所谓'小时代''小人物'。而对于处于社会中心的那些重大事件、改革、实践等,我们却无力把握,难以表现;或者对于社会进程中的深层矛盾、人性道德中的重要变异,我们总是视而不见,或浅尝辄止。这不能不说是目前现实主义文学的严重匮乏。"①这种批评不无道理。不过,从近 40 年我国当代文学发展的实际情况看,每逢现实主义文学淡出和弱化,均会导致文学发展不同程度的低落。因此,深入探讨 19 世纪现实主义文学传统的特质与内涵,尤其是深入考究其"写实"传统的历史渊源、时代嬗变与当代价值,重释马克思主义文艺思想与经典现实主义文学传统的关系,揭示其理论魅力和思想精髓,依然具有重要的理论价值与实践意义。

---

① 段崇轩、杜学文、傅书华:《"变则通、通则久"——关于"现实主义文学 40 年"的思考》,《文艺报》2018 年 7 月 6 日,第 2 版。

一、"变数"的"写实"

　　一种文学思潮的独立存在,既要有特定的文学风格与艺术手法,更要有具体的诗学观念和艺术品格,即别具一格的"精神气质",这是特定文学思潮得以确立的本质要素。通常,某一种艺术风格和创作手法可以超越历史,但某种"精神气质"必然是特定历史阶段的产物。这意味着文学思潮的概念不但有内涵上的"质性"规定,也有外延上的"历史性"刻度。就此而言,"现实主义"既是特定历史时期的文学思潮概念,又是一种以写实原则为根基的创作倾向、创作方法或批评原则。作为一种关涉西方写实性叙事文学传统的创作原则和批评方法,现实主义之"写实"精神与"真实性"品格可以追溯到古希腊的"模仿说"。

　　"模仿说"是西方文学理论的重要基石之一。"模仿"一词在古希腊文中被称为 $\mu\acute{\iota}\mu\eta\sigma\iota$,在拉丁文中则被称为 imitatio,"它乃是在不同语系中的同一个名词";"在今天模仿多少意味着复制(copying),但是在希腊,它当初的用意却与现在大不相同"。最初,"模仿"多用于祭祀时的礼拜活动,"到了公元前 5 世纪,'模仿'一词,从礼拜上的用途转为哲学上的术语,开始指示对外界的仿造"[①]。而真正将该词作为文学理论和美学概念使用,严格意义上是从柏拉图开始的。"在《理想国》第十部的一开始,他把艺术视同实在的模仿的概念,就形成一个极端:他把艺术视同对于外界的一种被动而忠实的临摹。"[②]柏拉图认定,只有外部现实世界才是艺术的绝对本源和终极本体,即艺术的本质是对外部世界的模仿。他还说,艺术家可以随心所欲地进行创作,"拿一面镜子四方八面地旋转,你就会马上造出太阳、星辰、大地、你自己、其他动物、器具、草木,以及我们刚才提到的一切"[③]。由此"模仿说"又被称为"镜子说"。亚里士多德则对柏拉图"模仿说"做了批判性发展,这集中表现为相互联系着的两个方面:其一,通过强调"行动中的人"(人的

---

　　① 瓦迪斯瓦夫·塔塔尔凯维奇:《西方六大美学观念史》,刘文潭译,上海:上海译文出版社,2006 年版,第 274—275 页。
　　② 瓦迪斯瓦夫·塔塔尔凯维奇:《西方六大美学观念史》,刘文潭译,上海:上海译文出版社,2006 年版,第 276 页。
　　③ 柏拉图:《理想国》,朱光潜:《朱光潜全集》(第 12 卷),合肥:安徽教育出版社,1991 年版,第 61 页。

性格与行动),使"文艺模仿自然"这一含混的命题变得明确。他认为,"情节乃悲剧的基础,有似悲剧的灵魂;'性格'则占第二位。悲剧是行动的模仿,主要是为了模仿行动,才去模仿在行动中的人"。① 因此,正如车尔尼雪夫斯基评述的那样,"亚里士多德的《诗学》没有一字提及自然:他说人、人的行为、人的遭遇就是诗所模仿的对象"②。这一方面开启了"文学即人学"的西方文学理论先导,另一方面为营造以"情节"为第一要务的西方文学叙事传统奠定了基础。其二,通过强调"应然"的观念将"普遍性""必然律"植入"模仿"之中,使"模仿"的对象被定位于"内在本质"而非事物外形,最终为"模仿说"注入灵魂。总体来说,通过"人"的引进,亚里士多德的"模仿说"顺利抵达"本质":"显而易见,诗人的职责不在于描述已发生的事,而在于描述可能发生的事,即按照可然律或必然律可能发生的事……因为写诗这种活动比写历史更富于哲学意味,更受到严肃的对待;因为诗所描述的事带有普遍性,历史则叙述个别的事。"③文学就是对现实生活的"模仿",而"模仿"则以揭示现实生活之普遍性本质为宗旨;从创作方法与理念角度讲,这都意味着文学之"模仿"必然贯穿着写实原则与叙实精神,"模仿"与"写实"是一种耦合关系,或者说,"模仿"是"写实"的一种原初性表述,而"写实"则是"模仿"的延展性、根本性内涵。

在中世纪,经院哲学辩称,艺术家通过心灵对自然进行模仿之所以可能,乃因为人的心灵与自然均为上帝所造,因而对观念的模仿当然就比对物质世界的模仿更加重要,这就把古代希腊具有唯物主义倾向的"模仿说"进一步推向纯粹上帝观念的神学"模仿说",但在根本上还是属于古希腊模仿说的范畴。比如"托马斯·阿奎那,毫无保留地重复古典时期的主张:艺术模仿自然"④。在文艺复兴时期,"模仿"变成了艺术论中的一项基本概念,并且也只有在那之后,才达到顶峰并赢得全面胜利。"在 15 与 16 世纪之间,没有其他的名词比 imitatio 更加通

---

①　亚里士多德:《诗学》,伍蠡甫、蒋孔阳编:《西方文论选》(上卷),上海:上海译文出版社,1979 年版,第 60 页。

②　车尔尼雪夫斯基:《美学论文选》,缪灵珠译,北京:人民文学出版社,1957 年版,第 144 页。

③　亚里士多德:《诗学》,伍蠡甫、蒋孔阳编:《西方文论选》(上卷),上海:上海译文出版社,1979 年版,第 64—65 页。

④　瓦迪斯瓦夫·塔塔尔凯维奇:《西方六大美学观念史》,刘文潭译,上海:上海译文出版社,2006 年版,第 278 页。

行,也没有其他的原则比模仿原则更加通用。"①达·芬奇、莎士比亚等大艺术家均曾重提"镜子说",莎士比亚在《哈姆莱特》中借主人公的口说:"自有戏剧以来,它的目的始终是反映自然,显示善恶的本来面目,给它的时代看一看它自己演变发展的模型。"②较之前一个时期,文艺复兴时期的艺术家们更加强调艺术模仿自然,但这种"自然"更多时候依然意味着自然的本质与规律。在17—18世纪的新古典主义时期,作家们似乎比上一个时期更青睐"模仿自然"的口号,但同时也进一步把"自然"的概念明确为一种抽象理性或永恒理性。布瓦洛说,"首先须爱理性:愿你的一切文章,永远只凭着理性获得价值和光芒"③。维科则于1744年在他的《新科学》中宣告,"诗除了模仿之外便什么也不是"④。"在18世纪的大部分时间里,艺术即模仿这一观点几乎成了不证自明的定理。"⑤可以说,自亚里士多德之后到18世纪,"模仿说"一直是西方文学与文论界极为重要的批评术语。

直到19世纪,"模仿说"在西方文坛的流行已逾20个世纪,在漫长的历史发展中,虽然反对的声音从未间断,但始终因理论冲击力微弱,无法从根本上动摇其主流地位。随着19世纪现实主义文学思潮的日渐兴盛,"模仿""写实"的传统理论再度受到关注。于是,"模仿说"及写实精神在被传承与延续的同时,其内涵也进一步拓展和延伸,从而呈现出特定时代的新形态——"再现说"。

19世纪初,"在文学中,新写实主义所发表的第一篇理论性文章,见于1821年出版的《19世纪的使者》,作者姓名不详。文章里提到:'就目前文学理论的现状来看,整个情势的发展显示,大家都赞成文学应该趋向于忠实的模仿由自然提供的模型','这种学说可以称之为写实主义'"⑥。这里的"写实主义"与稍后库尔贝等人所说的现实主义十分接近。19世纪50年代,现实主义的另一位重要倡导

---

① 瓦迪斯瓦夫·塔塔尔凯维奇:《西方六大美学观念史》,刘文潭译,上海:上海译文出版社,2006年版,第281页。

② 《莎士比亚全集》(第9卷),朱生豪译,北京:人民文学出版社,1978年版,第68页。

③ 布瓦洛:《诗的艺术》,伍蠡甫、蒋孔阳编:《西方文论选》(上卷),上海:上海译文出版社,1979年版,第290页。

④ 瓦迪斯瓦夫·塔塔尔凯维奇:《西方六大美学观念史》,刘文潭译,上海:上海译文出版社,2006年版,第278页。

⑤ M.H.艾布拉姆斯:《镜与灯:浪漫主义文论及批评传统》,郦稚牛等译,北京:北京大学出版社,2015年,第10页。

⑥ 瓦迪斯瓦夫·塔塔尔凯维奇:《西方六大美学观念史》,刘文潭译,上海:上海译文出版社,2006年版,第288页。

者尚弗勒里认为,"艺术之美,是一种被反映出来的美,而它的根源,存在于现实之中"①。这既是对"模仿说"的严格传承,也是在更广阔意义上对"按照生活的本来面目再现生活"创作原则的一种婉转表达,根本上是对已有的现实主义文学思潮精神实质的高度概括。众所周知,库尔贝的"现实主义"表述,事实上是对此前未曾以之冠名的一批写实传统作家(如巴尔扎克、司汤达等)与作品的一种"追认"。这一系列作家不仅在创作实践中体现了这种"再现""写实"与"反映"的创作原则,而且也有大量的理论表述与评论。巴尔扎克在《人间喜剧》前言中称:"我搜集了许多事实,又以热情为元素,将这些事实真实地默写出来。"他在自叙其《人间喜剧》的创作意图时明确宣称:"法国社会将要作为历史家,我只能当它的书记。他立志"完成一部描写19世纪法国的作品","写出许多历史家忘记了写的那部历史,就是说风俗史"②。托尔斯泰在《莫泊桑文集》序言中说:"艺术家能够或者应当描写那真实的东西、存在的东西。"③

更直接将"模仿说"的传统写实理论以"再现说"概念做传承性、创新性阐发的,是俄国民主主义文艺评论家车尔尼雪夫斯基。通过辨析"现实的诗"与"理想的诗"的联系和区别,车尔尼雪夫斯基深入论证了"模仿说"与"再现说"的关系。他指出,"艺术的第一个目的就是再现现实","艺术是现实的再现"④;艺术作品的目的和作用"并不是修正现实,而是再现它,充作它的代替物"⑤。他肯定"现实的诗",认为"艺术除了再现生活以外还有另外的作用——那就是说明生活;在某种程度上说,这是一切艺术都做得到的"⑥,并首次把再现现实的创作原则,同19世纪40年代俄国文学中以果戈理为代表的"自然派"联系在一起。车尔尼雪夫斯基提出著名的"美是生活"的唯物主义论断,并在此基础上肯定了艺术的目的和作用是"再现生活""说明生活"和"对生活现象下判断"⑦,进一步奠定和

① 瓦迪斯瓦夫·塔塔尔凯维奇:《西方六大美学观念史》,刘文潭译,上海:上海译文出版社,2006年版,第288页。

② 巴尔扎克:《〈人间喜剧〉前言》,伍蠡甫主编:《西方文论选》(下卷),上海:上海译文出版社,1979年版,第168页。

③ 列夫·托尔斯泰:《列夫·托尔斯泰论创作》,戴启篁译,桂林:漓江出版社,1982年版,第91页。

④ 车尔尼雪夫斯基:《艺术与现实的审美关系》,周扬译,北京:人民文学出版社,1979年版,第91—92页。

⑤ 伍蠡甫主编:《西方文论选》(下卷),上海:上海译文出版社,1979年版,第412页。

⑥ 车尔尼雪夫斯基:《艺术与现实的审美关系》,周扬译,北京:人民文学出版社,1979年版,第100页。

⑦ 车尔尼雪夫斯基:《艺术与现实的审美关系》,周扬译,北京:人民文学出版社,1979年版,第109页。

发展了俄罗斯现实主义文艺的理论基础。特别是,车尔尼雪夫斯基"突破了旧的模仿说……他主张,艺术不仅模仿实在,而且更解释并评价现实。这一点实有其特殊不凡的意义"①。

可见,19世纪现实主义文学的"再现说"创作原则与古希腊的"模仿说"一脉相承,但是,这种现实主义文学"显然比以前的文学作品包含了更多的写实性元素"②,并且,以"再现说"为原则的"现实主义激活了社会景象和社会现实"③。"这种新写实主义和旧有的模仿说相比之下,其间仍有某种差异;这个差异还不只是在'写实主义'这个新的名称上,因为……艺术(包含文学艺术在内)的本质与其说是现实的模仿,不如说是现实的分析。"④这里的"现实的分析"和车尔尼雪夫斯基的"解释并评价现实"的观点几乎完全一致,这意味着"再现说"使"模仿说"从轻视创作者主体精神的介入、过于强调并依赖现实的机械性复制,演变、提升为强调主体作用的能动性"写实"。确实,传统"模仿说"的"写实"强调文学创作与外部世界的照相式对接与吻合,强调"镜子式"的机械反映,这种理论使文学创作过分受制于外在事物,作品的价值主要也取决于其模仿的对象本身(题材和内容)。正如美国批评家卡西尔指出的,传统的艺术对现实模仿的理论,过于重视创作对现实的依赖,忽视了创作主体的作用。⑤ 因此,传统"模仿说"的缺点是显而易见的——如果模仿是艺术的真正目的,那么艺术家的自发性创造力就是一种干扰性因素而不是一种建设性因素。"再现说"则强调文学创作不能简单、被动地受制于外在的描写对象,创作过程是一种以主体介入的方式对外在世界的能动反映,作家"在自己的作品中可以改变所谓'真实'的东西和'现实生活',使之满足艺术品本身的内容需要——如前后一致性、完整性、统一性或合理性等"⑥,因而作家的创作是在主体精神驱使下对生活的创造性"改造",作品的价值

① 瓦迪斯瓦夫·塔塔尔凯维奇:《西方六大美学观念史》,刘文潭译,上海:上海译文出版社,2006年版,第288页。

② J. P. Stern, *On Realism*, London and Boston: Routledge & Kegan Paul, 1973, p. 41.

③ Matthew Beaumont, "Introduction: Reclaiming Realism, in Matthew Beaumont", ed., *Adventures in Realism*, Malden, MA and Oxford: Blackwell Publishing Ltd. , 2007, p. 6.

④ 瓦迪斯瓦夫·塔塔尔凯维奇:《西方六大美学观念史》,刘文潭译,上海:上海译文出版社,2006年版,第288页。

⑤ Ernst Cassirer, *The Philosophy of Symbolic Forms*, Volume1: Language, trans. Ralph Manheim, New Haven and London: Yale University Press, 1955, p. 183.

⑥ 布洛克:《美学新解——现代艺术哲学》,滕守尧译,沈阳:辽宁人民出版社,1987年版,第66页。

由其内容和形式本身来决定。所以,"再现说"对"模仿说"的传承与发展,也意味着"写实"原则与精神的嬗变,从而达成了文学创作之新的写实精神与"再现说""反映论"的耦合。

其实,"再现"之"写实"在西方文学史上与"模仿"之"写实"一样有悠久传统,但这一传统却并非一块晶莹剔透的模板。如上所述,不管是在理论观念层面还是在具体创作实践中,西方文学中"写实"的内涵并非一成不变,而总是处于不断生成的动态变化过程之中。从"模仿"现实到"再现"现实,是"写实"传统的发展与变异,其间不仅涉及不同时代人对"写实"之"实"的不同理解,而且有对"写实"之"写"的迥异措置。就前者而言,所谓的"实"是指什么?是亚里士多德之"实存"意义上的生活现实,还是柏拉图之"理式"意义上的本质真实?抑或是苏格拉底之"自然"意义上的精神现实?这在古代希腊就是一个争讼不止的问题。亚里士多德在《诗学》之后说的"实存"意义上的"现实说",虽然逐渐成为西方文学理论界的主要观点,但究竟是怎样的"实存"和"现实"却依然难以定论,是客观的、对象性的现实,还是主客体融会的、现象学意义上的现实?抑或是主观的、心理学意义上的现实?从现代哲学立场观之,"再现"即"再造",通过观念对现实的再造,这自然又是一种新的"写实"概念。也正因如此,"写实"这个"变数"又留下了更为开放的拓新空间,为迎纳20世纪的现代主义文学的合理成分埋下了生命的种子。

二、"复数"的"主义"

如是观之,"现实主义"以肇始于古希腊的理性主义哲学传统为思想核心,凭借"模仿说""再现说"经由西方写实性叙事文学传统的逐步锤炼,得以形成并发展延续。在19世纪,浪漫主义文学思潮衰微、自然主义文学思潮兴起前后,徜徉于滋养自然主义的科学主义文化大潮,愤懑于浪漫主义走向极端后的虚无浮泛,"现实主义"因其"写实"概念的不断拓展,逐渐壮大为一种文学思潮。巴尔扎克等现实主义作家在19世纪中叶的确创作了大量堪称经典的文学作品,他们的艺术成就不容置疑,但这不应简单地归因于其反对浪漫主义或复归"模仿说"传统。事实上,已处在现代文学区段上的西方19世纪现实主义,明显不同于此前"模仿说"的写实传统。作为现实主义代表人物的司汤达与巴尔扎克等,不管是从文学观念还是从创作风格上来说,都根本无法完全用"模仿说"的尺子来衡量:他们身上既有浪漫主义的痕迹——因此勃兰兑斯在《十九世纪文学主流》中才将他们视为浪漫主义者,又有不同于一般浪漫主义而属于后来自然主义的诸多文学元素——因此自然主义文学领袖左拉又将他们称为"自然主义的奠基人"。正是基于此状况,有文学史家干脆将19世纪西方现实主义唤作"浪漫写实主义"。这种"浪漫写实主义",作为一种"现代现实主义"①,虽在"写实"的层面上承袭了"模仿说"的写实传统,但同时也在更多的层面上以其"现代性"构成了对"模仿说"的发展与超越。

从外在原因来考察,19世纪中叶西方现实主义文学创作繁荣局面的形成,至少有如下因素值得关注:其一,浪漫主义文学革命所带来的对传统文学成规的冲击,为这一代作家释放创作潜能提供了契机。其二,现代社会这个庞然大物的到来,开启了"上帝之死"的文化进程,一个动荡不安的多元文化语境为19世纪中叶西方文学创作的繁荣带来福音。其三,工业革命加速推进所积累起来的诸多社会问题与矛盾,在19世纪中叶促成马克思主义的诞生与广为传播,对写实倾向的文学创作释放出巨大的召唤效应。其四,工业化带来传播媒介的革新,促进了现实主义小说的发展与成熟。"正是在19世纪30年代,报纸开始大幅降低订阅价格,并通过付费广告弥补了收入的损失。而且,为了创造一个大幅增加的订阅量,在头版既登载事实也登载小说——创造了连载小说……正是大众传播新闻业和连载小说时代的到来,开创了评论家圣·伯夫所说的'工业文学'。"②其五,自然科学的成就对人的鼓舞,科学精神对社会科学的渗透,催发了作家通过文学创作"研究""分析"社会和人的生存状况的浓厚兴趣,加速了西方文学与文论史上由"模仿""再现"所运载的写实精神焕发出前所未有的生机,从而凸显和张扬了这个作为"变数"的文学写实精神,使"写实"与"反映"现实生活成为文学创作的最高原则和流行"时尚",具有写实主义创作倾向的长篇小说在一定时期内呈现出波澜壮阔之势,进而助推并促成了作为文学思潮的"19世纪现实主义"

---

① 西方有很多评论家用此概念指称19世纪西方现实主义,如奥尔巴赫、斯特林伯格、G.J.贝克等。

② Peter Brooks, *Realist Vision*, New Haven and London: Yale University Press, 2005, pp. 31-32.

的发展与繁荣。

然而,正是现实主义之"写实"概念常常处于游弋动荡与外延无限膨胀的"变数"状态,致使 19 世纪现实主义在作为波澜壮阔的文学思潮流行过后,"现实主义"又作为一种创作方法和批评方法,常常本能地趋向于寻求某种外在的支撑,于是就有了各种各样名目繁多的新形式、新组合,从而呈现为一种"复数"状态:在西方,有"模仿现实主义""心理现实主义""虚幻现实主义""怪诞现实主义""反讽现实主义""理想现实主义""朴素现实主义""传奇现实主义""乐观现实主义""超现实主义""魔幻现实主义"等术语,不一而足;在苏联,文学理论家卢那察尔斯基一人就曾用过"无产阶级现实主义""社会现实主义""英雄现实主义""宏伟现实主义"等多种术语;此外,还有沃隆斯基的"新现实主义"、波隆斯基的"浪漫现实主义"、马雅可夫斯基的"倾向现实主义"、阿·托尔斯泰的"宏伟现实主义"、勃列日涅夫的"辩证现实主义"等,五花八门。在众多"现实主义"的"复数"形态中,特别著名的是高尔基的"批判现实主义"和被 1934 年苏联第一次作家代表大会正式写进作家协会章程并规定为苏联文学基本创作方法的"社会主义现实主义"。

在中国,除 20 世纪五六十年代被热烈讨论并一度被确定为文学创作基本方法的"社会主义现实主义",及其"与革命浪漫主义相结合"的"革命现实主义"外,相应地,还有"新民主主义现实主义""进步的现实主义"以及改革开放以后的"新现实主义"等。

"现实主义"惊人的繁殖力,所表征的正是其作为"变数"的"写实"概念之开放性与多变性。这些"复数"的"主义"不应简单地冠以"文学思潮"的概念,而仅仅是 19 世纪现实主义或写实主义在创作方法、创作原则层面上的变体,有的至多也不过是某时期某国度文学的一种流派而已①。"复数"的诸种"现实主义"通常也体现了传统现实主义之"写实"精神在不同时空的延续、流变、创新与发展。在这种意义上,所有新形态的"现实主义",与 19 世纪现实主义皆有历史的传承关系,它们的"写实"内涵与文学创作之真实性呈现,都既有共同性又有差异性。

---

① 文学思潮是一个大概念,文学流派是一个小概念;某个文学思潮可以囊括多个文学流派,但流派不能涵盖思潮。

具有世界性影响的魔幻现实主义文学,是当代拉美"爆炸文学"中的重要文学现象。它发端于 20 世纪 20 年代末,形成于 50 年代,盛行于六七十年代。魔幻现实主义主张"变现实为魔幻而又不失其为真",强调反映现实生活,反映社会、政治等方面的现实问题,使文学创作具有现实意义。它对现实之"真"的追求,恰恰是传统现实主义文学最基本的创作原则,然而,其写实求真的方法又迥然不同于传统现实主义文学,主要是因为这种写实手法融入了拉美本土的和特定时代的"魔幻"艺术元素,还融入了欧洲超现实主义文学元素。马尔克斯是拉美魔幻现实主义文学的杰出代表,他的代表作《百年孤独》用时间循环结构、象征隐喻、神奇虚幻等手法,表现了哥伦比亚和拉美大陆的现实矛盾,传达出作者对拉美民族深层精神与心理的开掘与把握,以及对人类原始意识和情感经验的体悟,表达了作者对民族和人类命运的深深关切与艰难思索。这部小说典型地表现出变现实为"魔幻"但又不失生活之"真"的写实原则与理念;作品通过"魔幻"折射表现出来的现实社会生活,不像传统现实主义文学所表现的那样清晰明朗,但又到达了本源意义上的"真";其所再现的艺术世界既是神奇的,又是真实的,既是虚幻的,也是写实的。所以,魔幻现实主义文学的写实是由传统现实主义文学之写实衍生出来的一个变体,魔幻现实主义则是现实主义在新国度、新语境中形成的"复数"形式。笔者作如是说,并非刻意要把魔幻现实主义纳入现实主义文学的范畴——因为学术界有人将其视为后现代文学范畴,但事实上许多研究者又把它当作 20 世纪新的现实主义文学——这是想强调:传统现实主义及其"写实"精神在衍变中是包容开放的,魔幻现实主义接纳了前者之精髓又有明显的创新性拓展;魔幻现实主义与传统现实主义文学存在斩不断的血缘关系。

与之相仿,在我国当代文坛,新时期的"新现实主义小说"也是十分典型的"复数"意义上的现实主义,其历史传承和内涵衍变均值得深入辨析。20 世纪 70 年代末 80 年代初的"伤痕文学"、80 年代中期的"寻根文学",以及 90 年代被评论家们所称道的"新现实主义小说",都是发展了的写实主义文学。新时期我国的这种新形态文学,处在西方现代主义文学广为流行的文化大环境下,秉承经典现实主义的"写实"精神,正视现实,直面人生,不回避现实生活中的重大问题,表达民众普遍的现实愿望和情感祈求,其创作具有时代特征和现实关怀。这种"新现实主义小说"作家的茁壮成长,成就了我国新时期文学中"新现实主义小说"与

"新潮小说"("先锋派文学")双峰对峙的新景观。其中像路遥这样的作家,至今依然备受读者青睐,他的小说《平凡的世界》于2015年成为全国"最受高校读者欢迎"的作品。① 路遥曾说,"现实主义在文学中的表现……主要应该是一种精神"②,这种"精神"的核心内容就是"写实"。正如评论家王兆胜所说,"路遥的小说一面奠基于现实主义传统,一面又是非常开放和异常广阔的"③。这类作家以高度的社会责任感和人道情怀,透过社会表层描写普通人的生存境遇,通过真切而真实的人性、人情描写,展示人的心灵扭曲乃至异化心理,揭示人性的善与恶,既有民族文化传统的根基,又有强烈的人类意识和现代意识。在艺术技巧上,他们中的大部分人也接纳了"先锋文学"的表现方法,使"写实"之内涵突破了传统乃至经典的局限。正因为如此,这种"新现实主义小说""超越了现实主义与现代主义的既有范畴,开拓了新的文学空间,代表了一种新的价值取向"④。此外,"新现实主义小说"还接纳了现代派文学的实验性因素,意味着现实主义或"写实主义"在新历史条件下的新发展。也因为如此,这种"新现实主义小说"的"真实性"观念,被评论家赋予了"原生态""生活流""零度介入""生存状态"等特性。⑤ 显然,这种"真实"与"写实"也是接纳了现代派的实验性元素,从而蕴含了"现代性"新成分,这意味着"写实"和"真实"本身内涵的拓展、演变与更新,它们在表征了现实主义开放、嬗变与发展的同时,也表征了对传统的和经典的"现实主义"之坚守。所以,"复数"意义上的诸多"现实主义",既不是脱缰的野马不顾现实主义传统之"掌控"而恣肆狂奔离题万里,也没有墨守成规亦步亦趋乃至裹足不前,而是在"写实"之"缰绳"约束与牵引下,在世界文学的辽阔疆场上纵情驰骋。其千姿百态而又万变不离其宗的身影,既是现实主义无穷"复数"的展现,更是其强劲生命活力和无穷艺术魅力之佐证。

---

① 吴汉华等:《我国"985工程"高校图书借阅排行榜分析》,《大学图书馆学报》2016年第6期,第63—69页。

② 张德祥:《现实主义当代流变史》,北京:社会科学文献出版社,1997年版,第289页。

③ 王兆胜:《路遥小说的超越性境界及其文学史意义》,《文学评论》,2018年第3期,第49—59页。

④ 王干:《近期小说的后现代主义倾向》,孟远编:《新写实小说研究资料》,南昌:百花洲文艺出版社,2018年版,第15页。

⑤ 王干:《近期小说的后现代主义倾向》,孟远编:《新写实小说研究资料》,南昌:百花洲文艺出版社,2018年版,第19—20页。

三、"写实"传统与马克思主义文艺思想之关系

马克思恩格斯是具有很高文学修养的思想家、理论家,他们的文艺思想在整个马克思主义理论中占有十分重要的地位。纵观马克思恩格斯关于文学及文艺的著述,涉及众多的作家、作品以及创作现象、文学艺术发展史等。我们在惊叹于其丰富而深刻的文艺见解的同时,还可以发现,尽管他们曾深入分析荷马史诗、古希腊悲剧、弥尔顿《失乐园》、但丁《神曲》等欧洲文学史上的众多不朽名著,但其文艺思想的核心内容,主要来自他们对 19 世纪欧洲文学的分析与研究。马克思恩格斯研究、讨论过的 19 世纪欧洲作家多达几十位①,这些作家的创作倾向和文学思潮大多数归属于现实主义,可以说,马克思恩格斯对文学现实主义和写实主义倾向的作家作品情有独钟。他们在《英国的资产阶级》《致斐迪南·拉萨尔》《致玛格丽特·哈克奈斯》《致劳拉·拉法格》《致明娜·考茨基》等论著中对 19 世纪现实主义文学给予了高度的评价。这些论著是马克思主义文艺思想的重要文献,而 19 世纪现实主义文学是他们从事马克思主义理论创造,尤其是文艺理论研究的重要素材。

为什么马克思恩格斯对 19 世纪现实主义文学会情有独钟呢?

作为极具现实关怀和人道精神的革命家、理论家与思想家,马克思恩格斯从历史唯物主义和辩证唯物主义立场出发,把经济关系视为社会历史发展的决定性基础,并致力于通过研究物质经济形态与人的关系去揭示社会发展的规律,尤其是揭示资本主义社会人与人的关系及其发展趋势。由是,他们也就合乎逻辑地期待文学能够从研究人的生活以及由人组成之社会的维度,体现其社会的、政治的、经济的、历史的多重价值,也就特别重视文学的社会价值与认识功能。而通过阅读文学作品,尤其是写实性的现实主义小说,去认识社会以及生活于其中的人,是他们理论研究的一种实际需要,文学中的人与社会也因此成为他们社会研究、理论创造的参照。在此意义上,19 世纪现实主义文学的"写实"精神和"真实性"品格与马克思恩格斯的现实关怀深度契合,也同历史唯物主义理论关联紧

---

① 蒋承勇:《"世界文学"不是文学的"世界主义"》,《文学评论》,2018 年第 3 期,第 23—31 页。

密,这不仅是马克思恩格斯高度关注19世纪欧洲现实主义文学的重要原因,也是写实传统和真实性审美品格成为他们文艺思想之核心要义的重要缘由。

(一)"写实"与反映论文学史观

文学艺术的意识形态属性,是马克思主义文艺思想的重要观点之一。马克思恩格斯从历史唯物主义和辩证唯物主义的基本原理出发,提出了社会存在决定社会意识的基本原则。他们在对德国哲学唯物主义和唯心主义之分歧的辨析中指出:"德国哲学从天国降到人间;和它完全相反,这里我们是从人间升到天国。"①也就是说,"不是意识决定生活,而是生活决定意识"②。1859年马克思在《〈政治经济学批判〉导言》中进一步深入阐发了这一基本原则:

> 人们在自己生活的社会生产中发生一定的、必然的、不以他们的意志为转移的关系,即同他们的物质生产力的一定发展阶段相适合的生产关系。这些生产关系的总和构成社会的经济结构,即有法律的和政治的上层建筑竖立其上并有一定的社会意识形式与之相适应的现实基础。物质生活的生产方式制约着整个社会生活、政治生活和精神生活的过程。不是人们的意识决定人们的存在,相反,是人们的社会存在决定人们的意识。③

马克思的这一重要论断不仅阐明了人的社会关系与他们所处的物质生活的生产方式密切相关,也阐明了一定社会的经济基础决定这个社会的上层建筑。马克思认为,所有法律、政治、宗教、艺术和哲学等观念体系和情感形态的存在,都是受特定社会的物质条件决定的。④ 1894年在致瓦尔特·博尔吉乌斯的书信中,恩格斯也指出,"政治、法、哲学、宗教、文学、艺术等的发展是以经济发展为基

---

① 《马克思恩格斯文集》(第1卷),北京:人民出版社,2009年版,第525页。
② 《马克思恩格斯文集》(第1卷),北京:人民出版社,2009年版,第525页。
③ 《马克思恩格斯选集》(第2卷),北京:人民出版社,2012年版,第2页。
④ 《马克思恩格斯选集》(第2卷),北京:人民出版社,2012年版,第3页。

础的。但是，它们又都互相作用并对经济基础发生作用"①。马克思恩格斯从历史唯物主义立场出发，阐明了社会现实生活对人的精神世界——意识形态——的决定作用，这不仅界定了文学艺术的意识形态属性，而且为解释作为精神与文化形态的文学艺术之发展规律提供了方法论前提，尤其是奠定了反映论文学史观的哲学基础。

　　文学，尤其是有现实主义倾向的作品，总是反映特定时代人的真实生活、再现社会风俗史，那么，对于专注研究社会经济形态的马克思恩格斯来说，他们很自然地就从认识论的角度去认同文学的社会功能，并由此形成其反映论文学史观——文学要真实地再现特定时代的社会历史，具有历史认识价值。在他们的文艺思想中，"历史"与"社会"成了与文学密不可分的核心关键词，文学的社会认识价值也成了文学的首要功能。正如美国文学批评家门罗比·厄斯利所说："19世纪思想家在发展着的政治革命和真正科学化的社会科学的双重影响下，对一个从柏拉图到席勒都未曾予以重视的主题投以高度的关注，那就是：艺术在人类社会中的作用。"②这些思想家当然包括了马克思和恩格斯，这说明马克思主义文艺思想本身也是时代和历史的产物。恩格斯对巴尔扎克《人间喜剧》中关于法国资本主义发展时期社会历史的真实描写，给予了高度评价。在他看来，文学全面地反映和再现特定的社会历史面貌，正是"现实主义的最伟大的胜利之一"。由此他又认为，巴尔扎克"是比过去、现在和未来的一切左拉都要伟大得多的现实主义大师"。也是从这种文学史观出发，恩格斯要求哈克奈斯在《城市姑娘》中描写"工人阶级对压迫他们的周围环境所进行的叛逆的反抗"，因为这些"都属于历史"③。同样，因为乔治·桑、欧仁·苏和查尔斯·狄更斯等作家的创作展示了社会历史风貌，恩格斯在提到他们时，赞誉他们"确实是时代的标志"④。而在马克思眼里，法国小说家巴尔扎克尤其属于"再现历史"的现实主义大师，所以他非常推崇巴尔扎克，在《资本论》中高度称赞巴尔扎克是一个"以对现实关系具有深刻

---

① 《马克思恩格斯文集》(第 10 卷)，北京：人民出版社，2009 年版，第 668 页。

② Monroe C. Beardsley, *Aesthetics from Classical Greece to the Present: A Short History*, Tuscaloosa: The University of Alabama Press, 1975, pp. 298-299.

③ 《马克思恩格斯文集》(第 10 卷)，北京：人民出版社，2009 年版，第 571、570 页。

④ 《马克思恩格斯全集》(第 3 卷)，北京：人民出版社，2002 年版，第 556 页。

理解而著名"①的作家,认为他用特有的诗情画意的镜子反映了整整一个时代。马克思曾计划在完成自己的政治经济学著作之后,就写一篇关于巴尔扎克《人间喜剧》的文章。他还在 1889 年致库格曼的信中指出,关于国有土地如何变化和小农地产如何重新达到 1830 年的极盛时期,可以看巴尔扎克的小说《农民》。②

总之,以写实为基础和前提的反映论文学史观是马克思恩格斯文艺思想的核心内容之一,同时也是对 19 世纪现实主义之"再现说"与"反映论"的发展与超越。这种文学史观对世界文学尤其是我国文学创作和文艺理论与批评产生了深刻而长远的影响。

(二)"写实"与真实性审美品格

"在资本主义的历史条件下,现实主义作为一种与世俗社会同时出现的新的价值观,预设了一种新的审美形态,但是它主张文学贴近现实生活。"③与反映论文学史观相伴随的必然是对文学之真实性禀赋的着重强调与追求,而真实性也恰恰是现实主义文学最本质的审美品格。恩格斯在使用"现实主义"之前所用的都是"真实性"这一术语,在提出"现实主义"的定义时,也是用"真实性"作为根本标准来予以框定,这意味着真实性是现实主义文学天然的本质属性。恩格斯看了小说《城市姑娘》后在致作者哈克奈斯的信中说:"您的小说,除了它的现实主义的真实性以外,给我印象最深的是它表现了真正艺术家的勇气。""据我看来,现实主义的意思是,除细节的真实外,还要真实地再现典型环境中的典型人物。"④也就是说,一部小说是否到达现实主义的高度或者取得"现实主义的最伟大的胜利",首要的和根本的还是要看是否通过细节、环境、人物的描写真实反映生活,而哈克奈斯的《城市姑娘》恰恰在这方面存在不足,所以恩格斯说:"您的小说也许还不够现实主义。"⑤马克思也要求拉萨尔从现实生活而非抽象观念出发,通过丰富的情节描

---

① 《马克思恩格斯文集》(第 7 卷),北京:人民出版社,2009 年版,第 47 页。
② 《马克思恩格斯全集》(第 37 卷),北京:人民出版社,1971 年版,第 124—125 页。
③ Fredric Jameson, "Reflectionson the Brecht Lukacs Debatein", *The Ideologies of Theory*, London: Verso, 2008, p. 435-436.
④ 《马克思恩格斯文集》(第 10 卷),北京:人民出版社,2009 年版,第 569—570 页。
⑤ 《马克思恩格斯文集》(第 10 卷),北京:人民出版社,2009 年版,第 570—571 页。

绘、鲜明的性格刻画,对社会生活做出客观的反映,使作品具有真实性。①

　　莎士比亚等经典作家虽然不属于 19 世纪现实主义文学思潮的范畴,但是也经常被马克思恩格斯论及,因为他们的作品常常透射出现实主义的真实性审美禀赋。马克思恩格斯倡导"莎士比亚化",其实是在倡导现实主义的创作原则,核心要义就是真实性。恩格斯说的"我们不应该为了观念的东西而忘掉现实主义的东西,为了席勒而忘掉莎士比亚"②,意思是要像莎士比亚那样通过对现实的历史性描写——无论是情节、人物还是环境,都具有历史的客观真实性——反映当时英国的社会历史现实,揭示生活的本质真实,从而达到现实主义文学所要求的"真实性"高度。马克思在有关著作和书信中多次引用莎剧中的人物和细节来解释资本主义社会的本质问题,特别强调了文学的写实与真实性。正如马克思本人的著作真实而全面地反映整个时代历史一样,他喜爱的文学家都是伟大的世界诗人,其作品也都真实反映了整个时代的特征。所以文学理论家弗·梅林这样总结马克思所欣赏的文学家:"他们把一整个时代的形象这样客观地收容在自己的作品之中,以致任何主观残余都或多或少地消失了,有一部分甚至完全消失了,因而作者被他们的著作的神话般的阴影掩盖了。"③

　　文学的真实性通常是指文学创作在反映生活之规律与本质方面所达到的高度与精度。真实性是文学的生命,虚假的文学是难以持久的,更不可能成为经典。"现实主义比别的任何一种文学模式都更看重视觉对事物的真实记录,并把这种真实放在至关重要的位置——使文学成为理解人与世界之关系的重要途径。"④马克思恩格斯强调的真实性既有其时代与文化特征,又有其普遍性意义与价值——他们从写实原则出发,强调文学通过对真实情节、环境和典型人物的描写去揭示生活的本质,这是一种体现了作家主体特征、主观倾向和社会立场的艺术真实,与此前西方文论和文学创作传统中的"模仿说"不可同日而语,因为他们从唯物辩证法的高度,强调文学对生活的"反映",这是一种能动的和审美的反映,体现了马克思主义文艺思想的美学原则。

---

　　① 《马克思恩格斯全集》(第 29 卷),北京:人民出版社,1972 年版,第 571—575 页。

　　② 《马克思恩格斯文集》(第 10 卷),北京:人民出版社,2009 年版,第 176 页。

　　③ 弗·梅林:《德国社会民主党史》(第 2 卷),青载繁译,北京:生活·读书·新知三联书店,1964 年版,第 240 页。

　　④ Peter Brooks,*Realist Vision*,New Haven and London:Yale University Press,2005,p. 3.

(三)"写实"与文学的社会批判功能

马克思主义理论诞生于 19 世纪 40 年代,是时,欧洲资本主义矛盾与危机日渐突显,工业革命快速提高了资本主义的生产效率,社会财富骤增,这既有力促进了资本主义经济的发展,也激化了无产阶级与资产阶级的社会矛盾。"西方世界的 19 世纪当然是一个巨变的时代,变化大部分来自工作和生产的工业化转变、复杂重型机器的创造、铁路的出现——在时空的经验上的一种真正的革命——和现代城市的形成,这给它带来的是对魅力、娱乐、城市群体的多样性和令人兴奋的事物的感知——但也有对来自新近构成的城市无产阶级的威胁的感知。""19 世纪也标志着金钱交易关系的出现,它可能构成所有社会关系的基石或代表了所有社会关系。"①这既是马克思主义理论诞生的社会背景,恰恰也是 19 世纪欧洲现实主义文学思潮产生、发展的历史背景。资本主义社会中人的生存状况——人与人之间的金钱关系、贫富问题、劳资矛盾等,都是马克思恩格斯与现实主义作家共同关注的焦点问题,也是其人道情怀、社会批判以及革命精神的共同生长点。

"现代生产模式的到来,将以一种直接和实际的方式改变 19 世纪的文学。"②19 世纪西方现实主义文学在对社会问题的关注中达成有关人与环境之关系的新理解,并由此拓展"环境描写"的艺术,构成了对资本主义社会从制度到文化的强烈批判。"现实主义受 19 世纪民主运动的精神之启发,将之前在美学史上被忽视、被无视或被认为出格的普通经验引入文学或绘画视野之中。这种政治再现范围的拓展与艺术再现领域的拓展同时进行。描写普通人如何度过其日常工薪生活——务农劳工、工厂小工、矿业工人、办公室职员或仆人。"③要做法国社会"书记"的巴尔扎克,提出了环境乃"人物和他们的思想的物质表现"这一著名论断。④ 19 世纪现实主义作家不满浪漫派将人物过分理想化而忽视环境影响的主观主义创作方法,强调人是社会环境的产物,主张在人物所处的社会历史环境和

---

① Peter Brooks,*Realist Vision*, New Haven and London:Yale University Press,2005,p. 13-14.

② Peter Brooks,*Realist Vision*,New Haven and London:Yale University Press,2005,p. 14.

③ Rachel Bowlby, *Foreword*, in Matthew Beaumont, ed. , Adventuresin Realism, Oxford: Blackwell,2007. p. xiii.

④ 巴尔扎克:《〈人间喜剧〉前言》,伍蠡甫主编:《西方文论选》(下卷),上海:上海译文出版社,1979 年版,第 166 页。

斗争情势中刻画人物性格,真实揭示人物和事件的本质特征及发展趋势。对社会问题的特别关注,使 19 世纪现实主义作家对人的审视主要集中在社会性、阶级(阶层)性上。美国批评家彼得·布鲁克斯指出,19 世纪"是一个工业革命、社会革命和政治革命的时代。我认为任何现实主义写作的确定性特征之一就是愿意面对这些问题。英国发展了一种可辨识的'工业化小说',涉及社会苦难和阶级冲突,而法国有它的'社会小说',包括受欢迎的各种社会主义的种类"①。从作品揭示的主要内容来说,19 世纪欧洲现实主义文学在某种程度上可以看作是对社会及社会的人的伦理学、政治学和经济学研究。与此相适应,社会问题也就合乎逻辑地成为现实主义作家为揭示"社会关系不完善"这一基本主题通用的,甚至是决定性题材。奥尔巴赫在《摹仿论——西方文学中现实的再现》中指出,在司汤达的作品中,所有的人物形象和人物行为都是在政治和社会变动的基础上展现的,现代严肃的现实主义只能把人物置于具体的、不断发展变化着的政治、社会和经济总体现实之中……从这个意义上讲,司汤达是现代严肃现实主义文学的创始人。② 在《人间喜剧》中,通过一幕幕有声有色的生活图景,巴尔扎克敏锐地抓住了"金钱决定一切"这个资本主义新阶段的关键问题,表现出时代的历史风貌和本质特征。如果说司汤达的创作特别善于从政治角度观察,并把 19 世纪前 30 年的阶级关系和政治形势表现得十分深刻的话,那么,巴尔扎克的创作则更擅长从人们的经济生活、经济状况来理解人们的心理活动和思想情感,洞察社会中一幕幕悲剧和喜剧的最深根由。正因为如此,习惯于从经济学、政治学和社会学角度谈论文学的恩格斯才赞扬《人间喜剧》"给我们提供了一部法国'社会',特别是巴黎上流社会的无比精彩的现实主义历史","甚至在经济细节方面","也要比从当时所有职业的史学家、经济学家和统计学家那里学到的全部东西还要多"③。而在同一时期的英国,狄更斯把自己的一部小说题名为《艰难时世》,萨克雷则把自己所描写的世界称为《名利场》,以他们两人为代表的现代英国小说家,或揭露英国贵族资产阶级的冷酷、虚伪,或批判资产阶级理论学说的

---

①　Peter Brooks, *Realist Vision*, New Haven and London: Yale University Press, 2005, p. 13.

②　埃里希·奥尔巴赫:《摹仿论——西方文学中现实的再现》,吴麟绶、周新建、高艳婷译,北京:商务印书馆,2014 年版,第 548 页。

③　《马克思恩格斯文集》(第 10 卷),北京:人民出版社,2009 年版,第 570—571 页。

荒谬和反动,博得马克思的高度评价:"现代英国的一派出色的小说家,以他们那明白晓畅和令人感动的描写,向世界揭示了政治的和社会的真理,比起政治家、政论家和道德家合起来所作的还多;他们描写了资产阶级的各个阶层。"①

19 世纪西方现实主义作家特别注重描绘底层社会的黑暗现象,因而他们的作品大多具有强烈的社会批判属性。狄更斯为了"追求无情的真实",在《奥列佛·特维斯特》等社会小说中如实地描绘了当时英国社会底层的悲惨生活和犯罪堕落现象,认为这样做是一件很必要的、对社会有益的事情。别林斯基坚决捍卫果戈理等"自然派"作家揭露社会黑暗、描写"小人物"特别是农民的悲惨命运的权利,要求文艺"象凸面玻璃一样,在一种观点之下把生活的复杂多彩的现象反映出来"②。恩格斯也曾对现实主义小说的这一创作倾向表示肯定:"近十年来,小说写作的风格发生了一场彻底的革命;先前这类故事的主人公都是国王和王子,现在却是穷人、被歧视的阶级,而构成小说主题的,则是这些人的遭遇和命运、欢乐和痛苦。"③后来高尔基干脆将之命名为"批判的现实主义"④。

由此而论,致力于揭示资本主义矛盾之奥秘、寻找无产阶级革命的理论指南、创立革命理论和学说并将之用于指导革命实践的马克思恩格斯,对致力于揭露资本主义社会矛盾、具有强烈社会批判性的 19 世纪欧洲现实主义文学有天然的亲和与喜好,其共同的逻辑基础主要在于他们对资本主义社会的批判。从另一个角度说,19 世纪现实主义文学的社会批判,从文学层面支撑了马克思恩格斯对资本主义社会的研究。马克思恩格斯不仅接纳了现实主义文学的社会批判性,给予高度评价,而且自然而然将其融入了自己的文艺思想之中。"像狄更斯和盖斯凯尔这样的作家所写的 19 世纪 40 年代的英国工业小说中重复的日常中必要的叙事'事件'往往是使隐藏的阶级矛盾恶化和感性化的罢工。在盖斯凯尔作品中这种阶级矛盾进一步被跨越阶级性的关系强化和激化。"⑤恩格斯还指出,

---

① 马克思:《一八五四年八月一日〈纽约论坛〉上的论文》,《马克思恩格斯论艺术》(第 2 卷),曹保华译,北京:人民文学出版社,1963 年版,第 402 页。

② 别林斯基:《别林斯基选集》(第 1 卷),满涛译,上海:上海译文出版社,1979 年版,第 154 页。

③ 《马克思恩格斯全集》(第 3 卷),北京:人民出版社,2002 年版,第 556 页。

④ 高尔基:《论文学》,孟昌等译,北京:人民文学出版社,1978 年版,第 337 页。

⑤ Rachel Bowlby, *Foreword*, in Matthew Beaumont, ed., Adventuresin Realism, Oxford: Blackwell,2007. pp. xiii-xiv.

"如果一部具有社会主义倾向的小说,通过对现实关系的真实描写,来打破关于这些关系的流行的传统幻想,动摇资产阶级世界的乐观主义,不可避免地引起对于现存事物的永恒性的怀疑,那么,即使作者没有直接提出任何解决办法,甚至有时并没有明确地表明自己的立场,我认为这部小说也完全完成了自己的使命"①。马克思恩格斯的批判性研究视野十分广阔,在他们那里,并没有明显的学科界限,因而他们通常是游刃有余地从文学转向政治经济学再到社会批判。换言之,在马克思主义经典文献中,文学与哲学、政治经济学等是彼此交错、浑然一体的。

总之,在马克思恩格斯看来,文学绝非独立于其他知识领域,而是与人类解放事业紧密联系在一起的。所以,马克思恩格斯不仅仅高度肯定了 19 世纪现实主义文学对社会环境的历史性真实描写和强烈的社会批判特征,而且对欧洲文学史上体现这种特点的文学作品(包括浪漫主义的文学)都给予了充分肯定和高度评价,由此体现了他们显著的人学思想和现实情怀。

四、现实主义及其"写实"传统的当代价值

19 世纪西方现实主义文学思潮在"五四"前后首先以"写实主义"的名义传入中国文坛。通常认为,1915 年陈独秀在《青年杂志》上发表的《现代欧洲文艺史谭》最早介绍了欧洲的现实主义文学思潮。他肯定"写实主义"并以之评判中国的传统文学,认为中国新文学创造的第一步,必须摒弃传统旧文学迈向"写实主义"。② 其后陈独秀又在著名的《文学革命论》一文中提出以"写实文学""国民文学"和"社会文学"反对并取代中国传统旧文学的口号。③ 接着,胡适在《文学改良刍议》中也强调"唯实写今日社会之情状",文学才能成为真正的文学。④ 随后,周作人⑤、刘半农⑥等五四新文学先驱也都从进化论的角度肯定写实主义。就此而

---

① 《马克思恩格斯文集》(第 10 卷),北京:人民出版社,2009 年版,第 545 页。
② 陈独秀:《现代欧洲文艺史谭》,《陈独秀文集》(第 1 卷),北京:人民出版社,2013 年版,第 119 页。
③ 陈独秀:《文学革命论》,《陈独秀文集》(第 1 卷),北京:人民出版社,2013 年版,第 202—203 页。
④ 胡适:《文学改良刍议》,《胡适文集》(第 1 卷),北京:北京大学出版社,2013 年版,第 8 页。
⑤ 周作人:《日本近三十年小说之发达》,《新青年》,1918 年第 5 卷第 1 号。
⑥ 刘半农:《我之文学改良观》,《新青年》,1917 年第 3 卷第 3 号。

论,不管当时对写实主义理解的深度以及分歧如何,我国学界对西方19世纪现实主义文学思潮的接受与传播在初始阶段,就精准地聚焦于"写实"这一根本原则和本质特征。此后百余年,西方现实主义文学思潮及其写实传统在我国文坛虽几经周折几度沉浮,最终还是对我国本土文学创作和研究批评产生了重要影响——可以说这种影响超过了任何一种外来的文学思潮,迄今依然持续不断地产生积极影响,并不断体现出当代意义与价值。

第一,"写实"与"真实性"内涵的拓展,使现实主义拥有了更强的包容性、开放性、影响力和生命力。如前所述,西方文学从"模仿说"到"再现说"的转换,实现了文学写实观念从机械反映论到能动反映论的转变,文学的真实性内涵也由一味的客观真实向主客观融合的真实发展。这种转变在19世纪不同阶段、不同国家的现实主义经典文本中表现不尽相同,而在马克思恩格斯那里,因受其历史唯物主义和辩证唯物主义思想方法影响,他们肯定和倡导的现实主义文学之"写实"原则,更不再是机械的模仿与镜子式的"反映",而是一种经由创作主体之思想观念与审美情感渗透、改造和转换的能动反映。他们强调的真实性,不只是外在世界表象的真实,而是反映生活本质的真实;也不只是历史的、直观的现实之真实,而是艺术的和审美的真实。由此,马克思恩格斯的文学反映论也就由哲学意义上的理性认知活动转变为文学意义上的感性审美活动,成为一种审美反映论,这是马克思主义反映论文艺思想对传统"模仿说""再现说"的深化,也体现了马克思恩格斯所强调的现实主义"写实"原则的现代性与开放性指向,这对文学创作、文学批评及文学理论建设都既具历史性意义,更有当代价值。

在审美反映论看来,审美主体是文学与现实生活的中介,经由这个中介的"过滤"或"创造",文学反映生活便拥有了特殊性、具体性、主观性和复杂性,这不仅让文学创作囊括了感知、情感、想象乃至潜意识、非理性、幻想与直觉等广阔的心理与情感空间,使文学拥有了除理性、客观性之外的感性与主观创造性功能,拓展了文学研究的领域与空间,为文学的写实与真实性赋予现代性新内涵,也为现实主义文学的经典传播、创作方法与批评原则的发展注入新活力,同时还为现实主义包容接纳现代主义、后现代主义,以及自我更新奠定了理论基础并提供学理依据。

其实,文学的真实性是一个变动不居、无法一劳永逸予以准确界定的概念,在某种意义上,它永远只是一种无法企及的、相对意义上的艺术参照与目标。而就现实主义文学之"写实"原则所要求的"真实性"而言,它在我国新时期文坛上历经了现代、后现代主义种种理论的冲击与渗透、解构与建构之后,以一种更开放的、包容的态度接纳了种种所谓"非现实主义"的观念与方法,其中对现代派心理真实之表现方法的接纳与借鉴,就是典型。西方意识流小说对我国新时期文学的心理写实曾产生积极影响。20 世纪 80 年代前后,王蒙的《夜的眼》《布礼》《风筝》《蝴蝶》《春之声》《海之梦》等一系列小说用"意识流"手法表现人物的特殊心灵感受与情感流程,率先打破了传统小说的时空结构和叙事方式。如:《布礼》的情节结构就不遵循传统的现实逻辑,而是按照心理逻辑展开,故事时间跨度大并显得"凌乱";《夜的眼》则通过主人公的联想展开 50 年代和 70 年代、城市与乡村、过去与现在的对比,写出了主人公的心理感受与感觉。王蒙之后,"意识流"手法在我国现实主义倾向的文学中被广泛运用。不过,这种中国式意识流手法往往不沉湎于潜意识的内在世界,而追求内与外的贯通,注重心理描写与外在事物、情景和环境的交替与交织,从而使"写实"的内涵得以拓展。而对现代、后现代文学其他表现方法的合理借鉴,更使我国现实主义及其"写实"精神达成了世界性与民族性、传统性与现代性的交融。由此可以预想,未来任何新形态的"现实主义",虽然与现代主义、后现代主义依然存有种种可能的错位,但无疑都会在一如既往地坚守现实主义之写实性、真实性、现实性、批判性、责任观念、现实关怀等根本原则与精神的同时,又不局限于自我封闭的状态,在扬弃与吸纳中博采众长以丰富自己的内涵,进而永葆生命活力。在这种意义上,"现实主义作品把生活呈现为不同于我们所熟悉的那种现实,展现一种我们从未见过或梦见过的现实,或者营造一个之前也许看上去只会觉得怪异或无法传达而现在可以言说的现实,可以打扰、愉悦或教育我们。现在是让现实主义回到文学批评之舞台中央的时候了"①。而就我国当今时代与社会的现实需要而言,也确有必要让现实主义文学回到创作的"舞台中央"。

第二,现实主义文学能够以"写实"传统和"真实性"品格,强化文学之现实关

---

① Rachel Bowlby,*Foreword*,in Matthew Beaumont, ed. , Adventuresin Realism, Oxford：Blackwell,2007. p. xviii.

怀与使命担当,引领新时代中国文学的发展方向。毫无疑问,作为"人学"的文学,作家的创作始终应该"把人当作世界的主人来看待,当作'社会关系的总和'来理解","用一种尊重的、同情的、充满人道主义精神的态度来描写人、对待人"①。因此,关怀当下的人乃至整个人类的命运处境,永远是文学的崇高使命。就社会对文学的期待与呼唤而言,任何时代都需要文学以写实和求真的姿态守望精神、点亮心灯。处在转型期的中国当代文学,其对社会的审视与批判,对当下的人与社会之精神引领、价值担当和文化建设始终负有不可推卸的责任与使命。就此而论,现实主义文学因其与生俱来的写实传统与真实性品格,应该义不容辞地走向文学舞台的中央,引领我国当下文学发展的大方向。当今时代,"要创作出思想和艺术都真正厚重的作品,还基本上要靠现实主义"②。这是一个需要文学史诗的时代,更是一个能够产生现实主义文学史诗的时代。

当然,这首先基于现实主义既坚守写实传统又开放包容的前提,即现实主义文学总是以宽阔胸怀包容、汲取世界文学大花园中积极而鲜活的养分,审视、把握和评判火热而丰富的现实生活,艺术化再现历史的潮起潮落与风云变幻。优秀的19世纪现实主义作家总是满怀深沉而博大的人类关怀,关注资本主义社会劳苦大众的悲苦与磨难,以真实的笔触为其代言、发声、呐喊——无论基于什么样的观点与立场,他们对社会之不合理、对人的尊严和命运,都表现出高度关切和使命担当,从而使他们的创作拥有了进步意义和经典价值。马克思恩格斯正是由于其以唯物史观为基础的人学思想,才高度肯定19世纪"一派出色的小说家"的现实主义"写实"精神和社会批判精神,并充分肯定他们创作的历史价值与审美价值。在马克思主义文艺思想的引领下,我国当今和未来的文学发展也有赖于现实主义的"写实"方法,来表现新时代精神,再现改革开放和社会转型过程中的现实生活和社会心理:既有对生活主流的宏大叙事,又有对普通民众日常处境与喜怒哀乐的细微叙事,也有对转型期普通人在物质挤压下精神状态的真实展示;既有对新时代真善美的热情讴歌,更有对假恶丑的深度揭露与严厉抨击。

---

① 钱谷融:《论"文学是人学"》,洪子诚主编:《中国当代文学史·史料选:1945—1999》(上册),武汉:长江文艺出版社,2002年版,第360页。

② 张炯:《论九十年代我国文学的走向与选择》,李复威编选:《世纪之交文论》,北京:北京师范大学出版社,1999年版,第124页。

19 世纪现实主义文学之历史与人文的价值,集中体现在对资本经济对人的挤压和奴役的深刻批判上,体现在对人的深切关怀上,而这种批判精神和人道情怀,对促进我们的文学去关注并表现当今社会之贫富悬殊、腐败堕落、价值迷乱等社会重要问题无疑仍有借鉴价值。如果说文学永远是人类理解自身、认识与把握世界的一种不可或缺的特殊方法,那么以写实和真实性为最高宗旨的现实主义文学,就永远有其存在的价值与不可替代的作用。

第三,现实主义文学能以写实传统和真实性品格,纠正当前文学创作实践中的反本质主义、虚无主义、感官主义、"个人化写作"等错误倾向。世纪之交,西方后现代文学与文化在我国一度十分流行,在一定程度上促进了我国文学的创新与发展,但其负面影响是客观存在的。有鉴于此,弘扬现实主义"写实"传统和"真实性"品格,对我国文学的健康发展以及文化建设具有积极作用。

后现代文化的一个重要特征是"不确定性","不确定性决定一篇文本如何被人阅读。文本的意义取决于解释这一作品的方式,而不是取决于一系列固定不变的规则。去寻找意义是既无可能又无必要的,阅读行为和写作行为的'不确定性'本身即'意义'"①;"后现代主义的范式其本质就是对一切范式的根本的颠覆,因为后现代主义的核心就是认为实在既是多种多样的、局部的,又是暂时性的、没有什么明确的基础"②。当"不确定性"本身成了写作的意义追求和文本的阐释目标时,会给创作研究及阅读接受带来无尽的"解构",以及艰涩、模糊、飘忽乃至空洞,必然导致文本意义的淡化消解,以及非本质主义观念的流行。世纪之初流行的"日常生活审美化"理论又进一步消解、淡化了文学的社会功能和认识价值,由是,文学的反本质主义和虚无主义便有了存在和流行的理论土壤。用"不确定性"来探讨文学意义的多元化与多变性虽然不无道理,但由此否定文学意义本质的规定性及其与日常生活的边界,必然会陷入虚无主义。现实主义虽因其"写实"的多变而呈现出"复数"的形态和多元的形态,但其诸多衍变均依循"真实性"品格的规定,所以任何冠以某种复数名词的"现实主义"文学,都不失其现实生活

---

① 陈世丹:《代码》,赵一凡、张中载、李德恩主编:《西方文论关键词》,北京:外语教学与研究出版社,2006 年版,第 47 页。

② 理查德·塔纳斯:《西方思想史——对形成西方世界观的各种观念的理解》,吴象婴、晏可佳、张广勇译,上海:上海社会科学院出版社,2007 年版,第 440 页。

之"真"。因此,现实主义形态的文学始终坚守其历史的和社会的价值,并发挥社会批判之本质功能,且有其意义的相对清晰度与稳定性。因此,现实主义及其"写实"精神的弘扬,有助于纠正反本质主义和虚无主义等文学创作的错误倾向。

后现代文化思潮对非理性主义的强化助长了文学的感官主义、"娱乐至上"、"娱乐至死"等风气,进而淡化甚至消解了文学的人文精神和人道情怀,导致文学意义的肤浅化。受后现代文化思潮影响,我国文学不可避免地出现了一些乱象:一些作家对生活关切的热度降低、文学创作的责任担当和使命意识衰减;审美文化的高雅与低俗的界限趋于模糊;消费性流行文化的图像化、娱乐化、景观化、狂欢化日趋明显。特别是网络文学的创作,"基于'大众''消费'逻辑的'娱乐性'及其所决定的'时尚化''平面化'与'类型化'"等特点均有充分的体现。① 这一切导致文学"写实"的淡出,以及文学社会功能、认识价值及审美功能的式微,对新形势下的文化建设和价值引领极为不利。鉴于此,弘扬现实主义及其写实精神,对强化作家正确认识文学的功能与使命,正确处理作家与社会及生活之关系,弘扬文学的人文精神,净化文学市场和社会风气,乃至促进民族文化建设都有积极作用。

"个人化写作"是世纪之交我国文坛上具有反传统特点的文学现象。这些作家力图摆脱传统写作模式,尤其对传统文学和主流文学的宏大叙事表现出反叛姿态,可以看作他们所持的一种后现代立场。他们的创新勇气以及创新性探索,使作品在某种程度上张扬了个人本位的价值观,但是,这种"个人化写作"却过分局限于作家个体的小世界,其至沉迷于个人隐私与情感宣泄,最终发展为"身体化写作"。一些表现性爱主题的作品,如韩东的《障碍》、张旻的《情戒》、朱文的《我爱美元》等,强调个人体验与个人本位,普遍陷于极端化的个人心理乃至本能的宣泄,成为一种感官化写作。作家林白曾做如此表述,"写作中最大的快乐就是重新发现自己的感官,通过感官发现语词"②;另一作家海男则说得更直白,"只有用我的躯体才能抵御来自幻想中那种记忆和时间的夭折……我看见了我躯体的命运,那是一些语言的命运……我把自己的身体化为一堆符号,符号在某种意

---

① 曾繁亭:《网络写手论》,北京:中国社会科学出版社,2011 年版,第 85 页。
② 林白:《在幻想中爆破》,合肥:安徽文艺出版社,2000 年版,第 63 页。

义上来说只是一堆白日梦而已"①。这种失却了主体能动性、近乎原始形态的心理摹写,消解了个人及其存在的意义,根本谈不上有审美意义或理性价值,更谈不上对人的精神提升与价值引领。这种貌似真实的创作,与现实主义经典文学在审美观念、价值理念、表现方法等方面均相距甚远——因为它们在根本上已丧失了文学之审美的"写实"和"真实性"。

　　总之,我们的时代和社会需要文学的现实主义,更需要文学的写实精神与本质意义上的真实性品格;现实主义文学拥有广阔天地和前景,新时代的中国社会期待具有真正写实精神和民族特色的现实主义文学史诗。"一个民族的文学,如果没有现实主义是不可思议的。""如同人穿衣吃饭,任何国度、任何制度下的文学创作,都不可能摆脱现实主义的存在和影响。"②19 世纪西方现实主义文学思潮作为一种历史形态,虽已经成为过去,但依然有可汲取的艺术养分;同理,写实精神与真实性品格在我国文学史上也源远流长,其优良传统同样值得我们继承与发扬。就此而论,古今中外现实主义传统的文学都值得我们去重新梳理、总结并合理继承,它们都是未来各种新"现实主义"和其他形态文学的参照对象和艺术源泉,并且也像马克思恩格斯所评价的古希腊文学那样"具有永久的艺术魅力"。我们有理由相信:现实主义文学是一种永久的写作模式,而且,这种写作模式必将一直发展并不断更新。

(本文作者:蒋承勇)

---

① 海男:《紫色笔记》,西安:陕西师范大学出版社,1998 年版,第 27 页。
② 阎连科:《发现小说》,北京:人民文学出版社,2014 年版,第 48 页。

五四以降外来文化接受之俄苏"情结"

——以现实主义之中国传播为例

一

　　现代中国与俄苏有着特别密切的关系,这是一个众所周知的历史现象。从文化交流与传播的角度看,俄苏文化对中国社会有一种特殊的亲和力,在很长时期内,国人的集体无意识中有一种挥之不去的俄苏文化"情结"。本文试图从俄苏文学,特别是俄苏现实主义倾向的文学在中国被接受与传播的角度,对这种文化现象做一解读与阐释。

　　五四新文化运动前后,西方文化纷纷从不同途径被介绍引入我国,对本土文化的创新与转型产生了重要影响。在西风东渐的文化潮流中,作为文化的一部分,我国传统文学的现代化也风生水起,新文学应运而生,而西方文学思潮的传播,乃五四文学革命发生的重要外在因素。浪漫主义、现实主义、自然主义、象征主义、唯美主义、颓废主义等西方诸思潮几乎同时进入中国文坛。它们原本可以在这个东方古国一起缤纷绽放,但面对诸多外来的文学思潮,本土作家和学者的主体性选择很快开始决定它们在中国的命运。由是,到20世纪20年代末30年代初,更切合中国文化传统和现实国情、以体现社会功利性见长的现实主义逐步取代浪漫主义等文学思潮而居于文坛的主导地位,其中俄罗斯现实主义文学的比重特别大,后来又延续到苏联文学。深入分析和研究文学跨文化传播中的民族文化"情结"之影响与作用,对深化中外文化交流,包括如何有针对性地做好中华传统文化的对外传播,都有借鉴意义。

二

19、20 世纪之交,梁启超在我国文化界倡导"小说界革命",力图通过小说推动社会改革。在欧洲,早在 19 世纪初就开始进入"小说的世纪";西方文学主潮现实主义(包括自然主义)的繁荣以小说的兴盛与成熟为标志,这比中国早了差不多一个世纪。晚清时期我国知识界人士对域外小说的译介,无疑也是催化 20 世纪中国小说兴起的重要因素。西方 19 世纪现实主义文学(小说)的基本特征是反映现实生活、再现历史风貌,具有强烈的社会批判精神和人道情怀,具有很高的社会认识价值和道德训谕作用。正是这种富于理性精神和社会功能的文学思潮和文学体裁,投合了"五四"前后中国社会之需要,尤其是契合了梁启超倡导的"小说界革命"对发挥文学之社会功能的诉求。随着五四新文化运动的兴起和"文学革命"运动的推进,更多有识之士进一步倡导文学的社会功用,倡导写实文学和"为人生的文学",借以促进社会变革。这是文学跨界传播与交流过程中的内因与外因相向推进现象。可以说,五四新文化运动初期,虽然对多种西方文学思潮都有不同程度的介绍和引进,并相应地形成了本土的一些文学社团和流派,但是,出于反对贵族化的中国"古典主义"文学和有害世道人心的旧文学,"以挽今日浮华颓败之恶风"①之现实需要,新文化运动的先驱者很快就聚焦于对 19 世纪西方现实主义文学的接受与传播。崇奉浪漫主义的创造社、信奉古典主义的学衡派、认同现实主义的文学研究会等经过短时期的论战,以"浪漫主义首领"郭沫若在 1925 年转向"写实主义"为标志,20 世纪 20 年代中后期,"写实主义"/现实主义文学在中国学界与文坛成了被介绍和研究的主要对象。

在 1917—1927 这 10 年左右的时间里,我国文学界接纳与传播的外来文学思潮的主体是 19 世纪西方现实主义,其中最主要涉及的国家是俄国和法国,尤

---

① 陈独秀:《答张永言》,贾植芳、陈思和主编:《中外文学关系史资料汇编》(下册),桂林:广西师范大学出版社,2004 年版,第 712 页。

以俄国为甚。对此现象我国学界给予了一定的关注,但对其中原因及其造成的后续影响的分析尚显表面和简单,有必要做深入研究。

"根据《新文学大系·史料索引》不完全统计,1917—1927 年共出版外国文学译著 225 种,总集或选集 38 种,单行本 187 种,其中俄国 65 种,法国 31 种。"①从代表性作家看,鲁迅对西方现实主义文学思潮的接受倾向于俄国,其中许多又是通过日本学界对现实主义的接受之渠道间接地接受并传播到中国的。茅盾虽然一开始对法国现实主义(自然主义)推崇有加,这源于他对法国式现实主义的科学化之真实、精细的描写风格的喜好,但他对俄国式写实主义也同样推崇。他于1921 年 1 月执掌《小说月报》之后,先是推出"法国文学研究"专号,同年 9 月又推出"俄国文学研究"号外,其中的论文部分有《俄国文学的启源时代》《十九世纪俄国文学的背景》《近代俄罗斯文学底主潮》等总论性、理论性文章,另有果戈理、托尔斯泰、屠格涅夫、陀思妥耶夫斯基等作家的传记,此外有果戈理、列维托夫、屠格涅夫、高尔基、柴霍夫、安德烈夫、陀思妥耶夫斯基、梭罗古勃、库普林、普希金等作家的作品。同年 10 月又推出了"被损害民族的文学"专号,这个专号的文章大都是鲁迅、周作人和茅盾三人翻译的。此外,这个时期的《小说月报》还经常刊发俄罗斯、东欧的文学译作。至于周作人,早在 1909 年就与鲁迅合作出版《域外小说集》,其中主要的作家作品都是俄罗斯和东北欧的。可见,"五四"时期我国文坛和学界对俄罗斯和东北欧被损害民族有写实精神和反抗精神的文学有一种特殊的接受喜好,这有力推进了我国本土批判性、写实性文学的发展,对中国式现实主义文学思潮的形成和推进起到了积极作用;或者说,"五四"时期中国式现实主义的骨子里,刻着俄罗斯文化的印记。

众所周知,19 世纪西方现实主义文学思潮发源于西欧各国,然后传播到世界各地,因此,最具本源性特征的现实主义文学应该在西欧而非其他任何一个被传播的国家或区域。那么,为什么在"五四"时期乃至后来相当长的时期里,我国文学与文化界虽然也接纳西欧的现实主义文学,但同时又对俄罗斯及东北欧,尤其是俄罗斯文学特别青睐呢? 其间有何文化缘由? 这是一个值得细究的文学跨文

---

① 王嘉良:《现代中国文学思潮史论》(上),《王嘉良学术文集》(第 2 卷),上海:上海文艺出版社,2011 年版,第 68 页。

化交流的话题。

现实主义作为一种文学思潮,虽然起源于法国和西欧,但是,作为国际性文学思潮流行,则是在整个欧洲和北美,或曰"西方"主要国家和地区。文化意义上的"西方",主要指以古希腊—罗马文化和希伯来—基督教文化为渊源的区域,大致包括欧洲、美洲、澳洲和西亚、北非部分地区,其中心是欧美。正是在这个意义上,"西方文化"指的就是以古希腊—罗马和希伯来—基督教文化为价值核心的文化体系;古希腊—罗马文学和希伯来—基督教文学被称为西方文学的两大源头,也称"两希"传统。文学以文化为土壤,并且是文化的一部分,因此,"西方文学思潮"就是西方文化体系内相关国家的文学思潮,且主要是欧美地区的文学思潮。由是,19 世纪西方现实主义就是欧美地区的一种写实传统的文学思潮,在这种意义上,俄罗斯和东北欧地区也是 19 世纪现实主义文学思潮的发源地,或者说是宽泛意义上的发源地。不过,笔者认为,在宽泛意义上做如此归类,并不妨碍我们从文化差异性和跨文化比较的角度辨析"西方"不同国家和民族之文化和文学的差异性,尤其是辨析俄罗斯(包括东欧国家)现实主义与西欧国家现实主义文学之差异性及其在中国再传播过程中的"变体"特征与新的特质。

18 世纪末 19 世纪初的俄罗斯属于农奴制社会,资本主义尚处于萌芽阶段,在政治经济上远远落后于英法等西欧国家,文化上的现代性发展也属于西欧国家的启蒙对象。从文学上看,俄罗斯 19 世纪的浪漫主义和现实主义都是在西欧的启迪和影响下发展起来的。正如茅盾所说,"俄国是文化后进国家,在文艺上,它把西欧各国在数世纪中发展的文艺思潮于短时间一下子输入了进去"①。尤其是,由于俄国当时的国情,俄国社会的有识之士都希望借西欧之"先进"思想改造社会,他们的改良、变革或者革命意识十分强烈。因此,他们在接纳西欧现实主义和浪漫主义时,都从俄国本土当下之需要出发,选择性地接纳并改造外来的现实主义和浪漫主义。比如,他们在接纳西欧浪漫主义的抒情性和主观性,接纳现实主义的写实性和真实性本质性内涵的同时,又有所放大地接纳和传播了这两种文学思潮的社会批判性和政治性内涵,因此,俄国的浪漫主义和现实主义都具有强烈的社会批判精神和政治变革意识。就 19 世纪俄国现实主义来说,除强烈

---

① 茅盾:《西洋文学通论》,北京:书目文献出版社,1985 年版,第 124 页。

的社会批判精神之外,还具有明显强于西欧的社会变革意识和政治激情;俄国现实主义文学的倡导者别林斯基、车尔尼雪夫斯基和杜勃罗留波夫(合称"别车杜")都是充满战斗精神与政治激情的批评家和作家①。别林斯基、车尔尼雪夫斯基和杜勃罗留波夫生活的 19 世纪俄国正处在沙皇统治下落后而腐朽的农奴制社会,此时,欧洲的启蒙主义思想也正影响着一大批俄国知识分子,他们以不同的方式推进着俄国社会的思想启蒙与民主改革。"别车杜"对启蒙思想有着宗教般的虔诚与迷恋,他们把弘扬启蒙思想同解放农奴、拯救苦难者、拯救俄罗斯命运的实际行动结合在一起。启蒙理性和民主主义思想让他们直面现实的苦难与罪恶,并力图以文学和文学批评为解剖刀,撕开隐藏在虚华背后的丑恶与黑暗,其间寄寓着他们启蒙式的文学与政治的理想,而且,他们以满腔热情为这种理想呕心沥血。他们影响力巨大而深远的文学批评和创作改变了俄国文学创作和文学批评的走向,而且还改变了一个民族思想发展的走向,具有强烈的社会感召、思想引领和精神启蒙的作用。他们把西欧现实主义文学思潮的社会批判精神发扬到了极致,这实际上意味着对西欧现实主义的一种改造,或者说,俄罗斯现实主义文学以其强烈的政治激情、民主主义精神和启蒙理性在欧洲独树一帜,并由此在 19 世纪和 20 世纪俄罗斯文学史、苏联文学史乃至现当代中国文学史上都留下了深刻的烙印。我们甚至可以说,俄罗斯现实主义文学以其独有的风格丰富和发展了西欧现实主义,前者是后者的"变体"。

当我们看到俄罗斯现实主义文学后发于西欧并明显有别于西欧现实主义,进而把俄国(包括东北欧乃至日本等)现实主义看作西欧本源性现实主义的一种"变体"时,也许就可窥见我国文坛和学界在"五四"时期乃至后来长期青睐俄国现实主义的缘由之一斑,那就是:俄罗斯现实主义文学中那种比西欧现实主义文学更加鲜明的启蒙理性(这在西欧主要是 18 世纪启蒙时代的思想)、战斗的民主主义思想、强烈的社会变革及批判意识等,都呼应了当时中国本土的社会情势,投合了我国有识之士对精神疗救、开启民智、更新文化、摆脱蒙昧、变革政治、社会改良等的诉求,因此,它对中国本土有一种特别的文化与政治亲和力,这就是两个民族之间文化"情结"建构的内部与外部、主观与客观的原因。由于俄国作

---

① 蒋承勇:《批评家与作家的"恩怨"及其启示》,《浙江社会科学》,2019 年第 1 期,第 150—154 页。

家之创作"社会的政治的动机"十分强烈,把文学当作"社会的、政治的幸福之利器",并以其为"革命之先声"①,所以,新文学的倡导者李大钊就倾向于接受与传播俄国现实主义文学。鲁迅在谈到怎样做小说的时候也说,当时"也不是自己想创作,注重的倒是绍介,在翻译,而尤其注重于短篇,特别是被压迫的民族中的作者的作品。因为那时正盛行排满论,有些青年,都与那叫喊和反抗的作者同调的"②。"因为所求的作品是叫喊和反抗,势必至于倾向了东欧,因此所看的俄国、波兰以及巴尔干诸小国作家的东西特别多"。至于后来"'为什么'做小说罢,我仍抱着十多年前的'启蒙主义',以为必须是'为人生',而且要改良这人生。我深恶先前的称小说为'闲书',而且将'为艺术而艺术',看作不过是'消闲'的新式的别号。所以我的取材多采自病态社会的不幸的人们中,意思是在揭出病苦,引起疗救的注意"③。有鉴于此,鲁迅称赞"俄国文学是我们的导师和朋友。因为从那里面,看见了被压迫者的善良的灵魂的辛酸的挣扎"④;"俄国的文学,从尼古拉斯二世时候以来,就是'为人生'的,无论它的主意是在探究,或在解决,或者堕入神秘,沦于颓唐,而其主流还是一个:为人生"⑤。其实,茅盾、周作人等基本上也都是出于这样的目的而倾向于接受和传播俄国现实主义文学。茅盾虽然一开始着力介绍法国等西欧现实主义文学,但后来尤为关注并介绍俄罗斯现实主义文学。1941年,他在《现实主义的路》一文中指出:"'五四'以后,外国的现实主义作品对于中国文坛发生最大影响的是俄国的批判现实主义文学。"⑥他本人后来之所以力推俄国现实主义文学,是因为俄国当时"处于全球最专制之政府之下,逼迫之烈,有如炉火,平日所见,社会之恶现象,所忍受者,切肤之痛苦。故其发为文学,沉痛恳挚;于人生之究竟,看得极为透彻"。茅盾不仅看到了俄国社会与当时中国社会的相似性,也看到了俄国现实主义对社会的批判与揭露之深刻以及描写之"沉痛恳挚",这正是他所期待和追求的我国新文学之风格,这种新文学与传统的中国文学是完全不一样的——那就是像俄国文学一样立足现实世界,追寻人

① 李大钊:《俄罗斯文学与革命》,《李大钊全集》(第二卷),北京:人民出版社,2006年版,第234页。
② 鲁迅:《鲁迅全集》(第4卷),北京:人民文学出版社,1988年版,第511页。
③ 鲁迅:《鲁迅全集》(第4卷),北京:人民文学出版社,1988年版,第512页。
④ 鲁迅:《鲁迅全集》(第4卷),北京:人民文学出版社,1988年版,第460页。
⑤ 鲁迅:《鲁迅全集》(第4卷),北京:人民文学出版社,1988年版,第432页。
⑥ 茅盾:《茅盾选集》(第五卷),成都:四川文艺出版社,1985年版,第298页。

生的意义。正如他后来回忆时所说,当时"恐怕也有不少像我这样,从魏晋小品、齐梁辞赋的梦游世界里伸出头来,睁圆了眼睛大吃一惊,是读到了苦苦追求人生意义的俄罗斯文学"①。

而在"五四"时期的周作人看来,"俄国在 19 世纪,同别国一样受着欧洲文艺思想的潮流,只因有特别的背景在那里自然地造成了一种无派别的人生的文学";"19 世纪的俄国正是光明与黑暗冲突的时期,改革与反动交互的进行"②。恰恰由于"中国的特别国情与西欧相异,与俄国却多相同的地方,所以我们相信中国将来的新兴文学当然地又自然地也是社会的,人生的文学"③。俄国当时的"特别国情"和特别的文学背景有许多与中国相似,所以对"中国的创造或研究新文学的人,可以得到一个大的教训(即借鉴,引者注)"④。总之,正是由于俄国现实主义文学拥有相比于西欧现实主义更适于中国新文学发展与建设的特质,所以不仅"五四"前后我国文坛与学界对其特别青睐,而且,后来我国文学—文化界也长期给予了青睐,以至于对接踵而至的苏联文学也情有独钟,其缘由是相通的——因为俄罗斯现实主义的固有特质与传统其实也延续到了其后继者苏联文学之中。由此观之,如果俄罗斯现实主义在一定程度上是西欧现实主义文学的变体,那么,我国"五四"时期倡导和传播的现实主义,既是西欧现实主义的变体,更是俄国现实主义的变体,或者是两者交融形成的新的"变体"。在这种意义上,我国"五四"现实主义文学是欧洲"变体"形式的文学思潮、创作方法和文学批评方法。

值得注意的是,无论是西欧的还是俄罗斯的现实主义文学,都特别强调文学的社会功能,而俄罗斯现实主义则因其社会功能的高强度体现,更显示出自己作为"变体"的个性特征。由于现实社会情势之需要,在我国"五四"新文学成长的过程中,作家们普遍将"为人生"当作自己文学追求的主流价值观,而认同"为艺术而艺术"、视文学为"消遣""娱乐"者为数甚少。文学研究会"人生派"作家的追求目标集中于对现实主义文学的倡导上,因此,他们的文学创作与理论倡导也就成了这个时期我国接受与传播 19 世纪西方现实主义文学思潮的主渠道。可见,

---

① 茅盾:《契诃夫的时代意义》,《世界文学》,1960 年第 1 期,第 127—129 页。
② 周作人:《文学上的俄国与中国》,《艺术与生活》,北京:北京十月文艺出版社,2011 年版,第 74 页。
③ 周作人:《文学上的俄国与中国》,《艺术与生活》,北京:北京十月文艺出版社,2011 年版,第 78 页。
④ 周作人:《文学上的俄国与中国》,《艺术与生活》,北京:北京十月文艺出版社,2011 年版,第 78 页。

我国"五四"时期以文学研究会为主导的对现实主义文学的接受,也是明显具有社会功利倾向的,这也就决定了我国对现实主义特别是俄国现实主义的理解、接受与传播也突出了其社会功利性——政治理念与社会批判和变革意识。当然,在当时的情况下,强调文学的社会功利性,凸显现实主义之社会批判精神和变革意识,也是我国本土文化传统和当时社会情势本身之需要,因此有其历史的、文化的必然性与现实的合理性、正确性。不过,以社会功能作为对 19 世纪西方现实主义文学之特征与内涵的整体性概括与评价,又显得狭隘和片面。而恰恰是这种"片面"与"狭隘",又为此后现实主义在本土更深入的传播、接受与研究埋下了隐形的障碍。

三

循着上述逻辑思路,再来看 20 世纪三四十年代我国文坛关于现实主义的接受、传播和研究情况,我们发现此时不再有"五四"时期的那种热情与执着,西欧的现实主义更加难以为国人所接纳与传播;"现实主义"的旗号依旧高高飘扬,而其内涵却已与"五四"时期的迥然不同。

20 世纪 30 年代末至 40 年代,随着左翼文学运动和民族救亡运动及国内战争的风云变幻,文学与政治的关系较"五四"时期变得尤为难分难解,文学的政治内容和社会功利性被大力张扬,现实主义文学也因其与生俱来的鲜明的社会批判和政治历史属性而在这特殊背景下格外凸显其"工具性"功能。左翼文学激进主义在特定的社会情势下使文学与政治的联系更加密切,这为即将登场的新形态的现实主义——"社会主义现实主义"以及"革命的现实主义"做了政治与思想理论之铺垫。首先,相对谙熟苏联文学与政治的周扬及时传播了社会主义现实主义创作方法。1933 年 11 月,周扬在《现代》杂志第 4 卷第 1 期上发表《关于"社会主义的现实主义"与革命的浪漫主义》一文,这是中国学人第一次正式介绍与倡导"社会主义现实主义"。这"是当时文坛上的一件大事,标志着苏联社会主义现实主义汇入并左右中国现代文学主潮"①,也预示着左翼文学思想沿着新的路

────────────

① 温儒敏:《中国现代文学批评史》,北京:北京大学出版社,2006 年版,第 144 页。

线向前发展,更预示着俄国现实主义,尤其是苏联"社会主义现实主义"将成为外来现实主义在中国传播与接受的主流,而对西欧的本源性现实主义的接受与传播以及"五四"现实主义传统的延续在相当程度上进入式微状态。1938 年,雷石榆在《创作方法上的两个问题——关于写实主义与浪漫主义》一文中明确将写实主义分为自然主义的写实主义和社会主义的写实主义:前者着重表现客观现实之真实,如实地、摄影机似的记录现实,或解剖现实,巴尔扎克、莫泊桑、托尔斯泰等作家莫不如是;后者不但真实地表现现实,而且更积极、更科学地透视现实的本质,因此现实的多样性、矛盾性、关联性、个别性、活动性以及发展的必然性得到了充分揭示①。此后,欧洲现实主义在中国的传播与发展便基本上循着"社会主义的写实主义"②的主渠道一路高歌。

新中国成立后不久,茅盾③就在《略谈革命的现实主义》一文中提出:"社会主义的现实主义的创作方法和我们目前对于文艺创作的要求也是吻合的。"1950年,他在《目前创作上的一些问题》一文中又说:"最进步的创作方法,是社会主义现实主义的创作方法。基本要点之一就是旧现实主义(即批判的现实主义)结合革命的浪漫主义。而在人物描写上所表现的革命浪漫主义的'手法',如用通俗的话来说,那就是人物性格容许理想化。"④20 世纪 50 年代,针对冯雪峰(《中国文学从古典现实主义到社会主义现实主义的发展的一个轮廓》)和茅盾(《夜读偶记》)认为现实主义在中国源远流长且一直居于主流地位的观点,同时也是基于"现实主义"的标签在杜甫等中国古典文学家头上飞舞的状况,对中国古典文学中是否存在现实主义文学,本土学界曾经存在过持续的争论。但总体来看,基于冯、茅二人的政治势头,这场争论事实上并未有效展开。

20 世纪 50 年代后期,在"百花齐放,百家争鸣"和批判教条主义的背景下,秦兆阳发表了《现实主义——广阔的道路》一文,质疑"社会主义现实主义"。他特别强调正确处理好文学艺术与政治的关系,反对简单地把文艺当作某种概念的

---

① 雷石榆:《再论新写实主义》,张丽敏编著:《雷石榆诗文选》,保定:河北大学出版社,2010 年版,第 400—403 页。

② 雷石榆:《再论新写实主义》,张丽敏编著:《雷石榆诗文选》,保定:河北大学出版社,2010 年版,第 400 页。

③ 茅盾:《略谈革命的现实主义》,《文艺报》,1949 年第 4 期,第 18 页。

④ 茅盾:《目前创作上的一些问题》,《文艺报》,1950 年第 9 期,第 8—9 页。

传声筒。他认为"追求生活的真实和艺术的真实"是现实主义的一个最基本的大前提,现实主义的一切其他的具体原则都应该以这一前提为依据;"现实主义文学的思想性和倾向性,是生存于它的真实性和艺术性的血肉之中的"①。他指出,如果"社会主义精神"是"艺术描写的真实性和历史具体性"之外硬加到作品中去的某种抽象的观念,这无异于否定客观真实的重要性,让客观真实去服从抽象的、固定的、主观的东西,使文学作品脱离客观真实,变为某种政治概念的传声筒。他认为,从现实主义的内容特点上将两个时代的文学划出一条绝对的界线是困难的。他提出了一个替代的概念"社会主义时代的现实主义"②。周勃(1956)在《论现实主义及其在社会主义时代的发展》③、刘绍棠(1957)在《现实主义在社会主义时代的发展》④中表达了与秦兆阳相近的见解。

　　稍后,与反右派斗争密切相关的政治批判浪潮呼啸而来。1957 年 9 月 1 日,《人民日报》发表题为《为保卫社会主义文艺路线而斗争》的社论,谴责右派分子企图在提倡艺术真实性的旗号下"暴露社会生活阴暗面"的险恶用心。从 20 世纪 40 年代前后就开始流行的"社会主义现实主义"(周扬、夏征农、邵荃麟、林默涵等的推介与传播),经过不断地论争,逐渐在 60 年代前后演变成为与"革命浪漫主义"相结合的"革命现实主义"。"文革"期间,"革命浪漫主义与现实主义""两结合"创作方法被规定为唯一正确、合法的创作方法。

　　历史地看,中国的"社会主义现实主义"实际上是苏联社会主义现实主义的一种"翻版"或者"变体"。社会主义现实主义作为一种创作方法于 20 世纪 30 年代初经过一段时间的讨论和论争后,最终于 1934 年在苏联第一次作家代表大会通过的作家协会章程中被正式提出并宣布为苏联文学的创作方法,其含义是:"社会主义现实主义,作为苏联文学与苏联文学批评的基本方法,要求艺术家从现实的革命发展中真实地、历史具体地去描写现实;同时,艺术描写的真实性和历史具体性必须与用社会主义精神从思想上改造和教育劳动人民的任务结合起来。社会主义现实主义保证艺术创作有特殊的可能性去发挥创造的主动性,去

---

① 秦兆阳:《现实主义——广阔的道路》,《文学探路集》,北京:人民文学出版社,1984 年版,第 142 页。
② 秦兆阳:《现实主义——广阔的道路》,《文学探路集》,北京:人民文学出版社,1984 年版,第 144 页。
③ 周勃:《论现实主义及其在社会主义时代的发展》,《长江文艺》,1956 年第 12 期,第 37 页。
④ 刘绍棠:《现实主义在社会主义时代的发展》,《北京文艺》,1957 年第 4 期,第 9—12 页。

选择各种各样的形式、风格和体裁。"①在苏联,社会主义现实主义一般被认为形成于20世纪初,也就是俄国1905年革命之后,其标志是高尔基的《母亲》和《底层》的创作开始。社会主义现实主义自诞生起,也一直在反复的讨论中不断摆脱"庸俗化的教条主义"的"狭隘性"内容,以"广泛的真实性"和"开放的美学体系"、现实生活发展的"没有止境"②等新内容不断丰富其内涵。社会主义现实主义之确立的根本目的是:社会主义苏联的文学必须体现社会主义思想并为无产阶级和广大劳动人民服务;而在创作理念与方法上,又汲取了包括高尔基在内的俄罗斯现实主义乃至西欧现实主义的"写实"精神与传统。因此,笔者认为,苏联的社会主义现实主义无疑是19世纪现实主义的一种"变体",而且,因其影响广泛而久远,实际上"已经成了国际的文学现象"③。所以,从国际传播与影响的角度看,它实际上已不仅仅是一种文学创作方法与文学批评方法,而且是一种新的现实主义文学思潮或者流派。它一问世,就得以在中国接受与传播;苏联文学也在社会主义现实主义旌旗下从20世纪30年代开始至中华人民共和国成立后的五六十年代,一直是我国文学创作和文学研究学习、效仿和借鉴的主体。

　　如前所述,我国文学界从20世纪30年代初就直接借用苏联的"社会主义现实主义",并尊其为我国新文学的方法与方向;尤其是,长时期出于对苏维埃社会主义的崇拜和对苏联"老大哥"的敬仰,苏联文学及其"社会主义现实主义"之精神,有效地促成了我国现当代文学之灵魂的铸就。就像"五四"时期我国文学界特别青睐俄罗斯现实主义文学一样,这种延续下来的俄罗斯"情结",此时成了催发对苏联文学特别喜好的"酵素";或者说,俄罗斯现实主义文学的某些特质,延续到了苏联文学之中,这也是我国文学界对苏联文学深感亲切并爱惜有加的深层原因。所以苏联文学尤其是社会主义现实主义的观念,无形地渗透在了我国无产阶级和社会主义形态的文学与理论之中。在此,有一个具体的典型案例,特别值得深度分析阐发,那就是20世纪40年代毛泽东《在延安文艺座谈会上的讲

---

　　① 中国大百科全书出版社编辑部编:《中国大百科全书·外国文学(Ⅱ)》,北京:中国大百科全书出版社,1982年版,第909页。

　　② 中国大百科全书出版社编辑部编:《中国大百科全书·外国文学(Ⅱ)》,北京:中国大百科全书出版社,1982年版,第912页。

　　③ 中国大百科全书出版社编辑部编:《中国大百科全书·外国文学(Ⅱ)》,北京:中国大百科全书出版社,1982年版,第912页。

话》(1942,以下简称《讲话》)的发表和后来的影响,以及《讲话》与中国"社会主义现实主义"文学的关系问题。

　　毛泽东的《讲话》并没有明确提出将"社会主义现实主义"作为解放区文艺创作的基本方法,但是,他根据当时的国情,强调文艺为广大人民大众服务,首先为"工农兵"服务的基本宗旨与大方向,不仅在相当程度上呼应了苏联的"社会主义现实主义"——事实上《讲话》本身也已经接受了苏联社会主义现实主义的影响——而且也催化或者促进了苏联社会主义现实主义在中国的接受与传播,并使我国现实主义文学从理论到创作步入了一个新境界。文艺为人民大众服务,首先为工农兵服务,这固然有特殊年代较强的政治功利色彩,但其历史与现实之必然性与合理性也不容置疑。因为,就文学之本质而言,政治性与功利性也是其题中应有之义,"艺术中的政治倾向是合法的,不仅仅因为艺术创造直接与实际生活相关,而且总是因为艺术从来不仅仅描绘而总是同时力图劝导。它从来不仅仅表达,而总是要对某人说话并从一个特定的社会立场反映现实,以便让这一立场被欣赏"①。做如此引证和阐发,当然并不意味着我们赞同文学的功利主义和"工具化"。历史地看,毛泽东强调的文学方向和宗旨,其精神实质承续了"五四"现实主义"为人生"之文学精髓,也契合了当时社会情势对文学之社会功能的期待。因为,"为人生"的核心是启迪民智,披露社会黑暗以及国民之精神病疴,救民众、民族和国家于水深火热之中。在20世纪三四十年代,救亡和启蒙都是家国与民众之安危所系,文艺为人民大众、为工农兵的功能与价值追求,也是新形势下的一种"为人生"精神之体现,也是"人的文学"和"平民的文学"的一种体现。至于毛泽东强调作家与现实生活的关系、文学反映现实生活,本身也不乏现实主义的"写实"与"求真"之精神,而且,《讲话》针对国统区和抗日根据地的实际情况,强调"一切危害人民群众的黑暗势力必须暴露之,一切人民群众的革命斗争必须歌颂之"(毛泽东,1943)。应该说,《讲话》所倡导的文艺创作与批评方法及文学观念,总体上与苏联的社会主义现实主义原则比较接近,也接续着"五四"时期的现实主义传统。《讲话》发表之后,其核心精神基本上贯穿了20世纪30

---

　　① Hauser,A. "Propaganda,ideology and art". In I. Mészáros (ed.). *Aspects of History and Class Consciousness.* London:Routledge & Kegan Paul. 1971. p.128-151.

年代到 70 年代末从解放区到中华人民共和国成立后的我国主流形态的现当代文学。从文学跨文化传播的角度看,这段历史也可以说是中国文学界对苏联社会主义现实主义之接受、传播与实践的历程,中国的"社会主义现实主义"和"革命现实主义"是苏联社会主义现实主义的变体,同时也属于 19 世纪西方现实主义的变体,而《讲话》是这种"变体"之核心精神的特殊形态的显现。而且,《讲话》又是对马克思、恩格斯关于现实主义之论断的一种接受与传播,是马克思主义文艺思想的一种中国式展示。

如上所述,苏联"社会主义现实主义"是俄罗斯现实主义的一种"变体",它在具有强烈的社会功利性这一点上放大性地传承了俄国现实主义的社会政治功能,与此同时又把原有的强烈的社会批判性内涵予以挤兑,于是,由于拥有过多的超越文学自身本质属性的意识形态内容而演变出鲜明的政治宣传之特征,它的政治理想色彩更加浓郁,社会批判功能反而弱化。至于我国把苏联的社会主义现实主义加以改造后出台的与"革命浪漫主义"相结合的"革命现实主义",则更是现实主义之变体的"变体",尤其是在"文革"这种极"左"思潮盛行的特殊语境里,"革命现实主义"更成了一种空洞的口号和政治宣传"工具",庸俗社会学的特征十分明显。确切地说,这种意义上的"革命现实主义"实际上已经算不上什么现实主义,因而也谈不上是"变体"了,而是扭曲的空泛口号,这在一定程度上是对现实主义的曲解乃至背叛。因此,这种"革命现实主义"客观上构成了对现实主义精神、方法和理念的冲击和损害。

改革开放初期,文学的现实主义被称为"回归"的现实主义,它呼唤人道精神,暴露极"左"思潮造成的假、丑、恶,批判社会的不良现象,继承了"五四"时期现实主义的写实传统,也不乏俄苏现实主义和社会主义现实主义的精神。但是,我国 20 世纪 80 年代开始又一度"西风东渐",主要接纳的是欧美"现代派"文学和文化,俄苏文学和文化在我国的影响明显降温。

四

总之,百余年来俄罗斯现实主义对孕育具有写实精神和社会批判性的中国特色现实主义文学以及理论建设,起了举足轻重的作用。从 20 世纪 20 年代初起,中国逐渐出现了具有世界现实主义特征的写实文学。正如李欧梵①所说,从当时中国作家"感时忧国"的精神可以看出他们创作的是"社会—政治批判"的文学,深受俄国现实主义的影响。此种文学既回应了梁启超倡导的"小说界革命"和对社会改良与变革的呼唤,也顺应了"五四"以后长时期内中国社会之启蒙与救亡的现实需要。但是,这也在一定程度上强化了现实主义的社会功利性特征,固化了人们对现实主义的一种不够全面客观的认识:重视和凸显其社会—政治批判与认识价值,而忽略了文学包括现实主义文学本身的审美特征、价值与功能,为日后挤兑了社会批判性之后的现实主义扭曲蜕变为"工具"和"口号"做了铺垫。实际上苏联的社会主义现实主义之所以一开始就在我国文坛与学界被广泛接纳与传播,也与此相关。至于社会主义现实主义以不同形态在中国传播,既推进了本土社会主义形态的现实主义文学的发展,也助长了文学的政治化、工具化和口号化倾向。当然,对我国这种畸形状态文学的出现,我们不应过多地责怪他者,而首先应该反思那极"左"思潮本身及其赖以产生之土壤。

百年沧桑,雁过留声。蓦然回首,俄苏文学在我国本土文化土壤里播下的种子,生长了,开花了,结果了,其积极进步作用是不可否认的。如今,当年俄罗斯现实主义和苏联社会主义现实主义风光都已不再,但在我们的精神文化生活中,它们的身影却依旧忽隐忽现,时时散发其经久不逝的迷人芬芳,因为,它们的许多精神与情感已浸润在我们民族文化的血液之中。从文化交流的角度考察与总结俄苏文学在中国接受与传播之历史和成功经验,也提醒我们:中国传统文化走出去,不能是一厢情愿,还要考虑非母语国的文化传统和审美期待;有的放矢、文化针对性相对明确的经典外译,才可能会有效或者更加有效。

(本文作者:蒋承勇)

---

① 李欧梵:《现代性的追求》,北京:生活·读书·新知三联书店,2000 年版,第 229 页。

"现实主义"的符号学阐释

"现实主义"无疑是文艺学术领域最重要的传统之一,在不同语境下具有不同层面上的含义:文艺精神、文艺观念、文艺思潮、文艺传统、文艺表现手法、文艺伦理态度、语言形态(转喻)、意识形态幻象等。亚里士多德的《诗学》论艺术,倡议"从基本的事实入手"①,即这样三个方面:模仿所用的媒介、模仿所取的对象和模仿所采取的方式。对于"现实主义"这样中外的论述可谓洋洋大观的问题,本文也拟从一个"基本的事实",即模仿所用的媒介——符号出发,将现实主义小说还原为符号系统,借鉴符号学、叙事学和传播学理论,尝试从跨学科角度,管窥作为叙述形式②的现实主义。

一、现实主义"真实":缺席的客观世界 与建构的符号系统

众所周知,现实主义的文学规范首要的当然是对现实生活客观、真实、具体的描写。这意味着现实主义的要旨与科学法则相同:将混乱的特殊的个别减至某种抽象的分类规则或者规律。不过,这种规则或规律在文本创作过程中又以类似演绎的方式,将其逻辑规则隐藏在了对于人和人的日常生活环境的大量细节描写之中。文艺复兴之后,自然科学、哲学和文学艺术发展中的理性主义在现

---

① 亚里士多德:《诗学》,拉曼·塞尔登编:《文学批评理论——从柏拉图到现在》,刘象愚、陈永国译,北京:北京大学出版社2000年版,第42页。

② 本文中的"叙事"和"叙述"都是后经典叙事学意义上的,不同于经典叙事学拘囿于单一文本内部的叙事分析。

实主义小说这里汇聚,形成其特有的理性光辉,透过人类日常生活和社会历史发展中纷繁复杂的细枝末节,照向细节背后的"真",或者说"现实"。

当"真实"观念发生变化,现实主义也随之不断受到挑战。现实主义最重要的突出特征就是细节的真实,但就如普鲁斯特在《追忆似水年华》的结尾处写的那样,"一小时不单只是一小时,它是满载荟萃、声律、期待和心境的花瓶。我们所谓的真实,是刹那间同时萦绕你我感受和记忆间的,某种和谐"①,现代主义同样追求细节的"真实",甚至比现实主义更甚。不仅如此,在罗兰·巴尔特看来,现实主义美学最令人诟病之处,就在于其认为文本是对生活的真实再现,这种真实求助于种种细节,但恰恰是这些细节暴露了现实主义的意识形态性,因为这些细节是作者精心挑选的,每一个细节都被作者赋予特定的蕴涵意指。现代主义作品就是要对抗现实主义对经验的确定性描述和对真理的绝对认定。中国当代小说家阎连科甚至以《我的现实 我的主义——阎连科文学对话录》《发现小说》②等书宣称"终结中国文学理论",探讨"现实主义之真实境层",将之分为"控构真实""世相真实""生命真实""灵魂深度真实"等层面。他提出所谓"神实主义",以取代传统的现实主义,即主张在创作中摒弃固有真实生活的表面逻辑关系,去探求一种"不存在"的真实,看不见的真实,被"真实"掩盖的真实。无论中外,现实主义的细节真实都招致了众多质疑。

我们不妨换一个角度,更多去关注这个问题的另一面——现实主义的这种"再现""模仿"并非仅仅指现实主义作品与客观现实之间的密切关联,其"真实"也并非指作品与现实生活之间的符合程度,如柏拉图式的将模仿当作客观现实的复制,或者如亚里士多德式的将模仿视作人类的天性,而应当更为重视其另一层重要含义,即现实主义文本作为一个完整系统,与客观现实一样具有自己的逻辑规律。公认的现实主义小说大师巴尔扎克曾自评其《人间喜剧》说"它有它自己的世界"③,著名

---

① 转自史景迁:《康熙:重构一位中国皇帝的内心世界》,温洽溢译,桂林:广西师范大学出版社,2011年版,第14页。笔者认为,此句温译比周国强译本(普鲁斯特:《追忆逝水年华》,南京:译林出版社,2012年版,第191页)更流畅贴切,故选用之。

② 参见阎连科、张学昕:《我的现实 我的主义——阎连科文学对话录》,北京:中国人民大学出版社,2011年版;阎连科:《发现小说》,天津:南开大学出版社,2011年版。

③ 乔治·卢卡契:《艺术与客观真理》,拉曼·塞尔登编:《文学批评理论——从柏拉图到现在》,刘象愚、陈永国译,北京:北京大学出版社2000年版,第58、63页。

的现实主义理论家卢卡契也指出，"每件意味深长的艺术作品都创造'自己的世界'。人物、情景、行动等都各有独特的品质，不同于其他作品，并且完全不同于日常现实"①。不仅如此，"艺术反映现实的客观性在于正确反映总体性，因此一个细节在艺术上的准确性与这个细节是否对应于现实中的相同细节没有关系"②。因此，观者所得并非"像"经验中的对象那样是离散的对象，而是关系系统。对这个关系系统的观察剖析及再表达，建立在对理性精神的尊崇与遵循基础上。

作为符号学者和形式主义理论家，罗兰·巴尔特曾直言，"对有关叙事现实主义的言论切不可轻信"，认为"叙事中'所发生的'事从指涉（现实）的角度来看纯属乌有；'所发生的'仅仅是语言，语言的历险，对它的到来的不停歇的迎候"③，但在前述这个问题上，他却与现实主义理论家和小说家形成了某种契合。巴尔特说："一个序列的'现实性'不在于构成这一序列的行为的'自然'连续性，而在于序列中所揭示的冒险和完成过程的逻辑性。"④当然，巴尔特所说的"现实性"与现实主义理论所指的"现实"有别，但如果将现实主义文本作为一个符号系统，二者则不无相通之处——必须在其符号系统内部讲究逻辑性和总体性，而不在每个细枝末节上纠缠。

如果说，符号是表达缺席者的代码，那么，可见，现实主义小说正是最好地利用了符号的特征，在文学世界中，缺席的客观真实世界借现实主义文本符号得以以另一种方式出席，并建构了一套自己的逻辑关系和编码规则。

二、詹姆逊与巴尔特：现实主义
研究思路的根本性转变

雅各布森的这个论断影响甚广：诗是隐喻，小说是转喻。诗的话语构成基本上是纵组合的、垂直的，而小说的话语构成则基本上是横组合的、水平的。不论

---

① 罗兰·巴特：《叙事解构分析导言》，拉曼·塞尔登编：《文学批评理论——从柏拉图到现在》，刘象愚、陈永国译，北京：北京大学出版社，2000 年版，第 75 页。
② 罗兰·巴特：《叙事解构分析导言》，拉曼·塞尔登编：《文学批评理论——从柏拉图到现在》，刘象愚、陈永国译，北京：北京大学出版社，2000 年版，第 75 页。
③ 罗兰·巴特：《叙事解构分析导言》，拉曼·塞尔登编：《文学批评理论——从柏拉图到现在》，刘象愚、陈永国译，北京：北京大学出版社，2000 年版，第 75 页。
④ 南帆：《冲突的文学》，镇江：江苏大学出版社，2010 年版，第 167、169 页。

是人物、动作、序列、标志,还是悬念、延宕、空缺、倒叙等,小说话语通常都以事物的相邻性为基础,这就是"叙事性"的话语横向组合。

南帆在论析小说与诗的差异与交融时,强调小说这种"横向"话语组合特征,当诗歌入侵小说,语言中句子与句子之间跨度增大,加上隐喻与象征等修辞手段的运用,就中断了这种"横向"组合,因果逻辑链条大幅松动,带来了新的话语组合方式,即横向加纵向组合的方式。① 他没有进一步指出的是,如果说小说与诗组成符号系统,那么在此系统之中,不同风格流派的小说又可再分为更小的符号系统,其中,如戴维·洛奇曾论析的那样,现实主义小说倚重的是话语的横向组合,是转喻的,而现代主义小说则更多融入了诗的特质,更多话语的纵向组合,是隐喻和转喻相结合的。所以雅各布森说:"现实主义作家遵循着连接关系模式,转喻性地偏离情节而转向环境气氛,偏离人物而转向时空背景。他喜欢提喻性的细节描写。"②

巴尔特进一步论析了现实主义小说作为一种叙述形式的特征:选择性行为系统的操作;情节围绕着谜与发现来组织;叙述语句的自然性(而非历史性的);叙述话语建立在主体的消隐的基础上。③ 巴尔特认为,现实主义再现文本只是可读文本,它所标榜的真实效果,其实是一种意识形态幻象,它所选取的真实细节本身是一些符号碎片,这些符号碎片被作者赋予特定的蕴涵,宣扬特定的信念,在一个特定框架内,被选取的符号碎片被用来构成一个新的更复杂的符号,它们组成的句子就负载了作者所希望的含义。句子作为一个完整的符号又可以用来表达某种更具风格特征的辅助意义,从而传达出意识形态性。④ 如果根据巴尔特自己的论述,现实主义小说无疑是最典型的文学神话。在揭示文学神话的成因时,他认为这一神话来源于法语口语中的"过去式动词",其作用是"将现实带到时间的一个点上,并且从大量的经验感受中抽象出纯言词的动作,使其摆脱认识的存在根源,指向与其他活动、其他过程的逻辑联系,指向世界的一般运动;它的目的在于维持事实王国中的等级。通过这过去时,动词隐蔽地归属于因果链中,

---

①　南帆:《冲突的文学》,镇江:江苏大学出版社,2010 年版,第 167、169 页。
②　转引自[英]戴维·洛奇:《现代主义小说的语言:隐喻和转喻》,吕同六主编:《20 世纪世界小说理论经典》,北京:华夏出版社,1996 年版,第 351 页。
③　参见罗兰·巴尔特:《S/Z》,屠友祥译,上海:上海人民出版社,2012 年版。
④　赵毅衡:《符号学原理》,北京:生活·读书·新知三联书店,1988 年版,第 80 页。

它参与一系列行为的联系与调整,它的作用犹如意向性代数符号"①。"过去式动词"之所以重要,乃是因为"在时间性和因果性之间存在着两种或多种解释,它需要按事件发生的先后次序来适合于明白易懂的叙述"②,它预先设定了一个有结构的、精致的、自足的、线性意义的世界,而不是一个散乱地展现在我们面前,任我们取舍的世界。"在过去时的背后,总是潜伏着一个世界的创造者,一个上帝或讲述者。既然被作为故事来讲述,这个世界就不是不能被解释的。它的每一个偶然事件只是由于环境造成,并且,确切地讲,过去时是叙述者把爆炸的现实化为单薄、纯净的理念的操作符号,它没有密度、没有容量、没有延伸。它的唯一功能是尽快地把原因和结果联系起来。"③"过去时最终是一种秩序的表述"④,它是一种具有欺骗性的创造,赋予虚构作品以一种真实的形式。

詹姆逊的《对巴尔特与卢卡契论争的反思》则针对巴尔特的现实主义观念提出了批评。

詹姆逊认为,"现实主义的"艺术作品的"现实主义"和实验的态度都是经过选择的,不仅在它的人物以及他们虚构的现实之间选择,而且在读者和作品本身之间选择,还要——同样重要——在作者和他的素材及技巧之间选择。这种"现实主义"实践的三重维度的观念,显然不同于传统的模仿作品的纯再现范畴。现实主义既是一种美学形态,又是一种认知形态:在资本主义时代,作为一种与世俗化同时代的新的价值观,现实主义预设了审美经验形式,又主张贴近实际生活,贴近那些传统上与美学领域相区别的知识和实践领域。⑤ 他的重点是,任何文本都既是历时性的又是共时性的,巴尔特的错误在于,在一个假定的历时性框架之中,借助二元对立系统,将他们拒斥和否定的文本形式斥为现实主义的,这样,现实主义与现代主义的争论就陷入伦理冲突中,现实主义被视为坏的而遭到拒斥。他强调,任何理论都应视为理论话语,也就是说应当恢复理论产生的历史

---

① 转引自赵毅衡:《符号学原理》,北京:生活·读书·新知三联书店,1988年版,第80页。
② 转引自赵毅衡:《符号学原理》,北京:生活·读书·新知三联书店,1988年版,第80页。
③ 转引自赵毅衡:《符号学原理》,北京:生活·读书·新知三联书店,1988年版,第80页。
④ 转引自赵毅衡:《符号学原理》,北京:生活·读书·新知三联书店,1988年版,第80页。
⑤ 弗雷德里克·詹姆逊:《文学的意识形态》《现实主义、现代主义、后现代主义》,张旭东主编:《晚期资本主义的文化逻辑》,陈清侨等译,北京:生活·读书·新知三联书店,1997年版。行文译名统一为当下通行的译名"詹姆逊",而不再用"詹明信"这一译名。

情境。现代主义是法兰西思想氛围的产物,它旨在拒斥旧的意识形态才创造了一个新名词。事实上,如果用现代主义的标准去衡量一些被归入现实主义的文本,会惊讶地发现,现实主义文本中也有现代主义的因子。现实主义/现代主义这种文学史的划分是一种人为幻象。从马克思主义的历史主义来说,文本的意义就在于其现实性,它揭示我们所处的社会经济时代的局限性和可能性,对当下这个独特的物化世界进行非常特殊的审查和判断,而文化批评的优势就在于,通过文化文本这一渠道揭示这种审查和判断。

詹姆逊将现实主义、现代主义和后现代主义叙述形式与西方社会发展进程结合起来,对其进行符号化的阐释。他引申了结构主义语言学分析艺术作品的一般模式,把作品当作符号系统,将之分为"能指"(signifier,又译指符)、所指(signified,又译意符),此外,还存在一个参符(referent),它指向所指和能指都指向的外在事物——外在客体世界。这个参符对于语言学本身并不很重要,但却是现实主义时代的新产物。他指出,现实主义是解码(decode)时代的产物,在此,符号的所指(意符)、能指(指符)和参符(referent)都存在;现代主义是再编码(recode)时代的产物,只有所指与能指之间的关系,没有了参符,是时间的;后现代主义则是精神分裂时代的产物,只剩下能指(指符)本身,是空间的、浮浅的;三者分别对应的时代是古典资本主义、帝国主义或垄断资本主义和全球化资本主义时代。[①]

詹姆逊的这种论断显然带有 R. 韦勒克《批评的诸种概念》式的进化观念色彩,虽然这里时序的先后并不直接对应价值判断,但其按照时序划分三种叙述形式的思路是近似的,且极易误导人产生进化观的价值判断。不过,詹姆逊与巴尔特却都从符号学路径进入现实主义理论空间,极大改变了以往现实主义理论的思考方式和理论路径[②]:表面上看,这是从以往的注重真实的再现艺术,转向注重文学语言的叙述方式或符号表意的组合方式;深层来看,这是从以往注重文学与生活的关系,现实世界如何在文学世界得以反映、再现的问题,转向关注文学语言如何再造了一个虚拟现实世界,而这个虚拟现实世界又如何借助符号的力量,

---

①　"Reflections on the Brecht-Lukacs Debate". *The Ideologies of Theory* (*vol.* 2). Ed. Frederic Jameson. Minneapolis: Univ. of Minnesota Press,1988,pp. 133-147.

②　支宇:《"现实":中国当代批评理论的一段概念史——从"话语构造物""现实潜文本"到"现在"》,《文艺争鸣》,2011 年第 13 期,第 41—45 页。

反过来可以在第一现实世界发生作用。显然,这在现实主义理论发展史上是一个根本性的转变。

三、现实主义小说与"拟态环境"

按照巴尔特和詹姆逊的论述,现实主义小说作为叙述形式和叙事空间,最接近现代大众传媒制造的"拟态环境"。

美国政论家李普曼的《公众舆论》最早论析了现代大众传媒制造的"拟态环境"(Pseudo-environment)。拟态环境不是现实环境"镜子式"的摹写,不是"真"的客观环境,或多或少与现实环境存在偏离。不过,拟态环境并非与现实环境完全割裂,是以现实环境为原始蓝本。李普曼认为,在大众传播极为发达的现代社会,人们的行为与三种意义上的"现实"发生着密切的联系:一是实际存在着的不以人的意志为转移的"客观现实",二是传播媒介经过有选择的加工后提示的"象征性现实"(即拟态环境),三是存在于人们意识中的"关于外部世界的图像",即"主观现实"。人们的"主观现实"是在其客观现实的认识基础之上形成的,这种认识在很大程度上需要以媒体搭建的"象征性现实"为中介。经过这种中介形成的"主观现实",已经不可能是对客观现实"镜子式"的反映,而是产生了一定的偏移,成为一种"拟态"的现实。①

对照李普曼的"拟态环境"说,我们可以看到,现实主义小说正是以书面语言符号营造"拟态环境",符号作为现实世界的代理人,经过"横向组合"的转喻方式,构建起小说中的"第二世界",它以真实的现实第一世界为蓝本,以最大限度地接近现实世界的真实为追求,却并非真实的现实世界本身,而是经过小说作者编码构建起的虚拟世界,再经过读者的解码形成第三世界——"主观现实"世界。以最大限度接近现实世界的真实为追求,构建转喻性符号系统,正是在这一点上,现实主义小说与其他小说区别开来。如果将现实主义小说作为一个文本符号,其指符(能指)、意符(所指)和参符正好可以分别对应"现实"的"第二世界""第三世界"和"第一世界"。

---

① 参见李普曼:《公众舆论》,阎克文、江红译,上海:上海人民出版社,2006 年版。

不过,参符的意义还不仅仅如此。

如詹姆逊所论,现实主义有别于现代主义和后现代主义之关键在于,前者是有"参符"的资本主义文化时代,其"参符"所指即是,"现实主义标志着金钱社会作为一种新的历史形势带来的问题和神秘,而小说家的任务就是要通过某种形式的创新来处理这种历史形势"①。所谓"形式的创新"其参照系当然主要是现实主义浪潮之前风靡欧洲的浪漫主义,用韦勒克的概括来描述,就是:"它排斥虚无飘渺的幻想、排斥神话故事、排斥寓意与象征、排斥高度的风格化、排除纯粹的抽象与雕饰,它意味着我们不需要虚构,不需要神话故事,不要梦幻世界。它还包含对不可能的事物,对纯粹偶然与非凡事件的排斥,因为在当时,现实尽管仍具有地方和一切个人的差别,却明显地被看作一个十九世纪科学的秩序井然的世界,一个由因果关系统治的世界,一个没有奇迹、没有先验东西的世界。"②

可见,现实主义叙事的参符既指向外在客观的社会历史物质世界,也指向文学自身的历史发展前后坐标。除此以外,现实主义还有外指性的两大重任——政治与道德担当,即如茅盾所论:"笛福的时代正是英国的商业资产者逐渐取得政治支配权并且开始向海外殖民的时期。这时期的散文的文学作品正是这向上升的商业资产阶级自己的文学形式。这时期的文学都有道德的及政论的性质。"③相较于现代主义和后现代主义,现实主义小说叙事的参符及其伦理塑形意义特别值得关注。

四、现实主义小说的叙事参符

参符显然不同于指符(能指)的语言符号物质特性,也不同于意符(所指)的主观理解与阐释特性,而是更加接近中国古代文论中"言、象、意"三方关系项中的"象"。无疑,它指向具有客观性和客体性的文本外部世界,但并非只具有客体

---

① 弗雷德里克·詹姆逊:《现实主义、现代主义、后现代主义》,张旭东主编:《晚期资本主义的文化逻辑》,陈清桥等译,北京:生活·读书·新知三联书店,1997年版,第342页。

② R.韦勒克:《文学研究中现实主义的概念》,《批评的诸种概念》,丁泓、余徽译,成都:四川文艺出版社,1988年版,第230—231页。

③ 茅盾:《世界文学名著杂谈》,天津:百花文艺出版社,1980年版,第279—280页。

性和客观性,它必然是被作家或读者带入文本创作或阐释场域之中来的那部分外部世界,而非其他无限的自在的外部世界,仿佛"意象"之"象"概念那样,与其说是主客体交融,不如说是主体间交互作用的结果。因此,作家在编码之时于语言符号之中带入什么样的参符,以及读者在阐释理解之时带入何种参符以解码,二者对于完成一个文本都非常重要。值得指出的是,参符的带入并不一定是自觉行为,更多的也更耐人寻味的参符恰恰可能是不自觉而为之的,往往给文本一再衍生的再阐释留下极大的空间。

　　传统的社会历史批评是现实主义文学批评的主要形式,特别注重解读文本的社会历史背景以及经济政治时代环境条件对于文本的影响。但是,显然,参符并不等同于这个"背景"和"环境",它大于符号文本所书写的社会历史场景,而又小于它所指的那个社会历史时代环境。同时,参符还是文本编码主体与解码主体之间跨越时空的对话,是编码时代社会历史文化环境与解码时代社会历史文化环境之间的参差对照和符号互动,是一种关系的存在,而非封闭单独的存在。法国作家法朗士的《乐图之花》曾这样生动地描述小说作为符号系统的信息互动解码之奥妙:"书是什么?主要的只是一连串小的印成的记号而已,它是要读者自己添补形成色彩和情感,才好使那些记号相应地活跃起来,一本书是否呆板乏味,或是生气盎然,情感是否热如火,冷如冰,还要靠读者自己的体验。或者换句话说,书中的每一个字都是魔灵的手指,它只拨动我们脑纤维的琴弦和灵魂的音板,而激发出来的声音却与我们心灵相关。"①

　　以"五四"时期的现实主义小说为例,其文学批评功能主要在于针对传统文学观念的全盘否定和全面反思,针对封建宗法制的人道主义批判,用鲁迅的话讲,就是"将旧社会的病根暴露出来,催人留心,设法加以疗治"②,着重在批判封建等级制和家长制对人性的戕害和扭曲,而不是像欧洲和俄苏现实主义小说那样直接针对现代生活矛盾进行大规模全景式的社会批判,不在于批判资本主义社会工业化所暴露出来的人性的丑恶。正是因为那个时代的中国还没有真正的工业化文明,也就缺乏现实批判的社会物质基础,那些所谓现实批判的作品,主

---

① 法朗士:《乐图之花》,转引自吴中杰:《文艺学导论》(第 4 版),上海:复旦大学出版社,2010 年版,第 209 页。
② 鲁迅:《〈呐喊〉自序》,《鲁迅全集》(第 1 卷),北京:人民文学出版社,1981 年版,第 416 页。

要批判的还是封建传统文化。以鲁迅为代表的第一代现代现实主义小说家在创作时带入的正是这种参符，这种参符的面向显然渗透在其文本的各条毛细血管之中，所有的语言符号都指向这个参符。

但是，这种参符并非只有唯一的面孔。实际上，虽然同处于"五四"时代，郁达夫式的抒情现实主义、叶绍钧的朴实现实主义与鲁迅式的思想现实主义都有极大差别，每个作家在书写时都会以自己的方式与外在社会历史时代环境相融合，形成自己叙事文本特殊的参符样式：郁达夫是自曝式的，由自我投射出外界之相，男女之私亦为家国之恨；叶绍钧是素描式的，用朴素的笔法摄取生活之一隅，普通平民的平安希冀含蕴着时代社会之忧；鲁迅是深味省思式的，自己与同辈的遭际促成其内向性反省和外向性剖析，一叶知秋见微知著地将犀利的剖析从当下直划向遥深的远古。

参符不仅受制于编码，还会被解码不断地加以释放和更生，不同时代社会历史文化环境下的解码方式和解码取向都会释放出参符的不同侧面，甚至使文本叙事的参符得以更生。就如"一千个读者就有一千个哈姆雷特"的说法，一般认为这是突出了阐释者和接受者对文本的参与和创造，但我们更愿意强调的是，不同时代的"一千个"读者就会是文学叙事参符的"一千个"释放者和更生者，就如同鲁迅论不同读者对《红楼梦》的解码，释放出的甚至是截然不同的参符："经学家看见《易》，道学家看见淫，才子看见缠绵，革命家看见排满，流言家看见宫闱秘事……。在我的眼下的宝玉，却看见他看见许多死亡……"[①]若非凭空臆释，解码终须出自文本符码，哪怕是过度诠释，解码者所带入的外界事物皆为文本参符的组成部分。事实上，每部文本的解读史在相当大程度上都是文本参符的建构史，从文本解码的历程中，可以看到文本参符在解码过程中是如何建构起来的。在当代中国，阶级斗争学说至上时代、人性复苏解放时代、人的怀疑与解构时代，都在名著解码史中得以显现。

更有意思的是，作家对其他作家文本的解码往往泄露他自己的编码倾向和参符取向，很多作家型批评家更是借助解码他人的文本以确立和宣扬自己的创

---

① 鲁迅：《集外集拾遗·绛花洞主小引》，《鲁迅全集》（第 8 卷），北京：人民文学出版社，2005 年版，第 179 页。

作理念和参符取向,"借他人酒杯,浇自己块垒",不仅仅是一般所言的移情,在这一过程中进行着的,还必然是编码与解码之间参符的跨时空互动。

由此可见,叙事参符看起来好像是客观外在物质世界,实际上更深层的乃是围绕叙事文本而存在的各种不同主体之间的互动交流,编码主体与符码所指主体以及解码主体之间的互动,都是在叙事文本的符号系统中实现的,因而具有了"类社交互动"的特征。

五、现实主义小说的"类社交互动"及其伦理意义

美国社会传播学的代表、芝加哥学派的唐纳德·霍顿(Donald Horton)和理查德·沃尔(Richard Wohl)的名作《大众传播与类社交互动》最早关注观众与电视荧屏上的演员(角色)之间的交流属性。在社会科学的用法中,"类"某物通常表示在形式上模仿某事物的基本属性,却并非事物本身,其时常缺失了某些关键特征。运用于电视,所谓"类社交互动",是指电视与观众之间表面上看是一种亲密关系,类似"面对面"的互动,实际上它是人际互动的模仿和衍生,而非真实的"面对面"互动。

"类社交互动"既是对重要现实以及本真性交互行为的模仿,又是对电视角色与无形观众之间谈话交流的模仿。电视角色巧妙地将缺席的观众拉到自己的言谈中,营造了两者交谈的假象,并最终实现了"类社交互动"。同时,他们还假定无形的观众对自己的言谈做出相应的互动性回应,这就维系了两者之间持续交谈的假象。电视里的"角色"无法看见观众,却时刻假定后者正在观看电视。[1]

现实主义总是自觉地努力使文学看起来不是直接描写某种他者语言而是现实本身,为追求无须中介的现实而奋斗,正像电视里的角色努力想要与观众形成"面对面"社交一样,即便这一目的难以实现。伊恩·P·瓦特在描述现实主义的个别特殊化时,将现实主义小说的读者比成法庭上的陪审团,他们想要知道"所有的特殊个别",却采用间接观察人生的方式。[2] 实际上,与"特殊个别"保持一定

---

[1]　参伊莱休·卡茨编:《媒介研究经典文本解读》(第八章),常江译,北京:北京大学出版社,2011 年版。

[2]　伊思·P·瓦特:《小说的兴起》,高原、董红均译,北京:生活·读书·新知三联书店,1992 年版,第 31 页。

的距离[或者说陌生化(alienation)]是所有洞察(观察)都需要的。如同现实主义绘画一样,我们不再拥有对象本身,而是从某种特定视角看的对象,是在特定条件下、处于特定关系之中的对象。我们无法直接抵达具体的对象,对它们的观察总是被无法逃脱的观者(叙述者)的存在而搅扰。客体对象与我们的所得——氛围、视点、距离、角度——之间永远都有东西侵入进来,因此我们所知道的总是与直接理解的有距离,总是间接的,而非直接的。就像左拉所说:"现实主义屏幕是一个简单的平面镜,很薄,很清楚,它力求自己完全透明,图像可以透过它,重现它们的现实。"①这个"屏幕"就是客观真实世界与现实主义文学世界之间的中介,有类于介于电视角色与观众之间的电视屏幕。

现实主义小说编码解码过程中各种信息交流主体之间的类社交互动更有类于电视。因为不同于现代主义和后现代主义风格流派的小说更偏向于内指性、隐喻性的叙事,现实主义小说作品往往热切地召唤读者的关注与参与,无论是作者、隐含作者还是叙事者,往往都非常希望获得隐含读者和真实读者的认知注意和情感注意,意欲引导甚至把控读者的解码倾向。

在现实主义小说中,我们经常可以看到类似《大卫·科波菲尔》开篇这样的告白:

> 　　让人们明白本书的主人公是我而不是别人,这是本书必须做到的。我的传记就从我一来到人间时写起。我记得(正如人们告诉我的那样,而我也对其深信不疑)我是在一个星期五的夜里 12 点出生的。据说钟刚敲响,我也哇哇哭出了声,分秒不差啊……②

我们可以非常明显地感受到,叙事者是以与他拟想的对话者正在对话的方式展开故事叙述的。作者老年狄更斯与其作品中幼年时代的"我"之间的差异分明而又有互动,故事时间中这个婴儿的"我"与讲故事的叙述者成年的"我"之间也是差异分明而又有互动的,这个叙述者不断地与文本之外他拟想的谈话对象交谈着,仿佛在与人面对面地交流,促膝而谈,这样,叙述者所期待的隐含读者与

---

① 丹缅·格兰特、莉莲·弗斯特:《现实主义·浪漫主义》,郑鸣放、邵小红、米敬才译,西安:陕西人民出版社,1989 年版,第 39 页。

② 狄更斯:《大卫·科波菲尔》,庄绎传译,北京:人民文学出版社,2000 年版,第 1 页。

叙述者之间自然形成了一个社交圈子,而读者在阅读过程中,就仿佛参与到这个社交圈子中,也相应地会与这几个不同的"我"产生信息互动,从而产生不同的心理和情感反应,这个读者主体也就相应地变得内在丰富而多样化了。

《简·爱》的开篇写法与《大卫·科波菲尔》非常相似,虽然在格调上,一个是柔美而安静的,一个却是活泼而顽皮的,但它们在运用故事叙述者召唤读者参与谈话互动以理解故事主人公的人生经历这方面却非常一致,在这个符号系统中构成了类似一种社交圈,读者(叙述者期待的读者)是受欢迎的嘉宾,有他们的倾听,故事的讲述才变得有意义和有意思了。同样的情形也出现在了艾米莉·勃朗特的《呼啸山庄》、笛福的《鲁滨孙漂流记》中。这几部现实主义代表作的开头都是以第一人称故事内叙述者的身份展开叙事的。

萨克雷的《名利场》是另一种开场方式。他模仿当时剧场演出的形式,开头一章类似中国话本小说的楔子,以小说家"我"和剧团领班的身份出场为作者代言,给小说造成现场感和现实真实感,引导(隐含)读者进入小说叙事氛围(社交圈子),并影响读者与此社交圈子进行互动的认知、情感和思想倾向:

> 我想,凡是有思想的人在这种市场上观光,不但不怪人家兴致好,自己也会跟着乐。他不时会碰上一两件事,或是幽默得逗人发笑,或是显得出人心忠厚的一面,使人感动。这儿有一个漂亮的孩子……那儿有一个漂亮的姑娘……再过去是可怜的小丑汤姆躲在货车后头带着一家老小啃骨头……
>
> 我这本小说《名利场》就只有这么一点儿教训。有人认为市场上人口混杂,是个下流的地方,不但自己不去,连家眷和佣人也不准去。大概他们的看法是不错的……①

老舍的《骆驼祥子》、沈从文的《边城》则与哈代的《德伯家的苔丝》和狄更斯的另一代表作《远大前程》的叙事方式非常接近,从一开始就奠定了整个小说的基调。它们不是像前述现实主义代表作那样,以第一人称主观化叙述或第一人

---

① 萨克雷:《名利场》,杨必译,北京:人民文学出版社,2000年版,第1—2页。

称主观化叙述引入第三人称客观化叙述的方式展开叙事,而是以第三人称外视角的客观呈现方式,采用类似现实主义绘画单一固定视点的方式,通过叙事主客体之间距离的远近控制来引导读者的目光(以及心绪情感)逐渐推入故事,有类于电影的镜头控制。虽然具体手段不同,但同样为隐含作者、叙述者和隐含读者之间建立起一个符号交流互动系统,于编码主体和解码主体之间形成了类社交互动的"圈子",从而使作品的符号系统得以成功地获得意义并不断衍生。

不仅如此,正像作家有可能介入故事中人物的生活及其相互关系一样,人物的生活及其相互关系也同样可能介入读者(观众或受众)的生活,以此为中介,作家以及隐含作者也就间接与(隐含)读者产生了互动交流,因而小说文本符号系统中各主体之间的交流互动还可能延伸到现实世界之中,如此,现实主义小说就构成了一个既封闭又开放、既是内指性的又有一定外指性的类社交互动系统。伦理归根结底就是人与人之间的关系规则。

现实主义小说建构的类社交互动系统包含着各个层面的符号主体之间的关系,每种关系之中必然浸透着伦理关系的微妙互动,形成叙事文本及其解码文本的伦理面貌、取向,进而影响不同解码主体的伦理建构。现实主义小说一般都以描写广阔的社会历史生活、塑造众多人物及其关系为突出特征,使得其符号系统所建构的各个符号主体之间的类社交互动伦理关系变得非常丰富复杂,这也正是现实主义小说的艺术魅力和伦理魅力之所在。

受到雅各布森著名的语言交流模式启迪,英国学者拉曼·塞尔登编写了影响卓著的《文学批评理论——从柏拉图到现在》,以五个主题带动对整个西方文论的评介梳理,提供了许多新颖独特、启人深思的思考角度、观点和研究思路。该书与传统以艾布拉姆斯的文学四要素说为基础建构的文学理论著作产生了重要的分野。可见,基本思维模式的调整和改变之重要,如将之与亚里士多德倡导的"从基本事实出发"原则结合起来,更当有力推进学术问题的探讨与拓展。关于"现实主义"的"基本事实"颇多,基本研究思维模式也随时代思潮不断衍变,所涉学术问题也就非常深广。本文不揣浅陋,尝试跨学科探索,实为抛砖引玉,以就教于方家。

(本文作者:程丽蓉)

现实主义中国传播70年考论

五四前后,西方各种文学思潮纷纷被引介到我国,催发了本土文坛各种倾向和形态的文学思潮与流派的共时性呈现。但是,随着国内社会与政治情势的变化以及本土学界对外来思潮流派的主体性选择,经过较短时间的论争和聚焦,19世纪西方现实主义很快成为外来文学思潮在我国接受、传播与研究的主潮。此后较长时期内,尤其是在新中国成立后迄今的70年内,同样由于社会与政治情势的变化,现实主义在我国出现了不同"变体",有时被认为"独尊",有时被认为"过时"和"边缘化",有时又被认为"回归"。概而言之,现实主义在我国被接受与传播的道路起伏曲折,有关它的"回归""独尊""过时"等说法,现在看来依旧有些似是而非、语焉不详。因此,回顾现实主义在本土接受与传播的历史,对我们更深入地认识与把握19世纪西方现实主义,深化对其研究,促进我国包括现实主义在内的文学创作与理论建设的健康发展,是不无裨益的。

一

中华人民共和国成立后,我国文坛的现实主义理论与创作沿着"五四"现实主义方向继续发展。不过,此后无论作为文学思潮、创作方法还是批评方法,它都与20世纪三四十年代国内学界诸多关于现实主义的论争和文学译介密切相关,因此,我们研究、分析70年来现实主义在本土的接受与传播,必须追溯到三四十年代甚至更早。

在五四新文化运动展开的10年左右时间内,19世纪西方现实主义文学在中国被接受和传播的势头比较强劲,学界对其理解和把握虽然还是初步和粗浅的,但其本质特征和内涵总体上被我们接受并得以较为有效地阐发、传播和借鉴。比如,以鲁迅为代表的关于现实主义的研究与介绍以及在文学创作中的实践,是迄今为止外来现实主义在我国接受、传播与借鉴的成功范例之一。不过,20 世纪30 年代末至 40 年代,随着左翼文学运动和民族救亡运动及国内战争的风云变幻,文学与政治的关系较之"五四"时期变得尤为难分难解,文学的政治内容和社会功利性被大力张扬,现实主义文学也因其与生俱来的鲜明的社会批判和政治历史属性而在这特殊背景下更加凸显其"工具性"功能。左翼文学激进主义在特定的社会情势下使文学与政治的联系更加密切,这就为即将登场的新形态的现实主义——"社会主义现实主义"以及"革命的现实主义"做了政治与思想基础之铺垫。首先,相对谙熟苏联文学与政治的周扬及时地传播了社会主义现实主义创作方法。1933 年 11 月,周扬在《现代》杂志第 4 卷第 1 期上发表《关于"社会主义的现实主义"与革命的浪漫主义》一文,这是中国学人第一次正式介绍与倡导"社会主义现实主义"。这"是当时文坛上的一件大事,标志着苏联社会主义现实主义汇入并左右中国现代文学主潮"①,也预示着左翼文学思想沿着新的路线向前发展,更预示着俄苏现实主义和社会主义现实主义将成为外来现实主义在中国传播与接受的主流,而对西欧的本源性现实主义的接受与传播以及"五四"现实主义传统的延续在相当程度上进入式微状态。1938 年,雷石榆在《创作方法上的两个问题——关于写实主义与浪漫主义》一文中明确将写实主义分为自然主义的写实主义和社会主义的写实主义:前者着重表现客观现实之真实,如实地、摄影机似的记录现实,或解剖现实,巴尔扎克、莫泊桑、托尔斯泰等作家莫不如是;后者不单真实地表现现实,而且更积极地、更科学地透视现实的本质,因此现实的多样性、矛盾性、关联性、个别性、活动性以及发展的必然性得到充分揭示。②此后,欧洲现实主义在中国的传播与发展便基本上循着"社会主义的写实主义"的大方向一路高歌。

新中国成立后不久,茅盾就在《略谈革命的现实主义》一文中提出:"社会主

① 温儒敏:《中国现代文学批评史》,北京:北京大学出版社,2006 年版,第 144 页。
② 雷石榆:《创作方法上的两个问题——关于写实主义和浪漫主义》,《救亡日报》1938 年 1 月 14 日。

义的现实主义的创作方法和我们目前对于文艺创作的要求也是吻合的。"①1950年,他在《目前创作上的一些问题》一文中又说:"最进步的创作方法,是社会主义现实主义的创作方法。基本要点之一就是旧现实主义(即批判的现实主义)结合革命的浪漫主义。而在人物描写上所表现的革命浪漫主义的'手法',如用通俗的话来说,那就是人物性格容许理想化。"②20 世纪 50 年代,针对冯雪峰(《中国文学从古典现实主义到社会主义现实主义的发展的一个轮廓》)和茅盾(《夜读偶记》)认为现实主义在中国源远流长且一直居于主流地位的观点,同时也是基于"现实主义"的标签在杜甫等中国古典文学家头上飞舞的状况,对中国古典文学中是否存在现实主义文学,本土学界曾经存在过持续的争论。但总体来看,基于冯、茅二人的政治势头,这场争论事实上并没能够有效展开。

20 世纪 50 年代后期,在"百花齐放,百家争鸣"和批判教条主义的背景下,秦兆阳发表了《现实主义——广阔的道路》一文,质疑"社会主义现实主义"。他特别强调正确处理好文学艺术与政治的关系,反对简单地把文艺当作某种概念的传声筒。他认为"追求生活的真实和艺术的真实"是现实主义的一个最基本的大前提。现实主义的一切其他的具体原则都应该以这一前提为依据。"现实主义文学的思想性和倾向性,是生存于它的真实性和艺术性的血肉之中的。"秦兆阳说,如果"社会主义精神"是"艺术描写的真实性和历史具体性"之外硬加到作品中去的某种抽象的观念,这无异于否定客观真实的重要性,让客观真实去服从抽象的、固定的、主观的东西,使文学作品脱离客观真实,变为某种政治概念的传声筒。他认为,从现实主义的内容特点上将两个时代的文学划出一条绝对的界线是困难的。他提出了一个替代的概念"社会主义时代的现实主义"③。周勃在《论现实主义及其在社会主义时代的发展》、刘绍棠在《现实主义在社会主义时代的发展》中表达了与秦兆阳相近的见解。

稍后,与反右派斗争密切相关的政治批判浪潮旋即呼啸而来。1957 年 9 月1 日《人民日报》发表题为《为保卫社会主义文艺路线而斗争》的社论,谴责右派分子企图在提倡艺术真实性的旗号下"暴露社会生活阴暗面"的险恶用心。姚文元

① 茅盾:《略谈革命的现实主义》,《文艺报》,第 1 卷第 4 期,1949 年 10 月。
② 茅盾:《目前创作上的一些问题》,《文艺报》,1950 年第 9 期。
③ 秦兆阳:《现实主义——广阔的道路》,《人民文学》,1956 年 9 月。

在《社会主义现实主义文学是无产阶级革命时代的新文学——同何直、周勃辩论》中断言,我国文学理论中出现了一种修正主义思潮:"这种修正主义思潮强调现实主义的中心是'写真实',强调社会主义现实主义同过去的现实主义没有方法上的不同,因此不能成为一个独立的流派,强调现实主义方法对艺术的决定作用,而把作家的思想同创作方法完全割裂开来,以为有了艺术性就一定会有思想性。"①从 20 世纪 40 年代前后就开始流行的"社会主义现实主义"(周扬、夏征农、邵荃麟、林默涵等的推介与传播),经过不断地论争,逐渐在 60 年代前后演变成为与"革命浪漫主义"相结合的"革命现实主义"。1966 年出台并在"文革"中发生了重要理论作用的《林彪同志委托江青同志召开的部队文艺工作座谈会纪要》,将"革命""两结合"规定为唯一正确、合法的创作方法;《纪要》于 1966 年 4 月 10日作为中央文件下发,1967 年 5 月 29 日在《人民日报》正式公开发表。

　　历史地看,中国的"社会主义现实主义"实际上是苏联社会主义现实主义的一种"翻版"或者"变体"。作为一种创作方法,社会主义现实主义于 20 世纪 30年代初经过一段时间的讨论和论争后,最终于 1934 年在苏联第一次作家代表大会通过的作家协会章程中正式提出并宣布为苏联文学的创作方法,其含义是:"社会主义现实主义,作为苏联文学与苏联文学批评的基本方法,要求艺术家从现实的革命发展中真实地、历史具体地去描写现实;同时,艺术描写的真实性和历史具体性必须与用社会主义精神从思想上改造和教育劳动人民的任务结合起来。社会主义现实主义保证艺术创作有特殊的可能性去发挥创造的主动性,去选择各种各样的形式、风格和体裁。"②在苏联,社会主义现实主义一般被认为形成于 20 世纪初,也就是俄国 1905 年革命之后,其标志是高尔基的《母亲》和《底层》的创作开始。社会主义现实主义自诞生起,也一直在反复的讨论中不断摆脱"庸俗化的教条主义"的"狭隘性"内容,以"广泛的真实性"和"开放的美学体系"、现实生活发展的"没有止境"③等新内容不断丰富其内涵。社会主义现实主义之确立的根本目的是:社会主义苏联的文学必须体现社会主义思想并为无产阶级

---

① 　姚文元:《社会主义现实主义文学是无产阶级革命时代的新文学——同何直、周勃辩论》,《人民文学》,1957 年第 9 期。
　　②③ 　中国大百科全书出版社编辑部编:《中国大百科全书·外国文学(Ⅱ)》,北京:中国大百科全书出版社,1982 年版,第 909、911—912 页。

和广大劳动人民服务;而在创作理念与方法上,又汲取了包括高尔基在内的俄罗斯现实主义乃至西欧现实主义的"写实"精神与传统。因此,笔者认为,苏联的社会主义现实主义无疑是 19 世纪现实主义的一种"变体",而且,因其影响广泛而久远,实际上"已经成了国际的文学现象"①。所以,从国际传播与影响的角度看,它实际上已不仅仅是一种文学创作方法与文学批评方法,而且也是一种新的现实主义文学思潮或者流派。苏联社会主义现实主义本身作为一种"变体"的新的现实主义文学思潮,在中国影响广泛。它一问世,就得以在中国接受与传播;苏联文学也在社会主义现实主义旌旗下从 20 世纪 30 年代开始至中华人民共和国成立后的五六十年代,一直是我国文学创作和文学研究、学习、效仿和借鉴的主体。

如前所述,我国文学界从 20 世纪 30 年代初就直接借用苏联的"社会主义现实主义",并尊其为我国新文学的方法与方向;尤其是,长时期出于对苏维埃社会主义的崇拜和对苏联"老大哥"的敬仰,苏联文学及其"社会主义现实主义"之精神,有效地促成了我国现当代文学之灵魂的铸就。就像"五四"时期我国文学界特别青睐俄罗斯现实主义文学一样,这种延续下来的俄罗斯"情结",此时成了催发对苏联文学特别喜好的"酵素";或者说,俄罗斯现实主义文学的某些特质,延续到了苏联文学之中,这也是我国文学界对其深感亲切因而对其情有独钟的深层原因。所以苏联文学尤其是社会主义现实主义的观念,无形地渗透在了我国无产阶级和社会主义形态的文学与理论之中。在此,有一个具体的典型案例,特别值得深度分析阐发,那就是 20 世纪 40 年代毛泽东《在延安文艺座谈会上的讲话》(1942,下文简称《讲话》)的发表和后来的影响,以及《讲话》与中国"社会主义现实主义"文学的关系问题。

毛泽东的《讲话》并没有明确提出将"社会主义现实主义"作为解放区文艺创作的基本方法,但是,他根据当时的国情,强调文艺为广大人民大众服务,首先为"工农兵"服务的基本宗旨与大方向,这不仅在相当程度上呼应了苏联的"社会主义现实主义"——事实上《讲话》本身也已经接受了苏联社会主义现实主义的影响——而且也催化或者促进了苏联社会主义现实主义在中国的接受与传播,并

---

① 中国大百科全书出版社编辑部编:《中国大百科全书·外国文学(Ⅱ)》,北京:中国大百科全书出版社,1982 年版,第 909、911—912 页。

使我国现实主义文学从理论到创作步入了一个新境界。文艺为人民大众服务，首先为工农兵服务，这固然有特殊年代较强的政治功利色彩，但其历史与现实之必然性与合理性也是不容置疑。因为，就文学之本质而言，政治性与功利性也是其题中应有之义，"艺术中的政治倾向是合法的，不仅仅因为艺术创造直接与实际生活相关，而且因为艺术从来不仅仅描绘而总是同时力图劝导。它从来不仅仅表达，而总是要对某人说话并从一个特定的社会立场反映现实以便让这一立场被欣赏"①。做如此的引证和阐发，当然并不意味着我们赞同文学的功利主义和"工具化"。历史地看，毛泽东强调的文学方向和宗旨，其精神实质承续了"五四"现实主义"为人生"之文学精髓，也契合了当时社会情势对文学之社会功能的期待。因为，"为人生"的核心是启迪民智，披露社会黑暗以及国民之精神病疴，救民众、民族与国家于水深火热之中。在 20 世纪三四十年代，救亡和启蒙都是家国与民众之安危所系，文艺为人民大众、为工农兵的功能与价值追求，也是新形势下的一种"为人生"精神之体现，也是"人的文学"和"平民的文学"的一种体现。至于毛泽东强调作家与现实生活的关系、文学反映现实生活，本身也不乏现实主义的"写实"与"求真"之精神，而且，《讲话》针对国统区和抗日根据地的实际情况，强调"一切危害人民群众的黑暗势力必须暴露之，一切人民群众的革命斗争必须歌颂之"②。应该说，《讲话》所倡导的文艺创作与批评方法，总体上与苏联的社会主义现实主义原则比较接近，也接续着"五四"时期的现实主义之传统。《讲话》发表之后，其核心精神基本上贯穿了 20 世纪 30 年代到 70 年代末从解放区到中华人民共和国成立后的我国现当代文学。从文学跨文化传播的角度看，这段历史也可以说是中国文学界对苏联社会主义现实主义之接受、传播与实践的历程，中国的"社会主义现实主义"和"革命现实主义"是苏联社会主义现实主义的变体，同时也属于 19 世纪西方现实主义的变体，而《讲话》是这种"变体"之核心精神的特殊形态的显现。而且，《讲话》又是对马克思、恩格斯关于现实主义之论断的一种接受与传播，是马克思主义文艺思想的一种中国式展示。

　　如上所述，苏联的"社会主义现实主义"是俄罗斯现实主义的一种"变体"，那

---

　　① Arnold Hauser,"Propaganda，Ideology and Art"，*In Aspects of History and Class Consciousness*,Ed. István Mészáros,London：Routledge & Kegan Paul,1971,p. 131.

　　② 毛泽东：《在延安文艺座谈会上的讲话》,《解放日报》1943 年 10 月 19 日。

么,这种"变体"了的"现实主义"在具有强烈的社会功利性这一点上放大性地传承了俄国现实主义的社会政治功能,与此同时又把原有的强烈的社会批判性内涵予以挤兑,于是,其本质上由于拥有过多的超越文学自身本质属性的意识形态内容而演变出鲜明的政治宣传之特征,政治理想色彩浓郁,社会批判功能被削弱。至于我国把苏联的"社会主义现实主义"加以改造后出台的与"革命浪漫主义"相结合的"革命现实主义",则更是现实主义的变体的"变体",尤其是在"文革"这种极"左"思潮盛行的特殊语境里,"革命现实主义"更成了一种空洞的口号和政治宣传"工具",庸俗社会学的特征十分明显。确切地说,这种意义上的"革命现实主义"实际上已经算不上什么"现实主义",因而也谈不上是"变体"了,而是扭曲的空泛的口号,这在一定程度上是对现实主义的曲解乃至背叛。因此,这种"革命现实主义"客观上构成了对现实主义精神、方法和理念的冲击和损害。

当然,我们在看到苏联传统的"社会主义现实主义"作为现实主义之"变体"形态在这一历史时期的我国文坛以主流姿态传播的同时,也要看到别种现实主义形态的文学以另外的方式在我国文坛和学界的传播,其中特别值得注意的是以胡风为代表的张扬"主观战斗精神"的现实主义。胡风的现实主义很大程度上是鲁迅现实主义精神在新历史阶段的一种延续与发展。胡风早年与鲁迅过从甚密,他们都深受俄罗斯现实主义与厨川白村等日本作家、文艺理论家的影响。他自己说曾经"读了两本没头没脑地把我淹没了的书:托尔斯泰的《复活》和厨川白村的《苦闷的象征》"①。这个例子对胡风来说具有典型意义:他深受托尔斯泰和厨川白村这些除关注文学与现实社会之关系以及文学的社会功用之外,同时又特别关注文学艺术本身之特质与功能以及人的精神与灵魂现象的作家之影响;他反对仅仅"把文艺当作一般的社会现象"②而忽视其本身之特质与功能,单纯地用社会学和阶级论看待文学的观念。显然,胡风是我国现当代文学中较早抵制文学领域里的庸俗社会学倾向的理论家。他追求人生与艺术的"拥合",推崇高尔基的"真实地肯定人的价值"的"反映现实,并不奴从现实"③的主张,张扬一种

---

① 胡风:《置身在为民主斗争的前驱》,《希望》,1945 年 1 月第 1 期第 1 卷。
② 胡风:《胡风回忆录》,北京:人民文学出版社,1997 年版,第 35 页。
③ 胡风:《M·高尔基断片》,《现实文学》,1936 年 8 月,第 2 期。

具有强烈的批判性和"主观战斗精神"的现实主义——"主观精神和客观真理结合或融合,就产生了新文艺的战斗的生命,我们把那种叫作现实主义"①。胡风的这种"变体"了的现实主义和当时普遍流行的社会主义现实主义显然有巨大区别,不过他并没有反对社会主义现实主义,只不过对之有自己独特的理解而已:

> 社会主义现实主义,因为是现实主义以今天的现实为基础所达到的最高峰,它被提出的时候要求能反映任何生活,能够反映任何历史时代;是体现了最高原则的概念,所以是一个最广泛的概念。它要担负起全历史范围的斗争。写历史的皇帝将相的小说(《彼得大帝》等),写资产阶级的(《布雷曹夫》等),写知识分子的(《克里姆·萨姆金的一生》),写神话故事的(《宝石花》等),都是社会主义现实主义的作品。判定了没有写"工农兵群众生活"就不是"新现实主义",那就等于锁住了它,使它不能斗争。②

胡风对"现实"和"生活"的理解显得更加宽泛而深刻,不像当时和后来相当长时期内我国学界许多人理解的那么狭隘而浮泛。他认为"处处有生活",文学应该反映"任何生活"③,因此其描写对象也不仅仅局限于"工农兵群众"。至于他强调的文学的人民性,文学的主观战斗精神,文学表现血肉人生、揭露奴役人民的反动势力、反映人民的斗争意志等,都既鲜明地标举出他所理解、接纳和倡导的现实主义之独特性——继承了鲁迅的现实主义传统,又有西欧的、俄罗斯现实主义的本源属性,是一种在当时别具特色的"现实主义"。也正因为如此,他的这种现实主义理论在当时显得有些"异类",于是也就曲高和寡,并且后来他还因此遭受政治冲击乃至迫害。当然其间还有别的原因。但是,在 19 世纪现实主义文学思潮在中国的接受与传播史中,胡风对现实主义的倡导和传播是不可抹去的浓墨重彩之一笔。

---

① 胡风:《现实主义在今天》,《时事新报》,1944 年 1 月 1 日。
② 胡风:《关于解放以来的文艺实践情况的报告》(即"三十万言书"),《新文学史料》,1988 年第 4 期。
③ 胡风:《理想主义者时代的回忆》,郑振铎、傅东华编:《我与文学——〈文学〉周年纪念特辑》,北京:生活·读书·新知三联书店,2012 年版,第 301—302 页。

　　另外,无论从创作实践还是理论研究角度看,从 20 世纪 30 年代到 70 年代末,我国文学理论与文学创作中的现实主义精神既不完全来自西方 19 世纪现实主义,也不完全来自苏联的社会主义现实主义,因为中国古代的传统文学中原本就有丰富的写实精神的艺术资源,19 世纪这个时段之外的外国文学也有多种多样写实传统可资借鉴。所以,即便在文学理论与观念混乱、现实主义观念迷失的情况下,在我国具体的文学创作实践中,写实精神与传统依旧绵延不绝,体现现实主义精神的文学作品也依然有一席之地,虽然真正高水平的现实主义精品为数不多。不过,从本文所谈的外来文学与文化的本土传播和接受的角度看,这一相当长的时期内,西欧模式的 19 世纪现实主义文学精神在我国文坛的接受与传播之成效并不显著,甚至出现停滞的状况。

二

　　"文革"结束以后,"社会主义现实主义"以及"两结合"的"革命现实主义"虽在一段时期内仍保持政治与理论正确的主导地位,但这种经过特殊年代极"左"思想浸濡的"创作方法",实际上到后来已成了一个与创作实践相脱节的空洞口号。随着"思想解放"运动的持续展开,人们对曾经被尊为最好的创作方法的"社会主义现实主义",尤其是对所谓的"革命现实主义"不断质疑,由此终于在 20 世纪 70 年代末至 80 年代前期引发中国学界关于现实主义的大讨论,这种讨论与文学创作中充满写实精神与人道情怀的"伤痕文学"的兴起几近同步,理论创新与创作实践两相呼应,表达了对"恢复写实主义传统"①的强烈期待。这一波讨论的焦点集中在三个层面:第一,何谓现实主义? 大致有 5 种代表性的观点。其一曰,现实主义是一种创造精神②;其二曰,现实主义作为文学的基本法则,是衡量一切文学现象的总尺度③;其三曰,现实主义是一种文学思潮或美学思潮④;其四

---

　　① 姚鹤鸣:《理性的追踪——新时期文学批评论纲》,南京:江苏教育出版社,1998 年版,第 42 页。
　　② 於可训:《重新认识现实主义》,《人民日报》,1988 年 9 月 13 日。
　　③ 何满子:《现实主义是一切文学的总尺度》,《学术月刊》,1988 年第 12 期,第 52—57 页。
　　④ 李洁非、张陵:《现实主义概念》,《文学自由谈》,1986 年第 2 期;周来祥:《现实主义在当代中国》,《文艺报》,1988 年 10 月 15 日。

曰,现实主义是一种创作方法或美学原则①;其五曰,现实主义是一个文艺流派②。这些讨论对恢复现实主义的传统表现出了高度的热情,也说明"现实主义传统的恢复反映了历史的必然要求"③。第二,现实主义的内涵是固定的还是开放的?其外延是有限度的还是无边的?大致有两种代表性的观点。其一曰,现实主义有确定的内涵,因而其外延是有限度的④;其二则称,现实主义作为一切艺术的总尺度,内涵在不断发展之中,外延是无边的⑤。这方面的讨论意味着学界对以往"现实主义"理解上的不满足,表现出力图对我国以往各种明目的"现实主义"的拓展、突破的内在企求。第三,"社会主义现实主义"是否过时因而应予以否定?杨春时等认为其作为政治化的口号应该否定⑥;陈辽等人则认为其作为正确的创作方法不应该否定⑦。刘纲纪等人则持中庸态度——对之肯定中有否定,否定中有肯定。社会主义现实主义作为一种政治色彩较浓的特殊的"现实主义",在此时对它的讨论多少还有些谨小慎微,但是,对其工具性、口号性特征以及一定程度上对现实主义的扭曲,学界普遍表现出了批评态度。总之,20世纪70年代末、80年代前期关于现实主义的诸多讨论大家各抒己见、歧义纷呈,表达了各自对现实主义的不同理解,并都致力于摆脱"左"倾思潮盛行时期强加在现实主义头上的种种似是而非的说法,让现实主义恢复其本来面目。这种努力无论在理论建设还是文学创作实践上都有明显的成效。以往学界普遍认为现实主义在此时得以"回归",这种说法不无道理。

但是,随着我国改革开放步伐的迈进,20世纪70年代末80年代初文学界在为现实主义的"回归"而庆幸之际,西方"现代派"文学也悄然迈进了我们的文学大花园。于是,经过小心翼翼的探索性传播与借鉴,特别是80年代中后期经过是"现代派"还是"现代化"的大讨论后,终于形成了现代派在我国传播之热潮。

---

① 王愚:《现实主义的变化与界定》,《文艺报》,1988年3月5日;朱立元:《关于现实主义问题的断想》,《文汇报》,1989年3月3日。

② 曾镇南:《关于现实主义的学习、思考和论辩》,《北京文学》,1986年第10期;刘纲纪:《现实主义的重新认识》,《人民日报》,1989年1月17日。

③ 何西来:《新时期文学思潮论》,南京:江苏文艺出版社,1985年版,第7页。

④ 张德林:《关于现实主义创作美学特征的再思考》,《文学评论》,1988年第6期,第87—97页。

⑤ 张炯:《新时期文学的革命现实主义》,《红旗》杂志1986年第20期;狄其骢《冲击和命运》,《文史哲》1988年第3期。

⑥ 杨春时:《"社会主义现实主义"再思考》,《文艺报》,1989年1月12日。

⑦ 陈辽:《"社会主义现实主义"再认识》,《文艺报》,1989年3月3日。

一时间,无论是作品翻译、理论研究还是文学创作,现代派或"先锋文学"都成了一种时髦的追求,现代派几乎成了文学与文化上"现代化"的别称。在这现代派热潮滚滚而来的态势下,刚刚有所"回归"且被特殊年代之政治飓风颠卷得惊魂未定的"现实主义",瞬间又变得有些灰头土脸、满脸尴尬,而且在现代派的时髦热潮中很快被认为"过时"。即使是90年代的"新现实主义",标志着写实主义传统的文学在新的历史条件下的新发展,也"超越了现实主义与现代主义的既有范畴,开拓了新的方向,代表了新的价值取向"①,但它也没有构成压倒现代派倾向文学之态势。真所谓风水轮流转,假如现实主义果真像学界常说的那样曾经有过被"独尊"的话,那么,此时被"独尊"的已不是它,而是现代派。不过,笔者对此一直有一个疑问:"五四"时期曾经出现过现实主义的"一枝独秀",但这显然远不是所谓的"独尊",只能说在当时诸多流派呈现中有"木秀于林"之态势。因为在"五四"时期,经过本土学人和作家的选择性接受,新文学中现实主义处于相对主流的地位,故而可谓是"一枝独秀"。但是,其他诸多非现实主义的文学思潮和流派也仅仅是相对淡出而已,未曾也不可能被强制性退出文坛,因此各种支流或者派别的文学样式继续存在着,象征主义、唯美主义等思潮流派也依然被"小众化"地接受与传播。再者,在当时的社会情势和政治形势下,新文学对外来现实主义的主动而热情的接受与传播,也主要集中在"五四"新文化运动前后的10余年时间里,此后到20世纪70年代末,现实主义本身也一直处于不断地被争议性讨论和"变体"的过程中。若此,现实主义在我国文坛和学界到底什么时候享有过"独尊"的待遇?若一定要说有,那么,"独尊"的是什么"现实主义"——"社会主义现实主义"?"革命现实主义"?因此,在笔者看来,确切地说,真正本源性现实主义其实从来未曾被我国文坛和学界"独尊",如果说有被"独尊"的"现实主义",也只不过是一个被抽空了现实主义本质内涵的空洞、扭曲的"现实主义"口号而已,或者说是一种非现实主义的"现实主义"。因此,现实主义"独尊"的说法是一个似是而非的命题,至少是一种很不符合客观事实的判断,并且,其间对现实主义不无藐视、嘲讽之意。在这种文化语境里,现实主义差不多是在代极"左"思想受

---

① 王干:《近期小说的后现代主义倾向》,孟远编:《新写实小说研究资料》,南昌:百花洲出版社,2018年版,第15页。

过,一定程度上成了一个"出气筒"。因此,戴在现实主义头上的这顶高高的"独尊"的帽子不仅不是它原本曾有过的"荣耀",而且是一种不堪承受之负担。因此,如果说现实主义"独尊"的说法表达了对一段时期内被扭曲了的所谓"现实主义"的不满,那么这种不满的心理是真实的和可以理解的;而如果用其来描述一种客观存在的历史事实,那是不妥当的。澄清这一点,有利于19世纪现实主义在学理和本源意义上在中国的研究、接受和传播,有利于我们摆正对现实主义或者其他任何什么"主义"的评判态度,也有利于本土特色之现实主义文学的健康发展。

其实,若一定要说文学上有过什么"独尊"的"主义",我倒是觉得,20世纪80年代的西方现代派曾经被我国文坛和学界"独尊"得相对比较纯粹。因为,事实上那段时间里现代派崛起得相当迅捷,接受与传播得也相当广泛深入,研究和模仿现代派进行文学创作,一时间成了一种既高雅又前卫的文化时尚。在那种文化氛围里,似乎学界或文坛人士不看或者看不懂或者不会谈现代派文学,则立马有可能被认为是"背时"或"落后"。客观地说,20世纪80年代我国对现代派的接受和传播,当然也有其历史必然性与合理性,其对本土文学与文化发展的转型和建设之历史功绩是不可否认的。但是,一段时间里对其过分的膜拜甚至某种程度上近乎"独尊",现在看来,这不仅仅是当时文学和文化上求新求异求变革心理的反映,也真可谓是我们自身文化心理不成熟、不自信的一种表现,而与此同时对现实主义的夸大化的贬抑和排斥,自然也是过激的和不公允的。那情景可谓是"沉舟侧畔千帆过,病树前头万木春",现实主义还没有坐暖"回归"的椅子,就几乎在一夜间惨遭冷遇,大有中国社会常见的"墙倒众人推"之见怪不怪的势利现象。呜呼,现实主义!谁让它曾经被享有"独尊"的空头待遇呢?当然,究其原因,这其实是现实主义受曾经戴在它头上的那个虚幻的政治光环给它带来的一种伤害。当现实主义被现代派"过时"且一定程度上也被"边缘化"之际——现实主义和现代主义两者其实是并不必然构成冲突的,相反是可以互补后来也不同程度地实现了互补的[①];现实主义因其固有的强劲之生命力,写实倾向与风格的文学创作在新时期我国文坛也从来没有衰竭过。——有人若仍然在褒奖现实主

---

① 蒋承勇:《19世纪现实主义"写实"传统及其当代价值》,《中国社会科学》,2019年第2期,第159—181页。

义或者坚持现实主义风格的创作,也马上可能会被认为是观念"落后"或者思想"陈旧"。正如路遥于 1988 年评价国内文坛之文学观念时一针见血地指出的那样:"许多评论家不惜互相重复歌颂一些轻浮之作(指现代派倾向的'先锋文学',笔者注,下同),但对认真努力的作家(指坚持现实主义倾向的作家)常常不屑一顾。他们一听'现实主义'几个字就连读一读的兴趣都没有了。""尽管我们群起而反对'现实主义',但我国当代文学究竟有过多少真正现实主义? 我们过去的所谓现实主义,大都是虚假的现实主义。"①确实,现代派盛行时期我国文坛和学界对现实主义的态度是有几分简单乃至粗暴的,此后较长一个时期内对现实主义的评价自然也是不够客观的。甚至可以说,时至今日,在我们的国内主流话语一再地呼唤、倡导和张扬现实主义的情况下,本土的文化集体无意识对它似乎有一种莫名的排斥和抵触,或者说是本能地将它与"工具""口号"联系起来,于是有意无意中投之以轻视或轻蔑。这既说明了出于本土的历史原因,对现实主义有太多太深的误解,对它附加了太多文学艺术之外的有关意识形态方面的承载,也说明了 70 年来乃至百余年来西方现实主义在中国的接受、传播与研究之根基还不够牢固,对其本源性内涵与特质的理解与发掘远远不够深入。就此而论,不仅谈不上现实主义在我国文学创作和理论研究上的"过时",也谈不上真正意义上的现实主义之深度的"回归"。实际上我们一直还缺乏严格的和真正意义上的现实主义理论与创作实践,真正现实主义的文学一直未在我国文坛做强做大,有世界影响的现实主义精品力作为数甚少。因此,我们依然需要呼唤现实主义,当然我们依然也不排斥现代主义和后现代主义;我们需要自信和相对成熟意义上对它们的公允、客观的评价和理解基础上的接受、传播与借鉴。在此种意义上,现实主义在我国没有"过时"。

三

在当今"网络化—全球化"的新时代,"回归经典"和"重估经典",不应该仅仅是一种呼唤和号召,更应该是一种实际行动。既然现实主义并没有"过时",那

---

① 路遥:《致蔡葵的信(1988 年 12 月)》,厚夫:《路遥传》,北京:人民文学出版社,2018 年版,第 295 页。

么,对它的研究也应该进入"进行时"状态,对 19 世纪现实主义这份厚重的文学资源,我们必须予以足够的重视。在此,笔者重点谈四个问题。

(一)深度理解 19 世纪现实主义"真实"之观念

"真实"是一个历史的概念,在文学创作实践中又是一个动态实现的过程,它有其十分深广的内涵与意义,事实上我们对其深度发掘、把握和接受尚显不足。"五四"时期对"真实"的理解偏重于从"为人生"的角度,强调展示大众的当下现实人生,注重作家对生活抱以诚实的态度,而在具体描写手法上,与欧洲经典的现实主义细致精确的手法还有相当大的距离,因为当时文坛和学界理论上对"真实"以及"生活"的理解和研究仅仅是表层的和粗浅的。此后"革命文学"对"真实"的理解则是一种激进理想主义的偏狭。社会主义现实主义时期所理解和把握的"真实"也过于理想化,有某种程度上的狭隘性。至于"革命现实主义",更是近乎脱离"真实"的本质而变成了虚假。此后的一个时期内学界不敢谈真实的问题,或者即使讨论这个问题,也总是因有所顾忌而浅尝即止。因此,学界对 19 世纪现实主义"真实"观的历史发展过程和本源性内涵,一直缺乏深度研究与把握。此外,在创作实践中,"真实"是一个动态实现的过程,它以客观现实之"真"为逻辑起点,经由作家主观感受之真和借助艺术假定性手段建立起文学文本之真。诸多 19 世纪现实主义作家处于同一时代不同国家和不同文化境遇中,不同个体对生活之"真"的感觉有差异,各自的审美趣味和具体表现技巧同样是有差异的,因而各自给出的所谓"真实"之文学文本也是千差万别的,而不像我们过往的研究那样基本上停留在"模仿""再现"以及客观地"反映"这样的层面,笼统地理解、分析与接受 19 世纪现实主义文学关于现实生活之"真实"的呈现,掩盖了众多作家真实性之形成和展现的千差万别与丰富多彩,显得机械而简单。

(二)深度发掘 19 世纪现实主义文学的审美价值

19 世纪西方现实主义固然以其强烈的社会批判性和高度的社会认识价值而著称于世并已经对我国产生了较大的影响,但是我们不能因此忽视其审美功能和价值及其作为文学经典的当代意义。"五四"初期,当西方各种文艺思潮纷纷进入我国的时候,其实首先占主流地位的并不是现实主义,而是浪漫主义。当时,崇尚浪漫主义的创造社提出的"为艺术的文学"的口号,综合了浪漫主义、唯美主义和象征主义的总特征——追求文学之艺术价值与审美功能。这种倾向比文学研究会"为人生的文学"所追求的文学之社会认识价值和社会功能的倾向更显强势。本来,这两种倾向共同构成了文学之社会认识功能与审美认识功能的辩证统一,但是,到了 20 世纪 20 年代末 30 年代初,更切合中国文化传统和现实国情,以体现社会功利性见长的现实主义逐步取代了浪漫主义而居于文坛的主导地位。从此,"为艺术的文学"就不再有多少传播和生长的空间与机会,文学的社会价值基本上成为对文学之价值衡量的主要标准,现实主义、社会主义现实主义乃至口号化的"革命现实主义"的一路高歌,使文学从理论到创作都对艺术和审美价值相对疏离。直到现代派热潮的兴起,对文学之艺术性审美价值的追求在一个新的认知与接受平台上推进。从文学思潮与文学观念传播的角度看,我国学界对 19 世纪现实主义的接纳与研究也一直关注和倾向于其社会认识和社会批判价值,而轻视或者忽视其艺术的和审美的价值,由此也在很大程度上造成了人们对现实主义的误解,以为它的文学史价值也就是社会认识与社会批判而已,缺乏审美价值。这种不无片面的评价与理解既误导了人们对现实主义的认识与判断,也降低了其文学史地位和人们对其作为文学经典的认可度。虽然 19 世纪现实主义确实在社会认识功能和批判功能方面达到了空前成熟的境界,这也是其本质特征之一,但其文学史贡献和价值远远不止于此,而我们的研究却很大程度上津津乐道满足于此。这显然是一种缺憾,我们有必要加强其审美价值方面的发掘与研究。比如,就小说的故事"情节"与"结构"而言,其作为西方叙事文学之血脉和经络,在 19 世纪现实主义文学(尤其是小说)中呈现得空前完美甚至达到了极致,这是西方叙事文学走向成熟的重要标志,也是积淀深厚的西方审美文化之重要成果在现实主义形态的叙事文学中的集中呈现。"19 世纪现实主义小说尽管是'现实主义的',但似乎充满了很重的情节意味,实际上,它的'细节主义'特征倒更加鲜明。"①因为,情节和结构不仅仅是文学形式本身,而且是呈现

---

① George Levine,"Literary Realism Reconsidered:'The World in its length and breadth'",*Adventures in Realism*,Oxford:Blackwell Publishing Ltd.,2007,p.18.

复杂而深邃的人类社会与人的精神之真实生活的载体,而要展示极端复杂的社会关系和人的心理世界,"显然,这样一种表现方法只有和充满着曲折和变化的情节相结合才有可能实行"①。可以说,没有曲折动人的情节和完美的故事结构,就不可能有现实主义小说在世界文学史上的经典地位。西方现实主义小说的情节结构艺术作为人类文学的一种遗产,对经历了现代、后现代之情节"淡化"与故事"解构"后的当今我国文学创作以及大众阅读来说,显得格外有研究与借鉴的价值。呼唤完美而精致的故事情节与结构,其实是在强调文学深度关注现实人生,正如罗伯特·麦基所说:"故事并不是对现实的逃避,而是一种载体,承载着我们去追寻现实,尽最大的努力挖掘混乱人生的真谛。"②我们今天所期待的无论是宏大叙事还是微观叙事抑或是两者结合的文学创作,讲好关于信息时代人的生存状况的故事,提高文学的现实性与可读性,都有必要在新的更高的意义上"回归"丰富的情节与精致完美的结构,它们并不是叙事文学可有可无的东西,而是其根基性元素,现实主义倾向的文艺尤其如此。于是,向经典学习,深入研究和阐发 19 世纪现实主义文学中包括情节、结构、叙事等在内的艺术的和美学的资源,深度发掘其审美价值,就显得至关重要。

(三)深度辨析现实主义与自然主义的异同

关于现实主义与自然主义,既不能笼而统之地用"写实主义"将两者"一锅煮",也不能以现实主义的标尺削足适履地评价自然主义。但是,迄今为止,这两种情况依旧不同程度地存在。如前所述,"五四"时期,现实主义最初是和自然主义一起以"写实主义"名义被介绍到我国的。最早正式介绍现实主义的陈独秀,1915 年在《答张永言》中从进化论的角度把欧洲现实主义和自然主义都看成相对先进的写实文学予以推介,主张中国今后的文学"当趋写实主义"③。茅盾推介的现实主义一开始明显取法于法国的自然主义,尔后才接纳俄罗斯现实主义,但是

---

① 卢卡契:《卢卡契文学论文集》(二),北京:中国社会科学出版社,1981 年版,第 358 页。

② 罗伯特·麦基:《故事:材质、结构、风格和银幕剧作的原理》,周铁东译,北京:中国电影出版社,2001 年版,第 11 页。

③ 陈独秀:《答张永言》,《新青年》1 卷第 6 期,见贾植芳、陈思和编《中外文学关系史资料汇编》(下册),桂林:广西师范大学出版社,2004 年版,第 709—712 页。

他并没有区别两者内涵之差异。20世纪20年代文学研究会为了支撑"为人生的文学"的口号,就向西方关注现实、擅长社会批判的现实主义寻求支持,但是他们接纳与传播的现实主义也是掺混了自然主义的。当时谢六逸和胡愈之介绍西方现实主义的两篇文章《自然派小说》和《近代文学上的写实主义》,都从"写实主义"角度,把自然主义当作现实主义予以介绍。那么,是从什么时候开始对两者有所甄别的呢? 陈思和认为,"现实主义在内部划清与自然主义的界限的工作,最初正是由反对现实主义的创造社诸作家们进行的"。他认为成仿吾在1923年发表的《写实主义与庸俗主义》一文中,"第一次将写实主义文学区分为'真实主义'与'庸俗主义'两个概念"。另一篇是穆木天发表于1926年的《写实文学论》,"他首次把巴尔扎克与左拉进行比较,结论是巴尔扎克的《人间喜剧》体现了现实主义的真精神,而左拉的小说'简直不是文学,是科学的记录,于是宣告了写实主义的死亡'"。由此,陈思和认为"中国理论界对现实主义与自然主义两种文学创作方法的区别有所认识"①。这里的"有所认识"不仅是初步的甚至是肤浅的,而且成仿吾和穆木天把自然主义否定地斥为"庸俗"写实和"不是文学",显然是很不恰当的,这种"区分"无疑缺乏学理性和公允性。接着陈思和还认为,到了30年代,随着理论研究和文学创作的进一步发展,现实主义"对外取得了对浪漫主义的胜利,对内克服了与自然主义的概念的混同,现实主义的发展在30年代才开始以其独立的思想面貌与美学价值对中国新文学发生异响",而且,自然主义在"被甄别出来"后,"左拉一下子声名狼藉"②。应该说,当时自然主义和左拉在我国学界和文坛地位的骤然下降是一个比较客观的事实,但是,认为此时现实主义和自然主义的混同已被"克服了",现实主义从此就"以其独立的思想面貌与美学价值"对中国新文学产生作用,这个结论显然下得过早。事实上当时这两者不仅没有在理论上得到明晰的区分——这是需要深入研究才能有所管窥的复杂问题——而且在后来漫长的时期内,甚至迄今为止,依然没有完成这种区分,自然主义也一直与现实主义一起对中国的现实主义文学和理论产生着深远的影响。今天看来,仅对现实主义的学术研究而言,如何更深入而清晰地甄别其与自然主

① 陈思和:《中国新文学整体观》,上海:上海文艺出版社,2001年版,第254页。
② 陈思和:《中国新文学整体观》,上海:上海文艺出版社,2001年版,第255页。

义之异同,也依旧是文学思潮、文学理论和文学史研究中的一个重要课题。笔者认为,在崇尚科学思维和实用理性这一方面,现实主义与自然主义有某种程度的同根同源性,因此它们对现实生活有共同的"写实"追求。不过,在理论上,自然主义作家强调体验的直接性与强烈性,主张经由"体验"这个载体让生活本身"进入"文本,而不是接受观念的统摄以文本"再现"生活,由此,自然主义完成了对西方文学传统中"再现"式"现实主义"的革命性改造,于是,自然主义开拓出一种崭新的"显现"文学观:"显"即现象直接的呈现,意在强调文学书写要基于现象的真实,要尊重现象的真实,不得轻易用武断的结论强暴真实;"现"即作家个人气质、趣味、创造性、艺术才能的表现。"显现"理论达成了对浪漫主义之"表现"与现实主义之"再现"的超越,也达成了自然主义对 20 世纪现代主义之"内倾性"风格的接续。在这方面,研究的空间还十分宽阔。

(四)深度理解现实主义与浪漫主义的关系

浪漫主义的"表现说",以其对主导西方文坛 2000 多年的"模仿说"的整体否定,开启了西方现代文学的序幕。对浪漫派作家来说,文学创作不是对外在自然的模仿,而是诗人的创造性想象;文学作品也不是自然的镜子,而是作家创造的另一个自然。这样,文学世界与经验世界的界限就划开了:诗人拥有自己的世界,在这个小世界里,它只受其自身规律的制约,它的存在本身就是目的,"诗人所反映的是某种心境而不是外界自然"①。与浪漫派作家不同,以反对浪漫主义的姿态步入文坛的现实主义作家,偏重于描绘社会现实生活的精确的图画,而不是直接抒发自己的主观理想和情感。他们反对突出作者的"自我",主张作家要像镜子那样如实地反映现实,他们的社会理想和道德激情往往是通过对生活具体的、历史的真实描绘而自然地流露出来的。这种描绘的历史具体性和客观性正是现实主义文学的基本特征。就此而言,现实主义不仅仅是逆浪漫主义而动,并且其基本文学观念与创作原则显然又回归到了遭受浪漫主义否定的传统"模

---

① 艾布拉姆斯:《镜与灯:浪漫主义文论及批评传统》,郦稚牛、张照进、童庆生译,北京:北京大学出版社,2015 年版,第 54 页。

仿说"——虽然这是一种改造和创新意义上的"回归"①,由是,才有西方学者将现实主义视为一种新的古典主义。卫姆塞特和布鲁克斯在《西洋文学批评史》中就把现实主义阐释为 19 世纪中叶某些作家对浪漫主义所开启的西方现代文学进程的一种逆动/反动。

不过,现实主义作为一种文学思潮,为什么会在 19 世纪浪漫主义文学之后出现并成为主潮? 对此,以往学界普遍认为现实主义是在反对浪漫主义的过程中产生的,因而两者是截然分裂的。这种解说无疑显得过于简单化。其实,巴尔扎克等现实主义作家在 19 世纪中叶创造出的惊人的艺术成就,并不能简单地归诸反对浪漫主义的结果。事实上,作为现实主义代表人物的司汤达与巴尔扎克,他们身上既有浪漫主义的痕迹,又有不同于一般浪漫主义而属于后来自然主义的诸多文学元素——所以后来自然主义文学的领袖左拉才将他们称为"自然主义的奠基人"。基于此种状况,有文学史家干脆将 19 世纪西方现实主义唤作"浪漫写实主义";这种"浪漫写实主义",作为一种"现代现实主义"②,虽在"写实"的层面上承袭了旧的"模仿现实主义",但也在更多的层面上以其"现代性"构成了对"模仿现实主义"传统的颠覆。此外,虽然现实主义是打着矫正浪漫主义步入极端后的"虚幻性"旗号出场的,但现实主义也借鉴了 19 世纪浪漫主义文学的艺术经验,如社会—历史题材处理上的风俗画风格、心理描写的技巧以及描摹大自然时的细致入微等。勃兰兑斯在其《十九世纪文学主流》中明确指出,代表了小说中的现实主义的巴尔扎克明显直接受惠于浪漫派的历史小说,"巴尔扎克早期的文学典范""是瓦尔特·司各特爵士"③;而且无独有偶,戴维·莫尔斯在讨论浪漫主义与社会小说、哥特小说、历史小说以及艺术家小说时,具体分析了浪漫主义的社会小说对稍后现实主义小说的重大影响。因此现实主义和浪漫主义并不是简单的谁取代谁的双向分裂,而是你中有我我中有你的互相包容。④ 其实,鲁

---

① 蒋承勇:《19 世纪现实主义"写实"传统及其当代价值》,《中国社会科学》,2019 年第 2 期,第 159—181 页。

② 西方有很多评论家用此概念指称 19 世纪西方现实主义,如奥尔巴赫、斯特林伯格、G. J. 贝克等。

③ 勃兰兑斯:《十九世纪文学主潮》(第五分册),李宗杰译,北京:人民文学出版社,2009 年版,第 181 页。

④ David Morse, *Romanticism: A Structural Analysis*, London: The Macmilian Press Ltd., 1982, pp. 186-189.

迅一开始在《摩罗诗力说》中推崇的是浪漫主义,但是后来的创作倾向是现实主义。不过,他的主观战斗精神和强烈的反传统意识,无疑有浪漫主义的因子,也包括象征主义等现代派的因子。这就要求我们在研究 19 世纪现实主义思潮的跨文化传播时,不能拘泥于既成结论,而必须关注其"变体"、包容性与开放性等意义上的新问题。这方面,德国理论家奥尔巴赫的《摹仿论》值得我们很好地学习与借鉴。

如上所述,都说明了 19 世纪现实主义这片丰厚的土壤,尚有许多亟待开发的"矿藏"。在"网络化—全球化"的新时代,我们有必要让关于现实主义,尤其是关于 19 世纪现实主义文学思潮的研究从"过时"中摆脱出来,进而转入"进行时"状态。

（本文作者：蒋承勇）

选择性接受与中国式呈像

——马克·吐温之中国传播考论

引　言

马克·吐温(Mark Twain)在美国是颇受争议的作家。一方面他赢得了文坛的赞誉,被比作法国的伏尔泰①,他的《哈克贝利·费恩历险记》被视为美国现代文学的源头②;另一方面他也备受质疑,1886年出版的《美国文学》甚至没有把他看作一个小说家③,时至20世纪中叶,奥康纳④还声称《哈克贝利·费恩历险记》根本就不是伟大的美国小说。然而在中国,马克·吐温却一直享有美誉,无论是普通读者还是学界专家,对他几乎是一边倒的肯定与赞扬,对他作品的研究,在相当长的时期内也成了长盛不衰的课题。对此,美国学界常有人表示好奇和不解。2014年1月6日的《纽约时报》,发表了署名为Amy Qin的一篇题为《中国对马克·吐温的持续热爱令人费解》("The Curious, and Continuing, Appeal of

---

① Fishkin, Shelley Fisher. *A Historical Guide to Mark Twain*. Oxford: Oxford University Press, 2002, p. 3.

② Hemingway, Ernest. *Green Hills of Africa*. New York: Scribner, 2002: 23.

③ Phelps, William Lyon. *Essays on Modern Novelists*. New York: The Macmillan Company, 1910, p. 101.

④ O'Connor, Williamvan. *Why Huckleberry Finn Is Not the Great American Novel*. College English, 1955, 17(1), p. 6-10.

Mark Twain in China")的文章,对马克·吐温在中国的持续受欢迎表示了诧异。本文无意于对马克·吐温在中美学界不同境遇之是非缘由做评判,而试图从作品翻译与研究、作家评介及其中国式呈像等方面,对他在中国的本土化传播与接受过程做一番考察与讨论,顺便透析和体悟外来文学经典本土化传播过程中蕴含的历史文化意味。

一、选择性接受与中国式译介

早在晚清时期,马克·吐温便是第三位被介绍到中国的美国作家,前两位分别是朗费罗和斯托夫人。当时,马克·吐温在美国文坛上已声名显赫。颇有意思的是,马克·吐温最早被译介到我国的两个短篇并非其经典之作:一篇是《俄皇独语》("The Czar's Soliloquy"),译者为严通,马克·吐温被译作"马克曲恒"①;另一篇则是《山家奇遇》("The Californian's Tale"),由吴梼从日文转译过来,马克·吐温的名字被译作"马克多槐音"。1914 年,《小说时报》第 17 期刊登了由"笑""呆"翻译的《百万磅》(即《百万英镑》,"笑"为包天笑,"呆"为徐卓呆)。《小说时报》乃清末民初影响甚大的一份文学刊物,我国读者由此读到了马克·吐温的短篇小说。1917 年,中华书局结集出版了周瘦鹃翻译的《欧美名家短篇小说丛刻》,介绍了包括高尔基、托尔斯泰、马克·吐温在内的欧美作家的 49 篇作品,鲁迅赞扬其为"昏夜之微光,鸡群之鸣鹤"。这部域外短篇小说集分上、中、下三卷,以文言文译出,其中包括了 7 篇美国短篇小说,而被选入的马克·吐温的作品为"The Californian's Tale",周瘦鹃将其译为《妻》。值得注意的是,该短篇小说集附有作家小传,介绍了作家的生卒年月、生活经历以及主要的作品。"Mark Twain"被译为"马克·吐温",此译名一直沿用至今,周瘦鹃第一次较为系统地向国人介绍了马克·吐温。

1915 至 1920 年间,美国文学作品在中国的译介几近空白,然而在随后的几年内却对其关注有加,《小说月报》等重要刊物也成为介绍外国文学的重要园地,这首先表现在对马克·吐温作品的译介上。在 1921 年 7 月 10 日出版的《小说月

① 张晓:《近代汉译西学书目提要:明末至 1919》,北京:北京大学出版社,2012 年版,第 323 页。

报》第三部分"译丛"中,刊登了由一樵(顾毓秀)翻译的马克·吐温短篇讽刺小说《生欤死欤》(*Is He Living or Is He Dead?*),译文后有茅盾不足千字的"雁冰附注",对马克·吐温做了介绍。在讲到马克·吐温生平时,茅盾用了"出身微贱"一词,并提到马克·吐温的生活经历,"这情形在他的小说 *Roughing It* 里讲得很详细",接着,茅盾对马克·吐温做了如下的介绍与评价:

> 马托温在当时很受人欢迎,因为他的诙谐。但今年来评论家的意见已都转换:以为是把滑稽小说看待马托温实在是冤枉了他;在马托温的著作中,不论是长篇短著,都深深地刻镂着德谟克拉西的思想,这是很可注意的事,然而却到今年才被发现。去年出版的有 *The Ordeal of Mark Twain* 一书,总算是研究马托温的最好的书,很可以看的。

茅盾注意到了马克·吐温的半自传小说 *Roughing It*(今译作《艰苦岁月》或《苦行记》),并指出了马克·吐温诙谐幽默之外的"德谟克拉西"(Democracy),这与"五四"运动的"民主"口号相呼应。继之,1924 年 1 月起《小说月报》开始连载郑振铎的《文学大纲》,历时 3 年整将《艰苦岁月》(*Roughing It*)连载完毕,共计 42 章,约 80 万字。《小说月报》为中国读者了解马克·吐温做出了重要贡献。

20 世纪 20 年代末到 30 年代初,美国文学的翻译介绍在我国出现了一个小高潮,马克·吐温的作品也更多地被译入。1929 年 3 月,曾虚白的《美国文学ABC》较为系统地介绍了美国文学史和美国作家。该书共 16 章,第一章为总论,其余 15 章为美国作家专论,包括欧文、库柏、爱默生、霍桑、爱伦·坡等作家,马克·吐温被放在第 13 章介绍。曾虚白介绍的美国作家体系不仅为我国的美国文学普及与研究提供了另一个重要参考,也为马克·吐温的传播奠定了基础。1931年 10 月,鲁迅在邻居搬家时偶然看到马克·吐温的《夏娃日记》(*Eve's Diary*),他让朋友冯雪峰转交李兰翻译,后来由上海湖风书局出版。1932 年,马克·吐温的重要作品《汤姆·索亚历险记》(译名为《汤姆莎耶》)由月祺翻译,在《中学生》杂志上连载,这是该小说在中国的最早译本,此后几年,该小说在中国出现多种译本。1947 年,马克·吐温的另外一部重要作品《哈克贝利·费恩历险记》被译成中文。《民国时期总书目》指出:"顽童流浪记,马克·吐温著,铎声、国振译,上海光明书局1947年10月战后第二版,1948年11月战后新三版,364页,32开,世纪少年丛刊,长篇小说。卷首有陈伯吹序。初版年月不详,陈序写于1941年10月。"至此,马克·吐温的两部历险记力作都已译为中文。

从20世纪30年代中期到解放前夕,马克·吐温的许多作品被译成中文。1936年,蹇先艾和陈家麟合译的《美国短篇小说集》收录了他的《败坏了哈德莱堡的人》。1937年6月,傅东华、于熙俭选译的《美国短篇小说集》收录了他的幽默作品《卡拉维拉斯县驰名的跳蛙》(当时译为《一只天才的跳蛙》)。1943年他的《傻子国外旅行记》由刘正训译为《萍踪奇遇》,由亚东出版社出版①。1947年9月,刘正训重译此书,书名译为《傻子旅行》,由光明书局出版。

中华人民共和国成立后,特别是从1950年开始,中国翻译界对美国文学的选择和接受,表现出了极为浓厚的政治色彩。金人在《论翻译工作的思想性》(1984)②中谈到翻译的原则和性质时直言不讳地指出:"因为翻译工作是一个政治任务,而且从来的翻译工作都是一个政治任务。不过有时是有意识地使之为政治服务,有时是无意识地为政治服了务。"金人同时还认为,翻译应该为政治服务,认为有些美国小说是"海淫"的,而侦探小说是"海盗"的。可见,出于政治因素的考虑,思想性往往置于翻译工作的第一位,而将文学性和艺术性置于次要位置。实际上,此后对马克·吐温作品的选择性翻译与中国的政治外交也息息相关。"自1950年开始,中国文坛对于美国文学的接受逐步走向了某种政治性的偏执,尤其是在1950年后期朝鲜战争爆发以后,当代美国作家的文学创作几乎完全退出了中国作家的视线。"③

美国文学的翻译和引进,也随着中美关系的变化而变化。20世纪50年代至60年代,中美关系处于历史上的冰点时期,美国文学的翻译备受冷落。"在被视为'纸老虎'的大洋彼岸的帝国世界里,那些以'左翼'思想为主导性创作倾向的作家以及专事暴露和批判美国社会与政治文化的作家,仍然被看作是中国人民的'友军'。"④此时,我国出版界严格把控,有选择性地译介美国作家

---

① 邓集田:《中国现代文学出版平台》,上海:上海文艺出版社,2012年版,第596页。

② 参见金人:《论翻译工作的思想性》,中国翻译工作者协会、《翻译通讯》编辑部编:《翻译研究论文集1949—1983》,北京:外语教学与研究出版社,1984年版。

③ 贺昌盛:《想象的"互塑"——中美叙事文学因缘》,南京:南京大学出版社,2009年版,第162页。

④ 贺昌盛:《想象的"互塑"——中美叙事文学因缘》,南京:南京大学出版社,2009年版,第162页。

及其作品,主要以暴露和批判美国和资本主义的作家作品为主,翻译也定位在几位"进步的"美国作家身上,如马克・吐温、杰克・伦敦、霍华德・法斯特、海明威、德莱塞等。当大批美国作家被挡在门外时,被视为"进步作家"的马克・吐温的作品翻译不仅未受到任何限制,反倒成为重点研究与介绍的美国作家。杨仁敬(2009)在《难忘的记忆　喜人的前景——美国文学在中国 60 年回顾》[①]一文中指出:"文革"前 17 年,中美中断了外交关系,文化交流也随之停滞,"但我国仍翻译出版了 215 种美国文学作品。其中小说占一半以上,达 118 种,以现代小说为主。马克・吐温的占第一位,长篇小说 9 部,中篇和短篇小说集各 4 部,共 27 种译本。他的主要小说几乎都有中译本。他成为我国读者最喜爱的美国作家之一"。

　　1949 至 1978 年间,作品被翻译得最多的三位美国作家分别是马克・吐温、杰克・伦敦和霍华德・法斯特。马克・吐温因其作品常有讽刺和揭露资本主义和帝国主义的内容,被视为资本主义阵营里的"进步作家",其作品被拿来作为国际政治斗争的武器。与马克・吐温形成对照的是,美国其他的一些主流作家,如菲茨杰拉德(F. Scott. Fitzgerald)的作品被排除在译介之外,直到 1980 年,他的作品才被翻译引进。另外一个例子或许更能说明 1949—1978 年这段时间政治因素决定美国作家在中国的命运。美国作家霍华德・法斯特,在美国并非主流作家,然而其作品在中国的翻译,1949—1957 年位居第三。"1950 年至 1957 年间,法斯特共有 17 部作品以单行本的形式在中国翻译出版。"[②]然而,身为美籍犹太人的法斯特,因对斯大林制造的迫害犹太医生的冤案愤而退出美国共产党,并在主流媒体《纽约时报》上发表退党声明。1957 年,他还在《赤裸的上帝》(*The Naked God*)中表示对共产主义运动和苏联的极度不满。从此,法斯特在中国的命运一夜之间发生了改变,从饱受赞誉转而成为遭人唾弃的叛党分子和叛徒,其作品的命运几乎就此在中国画上了句号。反观马克・吐温的作品,依然在我国受到持续的热捧。"中国国家图书馆的相关数据显示,仅 1950 年到 1960 年 10 年

　　①　杨仁敬:《难忘的记忆　喜人的前景——美国文学在中国 60 年回顾》,庄智象:《中国外语教育发展战略论坛》,上海:上海外语教育出版社,2009 年版,第 650 页。
　　②　卢玉玲:《想象的共同体与翻译的背叛——"17 年"霍华德・法斯特译介研究》,李维屏主编:英美文学研究论丛(第十辑),上海:上海外语教育出版社,2009 年版,第 230 页。

间,中国就出版了 30 部左右译介马克·吐温的作品,绝大部分为新作品,小部分为经典重译。"①马克·吐温的很多作品如《汤姆·索亚历险记》《哈克贝利·费恩历险记》《镀金时代》等已经有两个以上的译本。1954 年,人民文学出版社出版了张友松翻译的《马克·吐温短篇小说集》,他也从此成为专门翻译美国大作家马克·吐温作品的"专业户",此后翻译了《汤姆·索亚历险记》《哈克贝利·费恩历险记》《王子与贫儿》《镀金时代》《密西西比河上》《傻瓜威尔逊》《赤道环游记》《竞选州长》等,并与陈玮合译《马克·吐温传奇》。经过翻译家的辛苦劳动和不懈努力,马克·吐温成为"中国人民最喜爱的美国作家之一",其作品在成人读者和青少年读者中广为流传。

　　总体上看,从 1949 至 1978 年间,由于受意识形态因素的影响,在马克·吐温作品的翻译选择上,侧重于思想性、政治性和社会批判性作品,即便是大部分美国作家被挡在国门之外时,他依然因为是"中国人民的好朋友"而备受礼遇。1978 年 12 月 15 日,"中美建交公报"签署并于次日正式发表,标志着中美隔绝状态的结束和关系正常化进程的开始。马克·吐温作品的翻译与研究再度掀起一股高潮,与以往不同的是,他的各类作品都被翻译或再译,翻译选择的标准也逐渐从片面强调政治性和革命性逐渐转向艺术性。迄今为止,他的所有作品基本上被翻译成中文。

　　马克·吐温作品在中国的选择性翻译与接受折射出了本土意识形态在文学经典传播中潜在的"过滤"作用。就此而论,在外来文学与文化经典译入过程中,如何恰如其分地考量其思想政治价值和艺术审美价值,进而给出理性、合理的选择,关乎文学与文化传播的专业化水平问题,是值得我们深度反思与研讨的。

二、历史文化语境与中国式呈像

　　对马克·吐温的研究受我国特定历史文化语境的影响,长期以来,总体上赞扬有余而批评不足、思想政治评判有余而艺术和审美评价不足,作为外国作家的

---

　　①　杨金才、于雷:《中国百年来马克·吐温研究的考察与评析》,《南京社会科学》,2011 年第 8 期,第 132—138 页。

马克·吐温,其中国式呈像是耐人寻味的。

我国有关马克·吐温的真正学术性研究大致上开始于 20 世纪 30 年代初。1931 年,鲁迅①在为李兰翻译的《夏娃日记》所作的序言中指出,马克·吐温是个幽默家,但是"在幽默中又含着哀怨,含着讽刺"。1932 年,赵景深在《中学生》第 22 期上撰文介绍了马克·吐温,认为他不仅仅是一个幽默小说家,而且是一个社会小说家和美国写实主义的先驱,因为在他的作品中,"幽默只是附属物","嘲讽才是主要的"。鲁迅和赵景深的文章较为准确地抓住了马克·吐温创作的幽默讽刺、现实主义和社会评判这些本质性特征,也为后来马克·吐温的中国式呈像定下基调和底色。

20 世纪三四十年代,《论语》半月刊在我国的马克·吐温研究中功不可没,而这却一直被我国学者所忽视。1935 年 1 月 1 日,《论语》半月刊第 56 期推出"西洋幽默专号",罕见地刊登了 3 篇评论马克·吐温的文章,其中两篇的作者为黄嘉音,他的文章让中国读者了解到马克·吐温活泼有趣的一面。此外,曙山的文章《马克·吐温逸话》在《论语》第 56 期和 57 期连续刊载。1935 年 6 月 1 日第 66 期,则刊登了周新翻译的《马克·吐温论幽默》。1946 年 12 月《论语》复刊后,于第 119 期第 67 至 69 页,刊登了大木的译作《马克·吐温恋爱史》,涉及马克·吐温的个人情感经历和相关作品,为读者了解马克·吐温不为人知的一面提供了材料。总的来讲,《论语》半月刊因受其办刊风格之主导,评论、介绍的多为马克·吐温幽默风格的作品,它为中国读者较早地了解马克·吐温打开了一扇极为重要的窗户,也凸显着马克·吐温作为幽默讽刺作家的特色化呈像。

1935 年适逢马克·吐温 100 周年诞辰,中国也掀起了研究和介绍马克·吐温的一次空前的高潮。各大杂志纷纷刊登马克·吐温的作品,并撰写相关纪念文章,马克·吐温在中国的知名度大大提升,其形象也更为"丰满"。《文学》杂志第四卷第一号和第五卷第一号分别刊登了胡仲持的两篇文章《美国小说家马克·吐温》和《马克·吐温百年纪念》,给马克·吐温以高度评价。胡仲持②认为

---

①　鲁迅:《鲁迅全集》(第 4 卷),北京:人民文学出版社,2005 年版,第 341 页。
②　胡仲持:《美国小说家马克·吐温》,《文学》,1935 年 4 月第 1 期,第 258 页。

马克·吐温是"美国近代最大的文学家、幽默家和社会工作者",其作品幽默中的讽刺渗透着"社会主义和'德谟克拉西'的思想"。胡仲持的文章侧重探讨马克·吐温及其作品的政治倾向,在相当长的一段时间内,这对我国的马克·吐温研究注重挖掘其思想和政治性有着导向性作用。《新中华》半月刊杂志第三卷第七期刊载了张梦麟的《马克·吐温百年纪念》,认为马克·吐温具有表里不一的双重人格,是个两面派,其作品中虽含有可尊的讽刺,而其人格却相当可鄙。张梦麟的文章独具一格,在中国的其他文人学者对马克·吐温一片叫好声中,提出了自己的不同见解,尽管这种见解很快又被对马克·吐温压倒性的赞誉声所淹没,但毕竟为马克·吐温的中国式呈像增添了不同的色彩。

还必须提到的是 20 世纪 30 年代中期赵家璧①对马克·吐温的研究。1936年,赵家璧在他的专门介绍美国文学的重要著作《新传统》的第一章"美国小说之成长"中,将马克·吐温归入"早期的现实主义者"行列,并对他在美国小说发展历程中的重要地位做了如下评价:

> 美国小说清除了那许多荆棘,走上了这一条正道,是经历过许多阶段的。在依着这条大道进行的作家中,许多人是属于过去的,许多人是正在前进着,更有许多人把自己转变过来。这些英雄都是使美国小说成长的功臣,前人开了路,后人才能继续地扩张而进行;而马克·吐温(Mark Twain)的开辟荒芜的大功,更值得称为近代"美国的"小说的鼻祖。

赵家璧的文章写于马克·吐温百年诞辰纪念日的前一年(1934),当时也正是美国学界关于马克·吐温是不是杰出作家的争论进入白热化的时期。事情的原委是,1920 年,美国青年学者范·魏克·布鲁克斯发表专著《马克·吐温的严峻考验》,他用弗洛伊德精神分析学分析马克·吐温及其创作,得出的结论是:马克·吐温拥有双重人格,在商业化的氛围和金钱面前出卖自己的天才,是一个受到破坏的灵魂,一个受挫折的牺牲品,以失败而告终。与此相对的是 1932 年伯

---

① 赵家璧:《新传统》,北京:中国国际广播出版社,2013 年版,第 8 页。

纳德·德沃托（Bernard Devoto）写的《马克·吐温的美国》（*Mark Twain's America*），对布鲁克斯的观点给予反驳。赵家璧在《美国小说之成长》中，很明显是站在德沃托一边的。他肯定了马克·吐温在美国文学史中的独特贡献，称其为"英雄""开拓者""鼻祖"，并强调他的作品有"美国的"民族特色，与豪威尔斯称马克·吐温是"美国文学中的林肯"如出一辙；他还认为"马克·吐温领导的'美国故事'，替美国的文学开了一条正确的路"，实质上强调马克·吐温摆脱了对英国作家的模仿，从而在创作中表现出鲜明的民族特色。赵家璧从文学史的宏观角度，为中国读者塑造了马克·吐温在美国文学上的奠基者形象。

1949年至1978年间，马克·吐温中国式呈像出现了奇特的现象。在外国作家都被从政治和意识形态角度进行定性，分为"反动"与"进步"两类的历史文化语境下，马克·吐温自然进入了"进步"之列。在这方面，马克·吐温身上有很多典型的标签："中国人民的好朋友""国际友人""同情中国人民反帝斗争，有良心的作家""金元帝国的揭露者""资本主义民主虚伪和黑暗的讽刺作家"等。客观而言，在马克·吐温众多作品中，无疑有许多优秀和经典的作品，但其中也包括一些为商业化利益匆匆写成的作品，质量并不太高，由于他的作品的思想政治内容契合了当时中国革命和政治的需求，自然就获得了很高的赞誉。1950年12月22日《光明日报》刊登了吕叔湘的《马克·吐温的著作的失踪》，这篇文章写于抗美援朝的历史背景之下，吕叔湘通过评述马克·吐温小说《神秘的陌生人》（"The Mysterious Stranger"）批评美国政府的侵略政策。《人民文学》1950年第12期刊登茅盾的《剥落"蒙面强盗"的面具》一文，指出马克·吐温无情地揭露了美国统治集团的面目，因此为财富大亨们所痛心疾首，马克·吐温成了揭露、批判资本主义和帝国主义的"武器"。1960年，时值马克·吐温逝世50周年之际，我国学界出现了三篇颇具影响力的文章，分别是《江海学刊》1960年第12期陈嘉的《马克·吐温——美帝国主义的无情揭露者》、《世界文学》第四期周钰良的《论马克·吐温的创作及其思想》和《世界文学》第十期老舍的《马克·吐温——金元帝国的揭露者》。这几篇文章强化了马克·吐温的"武器"的作用，为此后一个时期内我国的马克·吐温研究奠定了基调，于是，马克·吐温成为反帝国主义、反资本主义，同情中国人民的反帝斗争的代表作家之一。这在当时是合乎中国人民的反美情感的，马克·吐温作为中国人民的"好朋友"形象日显高大。

必须指出的是,我国学界在 20 世纪 50 至 60 年代过分关注和挖掘其作品的思想政治内涵,把作品的艺术成就放在次要的位置,从而在一定程度上忽视了作品的艺术价值。这也能够解释为何马克·吐温的一些作品,如《百万英镑》《竞选州长》等在美国算不上上乘,而中国人却趋之若鹜。《竞选州长》因作品中涉及对资本主义政党和民主制度的揭露,入选中学语文教材达半个多世纪之久。《百万英镑》也因其讽刺了资本主义国家金钱至上,入选中学英语教材。马克·吐温的名字在中国也变得家喻户晓,其"进步"作家、中国人民"老朋友"等形象,深深地印在了特定历史时期的中国读者心里。

从 1978 年至 80 年代初,学界加强了对马克·吐温创作的审美和艺术的研究,但政治研究的痕迹依然可见,民主性、人民性仍是对马克·吐温作品进行概括和评价的高频词。如 1981 年周渭渔在《华中师范学院学报》上发表《论马克·吐温作品的人民性》,认为马克·吐温对黑人和被压迫的劳动人民给予深深的同情。同年《郑州大学学报》第二期刊载甘运杰的文章《简论马克·吐温小说的思想意义》,也指出马克·吐温作品的民主性和对人民群众困难的同情。

20 世纪 80 年代以来,对马克·吐温的研究更趋全面、理性和客观,进一步避免了简单地以思想政治研究涵盖艺术与审美研究的倾向,有影响、高质量的研究文章和著作陆续问世,马克·吐温的中国式呈像也大为改观。1984 年《外国文学研究》第四期刊载了邵旭东的文章《国内马克·吐温研究述评》,该文着重梳理了我国学者在"马克·吐温与'金元帝国'、马克·吐温与种族歧视、马克·吐温与幽默、马克·吐温与中国"等 4 个方面的研究与分歧,并指出了当时研究的成果与不足,为以后的马克·吐温研究指明了方向。董衡巽编选的《马克·吐温画像》是我国马克·吐温研究的重要参考。该书收录了 29 篇有关马克·吐温的作品,所选的文章以美国学者的为主,同时也包括英国、法国和苏联学者的文章。文章代表性很强,反映了不同学者对马克·吐温及其作品的不同看法,观点各异,视角不同,对马克·吐温褒贬不一,为我国学者研究马克·吐温提供了新的思路和视野。此外,董衡巽在该书的前言中,对马克·吐温在不同时期的遭遇做了概述,指出批评家为马克·吐温画出了不同的画像,这些画像同时也是马克·吐温声名兴起与衰落起伏的见证。董衡巽的介绍文字从宏观上阐述了国外学者对马克·吐温问题的研究,并介绍了马克·吐温在中国的翻译与研究问题,具有很高的学术参考价值,成为马克·吐温中国式呈像面貌焕然一新的标志。特别能体现我国马克·吐温研究向文学本体和艺术审美回归的代表性论文有:《郑州大学学报》1981 年第二期张西元的《略谈马克·吐温的小说创作艺术》、《外国文学研究》1990 年第二期容月林的《简论马克·吐温创作中的象征》、《深圳大学学报》1991 年第三期周鹏的《浅论〈哈克贝利·芬历险记〉中的象征》等。这些研究成果有对马克·吐温作品的具体艺术技巧的研究,也有对其审美特征的深度考量,可以说涉及了从艺术风格、情节结构到语言特征和心理刻画的方方面面,这无疑是对以前我国马克·吐温研究中政治化倾向的根本性反拨。

20 世纪末以来,中国学者结合各种文学人类学、文化研究、后殖民主义、生态伦理批评等文学批评话语,对马克·吐温及其作品进行新的阐释,使马克·吐温批评呈现出跨学科、多元化的格局。《浙江大学学报》1999 年第四期刊登了张德明的《〈哈克贝利·芬历险记〉与成人仪式》,文章运用人类学的批评方法,并结合集体无意识的心理学理论,将小说的成长主题与人类学的仪式概念结合分析,观点独到,为马克·吐温小说研究注入了新的活力。《湖南商学院学报》2003 年第一期刊登了何赫然的文章《谈马克·吐温创作中的"女性偏见"问题》,文章针对评论家认为马克·吐温作品中存在着对女性的偏见,提出了不同的看法,并得出结论,认为马克·吐温非但没有女性偏见,而且其作品的创造离不开女性。这篇文章从另一个角度为马克·吐温正名,阐明马克·吐温不是一个性别歧视者。学者探讨的另外一个主题,是马克·吐温的种族观和对中国的态度。崔丽芳在《外国文学评论》2003 年第四期上的文章《马克·吐温的中国观》利用后殖民主义批评话语,指出马克·吐温的矛盾角色:既有人道主义的情怀,又有东方主义心理。吴兰香的两篇文章《"教养决定一切"——〈傻瓜威尔逊〉的种族观研究》以及《马克·吐温早期游记中的种族观》均探讨了马克·吐温的种族观问题。马克·吐温早年的乐观与晚年的悲观也引起了学者的关注,不少学者认为这主要是由马克·吐温的投资失败和家庭悲剧所决定的。《山东社会科学》2013 年第十期刊登了高丽萍、都文娟的文章《现代性与马克·吐温思想的变迁》,从更为宏观的视野,透过对现代性内在悖论性的解读,剖析了马克·吐温早期积极乐观和后期消极悲观的内在深层原因。

三、结　语

　　总之,我国对马克·吐温的研究,其评判标准、价值取向同特定时期本土的历史文化语境密切相关,也随着时代的变迁而发展变化,马克·吐温的中国式呈像蕴含了本土的历史文化意味。这说明外来文学与文化的本土化过程,并不是对源语文学与文化的直接吸纳和接受的过程,而是一种经由本土人文价值和审美价值的"民族期待视野"选择性接受与传播的过程。随着时代的变迁,这种"民族期待视野"将有所调整,外来文学与文化的本土化的路径与深度也将发生变化。考察辨析马克·吐温在我国的选择性译介和中国式呈像,有助于我们重新认识马克·吐温,深化对他的研究。不仅如此,研究这种"接受"与"传播"的历史,也是对外来文学与文化不断认识和再阐释的过程,对深化和推进文学与文化交流具有历史的和现实的意义与价值。

（本文作者:蒋承勇　吴　澜）

《嘉莉妹妹》与“颠倒”的美国梦

　　西奥多·德莱塞(Theodore Dreiser)被公认为是 20 世纪美国现实主义文学的代表作家,《嘉莉妹妹》(*Sister Carrie*)是他的处女作。在这部作品中,他不像同时期的其他作家那样责难堕落的女性,而是让嘉莉爬到了社会的上层。这表明,他的现实观照还未臻于极致,客观写实中涌动出浪漫的激情。然而,在对美国梦的解读上,德莱塞却比之前的本杰明·富兰克林(Benjamin Franklin)、霍雷肖·阿尔杰(Horatio Alger Jr.)更为贴近自己所处的时代。两者都曾著书立说,现身说法,告诉人们:“一个人只要努力工作,遵守规则,就能取得成功,为子女创造更好的生活。”①这是传统的美国梦教程,普通民众对此深信不疑。可是,19 世纪中后期发生的社会转型及其引发的错动,致使这种以新教伦理为根基的美国梦模式难以支撑。近乎十年的记者生涯无疑使德莱塞更能明晰社会发展的必然趋势,因此,他在《嘉莉妹妹》中有意识地“颠倒”了美国梦。

　　在哲学上,“颠倒”现象通常表现为思维与存在的反置关系,是思维歪曲事物本质属性的情态。例如,英国学者乔治·拉雷恩(Jorge Larrain)在早期著作《马克思主义与意识形态:马克思主义意识形态论研究》中认为,“当马克思谈及意识形态时,他总是用它来指代某种对现实的歪曲和精神的颠倒,而这又是与现实本身的颠倒相一致的”。② 在逻辑学上,“颠倒”意识常常作用于逻辑推演过程。譬

---

① 　D. L. Barlett, J. B. Steele. *The Betrayal of the American Dream*. New York: Public Affairs, 2012, pp. 10-11.

② 　D. L. Barlett, J. B. Steele. *The Betrayal of the American Dream*. New York: Public Affairs, 2012, pp. 10-11.

如,苏珊·哈克(Susan Haack)的《逻辑哲学》(*Philosophy of Logics*)借以指正新型逻辑对经典逻辑的离变。哈克站在"择代逻辑时代"(the age of alternative logics)的背景下,论证了经典逻辑潜在的多元性、包容性和修正性,以此维护传统逻辑的权威。在修辞学上,"颠倒"技巧是构成矛盾冲突的主要手段。它通过改换人物关系或易位本末、先后、大小、尊卑等次序以创造出具有浓郁幽默情趣的喜剧性场面。本文的"颠倒"释义,更接近哈克的思路。它指称的不是表层意义上的"主次倒置""逻辑错乱",而是隐含了"增添""扩展""改进"等富有修正底色的引申义。也就是说,对于美国梦的"宏大叙事"(grand narrative),德莱塞自有思量。"历史的叙述"由一系列愿望清单堆积起来,本身自有其魅惑的成分。既然他没有一味屈从流俗,"颠倒"就成了"反智主义"①(anti-intellectualism)的逆向结论。但是,德莱塞的这一举动不是对美国梦内核的解构或推翻。它是德莱塞对基于前代文学作品、意识形态、社会团体等构建起来的文化传统的重新审视、评估和调整。

19 世纪后期的美国文坛,豪威尔斯(Howells)式的"美国例外论"(American Exceptionalism)和亨利·詹姆斯式的"温和现实主义派"②大行其道。对于豪威尔斯而言,任何超出中产阶级标准的乐趣和限制都可能被认为是混乱。他无法忍受那时流行的女扮男装的滑稽表演,斥之为"恐怖的美丽"(horrible prettiness)③。因为舞台上女性反串的身影,其实暗含的是女性走出家庭,参与原本以男性角色为中心的社会公共空间活动。这是美国男性接受的教育中极力拒斥的。同时,豪威尔斯对美的定位也成为一时的标杆。"美学感觉是社会差别的一个标志,在差别模式中强调一种公民关系的明确秩序。"④换言之,豪威尔斯式的文学追求是温和的,保守的,带有规则性、阶级性、纯洁性和道德感的。绞尽脑汁、削尖脑袋向上爬的欲望正是他强烈反对的,美国梦者都应积极效仿《塞拉

---

① 反智主义与反理性主义是同义词,可参见苏珊·雅各比:《反智时代》,曹聿非译,北京:新星出版社,2018 年版,第 1—29 页。

② 亨利·詹姆斯:《詹姆斯短篇小说选》,戴茵、杨红波译,长沙:湖南文艺出版社,1998 年版,第 7 页。

③ W. D. Howells. *The Complete Works of William Dean Howells*. New York: Delphi Classics, 2015, pp. 41-45.

④ 萨克文·伯科维奇:《剑桥美国文学史》(第三卷),史志康译,北京:中央编译出版社,2008 年版,第 102 页。

斯·拉帕姆的发迹》(*The Rise of Silas Lapham*)中的主人公,遭受挫折而未失体面,终能所成。因此,几年后,"豪威尔斯在哈珀的办公室里见到德莱塞时,这位老人对他说,'我不喜欢《嘉莉妹妹》',说完就匆匆离开了"①。其中缘由,显而易见。德莱塞不加修饰地还原生活的本来面目,把握住了新旧交替下的时代变化,并且毫不避讳地将其书写出来。这种超前的意识和大胆的举动使得同时期受维多利亚文化风气影响的作家无法接受,因而,他遭到了痛斥。更让"新美国学院代表"②(fellow representative of the new American school)恼怒的是,初出茅庐的德莱塞甚至还想以"粗俗文笔"从性别、诉求和途径等多个维度对美国梦进行"颠倒"。这完全触碰了他的禁忌。不过,事实胜于雄辩,豪威尔斯后期的创作也不可避免地开始直面社会现实问题。"斯文的年代"一去不复返,德莱塞的文学时代随后因势来临。

一、性别"颠倒"与女权意识

小说中美国梦的性别主体由单一男性增添至男女两性,突显出女权色彩。德莱塞创作《嘉莉妹妹》的缘由,据说与美国作家亚瑟·亨利(Arthur Henry)有关。"亨利计划写一部小说,劝说德莱塞也可以尝试一二。于是,他为了取悦好友,在稿纸上胡乱写了个题目——《嘉莉妹妹》。"③实际上,他当时并没有明确的计划,只是不由自主地想到了他的姐姐们——男女关系混乱、放荡,使得整个家庭蒙羞。特别是爱玛,迷恋上比自己大20多岁的小职员霍普金斯。两人先是通奸被抓,后又由于盗窃,从芝加哥坐火车连夜逃到了纽约。德莱塞明显是把爱玛的经历当作素材编入小说,进而为嘉莉的故事走向确定了大致的方向。然而,爱玛的经历不足以支撑起整个情节发展。他还需要综合更多的女性形象以塑造一个普泛意义上的时代典型。

---

① 蒋道超:《德莱塞》,成都:四川人民出版社,2001年版,第149页。
② 这里指的就是豪威尔斯,引自 Winfried Fluck, "Power Relations in the Novels of James: the 'Liberal' and the 'Radical' Version", *Enacting History in Henry James: Narrative, Power, and Ethics*. Ed. by Gert Buelens. Cambridge: Cambridge University Press, 1997, p. 24.
③ R. R. Lingeman, *Theodore Dreiser: An American Journey*, New Jersey: John Wiley & Sons Inc, 1993, p. 133.

　　小说的故事时间是 1899 年 8 月。从叙事学角度看,这个时间既是人物推动故事演进的内在行为开端,也是作家面向读者述说情节思想的外在年代背景。19 世纪末,随着工业革命的深化,女性逐渐走出家庭进入社会从事工作。数据显示:"到 1900 年,全美国女工人数已占总工业劳动力的 17%。"①经济地位的提高重新组构了她们的性别概念。广大女性的自我意识觉醒,她们认识到自身"美丽的缺陷"②,拒绝盲从"家中天使"和"道德天使"③的论调,主动接受高等教育和"理性思维"。④ 美国"大约超过 25%的女性是不容忽视的少数派,她们没有结婚,全身心投入到工作中……女性接受高等教育的增长明显使女性获得了解放,使她们明白自己除了扮演妻子和母亲的角色外,还能在社会实践中发挥其他方面的重要作用"⑤。此外,女性消费群体崛起,"通过把自己定位为消费者,许多中产阶级的妇女能够确定立场积极参与公共活动"⑥。简言之,美国社会发生了翻天覆地的变化。工业变革、城市发展和商业繁荣,促使女性快速脱离家庭的羁绊,步入相对自由的待界定状态。芝加哥大学的社会学教授托马斯(W. I. Thomas)将此概括为"女性的不定角色"(the adventitious character of woman)。他指出:"过往女性稳定的性情,现在逐渐被丢弃在某种与社会进程相关联的不定的网络关系中。"⑦女性的身份与家庭关系的疏离,本能地要求她们以多种形式参与社会生活,要求她们同男性一样有平等的晋升机会。女性"追求美国梦成为时尚"⑧。

　　嘉莉形象正是这一流行趋势的概括性展示。在小说的开头,她匆匆惜别父母,告别哀愁,踏上前往芝加哥的征程。她就像个"装备得还未齐全的骑士,准备

---

　　① 艾伦·布林克利:《美国史》,陈志杰译. 北京:北京大学出版社,2019 年版,第 730 页。

　　② 玛丽·沃斯通克拉夫特:《女权辩护——关于政治和道德问题的批评》,王瑛译,北京:中央编译出版社,2006 年版,第 61 页。

　　③ 郑新蓉、杜芳琴:《社会性别与妇女发展》,西安:陕西人民教育出版社,2000 年版,第 124 页。

　　④ 玛丽·沃斯通克拉夫特认为,女人的理性被男权社会剥夺,男人永远被安置在女性与理性之间。参见玛丽·沃斯通克拉夫特:《女权辩护——关于政治和道德问题的批评》,王瑛译,北京:中央编译出版社,2006 年版,第 59 页。

　　⑤ 艾伦·布林克利:《美国史》,陈志杰译,北京:北京大学出版社,2019 年版,第 284 页。

　　⑥ 艾伦·布林克利:《美国史》,陈志杰译,北京:北京大学出版社,2019 年版,第 267 页。

　　⑦ Priscilla Wald,"Dreiser's Sociological Vision", In *The Cambridge Companion to Theodore Dreiser*, ed., Leonard Cussuto, C. V. Eby, Cambridge: Cambridge University Press,2004,pp. 177-195.

　　⑧ 杨敬仁:《美国文学史》,上海:复旦大学出版社,2014 年版,第 225 页。

到那个神秘的城市里去探险,做着朦朦胧胧的一步登天的迷梦"①。理想美好,现实残酷。生活的压力、劳作的辛苦不久就将她从姐姐敏妮的简陋公寓推向了推销员杜洛埃的怀抱与经理赫斯特渥特的世界。其间,一次偶然的舞台业余演出,大获成功。她敏锐地意识到自己的艺术天赋,私下里总是学习、模仿、体会。"戏演得逼真,而她把台词背诵给自己听。哦,要是她能扮演这样一个角色⋯⋯她也能演得激动人心的啊。"②杜洛埃的离开,让她下定决心去寻求合情合理得到的东西,而不是男人的恩赐,"她要诚实地生活"③。后来,当赫斯特渥特在纽约的事业江河日下时,她凭借之前演出所积攒的自信外出谋到职位,迅速成为演员,并能抓住机会,勤学苦练,最终声名鹊起,"叫这个城市臣服于她的舞鞋之下"④。毫无疑问,嘉莉是城市新女性个人奋斗者的代表。

不过,这样的"女性奋斗者"面世后,却遭到贬斥。1900 年前后的美国男性,还无法接受新型职业女性的成功。富兰克林所言说的"人人都能成功"实质上仅限于白人男性族群的话语范围。"人人"的性别属性是"男性",而不是"两性"。人们的潜意识深处对于女性的定格仍旧停留在家庭里。"在某些社区中,对妇女外出工作感到反感,一些家庭宁可靠微薄的收入勉强生活也不愿让女子工作。"⑤何况,德莱塞还将"伤风败俗"的前女工嘉莉塑造成胜利者,而把意气风发的前经理赫斯特渥特贬低为失败者。细数以往美国文学史中涉及美国梦的作品,类似的人物二元设定与结局导向鲜为人知。因为但凡成功者,皆为男性英雄(如"阿尔杰英雄"),女性仅是陪衬,是附庸。德莱塞分明是冒天下之大不韪,肯定了女性的自身能力,颠覆了男性的主导地位,打破了美国梦中的男性话语霸权神话。如斯贝尔·薇娥(Sybil B. Weir)在题为《1900—1925 年德莱塞小说中的女性形象》的文章中感慨的,"不像其他美国小说家,德莱塞能宽容地接纳他的女主角的抱负,引导她们成为女版的霍雷肖·阿尔杰"⑥。女性也可以实现美国梦。德莱

① 西奥多·德莱塞:《嘉莉妹妹》,许汝祉译,上海:上海三联书店,2014 年版,第 2 页。
② 西奥多·德莱塞:《嘉莉妹妹》,许汝祉译,上海:上海三联书店,2014 年版,第 304 页。
③ 西奥多·德莱塞:《嘉莉妹妹》,许汝祉译,上海:上海三联书店,2014 年版,第 238 页。
④ 西奥多·德莱塞:《嘉莉妹妹》,许汝祉译,上海:上海三联书店,2014 年版,第 2 页。
⑤ 艾伦·布林克利:《美国史》,陈志杰译,北京:北京大学出版社,2019 年版,第 730 页。
⑥ S. B. Weir, *The Image of Women in Dreiser's Fiction*, 1900—1925, *Pacific Coastal Philology*, Vol 7, No. 1, (1972), pp. 65-71.

塞的论断,既反映了现实中城市新女性的进取之心,也在一定程度上冲破了男权垄断,编织了男女两性共有的美国梦。同时,德莱塞此举,亦呼应了当时社会中正在开展的"反垄断""反权力集中"的"进步主义运动"(Progressive Movement)。由此来看,他"颠倒"性别的意图本质上抨击的是文化层面上传统美国梦中男权话语的个别人的"垄断"行为。他的目的就是要关注女性在促进和推动进步改革方面的作用,以消解传统美国梦的性别障碍。总而言之,"人人都能成功"应该是"男女都能成功",应当囊括不同性别的多元话语。

二、诉求"颠倒"与欲望主题

小说中美国梦的目的范围由宣扬"为神劳动而致富"扩展到个人娱乐性消费,彰显出欲望色彩。作为集体凤愿,美国梦的原像成形先于美利坚国家的诞生。1931 年,这个术语由詹姆斯·亚当斯(James Adams)在《美利坚史诗》(*The Epic of America*)一书中首次提出。它的源头,最早可以追溯到 1620 年签订的《"五月花号"公约》。但是,从《"五月花号"公约》到《嘉莉妹妹》,德莱塞明显"颠倒"了美国梦的最初感观。他洞察到现实中"物质主义"的兴起。故而,小说富有前瞻性地叙写了"放量上涨"的个体欲求,方兴未艾的"摆阔性消费"和蠢蠢欲动的阶级"肖想"。①

早期,公约以契约的形式潜在地表征了早期欧洲移民建立自治国家的异域寄托。法兰克·伦琴西亚(Frank Lentricchia)则从另一个侧面描述了他们的微观愿望。他说,梦想的目标是那些朝圣者将成为的人。新的世界,新的自己。由衷地希望它能实现。他们脱离熟悉的家园,为的是改善自己的处境。他们想避免挨饿受冻,远离迫害,规避阶级压迫。他们想耕种属于自己的土地。索取土地是他们的生活诉求。他们认为真正的财产、真正的保障、真正的身份地位几乎等同于真正的土地。美国革命爆发之后,《独立宣言》成了美国梦的根基。富兰克林是建国时期美国梦的原型代表。在他的身体力行之下,人们对新世界的梦想,

---

① "肖想"即对他人或物抱有不切实际的幻想。行政管理学上的彼得原理曾对此种心理状态有过描述、分析。详见劳伦斯·J.彼得:《彼得原理》,王少毅编译,兰州:甘肃文化出版社,2004 年版,第 5—27 页。

已然摆脱灵性的世界,投向物质的怀抱。美国梦的物质化定性由此占据主导地位。内战结束后,国家统一。"发财梦成了人们的共同理想"①。阿尔杰的小说即是这种普遍心理的再现。不过,自公约伊始,自私自利的心理驱动始终被主流文化鼓吹为"以神之名""荣耀上帝",抑或美德至上、改造社会和帮助他人。

就文学与生产的关系而言,在西方社会的现代化进程中,作家会不自觉地通过文本书写的方式向慕资本主义物质生产。所以,他们热衷于描述人物的发迹历史。阿尔杰及其之前众多作家皆是如此。底层人物从穷小子变大富翁的神话可以看作是工厂环境里资本原始积累的艺术寓言。他们关注的方向永远都是如何发家致富,如何攀缘至美国梦的顶峰。以至于,人们得出了阿尔杰式的财富公式。然则,工业革命的持续推进,催生出行业垄断和标准化生产。大规模的生产需要大规模的消费。生产主义逐步演变为消费主义。根据库玛(Kumar)的观点,现代性的基本原则之一是经济主义。经济主义盛行,国家变成了"欲望的土地"(land of desire)。② 因而,嘉莉来到芝加哥,神迷于都市的繁华。她想要"享受妇女最心爱的种种快乐"③。"精致的拖鞋和袜子、雅致的皱边裙子和背心,花边,缎带,梳子皮夹子,全都叫她心里充满了占有这些东西的欲望。"④"财富,时髦,舒适——凡是女人喜爱的,什么都有,而她一心渴望的正是漂亮衣服和美啊。"⑤凡此种种,不一而足。女性自带的享乐天性赋予她在消费世界里俘获暂时安身立命的心理慰藉。不仅如此,消费主义在男性的意识形态中也占据强势地位。杜洛埃是兜售商品的推销员。工作提供给他与得意之人交游的机会。久而久之,他也希望自己能生活在逍遥宫里,整天消受彩衣、美女和美食。但"他不是一个有钱人"⑥,只能处处模仿。他喜欢穿着流行的栗色方格花呢做的西服和白底粉色条子的笔挺衬衣;衣服的袖口上绣着扁平的金纽扣,上面镶嵌着猫眼儿黄玛瑙;手上戴着戒指,背心上挂着金质表链,脚上穿着厚底胶皮鞋,头上配上灰礼

---

① 杨敬仁:《美国文学史》,上海:复旦大学出版社,2014年版,第141页。

② 威廉·利奇在《欲望的土地》中认为,到19世纪末期,新的消费文化形成,训练有素的商人刊物上的广告,怂恿民众走进商店,开始购物,目的就是要把国家变成"欲望的土地"。详见史蒂文·瓦戈:《社会变迁》,王晓黎译,北京:北京大学出版社,2007年版,第135页。

③ 西奥多·德莱塞:《嘉莉妹妹》,许汝祉译,上海:上海三联书店,2014年版,第25页。

④ 西奥多·德莱塞:《嘉莉妹妹》,许汝祉译,上海:上海三联书店,2014年版,第20页。

⑤ 西奥多·德莱塞:《嘉莉妹妹》,许汝祉译,上海:上海三联书店,2014年版,第21页。

⑥ 西奥多·德莱塞:《嘉莉妹妹》,许汝祉译,上海:上海三联书店,2014年版,第38页。

帽。比起杜洛埃的派头,赫斯特渥特显得更加阔绰。他是摩埃酒店的经理,资产雄厚,有自己的独栋别墅和四轮马车。在人生得意的大部分时间里,他总是穿着进口的料子做的、做工考究的上等服饰,领带上别着蓝色的金刚钻,金链子上挂着最时新的怀表;出入有人逢迎,通体富贵。另外,赫斯特渥特的太太、子女,嘉莉的邻居海尔太太和万斯夫妇等,他们的言行举止也都时刻关联着夸饰性欲望,远远超出了阶级的限制。总而言之,在充满金钱、购物、娱乐、豪宅的神仙苑囿里逍遥自在,这是他们的美国梦。

德莱塞公然将都市消费的感官愉悦等同于美国梦的诉求,"颠倒"的用心耐人寻味。传统美国梦标榜的是清教辞令:"如果为了履行天职而尽义务,那么追求财富不仅在道德上是许可的,而且是必须的"①;追求成功即视为灵魂蒙恩得救。服膺于理查德·巴克斯特(Richard Baxter)的忠告,理性的中产阶级借助劳动实现了财富与道德、禁欲与救赎的兼容。即便如此,市民财产"贵族化"的现象在历史上还是层出不穷。② 所以,德莱塞大胆地肯定消费欲望,无疑戳破了传统美国梦包装的冠冕堂皇的纯正目的,揭示美国梦本是欲望变体的实质和欲望本是人类本性的合理性,从而打开了"通往各种不同意识状态的潜在入口"③。正如他在《城市的崛起》(*The Rise of The City*)中承认的,"欲望维度是人类长期回避的情感维度——日常生活的强烈体验和短暂感官的狂喜传递……在他看来,历史变革的动力引擎是人类的渴望——反常、不可预测,有时甚至是自欺欺人,但强大持久,而且从未比向城市现代性过渡时更为明显"。④ 由此可见,德莱塞"颠倒"美国梦的诉求不仅出于城市聚集下消费时代来临的慎思,其深层次追问还涉及审美现代性问题和社会演进的本体论问题。而这些在后来的《天才》和"欲望三部曲"中得到了更为充分的探讨。

---

① 马克斯·韦伯:《新教伦理与资本主义精神》,阎克文译,上海:上海人民出版社,2018年版,第311页。

② 马克斯·韦伯曾就荷兰的资本主义经济和英国的资本主义经济做比较(改进社会较少,自我享受居多)。详见马克斯·韦伯:《韦伯作品集:Ⅻ新教伦理与资本主义精神》,康乐、简惠美译,桂林:广西师范大学出版社2007年版,第176页。

③ 萨克文·伯科维奇:《剑桥美国文学史》(第三卷),史志康译,北京:中央编绎出版社,2008年版,第154页。

④ Jackson Lears,"Dreiser and the History of American Longing",in *The Cambridge Companion to Theodore Dreiser*,ed.,Leonard Cussuto,C. V. Eby,Cambridge:Cambridge University Press,2004,pp. 63-81.

三、途径“颠倒”与进化法则

小说中美国梦的实现方式由意想中的道德高洁、诚实劳动改进为适时投机、适者生存,略显出进化色彩。传统美国梦的基石,是个人的身份地位依托自己努力而非世代袭取。精英体制取代世袭罔替。它设计的道路表面上明朗,行为合式。这样的崇信状态保持到 19 世纪中后期美国现代化进程加速时,渐渐失去了效力。新的经济体系重塑了整个社会的阶级分层,公司、企业兼并联合,财富、资本集中统摄在少数人手中。集约化的精细管理貌似强化了个人晋升的可能,可事实却走向了它的背面。“如果一个产业中所有的经济活动仅仅由一个人或者一个小群体所控制,其他人还有什么机会可言?”①“机会均等”的谎言不攻自破,绝大多数人被置于比以往任何时候都更加卑微的奴役地位。传统美国梦式微,“美国噩梦”萌生。男性假借本分的劳动所获益处都尚且有限,何况是初出茅庐的女性?正如嘉莉只挣得 4.5 美元周薪,那时美国女性的报酬少得可怜。“每周工资 6—8 美元,远低于生存最低需求(也远低于同行业中男性所得工资)。”②残酷的现实不断地提醒嘉莉和她的同侪,要想单纯地依靠高尚德行与勤勉工作通达美国梦几乎已是天方夜谭。德莱塞在《谈我自己》(*A Book about Myself*)中说:“大伙儿全都证实了我得出的结论——纽约是不好应付的……伤风败俗的行为十分猖獗……外来的人和初出道的人根本就没有什么机会,除非当一名仆人。”嘉莉当不了仆人,鞋厂的遭遇表明:她的原生地位无法匹配她的精神气质。她有心锐意进取,尝试砥砺前行,妄图“在一派华美光辉的境界里行走”③。但是,阶级结构限定了“生活机会”④,恶意竞争阻塞了向上空间。除非她能跨越阶级鸿沟,否则嘉莉的美好愿望就是梦幻泡影。史实也印证了这一点,19 世纪末(几乎

---

①　艾伦·布林克利:《美国史》,陈志杰译,北京:北京大学出版社,2019 年版,第 727 页。

②　艾伦·布林克利:《美国史》,陈志杰译,北京:北京大学出版社,2019 年版,第 730 页。

③　西奥多·德莱塞:《嘉莉妹妹》,许汝祉译,上海:上海三联书店,2014 年版,第 491 页。

④　“生活机会”一词语出马克斯·韦伯,它包括这样的含义:一个人从儿童时代获得充分营养的机会到成年时期取得事业成功的前景的一系列经历,都由经济学意义上的阶级地位奠定了基础。可参考丹尼斯·吉尔伯特、约瑟夫·A. 卡尔:《美国阶级结构》,彭华明、齐善鸿译,北京:中国社会科学出版社 1992 年版,第 133 页。

与嘉莉妹妹的故事处于同一时期),芝加哥就召开过有女工参加的听证会。听证会提出实行妇女最低工资法,因为"工资过低和极度贫困会导致妇女沦落风尘"。提案虽在当时引起了不小的轰动,但却被伊利诺伊州的立法机构强制否决。

当资本扩张逐渐介入生活的方方面面时,市场就会体现出其强大的腐蚀性"暴力"。迈克尔·桑德尔(Michael Sandel)认为"市场把它的手向非经济生活领域伸得越深,市场与道德问题就纠缠得越紧"①。"当市场逻辑被扩展运用到物质商品以外的领域时,它必然要'进行道德买卖',除非它想在不考虑它所满足的那些偏好的道德价值的情形下盲目地使社会功利最大化"②。换言之,一旦消费时代来临,传统社会的道德架构势必遭到侵损。因为资本的根本目的在于"逐益",只要有利可图,所有的一切都可以拿来交易。玛丽·沃斯通克拉夫特(Mary Wollstonecraft)认为,"女性天生脆弱——她们不需要劳动,就可以获得食物、衣服,这是她们牺牲容貌、理性、自由品德换来的"③。因此,嘉莉要想实现美国梦,只能改弦易辙,牺牲贞洁,投机取巧,依傍他人。"回去已无可能,她别无选择。孤独、渴望、寒冷及欲望的声音给出了答案。"④对此,詹姆斯·法瑞尔(James Thomas Farrell)总结说,"在嘉莉身上,我们看到的是一种美国人的现实命运模式。她心高才低,富于感情与欲望,走的是一条典型的道路。那个时期,城市对农村正在取得决定性的胜利。在这样的时期,她离开了农村,眼看自己被抛入芝加哥的混乱世界。她可以高升,可以得到豪华的衣饰与奢侈的享受,但这些只能通过一条罪恶的道路才能达到"⑤。

嘉莉深知,"妇女的贞操是她们唯一值得宝贵的东西,堕落的报应是死"。可是,衡量行为本身是否"越轨",需要厘定当时相应的文化参考系。杰克逊·里尔斯(Jackson Lears)在《德莱塞和美国欲望史》(*Dreiser and the History of Amer-*

①　迈克尔·桑德尔:《金钱不能买什么:金钱与公正的正面交锋》,邓正来译,北京:中信出版社,2012年版,第90页。

②　迈克尔·桑德尔:《金钱不能买什么:金钱与公正的正面交锋》,邓正来译,北京:中信出版社,2012年版,第91页。

③　玛丽·沃斯通克拉夫特:《女权辩护——关于政治和道德问题的批评》,王瑛译,北京:中央编译出版社,2006年版,第62页。

④　R. R. Lingeman, *Theodore Dreiser:An American Journey*, New Jersey:John Wiley & Sons Inc, 1993,p.136.

⑤　法瑞尔:《德莱塞的〈嘉莉妹妹〉》,龙文佩、庄海骅编:《德莱塞评论集》,上海:上海译文出版社,1989年版,第322页。

ican Longing)中说:"德莱塞认为,美国近代历史上的各种争斗,说到底是传统道德的保守势力与后代反叛者之间的矛盾。他们渴望动摇它。"①要言之,从南北战争到19世纪90年代,新教伦理日渐衰微,"身体伦理"跃跃欲试,"工作伦理"随之变化。贤哲训诫的崇高理念,逢遇皇皇的消费欲望,早已成了明日黄花。如同小说情节演绎的,若非杜洛埃和赫斯特渥特变相地帮助嘉莉完成了阶级进化,单凭她自己的艰苦奋斗注定无法实现美国梦。嘉莉自己坦言,他们在一定范围内的成功,影响了她,为她的后续成长提供了各种便捷的可能。故此,嘉莉避免了被"名节杀害"(honorkilling)②。这样的安排其实也是德莱塞姐姐们现实范本的反向结果。玛丽、爱玛和西尔维娅都幻想着能踩着男人的肩膀一步登天。她们的丑闻也曾一度致使全家备受指责,流离失所。每每回忆,虽有忧伤,但理解居多。悲恸、同情也被"移位隐喻"(displacement met aphors)到《嘉莉妹妹》中,映射为辩解之词。最后,他写道:"如果诚实的劳作得不到报偿,难以煎熬……结果只能落得身心交困;如果对美的追求是那样的艰难,以致不能不抛弃正道,改走邪道,以求得梦想尽快实现;那么,人孰无过,谁能责人。"③相近的争辩也在他的《四十游子》(*A Traveler at Forty*)中出现过。"马塞尔·伊坦渴望地位,我坚持认为,对她而言,通过可怜的收入积累财富是不公平的。世俗也许会为她喝彩,但每周给她的钱不会超过三四美元,在她挣到足够的钱购买她所看到的美丽和快乐之前,她享受的能力就会消失。"④

从社会变迁的视角剖判,德莱塞"颠倒"美国梦的途径,一方面折射出当时经济领域倡导竞争机制与效率优先的动态,另一方面也说明了他对美国"个体主义"(individualism)推动社会变革的肯定。当然,德莱塞的智识和志向不会低微,不然会因失度而反噬己身。"新人"阿姆斯是嘉莉的朋友兼精神导师,是德莱塞

---

① Jackson Lears,"Dreiser and the History of American Longing",in *The Cambridge Companion to Theodore Dreiser*,ed.,Leonard Cussuto,C. V. Eby,Cambridge:Cambridge University Press,2004,pp. 63-81.

② 名节杀害是一种对女性施暴的形式。在一些国家中,一旦女性有婚外性行为,就会被处死,以保护家族名誉。可参考詹姆斯·M.汉斯林:《走进社会学:社会学与现代生活》,林聚任、解玉喜译,北京:电子工业出版社,2016年版,第285页。

③ 西奥多·德莱塞:《嘉莉妹妹》,许汝祉译,上海:上海三联书店,2014年版,第490页。

④ T. P. Riggio,"Dreiser and the Use of Biography". In *The Cambridge Companion to Theodore Dreiser*,ed.,Leonard Cussuto,C. V. Eby,Cambridge:Cambridge University Press,2004,pp. 30-46.

的终极价值的隐匿化身。他曾反复劝说嘉莉应由参演喜剧转变为表演正剧，着力表现艺术的悲悯与人道，以此来唤醒世人的善行。毋庸置疑，阿姆斯象征着德莱塞力图根除美国文化中"艾克精神"(Ike Spirit)①的药剂。他的在场，无形中削弱了社会达尔文主义的绝对合法性，不至于使小说的意旨"重回野蛮状态"。"嘉莉听从阿姆斯的指引(即阿姆斯给嘉莉提供的关于世界的谨慎解释)"②，实质上就是德莱塞要将她的利己主义通过同情引向利他主义，实现两者统一，兼顾公平道义。毕竟，美国梦滋长的各种"疯狂流行病"会损害社会结构，侵蚀道德秩序。这样看来，德莱塞途径"颠倒"的程度是有界限的。一旦逾越，不择手段地索求、占有，其结局必然像天才尤金、巨人考珀伍德和罪犯克莱德那样，走向悲剧；反之，则像明星嘉莉一样，站在闪亮的舞台上。

四、结　语

综上所述，《嘉莉妹妹》是德莱塞与时俱进地反思美国梦的产物。缘于个人的成长坎坷与新闻工作的反差见地，德莱塞意识到传统的美国梦的虚妄，并率先以自我认定的图式进行了修正。他通过书写"颠倒"重新厘正了传统美国梦内涵中的性别话语、目的诉求和途径手段等实践方面的偏差。这种前卫的做法超越了当时人们的思维惯性，故而饱受批评。事实上，作为美国梦的既得利益者，年轻的德莱塞以"颠倒"的方式艺术性地表达了自己所理解的美国梦及可再造的价值空间。关于这一点，以往的德莱塞研究略显以偏概全，时而忽略或进而误读。评论者大多抓住了小说结尾处嘉莉坐在摇椅里孤独落寞的场景，推断"嘉莉妹妹的美国梦追逐过程表明：每一次成功都反衬出了她的梦想一次次破灭"③，最终断定《嘉莉妹妹》是对美国梦的挽歌。这不符合德莱塞的意图。长久以来，美国梦

---

① 人类学家科林·特恩布尔去乌干达考察，发现艾克人身上有一种普遍的精神状态，于是命名为艾克精神。它特指极端个人主义。可参见查尔斯·德伯：《疯狂的美国：贪婪、暴力、新的美国梦》，何江胜译，北京：科学文献出版社，2005 年版，第 9—15 页。

② T. R. Riggio, "Carrie's Blues", In *New Essays on Sister Carrie*, Cambridge：Cambridge University Press, 1991, pp. 23-41.

③ 黄开红：《社会转型期的"美国梦"——试论嘉莉妹妹的道德倾向》，《外国文学研究》，2006 年第 4 期，第 143—148 页。

曾告诉所有美国人"都有合理的机会通过努力实现其心中的成功——无论是物质的还是别的形式的——并通过成功来成就美德和自我实现"①。然而德莱塞所处的时代,实现美国梦的现实基础发生了巨大变化。工业化进程不仅解放了女性,刺激了消费,而且还放任竞争。德莱塞"颠倒"美国梦,实则是顺势而为。出身穷苦而又有幸获得成功的他,非常清楚那些没有显赫家世背景、没有接受良好教育的青年男女,想要在波谲云诡的资本竞争中出人头地,享受生活,简直是痴人说梦。他们需要树立一个目标为之奋斗,即便机会渺茫。

(本文作者:杨　奇　蒋承勇)

---

① L. R. Samuel, *The American Dream:A Cultural History*, Syracuse:Syracuse University Press, 2012,p. 16.

诗意童心的东方文化之旅

——安徒生童话之中国百年接受与传播考论

安徒生童话虽然源于北欧小国丹麦,但因其在世界各地传播之广、影响之深,已成了西方文化的有机组成部分。安徒生童话在中国的接受与传播,印证了两种文化互相碰撞时的一个重要规律:"弱势文化接受强势文化中的什么内容,基本不取决于强势文化本身的状态,而依赖于弱势文化对外来文化理解的意义结构。"[①]回溯安徒生童话在中国的接受与传播史不难发现,在不同的历史时期,我国学界对其做了选择性接受与传播,其间难免也有所偏废。这种接受与传播不仅"与中国现代儿童文学自身的成长紧密联系在一起"[②],而且对中国现代文学创作和传统文化的现代化也起到了一定程度的影响与促进作用。就文学阅读而论,安徒生童话也是我国几代人挥之不去的童年记忆。

---

① 金观涛、刘青峰:《中国现代思想的起源:超稳定结构与中国政治文化的演变》,北京:法律出版社,2011 年版,第 328 页。

② Xiao La,"On the Study of Andersen in China",i Hohan De Mylius,Aage Jørgensen & Viggo Højrnager Pedersen(red.),*Andersen og Verden. Indlæg fra den første internationale H. C. Andersenkonference*,august 1991,af H. C. Andersen-Centret,Odense Universitet,Odense Universitetsforlag,Odense,1993,pp. 25-31. 该文是南丹麦大学第一届安徒生研究国际年会论文之一,文中提到一个重要信息:茅盾曾在 1979 年召开的中国文学艺术工作者及中国作家协会第四次代表大会上呼吁作家们学习安徒生的作品,从中汲取精髓,将之汇入中国文学自身的血液中来。但该说法似为孤证,在《解放思想,发扬文艺民主——在中国文学艺术工作者第四次代表大会及中国作家协会第三次代表大会上的讲话》(见《茅盾全集》第 27 卷,北京:人民文学出版社,1996 年,第 366—379 页)中全文皆未提及安徒生。

一、"儿童本位"的热与冷

如果说儿童在西方社会的发现是其现代化进程的产物,那么,在中国,现代儿童观的确立也同样推进了中国社会现代化的进程。1895年的甲午战败唤醒"吾国四千余年大梦"①,引发中国社会"对儒学基本价值的全盘性怀疑","反对传统儒家价值的价值逆反狂飙"②使中国社会以前所未有的热情欢迎西方文化,传统封建社会的"超稳定结构"濒临解体,作为统治意识形态的儒家文化面临其逆反价值的全面挑战。文化与思想革命的旗手梁启超于1900年发表《少年中国说》,以少年儿童为突破口,颠覆了中国传统封建社会里成人与儿童的既有关系,不仅肯定了儿童的作用与重要性,甚至"将儿童视为民族救亡的希望所在"③,这得到了文化界的群起响应。我国晚清时期开始的对外国儿童文学的大量译介,就是在这样的思想观念变革中展开的。1909年至1925年,可谓我国对安徒生童话译介的起始阶段,社会与学界对安徒生童话的接受与传播,都无法脱离这个特殊的历史话语背景。

1909年,孙毓修在《东方杂志》第6卷第1号"文苑"栏目发表的《读欧美名家小说札记》中,首次向国人介绍了"丹麦人安徒生",称他的童话"感人之速,虽良教育不能及也"④。孙毓修因而成为中国"安党"⑤第一人。四年后,他又两次在《小说月报》上撰文介绍安徒生,并编译安徒生童话《海公主》(即《海的女儿》)、《小铅兵》(即《坚定的锡兵》),分别被收入商务印书馆1917年6月和1918年3月出版的《童话》丛书第一辑。1913年,周作人以《丹麦诗人安兑尔然传》一文向中国读者详细介绍了安兑尔然(即安徒生)的生平与创作经历。周作人在此文中引用挪威评论家波亚然(Boyesen)对安徒生的评价,称赞他的童话"即以小儿之目

---

① 梁启超:《戊戌政变记》,《梁启超全集》(第1册),北京:北京出版集团有限公司,1999年版,第181页。
② 金观涛、刘青峰:《中国现代思想的起源:超稳定结构与中国政治文化的演变》,北京:法律出版社,2011年版,第251页。
③ 王蕾:《安徒生童话与中国现代儿童文学》,上海:华东师范大学出版社,2009年版,第43页。
④ 王蕾:《安徒生童话与中国现代儿童文学》,上海:华东师范大学出版社,2009年版,第43页。
⑤ "安党"的说法首见于周作人的《随感录》,泛指翻译、介绍安徒生作品,推崇安徒生作品的文化人士,见《新青年》第5卷第3期。

观察万物,而以诗人之笔写之,故美妙自然,可称神品"①,并随刊选译了《无色画帖》(即《没有画的画册》)第十四夜的故事,这是迄今发现的最早的安徒生童话单篇(部分)中译本。1918 年,中华书局出版的安徒生童话集《十之九》是这一时期篇幅最长的安徒生译本,著者错标为"英国安德森",译述者为陈家麟、陈大镫。该书收录了《火绒箧》(即《打火匣》)、《大小克劳势》(即《大克劳斯与小克劳斯》)、《国王之新服》(即《皇帝的新衣》)等 6 篇童话,全书由英文本安徒生童话转译,虽用文言,但译笔流畅,基本能做到准确达意。同年,周作人在《新青年》上撰文,以更大的篇目,再次介绍安徒生。他引用丹麦评论家勃兰兑斯之语,将"小儿的语言"作为安徒生童话的重要特色。周作人回避了译本总体质量的问题("误译与否,是别一问题,姑且不论"),认为其重点在于"把小儿的语言变了大家的古文,Andersen 的特色就不幸因此完全抹杀"②。从客观上讲,童话这种题材,尤其是口语化的安徒生童话更适合用白话文翻译。周作人对译本的批评或许包含着排斥文言、推进白话文运动的初衷。次年,《新青年》第 6 卷第 1 号上刊登了周作人用白话文翻译的《卖火柴的女儿》,作为中国第一篇安徒生童话白话文译本,就是他这一理念的明证。周作人同时批评《十之九》译文中归化式的译法破坏了安徒生童话的另一重要特色——"野蛮般的思想"。他把安徒生童话《打火匣》《飞箱》《大克劳斯与小克劳斯》中主人公违反道德标准的行为解释为"儿童本能的特色",认为:"儿童看人生,像是影戏:忘恩负义,掳掠杀人,单是非实质的人形,当着火光跳舞时,印出来的有趣的影。Andersen 于此等处,不是装腔作势地讲道理,又敢亲自反抗教室里的修身格言,就是他的魔力所在。他的野蛮思想使他和育儿室里的天真烂漫的小野蛮相亲近。"③如果将此言论与当年丹麦评论家对安徒生这三篇童话的批评相对照不难发现,周作人所推崇的安徒生童话中的"反道德"恰恰是丹麦评论家强烈反对的主要问题,个中含义耐人寻味。事实上,1915年中国新文化运动的开始意味着"逆反价值对新文化的创造……逆反价值成为

---

① 周作人:《丹麦诗人安兑尔然传》,载于 1913 年 12 月出版的《炎社丛刊》创刊号的"史传"栏。

② 周作人:《读安徒生的〈十之九〉》,王泉根编:《周作人与儿童文学》,杭州:浙江少年儿童出版社,1985 年版,第 101—105 页。原载于 1918 年 5 月 15 日出版的《新青年》第 5 卷第 3 期"随感录",收录该书时的篇名为编者所加。

③ 周作人:《读安徒生的〈十之九〉》,王泉根编:《周作人与儿童文学》,杭州:浙江少年儿童出版社,1985 年版,第 104 页。

人们在乱世中认同的意义构架",只有"那些根据逆反价值意义重构过的外来思想,才能成为中国文化的一部分"。周作人在评论中力荐安徒生早期童话中被许多西方评论家批判的"非道德"元素,冲击了几千年来中国"以道德理想作为终极关怀的文化系统"①。以"童心"和"儿童本位"作为安徒生童话的核心,也是这种"选择性接受"的结果。几千年来,家庭一直是中国封建社会"超稳定结构"中"家国同构"的子系统,在儒家伦理"三纲五常"的统治下,儿童不能被视为独立的个体,自然天性大受束缚。而"儿童本位"则强烈冲击了这一封建传统,由是,新文化运动以来,中国的"安党"一直忽略安徒生童话中"永恒的生命"等重要思想主题,而是选择性地"突出安徒生童话'儿童本位'的艺术特征",这是中国的"安党"们"根据自身时代精神的要求所作的有效选择"②。由于周作人本人的文化地位,他赫然成为中国"安党"中影响最大的知识分子。自此以后,以白话文翻译安徒生童话成为"新文化运动的重要成果",安徒生童话的接受与传播亦成为 20 世纪20 年代重要的文坛事件。③

另一位在当时深具影响力的中国新文艺主将郑振铎,也将传播安徒生童话当作他最用心的文学事业之一。他在当时的权威文学刊物《小说月报》上开辟"儿童文学"专栏,多次介绍安徒生童话并登载译文。1925 年,据郑振铎统计,国内发表安徒生童话的中文译文近 80 篇次④,相关传记文论 15 篇,这一时期中国人对安徒生的推崇已达"顶礼膜拜"的程度,关注度超越了任何其他外国儿童文学作家。1925 年,在郑振铎的主持下,《小说月报》史无前例地以两期安徒生专号纪念安徒生 120 周年诞辰。著名作家、翻译家顾均正在专号的《安徒生传》中称赞"安徒生是一个创作文学童话的领袖",并称安徒生童话流传之广"比荷马、莎士比亚大几百倍"⑤,这一有失公允的夸大评价侧面昭示了新文化运动时期我国学界有些"轰轰烈烈"的接受与传播安徒生童话的热潮,1925 年便是中国首个安

---

①　金观涛、刘青峰:《中国现代思想的起源:超稳定结构与中国政治文化的演变》,北京:法律出版社,2011 年版,第 47、79、91 页。

②　王蕾:《安徒生童话与中国现代儿童文学》,上海:华东师范大学出版社,2009 年版,第 72 页。

③　郑振铎:《1925 年安徒生童话在中国》,王泉根评选:《中国现代儿童文学文论选》,南宁:广西人民出版社,1989 年版,第 932—937 页。原载于 1925 年 8 月 10 日《小说月报》第 16 卷第 8 号(安徒生专号)。

④　该统计数字未含《小说月报》安徒生专号中所载的安徒生童话篇次。

⑤　顾均正:《安徒生传》,《小说月报》,1925 年第 16 卷第 8 号。

徒生热潮的顶点。

此后,到 20 世纪 50 年代初,安徒生童话的译介逐渐陷入低潮,其原因值得分析和探究。随着中国社会发生了天翻地覆的变化,以逆反价值破除旧意识形态的攻坚阶段已经过去,重新建立新意识形态的正面价值是这一时期中国社会最为迫切的要求。抗日战争开始之后,遥远的丹麦童话在全社会轰轰烈烈的抗日救亡运动中成为与社会需求脱节的文化奢侈品。"安党"倘若无法建立符合新意识形态的突破口,仅仅沿袭上一阶段对安徒生童话的理解,已经无法在文化界和思想界获得足够的响应。1935 年,在安徒生 130 周年诞辰之际,狄福(徐调孚笔名)在《文学》杂志第 4 卷第 1 号发表的《丹麦童话家安徒生》一文中,虽然沿袭周作人的理解,将"儿童的精神"、朗朗上口的语言作为安徒生童话的最大价值加以肯定,却将安徒生童话斥为逃避现实的精神麻醉品,他指责安徒生童话不能"把孩子们时刻接触的社会相解剖给孩子们看",因而不能"成为适合现代的我们的理想的童话作家"①。

由此可以窥见,随着社会情势的变化,学界对安徒生童话的接受与传播不可能停留在前一阶段"儿童本位"的价值推崇上,人们期待的是更关注现实人生之苦难、更具社会批判和变革思想的有实用价值的外来文学经典。因此,虽然安徒生童话在这一时期仍然因其文学成就被持续译介,但关注度下降,尤其是开始偏离周作人时期"儿童本位"的接受路线,安徒生本人也被一些人看成是"住在花园里写作的一个老糊涂","一个有浪漫主义思想局限的人"②而遭遇了冷落乃至批判。安徒生要继续留在学人的视界并保持世人对其一定的关注度,有待于转换角度发掘其作品中的另一种合乎国情需要的内容和特点。不过,安徒生童话在民间的阅读和传播,却依旧保持了"温度"。

二、"现实性""批判性"对"童心"的遮蔽

中华人民共和国成立后,文学艺术迎来了一个大发展的浪潮,儿童文学也重新得到重视。由叶君健从丹麦文直接翻译的第一个安徒生童话中文全译本《安

---

① 狄福:《丹麦童话家安徒生》,《文学》,1935 年第 4 卷第 1 号。
② 金星:《儿童文学的题材》,《现代父母》,1935 年第 3 卷第 2 期。

徒生童话全集》共 16 册于 1956 年至 1958 年陆续出版。从此至 1979 年,国内出版各类叶译本安徒生童话集 50 多种,发行超过 400 万册。① 加上数量庞大、难以统计的各类改写本,安徒生成为在中国普及率最高的外国作家。

此时,国内盛行的文艺理论是苏联的社会学批评方法。在这种批评理论的影响下,中国的儿童文学评论者们改换思维,从新的角度来"选择性接受"安徒生童话,将其誉为"丹麦 19 世纪的一个伟大的现实主义作家"②,特别强调在新文化运动时期被忽略的安徒生童话的另一个特点——"现实性"与"批判性"。根据这种批评理论,安徒生童话中的人物时常被分成不同阶级的代表,以此剖析童话中对资本主义社会黑暗现实的抨击、对人民疾苦的深刻同情,而原先的"童心""儿童本位"思想被弱化乃至藏匿,其间的基督教伦理思想因素则几近被完全剔除,就连上帝也不再是基督教的上帝,而是爱与正义的化身。在这种批评语境里,由于宗教观念的隔膜和意识形态的影响等,我们对安徒生童话的阐释与解读被阶级对立、贫富对立、善恶对立的二元对立思维方式所左右,以前曾经被重点阐释和接受的"儿童本位"和"童心"的诗意被悄然"遮蔽在其现实主义作家的形象之下"了③。

对安徒生本人,人们从"皮鞋匠的儿子"来认定其下层劳动人民的阶级定位;他早年的贫困生活就天然地培育了其阶级"敏感性",而且,他是通过自己的勤奋和刻苦成为一个有突出成就的童话作家的。当然,他的这种经历对后来的成果是十分重要的,但问题的关键是,这样的评价根本上是为了刻意强调安徒生以后"写的是他在人民中所体验到的生活和感情"④,为他的批判现实主义的童话创作风格寻找事实依据。在此基础上,阶级观念和现实批判精神就成了阐释安徒生童话的基本标尺。比如,《丑小鸭》描写的是阶级社会中人的趋炎附势,"人间多势利,好人受欺负,但好人那种善良的心灵,终究会得到广大人民的同情和支持,

　　① 国家出版事业管理局版本图书馆编:《1949—1979 翻译出版外国古典文学著作目录》,北京:中华书局,1980 年版。转引自李红叶:《安徒生在中国》,《中国比较文学》,2006 年第 3 期,第 154—166 页。

　　② 叶君健:《关于安徒生的卖火柴的小女孩》,《文艺学习》,1955 年第 4 期。

　　③ 钱中丽:《20 世纪中叶中国语境下的安徒生童话》,《外国文学研究》,2011 年第 1 期,第 143—150 页。

　　④ 叶君健:《安徒生童话的翻译》,方舟、雪夫主编:《东方赤子·大家丛书:叶君健卷》,北京:华文出版社,1999 年版,第 55 页。

他那崇高的理想,也一定要实现的"①。《卖火柴的小女孩》中的"小女孩"无疑是受迫害的劳动人民的代表,"正当有钱人在欢乐地庆祝新年的时候",她"静悄悄地冻死在街头"②。这则童话也就典型地表现了阶级压迫的主题,描写了下层贫苦大众的悲惨生活,表现了作者对劳动人民的深切同情。《皇帝的新装》里的"皇帝"作为统治阶级的代表,平日里"什么事情也不管,一天到晚只顾讲究穿漂亮衣服","把人民生产的财富拿来专门满足他这种奢侈的欲望"③,作者通过这则童话揭露了统治阶级、剥削阶级的骄奢淫逸。如此等等。

当然,安徒生以他悲悯与博爱之胸怀,自然是同情广大劳苦大众的,阶级分析也确实可以发现安徒生童话中另外一些未曾被我们关注的内容和特点,但安徒生未必有我们的研究者和评论者所说的那样鲜明的阶级立场,未必有那么分明的阶级爱憎和有仇必报的复仇心,因而社会批判也不见得是他童话创作的主要出发点及其根本特征与核心价值之所在。现实性、批判性以及对普通人的关爱与同情,固然也体现了安徒生童话的一种特点,尤其是他的 3 部长篇小说《即兴诗人》《奥·托》《不过是个提琴手》,都体现了作者丰富的个人经历和真实的时代风貌。《即兴诗人》是丹麦的第一部现代题材的小说,"标志着丹麦长篇小说创作的突破"④。在小说与童话的创作中,安徒生也生动描绘了 18 世纪丹麦人民的真实生活,具有一定的现实性与批判性。但是,局限在这种单一的社会批判思维中选择性地解读安徒生的童话,就出现了对"现实性"与"批判性"成分的夸大现象,"批判现实主义"成了强按在安徒生头上的一顶过于庞大而沉重的"帽子",实际上也降低了安徒生童话的盎然诗意和童心之温馨与空灵。安徒生童话变成了单纯的儿童乃至成人道德教育的工具,从而弱化了其他主题与超越时代的意义,最让人动心的"童心"之浪漫及其诗意反而被遮蔽了。事实上,安徒生有着化繁为简、化深刻为浅显的高超能力。他笔下这些看似简单的童话与故事,浸润着温婉的童心之美与善良而博大的爱,也蕴含着深刻的人性内涵与丰富的象征意味,其内涵的丰富性和温润性使读者在每次阅读时都能有新的理解以及由善与美唤

---

① 金近:《童话和现实生活》,《文艺报》,1980 年 9 月 10 日。
② 叶君健:《安徒生的童话》,《解放日报》,1955 年 5 月 5 日。
③ 叶君健:《鞋匠的儿子——童话作家安徒生》,北京:人民文学出版社,1978 年版,第 68 页。
④ 约翰·迪米利乌斯:《安徒生:童话作家、诗人、小说作家、剧作家、游记作家》,《安徒生文集》(第 1 卷),林桦译,北京:人民文学出版社,2005 年版,第 9 页。

起的怦然心动。他的看似写给孩子们的故事,其实是"用我们成年人的知识和痛楚讲出来"的,除儿童读者之外,它们更是为与他有着同样丰富生活经验与生命体悟的成人创作的,"它们更为了成年人"①。因此,在21世纪的今天,我们审视安徒生童话的接受与传播,除了从文本的接受史、阐释史、传播史和影响史来追索安徒生童话对世界的影响之外,也应当回归到这样一种基本现实:安徒生是世界童话文学史上当之无愧的大师,他也是因其童话创作的独特成就与价值,足以与19世纪欧洲许多批判现实主义大师比肩的伟大作家。

三、"童心"的回归与"安徒生印记"

1978年,理论界的极左意识消退,思想的解放带来了文艺的复苏。从1978年至今,我国对安徒生童话的接受与研究呈现客观、全面、多样化的特点,以从未有过的深度和广度真正得以展开。除主导性的叶君健译本外,又出现了另外三种有影响力的安徒生童话全译本——林桦、石琴娥的丹麦文直译本和任溶溶的英文转译本,从而使中国安徒生童话的版本资源大为丰富。此外,汗牛充栋的安徒生童话选译本、改写本、缩写本、绘画本和连环画,也使安徒生走入了千千万万个中国家庭,成为这个时代中国人童年记忆的一部分。

在这个阶段的安徒生童话研究领域,一开始,受习惯思维的影响,学界仍未能完全脱离过于偏执的社会学方法和唯批判现实主义文学为正确的思维定式,但与此同时,童心、诗情与儿童本位也逐渐成为对安徒生童话解读时的关注点。进入21世纪,受国外安徒生研究以及国内学术的不断进步的影响,安徒生童话的研究呈现出新气象,对童话故事背后的文化内涵、宗教意义和文学叙述手法等诸多方面都展开更加丰富的研究。从20世纪80年代浦漫汀的《安徒生简论》(1984)、孙建江的《飞翔的灵魂:安徒生经典童话导读》(2003)到林桦的《安徒生剪影》(2005)、王泉根主编的《中国安徒生研究一百年》(2005)、李红叶的《安徒生童话的中国阐释》(2005)、王蕾的《安徒生童话与中国现代儿童文学》(2009),中

---

① 约翰·迪米利乌斯:《安徒生:童话作家、诗人、小说作家、剧作家、游记作家》,《安徒生文集》(第1卷),林桦译,北京:人民文学出版社,2005年版,第12页。

国研究者终于开始以更现代的眼光、更科学的方法追寻安徒生童话在中国的阅读史、接受史和阐释史,这些专著与为数众多的论文一起,开辟了中国安徒生研究的新时代。事实上,一旦冲破思维局限,我们就会看到,儿童心灵的滋润不需要那种过于爱憎分明、冤冤相报的对抗精神,安徒生也不是刻意借童话去唤起儿童抑或成人对人性中的庸俗乃至丑恶的疾恶如仇。他的童话在宗教伦理和博爱思想的浸润下,饱含着对生活悲苦、人性软弱的深刻悲悯,与对心灵向上、灵魂飞升的坚定信念和热切渴望。与格林童话等更多书写人性之恶与怨毒报复不同,安徒生童话更多地是以柔软的童心之爱为前提,书写人性之善、感恩与宽宥以及对美和理想的不懈追求,富于人生哲理而又不落于道德训诫的教条。安徒生童话不遗余力地颂扬主人公身上所闪耀着的爱、悲悯、宽容、坚忍、坚持、不懈追求等美德,他的故事叙事本身也满含着这样的美德,而并非如其他一些童话和传说故事那样描画一幅非黑即白的人间图景,并急于惩恶扬善。他不裁判,而是把裁判权完全交给了他心中的上帝。安徒生童话不是教人恨,而是教人爱;不是旨在揭露和批判现实人心之丑恶,而是旨在以宽容和感恩之心写出生活之美好可爱。这些都是基于更宽阔的视野所能看到的安徒生童话的丰富内涵与人性意蕴。

另外值得注意的是,多部国外的安徒生传记和研究论著被译介成中文,其中苏联作家穆拉维约娃的《安徒生传》(2004)、林桦译的《安徒生自传》(2011)、《安徒生文集(全四卷)》(2005)、小啦与约翰·迪米留斯主编的《丹麦安徒生研究论文选》(1999)、伊莱亚斯·布雷斯多夫的《从丑小鸭到童话大师——安徒生的生平及著作(1805—1875)》(2005)等著作逐渐丰富了中国读者对安徒生的认识。陈雪松、刘寅龙译的詹斯·安徒生的《安徒生传》(2005)从社会、历史、文化和心理学角度,深度立体地拓展了我们对安徒生的了解,是国外安徒生研究领域的最新重要成果。

安徒生童话的译介对中国现代儿童文学产生了重要影响。中国现代儿童文学的产生,与“五四”新文化运动时期中国知识界的安徒生译介热潮有重大的关联。如前所述,张扬个性、强调儿童本位的观念抗拒传统的儒家三纲五常思想的束缚;鲁迅的“救救孩子”,周作人的从“人的文学”进一步提出的“儿童的文学”,都试图以解救儿童为突破口,破除旧的意识。1920 年,在《新青年》的大力倡导下,教育界、文化界着力于探讨儿童教育的新途径,“呼吁人们把年幼一代从封建藩篱中解放出来"。《东方杂志》《妇女杂志》及著名副刊《晨报副刊》《京报副刊》等纷纷发表讨论儿童文学的文章,刊登儿童文学作品。结合这一时期的民国教育改革,"儿童文学"一时成为教育界、文学界、出版界"最时髦、最新鲜、兴高采烈、提倡鼓吹"的新事物。① 在这样的情境下,安徒生童话成为中国现代儿童文学的源头活水也就势所必然了。"安党"们刻意选择推崇安徒生童话中的"儿童本位",推动了中国现代儿童观的确立,为真正的中国现代儿童文学打下了基础。同时,郑振铎指出,"安徒生以他的童心与诗才开辟了一个童话天地,给文学以一个新的式样和新的珠宝"②。20 世纪 20 年代以来,"诗心"与"童言"完美结合的安徒生"文学童话"作为"中国儿童文学建设初期的理想范式"③,成为中国儿童文学作家学习的对象与模仿的蓝本,叶君健、叶圣陶、严文井等中国现代儿童文学创作者追随安徒生,走上了"文学童话"的创作道路。20 世纪 50 年代开始,苏联的文学社会批评方式成为国内对安徒生童话的主流批评方法,安徒生童话因此也成为以现实主义手法创作童话的范例。

从 1909 年"安徒生"这个名字进入中国以来,一百多年的安徒生童话接受与传播史基本上是在"童心""诗意""儿童本位"与"现实性""批判性"等不同视角的理解中展开的,其间的冷热抑或反复,皆有中国不同时期社会精神气候的折射。安徒生童话为中国儿童文学的创作提供了源源不断的精神滋养,中国学者大多认同安徒生"是对中国现代儿童文学产生影响最为深刻的外国作家。学习安徒生童话,是中国童话作家文学修养的一个重要内容"④。中国现代的童话乃至整个现代文学创作深深地烙上了"安徒生印记"。今天看来,中国式童话和文学作品能有这种"安徒生印记",于儿童于成人、于社会于文化都是一件好事。安徒生诗意"童心"在中国这个东方古国的文化之旅,柔化了我们几代人的心灵。

(本文作者:蒋承勇　赵海虹)

---

① 蒋风主编:《中国现代儿童文学史》,石家庄:河北少年儿童出版社,1986 年版,第 4 页。
② 《〈小说月报·安徒生号〉(上)卷头语》,1925 年 8 月。见王泉根评选:《中国现代儿童文学文论选》,南宁:广西人民出版社,1989 年版,第 101 页。
③ 李红叶:《安徒生童话的中国阐释》,北京:中国和平出版社,2005 年版,第 93 页。
④ 编者为文选中郑振铎所著《1925 年安徒生童话在中国》一文所作的编后语,见王泉根评选:《中国现代儿童文学文论选》,南宁:广西人民出版社,1989 年版,第 938 页。

自然主义思潮研究

"主义"的纠结与纠缠：现实主义与自然主义之内涵及关系论辩

19 世纪西方文学中的现实主义与自然主义，其影响之广泛、深远和重要性是众所周知的，但各自的内涵及相互关系在我国学界却一直来纠缠不清，众说纷纭。"五四"前后，19 世纪西方现实主义文学刚刚被介绍到中国时，受日本译界的影响，我国学界也把它与自然主义文学融混在一起，翻译成为"写实主义"；后来，又由于受苏联文学理论的影响褒扬现实主义而贬抑自然主义，我国学界一直将现实主义看成 19 世纪西方文学中占主导地位的、最重要的文学思潮，而把自然主义看成现实主义的延续，并且，评判自然主义作家的成就要看其创作在何种程度上达到了现实主义的高度，因此，现实主义也就成了衡量自然主义文学之成就的价值尺度和艺术标准。作为文学史上重要的文学现象，19 世纪西方现实主义到底应该被视为一个具体的文学思潮，还是一种应时而生的文学创作倾向？它和自然主义有一种什么样的关系？这是一个需要重新辨析与破解的学术纠结。

一、作为"创作倾向"的现实主义

众所周知，巴尔扎克是最能代表"现实主义"之内在含义的作家，但他与司汤达、狄更斯、萨克雷以及果戈理一样，都不曾用"现实主义"一词来标明自己创作的流派归属。韦勒克在《文学研究中现实主义的概念》一文中追溯了"现实主义"术语在欧美各国的发生史。这个概念在文学领域最早的一次运用是在 1826 年，但其流行却与 19 世纪 50 年代中期法国画家库尔贝与小说家尚弗勒利的积极应用有关。19 世纪中后期,在整个西方文坛,的确曾两度出现过松散的以"现实主义"命名的文学社团,且都是在自然主义的故乡法国。第一个"现实主义"松散组织大致存在于 1855 年至 1857 年,主要参加者是尚弗勒利和杜朗蒂,他们在 1856 年 11 月至 1857 年 5 月曾创办过题名为《现实主义》的杂志;1857 年,尚弗勒利还曾将自己的一个文集冠名《现实主义》印行。第二个松散的"现实主义"社团出现于 70 年代末,成员是两个在文学史上根本找不到名字的业余文学爱好者,均为左拉的崇拜者;他俩在 1879 年 4 月至 6 月也曾创办过一份题名为《现实主义》的杂志。这两个所谓"现实主义"的文学组织,均因创办者的寂寂无名、存在时间的昙花一现以及影响力的低微,未曾进入一般文学史家的视阈。而且,后者作为渐趋高潮的自然主义文学运动在一般文学青年中的反响,可以被视为自然主义的一个组成部分;而前者,从能看到的尚弗勒利关于"现实主义"的一些表述来看,其基本的文学主张与稍后出现的自然主义基本一致,因而可以被视为自然主义文学运动的一个小小的前奏。总之,这两个曾经以"现实主义"命名的文学组织,都不足以成为文学思潮的重要标准,也与中国学界所理解的"19 世纪现实主义"或"批判现实主义"相去甚远。

作为文学史对某个时代文学—诗学特质进行整体描述的概念,文学思潮必须同时满足如下条件:在新的哲学文化观念,尤其是其中人学观念的引导下,通过文学运动(社团、期刊、论争)的形式,创立新的诗学观念系统,并在此基础上尝试新的文学方法,从而最终创造出新的文学文本形态。

一种文学思潮的独立存在,既要有特定艺术风格与创作手法,更要形成具有特定诗学观念和艺术品格的"精神气质",它是文学思潮得以确立的本质要素。通常,艺术风格和创作手法可以超越历史,但"精神气质"必定是特定历史阶段的产物。这意味着文学思潮的概念不但有内涵上的"质性"规定,也有外延上的"历史性"或"时期性"刻度。就此而言,与在西方持续 2000 多年的"模仿说"(后人又称其为"再现说")相辅相成因而几乎无边的现实主义,就不是一个思潮的概念,而是一种与"模仿"观念及西方叙事文学传统相关涉的"创作倾向"。由亚里士多德"模仿说"所奠定的"写实"传统,在 19 世纪浪漫主义文学之前一直是西方文学的主导传统,后来西方文学史家称之为"模仿现实主义"。在 19 世纪,浪漫主义文学思潮衰微、自然主义文学思潮兴起之际，徜徉于滋养自然主义的科学主义大潮，愤懑于浪漫主义走向极端后的虚无浮泛，这种古已有之的"现实主义"创作倾向格外盛行，人们误将它视为一种"文学思潮"，而实际上它只是以古希腊的理性主义哲学传统为思想核心，经由西方叙事文学传统的逐步锤炼的"仿现实主义"的新形态，它依然属于一种创作倾向而非文学思潮。

大致说来，以19世纪中叶的司汤达、巴尔扎克等人为代表的一代小说家，将浪漫主义和传统现实主义这两种不同的观念元素和文学元素进行了简单融合，在对自身依然置身其中的浪漫主义隐隐约约的抱怨声中，由这种"融合"而成的文学创作给文坛带来一种新气象。不过，虽然其间已经透露出未来文学和诗学形态的不少信息，但这些信息只是"信息"而已，其"新质"未凝结为足以相对完整、独立的诗学系统、方法论系统和文本构成系统，直到19世纪末20世纪初更新潮的现代主义文学兴起的时候依然如此。而且，除上述提及的19世纪中后叶出现于法国的两个名实不尽相符的"现实主义"松散组织之外，我们至今也无法在19世纪的西方文坛上寻觅到现实主义"文学运动"（社团/期刊/论争）的踪影，这一历史事实也再次表明：19世纪现实主义并非一个实体性的文学思潮，而是一种创作倾向。

正是作为"创作倾向"的概念，现实主义因其"外延"的"无边"，其"内涵"常常处于变动不居的状态。在实际存在中，因其内涵的这种游移不定与外延的无限膨胀，现实主义常常本能地趋向于寻求某种外在的支撑，于是就有了各种各样的"现实主义组合"。在西方，有后来的"心理现实主义""虚幻现实主义""怪诞现实主义""反讽现实主义""理想现实主义""朴素现实主义""传奇现实主义""乐观现实主义""超现实主义""魔幻现实主义"等，不一而足。在苏联，文学理论家卢那察尔斯基一人就曾用过"无产阶级现实主义""社会现实主义""英雄现实主义"和"宏伟现实主义"等多种术语，此外还有沃隆斯基的"新现实主义"、波隆斯基的"浪漫现实主义"、马雅可夫斯基的"倾向现实主义"、阿·托尔斯泰的"宏伟现实主义"、列日涅夫的"辩证现实主义"等，当然最著名的还是高尔基的"批判现实主义"和1934年全苏第一次作家代表大会正式写进作家协会章程并规定为苏联文学基本创作方法的"社会主义现实主义"。在中国，除20世纪五六十年代被热烈讨论并一度被确定为中国文学的基本创作方法的"社会主义现实主义"及其变种

"与革命浪漫主义相结合"的"革命现实主义"外,相应的还有"新民主主义现实主义"(周扬)、"进步的现实主义"(周扬)等。"现实主义"的这种惊人的繁殖力,其表征的正是其作为文学传统的创作倾向属性,而非文学思潮。

19 世纪中叶,巴尔扎克等现实主义作家确实创造出了若干堪称经典的文学作品,一时间构成了"现实主义"勃兴的繁荣局面,巴尔扎克通过给新兴城市和初期的资本主义动力以及猖獗的个人崇拜赋予形式,"发明了十九世纪"①。他们的艺术成就不容置疑;但他们的艺术成就却不应该简单地归诸其反对浪漫主义或复归作为西方文学传统的"模仿现实主义"。事实上,已然处在现代文学区段上的 19 世纪西方现实主义,明显不同于传统的"模仿现实主义"。作为现实主义代表人物的司汤达与巴尔扎克,不管是从文学观念还是从创作风格上来说,都无法完全用"模仿现实主义的尺子来衡量:他们身上既有浪漫主义的痕迹——因此勃兰兑斯在《十九世纪文学主流》中才将他们视为浪漫主义者;又有不同于一般浪漫主义而属于后来自然主义的诸多文学元素——后来自然主义文学领袖左拉才将他们称为"自然主义的奠基人"。正是基于此种状况,有文学史家干脆将 19 世纪西方现实主义唤作"浪漫写实主义";这种"浪漫写实主义",作为一种"现代现实主义",虽在"写实"的层面上承袭了旧的"模仿现实主义",但同时也在更多的层面上以其"现代性"构成了对"模仿现实主义"传统的改造与发展。

艺术活动毕竟是最张扬个性的人类活动;事实上,任何一位伟大作家的创作,都绝无可能用一个什么"主义"的术语或标签盖棺论定。文学史研究应把思潮研究、作家研究、作品研究区别开来;文学思潮层面的宏观研究不能代替对具体作家、作品的研究,反之亦然。将一个时期的作家、作品都装到一个套子里发放统一"牌照",简单倒是简单,但这可能已经不是在偷懒而有可能是在糟蹋文学。在经典作家、作品研究与文学思潮或文学流派研究的关系上,也许左拉的话足资借鉴:"一个学派就意味着对人的创造自由的一种否定","每个流派都有过分之处,以致使自然按照某些规则变得不真实","流派从来不会产生一个伟人"②。

基于此,我们再来审视 19 世纪中叶西方现实主义作家的文学成就,答案变

① Peter Brooks, *Realist Vision*, New Haven and London: Yale UP, 2005, p. 22.
② 埃米尔·左拉:《左拉文学书简》,吴岳添译,合肥:安徽文艺出版社,1995 年版,第 249 页。

得更为坚实可信。抛却作家本人的天才与个性不论——这对作家的创作成就应该说是最重要的内在原因,19世纪中叶西方现实主义文学创作繁荣局面的形成,从外在原因来考察,至少有如下因素值得认真评估:其一,浪漫主义文学革命所带来的对传统的文学成规的冲击,为这一代作家释放创作潜能提供了契机;其二,现代社会这个庞然大物的形成,开启了"上帝之死"的文化进程,一个动荡不安的多元文化语境对19世纪中叶西方文学创作的繁荣当然是一个福音;其三,工业革命加速推进所积累起来的诸多社会问题与矛盾,在19世纪中叶既然能够催生马克思主义的诞生与流行,对文学家的文学创作当然也会释放出巨大的召唤效应;其四,自然科学的成就对人的鼓舞,科学精神对社会科学的渗透,催发了作家通过文学创作"研究"分析社会和人的生存状况的浓厚兴趣,强化了文学创作的"写实"与"再现"理念。以上种种因素,都催发了现实主义创作倾向发扬光大,助推了19世纪现实主义倾向的文学的发展与繁荣。

二、现实主义与自然主义

在当代中国的文学理论与文学史表述中,自然主义始终是与现实主义"捆在一起的"。人们或者说它是"现实主义的极端化",或者说它是"现实主义的发展",或者说它是"现实主义的堕落",等等,不一而足。无独有偶,如果对自然主义文学的理论文献稍加检索,人们很容易发现当时左拉们也是将自然主义与现实主义这两个术语"捆"在一起来使用的。通常的情形是,自然主义与现实主义两个术语作为同位语"并置"使用,例如:在爱德蒙·德·龚古尔写于1879年的《〈臧加诺兄弟〉序》中便有"决定现实主义、自然主义和文学上如实研究的胜利的伟大战役,并不在……"①的表述;在另外的情形中,人们则干脆直接用现实主义指称自然主义。

自然主义文学运动是举着反对浪漫主义的旗帜占领文坛的。基于当时文坛的情势与格局,左拉等人在理论领域反对浪漫主义、确立自然主义的斗争,除从文学外部大力借助当代哲学及科学的最新成果来为自己的合理性进行论证外,

---

① 朱雯等编选:《文学中的自然主义》,上海:上海文艺出版社,1992年版,第299页。

还在文学内部从传统文学那里掘取资源来为自己辩护。如上所述,2000 多年以来基本始终占主导地位的西方文学传统是由亚里士多德"模仿说"奠基的"写实"传统,西方文学史家常以"模仿现实主义"名之,其在文学史上形成了足够强大的影响力①。这正是左拉等自然主义者将自然主义和现实主义两个术语"捆绑"在一起使用的缘由。这种混用,虽然造成了"自然主义"与"现实主义"两个概念的混乱(估计左拉在当时肯定会为这种"混乱"而感到高兴),但在特定的历史情境中,这却并非不可理解和不可接受的。就此而言,当初左拉们与后来中国学界对现实主义与自然主义的两种"捆绑",显然有共通之处——都是拿现实主义来界定自然主义;两者之间存在一种历史的联系也未可知——前者的"捆绑"或许为后者的"捆绑"提供了启发与口实? 但这两种"捆绑"显然又有巨大不同:非但历史语境不同,而且价值判断尤其不同。在这两种不同的"捆绑"用法中自然主义与现实主义两个术语的内涵与外延迥然有别。

左拉等人是将自然主义与"模仿现实主义""捆绑"在一起的,而我们则是将自然主义与高尔基命名的"批判现实主义"或恩格斯所界定的那种"现实主义""捆绑"在一起的。左拉那里的现实主义是"模仿现实主义"。作为西方文学传统的代名词,"模仿现实主义"所指称的是 2000 多年来西方文坛上占主导地位的那种笼而统之的"写实"精神,因而是一个在西方文学史上具有普遍意义的"创作倾向"。作为一种"创作倾向"概念,左拉所说的"现实主义",其内涵和外延都非常大,甚至大致等同于"传统西方文学"的概念。正因为如此,在某些西方批评家那里才有了"无边的现实主义"这样的说法。而在中国学人的笔下,"现实主义"非但指称一个具体的文学思潮(认为它是确立于 1830 年但迄今一直没有给出截止时间的文学主潮),而且是指一种具体的创作方法(由恩格斯所命名的、以唯物主义为哲学基础的、进步乃至是"至上"的、显然不同于一般"模仿现实主义"的创作方法)不同于左拉等自然主义作家之基于文学运动的策略选择,中国文学界对自然主义与现实主义两个术语的"捆绑",其出发点有着明显的社会—政治意识形态背景。国人的表述在文学和诗学层面上都对自然主义和现实主义做出了明确

① 利里安·R. 弗斯特、彼特·N. 斯克爱英:《自然主义》,任庆平译,北京:昆仑出版社,1989 年版,第 5 页。

的区分,并循着意识形态价值判断的思维逻辑重新人为地设定了现实主义和自然主义的内涵与外延。

在主要由左拉提供的自然主义文学理论文献中,其将自然主义扩大化常态化的论述有时候甚至真的到了"无边"的程度:

> 自然主义会把我们重新带到我们民族戏剧的本原上去。人们在高乃依的悲剧和莫里哀的喜剧中,恰恰可以发现我所需要的对人物心理与行为的连续分析。①
>
> 甚至在 18 世纪的时候,在狄德罗和梅西埃那里,自然主义戏剧的基础就已经确凿无疑地被建立起来了。②
>
> 在我看来,当人类写下第一行文字,自然主义就已经开始存在了……自然主义的根系一直伸展到远古时代,而其血脉则一直流淌在既往的一连串时代之中。③

这从侧面再次表明,左拉用作为"创作倾向"的现实主义来指称自然主义只是出于一种"运动"的策略,并非表明自然主义真的等同于作为"创作倾向"的现实主义。否则,我们就只好也将他所提到的古典主义与启蒙主义都当成自然主义了。正如人们常常因为自然主义对浪漫主义的攻击,而忽略其对浪漫主义的继承与发展,人们甚至常常因为自然主义对"模仿现实主义"的攀附,而混淆其与"模仿现实主义"的本质区别。其实新文学在选择以"运动"的方式为自己争取合法文坛地位的时候,不管"攻击"还是"攀附",都只不过是行动的策略,而根本目的则只是为了获得自身新质的确立。事实上,在反对古典主义的斗争中,浪漫主义也曾返身向西方的文学传统寻求支援,我们是否由此也可以得出浪漫主义等同于"模仿现实主义"的结论呢? 显然不能。因为浪漫主义已经在对古典主义的

---

① Emile Zola,"Naturalism in the Theatre",*Documents of Modern Literary Realism*,ed.,George J. Becker,Princeton,New Jesey:Princeton UP,1963,pp. 255.

② Emile Zola,"Naturalism in the Theatre",*Documents of Modern Literary Realism*,ed.,George J. Becker,Princeton,New Jesey:Princeton UP,1963,pp. 210-211.

③ Emile Zola,"Naturalism in the Theatre",*Documents of Modern Literary Realism*,ed.,George J. Becker,Princeton,New Jesey:Princeton UP,1963,pp. 198-199.

革命反叛中确立了自己的"新质"。虽然为了给自身存在的合法性提供确凿的辩护曾将自然主义的外延拓展得非常宽阔,但在要害关键处,左拉与龚古尔等人都不忘强调:"自然主义形式的成功,其实并不在于模仿前人的文学手法,而在于将本世纪的科学方法运用在一切题材中。"①"本世纪的文学推进力非自然主义莫属。当下,这股力量正日益强大犹如汹涌的大潮席卷一切,没有任何力量能够阻挡。小说和戏剧更是首当其冲,几被连根拔起。"②这种表述无疑是在告诉人们,自然主义是一种有了自己"新质"的、不同于"模仿现实主义"的现代文学形态——作为"创作倾向"的西方 19 世纪现实主义。

　　"写实"乃是西方文学的悠久传统,但这一传统却并非一块晶莹剔透的模板。德国文学理论家埃里希·奥尔巴赫在他著名的《摹仿论——西方所描绘的现实》一书中,通过对以《荷马史诗》为端点的希腊古典叙事传统文学与以《圣经》为端点的希伯来叙事传统稍加考察比较后发现:所谓"写实"的西方文学传统,原来在其形成之初便有着不同的叙事形态。不管是在理论观念层面还是在具体的创作实践当中,西方文学中的所谓"写实",并非一成不变,而是处于不断生成的动态历史过程之中③。具体来说,这不但涉及不同时代,人们对"写实"之"实"的内涵有着不同的理解,而且相应地对"写实"之"写"的如何措置也总有着迥异的诉求。就前者而言,所谓的"实"是指什么? 是亚里士多德之"实存"意义上的生活现实? 还是柏拉图之"理式"意义上的本质真实? 抑或是苏格拉底之"自然"意义上的精神现实? 这在古代希腊就是一个争讼不一的问题。《诗学》之后,亚里士多德"实存"意义上的"现实说"虽然逐渐成为长时间占主导地位的观点,但究竟是怎样的"实存",又到底是谁家的"现实"却依然还是难以定论:是客观的、对象性的现实? 还是主、客体融会的、现象学意义上的现实? 抑或是主观的、心理学意义上的现实? 在用那种体现着写实传统的"模仿现实主义"为新兴的自然主义张目的时候,左拉显然意识到了如上的那一堆问题;所以,在将自然主义的本源追溯到远古的"第一行文字"的同时,左拉又说:"在当下,我承认荷马是一位自然

---

① 朱雯等编选:《文学中的自然主义》,上海:上海文艺出版社,1992 年版,第 251 页。

② Emile Zola,"Naturalism in the Theatre",*Documents of Modern Literary Realism*,ed. ,George J. Becker,Princeton,New Jesey: Princeton UP,1963,pp. 219.

③ Auerbach Erich,*Mimesis: The Representation of Reality in Western Literature*,Princeton and Oxford:Princeton UP,2003,pp. 3-23.

主义的诗人;但毫无疑问,我们这些自然主义者已远不是他那种意义上的自然主义者。毕竟,当今的时代与荷马所处的时代相隔实在是过于遥远了。拒绝承认这一点,意味着一下子抹掉历史,意味着对人类精神持续的发展进化视而不见,只能导致绝对论。"①

为自然主义文学运动提供理论支持的实证主义美学家泰纳认为,艺术家以他特有的方法认识现实。"一个真正的创作者感到必须照他理解的那样去描绘事物。"②由此,他反对那种直接照搬生活的、摄影式的"再现",反对将艺术与对生活的"反映"相提并论。他一再声称刻板的"模仿"绝不是艺术的目的,因为一个浇铸物品虽可以制作出精确的形体,但却永远不是雕塑;无论如何惊心动魄的刑事案件的庭审记录都不可能是真正的喜剧。泰纳的这种论断,后来在左拉那里形成了一个公式:艺术乃是通过艺术家的气质显现出来的现实。"对当今的自然主义者而言,一部作品永远只是透过某种气质所见出的自然的一角。"③而且左拉认为,要阻断形而上学观念对世界的遮蔽,便只有"悬置"所有既定观念体系,转过头来纵身跃进自然的怀抱,即"把人重新放回到自然中去"④,"如实地感受自然,如实地表现自然"⑤。

由此出发,自然主义作家普遍强调"体验"的直接性与强烈性,主张经由"体验"这个载体让生活本身"进入"文本而不是接受观念的统摄以文本"再现"生活,达成了对传统"模仿/再现"式"现实主义"的革命性改造。即便不去考究在文学—文化领域各种纷繁的语言学、叙事学理论的不断翻新,仅仅凭靠对具体文学文本征象的揣摩,人们也很容易发现西方现代叙事模式转换的大致轮廓。例如:就"叙事"的题材对象而言,从既往偏重宏大的社会—历史生活转向偏重琐细的个体心理状态;就叙事的结构形态而言,从既往倚重线性历史时间转向侧重瞬时心理空间;就叙事的目的取向而言,从既往旨在传播真理揭示本质转向希冀呈现

①　Emile Zola,"Naturalism in the Theatre",,*Documents of Modern Literary Realism*,ed. ,George J. Becker,Princeton,New Jesey：Princeton UP,1963,pp. 198.

②　朱雯等编选:《文学中的自然主义》,上海:上海文艺出版社,1992 年版,第 68 页。

③　Emile Zola,"Naturalism in the Theatre",*Documents of Modern Literary Realism*,ed. ,George J. Becker,Princeton,New Jesey：Princeton UP,1963,pp. 198.

④　Emile Zola,"Naturalism in the Theatre",*Documents of Modern Literary Realism*,ed. ,George J. Becker,Princeton,New Jesey：Princeton UP,1963,pp. 255.

⑤　柳鸣九编选:《法国自然主义作品选》,天津:天津人民出版社,1987 年版,第 778 页。

现象探求真相;就作者展开叙事的视角而言,从既往主要诉诸"类主体"的全知全能转向主要诉诸"个体主体"的有限观感;就作者叙事过程中的立场姿态而言,从既往"确信""确定"的主观介入转向"或然""或许"的客观中立……

种种事实表明,如果依然用过去那种要么"再现"、要么"表现"的二元对立思维模式来面对已然变化了的西方现代文学,依然用既往那种僵化静止的"写实"理念来阐释已然变化了的西方现代叙事文本,人们势必很难理喻自己所面对的新的文学对象,从而陷入左拉所说的那种"绝对论"。而如果将这种"依然"顽固地坚持成为偏执,那人们就只会非常遗憾地看到一幅非常滑稽、悲惨的情景:因冥顽不灵而神色干瘦枯槁的中国现代文士们,穿着堂吉诃德式的过时甲胄,大战包括自然主义文学在内的西方现代文学这部充满活力与动感的壮丽风车。

(本文作者:蒋承勇)

"实验"观念与"先锋"姿态

——从"实验小说"到"现代主义"

《实验小说论》(1880)是左拉集中阐述其文学"实验"观念的理论文献。在左拉的论说中,"实验小说"就是自然主义小说的代名词,这一点似乎无可争议;但"小说实验"到底是怎么回事? 文中则有些语焉不详,这也是后来人们对其自然主义文学理论提出种种批评的重要原因。

诚然,小说的创作与实验室里的科学探求是两项完全不同的工作;科学家的科学实验与左拉所倡导的文学实验肯定是截然不同的。对此,法国作家和评论家让·弗莱维勒在《左拉》一书中曾不厌其烦地进行长篇累牍的论证驳辩:科学家的实验是在实验室里进行的,而小说家的实验却只能发生在他的头脑里;前者主要受实验设备与条件等外在客观因素制约,可以有不同的人无限地重复同一实验得出大致相同的反应与结论,而后者则主要与个人的气质与想象力等内在主观因素相关,对同一个实验 100 个人肯定会有 100 个截然不同的反应与结果……

但倡导"实验小说"的左拉是否明白弗莱维勒认真论证出来的这些浅显道理呢? 如果人们可以设定作为一个文学天才的左拉尚未"天才"到成为一个真正的白痴,那么这个问题的答案便没有任何悬念可言。既然如此,像弗莱维勒一样在滔滔"雄辩"中指责左拉混淆了科学与文学、科学实验与文学实验的区别,便不能不被看作高估自己智商的无聊之举了。

平心而论,对"实验小说论"后来争讼纷纭的局面,左拉并非完全没有责任。

在《实验小说论》中,基于克洛德·贝尔纳的科学哲学观,他首先表明了这样的哲学信念:在人类的一切知识里,经验的实践先于理论或观念的体系。"科学总是后出现来寻求先前已经观察和收集到的各种现象的规律。规律一经找到,经验一经得到说明,先前的观念体系就被消灭而让位于新的科学理论;科学理论一方面表现已知事实的规律,另一方面指出以扩大科学领域为目的的进一步研究方向。"①在此基础上,他大力倡导实验的方法论观念,因为在他看来,作为方法论,实验用科学的客观标准来对抗既有权威,能够促进科学和艺术的不断发展。但左拉在阐述自然主义文学的"实验"主张时,非但完全照搬了贝尔纳《实验医学研究导论》的理论构架,而且连篇累牍地摘抄(已经不是"引用")了该书中的大量科学论述。对自己这样的行文,左拉的态度不但是虔诚的,而且是坦率的——长文开篇,左拉就称"我的一切论述都原封不动地取之于克洛德·贝尔纳,只不过始终把'医生'一词换成'小说家',以便阐明我的思想,使之具有科学真理的精确性"②。在科学在社会与文化生活中占据主导地位的一个时代,为了替自己的文学主张找到理论依据,左拉的这一做法,似乎并非完全不可理解;然而,这种借科学之"矛"攻文学之"盾"的简单论证非但没有将问题真正讲清楚,反倒煮出了一锅理论"夹生饭"。

应该承认,很大程度上堪称缺乏哲学理论素养的天才作家左拉,在《实验小说论》这篇被很多人视为自然主义文学理论宣言的文献中,"情急"之下采用了错误的写作策略和写作手法。就此而言,《实验小说论》也许真的就是左拉文字生涯中影响最大同时缺憾也最多的文本。当然,这样说并非要否定左拉在该文中所表达的自然主义文学"实验"观念的价值。毕竟,观念的正确与否与这一观念表述得是否得当,是截然不同的两个问题。事实上,尽管该文由于话语移植太过僵硬而影响了其作为理论文献应有的严谨,但如果能准确把握贝尔纳学说中的"实验"观念,并参照左拉在其他自然主义理论文献中的相关表述,我们完全可以把握"实验小说"理论的真谛——毫不夸张地说,正是在"实验"的观念之中,自然

---

① Emile Zola,"The Experimental Novel",*Documents of Modern Literary Realism*,ed.,George J. Becker. Princeton,New Jersey:Princeton UP,1963,p. 168.

② Emile Zola,"The Experimental Novel",*Documents of Modern Literary Realism*,ed.,George J. Becker. Princeton,New Jersey:Princeton UP,1963,p. 162.

主义文学的革命性或构成了文学革命的自然主义文学才得到了最集中、最鲜明的体现。

一、"实验"的观念

"实验小说"的要义在于"小说实验"。因而,准确地理解其从贝尔纳那里借来的"实验"一词的确切内涵,便成为理解左拉"实验小说"理论的关键。

在著名科学家和科学哲学家贝尔纳的笔下,"实验"已经从一般的实验室操作被提升到了科学哲学一般"范畴"的高度,成为现代科学中基本的方法论观念。

"实验"的观念,强调超越经验论者偶然的观察与被动的接受,通过主动设置现象的展开,在不断地"试错"中反复观察、寻思,找出"现象"底下的"法则"。"实验归根结底只是一种人为发起的观察"[1],而能够让人发起并进入这种主动观察"程序"的动因或前提,则是其前在一般观察基础上所形成的对特定事物或现象的待定"观念";这一处于待定状态的"观念",类如一种"悬思",是一种拒绝任何"先入之见"的"怀疑"中的"寻思"。"进行实验的那个思想决不是随手拈来的,也不纯粹是想象的,它必须永远在观察的现实即自然中有一个支撑点。"[2]大致说来,作为现代科学基本的方法论观念而非一般实验室里的操作程序,"实验"包含着如下三个现代科学的精神法则。

第一,怀疑精神与自由思想。"实验"的观念拒绝任何既有本质论观念体系的统照主导,让怀疑精神在完全自由的状态中向现象张开;实验者在大自然面前应当不存在任何先入为主的观念,并应当让他的精神永远保持自由。"实验方法是一种宣布思想自由的科学方法。它不仅挣脱了哲学和神学的桎梏,而且也不承认个人在科学上的权威性。"[3]

第二,实事求是与反对独断。尽管承认一切科学必然是由推测开始,但"实

---

① Emile Zola,"The Experimental Novel",*Documents of Modern Literary Realism*,ed.,George J. Becker,Princeton,New Jersey:Princeton UP,1963,p. 163.

② 埃米尔·左拉:《实验小说论》,柳鸣九编选:《法国自然主义作品选》,天津:天津人民出版社,1987年版,第 745 页。

③ 埃米尔·左拉:《实验小说论》,柳鸣九编选:《法国自然主义作品选》,天津:天津人民出版社,1987年版,第 767 页。

验"观念坚持认为:内在于"悬思"之中的"寻思性推理",不同于一般简单的"逻辑性推理",它在实验展开之前应完全来自对"现象"的观察,而实验之后的"论定"也仅仅服从于实验之中对现象的观察。经由对现象的重视与强调,实验的观念旨在摒弃、排除那种唯理性形而上学的演绎推理。

> 实验推理与经院主义推理的区别在于,前者是丰富多彩的,而后者则是贫瘠干枯的。相信有绝对的正确性而实际上却得不到半点结果的恰恰是经院学派,这是不言而喻的,因为既然从绝对的原则出发,那么它就置身于一切都是相对的自然之外了。相反,总是怀疑,认为一切都不会有绝对的正确性的实验论者,则能达到主宰他周围的现象并扩大他对自然的支配能力的目的。①

第三,探寻"现象""近因"与规避"终极""本质"。实验所欲达成的只是对某一现象呈现与否起决定作用的"近因"的把握,而对形而上学通常所津津乐道的"终极意义""根本原因""本质"等统统避而不问。"全部自然哲学可以归结为一句话:认识现象的法则。"②"实验"观念只尊重"现象",只对现象意义上的"近因"感兴趣。同时,贝尔纳也强调:"实验"的观念,本身并不排斥"改变"和"驾驭"现象的意思;因为只有通过运用或简单或复杂的方法改变现象的自然状态,所谓"主动的观察"方能达成。这也正是科学的"实验"方法高于一般的"观察"方法之所在。显然,从一般的"观察"到"实验"、从"被动"到"主动"的飞跃,取决于"改变";而促成这"改变"的内在条件则是包孕在"悬思"中的某种"想象"。从根本上来说,正是这一想象才使得实验成为可能。想象—改变—驾驭三者内在于"实验"之中,这表明——虽然高度强调对现象的绝对尊重,但"实验"的观念却从来都不否定人的主动性或主体性,它所拒绝的只不过是那种抛开现象沉溺于理念推演的形而上学思维模式而已。

---

① 埃米尔·左拉:《实验小说论》,柳鸣九编选:《法国自然主义作品选》,天津:天津人民出版社,1987年版,第143页。
② 埃米尔·左拉:《实验小说论》,柳鸣九编选:《法国自然主义作品选》,天津:天津人民出版社,1987年版,第142页。

综上所论,大致可以明了:作为现代科学的基本方法论,实验观念的精髓乃是在对形而上学的"悬置"以及在对当下现象的"悬思"中达成对未知世界的探究一把握。这里既有对探究对象的重新设定,更包含着思维方法的转换。为了充分揭示"实验"观念的革命意义,贝尔纳曾经这样缕述人类思想的发展进程:

> 人类思想的发展相继经历了感情、理性和实验几个不同阶段。开始,感情支配着理智,创造了信仰的真理,即神学。尔后,理智或哲学成为主宰,创立了经院哲学。最后,实验即对自然现象的研究告诉人们,在感情和理性中是归纳不出外部世界的真理的。它们只不过是我们必不可少的向导;然而要获得这些真理,必须深入事物的客观现实,真理便隐藏在表面现象的后面。这样,随着事物的自然进展,出现了概括一切的实验方法。实验方法依次依靠感情、理智、实验这个永恒的三脚架的三个部分。在运用这种方法探求真理时,总是首先由感情起始,它产生了先验思想或直觉,理智或推理随之发展这个思想,演绎出逻辑的推论。如果说感情应该由理智之光照亮的话,那么理智本身应该由实验来指引。①

由此不难发现,贝尔纳等 19 世纪的科学家与科学思想家推崇"实验"的方法论观念,虽有矫正片面经验论的动机,但更为根本的意图则是反对先验理性或唯理论。作为方法论范畴,"实验"的观念所排斥的是受既定观念体系所控制主导的理性推演,即基于先验逻辑的纯粹理性思辨。因此,贝尔纳才坚持认为:唯一的哲学体系就是根本没有哲学体系;因为所有体系都是从先验观念出发仅吸收支持这些观念的事实编制出来的,例如,笛卡儿在着手研究实验科学时,把他在哲学中运用得非常娴熟的一些观念引入实验科学。他对待生理学和对待形而上学一样,先确定出哲学原则,目的是把自然科学的事实归结为这个原则,而不是从事实出发,不是从与事实有关而在一定意义上只是解释这些事实的后得观念

---

① 埃米尔·左拉:《实验小说论》,柳鸣九编选:《法国自然主义作品选》,天津:天津人民出版社,1987 年版,第 760 页。

出发。结果,尽管笛卡儿考虑了他当时所知道的生理学实验,却创制出了幻想的、几乎是捏造的生理学。

二、"实验小说"与文学"科学化"的主张

在阐述其自然主义文学理论的时候,左拉创造了"实验小说"这个后来引发了巨大争议的概念:

> 实验小说是文学随科学与时俱进的必然结果。从物理学和化学到生物学,再从生物学到文学,科学的精神不断拓展。由此,过去那种仅仅体现为抽象的形而上学观念的人在实验小说中将不再存在,人们看到的将是无法不受自然规律和环境影响的活生生的人。一言以蔽之,实验小说乃是与科学时代相契合的文学,这就如同古典主义和浪漫主义只能属于经院哲学和神学所主导的时代。①

左拉明确指出,"实验小说"的要义在于"掌握人体现象的机理;依照生理学将给我们说明的那样,展示在遗传和周围环境影响下,人的精神行为和肉体行为的关系;然后表现生活在他创造的社会环境中的人,他每天都在改变这种环境,而他自身也在其中不断地发生变化"②。左拉说,"只有这样,作品中才会有合乎日常生活逻辑的真实人物和相对事物,而不尽是抽象人物和绝对事物这样一些人为编制的谎言"③。

从左拉对"实验小说"的界定中,人们可以清楚地领略其文学"科学化"的主张。事实上,人们对自然主义文学的诸多不解与指责,归根结底恐怕都是其"科学化"的文学诉求。

---

① Emile Zola,"The Experimental Novel",*Documents of Modern Literary Realism*,ed.,George J. Becker. Princeton,New Jersey:Princeton UP,1963,p. 176.

② Emile Zola,"The Experimental Novel",*Documents of Modern Literary Realism*,ed.,George J. Becker. Princeton,New Jersey:Princeton UP,1963,p. 174.

③ Emile Zola,"The Experimental Novel",*Documents of Modern Literary Realism*,ed.,George J. Becker. Princeton,New Jersey:Princeton UP,1963,p. 201.

　　"返回自然,自然主义①在 21 世纪的巨大发展,逐渐将人类智慧的各种表现形式全都推上同一条科学的道路。"②左拉的这一论断提示我们:他所提出的自然主义之"科学化",根本用意在于"返回自然",而不在于真的要将文学"化"为科学。左拉说得很清楚:"科学"只是时代给文学所提供的一条"返回自然"的道路;"既然小说已经成为一种对人和自然的普遍研究,小说家就必须要尽可能多地了解当代科学上的最新进展;由于他们需要广涉一切,当然什么都得了解一些"③。因此,所谓自然主义文学的"科学化"主张,就只能被理解为一种"策略诉求",而不应被视为一种"目的诉求"。需要说明的是,在诸多自然主义文学理论文献中,左拉反复谈论的文学应"返回自然",其语境、要义显然与其文学前辈卢梭的同一口号大不相同。在浪漫主义文学运动到来前夕,卢梭"返回自然"的主张,乃是针对西方文明病症提出的一种对人之理想生存方式的表达;这一思想主张对浪漫主义的精神诉求和艺术观念曾产生巨大影响。而左拉的"返回自然",则是在浪漫主义之后——确切说是在肃清浪漫主义遗风余韵的文学斗争中产生的,它并不关乎什么"人的理想的生存方式",而只是一种文学主张。这种文学主张,针对的是传统西方文学中的一种严重病症——各种僵死的形而上学体系与社会意识形态观念对文学叙事的统摄。

　　左拉认为,作家只有从科学中汲取精神营养,坚持"返回自然"的文学立场,才有可能摆脱各种形而上学观念体系对创作的统摄;而只有解除了这种"观念统摄",传统文学那种宏大叙事的虚饰、虚假、虚空才有可能被克服,尔后才会有文本"真实感"的达成。在《论小说》一文中,他有如下微言大义的表述:"当今,小说家的最高的品格就是真实感";"真实感就是如实地感受自然,如实地表现自然"④。由此可知,在左拉的自然主义文学理论中,"真实感"才是其最重要的目标诉求或最高宗旨。正是为了将这一新的文学宗旨真正落到实处,左拉才提出了文学向科学看齐的行动策略。而当代科学的成就与影响,尤其是其在生理学、遗

---

　　①　此处的"自然主义"意指科学主义,而非文学上的自然主义。

　　②　Emile Zola,"The Experimental Novel",*Documents of Modern Literary Realism*,ed. ,George J. Becker. Princeton,New Jersey:Princeton UP,1963,p. 162.

　　③　Emile Zola,"The Experimental Novel",*Documents of Modern Literary Realism*,ed. ,George J. Becker. Princeton,New Jersey:Princeton UP,1963,p. 185.

　　④　左拉:《论小说》,柳鸣九编选:《法国自然主义作品选》,天津:天津人民出版社,1987 年版,第 778 页。

传学、社会学、人类学方面的最新进展,也的确为左拉这一策略的选择提供了契机。由是,参照贝尔纳在《实验医学研究导论》一文中对科学之"实验观念"的表述,左拉才在叙事文学范围内提出了"实验小说"与"实验戏剧"①的文学主张。

如上所述,既是左拉文学"科学化"主张由来的基本逻辑,也是其"实验小说论"的理论指归。

事实上,文学"科学化"的主张,并非始自左拉,更非源自1880年才发表的《实验小说论》。早在1852年,法国帕纳斯派诗人勒贡特·德·李勒便在其《古诗集》序言中明确提出了长期分裂的艺术与科学在新的时代必须统一起来的主张②。文学史料表明,至19世纪60年代前后,文学"科学化"在法国很多作家、理论家那里已经成为一个被广为谈论的话题。福楼拜在1857年的一封信中称:"艺术应该摆脱缠绵之情与病态的表面文章! 一定要使艺术具有自然科学的精确性。"③1865年,龚古尔兄弟在其自然主义小说《〈热尔米妮·拉赛德〉第一版序》中也明确地提出:"今天,小说强制自己去进行科学研究,完成科学任务,它要求这种研究的科学和坦率。"④左拉在其诸多文学理论文献——尤其是最著名也最有争议的《实验小说论》中所做的,只不过是对这种观念进行综合,做了理论化、体系化的深入表述,并由此进一步扩大了这种观念的影响而已。就此而言,自然主义文学中所谓文学的"科学化",便绝非是一个孤立的、可以忽视的枝节问题,而是一个值得进行细致考察和辨析的重大问题。

首先需要辨析清楚的便是科学与技术、科学理性与技术理性、科学精神与科学主义的区别。科学上的发现的确可以转化为技术发明,并由此推动技术的进步;但我们依然不能将"科学"简单地等同于"技术"。源自人之求知本能的科学理性,在本质上除了体现为一种知识建构的认知理性,更体现为一种关乎人之自由的价值理性;而源自人之物欲本能的技术理性,在本质上所体现的则不过只是一种庸常的工具理性而已。技术的工具理性本质使其本能地倾向于外化为特定的物质—经济体制与社会—政治体制,而体制化了的技术理性又天然地具有在

---

① 比"实验小说"稍后提出的"实验戏剧"主张,对20世纪西方戏剧发展产生了重大影响。
② 葛雷、梁栋:《现代法国诗歌美学描述》,北京:北京大学出版社,1997年版,第52页。
③ 朱雯等编选:《文学中的自然主义》,上海:上海文艺出版社,1992年版,第310页。
④ 龚古尔兄弟:《〈热尔米妮·拉赛德〉第一版序》,柳鸣九编选:《法国自然主义作品选》,天津:天津人民出版社,1987年版,第726页。

格式化建构中趋向科学主义之沉滞、僵硬、固定、保守的惰性;这与致力于知识建构之外科学理性本身固有的那种科学精神之怀疑—解构的功能完全南辕北辙格格不入。不同于通常沦为科学主义的技术理性的惰性,作为科学理性的核心,科学精神内里永远充盈着的乃是由怀疑之思所开启的生生不息趋向未知的创造性活力,怀疑之思乃是科学撬动世界的伟大杠杆。所以,"科学是一种本质上属于无政府主义的事业,理论上的无政府主义比起它的反面,即比起讲究理论上的法则和秩序来,更符合人本主义,也更能鼓励进步"①。可以想象,左拉对为其文学"科学化"主张直接提供理论依托的克洛德·贝尔纳之如下论述必定心领神会:"科学的独特功能便是使我们了解我们不知晓的东西,用理智和经验代替感情,明确地指出我们目前知识的局限所在。它虽然反复地以此贬低我们的自尊心,但同时却也以一种奇妙的补偿不断提高我们的能力。"②质言之,科学这种本质上源自人之生命意志的怀疑精神与创造活力,构成了其绝不执念于既有—现时而是永远执念于未知—未来的精神品格,这与构成文学之灵魂的自由精神与理想情怀堪称血脉相通心心相印。

就此而论,自然主义主张文学的"科学化",绝非要简单地推进文学的理念化或理性化,而是要给文学灌注科学之怀疑精神的血液,插上科学之创造精神的翅膀,将文学从很久以来窒息着其自由呼吸的形而上学观念体系中解放出来,让文学从玄缈的"理性"王国回归真实的"现象"世界,从功利(政治或道德等)的工具属性回归审美的(艺术)生命感性。在《实验小说论》中,左拉对此曾做过大量精辟论述:文学的"科学化"首先便是借鉴"科学的方法"即"实验的方法"。而"实验方法"的核心观念则是"在大自然面前不存任何先入之见从而让精神永远保持自由"③的"怀疑"。"自然主义小说家看重观察与实验,他们的全部工作均产生于怀疑。他们以怀疑的态度站在不甚为人们所知的真理面前,站在还没有解释过的现象面前。"因此,"实验方法非但不会让小说家幽闭在狭隘的束缚中,反而使他能发挥其思想家的一切智慧和创造者的所有天才……对人类的精神来说,没有

---

① 法伊尔阿本德:《反对方法——无政府主义知识论纲要》,周昌忠译,上海:上海译文出版社,1992年版,第1页。

② 左拉:《论小说》,柳鸣九编选:《法国自然主义作品选》,天津:天津人民出版社,1987年版,第752页。

③ Emile Zola, "The Experimental Novel", *Documents of Modern Literary Realism*, ed., George J. Becker. Princeton, New Jersey: Princeton UP, 1963, p. 163.

什么比这更广阔、更自由的事业了。我们将会看到，与实验论者的辉煌胜利相比，经院学派、古板偏执的体系派以及理想主义的理论家们显得多么可怜"①。"实验小说家的真正事业就是从已知向未知进军……而理想主义小说家坚持各种宗教或哲学先验理念的偏见，陶醉在未知比已知更高尚更美丽的这种愚蠢的托词之下而存心停留在关于未来的理念乌托邦之中。"②"实验小说是21世纪科学发展的结果，它是生理学的继续并使之完整，而生理学自身依靠的又是化学和物理学；实验小说以自然的人代替抽象的人、形而上学的人……"③

　　作为工具理性，技术本能地趋利务实，常常因物质—经济层面的成就而骄狂，并由此释放出高估自身力量的虚妄，演化出盲目浅薄乐观的"技术崇拜"。这种"技术崇拜"虽然往往盗用科学的名号而自称为"科学精神"，但在本质上却只能是一种"伪科学精神"。"伪科学精神"显然与真正的"科学"或"科学精神"无涉。科学永远求真求实；科学的这一精神品格使其永葆清醒的自知之明，并因而始终保持着虔诚谦卑的姿态。"我们头脑的本性会引导我们去探求事物的本质或'终极原因'。在这一点上，我们已远远地超出了自己所能达到的目标；因为经验很快就告诉我们，我们不应当逾越探究'怎么样'这一规定范围，即现象的近因或现象的存在条件之范围。"④早在19世纪中叶，科学家们便明了了科学力量的边界——只能探究事物"怎么样"，而不能追究其"为什么"，即只能尽力去探究现象之后的直接原因或相对近因，而无力追究现象之后的终极本质或绝对理念。对当时科学界这种祛除终极本质或绝对理念的时代精神心领神会，左拉认为自然主义作为新时代的新文学应该彻底贯彻这一精神原则。并且，他显然将这一思想观念理解为其所倡导的自然主义文学的本质。正因为如此，他才对此不厌其烦地一再重申："我的作品将不这么具有社会性，而有较大的科学性。"⑤"为了

---

　　①　Zola Emile,"The Experimental Novel", *Documents of Modern Literary Realism*, ed., George J. Becker. Princeton, New Jersey: Princeton UP, 1963, p. 169.

　　②　Zola Emile,"The Experimental Novel", *Documents of Modern Literary Realism*, ed., George J. Becker. Princeton, New Jersey: Princeton UP, 1963, p. 178.

　　③　左拉:《实验小说论》,柳鸣九编选:《法国自然主义作品选》,天津:天津人民出版社,1987年版,第752页。

　　④　Emile Zola,"The Experimental Novel", *Documents of Modern Literary Realism*, ed., George J. Becker. Princeton, New Jersey: Princeton UP, 1963, p. 175.

　　⑤　左拉:《巴尔扎克和我的区别》,朱雯译,朱雯等编选:《文学中的自然主义》,上海:上海文艺出版社,1992年版,第291—292页。

不堕于哲学思辨的迷津,为了以缓慢地对未知的征服来取代理想主义的假说,我们应当只满足于探求事物的'怎么样'。这就是实验小说的正确的任务,并且,正如我们将看到的,也只有在这里才能取得其存在的理由和意义。"①

与其他作家一样,左拉的论战性理论文字的确表明了其对文学的诸多看法,但这些看法却不一定都能天衣无缝地揭示那些可以确切地描述其本人文学创作的原理。否则,文学研究将变得异常简单——人们只消收集一些作家的自我论断,然后再做些简单梳理就可以大功告成了。比"罗列"重要的是"梳理";与"梳理"相比,"辨析"则永远更为重要。自然主义文学"科学化"的主张将文学家比作科学家或将文学比作科学,这显然都仅是一种比喻,而不是美学原则。"类比"在逻辑上是不具有结论性的,对于"类比"贴切与否人们完全可以质疑;然而,"类比"又总是卷裹着论点,对此首先要做的便是小心翼翼地辨识与辨析。

三、"文学科学化":策略、目的与实施条件

文学何以在这个时期非同寻常地向科学大抛媚眼或投怀送抱?

自然主义文学借助科学的力量去谋取自身的艺术发展,这在某种意义上来说乃是一种基于时势的策略选择。不管是中世纪直接来自权力化了的基督教之统治,还是古典主义时期来自王权政治的牵制,不管是启蒙主义所造成的宏大历史叙事,还是浪漫主义展开过程中所不断释放出来的神学人道主义,前自然主义的西方文学,其历史展开过程中一直难以摆脱的困境乃是社会意识形态对文学的侵入和统摄。至 19 世纪中叶,进一步解除外部施加给文学的社会意识形态(政治的、道德的、宗教的)渗透并由此回归其审美(艺术)本性,这既是西方文学继浪漫主义对古典主义的革命性反叛之后自身演进的内在逻辑要求,也是西方社会—文化体系推进到特定历史阶段的必然产物。在由科学、哲学、宗教、艺术(文学)诸元素构成的动态文化体系中,文学发展的这一内在要求决定了它只能从自然科学这一文化领域寻求支援。因为,其他诸项或多或少都与文学此时要

① Emile Zola,"The Experimental Novel",*Documents of Modern Literary Realism*,ed.,George J. Becker. Princeton,New Jersey:Princeton UP,1963,p. 175.

冲破的社会意识形态束缚相关。艾布拉姆斯在其剖析浪漫主义诗学的名作《镜与灯:浪漫主义文论及批评传统》中曾精辟指出:"自古以来,人们都认为诗与历史相对,这样区分的理由是,诗所模仿的是某种普遍的或理想的形式,而不是实际事件。浪漫主义批评家的惯常做法是以科学代替历史来作为诗的对立面,并将这种区别建立在表现与描写,或情感性语言与认知性语言之间的差异之上。"[①] 而今,在科学大行其道的精神氛围中,反浪漫主义的自然主义文学却在科学中找到了颠覆浪漫主义传统的最好武器。为了消解既往文学所热衷的社会—历史—文化意识形态,自然主义文学就是要反浪漫主义之道而行之:以科学作为诗的"同盟者"而不是"对立面"。以科学之"真"的精神为"矛",攻社会意识形态之"善"的禁锢之"盾",以恢复文学之"美"的"本真",就这样历史地成为 19 世纪中叶以降西方文学展开过程中自然主义文学的基本策略选择。

自然主义文学祛除形而上学体系与社会意识形态观念的历史使命和战略要求,在科学精神勃兴的"时势"驱动下,孕育出了其文学"科学化"的策略选择;而 19 世纪中后期科学领域的诸多最新进展,则为文学与科学携手这一策略的实施提供了可行条件。

首先,达尔文进化论发表以降,生理学、遗传学、病理学、实验心理学以及生物学等学科突飞猛进的发展,使西方自然科学对人的研究不断向前推进。生理学、遗传学、病理学、心理学等学科的创立与发展,表明自然科学的边界已从对纯粹自然现象的探索大规模地扩展到了对人这一特殊"自然存在"的探索。这些学科对人这一独特生命现象从特定侧面或角度展开了研究,其研究成果与研究方法,对作为"人学"的文学均有重要参考与启迪价值。其次,人类学、社会学、考古学等诸学科或者获得创立或者得到巨大推动产生了质的飞跃,这表明自然科学的边界已从对自然界的研究渗透扩展到了对人类社会这一特殊界域的研究。这些学科对人类社会这一独特存在的领域从特定侧面或角度展开了研究,其研究成果与研究方法,对永远无法脱开社会生活的文学亦具有重要参考与启迪价值。尤其值得指出的是,人类学、社会学等学科均是在自然科学获得革命性突破的背

---

① 艾布拉姆斯:《镜与灯:浪漫主义文论及批评传统》,郦稚牛等译,北京:北京大学出版社,1989 年版,第 157 页。

景下产生或获得迅猛发展的,其学科理念直接萌发于自然科学的最新观念,其研究方法也大抵以自然科学的实证方法为要旨。这些学科的确立,表明"科学的领域已经扩大,把人类一切精神活动都包罗了进去"①。在科学精神与科学发现深入人心的时代,"所有脑力工作者,只要他们有意识地寻找新的、适应时代潮流的方法和内容,都会努力掌握各种实验方法"②。正是从这个意义上,人们常常将这些学科的出现视为真正的"社会科学"的诞生。显然,人类学、社会学等新学科对人类社会的研究与揭示,其基本观念、思维取向、认知路径、操作方法等诸层面与传统的政治学、伦理学乃至哲学与神学显然都存在着巨大差异。因此,这些新兴学科的出现与发展,对这个时期竭力要挣脱形而上学观念体系束缚的文学,无疑是一个福音。

"19世纪迅速发展起来的关于人类的研究之最突出的特征,就是人们普遍认为人类也会或必定会很快成为科学研究的一个适当的对象。科学正伸手去抓住这个最高境界的创造物。"③自然主义文学的形成与发展,是与19世纪后期西方文化结构的这一划时代的变化同步的。自然主义文学不同于既往文学的这一得天独厚的文化背景,对它的影响可谓重大而又深远,而其中最引人注目者便是——作为人学的文学与原先只以自然现象作为研究对象的科学的关系突然被拉得很近:文学家现在可以直接从科学家的勤勉工作所获得的当代科学的最新进展与发现中,寻找直接对自己的创作有所裨益的观念、灵感、视角乃至方法。

就此而言,自然主义文学"科学化"的主张,并不是要用科学取代文学,更不是要将文学变成科学。作为一种"策略诉求",从根本上来说它并不完全是文学对科学的"被动""适应",而更是文学面对现实的一种"主动""选择"。作为对构成时代文化主流的科学精神的"反映",文学自然主义体现了科学精神对文学的"渗透";就此而言,人们完全可以将其看成科学发展以及科学精神扩张的产物。但同时,作为对构成时代文化主流的科学精神的"反应",文学自然主义又体现了

---

①　Emile Zola,"The Experimental Novel",*Documents of Modern Literary Realism*,ed.,George J. Becker. Princeton,New Jersey:Princeton UP,1963,p. 181.

②　埃里希·奥尔巴赫:《摹仿论——西方文学中所描绘的现实》,吴麟绶译,天津:百花文艺出版社,2002年版,第556页。

③　威廉·科尔曼:《19世纪的生物学和人学》,严晴燕译,上海:复旦大学出版社,2000年版,第126页。

向科学精神以及科学上的新发现"借力"的一份文学自觉;就此而言,人们也应该充分意识到——文学"科学化"的主张并没有也不可能构成自然主义文学对其与科学主义"对衡"的人本主义根本立场的背叛。同时,在西方文学从近代向现代转型的历史进程中,自然主义没有像唯美主义一样抱起头来消极地蜷缩进艺术的象牙之塔,而是主动地顺应历史的要求和时代的挑战,这才有其唯美主义难以企及的宏大气象、卓越成就和深远影响。

四、"反传统":"实验小说"的先锋姿态

我们要埋葬武侠小说,要把过去时代的全部破烂,如希腊与印度的一切陈词滥调统统送到旧货摊上去。我们不想推翻那些令人作呕的所谓杰作,也不打碎那些素负盛名的雕像,我们只不过从它们旁边穿过,到街上去,到人群杂沓的大街上去,到低级旅馆的房间去,也到豪华的宫殿去,到荒芜的地区去,也到备受称颂的森林去。我们尝试不像浪漫派那样创造比自然更美的傀儡,以光学的幻象搅乱它们,扩大它们,然后在作品中每隔4页就凭空装上一个。①

如上表述,很容易让人想到20世纪初叶未来主义者将古典作家从现代生活的轮船上扔出去的高叫。但它却不是出自马利奈蒂或者布勒东或者其他任何现代主义作家的手笔,而是出于19世纪末自然主义作家于斯曼的一篇关于"自然主义定义"的短文。正如莫泊桑在谈论他们的领袖人物左拉时所说的一样:自然主义作家是"革新者",是"捣毁偶像者",是"所有存在过的东西的凶恶敌人"②。显然,反传统的先锋姿态是自然主义文学运动的重要特点,同时也是自然主义文学之现代属性的重要表现。

"社会和文学的进步有一种无可阻挡的力量,它们能轻松地越过人们认为是

---

① 于斯曼:《试论自然主义的定义》,傅先俊译,朱雯等编选:《文学中的自然主义》,上海:上海文艺出版社,1992年版,第324页。

② 莫泊桑:《爱弥尔·左拉》,朱雯等编选:《文学中的自然主义》,上海:上海文艺出版社,1992年版,第364页。

无法逾越的障碍。"①《戏剧中的自然主义》一文中的这一断语,表明左拉深受时代文化思潮的影响,尤其是达尔文进化论的影响,持有一种乐观的坚信进步与发展的历史观,这种历史观使他获得了面对传统可以说"不"的坚定信念。面对着生生不息"现象"展开,人类需要一种绵绵不绝的怀疑精神,——当代科学"实验"观念中这种怀疑主义的思想立场则进一步强化了自然主义反叛传统的革新意识。在这里,"怀疑"所代表着的乃是一种迥异于传统的思维方式和思想目光:作为思维方式,因其唯一能够确定的信仰就是对"不确定"的信仰,它蕴含了巨大的思想"开放性";作为思想目光,其内里躁动着冲决既有一切"限定"的愿望,锋芒所向往往是代表着"限定"与"秩序"的传统。

　　"'变化说'是目前最合理的体系。"②自然主义作家坚持不断向着"不确定"的未知生成,在当代科学"实验"观念的激励下,大胆进行"实验小说"的"小说实验",在理论意识和创作方法两个层面上形成了"实验主义"的现代文学理念。而这一文学理念的核心则是:反对守旧,倡导创新。左拉曾满腔鄙夷地这样谈论那些在思想和创作上因循守旧的作家:"那些思想偏执或头脑懒惰的人,他们宁愿躺在他们的僵死的体系上无所事事或在黑暗中安眠,而不愿刻苦工作和努力走出黑暗。"③而关于当下的文学现实,他满怀信心地断言:"形而上学的人已经死去,由于对象已经成了生理学上的人,文学领地的面貌当然也就全然为之改观。"④"21世纪的推动力是自然主义。今天,这股力量已日益加强,越发一直向前猛冲,一切都必须顺从它。小说戏剧都被它席卷而去。"⑤与同时代的唯美主义和象征主义相比,"实验主义"使自然主义作家拥有了更为开放、自由、坚实的艺术理念。不管是在题材、主题、人物还是情节、结构、技巧等诸方面,创新精神和开放意识都使自然主义文学实践大大拓进了文学的表现范围和表现能力,将西

---

①　Emile Zola,"Naturalism in the Theatre",*Documents of Modern Literary Realism*. ed. ,George J. Becker. Princeton,New Jersey:Princeton UP,1963,p. 224.

②　Emile Zola,"The Experimental Novel",*Documents of Modern Literary Realism*,ed. ,George J. Becker. Princeton,New Jersey:Princeton UP,1963,p. 190.

③　Emile Zola,"The Experimental Novel",*Documents of Modern Literary Realism*,ed. ,George J. Becker. Princeton,New Jersey:Princeton UP,1963,p. 187.

④　Emile Zola,"The Experimental Novel",*Documents of Modern Literary Realism*,ed. ,George J. Becker. Princeton,New Jersey:Princeton UP,1963,p. 196.

⑤　Emile Zola,"The Experimental Novel",*Documents of Modern Literary Realism*,ed. ,George J. Becker. Princeton,New Jersey:Princeton UP,1963,p. 224.

方叙事文学提升到了一个新的历史阶段。

在科学迅速发展、"科学热"席卷整个社会、科学精神也因此渗透到全部文化领域的时代，自然主义作家以其文学"科学化"的先锋主张，主动迎接时代的挑战，变被动为主动。一方面将当代自然科学进展对"人"的新发现运用到创作中去，从而大大拓宽了对人的描写领域；另一方面又从当代科学的实验观念中大肆汲取合乎文学本质要求的怀疑精神和自由精神，在文学理论与创作方法的观念上与时俱进锐意创新，形成了"实验主义"的现代文学理念。实验的观念，本身就包含着在"不确定"中不断向着未知生成的信念。因而，左拉"实验小说"之"小说实验"的文学思想，其核心就是颠覆传统，不断创新。

在自然主义文学运动之后，以激进的革命姿态挑衅传统以及由传统所熏制出的大众趣味，以运动的形式为独创性的文学变革开辟道路，成为西方现代文学展开的基本方式。虽然在浪漫派那里，这种情形曾有过最初的预演，但总体来看，在过去的时代，这种情形从未以如此普遍、如此激烈、如此决绝的方式出现过。由是，自然主义文学与传统及大众的冲突与对抗，在某种意义上成为西方现代文学开启的一个标志性事件。

"反传统"是历史的"断裂"吗？面对着自然主义作家激烈的"反传统"姿态，人们禁不住如此发问。

实验的观念，本身就包含着在"不确定"中不断向着未知世界生成的信念。自然主义因此获得了完全开放的文学视野，而在骨子里刻上了"自由主义"的思想立场。这种自由主义的思想立场，使自然主义与其所反对的浪漫主义在反对古典主义的阵地上又并肩站到了一起。这并非"观念旅行"的纸上推论，而是实实在在的历史事实。

因思想渊源与时代情势的不同，浪漫主义之自由主义与自然主义之自由主义的精神内涵并不完全一致。前者主要基于德国古典哲学中的那种具有强烈"臆断""推演"色彩的主观主义，而后者的来源则主要是实证主义那种非常切近"现象学"的精神观念以及当代科学的"实验"观念。因此，与浪漫主义那种常常堕于虚幻和狂热的自由主义不同，作为一种从现实出发的自由主义，自然主义的自由主义比前者更多了一份平实、稳健的冷峻色调。"实验方法是一种宣布思想自由的科学方法。他不仅挣脱了哲学和神学的桎梏，而且也不承认个人在科学上的权威性。这丝毫也不是骄傲和狂妄。相反,实验者否认个人的权威,表现出谦逊,因为它也怀疑他本人的认识,使人的权威从属于实验和自然规律的权威。"①左拉在《实验小说论》中对贝尔纳这一论述的引用,显然不是无的放矢,而是大有深意。他进一步发挥说,自然主义作家"抛开了所谓既得真理,回到最初的原因,重新回到对事物的研究,回到对事实的观察。像上学的孩子一样,他甘愿自表谦卑,在能流利地阅读之前,先将"自然"这个词按字母来逐个拼读一番。这是一个革命,科学从经验主义中摆脱出来,方法就是从已知向未知迈进。人们从一项已被观察到的事实出发,就这样从观察到观察逐步前进,在没有充分的证据之前,决不先下结论"②。站在现实的大地上,"抛开"一切"所谓既得真理",自然主义大胆质疑传统,激烈批判传统;但"抛开真理""质疑传统"之后,自然主义作家并没有像浪漫主义作家一样"回到自身",而是"回到最初的原因",即"返回自然",回到生活的大地。这样,左拉所说的自然主义这场文学"革命",便不仅只是对"传统"的革命,而且也是对"自我"的不断革命:在质疑传统和批判传统的同时,也在不断的自我质疑中随时准备反对自身。对传统的激进立场与对自身的严厉态度的同时"在场",使自然主义作家在颠覆传统的激烈冲动中蕴含了一份对传统的清醒与左拉所谓的"谦卑"。一方面,始终不遗余力地激烈批判浪漫主义;另一方面,对浪漫主义的历史功绩以及某些浪漫主义作家在创作上的成就又给予高度的肯定,——左拉在浪漫主义问题上所表现出来的这种表面看来不无矛盾的立场,乃是文学自然主义与文学传统关系的最好表征。

现代主义文学大师 T. S. 艾略特曾说:"现存的艺术经典本身就构成一个理想的秩序,这个秩序由于新的(真正新的)作品被介绍进来而发生变化。这个已成的秩序在新作品出现以前本来是完整的,加入新花样以后要继续保持完整,整个的秩序就必须改变一下,即使改变得很小;因此每件艺术作品对于整体的关系、比例和价值就重新调整了;这就是新与旧的适应。"③的确,整个人类文学并不

---

① 埃米尔·左拉:《实验小说论》,柳鸣九编选:《法国自然主义作品选》,天津:天津人民出版社,1987年版,第767页。

② Emile Zola,"Naturalism in the Theatre",*Documents of Modern Literary Realism*. ed.,George J. Becker. Princeton,New Jersey:Princeton UP,1963,p.199.

③ T. S. 艾略特:《传统与个人才能》,戴维·洛奇编:《二十世纪文学评论》(上),葛林译,上海:上海译文出版社,1993年版,第130—131页。

是所有作家作品在数量上、空间上的堆积,而是一个内里有着细致联系的整体。由是,任何一个作家、一部作品与传统都是无法断开的。与其他精神性的存在一样,文学会有发展,有时这种发展甚至呈现为某种跳跃,但所谓的断裂是永远不存在的。这意味着所谓的"发展",恰如生命的展开,乃是一种点点滴滴的更新。

19 世纪以来,尤其是达尔文进化论发表之后,西方文学的发展与其他人类事物的发展一样,出现了明显的加速,其突出的表现就是文学思潮在多元化的格局中不断以运动的形式向前推进。在这个过程中,"反传统"越发成为现代作家基本的存在方式与精神姿态。考虑到高度市场化的社会环境与飞速发展的社会—文化现实所构成的作家之前所未有的生存境遇,对这一纷纷扬扬的新的文学景观的判断尤其不可仅仅根据表象就轻易做出类如"文学史断裂"这样的断语。"反传统"只是现代作家面对传统以及与传统往往同构的大众趣味所投放出来的一种先锋精神姿态。无论以何等激进的方式呈现,无论如何表白其自身所具有的"革命性",这种先锋精神姿态都不应该被看成一种"历史—文化断裂"的"实事"。相比之下,在复杂、艰难的现代文化语境中,将现代作家的"反传统"理解为是他们的一种生存策略或许更为精当。审视文学自然主义对待文学传统之矛盾态度,我们不难从中得到这样的启示。

五、"实验主义":从自然主义到现代主义

"实验"(Experiment)的观念,乃是左拉所代表的自然主义文学理论体系中的一个核心观念。无独有偶,在后来现代主义文学的诸多理论文献及创作实践中,人们同样发现"实验"乃是一个出现频率极高的词语。由是,"现代派"常常又被叫作"实验派",文学"现代主义"有时又被称为"实验主义"。19 世纪中叶以降的 100 多年中,科学领域中的"实验"观念频频在西方文学领域中亮相;这一事实,乃是启发笔者用"延续"的整体观念而非"断裂"的分裂观念去审视文学自然主义与现代主义关系的一个重要契机。

强调"独创性"的现代主义作家,大都持有激烈的反传统的思想立场,而尤其对传统的文学规范和文学观念,他们更是本能地流露出敌视与抵抗的强烈欲望。在未来主义、达达主义、超现实主义等现代主义文学运动中,"反传统"的热狂从

来都是这些运动展开过程中最引人注目的现代文学景观。这些"景观"中的激进现代主义者,甚至常常让人联想到"文学暴徒"或"文学海盗"。在谈到威尔斯等传统作家时,连素来温文尔雅的女作家伍尔芙也不无鄙夷与决绝地说:"他们发展了一套适合他们目的的小说技巧,他们造出工具,创立规范,以完成他们的事业。但他们的工具不是我们的工具,他们的目的不是我们的目的。对于我们,这些规范是毁灭,这些工具是死亡。"①

在"反传统"的思想立场及与之相契合的创新意识方面,自然主义与现代主义显然息息相通。然而,历史似乎总习惯于在令人迷惑的悖谬中前行:正是这种相通,决定了身处"历史下位"的现代主义必然要持有质疑、反对自然主义的姿态。人们应该意识到:这种质疑与反对只是事物在扬弃中不断向前展开的基本方式,丝毫不同于既往本质论思维所诞生出的那种你死我活的绝对否定。这意味着,无论各种表演性的宣言中充斥着何等激进、激烈的反叛企图,人们依然需要静心辨析它们之间的传承。左拉曾明确指出:自然主义并不是一个推翻了旧体系之后自己开始执掌话语霸权的新的权威体系,自然主义反对一切体系,包括反对它自身②。因此,虽然客观上自然主义在当时因其巨大的影响而成了一个引人注目的文学思潮,但左拉、于斯曼等很多重要的自然主义作家却反复否认自己属于某一流派或某一宗派:"不,我们不是宗派主义者。我们相信无神论作家还有画家都应去表现他们自己的时代,我们是渴望现代生活的艺术家。"③"我一再说过,自然主义并不是一个流派,比如说,它并不像浪漫主义那样体现为一个人的天才和一群人的狂热行为。"④

从自然主义开始,西方现代文学的展开越来越具有一种前所未有的奇怪方式:一方面,新起的作家几乎总在一种自觉意识的导引下表现出激烈的颠覆既往反叛传统的偏执姿态;另一方面,他们在对新的文学理念或创作方法的探求中,

①　弗吉尼亚·沃尔夫:《班奈特先生与勃朗太太》,崔道怡、朱伟、王青风等编:《"冰山"理论:对话与潜对话》,北京:工人出版社,1987 年版,第 633—634 页。

②　Emile Zola,"The Experimental Novel",*Documents of Modern Literary Realism*,ed.,George J. Becker,Princeton,New Jersey:Princeton UP,1963,p. 189.

③　于斯曼:《试论自然主义的定义》,傅先俊译,朱雯等编选:《文学中的自然主义》,上海:上海文艺出版社,1992 年版,第 324 页。

④　Zola Emile,"The Experimental Novel",*Documents of Modern Literary Realism*,ed.,George J. Becker,Princeton,New Jersey:Princeton UP,1963,p. 189.

又有一种超越一切(当然也包括他们自身)向着无限的未来生成的冲动——在这种冲动中,他们似乎失却了既往作家常有的那种将自身"体系化"与"权威化"的追求。由是,综观20世纪的西方文坛,人们不难发现:一方面是共时性空间维度上的乱云飞渡般的流派林立,另一方面则是历时性时间维度上各领风骚三五年的风流云散。即使在一个流派内部——例如超现实主义,其在不断地自我否定中迅速向前展开的火爆节奏也未免让人惊讶。标榜自己与传统血缘关系的作家越来越少了,表白自己与传统作家或同时代的其他作家甚至昨天的自己多么不同的人却越来越多。"现代主义作家"这一标牌的两面上,一面写着"颠覆传统",另一面上则印着"成为自己"。"颠覆传统"已然成为一种习惯性的姿态,而"成为自己"则成了永远在前方地平线上的一种可能。因为,自我的真实状态永远是一种在不断超越现在中向着未来的生成。一切都是不确定的,自我也是不确定的;唯一可以确定的便是"不确定"。在这种"不确定"中张开的永远指向未来的寻求,赋予现代主义的文学机制以一种生生不息的创新动力,现代主义也就由此被称为"实验主义"①。"天地广阔无边;没有什么东西、没有什么方法、没有什么实验——即使最想入非非的——不可以允许,唯独不许伪造和做作。"②显然,"实验"的要义在这里不是别的,只是在"不确定"中的永恒追求和不断创新。"一切创造都是尝试性的,一切艺术也都是实验性的。"③

构成现代主义之总体特征的"反传统",绝不意味着它与文学传统的实际"断裂",而只能被理解为是其从自然主义文学传统中承续下来的"实验主义"文学立场的内在规定。也就是说,与其说现代主义是"反传统"的,倒不如说它是"实验主义"的。"实验主义"作为现代主义的灵魂,决定了它总要以"反传统"的理论立场来确定自己的当下存在,厘定自己创新求变的合理性;但理论立场和实际情形当然是两个不同的概念,——在现代文化生态和文学语境中,理论姿态和实际情

---

① 彼得·福克纳:《现代主义》,付礼军译,北京:昆仑出版社,1989年版,第1页。根据彼得·福克纳在《现代主义》一书中的说法,"现代主义"这个术语在20世纪20年代开始逐渐具有了"与艺术中的实验活动相联系的具体意义"。

② 伍尔芙:《现代小说》,崔道怡、朱伟、王青风等编:《"冰山"理论:对话与潜对话》,北京:工人出版社,1987年版,第621页。

③ 桑塔亚纳:《艺术的基础在于本能和经验》,蒋孔阳主编:《二十世纪西方美学名著选》(上),上海:复旦大学出版社,1987年版,第261页。

形往往相去甚远,体现出一种极具张力的悖谬。如果不能对此拥有清醒的认识,则对这样一个理论爆炸的时代达成准确把握就必定会成为一句空话。

"实验",即在"不确定"中的建构尝试,它所代表的是一种新的文化立场与文化态度,它所揭示出来的则是"上帝死了"之后一种崭新的世界观和思维方式的确立。无论从思想信念还是从创作态度来看,现代主义文学之"实验主义"的精神品格,均直接来自自然主义文学所倡导的"小说实验"。正是这种"实验主义"的精神姿态,直接引发了现代主义文学呈现为一种"爆炸性"的创新奇观。所以马·布雷德伯里和詹·麦克法兰才共同认定:"运动要成为现代的这种愿望何时变成了现代主义呢?……文化分析家在观察19世纪的各种倾向从中寻求一个出发点时,最好对自然主义和起自并超出自然主义的演变——'自然主义的征服'——做一番思考……整整一批新的纲领就是从那里发展出来的。"①

(本文作者:蒋承勇　曾繁亭)

---

① 马·布雷德伯里、詹·麦克法兰:《运动、期刊和宣言:对自然主义的继承》,马·布雷德伯里,詹·麦克法兰编:《现代主义》,胡家峦、高逾、沈弘等译,上海:上海外语教育出版社,1992年版,第168—180页。

自然主义的文学史谱系考辨

文学领域的自然主义,是指19世纪50年代在福楼拜等人的创作中酝酿,60年代在左拉的率领下正式以文学运动的方式展开,并在19世纪末迅速逸出法国,向世界文坛蔓延的文学思潮。作为在整整两代作家中产生过广泛影响的"文学革命",自然主义在诗学观念、创作方法等层面都成功地对西方文学传统实施了"革命性爆破",并直接影响了现代主义的产生与发展,成为现代主义最重要的起点。

一、自然主义与浪漫主义

自然主义是在浪漫主义文学思潮的余绪中步上文坛的,这恰如浪漫主义兴起于古典主义文学思潮的衰落。关于这一点,如果去翻检自然主义的理论文献,当一目了然:

> 我们要埋葬武侠小说,要把过去时代的全部破烂,如希腊与印度的一切陈词滥调统统送到旧货摊上去。我们不想推翻那些令人作呕的所谓杰作,也不打碎那些素负盛名的雕像,我们只不过从它们旁边经过,到街上去,到人群杂沓的大街上去,到低级旅馆的房间去,也到豪华的宫殿去,到荒芜的地区去,也到备受称颂的森林去。我们尝试不像浪漫

派那样创造比自然更美的傀儡，以光学的幻象搅乱它们，扩大它们，然后在作品中每隔 4 页就凭空装上一个。①

作为文学运动，自然主义反对浪漫主义的激烈情绪在如上表述中表达得非常充分。然而，自然主义与浪漫主义的关系的关键似乎还不在这里。浪漫主义以降，西方现代文学的发展越来越诉诸激烈的"革命"与"运动"的方式，但如果我们由此认为以"反传统"相标榜的后起思潮当真与其激烈反对的对象完全断绝关系，那文学史就只能永远归诸"断裂"了。事实上，不管处于"运动"中的后起作家如何宣扬"反传统"，由"运动"构成的西方现代文学的任何发展都只能是反叛传统与继承传统的综合体。正如 T. S. 艾略特所说："现存的艺术经典本身就构成一个理想的秩序，这个秩序由于新的（真正新的）作品被介绍进来而发生变化。这个已成的秩序在新作品出现以前本是完整的，加入新花样以后要继续保持完整，整个的秩序就必须改变一下，即使改变得很小；因此每件艺术作品对于整体的关系、比例和价值就重新调整了；这就是新与旧的适应。"②

自然主义文学在将"真实感"视为最高准则的同时，还将作家的"个性表现"界定为文学的第二准则。左拉反复强调："观察并不等于一切，还得要表现。因此，除了真实感以外，还要有作家的个性。一个伟大的小说家应该既有真实感，又有个性表现。"③"在今天，一个伟大的小说家就是一个有真实感的人，他能独创地表现自然，并以自己的生命使这自然具有生气。"④深入考察左拉等自然主义作家对"个性"及"个性表现"的反复强调，人们不难发现其确立一种"体验主导型"文学叙事模式的企图，自然主义所倡导的"个性表现"坚实地立在"真实感"的基础之上。生活体验的主体，永远只能是作为个体且在生活中存在的人；而对所有人来说，生命都是其最切身的存在，因而自然主义作家所强调的生活体验便首先

---

① 于斯曼：《试论自然主义的定义》，傅先俊译，朱雯等编选：《文学中的自然主义》，上海：上海文艺出版社，1992 年版，第 324 页。

② 艾略特：《传统与个人才能》，卞之琳译，戴维·洛奇编：《二十世纪文学评论》（上），上海：上海译文出版，1993 年版，第 130—131 页。

③ 左拉：《论小说》，郑克鲁译，朱雯等编选：《文学中的自然主义》，上海：上海文艺出版社，1992 年版，第 210 页。

④ 左拉：《论小说》，柳鸣九译，柳鸣九选编：《法国自然主义作品选》，天津：天津人民出版社，1987 年版，第 787 页。

表现为个体的生命体验。因此,左拉所谓的"真实感"建立在作家所特有的"主体意识"之上;当然,这种"主体意识"并非浪漫派那种纯粹主观的主体情感意向,即既非绝对情感的意向,也非绝对意向的情感,而只是最终统一于"真实感"的、主体与世界融为一体的"真实"情感意向。

虽然往往会被反叛的喧嚣所遮蔽,但自然主义诗学的如上逻辑,内在地决定了激烈反对浪漫主义的自然主义作家会在某种程度上承认自身与其文学前辈的承续关系。左拉承认浪漫主义是一场让西方文学艺术恢复了活力与自由的伟大的文学革命,认为它作为"对古典文学的一次猛烈的反动",不但动摇了古典主义"僵死的陈旧规则",而且在文体、语言、手法等层面"进行了成功的变革"①。更难能可贵的是,左拉在猛烈攻击浪漫主义"吹牛撒谎""矫情夸张""虚饰作假"等毛病的同时,非但没有抹杀其推进文学进步的历史功绩,而且还非常客观地为其病症的历史合理性做了辩护。左拉认为"四平八稳的革命"从来都是罕见的,他以戏剧领域的变革为例指出:虽然浪漫主义在打破一些法则的同时又确立了一些更为荒谬的法则,因而注定了其不可避免的危机,但必须注意到浪漫主义的所有过失莫不与其矫枉过正的历史逻辑相关。作为文学革命,"革命的冲动使浪漫主义戏剧走向了古典主义戏剧的反面;它拿激情置换旧戏剧中的责任观念,以情节代替沉实的描写,用色彩充当心理分析,高扬中世纪而贬抑古希腊。但就是在这种剑走偏锋的极端行为中,它才确保了自己的胜利"②。

在左拉看来,浪漫主义只是现代文学的开端,"他们只是前锋,负责开山辟路",因为"激情的热狂"使他们"眼花缭乱",在浪漫主义的冲击波后,接过接力棒的自然主义将最终完成对古典主义的胜利,"古典主义的公式将被自然主义的公式最终而稳固地取代"。显然,在左拉那里,浪漫主义与自然主义的关系表现为两个方面:一方面,奋起纠正浪漫主义弊端的自然主义是对前者的反叛与拒绝;另一方面,在文学终结古典主义进入现代阶段的历史进程中,自然主义又是前者的接班人。

---

① Emile Zola,"Naturalism in the Theatre",*Documents of Modern Literary Realism*. ed., George J. Becker,Princeton：Princeton UP,1963,p. 202.

② Emile Zola, "Naturalism in the Theatre",*Documents of Modern Literary Realism*. ed., George J. Becker,Princeton：Princeton UP,1963,p. 211.

在比诗学观念更为具体的方法论和文本构成层面,左拉的浪漫主义色彩历来为西方批评家所公认。文学史家朗松指出:"尽管左拉有科学方面的野心,可是他首先是一个浪漫主义作家……他那过分的想象使所有无活力的形体都活跃起来了:巴黎,一个矿井,一家大百货店,一辆火车头,都变成了吓人的有生命的东西,它们企求,它们威吓,它们吞噬,它们受苦;所有这一切都在我们眼前跳舞,就像在噩梦中一样。"而左拉的文学盟友莫泊桑则说得更为明确:"作为浪漫派之子,而且从他所有的方法来看,他也是浪漫派,他身上有一种趋于诗歌的倾向,有一种扩大、夸张、用人与物体作象征的需要。"甚至声称要将浪漫主义送进历史垃圾堆的左拉本人,也时常不太情愿地承认自身的浪漫主义倾向。在《论小说》一文中,左拉称:"我有浪漫派成分,我为此而恼怒。"1882 年,年轻的自然主义作家德斯普雷致信左拉,指责他没有恪守自然主义的原则。左拉在回信中这样写道:"我是在浪漫主义中成长起来的,抒情题材从来也不想在我身上消亡。应该向 20世纪要求严格的科学分析。"

一方面,始终不遗余力地激烈批判浪漫主义;另一方面,不仅对浪漫主义文学运动的历史功绩以及某些浪漫主义作家在创作上的成就给予高度肯定,而且自身创作中也具有浪漫主义的成分,左拉在浪漫主义问题上所表现出的这种看起来不无矛盾的立场,乃是自然主义与文学传统之间关系的最好表征。

二、自然主义与 19 世纪中叶的浪漫写实主义

浪漫主义的高潮过后,在其内部,法国的司汤达、巴尔扎克等作家敏感地意识到浪漫主义在反对古典主义的斗争中慢慢形成的一些弊病,尤其是想象的狂热以及由此衍生出来的过度夸张、滥情等。此时,他们几乎本能地向堪称西方文学传统主流的写实精神回望,期待从中寻求力量,以弥补和克服浪漫主义运动的"革命""激进"给文学创作造成的损伤。

由于反对古典主义依然是当时文坛最迫切的任务,这些作家在进行这种修正的努力时,并没有立即抛弃自己的浪漫主义艺术立场,而是慢慢逸出浪漫主义运动大潮的裹挟,选择了远离团体的个体创作的存在方式。在很大程度上,这可以解释较早从国外接触到浪漫主义理念,并曾在 19 世纪 20 年代中叶积极参与

浪漫主义对古典主义论战的司汤达,为什么在当时的文坛上一直寂寂无闻;也可以解释在 1830 年那个著名的《欧那尼》之夜曾狂热地为雨果摇旗呐喊的巴尔扎克,为什么在此后漫长的岁月里一直不被以雨果为核心的浪漫主义文学团体所悦纳。"他们两位都摆脱了浪漫主义的狂热冲动,巴尔扎克是出于本能,而司汤达则是做出了超人的选择。当人们为抒情诗人的凯旋而欢呼时,当维克多·雨果在一片吹捧声中被奉为神圣的文坛之王时,司汤达和巴尔扎克却都潦倒不堪,最终他们几乎都是在公众的轻蔑和否定中默默无闻地离开人世。"显然,这些作家的存在,仅仅表明在 19 世纪三四十年代前后,当浪漫主义文学运动渐趋尾声的时候,浪漫主义文学思潮内部自发地产生了一种自我修正。这在创作上带来了从激进的浪漫主义精神向作为西方文学传统的写实精神的回归或妥协。由此,在刚刚进行了浪漫主义文学革命而古典主义传统依然尾大不掉的法国,便有了司汤达、巴尔扎克;在以理性精神见长且 18 世纪就曾形成强大写实传统的英国,便有了萨克雷、狄更斯。这些作家因为糅合了浪漫主义的时代精神与写实主义的文学传统,在 19 世纪中叶的西方文坛形成了一种明显的创作倾向,并由此大致构成了一个松散的作家群,我们不妨将其称为"浪漫写实主义"。

从 18、19 世纪之交发端,浪漫主义文学思潮笼罩西方文坛的时间大致在半个世纪(两代人)左右。有人将其下限定为 1848 年,虽然借社会—政治革命的标志性事件来为文学思潮勘界不无偷懒之嫌,但应该说还是基本符合事实的。需要强调的是,在 19 世纪三四十年代前后,西方文坛并没有一个国内学人多年来一直在描绘的作为文学思潮存在的现实主义或批判现实主义。

笔者认为,作为对某个时代文学—诗学特质进行整体描述的文学史概念,文学思潮必须同时满足如下条件:在新的哲学文化观念的引导下,通过文学运动(社团/期刊/论争)的形式,创立新的诗学观念系统,并在此基础上尝试新的文学创作方法,从而最终创造出新的文学文本形态。然而,19 世纪中叶的这一代西方作家并不能满足这样的条件。大致来说,他们只是将两种不同的观念元素和文学元素进行了简单的"勾兑"。在对自身依然置身浪漫主义而发出的嘟嘟哝哝的抱怨声中,"勾兑"浪漫主义与传统写实主义的尝试虽已透出未来文学形态和诗学形态的不少讯息,但其间的"新质"尚未结晶析出相对完整、独立的诗学系统、方法论系统和文本构成系统。

请看评论家对司汤达和巴尔扎克的论述。"对司汤达来说,一个他对之倾注悲剧性同情,并希望读者也有同感的人物,必须是一位真正的英雄,必须具备伟大而且一往无前的思想和感情。在司汤达的作品中,独立高尚的心灵、充分自由的激情颇具贵族的高贵和游戏人生的气质。"不管是讲述事件还是塑造人物,巴尔扎克均大量使用浪漫派的夸张手法。奥尔巴赫指出:"巴尔扎克把任何一个平淡无奇的人间纠葛都夸大其词地写成不幸,把任何一种欲望都视为伟大的激情;随随便便就把某个不幸的倒霉蛋打上英雄或圣人的烙印。"而在左拉的论述中,他虽然不止一次因为司汤达和巴尔扎克创作中的"未来讯息"将他们称为自然主义文学的先驱,但同时也对他们身上的浪漫主义成分进行严厉的批评。左拉在批评司汤达的创作时说,"他并不观察,他并不以老实的身份描绘自然,他的小说是头脑里的产物,是用哲学方法过分纯化人性的作品"。左拉对巴尔扎克夸张无度的想象颇有微词,而最让他不能接受的则是后者作品中"观念化"的意识形态倾向。

传统文学的立足点或在理性观念或在情感自我,而且二者有时候会构成合流,19世纪中叶巴尔扎克、狄更斯等人所代表的文学创作大致属于这种情形。他们的创作始终难以摆脱宏大理性观念的内在统摄,这种合流没能有效地避免作家的观念与情感逸出生命本体,流于空泛、矫饰、泛滥乃至虚假;而一旦失却与本真生命的血肉联系,那种统辖叙事的观念也就只能流于粗疏、外在、干瘪乃至虚妄。自然主义文学最直接的文学背景大致如此,其作为文学运动与文学革命的历史使命也就在于改变这种现状。既反对浪漫主义的极端"表现",又否认"再现"能抵达绝对的真实,自然主义经由对"真实感"的强调,开拓出一片崭新的文学天地。

三、自然主义与作为"常数"的现实主义

在当代中国的文学理论与文学史表述中,自然主义始终与现实主义"捆绑"在一起。而如果对自然主义的理论文献稍加检索,人们很容易发现当时左拉等人也是将自然主义与现实主义这两个术语"捆绑"在一起使用的。通常的情形是,自然主义与现实主义这两个术语作为同位语"并置"使用。例如,在爱德蒙·

德·龚古尔写于1879年的《〈臧加诺兄弟〉序》中便有"决定现实主义、自然主义和文学上如实研究的胜利的伟大战役,并不在……"这样的表述。在另外的情形中,人们则干脆直接用现实主义指称自然主义。

自然主义文学运动是举着反对浪漫主义的旗帜占领文坛的。左拉等人在理论上反对浪漫主义、确立自然主义的斗争,除了从文学外部借助当代哲学及科学的最新成果来为自己的合理性进行论证外,还在文学内部从传统文学那里掘取资源来为自己辩护。而2000多年来基本占主导地位的西方文学传统,便是由亚里士多德"摹仿说"奠基的写实传统,对此,西方文学史家常以"摹仿现实主义"名之。这正是左拉等自然主义作家将自然主义和现实主义"捆绑"在一起使用的缘由。就此而言,当初左拉等人与今天国内学界对现实主义与自然主义的"捆绑",显然有共通之处,都是拿现实主义来界定自然主义,但其中又有巨大的不同:非但历史语境不同,而且价值判断尤其不同。在这两种不同的"捆绑"用法中,自然主义与现实主义这两个术语的内涵与外延迥然有别。左拉等人是将自然主义与摹仿现实主义"捆绑"在一起的,而中国学界则是将自然主义与高尔基命名的批判现实主义或恩格斯所界定的那种现实主义"捆绑"在一起的。左拉那里的现实主义是模仿现实主义,这个概念指称的是在西方文坛上长期占主导地位的写实精神,因而是西方文学史上具有普遍意义的"常数"。作为一个"常数"概念,左拉所说的现实主义,其内涵和外延都非常大,甚至大致等同于传统西方文学。正因为如此,在某些西方批评家那里才有了"无边的现实主义"这样的说法。而在国内学人的笔下,现实主义非但指称一个具体的文学思潮,而且指一种具体的创作方法(由恩格斯命名的、以唯物主义为哲学基础的、显然不同于一般"摹仿现实主义"的创作方法)。国人的表述在文学和诗学层面上都对自然主义和现实主义做出明确的区分,并循着意识形态的逻辑人为地设定了现实主义和自然主义的内涵与外延。

左拉用作为"常数"的现实主义来指称自然主义只是出于策略,并非表明自然主义当真等同于作为"常数"的现实主义。左拉与龚古尔兄弟等人都不忘强调:"自然主义形式的成功,其实并不在于模仿前人的文学手法,而在于将21世纪的科学方法运用在一切题材中。""本世纪的文学推进力非自然主义莫属。当下,这股力量正日益强大,犹如汹涌的大潮席卷一切,没有任何力量能够阻挡。

小说和戏剧更是首当其冲,几被连根拔起。"这种表述说明自然主义是一种有着自己新质的、不同于模仿现实主义的现代文学形态。

为自然主义文学运动提供理论支持的实证主义美学家泰纳认为,艺术家"要以他个人所特有的方法去认识现实。一个真正的创作者感到必须照他理解的那样去描写事物"。由此,他反对那种直接照搬生活的、摄影式的再现,反对将艺术与对生活的反映相提并论。泰纳的这种论断,后来在左拉那里形成了一个公式:艺术乃是通过艺术家的气质显现出来的现实,即"对当今的自然主义者而言,一部作品永远只是透过某种气质所见出的自然的一角"。而且左拉认为,要阻断形而上学观念对世界的遮蔽,便只有悬置所有既定观念体系,转过头来纵身跃进自然的怀抱,即"把人重新放回到自然中去","如实地感受自然,如实地表现自然"。由此出发,自然主义作家普遍强调体验的直接性与强烈性,主张经由体验这个载体让生活本身进入文本,而不是接受观念的统摄以文本再现生活,达成了对传统的模仿现实主义的革命性改造。例如:就叙事的题材、对象而言,从既往偏重宏大的社会—历史生活转向偏重琐细的个体—心理状态;就叙事的结构形态而言,从既往倚重线性历史时间转向侧重瞬时心理空间;就叙事的目的取向而言,从既往旨在传播真理、揭示本质转向希冀呈现现象、探求真相;就作者展开叙事的视角而言,从既往主要诉诸"类主体"的全知全能转向主要诉诸"个体主体"的限制性视角;就作者叙事过程中的立场姿态而言,从既往"确信""确定"的主观介入转向"或然""或许"的客观中立……

四、自然主义与象征主义

自然主义和象征主义共同的文学背景是浪漫主义。象征主义对浪漫主义虽有反对但主要是继承;在很大程度上,象征主义甚至可以被视为浪漫主义的衍生物或在某个层面上的进一步展开。而自然主义之于浪漫主义,虽然也有所继承,但却主要是否定与拒绝。不过,共时性的社会—文化情景决定了自然主义与象征主义之间的差别并不像人们通常理解的那样是一种根本性的对立;相反,相通的哲学、文化立场与相似的文学运行平台,使它们之间相互渗透的内在一致性要远远大于表面的相互排斥性。

　　自然主义对既往作家规避的丑、恶题材的大胆描写历来是其被人诟病的原因之一,无独有偶,象征主义者在这方面并不逊于自然主义作家。早在象征主义的奠基时期,波德莱尔就不但提出了著名的发掘恶中之美的主张,而且身体力行。

　　作为文学方法,象征就是用简单的感性物象暗示深奥或抽象的意蕴。象征主义的代表人物马拉美认为象征主义诗歌就是要"用魔法揭示客观物体的纯粹本质",而象征就是"一点一点地把对象暗示出来,用以表现一种心灵状态"。

　　自然主义与象征主义都反对传统理性主义之二元对立,强调主、客体的融通。正是这种共同的非理性主义思想立场,决定了二者间的相互转化和相互借用。当象征主义者尝试用象征的"魔法"处理较为宏大的题材,其特有的"暗示"渗透效应之局限性便立刻彰显出来。为了克服这种局限性,象征主义者从"单元象征"发展出了"整体象征"。在整体象征中,文本在整体框架上指向一个特定的意旨,但框架之内的具体细节则借助自然主义特有的那种客观、洗练的物象描写来达成。整体象征使象征主义跨越诗歌的一隅向戏剧甚至小说领域的拓展成为可能,而这一可能变成现实的关键则是梦幻的整体象征的运用。在这种具有相当长度的梦幻叙事中,象征文本的整体喻义被暂时悬置,随着梦幻故事在自然主义式的白描中一步步展开,被描写的梦幻印象慢慢累积成为意蕴凝重的意象,最终使得整体喻义得以绽放。在19、20世纪之交,自然主义与象征主义均从各自的小说和诗歌领域向戏剧推进,并形成了相互渗透、转化、融合的新的文学实验。来自自然主义方队的霍普特曼创作了《沉钟》(1897),斯特林堡创作了《一出梦的戏剧》(1902);来自象征主义方队的梅特林克写出了《青鸟》,约翰·沁写出了《骑马下海的人》(1908)。一时间,来自两个阵营的作家创作了大量引人注目的戏剧作品,造就了西方戏剧的空前繁荣。

　　而自然主义者所看重的"感觉"只要向前迈出半步,"主体""意向"稍稍偏离直观的物象,便立刻会长出"直觉"飞翔的翅膀,获得深厚的"象征"寓意。例如,左拉在小说《萌芽》中对矿井的描写:

　　　　半个钟头的功夫,矿井一直这样用它那饕餮的大嘴吞食着人们;吞食的人数多少,随着降到的罐笼站的深浅而定。但是它毫不停歇,总是那样饥饿。胃口可实在不小，好像能把全国的人都消化掉一样。黑暗的夜色依旧阴森可怕。罐笼一次又一次地装满人下去，然后，又以同样贪婪的姿态静悄悄地从空洞里冒上来。

作家在这里将矿井写成吃人的猛兽，这显然不是严谨的写实，而是他想象的结果。这样一来，矿井给人的印象变得形象而又直观，它从一个没有知觉的事物变成吃人的怪物，变成和资本家一样吞噬工人的罪魁祸首。

现代主义文学正是在自然主义和象征主义相互渗透、转化所构成的融合中达成的。用某种可以意会、难以言传的整体喻义作为统摄文本的灵魂与骨骼，以在自然主义式的客观描绘中铺洒开来的大量细节构成文本的表层肌肉，这种象征主义与自然主义的奇妙组合乃是几乎所有经典现代主义叙事文本的基本特征。一直悬置在叙事过程中的喻义在叙事结束之时以不着痕迹的不确定的方式整体地显现出来，这在很大程度上乃是基于细节描写的那种自然主义式的"真实感"。细节的"真实感"给卡夫卡等现代主义作家那种"主观主义"主导着的"歪曲叙事"提供了着陆的"场"。正是在这个意义上，"《尤利西斯》曾被视为自然主义的顶峰，比左拉更善于纪实；也被视为最广博最精致的象征主义诗作。这两种解读中的每一种都站得住脚，但只有和另一种解读联系起来才言之成理，因为这部小说是两种解读交互作用和相互流通的场所"。

五、自然主义与现代主义

自然主义文学运动的第二阶段大致从 19 世纪 90 年代开始，一直持续到 20 世纪初叶。在这个阶段，自然主义文学运动具有如下特点：（一）从地域上看，自然主义开始从欧洲向亚洲、美洲广泛传播，美国作为新的自然主义文学运动的中心取代了法国在前一阶段所占据的中心地位。自然主义在欧洲进入衰落期后，在 20 世纪初叶的美洲和亚洲却进入了巅峰期。在美洲大陆，自然主义对美国文学的改造，使得此前一直难以形成自身特点、在创作和理论上均乏善可陈的美国文学获得了突破性进展。而自然主义文学在亚洲大陆的显赫成就则主要体现在迅速崛起的日本文学中。自然主义对日本文坛的改造，使原先很长时间一直停滞不前的日本文学在 20 世纪初迅速进入现代阶段。(二)从体裁上看,继续承接上一时期末段(19 世纪 80 年代)从小说领域向戏剧领域拓进的趋势,巴黎的自由剧院、柏林的自由舞台、伦敦的独立剧院等专门上演自然主义戏剧的实验剧院纷纷建立,"90 年代新剧院运动的成功是自然主义的成功";实验戏剧的小剧场运动更是方兴未艾,自然主义在推动西方戏剧革新与发展方面获得引人注目的成就。(三)从内涵上看,自然主义自觉汲取这一时期心理学领域的最新成果,由原先主要强调生理学视角转向生理学、心理学视角并重,并由此大力借鉴象征主义的文学观念和方法;由原先主要以实证主义为理论依托转向实证主义和尼采哲学并重,并在美国形成了以杰克·伦敦为代表的"意志型"自然主义的新范式。总体来看,这一时期的自然主义文学创作带有更加强烈的印象主义风格,而且在各种新的文化元素和文学元素糅合加入之后,自然主义文学的内涵和外延都在"变异"中有所放大。那种"沉浸于内心世界,如饥似渴地辨寻心灵活动的每一细微踪迹"的"自然主义",很快被称为"心理自然主义";而这种"心理自然主义"则正是现代主义中"意识流小说"的由来。"人人都是自然主义者",这一方面意味着自然主义的文学精神已经被广泛接受和吸纳,另一方面也意味着自然主义作为一个文学思潮的历史使命正在迅速走向终结。

历史在"19 世纪 90 年代把象征主义和自然主义、唯美主义和社会道德、颓废绝望和尼采或易卜生式的希望铸为一炉"。在新的时代文化氛围的影响下,自然主义与象征主义这种相互渗透、融合中的模糊不清,直接诱发、孕育、催生了西方文学在更为内在的层面出现更为细致的分化,这就是达达主义、未来主义、立体主义、后期象征主义、印象主义、意象主义、漩涡派、超现实主义、表现主义、意识流小说等现代主义诸流派的缤纷绽放。至此,对新近衍生出来的、越来越在文坛上确立起自己主导地位的新的文学观念、文学精神和文学品质,人们需要一个新的称谓来对之进行界定,这就是现代主义。随着指称当下文学思潮、文学流派或文学运动现实的能力的丧失,自然主义一词在欧洲正迅速成为一个向文学档案室或博物馆的方向疾奔、只有文学史家才感兴趣的史学"术语"。

（本文作者：曾繁亭　蒋承勇）

含混与区隔：自然主义中国百年传播回眸

文学领域的自然主义，是指 19 世纪 50 年代在法国酝酿，60 年代末在左拉率领下正式以"文学运动"的方式展开，在世纪末迅速逸出法国国界向整个世界文坛蔓延开去，直到 20 世纪初叶才在现代主义的冲击下逐渐衰落的文学思潮。自然主义在诗学观念、创作方法和文本构成等诸层面都对西方文学传统成功地实施了"革命性爆破"，并由此直接影响到了现代主义的产生与发展，成为其最基本的和最重要的起点。在与同时代象征主义文学思潮和唯美主义文学风尚相互影响共同存在的文学空间中，自然主义文学思潮以其比象征主义"硬朗"、比唯美主义"沉实"的特点确立了自身的历史主导性地位。自然主义文学思潮 20 世纪初进入中国。1904 年，《大陆》杂志刊发《文学勇将阿密昭拉传》①，以古代史传的体式介绍了法国自然主义文学领袖左拉，这堪称西方自然主义文学思潮在本土传播的最早文献。

一、融通：基于"写实主义"的含混

与其他欧美文学思潮大致相同，自然主义在中国有密度、有力度的有效传播是伴随着新文化运动的钟声展开的。"五四"前后，左拉及其自然主义理论通过西欧和日本这两个途径被介绍到中国。

---

① 《文学勇将阿密昭拉传》，《大陆》，1904 年第 1 期，第 25—35 页。

　　1915 年,陈独秀在《新青年》杂志上发表了《现代欧洲文艺史谭》。① 文中,他称从写实主义演变而来的自然主义是较现实主义更为先进的文学思潮,现今各种文艺皆受其影响;他还提到"自然主义中的拿破仑"左拉——左拉等自然主义者认为自然中的所有现象都有艺术价值,即便是不德行为、猥亵心意等诸般丑陋,作家也要敢于照实写来。1916 年,陈独秀在给张永言的信件中再次称赞自然主义,称其揭露精神比现实主义更胜一筹。② 1917 年,他在《文学革命论》③中直言其尤爱法国的左拉,声言要以其文学思想革新中国文艺现状。当时思想界的风云人物陈独秀的认可与褒奖之词无疑扩大了自然主义在本土文坛的影响力。在这之后,欧美诸多自然主义作家、作品陆续被翻译、介绍到国内。1917 年,《新青年》杂志第 5 期刊发了龚古尔兄弟的小说《基尔米里》(陈嘏译);1923 年,《东方杂志》第 23 期发表了莫泊桑的小说《爱》(仲云译);1924 年,文棣、冠生两人合编的莫泊桑传记《莫泊三传》印行(上海商务印书馆,1924 年)。同时,许多国外尤其是日本的自然主义研究成果被翻译进来,如加藤朝鸟的《文艺上各种主义——自然主义、写实主义、理想主义、象征主义》④、岛村抱月的《文艺上的自然主义》⑤和相马御风的《法国的自然主义文艺》⑥等。其中《法国的自然主义文艺》一文从道德的演进、科学的发展以及实证主义哲学的兴起等方面阐释了西方自然主义文学思潮兴起的缘由,并细致地阐发了自然主义艺术批评和艺术创作的主张——反浪漫主义、推崇科学与实证;文章还提到左拉是有目的、有理想地观察自然,而非简单地只是把自然看作自然,因而左拉的真实是他自己创造的真实。基于翻译过来的这些日语文献对西方自然主义文学的阐发甚是深入,是时本土学界对自然主义的认知虽浅表初步,但对其渊源、义理的把握还是颇为准确的。

　　早在 1920 年发表的《为新文学研究者进一解》一文中,茅盾虽认定自然主义之于文学的发展"颇为有益",但并非"最高格的文学"——自然主义文学会造成

---

① 陈独秀:《现代欧洲文艺史谭》,《新青年》,1915 年第 3 期。

② 陈独秀:《答张永言》,乔继堂选编:《陈独秀散文》,上海:上海科学技术文献出版社,2012 年版,第223 页。

③ 陈独秀:《文学革命论》,《新青年》,1917 年第 6 期。

④ 加藤朝鸟:《文艺上各种主义——自然主义、写实主义、理想主义、象征主义》,陈望道译,《民国日报》副刊《觉悟》,1920 年 10 月 28 日。

⑤ 岛村抱月:《文艺上的自然主义》,陈望道译,《民国日报》副刊《觉悟》,1921 年 12 月 12—15 日。

⑥ 相马御风:《法国的自然主义文艺》,汪馥泉译,《小说月报》,1924 年第 15 卷号外。

颓废精神、唯我主义盛行,不宜于中国青年了解新思想和发展新文学;相较之下,他认为当时应该倡导的是反自然主义的新浪漫主义(New Romanticism)。① 茅盾的这一立场很快招来了胡适的批评②,这促成了他戏剧性地陡然转身——成为大力推动自然主义文学研究与传播的主将。在 1921 年刊发于《小说月报》的《最后一页》③中,茅盾已然改口称——自然主义尽管存在时间短,但影响很大;现代的大文学家都经受了自然主义洗礼,中国的“新文学”也应效法自然主义。1922年,针对时人对自然主义的质疑与误解,鼎力鼓吹自然主义的茅盾以其主编的《小说月报》为阵地发起了为时近一年之久的“自然主义”大讨论。在亲自撰写的诸多宣示自然主义理论与方法的文章中,茅盾称自然主义与现实主义实为一物,二者的区分仅在于描写上的客观化之多少,客观化多一点的是自然主义,较少的是现实主义。④ 茅盾依旧认为自然主义文学含有的机械决定论或宿命论倾向会令读者产生挫折之感,但他这时辩称:人世间本就有丑恶,人性本就有弱点,不敢接受揭发丑陋与丑恶的文学乃一种自欺的态度;自然主义文学之所以能够取代浪漫主义文学,就是因为后者只用美化了的理想世界和英雄气概遮掩真实的世界本相。因此,他反复申明自然主义作品也是艺术品,自然主义文学的价值毋庸置疑。⑤

　　讨论获得了《少年中国》等杂志的呼应,影响之大遍及整个文坛。1922 年的《小说月报》还刊发了多篇其他学者论述自然主义的文章,并曾连续多期刊行谢六逸的长篇论文《西洋小说发达史》(作者在 1924 年将之编成,由上海商务印书馆印行)——其中第 5 期、第 6 期和第 7 期讲的是自然主义文学。在谢六逸看来,19 世纪中期之后的浪漫主义已是强弩之末,人们不再崇尚华美想象与奇异怪诞,而提倡返回现实书写平凡生活,自然主义文学遂应时而起。自然主义是摆脱理想色彩、反对浪漫主义的文学思潮:浪漫主义重视主观,自然主义看重客观;浪漫主义写的是英雄豪杰,自然主义描的是日常人物。谢六逸还介绍了自然主义在

---

① 茅盾:《为新文学研究者进一解》,《茅盾全集》(第 18 卷),北京:人民文学出版社,1989 年,第 39 页。

② 陈昶:《胡适与〈小说月报〉的转型》,《文学评论》,2017 年第 1 期。

③ 茅盾:《最后一页》,《小说月报》,1921 年第 12 卷第 8 期。

④ 茅盾:《自然主义的怀疑与解答——复吕苇南》,《茅盾全集》(第 18 卷),北京:人民文学出版社,1989 年,第 211 页。

⑤ 茅盾:《自然主义的论战——复史子芬》,《茅盾全集》(第 18 卷),北京:人民文学出版社,1989 年,第 197—198 页。

法国、德国以及英美诸国的发展情况。是年《小说月报》第 6 期上还刊发了希真对德国自然主义作家霍普特曼的解读文章《霍普德曼传》。① 与《小说月报》同一阵营的《少年中国》杂志也在该年度刊发了一些自然主义研究文章,如李劼人的《法兰西自然主义以后的小说》②,主要探讨了法国自然主义及其后文学的演变。特别需要说明的是,李劼人不仅在推介自然主义文学思潮方面做了大量工作,而且后来还在自然主义的直接影响下创作了辛亥革命三部曲(《死水微澜》《暴风雨前》《大波》),故有"中国的左拉"之誉。

　　在其发源地法国,自然主义文学运动是举着反对浪漫主义的旗帜占领文坛的。基于当时文坛的情势与格局,左拉等人反对浪漫主义、确立自然主义的斗争,除了从文学外部大力借助当代哲学及科学的最新成果来为自己的合理性进行论证外,还在文学内部从传统文学里掘取资源来为自己辩护。而 2000 多年以来始终占主导地位的西方文学传统,便是由亚里士多德"摹仿说"(后来又常常被人们称为"再现说")奠基的"写实"传统,对此西方文学史家常以"摹仿现实主义"名之。③ 这是左拉等自然主义作家将自然主义和现实主义两个术语"捆绑"在一起使用的基本出发点。这种混用,虽然造成了"自然主义"与"现实主义"两个概念的混乱,但在特定的历史情境中,却并非不可理解和不可接受的。而值得特别指出的是,国内学者从一开始便有将自然主义、现实主义、写实主义这些概念融混不分的现象。1920 年,愈之发表了《近代文学上的写实主义》。④ 文中,他将"自然主义"(Naturalism)称为"写实主义",不过他同时也用"写实主义"来指称"现实主义"(Realism);在他看来,"自然主义"与"现实主义"同属于"写实主义"一宗,两者仅有细微差别。谢六逸同年发表的《自然派小说》⑤一文,也秉持"自然主义"与"现实主义"同宗相近这一观念;茅盾等人在当时也常常用"写实主义"来指称"自然主义"。很显然,这一时期在"写实主义"的意义上认为"自然主义""现实主义"同宗相近而干脆将三个概念融混通用,在学理上是讲得通的。

―――――――――――

① 希真:《霍普德曼传》,《小说月报》,1922 年第 6 期。

② 李劼人:《法兰西自然主义以后的小说》,《少年中国》,1922 年第 10 期。

③ 利里安·R. 弗斯特、彼特·N. 斯克爱英等:《自然主义》,任庆平译,北京:昆仑出版社,1989 年版,第 5 页。

④ 愈之:《近代文学上的写实主义》,《东方杂志》,1920 年第 1 期。

⑤ 谢六逸:《自然派小说》,《小说月报》,1920 年第 11 期。

二、分隔：喧嚣尘上与静水流深

1930 年 3 月,中国左翼作家联盟在上海成立;"马克思主义文艺理论研究会"等组织也很快相继成立。在这前后,西方马克思主义批评家对自然主义的否定态度与观点迅速在左翼文人中传播开来,使得他们对左拉和自然主义的评价发生了由基本肯定到彻底否定的急剧逆转。足以表征这种逆转的莫过于 20 世纪 20 年代中期后茅盾对西方自然主义立场的再度转折:"一九二七年我写《幻灭》时,自然主义之影响或尚存于我脑海,但写《子夜》时确已有意识地向革命现实主义迈进,有意识地与自然主义决绝。"①《子夜》的创作主要是在 1931 年,这意味着20 世纪 30 年代初茅盾便与自然主义决裂了。

20 世纪 20 年代后期,宣称自然主义只是客观映照的左翼文人便开始用阶级分析的方法将其定性为资产阶级文学。芳孤在 1928 年发表的《革命文学与自然主义》②中称,尽管革命文学与自然主义文学都重视观察现实,但自然主义文学只是纯粹客观记录,革命文学则要为世人于黑暗中指出一条明路;"左联"的实际领导人瞿秋白在《关于左拉》一文中,对其发出了基于政治意识形态立场的严厉批判:"他的思想发展和'第三共和'时代的激进的小资产阶级以及技术的智识阶层的实际生活是密切的联系着的,他是这种小资产阶级的意识代表。"③在这位著名的马克思主义理论家看来,只知道改良、不通晓阶级斗争的左拉,其反动立场与资本主义紧密关联,与革命者不可能属于同一阵营。

20 世纪 30 年代,苏联文艺界发起了针对公式主义(形式主义)与自然主义的批判运动,本土文人闻鸡起舞,随声附和。在对自然主义调子越来越高的讨伐声中,左翼文化圈一改之前自然主义、现实主义、写实主义融通混用的做法,明确将自然主义与现实主义对立起来,开始了"现实主义至上"理论话语的初步建构。在《现实主义和民主主义》(1937)一文中,周扬便区分了现实主义与自然主义:前

---

① 茅盾:《茅盾给曾广灿的一封信》,《中国现代文学研究丛刊》,1981 年第 3 期,第 126—130 页。
② 芳孤:《革命文学与自然主义》,《泰东月刊》,1928 年第 10 期。
③ 瞿秋白:《关于左拉》,《瞿秋白文集(文学编)》(第 4 卷),北京:人民文学出版社,1986 年版,第 213 页。

者是忠实于现实,但还存留想象与幻象,且有教育大众的目的和功用;后者则是对现实的跪拜,只会描摹、缺乏想象,不能指导民众。① 在《关于"五四"文学革命的二三零感》(1940)一文中,周扬称自然主义"不去从事于现实的本质之深刻掘入,把人不当作社会的而当作生物的来处理,它不但不是现实主义的更进一步,而正是从现实主义的偏歪与后退"②。1940 年,胡风主编的《七月》杂志刊发了吕荧翻译的《叙述与描写》。③ 在这篇 1936 年发表的文章中,著名马克思主义理论家卢卡契指责自然主义只会静态地描述人与事物,过度强调人的动物性,而没有深刻把握社会的本质,也没能认识到人对环境的能动作用;在自然主义作品中,人是被事物支配的,这使得自然主义与现实主义迥然有别——它们是对立关系,自然主义是现实主义的一种倒退。卢卡契的才情与地位使得该文的立场与观点很快便流行开来,曹湘渠在《自然主义与现实主义——读卢卡契的〈叙述与描写〉》④一文中高度推崇该文的理论价值与意义,尤其认同卢卡契将现实主义与自然主义对立起来的区分:前者是参与者,后者是旁观者,旁观者缺乏坚定的立场,只是旁观生活,参与者则积极参与生活,并鼓舞人们改变。王朝闻在《反自然主义三题》⑤中,也持有自然主义是现实主义之退步与歪曲的观点。至此,陈独秀等人关于自然主义乃写实主义之进一步发展的观点已被完全颠覆。

正是在左翼文人基于政治意识形态讨伐自然主义文学的 20 世纪 30 年代前后,本土文坛出现了左拉(当时也被翻译为查拉)作品翻译的热潮。1937 年之前,《小酒店》就有 4 个译本,《娜娜》有 2 个译本;且不说代表性的长篇小说,甚至左拉的许多短篇以及不怎么知名的作品也在这股"左拉热"中有了中译本,如《春雨及其他》《一夜之爱》《侯爵夫人的肩膀》等。与此同时,很多或长或短的左拉传记也由国外翻译进来。众多左拉的中文译者中,张资平(当时以"毕修勺"为名)堪称代表性人物。他不但依托上海世界书局出版了众多左拉作品的中译本,还先后翻译了左拉多篇重要理论文献。早在 1927 年,他便将左拉最重要的理论著作《实验小说论》译入国内。在译者小言里,他提到自己之所以翻译该书,是因为国

① 周扬:《周扬文集》(第 1 卷),北京:人民文学出版社,1984 年版,第 227 页。
② 周扬:《周扬文集》(第 1 卷),北京:人民文学出版社,1984 年版,第 317 页。
③ 卢卡契:《叙述与描写》,吕荧译,《七月》,1940 年第 1—4 期。
④ 曹湘渠:《自然主义与现实主义——读卢卡契的〈叙述与描写〉》,《新学生》,1948 年第 6 卷第 1 期。
⑤ 王朝闻:《反自然主义三题》,《文艺劳动》,1949 年第 2 期。

内学人并没有真正地阅读过左拉的文学论著,只是凭借别人的批评对左拉及自然主义做出批评,这未免会出现偏颇。30 年代,他又陆续翻译了左拉的《告文学青年》《自然主义》《风化在小说中》和《文学的憎恨》等。不唯如此,在大量翻译左拉作品的基础上,张资平还撰写了一些自然主义文学的研究文章,比如《由自然主义至新浪漫主义转换期之德国文学》①等。在"左拉热"中,国内学者也翻译了不少国外研究自然主义文学的理论著作与批评文献。1929 年出版的鲁迅译文集《壁下译丛》中,有一篇是日本学者片山孤村的《自然主义的理论及技巧》。片山孤村专门提到自然主义中的自然有两层意思,一层是指与文明相反的自然,另一层是指作为现实即感觉世界的自然,第一层中的自然主义是卢梭的自然主义,第二层中的自然主义则是文学自然主义的题中之义。② 1929 年,丰子恺将日本学者上田敏的著作《现代艺术十二讲》翻译进国内。书中第七讲冠名"自然派小说",作者将自然主义文学视为 19 世纪侧重于客观书写的那种风俗小说的发展,也即它是现实主义小说的发展;上田敏认为自然主义艺术追求如实写出自然、写出实际,其写的真实的理念颇有价值,但却因为过于模仿科学和沉迷于精细描绘,忽略了情感综合和趣味,产生出许多弊病。③ 1930 年,陈望道翻译了平林初之辅的《自然主义文学底理论的体系》④,该文主要讲述的是泰纳、左拉的文学思想,尤其提到左拉当时对自然主义的辩白:自然主义并非新起的文学运动,它早已在之前的创作中存在。陆续翻译过来的国外自然主义研究文献还有巴比塞的《左拉的作品及其遗范》、G. 波目的《左拉的〈萌芽〉新评》、Franz Mehring 的《自然主义与新浪漫主义》、布吕穆非里德的《自然主义论》、马第欧的《自然主义的意义》,以及 Samuel C. Chew 的《英国自然主义小说论》等。这些国外文献的译介,对当时国人全面、准确地了解自然主义文学大有裨益。

左翼阵营之外,对左拉和自然主义的认同一直大有人在。因而在左翼文人基于政治意识形态讨伐自然主义的 20 世纪 30 年代前后,本土学人基于学理对这一西方文学思潮的研究也在扎扎实实地缓慢推进。这些相对于前一个时期显

---

① 张资平:《由自然主义至新浪漫主义转换期之德国文学》,《青年与战争》,1934 年第 6 期。
② 鲁迅:《壁下译丛》,上海:北新书局,1924 年版,第 4 页。
③ 上田敏:《现代艺术十二讲》,丰子恺译,上海:开明书店,1929 年版,第 120 页。
④ 平林初之辅:《自然主义文学底理论的体系》,陈望道译,《文艺研究》,1930 年第 1 期。

得成熟了许多的学术言说,与同时期左翼文人对自然主义上纲上线疾言厉色的政治讨伐形成了鲜明对照。而左拉作品的大量翻译与广泛传播、诸多自然主义理论文献或批评著述的译介,乃是这一阶段本土学人能够排除干扰对自然主义展开深入、系统正面阐发的基础。

在《法国文学 ABC》(下册)①中,徐仲年别开生面地阐述了自然主义文学:自然主义与现实主义易于混淆,人们也常常将它们混为一谈,因此他将自然主义文学明确界定为一门受生理学与丹纳思想影响、混合了生理与心理的实验式文学。胡行之在《文学概论》的第二章"文学上的各种主义"中论述了自然主义,他认为自然主义属于为人生的艺术。② 振芳在《法国的写实主义和自然主义概说》③中提及自然主义注重对现实生活的细致观察和实验,尤其重视生活印象的表现。伯宫在《自然主义文学之特征》④一文中尝试对自然主义文学的特征做出概括:它尊重科学精神,没有预设价值,强调同等地看待事物,抛弃美化,打破神秘,致力于将黑暗和丑恶的事物呈现在人们眼前。很多人以为左拉擅长写暴露性的猥亵作品,江未川在《左拉的艺术和思想》⑤一文中予以辩驳:左拉的写作将丑陋暴露出来,为的是引发人的憎恶从而矫正错误。陈瘦竹的《自然主义戏剧论》是一篇深入研讨自然主义戏剧的文章,认为 19 世纪西方戏剧曾发生两次变革,一次是浪漫主义戏剧推翻古典主义戏剧,一次是自然主义戏剧推翻浪漫主义戏剧。相对于浪漫主义戏剧爱用离奇情节,热衷描写伟大事迹和作品中满是感伤味、抒情味,自然主义戏剧则不重视情节结构和戏剧技巧,呈现的是绝望与灰色的人生以及卑劣的生理欲望,作品的故事与对话质朴无华,戏剧动作进展缓慢。自然主义戏剧的根本精神是使剧中演员不是在观众眼前演戏,而是在他们眼前生活。⑥ 在左拉研究方面,还应该提及的是法国文学翻译大家赵少侯之《左拉的自然主义》。⑦

---

① 徐仲年:《法国文学 ABC》(下册),上海:世界书局,1933 年版,第 49 页。
② 胡行之:《文学概论》,上海:乐华图书公司,1933 年版,第 121 页。
③ 振芳:《法国的写实主义和自然主义概说》,《国民文学》,1935 年第 1 期。
④ 伯宫:《自然主义文学之特征》,《疾雷月刊》,1933 年第 1 卷第 34 期。
⑤ 江未川:《左拉的艺术和思想》,《黄河(西安)》,1943 年第 4 卷第 4 期。
⑥ 陈瘦竹:《自然主义戏剧论》,赵宪章主编:《南京大学百年学术精品·中国语言文学卷》,南京:南京大学出版社,2002 年版,第 811 页。
⑦ 赵少侯:《左拉的自然主义》,《晨报副镌》,1926 年第 61 期。

三、绝杀：“与社会主义格格不入”的
“反现实主义”

中华人民共和国成立之初,百废待兴的纷乱中曾有一个翻译和再版左拉作品的热潮。在很短的时间内,上海文化出版社出版了毕修勺翻译的《劳动》《崩溃》和《萌芽》,以及焦菊隐翻译的《娜娜》;国际文化出版社出版了李青崖翻译的《饕餮的巴黎》、冬林翻译的《金钱》;上海新文艺出版社出版了孟安翻译的《娜伊斯·米库兰》和《给妮侬的故事》;人民文学出版社再版了王了一翻译的《小酒店》;等等。在左拉作品翻译或再版热潮掀起的同时,一些国外研究左拉的著作和论文也偶有被译成中文。

1952 年,译自苏联的《马克思列宁主义的美学反对艺术中的自然主义》一书由上海文艺出版社出版。之后,该书中苏共对自然主义的态度也就大致构成了中国官方对自然主义的基本立场:自然主义与形式主义都是歪曲、反对现实主义的,是对抗富有思想的艺术和现实描写的,是彻头彻尾的颓废主义。[①] 1956 年,《美术》杂志刊发译自苏联百科全书的文章《自然主义》[②],该文进一步明确了本土对自然主义的意识形态判词与艺术定性:自然主义乃“资产阶级艺术和文学中的反现实主义的创作方法”,是一种反动的艺术理念。自然主义之资产阶级性和反动性表现在其哲学基础乃反动的实证主义哲学,且它基于反动的遗传学理论认为人的生物性决定人的行为和价值;自然主义热衷于描写暴力与畸形的病理学现象,其颓废倾向迎合了帝国主义的艺术趣味及政治意图。自然主义之反现实主义表现在其只会描绘表面现象和个别事物,不能深入揭示现实与事物的本质——阶级矛盾和阶级斗争;自然主义舍弃概括化和典型化,只能描摹现实图景的一部分,因而写不出艺术典型或英雄人物来表现社会的规律——先进阶级将取代落后阶级;自然主义既坚持不对事物做价值评判又号称不干预现实政治,它非但不能正确地认知和呈现现实,反而会歪曲现实。因此,“自然主义与社会主

①　布洛夫:《马克思列宁主义的美学反对艺术中的自然主义》,金诗伯、吴富恒译,上海:新文艺出版社,1952 年版,第 2 页。
②　《自然主义》,克地译,《美术》,1956 年第 5 期。

义文化,与人民的美感是完全格格不入的",必须"彻底根除一切艺术创作领域中的自然主义倾向",以便保卫社会主义文艺的思想高度与艺术深度。

当时对政治敏感的文人常从反现实主义与资产阶级立场两个层面提到自然主义。1955 年,吴富恒著文认为胡适、俞平伯这些反动右派秉持的正是自然主义观念,自然主义摄影式地描绘现实,只能停留于琐屑细节而不能像现实主义那样深入反映现实本质,表现社会历史发展的规律和趋势。① 王恩谊也认为只能机械记录的自然主义没法抓住事物本质,而现实主义却能够揭示出生活本质及规律。② 1956 年,周扬在中国作家协会第二次理事会会议(扩大)上做了名为《建设社会主义文学的任务》的报告,进一步将公式主义与自然主义明确为妨碍社会主义进步的主要障碍:公式主义是简单化了生活,而自然主义则沉沦于不重要的烦琐细节,它们都违反了典型环境中典型性格的描写。③ 在《新民歌开拓了诗歌的新道路》(1958)一文中,周扬又将自然主义贬低为流于"鼠目寸光的文学主张"。④ 很长时间流播甚广的《文学的基本原理》(1963),马上也就鹦鹉学舌般斥责自然主义"鼠目寸光",只会考察平庸小市民的污秽泥沼、烦琐地记录个别生活细节,遗忘了真正有意义的典型,因而"在现代,自然主义就完全成了帝国主义和反动资产阶级反对社会主义革命、反对一切进步文学特别是无产阶级革命文学的工具,走到了现实主义的反面"⑤。

大致说来,在 1949 年至 1978 年这个历史区间,自然主义文学作为一个负面的文学存在频频遭受批判与申斥。解放区的文艺观念 1949 年后上升为主导全国的文艺思想,革命现实主义和革命浪漫主义先后成为文艺界的主流文学观念,被视为现实主义退化或伪现实主义的自然主义则被彻底地否定。慢慢地,自然主义不知何时已然不再是特指某个文学思潮的学术概念或术语,而是泛指某种浅薄、低俗、下流文艺的一个妖魔化了的意识形态咒语,即在新的革命文化的话

---

① 吴富恒:《论现实主义与自然主义的区别——批判俞平伯研究红楼梦的错误观点和方法》,《文史哲》,1955 年第 1 期。
② 王恩谊:《艺术的真实不是事实的实录——对王琦的"画家应该重视生活实践"的意见》,《美术》,1955 年第 10 期。
③ 周扬:《建设社会主义文学的任务》,《人民日报》,1956 年 3 月 25 日。
④ 周扬:《新民歌开拓了诗歌的新道路》,洪子诚:《中国当代文学史·史料选:1945—1999》,武汉:长江文艺出版社,2002 年版,第 462—463 页。
⑤ 以群:《文学的基本原理》,上海:上海文艺出版社,1963 年版,第 260 页。

语系统中,"自然主义"俨然凝结为一个用来表示否定的简单而又绝对的贬义词。特别需要指出的是,早先的融混通用是沿循左拉等人的做法将自然主义与"摹仿现实主义"或"写实主义"联系在一起的,而现在的否定申斥则是将自然主义与高尔基命名的"批判现实主义"或恩格斯所界定的那种"现实主义"(以唯物主义为哲学基础、不同于一般"摹仿现实主义"的"至上"的创作方法)完全对立起来。

风雨欲来,一派风声鹤唳。这一时期做了文化部部长的茅盾对自然主义也噤若寒蝉,越发小心翼翼,生怕一不小心便打翻了油灯。在《夜读偶记》中,他大谈古今中外的现实主义,总算附带提到了自然主义:"不要无产阶级党性的拥护现实主义的作家们面前有个暗坑:自然主义。谨防跌进这个暗坑!……几年前就提出来的反对形式主义同时也要反对自然主义的口号,基本上是正确的,在今天也仍然正确。"①历史证明,茅盾的小心翼翼是有先见之明的。在随后而来的"文化大革命"中,文艺沦为服从于政治的工具,文学只能配合各种政治运动塑造高大全式的英雄人物。与之相适应,文学自然主义也就进入了完全被否定一冻结一屏蔽的状态。

四、复活:从"现实主义的组成部分" 到"现代主义的起点"

物极必反,与其他被彻底否定的西方"毒草"一样,文学自然主义亦先是借助改革开放的东风慢慢地重回人们的视野,而后才有了拨乱反正的重新评价与学术拓进。

20世纪70年代末还鲜有人提及自然主义。80年代初,有人偶或提及这一西方的文学术语,基本上仍持否定态度。直到90年代,还有很多人在质疑并否定自然主义。但相对于源自上一个时期强大意识形态惯性的武断否定,改革开放后越来越多的学者开始挣脱思想的牢笼尝试正面阐发自然主义的意义与价值。1983年,《文艺理论研究》意味深长地同时发表了两篇关于自然主义的译文:

---

① 茅盾:《夜读偶记》,天津:百花文艺出版社,1958年版,第36页。

一篇是苏联大百科全书对"自然主义"的定义①——自然主义乃与现实主义相对立的资产阶级的一种艺术观念;另一篇是法国作家于思曼的《试论自然主义的定义》②——自然主义更契合当代观众的审美需求,是现实主义的进步。同年,在《左拉的自然主义理论与创作——兼论对〈小酒店〉的批评》③一文中,金嗣峰提出不能笼统地将自然主义视为现实主义的对立面一棍子打死,因为马克思、恩格斯在批评左拉的时候也承认了其杰出的才能。至80年代后期,法国文学专家柳鸣九撰写发表了多篇为自然主义正名的文章,诸如:在《自然主义功过刍议》中,他认为自然主义其实是现实主义的一种特殊形式,是"与传统现实主义一脉相承的、完全一致的"④;《关于左拉的评价问题(一)——对恩格斯关于现实主义与左拉论断的质疑》⑤通过对恩格斯关于现实主义论断的质疑来为左拉辩护,认为恩格斯的现实主义定义门槛过高,不能作为评判左拉作品是不是现实主义的标准,否则不只是左拉作品,许多作品都没法被看作现实主义著作。在诸多大费周章的论辩中,柳鸣九认为自然主义应该属于现实主义的范畴:"自然主义思潮在西欧从发生、发展到消退,已经将近一百年了,它在人类文学的发展中曾刻下了一道深深的印痕。说它消退并不完全确切,确切地说,它是汇入、隐没在现实主义发展的巨流中,它至今并未成为一个独立的流派与思潮,就是因为它本来就基本上属于现实主义的思潮,也正因为如此,它才可能整个地汇入并隐没在现实主义之中。"⑥

1988年10月,全国法国文学研究会在北京举办了左拉学术讨论会,会议收到的数十篇论文对左拉、自然主义文学与理论、自然主义与现实主义、自然主义与现代主义等问题都做了深入的研究和讨论,基本达成了既不该贬低左拉的历史地位也不应将现实主义与自然主义对立起来的共识。很快,本土学界开始从对自然主义功过好坏的无趣政治辩论转向对诸多具体问题之有意义的学术探

---

① 《自然主义》,梅希泉译,《文艺理论研究》,1983年第3期,第123—126页。
② 于思曼:《试论自然主义的定义》,博先俊译,《文艺理论研究》,1983年第3期,第121—122页。
③ 金嗣峰:《左拉的自然主义理论与创作——兼论对〈小酒店〉的批评》,《社会科学战线》,1983年第2期,第316—321页。
④ 柳鸣九:《自然主义功过刍议》,《读书》,1986年第8期,第58—64页。
⑤ 柳鸣九:《关于左拉的评价问题(一)——对恩格斯关于现实主义与左拉论断的质疑》,《外国文学评论》,1989年第1期,第3—5页。
⑥ 柳鸣九:《理史集》,石家庄:河北教育出版社,1998年版,第244页。

究。如王秋荣和周颐的《左拉的自然主义与生理学》①，笔涉自然主义的文学本质论与创作特质。与此同时，一批自然主义理论文献与国外自然主义研究论文的汇编译本也纷纷面世，主要有柳鸣九主编的《法国自然主义作品选》（天津人民出版社，1987）、《自然主义》（中国社会科学出版社，1988），朱雯等人编选的《文学中的自然主义》（上海文艺出版社，1992），谭立德编选的《法国作家·批评家论左拉》（安徽文艺出版社，1994），等等。与此相契合的是，两个世纪之交，弗斯特和斯克爱英合著的《自然主义》、利里安·R.弗斯特的《自然主义》、唐纳德·皮泽尔主编的《美国现实主义和自然主义：豪威尔斯到杰克·伦敦》等一批国外自然主义的学术著作也被翻译进来。这批国外论文汇编本与研究专著的翻译出版，给摆脱意识形态控制的自然主义研究注入了新动力，直接催发了新世纪本土学界自然主义学术研究的高潮。

　　新世纪伊始，蒋承勇在《欧美自然主义文学的现代阐释》（2002）的引言中总结说：20世纪80年代以来出现了一些为左拉与自然主义翻案的文章，但"无论是贬抑者还是翻案者，他们研究的结论虽然不尽相同，但评价的尺度和研究的方法却是一致的；他们差不多都用现实主义这一价值尺度去衡量自然主义以及左拉在何种程度上投合了现实主义的艺术趣味和文化模式。这种价值尺度和研究方法本身的合理性是值得怀疑的"②。作者由此引入了将自然主义与现代主义进行比较的新视角，指出"意识流小说可谓是心理自然主义的代表流派。意识流作家将弗洛伊德精神分析理论和柏格森直觉主义与自然主义真实表现结为一体，主张完全真实自然展示人物内在意识流程"③。而另一研究者高建为则称"对于自然主义诗学这一研究实体，我基本上采纳西方特别是法国研究者的普遍观点，即自然主义是一个独立的文学运动和文学潮流，将自然主义与现实主义区别开来，同时也承认自然主义与现实主义存在一些相同的诗学准则。但是我认为两个文学流派各自产生于不同的历史文化语境之中，既无法比较价值的高低，也不能将其混为一谈"④。这就突破了国内自然主义研究历来占主导地位的意见，即所谓

① 王秋荣、周颐：《左拉的自然主义与生理学》，《外国文学研究》，1988年第3期，第34—43页。
② 蒋承勇等：《欧美自然主义文学的现代阐释》，上海：复旦大学出版社，2002年版，第2页。
③ 蒋承勇等：《欧美自然主义文学的现代阐释》，上海：复旦大学出版社，2002年版，第197页。
④ 高建为：《自然主义诗学及其在世界各国的传播和影响》，南昌：江西教育出版社，2004年版，绪论第18页。

"现实主义至上论"和"现实主义中心论"。曾繁亭认为国内学界长期以来对自然主义文学存在着的系统性误读,使得人们难以对这场文学革命给出准确的评价,所以在其 2008 年出版的《文学自然主义研究》中,他从文本建构、创作方法、诗学观念、文化逻辑等诸层面系统而又深入地回答了"何谓文学上的自然主义"的问题,充分肯定了自然主义的文学理论和创作方法在颠覆传统和不断创新方面所做出的卓越贡献。在对自然主义展开理论阐发时,该书始终贯穿着一条全面分析现代主义与自然主义承续性同构关系的红线。在《"真实感":左拉自然主义文论之重新解读》[①]《自然主义:从生理学到心理学》[②]等系列论文中,曾繁亭反复重申:自然主义对生理学的重视正是为 20 世纪以弗洛伊德心理学为武器揭示"自我"内心世界的现代主义文学事先进行了一次开创性的探索和实验,自然主义乃现代主义的重要起点。

以"自然主义"为关键词在中国知网上搜索,20 世纪 80 年代与 90 年代的相关论文每年有数十篇,但 21 世纪以来,这一数字迅速增长为数百篇——2014 年多达 408 篇。与此同时,蒋承勇的《欧美自然主义文学的现代阐释》(2002)、高建为的《自然主义诗学及其在世界各国的传播和影响》(2004)、曾繁亭的《文学自然主义研究》(2008)等颇有分量的学术专著相继出版。在这些著作中,许多重要的自然主义文学理念得以重申,诸多对自然主义的错误认知得到矫正,道德审判与阶级分析之宏大话语模式日渐淡出,代之而起的则是美学、叙事学等纯粹学理层面的细致分析和逻辑研判,这在很大程度上标志着本土学界对西方自然主义的言说终于摆脱了意识形态话语的桎梏而进入了纯粹学术研究的境界。

五、余论:自然主义的否定及其文化逻辑

大致来说,经由茅盾等人的大力鼓吹,自然主义文学在 20 世纪 20 年代初的本土文坛得以广泛传播并引发普遍关注。但相对于现实主义、浪漫主义这两种"五四"前后被普遍认同的西方思潮,自然主义在传入之初便常常处于被排斥的

---

① 曾繁亭:《"真实感":重新解读左拉的自然主义文论》,《外国文学评论》,2009 年第 4 期,第 33—45 页。

② 曾繁亭:《自然主义:从生理学到心理学》,《东岳论丛》,2012 年第 1 期,第 121—126 页。

边缘地带。

基于"文以载道"的传统观念与"救亡图存"的危机意识,人们常常指责自然主义过于客观写实,过于悲观消极,描写了那么多人间悲哀却不能给出任何解决悲伤的法子。在《欧游心影录》中,文界领袖梁启超很早就对自然主义文学提出了尖锐批评:自然派把人类丑的方面、兽性的方面和盘托出,易使读者觉得人只是被肉欲和环境支配的动物,与猛兽弱虫没有区别;所以那些受到自然派文学影响的人,总是满腔子怀疑、满腔子失望。① 芳孤在《革命文学与自然主义》中也指责只做客观记录的自然主义文学,不能像革命文学那样为世人于黑暗中指出一条明路。②

1930 年"左联"成立前后,西方马克思主义批评家对自然主义的否定态度与观点迅速在左翼知识分子中传播开来,加剧了学界基于本土文化逻辑与现实对自然主义的天然排斥。事实上,被视为反动资产阶级文学和反现实主义创作的自然主义在 1949 年以后受到的持续否定,与上一个时期按苏俄口径为文的左翼文人对自然主义的讨伐一脉相承,两者有着完全相同的意识形态话语逻辑。改革开放之后,对自然主义批判与讨伐的否定之声仍长时间余音缭绕。20 世纪末叶,雄霸教坛多年的国家权威教材《欧洲文学史》对左拉与自然主义继续做出了否定的评价:"在资产阶级文学流派中,自然主义首先产生于法国……左拉和泰纳一样,用自然规律来代替社会规律,抹杀人的阶级性。同时,他把艺术创作和实验科学等同起来,实际上就取消了艺术的存在。根据自然主义原则写成的作品,总是着重对生活琐事、变态心理和反常事例本身的详细描写,缺乏具有社会意义的艺术概括,歪曲事物的真相,模糊事物的本质,把读者引向悲观消极,使他们丧失对社会前途的信心。"③1992 年,徐德峰仍然声称自然主义不能成为文学史中的"正面形象"——因为马克思等革命家没有将左拉看作同路人。④

在对"真实感"的追求之外,左拉明确提出了自然主义的"非个人化"主张:"自然主义小说的特点之一就是它的非个人化。我的意思是说,小说家只是一名

① 梁启超:《欧游心影录》,王德峰编选:《梁启超文选》,上海:上海远东出版社,2011 年版,第 199—200 页。
② 芳孤:《革命文学与自然主义》,《泰东月刊》,1928 年第 10 期。
③ 杨周翰等主编:《欧洲文学史》(下卷),北京:人民文学出版社,1979 年版,第 243 页。
④ 徐德峰:《自然主义:人与艺术的双重失落》,《学术月刊》,1992 年第 2 期,第 44—49 页。

记录员,他必须严禁自己做评判、下结论。"①自然主义作家用"非个人化"策略来达成"真实感"描绘的主张与做法,直接引发了恩格斯、拉法格与卢卡契等人对其的非议与否定;这些马克思主义的理论家更喜欢将自然主义的这一核心主张视为"反典型化"的机械描写:"像摄影机和录音机那样忠实记录下来的自然主义的生活表面,是僵死的,没有内部运动的,停滞的。"②拉法格甚至将左拉客观中立的"非个人化"创作方法引申为自然主义作家反对参加社会政治斗争。拉法格等人的错误"在于将作家的艺术家身份与其社会人身份等同,将作家的艺术观甚至叙事策略与其社会政治立场等同,其本质在于将生活与艺术、政治与艺术混为一谈"③。

从 1904 年算起,文学自然主义进入中国已超过 110 年。在沧海桑田的 100 多年间,自然主义文学在中国的传播起起伏伏,充满曲折与坎坷。其间既有中国作家借此改进中国文学的短暂热切,更有中国文人基于意识形态对其污名化的长期讨伐,也有薪火相传的中国学人对这一西方文学思潮的持续探究。时至如今,对西方自然主义诸多扭曲与误解虽已被矫正或正被矫正,然而它无疑仍是一座静待深入发掘的文学宝藏。

(本文作者:蒋承勇　曾繁亭)

---

① Emile Zola,"Naturalism in the Theatre", *Documents of Modern Literary Realism*. ed. , George J. Becker. Princeton: Princeton UP, 1963, p. 208.

② 卢卡契:《现实主义辩》,卢永华译,《卢卡契文学论文集》第 2 卷,北京:中国社会科学出版社,1981 年版,第 14 页。

③ 曾繁亭:《文学自然主义研究》,北京:中国社会科学出版社,2008 年版,第 150 页。

"屏"之"显现"

——自然主义与西方现代文学本体论的重构

1864 年,在给好友瓦拉布雷格(Anthony Valabregue)的信中,左拉(Emile Zola)曾就艺术再现的真实性问题发表看法,提出了其独到的"屏幕说"(Screen Theory)。左拉认为,在现实与作品之间,站着的是一个个秉有独特个性并认同某种艺术理念或艺术方法的作家。现实经过作家独特个性或气质这道"屏幕"过滤后,按特定的艺术规则以"影像"的方式进入文本。他强调说,"这些屏幕全都给我们传递虚假的影像"①,因而所谓"再现"便永远只能是一个谎言。

写下这封长信时,左拉刚刚开始步入文坛。屏幕说作为其一生文学思想的起点,与其后来作为自然主义理论家所提出的"真实感""个性表现"等重大理论主张息息相通。迄今为止,左拉的这封信并没有得到国内外学界的重视,信中提出的屏幕说当然也就一直沉睡在历史文献中没有得到应有的阐发与评价。本文将结合左拉及其他自然主义作家的理论文献对屏幕说进行解读,旨在说明作为对模仿现实主义之"镜"的扬弃与浪漫主义之"灯"的矫正,屏幕说所开启的文学"显现论",不唯达成了对"再现论"与"表现论"所代表的本质主义诗学的颠覆,而且完成了西方现代文学本体论的重构。

---

① 左拉:《给安托尼·瓦拉布雷格的信》,朱雯等编选:《文学中的自然主义》,上海:上海文艺出版社,1992 年版,第 269 页。

一、影像之屏

根据艺术规则的不同,左拉将文学史上的屏幕区分为古典主义、浪漫主义和现实主义三个大类,并对它们各自"成像"的机制及它们之间的"影像"差别做了分析。结论是:所有屏幕所达成的影像对事物的本相都存在扭曲,只是程度或方式略有不同。他特别指出,尽管"现实主义屏幕否认它自身的存在","自诩在作品中还原出真实的光彩熠熠的美",但"不管它说什么,屏幕都存在着","一小粒尘埃就会搅乱它的明净"[①]。他最后总结说:"无论如何,各个流派都有优缺点"[②];"无疑,允许喜欢这一屏幕而不是那一屏幕,但这是一个个人兴趣和气质的问题。我想说的是,在艺术上绝对不能证明有必要的理由去抬高古典屏幕压倒浪漫主义和现实主义的屏幕;反之亦然,因为这些屏幕全都给我们传递虚假的影像"[③]。至于个人趣味,左拉声称:"我不会完全只单独接受其中一种;如果一定要说,那我的全部好感是在现实主义屏幕方面"[④]。但他紧接着又强调说,"不过我重复一遍,我不能接受它想显现于我的样子;我不能同意它给我们提供真实的影像;我断言,它本身应当具有扭曲影像,因此把这些影像变成艺术作品的特性"[⑤]。

"在一部艺术作品中,准确的真实是不可能达到的……存在的东西就有扭曲。"[⑥]左拉不仅否认文学能够达成对"客观真实""本质真实""先验真实"的再现,而且直称对世界的"扭曲"或"歪曲"乃是所有艺术作品的特性。他甚至断言,"真实"只存在于"语言"这条将人与世界连通起来的"绳索"之上,"在这个世界上没

---

①　左拉:《给安托尼·瓦拉布雷格的信》,朱雯等编选:《文学中的自然主义》,上海:上海文艺出版社,1992年版,第270页。

②　左拉:《给安托尼·瓦拉布雷格的信》,朱雯等编选:《文学中的自然主义》,上海:上海文艺出版社,1992年版,第269页。

③　左拉:《给安托尼·瓦拉布雷格的信》,朱雯等编选:《文学中的自然主义》,上海:上海文艺出版社,1992年版,第269页。

④　左拉:《给安托尼·瓦拉布雷格的信》,朱雯等编选:《文学中的自然主义》,上海:上海文艺出版社,1992年版,第271页。

⑤　左拉:《给安托尼·瓦拉布雷格的信》,朱雯等编选:《文学中的自然主义》,上海:上海文艺出版社,1992年版,第271页。

⑥　左拉:《给安托尼·瓦拉布雷格的信》,朱雯等编选:《文学中的自然主义》,上海:上海文艺出版社,1992年版,第265页。

有比一个写得好的句子更为真实的了"①。"所有过分细致而矫揉造作的笔调,所有形式的精华,都比不上一个位置准确的词。"②而法国另一位重要的自然主义作家莫泊桑(Henri René Albert Guyde Maupassant)则说得更加清楚:"写真实就是要根据事物的普遍逻辑给人关于'真实'的完整的意象,而不是把层出不穷的混杂事实拘泥地照写下来。"③龚古尔兄弟(Edmondde Goncourt and Julesde Goncourt)也异口同声地说:"小说应力求达到的理想是:通过艺术给人造成一种最真实的人世真相之感。"④在自然主义作家的如上表述中,真实或者只存在于语词或意象之中,或者只存在于一种人为的或人造的感觉之中,因此:

> 既然在我们每个人的思想和器官里面都有着我们自己的真实,那么再去相信什么绝对的真实,是多么幼稚的事情啊! 我们的眼睛、我们的耳朵、我们的鼻子和我们的趣味各不相同,也就是说,这意味着世界上有多少人就有多少真实。……我们每个人所得到的只不过是对世界的一种幻觉,这种幻觉到底是有诗意的、有情感的、愉快的、忧郁的、肮脏的还是凄惨的,则随着各人的天性而有所不同。作家除了以他所学到并能运用的全部艺术手法忠实地再现这个幻觉之外,别无其他使命。⑤

为自然主义提供了理论基础的实证主义美学认为,艺术家"要以他特有的方法认识现实。一个真正的创作者感到必须照他理解的那样去描绘事物"⑥。泰纳反对那种直接照搬生活的摄影式的"再现",反对将艺术与对生活的"反映"相提并论。他认为刻板的模仿绝不是艺术的目的,因为浇铸品虽可制作出精确的形体,但却永远不是雕塑;无论如何惊心动魄的刑事案件的庭审记录都不可能是真

---

① 左拉:《致居斯塔夫·福楼拜》,《左拉文学书简》,吴岳添译,合肥:安徽文艺出版社,1995年版,第113页。
② 左拉:《论小说》,朱雯等编选:《文学中的自然主义》,上海:上海文艺出版社,1992年版,第252页。
③ 莫泊桑:《〈皮埃尔与若望〉序》,柳鸣九编选:《法国自然主义作品选》,天津:天津人民出版社,1987年版,第800页。
④ 朱雯等编选:《文学中的自然主义》,上海:上海文艺出版社,1992年版,第316页。
⑤ 莫泊桑:《论小说》,《漂亮朋友》,王振孙译,上海:上海译文出版社,1993年版,第577—593页。
⑥ 诺维科夫:《泰纳的"植物学美学"》,朱雯等编选:《文学中的自然主义》,上海:上海文艺出版社,1992年版,第68页。

正的戏剧。泰纳的这一论断后来在左拉那里形成了一个公式：艺术乃是通过艺术家的气质显现出来的现实，"对当今的自然主义者而言，一部作品永远只是透过某种气质所见出的自然的一角"①。

"愉悦与教化的结合不仅在古典主义的所有诗学，特别是贺拉斯以后变得司空见惯，而且成为艺术的自我理解的一个基本主题。"②贺拉斯所谓"寓教于乐"的艺术原则往往体现为"乐"所代表着的艺术的审美功能是手段，而"教"所体现的艺术的教化功能则是目的。所谓"教化"无非就是通过文本向读者实施某种政治的或道德的或宗教的社会意识形态观念的渗透，因而从根本上说往往体现着所谓"本质真实"的"观念"才是传统文本的灵魂。经过宗教—伦理观念或启蒙政治理性一番"阐释"之后，历史主义的线性历史观将生存现实乔装打扮，规定为某种历史在通往终极目标过程中的一个特定历史阶段的意识形态图景；本质主义使处在历史活动中的人和活生生的人的生存被装进了某种观念系统的模型。人，很大程度上脱开了其自然存在的属性；"自在性"既已沦陷，"自为性"也就势必成为"观念"自身的虚热与虚妄。随着现实成为历史叙事中的历史剧剧本，作为现实"生活主体"亦是"历史主体"的个人，也就只能成为该剧中的一个远离自我本性的角色。大致说来，传统作家的叙事均是从"类主体"/"复数主体"之意识形态观念出发展开的，尽管文句流利光滑，但由于缺少了真切的个体生命体验，失却了应有的生命质感与情感气韵，这种叙事注定乃是一种虚假的宏大叙事、一种缺乏个性表现的叙事、一种凌空蹈虚煞有介事的叙事。

难以容忍观念主导下的宏大历史叙事对"存在者"那繁复幽深的情感、扑朔迷离的体验之简单概括，不能接受其对世界那丰饶细密、缤纷多彩的无数现象细节的忽略和遗漏，左拉等自然主义作家首先表现出了强烈的反叛姿态：

> 必须以现实来代替抽象，以严峻的分析打破经验主义的公式。只有这样，作品中才会有合乎日常生活逻辑的真实人物和相对事物，而不尽是抽象人物和绝对事物这样一些人为编制的谎言。一切都应该重新

---

① Emile Zola, "Naturalism in the Theatre", *Documents of Modern Literary Realism*. ed., George J. Becker. Princeton：Princeton UP, 1963, p. 198.

② 比格尔：《先锋派理论》，高建平译，北京：商务印书馆，2002 年版，第 111 页。

开始,必须从人存在的本源去认识人,而不要只是戴着理念主义的有色眼镜一味地在那里炮制范式,妄下结论。从今往后,作家只需从对基础构成的把握入手,提供尽可能多的人性材料,并按照生活本身的逻辑而非观念的逻辑来展现它们。①

自然主义小说不过是对自然、种种存在和事物的探讨。因此它不再把它的精巧设计指向一个寓言,这种寓言是依据某些规则而被发明和发展的。……自然主义小说不插手对现实的增删,也不服从一个先入观念的需要从一块整布上再制成一件东西。②

在《戏剧中的自然主义》("Naturalismin the Theatre")一文中,左拉还拿小仲马的《私生子》为例,指斥传统文学是"辩词"和"布道书",是"冷冰、干巴、经不起推敲的缺乏生命力的东西","里面没有任何新鲜空气可以吸收";左拉讥讽完全被"观念"武装起来的文学家非驴非马:"哲学家扼杀了观察家,而戏剧家又损伤了哲学家。"③在他们笔下,"善与美的情感的理想典型,总是用同一个模子浇铸出来,真实成了脱离了一切真实观察的闭门造车"④。左拉认为,要阻断形而上学观念对世界的遮蔽,首先便要"悬置"所有既定观念体系,转过头来纵身跃进自然的怀抱:"把人重新放回到自然中去"⑤,"如实地感受自然和再现自然"⑥。由对自然的此种"感受"出发,自然主义作家普遍强调"体验"的直接性与强烈性,主张经由"体验"这个载体让生活本身"进入"文本,而不是接受观念的统摄,以文本"再现"生活。"体验"在自然主义叙事中迅速取代了传统叙事中居于中心地位的"观念",成为主导叙事的新的核心元素。"我们以绝对真实自诩,意思是指给我们的

①　Emile Zola,"Naturalism in the Theatre",*Documents of Modern Literary Realism*. ed., George J. Becker. Princeton:Princeton UP,1963, p. 201.

②　Emile Zola,"Naturalism in the Theatre",*Documents of Modern Literary Realism*. ed., George J. Becker. Princeton:Princeton UP,1963, p. 207.

③　Emile Zola,"Naturalism in the Theatre",*Documents of Modern Literary Realism*. ed., George J. Becker. Princeton:Princeton UP,1963, p. 216.

④　Emile Zola,"Naturalism in the Theatre",*Documents of Modern Literary Realism*. ed., George J. Becker. Princeton:Princeton UP,1963, p. 217.

⑤　Emile Zola,"Naturalism in the Theatre",*Documents of Modern Literary Realism*. ed., George J. Becker. Princeton:Princeton UP,1963, p. 225.

⑥　左拉:《论小说》,朱雯等编选:《文学中的自然主义》,上海:上海文艺出版社,1992年版,第207页。

再创作以生活气息"①;"只有当人们致力于描绘生活时,真实感才是绝对必要的"②。通过对生活体验的强调,自然主义将文学的立足点扳回到现实生活的大地上,从而廓清了文学为宏大观念所统摄和为虚假情感所充斥的现状;"我希望把人重新放回到自然中去,放到他所固有的环境中去,使分析一直延伸到决定他的一切生理和社会原因中去,从而避免它的抽象化"③。显然,在生活体验本身所包含着的对生活作为文学唯一源头的执着认同中,自然主义文学本来就孕育在"摹仿说"或"再现论"娘胎里的事实昭然若揭。同时,经由对真实感的强调,自然主义使这样一个在西方文学传统,尤其是现实主义文学传统中构成"常数概念"的真实术语,被注入了新鲜的生命汁液,获得了崭新的精神质地,重新焕发出勃勃的生机。由此,继浪漫主义激情洋溢的反叛之后,自然主义对亚里士多德以降长期主导西方文学的"摹仿说"理念与"再现式"叙事从内部再次实施了革命性改造。

二、体验的直呈达成显现

左拉反复强调,只有以真切的个人体验为基础而不是一切从观念出发,作家在叙事中才能有效克服观念的虚妄与武断,文本中才会不再流淌着"师爷"那"政治正确"但却苍白干瘪的教诲与训诫。从个体真切的生命体验入手,用基于体验的"意象弥漫"取代基于观念的"主题演绎",以基于体验的"合理虚构"取代基于观念的"说理杜撰","想象不再是投向狂乱怪想的荒诞创作,而是对被瞥见的真实的追叙"④,"作品只不过是对人和自然的强有力的追叙"⑤;而造成这种"强有力的追叙"的叙事动力,则"全都源于他们的体验和观察"⑥,"分析以感觉为先导。他需要观察以便获知,需要受到感动以便描绘"⑦。如此,打开作品,人们才会感

---

① 左拉:《论小说》,朱雯等编选:《文学中的自然主义》,上海:上海文艺出版社,1992年版,第234页。
② 左拉:《论小说》,朱雯等编选:《文学中的自然主义》,上海:上海文艺出版社,1992年版,第208页。
③ Emile Zola,"Naturalism in the Theatre",*Documents of Modern Literary Realism*. ed., George J. Becker,Princeton:Princeton UP,1963, p.225.
④ 左拉:《论小说》,朱雯等编选:《文学中的自然主义》,上海:上海文艺出版社,1992年版,第236页。
⑤ 左拉:《论小说》,朱雯等编选:《文学中的自然主义》,上海:上海文艺出版社,1992年版,第227页。
⑥ 埃里希·奥尔巴赫:《摹仿论——西方文学中所描绘的现实》,吴麟绶译,天津:百花文艺出版社,2002年版,第557页。
⑦ 左拉:《论小说》,朱雯等编选:《文学中的自然主义》,上海:上海文艺出版社,1992年版,第240页。

到它也有自己悸动的脉搏、触摸可感的体温与节拍般的呼吸,文本中所描写的一切才会变得鲜活起来,有自己的色彩、气味和声音;"这是真实的世界",因为一切都是被"一位具有美妙而显著的独创性作家体验过的"①。"这不再是关于一个特定主题而写出的完美句子;这是面对一幅图景勾起的感受。人出现其中,融合到事物里,以其热情澎湃使这些事物也活跃起来。"②体验将作家个人推到了前台,由此,"类主体"之虚假的"观念统摄型"宏大叙事开始解体,反传统的新的"体验主导型"叙事范式在自然主义作家这里得以确立。

自然主义所开启的"体验主导型"叙事中的"体验",不同于传统经验主义者之"经验"。与一般意义上的经验相比,自然主义文学所看重的体验之特点可以概括为"三一性"。第一,一体论。我外的世界并不是作为人的对立面的"对象",而只是人的"环境";世界并不是给定的事实,而只有人与世界的交合:人是世界的一个组成部分,世界反过来也是人的一个组成部分,这才是给定的事实。在人与世界的交合中,人既作为世界的构成性元素被动地、适应性地"承受"(undergo)来自我外世界的刺激作用,也作为由世界作为构成性元素之一的整体在主动地行动(do)中给世界以回应性的影响。这种相互的作用,使世界和人都永远处于动态的过程之中,即人的不断生成与世界的不断变化。这样,所谓的体验,便只能是人在其与世界交合的具体情境中所绽放出来的生命感受,它既不是纯粹客观的,也不是纯粹主观的:

> 实际上,一个情感总是朝向、来自或关于某种客观的,以事实或思想形式出现的事物。情感是由情境所暗示的,情境发展的不确定状态,以及其中自我为情感所感动是至关重要的。情境可以是压抑的、危险的、无法忍受的、胜利的。如果不是作为自我与客观状况相互渗透,一个人对自己所认同的群体所赢得的胜利的喜悦,或者对一个朋友的死亡的悲伤就是不可理解的。③

---

① 左拉:《论小说》,朱雯等编选:《文学中的自然主义》,上海:上海文艺出版社,1992 年版,第 213 页。
② 左拉:《论小说》,朱雯等编选:《文学中的自然主义》,上海:上海文艺出版社,1992 年版,第 222 页。
③ 杜威:《艺术即经验》,高建平译,北京:商务印书馆,2005 年版,第 71—72 页。

对人而言,只有这种综合了主观情感与客观印象的体验才是第一性的:有了这种体验,才可能有对体验所展开的反思,才可能产生出一切关于所谓"自我"与"对象性世界"的意识、认知、理论及体系。"那些天真地发现自然主义只不过是摄影的人,这回也许会明白:我们以绝对真实自诩,就是旨在让作品充满强烈的生活气息。"①第二,整一性。人的存在被卷裹于他与世界交合所构成的混乱的生活之流中,诸多生活片段所构成的生活印象纷至沓来,在形形色色零乱繁复的生活感受中,体验必定是那种深切、鲜明、富有整体感的感受,而不是那种不具有累积性的、转瞬即逝的拉杂印象。体验的整一性,既来自那种具有累积性的感受的积淀,更来自内在于生命的某种索求意义的"完形"冲动。整一性使体验获得某种不同于一般感觉印象的鲜明的形式感——虽仍具有很大的模糊性而在本质上有别于"理式",同时赋予体验以某种不同于一般感觉印象的强烈的"意念"——虽仍处于浓重的混沌中而在本质上有别于"概念",从而使其具有丰富的生长动能、生长空间与巨大的反思价值。第三,个体性。体验作为特定生命个体的感受,其具体展开在性质上总是独一无二的。"今日,一个伟大的小说家就是一个有真实感,能独创地表现自然,并以自己的生命使自然栩栩如生的人。"②"绝对真实——干巴巴的真实并不存在,所以没有人真的企图成为完美无缺的镜子。……对这个人来说好像是真理的东西,对另一个人来说则好像是谬误。企图写出真实——绝对的真实,只不过是一种不可实现的奢望,作家最多能够致力于准确地展现个人所见事物的本来面目,即致力于写出感受到的真实印象。"③

"体验主导型"叙事的主张与实践,既反对浪漫主义的极端"表现",又否认"再现"能达成绝对的真实,自然主义由此开拓出一种崭新的"显现"文学观:"显"即现象直接的呈现,意在强调文学书写要基于现象的真实,要尊重现象的真实,不得轻易用武断的结论强暴现象的真实;"现"即作家个人气质、趣味、创造性、艺术才能的表现。与前自然主义的模仿或再现相较而言,自然主义之"显现"所投放出来的只是一种真实感;此种真实感是在个体之人与世界的融合中达成的,并

---

① 左拉:《论小说》,朱雯等编选:《文学中的自然主义》,上海:上海文艺出版社,1992年版,第234页。
② 左拉:《论小说》,朱雯等编选:《文学中的自然主义》,上海:上海文艺出版社,1992年版,第215页。
③ 莫泊桑:《爱弥尔·左拉》,朱雯等编选:《文学中的自然主义》,上海:上海文艺出版社,1992年版,第367页。

由此获得了它自身特有的一种真实品质：它并非纯粹客观的现实真实，也非绝对现实的真实，而只是感觉中的现实真实。由此，"摹仿论"或"再现说"的"本质真实"就被颠覆了一半，同时也保留了一半。同理，"显现"所投放出来的真实感也有自己特有的主体意识：它并非纯粹主观的主体情感意向，既非绝对情感的意向，也非绝对意向的情感，而只是与世界融为一体的真实的情感意向。这样，浪漫主义的"情感表现说"中那种绝对主观的"情感主体"便被吞没了半侧身子，又保留了半侧身子。当然，任何一种学说，被颠覆了一半也就意味着整个体系的根本坍塌。自然主义经由"真实感""体验主导""非个人化"等理论主张所建构起来的"显现"，就这样颠覆了在西方文学史上源远流长的"再现"与浪漫主义刚刚确立了不久的"表现"。相对于模仿说那种对本质的坚定信仰或浪漫主义那种对超验主体和世界一致性的断言，自然主义所强调的是对本质和超验的悬置及其释放出来的"怀疑"；而针对模仿说那种对"自我理性"的高度自信或浪漫主义时常宣称的那种"绝对自我"与世界的对立，自然主义所强调的则是面对世界的"谦卑"与"敬畏"。

　　不同于黑格尔之"理念的感性显现"，自然主义之"显现"由体验而非观念主导，其最终达成的乃是一种笼罩着情感的意象呈现而非通透着理性的观念阐说。显现出来的意象包孕着某种意念；这种意念含有成为观念的趋向，但却绝非观念本身。艺术作品中的观念因素是经由意象来表达的，这正如德国美学家费希尔所分析的一样：观念像一块糖溶解在意象的水中，在水的每一个分子里它都存在着、活动着，可是作为一整块糖，却再也找不到了。"在感受的表达完成之前，艺术家并不知道需要表现的经验究竟是什么。艺术家想要说的东西，预先没有作为目的呈现在他眼前并想好相应的手段，只有当他头脑里诗篇已经成形，或者他手里的泥土已经成形，那时他才明白了自己要求表现的感受。"①"诗人把人类体验转化成为诗歌，并不是首先净化体验，去掉理智因素而保留情感因素，然后再表现这一剩余部分；而是把思维本身融合在情感之中，即以某种方式进行思维。"②没有情感，也许会有工艺，但不会有艺术；仅有情感，不管这种情感多么强烈，其结果也只能在直接传达中构成宣泄或说教，同样不会有艺术。

---

① 科林伍德：《艺术原理》，王至元、陈华中译，北京：中国社会科学出版社，1985年版，第29页。
② 科林伍德：《艺术原理》，王至元、陈华中译，北京：中国社会科学出版社，1985年版，第301页。

　　在作家—作品—世界—读者的四维文学构成中，"再现说"和"表现论"是对"作家"或"世界"占绝对主导地位的那种古典文学形态各执一端所做的理论表述；而"显现说"的出现，则表征着此前在西方文学中一直被忽视的另外两种文学构成元素地位的提升。首先，自然主义作家对各种唯理主义形而上学及社会意识形态的拒斥、对观念叙事的否定及其"非个人化"的主张，都内在地蕴含着他们对文本及构成文本的语词之独立性的重视。让所描述的对象自己说话，让其意义在自身的直呈中在读者面前自我显现，这是自然主义文学在叙事艺术上的基本追求，其中就包含着对文本维度的强调。其次，自然主义作家反对娱悦大众，更反对通过作品实施对读者的教化，而强调"震惊"，强调不提供任何结论而高度重视由"震惊"所开启的读者的反思，这就在审美范式上直接开启了从传统文学文本那种在教化中"训话"向现代主义文学文本那种在对话中"反思"的现代转型。显然，在自然主义文学这里，作者与读者关系的重构已经开始，文学活动四维结构中的读者一维第一次受到真正的重视。质言之，自然主义"显现说"所导出的文本自足观念及对读者接受维度的重视，是西方现代文学形态形成的基本标志。在20世纪西方文坛上，接受美学、阐释学美学、语言学美学、结构主义美学、解构主义美学等各种现代诗学理论纷纷出笼；至少在叙事文学领域，这一切理论的发端无疑是在通常被人们看成是现代主义对立面的自然主义文学思潮的观念创新与创作实践之中。

　　由达尔文进化论所标志的19世纪中叶以降的现代西方文化语境中，正是因为正统文化失去了它惯有的整体性和力量，作家才被迫去尝试以唯一堪用的武器——语言——去重新整合这个在风雨飘摇中的文化。具备整合功能的观念系统已经失灵，对作家而言，代之而起的也就只有语词及其所构成的文本来承担对世界和文化进行整合的使命。文本呈现为一个五彩缤纷的、好像是混沌初开的世界，里面充斥的一切似乎都是难以确定的，而唯一可以信赖的只是语词。"显现在词语和意象之间的张力中达成，语词在变形的描述中所涉及的中心性事物本身不再重要。"①文学可以描绘现实，但这种描绘不可能也不应该像镜子一样完全准确，这一观念越来越成为现代作家和文学理论家们的共识。俄国形式主义

　　①　Charles, Taylor, *Sources of the Self*：*The Making of the Modern Identity*, Cambridge：Harvard UP, 1989. pp. 465-466.

坚决反对反映论的文学观,什克洛夫斯基(Victor Shklovsky)认为:"艺术是一种体验事物之创造的方式,而被创造物在艺术中已无足轻重。"[①]鲍桑葵(Bernard Basanquet)则指出:"凡是不能呈现为表象的东西,对审美态度说来就是无用的。"[②]"为了返回真实的经验,有必要返回事物的表面。……这一点在尼采关于希腊人的表述中早就可以见到——希腊人非常深刻,因为他们停留在事物的表面。"[③]在否定了艺术作为某种抽象观念本质的再现或表现之后,作为显现,艺术成了感觉体验或直觉体验的直呈,它基于一种自我与世界融通中的生命直观,使世界与存在的意义自动析出。

三、显现:再现与表现的融合

文学是对现实生活的模仿,这种模仿以揭示普遍性的本质为宗旨。西方文学理论的基石便是在古希腊便已经成形的摹仿说;在长达 2000 多年的时间里,摹仿说一直为传统的西方文学提供着基本的本体论说明。其间,各种文学本体论的探讨虽没有终止,但却始终没有根本的突破,所谓的再现说或反映论只不过是亚里士多德摹仿说的变形,有时甚至使这种本质论的文学本体论达到登峰造极的程度。在中世纪,经院哲学辩称,艺术家通过心灵对自然进行摹仿之所以可能,乃是因为人的心灵与自然均为上帝所造,因而对观念的模仿当然就比对物质世界的模仿来得更加重要,这就把古代希腊具有唯物主义倾向的摹仿说进一步推向了纯粹上帝观念的神学摹仿说。圣奥古斯丁(Saint Aurelius Augustinus)甚至断言:艺术家的作品只应该来自上帝至美的法则。在文艺复兴时期,达·芬奇、莎士比亚等大家均曾重提"镜子论",艺术家们更加强调艺术应关注自然,但这自然更多时候是指自然的本质与规律。在 17 至 18 世纪的新古典主义时期,作家们似乎比上一个时期更青睐模仿自然的口号,但同时也进一步把自然的概

---

① 什克洛夫斯基:《作为手法的艺术》,《俄国形式主义文论选》,方珊译,北京:生活·读书·新知三联书店,1989 年版,第 6 页。

② 鲍山葵:《美学三讲》,周煦良译,上海:上海译文出版社,1983 年版,第 5 页。

③ Charles Taylor, *Sources of the Self: The Making of the Modern Identity*, Cambridge: Harvard UP, 1989. p. 467.

念明确为一种抽象理性或永恒理性。"首先须爱理性：愿你的一切文章，永远只凭着理性获得价值和光芒。"①

　　"在浪漫派作家看来，能够与机械论世界观和功利主义人生观相抗衡的力量，只能是自然的、未被扭曲的人类情感。"②情感的表现，在浪漫主义之后成为文学理论中反复提起的一个问题。艺术就是艺术家在内心唤起情感，再用动作、线条、色彩或语言来传达这种情感。这似乎暗示着情感的表现经由各种媒介材料将某种已经存在于主体内心之中的情感传达出来，而与主体之外的世界不存在什么关系。此种表现说与再现说完全南辕北辙，但事实上，这两种理论观念却运用了相同的思维逻辑，即都是在作家和世界二元对立的视阈下来界定文学：表现论强调文学的本质是情感的表现，将文学的本体设定为所谓主体的作家；而再现论强调文学是对现实世界的模仿，将文学的本体设定为所谓客体的世界。两者在同一二元对立的思维框架下展开对文学本质的探讨，看上去截然对立，但事实上却并无根本不同，最后甚至可以殊途同归。正如冈布里奇(E. H. Gombrich)在《艺术与幻觉：绘画再现的心理研究》一书中所言，世界上永远不存在未加阐释的现实，"所有艺术都源于人的心灵，源于我们对这个世界的反应而不是视觉世界本身……没有一些起点，没有一些初始的预成图式，我们就永远不能把握不断变动的经验，没有范型便不能整理我们的印象"③。在本质被注入摹仿并成为其灵魂之后，再现论所谓客体世界乃文学本体、本源的立场早已"暗度陈仓"地归于作为创作主体的作家，因为本质作为观念只能由作家主体赋予世界客体，世界客体本身是无所谓什么本质可言的。就此而言，所谓"按本来样子的"再现与所谓再现客观世界的本质，便永远只能是理性主义自欺欺人的神话。而表现说固然强调"一切好诗都是强烈情感的自然流露"④，但同时也声称，"诗是思维领域中形象化的语言，它和自然的区别就在于所有组成部分都被统一于某一思想或观念之中"⑤，"艺术的一

　　①　布瓦洛：《诗的艺术》，任典译，北京：人民文学出版社，1959 年版，第 37—38 页。

　　②　Charles Taylor, *Sources of the Self ：The Making of the Modern Identity*, Cambridge：Harvard UP, 1989. p. 456.

　　③　冈布里奇：《艺术与幻觉：绘画再现的心理研究》，周彦译，长沙：湖南人民出版社，1987 年版，第 83 页。

　　④　华兹华斯：《〈抒情歌谣集〉一八〇〇年版序言》，伍蠡甫主编：《西方文论选》(下卷)，上海：上海译文出版社，1979 年版，第 535 页。

　　⑤　马新国：《西方文论史》，北京：高等教育出版社，2002 年版，第 212 页。

切庄严活动,都在隐约之中摹仿宇宙的无限活动"①。由此可见,表现说中的情感在很大程度上也是一种观念化的情感。这样,表面上势不两立的两种对文学本质的界定在作家主体那儿迎头相撞,却在作家主体的"本质观念"中握手言欢。由此,人们应该意识到:不管是诉诸再现还是经由表现,两种文学理念所达成的艺术创作的开端和终点事实上是完全同形同性之物;不管再现还是表现,均由作家主体之某种本质观念所统摄、主导。或许,正是基于这样的文学史事实,黑格尔才做出了"艺术乃理念的感性显现"这样的理论概括。

"表现",Express,即 Pressout,其基本语义为"压出",这意味着它天然地含有两个构成要素:外在的阻力和内在的冲动。没有被"压"的东西和"压力"的存在,所谓的表现就不可能存在。这提示我们,与专事对外部世界进行"再现"对立的艺术活动中的"表现",从一开始便不是仅与主体情感相关;在真正的创作过程中,并不存在一种等待着文字或其他符号"表现"的、透明的、具有明确意义的情感,而只有一种意义混沌的、创作主体并不清楚的生命冲动。这种冲动,本能地趋向在外化中得到显现;正是这种显现,才使得生命冲动表现为某种明确的情感,即艺术是在显现这一"表现性"动作或行为中达成的。正如杜威(John Dewey)在《艺术即经验》一书中所说:"艺术家不是用理性与符号来描绘情感,而是'由行动而生出情感'。"②这也就是说,第一,艺术乃是某种生命冲动的具有表现性的显现,而非某种既定情感的表现;后者作为某种特定情感的表达或传达,只是一种发泄、流溢所构成的简单释放行为而不能成为艺术。显现则是某种混沌的生命冲动在"表现性"的动作中被赋予形式而得以澄清。"通过表现,显现得以达成;但这并不是说对象表现事物。……对象建立了某种框架、空间或场域——人们可以在这些框架、空间或场域中见出显现。"③第二,真正的艺术显现作为一个具有表现性的外化过程,总要借助"外部的材料"来直呈作为"内在材料"的主体之生命冲动;主体的生命冲动只有在它"间接地被使用在寻找材料之上,并被赋予秩序,而不是直接被消耗时,才会被充实并向前推进"④,形成"意义性"的"情感",

---

① 马新国:《西方文论史》,北京:高等教育出版社,2002 年版,第 205 页。

② 杜威:《艺术即经验》,高建平译,北京:商务印书馆,2005 年版,第 72 页。

③ Charles Taylor, *Sources of the Self: The Making of the Modern Identity*, Cambridge: Harvard UP, 1989. p. 477.

④ 杜威:《艺术即经验》,高建平译,北京:商务印书馆,2005 年版,第 75 页。

并由此成为"艺术"。这就是说,如果所有的意义都能被"叙述性"的语词充分地阐说,则艺术就不会存在。有些价值或意义,尤其是那些新的未经阐说的价值与意义,只能由直接可见或可听的方式在直呈中来显现;"在很大程度上,显现与对明晰和特征的强调相冲突"①。这注定艺术在本质上只能是一种描述性的显现,而不是简单的"叙述"式的再现或简单的"释放"性的表现。第三,在显现中,内在的生命冲动与"外在的材料"是血肉相连不可拆分的。在情感表达或传达意义上的表现中,外在材料或客观情况乃是某种情感爆发的直接刺激或原因。例如一个人在看到分别很久的亲人时,高兴得大叫或流下激动的热泪——这种"表现"显然不能称为艺术。而在艺术的显现中,外在材料或客观情况则成了情感的内容和质料,而绝不仅仅只是唤起它的诱因。在这个过程中,某种生命冲动像磁铁一样将适合的外在材料吸向自身,而且是它自身而非主体的观念意识承担着对材料进行选择和组织的功能。结果,特定的生命冲动与外在材料完全融合为一体:"它们共同起作用,最终生出某种东西,而几乎不顾及有意识的个性,更与深思熟虑的意愿无关。当耐性所起的作用达到一定程度之时,人就被一个合适的缪斯所掌握,说话与唱歌都像是按照某个神的意旨行事。"②

"再现总是达到一定目的的手段。"③它或者为了传达某种观念,此时的再现事实上乃是观念的形象阐释;或者为了唤起某些情感或释放情感,此时的再现在本质上接近于情感的表现。两种情形,不管哪一种,均由一个站在世界之外的对自我的情感或观念高度自信的独立主体来达成。因此,所谓再现与表现的对峙,只不过是前者偏重主体观念的传达,后者偏重主体情感的表现而已,两者均建构于传统理性主义那种主体与客体、现象与本质之二元对立的思维框架之中。基于此,西方现代文学的奠基人波德莱尔才既反对浪漫主义那种自说自话式的情感的表现,又反对写实派那种观念大于真相的再现,"我认为再现任何存在的事物都是没有好处的、讨人厌的"④。事实上,主体的观念总包含着个人情感色彩的

---

① Charles Taylor, *Sources of the Self*: *The Making of the Modern Identity*, Cambridge: Harvard UP, 1989. p. 467.

② 杜威:《艺术即经验》,高建平译,北京:商务印书馆,2005 年版,第 78 页。

③ 科林伍德:《艺术原理》,王至元、陈华中译,北京:中国社会科学出版社,1985 年版,第 58 页。

④ 波德莱尔:《一八五九年沙龙》,伍蠡甫主编:《西方文论选》(下卷),上海:上海译文出版社,1979 年版,第 231 页。

观念,而主体的情感也总承载着某种个人意向的观念性情感,即从主体之投放物来考察,再现与表现间的区别也绝对不像那些习惯于二元对立思维模式的人所说的一样真的泾渭分明。抛开那些不管是来自激情洋溢的表现还是出自观念刻板的再现的平庸之作,一部文学史所表明的基本事实只是:任何伟大作家的作品总是再现与表现的统一,而再现与表现的对立永远都是一些不谙艺术创作个中真味的理性主义理论家自以为是的逻辑裁定而已。

就"显现"同时也汲取了再现与表现各自包含着的合理成分而言,我们可以将其看成再现与表现的融合。在再现说与表现论两者同时被颠覆之后,这种融合夷平了原先曾存在于两者之间的森严壁垒。"只有通过逐步将'内在的'与'外在的'组织成相互间的有机联系,才能产生某种不是学术文稿或对某种熟知之物的说明的东西。"①另外,因为摒弃了二元对立的思维模式,这种融合在本质上乃是一种新质的诞生而非旧质的简单叠加。但应该再次强调,这种融合,并不是"统一",并不存在着真正的再现与表现在"显现"中的统一,因为在达成所谓的统一之前,两者均被粉碎而不再作为整体存在了。

四、显现:西方现代文学本体论的重构

在"上帝死了"之后,现代西方哲学普遍认为,任何绝对化的理论所施加给世界的一般性解释模式,从某种程度上讲都是理论自身的虚构,并不具有本质意义。而且,观念体系或体系化了的观念固然是对世界的某一细小侧面的澄明,但在更多的时候却是对世界浩渺真相的一种遮蔽。因此,被观念统摄的叙事便不再是对世界充满活力与好奇的探究与澄明,而更是对真相不无懒惰与消极的阻断与遮蔽。就此而言,从某种既定观念出发并由这种观念所统摄的文学叙事之对世界本质的再现,从根本上来说只不过是对"观念造就现实"这一过程的拙劣演示。再现即"再造",而且是"再造"的"再造"。"一般性地说一件艺术品是不是再现的,是没有什么意义的。再现这个词具有许多意义。对再现性质的肯定也许会在一个意义上讲是假的,而在另一个意义上讲,则是真的。如果严格字面意

---

① 杜威:《艺术即经验》,高建平译,北京:商务印书馆,2005 年版,第 81 页。

义上的再造被说成是'再现的',那么艺术作品则不具有这种性质。这种观点忽略了作品由于场景与事件通过了个人的媒介而具有独特性。马蒂斯说,照相机对于画家来说是很大的恩赐,因为它使画家免除了任何在外观上复制对象的必要性。"①

　　自然主义以降,随着风起云涌的非理性主义文化思潮对传统理性思维模式的消解,现代西方文学理论的革命性进展就在于消融了传统理性主义理论家演绎出来的再现与表现的对立。这种进展不仅表现为再现与表现在新的思维模式下走向综合,而且尤其表现为理论家们普遍意识到:原先在理论构想中承担着或再现外部客观世界或表现内在主观情感艺术使命的作家主体,其主体地位纯粹只是一种乌托邦式的理论想象而已。真实的情形永远是,与常人一样,作家主体与世界客体的关系类如鱼在大海之中,甚至是水滴在大海之中。正是现象学所开启的这种思维模式的转变,带来了再现论与表现论的融合。作家还存在,"主体"消解了;这意味着不管是再现还是表现,理论上都失去了"使动者"。文学,只能是在世界中的人对其在与世界交合境遇中直呈体验的"显现"。这种显现既是人的自我显现,又是世界在人之显现中的显现,两者在语言中迎面相遇;既是个人的显现,也是人类在个人之显现中的显现,个体与个体在与共同的世界融合中联通。独立的主体消解了,原先由主体所决定并承担的再现或表现便只能成为一切均在语词中自呈的显现。随着浪漫派自我中心的退场,"显现的重心开始从自我转向被体验的生活的碎片,……转向各种各样新奇的语言乃至'结构'实验。一个'去中心化'的主体间性的时代开始了"②。

　　显现文学本体论,不仅认定文本既是想象的产物又是现实生活材料的产物,而且基于"不确定"之怀疑主义的思想立场强调:主观心理现实和客观物理世界在想象中固然相互关联融合,但它们却绝非统一的。正是后者,从根本上将显现与再现、表现区别开来:因为它们虽方式不同但却都是用冶炼得金光闪闪的想象将主观心理现实与物理客观世界统一了起来。在显现的文本中,作家拒绝以二元对立的思维模式来理解自我与世界的关系,主体自我也就失去了用自身来吞并客体世界的内在冲动,文本由此获得了含有悖论、对立和矛盾的巨大包容性。

---

① 杜威:《艺术即经验》,高建平译,北京:商务印书馆,2005年版,第89页。

② Charles Taylor, *Sources of the Self*: *The Making of the Modern Identity*, Cambridge: Harvard UP, 1989, p.465.

显现文学本体论揭示了一种文学文本与世界的新型关系："它既不是对世界原封不动的模仿,也不是乌托邦的幻想。它既不想解释世界,也不想改变世界。它暗示世界的缺陷并呼吁超越这个世界。"①

在现代主义的经典文本《尤利西斯》中,两个男主人公某种程度上分别代表着"摹仿/再现"的模式和"表现"的模式,但又并不完全如此;真实的情况也许是乔伊斯对两种模式均给予了拆解,尔后又在部分继承的基础上力图达成一种融合,尽管是一种容纳了悖谬、充满着张力的融合。《尤利西斯》的文本叙事显然主要指向布卢姆,这在一定程度上表明了"写实"乃是这部叙事作品的基础。在对布卢姆夫妇诸多生活细节的叙述中,人们不时会产生某种印象:"写实"体现了传统叙事所孜孜以求的那种经验现实的摹仿/再现,但叙事中流溢着的对传统叙事常规的不断挑衅与嘲弄,很快又会使人们对自己刚才的判断产生怀疑,因为经验现实的摹仿/再现不断被大量对人物意识流的描写、表现主义式的梦幻夸张、怪诞的滑稽戏所阻断并陷入瘫痪。在与布卢姆构成对照的斯蒂芬身上,人们可以清晰地见出与模仿/再现模式相对立的浪漫主义表现模式的叙事格调,自我与平庸现实的不协调展现出人物高耸的主体性;但人们同时也很容易读出他身上不断流露出来的那种并不完全等同于浪漫主义主人公的虚无感与挫败感,这种建立在"上帝死了"这一文化标志下的虚无感与挫败感旋即便摧毁了斯蒂芬那矫饰、虚假的"高耸主体":在丧失了确定的信念的精神支柱之后,他事实上根本就不具备与现实相对抗的意志力。因此,福克纳(Peter Faulkner)如下精辟的见解便不禁使人有醍醐灌顶之感:

　　《尤利西斯》曾被视为自然主义的顶峰,比左拉更善于纪实;也被视为最广博精致的象征主义诗作。这两种解读中的每一种都站得住脚,但只有和另一种解读联系起来才言之成理,因为这部小说是两种解读交互作用和相互流通的场所。恰恰是这些本质上互不相容的解读之间的关系,构成了阅读《尤利西斯》的经验。这种关系通过斯蒂芬和布卢姆相遇的过程戏剧式地体现在叙述之中,主题式地体现在尤利西斯式

---

①　加洛蒂:《论无边的现实主义》,吴岳添译,上海:上海文艺出版社,1986年版,第103页。

的三位一体中的第三个人身上,情欲造就的莫莉·布卢姆。通过结合这两种对立的模式(它们在历史上已经互相分离),《尤利西斯》在结构和题材上对其中任何一个模式都根据另一个模式加以批判,以致于两者的局限性和必要性都得到了肯定。①

结构主义者巴特(Roland Barthes)在《S/Z》中曾将巴尔扎克的一个中篇小说拆成 500 多个词句单元进行分析,并由此揭示了所谓"现实主义"小说也并非"一个透明的、纯洁的窗口,让人们透过它来观察文本之外的现实。相反……它充满隐蔽的造型手法,是一个哈哈镜长廊,还犹如一扇厚厚的彩色玻璃窗,这窗户把自己的色彩、形状毋庸置疑地强加于通过它可以瞥见的事物身上"②。这再次印证了本文开篇时提到的左拉的论断:"这些屏幕全都给我们传递虚假的影像","在一部艺术作品中,准确的真实是不可能达到的。……存在的东西都有扭曲"。由是,"小说表明自己从根本上和表面上都是一个语言问题,涉及的是词语、词语、词语"③。也正是从这个时候开始,一直处于附庸地位、承担着"愉悦"与"安慰"差事的文学叙事,明确地具有了前所未见的文化创建和照亮世界的功能:

> 艺术创造出一个并不存在的世界,一个"显现"、幻象、现象的世界。然而,正是在这种把现实变为幻象的转化中,也只有在这个转化中,表现出艺术倾覆性之真理。……在这个天地中,任何语词、任何色彩、任何声音都是"新颖的"和新奇的,它们打破了把人和自然围蔽于其中的习以为常的感知和理解的框架,打破了习以为常的感性确定性和理性框架。由于构成审美形式的语词、声音、形状以及色彩,与它们的日常用法和功用相分离,因而,它们就可以逍遥于一个崭新的生存维度。④

(本文作者:蒋承勇 曾繁亭)

---

① 彼得·福克纳:《现代主义》,付礼军译,北京:昆仑出版社,1989 年版,第 86—87 页。
② 彼得·霍克斯:《结构主义和符号学》,瞿铁鹏译,上海:上海译文出版社,1987 年版,第 122 页。
③ 彼得·福克纳:《现代主义》,付礼军译,北京:昆仑出版社,1989 年版,第 87 页。
④ 马尔库塞:《审美之维》,李小兵译,桂林:广西师范大学出版社,2001 年版,第 157—158 页。

论"新自然主义戏剧"的家庭斗争关系

——以斯特林堡《父亲》为例兼谈其对中国戏剧的意义

1887 年,斯特林堡创作了自然主义悲剧①《父亲》。两年后,斯特林堡在他的论文《论现代戏剧与现代剧场》中以自然主义创始人左拉为旗帜和精神资源,描述了他心目中的"新自然主义戏剧"②,一种致力于"自然力之间的斗争"③的戏剧。很多研究指出,斯特林堡深受叔本华、尼采等人"唯意志论"哲学的影响,他所谓"自然力之间的斗争"其实就是"意志间的斗争"。④ 应当说,斯特林堡"新自然主义戏剧"的气象是颇为宏阔的,它关注的是精神的冲突,是人为确立、彰显和延续其存在而展示、扩张自己的那种精神欲望之间的斗争。不过,斯特林堡的戏剧理想虽大,但切入点却极小。以斯特林堡的几部自然主义剧作——《父亲》《朱莉小姐》《死亡之舞》等——而论,他对政治问题、社会民生问题等宏观的公共领域话题几乎是淡漠的,转而将笔触对准了家庭成员间的斗争。然而正是这样的

---

① 在学术界,关于《父亲》是否属于"自然主义戏剧"是有争议的,但本文无意于讨论这个美学问题。参见 Carl E. W. L. Dahlstrm, "Is Strindberg's Fadren Naturalistic", *Scandinavian Studies and Notes*, Vol. 15, No. 8, 1939, pp. 257-265. 另参 Evert Sprinchorn, "Strindberg and the Greater Naturalism", *The Drama Review：TDR*, Vol. 13, No. 2, 1968, pp. 119-129.

② Strindberg, *Selected Essays by Strindberg*, ed. and tr., Michael Robinson, New York：Cambridge University Press, 1996, p. 83.

③ Strindberg, *Selected Essays by Strindberg*, ed. and tr., Michael Robinson, New York：Cambridge University Press, 1996, p. 78.

④ Sven Delblanc, "Strindberg and Humanism", ed., Gran Stockenstrom *Strindberg's Dramaturgy*, Minneapolis：Minesota University Press, 1988, pp. 6-7. 另参见 Evert Sprinchorn, "Strindberg and the Greater Naturalism", *The Drama Review：TDR*, Vol. 13, No. 2, 1968, pp. 122-123.

"小格局",在服膺斯特林堡的奥尼尔看来却最典型地解释了具有"时代特征的精神冲突"①。甚至可以说,相较同时期那些充满社会关切和批判锋芒的自然主义剧作(如《群鸦》《织工》《日出之前》《群鬼》《华伦夫人的职业》等),斯特林堡的"新自然主义戏剧"无疑更深刻地揭示了现代西方社会中人的本质。正因如此,斯特林堡的"新自然主义戏剧"引来了大批追随者,如奥尼尔(代表作如《榆树下的欲望》《更加庄严的大厦》)、劳伦斯(代表作如《寡妇霍尔罗伊德夫人》)等,其艺术影响力至今方兴未艾。

有关自然主义文学或戏剧的研究,国内学术界成果颇丰,大家一般都会注意到"欲望""人兽"等与"人性"相关的问题。② 具体到斯特林堡的作品,学界并没有特别地将他的作品及所谓"新自然主义戏剧"作为一种新的戏剧流派或类型来研究,比如著名戏剧史家廖可兑先生就只是把它们作为暴露人性罪恶的自然主义戏剧。③ 在此,笔者无意探讨斯特林堡"新自然主义戏剧"与同时代的自然主义戏剧的异同,从而在美学上确立一个"新自然主义戏剧"的说法。对斯特林堡的作品及其理论,引起笔者强烈兴趣的无疑是这样一个问题,在类似《父亲》的"新自然主义戏剧"中,为什么家庭亲人间充满了终极意义上的精神和意志的斗争,且毫无和谐的可能? 关于这个话题,依目前所掌握的资料,笔者尚未见到更具体和有说服力的研究。

之所以要追问这个问题,一个现实的原因是:当代中国人的家庭危机重重,夫妻关系、亲子关系从未如此紧张过,有的家庭甚至在几乎所有至关重要的事情上——如最突出可见的婚姻问题——都极难达成一致。家庭危机的背后,其实是人性的、文化的危机,即在全球化的今天,我们在西方现代文化和中国古典文化面前无所适从。比如,以这里讨论的戏剧为例,作为西方现代文化的代表性产物之一,"新自然主义戏剧"所呈现出来的现代文化观念与中国古典儒家文化几

---

① 奥尼尔:《奥尼尔文集》(第 6 卷),郭继德编,郭继德、刘海平等译,北京:人民文学出版社,2006 年版,第 244 页。

② 除了 20 世纪初以茅盾等人为代表的研究者的一批研究成果外,当代较有代表性的论著有,柳鸣九编著:《自然主义》,北京:中国社会科学出版社,1988 年版;蒋承勇等著:《欧美自然主义文学的现代阐释》,上海:复旦大学出版社,2002 年版;曾繁亭:《文学自然主义研究》,北京:中国社会科学出版社,2008 年版;等等。

③ 廖可兑:《西欧戏剧史》(上),北京:中国戏剧出版社,1991 年版,第 350 页。

乎是背离的。尤其是在对"人性"的理解上，前者把人理解为是个体自由优先的，并且认为充满欲望的个体之间是一种斗争、冲突关系，而后者却注重家庭伦理，强调"亲亲"而不是个体自由的优先性——尽管在现实中，倡导"亲亲"优先的中国家庭并不见得一定比西方家庭更和谐。那么，无论将来如何"借鉴"西方文化，我们都得首先理解这类恰好在根本上与中国古典文化相悖的现代文化观念。

鉴于此，本文以斯特林堡的《父亲》为例阐释"新自然主义戏剧"的家庭斗争问题，并讨论其对中国当代戏剧乃至思想界的影响。

一

《父亲》讲述的是一对夫妻(上尉和妻子劳拉)围绕着孩子贝尔达的教育权问题而展开斗争的故事。剧中，上尉和劳拉都强烈地要求支配女儿的教育权，甚至要求"单独教育孩子"①，前者希望把女儿培养成教师，而劳拉则想让女儿成为艺术家，结果两人无论如何都无法协调。劳拉利用孩子"知母不知父"的理论，设计逼疯了上尉。明眼人容易看出，上尉和劳拉争夺教育权的背后实则是作为父母的"死亡问题"。人皆恐惧死亡，本能地想尽一切办法延续生命逃避死亡。对此，人类有一个最原初的方式来解决：传宗接代。对父母来说，先拥有血缘意义上的孩子，再将自己的思想意志、精神品质传承给后代，就好像自己被复制了，死后仍能永生。上尉就是这么理解死亡和永生的，他说："孩子对我来说就是我生命的延续。这是我对永生的观点……"②"给孩子生命对我来说是远远不够的，我也想把我的灵魂给她。"③人之常情，上尉有永生的欲望，妻子劳拉自然也想通过孩子来获得永生。但不可思议的是，由于上尉和劳拉只允许孩子接受一种精神品质(劳拉常常说要"单独教育孩子"，而上尉甚至对女儿说："你只能爱我！你只能有一个灵魂，否则你就永远不得安宁，我也不得安宁。你只能有一种思想，它是我思想的孩子，你只能有一个意志，它就是我的意志。"④)，夫妻双方将

---

① 斯特林堡：《斯特林堡文集》(第3卷)，李之义译，北京：人民文学出版社，2014年版，第206页。
② 斯特林堡：《斯特林堡文集》(第3卷)，李之义译，北京：人民文学出版社，2014年版，第195页。
③ 斯特林堡：《斯特林堡文集》(第3卷)，李之义译，北京：人民文学出版社，2014年版，第172页。
④ 斯特林堡：《斯特林堡文集》(第3卷)，李之义译，北京：人民文学出版社，2014年版，第214页。

只有一人能通过孩子获得永生。于是在剧中，支配女儿贝尔达的教育权问题，实际成为夫妻双方通过辩论来主宰、占有对方思想，从而控制并占有孩子的精神、意志、思想和灵魂，最后获得自我永生的问题。这就是《父亲》所展示的"意志间的斗争"。

一个非常直观的问题是，在《父亲》中，除了在生命的延续问题上存在矛盾，夫妻双方并没有其他不和谐的情感因素，那么，作为夫妻，为什么上尉和劳拉不能把孩子作为同时延续两者（无论是肉体还是精神）的载体，非要在孩子的精神归属上区分出你我，并为此斗争得你死我活？换句话说，在家庭中，夫妻双方有依赖互助之情，父母对孩子有恩慈之情，孩子对父母有敬重之情，它们共同筑就家庭中最亲切、最日常也是最自然而然的情感——"亲亲"。如此，上尉和劳拉为什么没有把他们个人的生命——尤其是精神和意志——融汇到"亲亲"之情中？

从逻辑上说，一对相爱的夫妻，不但没有把个人的生命融入"亲亲"之情中，反而还因个人的生命延续问题互相斗争，唯一的可能是，在他们看来，个人是大于家庭的。这一观念如果还原为思想，它对应的事实上就是西方现代思想史上的"个人自由"思想。而从"个人自由"思想的角度解释《父亲》背后的"人性论"与家庭斗争之间的逻辑关系，最贴切的莫过于西方自由主义思想开创人霍布斯①所提出的"人与人相互为敌"②之说。霍布斯的"人与人相互为敌"的状态就是他所说的"自然状态"。在此，"自然状态"不是指人类的原始状态，而是霍布斯构想出来的一套有别于柏拉图—亚里士多德"古典人性论"（求善是人的内在目的或本性）传统支配下的"现代人性论"。③ 在这套"现代人性论"中，人不是被理解为追

---

① See Alan Ryan, *The Making of Modern Liberalism*, Princeton: Princeton University Press, 2012, p. 186.

② Hobbes, *Leviathn*, ed., J. C. A. Gaskin, New York: Oxford University Press, 1998, p. 84. See *Hobbes: On the Citizen*, ed. and tr., Richard Tuck and Michael Silverthorne, Cambridge: Cambridge University Press, 1998, p. 29.

③ 李猛：《自然社会：自然法与现代道德世界的形成》，北京：生活·读书·新知三联书店，2015 年版，第 114 页。另外，据考证，在西方思想史上，霍布斯是否定人性中求善的本性，并形成体系性的"现代人性论"的代表人物。有关霍布斯对西方思想史的转折意义及其影响，请参见李猛《自然社会：自然法与现代道德世界的形成》第一、二章。此外还可参考［美］施特劳斯：《自然权利与历史》，彭刚译，北京：生活·读书·新知三联书店，2003 年版，第 187—188 页。

求"最高的善"的存在,而只是被理解为既充满"占有欲"①,又拥有权利来防御自保的存在。② 于是非常惨烈的是,在逻辑上,"自然状态"或"现代人性论"的结果只能是"人与人相互为敌"的斗争状态。再进一步,霍布斯所说的"人与人相互为敌"的斗争状态是否适用于家庭关系? 霍布斯的答案是肯定的:家庭关系也是充满了斗争的"自然状态"! 这是由于,在霍布斯看来,除了作为充满欲望和拥有自保权利的存在,人还被理解为是个体自由的。用霍布斯的话说,人应该被"看成像蘑菇一样刚从地上冒出来,彼此不受约束地成长起来"③。虽然严格地说,家庭中的人或多或少总是生活在亲情关系中,很难成为完全自由和独立的"蘑菇人",但这里的关键是,在霍布斯设想的"现代人性论"中,不是家庭成员之间的"亲亲",而是充满欲望的"蘑菇人"之"自由"和"独立"才具有特别重要和优先的地位。④ 这样一来,家庭中就像生活着一群时刻为满足自己的欲望(无论是物质欲望还是精神欲求)而斗争的"蘑菇人",各种由欲望引发的冲突不仅不能由"自由"和"独立"精神加以调和,反而因为"蘑菇人"的自由独立属性而加剧了。在理论上,家庭关系当然也就远离亲亲和睦而接近陌生人之间占有与反占有的斗争关系——仍需说明,在现实中,西方家庭并不一定只斗争而无和谐。⑤ 无怪乎霍布斯在《论公民》一书中提到的,从家庭的角度来说,男人与女人哪怕是伴侣,两者也是"屈从"与"被屈从"的斗争关系。⑥ 而在孩子的问题上,夫妻两个"蘑菇人"也很难把孩子理解为双方爱的结晶或延续双方生命的载体,只是把他看作某

---

① 参见 Hobbes, *Leviathn*, pp. 65-66. 另外参见 Hobbes, *On the Citizen*, "The Epistle Dedicatory", pp. 5-6. 提请注意,霍布斯说的"占有欲"指向的是"公共财产",是物质性和身体性的。当然,这套逻辑用在意志、精神方面也是一致的。

② See *Hobbes*: *On the Citizen*, ed. and tr., Richard Tuck and Michael Silverthorne, Cambridge: Cambridge University Press, 1998, p. 27.

③ Hobbes, *On the Citizen*, ed. and tr., Richard Tuck and Michael Silverthorne, Cambridge: Cambridge University Press, 1998, p. 102.

④ 有关血缘关系在霍布斯"自然状态"中的位置详情参见李猛:《自然社会:自然法与现代道德世界的形成》,第151—154页。

⑤ 特别提请注意的是,我们肯定不能说,现实中的西方家庭——哪怕在现代,更不用说在17世纪——总是处于不和谐的斗争关系,或者他们不存在通过放弃个人自由调和家庭矛盾的现象。而是说,在理论上,霍布斯强调家庭成员间的"权利"和"义务",主张用"契约"而不是用"亲亲"来协调人际关系。霍布斯之后,洛克在《政府论》中同样强调夫妻间的"权利""义务"和"契约",但对"亲亲"则几乎保持了沉默。参见[英]洛克:《政府论》(下篇),叶启芳译,北京:商务印书馆,1964年版,第48—53页。

⑥ See Hobbes, *On the Citizen*, ed. and tr., Richard Tuck and Michael Silverthorne, Cambridge: Cambridge University Press, 1998, pp. 109-110, 108.

种用来占有与反占有的生存资源。如同霍布斯所说,母亲最早对孩子拥有支配权,如果父亲想得到孩子,那么,他需要通过与母亲斗争并支配她,进而支配孩子。①

霍布斯的"自然状态"学说是西方近代以来,关于个体、社会和国家如何协调的自由主义思想源头,是关于西方现代社会的伟大理论建构。而"自然状态"学说中独特的"人性论",不仅是西方现代社会的基石,更是大多数西方现代思想家、文学家共同分享的文化前提。可以说,是霍布斯所奠基的西方现代人性文化哺育了斯特林堡这样的自然主义作家,只有理解了霍布斯"自然状态"背后的人性前提和人性逻辑,《父亲》中的家庭斗争关系才是可被理解的。同样地,我们由此也才能理解奥尼尔那些展示家庭成员为了个人自由而在精神上与亲人互相"交战"的作品,如《榆树下的欲望》《更加庄严的大厦》等。

综上,斯特林堡开创的"新自然主义戏剧"中的家庭之所以是斗争关系,是作品背后的"现代人性论"使然:一方面人被认为是充满各种欲望的存在;另一方面人被理解为应该是自由和独立的——个体自由优先,不受任何外在事物(包括家庭)的拘束。反过来说,以这样的人性论为前提,斯特林堡这样的自然主义作家如何来理解人与人的关系是不难想象的,诚如雷蒙·威廉斯在《现代悲剧》中总结斯特林堡戏剧时所言:"以孤独而无家可归的人作为起点。所有的原始能量都集中在这个独自追求、独自饮食、独自奋斗的孤家寡人身上。社会充其量只是一种武断的制度,用来防止这群人相互残杀。当这些孤独的人在所谓的人际关系中相遇,他们的交流必定是形形色色的斗争。"②

二

针对作品,笔者从霍布斯"现代人性论"的角度解释了《父亲》中家庭斗争的原因和逻辑。我们发现,从这一人性逻辑出发,在理论上,家庭成员间的斗争就不是偶然的或例外的,更不是道德上的"坏人"作恶的结果,而是生活在这套人性

---

① See *Hobbes*: *On the Citizen*, ed. and tr., Richard Tuck and Michael Silverthorne, Cambridge: Cambridge University Press, 1998, pp. 109-110, 108.

② 雷蒙·威廉斯:《现代悲剧》,丁尔苏译,南京:译林出版社,2007年版,第100页。

文化下的人的本质使然。那么,斯特林堡用"新自然主义戏剧"揭示人之本质的目的何在?

著名的斯特林堡研究专家斯文·德布兰克(Sven Delblanc)曾指出,斯特林堡不是一个"生物决定论"意义上的"科学主义者",而是和古希腊悲剧作家一样,属于信奉人之"自由意志"的"人文主义"者。① 我想,德布兰克的判断是大可商榷的。德布兰克把斯特林堡判定为"人文主义者"的用意在于,他认为,斯特林堡不是一个冷漠、客观的科学家,而是像古希腊悲剧作家一样,属于高扬人之价值("自由意志")的"人文主义者"。首先,暂不论"人文主义者"的具体内涵,单就"自由意志"而言,在古希腊悲剧作品中,所谓"意志"就是寻求和实践伦理意义上的"正义""对"或"正确"的精神力量。而如前所述,斯特林堡笔下的"意志"是一种生存欲望,从"意志论"哲学上说,它是人渴求存在的形而上的欲望,从霍布斯的政治学说看,它是一套构筑现代国家体系的人性前提。无论从哪个方面考虑,这里的"意志"都只是无关价值判断的客观存在;其次,众所周知,在古典时代,美育即是德育,诗人既是美育老师也是德育老师。古希腊悲剧诗人既为读者、观众创造美的感性形式,也帮助人们体认道德、伦理和价值信仰。而作为自然主义作家,斯特林堡对"意志"的戏剧展示遵循了左拉的只分析而不做道德判断的自然主义文学信条。用斯特林堡自己的话说,"我在生活的激烈和残酷的斗争中寻找生活的快乐,我的享受是了解情况和获得知识",至于"富有教益",这是他不感兴趣的。② 这就是说,古希腊悲剧作家与斯特林堡是完全不同的两类作者。前者关注人的伦理和价值,并"寓教于乐";后者远离"德育",追求客观的理解,并在美学上享受这种理解——通过审美获得精神的自由和愉悦。至于"富有教益"、高扬人之价值,或者我们通常说的"德育"等,斯特林堡在主观上是不感兴趣的。这里,不妨再进一步尝试通过对比同样以家庭斗争为主题的古希腊戏剧(以埃斯库罗斯的《俄瑞斯忒亚》三部曲为例),在客观上简要说明斯特林堡远离"德育"而专注"审美"的内在逻辑。

相较《父亲》,在家庭斗争的残酷性上,埃斯库罗斯的《俄瑞斯忒亚》三部曲有

---

① Sven Delblanc,"Strindberg and Humanism",ed.,Gran Stockenstrm *Strindberg's Dramaturgy*,Minneapolis:Minnesota University Press,1988,pp. 8-9.

② 斯特林堡:《斯特林堡文集》(第三卷),李之义译,北京:人民文学出版社,2014 年版,第 234 页。

过之而无不及。剧中,为了替女儿复仇,克鲁泰涅斯特拉"以公正的名义"①处决了刚刚从特洛伊战争中得胜归来的丈夫阿伽门农。阿伽门农死后,为了替父亲主持"正义"②,俄瑞斯忒亚杀死了母亲克鲁泰涅斯特拉。更加令人惊叹的是,克鲁泰涅斯特拉死后,她的鬼魂向"复仇女神"求助,希望"复仇女神"主持"正义",惩罚自己的儿子,以血还血。三部曲结尾,雅典娜判决俄瑞斯忒亚无罪,依据的仍然是"正义"的名义。非常明显的是,《俄瑞斯忒亚》中的残酷斗争均源自剧中人对"善"和"正义"的追求,作品始终弥漫着对"善""正义"等伦理问题的焦虑。克鲁泰涅斯特拉替女儿复仇的动机——"正义"——或许可以勉强看作来自克鲁泰涅斯特拉求永生的欲望,但是,俄瑞斯忒亚替父亲报仇杀死母亲的"正义",以及克鲁泰涅斯特拉的鬼魂要求"复仇女神"杀死儿子的"正义"则与永生欲望或别的生物性欲望无关,它们就是一种超拔于动物性之上的关于"好""善""对"的伦理诉求。更重要的是,通过不同的"正义"之间的冲突,《俄瑞斯忒亚》还在探讨有关绝对的、形而上学的命题,如克鲁泰涅斯特拉的"正义"原则和俄瑞斯忒亚的"正义"原则,哪一个是更绝对的"正义"。尽管我们难以判断《俄瑞斯忒亚》给出的答案是历史性的还是绝对的③,但无论如何,埃斯库罗斯展示人物之间的冲突和斗争,不是为了像斯特林堡那样把人的欲望当作自然对象来做"分析"和"理解",而是为了把握在冲突和斗争中所敞开的绝对、形而上或永恒的善与伦理,即,作者总是把目光望向斗争的人际关系背后那个终极的伦理目的。无疑,埃斯库罗斯是在借《俄瑞斯忒亚》探讨德行,是追求"寓教于美"或"寓教于乐"的。埃斯库罗斯如此,欧里庇得斯也如此,索福克勒斯则尤其如此。

"寓教于美"或"寓教于乐"之所以成立,是与作者所理解的人性息息相关的。我们看到《俄瑞斯忒亚》中的人物汲汲于在人际交往中实现"善"和"正义",一副不如此不能使自己脱离野兽状态成为人的架势。这些情节反映了古希腊时代的人性焦虑。亚里士多德则在哲学的层面把它们提炼为"古典人性论",即人除了动物性的自然欲望,还自然地趋向善。这就是说,在他们看来,不仅"最高的善"

①　埃斯库罗斯:《埃斯库罗斯悲剧集》,陈中梅译,北京:华夏出版社,2008 年版,第 310 页。

②　埃斯库罗斯:《埃斯库罗斯悲剧集》,陈中梅译,北京:华夏出版社,2008 年版,第 330 页。

③　弗劳蒙哈夫特:《〈奥瑞斯特亚〉:见证正义的完成》,刘小枫、陈少明主编:《埃斯库罗斯的神义论》,北京:华夏出版社,2008 年版。

存在,且人在"本性"上就是趋善的"政治动物"①——这种"人性论"与《父亲》所依托的"现代人性论"在根本上是不同的。反过来,"古典人性论"自然又促成古希腊作家承担起启迪人心和人性的德育重任,甚至可以说"寓教于美"或"寓教于乐"是不言自明的。这样一套"寓教于美"的逻辑,不仅埃斯库罗斯遵循,索福克勒斯和欧里庇得斯也遵循。不仅古典时代的作家遵循,甚至到了 18 世纪,启蒙时代的如歌德、席勒、莱辛和狄德罗等伟大作家同样遵循——启蒙作家仍然相信人性向善是自然的,尽管他们接受的人性论与古希腊的有不同之处,此不论。

　　到了斯特林堡这里,情况发生了转变,文学中的德育被渐渐抽离了,只剩下"因为理解所以感到美"的精神愉悦。而且在此,德育被抽离,不仅是主观的,更是客观必然的。如前所述,在霍布斯式"现代人性论"——人是充满欲望、拥有"斗争"权利的"蘑菇人"——的影响下,部分自然主义作家把对善的追求从人性当中抽去了,如左拉否定趋善的"心灵""意志"和"情感"②;而斯特林堡则否定了人性中善与恶的区分,把人际关系只理解为不同"意志"之间的权力斗争关系。③从逻辑上说,一旦抽去人性当中求善的本性,那么,追求真实的自然主义作家除了客观地"分析""理解"和"解剖"人的欲望,进而获得一种"因为理解所以感到美"的精神愉悦外,既不能把文学艺术作为批判欲望的工具,也很难再把文学看作激发人性善的德育工具了。这是因为,批判总是建立在相对立的基础上,好的批判坏的,对的批判错的,等等。既然人的欲望及其行为在某些自然主义作家眼中只是无关善恶的"自然事实",那么诚如卢卡奇分析斯特林堡时所说的,斯特林堡的批判是"毫无内容"的。④ 退一步说,如果斯特林堡揭示人的欲望是为了批判它,那么为了不至于使批判落空,他或者承认人性的"实然"中还存在克制欲望或在价值上与欲望相对立的部分,抑或承认人在"应然"上是向善的,而这样一来,岂不是和斯特林堡所接受的"现代人性论"相矛盾? 对读者或研究者来说,如果

---

① 亚里士多德:《政治学》,吴寿彭译,北京:商务印书馆,1965 年版,第 7—9 页。

② 左拉:《〈戴蕾丝·拉甘〉再版序》,朱雯等编选:《文学中的自然主义》,上海:上海文艺出版社,1992 年版,第 120 页。另参见斯克爱英:《自然主义》,北京:昆仑出版社,1989 年版,第 19—20 页。

③ Strindberg,*Selected Essays by Strindberg*,ed. and tr.,Michael Robinson,New York:Cambridge University Press,1996,p.25.

④ 卢卡奇:《卢卡奇论戏剧》,罗璇等译,北京:北京师范大学出版社,2014 年版,第 161 页。

我们像廖可兑先生那样,认定斯特林堡的作品是具有批判意义的①,那也只能证明,我们不愿意接受"现代人性论",是我们无意识中默认的"古典人性论"(如人有向善本性,或人应该向善,等等)赋予了斯特林堡以"批判意义"。

所以,严格来讲,接受了"现代人性论"的斯特林堡客观上只能卸下启迪人心和人性的重任,转而致力于且止于对欲望做"审美的理解",并把在"审美的理解"中获得的精神的愉悦与自由作为最高的追求。就像奉斯特林堡为精神导师的奥尼尔所说的:只有悲剧才是"真实"的、"有意义"的和"美"的,悲剧使人"精神振奋,去深刻地理解生活,并因而使他们超脱日常生活的琐细的考虑……艺术的作品永远是幸福的。其他一切都属不幸"②。

三

作为文学流派,自然主义对中国影响深远。在影响中国的诸多自然主义作家中,斯特林堡并不是热门作家,倒是他的"学生"奥尼尔在中国广为流传,某种意义上可以说,斯特林堡是通过奥尼尔间接地影响了中国戏剧,是个"隐匿在偶像背后的偶像"③。

自20世纪20年代始,现代中国的舞台不断有奥尼尔的戏剧上演,曹禺、洪深等奠定中国现代戏剧的作家深受奥尼尔的影响。20世纪80年代以来,我们甚至还用各种地方戏曲改编了奥尼尔的几部代表作,如越剧(《白色陵墓》)改编了《悲悼:归家》,川剧(《欲海狂潮》)和北京曲剧(《榆树古宅》)改编了《榆树下的欲望》。其中,特别值得在此稍加提及的是1989年首演,由徐棻先生编剧的川剧《欲海狂潮》。不同于曹禺等人把家庭斗争的主题"中国化"的做法,徐棻在《欲海狂潮》中几乎照搬了奥尼尔原作中的冲突情节,实实在在地展示了超越于家庭关

①　廖可兑先生在《西欧戏剧史》中说:斯特林堡"是富有反抗精神的作家,对于资产阶级社会的种种罪恶表示深恶痛绝,并不断地给以无情的暴露和诅咒,这是首先应该肯定的"。参见廖可兑:《西欧戏剧史》(上),北京:中国戏剧出版社,1991年版,第350页。

②　奥尼尔:《奥尼尔文集》(第6卷),郭继德编,郭继德、刘海平等译,北京:人民文学出版社,2006年版,第220、229页。

③　曹南山:《论斯特林堡戏剧在中国20世纪二三十年代的接受困境》,《戏剧》,2012年第4期,第33—42页。

系的"蘑菇人"之间的斗争。剧中,为了财产,白老头(原作《榆树下的欲望》中的凯伯特)把前妻折磨致死。前妻化成鬼魂告诫儿子三郎(原作中的伊本)和白老头的现任妻子蒲兰(原作中的爱碧),为了财产要勇于同白老头抗争。此外,因为克制不住情欲,儿子三郎与后母蒲兰乱伦并产下一子。而三郎认为蒲兰及其儿子会抢走属于自己的家产,对他们极为敌视。蒲兰则为了向三郎证明自己的爱,亲手杀死了儿子……

我们知道,中国古典小说、戏曲一向注重家庭伦理教化和大团圆气氛,由欲望引发的人伦冲突最终都在"亲亲"的框架下获得了"中庸"的解决,而在现实中,中国家庭的矛盾冲突并不一定能用"亲亲"解决。中国戏曲小说如此这般的构思,自然反映了古代中国人对人性的理解,即中国人对"亲亲"是高度认同的,"亲亲"在中国人的人性论中具有绝对优先的地位。再反过来说,正因为古代中国人太注重"亲亲"观念,所以尤其在涉及家庭伦理的作品中,中国作家几乎避免去揭露某些骇人听闻的真相,不会去构造《父亲》《榆树下的欲望》这样不是你死就是我亡的家庭悲剧,他们通常更愿意将人在道德上分出"好"与"坏",并把人伦冲突设定在某个可控的范围内,展示在道德上存在瑕疵的"坏人"伤害"好人",而"好人"忍辱负重的情节,最终或者用"亲亲"感化"坏人",或者用"亲亲"大而化之地平衡和化解人伦冲突。不妨以古典戏曲中被誉为四大南戏"荆刘拜杀"之一的《白兔记》为例。剧中,李洪一夫妇贪欲十足,是在道德上有瑕疵的"坏人",妹妹三娘则是被兄嫂欺负的"好人"。兄妹俩的父母去世之后,贪婪的兄嫂逼迫妹夫从军,并整日虐待三娘。面对这种几乎为奴的生活,三娘仍然说"一不怨哥嫂,二不怨爹娘,三不怨丈夫"①。剧末,三娘苦尽甘来,全家团聚。当儿子咬脐郎预备惩罚舅舅舅母时,三娘却说:"若把哥哥典刑,奴家父母在九泉之下也不瞑目。我死之后,怎见父母之面?我受十六年之苦,命该如此,也不怨他。"②可以看到,《白兔记》非常乐于展示"坏人"李洪一夫妇的贪婪做派,以及"好人"三娘委曲求全的画面,但家庭成员之间因欲望引发的相互斗争甚至杀戮的情节——比如三娘被兄嫂害死,则是没有的。设想如果三娘被兄嫂杀害,那么用"亲亲"观念化解

---

① 毛晋刻本:《六十种曲第 11 册——白兔记》,北京:中华书局出版社,1958 年版,第 56、89 页。
② 毛晋刻本:《六十种曲第 11 册——白兔记》,北京:中华书局出版社,1958 年版,第 56、89 页。

家庭人伦冲突的情节就欠缺说服力了。既然三娘并没有被迫害致死——情节可控,当咬脐郎根据"亲亲"原则替母亲三娘主持公道惩罚舅舅舅妈,而三娘则因"亲亲"原则提出放弃惩罚兄嫂时,咬脐郎当然能够而且也会乐于接受母亲的请求。可以说,中国古代注重"亲亲"的人性论与古代戏曲的大团圆结局是相辅相成的。

若拿中国古典戏曲与《欲海狂潮》对照,可以发现在中国古典戏曲作品中,欲望是常见的,但像《欲海狂潮》这样,家庭中的成员为了个人的财产和情欲互相"斗争"、人人自危,没有一个人把家庭"亲亲"看作自己安身立命的情感归宿,这是极其罕见的。在《欲海狂潮》中,为了个人财产,白老头和儿子三郎互相敌视,三郎对自己的孩子也是敌视的。更加匪夷所思的是,蒲兰为了证明对三郎的爱,杀死了自己与三郎的孩子。这一切都是因为,"亲亲"中父母对孩子的慈爱、孩子对父母的孝敬全都被"个人"取代了,家庭成员之间的矛盾由此变得完全不可调和。由此反观作者,徐棻先生对人性的理解已然不再是中国古典式的,而多少已经是现代式的了,否则我们很难理解作者为何把家庭财产理解为是个人的——这完全是现代个人自由观念影响下的一种处理,而不是家庭共有的。

不过,我还注意到,徐棻先生在创作自白中发出疑惑:"如果没有欲望,你将怎样生活? 如果只有欲望,生活又是什么?"[1]我想,产生这样的困扰是毫不奇怪的。在徐棻先生这里,她大概一方面已经多少接受了"现代人性论",不太能完全接受"亲亲为大"的观念;另一方面又对"蘑菇人"个人为大的生活将信将疑。这样一种矛盾的人性论决定了在文学艺术观上作者仍希望用文学艺术起到批判欲望、启迪人心的德育作用,无法做到像斯特林堡、奥尼尔那样对人止于"审美的理解"。[2] 然而,在客观上,当她在文学艺术上寄托了批判欲望、启迪人心的德育理想时,这个理想并不能"落地"。因为,既然作家已经接受了"个人自由"优先于家

---

[1] 徐棻:《〈欲海狂潮〉创作自白》,《中国戏剧》,2009 年第 4 期,第 48—50 页。

[2] 在 2017 年的一次宣传会上,作家、评论家李静女士也有一个比较矛盾的说法:《父亲》"揭示了男女两性之间永恒的战争……这个戏揭示了一个人性的残酷的真相,而戏剧的一个伟大之处在于当你认识到残酷的真相的时候,你并不会真正成为一个残酷的人,而是你要思考对他人的理解,对他人真实的处境和自己的处境的这个融合的过程,它也许会带给我们对婚姻、家庭的一些正确的看法……最终目的还是对人性的复杂对人性真相的了解本身,人作为万物灵长,有魔鬼的一面同时也有天使的一面,我们认识到魔鬼的一面很可能就更加抵达到天使的一面"。(参见 https://mp. weixin. qq. com/s/dHiMuEIpGaCnn5a0P-5TBQA,2018 年 6 月 19 日查询)

庭"亲亲",那么作品将用什么启迪以及启迪什么样的人心和人性呢？

回望 20 世纪初,自然主义文学刚刚传入中国之际,周作人、茅盾等中国现代文学的先驱就已经对自然主义文学背后的人性论充满了疑虑,①那么,徐棻先生体现出来的中国当代文学艺术的这般困扰,其实也说明我们当代中国人的精神状况仍然处在十字路口,即,面对"现代人性论",如果我们选择回避,这将是不现实的。如果我们选择面对,那么我们该如何处理其与"亲亲"传统的关系？这个问题将会在很长的时间里挑战我们的智慧。

（本文作者：陈　军）

---

①　比如茅盾曾提及："我自己目前的见解,以为我们要自然主义来,并不一定就是处处照他;从自然派文学所含的人生观而言,诚或不宜于中国青年人,但我们现在所注意的,并不是人生观的自然主义,而是文学的自然主义。"另外,茅盾是把自然主义文学中的欲望理解为"人性的缺点"的,并且认为"人看过丑恶而不失望而不颓丧的,方是大勇者,方是真能奋斗的人"。参见:孙中田、周明编:《茅盾书信集》,北京:文化艺术出版社,1988 年版,第 54—55、48 页。

震惊：西方现代文学审美机制的生成

——以自然主义、现代主义为中心的考察

一、从愉悦到震惊

在工业革命的早期阶段,伴随着传统教会的式微,宗教和哲学领域内所有共识性正统观念的影响力日趋衰退,富于想象力的作家为读者提供了绝大部分价值观。很大程度上,"诗人和小说家承担了以前属于教士的角色",由此"作家成了文化英雄"①。在传统文学中,"作家与读者之间具有一种稳固的关系,作家能够设想他与读者具备一致的态度和共同的现实感"②。而处于这种关系中的作品,被亨利·詹姆斯称为爽心甜嘴的"布丁"。1884 年,他在《虚构小说的艺术》中称:狄更斯和萨克雷的文学时代"广泛地存在着一种舒适愉快的感觉,感到一部小说就是一部小说,正如一块布丁就是一块布丁那样,我们同它的唯一关系就是把它吞下去"③。

这种"共同的现实感",决定了传统作家在措置自己的文学叙事时往往公开或潜在地用一种公共视角。这就是说,明明是作家个人的叙事,却总是要僭取"我们"的名义,因此不妨将此等情形下的"作家主体"称为"复数主体"或"类主

---

① 罗兰·斯特龙伯格:《西方现代思想史》,刘北成、赵国新译,北京:中央编译出版社,2005 年版,第 354 页、第 367 页。

② 彼得·福克纳:《现代主义》,付礼军译,北京:昆仑出版社,1989 年版,第 5 页。

③ 彼得·福克纳:《现代主义》,付礼军译,北京:昆仑出版社,1989 年版,第 13 页。

体"。总喜欢将自己置于"我们"之中的作家,习惯于设想读者的生活经验与他们类似,有对读者直接讲话的习惯。请看狄更斯《艰难时世》一书的结尾:

> 亲爱的读者! 你我的活动范围虽然不同,但是像这一类的事情能否实现就要看我们的努力如何了。最好是让它们实现吧! 那样,我们将来坐在炉边,看着我们的火花化为灰烬而又冷却了的时候,我们的心也就可以轻松一些。①

19世纪末,工业革命的持续推进与社会结构的不断革新,使得作家与读者间假定的"共同经验"破裂了。美国早期自然主义文学的代表人物弗兰克·诺里斯激烈反对"带着目的去写作"的传统文学,声称小说家应当展示出生活的真实性,其所关注的焦点应是人本身而非理论观念,避免说教乃是小说家高于一切的律令。为此,他蔑视没有坚定艺术立场的作家所炮制的那些"令人愉快的小说,具有娱乐性的小说……一本用纸包好的关于刀和剑的轻浮的小说,被带上了去旅行的火车,读完之后连同嚼过的橘子和吃剩的坚果壳一起被扔出了窗外"②。现代主义的代表作家沃尔夫在抨击传统文学的审美机制时曾称:作家的"装腔作势"与读者的一味"谦卑"构成了他们之间非常"误事"的隔阂,使得本来应该由作者与读者平等结合而产生的健康作品受到破坏。最终产生了"那些舒舒服服、表面光滑的小说,那些故意耸人听闻的可笑的传记,那些白开水一样的批评,那些用和谐的声音歌颂玫瑰和绵羊的、充作文学的冒牌货"③。

作者与读者关系的改变源自后者发生了重大变化:其一,读者的人数以几何级数迅猛增长,文学阅读在报纸连载小说的推动下,迅速成为新兴中产阶级基本的文化生活方式;其二,读者人数的增加带来了读者的分裂,大众读者与原先的贵族精英读者在审美能力、趣味等方面存在巨大差异,也带来了读者的分裂;其三,大众读者越来越成为现今"文学产品"的主要"消费者",这一现实悄悄地从总

---

① 狄更斯:《艰难时世》,全增嘏、胡文淑译,上海:上海译文出版社,1978年版,第361页。
② C. C. Walcutt, *American Literary Naturalism, A Divided Stream*, Minneapolis: University ofMinnesota Press, 1956, p. 116, p. 128.
③ 沃尔夫:《班奈特先生和勃朗太太》,崔道怡、朱伟、王青风等编:《"冰山"理论:对话与潜对话》(下册),北京:工人出版社,1987年版,第640页。

体上改变了文学阅读的方式与性质——阅读越来越由小众的艺术鉴赏蜕变为大众的文化生活消费;其四,"因为它(指大众——引者注)不实践任何一种写作形式,因为它对于风格和文学体裁没有先入之见,因为它期待从作家的天才得到一切"①,大众在审美活动中处于被动无为的痴迷状态,他们的思维与趣味常常被麻木、简陋、粗俗的惰性所控制,非但缺乏对原创性艺术文本的敏感,而且往往天然地对其采取拒斥姿态。在此等情形下,作家与大众的关系也就发生了相应的变化。此前,两者处于分立/策动的协同状态:作家是主动的观念生产者和灌输者,大众是被动的观念需求者和接受者。而今,两者的关系逐渐演变为分裂/平等的非协同状态:先是"上帝之死"所开辟出的相对主义文化语境弥平了主动者与被动者之间的鸿沟,建构起模糊、暧昧的平等关系;继之大众在"麻痹"的"沉默"与"麻醉"的"满足"中又解构了他们与作者的协同状态。而一旦作家与读者间的协同关系消失,曾被公认为"精神导师"与"文化英雄"的作家便失去了神圣性。在新的社会—文化机制中,文学在主流文化坐标系中的地位越来越边缘化便成了难以规避的历史宿命。

由是,作家的创作姿态也就合乎逻辑地发生了质的变化:一方面,作家一时不能适应自己被边缘化的历史语境,越发愤世嫉俗;另一方面,与生俱来的自由、反叛天性又使他们几乎本能地接受当下"诸神退隐"的文化情景。事实上,他们中的很多人本身就是这一文化情景的始作俑者,因此,他们虽略有不甘,但却开始主动调整艺术家与大众的关系——由先前揪着别人耳朵训话的"师爷",转变为与读者平等的"对话者"。"教化"向"对话"的转换,使得西方现代文学有了不同于传统的文化立场与现实姿态:一方面,文学批判的锋芒似乎收敛了不少,作家普遍变得含蓄起来,不再直接批判现实、指点江山;另一方面,文学批判的功能非但没有减弱,反而越发加强,部分作家以更为激进、自觉的姿态站在了既定社会—文化的对立面,对其进行更为彻底、决绝的解构与反抗。换言之,基于某种观念批判现实的姿态,被不再持有任何普适主义的观念武器,而仅凭一己之感受、体验来颠覆现实的立场所置换。

---

① 萨特:《什么是文学》,《萨特文学论文集》,施康强等译,合肥:安徽文艺出版社,1998年版,第141页。

　　作家与读者的关系从作者自居上位对读者的训话,变成了彼此平等的对话,这是西方文学在 19 世纪末完成现代转型的重要标志。在传统的文学审美机制中,教化是通过输出愉悦与安慰的文本策略达成的;教化被煞费苦心地卷裹在愉悦与安慰的糖衣中,即所谓"寓教于乐"。现在,教化的良药功能终止了,那层愉悦与安慰的糖衣自然也就随意义的失落而剥落。由此,作家的创作获得了空前的自由,他们无须再苦心孤诣地揣摩并迎合读者的心理趣味或精神口味。而"不迎合"的创作立场一旦确立,面对现代商品社会人文精神失落造成的读者的精神麻木,那些真正严肃的现代作家便义无反顾地诉诸震惊的文本效应,并希望由此开启读者的反思,从而最终达成心灵的对话。

二、冒犯与震惊

　　对现代作家来说,与读者间的平等关系,是从他们不再迎合读者、教化大众开始的。然而,力图达成与读者"平等对话"的现代作家,由于其颠覆现实的激进文学立场,往往对大众的日常经验构成严峻的挑战,他们与读者的关系反倒变得更加紧张。这一方面表现为往日读者对作家信赖有加的感人情景消失了,另一方面也表现为作家不再为如何迎合读者的审美趣味而绞尽脑汁,他们常常有意识地挑衅大众的思维习惯与审美趣味。作家不再以迎合读者的趣味为策略,通过或批判或褒扬的方式直接向读者宣示规范和价值,而是在平等的前提下,主动间离他们与读者之间曾经存在的密切关系,从而最大限度地站在客观、中立的立场上,将不再被观念性主题紧紧卷裹的事实呈现给读者。作家不再迎合读者的社会心理趣味(道德的、宗教的、传统审美的等)①,而是主动"选择骚扰观众,危及他们的最珍视的情感的主题……现代作家发现他们是在文化已被流行的知觉和感受样式打上烙印的时刻开始他们的工作的;而他们的现代性就体现在对这种

---

　　①　左拉、德莱塞等自然主义作家对笔下人物悬置道德评判,表现出质疑传统宗教伦理的非道德立场,这在 19 世纪末西方文坛最易触发中产阶级读者的道德义愤。Cf. C. C. Walcutt, *American Literary Naturalism*, *A Divided Stream*, pp. 189—192.

流行的样式的反抗,对官方程序的不屈服的愤怒之上"①。

　　作为个案,作家对读者这种公然挑衅的姿态最早可以上溯到19世纪中叶的波德莱尔②,但大面积出现则发端于19世纪末自然主义、象征主义、唯美主义以及颓废派等先锋文学的"反传统"大合唱。若给这一合唱添加个副标题,那定然是:"我憎恶群氓。"③"即使那些艺术立场完全南辕北辙的作家,他们恐惧与愤怒的对象也都出奇地一致——中产阶级。"④自然主义者普遍认为,"小说不是一件普通的取悦人们的玩意,而是一种勘探并发现真相的工具"⑤。试图向大众的整个价值体系发起挑战,为此甚至不惜对读者的观念体系与思维方式展开攻击,这是自然主义作家基本的文学姿态。龚古尔兄弟公然声称:"写书的目的就是要使读者不习惯看,而且看了要生气。"⑥《戴蕾丝·拉甘》一书出版后,批评界充斥着一片粗暴、愤慨的喧嚣,那些"道德感"极强的读者更是视之如洪水猛兽。对此,左拉在为该书再版写下的序言中不无得意地承认:"看着他们那副深恶痛绝的样子,我内心还是感到满意的。"⑦在自然主义作家为自己作品写下的序、跋、书信或其他辩论性文字中,这种充满嘲讽的句子比比皆是。莫泊桑在谈到作为自然主义文学领袖的左拉时曾深有感触地说:"在文坛没有人比爱弥儿·左拉挑起过更多的仇恨。"⑧

　　自然主义作家似乎习惯于对大众进行肆无忌惮的冒犯,这在当时文坛的确是令人震惊的新奇景观。在作家依靠王侯、贵族资助的数百年间,这种挑衅是无

　　①　彼得·比格尔:《先锋派理论》,高建平译,北京:商务印书馆2002年版,第8页。

　　②　Cf. Jean Pierrot, *The Decadent Imagination, 1880—1900*, tran., Derek Coltman, Chicago: The University of Chicago Press, 1981, p. 27.

　　③　罗兰·斯特龙伯格:《西方现代思想史》,刘北成、赵国新译,北京:中央编译出版社,2005年版,第354页,第367页。

　　④　Cesar Grana, *Bohemian versus Bourgeois*, New York & London: Basic Books Inc., Publishers, 1964, p. 161.

　　⑤　H. M. Block, *Naturalistic Triptych: The Fictive and the Real in Zola, Mann and Dreiser*, New York: Random House, 1970, p. 11.

　　⑥　龚古尔兄弟:《〈翟米尼·拉赛特〉初版前言》,张倩婳译,朱雯等编选:《文学中的自然主义》,上海:上海文艺出版社,1992年版,第293—294页。

　　⑦　左拉:《〈戴蕾斯·拉甘〉第二版序》,老高放译,柳鸣九主编:《法国自然主义作品选》,天津:天津人民出版社,1987年版,第727页。

　　⑧　莫泊桑:《爱弥尔·左拉》,郑克鲁译,朱雯等编选:《文学中的自然主义》,上海:上海文艺出版社,1992年版,第370页。

法想象的;而在他们作为职业作家要依靠稿费生存的市场经济时代,则越发令人讶异。产品的"生产者"怎能如此放肆地冒犯自己的"客户"?

正是文化—文学生态的演变使得严肃的现代作家不得不认真审视工业革命后出现的数量庞大的中产阶级读者:

> 他们爱看那些好像把读者带进了上流社会的书⋯⋯爱看黄色书籍,少女回忆录,向女雅士献殷勤的才子写的忏悔录,及其他淫秽的书⋯⋯读者还爱看无害而又令人欣慰的书,爱看结局好的惊险小说以及幻想小说,但要以不影响他们的消化能力和宁静生活为前提。①
>
> 真实的形式使人不自在,人们不能接受不说谎的艺术。②
>
> 这些假装害羞和智力有限的观众只想看到傀儡,他们拒绝生活的严酷真实。我们的民众需要美的谎言、老一套的感情、陈词滥调式的境遇。③

当他们从对中产阶级读者文学趣味的省察,转向对这种现状成因的探求时,对传统作家创作心态的批判就变得不可避免:

> 理想主义的策略扮演着把鲜花掷向他的垂死病人的医生这种作用。我更喜欢的是展示这种垂死状态。④
>
> 艺术不能被压缩在光颂扬那些羞怯得低着眼睛或咬自己指头的好青年和可爱小姐们举行的婚礼上;艺术也不能只局限于重复狄更斯所倡导的以下作用:晚上能引起团聚在一起的全家人的感动;能使长期卧

---

① 龚古尔兄弟:《〈翟米尼·拉赛特〉初版前言》,张倩婗译,朱雯等编选:《文学中的自然主义》,上海:上海文艺出版社,1992 年版,第 293 页。

② 左拉:《给伊弗·居约的信》,郑克鲁译,朱雯等编选:《文学中的自然主义》,上海:上海文艺出版社,1992 年版,第 290 页。

③ 左拉:《致路易·乌尔巴克》,程代熙主编:《左拉文学书简》,吴岳添译,合肥:安徽文艺出版社,1995 年版,第 80 页。

④ 左拉:《给伊弗·居约的信》,郑克鲁译,朱雯等编选:《文学中的自然主义》,上海:上海文艺出版社,1992 年版,第 285 页。

病者觉得快乐。①

他们所看见、观察和表现的,只是他们认为特别地可以吸引他们所面对的公众的兴趣的一切。②

与法国的情形相似,诸多既彼此呼应又相互冲突的有关艺术、文化的观念的大量涌现,同样也是 19 世纪末英国文坛的特征。这些观念——不管是自然主义、象征主义还是唯美主义——均将攻击的矛头,指向了 19 世纪中叶文坛普遍流行的作者向大众趣味的献媚。托马斯·哈代以其颇具自然主义色彩的小说激起读者的震惊与愤慨,其与大众的冲突居然导致他最终放弃小说写作,转向诗歌创作。作为当时英国文坛最重要的作家,他的遭遇显现着叙事文学领域风气的巨变。1895 年,英国自然主义文学的代表乔治·摩尔发表了小册子《文学即保姆或传播道德》,大肆攻击维多利亚时期占主导地位的文学伦理化倾向,宣告了安逸的维多利亚式的作者—读者意见一致状态的终结。就连在艺术风格上颇为保守的萧伯纳,也给自己在 1898 年发表的三个剧本加上"不愉快的戏剧"的标题,以表明其对读者感情的攻击。在"前言"中,他明确表示:"无论如何,我必须警告我的读者,我的攻击是针对他们的,并不是针对我的舞台人物。"③

新的文学生态决定了严肃文学似乎必须诉诸激进的形式,用震惊"激活"读者,而冒犯无疑是最快捷、最方便的"激活"读者的方式。那此种冒犯所激起的敌对情绪会让他们彻底拒绝接受新文学吗?事实上,审美判断力的匮乏决定了大众在审美活动中的惰性,这使他们只有在感到震惊时才有基本反应。而反应机制一旦被激活,缠绕于审美活动中的好奇心便会将之直接导向刺激源,尔后经过一段时间的适应,慢慢接受新事物。"读者只会久而久之才敬重和承认那些先是使他们大吃一惊的人,即带来新东西的人,作品和绘画的革新者,——最后,是那些在世上事物不断的普遍发展和更新中,敢于违反现成观点的怠惰和一成不变的人。"④所

---

① 于依思芒斯:《试论自然主义的定义》,傅先俊译,朱雯等编选:《文学中的自然主义》,第 326 页。

② 布吕纳介语,转引自拉法格:《左拉的〈金钱〉》,罗大冈译,朱雯等编选:《文学中的自然主义》,上海:上海文艺出版社,1992 年版,第 345 页。

③ 彼得·福克纳:《现代主义》,付礼军译,北京:昆仑出版社,1989 年版,第 11 页。

④ 爱德蒙·德·龚古尔:《〈亲爱的〉序》,郑克鲁译,朱雯等编选:《文学中的自然主义》,上海:上海文艺出版社,1992 年版,第 304 页。

以,在现代社会,对前卫作家及其独创性作品来说,"最严重的威胁不是读者的反对,不是批评者的恶意中伤,甚至也不是来自官方的压制,——所有这些际遇虽有时难免带来阻碍,令人烦恼,但它们却并非不可克服——且事实上它们常常还会增加作品的知名度。一部艺术作品最严重的危险莫过于激不起任何反应"①。

三、审丑与震惊

美国学者丹尼尔·贝尔在《资本主义文化矛盾》一书中写道:"19 世纪下半叶,维持秩序井然的世界竟成了一种妄想。在人们对外界进行重新感觉和认识的过程中,突然发现只有运动和变迁是唯一的现实。审美观念的性质也发生了激烈而迅速的改变。"②伴随着农业文明被工业文明取代,作家与读者之间关系的变化直接带来文本审美效应从愉悦向震惊转换;同时,"令人惊异而又不可否认的事实是,正是那些追求全新的审美印象的人发现了丑陋和病态的魅力"③。为了打捞被传统文学所遮蔽的人生经验,重建读者的感觉机制,现代作家认为自己有责任反传统文学之道而行之,大量描绘那些被传统审美观念判定为丑、恶的事物。

现代艺术特有的震惊效果,直接发端于自然主义文学常有的那种冷峻、粗犷与狞厉。自然主义作家大都将其作品看成"一件精工制作的利器,它一下子穿透衣服和皮肤,直接进入鲜活的心脏"④。"写得露骨又露骨,大胆又大胆,几乎使读者禁不住战栗起来。"⑤自然主义作家通过客观、冷静的笔调描写严酷的生活,用锐利的痛感穿透了被高度发达的物质文明所包裹的现代西方文明的

---

①　Erich Auerbach, *Mimesis: The Representation of Reality in Western Literature*, tran. & ed., W. R. Trask, Princeton: Princeton University Press, 1953, p.500, 505, 510.

②　丹尼尔·贝尔:《资本主义文化矛盾》,赵一凡等译,北京:生活·读书·新知三联书店,1989 年版,第 94 页。

③　Erich Auerbach, *Mimesis: The Representation of Reality in Western Literature*, tran. & ed., W. R. Trask, Princeton: Princeton University Press, 1953, p.500, 505, 510.

④　Frank Norris, "A Plea for Romantic Fiction", ed., Sergio Perosa, *American Theories of the Novel: 1793—1903*, New York: New York University Press, 1985, p.219.

⑤　田山花代:《露骨的描写》,唐月梅译,柳鸣九主编:《自然主义》,北京:中国社会科学出版社,1988 年版,第 543 页。

表象世界,以残酷的真实感触动着人们日益麻痹的感觉系统,令那些在生活的"习惯"中丧失了真实生命感觉的读者惊愕莫名。1877 年 2 月 3 日,读了新近出版的《小酒店》后兴奋不已的马拉美在写给左拉的信中,盛赞该书是"一部非常伟大的作品",因为它体现了审美在当代的最新演进:"真实成为美的通俗形式。"①

对真实感的追求,使自然主义作家的笔触从一般庸常题材拓展到所谓反常题材,从而开了西方现代文学"审丑"的先河。在自然主义作家看来,用来排愁解闷与劝善说教的传统文本,既是激荡心灵软肋的"痒痒挠",又是不经意间麻痹人们神经的鸦片。与此相反,实话实说所抵达的真实却每每让人在震惊中感到残酷。奉真实为最高原则的自然主义作家拒绝"撒谎","总是将人(更多的是女人)置于一种满是嘲弄和屈辱的命运中,并借此暴露日常生活中常常不为人所察知的生命空虚与人性腐败"②。用左拉的话来说,就是"我们要说出人民的真相,让人震惊……我们的藐视要压过他们的虚伪"③。

自然主义文学诞生之前,西方文学少有对底层社会的描写。早在 19 世纪 60 年代中期自然主义发轫之时,龚古尔兄弟便在《翟米尼·拉赛特》"初版前言"中提出:"在已经实现了普选、民主和自由主义时代的人……我们想知道穷人哭泣的泪水会不会和富人的泪水是一样的。"④对普罗大众平凡生活的关注,是自然主义文学在题材上对传统文学的革命性突破。在上流社会的宫廷、沙龙之外,自然主义作家开始将笔触探进乡村、矿山、监狱、荒原、贫民窟……自然主义带给西方文学的这种突破性进展,从根本上说也许并不是题材选择本身,而是作家审视生活世界时观念与方法的革新:这一方面表现为他们开始对底层社会的各色小人物进行正面描写,另一方面表现为他们开始将日常生活的琐事置于时代、历史的进程中。生活不再充满疯狂的喧嚣,不再令人极度兴奋,而只是机械的空转、寂寥的持

---

①　马拉美:《给爱弥尔·左拉的信》,马振聘译,朱雯等编选:《文学中的自然主义》,上海:上海文艺出版社,1992 年版,第 336 页。

②　David Baguley, "The Nature of Naturalism", ed., Brian Nelson, *Naturalism in the European Novel: New Critical Perspectives*, New York: St. Martin's Press, 1992, p.19.

③　左拉:《论小说》,郑克鲁译,朱雯等编选:《文学中的自然主义》,上海:上海文艺出版社,1992 年版,第 234 页。

④　龚古尔兄弟:《〈翟米尼·拉赛特〉初版前言》,张倩婳译,朱雯等编选:《文学中的自然主义》,上海:上海文艺出版社,1992 年版,第 294 页。

续、虚空的轮回。在庸常题材的处理上,自然主义作家"将习俗变成诗歌,将惯例写成喜剧,将庸常琐事谱成历险记"①,既表现出对传统文学中盛行的崇高文体的否定(此种崇高文体虽已没落,却仍支配着一般读者的鉴赏习惯),又体现了对把文学当作愉悦工具的传统文学叙事模式的抗议。自然主义作家能够在平凡、琐屑的生活中发掘出一般人熟视无睹的意味并加以表现,这既是其叙事文本的突出特点,也体现着非凡的艺术成就。"作者具有被人称为才能的那种特殊的禀赋,就是说,一种强烈的、紧张的、因作者兴趣之所在而专注于某事物的能力,一个具有此种能力的人因此就能够在他所注意的事物中看出别人所不能看到的某些新的东西。"②

左拉认为:"只有满足了真实感要求的作品才可能是不朽的,而一部矫情的作品却只能博取时人的一时之欢。"③为了达成"真实感","我们要描绘整个世界,我们的意愿是既剖析美也剖析丑"④。在《实验小说论》中,左拉借贝尔纳的话为自己笔下有时难免残忍的真实进行辩护:"除非人们亲自在医院的梯形解剖室或其他实验室去翻搅那恶臭的或跳动的生命之躯,否则对于生命现象便永远很难得到真正深刻、丰富、全面的见解……如果一定要打个譬喻来表达我对生命科学的感情的话,我愿说:这是一个富丽堂皇的客厅,一切都光辉夺目;而要进入其中,却必须走过一个长长的令人厌恶的厨房。"⑤对人性中的阴暗面的描写,在自然主义之前较为少见,而左拉等作家却从生物学、遗传学乃至病理学的角度出发,把那些传统文学家竭力遮蔽的生命本相尽数揭示出来。"疾病是一种杰出的自然主义材料,对它的描写达成了一种恐怖的审美。"⑥在《娜娜》中,高贵的莫法伯爵在情欲的驱使下,为了讨娜娜欢心,身着珍贵的官服,趴在地上装狗熊;在

---

① David Baguley, "The Nature of Naturalism", ed., Brian Nelson, *Naturalism in the European Novel*: *New Critical Perspectives*, New York: St. Martin's Press, 1992, p. 25.

② 列夫·托尔斯泰:《〈莫泊桑文集〉序言》,尹锡康译,朱雯等编选:《文学中的自然主义》,上海:上海文艺出版社,1992年版,第427页。

③ Emile Zola, "Naturalism in the Theatre", ed., George J. Becker, *Documents of Modern Literary Realism*, Princeton: Princeton University Press, 1963, p. 208.

④ 左拉:《论小说》,郑克鲁译,朱雯等编选:《文学中的自然主义》,上海:上海文艺出版社,1992年版,第247页。

⑤ Emile Zola, "The Experimental Novel", *Documents of Modern Literary Realism*, Princeton: Princeton University Press, 1963, p. 178.

⑥ C. C. Walcutt, *American Literary Naturalism*, *A Divided Stream*, Minneapolis: University of Minnesota Press, 1956, p. 116, 128.

《土地》中，为财产的占有欲所驱使，姐姐竟协同丈夫强奸、杀死了自己怀有身孕的妹妹，而儿子为了财产则放火烧死了自己的父亲。这些令人发指的描写，揭示了人的动物性，撕下了所谓"正人君子"的遮羞布，把生活残酷的真相赤裸裸地展现在读者的面前。"退化、瓦解和放荡，俨然成了自然主义诗学的基本表征。"①自然主义作家虽然表现出对丑陋、反常状态的兴趣，但总体来看，这种兴趣并没有像同时期的颓废派作家那样凸显为美学意义上的迷恋。奥尔巴赫认为，左拉对底层社会各种反常、丑陋事物的描绘，并非为了愉悦，而是为了激发读者的共鸣性理解："几乎每个句子都在表明左拉创作的高度严肃和道德意义；小说整体上不是一种娱乐消遣或者艺术性的室内游戏，而是将他亲眼所见的现代社会像画一幅肖像画那样描绘出来，活灵活现地传达给读者公众。"②

　　在自然主义等先锋派作家看来，人性是善与恶的混合，只有认清人自身丑、恶的东西，才能真正认识人本身。逻各斯中心论的崩溃，使人不再是作为中心的万物之灵，成为只是作为中介的"存在者"。主体与客体、感性与理性、灵与肉、善与恶、美与丑等范畴的二元对立不再存在，以前所谓的丑与恶也就不再被断定为纯然消极，而是成了"存在者"创造力的一个组成部分。美与善的逻辑关联趋于瓦解，美与真的联系却空前强化。这里的"真"却不再是合"理"的真理，而是经由"现象还原"才能开启的真相；不再是绝对客观或纯粹主观的外在真实或超验真实，而只是在人与世界遇合时的真实感。由是，人与世界的分离在"现象"中达成融合，灵与肉的分离在"生命"中达成融合；美的标准开始由伦理学意义上的善向现象学意义上的真偏移，一种以生命为核心的新的美学——"生命美学"因此得以确立。这种美学使传统的美与丑融为一体，丑以及被传统美学判定为丑的恶不再是美的对立面，而是美的特殊形态，甚至是美的起源，而原先中庸、适度、和谐所构成的善，在艺术中被削弱。显然，在西方现代美学中，"美的反面，不是丑，而是不美，或者美学上的漠不关心"③。

① David Baguley, "The Nature of Naturalism", ed., Brian Nelson, *Naturalism in the European Novel: New Critical Perspectives*, New York: St. Martin's Press, 1992, p. 26.

② Erich Auerbach, *Mimesis: The Representation of Reality in Western Literature*, tran. & ed., Willard R. Trask, Princeton: Princeton University Press, 1953, p. 500, p. 505, p. 510.

③ W. T. 斯泰司:《美的意义》，转引自李斯托维尔:《近代美学史评述》，蒋孔阳译，上海:上海译文出版社,1980 年版,第 91 页。

四、震惊开启反思

德里达在论及超现实主义作家安托南·阿尔托之"残酷戏剧"时说："我说'残酷'就像我说'生命'一样……残酷戏剧不是一个再现。就生命是不可再现而言，它是生命本身。生命是再现的不可再现的起源。"①"再现"即再造，通过观念对现实的再造。在传统的文学文本中，由于作家的思维总是站在一个"类主体"的宏大立场上展开，所以，在抽象的理性观念与鲜活的生命体验之间，他们的叙事总是习惯性地贴近前者。一旦细致的感性生命体验被忽略，所谓对现实的真实再现也就只能宿命般地沦为对观念的抽象演绎。自然主义反对以人造的观念体系"再现"世界，而强调让世界在真实显现中说明自身。经由强调体验的直接性与强烈性，自然主义作家主张让真实的生活本身"进入"文本，而不是以文本"再现"生活，从而达成对传统"模仿现实主义"的革命性改造。

"审丑"使西方现代文学与"纯粹的美"发生了断裂。文学不再是对现实的"模仿""再现"，而是"消解""去蔽"；不再是对现实的"反映"，而是"反应"；不再是情感的"抒发"，而是"理解"。由此，传统西方美学中的审美距离说受到挑战，审美活动与生命活动的同一性得到强化，这就有了尼采所谓"残忍的快感"②，即震惊。西方现代作家所追求的震惊效应绝不是为震惊而震惊，而是通过震惊唤醒读者的生命意识，促使他们反思早已因习惯而置若罔闻的生活。

自然主义作家已经普遍意识到"不谐调是机遇，它会导致反思"③。因此，他们主张作家"应该小心地避免把各种仿佛有点儿突然的事件串在一起。他的目的绝不是讲故事给我们听，让我们欢娱，或者使我们感动；而是强制我们思索，使我们理解各种事件内在的深刻含义"④。因此，梅林一针见血地指出，左拉的小说"与其说是诗人在怡然自得地进行艺术创作时凭空臆造出的纯艺术品，毋宁说是

---

① 转引自彼得·比格尔：《先锋派理论》，高建平译，北京：商务印书馆，2002年版，第17页。
② 尼采：《悲剧的诞生》，周国平译，北京：生活·读书·新知三联书店，1986年版，第352页。
③ 杜威：《艺术即经验》，高建平译，北京：商务印书馆，2005年版，第14页。
④ 莫泊桑：《论小说》，《漂亮朋友》，王振孙译，朱雯等编选，上海：上海译文出版社，1993年版，第406页。

革新的警告和唤醒人们的呼号"①。

在震惊之审美效应的问题上,现代主义作家普遍接受了自然主义作家的观念。既然放弃了教化大众的"神圣使命",那么文学打动读者的方式也就只能诉诸震惊所带来的"心灵痉挛"。叶芝称,这种"痉挛""使我们进入沉思,任我们几乎陷入迷离恍惚",心灵"缓慢地铺张,有如月光溶溶、幻影丛集的大海"②。布莱希特强调使用"间离效果"以迫使观众感到震惊而非迷醉,进行反思而非认同,做出自己的判断而非接受他人的教化。大致说来,现代主义文学拒绝让读者简单地接受文本。因为在他们看来,那除了造成读者的想象惰性外,没有任何积极意义;而艺术存在的价值,是让读者的想象力活跃起来。因此,文体实验所带来的阅读难度及意义含混,便成了现代主义作家追求的艺术效果。这使得现代主义文本是一个向读者开放的结构,而非一个强行进入读者内心的载体。它在读者身上唤起的不再是简单的感动、愉悦,而应该是复杂的震惊、怀疑与反思。乔伊斯和普鲁斯特等人所运用的技巧,就要求读者在接受作品时更为积极主动,必须摆脱心灵完全被传统小说家所牵引的习惯,用自己的心灵之眼发现事物本身所显现出来的奇异性。

在《美学理论》中,阿多诺将"新异性"界定为描述现代主义文学的重要范畴。在他看来,对"新异性"的追求,是现代主义的核心冲动与理论纲领;因此,它与此前文学史上那种标志着艺术发展的主题、题材和技巧的更新完全不可同日而语。一般说来,"更新"乃是一种在继承传统基础上的发展;而现代主义的"新异性"则完全不同,它既不是传统的发展也不是发展的传统,而是传统的打破与新质的重造;它要否定的不再是此前流行的技巧、手法、风格或其他枝节性的东西,而是作为整体的传统。现代主义对新异性的追求,使得很多论者常常认定它与传统的关系乃是一种断裂的关系。但事实上,反传统大潮下现代主义作家的这种对新异性的诉求,在理论上的动静远比在实际创作中要大。因而,如将这种新异性的诉求视为与传统的断裂,倒不如将其理解为一种为达成耸人听闻的震惊效应所

---

① 梅林:《爱弥尔·左拉》,张玉书、韩耀成、高中甫译,朱雯等编选:《文学中的自然主义》,上海:上海文艺出版社,1992 年版,第 451 页。

② 叶芝:《自传》,转引自詹姆斯·麦克法兰:《新现代主义戏剧:叶芝和皮兰德娄》,马·布雷德伯里等编:《现代主义》,胡家峦等译,上海:上海外语教育出版社,1992 年版,第 530 页。

选取的策略或方法。

作为现代艺术普遍具有的新的审美效果,震惊不同于传统审美追求的那种温情、愉悦的感动,它不再直接提供观念化的真理或意义,但却导入体验并由此开启深沉的反思。文学从此不再提供教化,而是进行对话。教化的文本总是用属于过去的某种观念来向现在要求稳定,其效应诉求显然是基于过去的;而对话则是个体基于自己的生命体验对当下及过去的审视与沉思,这会瓦解现在与过去的既有秩序,其最终效果显然是开启未来的。

五、震惊导出创新

先锋派作家普遍习惯于在对全面、刻意的新异性迷恋中追求文学的震惊效应,这正如齐格蒙·鲍曼在《后现代性及其缺憾》一书中指出的那样:

> 作品的构建所凭借的规则,只有在事后才可以被发现,即不仅在创造行为的终端,而且也在阅读或分析的终端……规则总是在不断的形成之中,不断地被寻求被发现;每次都是相似的独一无二的形式,从而也是相似的独一无二的事件;每次不断地与读者、观众和听众的眼、耳朵和思维遭遇。没有一种形式(规则恰好在其中被发现)能被现存的规范或习惯预先决定,没有一种形式能被认为是正确的,从而被认可或学习。规则一旦被发现或被特别制订,就根本不会对未来的阅读有约束力。创造及其接受都是被不断发现的过程,而且一种发现根本不可能发现有待被发现的一切……①

现代主义艺术既不提供意义,也拒绝按照理性的逻辑来论证某个在作品中居于核心地位的观念。在面对现代主义文本时,接受者遭遇的是意义的缺失,并由此意识到运用理性演绎的方式去阅读已不适用。对习惯于传统的文学阅读和按照理性逻辑来解读世界与人生的读者而言,现代主义艺术的意义暧昧、模糊乃

---

① 齐格蒙·鲍曼:《后现代性及其缺憾》,郇建立、李静韬译,上海:学林出版社,2002 年版,第 125 页。

至虚空,让他们感到震惊,而这正是先锋派艺术家的意图①。

在意义的层面之外,西方现代主义作家在形式上也进行各种大胆的先锋实验,使读者感到震惊。在震惊效果的营造上,与自然主义文本主要诉诸题材的残酷相比,现代主义作家更关注文本形式创新所带来的震惊。现代主义作家大都持有如下信仰:"传播的程度并不构成艺术对公众的价值……一部自身具有强烈的激情,或者在形式上有非凡的展现,或者宣示着光辉的思想的艺术作品,不论它的语言多么深奥难懂,最终都会给它所在的社会带来荣誉。同样我们也可以论证,一部俗气十足、工于心计的艺术作品,即使它清晰易懂,也没有多大价值。"②尤其是表现主义和荒诞派作家,经常运用反常规的语言进行"反生活化"的叙事。在卡夫卡的《审判》《城堡》,斯特林堡的《鬼魂奏鸣曲》,尤金·奥尼尔的《琼斯皇》,贝克特的《等待戈多》等作品中,人物言行破碎、古怪,意义模糊、含混,一方面捣碎了人们的日常感受—经验方式,另一方面也让人们在惊愕莫名的"陌生感"中解除了心灵的禁锢与束缚,在突如其来的"顿悟"中撕开既定社会—文化秩序所造成的对存在真相的遮蔽。恩·费歇尔在评论卡夫卡时就认为:"卡夫卡所使用的是一种幻想性的讽刺方法,是有意把事物变形、使之荒诞的方法。通过这种夸张至荒诞地步的手法,使读者在震惊之余发现他们所赖以生存的世界并非那么舒心适意,而是一个充满着畸形变态的世界。"③

现代主义作家大都坚持左拉等自然主义作家所确立的"实验主义"文学立场,强调小说文体的开放性,努力探索这种文体尚未实现的各种可能性。在《狭窄的艺术之桥》一文中,沃尔夫曾声称:"在十年或十五年之内,散文将被用于许多目的,它在以前从来没有被用于这些目的。我们将被迫为那些聚集在小说这个名目之下的不同书籍创造新的名称。"④就乔伊斯的《尤利西斯》创作而论,首先存在着一个能否被称为"小说"的问题:没有鲜明的性格,没有明确的主题,没有一以贯之的故事情节,甚至根本就没有什么值得叙述的"事件"或"行动"……事实上,典范的现代主义叙事文本,大都是多种修辞形式和文学形式的混合之物。

---

①   彼得·比格尔:《先锋派理论》,高建平译,北京:商务印书馆,2002 年版,第 158—159 页。

②   大卫·贝斯特:《艺术·情感·理性》,李惠斌等译,北京:工人出版社,1988 年版,第 247 页。

③   恩·费歇尔:《卡夫卡学术讨论会》,袁志英译,袁可嘉等编选《现代主义文学研究》下,北京:中国社会科学出版社,1989 年版,第 973 页。

④   彼得·福克纳:《现代主义》,北京:昆仑出版社,1989 年版,第 58 页。

在《尤利西斯》中,占全书近十分之一篇幅的第 17 章,采用了教义问答或庭审笔录的形式,其间还穿插了乐谱与表格;第 7 章近 4 万字,通过在文本中不断插入报纸标题,模拟新闻文体,并且还穿插了演说稿;以妇产科医院为背景的第 15 章,叙事语言跌宕多变,通过对英语文学史上各个时期文体风格的戏拟,实现对新生儿成长过程的类比。《尤利西斯》一书所表现出来的这种刺目的含混性与包容性,使得美国批评家哈里·莱文将其称为"结束一切小说的小说"①。

另外,现代主义作家令人眼花缭乱的语言实验也大大地强化了其文本对一般读者的震惊效果。"语言以及人类话语的本质,将不可避免地成为现代主义小说家(和剧作家)的一个主要主题,其原因就在于,如果我们想理解现代的心灵,我们就必须理解这颗心灵所借以存在的媒介——语言。"②在现代主义文学中,"诗的语言无须再模仿自然,或者以一篇论文或一个故事的方式来阐明,而是要产生一种新的现实。词不再仅仅是一些参与事物本身的符号……词的任务不是照抄事物和模仿它们,而是相反地炸开事物的定义、它们的实用范围和惯用的意义,像撞击的火石那样从事物中得出无法预见的可能性和诺言、它们本身具有的静止的和神奇的意义,把最为平庸的现实变成一种神话创作的素材"③。尤其是现代主义者中最激进的未来主义者、达达主义者、超现实主义者,他们"共同寻求的不是语言的新语言,发明了震动策略——思想在意识到自身受禁锢之后,可能在惊愕中获得解放"④。

六、西方现代文学的否定精神与运动形态

从 19 世纪末开始,渐趋佳境的资本主义社会的内在文化矛盾越发昭彰地呈现在人们的面前:一方面是物质的丰裕与行为上的自由;另一方面则是精神的匮乏与个性上的平等或平庸,体制的统一性变得日益强大,人们的总体状况却如阿

---

① 彼得·福克纳:《现代主义》,付礼军译,北京:昆仑出版社,1989 年版,第 93 页。
② 彼得·福克纳:《现代主义》,付礼军译,北京:昆仑出版社,1989 年版,第 64 页。
③ 罗杰·加洛蒂:《论无边的现实主义》,吴岳添译,天津:百花文艺出版社,2008 年版,第 95—96 页。
④ 格雷厄姆·霍夫:《现代主义抒情诗》,马·布雷德伯里、詹·麦克法兰编:《现代主义》,胡家峦、高逾、沈弘等译,上海:上海外语教育出版社,1992 年版,第 305—306 页。

多诺所说,"向着一种匿名性意义上的非个性发展"①。

在现代传媒越来越成为市场经济中最具活力、最具扩张性的文化产业后,情景戏剧、体育运动、要案审理、选举大战、选美大赛、战争以及各种商业广告源源不断地"飞"进人们的客厅床头,而所谓主流的社会意识形态也就不知不觉地潜入人心。人们的精神与思维由此越发趋向"量化"与"标准化"的"匀态",成为鲍德里亚意义上的"黑洞":一方面,由于主体意识的丧失而越发发不出自己的声音,大众越来越成为事实上被"麻痹"了的沉默的大多数;另一方面,由于大众传媒所提供的娱乐性的狂欢场面巧妙迎合并不断复制着大众的口味、兴趣和生活方式,大众似乎越来越在"麻醉"中心满意足。辅之以愈来愈急功近利的教育体制以及人之物化/工具化的生存方式的综合作用,现代社会逐渐将人的头脑"钙化"为贮满了各种知识与规则的"移动硬盘"。现代人的头脑愈来愈习惯于被动地"被充存"、机械地"做反应",从而失去了应有的生命敏感。种种迹象表明,在习惯性的现代生存中,人的某种可贵的感觉能力似乎被阻断了,纯正的情感越来越成为某种奢侈品,抵达意义而非把握知识的真正理解也就变得越发困难。

在技术与商业全面支配生活与思维的时代,传统文学之娱乐—愉悦效应与心理补偿功能被剥离为大众文化的专有功能,文学作品不再能"感动"并"愉悦"大众。作家—读者之间的关系由此发生了历史性巨变,西方现代作家只能舍弃传统的愉悦而选择震惊,并以此作为基本的艺术策略,抵抗文学在现代社会—文化坐标系中被"边缘化"的处境,在"标准化"与"普泛化"的精神汪洋中努力打捞个体之鲜活的感性—物质经验,并最终拯救生命与意义。

质言之,西方现代主义作家用"震惊"这种新的艺术策略,来承担自己的社会—文化责任。他们或主动或被迫地站在社会—文化的边缘地带,以思想游击战的方式不断攻击既定的社会习俗、文化时尚及其语言程序。正如雷纳托·波焦利所言,"先锋派看上去给人的印象,以及实际所起的作用,就像一个否定性的文化"②。他们将自己的使命定位为对既定现实的颠覆与解构,"自然主义表明了

---

① 彼得·比格尔:《先锋派理论》,高建平译,北京:商务印书馆,2002年版,第14页。
② 彼得·比格尔:《先锋派理论》,高建平译,北京:商务印书馆,2002年版,第11页。

其本身具有一种突破文本结构规则束缚的倾向,其诗学的首要原则很可能是'不确定性':模糊、混乱或消解秩序"①。文学作为艺术,越来越成为与社会—文化现实构成对抗的唯一精神因素,"艺术的社会性主要因为它站在社会的对立面。但是,这种具有对立性的艺术只有在它成为自律性的东西时才会出现⋯⋯艺术的这种社会性偏离是对特定社会的特定否定"②。审美形式给那些习以为常的内容和经验以冲击,由此促使新的意识和新的知觉的诞生③。

在 19 世纪末自然主义文学运动展开的过程中,左拉及其他自然主义作家之所以敢于不断用自己的作品与言论震惊/冒犯读者和批评界,在很大程度上是因为他们有着发起并推进文学运动的自觉意识。年轻时曾在广告界打拼的左拉显然比其文坛前辈更深谙时代的文化逻辑,更清楚文学生态正悄然发生着的巨大变化,因而也就更明白:新的文学需要命名、纲领和宣传造势,要用广告性的语词乃至行为来宣示自己的存在,因为大众的神经需要"刺激"和"震惊"。在很多国家,自然主义在与文学传统、公众/社会的激烈冲突中往往以文学"革命"的"运动"方式展开。或松散或紧密的文学社团的大量出现,标新立异乃至排斥异己的杂志或丛书的刊行,连接不断的笔墨官司以及真正的司法诉讼、与大众的冲突、媒体上的"围剿"与"反围剿"、宣言与纲领⋯⋯所有这些都是自然主义文学作为文学"革命"存在的标志。而在自然主义文学运动之后,以激进的革命姿态挑衅流行的大众趣味,以运动的形式为独创性的文学变革开辟道路,越发成为西方现代文学展开的基本方式。在浪漫派那里,这种情形就已经有过最初的预演,但总体来看,在既往的岁月中,文学演进的"运动"形态始终未曾以如此普遍、激烈的方式进行。自然主义文学与大众的对抗,在某种意义上是西方传统文学完成现代转型的标志性事件,成为西方现代文学与公众关系的基本表征之一。

自然主义文学以降,所有重要的文学思潮、文学流派乃至具有独创性的伟大作家,都曾遭遇公众的不解、漠视与敌对,而其自身也几乎以同样的强度对公众

---

①　David Baguley, "The Nature of Naturalism", ed., Brian Nelson, *Naturalism in the European Novel: New Critical Perspectives*, New York: St. Martin's Press, 1992, p. 13.

②　阿多诺:《美学理论》,王柯平译,成都:四川人民出版社,1998 年版,第 386 页。

③　马尔库塞:《审美之维》,李小兵译,桂林:广西师范大学出版社,2001 年版,第 217 页。

回报以蔑视、冒犯与攻击。"运动的原则是现代主义的实质性要素,是它的凝聚力和演变的基本成分。"①对此,雷纳托·波焦利在《先锋派理论》一书中曾做过精彩的分析。在雷纳托·波焦利看来,与传统艺术相比,现代艺术得以产生的社会环境和文化氛围均发生了巨大变化。在此等情形下,现代艺术对当下社会和既定文化愈来愈呈现出一种抵抗、否定的反叛姿态,而现代艺术家也越来越倾向于成为在思想和艺术上令人恐惧的"恐怖分子":啸聚都市、鄙弃规范、标新立异②。尽管许多现代主义作家以自己强大的个性保持着超越一切派别之上的独立姿态,但查拉、马里奈蒂、布勒东等立于潮头的"前卫"人物,却将自己的身影更多地定格于"文学运动"的风潮而非"文学文本"。他们已经不再是枯坐苦吟的传统艺术家,而更像是密谋暴动的革命家;而他们的文学活动,在很大程度上也已从艺术文本的创作演进为流派宣言的制订。对于达达主义、未来主义、超现实主义、表现主义等激进先锋派运动中的作家来说,文学作为艺术,更多地体现为作家的生活方式、表演、事件、行动。"宣言、卡巴莱、即兴表演、夸示炫耀,这样都可变成现代艺术所需要的新环境和攻击陈规旧例的行动——运动活动的常见特色之一,就在于它对有关艺术和艺术家的美学和社会性格的所有或大多数现存命题或假定,都持异议。"③而其中,带有攻击性的各种花哨"宣言"尤其成为现代主义先锋人物最喜欢的表达手段。《未来主义宣言》《第一政治宣言》《未来主义文学技巧宣言》《未来主义综合戏剧》《未来主义电影》《未来主义舞蹈宣言》……在1909—1924年间,仅出自马里奈蒂之手的各种未来主义宣言就有26篇之多。"主义"或"学派"总是会在夸大某些东西的偏执中倾向于分裂或宗派主义;在现代主义内部各式"主义"或"学派"的旗帜走马灯般变幻不定的历史语境中,宣言合乎逻辑地成了现代主义者手中最轻便、快捷、实用(往往也最速朽、浮躁、无效)的艺术形式。

---

① 马尔科姆·布雷德伯里、詹·麦克法兰:《运动、期刊和宣言:对自然主义的继承》,马·布雷德伯里、詹·麦克法兰编:《现代主义》,胡家峦、高逵、沈弘等译,上海:上海外语教育出版社,1992年版,第168页。

② 在《先锋派理论》一书中,雷纳托·波焦利声言,首先要将先锋派视为一种具有无政府主义倾向的"社会现象"而非"美学事实"来研究。See Renato Poggioli, *The Theory of Avant-Garde*, trans., Garald Fitzgerald, Cambridge: Harvard University Press, 1968, p. 3, pp. 61-68, p. 82.

③ 马尔科姆·布雷德伯里、詹·麦克法兰:《运动、期刊和宣言:对自然主义的继承》,马·布雷德伯里、詹·麦克法兰编:《现代主义》,胡家峦、高逵、沈弘等译,上海:上海外语教育出版社,1992年版,第169—170页。

空前火爆的"运动性"是西方现代文学最引人注目的标志性特征。在文学运动的展开过程中,作家对艺术问题具有敏锐的自我意识与自觉的理论追求,这是西方现代文学又一个突出特点。文学家这种不懈的艺术追求与发达的理论意识,使得文学理论的推陈出新与文学批评的缤纷多彩成为西方现代文坛一道独特的景观。文学理论与文学批评的空前繁荣,不仅促进了文学的发展,使其更新的速度陡然加快,而且它对创作如影随形般的伴随,在很大程度上成了西方现代文学的一个有机组成部分。自文学摆脱依傍他者的谦卑习惯而获得自身的独立性的时候开始,关于文学究竟是什么的争讼非但没有消弭,反而突然以一种新的方式出现了。无疑,理论上的这种争讼不已,又回身反哺、强化了西方现代文学的"运动"形态。

(本文作者:蒋承勇　曾繁亭)

唯美主义思潮研究

揭开"唯美"的面纱

——西方唯美主义中国传播之反思

唯美主义(Aestheticism)在五四新文化运动前后传入我国,其影响力或隐或显地持续至今,学界对它的研究与批评也从未间断。尽管公认唯美主义脱胎于浪漫主义的余晖,受到德国哲学,尤其是康德哲学的启发,并有着明确的宗旨——为艺术而艺术,但对其概念却历来没有定论,或者只对其内涵与外延的某些方面做了一定程度的阐释。由于"唯美"这个词本身的含混,加上东西方文化的差异,其在今天的文艺界与学术界仍是一个既熟悉又陌生的概念。本文试图在反思西方唯美主义在中国传播的基础上对唯美主义概念进行再定义。

一

20世纪伊始,唯美主义便与象征主义、未来主义、表现主义等文艺观念一起涌入中国(受日本影响)。亟待观念革新,处于文化"饥渴"状态的中国文艺界,并无能力与耐心对这些花样繁多的文艺观念做细细辨析,而是采取"拿来主义"态度,把当时统称为"新浪漫主义"(Neo-Romanticism)或"世纪末思潮",今天称为"现代主义"的西方新文艺观念一股脑儿接纳了下来。应当说,直至20年代中期,占据中国文坛主流的仍然是写实主义与浪漫主义,现代主义主要是作为前卫的艺术手法被借鉴的,用于弥补写实主义与浪漫主义在艺术表现力上的不足。这期间我国文坛上最有唯美主义特征的是新月诗派,该派诗人提倡诗歌的格律,讲究形式美,其代表人物周作人提出"为诗而诗"的唯美诗学,并在《日本近三十年小说之发达》(1918)中介绍日本唯美派;诗人、理论家闻一多提出了新格律诗的理论,并将其浓缩为著名的"三美"主张,即"音乐美"(音节、平仄、韵脚)、"绘画美"(辞藻)、"建筑美"(节的匀称和句的均齐)。对新艺术观念的提倡,对诗歌形式美的自觉追求,让闻一多获得了"唯美论者"的名号。当代学者朱寿桐认为,"闻一多是新月派中唯美主义色彩最浓丽的诗人……渗透着唯美主义的绮丽靡绯"①。这绝非评论家们的牵强附会,因为文艺研究团体"美司斯"(Muses)于1920年12月在《清华周刊》第202期上发表了一篇闻一多参与起草的宣言,该宣言提出:"生命底艺化便是生命达到高深醇美底鹄的唯一方法。"②此外,闻一多对英国唯美主义运动亦有研究,在《先拉飞主义》一文中他对拉斐尔前派的艺术,特别对其"诗画一律""灵肉一致"的特征做过分析,还在《建设的美术》一文中引用罗斯金的观点提倡工艺美术的重要性,"无论哪一个国家,在现在这个20世纪的时代——科学进步,美术发达的时代,都不应该甘心享受那种陋劣的、没有美术观念的生活,因为人的所以为人,全在有这点美术的观念"③。这些都说明英国唯美主义运动对闻一多的实际影响。事实上,中国文艺界对唯美主义的接受除受到日本的影响外,最重要的资源便是英国。滕固的《唯美派的文学》(1927)对英国唯美主义进行了专题研究,他指出英国唯美运动是浪漫主义思潮的延续,属于新浪漫主义。它可以追溯到威廉·布莱克与济慈,后经拉斐尔前派正名,到世纪末与法国的象征主义汇合才算画上句号。至此,才算是正式"别成一流派"④。几年后,萧石君的《世纪末英国新文艺运动》(1934)同样介绍了英国唯美主义运动的过程,尤其是介绍了作为英国唯美主义哲学基础的佩特的思想。

田汉的戏剧创作和对艺术的理解为唯美主义的中国化做出了重要贡献。他认为,"艺术常常是推进社会的原动力。社会尚未进化到某一个阶段时,艺术便早告诉出什么是 should be 的了"⑤。艺术代表了人生的理想,艺术家必然对现实不满。受到唯美主义"生活的艺术化"的启发,早期的田汉提倡艺术至上主义,将

---

① 朱寿桐:《新月派的绅士风情》,南京:江苏文艺出版社,1995年版,第146页。
② 闻一多等:《"'美司斯'宣言"》,《清华周刊》,1920年12月10日,第20页。
③ 闻一多:《建设的美术》,《闻一多全集》(第2卷),武汉:湖北人民出版社,1993年版,第3页。
④ 滕固:《唯美派的文学》,上海:光华书局,1927年版,第1—3页。
⑤ 田汉:《艺术与艺术家的态度》,《田汉文集》(第14卷),北京:中国戏剧出版社,1983年版,第194页。

人生提升至艺术的境界,以此忘却现实的痛苦。在田汉的作品中,"生活的艺术化"表现为对艺术献身精神的歌颂,《名优之死》《梵峨嶙与蔷薇》《湖上的悲剧》等作品都刻画了为追求艺术之纯粹而至死不渝的形象,现实人生的丑恶衬托出艺术的纯粹。与田汉相似,郭沫若同样主张"生活的艺术化",他曾说:"用艺术的精神来美化我们的内在生活……养成美的灵魂。"①什么是美的灵魂呢?在郭沫若看来,便是忘掉小我,融入大宇宙,因为艺术的精神就是无我,即自我的艺术化,抛弃一切功利的考量。

如果说闻一多、田汉、郭沫若等人代表的是坚持艺术纯粹性和形式主义的价值追求,对此我们当然可以认为他们受到唯美主义的影响,却也无法否认其间掺杂着中国文学传统中的形式追求,道家"出世"思想以及文人/伶人自哀情结的渊源,或者说是这些渊源借助文化革新与解放的契机重新"浮出地表",那么以滕固、章克标、邵洵美为代表的唯美—颓废作家群以及郁达夫等人则更加自觉地"模仿"西方唯美主义作家的颓废气质。"一个讲求纯粹、追求唯美、沉湎颓放甚至自恋的创作者形象,正逐步成长、成形,呼之欲出。"②唯美—颓废作家身上的颓废气质与"颓废"这一概念(法文 Décadent,英文 Decadence,当时称之为"狄卡耽"或"醴卡耽")的引入密切相关。李欧梵指出,现代文学中的"颓废"本来就是一个舶来的概念,"因为望文生义,它把颓和荡加在一起,颓废之外还加添了放荡、荡妇,甚至淫荡的言外之意,颇配合这个名词在西洋文艺中的含义"③。由此可以看出,"颓废"在中国从一开始就被视为某种叛逆、淫秽的不道德意味。唯美—颓废派代表作家章克标回忆道:"我们这些人,都有点'半神经病',沉溺于唯美派——当时最风行的文学艺术流派之一,讲点奇异怪诞的、自相矛盾的、超越世俗人情的、叫社会上惊诧的风格,是西欧波特莱尔、魏尔伦、王尔德乃至梅特林克这些人所鼓动激扬的东西。"④唯美—颓废作家借"颓废"抒发心中块垒,表达反抗精神,在他们身上,"颓废"表现为一种与时代格格不入的艺术家气质,这种气质是唯美

---

① 郭沫若:《生活的艺术化》,《郭沫若全集》(第15卷),北京:人民文学出版社,1990年版,第207页。

② 王洪岳:《审美与启蒙——中国现代主义文论研究(1900—1949)》,北京:光明日报出版社,2009年版,第121页。

③ 李欧梵:《漫谈中国现代文学中的"颓废"》,《中国现代文学与现代性》,上海:复旦大学出版社,2002年版,第48页。

④ 章克标:《回忆邵洵美》,《文教资料简报》,1982年第5期,第68页。

主义文艺不可或缺的美学特质。

　　紧接唯美—颓废文学而起的是新感觉派(滕固在《唯美派的文学》中就提到了英国唯美主义运动与"感觉美"的紧密联系),相较前者对西方唯美主义在审美主体气质上的模仿,后者更多的是题材与意象上的借鉴。通过描绘酒吧、夜总会、咖啡厅、跑马场等典型都市场景,作者充分调动各种修辞手法,"将主观感觉投射到客观事物上,从而使主观感觉客观化,构成所谓的'新现实'"①。新感觉派展示了现代都市喧嚣、浮躁的"摩登"情绪,从其散发出的肉感气息、感官享乐与印象主义等特质上都可以明显看到西方唯美主义文学的影响。值得注意的是,经由日本文学的文化中介和当时中国特殊的国情,西方唯美主义的某些审美特质被放大了。

　　从上文论述中我们可以看到唯美主义中国化的不同侧面:形式美的追求、"纯艺术"观念、颓废气质、感觉主义的创作倾向。这些不同面向相互交织,缠绕盘桓,并且淹没在写实主义、浪漫主义与现代主义的文学大潮中,似乎令人一时难以辨认其本质,但为新中国成立后学术界的研究奠定了基础。在笔者看来,由于东西方文化的异质性,正是这一段中西文学碰撞的历史,某种程度上使唯美主义的本质特征得以在文化的棱镜中浮现。

　　中华人民共和国成立后,赵澧、徐京安主编的《唯美主义》是最早对唯美主义进行专题研究的评论与作品选集,他们认为唯美主义是发源于英国的一场文艺运动,是对"纯艺术"的追求,其源头是法国的颓废主义。颓废主义与唯美主义有共同的艺术主张(为艺术而艺术)与思想基础(世纪末思潮)。② 显然,赵澧、徐京安所指的唯美主义,准确地说是英国的唯美主义运动(Aesthetic movement,或译"美学运动/审美运动")。"唯美主义运动"是维多利亚时代人们用来描述当时社会与艺术领域某些具有共同倾向的称呼,1881 年瓦尔特·汉密尔顿(Walter Hamilton)爵士出版了记录这场运动的《英国唯美主义运动》(*The Aesthetic Movement in England*)一书,使这个称呼普及开来。这场运动由文艺作品、理论观念、工艺美术运动共同构成。赵澧、徐京安将唯美主义等同于英国的唯美主义

---

　　① 范伯群、朱栋霖主编:《1898—1949 中外文学比较史》下卷,南京:江苏教育出版社,2007 年版,第 48 页。

　　② 赵澧、徐京安主编:《唯美主义》,北京:中国人民大学出版社,1988 年版,第 1—7 页。

运动,以便与法国的唯美主义(颓废派)相区别,但这样一来,唯美主义就被局限在一国一地。与之不同的是,朱立华试图区分唯美主义的不同层次,他认为唯美主义"既是强调美学价值高于文学、艺术内涵的社会、政治主题的诗学流派,又是立足于一元世界的纯粹世俗性文艺思潮"①。于是,唯美主义就从具体的文艺创作运动上升到思想观念层面。的确,英国的美学运动有着较清晰的发展脉络,但其无法涵盖影响欧美及东亚地区的唯美主义观念,只能说是唯美主义观念在英国的影响、发展与实践。薛家宝将唯美主义看作一场文艺思潮,它由德国哲学提供思想基础,爱伦·坡提供创作灵感,经戈蒂耶与波德莱尔的发酵,成为一场影响法国、英国、俄国、意大利的文艺思潮。唯美主义的基本特征是哲学上的主观唯心主义倾向,艺术上的形式主义倾向,理论与实践上的颓废倾向。② 与此相似,杜吉刚认为,西方唯美主义不是特定的某个流派,而是作为一种立足于此岸世界的纯粹世俗的文艺思潮出现的。因此,唯美主义思潮的内涵是动态的,其诗学建构具有与文学创作相互伴生、相互渗透的特点。杜吉刚将唯美主义的诗学主题概括为:文学艺术的自律、个人主体地位的确立、先验领域的销蚀与现实人生的拯救。因此,近年来国内学者对唯美主义的看法基本是一致的:并非某一特定的艺术流派,或特定国家的文艺运动,而是一种思潮观念。③

西方学界对唯美主义代表性的界定也面临着观念与运动之间的模糊。例如,莱昂·谢埃(Leon Chai)认为,"唯美主义运动的核心是这样一种愿望:重新定义艺术与生活的关系,赋予生活以艺术品的形式并把生活提升为一种更高层次的存在"④。与此相似,提姆·巴林杰(Tim Barringer)认为,"唯美主义的定位具有裂隙与含混性,它既包含了传统的精英向度,又包含了流行的文化元素"⑤。对流行文化的渗透,对生活的影响,已经从文艺观念进入社会运动层面了。与欧洲大陆相比,英国唯美主义的独特性在于,它是社会运动与美学观念的混合物。

---

① 朱立华:《拉斐尔前派诗歌的唯美主义诗学特征研究》,天津:南开大学出版社,2013 年版,第 26 页。

② 薛家宝:《唯美主义研究》,天津:天津社会科学出版社,1999 年版,第 36—37 页,第 104—119 页。

③ 杜吉刚:《世俗化与文学乌托邦》,北京:中国社会科学出版社,2009 年版,第 82 页,第 103 页,第 119 页,第 133 页。

④ Chai Leon. *Aestheticism: The Religion of Art in Post-Romantic Literature*, New York: Columbia University Press, 1990. p. ix.

⑤ 提姆·巴林杰:《拉斐尔前派艺术》,梁莹译,北京:中国建筑工业出版社,2007 年版,第 456 页。

《牛津文学术语词典》认为,唯美主义是一种将美视为其本身目的的理念与倾向,一种将美从道德、教条与政治目的的附庸中独立出来的企图,"唯美主义往往被等同于唯美主义运动,是 19 世纪末的文学与艺术倾向"①。这个定义中包含的诗学观念与文艺运动之间的混淆同样存在。运动是有目的、有组织的,产生一定影响的社会活动,某种造成广泛影响的运动必然有某种观念作为支撑,但运动并不等于观念。因此,这里所指的唯美主义还是特指英国的唯美主义运动。从世界范围来说,唯美主义并没有产生相应的社会运动,而主要是以诗学观念的形式影响文艺领域。尽管如此,《牛津文学术语词典》还是提及了唯美主义的诗学宗旨与价值追求:为艺术而艺术。因此,唯美主义应当属于观念领域的文艺思潮。

提姆·巴林杰也认为,唯美主义几乎不是一个连贯的运动,更不是拉斐尔前派那样有着固定成员的团体,而"只能被认为是一种共享的思想感情,把众多富有创造精神的艺术家包括诗人、画家、装饰艺术家和雕刻画家联系在一起"②。在此,唯美主义的定义回到了诗学观念上来,作为一种共同的艺术追求与倾向影响与联系着一大批艺术家,这就明确了唯美主义作为文艺思潮的性质。艾布拉姆斯(M. H. Abrams)与哈珀姆(G. G. Harpham)在《文学术语词典》(2014)中持类似观点。

有学者将"为艺术而艺术"的观念加以拓展,在整个哲学发展史中寻找其理论根源。他们认为这种文艺思潮并非于 19 世纪的文艺圈中产生,而是产生于德国古典哲学圈,并将其命名为"审美主义"(Aestheticism)。例如,乔纳森·弗里德曼(Jonathan Freedman)认为,作为英国 19 世纪末基础广泛的文学、艺术与文化现象,唯美主义应与所谓的审美主义相联系……威廉·冈特(William Gaunt)指出,唯美主义在德国偏重于哲学概念,而在法国则落实为具体创作。"德国哲学家呕心沥血的工作是哲学上的苦苦追索,而法国人则更像艺术家,他们把一条条经典原则浪漫化了。对他们来说,一个理论就是一种灵感,其唯一价值就在于激发艺术作品的产生。"③在我国,对审美主义的阐释见于刘小枫、王一川、李晓林、顾梅

---

① 克里斯·波尔蒂克:《牛津文学术语词典》,上海:上海外语教育出版社,2000 年版,第 3 页。

② 提姆·巴林杰:《拉斐尔前派艺术》,梁莹译,北京:中国建筑工业出版社,2007 年版,第 3 页。

③ 威廉·冈特:《美的历险》,肖聿译,南京:江苏教育出版社,2005 年版,第 11 页。

珑等学者笔下。其中,王一川在《两种审美主义变体及其互渗特征》(2006)一文中将审美主义区分为广义和狭义两种。广义的审美主义,可以称思辨式审美主义,注重从思辨角度高扬审美旗帜,主张审美与艺术是文化的最高原则,以审美去改造现有的衰败的文化。狭义的审美主义在中国常被称为"唯美主义",可以称日常式审美主义,在承认思辨式审美主义原则的前提下,让这种原则从思辨王国沉落为现实生活行为:突出艺术本身的自为性,提出"为艺术而艺术"原则,并且身体力行地追求日常生活的审美化或艺术化。①

在笔者看来,王一川所说的广义的审美主义可以归为唯美主义的哲学根源,或者说是唯美主义在美学上的理论准备,是在哲学中给予审美以恰当位置的尝试。诚然,美学作为一门独立学科,其产生给了唯美主义极大的启发,它将"审美"(aesthetic)作为一个意识领域中独立的领域加以研究,因此也被称为"审美学",尤其是 19 世纪后期出现的哲学潮流,已然将艺术与审美提高到至高无上的地位。就此而言,唯美主义当然是建立在美学的发生、发展史之上的,但用美学本身涵盖唯美主义则显得大而无当。难道美学诞生以前的艺术就不具有改造文化和人性的价值吗?

因此,我们认为,既不能将唯美主义思潮的概念泛化,也不能将其扁平化,作为诞生于 19 世纪的一场文艺思潮,它有不同的层次和明显的时代特征。

二

唯美主义究竟是什么样的文艺思潮? 这就需要对唯美主义的"为艺术而艺术"加以辨析。"为艺术而艺术"的提出时间主要有两种说法:韦勒克(René Wellek)认为,"为艺术而艺术"于 1804 年出现在贡斯当(Benjamin Constan)的日记中;另一说更为普遍,认为这一口号是库辛(Victor Cousin)于 1818 年在《美学和宗教问题》中首次公开使用的。但无论如何,这个口号的诞生都标志着唯美主义文艺运动的开始。一般认为,"为艺术而艺术"意为"艺术仅仅为了审美"。那么,美是什么? 唯美主义表现什么样的美呢? 几乎所有对唯美主义的阐释都不

---

① 王一川:《两种审美主义变体及其互渗特征》,《社会科学》,2006 年第 5 期,第 178—185 页。

约而同地将这句口号理解、阐释为对艺术形式的自觉追求,进而将唯美主义与形式主义挂钩,即认为"美在形式"。例如,薛家宝认为,唯美主义的诗学特征之一即艺术上的形式主义倾向。与此相似,赵克非指出,后期浪漫主义的另一个演变是单纯追求文学作品的形式的完整和美,这一演变在法国发展为"为艺术而艺术"的唯美派文学。在国外学术界,如《文学术语词典》认为,"'为艺术而艺术'倡导一件艺术品的目的仅仅在于其以完美无瑕的形式存在;换句话说,唯美即是其本身的目的"①。冈特也认为,"为艺术而艺术"的含义是"道德的目的、深刻的思想、审慎精密的思考,所有这些陈腐体面的创作装饰物跟无拘无束的创作实践毫不相干,实际上,它们显然妨害了创作精神"②。简而言之,"为艺术而艺术"即无拘无束的创作精神,是对形式美的追求。意大利唯美主义理论家德·桑克梯斯(Francesco de Sanctis)主张"艺术即形式",艺术因形式而具有自发性和自主性。在文学创作领域,戈蒂耶的诗集《珐琅与玉雕》的风格正是与思想无关的章句之美,体现的是音乐般悦耳的话语、雕塑般立体的结构。受此影响,帕尔纳斯派诗人强调诗歌语言和格律的至善至美。爱伦·坡的《诗歌原理》于1852年传入法国,波德莱尔在翻译了这篇文章之后表示:"我的伟大的导师爱伦·坡赐给我那严格的形式美,我越钻研越要忠实于它。"③俄国"纯艺术派"高举"为艺术而艺术"的旗帜,将艺术与生活现实隔离,极力追求文学的形式美,在艺术形式方面有诸多新的探索。④ 诸如此类将"为艺术而艺术"等同于形式主义追求的观念不胜枚举。

为何认为美在形式?究其原因,一方面是受到康德美学观念的启发。康德指出,审美判断力是人的意识中不可否认的一部分,"纯粹美"只来源于形式的合目的性。唯美主义理论者"借题发挥",将文学的美感理解为文学形式的美感。"为艺术而艺术"本身就反对艺术表现政治、道德、宗教内容,而在传统的文艺观念中,这些范畴属于思想领域,而抛开这些观念的结构、体裁、语言、表现手法等因素则属于形式领域,也是艺术创作者安身立命的领域。因此,"艺术自治"是"艺术家自治"的副产品。正如冈特所指出的:"戈蒂耶把艺术家唯我独尊的地位

---

① M. H. 艾布拉姆斯、杰弗里·高尔特·哈珀姆:《文学术语词典》(第10版),吴松江等编译,北京:北京大学出版社,2014年版,第10页。
② 威廉·冈特:《美的历险》,肖聿译,南京:江苏教育出版社,2005年版,第9页。
③ 伍蠡甫主编:《西方文论选》(下卷),上海:上海译文出版社,1979年版,第495页。
④ 曾思艺主编:《19世纪俄国唯美主义文学研究》,北京:北京大学出版社,2015年版,第1页。

和艺术家与中产阶级世界的分离凝聚成了一个结晶：'为艺术而艺术。'"①无论在革命激情衰退后平庸苦闷的法国社会，还是在工业革命后保守市侩的英国社会，抑或在社会矛盾与改革焦虑暗流涌动的俄国，艺术家的生存空间都被挤压。与此同时，艺术家对世俗社会也产生了敌对情绪，他们鄙视庸众，认为艺术与日常生活琐事分离是天经地义的，作品的审美品位才是艺术的本质，对艺术形式的雕琢，追求所谓"纯粹美"才是艺术家的"专业"。

另一方面，形式主义一直都是西方美学的关注点。早在古希腊时期，哲学家们就认为"美在形式"。如毕达哥拉斯学派从数学和音乐的角度推断出"美是和谐"，和谐就是对形式的追求。亚里士多德认为，万物包含"形式"和"质料"两种因素，形式是事物的本质，先于质料，赋予事物现实的存在，进而提出美源于对自然的模仿。康德认为美感是由对象的形式引起的诸认识能力的自由协调活动，纯粹美不涉及内容意义。贝尔更是提出"美是有意味的形式"这一观点，他认为美来源于线条、色彩等以某种特殊方式组成某种形式或形式间的关系。这些观念其实都是"美在形式"的不同变体（客观或主观的和谐），它们的源头都可以追溯至古希腊哲学。"唯美主义作家把古希腊人视为现代美学批评概念和'为艺术而艺术'观念的源头，是唯美主义者们的先锋。通过对古希腊艺术的欣赏，人们意识到艺术只关乎形式，与功利主义与道德相分离。"②

从文学角度说，文学的形式因素在于结构、体裁和语言，唯美主义文学自然而然地被认为是对语言、结构极尽雕琢的文学观念与创作，但如就此将唯美主义简单地与形式主义等同，也是不确切的。康德美学的意义在于还原审美现象的本质：审美不是为了某种外在的目的，而是以审美主体的诸认识能力协调发展为目的，这是每个审美主体都潜在拥有的意识能力。如果将"无目的"理解为无内容，将"合目的"理解为纯形式，甚至不能流露作者一丝一毫情感的主张（戈蒂耶、帕尔纳斯派），这种刻意而为的审美就远离了诸认识能力自由协调一致的初衷，并且康德所谓的"形式"也并非文学中的"形式"。因为经过浪漫主义对古典主义的冲击，人们逐渐意识到，"'美'并非来源于某种抽象的客观存在、形式或规律，

①　威廉·冈特：《美的历险》，肖聿译，南京：江苏教育出版社，2005年版，第9页。

②　Evangelista Stefano. "Vernon Lee in the Vatican: The Uneasy Alliance of Aestheticism and Archaeology", *Victorian Studies*, Vol. 52, No. 1, 2009, pp. 32-35.

艺术也并非'认识'某种客观本质,而是要表现人的感性。事实上,近代美学研究视野的发展同样呈现为这样的路径:从研究普遍的社会性的感觉转向研究个体的丰富的感性"①。此外,在西方文学史上,希腊化时期的"亚历山大里亚派诗歌",古罗马晚期"衰颓"阶段的文学风格,西班牙贡戈拉派的夸饰主义文学和意大利马里诺诗派,等等,都是追求语言形式的文学创作,你很难说它们不是形式主义的。那么,19 世纪的唯美主义思潮与它们的区别在哪?

事实上,没有可以脱离内容的形式,任何形式都和内容相互联系。19 世纪唯美主义思潮的独特性就在于它在形式背后的"意味",即它的形式中承载的情感内容。任何艺术都是借助于某种形式寄托可以普遍传达的情感的,欣赏者在艺术形式上体验到自己的情感,而这种情感又是从他人的创造中得到的,这就是人与人之间情感的共鸣。审美就是针对这种寄托在形式上的情感共鸣的,它之所以是愉快的,是因为它可以让人确证自己与他人的共性,即人的社会性。哪怕是艺术创造,因为创造者将自己的情感寄托在对象(艺术形式)之上,这种凭借形式固定下来的情感就已经是社会性的了,因为它潜在地呼唤着"知音",即他人的相同的情感共鸣。假如没有情感的共鸣,形式就是一堆异己的材料而已。如果我们承认,任何历史时期的情感除拥有普遍的共性(共同的人性)之外又都有其独特性与时代性的话,那么唯美主义同样具有其独特的美感/情感。

三

唯美主义的美感/情感是什么? 这个关键问题却极少有人探讨。鉴于唯美主义与美学作为一门独立学科的产生和发展密不可分,也许我们还是要从美学本身谈起。美学从诞生之初开始,就是一门研究感性认识的学科。鲍姆嘉通认为美是感性认识的完善,尤其指视觉感官层面;康德认为审美判断力是一种反思的判断能力,审美就是从特殊的形式中体验到具有普遍性的感性愉悦,从本质上说,它还是属于感性学的。在美学产生与发展影响下的唯美主义与感性认识有

---

① 马翔:《感性之流的理性源头:唯美主义之德国古典哲学思想渊源探析》,《浙江学刊》,2019 年第 2 期,第 28 页。

什么关系呢？如果我们将形形色色且风格各异的唯美主义作品的社会背景、宗教情怀、伦理道德与政治立场(不介入政治也是一种政治立场)先存入括号,直观地从其描写的对象上观察,可以发现,唯美主义艺术极力展现的正是人的"感性认识"。① 感性认识作为基本的思维活动,是审美的基础,很多时候它以无意识状态伴随审美过程。囿于近代美学认识的局限性以及艺术性质的特殊性,人们普遍将感性认识等同于审美(尤其是在经验论美学那里),美学因此也被称为感性学。需要指出的是,感性认识包含感觉(官能刺激)、知觉与直觉。感觉是感性认识的基础,但人的感觉无法脱离知觉、直觉而单独存在,因此,在一般的语境中,往往将人的感觉等同于感性认识。戈蒂耶认为,世界是人的感觉的世界,形式、色彩是使它们为之存在的人获得完美细腻的快乐的手段,艺术家必须把它们毫无顾忌地变为艺术。佩特提出了他的"感觉主义"思想,他认为感觉是时间性的,它受到时间的限制。时间无限可分,因此感觉也无限可分,刹那最能凸显感觉的时间性——倏忽而逝,却又真实强烈。"我们唯一的机会就是延长这段时间,尽量在给定的时间里获得最多的动能。巨大的热情可能带给我们一种加速的生命感、爱情的狂喜和伤恸,各种各样的充满热情的活动。"②审美活动最能提供这种刹那间的生命热情,因此,真正的艺术就是要展现这种刹那间的感觉。他的小说《马利乌斯:一个享乐主义者》就是这样的尝试。佩特重新定义了唯美主义者——他们能够细致地分辨现象世界带来的经验印象的多样性。波德莱尔与斯温伯恩相信艺术的目标是达到通感,他们的创作尤其倡导将文学与音乐(感觉的艺术)相互类比、贯通。③ 拉斐尔前派画家通过他们的诗与画同样还原了感性经验的细微之处。郁达夫与新感觉派等作家的创作表明,新时代要用新感觉来体验,"在物质文明进步,感官非常灵敏的现代,自然要促生许多变态和许多人工刺激的发明"④。这些例子充分说明唯美主义艺术家对表现感性认识的兴趣,这也是唯美主义往往

---

①　作者注:感性认识是人通过肉体感官接触客观对象,引起许多感觉,在头脑中有了许多印象,对事物的表面形成初步认识并产生相应情绪的过程。参见林崇德等:《心理学大辞典》(上海:上海教育出版社,2003年版)第381、388页;布莱克波恩:《牛津哲学词典》(上海:上海外语教育出版社,2000年版)第347页。

②　沃尔特·佩特:《文艺复兴》,李丽译,北京:外语教学与研究出版社,2010年版,第303页。

③　Lambourne,Lionel. *The Aesthetic Movement*,London:Phaidon Press,1996, p.11.

④　郁达夫:《怎样叫做世纪末文学思潮》,《郁达夫文集》(第6卷),广州:花城出版社,1983年版,第288页。

被冠以"肉感主义"的原因。当然,唯美主义者倡导的感性是艺术家式的感性,比普罗大众要丰富得多,他们将艺术家式的感性当作标杆,在作品中,自然就呈现为对感性认识可能性的探索。

由于语言艺术的特殊性,唯美主义对感性认识的描写在文学中表现得最为典型,那些公认的具有鲜明唯美主义色彩的文学作品,都对感性认识的各种形式进行了详细描写,并且不断打破官能的生理阈限,打通各种官能体验的壁垒,使"通感"不仅成为一种修辞技巧,而且成为一种审美对象,"在唯美主义批评话语中占据关键位置"①。这种对感性认识的描摹,由于描写的对象是主观意识领域,往往被认为是浪漫主义遗风。但与浪漫主义的区别在于,唯美主义对感觉的描写是细致、精密的,甚至时常会利用某种科学(医学、病理学)式的话语加以描述,而不再是某种观念、欲望、情绪的抒发宣泄,这不禁让人想到了自然主义。大卫·威尔(David Weir)在评论福楼拜的《萨朗波》(Salammb)时指出,《萨朗波》"包含了浪漫主义的基本元素:异域情调、怪诞夸张的东方因素;古老原始的土著;离奇、夸张、怪诞的故事。但其叙事方式是严谨、有深意、超然与客观化的"②。这些都不属于传统浪漫主义美学的范畴,而是向现代主义过渡的后期浪漫主义了(在西方学界,唯美主义往往与后期浪漫主义、新浪漫主义或颓废派混用)。菲利普·斯蒂芬(Philip Stephan)在描述自然主义与颓废派关系的时候提出:"前者借重科学的严谨性……分析当时的社会……,后者力图以此表达'现代人'的感觉。"③两者共同的纽带在于实证主义、科学精神的发展。联系前文论述的唯美主义的形式问题,19世纪形式主义美学观的抬头同样离不开实证主义、科学精神的推动,这在帕尔纳斯派那里得到了集中的展现。帕尔纳斯派将诗歌引出主观世界,把对客观世界的精细描绘作为诗歌的主要内容,将自然科学等方面的学识带进诗歌,要求诗歌科学化,重视分析,崇尚理性,提倡诗律。④ 因此,无论是福楼拜

---

① Hester,Elizabeth J. *Aestheticism*:*A Selective Annotated Bibliography of Dissertations and Theses*,North Charleston:Create Space Independent Publishing Platform,2014,p. 189.

② Weir David. *Decadence and the Making of Modernism*,Amherst:University of Massachusetts Press,1995,p. 42.

③ Stephan Philip. *Paul Verlaine and the Decadence*,1882-1890,Totowa:Rowman & Littlefield,1974. pp. 9-10.

④ 郑克鲁:《法国诗歌史》,上海:上海外语教学出版社,1996年版,第179—180页;柳鸣九主编:《法国文学史》(第三卷),北京:人民文学出版社,2007年版,第31页。

的"客观而无动于衷"的非个性化叙事,还是拉斐尔前派崇尚的"返回自然",忠实于细节的精致描摹,都是实证主义、科学精神在不同程度上的体现,但实证主义与科学精神不是为了探索客观对象,而是反身表现人的感性能力,一切因素都是为细腻地描写感性认识服务。

从广义上说,感性认识是艺术的基础,所有的艺术体裁都包含了某种感性认识的范式,那么唯美主义式的感性有什么特殊性呢?

首先,唯美主义文学的感性认识对象从自然物逐渐转向了人造物(艺术品)。自然物作为审美对象一直都是艺术史的主流,但在 19 世纪,人造物开始取代自然物成为艺术家表现的主要对象,美学本身对"美"的理解也在经历这种变化。在 18 世纪之前,艺术(审美)与技术(实用)之间并没有明确的区分。到了 18 世纪,法国人夏尔·巴图(Charles Batteux)尝试将诗、绘画、音乐、雕塑和舞蹈等艺术形式命名为 beaux-arts,英文译成 the fine arts,中文通译为"美的艺术",艺术与技术开始有了初步明确的区分。① 经过狄德罗、康德、黑格尔、鲍姆嘉通等人的努力,现代艺术体制与美学观念才逐渐确立。美学作为独立学科的产生,是立足于"美的艺术"概念基础上的。但对美的"精英化、专业化"定义的另一面,则不经意间透露出美感本身的普遍性。于是到了 19 世纪,情况又发生了转变,英国工艺美术运动的初衷,就是将美还给大众,还给日常生活,以改造畸形的都市环境,提升都市生活品质。英国美学家罗斯金(John Ruskin)认为,造型艺术("美的艺术",当时被称为"大艺术",Major Art)与实用艺术(被称为"小艺术",Minor Art/The Lesser Art)之间并没有本质差别,艺术家应从事实用美术设计,让工艺美术与艺术相结合。工艺美术运动领袖莫里斯(William Morris)同样不关心高雅、纯粹的"大艺术",他更看重手工与实用性的劳动作品,呼吁将艺术与技术相结合,美与实用相结合,将艺术广义化,将"为艺术而艺术"变成"为大众而艺术"(the Art of the People)②,即生活的艺术化。因此,从"18、19 世纪开始的关于'美'的

---

① 高建平:《美学的当代转型:文化、城市、艺术》,石家庄:河北大学出版社,2013 年版,第 22 页。

② Morris William. "William Morris", *Strangeness and Beauty*:*An Anthology of Aesthetic Criticism 1840-1910*. Vol. 1. Ed. Eric Warner and Graham Hough,New York:Cambridge University Press,1983,p. 88.

定义的变化可以看到人们对自然物审美属性的关注转向了艺术品"①。这无疑是城市化与工业化带来的人的感知模式与经验对象的变化。城市、楼房、街道、手工艺品等"人造物"之美在唯美主义作家笔下得到淋漓尽致的展现,它们被作家们赋予了魔力,甚至成为某种"恋物癖"或"拜物教"式的存在。

其次,这种"恋物癖"或"拜物教"式的感觉由于偏离了自然界,因此不再是"天人合一"式的田园牧歌,也不同于"崇高"的古典美。在戈蒂耶、波德莱尔、爱伦·坡、于斯曼、马索克等作家那里,唯美主义式的感觉表现为精神的紧张、内心的震惊与生命活力的衰竭。最为极端的是,对艺术的追求往往与死亡相联系,体现为对生命短暂性的绵延不绝的联想、沉思或激情宣泄。由此我们可以联想到五四新文学时期唯美派文学的常用主题:爱(肉/欲)与死,比如曾孟朴、曾虚白父子将比尔·路易斯的唯美主义小说《阿芙洛狄特》(Aphrodite)译为《肉与死》(1929),由真善美书店发行,这个译名可以说抓住了唯美主义文学创作的审美特质。"对死亡的体验激发了对美的欲望"②,一方面,这种欲望来源于现代化过程中的生存体验:快节奏的都市生活、消费型的商品经济、疏离的人际关系、日新月异的物质奇观、飞速拉开的贫富差距、不断颠覆的男女关系。齐美尔(Georg Simmel)认为,都市生活瞬息万变,形成"信息超载",导致都市人的心理基础是"表面和内心印象的接连不断的迅速变化而引起的精神生活的紧张"③。因此,工商业城市的崛起与唯美主义密不可分,正如本雅明(Walter Benjamin)在分析波德莱尔时指出:"它们都是以广泛曲折的方式源于生产过程。然而,这些广泛曲折的方式在他的作品中是显而易见的。其中最重要的是神经衰弱者的经验、大城市居民的经验和消费者的经验。"④另一方面,唯美主义对感性认识的描写与自然科学的发展相互关联。科学技术与仪器将自然官能无法感知的物质信息转化和放大为可供感知的形式,使人的感觉不再囿于自然官能的生理阈限。这不仅

---

①　Stephan, Philip. *Paul Verlaine and the Decadence*, 1882-1890, Totowa: Rowman & Littlefield, 1974, p. 6.

②　Thain Marion. *"Michael Field": Poetry, Aestheticism and the Fin de Siècle*, New York: Cambridge University Press, 2007, p. 87.

③　G. 齐美尔:《大都市与精神生活》,《桥与门——齐美尔随笔集》,涯鸿等译,上海:生活·读书·新知三联书店上海分店,1991年版,第259页。

④　瓦尔特·本雅明:《巴黎,19世纪的首都》,刘北成译,北京:商务印书馆,2013年版,第188页。

增强了人的感性认识的能力,使感性认识日益个性化,同时为许多敏感的艺术家提供了创作的素材。

再次,个性化的感性认识传达的是"情调"。伴随着社会分工,"为艺术而艺术"的宗旨将艺术圈定为一块独立的自治领地。一部分艺术家、鉴赏家逐渐脱离大众,沉迷于个人的审美趣味,并用某种独特形式将其表达出来。这种美感的基础当然还是借助于形式传达的情感。情感从本质上说是社会性、对象性的,但每个人情感的具体形式却千差万别,这就是情调。情调是一种高级的审美情绪,是美感的体验和表现所采用的形式。它和情绪一样有着直接性,与感觉、知觉直接相连,不需要从对象(形式)返回来体验自我情感的联想与移情过程,也没有体验旁人或一般社会情感的意向,好像是一种直觉体验。因此,"情调是一种高度自我意识的心理体验,看起来似乎不像是体验,而是一种认识,即对对象形式结构的一种纯客观的冷静的整体把握"①。但与情绪不同,它仍然伴随着情感对象化的过程,在对象上体验自我最微妙的内心感触。情调在审美活动中的特殊性导致了人们对形式美、形式主义的误解,认为审美只是对某种客观存在的认识与分析,情感本身并不重要。其实,形式美只是情调相对独立化的表现,是人们直观感受到的情感寄托的可能性。唯美主义探索形式,更表现蕴含在形式后面千差万别的情调,它不是直白的、大众化的情感范式,因而时常显得怪异,"'为艺术而艺术'的诗人希望首先把自己——带着自身的全部怪癖、差异和无法估量的因素——交付给语言"②。这是唯美主义往往与"审丑"相伴的原因。作家有意识地体验和展现背离大众与传统审美趣味的情调,正是现代艺术的萌芽。

四

综上所述,我们可以给 19 世纪唯美主义思潮下一个定义:唯美主义是 19 世纪西方现代化转型过程中,有些敏感的艺术家怀着对工业文明、城市文明的震惊与好奇的矛盾心态,自觉探索与表现感性认识可能性的文艺思潮。这个定义可

---

①　邓晓芒、易中天:《黄与蓝的交响:中西美学比较论》,武汉:武汉大学出版社,2007 年版,第 364—365 页。

②　瓦尔特·本雅明:《巴黎,19 世纪的首都》,刘北成译,北京:商务印书馆,2013 年版,第 187 页。

以从以下三个方面加以解释：首先，由于它的描写对象是人的感性认识，因此无关宗教、政治、伦理（至少在主观上），这是"为艺术而艺术"的根据。其次，由于它处于现代化的初期，因此还保留了对传统的留恋，在题材的选择上带有浪漫主义的余晖（描写主观精神领域、异国情调、贵族化与宗教情怀），但其观察与表现对象的方式已经是科学化、工业化与城市化的了，于斯曼将这种自然主义式的冷静与精确称为"精神自然主义"（Spiritual Naturalism）。[1] 这种矛盾状态在宗法制影响深广、现代化转型更加艰难的19世纪俄国的"纯艺术派"作家身上表现得更加明显。再次，因其呈现的是人的感性认识，因此成为现代主义文学内转向的美学基础。19世纪以降，"各种倾向的创作主旨可以归结为对19世纪末文学和艺术家所倡导的'为艺术而艺术'理念的继承和发展"[2]。

19世纪唯美主义思潮在表现形态上有四个层次：一是唯美主义诗学理论，包括艺术高于生活、艺术自律、形式的自觉、生活艺术化。唯美主义诗学理论在真正意义上开启了艺术自律的观念，但要指出的是，艺术自律并非形成某种非人的、异己的独立于人的东西（形式），而是回到人性本身，唤回被现代文明抑制的人的感性丰富性，它不是发现某种纯粹的形式，而是创造不同的形式。[3] 二是唯美主义文艺流派。主要有法国的帕尔纳斯派、英国的拉斐尔前派、俄国的纯艺术派等，它们具体的创作主张与艺术诉求不尽相同，有些也比较松散，但都蕴含了相似的美学特征，并且催生了20世纪意大利和日本等国的唯美主义文学。三是唯美主义创作。最能体现唯美主义特质的艺术类型是文学，因为文学不需要和异己的物质材料打交道，语言的目的就是其自身。"语言最初都是隐喻式的……文学所使用的语言本身，本质上就是文学性的。"[4]四是工艺美术运动。这场运动旨在使生活艺术化，用审美提高城市化、工业化时期普通百姓和下层劳工的生活

---

① 于斯曼说："保存各种文档记录、精确的细节与现实主义式的严肃准确的语言都重要，但是对灵魂深处的挖掘，保持精神病症的神秘性也很重要……沿着左拉的路径的继续深入开掘很必要，但开创一条新的路径，即精神自然主义同样非常必要。"See Symons, Arthur. *The Symbolist Movement in Literature*, New York: E. P. Dutton & Co., 1919, p. 76.

② 张敢：《欧洲19世纪艺术：世纪末与现代艺术的兴起》，北京：中国人民大学出版社，2010年版，第212页。

③ 关于唯美主义四个层次之间的关系，参见蒋承勇、马翔：《错位与对应——唯美主义思潮之理论与创作关系考论》，《社会科学战线》，2019年第2期，第139—150页。

④ 邓晓芒：《文学的现象学本体论》，《浙江大学学报》（人文社会科学版），2009年第1期，第11页。

品质,成为世纪之交欧美新艺术运动(Art Nouveau)的预热。工艺美术运动由设计改良运动开始渐次发展为社会改良运动,产生了一批普及艺术并进行艺术慈善活动的"审美布道者"(missionaryaesthete),因此有学者称其为"审美布道运动"。① 工艺美术运动吸收了许多东方美学元素,显示出唯美主义的包容性,并且呼应了唯美主义诗学理论,它说明唯美主义思潮的影响力正在于对人的观照。唯美主义思潮多层次的丰富内涵对五四时期的国人而言无疑打开了一扇窗,不同人"各取所需",这是五四新文学能够很快接受、容纳并吸收唯美主义思想的根本原因所在。

(本文作者:蒋承勇　马　翔)

---

① Maltz Diana. *British Aestheticism and the Urban Working Classes*,1870—1900;*Beauty for the People*. New York;Palgrave Macmillan,2006, p. 1.

错位与对应

——唯美主义思潮之理论与创作关系考论

文学思潮通常都会构建自己的诗学理论,并不同程度地形成理论与创作实践之间的对应与同构关系。但是,由于理论与创作实践毕竟是不同的文学范畴,因此,并不是所有文学思潮的理论都能落实到具体的文学创作之中,而是存在着对应中的错位,唯美主义文学思潮尤其如此。"艺术高于生活""艺术自律""形式主义""艺术拯救世俗人生"是唯美主义文学理论体系的四大内容,它们作为世界观、价值观与方法论渗透在具体的文学创作中。但实际情况是,唯美主义文学的理论与创作实践之间存在较大程度的错位甚至矛盾,这正是唯美主义文学思潮较之 19 世纪其他文学思潮的独特性所在。与之相关,对如何认识、界定唯美主义文学,尤其是唯美主义文学创作实践,学界一直比较含混甚至存在误解。笔者认为,只有在美学视域中厘清唯美主义文学从理论到实践之间的逻辑转换关系,才能"于矛盾处见真章",真正认识唯美主义文学的本质与历史价值。

一、"艺术高于生活"与"逆反自然"

唯美主义文艺理论的世界观是建立在"艺术高于生活"上的,由此引出艺术与现实之间的关系:艺术相对于现实世界是本原,是更高级的存在,"第一是艺术,第二是生活"①。这种对传统世界观、艺术观的颠覆导致一种倒置的"模仿

---

① 叶渭渠:《日本文学思潮史》,北京:北京大学出版社,2009 年版,第 267 页。

论",王尔德将此总结为:"生活模仿艺术远甚于艺术模仿生活。"①事实上,无论是"艺术高于生活"还是"生活模仿艺术",本意都不是对世界本原问题的探索,换句话说,它回答的是一个经典的美学问题,即"美的根源来自何处"。西方古典美学的主流是客观论美学,无论是毕达哥拉斯提出的"数的和谐"、赫拉克里特的"对立面的和谐",还是德谟克利特的"大小宇宙的和谐",抑或是苏格拉底、柏拉图与亚里士多德提到的"关系"与"比例"等概念,都认为美的根源在于某种"和谐"的比例、关系、结构等客观形式。只要认识到美的客观根源,就能发现美,艺术的功能便是表现、模仿这种客观形式,此为西方模仿论的依据。这也不难理解,因为"艺术"这个词在西方一开始便包括"技艺"的含义,直到近代,才发展为今天所理解的"审美的艺术"。作为谋生的技艺,观察、复制现实生活的现象与规律是题中应有之义。客观论美学与模仿论认为美来源于某种客观存在,它可能并非实存之物,但一定符合可然律或必然律,这是不以人的主观意志为转移的,西方哲学、美学界往往将主观意志之外的客观存在称为"自然"。因此,艺术与生活的关系问题又转换为艺术与"自然"的关系。

　　西方的"自然"包含"创造自然的自然"(造物主)与"被创造的自然"(可见的自然界)两层含义,西方艺术在艺术模仿"自然"的问题上,经常摇摆于这两者之间。在 18 世纪以前,"自然被当作一切可能的善的美的源泉和典型"②,直到 18、19 世纪,艺术才真正摆脱"技艺"的匠心、匠气,一反先前不敢承认人的创造能力的局面,"艺术不仅被视为包含创造性,甚至被视为就是创造性本身。'创作者'和'艺术家'成为同义词"③。相应地,在艺术史上,浪漫主义艺术正是在此时以"自由主义"的姿态把讲究规则、典范的古典主义艺术赶下历史舞台。并且,在当时的美学史上,经过大陆理性派与英国经验派美学的冲击,客观论美学已经逐渐转向了研究人的感性认识本身的人本主义美学。显然,无论是文学艺术史还是美学史都已经崭露这样的苗头:美的根源不在于客观存在,而是主观感受,即美感。与此同时,人的美感对象也逐渐从自然物转向了人的创造物。从

---

　　①　奥斯卡·王尔德:《王尔德全集·评论随笔卷》,杨东霞、杨烈等译,北京:中国文学出版社,2000 年版,第 348 页。

　　②　夏尔·波德莱尔:《波德莱尔美学论文选》,郭宏安译,北京:人民文学出版社,1987 年版,第 504 页。

　　③　瓦迪斯瓦夫·塔塔尔凯维奇:《西方六大美学观念史》,刘文潭译,上海:上海译文出版社,2006 年版,第 251—263 页。

18、19 世纪开始的关于"美"的定义的变化可以看到人们对审美属性的关注从自然物转向了艺术品。①

强调"艺术高于现实",实际上是将美的来源从客观世界转移到了主观世界,既然美不是来源于客观存在,而是来源于主观感受,那么对客观存在的模仿也就不再是艺术的目的,人的自由创造才是艺术审美的领地。在此基础上,作为自由创造的王国,艺术成为人们改变客观存在的"媒介"。王尔德通过"生活模仿艺术"点明了艺术对人们看待世界的方式、角度的影响。他举了一个例子:"事物存在是我们看见它们,我们看见什么,我们如何看见它,这是依影响我们的艺术而决定的。看一样东西和看见一样东西是非常不同的。人们在看见一事物的美以前是看不见这事物的……人们看见雾不是因为有雾,而是因为诗人和画家教他们懂得这种景色的神秘的可爱性。"②王尔德的意思是,与个体"无关"的事物对他来说是无意义的,也就不存在于他的意识中。艺术在潜移默化中改变了人的眼光,使原本无意义的外在对象变得有意义了,成为"人的对象",从而变得与人"有关"。这是因为,个体对外部世界的认知依赖后天训练,正如对于没有音乐感的耳朵来说,最美的音乐并不存在,忧心忡忡的穷人对最美的景色也会无动于衷。"未受训练的感官不易察觉大自然的真理。"③艺术起到训练感官的重要作用,通过艺术的"中介",人们可以感知到原本零散、模糊、难以把握的对象。我们对历史的还原与追忆往往也不是通过"枯燥"的文献记录,而是通过对彼时的艺术风格的想象。比如在影视剧中,当我们想要还原历史上的某一个时期时,最有效的方式就是还原那个时代经典艺术的表象特征(诸如光影、色彩、构图等元素)。"定义一个时代并非通过它的外在表现,而是通过对这些外在表现的感知方式进行。就像威尼斯画派作品的金色光泽一样,这种感觉使整个时代的生活呈现出色彩,因此人们对生活的任何看法都不可避免地通过它的媒介出现。"④

---

① Phillips Luke. *Aestheticism from Kant to Nietzsche*, Diss.：Indiana University, 2012, p. 6.

② 奥斯卡·王尔德:《王尔德全集·评论随笔卷》,杨东霞、杨烈等译,北京:中国文学出版社,2000 年版,第 349 页。

③ 约翰·罗斯金:《近代画家》(第 1 卷),张璘、张杰、张明权等译,北京:清华大学出版社,2012 年版,第 36 页。

④ Chai Leon. *Aestheticism：The Religion of Art in Post-Romantic Literature*, New York：Columbia University Press, 1990, p. 88.

王尔德的论断也是具有时代意义的。19 世纪机器大工业的异化劳动逐渐剥夺了人与外部世界丰富多彩的"关系",外部世界对于异化的劳动者来说失去了除生产以外的其他丰富意义。王尔德认为只有艺术才能改变人看待世界的观念视角(内在尺度),修复异化的人性。正如马克思所言,"动物只按照它所属的那个种的尺度和需要来构造,而人懂得按照任何一个种的尺度来进行生产,并且懂得处处都把内在的尺度运用于对象;因此,人也按照美的规律来构造"①。

当然,陶冶情操、完善人性,这是所有艺术都具有的价值属性,问题在于唯美主义文学是如何在创作中探索人的"内在尺度",并把"内在尺度"落实到作品中的呢?唯美主义认为艺术高于现实,实际上是将自由创作极致化,表现个性化的美感。"避免过分确切地表现真实世界,那样会是一种纯粹的模仿……艺术的注意力既不放在识别能力,也不放在推理能力;而只注意美感。"②因此,与自由意志相对的自然(自然造物、自然规律)就成为唯美主义对立面的"标靶",于是我们可以看到唯美主义作家对待自然总是"不太友好":波德莱尔美学观念中的一个重要原则是重艺术(人工)而轻自然。波德莱尔认为,艺术是"高于自然的,而自然是丑的,因为它是没有经人为的努力而存在的,所以与人类的原始罪恶有关系"③。戈蒂耶称赞波德莱尔的写作:"这些无疑都是反自然的、奇特的想象,接近于幻觉,表现一种对不可企及的新奇境界的内心向往。不过,从我们的角度来看,这种怪异的表现要比冒牌诗人平淡乏味的朴素好得多。"④受其启发,王尔德也认为:"一切坏的艺术都是返归生活和自然造成的,并且是将生活和自然上升为理想的结果。"⑤唯美主义作家重视人工美而轻自然美,认为自然造物是呆板、单调的,美只能来源于人的创造,因此主张用人的自由创造改造自然。米尔博(Octave Mirbeau)在《秘密花园》中借叙事者"我"之口吻表达花园之美本质上在于人工布局:"每一株植物的位置都经过悉心研究和精心选择,一方面要让不同

---

① 马克思:《1844 年经济学哲学手稿》,中共中央马克思、恩格斯、列宁、斯大林著作编译局译,北京:人民出版社,2000 年版,第 58 页。
② 奥斯卡·王尔德:《王尔德全集·评论随笔卷》,杨东霞、杨烈等译,北京:中国文学出版社,2000 年版,第 417 页。
③ 郭宏安:《论〈恶之花〉》,上海:上海译文出版社,2014 年版,第 144—145 页。
④ 泰奥菲尔·戈蒂耶:《回忆波德莱尔》,陈圣生译,上海:上海译文出版社,2011 年版,第 45 页。
⑤ 奥斯卡·王尔德:《王尔德全集·评论随笔卷》,杨东霞、杨烈等译,北京:中国文学出版社,2000 年版,第 356 页。

的花色和花型相互补充、相互衬托……"①在唯美主义作家看来,自然状态恰恰是有缺陷的,只有人工才能弥补。对"人工美"的追求典型地反映在于斯曼(Joris-Karl Huysmans)的小说《逆天》(1884,*Rebours*,又译《逆流》)中——值得注意的是,该小说的书名在英文中的翻译即"逆反自然"(Against Nature)。具有"颓废英雄"之称的主人公觉得大自然已经过时,"磨灭了真正的艺术家们宽容的敬仰之情,现在是时候尽可能用人工手段来取代自然了"②。佩特也反对自然美,他认为,艺术家应该与自然保持距离,因为艺术家对所描写的对象充满了冷漠和超脱时,他们这种宁静的态度也就非常感人,从而使作品非常有表现力。"艺术家们通常都把日常生活和自然环境看成是低劣、丑陋的,然而他们创造的作品却是美的。"③即便是落后于西欧社会现代化进程的俄国,在丘特切夫(Fedor Ivanovich Tyutchev)等唯美主义代表作家那里,也已经展现出"对自然的矛盾、困惑……对大自然产生怀疑,从而产生了与自然的疏离感"④的审美倾向。

逆反自然、崇尚人工的价值取向不仅表现在作家对自然造物的疏离上,也表现为对诸如"恋物癖""乱伦"等"反常"("反常"的英文 unnatural 本就有"非自然"的含义)行为的描写,同时还表现为对"凶杀""尸体""疾病"等"恶之花"的迷恋,形成"审丑"的艺术现象。从理论上的"唯美"演变为创作中的"审丑",好像是一个悖论,但也在情理之中。传统的美感以人的生理感官的舒适与和谐为标杆,体现的是对自然生命"肯定性"的价值,和谐、有序、健康等;相反,"丑"代表了对自然生命力的否定。休谟认为:"一切动物都有健全和失调两种状态,只有前一种状态能给我们提供一个趣味和感受的真实标准……我们就能因之得出'至美'的概念。"⑤黑格尔说得更加直白:"根据我们对于生命的观念……我们就说一个动物美或丑……因为活动和敏捷才见出生命的较高的观念性。"⑥这些观点都表明,传统的美感很大程度上来源于人对生命本身的认可(合生命原则),并将其投射

---

① 奥克塔夫·米尔博:《秘密花园》,竹苏敏译,重庆:重庆出版社,2005 年版,第 139 页。
② 乔里-卡尔·于斯曼:《逆天》,尹伟、戴巧译,上海:上海文艺出版社,2010 年版,第 20 页。
③ 张玉能等:《西方美学史》(第 5 卷),北京:北京师范大学出版社,2013 年版,第 494 页。
④ 曾思艺:《丘特切夫诗歌研究》,北京:人民出版社,2012 年版,第 41 页。
⑤ 大卫·休谟:《论趣味的标准》,吴兴华译,高建平、丁国旗编:《西方文论经典》(第 2 卷),合肥:安徽文艺出版社,2014 年版,第 686 页。
⑥ 黑格尔:《美学》(第 1 卷),朱光潜译,北京:商务印书馆,1979 年版,第 169 页。

到其他事物上。相比传统的审美观,唯美主义文学作品热衷于在"反常"与"丑恶"的事物中提炼出病态的"美"。对生命活力、感官舒适状态的破坏,是审美趣味上的"反自然"(反生命原则)的体现。"这种极端、怪诞、违反自然、几乎总是和古典美大唱反调的趣味……乃是人类意志的一种征兆:要根据自己的想法纠正肉体凡胎所赋予的形式和色彩。"①

从文化隐喻的层面看,逆反自然、崇尚人工的价值取向隐喻了人的自由意志与自然之间的紧张关系,它以极端的姿态表达了逃避与反抗自然力量的企图。"艺术高于生活"的观点在具体的创作中演变为对"自然"的逆反、对个性化的"反常"审美感受的强化。因此,唯美主义文学并非提供一个美的"典范",而是试图展现审美的主观性——"衡量标准是个体的素质,而不是对标准的追求"②,这既是对浪漫主义思潮的推进,也是美学观念、艺术观念的历史演变。

二、"艺术自律"与"为艺术而艺术"

"艺术高于生活"的理念引出了关于"艺术自律"的话题。事实上,在唯美主义文学的语境中,"生活"可以理解为"自然","自然"又象征着平庸的现实。唯美主义的理想是让艺术成为独立王国,不受现实世界与世俗价值观念的侵扰。对此,鲍姆嘉通与康德的美学思想成为他们打造艺术王国的"地基"。"美学之父"鲍姆嘉通确立了美学的形而上学领域,将感性学与伦理学、逻辑学并列为三门独立的研究人自身的学科。康德将审美视为一种判断力,还带有些许理性主义认识论的痕迹,他将审美判断力视为与认识能力、意志力并列的先天禀赋,指出主体在面对具体对象时所具有的反思的判断力。这样一来,美学的研究视角同样是以人自身为出发点,而不是外界的某种存在。康德将"情感"确立为美学的先天原则,将审美视为人的自由本质的一块"自留地"。在康德那里,审美看起来还是鲍姆嘉通所说的感性认识,属于人的认识能力,但其本质并非为了认识客观对象,而是通过认识对象反思共通的人性,激发人的情感。"为了分辨某物是美的

---

① 泰奥菲尔·戈蒂耶:《浪漫主义回忆》,赵克非译,北京:人民文学出版社,2011年版,第243页。

② Gordon,Linda Maureen. *The Utopian Aestheticism of Oscar Wildes The Picture of Dorian Gray and Gertrude Steins Three Lives*,Diss.:Auburn University,2012,p. 4.

还是不美的,我们不是把表象通过知性联系着客体来认识,而是通过想象力(也许是与知性结合着的)而与主体及其愉快或不愉快的情感相联系。所以鉴赏判断并不是认识判断,因而不是逻辑上的,而是感性的(审美的)。"①无论是美学的形而上学领域(感性),还是美学的先天原则(情感)的确立,都承认审美是人性中不可或缺的部分,通过审美展现人的自由本质。因此,正如自由就是以自身为目的,那么审美完全可以成为自身的目的——审美自由,唯美主义高扬"艺术自律"的底气来源于此,"真正美的东西都是毫无用处的,所有有用的东西都是丑陋的,因为它是某几种需要的代名词"②。

但"审美自由"与"艺术自律"之间并不能画等号。康德认为美是无目的的合目的性,审美不为外在目的,仅为自身。在审美过程中,人的诸认识能力(主要是想象力与知性)不约而同地协调一致,产生审美愉悦。诚然,人们在进行艺术欣赏的过程中确实可以达到这样的理想状态,但在艺术创作过程中却很难做到。艺术创作不可避免地要投入、渗透作者的某些理念与意图,甚至艺术创造的初衷可能就不纯粹是为了审美。尽管高明的艺术家可以将自己的意图隐藏起来,但这种刻意而为的审美远离了审美自由的初衷。因此,对艺术的欣赏,在康德看来不如对自然的欣赏更能体现审美的自由本质。显然,康德对艺术的态度与唯美主义重"人工"而轻"自然"的理念是相违背的。

事实上,唯美主义文学提出"艺术自律",本意是想将自己与世俗世界隔离开,用某种"紧闭的窗户"保护审美自治的"领地"③,提醒人们不要被政治、商业、伦理道德等因素绑架先验的自由本性。在具体的创作中,"艺术自律"可以从三个层面来论述。

首先,如前文所述,以叛逆的态度描写"反常"行为与丑恶现象,以"审丑"的姿态表达对世俗伦理道德以及市侩主义、功利主义价值取向的高傲姿态。"逆反自然"的价值取向与"为艺术而艺术"的高蹈姿态结成了同盟。"唯美的欲望——对美的欲望——成为阴暗的——对感官的欲望——终将与暴力相混淆——渴望

---

① 康德:《康德三大批判合集》下,邓晓芒译,北京:人民出版社,2009年版,第249页。

② 泰奥菲尔·戈蒂耶:《莫班小姐》,黄胜强、许铭原译,北京:中国社会科学出版社,2013年版,序言第20页。

③ See Patrick McGuinness. *Poetry and Radical Politics in Fin de Siècle France*: *from Anarchism to Action Franaise*, New York: Oxford University Press, 2015, pp. 9-12.

那些在生理上与道德上令人反感之处。"①

其次，异教情调抒写。基督教是西方文化的源头之一，尽管其具体教义、内涵随着时代不断变化，内部不同流派对教义也有不同的阐释，但其基本价值取向是贯穿始终的，那就是对人的精神层面保持唯灵主义的追求。因此，艺术，尤其是诉诸感官享受的艺术，是早期基督教所排斥的。对人体美的欣赏与追求，在相当长的时间内更是作为异端被打压。尽管在文艺复兴与宗教改革后，这种情况已经大为改观，但改革后的基督教由于和资本主义上升期所需求的勤俭、奋斗等精神相契合，宗教精神在维多利亚时代也内化为中产阶级古板、节制、重视伦理道德的行为举止与精神面貌。唯美主义文学则大胆表现反宗教价值与中产阶级旨趣的异教情调，刻画"离经叛道"的异教形象。

《马利乌斯——一个享乐主义者》的故事发生在基督教成为罗马国教的前夜。主人公马利乌斯身上潜藏了两种文明/价值之间的冲突：唯灵主义禁欲观念与享乐主义思想，并且这两种文明/价值化身为两种感觉：听觉与视觉。他曾思索："在一个拥有众多声音的世界上，不去倾听这些声音势必导致道德上的缺陷。他起初曾设法消除这种怀疑，但最终却被它吸引过来。然而这个声音早在少年时期就已经被强行灌输进他的头脑中了。作为他精神上的两个主导思想之一，它似乎促成了他孤傲的个性；而另一个指导思想却要求他在这个充满七彩阳光的世界上，无限制地发展自己。"②在西方文化史上，古希腊—罗马的世俗享乐观念对外部世界的好奇、对人之原欲的追求，象征视觉上的"看"。正如古希腊哲学对"火"与"看"关系的阐释：人的目光犹如火光照亮对象。而宗教唯灵主义对此岸世界的隐忍、对彼岸世界的渴望，是寄托在对上帝"圣言"的聆听之中的。显然，通过描写视觉与听觉对马利乌斯的"撕扯"，深谙西方文化传统的佩特隐喻了两种文明/价值观之争。马利乌斯要做出自己的选择，他选择了"视觉"，他要"看"到美——文艺复兴文化的底色正是要复归古希腊—罗马的"视觉文化"，这也是佩特借"文艺复兴"阐释自身哲学思想的根源。

---

① Maltz，Diana. *British Aestheticism and the Urban Working Classes*，1870-1900：*Beauty for the People*，New York：Palgrave Macmillan，2006，p. 93.

② 沃尔特·佩特：《马利乌斯——一个享乐主义者》，陆笑炎、殷金梅、董莉译，哈尔滨：哈尔滨出版社，1994 年版，第 23—24 页。

　　"唯美主义作家把古希腊人视为现代美学批评概念和'为艺术而艺术'观念的源头,视为唯美主义者们的先锋。"①唯美主义文学通过对古希腊文化、艺术的欣赏,传达艺术与功利主义、道德观念相分离的理念。王尔德特别推崇希腊精神,他笔下也随处可见希腊式的异教情调对抗基督教禁欲主义的抒写。在《渔夫和他的灵魂》中,渔夫为了与美人鱼(古希腊神话形象)在一起,不惜抛弃自己的灵魂,他向神父请教丢掉灵魂的方法,神父指出灵魂乃无价之宝,是上帝的恩赐,而肉体之爱是邪恶可耻的,劝渔夫回头是岸。然而神父的斥责并没能让渔夫回心转意,渔夫反问:"至于我的灵魂,如果它阻挡在我和我所爱的东西之间,那它对我又有什么益处呢?"②

　　古希腊罗马神话中随处可见俊男美女形象,众神大多有着精致俊美的外形,体现了初民认识自然的兴趣,并从对自然的认识中找寻对自我理想形象的幻想。"我们可以从希腊人那里认识到,除了'美'以外,没有任何东西能给予宗教信仰以如此的支撑,因为没有一个理想被如此普遍接受并且使人性得以提升。"③在唯美主义作品中随处可以看到作者对美丽外形的向往,这些美丽外形都是古希腊—罗马世俗人本文化的产物,因此他们都是"异教式"的形象。在欧洲,"异教形象一般指的是传承希腊文化(世界观)或是本土化区域文明(民间宗教与传说)的人"④。由于这些异教形象的存在,唯美主义文学作品散发着独特的异教情调。米尔博的《秘密花园》以虚构的广州的中国式花园为背景,主人公克莱拉将美丽与恐怖、爱欲与嗜血合而为一,她只有在欣赏花样翻新的东方式人体酷刑时才能激发自己的情欲。"大概因为母神是终极力量——统治者的力量、生与死的力量的最初执掌者,所以女人贵为天后,而王必须得死。无论在神话中或历史上,伟大的女神奔放的性欲以及她对血的嗜欲都衍生出了古老但确有其事的'弑王'仪式。"⑤从克莱拉的形象上我们可以看到,对男性(叙述者)而言,异教情调的女性

　　① Stefano Evangelista. "Vernon Lee in the Vatican: The Uneasy Alliance of Aestheticism and Ar- chaeology", *Victorian Studies*, Vol. 52, No. 1, 2009, pp. 31-41.

　　② 奥斯卡·王尔德:《快乐王子》,赵洪玮、任一鸣、潘天一译,北京:北京燕山出版社,2014年版,第86页。

　　③ Arthur Fairbanks. "The Message of Greek Religion to Christianity Today", *Biblical World*, Vol. 29, No. 2, 1907, pp. 111-120.

　　④ E. P. Butler. "The Theological Interpretation of Myth", *Pomegranate*, Vol. 7, No. 1, 2005, pp. 27-41.

　　⑤ 罗莎琳德·迈尔斯:《女人的历史》,刁筱华译,北京:中央编译出版社,2011年版,第34页。

形象往往与嗜血、情欲、原始本能等元素相联系，因此，许多有关异教的叙事往往是母系氏族化的，"因为这个原因，异教情调的文本中占主导地位的人物往往是现代式的女性，异教情调的女性崇拜带着复仇的姿态回归"①。

同性之爱也是异教情调的组成部分，这种同性之爱的实质不在于肉欲，而在于对美的追求。在古希腊—罗马神话中便有关于雌雄同体、双性之恋的描述，神话中的男女两性的性别界限往往是模糊的，人与人之间的吸引往往以人的外表（形式美）为前提，因而淡化了性别因素。正因为形式美较为抽象，所以神话对美的追求是超性别的，于是产生了诸多同性之爱的题材。同性之爱在唯美主义作品中被大胆地展现，在《莫班小姐》中，莫班、阿尔贝、珞赛特三人间互生情愫，演绎出跨越性别的情爱传奇。在《道林·格雷的画像》中，王尔德以道林为圆心呈现了几组超越普通男性友谊的暧昧关系。在特定的文化语境中，"异教信仰与同性恋题材往往是探索社会颠覆性元素不可分割的象征手段"②。这样的描写与中产阶级婚姻家庭道德观念形成了鲜明的反差，目的在于用异教文化包裹审美自由的领地，抵御强大的宗教、道德束缚。事实上，唯美主义对同性之爱的描写也是形式化的，并无自然主义式的肉欲色彩，并且"暗示了一种特定的由同性之爱所驱动和启发的审美感知，从而增加了企图由这些形式所引发的审美感知的焦虑"③。

最后，"艺术自律"又表现为对形式主义的追求。"艺术自律"指的是艺术以审美为目的。形式是审美最直观的媒介，形式美是艺术躲避其他因素直接干扰的"堡垒"。如何将情感内容通过某种形式加以定型，从而引起欣赏者的情感共鸣，对于艺术创造（人工美）来说变得尤为关键，由此引出了唯美主义文学的又一理论，即文学形式的自觉。

---

① K. A. Reid. "The Love Which Dare Not Speak its Name：An Examination of Pagan Symbolism and Morality in Fin desiecle Decadent Fiction"，*Pomegranate*，Vol. 10，No. 2，2009，pp. 130-141.

② K. A. Reid. "The Love Which Dare Not Speak its Name：An Examination of Pagan Symbolism and Morality in Fin desiecle Decadent Fiction"，*Pomegranate*，Vol. 10，No. 2，2009，pp. 130-141.

③ Jesse Oak Taylor. "Kiplings Imperial Aestheticism：Epistemologies of Art and Empire in Kim"，*English Literature in Transition 1880-1920*，Vol. 52，No. 1，2009，pp. 49-69.

三、"形式"的自觉与"感觉"的描写

"艺术自律"的理论"自然地"落脚于文学的形式主义追求。将形式主义与唯美主义联系在一起,这种思维源于西方形式主义美学。客观论美学使人们相信美来源于某种客观存在。随着思维能力的发展,早期古希腊思想家将这种客观存在指认为某种抽象的"关系":数。数字之间形成的数学关系是最抽象、最稳定的,似乎可以成为解释一切具象事物"关系"的根源。因此,古希腊早期的美学观念认为美的根源就是和谐的"数的关系",即适当、协调、整一、匀称的比例。无论是后来的柏拉图的"理念"、亚里士多德的"四因说"、普罗提诺的"太一说",还是中世纪神学美学,抑或是近代的理性派美学,都暗含了"数的和谐"的理念,这就是形式主义美学的渊源。由于形式的抽象性与本原性,在西方形而上学中它指的是事物的内在本质,是事物成为这一事物的内在根据与目的,正如亚里士多德在《形而上学》中谈到的"我们寻求的是使质料成为某物的原因,这个原因就是形式,也就是实体"①,形式主义对形式的自觉与唯美主义的"艺术自律"理论相契合——"为艺术而艺术",就是将艺术视为自身的目的。

"艺术自律"对形式的自觉又受到康德美学的直接影响。康德将单纯形式的合目的性称为"自由美",因为"形式"不表现为某种外在的目的,而是自为的,一旦涉及质料就不可避免地会带有功利成分。因此,康德认为"自由美"最合乎人的自由本质,对形式的审美判断最能体现"无目的的合目的性"——在克莱夫·贝尔(Clive Bell)那里被总结为"有意味的形式"。不可否认,在康德美学中,"自由美"确实是由形式的合目的性引起的,但康德所说的"形式"是哲学意义上的,它主要有两种内涵:一是空间和时间的运动变化形式,如戏剧中的表情动作和舞蹈,音乐中的不同高度和时值的声音,但要剥离其中的色彩和音响带来的快适感,因为这些元素在康德看来属于质料;另一种是"形态"(geatalt),类似于现在所谓的"格式塔",从康德美学的内在逻辑来看,它是一种主体认识能力相互协调的"完形"。② 在文学研

---

① 亚里士多德:《形而上学》,苗力田编译,北京:中国人民大学出版社,1993 年版,第 187 页。

② 曹俊峰、朱立元、张玉能:《德国古典美学》,蒋孔阳、朱立元主编:《西方美学史》(第 4 卷),北京:北京师范大学出版社,2013 年版,第 90—91 页。

究中,我们很容易将康德美学中的"形式"置换为文学的篇章结构,将"无目的"理解为无意义,甚至提出不能流露一丝一毫情感的主张(例如戈蒂耶、帕尔纳斯派的主张),且不论这种刻意而为的文学创作能否做到,单就出发点而言,这种观念已然违背了康德所说的"诸认识能力自由协调"的审美愉悦,反倒隐含了创作概念化、功利化的陷阱。这是因为,经过近代经验派美学的洗礼,美学已从客观的认识论美学转向人本主义。康德认为审美判断是先天综合判断,审美看起来好像是客观的,但实际上是主观的,没有所谓的客观的文学形式之美。况且,文学作为语言的艺术,其美感的实现无法脱离语言的内容,除非忽略语意,只关注语音,将文学音乐化,因为音乐是最能体现形式美的艺术。

事实上,古希腊客观论美学发现"数的和谐"原理正是通过音乐这个媒介。毕达哥拉斯从铁匠打铁发出的声响中发现音程和弦之间的关系,并将"数的和谐"原理应用到音乐欣赏中;赫拉克里特也结合音乐分析艺术与自然的关系。的确,音乐能将纯形式的数学关系以人的感官体验的方式表现出来,并且与其他各类艺术相比,音乐又是极度抽象的艺术形式。因此,追求文学的音乐性成为戈蒂耶、佩特、王尔德等唯美主义者的形式主义观点。戈蒂耶否认诗歌要表达情感,"光芒四射的字眼,加上节奏和音乐,这就是诗歌"[①]。佩特认为:"所有艺术都共同地向往着能契合音乐之律。音乐是典型的,或者说至臻完美的艺术。它是所有艺术、所有具有艺术性的事物'出位之思'的目标,是艺术特质的代表。"[②]因此,"界定一首诗真正属于诗歌的特质,这种特质不单纯是描述性或沉思式的,而是来自对韵律语言,即歌唱中的歌曲元素的创造性处理"[③]。王尔德也说:"音乐的所有真正内含也就是艺术的真正内含。"[④]惠斯勒(J. A. M. Whistler)提出:"音乐是声音的诗,绘画是视觉的诗,主题与声音或色彩的和谐无关。"[⑤]以今天的眼光来看,唯美主义对形式的追求不仅与康德美学存在出入,在文学理论上也无法自洽。他们试图用一种"泛音乐化的"理论定义所有艺术的本质,这当然是不科学

---

① 柳鸣九主编:《法国文学史》第2卷(修订本),北京:人民文学出版社,2007年版,第223页。

② 沃尔特·佩特:《文艺复兴》,李丽译,北京:外语教学与研究出版社,2010年版,第169—171页。

③ 沃尔特·佩特:《文艺复兴》,李丽译,北京:外语教学与研究出版社,2010年版,第165页。

④ 奥斯卡·王尔德:《王尔德全集·评论随笔卷》,杨东霞、杨烈等译,北京:中国文学出版社,2000年版,第415页。

⑤ Whistler, J. A. M. *The Gentle Art of Making Enemies*, New York: Dover, 1967, p. 127.

的。由于语言文字的特性，作为语言的艺术，文学创作必然无法规避"内容"，"为艺术而艺术"的形式化理论在文学创作实践中呈现为别样的特征。

许多人对唯美主义文学的"形式"存在误解，认为唯美主义文学倡导的形式化理论指的是完善文章的结构安排，即讲究谋篇布局与起承转合。这种对"形式"的理解虽然也属于"形式"范畴的一部分，但显然不是唯美主义文学创作极力追求的。从浪漫主义思潮冲破古典主义原则的桎梏开始，所谓文章结构安排的"典范"（客观美）已然失去往日的神圣光辉，现代文学更是做着各种形式革新的实验，甚至出现"无形式""非形式"的先锋创作。站在现代主义文学门口的唯美主义一定不是重返古典主义的形式原则。那么，唯美主义文学追求的"形式"是什么呢？我们还得回到美学史对"美"的理解的发展中寻找线索。"唯美主义"（aestheticism）的名词来源于 aesthetic，词源来自希腊语 aisthetikos，本意为"感觉、感知"，后经鲍姆嘉通阐释，才转变为"美学""审美"的意思。从鲍姆嘉通、康德等人对感性的研究与强调中可以看出，既然美学是研究审美的学科，"感性认识"①是审美的基础，美学自诞生以来主要的研究对象就是感性认识，美学也被称为感性学，由此我们可以发现唯美主义与感性认识的关联。

作为基本的思维活动，感性认识在很多时候是无意识展开的，并且伴随着所有艺术的创造过程。以感官体验为基础的感觉是感性认识的前提，它有着更为明晰的特质与边界，更适合成为文学的题材，在经典唯美主义作品中，形式主义的追求落实到具体创作中就成为对感觉的描写。又因为所有的感觉都是一瞬间的，我们能够凭借语言文字将其记录下来的，都是对感觉的回忆，即"感觉的印象"。我们从唯美主义诗学理论对文学音乐化的追求中就可以发现这个端倪。

音乐的旋律与节奏给予人的无非是一种纯形式的"印象"，是作用于感性认识的"形式结构"——流动的音符。毕达哥拉斯学派正是将"数的和谐"运用到音

---

① 作者注：从心理学领域来说，感性认识（sensibility）是人通过肉体感官接触客观对象，引起许多感觉，在头脑中有了许多印象，对事物的表面形成初步认识并产生相应情绪的过程。感性认识包含了感觉（感官刺激）、知觉与直觉，感觉是感性认识的基础。由于人的感觉无法脱离知觉、直觉而单独存在，因此，在日常语境中，往往将人的感觉等同于感性认识。囿于19世纪科学与美学认识的局限性以及艺术性质的特殊性，人们普遍将感性认识（感觉）等同于审美活动。参见林崇德等：《心理学大辞典》，上海：上海教育出版社，2003年版，第381、388页；布莱克波恩：《牛津哲学词典》，上海：上海外语教育出版社，2000年版，第347页。

乐领域,继而运用到天体宇宙观中,提出了宇宙谐音问题,将天体运动秩序比作音乐的和谐。他们又认为人的灵魂与宇宙秩序是相通的,因此,通过音乐可以使灵魂净化(和谐),这就使音乐成为触动心灵的媒介。然而,如果要表达对音乐的欣赏,人们只能借助语言将音乐(形式)给予人的感觉表达出来,而无法直面音乐本身,因为它是"不可视"的形式艺术。这里蕴含了"形式—感觉(印象)—语言"的转化过程。

事实上,所有的艺术审美都含有这样的过程,但音乐是最典型的,正如王尔德所说,"可视艺术的美如同音乐的美一样,它主要是印象性的"①。在此基础上,我们对唯美主义者在大谈"形式"的同时又大谈"感觉(印象)"就不足为奇了。例如:戈蒂耶在《莫班小姐》中描写的狂欢与奢靡"被理直气壮地说成是为了寻求感官快乐"②,他的诗集《珐琅和雕玉》通过文字展现包括颜色在内的感官印象之间的"秘密亲缘关系",他对颜色的看法"取决于一个物体所引起的主观印象,而不是它的实际颜色,这是对印象主义的辩护"③;佩特提出他的"感觉主义"思想,"艺术所关注的不是纯粹的理性,更不是纯粹的心智,而是通过感官传递的'充满想象力的理性',而美学意义上的美有很多不同的类型,对应不同类型的感官禀赋"④;于斯曼的语言与莫奈的画笔有着异曲同工之妙,"他们都呈现了栩栩如生的几乎是迷惑性的印象……没人像他那样创造了那样粗犷而又精确的隐喻来呈现视觉感受"⑤;王尔德与比尔·路易斯通过颓废式的主人公形象表现精美艺术品施与感官层面的魔力;亨利·詹姆斯通过《使节》等小说展现了对视觉过程的分析——外部印象如何被转化为对美丽和意义的认知,他"与佩特的相似之处在于……对感官体验的广度与强度的伊壁鸠鲁式享乐"⑥。在俄国,唯美主义诗人丘特切夫与费特(Afanasy Afanasyevich Fet)的诗歌可以把各种不同类型的感觉

①　奥斯卡·王尔德:《王尔德全集·评论随笔卷》,杨东霞、杨烈等译,北京:中国文学出版社,2000 年版,第 414 页。

②　威廉·冈特:《美的历险》,肖聿、凌君译,南京:江苏教育出版社,2005 年版,第 3 页。

③　Chai Leon. *Aestheticism*:*The Religion of Art in Post-Romantic Literature*,New York:Columbia University Press,1990,p. 20.

④　沃尔特·佩特:《文艺复兴》,李丽译,北京:外语教学与研究出版社,2010 年版,第 165 页。

⑤　See Arthur Symons. *The Symbolist Movement in Literature*,New York:E. P. Dutton & Co.,1919,p. 81.

⑥　Freedman,Jonathan. *Professions of Taste*:*Henry James*,*Oscar Wilde and Commodity Culture*,Stanford,Calif.:Stanford University Press,1990. Introduction xv.

杂糅在一起,竭力追求一种瞬间印象、一种朦胧的感受。① 在东方,日本唯美主义文学(又称新浪漫派)认为唯美主义的重要属性是感官享乐,他们玩味绝对的官能主义,以官能的开放来改变一切价值观念。随之崛起的日本新感觉主义文学则将唯美主义对"感觉"的玩味发扬光大,主张营造人的感官世界,追求新的感觉和新的感受方法,这直接启发并影响了中国新感觉派的创作。在中国,除了新感觉派作家外,以滕固、章克标、邵洵美为代表的唯美—颓废作家群(时称"唯美派")自觉地"模仿"西方唯美主义,沉浸于感官享乐、印象主义的情调之中,因此往往被冠以"肉感主义"的称号。其实,无论是感觉主义还是肉感主义,都是一种将落脚点置于感觉印象的过程,上述例子充分说明感觉正是唯美主义作家描写的主要对象。唯美主义文学表现形式上的创新是以"感觉"描写的创新为基础的,正如川端康成所说:"没有新的表现,便没有文艺;没有新的表现便没有新的内容。而没有新的感觉则没有新的表现。"②

　　唯美主义文学"通过将感觉提升为达到精神狂喜的第一途径……从而超越了伦理道德的话语范畴"③。从形式到感觉,这是唯美主义诗学理论到文学创作实践的又一重要内在逻辑。

四、"艺术拯救世俗人生"与"感性解放"

　　"艺术自律"的主张是唯美主义借"审美自由之酒浇自我之块垒",它在具体的创作实践中表现为对世俗伦常的叛逆、对异教情调的抒写以及对形式主义的追求。"艺术自律"因此被视为"审美现代性反抗市侩现代性的头一个产儿"④,是对工商文明、工具理性对人的异化现象的反思与反抗。但我们似乎也可以这样理解,正因为唯美主义主张凭"艺术自律"构筑"紧闭的窗户"以抵御外部世界,恰

①　参见丘特切夫:《丘特切夫诗选》,查良铮译,北京:外国文学出版社,1985年版,第199页;费特:《费特抒情诗选》,曾思艺译,北京:中国友谊出版公司,2014年版,译者序第22页。
②　叶渭渠:《日本文学思潮史》,北京:北京大学出版社,2009年版,第321—322页。
③　Maltz,Diana. *British Aestheticism and the Urban Working Classes,1870-1900:Beauty for the People*,New York:Palgrave Macmillan,2006,p.10.
④　马泰·卡林内斯库:《现代性的五副面孔:现代主义、先锋派、颓废、媚俗艺术、后现代主义》,顾爱彬、李瑞华译,北京:商务印书馆,2002年版,第55页。

恰暗示了世俗势力之强大。因此,对唯美主义的认识必然无法离开现实世界的坐标。作为一场运动,唯美主义与维多利亚时代的社会现实紧密相连,而并非仅仅是形式主义式的梦境。① 面对艺术与现实之间的关系,唯美主义又包含了另一理论命题——"艺术拯救世俗人生"。

事实上,尽管散发着浓厚的高蹈气质,但唯美主义作为文艺思潮,的确具有强烈的社会介入意识。英国的唯美主义运动中存在诸如"克尔民间传美社团"(The Kyrle Society for the Diffusion of Beauty Among the People)等慈善主义团体,他们的行动宗旨与作用是通过各种公益活动使劳工阶层获得美育。为此,他们提供了免费音乐会、游乐场、公园,游说延长博物馆与画廊在周末的开放时间,鼓励艺术家对贫民开放工作室。伊恩·弗莱彻(Ian Fletcher)称这些团体活动者为"审美布道者"(mission aryaes thete)②。莫里斯(William Morris)深受马克思主义思想的影响,领导了工艺美术运动,否定工业化、机械化的生活方式与审美风格,吸引了叶芝、王尔德等人参与。佩特在艺术眼光上是形式主义者,排斥文艺的道德评价,但又大谈艺术的扬善救世作用,他曾说好的艺术如果能够"进一步致力于增加人的幸福,致力于拯救受压迫者,或扩延我们相互之间的同情心,或致力于表现与我们有关的或新或旧的,能使我们变得高尚,有利于我们在这里生活的真理"③,那么就成了"伟大的艺术"。王尔德认为:"穷人世代受穷,而资本家又贪婪成性,他们双方对这种状况的原因都只是一知半解,因而日益受到其他的威胁。就在这样的时候,诗人应当站出来发挥有益的作用,向世人展示更公正的理想形象。"④

这些都说明,唯美主义并非一味钻进艺术的象牙塔里与世隔绝,而是抱有"拯救世俗人生"之人文关怀的。"拯救世俗人生"与"艺术自律"看似相互矛盾,又在情理之中。唯美主义作为一股文艺思潮,本身就是对现实社会现状不满的

---

① Tim Barringer. "Aestheticism and the Victorian Present: Response", *Victorian Studies*, Vol. 51, No. 3, 2009, pp. 451-456.

② See Ian Fletcher. "Some Aspects of Aestheticism", *Twilight of Dawn: Studies in English Literature in Transition*, ed. by O. M. Brack, Tucson: University of Arizona Press, 1987, p. 25.

③ 蒋孔阳:《十九世纪西方美学名著选(英法美卷)》,上海:复旦大学出版社,1990年版,第208页。

④ 奥斯卡·王尔德:《王尔德全集·评论随笔卷》,杨东霞、杨烈等译,北京:中国文学出版社,2000年版,第70页。

反映。康德、席勒、歌德等人对艺术与审美完善人性的作用的阐释,给人们提供了一个依靠艺术与审美完善人性、改进社会的路径。事实上,艺术一直扮演着这样的角色,只是还未被思想家们阐释出来。但这种人文关怀若停留在理论或理想阶段,则只能属于美学或文艺理论的范畴,况且任何文艺都具有人文关怀,这是"不言自明"的。那些审美运动、审美布道者或艺术社团的行动,固然也是唯美主义思潮的一部分,但还只能算作社会运动与艺术行为。我们需要搞清楚的是,怀揣"拯救世俗人生"理想的唯美主义作家是如何在具体的写作中将这一理想实现的。这个问题也可以转换为:唯美主义文学创作的人文价值是什么?

在此我们还得从唯美主义文学对感觉的描写中寻找答案。由于学界往往将戈蒂耶、王尔德等唯美主义理论家的诗学理论与创作实际简单地画等号,将美学史中的某些观念、规律与文学批评相混淆,从而导致了对唯美主义文学之人文价值认识上的诸多偏差,许多评价已经偏离或溢出了唯美主义文学的范畴。这种偏差与混淆的一个直接表现是文学评价标准的"自相矛盾":肯定文学自律与审美救赎的理论或理念,否定具体的文学作品(主要指责其沉迷于感官享乐,无视世俗的伦理道德)。这种自相矛盾的批评,其根源在于并未准确理解唯美主义文学从形式到感觉的内在逻辑,也未准确理解这一内在逻辑的历史必然。对唯美主义的感觉的评价,应该回归 19 世纪的历史语境。

如本文第三部分所述,唯美主义文学并不重视对现实世界的记录,尽管作者通过描写感觉呈现出外部对象的某些范畴与特质,但由于描绘的是通过感觉形成的表象,因此从本质上说,唯美主义文学的审美对象并非外部世界,而是感觉本身。感觉成了建构主体意识的基石。"你感觉到了什么,你就是什么"①,这与贝克莱(George Berkeley)的"唯我论"有相似之处。不过,贝克莱把外部世界看作感觉的复合与观念的集合,它们都是意识的衍生物,只有自我意识才是真实的存在,是世界的本原。唯美主义对感觉的把握与还原,保留了主体的"神话",但其关心的并非世界本原的命题,而是旨在提升主体感受力,充盈刹那间的感受,尽可能占有、把握丰富的感性体验。正如佩特所说:"我们唯一的机会就是延长

---

① Freedman, Jonathan. *Professions of Taste*: *Henry James*, *Oscar Wilde and Commodity Culture*, Stanford, Calif.: Stanford University Press, 1990. p. 42.

这段时间,尽量在给定的时间里获得最多的动脉。"①

　　唯美主义文学塑造了感觉异常敏锐的主体形象,这使其区别于其他文学思潮或流派,从而在文学史上占据了独特的位置,也正是在这个意义上,我们才能看出唯美主义探索感觉的人文价值。19世纪是资本主义生产方式逐渐占据统治地位的时期,大机器生产使生产劳动日趋成为单调抽象的一般劳动,劳动失去了丰富的感性体验。马克思从这一现象中找出"社会必要劳动时间"这一规律,社会必要劳动时间获得了抽象劳动的量的规定性,它是线性的流俗时间观念的社会化形态,将时间变成无生命的外在刻度,消除了绵延于时间之流的生命的丰富性与自由感。然而线性流俗时间是不是时间的真相呢?在马克思看来并不是,他认为在这种时间观中,原本丰富的、拥有无尽可能性的感觉体验被抽空,感觉不再是人自身的,即感性的抽象化与感官的退化,这是造成人的异化的根源。马克思认为,"那自身反映的感性知觉是时间本身,这就不能超出时间的界限",而"感性世界的变易性作为变易性、感性世界的变换作为变换,这种形成时间概念的现象的自身反映,都在被意识到的感性里面有其单独的存在。因此人的感性就是形体化了的时间,就是感性世界自身之存在着的反映"②。按照马克思的思路,真正的时间不是机械刻度,而是内化为人的感性,离开了个人的感性经验,也就不存在真正的时间。因此,时间的问题就是感性的问题,即人的现实存在的问题。于是,马克思提出了"感性解放"的命题,旨在将人从异化的时间中解脱出来。法国学者奥利维耶·阿苏利(Olivier Assouly)将马克思关于"感性解放"的观念阐释为:"用非物质的享受对抗唯物的资本主义,用内在性对抗外在性,用感受性对抗机器,用自由的感官运用对抗机械化,用个性对抗异化。"③

　　感性、个性、自由这三个概念是紧密相连的。其实在浪漫主义思潮涌起之时,就已经普遍出现用个性化的感性经验取代理性,追求自由的趋势。感性的内涵包含感觉、欲望、情感、情绪、意志、冲动等,感觉是感性的基础。浪漫主义的感性还保留浓厚的形而上的痕迹,它注重对某种抽象、典型的情感与欲望主体的刻

---

① 沃尔特·佩特:《文艺复兴》,李丽译,北京:外语教学与研究出版社,2010年版,第303页。
② 《马克思恩格斯全集》(第1卷),北京:人民出版社,1995年版,第53页。
③ 奥利维耶·阿苏利:《审美资本主义:品位的工业化》,黄琰译,上海:华东师范大学出版社,2013年版,第159页。

画,而唯美主义对感性的重塑基于对感觉可能性的探索。感觉又是与"刹那"联系在一起的,由于其倏忽而逝的特质,感觉才显得真切而鲜活。在刹那中,过去与未来被悬置起来,被纳入到了"当下"的存在,而"当下"就是鲜活的感性体验,这些感性体验组成了我们的意识,感性体验的每个瞬间都为对时间的知觉所统摄,组成了不同的时间之流,形成了对时间的感受,因此,时间的本质对每一个个体来说都是不一样的,越是丰富的感性体验,越是能够造就合人的生命原则的时间意识。"这种感觉的经验创造了时间,但只有当我们能够理解时间产生的过程时,我们才能意识到时间的本质。然而,在对这一过程的一瞥中,我们也认识到我们自己是如何对时间的创造负责的,以及我们如何因此在自身中包含超越时间的可能性。"①唯美主义对"刹那"的关注,正是"感性解放"的呈现。在唯美主义文学中,与人无关的流俗时间观念逐渐褪去,对生命当下状态的关注以感觉的形式呈现出来,在对当下的直观把握中,时间被还原为生命本身。因此,正如佩特所言:"人生的意义就在于充实刹那间美的感受。"②

我们可以联系波德莱尔在《感应》一诗中对"通感"的描绘:感官之间的"感应"受到"自然"(这里的"自然"指的是理念世界)的启发,抑或说感官在与理念世界的"感应"中打开了独立封闭的疆界。由于理念世界是向诗人敞开的,因此,"感应"是诗意的,也就是说,只有"感应"的感官才能体会诗意的感觉,才是真正的属人的感官。由于宗教传统,西方文学总是借助于某种神性的元素寄托理想,波德莱尔的"感应"也是如此。倘若我们暂且剥开神性的外壳,将其还原到人本身,就可以看出,除了诗人与理念世界之间的"感应(通灵)",还有嗅觉、触觉、视觉、听觉等各个感官之间的"感应"。可以说,"感应"真正要传递的正是呼吁感性解放的信息,感性解放伴随着感官的解放,感性之丰富性必然以感官之丰富性为前提。这里包含了让"人的感性的丰富性,如有音乐感的耳朵、能感受形式美的眼睛,总之,那些能成为人的享受的感觉,即确证自己是人的本质力量的感觉"③发展起来的意义。从这个意义上说,唯美主义文学创作倒是把握住了康德美学

---

①　Chai Leon. *Aestheticism*: *The Religion of Art in Post-Romantic Literature*, New York: Columbia University Press, 1990, p. 216.

②　赵澧、徐京安:《唯美主义》,北京:中国人民大学出版社,1988 年版,第 77 页。

③　马克思:《1844 年经济学哲学手稿》,中共中央马克思、恩格斯、列宁、斯大林著作编译局译,北京:人民出版社,2000 年版,第 87 页。

的精髓：审美不是主体对客体的契合，而是客体对主体的契合，只有丰富的、人化的感官才能萌生对形式的追求。事实上，与唯美主义一起构成 19 世纪末思潮的象征主义、颓废主义等文学思潮与现象都与感觉发生联系，这绝非偶然，这正是文学领域对"感性解放"的呼唤。

唯美主义文学对感觉可能性的表现正是对感性之丰富性的重塑，在充分解放了的感觉世界中，蕴含了时间观念的变革，也提示了人的解放的路径。

五、结语

唯美主义文学思潮的产生、发展与美学观念的发展关系密切，是西方美学史发展在文学领域的回响。"艺术高于生活"是唯美主义文学理论的基石，它属于世界观层面，在具体的创作中演变为自由（意志）与自然（现象、规律）的冲突，由此引出"艺术自律"的思想。"艺术自律"是对"审美自律"的"创造性误读"，唯美主义者试图以"艺术自律"来反对功利主义、市侩主义与世俗道德，它在具体的创作中落脚于对"反常"事物与"异教情调"的描写，由此又衍生出文学的形式主义追求。"形式"是唯美主义诗学理论的核心概念，却一直被广泛误解。唯美主义文学作品中的形式转化为感觉，对形式的追求转化为对感觉可能性的探索。形式主义在呼应"艺术自律"的同时又演化为"艺术自律"的反面——艺术拯救世俗人生。艺术当然可以提升世俗人生的精神层次，但在文学创作中如何体现出来（不论是有意还是无意的）？这是最大的悖论和难题，一不小心就会落入道德说教，进而违背唯美主义文学理论的初衷。在创作中，唯美主义是以"感性解放"为基础实现时间的解放，最终提示人的解放的可能性。唯美主义文学思潮无论从理论还是创作实践看，都不是一个封闭的体系，它在建构与发展自身的时候，又扬弃了自身，成为近代文学向现代文学发展的桥梁。

唯美主义是极度理想化的文艺思潮，它带有较为浓厚的"乌托邦"气质；并且，唯美主义涵盖文学、绘画、装饰、音乐等不同艺术门类，甚至触及工业、慈善、教育等社会领域，早已溢出纯文学的范畴。正因如此，作为唯美主义思潮分支的唯美主义文学在理论与创作之间存在明显的"对应中的错位"，这种错位往往导致评论者对唯美主义文学评价的"失焦"，在理论与创作两端"顾此失彼"。但从另一方面说,任何文学思潮的理论与创作都无法一一对应。通过美学视域的分析,我们可以发现唯美主义文学理论与创作之间的"错位"并非"断裂",而是在"错位"中蕴含了逻辑转换关系,对逻辑转换关系的解读为我们探究唯美主义文学思潮的本质提供了"钥匙",也对认识 19 世纪其他文学思潮之理论与创作的关系有所启发。在这个意义上说,"对应中的错位"也可视为"错位中的对应"。

（本文作者:蒋承勇　马　翔）

感性之流的理性源头：唯美主义
之德国古典哲学思想渊源探析

一般认为，唯美主义文学与西方非理性哲学思潮同步，将文学艺术的重心置于意志冲动、感性欲望等非理性基础之上，从而开启了西方文学与文化的非理性主义转向。然而事实上，正如18、19世纪西方非理性哲学、美学以及文艺思潮直接来源于理性主义哲学的巅峰——德国古典哲学，唯美主义文学同样在德国古典哲学中找到了重要的理论支撑与精神养料。对此，学界也已经有了相当程度的认识，比如康德哲学早已被认为对唯美主义诗学理论有奠基意义。不过问题在于：一方面，唯美主义文学的诗学理论与创作实践之间存在着诸多对应中的错位，因此，康德哲学对唯美主义文学的意义还有待重估；另一方面，除了康德哲学，费希特、谢林和黑格尔的哲学观点都在不同方面与不同程度上影响了唯美主义文学，但学界对此论述比较含混，给人"有名无实"之感。有鉴于此，本文将在诗学理论与创作实践两方面深入探讨唯美主义文学与德国古典哲学的思想渊源关系。

一、"艺术自律"对康德哲学的"误读"

唯美主义的理想是让艺术成为独立王国，不受世俗价值观念的侵扰，提出"艺术自律"的观念，对此，康德哲学似乎顺理成章地成为打造"艺术独立王国"的"地基"。康德将审美视为与认识能力、意志力并列的先天禀赋，指出主体在面对具体对象时所具有的反思的判断力。① 审美属于人的认识能力范畴,即感性认识,但感性认识并非为了认识客观对象,而是一种反思的视角,通过认识对象反思共通的人性。这样一来,美学的研究视角就成为以人自身为出发点,而非外界的客观存在。康德将"情感"确立为美学的先天原则,审美判断力是在人的共通情感的基础上形成主观的普遍性。在审美过程中,人的诸认识能力不约而同地协调一致,产生审美愉悦,"为了分辨某物是美的还是不美的,我们不是把表象通过知性联系着客体来认识,而是通过想象力(也许是与知性结合着的)而与主体及其愉快或不愉快的情感相联系。所以鉴赏判断并不是认识判断,因而不是逻辑上的,而是感性的(审美的)"②。由于知性的基础是认识,道德的基础是自由意志,因此,审美判断属于"非认识的认识"(认识能力的活动)、"非道德的道德"(自由协调的活动)。认识与道德通过审美结合起来,知、情、意构成完整的人性。在此意义上,美成为能够独立于真与善的人性范畴,人的自由本质正是通过审美才得以全面展现。如果说自由就是以自身为目的,那么审美也能够不为某种外在的目的或利害关系而仅仅为了自身,即审美自由。戈蒂耶用通俗的话语将其表述为:"真正美的东西都是毫无用处的,所有有用的东西都是丑陋的,因为它是某几种需要的代名词。"③

　　我们往往将"艺术自律"理解为对形式的自觉——形式主义。形式主义的追求同样受到康德哲学的影响,他将单纯形式的合目的性称为"纯粹美",一旦涉及质料就不可避免会带有功利成分,对形式的审美最能体现"无目的的合目的性"。事实上,在康德哲学中,"纯粹美"的确是由形式的合目的性引起的,但从康德哲学的内在逻辑看,他所谓的"形式"并非客观对象的某种属性,而是指人的诸认识能力看似趋向某种目的的和谐,一种主体认识能力相互协调的"完形"。④ 换言之,这里的"形式"是内在的,指向人类学意义上的个体心理机制。但在文学研究中,我们很容易将康德的"形式"理解为外在化的篇章结构,将"无目的"理解为无

①　康德:《康德三大批判合集》(下),邓晓芒译,北京:人民出版社,2009 年版,第 229—231、249 页。
②　康德:《康德三大批判合集》(下),邓晓芒译,北京:人民出版社,2009 年版,第 229—231、249 页。
③　泰奥菲尔·戈蒂耶:《莫班小姐》,黄胜强等译,北京:中国社会科学出版社,2013 年版,序言第 20 页。
④　曹俊峰、朱立元、张玉能:《德国古典美学》,蒋孔阳、朱立元主编:《西方美学史》(第 4 卷),北京:北京师范大学出版社,2013 年版,第 90—91 页。

意义,甚至提出不能流露丝毫情感的"去人化"的主张(例如戈蒂耶、高蹈派的创作主张①)。这样的形式主义还停留在"认识论"的范畴,即预设一种客观的美的规则、秩序的存在,已然违背了康德对审美判断的"反思性"理解。

况且,这种极端的形式主义创作理念属于乌托邦式的追求。人们在进行审美鉴赏的过程中兴许可以达到这样的理想,但在艺术创作过程中却很难做到,甚至唯美主义作家在其创作实践中亦如此,因为创作无可避免地要渗透作者的某些理念与意图,甚至艺术创造的初衷可能就不纯粹是为了审美。尽管高明的艺术家可以将自己的意图隐藏起来,但这种刻意而为的审美违背了"诸认识能力自由协调"的感性认识过程,进而隐含了将创作行为概念化、功利化的陷阱。因此,"审美自由"与"艺术自律"之间并不能简单地画等号。对此,康德其实也早已预料,在他的美学视野中,审美判断的最终目标是引导人获得自由感,实现的途径是通过审美调动全人类普遍的情感,因此相较于人工的艺术,人们对大自然的欣赏更能"单独唤起一种直接的兴趣和优点"②,从而体现审美的自由本质。更重要的是,在康德看来,通过审美可以暗示人的道德本体:人的感受力会更加细腻,体会共通的人性,开启道德的自觉,能鉴赏自然美的人一定具有道德感。于是,美就成为德性/善的象征,"并且也只有在这种考虑中……美才伴随着对每个别人都来赞同的要求而使人喜欢,这时内心同时意识到自己的某种高贵化和对感官印象的愉快的单纯感受性的超升,并对别人也按照他们判断力的类似准则来估量其价值"③。在此我们可以看出康德哲学所带有的近代人本主义气质,这与唯美主义诗学重"人工"而轻"自然"的价值理念,以及试图用某种近似科学(认识论)的形式主义思维取代自然情感的价值取向是相背离的。

康德哲学关于"审美自律"的论述为唯美主义文学的诗学理论建构提供了依据,但正如唯美主义诗学理论与创作实践存在诸多错位那样,唯美主义诗学理论对康德哲学的借鉴也存在有意无意的"误读"。但正是这样的"误读",为我们理解唯美主义文学的实质打开了缺口。康德的洞见与局限很大程度上在于他建构

---

① 泰纳曾和戈蒂耶当面讨论"为艺术而艺术"是否恰当,泰纳认为诗歌应该表达情感,戈蒂耶回答:"泰纳,你似乎也变成资产阶级的白痴了,居然要求诗歌表达感情。光芒四射的字眼,加上节奏和音乐,这就是诗歌。"参见柳鸣九:《法国文学史》(第二卷)(修订本),北京:人民文学出版社,2007年版,第223页。

② 康德:《康德三大批判合集》(下),北京:人民出版社,2009年版,第342、391页。

③ 康德:《康德三大批判合集》(下),北京:人民出版社,2009年版,第342、391页。

了"物自体"的概念。"物自体"不可认识,但可以用"反思的判断力"来衔接纯粹理性(认识)与实践理性(自由)。这种做法一方面将人的自我意识局限在"物自体"之外,限制了认识能力的边界;另一方面却保护了意识的能动性,意识可以在受保护的"领地"内运用十二范畴主动获得经验表象,建构认识对象。对文学领域而言,经过浪漫主义对古典主义的冲击,人们逐渐意识到,"美"并非来源于某种抽象的客观存在、形式或规律,艺术也并非"认识"某种客观本质,而是要表现人的感性。事实上,近代美学研究视野的发展同样呈现为这样的路径:从研究普遍的社会性的感觉转向研究个体的丰富的感性。康德哲学正处在这样的转型过程中,于是我们也可以在康德哲学中看到"形式主义因素和主情主义因素的矛盾"①。这提醒我们,19世纪唯美主义文学创作也许并非意在寻找某种古典主义式的美的范式,而是紧紧抓住个性化的感性领域。"佩特的思想就追随了康德,他将美与日常生活经验、价值判断相剥离。美不是抽象化的,而是形象的感官体验。"②

二、"绝对自我"与感觉主体

费希特在康德的基础上继续推进,他认为:所谓"物自体"其实也是自我建立起来的概念;更重要的是,对"物自体"的经验表象亦是主体自我刺激产生的。于是,费希特在抛弃"物自体"概念的同时提出了"全部知识学原理"的三个正、反、合的命题:

首先,自我设定自我。费希特认为一切都应从自我出发,自我的一切知识都是自我的综合,"我就是我"是一个能动性的过程,而非静止的状态。"自我存在着,而且凭借它的单独存在,它设定它的存在。——它同时既是行动者,又是行动的产物;既是活动的东西,又是由活动制造出来的东西。"③费希特的"自我"是

①　邓晓芒、易中天:《黄与蓝的交响:中西美学比较论》,武汉:武汉大学出版社,2007年版,第142页。

②　J. L. Freedman. *Professions of Taste*: *Henry James*, *British Aestheticism and Commodity Culture*, California: Stanford University Press, 1990, p. 5.

③　费希特:《全部知识学的基础》,梁志学编译:《费希特文集》(第1卷),北京:商务印书馆,2014年版,第505页。

绝对自我,是超越于日常的个体意识之上的先验概念。这种"唯我论"式的原理经过施莱尔马赫的发展成为浪漫主义的"温床"。浪漫主义将个体意识发扬到极致,经由浪漫主义文学的过渡,绝对自我理念在唯美主义文学中落脚为"茕茕孑立、形影相吊"的"颓废"形象,他们用感官世界将敏感、孤独而高贵的个体保护在"紧闭的窗户"①中。一方面,窗户是紧闭的,表现出对世俗社会功利、市侩的价值观的疏离;另一方面,窗户是通透的,它并非隔绝个体与外界,而是以两者之间的感性关系取代实用关系。正如黑格尔指出的:"一方面主体想深入了解真实,渴望追求客观性,但是另一方面,他又无法离开这种孤独自闭的情况,摆脱这种未得满足的抽象的内心生活,因此他就患上一种精神上的饥渴症。我们见过,这种病也是从费希特哲学产生出来的。"②诸如佩特的理论和于斯曼等人的创作都具有鲜明的"唯我论"色彩:塑造颓废形象,聚焦感官世界,沉迷于超越世俗生活的怪异、反常的感觉体验。

其次,自我设定非我。费希特的"自我"是能动的主体,它必须设立一个"非我"作为行动的对象。如果没有非我,自我的能动性便无从体现(正如空气的阻力是飞行的基础)。非我既在自我之外,又在自我之内,"自我扬弃自己,同时又不扬弃自己"③。这样一来,对自我的理解,必须通过非我,自我必须通过对象化的方式才能返回自身。事实上,"唯美主义"(aestheticism)的词源来自希腊语aistheti-kos,本意为"感觉、感知",后经鲍姆嘉通等人的阐释,才转变为"美学的""审美的"的含义。从鲍姆嘉通、康德等人对感性的研究与强调可以看出,"感性"是审美的前提,作为一门独立学科的美学自诞生以来主要的研究对象就是感性认识,美学也被称为感性学,由此我们可以发现唯美主义与感性认识的关联,这便涉及主体/自我与对象/非我的感性关系。"为了把握神性之物,人们不该忽视感性的东西,要从感性的事物中看见神性。"④由于感性认识是基本的思维活动,很多时候是无意识的,它伴随所有的艺术创造过程,而以感官体验为基础的感觉

---

① See Patrick McGuinness. *Poetry and Radical Politics in Fin de Siècle France : from Anarchism to Action Franaise*, New York:Oxford University Press,2015,pp. 9-12.

② 黑格尔:《美学》(第一卷),朱光潜译,北京:商务印书馆,1997 年版,第 83 页。

③ 费希特:《全部知识学的基础》,北京:商务印书馆,2014 年版,第 505、653 页。

④ E.克莱特:《论格奥尔格》,莫光华编译:《词语破碎之处:格奥尔格诗选》,上海:同济大学出版社,2010 年版,第 240 页。

是感性认识的前提,具有相对明晰的边界,更适合成为文学的题材。因此,在唯美主义作品中,对感性关系的抒写落脚为对感觉印象的描写。一方面,感觉对象被统摄在主体的感性之流中,由对象刺激主体而产生的感觉的多样性与可能性成为主体丰富性的证明,甚至往往"本末倒置",为了凸显感觉的丰富性而刻意营造怪诞的感觉对象。另一方面,感觉对象成为欲望主体的客体,感觉的丰富性以永不满足的感觉欲望填充,因此欲望指向永远的匮乏。"欲望是一种存在与匮乏的关系。确切地说,这一匮乏是存在的匮乏……存在就是据此而存在着。"①主体为了满足自身而不断置换各种感觉对象,从唯美主义小说的主人公与唯美主义诗歌的抒情主体那里可以看出,主体沉溺于由对象带来的感觉之流中不可自拔。"对新感觉的不断渴望,没有它,自我就失去了它的动感。"②唯美主义文学对感觉的营造再现了费希特式的绝对自我的内在矛盾结构:"被直观者的活动,就其对直观者的影响而言,同样也是由一种返回于自身的活动所规定的。通过返回于自身的活动,被直观者规定自己对直观者发生影响。"③在费希特那里,由于自我设定非我作为对立面,自我就受到非我的"限制",从而形成感觉。"感觉是作为自我的一种活动推演出来的,通过这种活动,自我把在自身发现的异样的东西与自己联系起来,占有这种东西,并在自身设定这种东西。"④因此,感觉便天然地含有"异化"的意味。在物质生产"狂飙突进"的 19 世纪,非我往往呈现为"物"的观念。相比浪漫主义文学对情感的自然流露,对自我的无限张扬,典型的唯美主义文学则聚焦于对人造物的感觉印象之呈现,沉迷于对物的沉醉与迷狂。于是,世俗情感、情欲逐渐隐退,渐次成为"恋物"的注脚。"恋物"一词含有"拜物教"与"恋物癖"两种一体两面的含义。"当物按人的方式同人发生关系时,我才能在实践上按人的方式同物发生系。"⑤拜物教(人与物)的基础是生产资料私有制基础

---

① Jacques Lacan. *The Seminar of Jacques Lacan*, Book Ⅱ : *The Egoin Freud's Theory and in the Technique of Psychoa-Nalysis 1954-1955*. Jacques-Alain Miller, ed. Sylranna Tomaselli, trans. Cambridge:Cambridge University Press,1988,p. 223.

② Chai Leon. *Aestheticism:the Religion of Artin Post-Romantic Literature*, New York:Columbia University Press,1990,p. 24.

③ 费希特:《全部知识学的基础》,北京:商务印书馆,2017 年版,第 505、653 页。

④ 费希特:《略论知识学的特征》,梁志学编译:《费希特文集》(第 2 卷),北京:商务印书馆,2014 年版,第 124 页。

⑤ 马克思:《1844 年经济学哲学手稿》,中共中央马克思、恩格斯、列宁、斯大林著作编译局译,北京:人民出版社,2000 年版,第 86 页。

上建立起来的生产关系(人与人)，而恋物癖(人与人)是以人造物为媒介(人与物)的情欲冲动。在唯美主义文学中，"恋物"的两种含义往往相辅相成。

最后，通过"自我设定自我"(正题)与"自我设定非我"(反题)，就产生了合题，即自我在和非我的对立中意识到对立本身也是自我设定的，于是便回到了自我的绝对性。一切经验对象都不是来源于"物自体"的刺激，而是由自我与非我的内在相互作用产生的。费希特指出："被感觉的东西，在现在的反思中，并且对于这个反思来说，也变成自我。"①费希特改变了康德带有机械唯物主义的认识观，他将所有的刺激都纳入自我，这固然陷入了独断的窠臼，却在另一层面展现出自我意识与对象意识的对立统一结构。这一结构以"自恋情结"这一唯美主义文学的重要主题呈现出来：我爱上了另一个(对象化的)我，另一个我既非我(否则我无法爱上)，又是我(来源于我的意识)。对自恋情结的刻画正是唯美主义文学独特的标志之一，也是"遗世独立"的感觉主体的自我确证："自恋是一生的浪漫故事的开端。"②唯美主义文学作品塑造的是感觉异常敏锐的主体形象，虽然作者围绕对感觉印象的繁复抒写呈现出对象的某些范畴与特质，但他描写的是通过感官媒介形成的印象，而非对象的客观属性，从这个意义上说，唯美主义文学的审美对象或审美特质并非来源于外部世界，而是人的感觉本身。"敏感的艺术家和感觉刺激之间必须有一种至关重要的、动态的对应关系；没有对方，两者都没有意义。因此，唯美主义者对世界所提供的多重体验的敏感性是绝对必要的。"③

在唯美主义者看来，被工商业文明与资本逻辑驯化的庸众由于失去了丰富的感性能力而亟待解放，因此，唯美主义与19世纪的社会现实紧密相连，从而包含了"艺术拯救世俗人生"这一命题。作为文艺思潮的唯美主义其实具有强烈的社会介入意识，试图为大众提供依靠艺术与审美改进社会的路径，并且尝试了种种社会运动。但这一命题在文学领域中是如何呈现的呢？笔者认为还要从"感

---

① 费希特：《全部知识学的基础》，北京：商务印书馆，2017年版，第719页。

② 奥斯卡·王尔德：《供年轻人使用的至理名言》，杨东霞、杨烈等编译：《王尔德全集·评论随笔卷》，北京：中国文学出版社，2000年版，第489页。

③ Paul Fox. "Dickens A La Carte: Aesthetic Victualism and the Invigoration of the Artist in Huysmans's Against Nature", *In Kelly Comforted. Art and Life in Aestheticism De-Humanizing and Re-Humanizing Art, the Artist, and the Artistic Receptor*, New York: Palgrave Macmillan, 2008, p. 65.

觉”中寻找答案。通过对“感觉”的描写,对生命当下状态的关注以“感觉”的形式呈现出来,鲜活的感性体验得以展开。时间的问题就是感性的问题,即人的存在问题。在对当下的直观把握中,异化的流俗时间观念被还原为生命本身。因此,感觉的解放就是感性的解放、时间的解放,即人的解放。

三、精神化的自然与“反自然”的精神

费希特强调绝对自我的普遍精神,外部自然是普遍精神在个体意识中的反映。因此,“自然必须是精神,而不能是其他事物”①。谢林对费希特的普遍精神理念加以拓展,并吸收了泛神论观点。在谢林看来,在自我与非我的对立之上,还有一个绝对同一,主客观对立是从绝对同一分化而来的。在绝对同一分化的不同阶段,精神和自然所占的比重并不相同,一开始是客观自然占优,随着人类社会的发展,主观精神逐渐占有绝对优势,最终发展为世界精神,并回到绝对同一的自我意识。谢林的洞见在于将精神的种子埋藏在还未“开花结果”的自然土壤之中,他称之为“冥顽化的理智”。“理智是一种使它自己变为机体的无限趋向。因此,在理智的整个系统内一切也都将极力要成为机体,而且这种极力要成为机体的普遍冲动必将遍及理智的外部世界。所以也必然存在着机体发展的一种阶序。”②谢林认为,自然界本身就是一个螺旋式上升的发展过程,它以自然规律为自身的“外衣”,并为精神的产生做好了准备。换言之,精神就是自然发展的成熟形态:“自然应该是可见的精神,精神应该是不可见的自然。”③诚然,谢林所谓的绝对同一的自我意识并不等于个体的自我意识,但正如上帝是个体人格的异化那样,绝对同一的观念正是个体精神的对象化形态。这个观念在浪漫主义文学那里得以发扬,大自然作为具有灵性的存在与人的自然情感同声相应、同气相求。需要指出的是,谢林将自然与精神视为一体,并非旨在从人身上发现自然属性,而是从自然那里看出精神属性,且将精神化视为历史的趋势。这个思维方式在康德的自然目的论那里就有苗头,谢林将其用更具思辨、更富诗意的方式表

① 弗兰克·梯利:《西方哲学史》,贾辰阳、解本远译,北京:光明日报出版社,2014 年版,第 426 页。
② 谢林:《先验唯心论体系》,梁志学、石泉译,北京:商务印书馆,1977 年版,第 170、310 页。
③ 谢林:《先验唯心论体系》,梁志学、石泉译,北京:商务印书馆,1977 年版,译者序言第 X 页。

达出来。从表面上看,精神从自然中孕育出来,自然具有优先性;但从本质上说,是精神通过自然这一"胎盘"脱胎换骨,最终将自然扬弃。这样一来,就形成"创造性自然"(natura naturans,自然的理性主义)与"被创造的自然"(natura naturata,被创造的可见自然)两种关于"自然"的概念。①"创造性自然"将精神的创造性以异化的形式表现出来,它比自然界层次更高,这便蕴含了艺术(创造)高于自然(模仿)的观念。与谢林相似,基于绝对精神的哲学框架,黑格尔的美学体系也明确指出"艺术高于自然"这一唯美主义诗学理论的重要命题。在黑格尔看来,艺术能自觉地显现理念,"因为艺术是由心灵产生和再生的美,心灵和它的产品比自然和它的现象高多少,艺术美也就比自然美高多少"②。谢林关于精神发展过程的构想具有鲜明的目的论色彩,它最先启发了浪漫主义的"自然崇拜",但浪漫主义的宗旨并非寻求人与自然的合一,而是张扬个体。"浪漫主义的'自然崇拜'其实是对自然的文明化,他们认为自然应该被纳入人类的领域并与文明等同。"③经过早期浪漫主义借歌颂自然而张扬个体,自然的理性主义逐渐与人的自由意志合为一体,"自然崇拜"异化为"逆反自然"的审美趣味。唯美主义认为艺术高于自然/现实,实际上是将自由创作极致化,表现个性化的美感。"避免过分确切地表现真实世界,那样会是一种纯粹的模仿。"④因此,与自由意志相对的"自然"(自然造物、自然规律)就成为唯美主义的对立面,在唯美主义文学作品中呈现为对自然造物、生命活力以及田园式审美趣味的排斥,转而迷恋城市、人造物、非生殖的性行为等"非/反自然"事物与行为。

　　谢林在其先验哲学中论述了精神的发展在人类历史中的表现,即自由意识的发展。但自由意识如何能够发展为绝对同一的自我意识呢? 谢林认为要通过艺术直观。在启示的神秘主义中绝对同一被展现出来,艺术因此成为绝对同一的直观显现。在艺术中,意识与无意识、有限与无限、自然与自由实现了统一。"艺术作品唯独向我反映出其他任何产物都反映不出来的东西,即那种在自我中

---

① 谢林:《自然哲学箴言录》,先刚编译:《哲学与宗教》,北京:北京大学出版社,2017年版,第266页。

② 黑格尔:《美学》(第一卷),朱光潜译,北京:商务印书馆,1979年版,第4页。

③ David Weir. *Decadence and the Making of Modernism*, Amherst: University of Massachusetts Press,1995,p. 16.

④ 奥斯卡·王尔德:《作为艺术家的批评家》,杨东霞、杨烈等编译:《王尔德全集·评论随笔卷》,北京:中国文学出版社,2000年版,第417页。

就已经分离的绝对同一体。"①这一颇具神秘色彩的艺术观念开启了审美现代性的理论范式:用艺术崇拜代替上帝崇拜,将"美的崇拜"放置在"上帝死了"的空位上,以防被"恋物的商品崇拜"②抢占先机。唯美主义是在19世纪后期宗教信仰衰落的西方传统文化暮霭中出现的,它的文化与理论诉求是重新定义艺术与生活的关系,将艺术作品的形式赋予生活,从而将其提升至更高层次的存在。③ 唯美主义思潮正是西方文化与理论范式转型的关键一环,"当人造艺术成为准则或一种宗教——如对于佩特、于斯曼和许多称之为灵魂自传家的作家——时,我们便看到了现代文化的前兆"④。德泽森特最终耗尽了对其他艺术形式的热情而倒向了宗教,"在神经官能症的刺激下,复苏的天主教教义经常激励着德泽森特"⑤。正如他打造了修道间,过起了想象中的修士生活那样,宗教是他逃避世俗世界的避难所,"超脱现实的信仰对未来的生活来说是唯一的精神舒缓剂"⑥。不过,与其说德泽森特是从审美崇拜重新走向上帝崇拜,毋宁说他将宗教审美化了,他在单旋律的圣歌中,品味出了"一种狂热的信仰与热情的喜悦。人类精神的实质在这种具有独特风格、信念坚定、柔和悠扬的天籁之音中奏响了"⑦。对音乐性的追求成为唯美主义文学呈现感觉之丰富性与可能性的媒介。由于音程和弦的抽象性,流动的音符给予人的是纯形式的"感官印象",是作用于感性认识的"形式结构"。如果要表达对音乐的审美,听众只能借助语言将音程和弦的形式给予人的感觉表达出来,而无法直面那些振动的空气,这里蕴含了"形式—感觉—语言"的转化过程。奥地利唯美主义诗人霍夫曼斯塔尔(Hugovon H of Mannsthal)在诗剧《愚人与宗教》中写到由小提琴声和钟声引起的一系列复杂联觉与联想时说:"它有意味无穷的形式……我在其中触摸到了合一的神性与人性。"⑧当感觉妙至毫巅之际,往往能够超越现实世界的范畴,抵达某种神性

① 谢林:《先验唯心论体系》,梁志学、石泉译,北京:商务印书馆,1977年版,第170、310页。
② 瓦尔特·本雅明:《巴黎,19世纪的首都》,刘北成译,北京:商务印书馆,2013年版,第15页。
③ Leon Chai. Aestheticism:the Religion of Artin Post-Romantic Literature,p. ix.
④ 弗雷德里克·R.卡尔:《现代与现代主义:艺术家的主权1885—1925》,陈永国、傅景川译,北京:中国人民大学出版社,2004年版,第13页。
⑤ 乔里-卡尔·于斯曼:《逆天》,尹伟、戴巧译,上海:上海文艺出版社,2010年版,第149页。
⑥ 乔里-卡尔·于斯曼:《逆天》,尹伟、戴巧译,上海:上海文艺出版社,2010年版,第203页。
⑦ 乔里-卡尔·于斯曼:《逆天》,尹伟、戴巧译,上海:上海文艺出版社,2010年版,第188—189页。
⑧ 胡戈·冯·霍夫曼斯塔尔:《风景中的少年:霍夫曼斯塔尔诗文选》,李双志译,南京:译林出版社,2018年版,第252页。

的意味(如波德莱尔的诗歌《感应》)。从中我们可以看到,宗教的启示性、神秘感、忏悔意识与唯美主义的音乐意识不谋而合,指向现代人日益深化的自我意识结构。我们同样也能看到,唯美主义文学表现的感觉印象一旦触碰宗教与神性的领域,便具有了象征主义的意味,致力于传达某种心灵深处某些形而上的感动。因此,谢林哲学对艺术的神秘主义理解隐藏了理解唯美主义与宗教隐含关系的"密码"。

四、自我意识与主奴辩证法

唯美主义诗学理论提出"为艺术而艺术",艺术的出发点与归宿是达到自觉的状态。在此我们可以看到黑格尔哲学体系的构架:绝对精神是精神经过不断扬弃最终返回自身,达到自觉。黑格尔哲学大厦的地基可以追溯到精神现象学,精神现象学是研究意识经验现象的科学,马克思称《精神现象学》是黑格尔哲学的"真正诞生地和秘密开始"[1]。

黑格尔对精神自觉的认识基于对自我意识的分析。他认为,自我意识之所以具有把握对立统一的矛盾关系的理性能力,是因为自我意识本身即是矛盾:意识将自己分为反思的"我"与被反思的"我",同时意识到两者是同一个意识。黑格尔对意识现象结构的分析,形成了建立在自我与对象辩证关系基础上的意识结构深度,它首先表现为欲望。自我意识将自己对象化,就将自己放在了欲望客体的位置上,通过对欲望客体的追求反身实现自身,欲望客体成为自我意识的一部分。"欲望,还有欲望的满足所带来的自身确定性,都是以对象为条件的,都需要扬弃这个他者才能成立。"[2]通过对欲望客体的追求,意识主体显现出能动的生命力,"正是依靠着一个普遍的、流动的媒介,生命才不再是一种静止的形态分解,而是转变为形态的一种运动"[3]。自我意识的能动本质并不在于具体的欲望客体,而是将欲望客体不断吸收回意识主体的冲动与过程,即对欲望的欲望。黑

---

① 马克思:《1844 年经济学哲学手稿》,北京:人民出版社,2000 年版,第 97 页。
② 黑格尔:《精神现象学》,先刚译,北京:人民出版社,2013 年版,第 116 页。
③ 黑格尔:《精神现象学》,先刚译,北京:人民出版社,2013 年版,第 116 页。

格尔将费希特的自我与非我的关系推进到自我意识结构的内部，一方面弥补了费希特式"自我"的空洞性，另一方面扩大了自我意识的能动性。

佩特深受黑格尔影响，他第一次阅读的黑格尔的著作正是《精神现象学》，为了阅读《精神现象学》，佩特还学习了德语。① 佩特于1864年被授予牛津大学布雷齐诺斯学院(Brasenose College)研究员职位，主要是由于他对德国哲学的研究，尤其是黑格尔哲学。② 在佩特等人的推动下，黑格尔的哲学思想在牛津大学已形成气候，人们已经普遍认为牛津大学是黑格尔化的，那里"是黑格尔运动的摇篮"③。因此，在佩特的创作与美学研究中，我们能够看到黑格尔哲学的影子。以他的唯美主义代表作《马利乌斯——一个享乐主义者》为例，小说以古罗马时期个人游历的框架描写自我意识的成形。马利乌斯的经历正是不断吸收并扬弃他者的意识，逐渐形成唯美主义意识的过程。

在马利乌斯的唯美主义意识形成的每个阶段，他都遇到代表不同价值观念的人物：首先是形式主义诗人弗拉菲安；其次是信奉斯多葛主义的皇帝奥勒利厄斯；再次是军官科内利乌斯。弗拉菲安是文学形式主义者的代表，他孜孜不倦地追求遣词造句，营造绮丽文体，这确乎是人们对唯美主义文学的传统理解：语言上的刻意雕琢。但是，佩特借叙事者发表对此观点的不屑，认为其没有任何新奇之处，"这种只注重形式华丽的罗马绮丽文体必定会流于形式浮华、矫揉造作和质量上的不足"④。那么，佩特追求怎样的文体呢？他说："用感官体验真正的生活，然后再将它们变成优美的文字写在纸上。"⑤"词语应该表达出事物的本质，最重要的是能表达个人真实的印象。"⑥换言之，不是某种特定形式激起了人的感觉——以反映论为基石的自然科学式的形式主义，而是将人的感觉注入形式之中，用人的主观性(感性)填充冰冷的客观形式。从美学上说，是从模仿某种客观

---

① See W. W. Jackson, Ingram Bywater: *The Memoir of an Oxford Scholar*, 1840-1914, Oxford: Oxford University Press, 1915, p. 79.

② See Edward Thomas. *Walter Pater: A Critical Study*, London: M. Seeker, 1913, p. 24.

③ R. B. Haldane. "Hegel", *Contemporary Review*, 67, 1895, pp. 232-245.

④ 瓦尔特·佩特：《马利乌斯：一个享乐主义者》，陆笑炎等译，哈尔滨：哈尔滨出版社，1994年版，第56页。

⑤ 瓦尔特·佩特：《马利乌斯：一个享乐主义者》，陆笑炎等译，哈尔滨：哈尔滨出版社，1994年版，第106页。

⑥ 瓦尔特·佩特：《马利乌斯：一个享乐主义者》，陆笑炎、殷金海、董莉译，哈尔滨：哈尔滨出版社，1994年版，第92页。

的美的形式转向表现真实的感性经验。所以从表面上看,小说中对弗拉菲安绮丽体的描写,似乎在呈现文体上的华丽与精致,但叙事者是通过对文体所激发的视觉、听觉、温度感觉等感官上的丰富体验来实现的,并且借助了音乐这一艺术形式。作为马利乌斯的启蒙者,弗拉菲安一直扮演着导师的角色,弗拉菲安引领马利乌斯进入"感觉"的大门。随着马利乌斯的"成长",弗拉菲安成为马利乌斯意识的一部分,他完成了使命,被马利乌斯"扬弃"。于是,两人的疏离感油然而生,不久,弗拉菲安便驾鹤西去。

　　奥勒利厄斯向马利乌斯宣传斯多葛派禁欲主义,这令马利乌斯觉得只不过是一种平庸的情感。斯多葛主义从自然肉身的反面,即精神的普遍性出发表达个体灵魂的独立性。黑格尔认为,"自我意识的这种自由已经作为一个自觉的现象出现在精神史之中,这就是斯多葛主义"①。但斯多葛主义在黑格尔看来只是思想的纯粹普遍性,它的自我意识没有生命的充实,只是一个抽象的本质和概念,这导致了灵肉分离的痛苦。奥勒利厄斯作为弗拉菲安的否定,即马利乌斯唯美主义意识形成的否定环节。科内利乌斯向马利乌斯展现了肉身的美,与弗拉菲安相比,科内利乌斯更有"精神的魅力"。马利乌斯觉得他同科内利乌斯之间的友谊完全不同于弗拉菲安,"他从前对弗拉菲安是崇拜式的依恋,这使他表现得像个无所适从的奴隶;而现在,他是在归顺于感觉的世界,这是个可见的世界"②。经过奥勒利厄斯与科内利乌斯的中介,马利乌斯逐渐超越了弗拉菲安,不再满足于空洞的形式,从而追求某种由独立的自我意识带动的新感性:"周围一切可见的物体,甚至是最普通的日常用品对马利乌斯来说都是一首诗、一朵盛开的鲜花、一种新的感觉。在这一刻,马利乌斯觉得仿佛有一股神奇的力量将他的眼睛擦亮。"③随着感官的打开,马利乌斯的唯美主义意识塑造完成,他可以"专心于事物的某些方面,所谓事物的美学特征,那诉诸眼和想象力的东西"④。从弗拉

①　黑格尔:《精神现象学》,先刚译,北京:人民出版社,2013年版,第128页。

②　瓦尔特·佩特:《马利乌斯:一个享乐主义者》,陆笑炎、殷金海、董莉译,哈尔滨:哈尔滨出版社,1994年版,第134页。

③　瓦尔特·佩特:《马利乌斯:一个享乐主义者》,陆笑炎、殷金海、董莉译,哈尔滨:哈尔滨出版社,1994年版,第134—135页。

④　瓦尔特·佩特:《马利乌斯:一个享乐主义者》,陆笑炎、殷金海、董莉译,哈尔滨:哈尔滨出版社,1994年版,第152页。

菲安到奥勒利厄斯,再到科内利乌斯,呈现为"正—反—合"结构。在与这些人的交往中,马利乌斯逐渐被不同价值取向吸引,每一次他都渴望成为对方,但在吸纳对方的某些思想后,最终又离开了他们。黑格尔指出:"精神转变为一个对象,因为它就是这样一种运动:自己转变为一个他者,……同时又扬弃这个他者存在。"①在意识过程中,主体将他者吸纳到自身,成为自我建构的一部分。佩特将马利乌斯唯美主义意识的形成过程纳入黑格尔精神哲学整体性的环节中,他对黑格尔的重读,"形成对唯美主义思想的'反思'……黑格尔主义就成为佩特思想的结构(形式)"②。马利乌斯在生命的尽头完成了和弗拉菲安合为一体的愿望,在更高的层次上实现对弗拉菲安式的形式主义的复归——基于感觉的形式主义,即佩特心目中的唯美主义。

在黑格尔的哲学逻辑中,自我意识是类意识,"我即我们,我们即我"③。类意识使自我意识具有客观化的要求,自我意识要在外部客观世界中将自身实现出来,将客观世界的对象变成自己的一部分,反映在人与人之间就是"主奴关系"。主奴关系发生在人与人之间——主人和奴隶,也发生在自我意识的两个环节——主人意识(主体的我)与奴隶意识(对象的我)之间。自我意识结构中潜在地包含主奴意识的两个方面。奴隶是主人改造外部世界的中介,他的意识就是主人的意识,但奴隶在改变世界的过程中形成了自我意识,"在对物进行塑造时,仆从意识到自为存在是它自己固有的自为存在,认识到它本身就是自在且自为的"④,而主人由于不与对象直接接触而逐渐丧失了自我意识。因此,主奴关系是一对辩证法,主奴的位置/意识可以发生转换,这是黑格尔在论述自我意识结构的基础上具有洞见的发现。有趣的是,除上文提到的《马利乌斯:一个享乐主义者》外,《穿裘皮大衣的维纳斯》《阿芙洛狄式》《秘密花园》《逆天》等唯美主义作品在塑造感觉主体的过程中也呈现了诸种"主奴关系"。

以《穿裘皮大衣的维纳斯》为例,小说描写了一对虐恋形式的"主奴":塞弗林(受虐者/奴)与旺达(施虐者/主)。塞弗林沉迷并以非常卑微的姿态维持着与旺

---

① 黑格尔:《精神现象学》,先刚译,北京:人民出版社,2013年版,序言第23页。

② Giles Whiteley. *Aestheticism and the Philosophy of Death Walter Paterand Post-Hegelianism*, Oxford:Legenda (Studiesin Comparative Literature),2010,p. 4.

③ 黑格尔:《精神现象学》,先刚译,北京:人民出版社,2013年版,第117页。

④ 黑格尔:《精神现象学》,先刚译,北京:人民出版社,2013年版,第125页。

达小姐的虐恋关系,旺达最终厌烦并邀请来自希腊的美男子帕帕加入原本稳定的主奴结构,由他替代旺达鞭打塞弗林,从而导致结构的破坏,这对塞弗林而言意味着背叛与欺骗,他开始意识到自己的卑贱。根据精神分析的观点,"受虐恋就是转向自身的施虐恋,而我们也可以依样地说,施虐恋就是转向别人的受虐恋"①。虐恋关系与主奴关系一样蕴含了相互转化的契机。在小说中,这个契机以唯美主义文学特有的"异教情调"表现出来,在塞弗林看来,旺达是"维纳斯",她代表爱与美;她的新欢,希腊美男子帕帕是"阿波罗",代表男性的阳刚之气。"阿波罗还在鞭打我,我的维纳斯在残忍地嘲笑我,最初我还是感觉到了一种超越感觉的美妙。"②在旺达看来,背叛与欺骗的虐恋方式是对塞弗林受虐怪癖(奴隶意识)的治疗。事实上也是如此,在"阿波罗"的鞭笞中,塞弗林被注入了阳刚之气——主奴间生死较量的勇气,他体会到自尊与愤怒,疯狂诅咒女人/主人。从文化隐喻的角度说,传统观念标签置于女性身上的"疯狂""非理性""情绪化"以及女性身体更具"流动性""更易受外界影响"等特质使其历来与酒神精神联系在一起。③ 帕帕的介入以日神精神中和了塞弗林的酒神式的迷狂,使塞弗林意识到"盲目的激情和情欲将人们引向一条黑暗的小路中"④。如果说酒神精神是将个体消融在自然中,就像奴隶的自我意识寄生在主人的自我意识中那样,那么日神精神则将个体意识凝聚在神性的形象中,"酒神是野性的神,代表不受控制的过度自然,酒神被它的敌人所撕碎的身体在阿波罗那里得到复原"⑤。一方面,唯美主义文学对感性、感觉之流的沉迷是酒神精神的体现;另一方面,唯美主义对形式、美丽外观、个体神性的追求正是以日神精神作为内在的文化支撑的。对于"奴化"的塞弗林而言,日神精神使其重拾自我,获得拯救。在旺达随帕帕离去后,塞弗林继承父业,"两年中都在帮他承担压力,学习怎样照看田产,这是我以

---

① H. 蔼理士:《性心理学》,潘光旦译,北京:商务印书馆,2006 年版,第 253 页。

② 利奥波德·范·萨克·马索克:《情迷维纳斯》,康明华译,北京:新世界出版社,2012 年版,第165 页。

③ F. I. Zeitlin. "Playing the Other: Theater, Theatricality, and the Feminine in Greek Drama", *Representations*, 11, 1985, pp. 63-94.

④ 利奥波德·范·萨克·马索克:《情迷维纳斯》,康明华译,北京:新世界出版社,2012 年版,第 166 页。

⑤ Dennis Sweet. "The Birth of 'The Birth of Tragedy'", *Journal of the History of Ideas*, 2, 1999, pp. 345-359.

前从没做过的"①。他从劳动中治愈了奴隶意识,并从受虐者变为施虐者,完成了"从奴隶到主人"的角色转换。因此,《穿裘皮大衣的维纳斯》中的"主奴辩证法"是"酒神精神与日神精神"互补关系的变体。

如果说《穿裘皮大衣的维纳斯》侧重不同自我意识之间的主奴关系,那么《道林·格雷的画像》以更隐晦的方式表现了同一自我意识之中的主奴结构。道林在画家巴西尔和演员西比尔面前无疑占据了"主人"的地位,美貌让他成为主宰者,衬托出其他人的卑微。而亨利勋爵则代表一个冷静的旁观者,他总是发表一针见血、带有讥刺意味的点评,成为道林意识的反思者。在亨利的挑唆、撩拨下,道林卑贱的奴隶意识通过他和自己的画像的互动得以展现。道林每次作恶后都会不由自主地一窥画像的变化,而在印证这一变化后,尽管他对此感到惶恐与厌恶,却有一份欲罢不能的自足,仿佛他和画像之间有某种默契。根据文本的描述,发现画像变化的除了巴西尔(死无对证)之外始终只有道林。直到道林死亡后,第三人才真正在场看到画像,而那时的画像又恢复了往昔的韶秀俊美。这为读者提供了一种解读路径:画像的变化是道林意识中的自我形象在画像中的投影,"表面似乎没有什么变化,跟他离开它时一样。那肮脏和恐怖显然是从内部透出来的"②。画像成为道林自由意识中的对象意识,"看着那画的变化倒真有趣,它能让他深入自己的思想的底奥。这画会成为他一面最神奇的镜子"③。画像与自我容貌的对比使道林兴奋,他陷落在艺术与现实、自我与对象、表象与真实、肉体与灵魂的多重镜像中不可自拔,由此建构了自恋(主)/自卑(奴)两位一体的自我意识。道林以为杀死自己的画像就能杀死过去获得彻底解脱,他在刺向画像的同时杀死了自己,而画像却恢复了韶秀俊美。这一戏剧化的刺杀行为像是充满仪式感的想象中的自杀,借杀死他者/自我宣布了所厌弃的"自我"的死亡,同时也是理想"自我"的新生,并借此完成主奴关系的颠倒。事实上,我们可以在自我意识的结构中将亨利、巴西尔与西比尔等人与道林的关系都看作道林与画像(自我)、自我意识与对象意识、主人意识与奴隶

①　利奥波德·范·萨克·马索克:《情迷维纳斯》,康明华译,北京:新世界出版社,2012 年版,第 166 页。
②　奥斯卡·王尔德:《莎乐美道林·格雷的画像》,孙法理译,南京:译林出版社,1998 年版,第 194 页。
③　奥斯卡·王尔德:《莎乐美道林·格雷的画像》,孙法理译,南京:译林出版社,1998 年版,第 147 页。

意识在不同层次上的折射。

如果说黑格尔的"主奴辩证法"在对意识结构的哲学分析中论证了自我意识的对象性,那么唯美主义文学对"主奴关系"的描写同样是立足于这一结构:诸多感觉形态是同一个感觉主体的组成部分,是感性丰富性在不同侧面的反映。比如德国唯美主义诗人格奥尔格(Stefan A. George)在诗集《第七个环》中以"马克西敏"这个现实与想象结合的形象作为"诗性自我"的一种艺术投射。格奥尔格"通过'马克西敏'体验到的一切,使他自身禀赋的那种特质获得了一个形态"①。"马克西敏"成为诗人感觉体验的中转站与收集器。此外,由于唯美主义文学表现的感觉主要来源于人与人造物的互动,物已经成为感觉的主要源泉,感觉不可避免地带有物化的痕迹。因此,"主奴关系"在唯美主义文学中也成为人与物的新型关系的注脚:人的自我确证越来越依赖于他所占有的"物"。"唯美主义者形象的出现与 19 世纪末大都市对'物'的功能的重塑密切相关,'物'在能指意义上的根本转变改变了人的身份认定与交互方式。"②

综上所述,德国古典哲学作为唯美主义文学重要源头之一并非有名无实。康德哲学在形式主义的外壳下埋下了主情主义的种子,划定了感性的势力范围。谢林在对"创造性自然"的阐释中为唯美主义的"反自然"情调从浪漫主义的"自然崇拜"之母体中破壳而出埋下了伏笔,他对艺术直观的宗教意义的阐释成为唯美主义诗学理论建构的世界观来源。费希特则从形式上论证了"自我"的主体性,在自我与非我的对立中找到了统一的路径,这为唯美主义文学塑造感觉主体并将感觉印象确立为审美对象的观念做好了准备。作为德国古典哲学的集大成者,黑格尔关于"绝对精神"的世界观为唯美主义诗学提供了思维框架的启示:艺术的出发点与归宿都应该是艺术本身。黑格尔在自我意识与对象意识的矛盾关系中发现主奴意识的辩证法,这正是唯美主义热衷描写的题材之一:对主奴关系的描写中隐藏着酒神精神与日神精神的辩证结构。我们可以将唯美主义文学展现的诸多感觉形态看作同一个感觉主体的不同层次(丰富性)。由于对象意识的

---

① E. 克莱特:《论格奥尔格》,莫光华编译:《词语破碎之处:格奥尔格诗选》,上海:同济大学出版社,2010 年版,第 244 页。

② J. O. Taylor. "Kipling's Imperial Aestheticism: Epistemologies of Art and Empire in *Kim*", *English Literature in Transition 1880-1920*,1,2009,pp. 49-69.

否定结构,19世纪人与物的新型关系也通过"主奴关系"得以呈现。唯美主义文学的诗学理论与创作实践之间具有对应中的错位,如果说康德与谢林的思想对唯美主义诗学理论的产生提供了极大的启示,那么费希特与黑格尔的哲学则更多地影响了唯美主义文学的创作实践。

(本文作者:马　翔)

"棱镜"中的"唯美"：五四前后
唯美主义中国传播考论

　　在五四前后,唯美主义并非国人最迫切需要的艺术养料,我国的文学传统与现实国情没有独立孕育唯美主义的土壤,更没有出现严格意义上的唯美主义理论体系与唯美主义者。但是,我们不能否认唯美主义在新文学建设中的作用,它与其他西方文学思潮一样成为中国新文学的"武库"。唯美主义和象征主义颓废派等思潮流派一道被称为新浪漫主义或世纪末思潮。学界普遍认为,新浪漫主义打破了写实与抒情的二元藩篱,开拓了新文学的视野,其影响贯穿中国现代文学30年。唯美主义思潮包含的艺术至上纯文学、形式主义等理念,冲击了经世致用、文以载道的传统观念,成为中国文学现代化的参照系之一,并随着社会文化观念的变迁而翻涌出新的理论话题,尤其是对纯文学的执念延续至今。不过,由于纯文学之"纯"既可相对政治而言,也可相对道德而言,还可相对商业而言,这就导致对纯文学概念的界定含有很大的模糊性。近年来,随着文化研究的兴起,有学者注意到海派都市文化与审美现代性的关系,以新感觉派为代表的海派文学成为中国文学审美主义实践的先驱。[①] 由于唯美主义思潮的多层次性、中西

---

　　① 相关研究参见解志熙:《美的偏至:中国现代唯美——颓废主义文学思潮研究》,上海:上海文艺出版社,1997年版;肖同庆:《世纪末思潮与中国现代文学》,合肥:安徽教育出版社,2000年版;张大明编著:《西方文学思潮在现代中国的传播史》,成都:四川教育出版社,2001年版;王嘉良:《现代中国文学思潮史论》,北京:中国社会科学出版社,2008年版;杨春时主编:《中国现代文学思潮史》,南京:南京大学出版社,2011年版;薛家宝:《唯美主义与中国现代文学》,北京:中国社会科学出版社,2015年版;胡有清:《中国现代文学中的纯艺术思潮》,南京:南京大学出版社,2017年版。

文化差异性,以及五四前后文化语境的复杂性,唯美主义在五四文化"棱镜"中发生"色散",还原出唯美主义某些本质性元素,也衍射出经过变异的独特文学现象,形成多重面相。这些面相有助于我们深入认识唯美主义并反思中西文化融通的某些规律,可以说,从任何单一视角出发理解唯美主义的五四传播都难免偏狭。

综观唯美主义的中国传播,大致存在四组矛盾的话语和视角,我们可以将其归纳为:为人生—为艺术;群体—个体;乡土—都市;旧形式—新形式。在某种程度上,这四组话语之间的张力同样成为整个新文学发展的重要推动力,唯美主义思潮在五四前后的独特境遇正是在这四组矛盾的张力中展开的,从而构成了"棱镜"中的"唯美"。

一、为人生—为艺术

受到欧洲批判现实主义和苏俄革命文学的影响,人生派成为当时文坛的主旋律,也许主要并非由于它的写实主义气质或是写实主义背后蕴含的朴素的人道主义观念,而是那份强烈的干预生活的企图,这样的企图既有传统知识分子"为天地立心,为生民立命"的抱负,同样出于新式知识分子的心理:知识分子主体地位的提升带来的使命感、职业感。与传统知识分子最大的不同在于,"为人生"的知识分子赋予文学更多的认识功能——剖析和批判社会、文化。与人生派文学对立的是艺术派,他们对文学的主张不一,但有着基本共性,即与社会现实问题保持距离,主张作者审美旨趣的自我表现,保持艺术的纯粹,追求作品的形式美,这就与唯美主义思潮有了直接的关联。

有趣的是,艺术派的文学主张同样出于新式知识分子的心理,却与人生派走向了截然不同的道路。这种不同的根源在于,人生派更重视文学的认知功能,而艺术派更具文学的审美自觉。事实上,文学,尤其是叙事类文学,进入艺术审美的门槛正是在五四时期,这种局面的产生与唯美主义文学思潮的译介也有关系。新月派代表人物闻一多曾引用罗斯金的观点提倡工艺美术的重要性:"无论哪一个国家,在现在这个20世纪的时代——科学进步,美术发达的时代,都不应该甘心享受那种陋劣的、没有美术观念的生活,因为人之所以为人,全在有这点美术的观念。"①他曾参与起草文艺研究团体"美司斯"(Muses)宣言,宣言提道:"生命底艺化便是生命达到高深醇美底鹄底唯一方法。"②闻一多极力欣赏济慈"美即真、真即美"的思想,认为济慈作为艺术的殉道者,不仅是"艺术底名臣",更是"艺术底忠臣"和"诗人底诗人"。③ 新月派诗人周作人提倡诗歌的格律,讲究形式美,提出"为诗而诗"的唯美诗学。

唯美主义思潮在很大程度上是经过日本文学的中介才与中国新文学产生联系的。许多新文学作者都有留学日本的经历,比如创造社的主要成员郭沫若、成仿吾、郁达夫、张资平、郑伯奇、田汉等人。创造社的成员经由日本文学的桥梁译介并借鉴唯美主义文学的创作观念和技巧。以田汉为例,他受日本"新剧"和"纯粹戏剧"观念的影响,对唯美主义戏剧的译介和中国化做出了重要贡献,他改编的《莎乐美》带动了中国新戏剧创作的"莎乐美热"和"王尔德热"。唯美主义戏剧热潮主要撷取唯美主义重艺术、轻现实的价值取向,戏剧家往往设置艺术与现实、灵与肉、死与生的冲突,凸显艺术(理想)世界高于现实人生的思想。田汉认为艺术代表了现实生活的理想方向,艺术家必然要对现实不满,反抗既成道德,他一方面主张暴露人生的黑暗面,另一方面又提倡艺术至上主义,使"生活艺术化"④,将人生提升至艺术的境界,从而忘却现实的痛苦。

郭沫若也主张"生活的艺术化""用艺术的精神来美化我们的内在生活……养成美的灵魂"⑤。他推崇佩特,在 1923 年的《创造周报》上发表《瓦特·裴德的批评论》一文,译介了佩特的《文艺复兴》序言。他的历史剧《王昭君》《卓文君》和《聂嫈》中刻画的三个"叛逆的女人"形象就受到了王尔德《莎乐美》的影响。成仿吾持文学"无目的的合目的"观点,他在《新文学之使命》中说:"至少我觉得除去一切功利的打算,专求文学的全 Perfection 与美 Beauty 有值得我们终身从事的价值之可能。"⑥郑伯奇也说:"艺术的王国里,只应有艺术至上主义,其他的主义

①　闻一多:《建社的美术》,《闻一多全集》(第 2 卷),武汉:湖北人民出版社,1993 年版,第 3 页。

②　闻一多:《"美司斯"宣言》,《清华周刊》,1920 年第 202 期。

③　闻一多:《艺术底忠臣》,《闻一多全集》(第 1 卷),武汉:湖北人民出版社,1993 年版,第 71 页。

④　田汉:《田汉致郭沫若》,《郭沫若全集》(第 15 卷),北京:人民文学出版社,1990 年版,第 90 页。

⑤　郭沫若:《生活的艺术化》,《郭沫若全集》(第 15 卷),北京:人民文学出版社,1990 年版,第 207 页。

⑥　成仿吾:《新文学之使命》,《成仿吾文集》,济南:山东大学出版社,1985 年版,第 94 页。

都不能成立。"①梁实秋认同文艺的独立价值,指出"文艺的价值,不在做某项的工具,文艺本身就是目的"②。受唯美主义影响最大的创造社作家当数郁达夫,他最先向国内介绍了英国《黄面志》作家群和唯美主义画家比亚兹莱。郁达夫认为他们的共同特征是"对于艺术的忠诚,对于当时社会的已成状态的反抗,尤其是对于英国国民的保守精神的攻击"③。英国唯美主义作家对社会的疏离、对艺术世界的营造正好契合以郁达夫为代表的"零余者"的心理诉求。唯美主义对郁达夫的影响同样是以谷崎润一郎、佐藤春夫等日本唯美派作家为中介,从郁达夫的某些自叙传小说中可以看到日本唯美派作品的独特气质,呈现无处安放的畸形肉欲。《黄面志》美术编辑比亚兹莱对于当时中国文坛而言充满吸引力,鲁迅、梁实秋、田汉、周作人、邵洵美、张闻天、张竞生等人都对比亚兹莱的画颇感兴趣。

艺术派带来了与人生派不同的高蹈气质。从文学创作上看,由于人生派文学关注的重心在文学的认识和批判功能,难免忽视文学的艺术追求,导致新文学形式的粗糙。这说明新文学在丢弃旧文学已经日趋僵化的形式的同时,还没有形成新的形式上的自觉。艺术派已经意识到这个问题,他们重视文学的形式美,探索新文学的形式,改变了新文学诞生初期粗糙的形态。更为深刻的是,他们带来了一种新观念,即艺术高于人生,可能世界高于现实世界,个体(可以)超拔于群体。诚然,这种观念的形成离不开现实因素和文化传统的驱动,但它借由唯美主义思潮"艺术高于生活"的理论命题打开了中国文化与文学的另一种可能性,填补了传统文化的缺失,拓展了国人意识的深广度,从某种程度上说,其启蒙意义并不亚于"为人生"的文学。

"艺术高于生活"是唯美主义的世界观,它在呼吁艺术自律的同时自然地衍生出"生活模仿艺术"的观念,试图在生活领域进行审美启蒙,将生活艺术化,使普通人的感性能力向艺术家/审美家提升。因此,在唯美主义思潮展开过程中,往往伴随"美育"的潮流,这股潮流从德国美学那里受到启发,在英国的工艺美术运动中付诸实践,由出版社、画廊、博物馆、慈善机构等一系列艺术类社会组织、

---

① 郑伯奇:《新文学之警钟》,《创造周报》第 31 号,1923 年 12 月 9 日。
② 梁实秋:《论思想统一》,《梁实秋文集》(第 6 卷),厦门:鹭江出版社,2002 年版,第 436 页。
③ 郁达夫:《集中于〈黄面志〉的人物》,《郁达夫文集》(第 5 卷),广州:花城出版社,1982 年版,第 170 页。

艺术活动和成员构成，并蔓延至诸多国家，推动了欧洲"新艺术运动"的浪潮。受此启发，五四时期也掀起了关于"美育"的讨论和呼吁，蔡元培、鲁迅、朱光潜、梁实秋、田汉、王统照等人都曾论述"美育"对国民教育的重要性。区别在于，西方唯美主义的"美育"着眼点是改善工商文明和工具理性对人性的异化，用审美弥合劳动分工和阶级分化引起的社会分裂，在"艺术"与"生活"之间更偏向"艺术"；五四运动倡导的"美育"是对国民进行现代性启蒙，用审美中蕴含的"个人/个性""自由/自我"元素加速传统文化的现代化转型，因此它更加迫切和世俗化，在"艺术"与"生活"之间更偏向"生活"。从这个意义上说，艺术派与人生派之间并非完全对立，两者有着共通的文化诉求。

二、群体—个体

人生派的创作具有朴素的人道主义思想，这与国情密不可分，也与来自欧洲的批判现实主义文学的影响有关。但细究起来，这种"为人生"态度的驱动很大程度上源于传统知识分子的家国情怀：为天地立心，为生民立命。王统照曾说，新文学中关于"为艺术的文学"和"为人生的文学"的讨论并无必要，"文学，艺术，影响于社会非常之大，支配人心的力量，比一切都要加重。……最是治疗中国麻木病的良药"[1]。"为人生"和"为艺术"最终都是为疗救现实，中国接受唯美主义思想的重要动力之一便是希望通过"美育"提升国人的思想层次。田汉等人的戏剧通过创造美好的艺术世界来反衬和影射现实的恶劣、政治的黑暗和人心的丑陋，从某种意义上说，他们并非追求西方唯美主义式的纯美，而是表达传统文人"出世"的思想和"自哀/自怜"的情结。成仿吾在谈到艺术的作用时，指出艺术的社会价值是"同情的唤醒"和"生活的向上"[2]。成仿吾用中国知识分子的眼光看出了唯美主义思想的某些内在方面，但他又时刻返回"启蒙"的语境，将时代的使命和国语的使命也赋予了新文学，认为这是文学家的重大责任，文学家既是"美的传道者"[3]，

① 王统照：《通信三则》，杨洪承主编：《王统照全集》（第6卷），北京：中国工人出版社，2009年版，第314页。

② 成仿吾：《艺术之社会的意义》，《成仿吾文集》，济南：山东大学出版社，1985年版，第167页。

③ 成仿吾：《新文学之使命》，《成仿吾文集》，济南：山东大学出版社，1985年版，第91页。

又是真与善的勇士。

似乎可以说,人生派和艺术派的矛盾既是现实与艺术的张力,也是传统文化儒道之间的互补结构。儒道之所以能够互补,源于其内在价值观念的统一:个体融合于群体。事实上,西方的人道主义是建立在个体本位基础上的,是对每一个抽象的个体人格的"同情",这与群体本位的"民胞物与"有着本质的不同,后者并没有独立于现实之外的抽象"自我",而是融入大众的"无我"。郭沫若在阐述"美的灵魂"的概念时借用叔本华的哲学观点,认为天才是纯粹的客观性,是忘掉小我,融合于大宇宙之中的,又借用《庄子·达生》的故事来印证叔本华的观点:艺术的精神就是无我,就是把自我变为艺术,抛弃一切功利的考量。① 郭沫若对叔本华关于"艺术与意志"关系的理解是道家式的,即放弃自我意志的"无我"才能达到唯美的境界,这就和唯意志论哲学南辕北辙了。

中国超稳定的小农经济以及建立在农耕文明之上的中央集权政体,构成了皇帝、官僚和平民的三级社会秩序,基于群体意识的平民意识深入普罗大众的内心深处。"人""群(众)""平民"往往是同义词,人道主义几乎等同于平民主义。因此,在五四新文学倡导者们看来,个人主义和人道主义往往是冲突的,"人的文学"变为"平民文学",这便注定了两者最终都将汇入"群众的文学"的结局。此种"错位"源于中西方对"个体"理解的文化差异。

梁实秋对王尔德的唯美主义思想做了系统性的评论,在谈到个性与普遍性问题时,他认为:古典主义强调"普遍性"——常态的人性;浪漫主义强调"个性"——怪异的人性。王尔德偏向个性,尤其以怪异、变态的行为表现个性,他所"企求的是艺术的绝对的独立,不但对于一般的观众宣告独立,即对于普遍的常态的人性亦宣告独立"②。梁实秋的看法非常准确,因为作为浪漫主义的发展,唯美主义的文化逻辑仍是"唯我论"的个体主义,但梁实秋对人性的古典主义理解基于"普遍",即承认看似西化的普遍性的人性。他所谓的"普遍"是和"常态"结合在一起的,也就是说,"反常"就不是普遍的"人性"。这种观点其实是将"普遍"视为"相同"或"相似","普遍性"被等同于"群体性"。事实上,近代以来西式的

---

① 郭沫若:《生活的艺术化》,《郭沫若全集》(第 15 卷),北京:人民文学出版社,1990 年版,第 207—212 页。

② 梁实秋:《王尔德的唯美主义》,《梁实秋文集》(第 1 卷),厦门:鹭江出版社,2002 年版,第 170 页。

"人性"之普遍性指的是承认个体普遍的抽象"人格",承认"反常"同样属于人性的普遍性,是每一个个体都可能存在的人性形态,而非相同或相似。

因此,哪怕是"为艺术"的五四文学家,他们也不可能真正和群体、和现实保持精神上的距离。田汉指出:"艺术家少有代表个人痛苦的,这样便是个人主义的艺术。代表多数的是社会主义的艺术,we 的艺术,'仁'的艺术。"①他在创造具有唯美主义风格的戏剧时又希望"尽力做'民众剧运动'"②,突出反抗主题,将唯美主义对纯粹美的追求转换为号召民众不妥协地抵抗现实不公的时代话语。20世纪 40 年代,毛泽东在《在延安文艺座谈会上的讲话》中号召作家向群众学习,向工农兵的生活、情感和审美趣味学习,创作的目的是提高群众的"斗争热情和胜利信心,加强他们的团结,便于他们同心同德地去和敌人作斗争"③。群众/平民的文学完全取得了压倒性的地位。

在强大的传统文化心理面前,也许只有都市意识和商业思维的植入,才可能带来基于个体意识的人道主义观念的萌芽。穆时英说道,他要表现那些被生活压扁了的人,他们并不必然显出苦大仇深或愤世嫉俗的姿态,"他们可以在悲哀的脸上戴了快乐的面具的。每一个人,除非他是毫无感觉的人,在心的深底里都蕴藏着一种寂寞感,一种没法排除的寂寞感。每一个人,都是部分地,或是全部地不能被人家了解的,而且是精神地隔绝了的"④。这是一种真正意义上的人道主义思想的萌芽,他不是要"化大众"和"大众化",而是承认每一个人的人格面具,承认每一个个体的绝对独立性(寂寞、隔绝),并对此表示理解的同情。

三、乡土—都市

群体意识与个体意识的矛盾触及另一对现代中国的二元话语:乡土与都市。从 20 世纪 20 年代末开始,上海逐渐成为新文化运动的大本营,当时上海有《真

---

① 田汉:《艺术与时代及政治之关系》,《田汉文集》(第 14 卷),北京:中国戏剧出版社,1983 年版,第 200 页。
② 田汉:《我们自己的批判》,《田汉文集》(第 14 卷),北京:中国戏剧出版社,1983 年版,第 329 页。
③ 毛泽东:《在延安文艺座谈会上的讲话》,《毛泽东选集》(第 3 卷),北京:人民出版社,1991 年版,第 862 页。
④ 穆时英:《〈公墓〉自序》,《南北极公墓》,北京:人民文学出版社,1987 年版,第 174—175 页。

善美》《狮吼》《金屋月刊》《幻洲》和《文艺画报》等具有唯美主义倾向的刊物。上海文学界的繁荣形成了独特的海派文学,海派文学在当时具有明显的"现代性",它是由都市的发展和商业文化的形成带来的。田汉曾说:"这都市和乡村的冲突在我们也曾感到,这意义的确很重大,并且是国际的。这点我们南国很感到苦闷。"①田汉在创作、推广他的戏剧时遇到的现实问题便是城乡的二元对立导致的人生观、艺术观方面的巨大差异。

　　一般将现代主义文学中的海派分为两个时期。第一代海派文学作家主要由狮吼社、绿社等社团成员构成。狮吼社的滕固曾留学日本,在此期间,他阅读了西门斯、王尔德、戈蒂耶等人的作品,也接触到日本唯美派文学。日本唯美派文学的重要特征是"用欧洲的艺术形式,发挥日本的趣味""是异国情调与江户情趣的融合"②。日本江户文化自躬享乐、放荡好色的追求在西方唯美主义的"刹那主义""感觉主义"的方法和视野中被"激活"为"物哀"式的官能享乐。当然,欧洲的唯美主义运动以及后来的欧洲新艺术运动同样吸收了江户时代兴起的浮世绘等东方艺术元素(如惠斯勒和比亚兹莱的作品)。唯美主义思潮在形成和传播过程中融汇了东西方文化和艺术,因此,它强调的"感性""神秘""异国情调"等元素对国人而言接受起来并不困难。第一代海派作家的留日经历使他们和唯美主义"一拍即合",尤其是日式唯美派文学。通过阅读作品我们可以发现,滕固学习了唯美主义思想,尤其是接受了唯美主义倡导的感官享乐的理念,他的作品具有浓厚的官能享乐主义情调。滕固也是一位文艺评论家,他的专著《唯美派的文学》(1927)对英国唯美主义进行了专题研究,在这本专著中他提到了英国唯美主义运动与"感觉美"的紧密联系,认为英国唯美运动属于新浪漫主义,可以追溯到威廉·布莱克与济慈,后经拉斐尔前派正名,到19世纪末与法国的象征主义汇合才算画上句号,至此,才算是正式"别成一流派"。③

　　邵洵美曾留学英国和法国,他羡慕摩尔(George Moore)和王尔德品位讲究、注重仪式感的唯美生活方式,"我以为像他那样一种生活,才是真的生活,才是我

　　①　田汉:《艺术与艺术家的态度》,《田汉文集》(第14卷),北京:中国戏剧出版社,1983年版,第196页。
　　②　叶渭渠:《日本文学思潮史》,北京:华侨出版社,1991年版,第399—400页。
　　③　滕固:《唯美派的文学》,上海:光华书局,1927年版,第1—3页。

们需要的生活"①。邵洵美将生活艺术化,在日常生活中也穿着奇装异服,像王尔德那样高谈阔论,这样的追求无疑具有上海的"摩登"气质。章克标从日本留学回国后加入狮吼社,和滕固相似,他的创作风格带有明显的日本唯美派文学的影响,追求官能的享乐主义,将人体的感官能力拓展到极限。"眼有美的色相,耳有美的声音,鼻有美的馨香,舌有美的味,身有美的独,觉有那个美的凌空虚幻缥缈的天国。"②这种风气与"颓废"(Decadence)概念的引入密切相关,李欧梵认为,中国新文学中的"颓废本来就是一个西洋文学和艺术上的概念……因为望文生义,它把颓和荡加在一起,颓废之外还加添了放荡、荡妇,甚至淫荡的言外之意"③。就像上海大都市在当时的中国是某种奇观那样,海派文人的风气在彼时的社会意识中是多么惊世骇俗。

　　叶灵凤在创作和日常生活中有意地模仿王尔德,其作品注重营造肉身感官和奇巧梦幻的唯美情调。许多人将叶灵凤归入新感觉派。新感觉派已具有现代主义文学的特征,被认为是第二代海派,但由于它的日本和法国源头与唯美主义思潮有着紧密的联系,在其呈现的具体作品中还是能够辨认出明显的唯美主义特征的,比如颓废的情调、肉欲的渴望、华丽的辞藻等,其中最显著的特征便是对"感官"的呈现。新感觉派认为面对新世界,人们要调动各种感官去认识和表现世界,依靠感觉、直觉、联想等感性认识来把握主体观念中的事物,捕捉刹那的感受。他们表面上是在感觉外部对象,实际上通过感觉对象表现了人的感觉能力以及对感觉的语言捕捉能力。这让人想起郁达夫的话,"在物质文明进步,感官非常灵敏的现代,自然要促生许多变态和许多人工刺激的发明"④。显然,这也是新感觉派只能诞生在上海的原因。

　　都市的崛起是唯美主义产生的现实语境,也是"现代感"的温床。首先,从两代海派身上表现出"以丑为美"的特征,是中国文学传统所没有的基因。"审丑"意识成为"现代感"的特征,也是以城市作为温床的,波德莱尔的作品就是在都市里开出的"恶之花"。其次,新感觉派文学捕捉"瞬间"的感受,与唯美主义推崇的

---

①　邵洵美:《火与肉》,上海:金屋书店,1928 年版,第 51—52 页。

②　章克标:《来吧,让我们沉睡在喷火口上欢梦》,《金屋月刊》,1929 年第 1 卷第 2 期。

③　李欧梵:《漫谈中国现代文学中的"颓废"》,《中国现代文学与现代性》,上海:复旦大学出版社,2002 年版,第 48 页。

④　郁达夫:《怎样叫做世纪末思潮》,《郁达夫文集》(第 6 卷),广州:花城出版社,1983 年版,第 288 页。

"刹那主义"有异曲同工之妙,它来源于都市因缘际会、稍纵即逝的生存体验。时间日趋个人化,每个人都是潜在的"时间的不感症者"。相比之下,唯美主义文学的重点在于展现"感性认识"的可能性,这种"感性能力"是高蹈的、艺术家式的理想形态;新感觉派则更侧重表现日常都市人的生存体验与压抑焦虑的情绪,呈现新都市人迷茫又新奇的矛盾心态,缺少唯美主义文学那般超越尘世的形式感。再次,正如西方现代艺术崛起依靠的是强大的文化市场的推动①,当时上海蓬勃出现的报纸杂志等传媒机构以及新式学校、社团、沙龙、咖啡馆、酒吧等公共空间催生了数量可观的职业作家、专业撰稿人、评论家等新式知识分子,文学创作和评论的职业化提升了作家的地位。这充分说明,劳动分工是文学艺术独立的社会基础。

　　从另一方面看,由于海派作家的创作天然地带有商业色彩,他们对感官的描写便难免具有"媚俗"倾向。在五四新文学的语境中,海派往往与京派互为"镜像"。与海派创作的商业意图相比,京派从创作出发点上倒是更加"为艺术而艺术",他们也更有理论上的支撑,比如朱光潜就从西方美学的角度谈道:"美感的世界纯粹是意象世界,超乎利害关系而独立。……艺术的活动是'无所为而为'的。"②对艺术"无功利"的追求正是沈从文、周作人等京派作家批评海派的一大原因。

　　如果说海派的创作视角是"都市",那么京派的许多作家则是"乡土"传统的继承者。这并不是说京派作家生活在农村,而是指他们的创作内容是以家乡为背景,并且在价值取向上批判城市文明,感怀乡土的淳朴之美。比如沈从文笔下的湘西,废名笔下的湖北黄梅,师陀笔下的河南,等等。事实上,文学领域的"乡土"概念同样是五四以来的产物,它伴随京沪等城市的出现而产生。由于中国古代没有"纯文学"的土壤,现实的政治环境日益恶化,而海派对文学政治功利性的冲击又受到商业元素掣肘,因此京派作家往往借助"乡土"资源,以"怀旧"的视角和口吻呈现日渐远离的乡土中国的自然美、人性美,对都市商业文化嗤之以鼻。"在纯文学中还有一批以膜拜艺术为己任的'为艺术而艺术'者,他们倾向'唯美'

　　① 彼得·盖伊:《现代主义:从波德莱尔到贝克特之后》,骆守怡、杜冬译,南京:译林出版社,2017 年版,第 91 页。

　　② 朱光潜:《谈美》,《朱光潜文集》(第 2 卷),合肥:安徽教育出版社,1987 年版,第 6 页。

而以'美的使者'自居。"①与新感觉派笔下都市疏离的人际环境和男女电光石火般的情欲不同,这些京派作家倡导"美化了"的乡土淳朴爱情及其代表的人伦关系,以此为意象营造不受都市商业氛围"污染"的纯美境界,颇似某些西方唯美主义者高蹈的审美态度。

由于农业传统和半殖民地半封建社会的特殊性,乡土与都市的复杂关系使唯美主义的中国传播呈现独特的面貌。西方唯美主义本身蕴含的"艺术自律"之高蹈气质与"生活艺术化"的都市消费逻辑之间的内在矛盾在"乡土—都市"的对立话语中得以清晰呈现。西方唯美主义的"纯艺术"理想被置换为中国式的"乡土环境",而唯美主义创作的感官倾向经日本唯美派放大后被上海这一中国"异类空间"的土壤滋养,显示出唯美主义在诗学理论和创作实践中的错位。②

四、旧形式—新形式

乡土与都市的矛盾凸显了新文学内部"新"与"旧"两种思维的博弈。新文学的内在特质除了启蒙性与革命性外,还包含了先锋性。"启蒙的文学"也是"文学的启蒙",新文学的基础是白话文,语言的变革呼唤文学形式的革新,新文学之"新"既是思想内容的变革,也是文学形式的探索。唯美主义对形式的重视为新文学的形式探索注入了养料。需要指出的是,中国古典诗词在其成熟期本就是高度形式化的,对于韵律、平仄、对仗等形式要素有着严格的要求,而某种文学类型的衰弱除其内容上的日趋陈腐之外,也伴随着形式上的僵化。但文学的形式经过世世代代的传承,已经化为审美上的"集体无意识",成为某种特定的审美习惯。因此,在新文学对新形式的建构中往往体现出中国传统文学形式的要素。我们以新诗的创作理念为例。

梁实秋于1931年在《诗刊》创刊号上评论中国新诗的形式追求,他认为由于

---

① 范伯群:《中国近现代通俗文学史》(上),南京:江苏教育出版社,2010年版,绪论第6页。

② 蒋承勇、马翔:《错位与对应:唯美主义思潮之理论与创作关系考论》,《社会科学战线》,2019年第2期。

汉字的特殊性,新诗不能完全模仿西文诗,要创造自己的格律。闻一多也提出了新格律诗的理论,并浓缩为著名的"三美"主张。

穆木天受到西方"纯诗"概念启发,在《谭诗:寄沫若的一封信》一文中首次提出中国新诗的"纯诗"概念:在形式上具有统一性和持续性的时空律动,是数学(造型)和音乐(韵律)的结合体,诗的形式就是"律"。① 从穆木天的新诗理论中可以看到唯美主义强调形式美(音乐美)的渊源,同时也能看出中国古典诗歌的形式传统——严格的格律要求。或者说,他是用中国传统诗歌的格律之美来理解外来的"纯诗"。穆木天的理论针对的是当时中国白话新诗在形式上的散漫,许多新诗既丢掉了中国古典诗歌的格律要求,又缺少西方现代诗歌的形式自觉。他认为,诗歌需要在造型美上下功夫,造型美不仅要依靠诗行的组合,很多时候还要靠意象营造官能色彩来实现。穆木天将杜牧的《泊秦淮》视为具有象征和印象色彩的诗歌形式之典范,认为"他官能感觉的顺序,他的情感激荡的顺序;一切的音色律动都是呈一种持续的曲线的"②。这样的阐释表明,诗的内容与形式是统一的,诗歌形式上的探索必然影响到内容上的表达,这与西方唯美主义从理论(音乐性)到创作实践(感觉化)的转换是一致的。

王独清在《再谭诗:寄给木天、伯齐》中呼应了穆木天的"纯诗"观点。他将穆木天关于造型美和音乐美的观点进一步细化,提出"纯诗"的公式:(情+力)+(音+色)=诗。③ 需要指出的是,19 世纪以降的西方形式主义诗学似乎总在排斥情感因素,他们往往用科学主义的思维去构建抽象的形式美,王独清以公式解诗便是这种思维方式的范例。但中国古典诗学讲究"诗情",我们很早就发现"诗缘情而绮靡"的道理。因此,与穆木天相似,王独清的纯诗理论同样是"中西合璧"的。他认为,由于中西文字在表意、表音倾向上的差异,这个公式中最难应用的是"音"和"色",他以自己的诗歌《玫瑰花》为例表明:"色"落实在文字上,就表现为与感官有关的词,和韵律结合形成心理上的"音画"效果(令人想起拉斐尔前

---

① 穆木天:《谭诗:寄沫若的一封信》,杨匡汉、刘福春编:《中国现代诗论》(上编),广州:花城出版社,1995 年版,第 97 页。

② 穆木天:《谭诗:寄沫若的一封信》,杨匡汉、刘福春编:《中国现代诗论》(上编),广州:花城出版社,1995 年版,第 96 页。

③ 王独清:《再谭诗:寄给木天、伯齐》,杨匡汉、刘福春编:《中国现代诗论》(上编),广州:花城出版社,1995 年版,第 104 页。

派的"诗画一体"特征)。事实上,诗歌的造型、韵律以及内容构成的是一个整体,它作用于人的意识,形成情感、情绪上的"场",这个"场"并非由诗本身产生,而是人的感性能力的作用。因此,王独清推崇兰波,认为兰波的诗"实在非一般人所能了解。但要是有人能用很强的 sensibility(感性能力)去诵读,我想定会得到异样的色彩"①。

梁宗岱也提到纯诗的概念,他更突出了纯诗的"音乐性":"所谓纯诗,便是……纯粹凭借慰藉那构成它底形体的原素——音乐和色彩——产生一种符咒似的暗示力,以唤起我们感官与想象底感应。"②对感官能力的锻造是唯美主义的宗旨,正如佩特所说:"所有艺术都共同地向往着能契合音乐之律。音乐是典型的或者说至臻完美的艺术。"③

除了上文提到的对"新诗"形式的探索外,唯美主义思潮还催生了"美文"意识的产生。汉语中"文学"一词是舶来品,来源于近代日本对西语 literature 的翻译。Literature 在西语中原指"文献""著作""资料"等意,它包含的"文学艺术"之审美含义是随着近代美学的发展而产生的。受此影响,汉语"文学"一词才有了"文学艺术"的含义。在此之前,中国的"文"主要是指与诗词歌赋相对的"杂文",它并没有获得审美的"入场券"。人们只看到它的实用性,或是某种"奇技淫巧",甚至"作文害道",其审美价值被长期忽略。周作人、朱自清、林语堂、王统照、何其芳、废名等人在理论建构和实际创作中将"纯文学"的概念引入白话散文中,使白话散文"艺术化",开始自觉追求文学的审美价值和自身规律。如果说梁实秋在新诗形式的探索中还没有意识到文学的语言本体,那么"美文"的出现和创造不但更新、拓展了"新文学"的观念和内涵,同时也推动了白话文自身的完善。更重要的是,由于没有西方科学主义的羁绊,加上五四兼容并包的文化革新诉求,新文学理论者已经看出,新形式建构的出路不是找到另一种客观的美的形式来取代僵化的旧文学形式,而是发挥艺术家的自由创造力,兼容并包中西文学。正如穆木天所言:"我们对诗的形式力求复杂,样式越多越好,那么,我们的诗坛将

---

① 王独清:《再谭诗:寄给木天、伯齐》,杨匡汉、刘福春编:《中国现代诗论》(上编),广州:花城出版社,1995年版,第107页。

② 梁宗岱:《谈诗》,杨匡汉、刘福春编:《中国现代诗论》(上编),广州:花城出版社,1995年版,第186页。

③ 沃尔特·佩特:《文艺复兴》,李丽译,北京:外语教学与研究出版社,2010年版,第169—171页。

来会有丰富的收获。我们要保存旧的形式,让它为形式之一。"①这样的诗学、美学见解显然超越了 20 世纪西方的某些科学主义的形式主义观点。

由于五四对唯美主义的接受从一开始就带有强烈的功利目的,当时的人文环境也不具备咀嚼消化它的条件,随着革命运动的日趋激烈,唯美主义很快被淹没,大多数具有唯美色彩和主张的作家从 20 世纪 30 年代后期开始便主动或被动地改弦易辙。不过,经由中西文化的碰撞和融通,唯美主义思潮的诸多层次和内在矛盾通过五四的"棱镜"得以展现。五四前后的知识分子在唯美主义的接受过程中各取所需,使唯美主义逐渐融入了新文化、新文学的"武库"。

（本文作者：马　翔）

---

①　穆木天：《谭诗：寄沫若的一封信》,杨匡汉、刘福春编：《中国现代诗论》(上编),广州:花城出版社,1995 年版,第 97 页。

爱伦·坡文学批评的道德困境与美学出路

美国文学家埃德加·爱伦·坡(以下简称坡)离世不久,《纽约客》(Knicker-bocker)杂志编辑克拉克(Lewis Clark)就指摘他"缺乏道德或宗教原则"[①]。其作品指定代理人格里斯伍德(Rufus Wilmot Griswold)也发文宣称"他似乎没有什么道德上的敏感性"[②]。惠特曼(Walt Whitman)随后指出坡的文学作品"明亮耀眼,但没有热量"[③]。在 20 世纪之前,坡与其妻子弗吉尼亚的关系问题成了批评家"关于他的道德品质的激烈辩论的一部分"[④]。20 世纪伊始,克鲁奇(Joseph Krutch)的"异常"(abnormity)、赫胥黎(Aldous Huxley)的"庸俗"(vulgar)和温特斯(Yvor Winters)的"异端"(heresy)等道德主义评判给坡及其作品贴上了悖德的标签。这种以社会道德价值为标准的品评在 20 世纪后半叶继续上演:"坡的作品明显缺乏对道德主题的兴趣"[⑤],"坡不触及道德问题"[⑥],还有"坡排除了一切道德和宗教方面的考虑"[⑦]。到了 21 世纪,尽管坡的文学地位得到了相应认

---

① Moss,Sidney P. *Poe's Literary Battles：The Critic in the Context of His Literary Milieu*,Duke UP,1963,p. 123.

② Griswold Rufus Wilmot. "Memoir of the Author", *Poe in His Own Time：A Biographical Chronicle of His Life,Drawn from Recollections,Interviews,and Memoirs by Family,Friends,and Associates*,edited by Benjamin F. Fisher,U of Iowa P,2010,p. 152.

③ Whitman Walt. "Edgar Poe's Significance", *Bloom's Classic Critical Views：Edgar Allan Poe*, Chelsea House Pub,2008,p. 117.

④ Peeples Scott. *The Afterlife of Edgar Allan Poe*, Camden House,2004,p. 42.

⑤ Cleman John. "Irresistible Impulses：Edgar Allan Poe and the Insanity Defense", *American Literature*,Vol. 63,No. 4,1991,pp. 623.

⑥ Buranelli,Vincent. *Edgar Allan Poe*, Twayne Publishers,1961,p. 72.

⑦ Davidson,Edward H. *Poe：A Critical Study*, Harvard UP,1957,p. 190.

可,但对其道德的质疑之声仍不绝于耳,如有学者认为坡"驳斥文学中的道德和
爱国价值"①,有的学者甚至认为"这种批评有力地促进了坡的作品声誉"②。本
文以坡的文学批评实践为理据,在重构其文学批评理念道德内核的基础上,昭示
其文学思想的社会价值与伦理意义,从而为全面把握其文学作品中艺术的审美
价值与道德教谕的关系提供一种新的认知。

一、"说教的异端":艺术自律与审美现代性

美国"18 世纪的诗歌是公共的、说教的艺术"③,诗歌内容很少涉及个人情
感,而是与媒体大众所关注的诸如战争、政治、著名人物的逝世等宏大叙事话语
密切相关。就文学作品的功能性而言,美国 19 世纪上半叶的文艺观念沿袭了 18
世纪文以载道和经世致用为鹄的道德传统。在北美清教徒文化的影响之下,以
北美诗人布莱恩特(William Cullen Bryant)和朗费罗(Henry Wadsworth Long-
fellow)为代表的美国主流诗人,视文学价值和道德教谕为一对不可分割的整体,
过于看重文学外部的社会功能,贬抑语言艺术本身的审美价值。美国超验主义
思想家爱默生把崇尚"道德美"的歌德视为楷模,自诩为"美国的歌德"。"在坡的
时代,小说里的人物大多都是品行端正的道德典范"④,小说界的泰斗欧文
(Washington Irving)和库珀(J. F. Cooper)均强调散文作品的道德意识。此外,
美国 19 世纪的权威出版商哈珀斯(Harpers)"为了保证新出版物的得体与道
德"⑤,雇用了一些读者进行道德审查。无论是本土的还是舶来的文学作品,如果
不能通过他们的道德审查,就永远不可能问世。坡的《故事集》文稿在 1836 年就

---

① Tally,Robert T. Jr. *Poe and the Subversion of American Literature*: *Satire*,*Fantasy*,*Critique*,
Bloomsbury,2014,p. 123.

② Cantalupo,Barbara. *Introduction*,*Poe's Pervasive Influence*,edited by Barbara Cantalupo,Le-
high UP,2012,p. 1.

③ Gilmore,Michael T. "The Literature of the Revolutionary and Early National Periods",*The
Cambridge History of American Literature*,Vol. 1,edited by Sacvan Bercovitch,Cambridge UP,2006,
p. 591.

④ Hayes,Kevin J. *Poe and the Printed Word*,Cambridge UP,2004,p. 60.

⑤ Whalen,Terence. *Edgar Allan Poe and the Masses*:*The Political Economy of Literature in An-
tebellum America*,Princeton UP,1999,p. 10.

遭到了该出版商的无情拒绝。① 由此观之,坡以艺术自律、审美愉悦为根基的文艺理念在美国 19 世纪上半叶道德主义说教的大环境下陷入了挥之不去的道德困境。

在 19 世纪上半叶的美国,欧洲社会宽松的道德规范一直是美国人抨击的对象,英国小说家利顿(Edward Bulwer-Lytton)因其作品中的低俗内容而招致严厉批评。当美国批评家把矛头指向利顿的道德问题之时,坡却以艺术技巧为判断标尺把鉴赏的目光转向了利顿小说的艺术价值,强调艺术自身的审美维度,维护艺术价值评判的公正性。坡认为利顿的小说《利希留》(Rienzi)中的构思技巧在一定程度上掩盖了其中悖德内容的瑕疵,高赞"他(利顿)是任何在世或去世的作家都无法超越的"②。这种鉴赏标尺与美国 19 世纪主流文学批评所倡导的社会道德价值背道而驰。

"坡是第一个勇敢地说出艺术是以审美为目的的美国批评家。"③在坡看来,如果艺术作品过分强调和宣扬道德说教就是一种"异端邪说"(heresy),因为它混淆了道德内容与艺术价值之间的区别。用韦勒克和沃伦的话来说,"艺术的用处不必在于强加给人们一种道德教训"④。然而,在坡的时代,美国政坛派系林立,社会动荡不安,艺术和科学均被视为传授道德价值的工具。⑤ 鉴于此,坡愤然指出:"我所谓的这个异端就是'教诲诗'……据说每首诗都应该向读者灌输一种道德真谛,而且评判这首诗的价值也要凭借这种道德真谛。"⑥可见,坡把诗歌艺术中的道德说教指向了"真"(truth)的范畴,并指出科学的目标是"真",而诗歌的目标应该是审美愉悦,二者的关系犹如水火,很难和谐共处。早在 1831 年的《诗

---

① 坡试图通过他的朋友保尔丁(James Kirke Paulding)与哈珀斯协商,但保尔丁在 1836 年 3 月 17 日的信中告诉坡,哈珀斯只会根据读者的判断来选择出版物,他的意见对出版商不会起到任何作用。参见 Whalen,Terence. *Edgar Allan Poe and the Masses*:*The Political Economy of Literature in Antebellum America*,Princeton UP,1999,p. 277. 。

② Poe,Edgar Allan. *Edgar Allan Poe*:*Essays and Reviews*,Edited by G. R. Thompson,Library of America,1984,p. 142.

③ Jacobs,Robert D. *Poe*:*Journalist and Critic*,Lousiana State UP,1969,p. 453.

④ Wellek,René and Austin Warren. *Theory of Literature*,Lowe & Brydone Ltd. ,1954,p. 20.

⑤ Werner,James V. *American Flaneur*:*The Cosmic Physiognomy of Edgar Allan Poe*,Routledge,2004,p. 25.

⑥ Poe,Edgar Allan. *Edgar Allan Poe*:*Essays and Reviews*,Edited by G. R. Thompson,Library of America,1984,p. 75.

集》序言①中,坡就以审美趣味来区分科学作品与诗歌:"与科学作品相对立的是,诗歌的直接目的是愉悦,而不是'真'。"艾布拉姆斯指出,坡的"为诗而诗"的意思是艺术的目标应当"从外部原因和隐秘目的的负担中解脱出来"②。与19世纪末欧洲唯美主义运动类似的是,坡对道德说教的抵制是避免审美判断堕入道德主义,提醒人们不要被政治、商业、伦理道德等因素绑架先验的自由本性。

这种彰显自由意识的艺术理念乃现代意义上的审美范式。现代艺术的审美观念,源自法国神父夏尔·巴图(Charles Bateux)在1746年提出的"美的艺术/纯粹的艺术"(the Fine Arts)概念。巴图把音乐、诗歌、绘画、雕塑和舞蹈5类艺术定性为"美的艺术",并指出与以实用性为目的的其他艺术所不同的是,它们都以自身为目的。在欧洲,"艺术自律的观念在19世纪30年代绝非新颖事物"③,康德在18世纪末就在《判断力批判》(1790)中提出了艺术作为一种自律活动的观点,肯定了艺术的无功利性。对于现代艺术精神之父波德莱尔来说,诗是自足的,诗除了自身并无其他目的。唯美主义运动的先驱戈蒂耶及其追随者们"为艺术而艺术"的战斗口号则表达了他们对资产阶级商业主义和粗俗功利主义的憎恨,是审美现代性反抗资产阶级市侩现代性的首个美学战斗性口号。波德莱尔把浪漫主义思潮等同于现代艺术。浪漫主义批评家号召作家抛弃新古典主义道德审美范式,以审美主体的创造性和艺术自律为目标,彰显出独特的主体性。在康德的"无目的的合目的性"观念和席勒的"游戏说"的鼓舞之下,浪漫派作家批判以道德、理性和知识为中心的新古典主义他律美学原则束缚了艺术家的独创性天赋,破坏了作品的艺术价值和审美趣味。坡的"为诗而诗"的艺术自律理念正是对这一现代美学思潮演进的应和。鉴于以清教徒文化为根基的新英格兰诗人大多把文学视为道德教谕的工具,坡在评论新英格兰著名诗人朗费罗的诗集《民谣及其他诗》(*Balladsand Other Poems*,1841)时就指出,朗费罗在诗歌目的

---

① 该文是坡的第一篇重要的文学批评,原文最早以《致某某先生的一封信》(*Letter to Mr.* ——)为题出现在坡1831年的《诗集》(*Poems*)的前言中,坡略微改动之后,于1836年7月以《致B.的信》(*Letter to B*—)为题发表在《南方文学信使杂志》(*Southern Literary Messenger*)上。参见Stuart Levine and Susan F. Levine, editors, *Critical Theory: The Major Documents/Edgar Allan Poe*, U of Illinois P, 2009, p. 4。

② Abrams, M. H. *The Mirror and the Lamp: Romantic Theory and the Critical Tradition*, Oxford UP, 1971, p. 27.

③ Calinescu, Matei. *Five Faces of Modernity: Modernism, Avant-garde, Decadence, Kitsch, Post-modernism*, Duke UP, 1987, p. 44.

上的理念是完全错误的，"他的说教完全不合时宜"①，是一种文学上的"异端邪说"。于坡而言，艺术的价值应该从艺术自身内部来判断，而不是以艺术的外部因素诸如道德、知识和教谕等为评判标准，这也正是坡在批判朗费罗的说教诗时所强调的"对〔创作〕原则的捍卫"②。虽然法国著名艺术批评家丹纳在《艺术哲学》中宣称"文学价值的等级每一级都相当于这个道德价值的等级"③，但对道德说教的抵制与批判，坡即使不是首位，也非孤例。波德莱尔不满于法国文人视艺术为宣教工具的做法："许多人认为诗的目的是某种教诲，或是应当增强道德心，或是应当改良风俗，或是应当证明某种有用的东西。埃德加·爱伦·坡说美国人特别支持这种异端的思想。"④亨利·詹姆斯在《小说的艺术》一文中就质疑皮赞特的道德主义论调，他说道："艺术的问题（就最广泛的意义而论）是创作实践的问题；道德问题则完全是另一码事，那么能否请你让我们见识一下，看看你是怎么会轻易地把这两者相提并论、混为一谈的呢？"⑤尽管詹姆斯认为坡是美国最早的真正的文学评论家之一，不乏理智和辨别力，但责难坡的文学评价是"矫揉造作的、恶毒的和庸俗的"⑥，陷入了与赫胥黎等批评家类似的道德主义价值判定的泥潭。

二、"意义的潜流"：隐在的道德寓意与道德关怀

在《莫班小姐》的序言中，戈蒂耶声称只有毫无用处的东西才是美的。英国唯美主义代表人物王尔德在《道林·格雷的肖像》的序言中写道："没有合乎道德

①　Poe Edgar Allan. *Edgar Allan Poe: Essays and Reviews*, Edited by G. R. Thompson, Library of America, 1984, p. 683.

②　Poe Edgar Allan. *Edgar Allan Poe: Essays and Reviews*, Edited by G. R. Thompson, Library of America, 1984, p. 742.

③　丹纳：《艺术哲学》，傅雷译，北京：生活·读书·新知三联书店，2017年版，第410页。

④　夏尔·波德莱尔：《波德莱尔美学论文选》，郭宏安译，北京：人民文学出版社，1987年版，第186页。

⑤　亨利·詹姆斯：《小说的艺术：亨利·詹姆斯文论选》，朱雯等译，上海：上海译文出版社，2001年版，第28页。

⑥　James, Henry. "Hawthorne", *Bloom's Classic Critical Views: Edgar Allan Poe*, edited by Harold Bloom, Infobase Publishing, 2008, p. 189.

的或不道德的书这种东西。书本有写得好坏之分,仅此而已。"①然而,坡的唯美理念并没有彻底摒弃道德意识,滑入王尔德式的美学极端主义。他在《诗律阐释》(*The Rationale of Verse*,1850)中论述诗歌韵律的原理时就以"美与责任"(beauty with duty)和"美丽的与责任的"(beautiful with dutiful)作为例证②,无意识地抑或有意识地透露出他对美与道德的双重关注。此外,坡在文学批评中用笛卡儿的二元论把诗歌中的意义分为上层和下层两个维度,即"意义的显流"(upper-current of meaning)和"意义的潜流"(under current of meaning)。从哲学的角度来看,坡的二元划分,折射出"显"与"潜"的物质存在方式。坡在指摘朗费罗的道德灌输这一错误的诗学观念时指出:"我们并不是说道德说教不能很好地成为诗歌主题的潜流;但是它永远不可能像他的大多数作品那样,被如此直白地表达出来。"③可见,坡并不拒斥文学作品中潜在的道德内涵,他所不能接受的是僭越艺术美感的说教"显流"。"坡作品中诸多'意义的潜流'"(Urakovaxi)也是其作品具有复杂性和争议性的原因。于坡而言,艺术不必刻意表现道德说教,真正的艺术应该在彰显美的维度中对其进行潜藏和掩盖。诗歌只是审美趣味的"使女"(hand maiden),但"这个使女没有被禁止用她自己的方式说教。她不是被禁止描绘美德,而是被禁止推论和灌输美德"④。从语言的角度来看,坡倡导艺术家采用"潜性语言"的修辞手法来暗示道德寓意和道德关怀,而艺术作品的"显性语言"则应致力于表现美。艺术作品中的道德教训只要不过于明显,"它们可以以各种方式,顺便辅助作品的一般目的"⑤,这种目的不是道德教化而是审美价值和审美趣味。坡在评价英国诗人霍恩(R. H. Horne)诗集《俄里翁》(*Orion: An Epic Poemin Three Books*)的文章中就指出,"俄里翁"一词有着类似寓言的上下两层含义,但是诗人的适度感让它显得相对柔和,"使其大体上很好地服从于表

①　奥斯卡·王尔德:《〈道林·格雷的肖像〉序》,《十九世纪西方美学名著选》(英法美卷),蒋孔阳编,上海:复旦大学出版社,1990年版,第225页。

②　Poe Edgar Allan. *Edgar Allan Poe: Essays and Reviews*, Edited by G. R. Thompson, Library of America,1984,p. 37.

③　Poe Edgar Allan. *Edgar Allan Poe: Essays and Reviews*, Edited by G. R. Thompson, Library of America,1984,p683.

④　Poe Edgar Allan. *Edgar Allan Poe: Essays and Reviews*, Edited by G. R. Thompson, Library of America,1984,p. 695.

⑤　Poe Edgar Allan. *Edgar Allan Poe: Essays and Reviews*, Edited by G. R. Thompson, Library of America,1984,p. 78.

层叙述"①,从而没有破坏诗歌的美感和整体效果。用克罗齐的话来说,如果寓言处理得适当,它对于美的艺术而言"有时是绝无妨害的"②。

康德把人的心理功能划分为认知、情感和意愿三部分,集中讨论了人的审美判断功能,从而赋予艺术独立存在的合法性。在康德的基础上,坡把精神世界分为纯粹的智力、趣味(taste,又译为"审美力"或"鉴赏力")和道德感三个维度,智力对应真理,趣味指向美,道德感对准责任。坡置趣味于三者的中心,让它同时关联着另外两种判断功能。对此,坡阐释道:"我把趣味放在中间,因为它就是这个位置,在我的脑海里,它占据着这个位置。它与两个极端都有密切的联系。"③可见,坡对心智官能的划分并没有摒弃道德意识,只是把它的重要性置于了指向艺术美感的趣味之下。由是,尽管坡强烈反对文学作品中的道德主义说教,但这并不能作为指责其文艺理念排斥道德甚至违逆道德伦理的依据。

传奇文学在美国 19 世纪的批评家眼中违背了美国式的民主进程,因而遭到了美国批评界的冷遇,正如弗莱在论述传奇文学时所说,由于对英雄主义和纯洁忠贞的高度理想化,故就其社会关系而言与贵族存在着密切的关联,传奇作品的字里行间总会流露出"某些虚无主义或桀骜不驯的东西"④。坡却反其道而行之,竭力对被美国主流批评诋毁的、被视为非道德文类的传奇文学做出辩护。在《致 B. 的信》中,坡就以审美愉悦区分了传奇和诗歌,指出前者的目标是确定的愉悦,后者的愉悦则是无限性的。在评价德国作家福凯(Baron De La Motte Fouqué)幻想小说的《水神乌丁娜:一部微型传奇》(*Undine*:*A Miniature Romance*)一文时,坡尝试论证这篇传奇作品拥有功利性的道德价值,尤其是作为"意义的潜流"的寓言。然而,坡为传奇文学辩护并不仅仅是为了揭示艺术作品中隐在的道德内涵,更是以揭露美国功利主义文化中审美趣味的普遍窳败现象来维护艺术作品的审美价值:"为了文学自身的利益和精神用途,每一个文学爱好者都有责任大声疾呼,大胆地反对那些长久以来让我们鬼迷心窍的、站不住脚的、根深蒂固

①　Poe Edgar Allan. *Edgar Allan Poe*:*Essays and Reviews*,Edited by G. R. Thompson,Library of America,1984,p. 295.

②　克罗齐:《美学原理》,朱光潜译,北京:商务印书馆,2018 年版,第 41 页。

③　Poe Edgar Allan. *Edgar Allan Poe*:*Essays and Reviews*,Edited by G. R. Thompson,Library of America,1984,p. 76.

④　Frye,Northrop. *Anatomy of Criticism*:*Four Essays*,Princeton UP,2000,p. 305.

的偏见。"①霍桑的小说创作同样遇到了这种偏见。他在短篇小说集《七个带尖角阁的房子》(*The House of the Seven Gables*,1851)的序言中写道:"且不说其他的反对意见,它把传奇暴露给了一种顽固的、极其危险的批评,因为它几乎把作者想象的画面与当时的现实进行了正面的接触。"②

由于寓言有着表层"显流"和深层"潜流"的特质,加上其接近真理的趋向破坏了故事虚构的逼真性和效果的统一(unity of effect),即小说的艺术审美性,坡反对寓言在小说中的过度和不恰当的使用。但这并不能被视为坡因为"寓言是一种为道德'教化'服务的最明显的文学形式"③抑或"因为寓言充满着道德暗示"④而对寓言失去耐心的证据。在评价霍桑的《故事重述》(*Twice-Told Tales*,1842)和《古屋青苔》(*Mosses from an Old Manse*,1846)时,坡盛赞霍桑的短篇故事在"意义的潜流"方面表现出的精湛技巧,同时又批判其中寓言的滥用。对坡来说,如果寓言能够建立一个事实,那就是通过推翻一个虚构的事实来达到目的。但是如果艺术家把寓言处理得当,适当地加以压制,"寓言就只能被看作是一个影子,或者是一种暗示的一瞥,从而使它既不突兀也不令人不快地接近真理"⑤,暗示的意义也就不会以一种非常深刻的潜流贯穿于明显的意义之中。坡在散文作品中所倡导的"意义的暗流"的潜在叙事方式与短篇小说中的"隐性进程"⑥(Covert Progressions)理论不谋而合,具有帮助读者发现"作品中隐在的伦理和审美层面"⑦的功用。

---

① Poe Edgar Allan. *Edgar Allan Poe*:*Essays and Reviews*,Edited by G. R. Thompson,Library of America,1984,p. 252.

② Hawthorne,Nathaniel. "Preface to The House of the Seven Gables",*Nathaniel Hawthorne*:*The Critical Heritage*,edited by J. Donald Crowley,Routledge,1970,p. 188.

③ Moldenhauer,Joseph J. "Murder as a Fine Art:Basic Connections between Aesthetics,Psychology,and Moral Vision",*PMLA*,vol. 83,no. 2,May 1968,p. 286.

④ Jacobs,Robert D. *Poe*:*Journalist and Critic*. Lousiana State UP,1969,p. 225.

⑤ Poe Edgar Allan. *Edgar Allan Poe*:*Essays and Reviews*,Edited by G. R. Thompson,Library of America,1984,p. 583.

⑥ "隐性进程"指的是一种在故事情节发展背后的叙事暗流,通常具备反讽性,而反讽既是一种修辞技巧,也隶属于小说美学的范畴,坡的短篇故事《泄密的心》(*The Tale-Tell Heart*,1843)就存在"情节发展"和"隐性进程"两个不同层次的反讽。参见申丹:《西方文论关键词隐性进程》,《外国文学》,2019 年第 1 期,第 81—96 页。

⑦ Wolff,Mariam. "Style and Rhetoric of Short Narrative Fiction:Covert Progressions Behind Overt Plots",*Style*,Vol. 51,No. 1,2017,pp. 118-121.

坡不仅不排斥道德寓意,还赞赏作家在隐性叙事中的道德正义。他称赞狄更斯的小说《巴纳比·拉奇》(*Barnaby Rudge*,1841)在"潜流"主题设计上的美感应和了读者的想象力:"他所说的几乎每一个字,只要加以严格的注意,就会发现他的字里行间都有一种潜流意蕴,富有想象力的读者对这种潜流意蕴的兴趣就会无限增加。"①更为重要的是,在狄更斯的"隐性叙事"中,白痴巴纳比对流血的恐惧让其产生了谴责凶手的道德正义感,而他的这一恐惧就是凶手暴行的间接结果,因为正是这一暴行引起了怀孕母亲的想象。当这一恐惧促使儿子确信父亲犯下的罪行时,诗性的正义感就会得到圆满的实现。狄更斯的故事设计,就是"'诗性正义'(poetical justice)理念最好的体现之一"②。

坡的小说创作同样不乏隐在的道德寓意,因为"坡并不排斥道德关怀"③,而且"他的小说本身恰恰就是寓言,且富含寓意"④。他的侦探故事和恐怖故事大多能够从道德的角度加以阐释,甚至可以"理解为严肃的道德规范:如果侦探不能破案,凶手就会自首,自杀,或者被悔恨吞噬"⑤。此外,坡的诸多故事中都暗含着禁酒的意象,譬如《黑猫》(*The Black Cat*,1843)和《一桶白葡萄酒》(*The Cask of Amontillado*,1846)。特别是《黑猫》,它完全遵循了 19 世纪上半叶的禁酒传统,蕴含了社会改革的意象,"但明确的道德信息现在已经完全消失了"⑥。借此,坡更看重犯罪小说的艺术审美层面,倡导艺术家把道德寓意和道德关怀置于故事的潜流之中,从而避免读者把审美的目光转移到罪犯的道德问题之上。然而,坡明确指出这种潜在的意义"对浪漫主义者来说并不是最美(fairest)的领域,也不属于更高的理想范畴"⑦。

---

①　Poe Edgar Allan. *Edgar Allan Poe：Essays and Reviews*,Edited by G. R. Thompson,Library of America,1984,p. 222.

②　Poe Edgar Allan. *Edgar Allan Poe：Essays and Reviews*,Edited by G. R. Thompson,Library of America,1984,p. 220.

③　申丹:《坡的短篇小说/道德观、不可靠叙述与〈泄密的心〉》,《国外文学》,2008 年第 1 期,第 4 页。

④　于雷:《基于视觉寓言的爱伦·坡小说研究》,南京:南京大学出版社,2015 版版,第 64 页。

⑤　Peeples,Scott. *The Afterlife of Edgar Allan Poe*,Camden House,2004,p. 67.

⑥　Reynolds,David S. *Beneath the American Renaissance：The Subversive Imagination in the Age of Emerson and Melville*,Oxford UP,2011,p. 70.

⑦　Poe Edgar Allan. *Edgar Allan Poe：Essays and Reviews*,Edited by G. R. Thompson,Library of America,1984,p. 252.

三、艺术的终极目标：美与善的融合

"道德"（morality）一词起源于拉丁语的 mores，意为风俗。由于道德的概念具有丰富的内涵和广阔的外延，对其进行科学的定义一直是伦理学研究中含混不清的基础理论问题之一。吴瑾菁认为西方的"道德"一词具有社会风俗和个人品性的双重含义，"是社会人伦秩序和个体品德修养的统一"①。代表实体主义伦理观的黑格尔指出，"'道德'的发明者"苏格拉底教育我们"人类必须在本身内发现和认识什么是'是'和'善'"②。屈培恒则认为，"道德是一定社会（或阶级）指导人生、调节关系，以促进个人和社会和谐发展和不断完善的准则和活动……这些原则和规范一经产生，就作为善恶标准……体现着人们对理想的社会和理想的人格的憧憬与追求"③。由此观之，尽管道德的概念界定在学界目前莫衷一是、尚无定见，但指向道德内涵的核心组件尚能管窥一斑。秩序、善恶标准和对理想世界的追寻乃为理论家在尝试界定道德概念时关注的重要因素。

艺术的完美离不开和谐，美的和谐品质在古希腊美学中因其与秩序和德性的关联指向了"善"本身。毕达哥拉斯学派认为美是数的和谐，赫拉克利特认为美是对立面的和谐，德谟克里特认为美是小宇宙和大宇宙的和谐。对于坡的文艺理念，学界过多关注了他在唯美艺术理论方面的贡献，忽略了其文学批评理念对秩序、善和理想（ideal）的追寻，这也是批评界从 19 世纪以来对坡及其作品进行道德主义诟病的根由所在。与坡同时代的爱默生把他的浪漫主义哲学建立在他对道德戒律的继承基础之上，顺应了美国 19 世纪道德主义文化的风向标。虽然爱默生认为趣味是对美的热爱，但他在《论艺术》（"Art"）一文中却指出："只要它还不是实用的和道德的……艺术就还没有至臻完善。"④与爱默生所不同的是，坡在巴图和康德的影响下把道德和实用性与审美趣味分疆划界，摒弃了艺术的

---

① 吴瑾菁：《论"道德"——道德概念与定义思路》，《江西师范大学学报》（哲学社会科学版），2011 年第 44 卷第 1 期，第 40 页。

② 黑格尔：《历史哲学》，王造时译，上海：上海书店出版社，2006 年版，第 251 页。

③ 屈培恒：《道德定义浅论》，《道德与文明》，1987 年第 3 期，第 29 页。

④ Emerson, Ralph Waldo. "Art", *The Complete Essays and Other Writings of Ralph Waldo Emerson*, edited by Brooks Atkinson, The Modern Library, 1950, p. 312.

实用功利性,但并没有把道德从审美中完全剥离,而是在艺术追寻和谐的形式和理想之美中让美与道德产生更高层次的勾连。这种美德(virtue)在坡看来并不是所谓的世俗道德伦理,而是"与那些不适度(fitness)、不和谐(harmony)、不成比例(proportion)的邪恶(vice)进行斗争"①的善,一种"有助于构建作品'和谐'的因素"②。

浪漫主义审美范式强调想象(imagination)的创造功能,坡则把古典美学的和谐(harmony)用于区分想象和幻想(fancy)并作为判断艺术价值的标尺,把想象力的创造性功能转向了审美判断。华兹华斯在1815年《诗集》的"序言"中指出,诗人所必备的想象力是一种"塑造和创造"③的能力。在华兹华斯的基础上,柯勒律治区分了想象与幻想,强调了想象的"再造"(recreate)功能。坡批判了柯勒律治所说的想象具有创造性而幻想只有组合功能的观点,并认为二者在创造力方面没有多大区别,都只是一种组合能力,都不能在真正意义上创造。"由于人的头脑想象不出任何从未真正存在过的东西"④,想象与幻想一样都只是把经验和知识结合起来进行了重新组合,但是想象比幻想更具审美艺术性,因为只有想象从旧形式的新奇组合中选择那些和谐的形式,其结果自然是美本身。而幻想则由于忽略了组合的和谐性,产生了一种出乎意料之感(unexpectedness),满足了普罗大众的好奇心。坡借此阐释了爱幻想的穆尔(Thomas Moore)比充满想象力的雪莱更受大众欢迎的缘由。由是,想象在坡的美学理念中转化为美的介质,其特质不在于创造,而是一种建构和谐组合的能力,这种和谐的新奇组合吸引着美感,走向了"善"本身。

古希腊以降,美被视为道德伦理的附庸,文艺作品被要求承担道德教化的使命。审美的功利性和非功利性因艺术与社会的关系成为西方美学理论演进中争论不休的焦点话题,而美与善(道德)的逻辑关联乃为尝试解决这一争端的关键

---

① Poe,Edgar Allan. *Edgar Allan Poe：Essays and Reviews*, Edited by G. R. Thompson, Library of America,1984,p. 685.

② McGann,Jerome. *The Poet Edgar Allan Poe：Alien Angel*, Harvard UP, 2014,p. 37.

③ Wordsworth,William. "The Preface to Poems (1815)", *William Wordsworth*,edited by Stephen Gill, Oxford Up,2010,p. 611.

④ Poe,Edgar Allan. *Edgar Allan Poe：Essays and Reviews*, Edited by G. R. Thompson,Library of America,1984,p. 334.

所在。苏格拉底认为美与善是统一的,但是都以功用为标准;柏拉图则把美善视为理想人格的构型;亚里士多德坚信美是一种善,其之所以引起快感正因为它是"善"本身。托马斯·阿奎那也声称"美与善是不可分割的,因为二者都以形式为基础"①。18 世纪以前,西方美学主流观点认为审美趣味与社会伦理道德有着密不可分的外在关联,美应该具有匡正善恶的道德品质,善即是美,美成为道德教谕的"使女"。然而,审美活动在现代美学中不再趋向于认识和改变现实生活,而是聚焦于对至善的彼岸世界的追寻和表现。康德指出"美是德性——善的象征"②,但并不提倡艺术刻意表现道德,而是把美和指向道德的善划分为不同的领域,以强调审美的无功利性来赋予艺术的自治领域。在康德看来,我们通常所谓的代表着理性功利的善在世俗道德戒律的束缚下并不是最高级的道德形态。至善则让美与道德在自由和纯粹的形式中再次相遇,审美活动在康德的超验思想中连接着感性与理性。美在摆脱功利性的道德桎梏之下与至善相通,成为人类的最高价值,这种艺术的超验之美最终把审美主体引渡到善的境界。

　　坡的唯美理念所强调的正是一种理想之美。艺术家在他看来永远不能真正地创造,只能在旧的形式的基础上发明新的组合,但这种近似开创的"独创性(originality)就是最高的文学美德"③。对坡来说,艺术家应该通过想象力的作用来模仿宇宙结构的秩序和融真、善、美于一体的上帝的艺术之美,一种莱布尼茨的"前定和谐"和沃尔夫的"整体与部分和谐"。所有人类的创造物都是对理想世界的不完美模仿,艺术家的情感来源于一种由美丽的尘世形体所激发的对更为高级之美的向往。艺术家只能想象这种美,而不能创造它,但当他接近这种美之时,他的作品反映出一种宇宙的和谐,而"美的体验可以引导精神走向上帝"④。坡在其散文诗《我发现了》(*Eureka:A Prose Poem*,1848)中就指出上帝是最完美的策划者,并以融合诗歌和散文的艺术方式来呈现美与善的统一,这种超验美学

----

① 北京大学哲学系美学教研室编:《西方美学家论美和美感》,北京:商务印书馆,1981 年版,第 66 页。

② 康德:《判断力批判》,邓晓芒译,北京:人民出版社,2004 年版,第 200 页。

③ Poe,Edgar Allan. *Edgar Allan Poe:Essays and Reviews*, Edited by G. R. Thompson, Library of America,1984,p. 579.

④ Viladesau,Richard. *Theological Aesthetics:God in Imagination,Beauty,and Art*, Oxford UP,1999,p. 104.

意识源自"西方人把至善看作道德追求的最终目标"①的传统。于坡而言,诗的本源就是人类对超凡之美的渴望,而诗歌本身是一种不完美的努力,它通过形式之美的新颖组合来满足这种不朽的渴望,一种"飞蛾对星辰的向往"②。就故事的情节而言,坡认为完美的情节只有上帝能够做到,人类艺术家虽不能至,但要心向往之,把它作为一种有意识的理想。批评家也同样要意识到这种现实世界无法企及的完满,以理想的情节来衡量所有的现实情节。由是,艺术家在坡心中就是一位桥接现实世界和"理式"世界的天使,艺术的终极目标乃美与善的融合和统一。美国诗人艾伦·塔特(Allan Tate)就为坡所遭到的不公正的道德主义评判打抱不平,他说道:"美国人反对他的理由都是基于他的道德冷漠或其有限的道德范围。"③塔特进而指出坡的美学理念是天使般的(angelic)而不是象征式的。

坡的文学批评中的艺术自律理念受到了美国 19 世纪上半叶泛道德主义文化的冲击与钳制。他在批判道德说教的同时,倡导艺术家以"意义的潜流"来影射道德寓意和道德关怀,并在追寻艺术的和谐秩序和终极目标中让美与指向道德的善最终走向了融合与统一。唯美主义把美视为真,坡则把美指向了善,但是这种善不能够用简单直白的道德说教来达到目的,而是通过潜移默化的审美判断来觉解宇宙的秩序与自然的和谐,从而对人类社会的道德伦理做出超验的感悟。由是,从 19 世纪的克拉克到 21 世纪的塔利等批评家对坡本人及其作品的道德问题所做出的负面评价,倘若不是偏见,就应是一种误解。

坡的美学理念在某种意义上类似于席勒的"审美教育"、康德的"无目的的合目的性"和老子的"无为而为"。这种理念为后世的现代主义作家提供了精神向导。现代主义作家把坡奉为"波德莱尔和所有现代性的灯塔"④,不再以直接教化大众为策略,甚至震惊、挑衅读者的思维习惯和审美趣味,"美与善的逻辑关联趋

---

① 邓晓芒:《西方伦理中的善》,《社会科学战线》,2001 年第 5 期,第 225 页。

② Poe,Edgar Allan. *Edgar Allan Poe*: *Essays and Reviews*, Edited by G. R. Thompson,Library of America,1984,p. 77.

③ Tate,Allen. "Our Cousin,Mr. Poe", *Edgar Allan Poe*: *Critical Assessments*, Vol. 4,edited by Graham Clarke,Helm Information Ltd. , 1991, pp. 185.

④ Adorno,Theodor W. *Aesthetic Theory*, Translated by Robert Hullot-Kentor,Continuum,2002,p. 20.

于瓦解……原先中庸、适度、和谐所构成的善,在艺术中被削弱"①。然而,这种对艺术中的和谐秩序与善的轻视再次导致了艺术的审美价值与道德教谕之争的上演。在 20 世纪末的美国文学批评界,波斯纳(Richard Posner)、布斯(Wayne Booth)和努斯鲍姆(Martha Nussbaum)"对'伦理'和'审美'定义的辩论"②,透露出坡在美国 19 世纪艺术鉴赏中所面临的道德困境之新形式回归。

(本文作者:王二磊)

---

① 蒋承勇、曾繁亭:《震惊:西方现代文学审美机制的生成——以自然主义、现代主义为中心的考察》,《文艺研究》,2020 年第 2 期,第 67 页。
② 杨革新:《美国伦理批评研究》,武汉:华中师范大学出版社,2016 年版,第 150 页。

中西"文学自觉"现象比较研究

——以六朝文学与唯美主义思潮为例

"文学自觉"即文学的"审美自觉",它由社会文化背景、诗学理论、文学创作、知识分子共同推动并孕育。中西方文学尽管有着截然不同的文化土壤和审美旨趣,但都在某个历史阶段出现了"文学自觉"现象。西方文学的审美自觉滥觞于浪漫主义对古典主义的反拨,并在 19 世纪唯美主义思潮那里真正成形,从而开启了西方现代文学的形式化转向。中国文学的审美自觉较之西方出现得更早,发生、发展于魏晋六朝时期。虽然这一时期中国的文化观念与意识形态也处在流变之中,但从整体上看,"文学自觉"贯穿其中,成为政教传统的"异数"和补充,为唐宋文学的高峰做好了准备。通过对中西"文学自觉"现象的比较分析,既可以发现中西文学在诗学理论上的异同,又可以由此寻找某些文学现象的内在美学规律,并重新审视"文学自觉"的本源性内涵。

一、"为艺术"与"为人生"的转换

旧意识形态的断裂、新文化观念的重组是"文学自觉"发生的契机。我国魏晋时期的文学观念之所以能突破汉代经学的束缚,正是基于战乱频仍、政权更迭的社会现实。儒家思想的统治地位随着中央集权的丧失而衰弱,随之而来的是佛教的传入、道教的勃兴以及玄学的兴起,形成儒道兼容、佛道相争的思想格局。主流意识的重组和异域文化的注入带来了文学观念与文学创作的嬗变:玄言诗吸纳佛道思想,标志着文人诗的彻底化;志怪、志人小说是佛道玄学兴盛的产物,一改文学的政治教化目的,开始确立叙事文学的审美愉悦功能,"虽不免追随俗尚,或供揣摩,然要为远实用而近娱乐矣"①。此外,汉末"反切"的发明与异域语音的本土化有关,周祖谟认为:"至若反切之所以兴于汉末者,当与象教东来有关。"②"反切"标志着古代对音韵的研究进入新阶段。可以说,中国"文学自觉"观念发生在政教伦理意识衰弱后的士人群体中,由于强有力的政治文化中心的缺失,他们隐于市野,寻求内心的慰藉,外来文化"趁虚而入",成为"文学自觉"的催化剂。

西方"文学自觉"观念的成形同样有赖于社会文化转折的契机,它发生在政治理性与宗教禁欲主义式微的都市文化土壤中。都市化带来新的审美体验。法国人将目光投向德国,激活并创造性地发挥了德国古典哲学的若干理论,凝练出"为艺术而艺术"的观念,并很快风靡整个西方世界。事实上,德国古典哲学正是德意志民族从封建社会向现代化转型的思想武库。唯美主义思潮将"美的崇拜"放置在"上帝死了"的空位上,一方面为了填补信仰"真空",使艺术/审美宗教化;另一方面,"唯美主义继承了浪漫主义对现代工商业主导下的城市生活的抗拒"③,试图用个性化的审美来中和高度组织化的都市文化,扭转功利和市侩主义。工商业与大都市的崛起既是唯美主义的对立面,又是它成长的土壤。因此,"文学自觉"看似关注"为艺术而艺术"的问题,实际上它与生活之间存在着紧密的联系,即表达一种审美的人生态度——"为人生而艺术"。其实,"文学自觉"正是审美的人生态度在创作中的流露。

"为人生而艺术"首先反映在人物品评的标准上。人物品评在中国古已有之,儒家认为美在道德修养上的完美境界是圣人,品评的标准就是道德标准。到了魏晋时代,人物品评的标准由汉代的举孝廉、察孝悌转变为重才情、风貌,尤其突出外形美。以《世说新语》为代表的志人小说塑造了何晏、潘岳、杜弘治等美男子形象;又如《惑溺》中对女性价值的评判:"妇人德不足称,当以色为主。"④志人

---

①　鲁迅:《中国小说史略》,《鲁迅全集》(第九卷),北京:人民文学出版社,1973 年版,第 201 页。

②　颜延之:《颜氏家训集解》,北京:中华书局,1993 年版,第 538 页。

③　Habib, M. A. R. *Literary Criticism from Plato to the Present: An Introduction*, Wiley-Blackwell, 2011, p. 175.

④　刘义庆:《世说新语校笺》,北京:中华书局,1984 年版,第 490 页。

小说将士人的神态仪表、精神气质、才情禀赋以欣赏的态度表现出来,将世俗生活中的人当作审美对象来表现,说明魏晋士人价值观念的转变:由汉末的"政治道德清谈"转变为魏正始的"玄学清谈",再到西晋以后演变为"审美清谈"。①

"为人生而艺术"还表现在任情使性、洒脱倜傥的士人作风上。魏朝的"非汤、武而薄周、孔"②,"越名教而任自然"③,到了东晋时期,逐渐转向追求含蓄蕴藉、冲淡清远的审美境界。魏晋士人观念的前后转变并不矛盾,反而说明他们对"自然"理解的深化,从追求构建不加矫饰的天然本性转变为追求以形媚道、得意忘言的玄学化审美理想。这种转变统一在士族人格的理想形态——魏晋风度中。从某种程度上说,魏晋风度是整个魏晋六朝时期士人意识的底色,它剥去了早熟的中国文人的道德、功名之人格面具。魏晋士人的"为人生而艺术"好比一次思想文化领域的"还原",去掉政教思想的"遮蔽",将士人的目光拉回到世俗生活,显示出个体生活的本真在世状态。因此,"为人生而艺术"更像是"为人生而人生"。

关于唯美主义的评论一般都会涉及"丹蒂"(Dandy)形象的研究。丹蒂具有复杂的社会含义,最早出现在 18 世纪末 19 世纪初的英国,他们有钱有闲,具有较高的艺术修养和审美品位,穿着考究,举止不凡,保持沉着冷静又超脱于外的态度。这样的气质风度经过法国作家多尔维利(Jules-Amédée Barbeyd' Aurevilly)、波德莱尔等人的渲染之后,获得了对抗世俗、蔑视清规和追求完美的审美与文化意义,成为对抗资本主义的精神骑士。波德莱尔将丹蒂形象理解为"矫揉造作、力求完美、精致优雅及对庸俗的厌恶"④。丹蒂影响了 19 世纪末的一批年轻文人,这种影响既表现在日常生活层面的言行举止上,又反映在文学作品中,呈现出"高度程式化、风格化的自我精心建构"⑤,形成对庸众的讽刺。因此,丹蒂形象天然地与艺术、审美联系在一起,然而,他们并非遗世独立于生活之外,而是在

---

① 陈顺智:《魏晋玄学与六朝文学》,武汉:武汉大学出版社,1993 年版,第 63—73 页。

② 嵇康:《嵇康集校注》,北京:中华书局,2015 年版,第 179 页。

③ 嵇康:《嵇康集校注》,北京:中华书局,2015 年版,第 368 页。

④ Weir, David, *Decadence and the Making of Modernism*, Amherst: University of Massachusetts Press, 1995, p. 62.

⑤ Garelick, R. K. *Rising Star*: *Dandyism, Gender, and Performance in the Fin de Siècle*, Princeton: Princeton University Press, 1998, p. 3.

社会习俗的限度内创造一种新奇的人格形态,并与现实人生构成微妙的张力。从这个角度我们才能理解唯美主义的一个重要命题——"艺术拯救世俗人生"。丹蒂形象倡导的精致生活和高雅品位对普罗大众而言具有鲜活的吸引力,从某种程度上说是作为文艺思潮和作为审美教育的唯美主义两层内涵的连接点。英国唯美主义运动不仅通过理论阐发与文学创作,还通过慈善活动、艺术社团与工艺改良等形式直接介入社会生活,提高劳动阶级的艺术修养和审美品位,从而改良人性和社会,直接影响了后来风靡欧洲国家、与日常生活紧密联系的装饰艺术变革。

也许我们可以认为,无论是远离仕途经济的"魏晋风度",还是抵抗市侩和异化的"丹蒂",都是"为人生而艺术"的直接呈现。"为人生而艺术"与"为艺术而艺术"看似相互矛盾,实则一脉相通,两者都试图解构传统的意识形态,还原生活的本真,将生活的感性、丰富性向人呈现出来,从而显露出生活的可能境遇和人的自由本质。从某种程度上说,两者又是"为人生而人生"。只有"为人生而人生"的视域才可能产生"为艺术而艺术"的可能。

二、"形式自觉"辨析

"文学自觉"最直观地反映为文学形式的自觉,"形式自觉"在中西具有不同的内在逻辑,却殊途同归。

六朝时期是中国诗学大发展时期,无论是《典论·论文》《文赋》《诗品》对诗文韵味的重视,还是"四声八病""言意关系""形神关系"等一系列诗学观念的提出,无不说明文学形式的自觉。作为反证,陶渊明的诗歌由于形式上的朴素自然,在沈约、刘勰那里都不受重视;钟嵘也将陶诗列为中品,放在陆机、潘岳之下。在文学创作上,六朝诗歌普遍重辞藻、用典、对偶与声韵,求言外之意、象外之趣。

值得注意的是,六朝时期的音乐理论得到了巨大的发展,当时对形式的探讨集中地体现在文学与音乐的关系中,即文学的音乐性。

尽管中国古代的"乐"并非纯音乐,而是乐、文、舞的统一体,但核心载体仍是音乐。阮籍的《乐论》尽管在思想内核上没有突破儒家的"乐教"藩篱,但他指出,

"夫乐者,天地之体,万物之性也"①,将音乐形式上的和谐视为自然界万物和谐的体现,显然,这里的"自然"是道家意义上的。阮籍以道家的"自然"观作为儒家礼乐观的补充,在某种程度上突破了政教伦理的形而下范畴。嵇康的《声无哀乐论》从本体论的角度将音乐的本质归为"和":音乐与人性相同,都符合自然的和谐之道。陆机将文学的形式美以音乐类比:"其会意也尚巧,其遣言也贵妍。暨音声之迭代,若五色之相宣。"②当时谶纬思想的发展也对音乐理论的发展提供了新的思路。对文学音乐性的追求推动了诗歌在节奏和音韵上的发展。

儒家传统历来重视音乐的政教作用,音乐被赋予政教伦理的教诲功能。音乐的熏陶,使百姓同心同德不逾矩。符合乐教理念的音乐就是雅乐,不符合的便被归入"淫"的范畴而遭到禁止。在中国传统乐教观念中,音乐的形式(审美)和音乐的内容(政教)之间存在密切的对应关系,这是一种客观论美学的观念。

虽然嵇康的《声无哀乐论》还带有儒家政教伦理的残余,但它已经突破了客观论美学的藩篱。嵇康认为,音乐本身是一种独立的存在,能够激发生理上的烦躁或宁静的情绪,但音乐本身的形式与人之哀乐的情感之间不存在对应关系,"音声有自然之和,而无系于人情"③。也就是说,通过音乐可以表达情感,但音乐本身的形式不是情感,是人的内心先有哀乐之情,然后在欣赏音乐的过程中被触发。"夫内有悲痛之心,则激切哀言。言比成诗,声比成音。"④嵇康并不否认音乐具有移风易俗的作用,但这不是通过音乐的形式产生出来的,而是用音乐来宣导本就藏在人心中的情感。人与人、人与国、国与国之间都可以通过音乐同心同德,这便是音乐移风易俗的作用。他进而指出:"夫言移风易俗者,必承衰弊之后也……故歌以叙志,儛以宣情。"⑤不是音乐改善了民风,相反是民风改善了音乐,国家政通人和,才用"雅乐"叙志宣情,而所谓的"郑声"则是礼崩乐坏之后百姓在音乐审美上的自然选择而已。这种乐论极大地冲击了儒家的乐教思想。

其实,嵇康在论及音乐与民风关系时仍有自相矛盾之处,尤其是在谈到"郑声"时又滑向了客观论美学的边缘。既然雅乐是政通人和的结晶,"郑声"是礼崩

---

① 阮籍:《阮籍集校注》,北京:中华书局,2014年版,第65页。
② 陆机:《陆机集校笺》,上海:上海古籍出版社,2016年版,第21页。
③ 嵇康:《嵇康集校注》,北京:中华书局,2015年版,第321页。
④ 嵇康:《嵇康集校注》,北京:中华书局,2015年版,第361页。
⑤ 嵇康:《嵇康集校注》,北京:中华书局,2015年版,第327页。

乐坏的产物,那么在形式和内容之间仍然具有严格对应的关系,这样一来,形式依旧被绑定在政教的窠臼中。如果我们顺着嵇康的思路再向前一步,就能看到超越乐教思想的契机。事实上,从阶级社会出现以来,音乐欣赏就成为区分阶级归属的重要标识。不同阶级的人所能使用的乐器具有严格的区分:天子诸侯多使用钟、鼓、磬;士大夫多为琴、瑟、竽等丝竹类乐器;至于老百姓所使用的只能是盆瓴之类。古人所谓金、石、丝、竹、匏、土、革、木这"八音"中,金石对应的是天子诸侯欣赏的钟磬,金石所奏之音即是被官方认定的宫廷雅乐。"夫音,乐之舆也;而钟,音之器也。天子省风以作乐。"①与金石之音的浑厚悠远相比,盆瓴这样的介质所发出的声音具有活泼轻快、任性不羁的特点。显然,政治地位的高低决定了德性的优劣与乐器的贵贱,德性的优劣与乐器的贵贱决定了音声的雅俗。"音乐发展到阶级社会中介入两个极其重要的因素:礼与德。"②在意识形态的规训中,这个顺序被加以逆转,音声的雅俗反过来被认为能够决定社会与政治的风气。因此,老百姓喜闻乐见的音乐形式被官方视为"淫"而受到排斥也就不奇怪了。

作为反例便是,当政治权力被削弱的时候,传统的雅乐就逐渐被社会所抛弃,再也无法引起民间的兴趣。尽管西晋官方进行了一系列的努力,但仍不能阻挡雅乐流失的局面,反而是民歌不断被官方吸收。音乐的例子说明,六朝文艺的审美自觉确实表现出对形式的自觉,然而它的落脚点并非找到某种"美(雅)"的形式,而恰恰是要打破对"美(雅)"之标准的垄断。于是我们可以看到,六朝正是文学形式创新与发展的契机:五、七言古体相较以往更加丰富多彩,还出现了作为律诗滥觞的"永明体",五绝、五律、七绝、七律等都在这一时期具备了雏形。这种现象站在客观论美学的立场是无法解释的,比如有学者认为,东汉以降的五、七言诗之所以能够取代四言诗,是由于前者的节奏更符合黄金分割率,相较于后者有偶无奇的二音节结构更能获得节奏上的舒畅,即所谓"快感价值"③。但这种观点无法解释五、七言诗在近现代逐渐失去魅力的事实。应当说,并非特定的形式反映了特定的情感,而是情感总在寻找表现自身的形式。五、七言诗歌之所以

---

① 杨伯峻:《春秋左传注》(第四册),北京:中华书局,1981年版,第1424页。

② 罗世琴:《魏晋南北朝文学对音乐的接受》,新北:花木兰文化出版社,2013年版,第31页。

③ 杨国枢:《中国旧诗每句字数与其快感价值之关系》,吴宏一编:《中国古典文学论文精选丛刊:诗歌类》,台北:幼狮文化事业公司,1985年版,第481—488页。

能够成为汉魏以降中国古典诗歌的主流,是由于它们的形式与封建社会的超稳定结构极为相似,最符合当时士庶传达情意的需要。①

与魏晋诗学观念相似,唯美主义诗学不约而同地将目光投向音乐,只不过与中国乐教理论不同,唯美主义诗学是从音乐中发现某种形式的规则与比例,这是西方形式主义美学的传统延续。音乐的特质使其能将纯形式的数学关系,即音符的排列组合用于人的感官体验,同时最大限度地减轻对内容的依赖——容易忽略发音的声源与介质。追求文学的音乐性成为戈蒂耶、佩特、王尔德、惠斯勒、爱伦·坡等唯美主义理论家、作家的共同特征。唯美主义诗学理论将文学音乐化,旨在探索形式上客观存在的美感,甚至为此不惜掩盖作家的主观情感。显然,从根本上说,他们并没有达到嵇康在《声无哀乐论》中展现的超越客观论美学的思想高度,但要指出的是,虽然西方形式主义传统在 19 世纪唯美主义诗学中被重新激活为"形式自觉",但是这一"自觉"是个人化的,它无法通过宗教或世俗政权的强力支持而达成某种共识,所以每个创作者都在探索自己的"客观"形式,反而促进了文学形式的多样性,为 20 世纪文学的大变革提供了理论准备。

六朝以前的文艺政教观念与西方传统的形式主义具有异曲同工之处,两者都属于客观论美学的范畴。区别在于,西方形式主义传统认为美在对象的自然属性或比例关系,而儒家的乐教观念认为美是在特定的形式中蕴含的某种对应的思想,对形式的管控(只允许某种形式)就是对思想的管控。六朝文学"形式自觉"的动力是人的个性情感之高扬,它促使文学跳出了政治权力的禁锢,实现思想/形式的解放,也使中国的诗学摆脱道德教化的"陈词滥调",生发出"意境"这一重要审美范畴,为唐宋文学高峰的形成打下了基础。因此我们可以认为:"形式自觉"就是形式的解放!

三、"情感自觉":"解放"与"隐退"

文学的形式与内容、理论与创作之间存在着诸多错位。通过透析形式与内容的张力,我们可以探究中西"文学自觉"现象的另一层面:"情感自觉"。如果说

---

① 傅刚:《魏晋南北朝诗歌史论》,北京:商务印书馆,2017 年版,第 5 页。

"形式自觉"更多地考察了文学的诗学观念,那么"情感自觉"则侧重考察文学的创作实践。六朝时期之"文学自觉"的重要推动力之一是作家创作意识的自觉。文学创作成为作家抒发个人情感、展现独特性情的载体,即所谓"诗缘情而绮靡"①。因此,"文学自觉"从某种程度上说是"情感自觉"。当然,文学从本质上说都是表现情感的,但在魏晋之前,文学表现的情感更多的是建立在血缘关系基础上的政治化的伦理情感。正如汉赋极尽铺叙华美之能事,它从某种程度上说也是"形式主义"的,但那是为了润色鸿业、点缀升平,以致这种丰辞缛藻的文风退化为形式上的僵化,因此我们不会将汉赋的"形式主义"指认为"文学自觉"。

　　魏晋文学打破了汉代文学传统形式的束缚,同时,魏晋文人也展现出与汉代文人不同的个性情感。曹植改变了乐府诗的叙事传统,使诗歌转向抒情,完成了乐府诗向文人诗的转变。"至于建安,曹氏基命,二祖陈王,咸蓄盛藻,甫乃以情纬文,以文被质。"②西晋太康诗人追求诗歌的形式主义,表现出"繁缛"的诗风,这与他们对感伤情绪的推崇是不可分的。钟嵘认为张华诗歌"其体华艳,兴托多奇,巧用文字,务为妍冶。……犹恨其儿女情多,风云气少"③。裴𬱟对西晋士风的评价是"时俗放荡,不尊儒术,……遂相仿效,风教陵迟"④。正是由于个体情感的萌发与充盈,文人观照"自然"的角度也发生了变化,从"知者乐水,仁者乐山"的伦理眼光中超脱出来,进入宇宙意识的"玄学"视野,形成玄言诗;继而又从抽象的"玄理"中解放出来,以自然天性的视野建立起人与自然的情感契合状态,让"山水"成为独立的审美对象,形成山水诗。"山水审美"中蕴含的是魏晋玄学"天人合一"的思维方式,但与汉代儒学"通古今之变"的"天人合一"已经大异其趣。后者是将"天"看作封建伦理秩序的理想化;前者是群体关系的自然化,是个体融化在群体中的"太一"境界。自然山水以其"无为"的自然形态向审美主体展现出"生生不息"的生命活力,而生命活力的原动力则是道的本体——无。"天下之物,皆以有为生。有之所始,以无为本。将欲全有,必反于无也。"⑤审美主体必须

---

① 陆机:《陆机集校笺》,上海:上海古籍出版社,2016 年版,第 17 页。
② 沈约:《宋书》,北京:中华书局,2000 年版,第 1176 页。
③ 钟嵘:《诗品集注》,上海:上海古籍出版社,2011 年版,第 275 页。
④ 房玄龄等:《晋书》(第二册),上海:汉语大词典出版社,2004 年版,第 823 页。
⑤ 王弼:《王弼集校释》(上册),北京:中华书局,1980 年版,第 110 页。

以澄怀空灵的心态观照自然,才能获得玄妙的境界,但这种心态又非"看破红尘"的空寂,而是自然情感的"去弊",可谓"无为而无不为",恰似"无目的的合目的"。刘勰从理论上将文学的美感归结为情感,"情以物迁,辞以情发"①,而且意识到形式是为情感服务的,空洞的形式没有审美价值,"繁采寡情,味之必厌"②。这里的"情感"主要是个体的情感,与"诗缘情而绮靡"一脉相承。与刘勰一样,钟嵘同样注意到对用典排偶、选词用字的过分讲究会成为异化情感的形式主义,他将颜延之的诗歌评价为"一句一字皆致意焉。又喜用古事,弥见拘束"③。可见,经过诗学和创作的探索,六朝文人已经注意到文学的情感本体。

六朝文学的"情感自觉"表现为:从先秦两汉的伦理美(群体)转为形式美(客观)再转变为情感美(个体),形成正—反—合的轨迹。随着六朝的结束,大一统政权的重新确立,中国古典文学进入成熟期,文人个体情感的抒发重新融化在伦理与自然之中。

西方"文学自觉"的发展过程伴随着情感的"隐退"。需要指出的是,"隐退"并非意味着情感的消失,只是与浪漫主义的夸张、外显的世俗情感抒发相比,在唯美主义思潮的驱动下,文学语言日趋冷静,回避直抒胸臆。泰纳曾和戈蒂耶有过争论。泰纳认为诗歌应该表达个人情感,戈蒂耶则反击:"泰纳,你似乎也变成资产阶级的白痴了,居然要求诗歌表达感情。"④法国高蹈派主张诗歌应该避免流露情感;马拉美提出"纯诗"理论,诗歌要创造不同于现实世界的理念世界……情感的隐退当然和西方形式主义传统有关,但要搞清楚情感隐退的本质,必须要立足唯美主义文学的创作实践。

唯美主义文学在诗学理论与文学创作之间存在着错位现象。如果说诗学理论对文学形式的强调具有明显的客观论美学渊源,那么唯美主义文学创作实践却呈现出"感性学"的倾向。⑤ 用现象学的眼光看,唯美主义文学的核心特质正是

---

① 刘勰:《文心雕龙选译》,北京:中华书局,1980 年版,第 180 页。
② 刘勰:《文心雕龙选译》,北京:中华书局,1980 年版,第 172 页。
③ 钟嵘:《诗品集注》,上海:上海古籍出版社,2011 年版,第 351 页。
④ 柳鸣九主编:《法国文学史》(第二卷),北京:人民文学出版社,2007 年版,第 223 页。
⑤ 蒋承勇、马翔:《错位与对应——唯美主义思潮之理论与创作关系考论》,《社会科学战线》,2019 年第 2 期,第 139—150 页;蒋承勇、马翔:《揭开"唯美"的面纱:对唯美主义的辨析与再定义》,《文艺理论研究》,2019 年第 2 期,第 48—58 页。

探索与表现人的感性认识之可能性,其落脚点在于文字上体现为对人的感官体验的描写。由于受到 19 世纪科学主义思维和自然主义方法的影响,对感官印象的描写伴随诸多心理学、医学等自然科学的话语,容易让人产生沉迷感官享乐的"误会"。同时,由于语言是文学的载体,"文学自觉"也是文学语言的自觉,在社会结构发生翻天覆地变化的 19 世纪,传统的文学情感范式和语言载体逐渐成为"烂套",人们迫切呼唤新的文学形式。唯美主义思潮推动文学语言意识的变革,作家有意识地打破符号能指与所指之间的直接对应关系,力图加大距离与增强张力,以达到陌生化效果,在后期象征主义那里更是发展出了"客观对应物"的概念。通过"对应物"的媒介,情感不再是世俗化的情感,也不是情感的自然流露,而是克制、高蹈和个性化的。这一趋势从 19 世纪末萌发,体现在 20 世纪的西方文学中。

四、"感物"与"恋物"

情感范式的变化导致审美主体与对象关系的变化,中西文学在"解放"与"隐退"的不同范式中又生成了"感物"与"恋物"的不同审美心理。

"感物"由《礼记·乐记》首次明确提出:"人心之动,物使之然也。感于物而动,故形于声。"①西晋书法家卫恒谈论书法时曾说:"睹物象以致思,非言辞之所宣。"②刘勰认为"感物"是人的自然天性:"人禀七情,应物斯感,感物吟志,莫非自然。"③钟嵘在形容舞蹈歌谣的生发情态时说道:"气之动物,物之感人。"④这些例子都说明,"感物"作为一种物我之间的审美状态,描述的是人与对象之间发生性的情感状态。"感物"催生了诗歌写物的进步,山水诗对自然山水的形、色、光都做了极为细致的描写。继山水诗而兴起的南朝咏物诗,开始注重描摹物质对象的外形特征。永明体诗歌开拓了咏物诗的意象,比如沈约的诗歌,开始侧重感官描写,视觉、听觉、触觉等感觉都成了诗歌的表现对象。宫体诗在永

---

① 杨天宇:《礼记译注》(下册),上海:上海古籍出版社,2004 年版,第 467 页。
② 卫恒:《历代书法文论选》(上册),上海:上海书画出版社,1979 年版,第 13 页。
③ 刘勰:《文心雕龙选译》,北京:中华书局,1980 年版,第 57 页。
④ 钟嵘:《诗品集注》,上海:上海古籍出版社,2011 年版,第 1 页。

明体基础上继续推进,作为中国形式主义诗歌的高峰,它展现了女性形体之美,以"闺房""衽席"等与女性有关的内容为表现对象,显然与"香草美人"的比兴传统大异其趣。

在描写女性形体美方面,宫体诗并非直指肉体,而是在装饰品(人造物)上极尽笔墨,如"迎风时引袖,避日暂披巾。疏花映鬟插,细佩绕衫身"(萧纲《率尔成咏》),又如"妆成理蝉鬓,笑罢敛蛾眉。衣香知步近,钏动觉行迟"(萧绎《登颜园故阁》)。宫体诗对女性装饰的描写,既表达了超越政教伦理的审美眼光,也表现出望而却步(禁欲)的矛盾心理。宫体诗沉迷于咏物,表面上看是对物象的呈现,实际上表现的是"感物"主体的感觉能力。对五官感觉的重视显然违背了儒家"克己复礼"的价值观,又僭越了道家"为腹不为目"的信条,表现出个体意识觉醒带来的感性解放。

我们可以将六朝文学表现的感性解放之轨迹总结为:从"感"自然山水到"感"人体之美再到"感"人工之物。这个轨迹与六朝"文学自觉"的发展趋势是相统一的。事实上,作为宫体诗的先驱,萧衍、何逊、刘孝绰等人的诗歌中就已经出现了这样的趋势。由此我们认为,并非宫体诗带来了对"人造物"的审美,而是宫体诗的出现本就是这种趋势的发展必然。那么这样一条感性解放之旅是否和西方的"文学自觉"现象相契合呢?

随着19世纪西方现代城市的快速发展,人们观察生活的方式较之以往已然发生翻天覆地的变化。大都市的崛起改变了人的感知范式,波德莱尔以"都市漫游者"(flaneur)形象宣告了一种新型的观察者视角的诞生,促进了都市景观的人文化,"漫游者……的形象首先就是作为都市生活的读者"[1]。都市生活不再仅仅作为自然乡村的对照(浪漫主义),也不仅是人性之恶的温床(批判现实主义),而是成为独立的审美对象,甚至形成审美的视域。19世纪英国颓废派作家、批评家西蒙斯(Arthur Symons)认为,"假若有人……在千变万化最人事的而且最人工的都会景色中,看不出丝毫美,那我只有怜悯他"[2]。新的生活方式带来了新的感性,从唯美主义文学表现的感性主体到感性对象都呈现出这样的转变:从

---

① Burton,R. D. E. *The Flaneur and His City:Patterns of Daily Life in Paris 1815-1851*,Durham:University of Durham,1994,p. 2.

② 萧石君:《世纪末英国新文艺运动》,上海:中华书局,1934年版,第77页。

"自然"(田园)转向"人工"(城市)。从"18、19世纪开始的关于'美'的定义的变化可以看到,人们对自然物审美属性的关注转向了艺术品"①,即人造物。在《莎乐美》《道林·格雷的画像》《阿芙洛狄特》《秘密花园》《穿裘皮大衣的维纳斯》等唯美主义作品中可以看到,作者既崇拜人体美,又崇尚人工美,不像古典文学那样用自然寄托人体美,而是用人造物烘托人体美,从而隐含了"恋物"(fetishism)的心理趋向。

"恋物"含有"恋物癖"与"拜物教"两种含义,这两种含义总是一体两面相伴出现的。弗洛伊德认为,"恋物"产生于男孩对母亲缺失的阳具的替代。拉康从语言学角度将"阳具"理解为具有象征功能的"菲勒斯"(phallus),它象征永远的匮乏,迫使主体寻找理想的他者;然而,理想的他者并不存在,这就是欲望的原动力。"欲望是一种存在与匮乏的关系。确切地说,这一匮乏是存在的匮乏。"②主体为了欲望的满足不断置换各种欲望对象,或者说是欲望在填充匮乏的过程中得以维持,而这种填充本身即印证了欲望的不可满足。"恋物"是关于欲望的心理趋向,是维持匮乏与满足、本质与表象、能指与所指之间的"平衡点"。从"拜物教"的角度来看,由于商品的符号化,商品被编织进各种意识内容从而使其超出使用价值而成为欲望的能指,正如本雅明认为,商品膜拜助长了"恋物癖"。③ 如果我们将精神分析话语中具有泛性欲色彩的"欲望"置换为"意向性",那么欲望的结构就表现为自我意识的结构——自我意识和对象意识。欲望的匮乏与满足之间的关系就是自我意识与对象意识的辩证关系。因此,自我的对象化与对象的人化是两位一体的,人与物的关系体现着人与人的关系。"拜物教"与"恋物癖"也在这个意义上相互融合:"拜物教"(人与物)的基础是生产资料私有制基础上建立起的生产关系(人与人);"恋物癖"(人与人)是以人造物为媒介(人与物)的情欲冲动。唯美主义文学对"恋物"的刻画成为19世纪城市化、商品化进程中关于"主体神话"的变迁——对自我的把握日益离不开物化的非我,喻示了人与

---

　① Phillips,Luke. *Aestheticism from Kant to Nietzsche*,Diss.：Indiana University,2012,p. 6.

　② Jacques Lacan. *The Seminar of Jacques Lacan*,Book Ⅱ：*The Ego in Freud's Theory and in the Technique of Psychoanalysis 1954-1955*,Jacques-Alain Miller, ed., Sylranna Tomaselli, trans., Cambridge：Cambridge University Press, 1988, p. 223.

　③ 瓦尔特·本雅明:《波德莱尔:发达资本主义时代的抒情诗人》,王涌译,南京:译林出版社,2014年版,第174页。

物关系的新形态。

从审美心理机制的角度而言,"感物"与"恋物"是同构的,两者都体现了情感的意向性结构,审美对象的"人工化"是自我意识日益深化的美学表现:并非简单渴求审美主体与客体的直接同一,而是努力在两者之间的陌生化中达到情感共鸣。"感物"与"恋物"的不同之处在于,首先,"感物"的情感主体是"被动"的,"人生而静,天之性也;感于物而动,性之欲也"①。树欲静而风不止,情感主体的理想状态是保持虚极静笃的状态,"感物"的出发点与理想归宿是达到"物我合一"的"大道自然"。其次,"感物"的被动性中蕴含了"德性"的追求:"感"是儒家思想中关于"德性"之所以可能的重要范畴,其最早的含义是"对神明旨意的了解",后演变为"感阴阳以明人伦"之意,再发展为"圣人感化人心"的意思。② 从"神明"到"阴阳(自然)"再到"圣人",变化的是不断增强的道德内涵,不变的是一种关于"教化"的等级关系,即凡人应当受到"教化"。"夫物之感人无穷,而人之好恶无节,则是物至人而人化物也。人化物也者,灭天理而穷人欲者也。"③在儒家的语境中,"静态"是道德的理想状态,"感物"后则成"欲",即人的私情,私情使人变质。因此,在"感物"的过程中,应该加强道德修养,节制一己私情和欲望,保持"静"的本原状态,这就和上文提到的道家"虚静"思想殊途同归了。六朝文学对闺房、女红、装饰的抒写仍然隐藏了对德性的考量,通过写物表现女性含羞温婉的"闺阁之态",从而避免流露直白的肉欲。与"感物"的被动性相比,"恋物"的情感主体是"主动"的。无论是弗洛伊德宣扬的"力比多",还是拉康主张的"jouissance"(原乐)④,"恋物"的心理趋向是由自我生发出的"纯粹的欲望",它骚动不安且永远无法满足,它被伦理禁忌却不断犯禁,然而主体却欲罢不能。从中我们可以看到作为西方文化源头的古希腊—罗马"原欲型"文化的基因:充满骚动的个体本位。

---

① 杨天宇:《礼记译注》(下册),上海:上海古籍出版社,2004 年版,第 471 页。
② 干春松:《"感"与人类共识的形成——儒家天下观视野下的"人类理解论"》,《哲学研究》,2018 年第 2 期,第 50—59 页。
③ 杨天宇:《礼记译注》(下册),上海:上海古籍出版社,2004 年版,第 471—472 页。
④ "原乐"是主体追求不可满足的欲望和对欲望过程的一种享受。详见吴琼:《拉康:朝向原乐的伦理学》,《清华大学学报》(哲学社会科学版),2011 年第 3 期,第 113—122 页。

五、结　语

通过比较中西文学中的"文学自觉"现象,可以发现两者在美学上的异同之处。从产生的土壤来看,两者都发生在传统文化意识激变重组的社会历史转折期。从推动"文学自觉"的主体而言,中西创作者在特定的社会时期发现了别样的生活可能性,展现除去遮蔽的生命本真(艺术)状态,"为艺术而艺术"是"为人生而人生"的自然延伸。从文学的理论与创作角度看,由于中国文艺将政教伦理思想与文学形式捆绑,"文学自觉"表现为由思想、情感的解放带来的形式的解放。西方唯美主义文学在理论与创作实践之间存在错位:理论上表现为对传统形式主义的回归,创作中则沿着浪漫主义的内转向继续前进,将"感觉"作为文学的审美对象,并融入了科学主义的思维。理论和实践"中和"的结果是(世俗)情感的"隐退"。"文学自觉"带来情感范式的转变,进而导致审美主体与审美对象关系的改变,这种改变在中西文学中具有相似的演变轨迹:从审"自然山水之美"到审"人体之美"再到审"人工之美"。中西由于传统文化心理的根本差异,分别形成带有群体文化本位底色的"感物"与个体文化本位特征的"恋物"。

(本文作者:蒋承勇　马　翔)

象征主义思潮研究

走出"肤浅"与"贫乏"：
五四时期象征主义诗学论著辨正

五四以来,中国象征主义思潮的发生、发展史,也是法国象征主义诗学在中国的介绍和研究史。法国象征主义诗学论著,曾经造成了中国新诗观念的重大转型,梁宗岱将这种转型称为"纷歧(分歧)路口",需要诗人们郑重地做出选择。①当代研究者也注意到了这种现象,比如陈太胜曾思考象征主义诗学论著对"中国新诗的现代性"做出的贡献。② 除此之外,也有其他学者思考这些论著与中国现代诗学创建的关系。③ 这两种研究虽然着眼点不同,但都有一个共性,即肯定五四时期象征主义诗学论著文本上的可靠性,在他们眼中,象征主义诗学论著的学术品质是毋庸置疑的。本文尝试从渊源学的角度,寻找这些论著背后隐藏的外国资源。本文认为五四时期中国象征主义诗学论著大体上并不可靠,它们多是来自国外已有的研究,这种状况给它们带来多种缺陷和过失。

一、对早期象征主义评论和研究的调查

针对五四文学革命早期介绍的外国诗学,可以看出在时间上偏重近、现代文学,在流派上偏重现实主义,这也是金丝燕的《文学接受与文化过滤:中国对法国

---

① 梁宗岱:《新诗底纷歧(分歧)路口》,马海甸主编:《梁宗岱文集》(Ⅱ评论卷),北京:中央编译出版社,2003年版,第156—160页。
② 陈太胜:《象征主义与中国现代诗学》,北京:北京大学出版社,2005年版,第60页。
③ 吴晓东:《象征主义与中国现代文学》,合肥:安徽教育出版社,2000年版;柴华《中国现代象征主义诗学研究》,北京:中国社会科学出版社,2016年版。

象征主义诗歌的接受》一书分析过的。如果就风格来看,这时的文学论著对清楚明白的小说和诗歌更为关注,法国象征主义这种以晦涩见长的作品,不易进入批评家的视野。

"象征主义"一名的首次出现,当数陶履恭 1918 年在改名后的《新青年》上发表的《法比二大文豪之片影》一文。文中称梅特林克为"今世文学界表象主义 Symbolism 之第一人"①,从文中使用的术语"Symbolism"来看,陶履恭参考的是英文资料,这也从他提到的《抹大拉的玛丽亚》(*Mary Magdalene*)的名称上得到了验证,该剧本法文名称为 *Marie-Magdeleine*。虽然陶履恭的文章将其错印为 *Many Magdalenen*,但还是可以看出英译本的影子。梅特林克创作《抹大拉的玛丽亚》的时间是 1910 年,这个剧本当年就被伦敦一家叫作"梅休因"(Methuen)的出版社出版。到 1912 年的时候,该书已经出到第六版。1912 年,陶履恭在伦敦留学,看到了这个译本。

1919 年之后,象征主义的介绍明显比之前多了起来,也有了真正的研究,其中一个原因是中国新诗人们了解了法国自由诗的重要性。在这方面,《少年中国》刊出不少介绍的文章。第一篇值得注意的是李璜的《法兰西诗之格律及其解放》,论文参考了瑞廷格(J. H. Retinger)的《法国文学史》一书,也读到了卡恩(Gustave Kahn)的诗集《最初的诗》,因为文中引用了这部书的序言。不过,李璜将这篇序言称作《自由诗的来源》,认为它是一本"书"。②事实上,卡恩并没有出过《自由诗的来源》,这种低级的错误至少表明李璜对卡恩并不了解。李璜文章的价值在于对象征主义自由诗的历史做了梳理,它从波德莱尔开始,一直讨论到卡恩和雷尼耶(H. Régnier)。

第二篇是田汉的《恶魔诗人波陀雷尔的百年祭》。该文介绍了波德莱尔的文学风格,也翻译了一些诗作,因为有不少新的材料,所以是当时的一篇重要文献。张大明曾认为像田汉这类批评家,"大体说来,所吐都是自己的一家之言"③。这种判断可能高估了田汉,田汉这篇文章虽然也用了法文诗作来翻译,但理论的主体多译自他书。比如论波德莱尔的个性时,田汉引用了劳多(Max Nordau)的材

---

①　陶履恭:《法比二大文豪之片影》,《新青年》,1918 年第 5 期。

②　李璜:《法兰西诗之格律及其解放》,《少年中国》,1921 年第 12 期。

③　张大明:《中国象征主义百年史》,开封:河南大学出版社,2007 年版,第 57 页。

料,因为田汉做了说明,所以这一点是没有疑问的。但别的地方,抄自斯蒂尔姆
(E. P. Sturm)英文论文《波德莱尔》的不少。其实田汉也在文中指出:"英人 E.
P. Sturm 氏的'波德莱尔论'翔实透辟,本篇取材于彼者颇多。"①但因为田汉正文
中在有所"取材"的地方并未处处标注,所以就有了"一家之言"的样貌。具体来
看,波德莱尔通过印度大麻来加强感受力的论述,就来自斯蒂尔姆。斯蒂尔姆所
说的"作为麻醉品的服食者,他记下他的幻象和感觉,用之于文学"在田汉的文中
被改变为"他专用那种魔醉剂,后辄把由魔醉剂所生的幻象和感觉记忆下来,而
施之于艺术"②。像这类编译的句子,在田汉的文中还有不少。虽然田汉一般不
会大段地抄录英文文献,而是重新编织成文,参考的文献也比较多,难以全部确
定下来,但是可以判断,田汉的文章并非完全自出心裁。

　　1922 年,《诗》杂志刊出了刘延陵的《法国诗之象征主义与自由诗》。这与李
璜的那篇文章一起,可以看作五四时期法国象征主义自由诗评论的双雄。文章
介绍了波德莱尔的生平和创作,也讨论了马拉美式象征主义的定义:"用客观界
的事物抒写内心的情调,用客观抒写内心就是以客观为主观底象征 Symbol,这
是象征主义之名之所由来。"③这句话解释得非常清楚,在五四时期并不多见。不
过,像田汉一样,刘延陵并没有说明该句其实是编译自莱维松(Ludwig Lewisohn)的
英文著作《现代法国诗人》(*The Poets of Modern France*),该书 1918 年在纽约出
版,1919 年重印。在莱维松的原文中,这句话是"诗人专门把现象世界中的细节,
用作内在的或者精神现实的象征,他的目的就是将这些象征投射到艺术中"④。
因为刘延陵不是直译,而是意译,所以中英文之间的联系不是非常清楚。刘延陵
还讨论了马拉美、格里凡(Francis Vielé-Griffin)的诗学,引用了格里凡的一段话:
"象征派的威来格柔芬 M. Vielé-Griffin 说:'诗文应当服从他自己的音节。他仅
有的指导是音节;但不是学得的音节,不是被旁人发明的千百条规则束缚住的音
节,乃是他自己在心中找到的个人的音节。'"⑤这段引文犯了个大错,格里凡虽然
是自由诗理论家,但他从来没有说过这段话,这段话出自另一个诗论家雷泰(Ad-

①　田汉:《恶魔诗人波陀雷尔的百年祭》(续),《少年中国》,1921 年第 3 卷第 5 期。
②　田汉:《恶魔诗人波陀雷尔的百年祭》(续),《少年中国》,1921 年第 3 卷第 5 期。
③　刘延陵:《法国诗之象征主义与自由诗》,《诗》,1922 年第 4 期。
④　Ludwig Lewisohn. *The Poets of Modern France*,New York：B. W. Huebsch,1919,p. 19.
⑤　刘延陵:《法国诗之象征主义与自由诗》,《诗》,1922 年第 4 期。

olphe Retté）。雷泰曾在 1893 年发表的《自由诗》一文中说："诗人唯一的指导是节奏，不是学得的节奏，受制于其他人创造的千百种规则，而是一种个人的节奏，应在自身上去寻找它。"①为什么刘延陵会犯这种错误呢？因为他在翻译上看走了眼。在莱维松的《现代法国诗人》中，原话是这样说的："'诗人应该听从他个人的节奏。'格里凡先生重复道。'诗人唯一的指导是节奏；不是学来的、被其他人制作的上千种规则摧残的节奏，而是一种个人的节奏，他必须在自己身上寻找它。'雷泰先生早在 1893 年的《法兰西神使》上就总结了这个问题。"②在莱维松的书中，格里凡的话后面接着就是雷泰的话，但是刘延陵误把雷泰的话看成格里凡的了。刘延陵的误解正好说明他没有看过雷泰的原文，也没有直接阅读象征主义的原始资料，他的文章主要是对英语文献的翻译。

两年后，《小说月报》刊出了法国文学研究专号，其中值得注意的是君彦的《法国近代诗概观》。这篇文章虽然涉及戈蒂耶以来的一些法国诗人，不过，文章的主要关注点和刘延陵一样，是象征主义自由诗。文章不但翻译了魏尔伦和雷尼耶（Henride Régnier）的几首诗——其中有些是真正的自由诗，而且对自由诗进行了兼具理论性和历史性的思考：

> 　　法国初期的自由诗还不免稍有缺点。因为自由诗虽然抛弃人为的韵律，不拘长短，尽管一行一行分开了写来，但是必有一种自然的音节须得保守著（着）。法国初期的自由诗中很多（是）不能办到这一层的。不过新诗人中的天才家立刻战胜了这个难关；他们立刻能应用这新的工具，造出庄穆的雄伟的清丽的秾艳的远淡的诗境，自然合于节奏，和音乐一般悦耳了。③

这种论述看到了法国自由诗从反抗诗律向重造节奏迈进的过程。另外，文章还谈到了后期象征主义的福尔（Paul Fort），因而金丝燕肯定该文"值得注意"，

---

① Adolphe Retté. "Le Verslibre", *Mercure de France*, 1893, p. 43.
② 这句话的用语和雷泰的不同，原因在于一个是英译本，一个是法文原本。
③ 君彦：《法国近代诗概观》，《小说月报·法国文学研究》（号外），1924 年第 4 期。

"在当时中国接受者对法国象征主义的介绍中尚属少见"①。其实,君彦的这篇文章的来源同样是莱维松的《现代法国诗人》,上面所引的话,在莱维松的原文中是这样的(因为原文过长,这里略去大部分):

> 在自由诗最早的实践者(他们都是有天分的诗人)的作品中,新的形式时不时有种相当古怪的色彩,或者有种故作粗暴的气氛。个人的节奏,尤其是在诗节的结构中——或者说在诗行段落中——在抗议和争论的日子里,往往比规则的节奏更富个人特色。该派成员有些人有了值得注意的内在的提升,在他们的手中,自由诗成为这种工具:它不仅带来新的自由,而且能同时表达纤丽的优雅,以及宏大的肃穆。②

这段文字和君彦的话好像没有什么关系,是两段不同的文字。实际上,它们一个是译本,一个是原作。

君彦不仅有漏译,还有错译,因而译文变得面目全非。为了更有说服力,我们可以再引一下君彦那段引文后的句子。君彦随后译了格雷格(Fernand Gregh)的一首诗,在这首诗后,君彦说:"这首诗自然没有范哈仑(Verhaeren)的 LaFoule 那样的磅礴的气势,亦没有勒尼亥(Régnier)的 LeVase 那样的沉郁。"③而莱维松在那段引文后,同样引了格雷格的这首诗,并且指出:"它既没有维尔哈伦(Verhaeren)的'LaFoule'的暴风雨般的力量,也没有雷尼耶(Régnier)的'Le-Vase'崇高的忧郁。"④这里的引文可以明白无误地证明君彦文章的真正来源是《现代法国诗人》。

上面这些文章,只是五四时期象征主义译介和评论的冰山一角,之所以重点论述它们,有两个原因:一个原因是上面的文章在当代中国象征主义的研究中有重要的地位,有代表性;另一个原因是它们的过失非常明显,但目前还没有引起学界注意。除了上面的文章外,还有一些著作标注了是编译的作品。比如《小说

---

① 金丝燕:《文学接受与文化过滤:中国对法国象征主义诗歌的接受》,北京:中国人民大学出版社,1994 年版,第 133 页。

② Ludwig Lewisohn. *The Poets of Modern France*,New York:B. W. Huebsch,1919,p.26.

③ 君彦:《法国近代诗概观》,《小说月报·法国文学研究》(号外),1924 年第 4 期。

④ Ludwig Lewisohn. *The Poets of Modern France*,New York:B. W. Huebsch,1919,p.27.

月报》上刊出的谢六逸的《文学上的表象主义》，译自西蒙斯（A. Symons）的英文书《文学中的象征主义运动》和厨川白村的《近代文学十讲》，张闻天的《波特来耳研究》译自英文的《波德莱尔》一文，徐霞村的《法国文学史》（1930）编自现有的法国材料，邢鹏举的《波多莱尔散文诗》（1930）译自英文书《波德莱尔的散文与诗》，田汉翻译的斯蒂尔姆的《波德莱尔》就收录在这部书中。当然，五四时期也有一些论著堪称精良，比如：李璜的《法国文学史》，尽管不是独著，但材料的组织相当严谨；王独清、穆木天的某些论述也有一些真知灼见。但总体来看，1917年至1927年间的象征主义诗学介绍和研究的主要文献来源是英文，其次是法文和日文。译介和研究者主要是在国内修过英文（比如刘延陵、张闻天），或在英国、日本、法国的留学生（比如田汉、李璜、徐霞村）。译本除了极少数译者，比如李璜，可以阅读象征主义的原始文献外，绝大多数译者阅读的都是现有的文学史资料。译者并不是象征主义的内行，他们往往对象征主义一知半解。他们译介的目的不是真正弄清法国象征主义，而是期待向国内大众介绍这种西方思潮，以求在文学创作和文学观念上提供借鉴。

二、象征主义诗学论著的缺陷和过失

陈寅恪曾在1931年指出："西洋文学哲学艺术历史等，苟输入传达，不失其真，即为难能可贵，遑问其有所创获。"[①]这种话虽然悲观，但实际上也是事实。就文学创造和象征主义理论的传播来看，五四时期的象征主义论著有显著的成绩，但是在客观的研究上有很多缺陷，甚至过失，今天的学人不能不进行认真的辨正，去伪存真。

下面结合前文论述到的批评家和诗人，主要以自由诗为例对五四时期象征主义论著的缺陷和过失进行思考。在李璜的《法兰西诗之格律及其解放》中，作者写道："象征派的发起人波得乃尔和威尔乃伦起初都以巴那斯派知名于世。后来他两人的性情都很奇僻，不能为一派范围所拘，才另创出象征派来，也就是因

---

① 陈寅恪：《金明馆丛稿二编》，北京：生活·读书·新知三联书店，2015年版，第361页。

为他们两人的奇僻性,法兰西诗的格律才大大解放。"①这里的论述有不少错误。波德莱尔和魏尔伦都不是象征派的发起人,象征派产生的时间是 1886 年前后,1885 年创立的《瓦格纳评论》(Le Revuewagnérienne)可看作象征主义的预备。波德莱尔 1867 年就已去世,他如何"发起"象征派? 至于魏尔伦,他是颓废派的领导者,与象征派没有关系。当被问到象征主义的问题时,魏尔伦曾回答道:"象征主义? 不懂。这应该是一个德语词,是吗? 这个词想说的意思是什么? 另外,我不把这个词放在眼里。"②这不是魏尔伦的掩饰之词,事实上,魏尔伦的象征主义诗人身份是别人强加的。魏尔伦诗歌的梦幻色彩,以及他在技巧上的努力,使他有被称作象征主义大诗人的资格,但认为他是象征派的"发起人"就是张冠李戴了。

李璜虽然参考了法国当时的文学史,但并非原样照译,而是加入了自己的理解。因为不了解象征主义,所以有些地方就不免想当然地下断语。他的波德莱尔和魏尔伦"大大解放"法国诗律的说法,也不可信。波德莱尔是格律诗人,虽然创作过散文诗,但未曾迈开大步解放诗律。李璜认为波德莱尔"有意完全解放格律,开始做自由诗"③,要知道波德莱尔去世 19 年后,法国才有了真正得到认可的第一首自由诗。至于魏尔伦,李璜说他的《上帝告我》("Dieum'a dit")组诗"空前绝妙,自成天籁,不拘格律"④,自然是典范的自由诗了,但实际上这首诗是按照亚历山大体创作的,李璜所说的"不拘格律"并不属实。魏尔伦本人是反对自由诗的,他曾嘲笑年轻的自由诗诗人,表明"我对自由诗有一些反对意见"⑤。尽管自由诗成立后,魏尔伦的态度有些变化,但将魏尔伦看作自由诗的创始人,这就歪曲了事实。在 1922 年的《法国文学史》中,李璜也没有把这个观点改正过来,他说魏尔伦:"他所以要大倡格律的解放,也就因为这些格律有时妨害他的生命的发抒的原故。他要把格律打破,以便说他心头所能感觉,智慧所能了解的事物。"⑥

① 李璜:《法兰西诗之格律及其解放》,《少年中国》,1921 年第 12 期。
② Jules Huret. Enquêtesurl evolution littéraire,Paris:José Corti,1999,p. 109.
③ 李璜:《法兰西诗之格律及其解放》,《少年中国》,1921 年第 12 期。
④ 李璜:《法兰西诗之格律及其解放》,《少年中国》,1921 年第 12 期。
⑤ Paul Verlaine. Oeuvres posthumes de Paul Verlaine,Paris：Albert Messein,1927,p. 340.
⑥ 李璜:《法国文学史》,上海:中华书局,1923 年版,第 243 页。

　　李璜又指出,马拉美、吉尔(René Ghil)、兰波等人,与魏尔伦"同时主张自然音节"[1]。"自然音节"这个术语,原是胡适创造的,五四时期诗人和批评家们普遍用"自然音节"来译英语和法语中的"个人的节奏"(personal rhythm)。前文君彦的文中出现过"必有一种自然的音节须得保守著(着)"的文字。"个人的节奏"是自由诗的主要理论,马拉美在法国自由诗的草创期,一直是个格律诗人,不肯放弃亚历山大体。吉尔作为马拉美的学生,也是一个格律诗的支持者,他曾在文章中反对提倡自由诗的卡恩,因为卡恩"取消亚历山大体的节拍"[2]。认为马拉美、吉尔与魏尔伦一道探索自由诗是不正确的判断。

　　李璜的《法国文学史》比他早先的文章有进步,他选译了格里凡 1889 年的《欢乐》(Joies)的序言。这篇序言是自由诗理论的早期重要文献,它表明李璜对象征主义自由诗的了解扩大了。不过,李璜的译文与原文有不小的差距。比如原文说"诗人将遵循他应有的个人节奏,而邦维尔先生或其他巴纳斯派的立法者,却无由干涉(le Poète obéira auryth meperson nleau quelildoitd' être, sansque M. de Banville out out autre 瘙再 législateurdu Parnasse 瘙爲 aient à intervenir)"[3],但在李璜的书中变成了"诗人除了服从自己个人的天籁以外,不参加一点巴尔那斯派的法则"[4]。这里除了关键术语上的不准确(比如,将"节奏"译作"天籁")、有漏译的地方,还在涉及巴纳斯派的地方有意义上的出入。

　　李璜不但在翻译上、在对自由诗文献的把握上有不少疏漏,而且将自由诗看作反诗律的形式。这种思维是受了胡适"诗体大解放"的影响,认为自由诗就是放弃诗律,与格律诗分庭抗礼。李璜表明,没有魏尔伦,"古典派的音韵格律是不容易推翻的"[5]。换句话说,自由诗就是推翻古典诗律的形式。可是法国象征主义的自由诗并不是这样的。法国自由诗从诞生开始,就思考怎样建立它诗体上的原则,到了 19 世纪 90 年代,自由诗诗人普遍认为自由诗也要有自己的韵律,而且这种韵律里有传统诗律的地位。比如格里凡就曾指出,亚历山大体也是自

---

①　李璜:《法兰西诗之格律及其解放》,《少年中国》,1921 年第 12 期。

②　René Ghil. De la poésie scientifique, North Charleston:Createspace,2015,pp. 11-12.

③　Francis Vielé-Griffin. Joies. Pan's:Tvesse at Stock,1889,p. 11-12.

④　李璜:《法国文学史》,上海:中华书局,1923 年版,第 247 页。

⑤　李璜:《法兰西诗之格律及其解放》,《少年中国》,1921 年第 12 期。

由诗"节奏的组成部分"①。理解自由诗,一方面要看自由诗是怎样离开格律诗的,另一方面还要看自由诗是怎样与格律诗重新融合的,将自由诗与格律诗对立起来,这会对自由诗的历史产生误解。

刘延陵的《法国诗之象征主义与自由诗》主要编译自《法国现代诗人》一书,凡是这本书没有讨论的,刘延陵自然无从知晓。比如追溯法国自由诗的历史,必然要提到威泽瓦(Téodor de Wyzewa),1885 年威泽瓦在《瓦格纳评论》上著文要求打破诗律规则,是自由诗理论的开创者之一。另一个象征主义者迪雅尔丹(douard Dujardin)也很早就开始做自由诗的尝试。这两位都是瓦格纳主义者。诗人卡恩也是最早的自由诗诗人,受过瓦格纳的影响。法国自由诗理念与其说诞生于象征主义,还不如说诞生于瓦格纳主义。因为《法国现代诗人》没有讨论到瓦格纳主义,所以刘延陵的文章中自然没有出现上面几位的名字,法国自由诗的历史也就变得破碎不全了。

另外,就是《法国现代诗人》讨论过的内容,刘延陵因为欠缺判断的能力,也未能提供一个令人满意的描述。除了将雷泰的理论当作是格里凡的,他还延续了李璜的错误认识,把魏尔伦当作自由诗的大诗人。刘延陵说魏尔伦在自由诗的建造上尽的力"最大",魏尔伦"是自由诗底最大的功臣"②。这里面的过失就不用再多说了。《法国现代诗人》谈到了卡恩和格里凡,这两位对自由诗理念的贡献很大,吉尔甚至认为自由诗是"卡恩先生的作品"③,可见卡恩的地位之重。但是刘延陵并没有谈到卡恩,甚至对格里凡也只提到了名字。刘延陵多次引用的是古尔蒙(Rémy de Gourmont)的理论,认为"象征主义底意义也是首先由他明白说出"④,这里对古尔蒙的评论是不合事实的。维尔哈伦早在 1887 年的《象征主义画家》("Un Peintre Symbolite")一文中就对象征主义做过深入的思考,1891年达拉罗奇(Achillle Delaroche)就已经著文回顾象征主义的历史,而刘延陵引用的古尔蒙的《面具之书》出版于 1896 年,当时象征主义接近式微,"首先"一语不合史实。

①　Francis Vielé-Griffin. Joies. Pan's:Tvesse at Stock,1889,p. 482.

②　刘延陵:《法国诗之象征主义与自由诗》,《诗》,1922 年第 4 期。

③　René Ghil, *De la poésie scientifique*, North Charleston:Cre-atespace,2015,p. 21.

④　刘延陵:《法国诗之象征主义与自由诗》,《诗》,1922 年第 4 期。

　　刘延陵虽然将《法国现代诗人》一书掺到他的文章中,但由于个人发挥的部分不少,所以犯了上面所述的过失。君彦的文章基本上是摘译《法国现代诗人》,不但理论,就是引用的诗例都有亦步亦趋的情况。虽然君彦不会自己发挥,但是他的问题一个是漏译,一个是错译,这些给他的文章带来了缺陷。比如君彦在讨论魏尔伦以及维尔哈伦和雷尼耶的自由诗时,在论述完魏尔伦后,直接翻译自由诗成立末期的情况,中间漏译了五页,自由诗的诞生史被切割了,对于卡恩、雷泰等人的自由诗理论也略而不译。这样一来,他文章中前面讨论魏尔伦的形式改革的部分就没有着落了。错译的情况,比如前文引过的句子,君彦认为早期的自由诗诗人虽然分了行,不拘长短,但是没有得到自然的音节,"很多不能办到这一层",直到新诗人中的天才家出现,"立刻占(战)胜了难关"。① 这句话是与原文相悖的。

　　由于不熟悉象征主义的原始文献,而是假道英文来了解象征主义,五四之后的邢鹏举曾犯过低级的错误。邢鹏举对《波德莱尔的散文与诗》进行翻译,原书在体例上有些特别,它录了三种不同译者的译本,这三个译本的标题有的写作"小散文诗",有的写作"散文诗"。邢鹏举不明就里,以为波德莱尔有两部散文诗集,"有两部分,一部分就是普通的《散文诗》,一部分便是《小散文诗》"②。

三、结语

　　如果将诗学分出两种价值(一种是历史价值,侧重学术的研究;一种是艺术价值,侧重文学的借鉴),那么五四时期象征主义介绍和研究的着眼点在艺术价值而非历史价值。虽然对法国象征主义的介绍和研究在这一时期比较粗疏,摘译和编译的现象频繁出现,但是如果完全用历史价值来审视它们,这肯定是偏颇的。当时介绍和研究的主体是新文学家,他们的主要意图是指导创作,以及引发读者对外国新潮的兴趣,严谨而深入的研究并不是他们工作的初衷。今天的学人不能看不到他们引入新思潮的目的,他们的工作对于创造社的象征主义诗风,

---

　　① 君彦:《法国近代诗概观》,《小说月报·法国文学研究》(号外),1924 年第 4 期。
　　② 邢鹏举:《波多莱尔的诗文》,波多莱尔著,邢鹏举译:《波多莱尔散文诗》,北京:中华书局,1932 年版,第 14 页。

对于 20 世纪 30 年代戴望舒、卞之琳等人的现代派诗,都有一定的影响;但同时也需要从客观的研究角度来审视他们,正视他们研究中的疏漏,而非盲目地崇拜他们,认为他们的工作是所谓的"一家之言"。五四运动距今已过了一百年,一百年来国内对象征主义诗学的认识虽然有很大进展,但仍然未到真正成熟的地步,许多基本的问题仍旧晦暗不明。进入新时期后,虽然金丝燕、郑克鲁、李建英等人拓宽了研究格局,但是目前的研究基本还是关注某个或某几个有代表性的象征主义诗人的作品、理论,象征主义诗学的整体图景仍然没有被描绘出来。纪念五四新文学运动的最大意义,就是正视并走出五四以来象征主义或者其他外国文学思潮研究的缺陷,并呼唤未来更系统、深入的研究。

（本文作者:李国辉　蒋承勇）

象征主义在中国的百年传播反思

　　1971 年,法国出版了《墙上芦苇:中国的西化诗人(1919—1949 年)》一书。这本书对李金发、戴望舒等诗人做了细致的研究,认为正是由于李、戴二氏的努力,"个人的形象和象征才进入中国"①。自此以后,中国的象征主义诗人在欧美得到了更多的关注,中国象征主义诗歌目前已被认为是世界象征主义运动的一环。不过,众所周知,中国的象征主义诗歌是五四时期法国象征主义诗歌在本土传播后的产物。在中国的象征主义诗歌早已成为一种世界文学现象,并引起了其发源地法国学术界高度关注。在此情况下,自我检讨一下却发现,我国学界对法国象征主义在本土传播的研究还明显不够深入,这无疑是一种缺憾。因此,认真回顾象征主义在中国的百年传播史,并对其经验和得失进行反思,这既是对五四文学革命之当下意义追寻的需要,也是关于象征主义这一国际性文学思潮的学术研究在我国深入推进并与国际接轨的需要。

一、象征主义传播的发生

　　胡适在 1916 年 2 月的一封书信中指出:"今日欲为祖国造新文学,宜从输入欧西名著入手,使国中人士有所取法,有所观摩,然后乃有自己创造之新文学可言也。"②

---

　　①　Michelle Loi. *Roseaux sur le mur*: *Les Poètes occidentalistes chinois*, *1919-1949*, Paris: Gallimard, 1971, p. 147.

　　②　胡适:《胡适留学日记》,《民国丛书》编辑委员会编:《民国丛书》第二编,上海:上海书店,1990 年版,第 845 页。

所以,外国文学的译介,不只是为了了解和认识外国文学,更多是为了效法之用。既然要效法,自然就有取舍。五四文学革命早期的外国文学译介偏重现实主义流派。不过,因为对欧洲文艺新潮的介绍,象征主义的信息还是传到了中国。最早被关注的象征主义诗人是比利时的梅特尔林克(今译"梅特林克")。1917 年前后,因为讨论白话诗的需要,象征主义的自由诗(以及其影响下的英美自由诗)经常被提及。比如梅光迪在 1916 年 8 月给胡适的信中曾谈到"自由诗"和"颓废运动"。① "象征主义"一名的第一次出现,是在陶履恭 1918 年在《新青年》上发表的《法比二大文豪之片影》一文中。

1919 年之后,法国象征主义在中国的传播迎来了一个良机。这个良机是新文学本身带来的。白话诗虽然赢得了它的地位,但是其浅白渐渐使不少人感到厌倦,法国象征主义的暗示美学成为新文学效法的对象。徐志摩曾讥讽胡适一派诗人"可怜"②,要求表现更深邃的感情。其实在徐志摩之前,茅盾和田汉等人,也开始思考打破现实主义文学的模套,学习象征主义的手法。自 1921 年起,象征主义的朦胧、暗示等风格得到了更多的关注。诗人们开始不讳言法国象征主义的颓废,很多时候诗人们不是从道德上来看这种颓废,而是在美学或者流派的视野上审视它。比如刘延陵曾指出:"至于文艺家,则更当依自己底理智与情调底指导,不必怕主义底怒容,不必顾批评者底恶声,要怎样做就怎样做。"③ 这种观点也得到了田汉的认同。田汉将波德莱尔的恶魔主义看作一个必经的阶段,是文学中的人道主义发展到极致后必然的方向。

从单篇的文章发展到长篇的文学史著作,这是法国象征主义译介深化的重要标志。李璜的《法国文学史》于 1922 年出版,谈到了象征主义的几位重要诗人。书中对马拉美的音乐性和象征手法的论述在当时有新意,另外,书中自由诗的理论部分也比当时的其他论著更为清晰。八年后,徐霞村出版了《法国文学史》,但是徐霞村的书仅限于作家、作品的简单交代,比李璜的书粗浅不少。

这一时期,值得注意的论著还有 1924 年《小说月报》发行的"法国文学研究"

---

① 　罗岗、陈春艳编:《梅光迪文录》,沈阳:辽宁教育出版社,2001 年版,第 167 页。
② 　徐志摩:《死尸》,《语丝》,1924 年 12 月 1 日第 3 号第 6 版。
③ 　刘延陵:《法国诗之象征主义与自由诗》,《诗》,1922 年第 1 卷第 4 期。

专号。其中收有刘延陵的《十九世纪法国文学概观》以及君彦的《法国近代诗概观》等文章。后者对法国象征主义自由诗的论述颇为深入,对象征主义的分期在当时也属新论,金丝燕肯定该文"值得注意","在当时中国接受者对法国象征主义的介绍中尚属少见"。① 不过,君彦可能当不起这种称赞。因为笔者发现这篇文章并非君彦原创,而是"抄袭"来的。前面介绍的许多重要的象征主义论著,或者是综合多种文献而成,或者是摘译某一文献。比如:李璜的《法国文学史》,是在现有法国诗史著作的基础上编成的,不是李璜个人的研究。刘延陵的《法国诗之象征主义与自由诗》,摘译了1918年出版的《法国现代诗人》一书。② 田汉的《恶魔诗人波陀雷尔的百年祭》,理论部分译自斯蒂尔姆(E. P. Sturm)的《波德莱尔》一文,该文选入《波德莱尔的散文和诗》一书。君彦的《法国近代诗概观》像刘延陵的一样,同样源自《法国现代诗人》一书,而其书有时标出参考的文献,有时并不标出,这让后来的史学家误以为这些文章属于个人的创见。比如有学者指出李璜、田汉这样的学者,有深厚的语言功底,"大体说来,所吐都是自己的一家之言"③。对此,笔者无意做任何批评,只是想指出,对五四文献的误解是一个普遍现象。虽然五四时期是一个外国文学译介的热情时代,但也是一个粗疏而缺乏学术规范的时代。陈寅恪曾指出:"西洋文学哲学艺术历史等,苟输入传达,不失其真,即为难能可贵,遑问其有所创获。"④这句话正道破了五四时期文学译介和研究的病根。

五四时期,对象征主义诗作和诗论的翻译也开始起步。在波德莱尔诗歌的翻译上,出现了周作人、李思纯、张定璜、石民等译者。周作人在《晨报副刊》和《小说月报》上翻译的波德莱尔的散文诗,是值得注意的最早的数量较大的译作。邢鹏举的《波多莱尔散文诗》,收诗四十八首,几乎是波德莱尔散文诗的全译本。魏尔伦也是得到关注比较多的诗人,先后出现了周太玄、李金发、李思纯、滕固、

---

① 金丝燕:《文学接受与文化过滤:中国对法国象征主义诗歌的接受》,北京:中国人民大学出版社,1994年版,第133页。

② 刘延陵文中的魏尔伦传记出自《法国现代诗人》第170—171页,象征的理论部分出自第19页,格里凡论自由诗部分出自第25页。原书参见 Ludwig Lewisohn. *The Poets of Modern France*, New York: B. W. Huebsch, p. 1918。

③ 张大明:《中国象征主义百年史》,郑州:河南大学出版社,2007年版,第57页。

④ 陈寅恪:《吾国学术之现状及清华之职责》,《金明馆丛稿二编》,北京:生活·读书·新知三联书店,2015年版,第361页。

邵洵美等译者。瓦莱里也赢得了一些关注,其中,梁宗岱是最值得注意的译者,他在《小说月报》上发表了《水仙辞》的译作。

随着对象征主义文学的了解,赴法国和日本留学的中国学生对象征主义有了更多的兴趣,在五四后期出现了中国的象征主义诗派,这是在象征主义接受上的重要收获。1925 年,先是由李金发在北新书局出版了《微雨》,引起了一定的轰动,朱自清曾指出:"许多人抱怨看不懂,许多人却在模仿着。"①李金发的出现,使中国新诗从形式的革命阶段,进入美学和风格的革命阶段。不过,对李金发诗很强的模仿意味着人们多有诟病。继李金发之后,进一步探索象征主义诗风的是有日本留学背景的"创造社"诗人,他们中有穆木天、王独清、冯乃超等人(王独清后来也在法国留学)。穆木天在《创造月刊》中倡导诗的暗示性,呼吁创作象征主义的纯诗:"我们的要求是'纯粹诗歌'。我们的要求是诗与散文的纯粹的分界。我们的要求是'诗的世界'。"②客观来看,穆木天虽然提倡并试验纯诗,但是他的诗歌主要是无意识心理持续的节奏,与马拉美、瓦莱里的纯诗并不一样。由于缺乏"绝对音乐"的文化基础,创造社诗人提出的纯诗往往是"纯抒情诗",与以"绝对音乐"为基础的纯诗并不一样。这种偏向内在诗境营造的中国象征主义诗歌,只是昙花一现。五卅运动和"九一八"事变的发生,让他们不得不关注现实,转变诗风。穆木天的说法很有代表性:"在此国难期间,可耻的是玩风弄月的诗人!诗人是应当用他的声音,号召民众,走向民族解放之路。诗人是要用歌谣,用叙事诗,去唤起民众之反对帝国主义的热情的。"③在这种背景下,初期象征主义诗派结束了它的生命。可以看出,法国象征主义在五四时期的译介,是受两种主要力量支配的,一种是诗学的力量,一种是政治的力量。这两种力量都是国内的现实环境,这两种力量既有对抗之势,又有结合的趋向。诗学的力量,将法国象征主义引入进来,以治疗白话诗的肤浅;政治的力量,则排斥颓废的象征主义,要求民族诗风。也是这两种力量,决定了我国不同时期关于象征主义译介之起落。

---

① 朱自清编选:《中国新文学大系·诗集》,上海:上海文艺出版社,2003 年版,导言第 8 页。

② 穆木天:《谭诗》,《创造月刊》,1926 年第 1 卷第 1 期。

③ 穆木天:《我主张多学习》,郑振铎、傅东华编:《我与文学》,上海:上海书店,1981 年版,第 318 页。

二、象征主义传播的调整

　　1932年前后发生了不少重要的政治和文学事件,使文学环境也产生了变化。1930年"左联"成立,努力倡导"普罗"文学,随后又改为"社会主义的现实主义"。与此同时,国民党文人们在1930年也提出"要唤起民族的意识"的"民族主义的文艺"的口号。① 这些政策、口号在文学功能上偏重宣传,在文学类型上偏重现实主义,李金发、王独清等人早期颓废、阴郁的象征主义诗风已经难以为继。文学家和学者如果想继续关注象征主义,在视角上就必须做出调整:学者们要更多地关注象征主义译介的客观性,诗人们需要将象征主义与中国传统结合起来。实际上,这两种调整也正是1932年之后中国象征主义传播的主要特色,两种方向相辅相成,形成了这一阶段象征主义的中国化。这种努力一方面缓解了法国象征主义在我国本土接受的困境,另一方面也改变了中国诗作为单方面接受者的地位,从此,中国诗人可以能动地、以我为主地解释象征主义。

　　对于象征主义的中国化,其实早在创造社时期,穆木天就已经做了一些设想。比如他称杜牧的《泊秦淮》是具有"象征的印象的彩色的名诗"②,这里将意象置换成象征,而且有在传统美学中理解象征主义的意图。穆木天还将李白、杜甫的诗做了对比,认为李白的诗是纯诗,而杜甫的诗则是散文的诗。这种说法虽然对纯诗的概念有误解,但也从象征主义中国化的角度,将某些唐诗与法国象征主义的诗歌做了比较和解释。

　　卞之琳也有意融合法国象征主义和中国的意境理论。卞之琳曾这样回顾他读中学时接触到法国象征主义诗作之后的感受:"只感到气氛与情调上与我国开始有点熟悉而成为主导外来影响的19世纪英国浪漫派大为异趣,而与我国传统诗(至少是传统诗中的一种)颇有相通处。"③这表明,卞之琳的解释策略并不是心血来潮,而是有着长期的思考。他在译文《魏尔伦与象征主义》中,用"境界""言

---

① 泽明:《中国文艺的没落》,《前锋周报》,1930年6月22日,第5页。
② 穆木天:《谭诗》,《创造月刊》,1926年第1卷第1期。
③ 卞之琳:《卞之琳集》,北京:中国社会科学出版社,2009年版,第326页。

外之意"等词来译其中的术语。比如这句话："可是平常呢,情景底融洽,却并不说明,让读者自己去领会,或是叫音调自己去指点。"①这里的"情景交融",原文为"the analogy between his feel-ings and what hed escribes"②,指的是"情感和他所描述的事物之间的类比",既然是"类比",则有或多或少的相似性,并不一定非要"交融",卞之琳明显误读了原文。不过这种有意的误读,正是为了象征主义的中国化。

　　曹葆华1937年出版的《现代诗论》中也体现了与卞之琳相同的思考。他翻译的梵乐希(现译作"瓦莱里")的《诗》中有不少中国术语。比如曹葆华译的这句话:"艺术唯一的目的及其技巧的评价,是在显示我们一个理想境界的景象。"③这里的"境界"一词,原文为"état idéal"④,直译是"理想状态",与"理想境界"相去较远。文中还有不少地方,出现了术语"诗境",它和"境界"相同,是曹葆华融会中法诗学的有益尝试。

　　中国象征主义另外一个理论家梁宗岱也在理论上将象征与意境做了融合,他通过情景交融来解释象征,认为象征是最高级的情景交融。在他的笔下,属于中国意境理论的含蓄、韵味和超越性,都成为象征的属性:"我们便可以得到象征底两个特性了:(一)是融洽或无间;(二)是含蓄或无限。所谓融洽是指一首诗底情与景,意与象底惝恍迷离,融成一片;含蓄是指它暗示给我们的意义和兴味底丰富和隽永。"⑤梁宗岱诗学上的老师是马拉美和瓦莱里,尤其是后者,他不仅与梁宗岱有私交,而且其象征和纯诗概念,是梁宗岱诗学最重要的来源。这里用意境来融合象征,并不是为了解释上的方便,而是为了将象征主义变成普遍的美学,而非仅仅是法国象征主义的美学。梁宗岱的做法是保留法国象征主义的超越性以及色彩、声音、气味等感觉的感应,去掉法国象征主义的颓废和病态的元素。梁宗岱的理论并不仅仅是一种设想,20世纪30年代戴望舒和卞之琳的诗作,是这种理论在实践上的运用。比如戴望舒的《印象》一诗,无论形象还是意蕴,都是将法国象征主义与中国传统诗结合的佳作。

---

① 卞之琳:《魏尔伦与象征主义》,《新月》,1932年第4卷第4期。
② Harold Nicolson. *Paul Verlaine*, London: Constable, 1921, pp. 248-249.
③ 梵乐希:《诗》,《现代诗论》,曹葆华译,上海:商务印书馆,1937年版,第23页。
④ Paul Valéry. *uvres* 1, Paris: Gallimard, 1957, p. 1378.
⑤ 梁宗岱:《梁宗岱文集》(Ⅱ评论卷),北京:中央编译出版社,2003年版,第66页。

　　研究法国象征主义的论著在这一阶段有了新的发展。1933年,徐仲年的《法国文学ABC》由世界书局出版。在法国象征主义的研究和介绍中,该书具有里程碑意义,它是真正意义上的第一本由中国人所著的法国文学史。之前的文学史,基本上是"编"的。徐仲年的这本书虽然有介绍的目的,但同时也有真正研究的决心。该书对巴纳斯派向象征主义过渡的问题,做了比较细致的解释。不过整体来看,这本书仍然失之简略,与之前的文学史相比,并没有开辟更大的格局。1935年,穆木天出版了他编译的《法国文学史》,因为有合适的文献,这本书倒成了当时了解法国象征主义最好的材料。穆木天对巴纳斯派诗人李勒(Leconte de Lisle)诗风的论述和对马拉美音乐性的讨论,都属深入之见。另外,书中对吉尔(René Ghil)"语言乐器"理论的介绍,时至今天,也没有其他著作能够代替。但编译之书的身份使该书的原创价值被低估。

　　1936年,夏炎德出版了他的《法兰西文学史》。夏炎德并非外国文学史学者,而是经济学家,他的这部书主要是综合当时几部法国文学史而成。作者编这部书的用意是"引起国内爱好文学者对于法国文学的兴味,或因发生兴味进而刺戟起新创造的动机"[①],这种想法,仍是五四时期文学译介的心理。不过,夏炎德的这本书像穆木天的一样,也是用心之作,不仅在魏尔伦、马拉美的论述上比较细致,而且在一些名气不大的象征主义者的介绍上,做出了贡献。比如对莫雷亚斯(Jean Moréas)的《象征主义的前锋》(现译作《象征主义最初的论战》)一书诗学观点的介绍,对康(现译作"卡恩",Gustave Kahn)的自由诗理论的介绍,即使在今天,也都有参考价值。

　　1946年,徐仲年的《法国文学的主要思潮》出版,这本书论述象征主义比《法国文学ABC》深入了一些,讨论了象征主义的基本特征。但该书的重点放在"巴黎解放前的法国文学"那部分,也是徐仲年比较有心得的部分,而讨论象征主义的部分细致度仍有缺憾。徐仲年的这本书代表了现代时期国内学者对象征主义研究的最高水准,不过理论的细致度和广度仍然不及穆木天和夏炎德的编著。

　　得益于现代派诗人和理论家的努力,法国象征主义诗歌的翻译在这一时期

---

① 夏炎德:《法兰西文学史》,郑州:河南人民出版社,2016年版,第3页。

也有了长足的进步。梁宗岱早在 1928 年就开始发表瓦莱里的译诗,并著有《保罗哇莱荔评传》。后来单行本的《水仙辞》1931 年由中华书局出版。梁宗岱还编译了《一切的峰顶》,1936 年出版,选了一些象征主义的译作。戴望舒不仅译有魏尔伦和果尔蒙(今译"古尔蒙")的诗作,还在 1947 年出版了《恶之华掇英》,收有波德莱尔的诗二十四首,卷前还译有瓦莱里的诗论《波德莱尔的位置》。1940 年,王了一(王力)用旧体诗译了《恶之花》,收诗一百多首,虽然译本与原作有较大出入,但是就数量来看,远超当时波德莱尔的其他译本。

三、象征主义传播的滞缓与扩展

新中国成立后的十七年中,虽然因为文学环境的变化,法国象征主义的译介和接受出现了滞缓,但是并未陷入完全停顿。早在 1950 年,董每戡的《西洋诗歌简史》第二版中就谈到了象征主义的代表诗人。1957 年,陈敬容还有《恶之花》中的译诗发表在《译文》上。象征理论的介绍和研究上也有一点成绩,比如,1965 年伊娃·夏普的《论艺术象征》的译文发表,1962 年钱锺书还发表了涉及象征主义的《通感》一文。但随着文学上的阶级意识渐渐浓郁,法国象征主义的译介和接受开始面临压力,甚至中国的象征主义诗人也受到了批评,如茅盾在《夜读偶记》中对法国和中国象征主义文学的批评非常严厉:"不是繁荣了文艺,而是在文艺界塞进了一批畸形的、丑恶的东西。它们自己宣称,它们'给资产阶级的庸俗趣味一个耳光',可是实际上它们只充当了没落中的资产阶级的帮闲而已!"①

虽然"十七年"时期中国大陆对象征主义的关注越来越少,但是象征主义却借海峡对岸现代派的活动得到了扩展的机会。1947 年之后,不少年轻诗人到了台湾地区,他们中间有纪弦、覃子豪、洛夫、余光中等人。这些诗人在台湾创办《现代诗》《蓝星月刊》《创世纪》等杂志,提倡在象征主义影响下的现代诗。纪弦在《现代诗》中曾说:"我们是有摒弃并发扬光大地包容了自波特莱尔以降一切新兴诗派之精神与要素的现代派之一群。正如新兴绘画之以塞尚为鼻祖,世界新

---

① 茅盾:《夜读偶记》,天津:百花文艺出版社,1958 年版,第 35 页。

诗之出发点乃是法国的波特莱尔。"①纪弦肯定"横的移植"。不过,台湾的现代派诗人们后来也尝试将象征主义中国化。覃子豪对这个问题非常关注,他说得上是 20 世纪五六十年代"台湾的梁宗岱"。覃子豪像梁宗岱一样,设法用传统的意境理论来理解象征主义。他说:"象征派大师马拉美认为:'诗即谜语。'就是,诗不仅是具有'想象'和'音乐'的要素,必须有其弦外之音,言外之意,才耐人寻味,得到鉴赏诗的乐趣。"②言外之意,与梁宗岱说的"意义和兴味底丰富和隽永"意思是一样的。不过,需要注意,梁宗岱是对法国象征主义进行抽象,让它融入中国意境理论中,覃子豪则不然,他是将中国的意境理论抽象化,让它融入法国象征主义中。虽然覃子豪也将象征主义做了普遍化的处理,但法国象征主义诗歌仍然是他的象征诗的模板。也就是说,梁宗岱的象征主义中国化,是一种真正向传统美学的回归,而覃子豪的中国化,则是象征与意境的抽象和重新组合。因为这种抽象和重新组合,去除了法国象征主义颓废、迷醉的元素,所以在更普遍的美学层面上允许东西方的融合。覃子豪说:"中国诗中的比兴和西洋文艺中的象征,虽名称不同,其本质则一。而广义的象征与狭义的象征则各有不同其特征。前者是任何诗派共有的本质,而后者是强调刺激官能的艺术,两者不能混为一谈。断不能因法国象征派的朦胧、暧昧、难以理解,便否定象征在文艺上的根本价值。"③这里对"广义的象征"的强调,就是想寻找中国诗学与象征更高层面的相似性,同时也有实践的目的,它可以使中国象征主义诗歌具有合法性。

台湾的现代诗刊物也有零星的译作发表,相对于这些工作,程抱一的《和亚丁谈法国诗》更为重要。该书 1970 年出版,除了"自序",还收有论法国诗的五封长信,其中四封论的是波德莱尔、兰波、阿波里奈尔和瓦莱里。尽管程抱一的长信主要关注作家、作品,对象征主义思潮关注不多,但是他对马拉美的语言革命和兰波的通灵人诗学的论述,富有心得,很见功力。这本书收有不少译诗,如波德莱尔部分有译诗七首,兰波部分有译诗十首。《和亚丁谈法国诗》实际上也是一部重要的诗选。

---

① 纪弦:《现代派信条释义》,张汉良、萧萧编选:《现代诗导读——理论·史料·批评篇》,台北:故乡出版社有限公司,1982 年版,第 387 页。

② 覃子豪:《论现代诗》,台中:曾文出版社,1982 年版,第 7 页。

③ 覃子豪:《论现代诗》,台中:曾文出版社,1982 年版,第 217—218 页。

四、象征主义传播的复兴

《与亚丁谈法国诗》也促进了中国大陆对象征主义译介的复兴。1979 年徐迟在巴黎与程抱一会晤，随后将《与亚丁谈法国诗》分成独立的篇目，稍加改写，自1980 年开始连载。这些文章，与 1980 年袁可嘉等人编选的《外国现代派作品选》一起，像早春的迎春花，预示着象征主义传播的复兴。

总体来看，新时期作为法国象征主义译介和研究的复兴期，其成就主要表现为以下几点。

第一，原有的比较丰富的译介和研究得到了新的推进。新时期之前，译介和评论最为丰富的是波德莱尔，其散文诗集和《恶之花》基本上都有全译本问世，但译本质量还不能令人满意。新时期郭宏安的译著让波德莱尔的译介上了一个新台阶。1986 年钱春绮出版了他的全译本《恶之花》，准确的译文加上附录的《波德莱尔年谱》和《译后记》，让波德莱尔的生平和创作更加全面地展现出来。后来钱春绮的《恶之花》还和《巴黎的忧郁》合成一集出版。郭宏安对波德莱尔诗学的翻译也值得注意。1987 年他推出《波德莱尔美学论文选》，后来又译有《美学珍玩》《浪漫派的艺术》《人造天堂》等。正是郭宏安的努力，让波德莱尔成为法国象征主义诗学译介最成熟的一位。

第二，欠缺的译介和研究有了开拓。在新时期之前，除波德莱尔以外，其他象征主义诗人虽然也有译者关注，但一来关注的译者数量少，二来即使有些翻译，也多为零星的译作，没有出现诗作和诗学的全译本，比如兰波在现代时期，基本上处于被忽略状态。新时期在这一类象征主义作品的译介上，有了一定进步。首先来看魏尔伦。魏尔伦的诗集众多，他的诗选已经出现了多部，如罗洛 1987 年出版的《魏尔仑诗选》和丁天缺 1998 年出版的《魏尔伦诗选》。兰波的译介情况要好于魏尔伦。

《兰波诗歌全集》由葛雷、梁栋于 1997 年出版，王以培在 2001 年也出版过《兰波作品全集》，后者不但收有兰波的诗全集，而且收有书信和日记体小说，可以说为兰波作品的阅读和研究打下了扎实的基础。《马拉美诗全集》1997 年也由葛雷、梁栋译出。

象征主义诗学的翻译在此期间交出了比较漂亮的答卷。1989 年,多人编译的《象征主义·意象派》问世,该书收录了法国象征主义者的代表诗论,有一些是首次翻译,在象征主义诗学的译介上有重要贡献。相比之下,马拉美、魏尔伦的诗论还留有巨大空白,瓦莱里倒是有一部《文艺杂谈》,由段映虹于 2002 年翻译出版。除此以外,查德威克的小册子《象征主义》由周发祥和肖聿译出,于 1989 年出版,李国辉译的《法国自由诗初期理论选》刊登在 2012 年的《世界文学》上,选译了格里凡、雷泰和卡恩的自由诗理论。

新时期在象征主义流派的研究上迈开了大步。1993 年,袁可嘉出版了《欧美现代派文学概论》。该书重在作品赏析,对于诗学的发展、演变关注不多。1996 年,郑克鲁出版的《法国诗歌史》辟出专章,比较细致地研究了象征主义的重要诗人。比如,在波德莱尔的通感和象征手法上,在兰波的通灵人诗学和语言炼金术上,郑克鲁的论述都堪称精当。郑克鲁代表着新时期法国象征主义文学史的最高研究水准。不过,郑克鲁的研究也有一些缺憾,虽然在对波德莱尔和兰波的研究上比较成功,但他对魏尔伦的研究有些粗疏,对马拉美的研究也还欠缺力道。2003 年,郑克鲁的《法国文学史》付梓,该书论象征主义的第六章做到了材料准确、理论可靠,但由于采用教科书式的话题方式,这部文学史缺乏学术著作的问题意识和论述上的统一性,而更多地具有文学辞典的特征。最近十年,在法国象征主义研究上最值得注意的是李建英教授。自 2013 年以来,她已有多篇讨论兰波的通灵人、兰波在中国的接受、兰波与博纳富瓦的文章发表,这些文章的理论深度和材料的挖掘超越了之前国内的相关著述。

第三,未有的译介和研究有了尝试。新时期之前,多数象征主义研究的文学史和论文主要关注重要的象征主义诗人,对思潮的研究没有人尝试。原因是,对象征主义思潮的研究,不仅在资料上极为苛刻,而且在理论素养、知识广度上都有很高的要求。新时期第一本对象征主义思潮研究的专著是 1994 年出版的《文学接受与文化过滤:中国对法国象征主义诗歌的接受》,作者金丝燕在第一章"法国象征主义诗歌发展线索"中,清晰地展现了 1881 年至 1886 年间的法国象征主义思潮,从第二章开始对《新青年》《小说月报》的译介情况进行统计和分析,研究结果富有说服力,随后几章对中国象征主义诗作的研究也很见功底。如果说其法国部分的研究还有不足的话,这个不足在于研究内容只写到了 1886 年,随后的十年还有许多重要的诗学理论产生,如自由诗的理念、马拉美的暗示说,这些思潮并没有在她的书中得到充分探讨。另外,对于 1885 年和 1886 年这两个关键年份,金丝燕讨论的诗学理念也有简略之处。

因为有了时间上的距离,新时期法国象征主义对中国现代诗的影响研究也有了不错的成绩。最早值得注意的是孙玉石的《中国初期象征派诗歌研究》,虽然对法国象征主义论述不多,但是该书对李金发象征主义诗风的研究富有创见。之后,国内多位博士出版了类似著作,如吴晓东的《象征主义与中国现代文学》、陈太胜的《象征主义与中国现代诗学》、柴华的《中国现代象征主义诗学研究》,这些著作的共同点是长于对中国象征主义诗歌和诗学的分析,短处是对法国象征主义不够熟悉,因而讨论诸如纯诗、感应(契合)这类概念的时候,往往含糊不清,甚至有误读的情况。张大明的《中国象征主义百年史》既是一部法国象征主义在中国的译介史,同时也是一部翔实的资料汇编,有参考价值。如果说 20 世纪三四十年代,法国象征主义的接受与改造,要比译介和研究热闹的话,到了新时期,情况完全反过来了,研究和译介要远比接受和改造热闹。其中原因也不难理解,法国象征主义毕竟已过了一个世纪,新时期虽然文学流派众多,但是主要受法国象征主义影响的流派已不复存在。不过,这倒不是说象征主义已完全缺席,虽然它没有直接的影响力,但是仍能通过 20 世纪西方文学的其他思潮间接地影响中国诗人。在当代诗坛,朦胧诗明显有法国象征主义的影子,金丝燕认为:"中国 70 年代末的朦胧诗是这一美学趋向的伸延。"①顾城是这一诗派有代表性的一位,他从西班牙诗人洛尔迦(F. G. Lorca)那里学习西方诗歌的现代性,他对朦胧诗的理解,就有象征主义的元素。

五、比较与展望

总体而言,百年来法国象征主义在中国的传播呈现两头热、中间冷的态势,第一次的"热"发生在五四时期,第二次的"热"发生在新时期,两次"热"背后的原

---

① 金丝燕:《文学接受与文化过滤:中国对法国象征主义诗歌的接受》,北京:中国人民大学出版社,1994 年版,第 341 页。

因是不同的。五四时期的"热"本质上是晚清"放眼世界"之追求的延续和强化，是为了了解西方文学新潮并借以指导本土创作(创作实际上是另一种了解西方文学新潮的方式)，其间有一种迫切的情感，因而造成了热情而又粗疏的整体传播水平。新时期的"热"，是纯粹文学和学术上的。时过境迁，新的翻译家和学者们没有了对法国象征主义的崇拜，他们的工作更多是个人研习的兴趣，这带来了新时期译介和研究的稳健与严谨。介于这两个阶段之间的是法国象征主义传播的调整期和滞缓期，从文学上看，这种调整和滞缓受到了追求现实主义与民族风格的影响，从历史背景来看，它响应了民族主义革命和共和国成立初期对文艺功能的新要求。这种外部的要求，有时虽然给法国象征主义的传播带来阻力，但同时也要看到它给象征主义的中国化提供了契机。因而中间两个阶段象征主义的传播与社会环境并非完全对立，它们也有合作的关系。

从成绩上看，在这一百年中，有两个年代出现了法国象征主义传播的高峰。第一次高峰是20世纪30年代，以梁宗岱、徐仲年的论著和戴望舒的诗作为代表。这次小高峰的成就是对重要的象征主义诗人的深入理解，以及中国象征主义诗歌成为国际象征主义运动的组成部分。第二次高峰发生在20世纪90年代，其代表是金丝燕、郑克鲁等人论著的出版以及几位重要的象征主义诗人诗全集的问世，同时还出版了内容比较丰富而翔实的中文象征主义参考资料。从此，法国象征主义及其在中国的传播成了学界关注的一个新热点。

虽然百年来法国象征主义的译介和研究有显著的成绩，纵向看有很大的进步，但是从横向上比较，中国的象征主义研究还不容乐观，因为它不仅落后于美国，而且与同样受到法国象征主义巨大影响的日本相比，也有一些劣势。以兰波研究为例，国内目前还未有兰波的专著问世，但早在1958年，日本的平川启之就出版了他的《从兰波到萨特：法国象征主义的问题》一书。就马拉美的研究来说，国内只有马拉美的诗集和少量书信译出，参考资料仍旧十分匮乏。而日本1989年至2001年就已译出五卷本的《马拉美全集》，并且黑木朋兴在2013年还出版了专著《马拉美与音乐：从绝对音乐到象征主义》，该书深入、细致，堪称精品。客观而言，国内现有的象征主义研究著作很难达到黑木朋兴的水准。有鉴于此，理应期待未来有更好的象征主义作家、作品的研究能够在国内出现，也期待将来的研究能在材料、方法、视野上有更大的突破。

　　除了旧有研究领域,也期待未来的象征主义研究有新的开拓,这可以分两方面来谈。第一,就影响研究来看,目前几乎全是法国象征主义对中国象征主义的影响研究,而中国诗歌与法国象征主义的渊源、中国象征主义在国外的传播与研究还无人问津。国外的文学史和研究中已开始接受中国象征主义诗歌,但本土学界目前对中国象征主义诗歌海外传播的情况还知之甚少。因此,将单向的影响研究扩大为双向或者多向的互动研究,能极大地拓展象征主义研究的格局。第二,思潮研究有进一步拓展的空间。作家作品的研究是点的研究,对作为文学思潮的象征主义的研究是面的研究。目前国内的研究成果除金丝燕的研究有一定的思潮研究的特征外,其他基本上都属于作家作品研究,并且作家作品研究又基本面向五位象征主义诗人。虽然对这五位诗人的研究有助于从大体上了解法国象征主义,但这种研究遮蔽了法国象征主义思潮的复杂性和真实演变过程。另外,法国象征主义并不是一种纯粹的诗学思潮,它与 19 世纪末期的自我主义、虚无主义、无政府主义、社会主义的思想有密切关系,与叔本华、瓦格纳的美学多有渊源。国内的译介和研究虽然也注意到这种综合内容,但专门的、系统的思潮研究仍旧有待来日。

(本文作者:蒋承勇　李国辉)

"无能的波德莱尔"

——论无政府主义者对象征主义的价值改造

　　波德莱尔通常被认为是法国象征主义的先驱,他的诗学理念和诗歌创作对他逝世二十年后出现的象征主义运动影响甚巨,有批评家曾形象地称他不是象征主义者们的"伯祖或叔祖",而是他们的"父亲"。① 象征主义在发展的最初阶段鲜明地表现出对波德莱尔的效仿。但是并非所有的象征主义诗人都推崇波德莱尔,其中有一些无政府主义者从 19 世纪 80 年代后期开始,以多种文学小杂志为园地,思考新诗学的建构方向。在他们看来,象征主义如果要扭转没落的颓废文学倾向,就必须摆脱波德莱尔式的文学道路,赋予象征主义新的价值。

一

　　法国无政府主义思想尽管在 19 世纪上半叶就已经开枝散叶,但因为 19 世纪下半叶马克思主义的传播,这种思想进入了新的生长期。无政府主义也和社会主义紧密结合。1881 年 5 月,极左的无政府主义者脱离其他的社会主义党派,标志着法国无政府主义政党的成立。② 1883 年之后,为了宣传的需要,许多无政

---

　　①　See André Barre. *Le Symbolisme*,New York:Burt Franklin,1968,p. 53. 布尔德在他的《颓废诗人》一文中也有类似的观点,认为波德莱尔是颓废派的"亲生父亲"(see also Paul Bourde. *Les Poètes décadents*,in *Le Temps*,No. 8863,1886,p. 3)。

　　②　当时的社会主义者和无政府主义者在组织和纲领上既有相同点,又有差异,但很多时候这种差异是模糊的,有时社会主义也被称作无政府社会主义。本文不涉及社会主义革命的具体问题,主要着眼于反叛性,因而不对社会主义和无政府主义做严格区别。

府主义刊物在巴黎创刊,比如《反叛者》(Le Révolte)、《新时代》(Les Temps nouveaux)等。据统计,1883 年各种无政府主义刊物总共出了四十一期,1885 年出了六十一期,1886 年这个数字是一百一十六期,几乎呈现出爆发式的增长。① 在 1885 年到 1887 年这三年中,无政府主义运动出现了一次高潮,象征主义运动也正好发生在这一时期。这并不是历史的巧合,事实上大多数象征主义者都曾是无政府主义者,或者是无政府主义的支持者。历史学家让·迈特龙指出:“象征主义与无政府主义时间上的一致,引发了相互的认同。人们在文学上是象征主义者,在政治上是无政府主义者。”②这种判断能找到有力的证据,例如兰波是无政府主义和社会主义的支持者,曾加入巴黎公社的活动;马拉美早年疏远政治,但是 19 世纪 80 年代后,也成为无政府主义的同情者。

马拉美等诗人关注、接近无政府主义者,一个重要的时间标志是 1886 年 10 月。当月无政府主义者路易丝·米歇尔(Louise Michel)组织了两次文学会议,参会的除了无政府主义者,还有马拉美、吉尔(René Ghil)等象征主义诗人以及当时自成一派的颓废诗人巴朱(Anatole Baju)。米歇尔重视象征主义的反资产阶级美学立场,她渴望无政府主义运动得到象征主义诗人的响应。会议的举办地点在巴黎彼得雷莱大厅,而巴黎国际社会主义者代表大会三年后也在这里召开,说明了这种文学会议的政治性。一个叫法约勒的记者曾这样记录第二次开会的情景:

> 彼得雷莱大厅的会议与其说是一次会议,还不如说是一次无政府主义者的集会。在成立主席团固定的喧闹之后,路易丝·米歇尔女士尝试给她不了解(这很不幸)的象征主义做简短的解释。两位自然主义的演说家接连登上讲坛,随后目瞪口呆的民众叫喊着巴朱的名字,请他解释颓废派……③

---

① See Jean Maitron. *Histoire du movement anarchiste en France*,Paris:Société universitaire,1955, p. 133.

② Jean Maitron. *Histoire du movement anarchiste en France*,p. 449.

③ Hector Fayolles. *Salle Pétrelle*,in Le Décadent,No. 30,1886,p. 3.

可以看出,会议的组织形式也是无政府主义的。米歇尔并不只是一位政治运动家,她也渴望成为象征主义者。她曾在象征主义杂志《斯卡潘》(*Le Scapin*)上解释"象征",认为它的使用是当时社会发展的必然要求:"我们今天对于科学、艺术,甚至对于一切,开始缺乏词语了,象征于是重新出现了。"[1]法约勒说得没错,米歇尔确实不理解象征主义,但是她代表了无政府主义与象征主义融合的最初尝试。

比马拉美、兰波更年轻的一些象征主义者,例如卡恩(Gustave Kahn)、威泽瓦(Téodorde Wyzewa)、迪雅尔丹(douard Dujardin)、雷泰(Adolphe Retté)等人,也开始接近无政府主义。卡恩因为服兵役,一度远离文学,但当他 1885 年回到巴黎后,迅速与无政府主义者亚当(Paul Adam)、费内翁(Félix Fénéon)等人取得了联系,并创办了象征主义的重要刊物《风行》(*La Vogue*)。卡恩在回忆录中说:"我们全部是无政府主义者;我们没有差别,完全相信它,一样坚定。"[2]

不过,卡恩说这句话的时间是 1902 年,有以今解昔的嫌疑,因为在 1886 年及随后几年中,尽管有不少象征主义诗人对无政府主义产生了兴趣,但是象征主义者一般还未以无政府主义者自居。转机发生在 1889 年。这一年堪称法国政治史上的关键一年:第二国际在巴黎成立,一些无政府主义者也参加了第二国际的成立大会,革命思潮在法国的传播加速了;另一件大事是布朗热事件[3],布朗热事件表面上看是民族主义运动,但因为布朗热的支持者针对的是第三共和国,因而该事件推动了法国的革命运动。不过布朗热主义对象征主义的影响非常复杂。一方面因为布朗热主义反对外国文化输入,因而对深受德国美学影响的象征主义思潮有很大的抑制;另一方面由于无政府主义获得了新的发展机会,布朗热主义使象征主义加速政治化。正是在 1889 年以后,卡恩、马拉美、梅里尔(Stuart Merrill)、雷泰等人开始了无政府主义的诗学叙事。梅里尔曾在 1893 年注意到象征主义诗人身上发生的变化:"大多数年轻诗人皈依了反叛的主义,这是个时

---

① Louise Michel. *Le Symbole*, in Le Scapin, No. 5, 1886, p. 156.

② Gustave Kahn. *Symbolistes et décadents*, Genève: Slatkine, 1993, p. 59.

③ 布朗热事件(Boulanger Affair)是 1887 年至 1889 年法国发生的政治事件。由于对当时掌权的共和派政府不满,激进派人士希望布朗热将军夺取政权,解散国民议会。布朗热在短期内获得很大成功,但当共和派起诉他危害国家安全后,他于 1889 年 4 月逃往国外,并在 1891 年自杀。布朗热事件让共和派政府一度陷入危境,强化了法国的民族主义思想。

代特征——有些人期望,另一些人惊恐——这些主义是巴枯宁或者卡尔·马克思的主义。"①1894 年,法国又发生了德雷福斯事件②,不同政治信仰的人几乎都被卷入这个长达数年的风波中,这进一步加强了象征主义诗人的政治化。

正是在 19 世纪 90 年代的政治背景下,出现了一个无政府主义文学杂志,它由亚当、格里凡(Francis Vielé-Griffin)等人创办,曾发表过法译本的《共产党宣言》,也发表过其他无政府主义与文学关系的文章。这份杂志就是《文学与政治对话》(*Entretien spolitiques & littéraires*),迪雅尔丹、亚当以及马拉美都是这个杂志的撰稿人。雷泰曾质疑象征主义这一名称,他在无政府主义杂志《羽笔》(*La Plume*)上写文章,认为它并不具有思想上的概括力:

> 我们把我们的[艺术]进展标上了象征主义的标签,这个标签是不完美的、过时的。为什么不能把这种运动定义为无政府主义艺术?③

威泽瓦作为无政府主义者的身份可能会有些争议,他表现得更像是一位瓦格纳主义者,只关注纯粹的艺术;但是瓦格纳主义与无政府主义的渊源很深,无政府主义很重视利用瓦格纳主义的革命性,比如瓦格纳《艺术与革命》(*L'Art et la révolution*)的法译本就是无政府主义杂志《新时代》资助的。④ 威泽瓦以纯粹的象征主义批评家自居,但他思想深处的无政府主义并不能被轻易否定。尽管威泽瓦对社会主义仍旧有些顾虑,但是他对政治的关注以及对社会革命的热情是显而易见的,比如他在他的《欧洲的社会主义运动》一书中指出:"一种革命的潮流蔓延到书籍、杂志和戏剧中。今天以上千种方式、以不同的程度梦想着皈依社会主义的是这整个世界。"⑤

---

① Stuart Merrill. *Les Poésies*, in L'Ermitage, No. 7, 1893, p. 50.

② 1894 年法国情报部门认为犹太军官德雷福斯向德国出卖情报,德雷福斯遭到逮捕。1896 年新的情报负责人皮卡尔中校找到了真正的叛国者,但法国军方为掩盖真相,伪造了德雷福斯的罪证。法国所有的党派甚至不少文艺家都被卷入这个事件。围绕着这个事件,民权思想与反犹主义、无政府主义与爱国主义进行了激烈的斗争。

③ Adolphe Retté. *Tribune libre*, in La Plume, No. 103, 1893, p. 343.

④ See Eugenia W. Herbert. *The Artist and Social Reform*, Freeport: Books for Libraries Press, 1971, p. 20. 赫伯特指出,当时的无政府主义者,比如格拉夫(Jean Grave),会利用质疑现有体制的文艺作品来为无政府主义服务。

⑤ Téodor de Wyzewa. *Le Mouvement socialiste en Europe*, Paris: Libraires-éditeurs, 1892, pp. 5-6.

在年轻的象征主义诗人中,首先向波德莱尔发难的就是威泽瓦。威泽瓦把波德莱尔与另一个作家布吕内蒂埃(Ferdinand Brunetière)并置,公开声称:"这两位都是无能的,即是说尽管有才华,但他们都未能创造出艺术性的作品。"①波德莱尔为什么没有创造出艺术性的作品呢? 什么才是艺术性的作品呢? 威泽瓦的答案是思想和情感之争:思想是理性的,它是粗的;情感是感受性的,它是细的。波德莱尔在威泽瓦眼中往往呈现为理性的诗人。这种判断似乎有失公允。波德莱尔非常强调感受力,曾提出哲学艺术与现代艺术的对立论。他认为哲学艺术主理性,它使用的形象含有固定的观念,因而是一种落后的艺术,而现代的艺术则是"创造一种暗示的魔力,它同时具有客体和主体"②。这里所说的"暗示"是与理性相对的,它不是说理,而是通过感性的形象来揭示特定的心境。波德莱尔在日记中也曾说过这样的话:"不要轻视人的感受力。每个人的感受力都是它的才分所在。"不用征引《恶之花》或者《人工天堂》,也能有力地动摇威泽瓦如下这种判断:"在诗中只有情感应该有价值:波德莱尔完全理性的心灵从来没有生动地、真实地感觉到情感。"③既然这种判断无法成立,那么威泽瓦对波德莱尔的指责就是无中生有了。

但情况并非这么简单。思想和情感在威泽瓦那里有特定的含义。思想在他看来是具有指涉功能的意义传达,情感指的是没有指涉功能的感觉传达。波德莱尔注重暗示,强调感受,但是他的作品诉诸指涉功能,而不是像音乐艺术一样,完全排斥语言的表意。威泽瓦推崇的是非指涉的诗,这在他对诗的定义中表现得非常清楚:"诗是一种语言音乐,旨在传达情感。"④将诗看作语言的音乐,排斥语言的指涉功能,这种观点在当时的先锋批评家那里可谓一种"共识"。迪雅尔丹曾指出:"象征主义把诗人从理性主义的奴役中解放出来,并恢复它的音乐价值。"⑤另一个无政府象征主义者吉尔甚至提出过"语言乐器"的概念,不但将语言等同于乐器,还进一步模仿瓦格纳的交响乐效果。借助纯诗理论或可以更清楚

---

① Téodor de Wyzewa. *Les Livres*, in La Revue indépendante, No. 9, 1887, p. 6.

② See Charles Baudelaire. *uvres complètes*, tome 3, ed. Yves Florenne, Paris: Le Club franais du livre, 1966, p. 439. 后文出自同一著作的引文,将随文标出该著简称 uvres、卷数和引文出处页码,不再另注。

③ Téodor de Wyzewa. *Les Livres*, in La Revue indépendante, No. 9, 1887, p. 4.

④ Téodor de Wyzewa. *Les Livres*, in La Revue indépendante, No. 8, 1887, p. 333.

⑤ douard Dujardin. *Mallarmé par un des siens*, Paris: Messein, 1936, p. 94.

地理解威泽瓦对波德莱尔的指责：波德莱尔过多地关注意义的传达，而没有充分注意到通过词语的声音唤起音乐特有的那种情感。用威泽瓦的原话来说："唯一有价值的，是在诗中将情感转成以音节为基础的音乐。确实，波德莱尔创造了具有某种可敬的刺激性的音乐，但是他从未使用过一种预先安排好的和声，这种和声适合主题的要求，根据一系列它的细微差别而变化。"①于是在波德莱尔和年轻的象征主义者之间，就出现了一条清晰而严格的界线，一边站着《巴黎的忧郁》的作者，他代表着"没落的"、理性的艺术，另一边则站着反叛的象征主义者，他们是"新兴的"、音乐的诗人。

　　威泽瓦的批评过去七个月后，卡恩也在同样的杂志《独立评论》上发表文章讨论音乐的诗。卡恩希望诗歌的主题能像音乐一样有丰富的发展模式："我倾向于只承认一首诗在它自身上发展，呈现一个主题的所有方面，每一个方面都单独得到处理，但是它们紧密地、严格地在唯一的思想的约束下连接起来。"②这种理论的原型最早可以上溯到卡恩1886年的一篇文章《象征主义》，在文章中，他注意到"瓦格纳多重主音的曲调"③。在卡恩眼中，诗歌的主题就相当于瓦格纳交响乐中的主音，卡恩想让音乐的结构取代诗中现实生活的叙述内容以及传统的、"老套的"诗歌形式。波德莱尔于是成为卡恩的反面例子："波德莱尔只承认多种感受的简短的乐谱，它有助于形成在同一种调性下写就的诗集。"④波德莱尔似乎并没有掌握诗的音乐结构，它拥有的只是"一种调性"。

　　其他的无政府主义者的态度也和上述两位象征主义诗人相近。具有无政府主义倾向的吉尔，虽然也被视为象征主义诗人，但他曾在1892年对包括魏尔伦、莫雷亚斯在内的颓废者和象征主义诗人大加批驳，认为象征主义是一个不具原创性的流派，如果人们看到这个流派的代表诗人的作品，人们就会发现："象征是一个骗局；这证实了象征主义者的无能。"⑤这个名单里没有波德莱尔，但指责魏尔伦和莫雷亚斯，就等同于指责他们的老师波德莱尔。吉尔和威泽瓦、卡恩一样，也想让象征主义的诗歌走上音乐的道路，他的"语言乐器"理论就是为此而设立的。

---

①　Téodor de Wyzewa. *Les Livres*, in La Revue indépandante, No. 9, 1887, p. 4.

②　Gustave Kahn. *Chronique de la littérature et de l'art*, in La Revue indépendante, No. 16, 1888, p. 290.

③　Gustave Kahn. *Le Symbolisme*, in La Vogue, No. 12, 1886, p. 400.

④　Gustave Kahn. *Chronique de la littérature et de l'art*, in La Revue indépendante, No. 16, 1888, p. 290.

⑤　Jules Huret. *Enquête sur l'évolution littéraire*, Paris：José Corti, 1999, pp. 143-144.

二

指责波德莱尔无能，并不是这些无政府主义者的真正目的。波德莱尔只是颓废派、旧的象征主义道路的代表。这种道路与无政府主义者们的道路相比，是否只是缺乏音乐的方法呢？这种指责是否真的成立？波德莱尔是否缺乏威泽瓦所说的音乐性？如果回头重新考察波德莱尔的诗学，可以发现这种指责并不是完全合理的。

年轻的象征主义诗人们的理论来源是瓦格纳，正是瓦格纳交响乐的音乐美学带来了纯诗以及语言音乐的理论。1883 年瓦格纳去世，巴黎文艺界掀起了一股崇拜瓦格纳主义的风潮，音乐史学者马朗内指出："巴黎在 1885 年盛行瓦格纳主义。"①这种风潮凝聚了象征主义运动的第一批成员，威泽瓦、迪雅尔丹、吉尔、卡恩等人开始宣传瓦格纳主义，威泽瓦和迪雅尔丹还在 1885 年创办了一份杂志《瓦格纳评论》(*Revue wagnérienne*)。波德莱尔早在十八年前就已去世，未能赶上这股潮流，自然也没有机会与年轻的象征主义者一同尝试先锋艺术了。

不过，瓦格纳的思想并非直到 18 世纪 80 年代才开始在巴黎传播，波德莱尔生前已经接触过瓦格纳的作品，甚至去剧场观看过《汤豪舍》(*Tannhuser*)。波德莱尔注意到了瓦格纳的音乐技巧，在体验到音乐的巨大力量后，他不禁感叹道："[音乐和文学]两种艺术中的一个开始发挥它的功能的地方，正是另一个到达极点的地方。"另外，与语言音乐有关系的纯诗理论也并不是到了 19 世纪末才诞生，波德莱尔是纯诗理论的一个关键节点，他不仅从爱伦·坡那里接受了纯诗的理念，而且在诗作中试验过它。音乐史家达尔豪斯指出爱伦·坡是象征主义纯诗的"宪章"，马拉美和波德莱尔的纯诗观都可以追溯到坡那里。② 虽然波德莱尔追求梦幻效果的纯诗与威泽瓦、吉尔等人的瓦格纳式语言音乐路线并不相同，但是波德莱尔并非不谙音乐的诗歌，他的诗同样存在着音乐的精神。

---

① Eric Touya de Marenne. *Musique et poétique à l'age du symbolisme*, Paris：L'Harmattan, 2005, p. 110.

② See Carl Dahlhaus. *The Idea of Absolute Music*, trans. Roger Lustig, Chicago：The University of Chicago Press, 1991, p. 147.

对于威泽瓦、吉尔等人而言,瓦格纳主义主要表现为两个方面:一是情感的形式说,二是综合说。就第一个方面而言,瓦格纳反对一切理性的表达,因而反对语言的指涉功能。瓦格纳在歌剧和文学中都倡导形式的革命,他要求诗行摆脱抽象的诗律,寻找有情感本源的节奏。瓦格纳认为语言(比如德语、法语)在造词时都与某种原始的情感相对应,词根于是就有了重音。现代语言因为对实用的表意功能的重视,让词语增加了许多新的重音,这些新的重音破坏了词根重音的作用,于是重音与情感的联系就被打乱了,诗律规则也就丧失了情感的基础。瓦格纳因而主张:"我们必须从词语—措辞上砍掉所有那种不能打动感情的东西,砍掉所有令其成为理解力的纯粹工具的东西;我们由此将它的内容压缩为纯粹人性的内容,让情感可以把握。"①出于这种考虑,瓦格纳要求去除词语的理性内容,并打破传统的诗律。

象征主义自由诗虽然是1885年之后在巴黎产生的,但是它的种子早就在瓦格纳和一些浪漫主义诗人那里埋下了。瓦格纳的作用尤其重要,他可以被看作象征主义自由诗之父。瓦格纳关于诗歌的观点形成于19世纪50年代,当时波德莱尔在创作他的《恶之花》。波德莱尔不可能知道瓦格纳的想法,但是因为瓦格纳的美学本质上还是浪漫主义的,波德莱尔有条件和瓦格纳进行相似的思考。在《恶之花》集后的注释中,可以看到波德莱尔对诗律的新认识,这种认识同样要求将情感与诗律联系起来。因为不满意古典主义留下来的诗律框架,波德莱尔思考"诗怎样通过一种韵律触及音乐,这种韵律的根在人的灵魂中扎下,比任何古典的理论所指示的都要深"。韵律在灵魂中扎根的说法,就是打破外在的形式规范,直接在内心寻找韵律的源头,这正是自由诗诗人的共识。波德莱尔并非不承认诗律,但他认为在外在韵律之上,还有更高的韵律,并将这种韵律称作"神秘而不为人知的韵律"。判断诗人技巧高低的标准,就是看他能否把握这种韵律。因此,在情感的形式理论上,将波德莱尔与瓦格纳及其追随者的理论完全区别开,是武断之举。

第二个方面是综合说。综合说在瓦格纳的美学中表现为两点:首先是交响乐,交响乐是多种乐器旋律的综合;其次是多种艺术的综合,表现在歌剧中是交

---

① Richard Wagner. *Richard Wagner's Prose Works*, volume 2, trans. William Ashton Ellis, London: Kegan Paul, Trench, Trübner, 1900, p. 264.

响乐、舞蹈、戏剧等艺术形式的统一。尽管综合说意义有别,但在使用时精神是不变的,就是要寻求多种表现手法的合力。这种思考是瓦格纳在反思西方艺术演变史后得出的。古希腊悲剧是一种成功的、具有强烈感染力的艺术,它同时运用了舞蹈、歌唱和戏剧等形式。但是古希腊以后,艺术形式渐渐独立,各门原本相互联系、相互支持的艺术现在陷入隔绝的状态中,艺术的表现力也随之减弱。瓦格纳复兴歌剧的途径,就是向古希腊悲剧学习,将分隔的艺术重新组合起来。创作了《汤豪舍》的这位作者说:"我似乎清楚地看到每一种艺术,一旦它的能力受到限制,就应该与邻近的艺术握手;为了我这个理想,我产生强烈的兴趣,去注意每种特定的艺术中的这种倾向。"①需要注意的是,这种综合说并不仅仅是一种艺术手法,它也指向一种哲学。综合代表的是对理性的拒绝,对情感的回归,因为情感本身就是综合性的。

波德莱尔对艺术的综合同样有深刻的感受,曾指出:"今天,每门艺术都表现出侵入邻近艺术的渴望,画家们在绘画中引入了音阶,雕刻家们在雕塑中引入了色彩,文学家们给文学引入了造型的方法。"波德莱尔并没有将这种倾向称作"综合",而是命名为"颓废"。这种有价值的颓废能丰富文学艺术的表现力。在《恶之花》《巴黎的忧郁》中,可以找到将造型艺术与文学艺术结合起来的许多例子,在《美丽的杜萝蒂》(*La Belle Dorothée*)中可以看到大理石女神像的效果,而《头发里的半个地球》(*Un Hémisphère dansunechevelure*)硬是将港口和船舱等图景放进诗意的情感中。不仅是雕像、绘画与文学进行了综合,巧妙的音乐同样没有缺席。在《迷醉吧你》(*Enivrez-vous*)一诗中,人们读到了极具个性与情感力量的诗句:"迷醉吧;不停地迷醉吧! 靠酒,靠诗,或者靠道德,随你的便。"(uvres 3:87)这首诗虽然只是一首散文诗,但它很好地体现了波德莱尔的追求,他将之形容为"有音乐感的散文的奇迹",其作用在于"适应心灵的冲动"。

因波德莱尔缺乏音乐性而指责他,其理由并不充分,背后可能存在着年轻的象征主义诗人没有吐露的深层原因。正是深层原因的存在,才使得波德莱尔成为一个敌对面。年轻的象征主义诗人们的无政府主义立场,给这个未知之谜提供了答案。

———————————

① Richard Wagner. *Quatre Poèmes d'opéras*,Paris:Librairie Nouvelle,1861,p. xx.

三

卢卡契曾讨论过没落的资产阶级社会中艺术家的病态,外在社会关系的反常导致了他们内在精神的反常:"艺术家对社会的错误态度使他对社会充满了仇恨和厌恶;这个社会又同时使他与所处时代的巨大的、孕育着未来的社会潮流相隔绝。但这种个人的与世隔绝,同时也意味着他的肉体上和道德上的变形。"①波德莱尔尽管是象征主义的先驱,但是他与后来的年轻人有重要的不同,即精神状态的不同。波德莱尔也反抗当时的资产阶级道德和价值观,但是他选择的反抗方式是"与世隔绝",是在神秘而个人的心境中建立自己的象征世界。本雅明曾将波德莱尔称为城市中的"闲逛者",这是一种特有的隔绝方式。巴黎的街道和拱廊并不为他展现人间烟火,相反,它们给了波德莱尔把自己淹没在人群中的机会。波德莱尔陶醉的眼睛深处,实际上是一颗精神流浪汉的心。他笔下的巴黎风景,在无政府主义者和社会主义者看来是一种病态的艺术。

波德莱尔诗作的"病态"首先被理解为封闭性,即将自我封闭在个人的狭小世界中,这种狭小的世界又渐渐等同于梦幻的、幻觉的体验。尽管波德莱尔是一位复杂的诗人,他干预现实的态度不能被完全否定,但他的主要面貌在年轻诗人们眼中却是颓废的。在他的诗学中,象征就是梦幻世界的图景,当梦幻的世界到来,象征自然而然地就产生了。波德莱尔诗作的终极目的就是梦幻,只有进入梦幻,他才感觉到自己进入了诗性的世界;只有传达出这种梦幻,艺术才是高超的:"醉心于所有天上和人间生活的无穷场景所暗示的梦幻,这是任何一个人的合法权利,因而也是诗人的合法权利。"相对于梦幻的世界,现实世界在他眼中是低劣的、丑陋的。在论及戈蒂耶的诗作时,波德莱尔认为戈蒂耶的可贵之处就在于"摆脱了目前现实的所有的平常的烦忧,更自由地追寻美的梦幻"。

因为轻视并贬低现实,当时在法国发生的大事件不易得到波德莱尔的真正关注,也不易成为他作品的题材。他的日记曾经提到过 1848 年的法国二月革

---

① 乔治·卢卡契:《卢卡契文学论文集》,高中甫译,北京:中国社会科学出版社,1980 年版,第448—449 页。

命,对于推翻七月王朝、建立法兰西第二共和国的这次大革命,波德莱尔表现得异常冷淡,甚至厌恶。对于该年具有无产阶级革命特点的六月起义,波德莱尔记载道:"六月的恐惧。人民的疯癫和资产阶级的疯癫。对犯罪自然的爱。"一场被马克思称为两大阶级第一次伟大搏斗的革命,竟成了双方"疯癫"的杀戮,可见波德莱尔疏远现实的程度。因为无力面对现实,而且主体性在历史的大变动中丧失掉了,波德莱尔只能逃遁于个人的梦幻中,"在自己制造的梦境中止步不前"①。这是一种用想象的方式来修复主体性的做法。

颓废者雷诺曾认为:"象征主义者从第二帝国的那一辈作家那里,继承了对公共事务的漠不关心。"②《恶之花》影响下的颓废派基本将这种"漠不关心"的状态继承了下来。马拉美是象征主义的大诗人,但他的性情在早期与波德莱尔非常接近。19 世纪 60 年代,法国工人运动此起彼伏,马拉美一度热衷于工人运动,支持波兰独立,但是他很快就退缩了。他在信中曾坦承:"我不喜欢工人:他们是虚荣的。我们要为他们创造一个共和国? 为资产阶级? 看看他们在公园里、在大街上成群结队。他们是丑陋的,很明显,他们没有灵魂。为了显要的人? 即为了贵族和诗人? 只要一方有钱,另一方有美丽的大理石雕像,一切都万事大吉。"③对现实感到失望的马拉美,把希望放在了艺术中。厌恶现实,进而放弃自己的主体性,艺术于是成为马拉美切除主体性的手术室以及具有"永恒价值"的庇护所。他求助于梦幻的诗歌,渴望进入一种身体和精神的濒死状态。④ 他经常通过卧室的镜子看到一些超自然的幻象,觉得"我的生命所遭受的所有都是怪异的",而且自己的精神"不再被时间的阴影所笼罩"。⑤

于斯曼也是自我幽禁的作家。他的小说《逆流》的主人公德塞森特(Des Esseintes)与马拉美相似,患着神经症。德塞森特曾这样表达他的心愿:"(他)要隐居在一个僻地闭门不出,要像人们为那些病人消除杂音而在门前街上铺干草一

---

① 梁展:《反叛的幽灵——马克思、本雅明与 1848 年法国革命中的小资产阶级知识分子》,《外国文学评论》,2017 年第 3 期,第 34 页。

② Ernest Raynaud. *La Mêlée symboliste*, Paris: Nizet, 1971, p. 236.

③ Stéphane Mallarmé. *Correspondance complète: 1862-1871*, Paris: Gallimard, 1995, p. 148.

④ 这种濒死状态,也可解释为"人格解体"。马拉美借助感受力以及综合的观照方法,获得对自我的虚无的认识(详见李国辉《人格解体与象征主义的神秘主义美学》,《外国文学研究》,2019 年第 3 期,第 84 页)。

⑤ See Stéphane Mallarmé. *Correspondance complète: 1862-1871*, Paris: Gallimard, 1995, p. 342.

样,消除不屈不挠的生活那滚滚不断的嘈杂喧哗。"①他最后把自己关在巴黎郊区的一座旧屋中,在幻觉和沉思中度日。书中写道:"一个下午,气味的幻觉一下子凸显了出来。他的卧室飘荡着一股鸡蛋花的清香;他想证实是不是有一瓶香水忘了盖上盖,泄露了气味;然而,房间里根本就没有香水瓶;他走到书房,走到餐室:香气依然如故。"②这种精神上的病态,是当时的颓废诗人的普遍特征。布尔德曾经嘲笑这是一种"对疏离其他人的神经症的需要"③。

除了封闭性,波德莱尔在形式的保守性上也影响了颓废文学。尽管波德莱尔在《恶之花》后的注释中提倡一种"神秘而不为人知的韵律",但是他的诗律基本上是以亚历山大体为框架的。因为有这种框架,波德莱尔可以在音节数量上做一些调整,比如允许十音节或者十一音节诗行出现,有时还让两种不同音节的诗行交替出现。这种自由是旧诗律的放宽,而非真正的自由,所以无政府主义者们认为他缺乏彻底的革命意识,向旧的秩序做了妥协。卡恩曾指出:"他(波德莱尔)能体验到新美学的快乐,也能令人尊敬地表达它们,但他却没有改变已经征服的过去的诗歌形式。"④这种保守的形式立场也影响了颓废派诗人。批评家基里克认为波德莱尔"指向了魏尔伦和象征主义者们的音律试验"⑤。把象征主义者们放在一边,如果这句话针对的是魏尔伦等颓废诗人,那么它确实是有道理的。魏尔伦不仅让亚历山大体的语顿位置更加自由,而且发展了波德莱尔使用过的奇数音节的诗行,特别是十一音节的诗行,他发现这种诗行富有表现力,"更能无拘无束"⑥。

但是他像波德莱尔一样,不愿放弃亚历山大体的框架,因而受到年轻象征主义诗人的批评。魏尔伦曾经自我解嘲,认为自己有固守旧诗律的"过错",他接着说:"天啊!我相信在尽可能地移动语顿的过程中,我已经足够打破了诗行,使它获得了足够的解放。"⑦魏尔伦的实验确实鼓舞了后来的自由诗诗人,但是魏尔伦

① 于斯曼:《逆流》,余中先译,上海:上海译文出版社,2015年版,第12页。
② 于斯曼:《逆流》,余中先译,上海:上海译文出版社,2015年版,第145页。
③ Paul Bourde. *Les Poètes décadents*, in Le Temps, No. 8863, 1886, p. 3.
④ Gustave Kahn. *Premier Poèmes*, Paris: Société de Mercure de France, 1897, p. 8.
⑤ Rachel Killick. "Baudelaire's Versification: Conservative or Radical?", in Rosemary Lloyd, ed., *The Cambridge Companion to Baudelaire*, Cambridge: Cambridge University Press, 2006, p. 65.
⑥ Paul Verlaine. *uvres posthumes de Paul Verlaine*, Paris: Albert Messein, 1927, p. 229.
⑦ Paul Verlaine. *uvres posthumes de Paul Verlaine*, p. 231.

作为形式保守者的帽子并没有被完全摘掉。

威泽瓦承认魏尔伦的诗体形式有原创性,但不讳言这种形式属于"单薄的音乐"①。另一位无政府象征主义诗人格里凡对魏尔伦不愿完全放弃旧诗律颇有微词:"就像摸索着进入黑暗中、脸上带着捉弄严谨同事的神情的人一样,他(魏尔伦)又有些胆怯。"②马拉美在 1897 年凭借他的实验诗《骰子一掷绝不会取消偶然性》(*Un Coup de dés jamais n'abo lirale hasard*)实现了超越自由诗人的解放度,但在此之前,他给人的印象主要是保守诗人。马拉美相信只要诗人有足够的技巧,他的亚历山大体就能"产生无限的变化",而对于这种技巧高超的诗人,亚历山大体不是过时的旧形式,而是"切切实实的珍宝"。③ 可是无政府主义者们并没有把亚历山大体当作宝贝,这种诗体在他们那里成为旧时代的象征。威泽瓦的话具有代表性:"马拉美先生看到仍然有必要保留固定的诗歌形式,但对于其他的艺术家而言,这种旧形式已经是个束缚,他们试图打破它。"④

1885 年,以布尔德发表《颓废诗人》(*Les Poètes décadents*)为标志,颓废派正式亮相,随着 1886 年 4 月和 10 月《颓废者》(*Le Décadent*)和《颓废》(*Le Décadence*)的先后创办,颓废文学理念的影响扩大了。颓废派继承了波德莱尔人生态度上的封闭性和诗歌形式的保守性,一味关注"迷狂般的自我表现"⑤。

《颓废者》的创办人巴朱就是一个代表。巴朱将面向现实的文学称作"民众的文学",这类文学是低级的,只会描述"强奸、谋杀","讲述无辜的人被愚蠢的警察抓住,被监禁起来",而他眼中的高级文学是"贵族的文学",这种文学不关心现实事件,它向内挖掘:"贵族的文学将会是心理上的……时而通过象征的作用,在我们身上召唤无法理解的思想的微妙之处,时而利用罕见的词汇和古怪的结构,让我们体验被描述的事物的强烈感受。"⑥在诗歌形式方面,只要看一下《颓废者》杂志就可以发现颓废派与自由诗诗人并非同道。这种状况让隶属于象征主义派

---

① Téodor de Wyzewa. *Les Livres*, in La Revue indépendante, No. 2, 1866, p. 194.

② Francis Vielé-Griffin. *Les Poètes symbolistes*, in Art et Critique, No. 26, 1889, p. 403.

③ See Stéphane Mallarmé, *Vers et musique en France*, in Entretiens politiques & littéraires, No. 27, 1892, p. 238.

④ Téodor de Wyzewa. *Notes sur la littérature wagnérienne*, in Revue wagnérienne, No. 5, 1886, p. 163.

⑤ 刘旭光:《什么是"审美"——当今时代的回答》,《首都师范大学学报》(社会科学版),2018 年第 3 期,第 83 页。

⑥ See Anatole Baju. *Deux Littératures*, in Le Décadent, No. 30, 1886, p. 1.

的无政府主义诗人感到不满。

1886 年 9 月莫雷亚斯发表的《象征主义》宣言标志着象征主义的出现。但莫雷亚斯当时还是孤家寡人。这年 10 月,莫雷亚斯联合了卡恩、威泽瓦、迪雅尔丹等人合办了《象征主义者》(Le Symboliste)杂志,宣告了象征主义有组织的运动的开始。尽管卡恩和威泽瓦等人的加盟让象征主义诗人占据了更多的刊物,但是他们一直未能很好地摆脱波德莱尔主义。无法摆脱波德莱尔主义,也就让他们与颓废派难分彼此。莫雷亚斯发表的《象征主义》宣言,无论是封闭性还是形式的保守性,都与以巴朱为代表的颓废派相近。在局外人看来,颓废主义与象征主义就是一家①。当时有人指出:"颓废文学今后将被称作象征主义,颓废派将被称作象征主义派。"②尽管后来的文学史把颓废派与象征主义派合在一起,统称为象征主义派,但必须要看到这两个流派原本是竞争的、对立的。1892 年,巴朱曾代表颓废派攻击象征主义派,指责批评家们把这两个流派混为一谈,而实际上它们一个正好与另一个相反,颓废派是进步的、原创的,象征主义派则是落后的,是"大吹大擂的人""思想的寄生虫",只会模仿颓废派。③ 象征主义诗人一度奉魏尔伦为他们的大师,可是 1888 年前后,魏尔伦倒戈,公开表示对"象征主义"一语的不屑。④

象征主义的生存空间受到了威胁。在这种背景下,年轻的象征主义诗人既有在艺术方向上自觉与颓废派区别开的需求,又有在流派存亡上捍卫自身的合法性、独特性的需求,因而他们在这一时期开始了对波德莱尔的批评。批评波德莱尔并非表明威泽瓦、卡恩等人对《恶之花》的作者有何私人的反感,这种批评针对的对象,其实是颓废文学和颓废派。只有矮化波德莱尔,才能矮化颓废文学和颓废派,象征主义派才能获得更高的荣光,并且通过与波德莱尔的真正切割,象征主义才能拥有新的价值:一种不同于颓废文学的新价值。

---

① 马拉美和魏尔伦对颓废派和象征主义派的形成都有影响,因而都被这两派认为是大师。但是这两位诗人并没有真正组织过颓废派和象征主义派的运动,文学运动是由一些年轻的诗人组织的,他们之间存在着对抗的气氛。

② Gérome. *Courrier de Paris*, in L'Univers illustre, No. 1646, 1886, p. 626.

③ See Anatole Baju. *L'Anarchie littéraire*, Paris: Librairie Léon Vanier, 1892, p. 13.

④ 这里涉及魏尔伦与象征主义诗人吉尔的矛盾。魏尔伦明确表达了对巴朱的颓废派的支持(see Paul Verlaine. *Anatole Baju*, in Les Hommes d'aujord'hui, No. 332, 1888, pp. 2-3)。

四

无政府主义给年轻的象征主义诗人两种重要的新价值：开放性和自由主义。开放性指的是向社会现实开放，加入现实的斗争中去。无政府主义思想家格拉夫号召人们联合起来："个人的幸福要来自整体的幸福，当一个个体的自主和快活受到损害时，所有其他的个体必须要感到受到同样的伤害，以便他们能有所补救。"①

无政府主义和社会主义革命者，不但要面对现实的剥削和奴役，而且要积极参与斗争，从而消灭私有制，赢得公正和平等。这就需要他们增强各自的主体性，而非逃避到自我的梦幻世界中。尽管很少有象征主义诗人真正走上街头，参与无政府主义或者社会主义斗争，但是这种开放性的思想使得他们告别了内在自我的书写，更为关注现实生活。

威泽瓦对波德莱尔的批评表面上关乎音乐，实际上是渴望艺术能够具有更广泛的表现力。威泽瓦曾表示艺术既不在文学中，也不在音乐中，而是在生活中。他希望像瓦格纳那样，重构完整的生活："瓦格纳说，艺术应该创造生活：不是感觉的生活、精神的生活，或者心灵的生活，而是整个人类的生活，仅此而已。"②

这里感觉的生活，就是波德莱尔所代表的颓废文学的努力方向，除此之外，人类的生活还有很多方面。因为现实生活是人类生活的一部分，于是现实主义的艺术也成为象征主义的资源。威泽瓦将现实主义看作艺术的"第一法则"，认为尽管可以对现实有所提升，但是艺术应该还是现实主义的。这种观点可能出乎文学史家的预料。通常来说，文学史家会认为象征主义是现实主义的对立面，比如美国学者韦勒克曾指出："象征主义是现实主义和自然主义的反动。"③这种判断在大的美学趋向上是对的，但在更具体的理解现实的层面上却有违史实。

---

① Jean Grave. *La Soci été mourante et l'anarchie*, Paris: Tresse & Stock, 1893, p. 17.

② Téodor de Wyzewa. *Notes sur la littérature wagnérienne*, in Revue wagnérienne, No. 5, 1886, p. 152.

③ René Wellek. "What Is Symbolism?", in Ana Balakian, ed., *The Symbolist Movement in the Literature of European Languages*, Budapest: Akadémiai Kiadó, 1984, p. 23.

年轻的象征主义者们对完整生活的要求,给现实主义留出了空间。

威泽瓦主张的开放性,还表现在象征主义的综合说上。波德莱尔提到过艺术的综合,但在他那里,综合主要是指将各种不同的艺术综合起来,以产生更丰富的表达效果。威泽瓦将综合说扩展到艺术的内容和宗旨上。每门艺术都表现它适合表现的那部分生活,如果执着艺术的分离,那么生活将会被撕裂,艺术家将会陷入封闭。将不同的艺术综合起来,因而就成为打破狭窄生活的必需途径。就像瓦格纳将交响乐、戏剧、诗综合到一起一样,威泽瓦希望将所有的文学类型都融合起来:

> 史诗故事、戏剧、小说,它们没有对立:这是同一种艺术的三种相连的形式,每一种形式都回应了,也能回应某些心灵的艺术需要。所谓现实主义的小说,这纯粹是浪漫性的,所谓唯心主义的小说,这纯粹是心理学式的,它们没有对立:这是同一种生活的两个不同方面,它们应该在完整的生活中调和起来,完全地重整理性的生活和感性的生活。①

迪雅尔丹同样关注到综合艺术与生活的关系:"要将这些艺术统一起来,以便在心灵中引发完整生活的感受。"②完整生活论的提出并不是偶然的,它的出现标志着颓废文学时代的终结。

威泽瓦、迪雅尔丹因为还不是真正的无政府主义者,他们的生活观还具有很多瓦格纳的色彩。无政府主义者雷泰的理论就有了明显的革命意识。在讨论象征主义艺术时,雷泰认为它需要两个条件,第二个条件是"团结一致":"相互认同的个体不受任何规则拘束而组成群组,以便维护将我们所有人都带向光明的普遍理念。"③

这种组织的存在,需要诗人打破封闭的圈子,相互之间进行充分的协作。雷泰嘲笑波德莱尔之类的诗人是"象牙塔里的魔法师"。卡恩对波德莱尔诗中的狭

---

① Téodor de Wyzewa. *Notes sur la littérature wagnérienne*, in Revue wagnérienne, No. 5, 1886, p. 161.

② douard Dujardin. *Considérations sur l'art wagnérien*, in Revue wagnérienne, No. 6, 1886, p. 160.

③ Adolphe Retté. *Tribune libre*, in La Plume, No. 103, 1893, p. 343.

窄生活也印象深刻,说:"波德莱尔的特征是一种对生活特别厌恶的观点。"①卡恩的无政府主义思想让他走到大众中。他在回忆录中写道:"艺术应是社会性的。由此,我要尽可能地忽略资产阶级的习惯和要求,在人民对它感兴趣之前,对无产者的知识分子说话,对这些明天的人说话,而非对昨天的人说话。"②按照这种观点,波德莱尔就是"对昨天的人说话"的诗人。卡恩 1887 年出版的诗集《漂泊的宫殿》(*Les Palaisnomades*)尽管还有些忧郁的色调,但是已经出现不少跳出纯粹抒写自己的感受和梦幻的诗句,甚至出现了一些关注现实的诗,比如《插曲》("Intermède")组诗的第八首就表达了对没落城市的批评。

与开放性相比,无政府主义带来的自由主义更引人注目。这里的自由主义主要表现为对权威和人为规则的否定。因为感到权力机关维护私有制、压迫劳工,无政府主义者仇视资产阶级政府,认为这种政府不仅是私有制的保护人,而且是私有思想的保护人。格拉夫指出:"无政府主义意味着对权威的否定。而权威想在保卫社会制度的需求上使自己的存在合法化,这些社会制度有家庭、宗教、财产等等,权威已经创造了众多的机构,以确保它自身的运行和被认可。"③在这种意义上,无政府主义也就是无权威主义。

从词源上看,无政府主义(anarchie)源自古希腊词 anarkhia,原指没有执政官,也就是没有统治者。推翻压迫人的统治者,需要抛弃旧的法则,这样就必须将人类的历史往前翻,寻找资产阶级甚至奴隶主之前的"自然法则",那种人与人在历史中平等建立起来的关系。不论这种"自然法则"在历史中是否真正存在,可以看出,无政府主义是一种人类社会形式的复古,这与渴望建立未来的、高级的社会形式的社会主义不同。

尽管无政府主义看向过去,但是它呼吁的平等和自由在 19 世纪是有进步意义的,无政府主义者勒克吕曾说:"将不再有主人,不再有公共道德的官方卫士,不再有监狱看守和刽子手,不再有贫富,而只有每天都有面包的兄弟,只有权力平等的人,他们维持着和平,维持着真诚的团结,而这些不是出于对法则的遵从(它永远

---

① Gustave Kahn. *Symbolistes et décadents*,Genève：Slatkine,1993,p. 104.

② Gustave Kahn. *Symbolistes et décadents*,Genève：Slatkine,1993,p. 32.

③ Jean Grave. *La Société mourante et l'anarchie*,Paris：Tresse & Stock,1893,p. 1.

伴随着可怕的危险），而是出于利益上相互的尊重，以及对自然法则的科学观察。"①

　　无政府主义对权威的反抗，影响着年轻的象征主义文学家。卡恩发现规则谨严的亚历山大体是君主专制时代的产物：

　　　　在这种中央集权的时代，当妨害王权的封建权力的最后壁垒也被去除的时候，勒诺特时代的园林必然是直线式规划的，一切概莫例外。人们从来未曾留意，为了赋予法国诗歌华丽与高贵（这种高贵，像沉重的铅袍一样，压在缪斯的肩上，没有什么形态），规则就有了合理性；人们寻求足够多的规则，但往往是统一性的、宏伟的规则。②

　　亚历山大体这种象征王权的诗体，在 18 世纪压迫着追求形式变化的诗人，到了 19 世纪，在继承波旁王朝的特权思想的资产阶级政权那里，它又成为压迫寻求自由、平等的诗人的工具。卡恩宣告固定的诗律"古旧之极"，呼吁创造"自由的诗节"。他的做法是打破亚历山大体的语顿和音节规则，根据语义和音节来安排诗行的节奏，让每行诗的音节数量有所增减。可以说卡恩在诗体上实践了无政府主义者在工厂和街头发动的革命。

　　在威泽瓦那里，对王权的反抗变成对理性的反抗，作为理性框架的诗律同样是权威的象征。威泽瓦想树立情感的决定权："诗应该是一系列节奏自由的诗节，只合乎情感的规则。规则的、提前规定的押韵应该被真正艺术性地使用押韵所代替。"③威泽瓦对内在的情感本源的维护，旨在对抗外在的一切社会规范。他与卡恩对自由的理解不同，但是反抗的目的是一样的。

　　威泽瓦对无政府主义的自然法则关注得并不够，在象征主义诗人中，真正从自然法则发展出自由诗的是雷泰。自然法则要求在不妨碍其他人的自由的同时，尽量保证个人的自由。雷泰在谈论无政府主义文学的第一个原则时，给出这样的答案："个人主义，即美的本能的自由表现。"④

────────────

① Elisée Reclus. *L'Anarchie*, Paris：Temps Nouveaux, 1896, pp. 7-8.
② Gustave Kahn. *Premier Poèmes*, Paris：Société de Mercure de France, 1897, p. 13.
③ Téodor de Wyzewa, *Les Livres*, in La Revue indépendante, No. 7, 1887, p. 196.
④ Adolphe Retté. *Tribune libre*, in La Plume, No. 103, 1893, p. 343.

　　这种个人主义在诗体上表现为"个人的节奏"。没有人比雷泰更善于利用无政府主义的言说方式了:"诗人唯一的指南是节奏,不是学来的节奏,受制于其他人创造的千百种规则,而是一种个人的节奏,应在自身中去寻找它,这先要排除形而上学的偏见,推翻与其对抗的押韵词典和诗律论著,打倒诗歌技法和大师权威。"[1]雷泰的这段话是对诗律权威发布的檄文。雷泰清楚地看到了无政府主义与自由诗的密切关系:"正是归功于无政府主义的影响,他们[象征主义诗人]才鄙视规则和大师,才执意在所有音律和形式的问题上,只依仗他们的心血来潮。"[2]年轻的象征主义诗人的努力,使观念保守的两位大师魏尔伦和马拉美也转变了态度。魏尔伦一开始嘲笑自由诗,但 19 世纪 90 年代他慢慢接受了它。马拉美则成为真正的自由诗诗人,他的无政府主义立场帮助他理解了诗律革命的需要。他在 1892 年的文章中曾祝贺自由诗建立起了"所有的创新性",但他不太喜欢自由诗这个名称,建议将其改为"多形态诗"(verspolymorphe)[3]。至此,颓废派的地位岌岌可危,接受这条新路的人,将会获得象征主义诗人的拥抱,而拒绝它的人,会被从一段重要的文学史中除名。资深的颓废派作家巴雷斯(Maurice Barrès)游离于象征主义运动之外,长期被象征主义的历史所忽略。也有一些诗人把握住了机会,比如雷尼耶(Henri de Régnier),他原本是颓废派诗人,后来进入象征主义的队列中。

五

　　象征主义诗人利用无政府主义思想,使保守的、封闭的颓废文学走向开放的、自由主义的新路,其直接产物就是完整的生活内容的提出以及自由诗的产生。在这种价值改造的过程中,悲观主义、厌世主义、过于忧郁的诗风得到了一定的抑制,主观唯心主义的原则得到了现实态度的中和,其结果是造就了颓废派与象征主义派的真正对立,并最终以颓废派解体、象征主义派胜利而告终。在这

---

①　Adolphe Retté. *Le Vers libre*, in Mercvre de France, No. 43, 1893, p. 205.

②　Ernest Raynaud. *La Mêlée symboliste*, p. 237.

③　See Stéphane Mallarmé. *Vers et musique en France*, in Entretiens politiques & littéraires, No. 27, 1892, p. 239.

种认识上,当代西方学者还有一些误解,例如比耶特里曾说:"颓废主义/象征主义的区别是似是而非的。象征主义运动在开始的几年是一个熔炉,除了象征主义派并没有什么颓废派:它们只是竞争的群体,与其说在原则上有别,还不如说是在自尊或虚荣的动机上不同。"①

这种观点看到了两个流派的合流,但没有认真反思它们曾经的斗争,只见结果而不见原因。

另外,尽管波德莱尔作为负面典型受到批评,但是这并不意味着波德莱尔文学价值的倒塌。年轻的象征主义诗人的文学"反叛",并没有改变波德莱尔在文学史上的地位。不仅魏尔伦和马拉美等人懂得波德莱尔的真正贡献,许多文学史家也确立起他的经典地位。其实,年轻的象征主义诗人也明白这一点,对他们而言,反抗波德莱尔更多的是一种诗学策略,他们不可能真正推倒波德莱尔这座丰碑。

如果把象征主义的价值改造放到世界文学的大背景中,就能更清楚地看出它的意义。这种改造既关注形式的反叛,视之为与资产阶级文化传统的决裂,又渴望联合主观与客观,建立一种更宽广的现实感。整个欧洲的现代主义思想,都或多或少受到它的影响。20世纪在法国初兴的达达主义,正是一场新的反抗资产阶级艺术的运动。英美的意象派也继承了象征主义的做法,他们不仅倡导自由诗及其背后的无政府主义、社会主义思想,而且希望在情感、思想与现实的综合中创造意象。意象主义思潮经胡适之手,进入中国的五四文学革命中。陈独秀将文学革命与社会革命融合起来,这表面上看是对胡适的"诗体大解放"形式论的偏离,实际上正是向无政府主义、社会主义文学思想的回归。在这种视野中,可以发现象征主义对波德莱尔的批评以及对颓废文学的改造,实际上打开的是东西方现代主义的大门。

最后,还要看到,虽然象征主义成为文学上的无政府主义运动,但是这种运动的主体并非真正的无产阶级。迈特龙注意到,19世纪末无政府主义革命者多是小生产者、作坊主,因为大工厂破坏了他们的生计,他们发出了对资本主义社会的诅咒。这些人发动的无政府主义运动,在迈特龙眼中是"反动的"、

---

① Roland Biétry. *Les Théories poétiques à l'époque symboliste*,Genève：Slatkine,2001,p. 362.

非革命的。[1]

同样,文学中的无政府主义者,比如马拉美、卡恩、威泽瓦、雷泰等人,也并不是纯粹的无产阶级,而是不事生产的文人,他们无法完全理解无政府主义者和社会主义者的诉求。在这一点上,象征主义的大敌巴朱的话可供参考,他认为所谓的无政府主义者实际上是"心存不满的资产阶级"[2]。尽管打出的是无政府主义、社会主义的旗号,但是雷泰、卡恩这些人还守着一些旧的文学意识。这注定了无政府主义对象征主义的价值改造基本上只是一场形式革命,它仍旧与梦幻、感受、纯诗等颓废文学早已提出的概念有千丝万缕的联系。

(本文作者:李国辉)

---

[1]　See Jean Maitron. *Histoire du mouvement anarchiste en France*,Paris：Société universitaire,1955,p. 448.

[2]　Anatole Baju. *L'Anarchie littéraire*,Paris：Librairie Léon Vanier,1892,p. 27.

纯诗理论源流考

纯诗是"纯粹的诗"的简称,它盛行于 19 世纪中后期的法国,并在 20 世纪上半叶成为英国、美国、西班牙、中国等众多国家现代诗的重要组成部分。不过,对于什么是纯诗,"纯"表现在什么地方,国内学术界鲜有人寻根溯源,因而在运用中带来了术语和理论上的巨大混淆。有鉴于此,本文尝试对纯诗理论的源流问题进行探讨。

一、纯诗理论的起源及其初步发展

"纯诗"这一概念最早出现于 1746 年,这一年巴特(Charles Batteux) 在他的论著《化约成同一个原则的美的艺术》中提出了这个术语。巴特对诗和散文进行了区别:诗处理的是高于自然的美,散文处理的是自然中的真。诗和散文中都有一些跨界的文体,比如诗小说、历史诗,巴特对这些文体并不认可,他认为:"这些散文的小说和这些诗体写的历史,既不是纯散文,也不是纯诗(Posie pure):这是两种性质的混合,不应该考虑给它们下定义。"①这句话中出现的纯诗就是后世使用的术语,它与 19 世纪的含义还不一样,这里指的是纯粹模仿美的自然的诗。巴特已经注意到必须剔除散文的功能。为了解释方便,本文把诗与散文在功能上区别开的做法,称作纯诗的第一纯粹性。巴特的纯诗虽然只具雏形,但含有后来理论的种子。

---

① 穆木天:《谭诗》,《创造月刊》,1926;Batteux C,2011 年版,第 73 页。

十年后,英国的批评家沃顿(Joseph Warton)出版了他的《论蒲伯的作品和才能》一书。沃顿以古希腊悲剧为文学理想,提出了文学的两大标准:崇高和怜悯。这两大标准不同于其他要求,比如风趣、明智。沃顿指出:"我们似乎并未充分考虑这种差别,即存在着风趣的人、明智的人和真正的诗人。但恩(J. Donne)和斯威夫特(J. Swift)无疑是风趣的人,也是明智的人,但是他们留下纯诗的什么印迹?"①沃顿的纯诗主要体现在诗歌心理效果上,而非题材上,因而具有一定的反主题倾向,这与后来的某些纯诗观有一定的相似性。

纯诗在经过最初的运用后,等来了美学的重大调整期。康德和诺瓦利斯的美学虽然没有直接涉及纯诗,但是对后来纯诗理论的发展助力甚大。尤其是康斯坦(Benjamin Constant),他认为诗有其诗性的美,这种美不同于道德、实用、经验。他发现法国诗寻求的不是它自身的美,而是其他的目的。他很早就提出一种新的口号:"为艺术而艺术,没有目的;所有的目的都会歪曲艺术。"②这种口号上承康德的理论,下启唯美主义文学思潮。康斯坦之后,影响象征主义纯诗理论的主要有两条线:一条线是唯美主义理论;另一条与康斯坦关系不大,是从艺术的自主性单独产生出来的绝对音乐理论。

唯美主义理论在 19 世纪有戈蒂耶、爱伦·坡等代表理论家,他们肯定美和风格的纯粹,对象征主义有重要的影响。爱伦·坡③认为"美是诗唯一合法的领域",是诗的"真正的本质"。爱伦·坡主张只有鉴赏力与诗有关系,理智处理的是真,道德感处理的是职责。这就将诗与表达真实、职责的功能分开了。他还提出一个口号,即"要纯粹为诗的缘故而写诗"④,这是纯诗的第一纯粹性的体现。爱伦·坡还对情感进行了区分,在他眼中,情感有两种:一种是激情(passion),它是内心产生的对现实的感情,其作用是降低灵魂;另一种是诗性情感(poetic sentiment),它是"最纯粹"的愉悦,有提升灵魂的作用。爱伦·坡提倡超越现实的情感,这对后来的象征主义诗人有重要启发。莫索普(D. J. Mossop)将爱伦·坡看

---

①　Warton J. *An Essay on the Genius and Writings of Pope*: vol. 1, London: Thomas Maiden, 1806, p. ii.

②　Constant B. *Journaux Intimes*, Paris: Gallimard, 1952, p. 58.

③　Poe E. A. *Poetry, Tales and Selected Essays*, New York: The Library of America, 1984, p. 1438-1439.

④　Poe E. A. *Poetry, Tales and Selected Essays*, New York: The Library of America, 1984, p. 1435.

作"19世纪走向纯诗运动的发起人"①,这种判断是有根据的。需要说明的是,爱伦·坡所说的对灵魂起作用的情感,并不是真正宗教的情感,它是对美的事物的观照。这种情感不仅在诗的内容上,而且在诗人的主体特征上都有纯粹性的规定,属于纯诗的第二纯粹性。

戈蒂耶和爱伦·坡提出的"为艺术而艺术""为诗的缘故"的理论,给诗人们的文学实践提供了参考。但是这些理论不一定会走向音乐理论。换句话说,哪怕是建立在对美观照上的诗,也还是诗,而非音乐。而纯诗理论,却有鲜明的以音乐代替诗的倾向。要了解纯诗的这种倾向,就需要说明绝对音乐理论了。绝对音乐理论,也叫纯粹音乐理论。相应地,纯诗也叫作绝对的诗。纯粹音乐理论经过了18世纪的酝酿,在19世纪崛起。韩斯礼(douard Hanslick)是纯粹音乐的倡导人,他于1854年出版《论音乐中的美》一书。在书中,韩斯礼对西方绵延千年的模仿说进行了抨击。模仿说强调文学是对自然或者内心的再造。韩斯礼要求音乐与表达功能脱离,音乐只是"一种独立的美","不需要外部的内容,它独自存在于声音和声音的艺术性的组合中"。② 他明确提出音乐的价值只在它自身。在他看来,以前的音乐过于关注道德和情感,其根源在于重视理性,轻视肉体。与其相对,韩斯礼指出"所有的艺术都来自感觉"③。虽然戈蒂耶、爱伦·坡等人也反对理性,肯定文艺的独立性,但他们并没有走到否定表情达意的地步。韩斯礼的理论是爱伦·坡的理论的进一步纯化,这是第三纯粹性,即将文艺与表意功能剥离。这种理论也使内容与形式的关系发生了巨变,形式成为内容,内容与形式的二元关系被取消了。

韩斯礼的理论代表着极端的纯粹音乐理论,比德国的另一个美学家瓦格纳走得更远。不过,瓦格纳的理论在当时具有更大的影响力。瓦格纳认为音乐与自然和外在的现实都没有关系,只涉及情感或者本能的冲动。瓦格纳还将音乐传达的情感进行了规定,这种情感并不是现实生活的情感,它往往是"纯粹人性"的表现,超越了眼前的世界:"交响乐因而在我们看来,从最严格的意义上说,好

① Mossop D. J. *Pure Poetry*,Oxford:Clarendon Press,1971,p. 47.
② Hanslick. *Du Beau dans la musique*,Paris:Brandus,1877,p. 47.
③ Hanslick. *Du Beau dans la musique*,Paris:Brandus,1877,p. 49.

像是另一个世界的揭示。"①不少批评家认为瓦格纳的交响乐具有神秘的气氛,原因之一就在于这位音乐家善于用音符召唤内心隐秘的感情。尽管瓦格纳的音乐不是自然或者理念的模仿,但它没有完全摆脱模仿说,因为它是内心独特情感的模仿。瓦格纳对纯粹的理解,让他从韩斯礼的第三纯粹性退回到第二纯粹性中,他无法完全放弃音乐的表意作用。这里可以看到,第三纯粹性和第二纯粹性有一些矛盾,但第一纯粹性可以分别和后面两种纯粹性兼容。

韩斯礼和瓦格纳的理论没有直接论及纯诗,但是已经给纯诗的理念开辟出两条不同的道路。与此同时,像爱伦·坡、戈蒂耶这类诗人通过对诗的功能和自主性的思考,对纯诗的存在可能也做了初步的设想。总的来看,从 18 世纪到 19 世纪中叶,这是纯诗理论的准备期,也是它的初步发展期。纯诗的概念已经被提出来,而且得到不少诗人的使用,尽管含义各有不同。纯诗的发展方向也基本确定下来,这些为纯诗在象征主义诗人手中获得成熟打下了基础。

二、纯诗理论的成熟

最早讨论纯诗的象征主义诗人是波德莱尔。波德莱尔的纯诗观受到爱伦·坡的影响。从《爱德加·坡的生平和作品》一文中,可以看出波德莱尔对爱伦·坡的诗学非常熟悉,他说过这样的话:"诗……除了它自身,并没有其他的目的;它不可能有其他的目的,除了专门为写诗的快乐而写的诗,没有任何诗这么伟大、高贵,真正配得上诗的名号。"②这句话表明波德莱尔继承了爱伦·坡的第一纯粹性。爱伦·坡的第二纯粹性在波德莱尔那里也存在着,波德莱尔曾表示:"诗歌的原则严格而纯粹地说,是人对最高的美的向往,这种原则表现在热情中,表现在灵魂的兴奋中——这种热情完全独立于激情,它是心灵的迷醉。"③波德莱尔将这种热情与激情区分开来,与爱伦·坡如出一辙。纯诗帮助波德莱尔获得超自然世界的热情,感受到世界异常的气氛,他在私人日记中称这种经验为"纯

---

① Wagner R. *Quatre Poèmes d'opéras*,Paris:Librairie Nouvelle,1861,p. xxiv.
② Baudelaire C. *Uvres complètes*:tome 2,Paris:Le Club franais du livre,1966a,p. 445.
③ Baudelaire C. *Uvres complètes*:tome 2,Paris:Le Club franais du livre,1966a,p. 447.

诗的宗教"①。

在波德莱尔去世前几年,马拉美也开始思考纯诗的问题。马拉美理论的第一纯粹性,表现在对美的追求上:"我的诗的主题是美,表面的主题仅仅是走向美的借口。"②这里明显将诗的审美功能与道德、教化等功能做了切割。就第二纯粹性而言,马拉美很少思考激情和诗性情感的区别,他主要致力于区分现实的情感和梦幻的情感。他渴望进入一种心灵的梦幻体验,而且将这种体验看作是自我的纯粹状态。他反对直面现实的自然主义文学,他给诗的定义是:"观照事物,让意象从事物引发的幻想中离地而飞,这些就是诗。"③他还在更早的文章中指出,正是获得了自我的纯粹状态,他才走向艺术:"为了通过个人的梦幻维持这种高度的魔力(我情愿为它付出我生命的所有年月),我求助于艺术。"④梦幻体验说不同于爱伦·坡的主张,而与波德莱尔的理论相近。这同样是情感纯粹性的要求。

1885年,马拉美经人介绍接触到瓦格纳的歌剧,非常震惊。马拉美看到瓦格纳的交响乐改变了古老的戏剧,带来了诗人渴望的梦幻体验。不过,马拉美并没有放弃诗人的责任,他认为诗人也有自己的优势,可以与瓦格纳竞争。马拉美的做法是想通过词语的和谐组合,产生一种并非具体音乐的音乐,这是一种抽象的音乐。在实践这种音乐的过程中,马拉美接近放弃词语正常的表意作用,他说:"纯粹的作品(纯诗)意味着诗人演讲技巧的消失,它将主动性交给词语,词语通过它们的差异而被发动起来。它们因为相互的反射而放光。"⑤

在1885年的巴黎,出现了一群瓦格纳主义者,他们想在诗中实践瓦格纳的交响乐,威泽瓦(T. de Wyzewa)就是其中的代表。威泽瓦强调音乐的优越性,认为诗是"音节和节奏的情感性的音乐"⑥。他还将诗看作"语言音乐",想用音乐来清除语言的表意成分,因而具有韩斯礼的部分美学特点,即具有第三纯粹性。下面的话还可以提供印证:"假如诗不想再成为传达动人思想的语言,它就应该变

① Baudelaire C. *Uvres complètes*:tome 3,Paris:Le Club franais du livre,1966b,pp. 1225-1226.

② Mallarmé S. *Correspondance complète*:1862-1871,Paris:Gallimard,1995,p. 279.

③ Mallarmé S. *Uvres complètes*,Paris:Gallimard,1945,p. 869.

④ Mallarmé S. *Uvres complètes*,Paris:Gallimard,1945,pp. 261-262.

⑤ Mallarmé S. *Uvres complètes*,Paris:Gallimard,1945,p. 366.

⑥ Wyzewa T D. "Notes sur la littérature wagnérienne",Revue wagnérienne,Vol. 2,No. 5,1886,pp. 150-171.

成一种音乐。"①不过，作为瓦格纳主义者，威泽瓦不会真正站在韩斯礼的大旗下。威泽瓦无法想象诗废除表意符号后会剩下什么，这种表意符号就是语言。诗是语言的艺术，或者用他自己的话说，是"概念的"艺术："就像一种色彩，在今天能以不同的方式召唤一种感受或者一种情感，我们词语的音节整体上是概念的符号和情感的符号。"②概念含有历史、文化的内容，概念的文学具有说服、陈述、描绘、解释等一系列语言功能，这与韩斯礼所主张的声音的独立组织是不一样的。

象征主义诗人中，把纯诗这个概念提到更高高度的是瓦莱里。瓦莱里是马拉美的学生，他不但继承了马拉美的纯诗说，也成为马拉美式纯诗理论的解释人。首先，瓦莱里肯定诗的自主性，把诗与其他的言说形式区别开来，将诗的多种社会功能看作散文特有的，诗与散文的区别，其实就是诗确立自身的自主性的过程："诗，这种语言的艺术，因而不得不与实用以及现代加速的实用做斗争。它看重所有能与散文区别开的东西。"③瓦莱里更强调情感的纯粹性，他多次著文解释这个问题，他使用的术语也是爱伦·坡使用过的"诗性情感"。另外，"诗性世界"这个词也常见。这位诗人指出，当平常的事物突然与人们的感受力有了特殊的关系，具有了音乐性，人们就进入了诗性世界，"这样定义的诗性的世界与我们可以想象的梦幻的世界有很大的相似性"④。

瓦莱里像马拉美一样，有放弃表意作用，从而获得第三纯粹性的倾向。他曾说："这对某人来说是'形式'的东西，对我来说是'内容'。"⑤不过，瓦莱里既然肯定诗是语言艺术，它的音乐形式还是语言形式。而语言形式本身就具有表意性，因而瓦莱里无法彻底用音乐来取代诗中的指涉内容。瓦莱里对音乐有很大的幻想，他认为音乐家是幸运的，因为他们可以使用纯粹的材料，而诗人则不幸要使用语言这个乏善可陈的工具。如果说马拉美和瓦莱里都未能获得第三纯粹性意义上的纯诗，马拉美是不屑于获得，而瓦莱里是求之而不得。瓦莱里将纯诗看作诗人可望而不可即的东西："纯诗的观念是无法抵达的观念，是诗人的欲望、努力

① Wyzewa T D. "Les Livres", La Revue indépendante, Vol. 2, No. 4, 1887, pp. 145-164.

② Wyzewa T D. "Notes sur la littérature wagnérienne", Revue wagnérienne, Vol. 2, No. 5, 1886, pp. 150-171.

③ Valéry P. Uvres：1, Paris, Gallimard, 1957, p. 1414.

④ Valéry P. Uvres：1, Paris, Gallimard, 1957, p. 1321.

⑤ Valéry P. Uvres：1, Paris, Gallimard, 1957, p. 1456.

和能力的理想极限。"①

19 世纪末期,多位象征主义诗人提出他们的纯诗概念,不少诗人系统性地思考了纯诗在语言、情感、音乐性等方面的问题,这让纯诗真正成熟。有批评家提出象征主义诗学的"左岸"和"右岸"的说法,塞纳河分开巴黎的两岸,右岸代表的是纯诗的势力,左岸代表的是自由诗的势力。② 这种认识将纯诗和自由诗完全对立了。实际上,左岸的自由诗诗人,比如卡恩、格里凡等人也接受纯诗的影响,可见它的地位之重。象征主义诗人的纯诗观各有异同,但都满足第一纯粹性和第二纯粹性的要求。另外,纯诗在他们手中,并不仅仅是一种艺术技巧,也涉及梦幻的诗歌境界,涉及诗的美学本质,这种深入的思考对不少国家的诗人有很大的吸引力。

三、纯诗理论的传播与新变

法国象征主义的纯诗理论,自 19 世纪末期就表露出自法国向外辐射的态势,终于在 20 世纪上半叶演变为国际性的文学思潮,并成为不少国家文学现代化的重要资源。在这些国家中得风气之先的是英国。

英国自 1891 年开始大量介绍法国象征主义诗学。意象主义的先驱中,最早接触法国象征主义的是斯托勒(Edward Storer),1908 年他出版诗集《幻觉的镜子》,在诗集后的诗论中,提出了"分离主义"的口号。所谓分离主义,其实就是剥去诗中的戏剧和叙事元素,让诗只保留诗性内容。斯托勒还对诗的情感进行区分,比较低级的是"性的狂热""爱国主义""宗教"等感情,这些情感"不过是激情的反映",而非"升华成诗的激情"。③ 这种论述让斯托勒与爱伦·坡和波德莱尔站到一起。

斯托勒注意到马拉美想在诗中实践音乐的理想,他并不赞成这种做法,更关注的是诗的文学效果。他像马拉美那样强调暗示,但是这种暗示通向的不是一

---

① Valéry P. *Uvres*:*1*,Paris,Gallimard,1957,p. 1463.

② Merello I. *Pour Une Définition du vers libre*//Boschian-Campaner C,*Le Vers libre dans tous ses états*,Paris:L'Harmattan,2009,p. 124.

③ Storer E. *Mirrors of Illusion*,London:Sisley,1908,p. 106.

种抽象的音乐精神,而是意象或词语引发的感受:"如果我们希望创作音乐作品,让我们使用音符,而非词语:它们被证明是更优越的。"①斯托勒很早就关注过日本诗歌,渴望通过内在的意象来建设诗的纯粹性。从他开始,英国现代主义的纯诗主要走在绘画的道路上,而非音乐的道路上。

休姆(T. E. Hulme)几乎与斯托勒同时提出自己的印象主义诗学,他熟悉象征主义诗人古尔蒙,受到法国象征主义诗学的启发。休姆虽然没有使用分离主义的字眼,但他也想让诗从其他的功能中纯化。他主张现代诗不再具有古典主义的完美,也不再是史诗,而只是用来记录瞬间的感受。休姆注意到音乐中的交响乐,他想把心中产生的独特形象,按照交响乐的模式组合起来,产生一种"视觉和弦"(visual chord)。这虽然暗示了瓦格纳的交响乐,但是采用的还是绘画的原则。

庞德 1909 年来到伦敦,参加了斯托勒和休姆组织的俱乐部,也开始学习法国象征主义诗学。他发起的意象主义运动某种程度上就是对斯托勒和休姆提倡的绘画的纯诗之路的拓展。休姆的"视觉和弦"虽然注重意象,但是意象还是被描述、说明的文字包裹着。庞德想真正让意象获得统治力,不惜去掉句法的辅助。他在接触日本的俳句后,掌握了东方诗歌意象的秘密,提出一种"单一意象诗"(one image poem)的概念。这种概念并不是用来概括日本诗的,而是庞德自己的领悟。当诗纯化到基本只有一个意象留下来时,一个意象也是一个思想。在庞德看来,形象是情感的体现,也是情感的工具之一。在艺术领域,情感有三种工具:当这种工具主要是"纯粹的形式",那它就产生绘画和雕塑;当它主要是"纯粹的声音",那它就产生音乐;当它是形象时,就产生纯粹的诗。② 虽然庞德的理论中音乐的位置很高,但是他理想的诗仍旧是以意象为中心的。

庞德之后,爱尔兰诗人穆尔(George Moore)出版了一部诗选集,名字就叫《纯诗选》。在序言中,穆尔批评诗中的思想,认为它今天是新的,明天就是旧的。诗真正缺乏的,是一种纯真的视野,一种真正以事物为中心的感受。穆尔进一步提出"从思想转到事物上"③,这种主张与美国诗人威廉斯的客体主义异曲同工。

---

① Storer E. *Mirrors of Illusion*,London:Sisley,1908,p. 112.

② Pound E. "Affirmations:IV",New Age,Vol. 16,No. 13,1984,pp. 349-350.

③ Moore G. *An Anthology of Pure Poetry*,New York:Liveright,1973,p. 25.

二者都可以归到纯诗理论中,它们都具有题材和视野上的纯粹性。

　　同一时期在西班牙出现了三位纯诗诗人,他们是希门尼斯(J. R. Jiménez)、纪廉(Jorge Guillén)和萨利纳斯(Pedro Salinas)。这三位诗人与法国象征主义诗人有比较密切的接触,比如:纪廉多次与瓦莱里会面;萨利纳斯是法国索邦大学的老师,不但读过马拉美的作品,而且访问过瓦莱里;希门尼斯像马拉美那样,希望从现实世界升到梦幻的世界,诗的本质就在这里,他提出一种口号:"纯诗并不是纯洁的诗,而是本质的诗。"[①]纪廉的诗受到马拉美非个人性的影响,要求诗从生活的世界里抽身,进入内在的世界,这涉及情感的纯粹性。萨利纳斯吸取了马拉美、瓦莱里词语结构的思想,想通过能指与所指的远离,创造纯粹的语言。[②]萨利纳斯的纯诗观具有摆脱表意功能的倾向。

　　1926 年,中国旅日和旅法的创造社诗人们,也开始以法国象征主义为范例,创造象征主义诗篇。穆木天曾这样呼吁:"我们的要求是'纯粹诗歌'。我们的要求是诗与散文的纯粹的分界。我们的要求是'诗的世界'。"[③]这种诗的世界是无意识的世界,与波德莱尔、马拉美式的梦幻相同。纯诗在形式上不能缺少音乐性,穆木天将其概括为"持续的波的交响乐",这种论述抓住了法国象征主义的特征。王独清的纯诗观是广义上的,不仅魏尔伦具有持续音乐性的诗被他视为纯诗,兰波疯狂的想象力也被他看作纯诗的要素。

　　穆木天和王独清短暂地尝试了象征主义诗歌,然后就改变了诗风。接替他们的是留学法国的诗人、理论家梁宗岱。梁宗岱与瓦莱里有私交,对马拉美、瓦莱里这一路的纯诗理论非常清楚。他理解纯诗在艺术自主性上的追求,认为纯诗是"绝对独立,绝对自由"的,需要"摒除一切客观的写景、叙事、说理以至感伤的情调"。[④] 他也注意到情感的纯粹性,认为纯诗的艺术手段"唤起我们感官与想像底感应,而超度我们底灵魂到一种神游物表的光明极乐的境域"[⑤]。梁宗岱对

---

　　① Hart S. "Poesie pure in Three Spanish Poets:Jimenez",Guillen and Salinas[Forum for Modern Language Studies,Vol. 20,No. 2,1984,pp. 165-185.

　　② Hart S. "Poesie pure in Three Spanish Poets:Jimenez",Guillen and Salinas[Forum for Modern Language Studies,Vol. 20,No. 2,1984,pp. 165-185.

　　③ 穆木天:《谭诗》,《创造月刊》,1926:Batteuxc,2011 年版,第 73 页。

　　④ 梁宗岱:《谈诗》,北京:中央编译出版社,2003 年版,第 83 页。

　　⑤ 梁宗岱:《谈诗》,北京:中央编译出版社,2003 年版,第 83 页。

纯诗理论也有新的发展,他将纯诗与中国诗学做了融合,比如,将纯诗与情调优美的诗等同,因而宋词在他看来有很多纯诗,尤其是姜白石的词。

当代诗人对纯诗没有了之前现代诗人怀有的冲动,有关纯诗的讨论也比较少,不过这并不代表纯诗已经完全退出了历史舞台。在美国的"语言诗"理论、中国的"纯抒情诗"的讨论中,纯诗的血脉仍旧在流淌着。

四、结　语

文学史家赫伯特曾指出,象征主义是浪漫主义的"终极阶段"。[①] 如果可以将象征主义视为浪漫主义在某种程度上的延续,那么纯诗的兴衰史,与浪漫主义的兴衰史在时间上基本是重叠的。就美学来看,浪漫主义的特征在于对内在自我的探索,纯诗也与内在经验的探索有关。因为肯定内在经验的真实性,所以就有了第一纯粹性和第二纯粹性,以便让诗摆脱说理、道德等功能。如果将休姆、庞德一路的诗当作特例不加考虑,那么象征主义的纯诗不同于之前浪漫主义诗人的地方,在于它更多地拒绝现实世界的情感,弱化感受与时间和空间的联系,并寻求一种心灵的象征世界。象征是超越时间和空间的神秘性。有批评家指出:"音乐的表达永远具有某种象征性。"[②]象征主义诗人走向纯诗因而是一种必然。正是在这种意义上,才能更好地理解纯诗在文学功能和情感上的纯粹性。

就诗人来看,纯诗体现了诗人丧失政治、社会影响力之后的自我维护。纯诗对象征世界的追求,映照出诗人远离现实的无奈。纯诗诗人们普遍从历史大潮中退出来,独处一隅。因为政治上的冷淡或者失落,他们渴望诗歌的独立性能具有代替外在价值的内在价值,从而缓解他们内心的孤独和落寞。马拉美在这方面有过说明:"所有我在政治上的幻想都一个接一个地破灭了……只有艺术才是真实的、不变的、神圣的。所有政治上空洞的争吵都在烟消云散,因为它们本身没有任何绝对的东西。"[③]用艺术的永恒和绝对(纯诗也被称为绝对诗)来对抗现

---

① Herbert E. W. *The Artist and Social Reform*,Freeport:Books for Libraries Press,1971,p. 59.

② Saint-Antoine. "Qu'estce que le symbolisme?",L'Ermitage,Vol. 5,No. 6,1984,pp. 332-337.

③ Mallarmé S. *Correspondance complète:1862-1871*,Paris:Gallimard,1995,p. 279.

实的"平庸"和"短暂",这就是纯诗产生的心理基础。纯诗是诗人们价值补偿的手段,它的意义不在于它的价值有多少真实性,而在于能够持续给诗人带来一种存在的优越感、一种心理的安慰。在一个不需要这种安慰、直面现实的时代,纯诗的地位就会被动摇,这就是纯诗在"二战"期间落幕的原因。

(本文作者:李国辉)

当代象征主义流派研究的困境和出路

法国象征主义流派研究在国内目前研究对象范围狭窄,基本只关注五位象征主义诗人,他们是波德莱尔、兰波、魏尔伦、马拉美和瓦莱里。这种研究可以简称为五人小组研究。它不但忽略了可以与这几位诗人相媲美的象征主义诗人,比如拉弗格(J. Laforgue),而且割裂了象征主义流派的有机整体,让人无法看到象征主义流派产生、发展、终结的历史。五人小组研究是现在象征主义流派研究的最大困境。有鉴于此,本文尝试分析这种研究的由来与问题,并思考突破这种研究困境的出路。

一、五人小组研究的由来与问题

19 世纪八九十年代,法国象征主义流派的活动,标志着现代主义大潮的到来。象征主义流派一般指成员比较确定、文学理念相近的象征主义诗人群体。这个概念虽然清楚,但在实际运用中非常棘手。不同的评判者、不同的身份可能有不同的结论。国内主要将象征主义流派等同于上文提到的五位象征主义诗人。这种认识最早可以追溯到 1922 年,当时刘延陵在《法国诗之象征主义与自由诗》一文中说:“一般人所承认的这个主义底建设者乃是波特来耳、凡尔伦、马拉梅三位。”①这里提到的代表诗人,人数还不够五位,但它是五人小组的最初样

---

① 刘延陵:《法国诗之象征主义与自由诗》,《诗》,1922 年第 4 期,第 7—22 页。

态,后来的五人小组就是从这基本的三位扩展开的。1935 年,穆木天的《法国文学史》问世,书中在刘延陵的基础上增加了一位:"象征派的祖师波多莱尔以及其三大中心人物马拉尔梅、魏尔林诺、栾豹都过着贵族的流浪人的生活。"①尽管这里使用了不同的译名,但是从变化不大的发音中,我们还是可以判断所指为何。穆木天将兰波(栾豹)加入进来,确立了四人小组的格局。穆木天的书中当然不限于讨论这四位诗人,但是他们却是象征主义的"中心人物"。

五人小组的最终确立,主要发生在当代。进入新时期后,袁可嘉一系列关于欧美现代派的论著问世。《欧美现代派文学概论》就是其中的一种。该书确定了象征主义不同时期的三位代表诗人:波德莱尔、马拉美、瓦莱里。这三位诗人中波德莱尔是象征主义的先驱;马拉美非常关键,袁可嘉发现他"处在这个文学运动承上启下的核心地位"②;瓦莱里则为马拉美的继承人。另外两位诗人——魏尔伦和兰波,在这个谱系中也很容易描述。他们都得到过波德莱尔的巨大影响,其中魏尔伦与马拉美的关系非常密切。袁可嘉注意到了其他的象征主义诗人,比如古尔蒙(Remyde Gourmont),甚至讨论了美国象征主义诗人爱伦·坡和艾略特,但是他的法国象征主义这部分的重心是在五位诗人身上,这实际造成了五人小组的认识模式。

袁可嘉的流派观,最早提出的时间是 1985 年。应该说刘延陵、袁可嘉等人的文章和著作,对于象征主义的介绍是起到过有益作用的。但是必须注意到,他们著述的目的非常复杂,要么是供中国新文学参考,要么是出于教学的便利,并非纯粹是为了学术研究。这样一来,他们的研究不免以点带面,做了很多抽象工作。可是这种抽象将后来的许多研究带入了误区,以至于使得象征主义的研究通常就等同于五人小组研究。目前出版的很多文学史类著作,都有袁可嘉研究的印迹。比袁可嘉晚六年出版的柳鸣九主编的《法国文学史》第三卷,可贵地注意到了莫雷亚斯(J. Moreaas)、雷尼耶(Henri de Regnier)等人的创作,表现出突破五人小组研究的倾向,但是该书实质上论述的象征主义作家,除去第二卷的波德莱尔外,仍旧是马拉美、魏尔伦和兰波三人。董强 2009 年出版的《插图本法国

---

① 穆木天:《法国文学史》,上海:世界书局,1935 年版,第 369 页。
② 袁可嘉:《欧美现代派文学概论》,上海:上海文艺出版社,1993 年版,第 369 页。

文学史》,除去瓦莱里属于 20 世纪法国文学外,论述的正式的五位象征主义者,仍旧在五人小组范围内。文学史之外,国内目前已有的论文和专著,基本都集中在这五位诗人身上,尤其是在波德莱尔、马拉美和兰波身上。莫雷亚斯、拉弗格、古尔蒙等人的名字尽管早已出现,但是还没有一篇论文、一部论著对他们做专门研究。五人小组研究的模式并不是国内特有的,在英美和法国也不鲜见。法国学者查德威克(C. Chadwick)的《象征主义》一书,讨论的仅有的五位诗人,就是上面五位。美国人福里(Wallace Fowlie)的《诗与象征:法国象征主义简史》一书 1990 年出版,该书将颓废派也纳入进来,算是扩大了象征主义流派的领域,但是他书中关注的诗人仍然是波德莱尔、马拉美、兰波、魏尔伦四位,新加的只有拉弗格和科比埃尔(Tristan Corbiere)。该书的思维仍旧是五人小组式的,很难让人相信这几位诗人基本构成了象征主义的历史。

　　这种研究表现出两种倾向:第一种倾向是将象征主义文学史缩小为对象征主义大作家的讨论,第二种倾向是将对象征主义大作家的讨论,又缩小为对作家生平、创作、诗风的介绍。经过这两次缩减,象征主义理念的演化、象征主义流派的构成与冲突,便再也看不到了,象征主义的历史就被固化了。流派成员的固定,同时也是诗学思想的固定。这种做法对于教学是有益的,但对于真正认识象征主义有很大的妨碍。康奈尔(Kenneth Cornell)曾指出:"象征主义运动并非仅仅是四五位作家的出名史。"①想用对几位诗人的研究代替极其细致、丰富的象征主义流派研究,就好像用几张照片代替一次旅行一样。在野外旅行时,每一片叶子,每一块石头,可能都会引发情感,人们会发现整个风景没有断裂的地方,人的所闻、所见、所感构成了一个整体的风景。同样,象征主义是由无数细小的诗学思想、试验、冲突等事件构成的流动的风景,它具有复杂的流派归属。之前的研究,忽略了许多"小人物",使象征主义的流派史,简化为象征主义经典诗人和诗作的排行榜。于是,象征主义思潮的演变、流派的分合,这些更为宏观的问题,在整个 20 世纪的中国几乎无人问津。对小人物和细小的诗学事件的追踪,不但能弥补象征主义的大历史,而且会修正许多观念。象征主义的"小人物"虽然就文学地位而言,不少人比不上五人小组的成员,但着眼于流派和思潮史,很多人的

---

① Cornell,Kenneth. *The Symbolist Movement*,Hamden,Connecticut:Archon Books,1970.

重要性不但不亚于他们,甚至还有更高的地位。比如威泽瓦(Teodor de Wyze-wa),曾有批评家认为:"他在象征主义运动中的作用,是最重要的。"①还有瓦格纳。虽然瓦格纳并不是象征主义诗人,但是他的思想在象征主义流派形成和演变中的地位,丝毫不逊色于波德莱尔。伍利(G. Woolley)曾经评价他"在象征主义美学极其复杂、丰富的观念生成中扮演了特别重要的作用"②。这个名单还不包括象征主义理论的奠基者莫雷亚斯、象征主义理论的总结者古尔蒙,以及颓废主义的旗手巴祖(A. Baju),甚至在文学创作上也无法忽略于斯曼(J. K. Huys-mans)、拉弗格、雷尼耶等人。选择性地抹去这些名字,既是对这些重要诗人、诗学家的轻视,也是对流派史实的背叛。

象征主义流派的聚散有它自身的力量,这种力量是狭隘的流派观念难以认知的。追踪这种力量,人们就会发现,象征主义的流派就像是地理学上不同的支流一样,既有交汇,又有分离。它复杂多变,完全不是预先规定好的。就上面提到的五人小组来说,他们都被称作象征主义诗人,这是历史开的玩笑。首先看波德莱尔。这位"14 或 15 世纪的巫师"③,最终的理想是一种"现代的艺术"(art moderne),它注重暗示的力量,将客体与主体融合起来,具有形象化的思维方式,而与其相对的是"哲学的艺术"(art philosophique),它重理性,寻求固定的观念。"现代的艺术"与后来马拉美、魏尔伦的诗歌理念有相通的地方,但这是一种美学上的一致性,并不是流派上的一致性。就流派归属而言,波德莱尔更接近戈蒂耶(Theophile Gautier)或德拉克洛瓦(Eugene Delacroix)的流派,不管你称这个流派是唯美主义,还是印象主义。波德莱尔从来没有设想他去世二十年后,巴黎会出现一个以他为旗号的象征主义流派。所以佩尔(HenriPeyre)曾表示:"称呼波德莱尔为象征主义是让人有一定的疑虑的。"④

魏尔伦是许多诗学事件的见证者和参与者,但他从未认为自己是一个象征主义者。在一次接受访谈时,魏尔伦表示对象征主义一无所知:"象征主义? 不

---

①   Duval,Elga Liverman. "Teodor de Wyzewa", *The Polish Review*, Vol. 5,No. 4,1960,pp. 45-63.

②   Woolley,Grange. *Richard Wagner et le symbolism frangais*, Paris:Les Presses universitaires de France,1931.

③   Verhaeren,Emile. *Charles Baudelaire// Emile Verhaeren*. Impressions. Paris:Mercure de France,1928.

④   Peyre,Henri. *What Is Symbolism?*, Alabama:The University of Alabama Press,1980.

懂。这应该是一个德语词,是吗?这个词想说的意思是什么?另外,我不把这个词放在眼里。"①魏尔伦并非言不由衷。他始终没有参与象征主义小圈子的活动,虽然他的名号经常被一些年轻的诗人借用。他的诗风与巴纳斯派(Pamasse)接近,他早期本身就是巴纳斯派的成员,他还有强烈的浪漫主义元素。尽管在他那里也能找到一些象征主义的成分,但称他为象征主义诗人就像称他为浪漫主义诗人一样武断。他自己也曾思考过自己的流派归属:"我们被分为四个阵营:象征主义、颓废主义、自由诗的拥护者和我所属的其他的主义。"②诗人不但不承认自己是象征主义者,而且否定自己是颓废派成员。这里不必急于对这四个流派进行详细的区别,但是魏尔伦的话告诉人们,流派的划分很多时候是文学家的暴力,并不符合诗人的本意。诗人的本意,并不是对历史事实的抵抗,相反,他是对诗学研究的抽象的抵抗。如果人们参考一下魏尔伦同时代人的看法,就能发现他的解释是有合理性的。卡恩(Gustave Kahn)曾指出:"他(魏尔伦)既不是颓废者……也不是实际意义上的象征主义者(假如这个词并非完全没有用处)。他首先是他自己,一位哀歌作者,一位自发的诗人,属于维庸和海涅的派系。"③

兰波被称为象征主义诗人,也引起不少争议。首先从兰波自身来看,他在1875年以后,就离开了文学,成为冒险家和商人,这比象征主义流派的诞生提前了十年左右。因而从流派活动的角度来看,兰波并不是象征主义运动的实际参与者。佩尔还提供了兰波本人的态度,当兰波的诗作在巴黎发表出来,并引发一部分年轻人的追捧时,有人给兰波写信,告诉他,他是象征主义的先驱,并的态度是"耸了耸肩",兰波不认可这种标签。巴拉基安(Anna Balakian)对这个问题也做过思考。她的结论是兰波在广义和狭义上,都不是象征主义诗人,而将兰波看作象征主义诗人,这"将象征主义运动的历史弄复杂了"④。

如果接受上面的批评意见,那么,象征主义的五人小组,就只剩下马拉美。

　　① Verlaine,Paul. *Mr. Paul Verlaine* //*Jules Huret. EnquSte sur I evolution littraire*. Paris：Jos6 Corti,1999.

　　② Verlaine Paul. *Conference sur les pontes contemporains*//Paul Verlaine. *Oeuvres posthumes de Paul Verlaine*，Paris：Albert Messein,1927.

　　③ Kahn,Gustave. Chroniquedela literature et de 1,art. *La Revueind pendantet*，Vol. 6,No. 16,1888, pp. 276-297.

　　④ Balakian,Anna. *The Symbolist Movement*，New York：Random House,1967.

但不需要再讨论马拉美的流派归属问题,人们也能看到象征主义流派面临的危机。这种危机并不在于五人小组的成员是不是象征主义诗人的问题——上面的一些质疑,并非为了专门与五人小组所对抗——真正的危机是,我们过于轻信了文学史家的分类,以致我们根本不清楚象征主义流派是如何产生的,经历了何种过程。这种危机促使我们必须寻根究底地思考许多问题:象征主义流派该如何定义? 它的成员到底有哪些人? 是谁在组织这些人? 它的起点和终点如何限定? 这些问题并不容易解决。

在象征主义流派的问题上,社团标准与美学标准、习惯分类与实际证据都在斗争。象征主义流派的争论,实际上就是这四种尺度的权力之争。社团标准是看诗人有没有实际加入象征主义诗人的小圈子,并以象征主义者自居。这是一个非常狭小的圈子。美学标准是根据象征主义普遍显示出来的美学倾向来评判,不属于小圈子的诗人也符合这个标准。习惯分类是象征主义诗人以及评论家的看法,在这一点上,批评文章和文学史具有了权力。实际证据则尊重诗人自己的意见,以及他有没有与象征主义流派发生紧密联系,于是象征主义刊物的作用变得关键了。这里无意比较这四种尺度的有效性,它们在一定的范围内都可以是评判的尺度。不同的尺度因为宽严有别,于是产生了韦勒克所说的"同心圆(concentric circles)"①。从这种同心圆出发,对韦勒克的理论加以必要的改造,或者可以发展出历史中存在的大大小小不同的圈子。象征主义流派的圈子随着尺度的变化而变化。最外围的圆,不但能容纳五人小组,而且可以包含不同时期、不同国家的诗人,比如英国的叶芝、艾略特,西班牙的希门尼斯(J. R. Jimenez)、纪廉(Jorge Guillen)和萨利纳斯(Pedro Salinas),在日本则有北原白秋、萩原朔太郎,在中国则有李金发、梁宗岱。而最里层的圈子,则只是几位发起象征主义的年轻诗人。

对象征主义不同圈子的认识,不但能解决该流派成员组成的问题,也能解决象征主义的定义问题,解决象征主义思潮和流派的演变问题,它为解决目前的五人小组研究的困境提供了一个可能的出路。

---

① Wellek, Reng. "What is Symbolism?", Ana Balakian, Ed. *The Symbolist Movement in the Literature of European Languages*, Budapest: Akad miai Kiadd, 1984.

二、解决目前困境的出路

目前围绕着象征主义的各种问题引发的争论,主要是批评家们以不同的圈子为标准,互相攻讦。对这些问题的解答,需要结合不同的圈子来进行。将不同的圈子都纳入视野中,这就涉及象征主义流派的时间特征和空间特征问题。所谓时间特征,是着眼于变的一面;所谓空间特征,是着眼于不变的诗学区域。理解象征主义及其流派,从本质上看,就是明确象征主义的时间特征和空间特征。

首先来看象征主义的时间特征。对象征主义流派之所以有这么多争论,就是因为人们的时间观不一样,也就是说,选取的圈子不同。韦勒克并没有告诉人们该选取哪一个圈子,他只是指出了多种圈子的存在。象征主义流派的研究应该放弃仅仅从任何一个圈子进行的做法,换言之,它应该考虑所有的圈子。因而,象征主义研究不应固执于任何一种圈子,而应该关注不同圈子的存在及其关系。

这里可以借"视野相对主义"的现象来进行分析。随着视野的扩大或者缩小,人们的关注点会发生变化,研究内容也会改变。对这些不同圈子的研究,会明显发生观察视角的变化。比如以莫雷亚斯为中心的最里层的圈子,由于它维持的时间也就五年左右,涉及的诗人非常有限,因而这个圈子里次要人物的诗学理念也属于考察的范围。而对象征主义国际思潮这最大一个圈子来说,只有重要的诗人、理论家才会成为分析的对象。这不仅是研究对象的取舍问题,也涉及思潮变化调查上的详略之别。另外还可以对视野相对主义进行新的解释:视野相对主义认为任何一种观察视野,都具有相对的合理性和真实性,并不否定其他的视野。视野相对主义应该将不同的视野都结合起来,从而形成总体的了解。象征主义流派的不同圈子,就是可供分析的不同的视野,它们彼此有别,但并非对立,将这些不同的圈子结合起来,就会不断地调整所需的视野。有鉴于此,本文提出大小不同的五个同心圆的结构说。

了解这种结构的最里层,即第一个圈子的产生,需要了解作为第二层圈子的颓废派。象征主义流派的历史应该以颓废派开篇,将其看作莫雷亚斯的小团体成立的重要背景。19世纪30年代就已经有了文学颓废的观念,到了19世纪六七十年代,围绕着雨果和波德莱尔,法国文学杂志也有过不少讨论,但是可以将颓废派的历史起点放到 1881 年。这样做有几个好处。第一,可以把颓废文学的时间段限定得更短,更有利于对重要的文学刊物进行文献调查。第二,1881 年兴起的文学颓废运动,多为年轻的诗人发起,他们与后来的象征主义小社团有较多的互动,是重要的研究内容。第三,颓废派的美学在很多方面与象征主义小团体相比,具有相同的倾向,是象征主义美学理念的主要来源。颓废文学运动在 1883 年达到了一个小高峰,其标志是魏尔伦《被诅咒的诗人》的出版。该书迅速在年轻人中传播,持续引发颓废文学的风潮。于是在 1884 年迎来了于斯曼的《逆流》,并在 1885 年首次真正形成颓废派作家的名录。他们是马拉美、魏尔伦、莫雷亚斯、塔亚德(Laurent Tailhade)、维涅(Charles Vignier)。

之后,则是瓦格纳主义的小团体。这个团体以迪雅尔丹和威泽瓦为中心,他们创办的《瓦格纳评论》还吸引了马拉美、孟戴斯(Catulle Mendes)、富尔科(Fourcaud)等人。由于将艺术的综合观念引入文学中,而且提倡自由诗,该流派被看作象征主义的揭幕戏。比耶特里(Roland BiStry)曾认为:"《瓦格纳评论》以值得注意的方式帮助了新诗的来临。"①这里的新诗指的是象征主义诗歌。在形式以及综合美学方面,如果没有瓦格纳主义的小团体,象征主义会以何种面貌出现,这是一个问题。

然后出现了最小的第一个圈子。1886 年 9 月莫雷亚斯发布《象征主义宣言》是一个历史性的标志事件,这个宣言的发布,并不意味着从当月开始,法国进入象征主义时代,也不意味着之前的时代已经结束。最好不把《象征主义宣言》看作象征主义流派成立的标志。在它之前,1885 年,早已经有了不少关于象征主义的讨论。它们已经涉及《象征主义宣言》的诗学深度,只不过后者提出了一个正式的名称而已。另外,《象征主义宣言》只是莫雷亚斯个人的主张,象征主义群体还未形成。群体形成的标志,是这一年的 10 月份,出现了卡恩、莫雷亚斯、亚当(Paul Adam)合办的《象征主义者》(*Le Symboiiste*)杂志。该杂志加上费内翁(Felix Feneon)和阿雅尔贝(Jean Ajalbert)等人,就构成了第一批正式得到认可的象征主义诗人。因为费内翁在《象征主义者》上发表了一篇评论《阿尔蒂尔·

---

① 　Bietry,Roland. *Les Theories potiques a I,epoque symboliste*,Genfeve:Slatkine,2001.

兰波的《彩图集》》,所以在某种意义上兰波也成为最早的象征主义成员。这个成员里不包括马拉美、魏尔伦以及其他诗人。他们的核心人物就是卡恩、莫雷亚斯和亚当。

卡恩虽然是新加入者,但对象征主义流派的贡献很大,他当时是《风行》(*La Vogue*)杂志的编辑。因为这个杂志,马拉美、魏尔伦、拉弗格、迪雅尔丹、格里凡、维尔哈伦、雷尼耶、莫里斯(Charles Morice)、雷泰(Adolphe Rette)等人也与象征主义流派建立了关系。《风行》杂志在 1886 年、1889 年出过三个系列,大多数成员在前两个系列中就出现过了,雷泰在第三个系列中才开始参与。从某种意义上说,莫雷亚斯发起了象征主义流派,而卡恩重组了它。如果说莫雷亚斯发起的小团体,是象征主义的最内一层的圈子,那么卡恩重组的群体,以及早期的颓废派成员,则是象征主义的第二层圈子。这也是目前法国象征主义流派基本认可的圈子。这个圈子是比较广泛的,它没有共同纲领,没有组织活动,有的仅仅是刊物。在《风行》和《独立评论》等刊物上,因为兰波、拉弗格的诗作的发表,团结了一群文学旨趣相同的诗人,再加上魏尔伦、莫雷亚斯等人的加入,于是给人一个"群体"的印象。实际上,这只是一个刊物宽泛联合起来的诗人群。不同的诗人主张不同,也并不一定认为自己就是象征主义诗人。这就解释了兰波、魏尔伦否认自己与这个流派有何瓜葛的原因。

之后则是第三个圈子的象征主义流派。新加入的成员与莫雷亚斯和卡恩都没有联系,他们往往在新的刊物上活动,比如奥里埃(G. Albert Aurier),他常在《法兰西信使》(*Mercurede France*)上发表文章。还有古尔蒙,他曾在《白色评论》(*La Revueblanche*)上露过脸。这些人都自认为是象征主义者,他们在诗学中讨论的问题,也基本接着前人的话讲。这个名单远远没有穷尽,还有一些诗人应该加进来,比如梅特林克(Maurice Maeterlinck)、吉尔(Rene Ghil)、努沃(Germain Nouveau)。前一位承认自己是象征主义诗人,后两位都自立于象征主义之外。吉尔也曾在《风行》上发表过诗文,但是后来离开了,想与象征主义分庭抗礼。努沃则是兰波离开魏尔伦后新找的伴侣,他们在一起有过诗歌的合作。为了简便起见,一些主要在另外的时期活跃的诗人,也可以放到这个圈子里来,比如波德莱尔和瓦莱里。另外,与象征主义流派对抗、以巴祖的《颓废者》杂志为园地的颓废诗人,也联合了魏尔伦、塔亚德、雷诺(Ernest Raynaud)等人。他们虽然在 19

世纪 80 年代后期成为象征主义派的敌人,但是在美学思想上仍旧具有这一时期的典型特征,可划入第三个圈子。

然后是第四个圈子。这个圈子的诗人,是用法语之外的语言写作,但直接或间接受到法国人影响的象征主义诗人。叶芝、艾略特、庞德、斯托勒等人是伦敦诗人群的代表,希门尼斯、纪廉和萨利纳斯是西班牙象征主义诗人的代表,李金发则是中国初期象征主义诗人的代表。中国还出现过一些诗人,他们不但受法国象征主义的影响,而且从日本或者美国拿来象征主义的理念,比如创造社的一些诗人。这些人严格说来,与艾略特、李金发等人的情况是不同的,应该划入另外的圈子。但是为了简便,这里将这些受多国影响或者主要受法国影响的象征主义诗人,也看作第四个圈子的成员。除了创造社之外,还有一些诗人主要受第四个圈子的诗人影响,比如中国大陆的朦胧诗诗人,以及台湾诗人覃子豪。他们虽然不提倡象征主义,但是运用了许多象征主义的手法,也表现出象征主义的一些风格,可以看作第五个圈子。

时间特征一旦限定,象征主义的空间特征也就容易调查了。象征主义是不同流派,或者说不同圈子的产物,任何一个圈子,任何一个圈子的作家,都可以提出不同的理论,因而象征主义并没有固定的本质,它有的只是一些变动的特征。甚至同一位诗人、理论家的理论主张前后也有巨大转变,姆罗齐克(Anna Opiela-Mrozik)曾指出:“象征主义思想……在它提出之时,就承受了自己对自己的否定。”①姆罗齐克对象征主义诗学转变的原因言之不明,但是他的判断是正确的。这五个圈子并不是稳定的,而是像当代物理学弦理论中不停振动的弦一样。不过,象征主义流派绝对的变动之下,又有相对的不变。这些相对不变的区域,成为承载象征主义及其流派的诗学空间。这里可以将象征主义的空间特征比作移动的车厢。象征主义这个名称只是一个车厢,随着它的前进,不同的人进来,就赋予了这个车不同的方向和任务。不同圈子的人运用象征主义这个词,就赋予了它新的意义。但是车厢仍旧有相对稳定的容纳力。

象征主义的特征可从主体论、美学论、思想论和艺术论这四个方面分析。这

---

① Opiela-Mrozik,Anna. "Teodor de Wyzewa face d ses mattres", *Quetes Ziweraires*, No. 9,2019, pp. 77-89.

四个方面与文学活动的四要素作者、读者、世界、文本相对应。它们相互又有复杂的联系,比如作为艺术论的通感,就与作者、世界都有关系。通过这四个方面,就可以分析象征主义的不同圈子之间的异同。这四个方面考察的具体内容,有通感、感应、语言音乐、颓废、象征、自由诗、散文诗、内心独白、音乐性、纯诗、迷醉、未知、语言的巫术、非个人性、梦幻、无意识、综合、交响乐、超自然主义、神秘主义、悲观主义、暗示等一系列诗学问题。

怎样确定象征主义空间特征的不易之处呢? 可以拿主观性为标准。尽管象征主义流派众多,但是它们都反对现实主义(自然主义),都是为了探索内在的世界。古尔蒙曾经指出:

> 人们只能认识他自己的理解力,只能认识自己,这唯一的现实、独特的世界;自我根据个人的活动,占有这个世界,承载它,让它变形、衰弱,重造它。在能知的主体之外没有任何东西在运动;所有我们思考的东西都是实在的:唯一的实在是思想。①

象征主义主要表达的就是这个主体之内的世界。古尔蒙称其为唯心主义,这也是马拉美的主张:"唯心主义否定自然的材料,拒绝直接的、精确的思想组织这些材料;以便只留住暗示。"②不过,在卡恩、莫克尔等人的诗论中,唯心主义被换成了"主观"一词。象征主义并非完全排斥外在世界,其实在一些具有无政府主义思想的象征主义诗人那里,外在世界还是有一定分量的。但是象征主义强调的外在世界一定是经过内在的情感、感受淘洗过的,已经具有了主观性。因而,无论是内在的梦幻,还是外在的现实,都沉浸在一种主观的情调中。这种主观性于是成为象征主义的第一个空间特征。

第二个空间特征是客体性。象征主义在主观性上与自然主义区别开,并接近了浪漫主义,但是与浪漫主义不同的地方在于,象征主义需要用外在的形象来呈现内在的主观内容。所谓象征,无非是要求一种具体化。卡恩曾经说:

---

①　Gourmont,"R&my de. L'Id£alisme", *Entretiens Politiques*, Vol. 4,No. 25,1892,pp. 145-148.

②　Mallarm6 Stephane. *Crise de vers*// Henri Mondor & G. Jean-Aubry, Euvres completes. Paris:Gallimard,1945.

　　对于作品的内容来说，我们厌倦日常生活，厌倦了经常相遇的、避不开的当代人，我们希望能在某个正好做梦的时刻（梦与生活不易区分）安排象征的发展。我们想用感受和思想的斗争代替个性的斗争，把头脑中的全部或者一部分作为行动的中心，而非是街头、十字路口陈腐的装饰。我们的艺术的根本目的是将主观之物客观化。①

　　这并不是卡恩个人的观点，也是象征主义流派共同的信念。怎样进入某种内心状态，怎样寻求内心的真实，怎样更好地表达心境，这些即便不是所有象征主义诗人共同关注的，也是绝大多数诗人关注的。马拉美所说的"暗示"就是客体性的一大特色，因为不直抒胸臆、直言其事，必须借助形象表达，作品自然就有暗示力。不过暗示力也带来一枚硬币的另外一面，即晦涩。传达个人心境需要借助象征，而每个人对象征的把握又难以取得一致，因而对象征背后的心境或者主题的解释，就是不确定的，甚至是晦涩难懂的。不过，诗人具体化的手段不同，这也带来不同的风格。马拉美喜用与触觉和视觉相关的形象，但冷冰冰，"好像是情感的黑洞"②；魏尔伦偏好韵律；吉尔偏好元音和辅音的音色；兰波善用新奇的视觉形象；拉弗格多取无意识中的视觉和听觉印象。

　　除此之外，象征主义还有一些空间特征，比如综合性，它要求综合各种不同的艺术，以呈现完整的生活，比如无政府主义的意识形态，它要求形式的反叛，其结果是自由诗的诞生。对于这些空间特征，还有一些问题需要调查。目前来看，综合性和无政府主义似乎是一个局部空间特征，而非全面的。在法国、英国、美国和中国，都可以看到反对自由诗、忽略艺术综合的象征主义诗人。

三、结语

　　通过划出象征主义流派不同的圈子，并对象征主义的时间特征和空间特征进行限定，象征主义流派的研究就会摆脱五人小组研究的困境，象征主义流派、

---

　　①　Adam, Paul. "Le Symbolisme", *La Vogue*, Vol. 2, No. 12, 1886, pp. 397-401.
　　②　李国辉：《人格解体与象征主义的神秘主义美学》，《外国文学·研究》，2019 年第 3 期，第 81—91 页。

思潮的研究就会打开新的局面。对这几个圈子的认识,既能成为研究方法,又能带来新的研究内容。从研究方法上看,通过象征主义的时间特征和空间特征来审视一个作家,更容易看清他的作品的共性与个性,也容易拿他与各个圈子里的作家比较。就研究内容来看,未来会出现一些新的研究,这至少表现为如下三点:第一,单一圈子内的研究。国内对第一个圈子和第二个圈子的研究,目前还涉及很少,这两个圈子中还有大量的话题、代表理论未得到深入研究。第二,不同圈子间的研究。这可以分为两类。第一类是前面三个圈子内的关系研究,这属于纯粹的法国文学研究。第二类是前面三个圈子与后两个圈子的关系研究,这属于比较文学研究。第三,象征主义的时间特征和空间特征的研究。上面对时间特征的描述,只是一个大的框架,鉴于象征主义的文学期刊目前还未完全梳理完,象征主义的诗学事件还有一些研究空白(比如内心独白问题、罗曼派的问题),新的历史尚待书写。就空间特征来看,除主观性和客体性两大特征外,是否还存在其他的特征,也值得进一步的思考。

(本文作者:李国辉)

象征主义在中国本土化的历程和策略

　　中国现代文学最具争议性的思潮是象征主义。梁实秋曾这样批评它："这一种堕落的文学风气,不知怎样的,竟被我们的一些诗人染上了,使得新诗走向一条窘迫的路上去。"①尽管象征主义受到很多非难,文学史却有自身的书写规则。站在将近一个世纪后的今天再来审视它,会发现它不仅是新诗现代性的主要资源,而且是国际象征主义思潮的重要构成部分。虽然具有共性的元素,中国的象征主义与其他国家的相比,并不是简单的模仿和移植,而是做到了扎根本土,具有真正的生命力。国内有学者指出这种诗学已经在中国本土化了。② 中国象征主义最大的特色,就在它的本土化上。但是这种本土化的历程、策略等问题,目前还未能得到清楚的回答。通过历史的考察可以发现,法国象征主义进入中国的历程,与中国的诗学、政治背景密不可分;象征主义的中国化是一种系统性的、对等性的重构。

一、从 symbole 到象征

　　在中国诗学中,"象征"一词的源头是《周易》。《系辞》说:"圣人立象以尽意。"《泰卦·疏》说:"详谓征祥。"③《周易》中虽然"象"与"征"都出现了,但没有连

---

　　① 梁实秋:《我也谈谈"胡适之体"的诗》,《梁实秋文集》编委会:《梁实秋文集》(第六卷),厦门:鹭江出版社,2002 年版,第 386 页。

　　② 陈太胜:《象征主义与现代诗学》,北京:北京大学出版社,2005 年版,第 128 页。

　　③ 阮元校刻:《周易正义》,《十三经注疏》,北京:中华书局,1980 年版,第 28 页。

用过。在长期的使用中,"象"和"征"也有合出的情况。例如成玄英的《南华真经》的疏说:"言庄子之书,窈窕深远,芒昧恍忽,视听无辩,若以言象征求,未穷其趣也。"[①]这里的"象"与"言"是一个词,"征"与"求"是一个词。"象""征"似连实断。晚清以前,未见"象征"真正作为一个词使用。只是后来,一本叫作《易经证释》的书说:"象征其物,序征其数。高下大小,远近来去,莫不可征。"[②]这里"象"与"征"仍然是主谓词组,但勉强可以视为一个词。但是《易经证释》是民国时期的书,不足成为"象征"一词在古代成立的标志。不过,这本用中国易学传统写就的书,对于解释"象征"一词还是有一定的参考性的。结合前面的例子,可以做出如下判断:"象征"在中国的语境中,合用可视为主谓词组,如果用白话译为"象的征兆"就成为偏正词组了,并不是一个独立的词。它具有浓郁的占卜学的气息,与文学和语言学上的"象征"没有关系,倒与天主教神学中的"启示"有些类同。

既然此"象征"不同于彼"象征",为什么国人用"象征"来译 symbole 呢?这就要从象征主义的译介说起。"象征"在西方,可以上溯到古希腊的词语 σύμβολον。这个词类似于中国的"符节",双方各执一半,以作验证。到了中世纪,它在拉丁语中写作 symbolum。因为象征之物往往用来验证身份,所以它的意思就延伸为代表信仰身份的词语,一种"教会概括它的信条的格言"[③]。简化一下,这个词就有了"信条选编"的含义。阿奎那(Thomas Aquinas)的《神学大全》(*Summa Theologiae*)第二集第二部中论信德的部分说:"象征作为信仰的规则而被传递下来(symbolum ad hoc traditur ut sit regula fidei)。"[④]这里的象征,就是"信条选编"的意思,明代来华传教的意大利人利类思将其译作"信经"。中世纪有一部信仰格言选,叫作"Symbolum Apostolorum",意思是"使徒信经"。

中世纪后期,随着天主教文献传入法国,这个词开始有了法语的对应词 symbole。该法语词大约在 1380 年出现,也继承了天主教文献中的意义。[⑤] 例如在

①   曹础基点校:《南华真经注疏》,北京:中华书局,1998 年版,第 618 页。

②   佚名:《易经证译》(上经第 2 册),天津:天津救世新教会,1938 年版,第 22 页。

③   Alain Rey. *Le Robert dictionnaire histoireque de la langue française*,*tome* 3,Paris:Dictionnaires Le Robert,1998,p. 3719.

④   Thomas Aquinas. *Summa Theologiae*,*tome* 17,Lander:The Aquinas Institute,2012,p. 18.

⑤   Alain Rey. *Le Robert dictionnaire histoireque de la langue française*,*tome* 3,Paris:Dictionnaires Le Robert,1998,p. 3719.

1596 年,出现过一本书《对信经的布道……》,标题原作 *Sermons catholi qves svr-le symbole des apostres ...* ,其中的 symbole,仍是"信条选编"的意思。到了 16 世纪中叶,象征在法语中的意义与"符号"的意义融合了,开始指"通过其形式或本质,与抽象的或者不在场的事物产生思想上的联系的自然现象或者对象"①。象征于是成为一种思想方式,也成为一种语言形式。例如在 1745 年的《新法拉大辞典》中,就同时出现了两个象征的词条。一种象征是天主教用法上的,另一种则是文学和语言学上的:"符号、类型、标志的种类,或者用自然事物的形象或特性代表道德事物,比如狮子是英勇的象征。(Signe,type,espèced'emblème,ou représentation de quelque chose morale par les images ou les propriété des choses naturelles,comme le lion est le symbole de la valeur.)"②18 世纪末期,随着法国浪漫主义文学观的崛起,象征的意义渐渐从抽象事物的象征,变为心灵的象征。例如斯达尔夫人(Madame Staël)认为要"将整个世界视作心灵感情的象征(considérer l'nivers entier comme un symbole des émotions de l'âme)"③。这里的象征不再是固定的象征,而是个性的象征。

　　斯达尔夫人的象征,传到了波德莱尔手里。波德莱尔(C. Baudelaire)是象征主义的先驱。不过,在象征主义使用这个词之前,法国的美学家维隆(Eugène Véron)就在著作《美学》(*L'Esthétique*)中使用了它。维隆的书论述象征主要在雕塑这一部分,象征涉及的是神像的塑造。具体来看,维隆的象征指的是神性的具体化、个性化,这种含义,实际上是从斯达尔夫人退回到《新法拉大辞典》的年代了。《美学》一书出版于 1878 年,五年后,日本学者中江兆民,将维隆的书翻译成日文,题作《维氏美学》出版。维隆的原书,既出现了 symbole,也出现了 symbolism,两个词意义相关,后者指的是象征在艺术中的运用。中江兆民第一次在汉文化圈用"象征"来译 symbolism,比如这句话"一旦诸神的像已经完成,某神因为司某职,一定有甲种象征,某神因为司某职,一定有乙种象征(一旦諸神ノ像已

---

① Alain Rey. *Le Robert dictionnaire histoireque de la langue française*,tome 3,Paris:Dictionnaires Le Robert,1998,p. 3719.

② L'Abbé Danet. *Nouveau grand dictionnaire de Francois*,*Latin*,t. 2,Varsovie:L'Imprimerie Royalle de la republique,1745,p. 524.

③ Madame la Baronne de Staël. *Oeuvrwes complèes de Madame la Baronne de Staël*,t. 10,Paris:Treuttel et Würtz,1820,p. 264.

ニ成リ、某神ハ某職ヲ司ルヲ以テ必ズ甲ノ象徴有ラザル可ラズ、某神ハ某職ヲ
司ルヲ以テ乙ノ象徴有ラザル可ラズト)"①,这句话在维隆的书中找不到,是中江
兆民根据自己的理解增添的句子。它对应的是维隆谈古希腊神像的象征的话。

　　法国象征主义大约在 1886 年成立,它将语言和修辞学上的象征,拓展为一
种注重暗示和神秘性的写作手法,这就是象征主义最基本的含义。日本的诗人
和批评家在明治末期,开始注意这种新的思潮。岩野泡鸣曾在 1907 年 4 月的
《帝国文学》上发表《自然主义的表象诗论》一文,他指出:"法兰西自 19 世纪后半
叶,几乎同时出现种种主义。左拉的自然主义不必说了,诗界中有勒孔特·李斯
勒的虚无主义,波德莱尔的恶魔主义,魏尔伦或者马拉美的表象主义(エルレイ
ンやマラルメの表象主義)……"②这里用"表象主义"来译 symbolisme,而非使
用中江兆民的术语。1907 年 10 月,河井醉茗在《诗人》杂志上发表《解释〈薄暮
曲〉》一文,指出:"原诗的作者波德莱尔,继承法兰西诗坛高蹈派,开辟了象征派
的新天地(象徵派の新天地を闢いたである)。"③这里提出的"象征派"一词,就是
后来通行的译法。这个词具有名词的词性,它原本主谓词组的词义被弱化了,这
是一个关键的拐点。明治四十三年到大正三年这几年间,可以看到服部嘉香、三
木露风、蒲原有明等诗人、批评家也都接受了"象征""象征派""象征主义"的术
语,促进了它们的流行。厨川白村是有影响的文艺理论家,他 1912 年出版了《近
代文学十讲》。该书提出四种"象征"的分类法,"象征主义"的"象征"属于第四
种。厨川白村的这本书,可以看作"象征"成为固定术语的一个标志。

　　民国初期,由于中国的外国文学研究起步比日本略晚,加上当时有不少中国
留学生赴日学习,因而日本的象征主义研究就传到了中国。象征主义最早的介
绍,是 1918 年陶履恭发表的《法比二大文豪之片影》。该文提到了梅特林克(M.
Maeterlinck)的《抹大拉的玛丽亚》(*Mary Magdalene*),这是一部刚刚在伦敦出
版的英译剧本。陶履恭还指出梅特林克是"今世文学界表象主义 Symbolism 之
第一人"④。陶履恭曾经在东京高等师范学校读过几年书,接触过日本文学的资

---

① 中江兆民:「中江兆民全集·3」,東京:岩波書店,2000 年版,第 97 页。
② 日本近代詩論研究会:「日本近代詩論の研究」,東京:角川書店,1972 年版,第 250 页。
③ 日本近代詩論研究会:「日本近代詩論の研究」,東京:角川書店,1972 年版,第 257 页。
④ 陶履恭:《法比二大文豪之片影》,《新青年》,1918 年 5 月,第 430 页。

料,于是他借鉴了日文中的"表象主义"这一术语。两年后谢六逸发表《文学上的表象主义是什么》一文。谢六逸的这篇文章选译了厨川白村的《近代文学十讲》,比如四种象征的分类法。谢六逸对"表象"这个日语词感兴趣,他在文中使用的都是该术语。该术语还在当年沈雁冰的《我们现在可以提倡表象主义的文学么?》一文中出现过。

随后"象征主义"这个术语在罗家伦《驳胡先骕君的〈中国文学改良论〉》一文中出现了。① 这个术语的来源现在还不清楚,不能完全肯定是来自日本。但之后的几个人的情况就比较确定了。1919 年 11 月,朱希祖选译厨川白村《近代文学十讲》中的《文艺的进化》一节,发表在《新青年》上。文末有一句话:"未能写实而讲象征主义,其势不陷入于空想不止的。"②这里的术语出处是清晰的。几个月后,周作人在《英国诗人勃来克的思想》一文中说:"自然本体也不过是个象征。我们能将一切物质现象作象征观。"③周作人的留日学生的身份,能揭示他的术语的渊源。文中涉及波德莱尔、德拉克洛瓦(E. Delacroix)的思想,因而与西方象征主义思潮有关系。

就五四初期"象征"一词的使用来看,可以判断它基本来自日本。1921 年和1922 年,是"象征"这个词在中国确立的年份,这两年,田汉、刘延陵、李璜、滕固等人都采用了"象征"的表述。1922 年后,不使用"象征"一语的批评文章就变得极少见了。虽然象征在术语上来自日本,但是这并不意味着象征的概念也完全是外来的。中国晚清之前没有"象征"一词,但是它的概念在其他的术语中寄寓着。比如比兴、意象等术语,它们同样要求暗示性,在实际运用中,也有一部分与道家的无、佛家的空等形而上学概念有联系,具有一定的神秘性。因而,象征的内涵,在中国诗学的某些术语中是存在的。象征是一个外来词,但并不完全是一个外来的诗学概念。穆木天曾说:"象征主义,是有什么新鲜的流派之可言呢? 不错的。杜牧之,是在诗里使用象征的。李后主,也是在诗里使用象征的。"④这种说法,既不能算对,又不能算错,需要在术语和概念上综合考虑。

① 张大明:《中国象征主义百年史》,开封:河南大学出版社,2007 年版,第 22 页。
② 厨川白村:《文艺的进化》,朱希祖译,《新青年》,1919 年 11 月,第 584 页。
③ 周作人:《英国诗人勃来克的思想》,《少年中国》,1920 年 2 月,第 44 页。
④ 穆木天:《象征主义》,傅东华编:《文学百题》,北京:生活·读书·新知三联书店,2014 年版,第144 页。

1925年,李金发出版诗集《微雨》,标志着中国新诗新时代的到来。次年,穆木天、王独清等在日本留过学的诗人(王独清后来也在法国留学),热烈讨论象征主义的做法,遂产生了中国现代第一波象征主义运动。该运动促进了"象征"一词深入人心,不管对象征主义接不接受,都不影响"象征"成为稳定的诗学术语。不过,它要真正获得诗学地位,还需要面临时代的选择。

二、被压抑的象征主义

象征有一副国人熟悉的面孔,法国象征主义就未必如此了。从1919年到1932年,法国象征主义在中国经历了由受欢迎到受冷落的大转折,这跟当时的时代背景有关系。五四时期的新文学革命,主要的成绩在语言上,它的言文合一的主张,造就了五四时期散文和小说不俗的成绩,但是就诗歌来看,却褒贬不一。梁实秋曾说:"白话为文,顺理成章,白话为诗,则问题甚大。胡先生承认白话文运动为'工具的革命',但是工具牵连至内容,尤其是诗。工具一变,一定要牵连至内容。"①其实不仅是内容,新诗的风格也有了彻底的变化,当时的风格多为"明白",喜欢议论。五四新文学是一种"典范的变迁"②,它使国人自愿用西方的价值、观念作为标准,对中国文学进行思考和评判。正是在这种背景下,可以看到中国古典诗歌美学被搁置了。朱自清在讨论五四白话诗时,曾指责它"缺少了一种余香与回味"③,这句话未尝不可以看作是对意境美学怀有的乡愁。明白的风格从内部阻止胡适、康白情等诗人重建新诗意蕴的深度,但是唐诗的伟大传统又成为一个潜在的范例,期待诗人在意蕴上有所成就。这种态势在五四之后产生一种巨大的张力,正是这种诗学张力,促进了法国象征主义译介到中国。这说明象征主义最初的译介,并不是一个偶然的现象。诗人和批评家们想从中得到与中国的意境说类似的理念和做法。

徐志摩虽然被目为格律诗人,但是他也是象征主义美学的热衷者。1924年

---

① 梁实秋:《梁实秋论文学》,台北:时报文化出版公司,1981年版,第3页。
② 余英时:《文艺复兴乎? 启蒙运动乎?》,余英时等:《五四新论》,台北:联经出版事业公司,1999年版,第17页。
③ 朱自清:《导言》,朱自清编:《中国新大学大系·诗集》,上海:上海文艺出版社,2003年版,第2页。

他曾翻译波德莱尔的《死尸》。在前言中,徐志摩谈到对音乐的韵味的向往:"我深信宇宙的底质,一切有形的事物与无形的思想的底质——只是音乐,绝妙的音乐。"①这里的音乐精神,与言有尽而意无穷的意境是相通的。徐志摩想通过波德莱尔走入一种特殊的诗境。但这是一种自我放逐到异国的行为,还是变相的回归,其中界限并非截然分明。徐氏不但在杂志上宣传象征主义,而且在课堂上布置波德莱尔的翻译任务。一位年轻的大学生邢鹏举受到了徐志摩的影响,开始对法国象征主义产生兴趣,并决心借助英译本翻译波德莱尔的散文诗。邢鹏举在法国诗人那里找到了当时的新诗没有的东西,他形容自己"整个的心灵都振动了",他还将象征主义的风格归纳为"舍明显而就冥漠,轻描写而重暗示"。②波德莱尔并不是唯一被关注的象征主义诗人。拉弗格、魏尔伦、兰波等诗人也得到了注意。穆木天从拉弗格那里学到了不少象征主义的暗示技巧。

虽然创造社和新月社的一些诗人,开始重视象征主义艺术,但是这种尝试只是昙花一现。在穆木天发表《谭诗》的两个月后,五卅惨案爆发,五年后,"九一八"事变发生,这些国难极大地触动了诗人的神经,也改变了文学的风格。穆木天的话有代表性:"在此国难期间,可耻的是玩风弄月的诗人!诗人是应当用他的声音,号召民众,走向民族解放之路。诗人是要用歌谣,用叙事诗,去唤起民众之反对帝国主义的热情的。"③新民主主义革命的使命,使得文学的功能发生了改变,意蕴的营造、象征的探寻都属于诗的内在功能,而宣传革命、号召大众,则属于外在功能。当时诗的功能的变化,就是从内在功能大步地迈向了外在功能。

正是在文学功能转变的大背景中,象征主义开始受到压抑。穆木天并不孤独,人们看到创造社成员几乎集体转向,提倡大众化的诗歌。王独清是其中的一位,他说:"我们处在这样的一个时代,许多血淋淋的大事件在我们面前滚来滚去,我们要是文艺的作家,我们就应该把这些事件一一地表现出来,至少也应该有一番描写或一番记录。"④在此期间,不但象征主义面临困境,有象征主义倾向的新月社诗人也受到批评。后者偏重唯美和暗示的诗风,很多时候被认为是在

---

① 徐志摩:《死尸》,《语丝》,1924年第3号,第6版。
② 邢鹏举:《波多莱尔散文诗》,上海:中华书局,1932年版,第37页。
③ 穆木天:《我主张多学习》,郑振铎、傅东华编:《我与文学》,上海:上海书店,1981年版,第318页。
④ 王独清:《知道自己》,《独清自选集》,上海:上海书店,2015年版,第297页。

美化现实。这种批评意见,并不是捕风捉影。为了表现音乐精神,传达无意识的心理活动,中国初期象征主义诗人往往吐露的是阴暗、消沉的情绪。比如王独清的《失望的哀歌》《我从 Café 中出来》,穆木天的《乞丐之歌》《落花》《苍白的钟声》,还有冯乃超的《悲哀》《残烛》。这些情绪是法国象征主义诗作中常见的,但是法兰西第三共和国的历史环境,与中国新民主主义革命的环境并不一样。法国象征主义的阴暗情绪,来自知识分子对法国资产阶级道德的厌恶(比如波德莱尔、兰波),以及对工人运动、无政府主义运动的疏远(比如马拉美)。换句话说,法国象征主义的情感基调,来自一个被撕裂的社会。法国象征主义诗人代表了逃避现实的一类人的心理,这种心理在法国有群众基础。但是在新民主主义革命时期的中国,社会的联合而非分裂是当务之急,逃避现实的情绪与主流情感不合。中国初期象征主义诗人们的自我世界,如果说有独立性,那么这种独立性也往往属于虚构。

另外,中国初期象征主义诗歌模仿法国的颓废形象,也给上述批评带来口实。李金发诗中生涩的形象,很多是模仿波德莱尔的,比如他的"残叶""弃妇"。创造社诗人亦然,王独清诗中的"病林",穆木天诗中的"腐朽的棹杆""虚无的家乡",都有人云亦云之嫌。这些人工的形象,再加上时常欧化的句子,容易让诗作成为众矢之的。李健吾曾这样反思:"李金发却太不能把握中国的语言文字,有时甚至于意象隔着一层,令人感到过分浓厚的法国象征派诗人的气息,而渐渐为人厌弃。"[①]虽然创造社诗人在语言和形象上得到了一些改进,与李金发早期的诗作已有不同,但是李健吾的批评对他们来说仍然有一定的有效性。

在这种大背景下,诗歌的情感不得不被重新定义,它现在的标准是现实的真实。穆木天的说法很有代表性:"感情,情绪,是不能从生活的现实分离开的,那是由客观的现实所唤起的,是对于客观的现实所怀抱出来的,是人间社会的现实生活之反映。"[②]这里可以推出一系列新的观念:真正的诗,就是表现现实感情的诗;真正的诗人,就是对现实怀有真实感情的诗人。值得注意,这种新的定义,并非完全是意识形态强加的标准,它也是诗人自身的渴望,已经内在化了。对象征

---

① 李健吾:《新诗的演变》,郭宏安编:《李健吾批评文集》,珠海:珠海出版社,1998 年版,第 25 页。

② 穆木天:《诗歌与现实》,《现代》,1934 年 6 月,第 222 页。

主义的疏远也是诗人内在化的要求。

法国象征主义的诗风,有鲜明的颓废倾向。这种颓废并不仅仅是道德上的颓废,它也指美学上的革新精神。颓废在象征主义诗人心中,并不是一个负面的词眼,它含有对美学新价值的追求。但是在中国新民主主义革命的背景下,颓废的意思改变了,它成为远离民众的无病呻吟。蒲风曾这样评价创造社诗人:

> 穆木天唱出了地主没落的悲哀,颇有音乐的清晰的美;王独清唱出贵族官僚的没落颓废,一种抚今追昔的伤感热情委实动人;冯乃超的诗虽然颇新颖,多用暗喻,有朦胧的美,也脱不了颓废、伤感、恋爱的一套。算起来,三个人都恰好代表了革命潮流激荡澎湃中的另一方面,由他们口里道出的正是那些过时的贵族地主官僚阶级的悲哀,这种悲哀和革命潮流的澎湃是正比例的哩!①

在蒲风的笔下,颓废的意思与"地主没落的悲哀"同义,这个词义不但不是美学上的,也不完全是道德上的,它主要是政治上的、革命态度上的。其实,这种思想在穆木天那里也存在,穆木天表示"不能作(做)一个颓废的象征主义者"②。这句话犯了错,象征和颓废本身就是一体的。但是穆木天的话又有一定的合理性,这句话表明,在中国初期象征主义诗人那里,象征主义的概念发生了分裂。因为诗的定义和功能的改变,原本属于颓废美学的内容,现在被异化,从诗的领域中被剔除出去。象征主义面临被肢解的危险,如果它还想保持它的存在,它就必须调整,也就是说它必须本土化。

三、象征主义的本土化

象征主义本土化的方式是与中国诗学融合,这种融合不仅能让法国象征主义拥有中国美学特征,而且能纯化法国的理论。具体来看,这种融合主要表现为

---

① 蒲风:《五四到现在的中国诗坛鸟瞰》,黄安榕、陈松溪编:《蒲风选集》,福州:海峡文艺出版社,1985年版,第797—798页。

② 穆木天:《我主张多学习》,郑振铎、傅东华编:《我与文学》,上海:上海书店,1981年版,第319页。

两个方面。一个方面是在创作上将象征与比兴、意象融合,另一个方面是在理论上用比兴、意境理论来解释象征主义。

就创作上看,虽然中国初期象征主义诗人受到批评,但这并不意味着他们没有探索过中国风格。李金发和创造社诗人,有意无意地也做了一些尝试。比如李金发的《微雨》集中的《律》一诗中,"月儿""桐叶"等意象主要来自中国古典诗歌,诗中的情感也与古诗中频繁出现的"伤秋"接近;《食客与凶年》中的《夜雨》一诗中,"瘦马""远寺"等意象,也有边塞诗的风味。不过,这类诗在李金发的作品中数量少,不是主流。穆木天和冯乃超使用的传统意象比较多,比如穆木天的《雨后》、冯乃超的《古瓶咏》,这些诗不但使用古典的意象,而且注意营造一种追思的、怀旧的意境。

这些诗作在意境的营造上开启了一条不同于西化诗的新路。戴望舒、何其芳等诗人随后也走上这条路。就 20 世纪 30 年代优秀的现代派诗作来说,它们不仅抛弃了法国象征主义阴暗、腐朽的形象和情感,而且在传统形象的使用上,也不同于之前的诗作。在穆木天、冯乃超等诗人那里,传统的形象往往是由某种情调串联起来的,它们就好像一颗颗宝石,但是必须有一个链子串着,否则就散乱不堪了。但在戴望舒和何其芳的一些诗中,形象开始呈现另外一种功能,它不是情感的装饰,而是能生发情感的。比如戴氏的《印像》一诗,象征被遗忘的印像(象)的是"铃声",是"颓唐的残阳"。[1] 诗中并没有情感的直接流露,情感是在形象的关系中自己生发出来的。这种寄寓着情感的形象,才是真正的意象。如果形象能渐渐生发情感,那么它其实也是象征。

象征主义中国化更重要的是表现在理论上。五四后期出现了不少法国象征主义诗学译介的文章,这些文章中少数使用与意象有关的术语来翻译,这是象征主义本土化的最初尝试。李璜编译的《法国文学史》(1922)中,出现了"意味"这个词,比如"象征意味""包藏的意味"[2],明显借鉴了《文心雕龙》等文学理论著作。创造社成员也在这方面迈出脚步。穆木天在讨论象征主义的纯诗时,将李白和杜甫做了对比:"读李白的诗,总感觉到处是诗,是诗的世界,有一种纯粹诗歌的

---

① 戴望舒:《诗五首》,《现代》,1932 年 5 月,第 83 页。
② 李璜:《法国文学史》,上海:中华书局,1923 年版,第 244 页。

感,而读杜诗,则总离不开散文,人的世界。"①这里并不仅仅是用李白的诗来附会纯诗,它也对象征主义纯诗做了本土的解释。

总体来看,上面这些工作发挥的作用不大,系统地、认真地使用传统诗学理论的情况还没有看到,做出更大成绩的是现代派的诗人和理论家。卞之琳1932年11月发表了《魏尔伦与象征主义》一文。该文译自尼克尔森(Harold Nicolson)出版于1921年的《魏尔伦》一书。卞之琳的译文中有这样一句话:"他底暗示力并不单靠点出无限的境界,并不单靠这么一套本领……"②原文中的"the infinite",是一个抽象的词,相对的是有限的现象世界。卞之琳用了一个中国化的词"无限的境界"来译它,明显在用中国的意境(境界)理论来解释象征主义。还有另外一个地方,原文是"to suggest the something beyond"③,意思是用一些外在的场景来暗示超越这些场景的东西,这些东西往往是情绪。卞之琳将这句话译作"言外之意"。卞之琳曾说当他在中学时期接触法国象征主义诗歌时,感觉这些诗"与我国传统诗(至少是传统诗中的一种)颇有相通处"④。他很早就有会通中国和法国诗学的心愿。

象征主义中国化最重要的一位理论家是梁宗岱。推动梁氏做这种努力的,一方面是革命时代的时势所迫,另一方面是他对中国诗歌传统的崇敬之心。他曾指出:"因为有悠长的光荣的诗史眼光望着我们,我们是不能不望它的,我们是不能不和它比短量长的。我们底诗要怎样才能够配得起,且慢说超过它底标准。"⑤对梁氏来说,借鉴法国象征主义,并将它与中国诗歌传统结合起来,这是实现他的诗歌理想的唯一道路。如果两边都是伟大的传统,那么这两种传统就有对话的价值。他把"象征"与中国的"兴"比较,发现它们有很大的相似性。兴即"感发志意",在《诗经》中常常出现在诗句的开头,引出要吟咏的感情。但"兴"也可以视为一般的作诗法,指情景交融,这样就与意境搭上了关系。梁宗岱将象征解为"情景底配合",不过,情景的配合有高低之别,较低者是"景中有情,情中有景",较高者是"景即是情,情即是景";后者才是象征能够达到的高度,它的表现

---

①　穆木天:《谭诗》,《创造月刊》,1926年3月,第86—87页。
②　卞之琳:《魏尔伦与象征主义》,《新月》,1932年4卷4期,第17页。
③　Harold Nicolson. *Paul Verlaine*, London: Constable, 1921, p.248.
④　卞之琳:《卞之琳集》,北京:中国社会科学出版社,2009年版,第326页。
⑤　梁宗岱:《梁宗岱文集》(Ⅱ评论卷),北京:中央编译出版社,2003年版,第30页。

是"物我或相看既久,或猝然相遇,心凝形释,物我两忘:不知何者为我,何者为物"①。梁氏的这句话,明显借鉴了王国维的"无我之境"说。联系上文,则可知一般的"兴"等同于"有我之境","象征"等同于"无我之境"。

梁宗岱还总结了象征的两个特征,一个是情景融洽,一个是含蓄。从这两个特征中很难看出法国象征主义的影子,倒像是宋代诗学的重新解释。这样做不但让法国象征主义去掉了它的颓废美学,而且迎合了 20 世纪 30 年代民族风格的要求。中国象征主义现在不仅是一种现代的文学思潮,而且是一种美学上的复古运动。梁氏后来填出一部词《芦笛风》,这并不奇怪。象征主义的中国化,使梁宗岱发现宋词代表的诗歌才是真正的"纯诗",于是他选择了一条复古式的现代主义道路。

梁宗岱并非单纯用中国诗学来解释象征,那样会让象征成为一个虚假的幌子,所谓象征主义的中国化就成为空中楼阁了。他造了一个新词"象征意境",这个中西合璧的词,有他新的思考。表面上看,这个词有点画蛇添足,因为象征就是意境,意境就是象征,两个词原本是一体的,硬要相连,岂不是头上安头?梁宗岱其实是想让意境与法国象征主义的感应说结合起来。波德莱尔、马拉美的象征,来自一个感应的世界。这个感应的世界,与中国唐宋诗学的境界并不相同。感应需要将人与世界万物看作是一致的,属于相同的实体。而中国佛家的"空"、道家的"无",都否定这种实体的存在。梁宗岱不但想引入一种新的世界观,而且想利用感应革新象征的创作方式。他说:"象征之道也可以一以贯之,曰,'契合'而已。"②这里说的"契合"是感应的另一个译名。理论上看,如果真正可以获得感应的体验,那么诗人的象征就透露超自然的秘密,就与法国象征主义的象征合流了。

20 世纪 30 年代,象征主义诗歌一度崛起,但是在全面抗日战争爆发后,戴望舒、卞之琳、何其芳等诗人渐渐疏远了象征主义诗风,回到现实主义的潮流中。20 世纪 40 年代,象征主义的一些元素在冯至、穆旦、唐湜等人的诗作中得到延续。这些诗人对于象征主义的中国化也做了工作。这里面值得注意的是唐湜。

---

① 梁宗岱:《梁宗岱文集》(Ⅱ评论卷),北京:中央编译出版社,2003 年版,第 66 页。
② 梁宗岱:《梁宗岱文集》(Ⅱ评论卷),北京:中央编译出版社,2003 年版,第 69 页。

唐湜不以象征主义者自居,但是他的诗学理念与象征主义有很多一致性。不同于梁宗岱用"兴"来解释"象征",唐湜拈出了"意象"。这种意象并不完全是刘勰"窥意象而运斤"的意象。虽然唐湜尽量从中国诗学中寻找根据,但是这种意象与诗意的关系,"是一种内在精神的感应与融合"①。这里透露出他的意象其实是象征。他想用意象这个本土诗学术语来思考象征的问题。唐湜的意象,到底是象征化的意象,还是意象化的象征呢? 可能没必要做严格的区别。这两种倾向有很大的重叠。在《论意象》一文中,唐湜还把波德莱尔的《感应》一诗当作意象的例子,并总结道:"象征的森林正是意象,相互呼唤,相互应和,组成了全体的音响。"②虽然唐湜没有用"含蓄""情景交融"等概念,但是他的"意象"本身已经能阐释出象征的特征,这自然产生中国化的象征主义观念。

20 世纪 40 年代后,台湾诗人覃子豪也在象征主义的本土化上做过思考。覃子豪的思路与梁宗岱非常接近,他认为"比兴是象征的另一个名词。而象征无疑的是中国的国粹"③。将象征看作"国粹",自然不符合事实,但是这里面有一种心理上的真实性,即将象征想象成中国固有的诗学概念。覃子豪也把象征与境界联系起来,但他认为二者还有区别:境界是进入理念世界的状态,而象征则是传达境界的方式。进入新时期,国内已经没有专门的象征主义流派,不过,以梁宗岱等人为代表的象征主义本土化运动,已经让象征的观念深入人心。这就产生了一个问题,梁宗岱等人是通过什么样的策略做到的呢?

四、象征主义本土化的策略

象征主义本土化只是一种笼统的概括,它并不能说清现代时期中国象征主义诗学的真实情况。比如,为什么能本土化? 怎么本土化? 怎么保留? 这些问题目前还没有得到解决。下面将象征主义分作四个方面,尝试弄清这个问题。法国象征主义作为特殊的文学思潮,是一种系统性的理论,涉及主体论、本体论、美学论、艺术论的内容,这四个内容分别对应的是作家、世界、读者、作品四个要

---

① 唐湜:《新意度集》,北京:生活·读书·新知三联书店,1989 年版,第 9 页。
② 唐湜:《新意度集》,北京:生活·读书·新知三联书店,1989 年版,第 10 页。
③ 覃子豪:《论现代诗》,台中:曾文出版社,1982 年版,第 213 页。

素。通过这四个方面的内容,并以梁宗岱的诗学为主要考察对象,可以对象征主义的本土化做更全面的理解。

　　首先看主体论。余宝琳(Pauline R. Yu)曾认为法国象征主义诗人与中国形而上学诗人的共同点是"偏好直觉理解"①。这种判断也适用中国象征主义诗人,他们和法国象征主义诗人一样,是直觉而非理性的诗人。这种直觉主要表现在对感受力的强调上。不过,就感受力来看,两边的情况又有很大差别。法国象征主义诗人的感受力具有病态的特征。勒迈特(Jules Lemaitre)曾指出魏尔伦有"病态的感觉"②。其他的法国象征主义诗人也大多如此,马拉美得过神经症,波德莱尔渴望精神的迷醉,他曾自述自己多次处在超自然的世界中,而兰波倡导的通灵人,本身就有打乱感官的病态体验。为了获得这种病态的精神,波德莱尔和兰波甚至服用过大麻和鸦片,以达到所谓的"人格解体"的状态。③ 梁宗岱眼中的诗人,则是正常的抒情者,面前的自然与他情感交流,合乎刘勰所说的"人禀七情,应物斯感"。这种心境就是感兴,诗人就是内心发生感兴的人。这种诗人当然有敏锐的感受力,但是他内心得到的触动,并不是人为造就的。梁宗岱自己说得也很清楚:"当一件外物,譬如,一片自然风景映进我们眼帘的时候,我们猛然感到它和我们当时或喜,或忧,或哀伤,或恬适的心情相仿佛,相逼肖,相会合。"④这里的看法与感兴说是吻合的。不过,梁宗岱还提出另一种主体状态,这就是观物:"洞观心体后,万象自然都展示一副充满意义的面孔;对外界的认识愈准确,愈真切,心灵也愈开朗,愈活跃,愈丰富,愈自由。"⑤宋代大儒邵雍曾提出类似观物的心法,佛家也要求观。梁宗岱这里想沟通过去的圣人,让诗也能体悟大道。这种观物倒是人为的活动,但它与法国象征主义诗人的方法仍旧不同。观物并不改变感觉,法国象征主义的人格解体往往带来错觉和幻觉。波德莱尔曾说:"我忘了艾德加·坡在哪里说过,鸦片对感官的效果,是让整个自然具有超自然

---

　　① Pauline R. Yu. "Chinese and Symbolist Poetic Theories", *Comparative Literature*, Vol. 30, No. 4, 1978, p. 302.

　　② Jules Lemaitre. "M. Paul Verlaine et les poètes 'symbolistes' & 'décadents'", *Revue Bleue*, Vol. 25, No. 7, 1888, p. 14.

　　③ 李国辉:《人格解体与象征主义的神秘主义美学》,《外国文学研究》,2019年第3期,第89页。

　　④ 梁宗岱:《梁宗岱文集》(Ⅱ评论卷),北京:中央编译出版社,2003年版,第63页。

　　⑤ 梁宗岱:《梁宗岱文集》(Ⅱ评论卷),北京:中央编译出版社,2003年版,第84页。

的意味,每个事物都有了更深刻、更自觉、更专横的意义。不借助鸦片,谁了解这种美妙的时刻? 那是头脑真正的愉悦,那里更专注的感官感觉到更强烈的感觉,更透明的天空像一个深渊,伸向更无限的空间。"①

在主体的精神状态上,可以看出,一边是自然的、正常的,一边是人为的、病态的,这正代表着感兴的诗人与颓废的诗人的分歧。象征主义中国化既然首先是去除颓废的元素,则法国象征主义的主体特征必然要被替换掉。象征主义诗人一旦变成感兴的诗人,则比兴、意境的观念就能顺利引入,这种诗学就有中国风貌了。

其次看美学论。法国象征主义美学最重要的特征是暗示。它在这一点上与自然主义文学不同。象征主义渴望穿过表面的事物,进入另一个世界。在波德莱尔那里,这是一种超自然的世界,与宗教经验相似;在马拉美那里,这是一种理念的世界,带有虚无主义的精神;在兰波那里,这是一种奇特的幻觉世界。这三位诗人虽然各有不同,但是总的来看,可以将他们的世界称为梦幻的世界。梦幻的世界也是魏尔伦和拉弗格的追求。梦幻的世界因为是个人性的,所以无法传达,因而法国象征主义采用了暗示的手法。马拉美曾说:"诗歌中应该永远存在着难解之谜,文学的目的是暗示事物,没有其他的目的。"②中国象征主义美学主要的特征是含蓄。中国诗人像巴纳斯诗人一样,喜欢表现自然中的事物,但是自然中的事物,往往与诗人的心境存在着交融。这里可以分两层来说:第一层是形象与诗人的情感契合,外在景物的明暗动静,与诗人的悲欢离合有着共鸣;第二层是形象与诗人悟道之心有了联系,形象中好像有天地的精神,正所谓"目击道存"。

中国现代象征主义的含蓄与法国象征主义的暗示,相同的地方是都反对直接陈述,但又有不同。暗示和象征是一体的,含蓄和意象是一体的。为了说清楚,不妨从象征和意象的区别开始谈。法国象征主义的象征与之前的宗教、文艺上的象征不同,它是梦幻的心境中自发产生的形象。这种形象一来是主观的,不是客观世界现有的,二来是变形的,不是正常的。比如马拉美《海洛狄亚德》

---

① Charles Baudelaire. *CEuvres Complètes*, tome 1, edited by Yves Florenne, Paris: Le Club français du livre, 1966, p. 651.

② Stéphane Mallarmé. *CEuvres complètes*, Paris: Gallimard, 1945, p. 869.

(*Hérodiade*)诗中的"紫水晶的花园"。中国现代象征主义诗人们继承的基本是意象的传统。这些诗人喜欢利用客观世界现有的、正常的形象,来抒发感情,传达心境。严格说来,中国象征主义诗人运用的主要是意象,而非象征。其原因也很好理解,因为中国诗人的主体是一个感兴者,而非一个迷醉的、病态的感受者。

在美学论上可以看出,法国象征主义和中国象征主义依然有很大的区别,以含蓄来解释象征主义,这是对象征主义的重大更改。不过,因为含蓄和暗示在反对直接陈述上、在意蕴的丰富性上拥有相似的倾向,因而这种代替有对等性。

再看本体论。法国象征主义往往表达一个超越的世界,在它那里,"文学的本质也被理解为对另一个理想世界的提示,是对'天国'的幻象的呈现"①。天主教确实有两个世界的观念,不过目前的研究一般忽视了这样一个事实,即法国象征主义的代表诗人要么没有宗教信仰,要么是异教徒。马拉美是一个虚无主义者,兰波在创造个人感觉的宗教,波德莱尔同时信仰基督和撒旦,他曾在日记中说:"即使天主不再存在,宗教仍然会是神圣的、完美的。"②这句话一方面表明波德莱尔的宗教情怀,另一方面也揭示了他的异教徒的身份。

整体来看,法国象征主义诗人眼中的超越世界主要是一个保留感受力的精神世界。在这样一个精神世界中,诗人并未丧失身体,相反,他们身体的感受力更加敏锐了。他们与人格解体的精神病人接近,不同于陷入迷狂的宗教徒。所以,法国象征主义诗歌的超越性是有限的,它表达的主要是一种梦幻的心境。刘若愚认为法国象征主义诗人"用诗来代替宗教"③,也表明了梦幻心境并非真正的宗教。中国象征主义诗人由于具有现实主义创作的需要,超越性的冲动是缺乏的。尽管梁宗岱强调感应说,也想给中国新诗引进新的内容,但这更多的只是他的理想,而非实效。他的创作和理论出现了不小的断裂。他的世界观融合了道家与法国象征主义的神秘思想:"我们在宇宙里,宇宙也在我们里:宇宙和我们底自我只合成一体,反映着同一的荫影和反应(映)着同一的回声。"他早期的《晚祷》《星空》诗中有些基督教的彼岸情感的影子。但《芦笛风》中主要的诗,抒发的

①　吴晓东:《象征主义与中国现代文学》,合肥:安徽教育出版社,2000 年版,第 47 页。

②　Charles Baudelaire. *CEuvres complètes*,tome 3,edited by Yves Florenne,Paris:Le Club français du livre,1966,p. 1181.

③　James J. Y. Liu. *Chinese Theories of Literature*,Chicago:The University of Chicago Press,1975,p. 55.

是两性之情,情感和形象都更细腻。虽然不能完全排除梁宗岱的形而上的冲动,但是他的诗作以人间的感情为主,不大脱离现实,也不重视寻找梦幻。这种感情还是来源于一个感兴的诗人。

在本体论上,中国现代的象征主义诗人用一种现实的情感来代替法国象征主义梦幻的情感。这种代替因为都弱化形而上的元素,强化个人情感的元素,所以具有相同的倾向,具有对等性。

最后看艺术论。艺术论这里涉及的技巧和理论很多,无法一一比较。这里以纯诗(Poésie pure)理论为代表,来看双方的不同。纯诗是法国象征主义最重要的技巧理论之一,在波德莱尔、马拉美、吉尔(René Ghil)、瓦莱里(P. Valéry)的理论中都有论述。波德莱尔多次提到纯诗的概念,他没有给纯诗下过定义,只是暗示纯诗具有"异常的和充满幻想的气氛",有"抚慰人的东西"①。他的纯诗偏重主题的方面。在马拉美、瓦莱里那里,纯诗成为一种心灵的状态,一种无我的虚无主义。莫索普(D. J. Mossop)将其形容为"一种在另一种状态下理解自己的方式,是把自己当作镜子"②。这种纯诗与福楼拜(G. Flaubert)提倡的纯粹的风格还不相同。在马拉美那里,纯粹体现为诗人的退场。即是说诗人似乎放弃他的创造力,让词语和形象自己建立联系,诗人就像是一块反射光亮的宝石,他并不改变光亮,也不创造光亮。马拉美曾说:"纯粹的作品意味着诗人演讲技巧的消失,它将主动性交给词语,词语通过它们的差异而被发动起来。它们因为相互的反射而放光,就像火焰隐晦的光亮掠过宝石上面一样。"③马拉美是想在长期体验中等待他想要的形象和语句自发出现。这是一种被动的创作方式,但是需要对词语和形象有更高的体会。这种理论并不是一种设想,而是得到了一些实验。从《海洛狄亚德》来看,它的行间和行际有相同元音和辅音的不断重现,这让诗行内部存在着声音和意义的秘密联系。词语和声音似乎并非是诗人有意控制的,它们有相当大的自主性。

梁宗岱对纯诗的定义,来自瓦莱里,他的理解是到位的:"所谓纯诗,便是摒

① Charles Baudelaire. *CEuvres complètes*, tome 3, edited by Yves Florenne, Paris: Le Club français du livre, 1966, p. 1226.

② D. J. Mossop. *Pure Poetry*, Oxford: Clarendon Press, 1971, p. 142.

③ Stéphane Mallarmé. *CEuvres complètes*, Paris: Gallimard, 1945, p. 366.

除一切客观的写景，叙事，说理以至感伤的情调，而纯粹凭借那构成它底形体的原素——音乐和色彩——产生一种符咒似的暗示力，以唤起我们感官与想像底感应。"①他还说明，纯诗不要说理，不要抒情，并非是没有说理，没有抒情，它们要化在音乐和形象中。日本学者黑木朋兴曾指出，不少像马拉美这样的象征主义诗人，"在语言意义的稀薄化中，想看到纯诗的理想"②。纯诗确实是以意义的稀薄化为代价的。梁宗岱看到表意与纯诗的对立，这是准确的认识。他还认为意义退场后剩下的音乐要有自身的形式，这也符合纯诗的主张。但梁宗岱的理论具有多面性，他曾指出小令和长调是适合他表现情意的形式，这里也说明梁宗岱的音乐观有自相矛盾之处。其实这里的矛盾也好理解。当梁宗岱在讨论法国的纯诗时，他给出的是马拉美、瓦莱里的解释，但当他讨论中国新诗（或者说他自己的作品）时，他使用的纯诗则是情感纯粹的诗的意思，因为他心仪中国传统文人的感兴状态，自然看重内心与音乐的交流。

法国象征主义的纯诗是一种无我的音乐组织，是反对表意抒情的，而中国象征主义的纯诗，是有我的音乐结构，是肯定表意抒情的。象征主义的本土化在音乐方面，表现的是代替。虽然在音乐精神上的理解不同，但是由于法国象征主义诗人也重视韵律的技巧，这就与中国象征主义诗人有了共通性。

法国象征主义和梁宗岱等人的诗学既有相同的倾向，又有不同的理论特质。就相同的倾向来看，双方都肯定直觉，排斥理性，主张暗示或含蓄的美学；反对直接陈述，要求文学表达心境，而非描摹现实；注重音韵效果，而非散文的做法。因为有相同的倾向，就能保留法国象征主义的一些特征。因为理论特质不同，就可以用中国传统的理论来改造法国颓废的美学，象征主义的本土化就有了可能。中国的象征主义诗人在寻求接近法国象征主义的同时，并没有忘记保持自身的文学传统，他们用感兴来取代对方的迷醉与病态，用自然的意象来代替人工的象征。因为保留了法国象征主义对内在感受的挖掘，并借用了一些对方的技巧，中国的象征主义诗歌具有了显著的现代性。这种现代性又不是模仿的现代性，它让传统的许多诗学元素复兴了。比如感兴的做法、婉约的意象、伤时的主题、意

---

①　梁宗岱：《梁宗岱文集》（Ⅱ评论卷），北京：中央编译出版社，2003年版，第87页。
②　黑木朋興：「マラルメと音楽：絶対音楽から象徴主義へ」，東京：水声社，2013年版，第428页。

境的诗学术语。五四时期胡适给旧文学列举的罪状,现在很多都被推翻了,旧文学的艺术、主题重新进入新诗中,补救了新诗的粗浅与贫乏。总体来看,在20世纪三四十年代,象征主义在中国的确实现了本土化。不管这种本土化得到了多大范围的认可,但一种新的理论、一种新的文学价值已经建立。它在革命文学的时代背景中,给象征主义找到了存在的合法性。

这种融合并不是对抗性的替换。对抗性的替换,是一种理论完全排斥另外一种理论。除颓废的元素为中国象征主义诗人所拒绝外,感应、纯诗、通感等技巧或者风格,在梁宗岱等人的理论中仍有生存空间。即使在实际的运用中,梁宗岱、戴望舒等人多取法中国传统,但对法国的技巧、风格仍然有包容之意。正是有了这种包容和接受,中国诗人的创作才有了象征主义的名目。这种融合是系统性的、对等性的重构。首先来看系统性。梁宗岱等人在主体论、本体论、美学论、艺术论上分别用中国的诗学来解释、弱化法国象征主义:他们用自然的、正常的精神状态代替人为的、病态的精神状态,但保留了主观性;用形象的含蓄对应象征的暗示,但保留了形象思维;用现实的情感对应梦幻的情感,但保留了内在性;用情感的音乐对应非情感的音乐,但保留了韵律。这是整体上的融合,不是片面的、局部的借鉴。再看对等性。中国诗学与法国象征主义都具有主观性、体验性、内在性、形象性的特点,这两种诗学虽有不同,但是这些不同在各自的文化里有相近的位置,有等价性。象征主义的中国化就是在这种等价性的基础上建造的。这种建造是重构,而非完全的替换。说是重构,指的是在美学论、艺术论、世界论方面,树立中国意境(比兴)理论的中心地位,但是并不排斥法国象征主义的论述。因而,神秘性、纯诗、通感等诗学观念,也经常得到中国象征主义诗人的关注。

最后要看到中国象征主义诗歌具有的历史价值。它既表明了中国现代诗人对西方文学思潮的勇敢接受和消化,又显示出中国传统诗学在现代性上的努力。中国象征主义诗歌不仅是象征主义的本土化,它也是意境理论的现代化。象征主义本土化超越了晚清"旧学为体,西学为用"的思维方式,它摆脱体用的纠缠,直接在对等性的重构中建造适应时代的诗学。

(本文作者:李国辉)

象征主义自由诗理论起源新考

  法国最早的自由诗,是 1886 年兰波在《风行》(*La Vogue*)杂志上先后发表的《海岸》和《运动》,这几乎是学界共识,不算是问题。法国自由诗真正的问题,是它理论的起源问题。虽然过了一个世纪,但这个问题现在不但在中国、英国和美国,而且在法国也都被敷衍过去,未能得到认真探究。目前一个似乎占据主流的看法是,把法国自由诗理论开创者的名分献给卡恩(Gustave Kahn)。这种见解渊源有自。早在 1909 年,象征主义理论家吉尔(René Ghil)就曾指出,自由诗这种诗体是"卡恩先生的作品"[①]。随后东多(M. M. Dondo)在他 1922 年出版的博士论文中也将卡恩视为象征主义自由诗理念的源头。在 1951 年出版的访谈中,自由诗诗人维尔德拉克(C. Vildrac)将自由诗理论创始人的桂冠戴在了卡恩的头上。[②] 最近三十年,持这种说法的主将是斯科特(Clive Scott)。斯科特不但明确主张卡恩是第一位自由诗理论家,而且指出卡恩 1888 年 12 月发表在《独立评论》上的一篇文章《致布吕内蒂埃》,是法国象征主义最早的自由诗理论。[③] 在 2012 年最新版的《普林斯顿诗歌与诗学百科全书》中,虽然斯科特强调 1886 年 7 月拉弗格(Jules Laforgue)在一封信里提出了自由诗的理念,但是卡恩作为自由诗理论确立者的地位仍然没有动摇。法国学者比耶特里(Roland Biétry)的《象征主义时期的诗学理论》一书,是目前权威的研究,由于有比较厚实的文献功底,

---

[①]　René Ghil. *De la poésie scientifique*, North Charleston: Createspace, 2015, p. 21.

[②]　P. Mansell Jones. *The Background of Modern French Poetry*, Cambridge: Cambridge UP, 1951, p. 175.

[③]　Clive Scott. *Vers Libre: The Emergence of Free Verse in France 1886-1914*, Oxford: Clarendon P, 1990, p. 121.

他纠正了英美学界的许多认识。比耶特里发现在 1888 年卡恩的文章之前,象征主义杂志上关于自由诗理念的文章并不少见。但是令人遗憾的是,比耶特里只是将自由诗理论的创始人从卡恩换到拉弗格那里。[①] 国内学者在此问题上,也多囿于旧说。[②]

上面这些认识给呈现自由诗的图景做出过很大的贡献,但仍然有片面性。第一,它们排他性地寻找某一位理论家,将自由诗的起源问题简化为谁是理论第一人的问题。第二,它们将自由诗的理论起源问题狭窄地理解为反诗律的理念问题,没有将自由诗理论看作一个系统的、综合的思想体系。本文试图在破除上面两个片面认识的基础上,对法国象征主义自由诗理论起源问题做新的思考。

一、自由诗理念的出现

就第一个片面认识而言,象征主义自由诗理论并不是哪位诗人一蹴而就的,它是群体合力的结果。康奈尔曾主张象征主义并没有"一个单一的导向力量",而是不稳定的、发展中的。[③] 同样,自由诗理论也是多个理论家共同探索的结果,它有它的时代必然性。19 世纪中后期,法国的无政府主义和社会主义思潮迅速传播,虽然巴黎公社在 1871 年被镇压下去,但是这两股思潮不但没有被扑灭,反而愈演愈烈。法兰西第三共和国尽管努力推进工业革命,改善民生,以缝补被撕裂的社会,但是它并没有挡住革命思潮的蔓延。无政府主义要求消灭所有的国家机关和制度,寻求绝对的个人自由。这种思潮与当时势头不减的后期文学浪漫主义结合起来,互为表里,因而缔造了象征主义文学运动。有批评家指出象征主义者就是文学中的无政府主义者[④],这个判断有点言过其实了,但是若说自由诗主义者都是文学中的无政府主义者,这倒符合自由诗草创期的时代背景。即使是远离革命的马拉美(Stéphane Mallarmé)也曾这样谈诗律与政治革命的联

---

① Roland Biétry. *Les Théories poétiques à l'époque symboliste*, Genève：Slatkine Reprints，2001，p. 39.

② 拙著《自由诗的形式与理念》也曾认为卡恩 1888 年的自由诗理论是法国最早的自由诗理论。参见《自由诗的形式与理念》,北京：知识产权出版社,2016 年版,第 96 页。

③ Kenneth Cornell. *The Symbolist Movement*, Hamden，Connecticut：Archon Books，1970，p. v.

④ Eugenia W. Herbert. *The Artist and Social Reform*，Freeport：Books for Libraries P，1971，p. 59.

系:"政府变了,韵律一直原封不动。要么是韵律也在革命,却未被人注意,要么革命运动并没有让人承认极度的教条是可以改变的。"①在 19 世纪 80 年代前后,无政府主义者创办了许多宣传刊物,比如《反叛》《白色评论》和《新时代》,这些刊物与象征主义诗人有不少联系。自由诗反叛传统诗律秩序的行为,实际上与政治革命遥相呼应,它是美学无政府主义(也含有少量社会主义文学的成分)的构成部分。

自由诗的产生,真正的推动者是美学无政府主义,而非某个独具慧眼的诗学家。自由诗的流行,背后的推手也是这种美学无政府主义,而不是某个天赋异禀的诗人。以往的研究,过多地在拉弗格和卡恩之间做选择,低估了其他理论家的贡献,因而忽视了更为宏大的美学背景。如果将美学思潮考虑进来,仔细地翻检象征主义的文献,就会发现拉弗格和卡恩并不是自由诗理念的唯一探寻者,甚至不是该理念的最早提出者。

1886 年 7 月拉弗格在给卡恩的信中表示自己当时在作诗上处于一种"绝对的无拘无束状态",还表示"我忘记押韵了,我忘记音节数了,我忘记诗节的划分了"。② 这比卡恩 1888 年的文章早了两年还多几个月,因而被比耶特里看作自由诗理论的起源。比耶特里没有注意到,在一个月前,即在 1888 年 6 月,象征主义理论家威泽瓦(T. de Wyzewa)就提出了与拉弗格相同的诗律解放的思想。威泽瓦指出一些象征主义诗人并不在乎旧形式,因为"这种旧形式已经是个束缚,他们试图打破它"。威泽瓦还对形式自由的原则做了思考:诗人应该根据情感来寻找形式,而非采用"预先强加给诗人们"③的规则。如果将拉弗格看作自由诗理论家,那么威泽瓦的观点自然也是标准的自由诗理念,这样的话,他就是更早的理论家了。

无独有偶,诗人维尔哈伦(Émile Verhaeren)在一个刊物《现代艺术》中提出了他的自由诗理念。维尔哈伦是比利时人,是象征主义的重要诗人和理论家,同时是一位热衷革命的激进分子,他将自由诗看作对权威的形式的反抗,这种形式

---

①　Stéphane Mallarmé. *CEuvres complètes*, Paris: Gallimard, 1945, pp. 643-644.

②　Jules Laforgue. *Lettres à un ami*, Paris: Mercvre de france, 1941, pp. 193-194.

③　Teodor. de Wyzewa. "Notes sur la littérature wagnérienne", *Revue wagnérienne*, Vol. 2, No. 5, 1886, pp. 163-164.

是年轻人自己树立的"年轻的神"①。他的文章发表于 1888 年 6 月 27 日,比威泽瓦的文章只晚了十九天。维尔哈伦指出亚历山大体"让人厌倦、虚弱不堪、令人反感",他要求"更多的自由":这种自由表现在押韵上,是押韵形式的多变;表现在亚历山大体的语顿上,是既可以有一个语顿,也可以没有。② 维尔哈伦对旧诗律的厌恶和对新的自由形式的呼唤,都与威泽瓦和拉弗格如出一辙。另外,他对新形式的原则——内在的音乐——的认识,超越了拉弗格那封信的深度。

1886 年注定是一个诗学史上不平凡的一年,许多研究没有注意到的是,本年9 月卡恩在一个杂志《事件》(L'Événement)上发表了《象征主义》一文,也提出了他的自由诗理论。卡恩同情无政府主义,他看到法国政府机关维护所有的规则,作为诗人,卡恩认为所有的艺术家要联合起来,向旧势力作战。这篇文章比批评家们认可的 1888 年的《致布吕内蒂埃》足足早了两年,即使这样,它也无法享有第一篇自由诗理论的荣誉。卡恩在该文中指出,象征主义有一种倾向,这是"对古老、单调的诗体的否定";与否定的一面相对应的,就是对新诗体的寻找了,卡恩指出,象征主义的形式实验,目的在于"扩大自由,远超过哥特式的手法本身"。③

格里凡(Francis Vielé-Griffin)是《文学与政治谈话》杂志的编辑,而这个杂志支持无政府主义。格里凡曾在 1892 年公开表示他为之奋斗的文学无政府主义"现在已迎来它的曙光"④。他在 1886 年 11 月出版了诗集《天鹅》。诗集的序言再次证明自由诗理念并不是哪一位理论家的灵光乍现。格里凡的序言提出一种概念——"诗体的外在性(l'extériorité du vers)"。这里的"外在性"一语因为原文并无解释,所以不容易把握。其实它指的是旧的诗律渐渐成为外在的、无用的束缚。诗人如果向内开拓,那么就要探寻一种真正的节奏。格里凡看到浪漫主义诗人的亚历山大体,"仍旧是单调的",而雨果则"打碎了束缚诗体的所有锁链,给我们带来绝对的自由"。⑤ 雨果只是格里凡的幻想,他并没有给象征主义诗人

① Émile Verhaeren. *Impressions*, Paris: Mercure de france, 1928, p. 102.

② Émile Verhaeren. "Les Cantilènes", *L'Art moderne*, Vol. 26, No. 27, 1886, p. 205.

③ Paul Adam. "Le Symbolisme", La Vogue, Vol. 2, No. 12, 1886, p. 400. 该文首先由《事件》发表,随后亚当在《风行》杂志上对卡恩的观点进行了节录。这里的引文引自《风行》杂志。

④ Francis Vielé-Griffin. "Réflexions sur l'art des vers", *Entretiens politiques & littéraires*, Vol. 4, No. 26, 1892, p. 217.

⑤ Francis Vielé-Griffin. *Les Cygnes*. Paris: Alcan-lévy, 1886, pp. i-ii.

带来绝对自由的诗体。但雨果在节拍上的解放,给年轻诗人们带来鼓舞,也让他们超越前人到达的领域,实践更自由的形式。

除了拉弗格英年早逝,上面几位年轻的理论家之后基本上没有停下探索的脚步,尤其是威泽瓦、卡恩和格里凡三人,他们在随后几年中一直站在象征主义自由诗理论的前沿。许多年轻的诗人也先后受到吸引,加入队伍中来。这些人开始了对自由诗更进一步的思考。

二、自由诗创格的开始

就第二个片面认识而言,批评家们将自由诗理论理解得简单了。自由诗理论并不仅仅是单纯的形式解放,它是一种系统的思想,想重新解释诗体以及形式的观念。它包含三个必不可少的条件:第一,解放诗律的态度;第二,诗体的建设;第三,自由诗的命名。如果满足第一个条件就视为自由诗理论,这实际上是抹杀了后面两种条件的存在,就无法获得真正的认识。1886年虽然有不少诗人提出了诗律解放的主张,甚至开始了实践,但是这只是自由诗理论的第一步。迈出这一步并不十分困难,甚至以诗律严谨著称的巴纳斯派诗人都可以接近这个目标。比如邦维尔(T. de Banville),他往往有一副诗律卫道士的面孔,但是他其实也反对严格的诗律,要求变化的形式:"要永远地、不停地有变化;在诗中就像在自然中一样,首要的、不可或缺的生命条件是变化。"①解放诗律的目的,其实正是为了节奏的变化。但是没有人会将邦维尔视作自由诗理论者,因为他并不具备自由诗理论的后面两个条件。

就第二个条件——诗体的建设——来说,自由诗理论必须要寻找自由诗的本体特征。在自由诗理念最初开拓的时候,美学无政府主义发挥了巨大作用,但是形式的绝对自由并不能给自由诗真正的保障,因为这样将会取消自由诗作为诗体的地位。换句话说,真正的自由诗将会有意识地节制美学无政府主义,既保留它,又限制它。其实自由诗的命名也暗示了这一点。自由诗(vers libre)一方

---

① T. de Banville. *Petit Traité de poésie française*, Paris: Bibliothèque-Charpentier, 1903, p. 263. 邦维尔的这本书首版时间是1872年。当时邦维尔和魏尔伦都是巴纳斯派诗人。

面要求自由,libre 这个形容词含有从旧诗律中解放出来的意思;它另一方面还要具有诗体的地位,之所以用 vers 这个词,而非 poème,是因为自由诗的本质不是在诗意上,而是在形式上。虽然打破了亚历山大体,但是自由诗并不是散文,它还要寻找自身的诗体特征。诗体的建设,一方面要靠先锋的自由诗理论家,比如威泽瓦和维尔哈伦 1886 年的理念有不少触及了这个问题,另一方面,保守诗律家或者自由诗的反对者也是重要的塑造力量。这两种理论家拥有各自不同的武器,自由诗理论家往往利用音乐性,尤其是瓦格纳的音乐理论,来建设自由诗的形式,而自由诗反对者们,大多依靠诗律的价值来批评自由诗。

　　威泽瓦一开始就没有完全受美学无政府主义的影响,他是象征主义诗人中最早的瓦格纳主义者。他主张的自由形式有新的规则:"根据在交响乐中它们暗示的情感复杂性的需要而使用。"[1]引文中的"它们"指的是节奏和押韵等韵律要素,"交响乐"指的是瓦格纳式的音乐旋律。威泽瓦想用瓦格纳的交响乐的结构来代替旧的诗律结构。这也正是威泽瓦和迪雅尔丹创办《瓦格纳评论》杂志的一个初衷。威泽瓦这里并不是将诗比作交响乐,而是在诗中营造一个真正的交响乐,让诗变成所谓的"语言音乐"。这种"语言音乐"在威泽瓦那里,成为诗的新的定义:"诗是一种语言音乐,旨在传达情感。目前,我们大多数诗人因为忽略或者不关心这种高度的美学目的,热衷于诗律这一贫乏的工作:他们用节奏和押韵围绕着有时微妙但时常愚蠢的思想。"[2]在评价卡恩这种具有"语言音乐"的诗作时,威泽瓦明确指出,这种诗传达的情感状态,是散文注意不到的。这是象征主义理论家中最早分析自由诗与散文不同的文献。

　　维尔哈伦和威泽瓦一样,也是从音乐性上来约束自由诗,但他的音乐性并不是来自交响乐的模式,而是来自一种"内在的音乐"。这种音乐只需要心灵向内探寻,表现在具体的形式上,则"必须要有节奏的语言"[3]。维尔哈伦在他的文章中强调"节奏",这种节奏足以将自由诗与散文区别开来,但这种节奏是什么,文中却没有明确的答案。卡恩在这一点上补充了维尔哈伦的空白。卡恩具有优秀

---

　　① Teodor. de Wyzewa. "Notes sur la littérature wagnérienne", *Revue wagnérienne*, Vol. 2, No. 5, 1886, pp. 163-164.

　　② Téodor de Wyzewa. "Les Livres", *La Revue indépendante*, Vol. 3, No. 8, 1887, pp. 333-334.

　　③ Émile Verhaeren. "Les Cantilènes", *L'Art moderne*, Vol. 26, No. 27, 1886, p. 205.

的理论自觉意识,他曾在1912年回顾过自由诗的问题。当他自问自由诗要不要有一种韵律时,他的回答是:"这毋庸置疑,因为这符合习惯,也紧守着传统。"①虽然不同的诗人可能有不同的韵律,无法在短时间内统一这些韵律,但是诗人需要有一种新韵律的自觉。在1888年的《致布吕内蒂埃》那篇文章里,卡恩放弃了以往根据音节来划分节奏单元的做法,提出一种新的节奏单元的定义:声音和意义结合而成的综合单元。这种单元具体表现在诗行中的元音和辅音上,它要求有语义的停顿,但也要求语音作为它的物质基础。卡恩这样做,其实是想把意义原则引入诗行的节奏中去。因为传统诗律的原则是音节数量的原则,它是固定的,不容易打破。一旦引入意义的原则,让诗行根据意义的变化而变化,诗行就有了伸缩度。卡恩对这种节奏寄寓了希望:"(它)将会允许所有的诗人构思他自己的诗歌,或者说,去构思他原创性的诗节,去创造他自己的、个人的节奏,而非令他们披上早经剪裁的制服,迫使其仅仅成为辉煌前辈的学徒。"②

　　客观来看,卡恩这篇文章提出的观点有策略,但他对自由诗节奏的组织原则讲得不够清楚,比如对自由诗的节奏运动持续性体现在哪里,变化体现在哪里,都未做回答。他的这种新的节奏单元,也能为格律诗所用,如果讲不明白,那么这个理论是格律诗理论,还是自由诗理论呢?恐怕也会有争执。从卡恩在《风行》杂志上发表的自由诗《插曲》("Intermède")来看,这种诗节拍比较稳定,但是节拍的构成多变,另外,诗行中的音节其实比较固定,往往是六音节、八音节和十二音节。虽然与亚历山大体相比,已经有了新的气象,但是自由诗的节奏运动除了双声、半韵的音乐效果外,基本上仍旧停留在视觉上,并不成熟。无论如何,卡恩的理论还是给新生的自由诗带来了依靠,自由诗也有了同格律诗一样可供分析的节奏单元。

　　1888年的8月,卡恩再次对自由诗的本质特征进行了思考。这一次,他着重强调自由诗并不是格律诗和散文的杂糅,即是说,一会儿采用散文的形式,一会儿采用格律的样式。③ 卡恩开出的是同样的药方,他坚持在节奏单元上建构自由

　　① Gustave Kahn. *Le Vers libre*, Paris: Euguière, 1912, p. 31.

　　② Gustave Kahn. "A M. Brunetière-Théatre libre et autres", *La Revue indépendante*, Vol. 9, No. 26, 1888, p. 485.

　　③ Gustave Kahn. "Chronique", *La Vogue: Nouvelle série*, Vol. 1, No. 2, 1889, p. 145.

诗,但仍然没有给节奏单元的原则做出说明。除了有节奏单元以区别散文,卡恩还重复了早一年的做法:利用双声来联结诗行。但是卡恩此时表现出了更好的诗体自觉。这种对自由诗尚不成熟的认识,被罗尼(J. H. Rosny)概括为"过渡期",这个术语马上让人想到美国自由诗诗人威廉斯(W. C. Williams)提出的另一个术语"无形式的过渡期"[①]。自由诗诗人有着"无形式"的焦虑,这种焦虑并不是一定要求有任何定型的样式,而是要求在不定型的形式中存在着稳定的原则。

1890 年,格里凡在一篇答问形式的文章中也对自由诗的形式进行了反思,他认为自由诗利用语顿来建立诗行,这种语顿并不是由传统的音节数量决定的,而是靠"句子的逻辑分析"[②]。如果说卡恩在寻找自由诗的节奏单元,那么格里凡实际上是在思考自由诗的诗行和诗节。格里凡主张根据语义关系来分出诗行,而诗节其实就是一个完整的句子。当然,分行并不是自由诗唯一的工具,格里凡还注意到自由诗的音乐要素,它们包括押韵、双声。格里凡在这一点上和卡恩站在了一起。

到了 1890 年,卡恩和格里凡已经找到了结论性的答案,但是这种答案至少在自由诗反对者那里是不充分的。吉尔坎(Iwan Gilkin)指责卡恩的答案"毫无价值",而格里凡的解释正好表明"散文和伪自由诗是同一个东西"。[③] 吉尔坎的批评表明自由诗面临着现实的困境,它要想获得更大的承认,就必须与传统诗律重新订立某种盟约。于是,马拉美在这种背景下,适时地推出了他的自由诗理论。

虽然马拉美一开始在自由诗运动中是置身事外的,但是随着这一运动的不断壮大,马拉美也开始思考这种新的形式。他看到年轻的象征主义诗人们的诗律解放,并不是为了废除亚历山大体,而是"力求给诗篇带来更多的自由空间,在澎湃的诗体中创造一种流动性、可变性"。[④] 这句话其实也是马拉美自己的自由诗观,他主张自由诗虽然可以打破亚历山大体,但是又不离亚历山大体。亚历山大体给自由诗划了一个更大的自由空间,使其足以不同于散文。虽然马拉美给

---

① 　W. C. Williams. *The Selected Letters of William Carlos Williams*, Ed. John C. Thirlwall, New York: New Directions,1957,p. 129.

② 　F. Vielé-Griffin. "A Propos du vers libre", *Entretiens politiques & littéraires*,1,1890, p. 9.

③ 　Iwan Gilkin. "Le Vers libre", *Jeune belgique*,Vol. 13, No. 3,1894,p. 138.

④ 　Stéphane Mallarmé. *Œuvres complètes*, Paris: Gallimard, 1945,pp. 868.

自由诗设立了一个形式原则,但是马拉美其实也有破坏自由诗的一面。在他那里,自由诗成为亚历山大体新的运用方式。马拉美并不是将自由诗从亚历山大体中独立出来,他用更灵活的诗律学吞并了自由诗。不过,如果抛开名相之争,谁又能否认马拉美的新亚历山大体不是自由诗呢?1910 年出现过一本《诗歌技巧评论》的书,该书找到了另一种节奏单元:节奏常量。节奏常量很像现代汉诗中的音组,稳定的节奏常量和多变的其他音节组合成了诗行。这种节奏常量和马拉美的亚历山大体一起,给自由诗提供了一个稳定的节奏原则。

三、自由诗的命名

虽然威泽瓦、卡恩很早就开始了建设性的工作,但是自由诗理论还要等第三个条件:自由诗的命名。一个事物拥有它的本质是从它有自己的名称开始的。在此之前,它存在着,但未被理解。事物命名的过程,其实就是事物被理解的过程,它的特征、属性通过名称而得到抽象和固定。自由诗在未被命名之前,并不是一个独立的诗体,它的特征还没有固定下来。如果从诗律发展的视野来看,未命名的自由诗,其实只是格律诗的一种变体。它是寄生性的,要依赖格律诗才能存在,也要通过格律诗才能被理解。1886 年的自由诗理念就是这样。威泽瓦、卡恩、拉弗格虽然都开始解放诗律,但是他们对自己脑海中的诗体是什么样子,并不完全清楚。关于这一点卡恩有很具体的体验。他自 19 世纪 70 年代就开始了试验,要寻求"一种个人的形式",但是他并不知道方向在哪里,而是"满脑子都是念想",眼前"有一系列方案混乱地摇曳着"。① 虽然卡恩等人有反叛的勇气,但是很难说他们当时真正有自由诗的概念。

在 1886 年之后的几年中,出现过不少自由诗的名称,这表明人们对这种诗体的认识经历了一个摸索的时期。威泽瓦在 1887 年 10 月刊发在《独立评论》上的文章中,拈出"特别自由的诗歌形式"(la forme poétique très libre)的术语。② 这个术语一方面指出了它的形式的自由,另一方面也强调这是一种"诗歌"的形

---

① Gustave Kahn. *Symbolistes et Decadents*, Genève:Slatkine, 1993, p. 18.
② Teodor de Wyzewa. "Les Livres", *La Revue indépendante*, Vol. 5, No. 12, 1887, p. 2.

式,不是散文。威泽瓦承认这种形式与"有节奏的散文"没有什么区别,但这样说并不是真正认为自由诗就是散文,他注意到新的自由形式有音乐上的标准。其实,在这一年的5月,威泽瓦还用过另一个词——"节奏自由的诗节"(strophes librement rythmées)。这个名称也很好地概括出自由诗的特征,有不少理论家指出,自由诗的形式表现在整体的诗节上。威泽瓦表示这种诗节在节奏上"只合乎情感的规则",它不同于散文的地方,在于其中有"特殊的音乐"。[①] 威泽瓦所用的能指,虽然是描述性的,并不简明,但是因为它的所指准确,因而是值得尊重的、有效的术语。

在1887年的10月,比利时的《现代艺术》杂志发表了一篇匿名的评论文章,很可能是维尔哈伦所作,因为这一时期他在该杂志上一直负责评论栏目。该文讨论阿雅尔贝(Jean Ajalbert)的诗集时,发现其中有些诗并没有遵守格律,于是维尔哈伦表明:"我们完全认可代替致命的亚历山大体的自由节奏。"[②]从后文举出的卡恩、拉弗格的诗作来看,这里所说的"自由节奏"(le rythmelibre)指的就是自由诗。维尔哈伦的这个术语,虽然说出了自由诗的特征,但是没有涉及诗体地位。

卡恩的探索也在继续。他在1888年1月的《独立评论》中讨论邦维尔的喜剧《亲吻》。卡恩认为该剧中的主人公皮埃罗是一个保守分子,"他鄙视自由诗和哑剧,以便服从严格的亚历山大体"[③]。这里所用的就是后来通行的自由诗(verslibre)。比耶特里在讨论自由诗时,认为这个名称要到1889年才出现,这是法国目前比较权威的判断。[④] 但是这个判断明显比实际的情况晚了一年多。卡恩的自由诗指的是象征主义的解放形式,而非拉封丹使用的另一个术语"自由的诗行"(vers libres)。两个术语虽然非常像,只是多一个"s"或者少一个"s"的问题,但意义差别很大。拉封丹的"自由的诗行",是每个诗行都严格讲究诗律规则,但是可以把不同诗体的诗行拿过来,因而组合成参差错落的诗节。它不是一种新诗体,而是旧诗体的新用法,归属于格律诗。因而这个术语 vers libres 不能译作

---

① Téodor de Wyzewa. "Les Livres", *La Revue indépendante*, Vol. 3, No. 7, 1887, p. 196.

② Anonymat. "Surles tatus", *L'Art Moderne*, Vo. 43, No. 23, 1887, p. 342.

③ Gustave Kahn. "Chronique de la littérature et de l'art", *La Revue indépendante*, Vol. 6, No. 13, 1888, pp. 137-138.

④ Roland Biétry. *Les Théories poétiques à l'époque symboliste*, Genève: Slatkine Reprints, 2001, p. 20.

"自由诗",只能称作"自由的诗行"。但是象征主义的自由诗,诗行不是分离的,而是统一的,诗行和诗节构成了一个独立的整体,所以它有诗体的地位,可以称作"自由诗体",简称"自由诗"。卡恩将拉封丹的那个词的"s"去掉,并不是形式上的微调,而是意义上的大改。它承认了一个诗体的诞生。

卡恩的这个词,并没有引起象征主义诗人的注意。法国有一个刊物叫作《颓废派》(Le Décadent),是颓废派诗人的重要刊物。莫斯(Jules Maus)在该刊的12月号的一篇文章中注意到了卡恩新造的这个术语。莫斯指出一些批评家"指责卡恩使用自由诗(vers libre),无疑忽略了拉封丹重视这种诗体,也使用过它"①。莫斯这里将拉封丹的"自由的诗行"与卡恩的"自由诗"弄混淆了,但他使用的术语来自卡恩。不能怪罪莫斯不理解这个术语的意义,即使卡恩本人也还在犹豫。卡恩1888年的《致布吕内蒂埃》一文中换了新的术语,卡恩说:

> 旧诗区别于散文的地方,在于一种安排方式;新诗希望凭借音乐来区别它,在自由的诗中我们寻找亚历山大的诗行或诗节,这可能很棒,但在这种情况下,它们在自己的位置上并不排斥更加复杂的节奏……("AM. Brunetière":485)

这里出现了新诗(la nouvelle poésie),它与旧诗(l'ancienne poésie)相对。新诗是一个意义很宽泛的词,许多时候新写的诗也称为新诗。另外,这里的术语"诗"是偏于内容上的,与诗体的关系不大,因而新诗这个词只是一种泛称,并不是自由诗真正的名字。这段话中还有一个词"自由的诗"(un poëme libre),如果不查原文,很容易将这个词误作"自由诗"。其实句中"自由的诗"指的是"形式自由的某首诗"的意思。这里的诗poëme指的是具体的诗作,与诗体没有关系。卡恩似乎偏好这个"自由的诗"的术语。1889年7月,停刊两年的《风行》杂志复刊了。卡恩在《告读者》中表示:"《风行》现在的合作者期望定义、维护他们的自由的诗(Poème libre)、戏剧、小说和个人批评的理想。"②比利时的《现代艺术》杂志

---

① Jules Maus. "Chronique des Lettres", *Le Décadent*, Vol. 3, No. 24, 1888, p. 6.
② Anonymat. "Avertissement", *La Vogue: Nouvelle série*, Vol. 1, No. 1, 1889, p. 1. 这个《告读者》一文并没有署名。因为卡恩是这个杂志的主编,是该刊的总批评家,因而这篇文章当出自卡恩。

注意到了这篇文章,于是这个词和《告读者》一文的其他内容被《现代艺术》转载。两个月后,另一个比利时的杂志《少年比利时》也对该文做了转载。由于《告读者》一文流传相对广一些,这也就被批评家们当作自由诗术语的起点。比如《新普林斯顿诗歌与诗学百科全书》的自由诗词条,就把法国自由诗术语的使用上溯到卡恩的这篇文献。[①] 这其实犯了一个错误,因为卡恩这篇发刊词虽然所指可以算作自由诗,但能指并不是自由诗。

　　自由诗这个术语真正的固定,还要靠其他理论家的携手。1889 年 7 月,比利时的《瓦隆》(La Wallonie)杂志刊发了吉尔(René Ghil)的一封信,吉尔认为自由诗(vers libre)是亚历山大体的简化或者新变。[②] 目前还不清楚吉尔这里的术语源自卡恩,还是自出机杼,但一个可能的假设是,吉尔参照了当时流行的另一个术语——自由戏剧(Le Théâtre libre)。自由戏剧是 1887 年在巴黎出现的一场戏剧形式,它旨在冲破传统的戏剧规则。当时不少象征主义的期刊发表过有关自由戏剧的作品或者讨论。象征主义诗人比照自由戏剧给自己的诗体试验起一个自由诗的名字,是顺理成章的。实际上,1888 年卡恩的《致布吕内蒂埃》一文,还有个副标题,副标题就是《自由戏剧及其他》,这表明自由戏剧对卡恩有心理上的示范作用。卡恩 1888 年 1 月使用的自由诗术语,有可能比照了自由戏剧。吉尔这封信中自由诗的命名,也有可能参考了自由戏剧。

　　格里凡在自由诗命名的固定上,发挥了更大的作用。1889 年 11 月,一位叫托姆(Alaric Thome)的人在《艺术与批评》杂志上发表《象征主义诗人们》一文,文中说:"邦维尔先生,尽管不敢实践自由诗(vers libre)的原则,但已经主张了'诗体的解放'。"[③]这是最早关于法国自由诗发生史的文章。文中回顾了从邦维尔、魏尔伦,再到几位自由诗诗人的发展历程。就形式来看,拉弗格、卡恩、雷尼耶(Henri de Régnier)的自由诗技巧得到了比较细致的分析。这篇文章与格里凡有什么关系呢? 托姆正是格里凡的化名。可能因为格里凡也是文章要提及的象征主义诗人之一,采用化名是为了避嫌,更便于从诗史的角度打量自由诗。法国

---

　　① Donald Wesling, Eniko Bollobaś. "Free Verse", *The New Princeton Encyclopedia of Poetry and Poetics*, Ed. Alex Preminger and T. V. F. Brogan. Princeton: Princeton UP, 1993, p. 425.

　　② René Ghil. "Une Réponse", *La Wallonie*, Vol. 4, No. 6, 1889, p. 243.

　　③ Alaric Thome. "Les Poètes Symbolistes", *Art et Critique*, Vo. 26, No. 23, 1889, p. 403.

学界对这篇文献关注不多,所以并不清楚托姆身份的真相①。实际上,格里凡本人在 1890 年 3 月的一篇文章中揭开过谜底。格里凡表示,他在写作"称作《象征主义诗人们》的一篇特别草率的文章期间",收到了读者的来信;他还说那篇文章"是我的观点的很不充分的表达"。②

确定了格里凡的作者身份,也就可以再次审视格里凡在自由诗理论建设中发挥的作用了。他不仅是最早的自由诗理念的提出者之一,在自由诗的创格上,在自由诗的命名上,他都有重要的贡献。还有一个问题需要思考,格里凡的自由诗术语来自何处? 是参照卡恩几年前的提法,还是借鉴了自由戏剧? 迪雅尔丹曾经问过格里凡这个问题,格里凡在回信中说:

> 我承认我借助了罗马典礼上所用赞美诗的重音音律,原因可能是我一直怀有主调音乐的兴趣。简言之,从我最初的抒情作品开始,我采用了"拉丁自由诗"(vers libre latin)的形式……③

这段话很清楚地说明,格里凡的术语,来自"拉丁自由诗"。在 1890 年 3 月的这篇叫作《关于自由诗》("A Propos du vers libre")的文章里,格里凡让自由诗第一次以标题的形式出现在杂志上。它表明自由诗的术语已经具有一定的正式性。

马拉美注意到了年轻的象征主义诗人们使用的新术语。他在 1892 年的一篇文章中指出"就自由诗而言,所有的创新性都确立起来了"④。但是有点保守的马拉美不太喜欢"自由"这个词,他给自由诗另起了一个名字——"多形态诗"(vers polymorphe)。这个命名是从诗行着眼的,如果揣摩马拉美的本意,他是想将自由诗的诗行看作亚历山大体的增损,因而显现不离亚历山大体的多种形态。

---

① 拙著《英美自由诗初期理论的谱系》一文,因为疏于考证,也犯了错误。拙著不但将《象征主义诗人们》看作是"法国自由诗术语的第一次使用",还认为格里凡后来"采用了托梅的术语"。参见《英美自由诗初期理论的谱系》,北京:中国社会科学出版社,2018 年版,第 53 页。

② F. Vielé-Griffin. "A Propos du vers libre", *Entretiens politiques & littéraires*,1,1890, p. 3.

③ Édouard Dujardin. *Les Premièrs poètes du vers libre*, Paris:Mercvre de France,1922,pp. 69-70.

④ Stéphane Mallarmé. "Vers et musique en france", *Entretiens politiques & littéraires*,Vol. 4,No. 27,1892, p. 239.

马拉美的文章很快就在《少年比利时》杂志上得到回应。吉尔坎将马拉美的"多形态诗"又改作"小调"(la mélopée)。① 吉尔坎是一位巴纳斯诗人,而自由诗诗人是巴纳斯诗人的大敌。吉尔坎对自由诗及其理论感到失望,认为"多形态诗"并不存在,它只是低劣的散文。吉尔坎否定自由诗,其实是否定自由诗背后的形式无政府主义:"我们受到颓废的无形式主义的侵犯。"②吉尔坎忘了使用自己的术语"小调",他对自由诗的批评,正宣传了自由诗,因为他的这篇文章的标题就叫作《自由诗》。

1892 年之后,威泽瓦、莫克尔、雷泰等人都开始使用自由诗这个术语。雷泰在 1893 年也发表了一篇题作《自由诗》("Le Vers libre")的文章,促进了这个术语的流行。1895 年,马拉美在《音乐与文学》中恢复了自由诗的旧称。虽然魏尔伦像吉尔坎一样反对自由诗,但是他也接受了这个术语。到了 19 世纪 90 年代中后期,自由诗在术语上就得到了普遍的认可。

四 、结语

虽然象征主义的自由诗理念,早在 1886 年就已出现,但是象征主义理论并不是一蹴而就的。一开始作为美学无政府主义的构成部分,它从属于更大的思潮。从发挥作用的诗人来看,自由诗首先在威泽瓦、维尔哈伦、拉弗格、卡恩等无政府主义者那里埋下了形式反叛的种子;随后自由诗开始了创格运动,自由诗不再是格律诗的反面,而是渐渐被塑造成一种新的诗体。在自由诗创格的过程中,随着新诗体的概念的渐趋成型,自由诗也开始了命名。自由诗出现稳定的命名,标志着它诗体地位的确立,也标志着自由诗理论的真正诞生。

如果硬要给自由诗理论设立一个起点,这个起点不可能是 1886 年。因为这一年自由诗理论还是一个萌芽,诗人们并不清楚什么是自由诗,也不确定形式解放的方向。这个起点应该是 1887 年,这一年不但出现了对诗体建设的思考,而且自由诗也开始命名了。但 1887 年只是自由诗理论的初步显现,它还只是蓓

---

① Iwan Gilkin. "Petites etudes de poétique française", *Jeune belgique*, Vol. 11, No. 9, 1892, p. 335.

② Iwan Gilkin. "Le Vers libre", *Jeune belgique*, Vol. 13, No. 3, 1894, p. 140.

蕾,而非盛开的花朵。随后的两年是该理论的关键发展期,其中卡恩 1888 年给自由诗的命名,最终固定下来,成为通行的名称。自由诗理论真正迈向成熟,应该是在 19 世纪 90 年代中后期。这种判断有两个依据。第一,象征主义诗人们基本上已经出版了自由诗的集子,比如莫雷亚斯 1891 年出版了《热情的朝圣者》(Le Pèlerin passionné),格里凡 1892 年出版了他的新版《天鹅》(Les Cygnes),卡恩 1897 年出版了他的《最初的诗》(Derniers Vers)。第二,成熟的理论和历史著作也开始产生。1894 年,莫克尔出版他的专著《象征主义的美学》,集中讨论了雷尼耶和格里凡的自由诗技巧。卡恩 1897 年《最初的诗》的序言,是一篇专论自由诗的文章,对自由诗的起源和形式特征都做了总结。1899 年,一位年轻的象征主义理论家古尔蒙(Rémy de Gourmont)推出了他的《法语的美学》,书中有专门的章节讨论自由诗问题。随着自由诗理论的确立,这种理论也渐渐由第一代理论家转移到了第二代理论家手里,古尔蒙就是第二代理论家的代表。

　　至于谁是第一位自由诗理论家这个问题,它本身并不是个问题。自由诗理论并不是哪个人的独创,而是集体的合力。如果硬要给出一个答案,那么第一位自由诗理论家应该是威泽瓦。这样说并不是抹杀卡恩、拉弗格的功劳。卡恩等人作为法国自由诗初期理论的主要提倡者,为自由诗理论的真正确立,做了许多重要的基础工作,应该得到尊敬,但威泽瓦明显要比他们略早一点。虽然作为一个必然的诗学事件,即使没有威泽瓦,没有卡恩和格里凡,自由诗理论仍旧会出现,但是也要看到,正是这些富有进取心的诗人、理论家的自觉努力,自由诗理论才成为事实。就这个视角来看,自由诗理论也并非不是源自个人的主观创造。

(本文作者:李国辉)

形式的政治：自由诗创格
与无政府主义的渊源

19 世纪 80 年代以来,诗学史中存在着一个奇怪的现象,当自由诗在一个国家最初出现时,它摆出的是与旧诗律决绝的姿态,它的特征首先就是不拘格律,然而发展到了一定的程度后,自由诗又积极与格律修好,开始讲究形式的规则。前一种状态可以称为"破格",后一种状态可以称为"创格"。法国最早的自由诗出现在象征主义的作品中。象征主义诗人格里凡(Francis Vielé-Griffin)在 1886年曾呼吁打破"束缚诗体的所有锁链"(Les Cygnes i-ii)。另一位象征主义诗人雷泰(Adolphe Retté)对旧诗律的态度更强硬,他主张"焚毁与自由诗对抗的押韵词典和诗律论著,打倒诗歌技法和大师权威"①。但是法国自由诗运动仅仅过了十几年,格里凡就开始肯定自由诗仍然是一种韵律的试验,想重新肯定韵律。另一位自由诗先驱卡恩(Gustave Kahn)曾坚决指出自由诗需要韵律。② 这种情况并不只是法国的特色,英国自由诗理论家休姆(T. E. Hulme)在 1908 年曾对传统诗律大加批评,主张"废除规则的音律"③。弗林特(F. S. Flint)将诗律看作一种荒唐的把戏,他呼吁"向所有的诗歌传统开战"④。但不到十年的工夫,休姆就重新肯定包括音律在内的传统规则,认为"有一些规则是人们必须遵守的",离开了它们,"人们就无法创造坚固的、卓越的作品"。⑤ 弗林特的态度虽然不如休姆转变

---

① Retté Adolphe. "Le Vers libre", *Mercure de France*, Vol. 8, No. 43, 1893, p. 205.
② Kahn Gustave. "Chronique", *La Vogue：Nouvelle série*, Vol. 1, No. 2, 1889, p. 31.
③ Hulme. *Further Speculations*, Ed. Sam Hynes. Minneapolis：University of Minnesota Press, 1955, p. 74.
④ Flint. "Recent Verse", *The New Age*, Vol. 4, No. 5, 1908, p. 95.
⑤ Hulme, T. E. "A Tory Philosophy", *The Commentator*, Vol. 4, No. 97, 1912, p. 295.

得大,但也肯定音律为许多现代诗人所使用,是写诗的"一种支持"①。

自由诗前后期理念出现了巨大的矛盾。这里需要指出,这种矛盾并非只是不同的理论家理论主张的不同,而是一种普遍的现象,它的产生源自诗人面临的共同处境。从形式反叛的自由诗,走向形式再造的自由诗,这个过程包孕着自由诗诗人的共同诉求。本文试图通过整体把握法国和英国的自由诗发展史,借助于当时政治思想史和诗学的背景,对自由诗创格的内在原因进行解释和反思。

一、自由诗创格的隐衷

法国自由诗创格最早值得注意的一个事件,是卡恩1889年在《风行》(*La Vogue*)杂志上发表的一篇文章。卡恩指出:"我们绝不把诗体和散文杂糅起来。"②卡恩对自由诗抱有信心出于两个原因:一个是他利用了一种基于声音和意义结合的节奏单元,一个是双声、半韵等技巧的使用。就这两个原因来看,卡恩的这篇文章实际上与他早一年发表的《致布吕内蒂埃》("AM. Brunetière")基本一致。但是他在这里提出了诗体独立性的问题。卡恩的这篇文章标志着法国诗人已经将自由诗视为一种单独的诗体,而非破坏性的无形式。1889年前后,法国自由诗已经出版第一批重要的作品,比如卡恩的《漂泊的宫殿》(*Les Palais Nomades*)、格里凡的《快乐》(*Joies*),还有拉弗格(Jules Laforgue)的《最后的诗》(*Derniers Vers*)。因而自由诗的形式已经在不同的诗人那里呈现了多种形态,它的优点和缺点都更为清晰了。卡恩看到了自由诗散文化的危险,他希望用节奏和韵律来保卫新生的诗体。

马拉美在法国自由诗创格的道路上起到了更为重要的作用。1891年,在一次访谈("Réponses àdesenquêtes")中,未来的诗人之王谈到了自己的自由诗理论。马拉美之前在象征主义自由诗中扮演的角色并不重要,因为他当时还是一个诗律上的保守主义者,更偏好传统的形式。奉马拉美为大师的青年象征主义诗人格里凡、卡恩、迪雅尔丹(Édouard Dujardin)等撇开马拉美,不约而同地发动了一场自由诗运动。马拉美对这些人比较宽容,进而也接受了诗律革命的思想。

---

① Flint. "Presentation", *The Chapbook*, Vol. 2, No. 9, 1920, p. 323.

② Kahn, Gustave. "Chronique", *La Vogue*: *Nouvelle série*, Vol. 1, No. 2, 1889, p. 145.

马拉美将诗律的概念放大了,诗律不再是规则的音步和音节数量,只要哪种语言有节奏,在"风格上用力",哪种语言"就有诗律"(Toutes les fois qu'il y a effort austyle,il y a versification)。① 这种宽容的诗律观,使马拉美同意亚历山大体可以有所增损、变化,于是产生了自由诗与亚历山大体的新关系:自由诗并不是抛弃亚历山大体的新形式,它是亚历山大体的灵活运用,正因为亚历山大体的存在,才让自由诗有了可能性。② 需要注意,在马拉美那里,这两种形式具有合并的可能性。如果自由诗是变化的亚历山大体,那么亚历山大体就是规则的自由诗,最后自由诗将回归到一个诗律大家庭中。其实,马拉美的期望也正是如此,他认为亚历山大体"不是保持目前这样的苛刻和固定,从今以后它将更自由、更出人意料、更轻盈"③。就自由诗来看,马拉美将自由诗命名为"多形态"(polymorphe)诗体④,这个名称让人想到了拉·封丹(Jean de la Fontaine)的"自由的诗行"(vers libres),后者虽然只比"自由诗"多一个"s",但指的是利用现有的多种音律的诗行组合而成一首诗,它不是一种新的诗体,而只是旧音律的新用法。马拉美清楚地看到自由诗不能成为拉·封丹那样的诗体,因为那种诗体"不讲诗节"⑤。这说明马拉美想在诗节中给自由诗建立一种统一性,这也是创格的一种方向。不过,从后来的诗学发展来看,马拉美放宽亚历山大体的观点得到了更多青年诗人的肯定。卡恩和格里凡度过了激进期后,都开始肯定亚历山大体的效用。这种让自由诗向诗律回归的思潮延续到 20 世纪初,象征主义之后的新生代诗人也曾做过类似的思考。

　　在英国,弗林特、休姆等人受到法国象征主义自由诗的影响,在 1908 年呼吁创造自由诗。不久休姆退出诗学界,弗林特和庞德(Ezra Pound)等人于 1913 年成立意象主义诗派,继续倡导自由诗。庞德在英美自由诗的创格运动中扮演了关键的角色,他在 1917 年和艾略特(T. S. Eliot)联手思考自由诗与诗律的重新融合。

　　自由诗创格的初衷从表面上看,就像卡恩所说的那样,是为了与散文相区别。古尔蒙(R. de Gourmont)是晚出的象征主义理论家,他对这一问题深有体

①　Dujardin,douard. *Mallarmé:uparn des siens*,Paris:Albert Messein,1936,p. 867.
②　Dujardin,douard. *Mallarmé:par un des siens*,Paris:Albert Messein,1936,p. 868.
③　Dujardin,douard. *Mallarmé:par un des siens*,Paris:Albert Messein,1936,p. 868.
④　Dujardin,douard. *Mallarmé:par un des siens*,Paris:Albert Messein,1936,p. 363.
⑤　Dujardin,douard. *Mallarmé:par un des siens*,Paris:Albert Messein,1936,p. 363.

会:"自由诗的危险,在于它没有定型,它的节奏太不突出,给了它一些散文的特征。"①卡恩以来的法国批评家之所以要进行形式的建设,正是因为看到了这种危险。为了解决这个难题,他们希望通过节奏的组织,让自由诗远离散文。节奏单元及其组合在法国、英国、美国都成为创格运动的中心问题。但是撇开格律后,通过音节的组合而产生的节奏单元,能否真正让自由诗摆脱散文呢? 节奏单元是散文和诗体都有的,它是一个共法。自由诗诗人想通过节奏单元的有无来寻找自由诗的独特性,这行不通。于是希望落在了节奏单元的构成上,节奏单元的规则程度被视为自由诗与散文的本质区别。这种思维在英美诗人那里最为显著。奥尔丁顿(R. Aldington)是重要的意象主义诗人,他认为自由诗的节奏能产生一种语调(cadence),这种语调标示了自由诗的独特性:"自由诗不是散文。它的语调更快,更富特征……更有规则。它在频率上比最好的散文大约高(也应该高)五倍,在情感强度上大约高六倍。"②这种观点很难说有多少科学性,但它想区分自由诗与散文的用意值得重视。对规则节奏的期望,还影响了自由诗的定义。另一位自由诗诗人洛厄尔(Amy Lowell),就将自由诗定义为"语调诗"(cadenced verse)。这种语调似乎成为英美新诗运动时期最大的依靠,它能给诗人带来自信。在洛厄尔眼里,自由诗是"建立在语调而非音律上的诗"③;在弗林特那里,自由诗就是不押韵的语调;在另一个诗人门罗(H. Monroe)看来,自由诗就是节奏具有"更紧密、更集中的时间间隔和更微妙的语调"的诗④。

节奏单元的规则构成,是否能有效地赋予自由诗独立的地位呢? 恐怕没有这么乐观。在法国自由诗运动早期,比利时的批评家吉尔坎(I. Gilkin)就指出,自由诗没有成功地让人们看到它所解释的原则。他将自由诗分作两类:一类仅仅分行,被称作"伪自由诗";另一类寻找节奏和韵律。但即使是第二类,不少读者和批评家看到的仍然只是散文,甚至是"低劣的散文",自由诗诗人们的创格,仅仅是在"重造散文"⑤。吉尔坎的话说得有道理。实际上,就连创格的自由诗诗

---

① Remy De Gourmont. *The New Age*, Vol. 5, No. 10, 1909, p. 77.

② Aldington Richard. "Free Verse in England", *The Egoist*, Vol. 1, No. 18, 1914, p. 351.

③ Lowell Amy. "Some Musical Analogies in Modern Poetry", *The Musical Quarterly*, Vol. 6, No. 1, 1920, p. 141.

④ Monroe Harriet. "Rhythms of English Verse I", *Poetry*, Vol. 3, No. 2, 1913, p. 63.

⑤ Gilkin Iwan. "Le Vers libre", *La Jeune belgique*, Vol. 13, No. 3, 1894, p. 139.

人都不免疑心重重。弗林特虽然提倡自由诗的语调，但他明白"散文和诗体没有种类上的差别"，他不认为自由诗是一个诗体，他指出"语调（自由诗）与散文没有任何的区别"。[①] 但吊诡的是，即使认为语调不足以成为自由诗与散文的本质区别，弗林特也没有抛弃语调，也没有否定自由诗。自由诗仍然以一种"节奏感受得更加强烈"[②]的形式，在自由诗诗人的想象中获得了独立性。

可以看出自由诗在某种程度上是一种被想象出来的诗体。它与散文有没有区别，它的诗体特征在什么地方，这些问题没有明确的、肯定的答案。而且这些问题并不重要，真正重要的是自由诗诗人们是怎样想象自由诗的。也就是说，让自由诗成为自由诗的，很大程度上并不是因为客观的诗体特征，而是主观的原因。自由诗的真实性存在于诗人们的观念中，而非完全存在于形式本身中。拜耶斯（Chris Beyers）在《自由诗的历史》（*A History of Free Verse*）中，从"人们'想象中'的意义"来理解自由诗，而放弃寻求它的客观定义。[③] 拜耶斯选择给自由诗分类，寻找每一类各自的诗体特征。如果将拜耶斯的方法与诗人的心理结合起来，就能更清晰地呈现自由诗诗体想象的内在根据。弗洛伊德（Sigmund Freud）曾将梦视为无意识内容的表达，它的目标是欲望的满足。这些想要获得满足的愿望，并非只是儿童时期积淀下来的，现实生活中的欲求也在寻找满足。"幻觉式欲望"是比较常见的一种形式，它是通过幻想来得到满足的。弗洛伊德还指出思想也与欲望满足有关："思想不过是幻觉式欲望的代替物。"[④]人们在思想中接近欲求的对象，并获取安慰。自由诗成立后，自由诗诗人一直渴望它获得独立性，但是该独立性却一直未能实现。区别自由诗与散文的思考，满足了诗人对自由诗诗体地位的幻想。也就是说，自由诗与散文的不同在什么地方，这并不是自由诗创格的真正原因。自由诗创格的真正原因，在于人们需要想象自由诗不同于散文。自由诗从以散文形式为荣，走到需要想象它不同于散文形式这一步，不啻一场巨变，它说明自由诗诗人对自由诗的处境怀有普遍的焦虑。而这种焦虑的背后，有着他们很少吐露的隐衷。

[①]　Flint. "Presentation", *The Chapbook*, Vol. 2, No. 9, 1920, p. 322.

[②]　Flint. "Presentation", *The Chapbook*, Vol. 2, No. 9, 1920, p. 322.

[③]　Beyers Chris. *A History of Free Verse*, Fayetteville: University of Arkansas Press, 2001, p. 4.

[④]　Freud Sigmund. *The Basic Writings of Sigmund Freud*, Trans. A. A. Brill. New York: Modern Library, 1938, p. 510.

二、无政府主义的"坏血统"

象征主义自由诗诗人迪雅尔丹曾经将诗(poésie)与诗体(vers)做过区分。诗在他眼里是一种内容或者精神上的特质,为了理解的方便,这里权将他所说的诗,换为诗性。迪雅尔丹认为真正的象征主义诗人,不应该关注诗体的问题,诗性才是他应追求的。他下面这句话很有典型性:"它(诗)可以采用散文的形式,就像它可以采用诗体的形式一样。以前存在着诗体和散文;从今以后存在着诗与非诗。"①关注诗性,可见迪雅尔丹对诗体的价值有轻视之意。其实这种趋势从波德莱尔就开始了。波德莱尔在写作《恶之花》时,虽然保留了亚历山大体的基础,但他渴望一种新的、未知的韵律,这种韵律被称作"灵魂的韵律"②,这种韵律的目的是通过形式与主题的联系,产生灵活的节奏。虽然波德莱尔在诗体上改革的步伐还不大,但是他已经表现出对规则诗体的不满。他还尝试选择散文诗进行创作,认为散文诗"适应心灵的抒情冲动,适应梦想的波动"(Baudelaire)③。散文诗是利用非诗体的形式寻找诗性的一种尝试,它回应了迪雅尔丹所说的非诗体而重诗性的新趣味。与其说散文诗是散文与诗的融合,还不如说是诗的反诗体的结果。波德莱尔并不孤独,法国第一位自由诗诗人兰波(Arthur Rimbaud)主要用散文诗写下了两卷诗集:《地狱一季》(Une Saison en enfer)和《彩图集》(Illumina-tions)。尤其是后者,里面收了象征主义最早的两首自由诗。兰波的自由诗诞生于他的散文诗,这并不让人感到意外,因为自由诗也是从反诗体中诞生的。

英美自由诗诗人也继承了这种思考,弗林特认为哪里有"人类经验的温暖和任何写作中的想象力,哪里就有诗",这也是将诗理解为诗性;这种诗性不考虑诗体与散文的差别,因为只要它是诗,它就有诗性,"不管它是采用我们所称的散文的形式,还是采用押韵和音律"④。在弗林特那里,自由诗就是实现这种纯粹的诗

---

① Dujardin,douard. *Mallarmé：par un des siens*,Paris：Albert Messein,1936,p. 95.

② Killick Rachel. "Baudelaire's Versification：Conservative or Radical?", *The Cambridge Compan-ion to Baudelaire*,Ed. Rosemary Lloyd. Cambridge：Cambridge University Press,2006,p. 52.

③ Charles Baudelaire. *CEuvres complètes,tome 3*, edited by Yves Florenne,Paris：Le Club français du livre,1966,pp. 3-4.

④ Flint F. S. *Otherworld：Cadences*,London：The Poetry Bookshop,1920,p. v.

性的工具,因而自由诗与散文有无区别并不重要。

反诗体的目的是让一种新的言说方式、新的精神成为可能。自由诗诗人一开始对自由诗的想象必须适应当时反诗体的要求。也就是说,自由诗最初并不是以一种诗体的形象出场的,它是作为诗体的反叛者出场的。它试图打破传统形式的观念。为了达到反诗体的目标,并为自由诗的登场形成一种合法性,法国诗人们在自由诗的初期阶段显著地利用了无政府主义的思维方式。威廉姆斯(Erin M. Williams)曾经指出:"文学中的象征主义和政治中的无政府主义,在 19 世纪 90 年代,越来越成为同义词。"[1]其实早在 19 世纪 80 年代,象征主义诗人就与无政府主义有了关系。巴黎公社失败后,虽然成立的法兰西第三共和国竭力弥补各个阶级中出现的裂痕,但是 1873 年的经济危机,以及 1879 年和 1880 年先后召开的工人代表大会,都让无政府主义和社会主义思想的传播在法国迅速高涨起来。[2]

1883 年,巴黎警察局的报告指出巴黎当时有十三个无政府主义团体,大约二百个成员,到了 1887 年,无政府主义的团体增加到十九个,人数在五百上下。[3]无政府主义者与象征主义诗人于是有了比较频繁的交流。一方面,一些无政府主义的刊物,比如《反叛者》(Le Révolté),开始转发象征主义的作品;另一方面,象征主义的刊物也开始给无政府主义者提供一定的版面,著名的无政府主义者路易丝·米歇尔(Louise Michel),甚至成为象征主义刊物《颓废》(La Décadence)的合作者。据考证,支持和同情无政府主义的象征主义者,有格里凡、卡恩、雷泰、雷尼耶(H. De Régnier)、吉尔(René Ghil)、梅里尔(S. Merrill)、维尔哈伦(E. Verhaeren)等。[4] 其中,格里凡和雷尼耶还创办了《文学与政治对话》(Entretienspolitiques & littéraires)杂志,宣传无政府主义。这个名单里没有拉弗格,其实拉弗格也曾指出:"无政府主义才是生活,才能让每个人拥有他自己的力量。"[5]而

---

① Williams,Erin M. *Signs of Anarchy*: *Aesthetics*,*Politics*,*and the Symbolist Critic at the Mercure de France*,61.

② 这里的无政府主义和社会主义在当时很大程度上是可以等同的,无政府主义有时也称作无政府主义—共产主义,它和社会主义都反对私有制,倡导公有制,无政府主义者也有不少是社会主义者。比如 1880 年的工人党全国代表大会,就既有社会主义者,又有无政府主义者参加。

③ Maitron,Jean. *Histoire du mouvement anarchiste en France*,Paris: Société universitaire,1955,p. 120.

④ Herbert,Eugenia W. *The Artist and Social Reform*, Freeport:Books for Libraries Press,1971,pp. 96-102.

⑤ Laforgue,Jules. *Mélanges posthumes*,Paris: Mercvre deFrance,1919,p. 144.

远离政治的马拉美,也并非与政治毫无瓜葛,他的自我主义的美学被有些批评家解释为"无政府主义的策略"①。《隐居》(*L'Ermitage*)杂志 1893 年曾在艺术家中发起过一次公投,调查艺术家们的政治态度。结果发现绝对的无政府主义者的比例是 11%,这个数值并不高,原因在于公投在统计结果时并没有把社会主义者和无政府主义者合起来考虑。如果调整统计的对象,无政府主义者和社会主义者所占比例在 80% 以上。这是一个相当高的数字,也说明艺术家普遍认可社会激进主义思想。

英国自由诗与无政府主义也有很深的渊源。英国的自由诗理论与《新时代》(*New Age*)杂志有密切的关系。该杂志是弗林特和休姆诗学的主要发表园地,也一度是庞德的重要园地。这个刊物是费边社会主义(Fabian Socialism)的刊物,其主编是社会主义者奥兰齐(A. R. Orage)。费边社会主义与法国通过马克思主义纲领的社会主义不同,它是改良主义,不提倡阶级革命,但具有鲜明的反对传统价值和秩序的态度。费边社会主义在文艺和美学上,具有显著的无政府主义倾向。奥兰齐多次邀请休姆、弗林特和庞德参加《新时代》杂志的聚会,因而让这些文学家"得到了最初的政治和经济上的教育"②。虽然这些文学家在政治上并不完全是无政府主义者,或者费边社会主义者,但是他们在美学上吸收了无政府主义的思想。弗林特要求反抗传统观念,称颂法国象征主义诗人"与旧的丝丝连连的思想决裂"③。休姆承认自己"曾是一名社会主义者"④,他接受了一些无政府主义破坏传统的精神。庞德在"一战"前曾经一度同情无政府主义,他承担过无政府主义的刊物《自我主义者》(*Egoist*)的编辑工作,有批评家认为这带来了意象主义的"无政府主义的气质"⑤。

无政府主义者将政治上的思维运用到文学中,产生一种形式无政府主义的思想。其结果是否定一切现有的诗体,要求个人的形式。这一点,格里凡说得清

---

① Weir,David. *Anarchy and Culture：The Aesthetic Politics of Modernism*,Amherst：University of Massachusetts Press,1997,p. 168.

② Martin,Wallace. "The New Age",under Orage：Chapters in English Cultural History,*Manchester：Manchester University* Press,1967,p. 44.

③ Gourmont,Remy de. *Le Livre des masques*,Paris：Société dvMercvre de France,1896,p. 219.

④ Flint,F. S. "The Art",London：The Poetry Bookshop,1920,p. 357.

⑤ Mead,Henry. *T. E. Hulme and the Ideological Politics of Early Modernism*,London：Bloomsbury,2015,p. 58.

楚："艺术的本质是无政府主义,即是说它有着自发性的和谐、自由的等级……它属于要求绝对的艺术家。"①格里凡所说的"自发性的和谐"就是对规则形式的反抗,"自由的等级"是对现有秩序的破坏。比利时的自由诗诗人莫克尔(Albert Mockel)对自由诗的理解,也能清楚地表明无政府主义扮演的作用:"在古老的音律绝对的、强加的权力之后,诗应该在它的每个作者那里,自己给自己施加规则,这些规则对它来说是社会主义,是必经之痛……文学中的个人主义者,尤其是主观的诗人,就像格里凡先生一样,与巴纳斯派的专制主义者做斗争也是必要的。"②这里作为"必经之痛"的"社会主义",其实还是无政府主义,因为"自己给自己施加规则"是无政府主义的特征。

但是无政府主义是一种过渡,在政体上看它并不是一个终极的目标。无政府主义的破坏性,最终会破坏它自己。无政府主义本身只是一种政治的乌托邦,它要么发展到社会主义,要么返回传统,与传统妥协。法国在19世纪末走上了后一条道路。1899年成立的"法国行动派"(Action francaise)旨在维护传统价值和秩序,抵制左翼思想,它在20世纪初获得了很大成功。虽然没有证据表明象征主义诗人后来统一转变政治立场,但生逢此时,思维方式不免受到影响。另外,无政府主义思想本身也给象征主义诗人提供了反思的可能性。象征主义诗人梅里尔曾指出:"如果他(艺术家)是绝对的无政府主义者,那么他就只能是相对的社会主义者,因为所有的公民如果没有共同的协定,自由就不可能存在。"③从这种意义上说,无政府主义与社会主义又是矛盾的,社会主义对新秩序的肯定,可以取消无政府主义。在英国,休姆在1911年接受了"法国行动派"的思想,开始反省无政府主义,重新拥护传统,并以保守的托利党(Tory)自居。休姆明白地说:"从人那里得到的最好结果是某种教导的结果,这种教导给内在的无政府状态带来秩序……除了无序没有什么东西本身是坏的;在一个等级秩序中被安排起来的任何东西都是好的。"④虽然弗林特没有改变政治立场,但是他也渐渐调整自己的诗学见解。庞德和艾略特在"一战"后期,成为文化上的保守主义者,除

---

① Anonyme. "Un Referendum artistique et social", *L'Ermitage*, Vol. 4, No. 7, 1893, p. 20.

② Mockel Albert. *Esthétique du symbolisme*, Bruxelles: Palaisdes académies, 1962, p. 145.

③ Anonyme. "Un Referendum artistique et social", *L'Ermitage*, Vol. 4, No. 7, 1893, p. 14.

④ Hulme, T. E. "A Tory Philosophy", *The Commentator*, Vol. 4, No. 97, 1912, p. 295.

了有意无意受到休姆的影响外,当时国家主义的盛行、新人文主义思想的传播,也成为他们疏远无政府主义的动力。

就自由诗而言,它初创时的形式反叛,埋下了自我破坏的种子。如果说每个诗人都要创造个人的形式,每个个人的形式都是独立自主的,那么形式本身就不会成为公共的东西,而会成为私人性的东西,这就取消了形式。而形式一旦被取消,那么个人的形式又毛将焉附?无论是法国自由诗,还是英美自由诗,当自由诗迈出了最初的一步,并进入被认可的关键阶段,形式的反叛就已经完成。这时反形式必须像无政府主义走向新的秩序一样,走向新的统一性。对自由诗来说,形式无政府主义就是自己成为自己的敌人。初创期的自由诗理论无法再满足自由诗诗人想象的地方,原因就在于此。

在法国和英国的自由诗初创不到十年的时间里,形式无政府主义就开始受到批评。吉尔坎是最早发起号召的一位诗人,他呼吁:"吹响集结号,让所有仇恨混乱和理性无政府主义的人集合的时间到来了。他们(象征主义诗人们)想破坏的是从龙萨到魏尔伦的法国诗。他们想代替它的是既不可行,又没有活力的东西。"①作为一个巴纳斯派诗人,吉尔坎认为自由诗没有"活力"当属门户之见,但他这里对无政府主义的抨击,其实也道出了自由诗诗人的心声。在英国,人们看到以庞德和艾略特为首的自由诗诗人们开始清除形式无政府主义。庞德在1917年著文指出,自由诗已经成为一种"公害",他将自由泛滥的形式称作"愚蠢的、狭隘的讨论"②。庞德并非想废除自由诗,他本身也是自由诗的缔造者。他的目的是让自由诗重新具有普遍适用的规则。艾略特的做法更为激烈一些,由于将"自由"二字与形式无政府主义等同,艾略特干脆取消了自由诗。他注意到一些读者张口闭口谈论自由诗,艾略特无可奈何地表示:"这认为'自由诗'是存在的。这认为'自由诗'是一个流派,认为它由某些理论构成,如果一群或者几群自由诗理论家,攻击轻重律五音步获得了任何成功,他们就要么让诗得到了革命,要么让诗获得了民主。"③

———————

　　① Gilkin,Iwan. "Le Vers libre", *La Jeune belgique*, Vol. 13, No. 3, 1894, p. 139.

　　② Kahn. *Le Vers libre*, Paris: Euguière, 1912, p. 121.

　　③ Eliot, T. S. *To Criticize the Critic and Other Writings*, Lincoln: University of Nebraska Press, 1992, p. 183.

兰波曾经渴望"出售无政府主义给民众"①,这也是他《坏血统》("Mauvais Sang")一诗的思想。这位与巴黎公社流亡者为友的无政府主义者,在他的散文诗和自由诗中注入了"坏"的血统。在自由诗创格时期,这种坏血统不再是诗人的荣耀,而成为耻辱。自由诗必须与自己身上的坏血统斗争,它才能获得存在的合法性。

三、自由诗创格的诗体想象

自由诗创格的用意,并非仅仅是与散文区别开,更深层的原因,是清除形式无政府主义的观念,以便让自由诗获得统一的诗体观。自由诗摆脱无政府主义的第一步是要恢复形式的权威性。因此,自由诗的创格,在多个国家中,是以形式价值的回归为起点的。在法国象征主义那里,卡恩在 19 世纪 90 年代后,对自由诗的韵律做了多次思考。他告诉人们韵律"符合习惯","也紧接着传统",而且尊重韵律是"我们的责任"。② 这一句话中的"传统"一词引人注意,它代表着自由诗诗人们不再与传统对抗,也不再以破坏的革命者自居。另一个理论家维尔德拉克(Charles Vildrac)对自由诗有更清楚的解释。维尔德拉克认为诗体(vers)并不是束缚人情感的工具,它是帮助人创作的一个框架,"人们试着将情感局限在一个框架里面,相信这个框架适于艺术作品的创作,这个框架就是诗行。不守法纪的拙劣诗人们以前可能认为这种框架并不是好东西;借助于这个理由,他们可能非常轻视技巧,这就是为什么我们拥有自由诗的原因"③。不要认为这句话是批评自由诗的人说的。维尔德拉克本人也是自由诗诗人,他从这个集体内部来破坏自由诗,目的是更有效地树立诗体的威望。之前的形式无政府主义者被他看作"不守法纪的拙劣诗人"。在自由诗的破格期,理论家将诗体与诗性区别开,维尔德拉克这时反其道而行之,他将"作诗法"(poétique)与诗性区别开。诗不再只是一种具有诗性内容的东西,它是通过作诗法而创造的具有人工形式的作品。诗之所以成为诗,正是因为它对创作过程的讲究。维尔德拉克眼中的诗

---

① Rimbaud,Arthur. *Uvres complètes*,Ed. Antoine Adam. Paris:Gallimard,1972,p. 145.

② Kahn,Gustave. "Chronique",*La Vogue*:*Nouvelle série*,Vol. 1,No. 2,1889,p. 31.

③ Vildrac,Charles. *Le Verlibrisme*,Ermont:La Revue Mauve,1902,pp. 11-12.

人不再是自发的、热情的抒情者,而是一个"完美诗节的雕刻工"①。

在英国,庞德对自由诗的调整,也是从传统诗律价值的"复辟"着手的。1915年,当美国诗人洛厄尔获得了自由诗的领导权后,庞德就开始对自由诗流露不满。这种不满并不仅仅是他与洛厄尔的权力之争,更重要的是他看到了形式标准的丧失。他对旧形式的态度也有了很大的转变,他曾指出格律诗"擅长表达广泛的创造力或者情感"②,而非像某些低劣的自由诗诗人所说的那样是应该抛弃的。庞德无法阻止无形式的自由诗,因为它已经成为一种风气,唯一可以做的工作,是恢复形式的价值和效用。庞德用"音乐"来代替他心中理想的规则形式,他把诗定义为"配乐的词语的作品"③。虽然在 1917 年以前,庞德的音乐还主要是利用节拍和双声、半韵等技巧,但是在他 1920 年的诗集《休·塞尔温·莫贝利》(*Hugh Selwyn Mauberley*)中,我们可以看到传统诗律的音乐得到了重视。

摆脱无政府主义的第二步是给自由诗正名。终结形式无政府主义的目的,是让自由诗成为一种有规则的诗体。但是规则本身与"自由诗"这一名称是矛盾的。只要自由诗还叫作自由诗,它就无法有效地表达新秩序的要求。于是,在 19 世纪末的法国和 1917 年的英国,人们看到诗人们频繁地为自由诗正名。格里凡在 1899 年指出,"自由诗并不是真正的自由",诗人必须尊重形式规则,他们的用语"没有改变这种状况的自由"。④ 格里凡看到了自由诗这一名称的不恰当,但他并没有直接说出来。艾略特没有这么客气,他认为:"所谓的自由诗其优秀者一点也不'自由',把它列入别的名目中可能更安稳些。"⑤艾略特没有说明该给自由诗改一个什么样的名称。艾略特语焉不详的地方,得到了洛厄尔的补充。后者曾明确指出:"个人而言:'自由诗'这个词我不喜欢用,因为它什么也没有指出来。"⑥洛厄尔给自由诗找到的一个新词,是"自由诗行"(free line)。其实根据他当时对诗行节奏的要求,诗行也不是自由的,"自由诗行"仍然

---

① Vildrac,Charles. *Le Verlibrisme*,Ermont:La Revue Mauve,1902,p. 21.

② Pound,Ezra. "Affirmations:IV", *The New Age*,Vol. 16,No. 13,1915,p. 350.

③ "Vers Libre and Arnold Dolmetsch", *The Egoist*,Vol. 4,No. 6,1917,p. 90.

④ *Les Cygnes*,Paris:Alcan-lévy,1886,p. 83.

⑤ *Les Cygnes*,Paris:Alcan-lévy,1886,p. 184.

⑥ Lowell,Amy. "Some Musical Analogies in Modern Poetry", *The Musical Quarterly*,Vol. 6,No. 1,1920,p. 141.

是一个不妥的提法。这里还可补充威廉斯(W. C. Williams)在 1917 年提出的一个观点。威廉斯说:"让我们最终宣布'自由诗'是一个错误命名。"威廉斯经过了三十多年的思考,最终提出"可变音尺"(variable foot)的概念。

摆脱无政府主义的第三步,是建立具有权威性的诗律模式。在法国,马拉美将亚历山大体作为权威树立了起来,他希望亚历山大体作为自由诗的节奏基础,懂得利用它的人,"永远将这种亚历山大体看作确实的珍宝,很少脱离它"①。亚历山大体后来也得到了格里凡的支持,后者在 1899 年曾经认为自由诗可以利用古老的亚历山大体的节奏②。但是卡恩、迪雅尔丹等诗人,并不接受这种古老的诗体。卡恩和迪雅尔丹希望建立音义统一的节奏单元,然后再用它来组织诗行。他们不要求音节数量的均等。就 20 世纪法国诗歌的发展来看,卡恩和迪雅尔丹的理论获得了更多的支持。给马拉美带来挑战的还有更多的诗人。维尔德拉克与迪阿梅尔(Georges Duhamel)曾携手寻找到一种叫作"节奏常量"(constante rythmique)的单元,可与林庚所说的"节奏音组"相类比。虽然这种"节奏常量"可以比较自由地连接其他的音组,但是因为它基本出现在每行诗中,所以能让诗行具有比较稳定的形式,也能处理好意义与形式的关系。"节奏常量"在法国影响不大,却在英国的弗林特、奥尔丁顿那里得到了回应,在"一战"结束前曾经一度成为英国自由诗最有影响力的理论,似乎具有了权威性。但是新的挑战者也在酝酿。弗莱彻(J. G. Fletcher)在 1919 年提出一种新的以重音为基础的诗行,在某种程度上它是英国盎格鲁-撒克逊人诗歌节奏的变体,与桂冠诗人布里奇斯(R. Bridges)实践的"重音节奏"有相通的地方。布里奇斯还创作过"音节自由诗"的作品,这种诗实际上是利用弥尔顿诗歌形式解放的规律,以数量相对稳定的音节来建立诗行。

前面的这三步,客观来说,头两步取得了很大的成绩,但是在关键的第三步上,一直未有哪一种模式真正获得正统的地位。在马拉美所说的诗体的"王位空位期"(interrègne),诗人们似乎没必要马上树立一个所有人都信奉的偶像。新规则与个性化的做法在这个问题上不动声色地结合了起来。但是对规则的个性的

---

①　Mallarmé, Stéphane. *œuvres complètes*, Paris: Gallimard, 1945, p. 362.

②　Vielé-Griffin, Francis. "Causerie sur le vers libre et latradition", *L'Ermitage*, Vol. 19, No. 8, 1899, p. 89.

寻求,恰好符合无政府主义的行为方式。魏尔(David Weir)曾经指出,无政府主义反对一个统一的权威,它在美学上表现为"破碎和自主的趋向"①。上述摆脱无政府主义的努力,不论是在法国,还是在英国,诗人们并没有达成默契,他们努力的方向是多元的,仍然是"自主"的活动。诗人们在自由诗是向格律诗回归还是另造自由诗的问题上产生分歧,在节奏单元上莫衷一是。由于无法建立一个统一的权威,自由诗的创格成为无政府主义新的注脚。

自由诗诗人们,用一种无政府主义的方式去除他们观念中的无政府主义。但是无政府主义已经不仅是一种观念,而是成为一种行为方式,或者用心理分析的话来说,成为一种集体无意识。诗人们无法与无政府主义完全切割,无政府主义已经成为自由诗诗人自我意识的组成部分。随着法国、英国政治和文化上的保守主义的兴盛,诗人们渴望恢复诗体的秩序。通过集体性的创格活动,他们相信自由诗已经与诗体传统订立了新的契约。

从某种意义上说,自由诗的创格是一种诗学仪式。原始人通过献祭的仪式,抚慰他们内心对自然的恐惧,以求获得安全感,20 世纪前后法国、英国的诗人们,通过诗体创格的仪式,消除自己对形式无政府主义的焦虑。同自由诗的破格一样,自由诗的创格提出众多的方案,这些方案的可行性和真实性,并不是自由诗诗人关注的首要问题,真正首要的问题是,他们可以借助这些方案想象自由诗统一的诗体观。自由诗即使没有诗体上的真实性,它也具有诗人心理上的真实性。自由诗表现出的它在自由与规则之间的矛盾状态,其实代表了现代人对自由与规则的矛盾态度。荣格(C. G. Jung)在谈到现代文明的时候,曾指出:"信仰与知识的断裂是分裂意识的征兆,这种我们这个时代精神紊乱的特征。"②自由诗的自由,以及其背后对个性的张扬,其实就是信仰和本能的代表,它以形式无政府主义的方式,造成了诗体意识的断裂和创伤。自由诗的创格表现出现代人渴望抚平这种创伤的欲求。

(本文作者:李国辉)

———————————

　　①　Weir,David. *Anarchy and Culture:The Aesthetic Politics of Modernism*,Amherst:University of Massachusetts Press,1997,p. 5.

　　②　Jung,C. G. *The Undiscovered Self*,Trans. R. F. C. Hull,Princeton:Princeton University Press,2010,p. 41.

颓废主义思潮研究

人的自我确证与困惑：作为颓废主义
"精神标本"的《逆天》

《逆天》(*A Rebours*,1884)是乔里-卡尔·于斯曼(Joris-Karl Huysmans)的代表作,作品描写了没落贵族让·德泽森特在隐居生活中的艺术追求与精神体验,极其细腻地呈现了颓废者的生活态度与审美趣味,因此又被视为"颓废主义文学的《圣经》"。本文试图从新实践论美学的相关视角深入主人公德泽森特审美体验的内在逻辑,重新审视作为颓废主义"精神标本"的《逆天》中蕴含的人学、美学价值。

一、艺术创造的精神逻辑

对生活充满愤怒的末代贵族德泽森特离群索居,将自己封闭于郊区,开始了精致到病态的艺术追求,呈现出典型的颓废气息。在其看似喜新厌旧、杂乱无章的审美追求背后,隐藏着艺术创造的精神逻辑。

德泽森特从家居装饰开始,将房间打造成心仪的甲班间样式,后又布置成修道室,过上了"想象中"的水手与修士生活。他对外部生活环境的改造从一开始就显露出一种趋势:追求"人工"与"想象"甚于"自然"与"真实"。为了使龟甲的色彩与地毯的色彩相得益彰,他将宝石镶在龟壳上,直至乌龟不堪忍受而死亡,看着被改变了自然形态的乌龟壳,他感到幸福无比。德泽森特改造自然身体形态的冲动来源于对自身状态的感知,人的自我意识通过自身来感知外界,又通过外界来体验自身,乌龟成了德泽森特身体意识的对象化。德泽森特对住宅的装饰与对身体的装饰,两者的心理动机是类似的。"请注意一个健全的身体是怎样发挥作用的:它显然是一种与周围自然界和其他人建立联系的工具,同时,作为一个遮蔽体,它又为有生命的心灵预先保留了一块隐居之地。作为住宅的房屋情况亦然。在它之中居住着具有身躯的心灵的完整的人。"①住宅是人的"容器",就像身体是心灵的"容器",人装饰住宅,就像打扮自己的身体。"人类是首先学会了(或者说发明了)对自己身体的装饰,然后才想到要去装饰其工具、器皿、住宅和生活区域的。"②对身体的关注表明德泽森特的美感体验从外部世界转向自身。

严冬来了,德泽森特迷上品酒,但绝不只是满足口舌之欲而已,对他来说,每种酒的味道都对应着一种乐器的音色,由酒构成的音乐中还存在大中小音调的关系。他甚至建立起一系列品酒(音乐)的原理,"能在舌尖弹奏出各种无声的旋律,从静默的葬礼游行到规模盛大的演出,无所不能,仿佛能在嘴里听到薄荷酒的独奏曲以及健胃酒和朗姆酒表演的二重奏"③。他像作曲家那样,利用各种酒的调配转换出真正的乐曲片段以展现他的思想、印象和情感。德泽森特的感官体验无疑超越了自然主义式生理享乐的层次,而上升到了"通感"。所谓通感,就是"人的"感觉、实践的感觉,它是人通过情感的综合作用建立起来的感觉的丰富性,即人性的丰富——感觉通过实践而直接成为理论家。"社会的人的感觉不同于非社会的人的感觉。只是由于人的本质的客观地展开的丰富性,主体的、人的感性的丰富性,如有音乐感的耳朵、能感受形式美的眼睛,总之,那些能成为人的享受的感觉,即确证自己是人的本质力量的感觉,才一部分发展起来,一部分产生出来。"④既然生理感觉上升为社会感觉,那么美感体验从外部世界转向身体感官,继而转向内心精神世界就是应有之义了。接着,他迷上了绘画——进一步脱离物质而向精神层面转化。

德泽森特想要收藏令其浮想联翩的绘画作品。他对居斯塔夫·莫罗(Custave

---

① 　V.C.奥尔德里奇:《艺术哲学》,程孟辉译,北京:中国社会科学出版社,1986年版,第79页。

② 　易中天:《艺术人类学》,上海:上海文艺出版社,2011年版,第327页。

③ 　乔里-卡尔·于斯曼:《逆天》,尹伟、戴巧译,上海:上海文艺出版社,2010年版,第44页。

④ 　马克思:《1844年经济学哲学手稿》,北京:人民出版社,2000年版,第87页。

Moreau)画笔下妖艳性感、充满诱惑力的莎乐美形象深深着迷,并在画中发现了自己梦想中的"莎乐美":优雅而野性、妩媚又可憎、庄严又撩人。他无数次沉迷于《圣经》中找寻"莎乐美"故事的原型。与文学题材的互文是西方绘画的传统,《圣经》中对这位女性的形象塑造是模糊与神秘的,这使"莎乐美"的故事有无穷变化,成为后世文学、戏剧等艺术创造的想象力源泉。此外,西方古典绘画使用的透视法呈现的是一个看似静止的"瞬间",但其中蕴含着丰富而饱满的动感,"时间的空间化"形式通过画中人物的表情与造型呈现出来,这与西方古典艺术的代表——古希腊雕塑"高贵的单纯,静穆的伟大"有着相通的艺术精神。因此,西方传统绘画具有文学般的"叙事性",其透视法原则能够起到塑造"主体"的意识形态功能,它所呈现的是一个静止和连续的整体,并建构起完整的视像。① 绘画的魅力不仅在于由画板、颜料等物质材料构成的视觉冲击,更在于由线条、色彩与构图组成的"有意味的形式"中蕴含的想象空间,这是绘画与文学之间更深层的联系。正如德泽森特在面对这些令其目眩神迷的绘画作品时的感叹:"在这些令人绝望而颇有渊源的作品中,存在一种奇异的魔力,如同波德莱尔的某些诗篇,具有感动内心最深处的咒语;它们已经超越了绘画的边界,向文学借来了最敏锐的联想力。"②尽管绘画向人的心理层面靠拢,却还不能脱离画板、画布、颜料等物质载体而呈现自身。而在实用层面上,绘画除了供人欣赏之外,还承担着装饰建筑空间的功能,这与其他的装饰品并无本质差别,德泽森特藏画的初衷正是想用它们来布置房间。尽管如此,我们仍然可以认为,德泽森特艺术追求的轨迹随着绘画再度向精神层面拓展,甚至出现了宗教精神的萌芽——布置单人修道间,过了想象中(艺术模仿)的修道士生活,尽管他是个不信教者。

随着身体状态的每况愈下,德泽森特通过养花放松大脑神经,指望花卉奇特美丽的颜色能够补偿他暂时忘却的文学幻想,在视觉与嗅觉的欣赏中抵达诗意的体验。在此,气味与色彩随着通感也上升到精神层面,这也体现了自我意识的最初形态,即移情。自我意识来源于自我与对象之间的双重"误识",这就包含了移情的因素。移情本身体现了象征与隐喻的"诗性"本质,语言的原始形态都是

---

① See Baudry, Jean-Louis. "Ideological Effects of the Basic Cinematographic Apparatus", Alan Williams, trans. ,*The Quarterly of Film Radio and Television*,1974,Vol. 28,No. 2,pp. 39-47.

② 乔里-卡尔·于斯曼:《逆天》,尹伟、戴巧译,上海:上海文艺出版社,2010 年版,第 55 页。

"隐喻"式的,因为原始思维本就是某种"诗性思维",因此,所有的语言在早期都充满象征性。最终,德泽森特要返回书籍,即回到"语言","在这种久别重逢的喜悦中,这些书卷在他眼里都是全新的,因为他又重新发现了从拥有它们开始就被他遗忘的美丽"①。其实在此之前,他已经思考过拉丁文的兴衰,这是他的语言(符号)意识的萌芽,但还无法摆脱物质与形式的"纠缠"。"'精神'从一开始就很倒霉,注定要受物质的'纠缠',物质在这里表现为震动着的空气层、声音,简言之,即语言。语言和意识具有同样长久的历史;语言是一种实践的、既为别人存在并仅仅因此也为我自己存在的、现实的意识。"②但无论如何,符号意识是自我意识与审美发展的关键,语言是存在之家,是自我意识的表达,"诗"即是"思"。于是,德泽森特在象征主义诗作中找到了灵魂的共鸣。而在基督教文化语境中,"诗意"与"神性"是两位一体的,诗意地栖居乃是神性的降临,"海德格尔的'人诗意地居住'是合乎神性尺度地居住,诗意必得要有神性度量才是真正的诗意"③。最终,德泽森特倒向了唯灵的、神秘的宗教艺术。

在德泽森特的审美体验中,我们可以看到这样一个"艺术发生学"的线索:"由刻在自然界和人体上的符号,转化为刻在心灵上的符号。"④这不仅是这位颓废艺术家个体审美体验的逻辑,也象征了艺术思维发展的精神逻辑。德泽森特对美的追求从对外部物质世界的选择、加工过渡到对内部身体感官的模仿,继而向内拓展至精神世界,呈现了自然向人生成的过程。

二、"逆天"的人工生活

西文"自然(nature)"一词来自希腊文 physis 的拉丁文翻译 natura,原义为动植物以及事物按照自身发展的本性,即排除了偶然与外力干扰的本质。在中国文化语境中,按照《说文解字》的解释,"自,鼻也",即最初的、开始的事物。"自然"是"自"的引申,同样包含起源、自在的意思。本文所指的"自然"就是未经(人

---

① 乔里-卡尔·于斯曼:《逆天》,尹伟、戴巧译,上海:上海文艺出版社,2010 年版,第 129 页。
② 马克思:《德意志意识形态·马克思恩格斯全集》(第 3 卷),北京:人民出版社,1995 年版,第 34 页。
③ 莫运平:《基督教文化与西方文学》,北京:中央编译出版社,2007 年版,第 19 页。
④ 易中天:《艺术人类学》,上海:上海文艺出版社,2011 年版,第 424 页。

为)改变的天然状态,遵循自然规律的和谐状态。在德泽森特那,随着外在物质的符号转变为内在精神的符号,人对自然的依赖性逐渐减弱,甚至表现为逆天而为的"反自然",即脱离自然和谐状态,超越物质自然属性。

"颓废是一种身体自我毁灭的冲动,颓废派文学的一大主题即颓废的身体。"①"反自然"首先表现在德泽森特过早衰弱的身体上,他的体质敏感纤弱,患有神经症与消化不良等疾病,连牙齿也出了问题,身体原因导致他将对吃喝等生理需求降至最低限度。其次,"反自然"更为典型地呈现为性功能的衰退,性功能障碍导致他的恋爱也逐渐向"非自然"(非生殖性)的状态发展。他与马戏团杂技演员乌拉尼亚小姐的恋爱在他的幻想中就带有一种性别倒错的倾向,甚至因为对方在亲密时表现出的"女人味"而大失所望:"她这样过分健康,与德泽森特在西罗丹糖果的香味中发现的衰弱气息正好相反。"②他只得重返一度被忘却的男性身份,这让他意兴阑珊。他在和另一个腹语术女艺人的情爱中扮演的也是弱势角色,还要靠冒着被捉奸的风险才能重振短暂的男性"雄风",并被女艺人撵走。与颓废的男性形象相比,这些生命力旺盛的强势女性是颓废主义文学的"标准配置","强大、优雅与集权的女性成了容易被视为'恶魔'的新女性,她们在日益被阉割的第十九世纪的男人面前炫耀自己的权势"③。显然,这种将女性欲望恐怖化的行为,是一种转嫁男性现实困境的文化修辞手段。德泽森特还与街头偶遇的另一男青年互生暧昧,找寻同性之间的情愫。这些表现都与主流话语中的男性形象格格不入。

生理上的"逆天"为其心理上的"反自然"奠定了基础,他的审美趣味也呈现出明显的"人工"倾向。他将房间设计成双桅帆船的甲班间,在墙上挂着各种航海图表,随时摆弄罗盘、罗经、望远镜、经纬仪等航海工具……无须出门,他就能感受到长途旅行的乐趣,并且认为这种想象中的乐趣远高于真实。真正的"旅行在他看都是徒劳。他认为,想象足以弥补现实生活的平淡无奇。他觉得,只要略施小计,努力模仿愿望所追求的目标,在日常生活中,完全有可能满足那些通常

① Lockerd, Martin. "Into Cleanness Leaping: Brooke, E-Liot, and the Decadent Body", *Journal of Modern Literature*, Vol. 36, No. 3, 2013, p. 2.

② 乔里-卡尔·于斯曼:《逆天》,尹伟、戴巧译,上海:上海文艺出版社,2010年版,第97页。

③ Reid, Kelly A. "The Love Which Dare Not Speak Its Name: An Examination of Pagan Symbolism and Morality in Fin de siècle Decadent Fiction", *The Pomegranate*, Vol. 10, No. 2, 2009, p. 135.

被视为最难满足的愿望"①。他在龟壳上面镶嵌了各种奇异的珠宝,直至乌龟的身体不能承受过分"人工"的痕迹而死亡。在培植花卉的过程中,他觉得只有那些在人工温室中用火炉模仿的热带植物才能全然满足他的视觉享受。"大多情况下,大自然无法独自创造出如此病态、如此反常的物种;它提供了植物成长的原材料、胚芽、土壤、营养物质以及各种元素,而人类则随心所欲地培育、塑造、装扮、雕琢这些植物。"②在他看来,经过园丁的加工,在短短几年内人类就能实现慵懒的大自然需要几个世纪才能完成的选择。但人工花卉之芬芳仍是自然的恩赐,于是他很快厌倦了植物的纹理与色彩以及自然芳香,决心研究香水(人工制造的气味)。香水几乎从来不是源自它们名字中的那些鲜花,香水的重要特点,即调配过程中人为规定的精确度,吸引着他。香水的人工属性使它自诞生以来就与人类文明史有着千丝万缕的联系,不同风格的香水就像不同时空中的人类语言。德泽森特认为,香水的历史亦步亦趋地跟随着语言的历史。为了调配不同的气味,"他不得不首先掌握香味的语法,理解其句法,掌握其规则……必须分析句子的结构,权衡每个词语的分量和它们在句中的位置"③。与植物比起来,香水不仅作用于人的自然嗅觉,还作用于人的精神深处积淀的文化意识。"他曾经总是期待香水的和谐。他利用类似诗歌的效果,或者某种程度上说,使用波德莱尔的某些诗歌片段……作为配方。"④香水激发了德泽森特的无尽遐想,就像诗歌那样,这就由对天然物质的选择与加工上升为心灵的自由创造了。他对物质(无论自然或人工)的享受都逐渐超越了自然主义式的生理欲望而被打上了精神追求的烙印,就像品读文学那样品读自然,他的艺术鉴赏力不断提高,并且只阅读经过他严格筛选,由他那焦灼、敏锐的大脑"蒸馏"过的作品。因此,德泽森特在文学中找到了情感共鸣,他代表了于斯曼本人的转向,从自然主义式的风俗研究转向对隐秘的心灵深处的探索。

　　德泽森特在生理上被自然"抛弃",在心理上却主动"背叛"了自然。他通过不断扬弃自身的自然属性而向精神深处开掘。不过,作为"自然之子",人对自然

---

① 乔里-卡尔·于斯曼:《逆天》,尹伟、戴巧译,上海:上海文艺出版社,2010年版,第19页。
② 乔里-卡尔·于斯曼:《逆天》,尹伟、戴巧译,上海:上海文艺出版社,2010年版,第86页。
③ 乔里-卡尔·于斯曼:《逆天》,尹伟、戴巧译,上海:上海文艺出版社,2010年版,第105页。
④ 乔里-卡尔·于斯曼:《逆天》,尹伟、戴巧译,上海:上海文艺出版社,2010年版,第108页。

"伊甸园"的背离总是步履蹒跚的。因此德泽森特的"逆天"行为无疑让其付出了"血的代价",就像那只乌龟不能承受宝石的绚丽夺目,德泽森特也难以承受自然施加在他身上的惩罚:性无能、消化不良、牙病与精神症等生理问题都压得他喘不过气来,甚至经常动摇其脆弱的神经使其昏厥过去,日渐敏感的神经虽然培养了他敏锐的艺术直觉与审美能力,但也让他身体各部位机能陷于紊乱状态,甚至开始出现幻听,直至嗅觉、视觉与听觉等感官都受到了损害……这些都是德泽森特"逆天"的代价。不过,德泽森特的"逆天"却是义无反顾,他没有重返大自然去修复已经受损的身体,而是倒向了宗教去忏悔他的"原罪","所谓原罪,就是亵渎自然,打破自然圆融性,甚至向人的自然状态挑战"①。德泽森特作为家族的唯一传人,其在自然生理上的"衰弱"不仅代表了古老贵族血统的没落,也"是一个整体社会的隐喻,因此,身体中的疾病也仅仅是社会失范的一个象征反应,稳定性的身体也就是社会组织和社会关系的隐喻"②。颓废式的病态身体是一种文化症候,德泽森特为其"逆天"所付出的代价象征着个体意识从"天人不分"的襁褓中被撕裂开来所承受的"痛楚",这是艺术与美的规律,也是人自我意识的规律。只有犯下"原罪",将自然现象变成精神现象,人才可能超越自然本身的尺度而用人的尺度在更高的层次上观照自然。"自然界的人的本质只有对社会的人来说才是存在的……只有在社会中,人的自然的存在对他来说才是自己的人的存在,并且自然界对他来说才成为人。"③"反自然"正是颓废主义美学精神的核心,只不过在《逆天》中,反自然的"原罪"是以病态的形式呈现出来的。

三、审美:本质力量的确证

　　为什么德泽森特的审美趣味呈现出"反自然"的形态?这还得回到自我意识角度上回答。阿瑟·西蒙斯(Arthur Symons)指出,颓废主义尽管代表了新颖、反常甚至病态的美学倾向,但本质上,"是一种强烈的自我意识,一种无穷探索的

　　① 易中天:《艺术人类学》,上海:上海文艺出版社,2011年版,第5页。
　　② 布莱恩·特纳:《身体问题:社会理论的新发展》,汪安民、陈永国编:《后身体:文化、权力和生命政治学》,长春:吉林人民出版社,2003年版,第16页。
　　③ 马克思:《1844年经济学哲学手稿》,北京:人民出版社,2000年版,第83页。

好奇,一种精致之上的过分精致"①。马克思认为,人只有在实践中把整个自然界变成自己"无机的身体",才能在观念中把自然界变成自己"精神的无机界",继而按照一切物种的尺度来生产。相应地,人不仅在实践中将主观统一于客观从而在对象上确证自我,也能通过把整个物质世界变成人的"精神的无机界"从而使客观统一于主观,并能够为了自我确证而自由创造。原本属于陌生的、异己的自然界逐渐"内化"为情感的、属人的精神界,甚至完成了根本的逆转:将人工对自然的模仿变成自然对人工的模仿(自由创造)。艺术的本质不是自然(本能),而是精神创造,即自由意志。德泽森特改变自然形态的"逆天"审美正是对象的自我化过程,是其自我意识在对象上打上自身烙印的企图。正如戈蒂耶(Théophile Gautier)对另一位颓废主义诗人波德莱尔(C. P. Baudelaire)的评价:"这种极端、怪诞、违反自然、几乎总是和古典美大唱反调的趣味,在他看来乃是人类意志的一种征兆:要根据自己的想法纠正肉体凡胎所赋予的形式和色彩。"②颓废美学崇尚自由创造的强力意志正是强烈的自我意识对异己世界的抗争姿态。

对于颓废主义的认识无法回避对审美的哲学理解。德泽森特在艺术追求过程中的审美体验,象征自我意识在审美活动中的展开。与动物的自然圆融性不同,人的自我意识具有对象性结构,人存在于与自我、外界的关系中,这决定了人的社会性本质。"凡是有某种关系存在的地方,这种关系都是为我而存在的。"③这种"关系",由于移情的先在作用(对象的人化与自我的对象化),因而在本质上就是情感,它只能在对象化中得到确证,总之,属人的情感只能是对象化的。"人不仅像在意识中那样在精神上使自己二重化,而且能动地、现实地使自己二重化,从而在他所创造的世界中直观自身。"④人只有在对象上,在自己的"产品"上才能认识自我的本质力量,即自我的对象化。这种借助于人化对象而体验到的自我确证感就是"美感",由于它是有对象的,因此也就是可传达的。人的情感的对象化就是艺术,而对象化了的情感就是美。⑤ 情感能力是人性内涵的集中体

① Beckson,Karl E. *The Oscar Wilde Encyclopedia*,New York:AMS,1998,p. 64.

② 泰奥菲尔·戈蒂耶:《浪漫主义回忆》,赵克非译,北京:人民文学出版社,2011 年版,第 243 页。

③ 马克思:《德意志意识形态》,《马克思恩格斯全集》(第 3 卷),北京:人民出版社,1995 年版,第 34 页。

④ 马克思:《1844 年经济学哲学手稿》,北京:人民出版社,2000 年版,第 58 页。

⑤ 这是新实践论美学的核心观点。参见邓晓芒、易中天:《黄与蓝的交响:中西美学比较论》,武汉:武汉大学出版社,2007 年版,第 373 页。

现,对情感的体验是审美的本质,也是艺术的功能,更是人性本质的最终确证。从这个意义上说,"艺术作品是个体化的,它需要创作者全身心的投入,直至内心最深处。因此艺术品能成为人的纯粹反映和表达"①。

通过自我的对象化与对象的自我化这一自我意识结构,我们才能理解为什么德泽森特如此执着于打造他的"人工生活"。作为一个与"正常社会"格格不入的唯美者,他对资产阶级市侩风气嗤之以鼻,又不满足于其他贵族青年的玩世不恭,那些附庸风雅的文人在他看来还不如街角的鞋匠,以至于"他完全不指望能在他人身上找到同样的憧憬与愤恨,不指望和同他一样沉醉于因学习而日渐衰弱的心智交流,不指望将同他的内心一般敏感复杂的思想附着于某位作家或文人的精神上"②。对他这样的唯美者而言,时代和社会早已抛弃了他们,就像其家族在生理上的没落。资本逻辑、工业机器已经攻克了整个时代,"商业占领了修道院的每一个角落,厚厚的账本代替了赞美诗集摆在诵经台上。就像传染病一样,贪婪毁灭了教会,修道士整天忙于财产清单和结算单,修道院长转身成了糖果厂厂长或江湖医生;不受神品的凡人修士和杂物修士成了普通的包装工人和杂役"③。他只能在自己的小天地中才能安身立命,幻想拥有一方安逸的世外桃源,一条温馨的挪亚方舟,使他得以避开时代。作为"不合时宜"者,德泽森特只有通过不断的艺术创造才可能在异己世界的挤压下确证自己的本质,他的艺术品是试图寄托其情感的媒介,他的"人工"生活就是不断确证自我情感的努力过程,情感的对象化是确证情感的唯一途径。

不过,德泽森特并未如愿。有学者指出,《逆天》展示了在文化巨变面前对个体身份确认的强烈焦虑,小说采取了引人注目的方式:主人公试图克服无聊倦怠以找寻确认自我身份的方式,在此过程中展示了忧郁气质的自我建构过程。④ 但其并没有深入审美的哲学理解,因此也不看审美与自我身份建构的关系,更无法理解忧郁气质的文化症候。审美从本质上说就是情感借助于人化对象(艺术)而

---

① Simmel,Georg. *Philosophy of Money* (*3rd enlarged edition*),Tom Bottomore and David Fris-by, trans. , David Frisby,ed. ,London:Routledge, 2004, p.459.

② 乔里-卡尔·于斯曼:《逆天》,尹伟、戴巧译,上海:上海文艺出版社,2010年版,第6页。

③ 乔里-卡尔·于斯曼:《逆天》,尹伟、戴巧译,上海:上海文艺出版社,2010年版,第199页。

④ See Blackman,Melissa R. "Elitist Differentiation:Melancholia as Identity in Flaubert's November and Huys-mans' a Rebours",*Journal of European Studies*,Vol. 33,No. 130-131,2003,pp. 255-261.

得以传达,情感的"对象化"性质决定其必须通过对象化的"中介"才能与他人发生"关系","除了情感的对象化,人与人之间的情感不能以任何别的方式得到传达或共鸣,它们总是相互错过而不能相互理解"①。这一"中介"就是艺术。因此,人与物关系的本质是人与人的社会关系,"当物按人的方式同人发生关系时,我才能在实践上按人的方式同物发生关系"②。艺术从一开始就呼唤着情感的相互共鸣,确证人的普遍人性。否则,情感的火焰会逐渐熄灭,倒退为动物式的情绪(生理层面)。德泽森特无疑与时代发生着情感的错过,由于交流所获得的思想毫无价值,他恼怒、不安、愤慨,变成了处处感到痛苦的人,执拗于个人小天地中的"独白"让他陷入孤芳自赏的窘境。这是他"逆天"的动机,也是他的"艺术伊甸园"最后崩塌的原因。由于情感对象化的受阻,艺术也变成个体的"呓语",美感成了"病态",原本通过物中介的属人的情感被物本身所取代(恋物)。德泽森特在生理上的疾病不过是心理病、社会病,因此医生断定他要是不回归"正常社会",光靠药物无法恢复健康。只是,"正常社会"还有什么角落供他躲藏呢?他只能感叹无法找到一个知己可以和他一起分享美妙的句子、精巧的绘画和新颖的观点,跟他一样理解马拉美又喜欢魏尔伦。显然,外面的世界他已经回不去了,无法共鸣的情感使他不能在对象上确证自己的普遍人性,情感逐渐被物吞噬而物化,而强烈的自我意识又使他不能回归自然圆融状态。他只能逃向宗教:"上帝啊,怜悯一下一个具有怀疑精神的基督徒吧!可怜一下准备皈依您的无宗教信仰者吧!可怜一下一个在一片漆黑中独自划桨驶入大海的人吧,因为这片天空已经不再被安慰人心的烽火和古老的希望所照亮了。"③其实,德泽森特并不是真正的基督徒,只是为了寄托无处安妥的灵魂,独一无二的"上帝"正是西方个体意识的终极对象化形象。

在资本、机器甚至自然主义式的生物学决定论占主导地位的西方19世纪末,人的本质力量遭到了普遍抑制而无法自我确证。审美作为反映人的本质力量最全面的一环,在面对资本逻辑与工业文明的压迫时,需要以一种近乎决绝的

---

① 这是新实践论美学的核心观点。参见邓晓芒、易中天:《黄与蓝的交响:中西美学比较论》,武汉:武汉大学出版社,2007年版,第373页。
② 马克思:《1844年经济学哲学手稿》,北京:人民出版社,2000年版,第86页。
③ 乔里-卡尔·于斯曼:《逆天》,尹伟、戴巧译,上海:上海文艺出版社,2010年版,第204页。

异化方式才能得到宣泄,这就是以德泽森特为代表的颓废精神。作为于斯曼"同道中人"的王尔德(Oscar Wilde)指出,尽管德泽森特生活于 19 世纪,"却努力去体验每一个已过去的世纪的感情和思维方式,想从中归纳出人类世界的种种精神历程"①。"逆天"的德泽森特是世纪末的"精神标本",在其艺术追求的精神逻辑中可以管窥颓废主义的美学内涵与人学基础。《逆天》的文学价值也绝不仅仅是对颓废者的心理描写(这种描写无论多么细腻都还停留在自然主义层次),而在于通过自我意识在审美体验中的展开道出了艺术的本质——情感的确证,并展现了特定时代人的本质力量确证的困惑。

(本文作者:马　翔　蒋承勇)

---

① 奥斯卡·王尔德:《莎乐美:道林·格雷的画像》,孙法理译,南京:译林出版社,1999 年版,第131—132 页。

"颓废"的末路英雄

——于斯曼《逆流》主人公形象辨析

　　在 19 世纪末法国颓废派文学浪潮中,乔里-卡尔·于斯曼(Joris-Karl Huys-mans)的长篇小说《逆流》(*A Rebours*)①"是一部关于颓废趣味和癖好的百科全书"②,它的出版标志着颓废派文学发展的巅峰。小说主人公德泽森特(Des Es-seintes)出身于没落的贵族世家,巴黎的堕落生活使他厌倦,并患上了严重的神经症。在医生的建议下,他决定去乡下休养一段时间,过清净的隐居生活。他将隐居地安排在巴黎郊区的一所小房子里,并按照自己的审美喜好,建立起理想的"人工天堂";然而,病情非但不见好转,反而越发严重。最终,要想保全性命,唯一的选择却是重返让他绝望了的都市生活。德泽森特这一形象超越了其他颓废派文本中的"颓废者"形象,成为"颓废英雄"③主人公的典型。

---

　　①　乔里-卡尔·于斯曼的法文原著 *A Rebours* 在已出版的英文译本中通常被译为 *Against Nature* 或 *Against the Grain*。上海文艺出版社 2010 年出版的中文译本将小说名称定为《逆天》,该译名与英文译名 *Against Nature* 的意思似乎更为接近。基于对小说文本的理解,笔者以为,《逆天》的译法是对小说复杂性内涵的过度减缩与简化,相较而言,仅仅标识一种逆反方向的《逆流》的译法似乎更为妥帖。由此,本文论述中将统一使用《逆流》这一译名。

　　②　马泰·卡林内斯库:《现代性的五副面孔》,顾爱彬、李瑞华译,北京:商务印书馆,2004 年版,第184 页。

　　③　乔治·罗斯·瑞治(George Ross Ridge)在其经典颓废派论著《法国颓废派文学中的英雄形象》(*The Hero in French Decadent Literature*,1961)中追溯了颓废派文学作品中的主人公与浪漫主义英雄之间的亲缘关系,将其称为"颓废英雄";克里斯托弗·尼森(Christopher Nissen)等学者在论文集《颓废、退化与终结》(*Decadence*,*Degeneration*,*and the End*,2014)中也沿用了这一称谓。本文对《逆流》主人公德泽森特的分析,大致沿用了瑞治、尼森等西方学者的这一界定。

一、被好奇心驱使着的反自然的现代人

"反自然"是《逆流》主人公德泽森特最鲜明、最核心的形象标识。小说中对德泽森特反自然特征的描绘可以笼统地区分为生理上的反自然和精神上的反自然两个层面。

小说一开篇便是对德泽森特衰落、病态的家族遗传史的回溯,而他则是这个基因败坏的没落家族的最后一个成员。与传统文学中健康、活跃的形象相比,德泽森特是病态、羸弱的反自然人,自然的和谐状态在这个正当盛年的年轻人身上没有留下一丝痕迹:

> 这是一个纤弱的年轻人,年龄在三十上下,脸颊深陷,面色苍白,神情略带神经质,蓝色的眼睛如同钢铁一般冰冷,脸中央长着一只朝天鼻,但鼻梁却很挺拔,一双手枯槁纤长。①

不过,正如作者于斯曼同左拉的决裂这一象征性事件所标示的那样,于斯曼并非是想在故事的开端做一种自然主义式的家族遗传史溯源,而是想要为小说引入一种预设,或者说一条必要的线索,这条线索既从形式上使得情节链条不甚清晰的"散漫"的文本显得更加紧凑,又从主题上为小说的发展提供了一种参照——生理上的反自然趋向一直作为一条潜在的线索与德泽森特的精神上的反自然的自主选择相互对照与互动。

遗传性的生理上的反自然并非是德泽森特反自然特征的本质性内涵,这在有关"性爱"这个生理性与精神性相交融的典型话题上体现得非常充分。读者将发现,在与性爱相关的问题上,德泽森特的反自然行为也并非是一种纯粹的生理性的天然反应或无意识举动,而是一种依赖头脑分析的、精神性的自主选择。尽管遗传而来的家族的阴柔气质可能给德泽森特的性倒错倾向带来某种模糊的影响,但在追求乌拉尼亚小姐的过程中,他头脑中充斥着的理智分析与推理判断却

---

① 乔里-卡尔·于斯曼:《逆天》,尹伟、戴巧译,上海:上海文艺出版社,2010年版,第2页。

给其性倒错倾向打上了清晰而深刻的人为烙印。他的性倒错倾向很大程度上具有人为的实验性色彩，即主动的反自然的精心设计。

当然，有关性爱关系的描述仅是反自然情节的一个典型呈现。除此之外，小说的大部分篇幅都意在呈现德泽森特对反自然的精神生活的精心选择与设计。比如，为了装饰室内的一块东方地毯，使其色彩更加鲜明，他买来一只乌龟，经过对配色方案的反复推敲与论证，最终决定在龟壳上镶嵌各类奇异宝石，并请珠宝商按照他所提供的从日本古玩设计中挑选出来的设计图纸制作。又如，他迷恋花卉，但喜欢的绝非自然花，而是那些出自资深艺术家之手的精致的人造花。后来，他甚至想要寻找那些宛似假花的天然花卉，在理智的推理中剖析作为大自然的主人的人类在这些植物上烙上的印记。

深思熟虑、自主自决地设计并投入反自然的精神生活才是德泽森特反自然特征的真正内涵。尽管他自小体弱多病，但在他反自然的生活设计中，似乎并未显示出对这种生理上的羸弱做出修补的愿望，一切规划都专注于对其精神欲求的满足。追踪这一精神抉择的本质，可以发现，在其实践层面上，这种精神欲求最直观地呈现为难以遏制的好奇，也就是亚瑟·西蒙斯（Arthur Symons）所说的典型的颓废派人物身上大都具有的"一种在研究中焦躁不安的好奇心"[1]。

海德格尔曾说："不逗留在操劳所及的周围世界之中和涣散在新的可能性之中，这是对好奇具有组建作用的两个环节。它们奠定了好奇现象的第三种本质性质——我们把这种性质称为丧失去留之所的状态。好奇到处都在而无一处在。这种在世样式崭露出日常此在的一种新的存在方式。此在在这种方式中不断地被连根拔起。"[2]这段话可以视为对德泽森特好奇心本质的精确描绘。德泽森特的好奇心始终不能持久，新鲜感的丧失令他难以忍受，并促使他继续追索未知的新奇。整部小说几乎就是在好奇与厌腻之间展开的无限循环，而这无限循环的终点是死亡。可以说，好奇是促成他一系列反自然行为的根本性原因，而更为重要的是，德泽森特强烈的好奇心之下始终流淌着清晰的死亡意识。好奇心与死亡意识共同凸显了德泽森特形象的形而上本质。

---

[1] Arthur symons. *Harper's New Monthly Magazine*,1839,11,p. 858。

[2] 马丁·海德格尔：《存在与时间》，陈嘉映、王庆节译，北京：生活·读书·新知三联书店，2006年版，第200—201页。

二、唯美的感官主义者

被好奇心驱使着的德泽森特,常常由对自己独特感官感受的精微剖析,堕入精神幻想。具体而言,其感官主义倾向的形成有两方面的重要原因:

其一,源于他身处其中的那个为各种感官刺激所驱使着的现代都市生活环境。

都市是修炼感官的理想场所。身处一个相对和平的年代,同时又是一个被物质簇拥着的年代,人的肉体很大程度上从各种形式的体力劳动中解放出来。由是,人的存在天然地趋向于某种精神性而非行动性。极端感官主义者的出现,一定程度上说正是某种精神性过度发展的结果。德泽森特正是都市生活以种种现代刺激浇灌出来的极端感官主义果实;只不过,有别于随波逐流的庸众,他是清醒、理智的。强烈的自我意识促使他逃离这个为感官刺激驱动着的堕落社会,他决定隐居;可他又并非传统意义上的隐士。作为精致的感官主义者,他未能摆脱对都市的依赖去过一种纯粹的精神生活。无论如何,德泽森特的生活都需要现代感觉的刺激,这是其作为都市人无法彻底免除的"病症"。正如 R. K. R. 桑顿(R. K. R. Thornton)所言,"一方面他被这个世界牵引着,他从这里获取必需品和令人着迷的印象,然而另一方面,他却渴望着永恒、理想与超脱"[①]。这一点实际上已为德泽森特的悲剧命运埋下了伏笔。

小说中提到,德泽森特用以装扮隐居处的所有饰物,几乎都来自都市,都是工业化、商业化城市的"杰作"。巴黎生活已然将他磨炼成一个需要种种"刺激"支撑的精致的感官动物,他生活中的大部分内容就是在这些人造物中施展其高超的感官鉴赏力。即便选择离开巴黎,过一种远离俗世的隐居生活,作为感官动物的他,也未能离开现代都市创造出来的精致的人造物。他用各种现代装饰品装扮自己的住所。小说中随处可见对其高超鉴赏力的极致描绘,比如:"很早以前,他就是搭配各种颜色的专家。⋯⋯当有必要标新立异时,德泽森特仿佛为了

---

① R. K. R. Thornton. *"Decadence" in Later Nineteenth-Century England*,in Ian Fletcher ed. ,Decadence and The 1890s,London:Butler & Tanner Ltd,1979,p. 26.

炫耀,创造了一些奇怪的室内装饰。他曾把客厅分成一系列的小隔间,每个隔间都用不同的挂毯装饰,但是又有着微妙的相似与和谐之处:这些绚丽或深暗,柔和或刺眼的色彩都符合他所喜欢的拉丁文或法文作品的个性。他会根据所阅读作品的色调,选择与之相符的隔间坐进去。"①

不过,这里尤需辨明的一点是,德泽森特对现代感官世界的依赖本质上不同于大众对现代社会的依赖。他以"审美"的眼光审视、剖析现代世界,而大众则以"实用"的功利眼光打量、享用现代成果。前者的目的是挖掘、创造现代美,后者的目的则主要是对生理性欲求的迎合与满足。对于德泽森特而言,现代人造物的价值并不在于其实用性,而在于其本身所具有的美的因子以及由此散发出的现代的美感。可以说,仅仅从编织美的需要来讲,德泽森特才离不开其身处的现代世界。

其二,德泽森特精致的感官主义倾向的形成与其贵族身份及生活不无关系。小说中有一段描述能够清晰地显示他独特的贵族作风:

> 人们觉得他是个怪人,他的穿着打扮与行为更证实了人们的想法。他常穿白色天鹅绒套装,配以镶有金银饰带的西装马甲,然后在衬衫 V 形开领处插上一束淡紫色帕尔马堇菜充当领带。他经常举办轰动一时的晚宴,邀请文人们参加。有一次,他为哀悼一起不足挂齿的意外事故,仿照十八世纪的风格,举办了一场丧宴。②

这一形象不禁使人联想到颓废的唯美主义者王尔德的怪异装扮。事实上,颓废者与唯美者的确有很深的亲缘关系,甚至可以说,颓废与唯美无法完全分离开来理解。唯美主义者王尔德又被认为是颓废的,而颓废的波德莱尔、于斯曼也被认为是唯美主义者。S. 纳尔班蒂安(Suzanne Nalbantian)在其论著《十九世纪后期小说中的颓废萌芽:价值的危机》(*Seeds of Decadence in the Late Nineteenth-Century Novel:A Crisis in Values*)中指明了颓废与唯美之间的这一亲缘

---

① 乔里-卡尔·于斯曼:《逆天》,尹伟、戴巧译,上海:上海文艺出版社,2010年版,第9页。
② 乔里-卡尔·于斯曼:《逆天》,尹伟、戴巧译,上海:上海文艺出版社,2010年版,第11页。

关系:"从(19)世纪中期开始,首先在法国,其次在英国,'颓废'这个术语因与'为艺术而艺术'运动及唯美主义者之间的关联而获得了具体的文学上的含义。于斯曼的《逆流》与王尔德的《道林·格雷的画像》被认为是颓废派的两部重要小说。"①由此可见,"颓废"自进入文学领域时起,便天然地拥有唯美的基因。德泽森特对事物精致性及其启发性艺术品质的要求,对一切平庸、功利性企图的拒斥,对某种纯粹精神化的理想艺术生活的追索,是他作为"唯美的"感官主义者的有力证据。

波德莱尔的一段话精辟地总结了这类人物的特质:"一个人有钱,有闲,甚至对什么都厌倦,除了追逐幸福之外别无他事;一个人在奢华中长大,从小就习惯于他人的服从,总之,一个人除高雅之外别无其他主张,他就将无时不有一个出众的,完全特殊的面貌……"这种人只有在自己身上培植美的观念,满足情欲、感觉以及思想,除此没有别的营生。这样,他们就随意地,并且在很大程度上拥有时间和金钱,舍此,处于短暂梦幻状态的非分之想几乎是不能付诸行动的。②

三、具有强烈自我意识的文化精英

对于德泽森特这样的颓废者而言,"颓废"意味着某种与活跃的、积极的大众相分离的立场。对此,亨利·哈维洛克·艾利斯(Henry Havelock Ellis)③在其对保罗·布尔热(Paul Bourget)④颓废派理论的介绍与评论中有清晰的揭示:

　　布尔热是在通常意义上使用颓废这个词的,以之表示一个社会中达至其扩张与成熟的极限之时的文学模式。——用他自己的话说,"在这种社会境况中产生了过多不适于普通生活劳动的个体。社会好比有机体。事实上,和有机体一样,社会也会被分解成一些较小的有机体的

---

① Suzanne Nalbantian. *Seeds of Decadence in the Late Nineteenth-Century Novel*: *A Crisis in Values*, London and Basing-Stoke: The Macmillan Press Ltd. ,1983,p. 6.

② 波德莱尔:《1846 年的沙龙:波德莱尔美学论文选》,郭宏安译,桂林:广西师范大学出版社,2002年版,第436—437 页。

③ 亨利·哈维洛克·艾利斯(1859—1939):英国作家、性心理学家、社会改革家。

④ 保罗·布尔热(1852—1935):法国小说家、评论家。

联盟,而这些有机体的联盟又将分解为细胞间的联合。个体是社会的细胞。若要使社会有机体以其能量发挥其功能,那么构成这个有机体的那些较小的有机体就必须以其居次要地位的能量履行其职责,而为了使更小的有机体运行其职能,构成这些有机体的细胞就必须以其更次要的能量发挥其功能。假使细胞的能量变得独立,那么构成社会有机体的最小有机体也将不再限制自己的能量而服从于整体。此时所形成的混乱状态就构成了整体的颓废。社会有机体无法逃离这条规律:一旦个体生命跃出界限,不再屈服于传统的人类福祉及遗传性的支配力,社会就将堕入颓废。……"①

以上观点表明,个体表现出"颓废",其深层心理是某种无政府主义的立场。这一立场暗示了传统、稳定的社会有机体趋于瓦解之后,个体不再是冷漠的社会大机器上的"零件",并拒绝为其"献身"。正是在这个意义上,"颓废"很大程度上体现着自我意识的高涨,构成了个体精神独立的宣言。德泽森特就是这样一个具有强烈自我意识的人,其对现代都市及其造就的无脑庸众的蔑视、对隐居生活的渴望及其最终付诸行动,均证明了这一点。

德泽森特强烈的自我意识与他所秉持的悲观主义世界观不无关系。基于对充满着邪恶、肉欲与堕落的现代都市生活的察知,他对都市生活始终保持着一种清醒的悲观主义态度。这在小说尾声德泽森特的一段回忆性描述中有集中的体现。当不得不重返巴黎,以控制他那日益严重的神经症时,德泽森特回想起了那个曾经带给他放荡与刺激、阴郁与折磨的社会。他想到自己从小生活于其中的那个上流社会的圈子,想到那些自己曾经交往过的"蠢人"——他们肯定"在沙龙中变得更加蠢笨消沉,在牌桌前变得更加愚钝,在妓女的怀中变得更加堕落,而且大部分可能已经结婚了。之前他们一直享受着街道流浪者玩过的女人,现在他们的妻子所拥有的则是街头妓女玩过的男人……"②。德泽森特感到,昔日贵族社会中"真正的高贵已经完全腐朽死亡了,这种高贵随着

---

① Views and Reviews,First Series,1932,pp. 51-52. 转引自 R. K. R. Thornton. *The Decadent Dilemma*,London:Edward Arnold Publishers Ltd,1983,pp. 38-39.

② 乔里-卡尔·于斯曼:《逆天》,尹伟、戴巧译,上海:上海文艺出版社,2010年版,第198页。

贵族的堕落而消亡,他们一代不如一代,最后只剩下大猩猩似的本能……"①,"商业占领了修道院的每一个角落,厚厚的账本代替了赞美诗集摆在诵经台上。就像传染病一样,贪婪毁灭了教会,修道士整天忙于财产清算和结算单,修道院院长转身成了糖果厂厂长或江湖医生;不受神品的凡人修士和杂物修士成了普通的包装工人和杂役"②。

德泽森特强烈的自我意识集中表现为贵族出身的他拒斥布尔乔亚式的"庸俗"。在挑选隐居之所的室内装饰品时,即便饰物本身能够引起有艺术鉴赏力的眼睛的注意,一旦其成为庸常市民触手可及的廉价商品,他便决不再碰。小说多处暗示了德泽森特有意识地背离布尔乔亚观念的贵族心理,如:"他尽可能避免使用东方织物和挂毯——至少在他的书房如此,因为现在,那些暴发户在时尚用品商店就可以廉价地买到这些装饰品,这使得这些东西变得非常普遍,成为一种庸俗和排场的标志。"③在他看来,"当听众都开始哼唱、当所有的管风琴都开始弹奏时,即使世界上最美妙的乐曲也会变得庸俗,变得不堪忍受"④。这种追求高贵文雅、不同流俗的贵族心理直接影响到他对艺术品的品鉴,并进一步成为其独特艺术审美观的构成要素。

德泽森特对平庸之物的敏感和拒斥,不禁使人联想到波德莱尔。小说多次提到波德莱尔乃德泽森特最欣赏的诗人。波德莱尔论述"浪荡子"的文章中写道:"浪荡作风是英雄主义在颓废之中的最后一次闪光。"⑤浪荡子对衣着与物质的过分讲究,实质上"不过是他的精神的贵族式优越的一种象征罢了"⑥。"一个浪荡子绝不能是一个粗俗的人。如果他犯了罪,他也许不会堕落;然而假使这罪出于庸俗的原因,那么丢脸就无法挽回了。"⑦浪荡作风"代表着今日之人所罕见

---

① 乔里-卡尔·于斯曼:《逆天》,尹伟、戴巧译,上海:上海文艺出版社,2010 年版,第 198 页。

② 乔里-卡尔·于斯曼:《逆天》,尹伟、戴巧译,上海:上海文艺出版社,2010 年版,第 199 页。

③ 乔里-卡尔·于斯曼:《逆天》,尹伟、戴巧译,上海:上海文艺出版社,2010 年版,第 14 页。

④ 乔里-卡尔·于斯曼:《逆天》,尹伟、戴巧译,上海:上海文艺出版社,2010 年版,第 93 页。

⑤ 波德莱尔:《1846 年的沙龙:波德莱尔美学论文选》,郭宏安译,桂林:广西师范大学出版社,2002 年版,第 439 页。

⑥ 波德莱尔:《1846 年的沙龙:波德莱尔美学论文选》,郭宏安译,桂林:广西师范大学出版社,2002 年版,第 438 页。

⑦ 波德莱尔:《1846 年的沙龙:波德莱尔美学论文选》,郭宏安译,桂林:广西师范大学出版社,2002 年版,第 438 页。

的那种反对和清除平庸的需要"①。

波德莱尔对"浪荡子"的如上论述,揭示了颓废者个人特质中最重要的一点,即贵族身份及其浪荡作风是颓废者的一个身份标识。这些有着强烈自我意识的贵族青年始终对大众怀有敌意,他们患了精神上的"洁癖",要以绝对的蔑视在一切事物上与平庸的人群划清界限。强烈的自我身份意识几乎成为德泽森特特有的精神标记。他所秉持的是一种与大众完全背离的精致独特的审美趣味,而这种贵族式的情趣之最直接的体现便是其对艺术品的鉴赏与偏爱。

四、"颓废"的末路英雄

贵族出身的德泽森特是一个被好奇心驱使着的反自然的现代人,一个唯美的感官主义者,一个具有强烈自我意识的文化精英。其悲观主义的世界观以及以上几种形象特质,预示着他将成为一个在世俗生存中丧失了行动欲望、崇尚精神性体验而非生理性欲求的现代语境中的"颓废"者。然而,如此定论未免仓促;或许,人们可以走得更远一些。以乔治·罗斯·瑞治、克里斯托弗·尼森(Christopher Nissen)等为代表的西方学者将德泽森特称为"颓废英雄"。德泽森特的确配得上"英雄"的称呼;不过,他是既有别于古典主义往往体现着国家意志的"公民英雄",亦不同于浪漫主义"拜伦式英雄"的新式英雄。

首先,德泽森特的"反自然"行为并非是一种由遗传性的天然趋向所催发的无意识举动,而是一种基于其强烈的自我意识所实施的对于理想人工生活的自主抉择与精心筹划;而"丧失去留之所"的好奇——波德莱尔所说的"一种难以遏制的精神上的渴慕"——作为其一系列反自然行为的内在生长点,其所昭示的是追求个体自由的个人主义精神。但这一肇始于浪漫主义的鲜明的精神特质,在德泽森特这一典型的颓废派文学主人公身上却有着另类的极端表达:丧失了行动欲望的颓废生存状态,很大程度上体现着德泽森特对现实的深刻绝望与反叛。

其次,强烈的自我意识使德泽森特对布尔乔亚庸俗价值观表现出绝对的轻

---

①　波德莱尔:《1846年的沙龙:波德莱尔美学论文选》,郭宏安译,桂林:广西师范大学出版社,2002年版,第438页。

蔑,而"艺术高于生活,生活模仿艺术"的唯美主义立场,则表征着德泽森特对实用、功利的物欲生活的拒绝。"唯美"的面具掩盖了德泽森特切身感受到的深层次的痛苦——他在现代世界中所体验到的精神上的挫败。因此,他求助于与流行的大众审美相对立的高雅艺术。创造美、培植美、欣赏美成了他生存的唯一内容和目的。在传统艺术家那里,艺术与生活之间的界限还比较分明,而在德泽森特这里,审美的眼光溢出了艺术的边界,淹没了他的日常生活领域。德泽森特精致的感官主义生活,正是对"生活模仿艺术"这一全新美学主张的切实实践,而他的悲剧性结局似乎预示着这一艺术理想的幻灭。

再次,"颓废者对待宗教的不虔诚,至少部分地是作为呼唤上帝显现的一种方式"①。托马斯·瑞德·维森(Thomas Reed Whissen)的这句话可以视为对德泽森特对待宗教态度的贴切概括。尽管他始终对宗教持批判态度,认为宗教不过是用来控制精神虚弱之人的手段;然而,在他对宗教题材作品的思考中,却又时常流露出其内心时隐时现的怀疑主义,这种怀疑主义正是他探索某种理想信仰的证据。德泽森特对既有宗教的讥讽与嘲弄,恰恰显示了他内心深处对一种更高层次宗教的迫切需要。尽管小说中并未直接、清晰地指明这一点,但他渴望理想宗教、渴望人之生命归属的精神质地却深隐于文字之下。

最后,对精神性体验的追求在德泽森特这里达到了极致。神经症的出现及恶化一定程度上是由过度发展的精神性生活和逐渐退化的生理机能之间的严重失衡带来的。神经症的恶化,促使他逃离都市的放荡生活,选择归隐,过一种高贵的精神生活;然而,病症非但没能缓解,反而让他几近病入膏肓。最终,想要存活下来,医生开出的唯一药方就是重返那个让他绝望了的现代都市。在这里,促使他"逃离"与"返回"的"神经症"实际上是他决绝地以人之自由精神挣脱社会与自然加缚于人的无形规定性与神秘限定性的象征与后果。这种"或是疯狂或是毁灭"的选择困境逼迫颓废者成为悲剧英雄;在很大程度上,这样的悲剧处境比哈姆雷特"生存还是毁灭"的呼喊更阴郁、绝望。

本身就是颓废派作家和评论家的魏尔伦曾简短而中肯地将颓废者称为"被

---

① Thomas Reed Whissen. *The Devil's Advocates*：*Decadence in Modern Literature*, New York：Greenwood Press,1989,p. 29.

诅咒者"。在界定"颓废"的诸多尝试中,这一描述或许最能抵达颓废者的实质。这群"被诅咒者",是一群被放逐的灵魂,他们蔑视庸常放荡的欲望都市,抗议某种被命定的人类天性,企图以精神性的方式挣脱社会与自然强加于人之存在的双重束缚,追求人的绝对自由。——对于德泽森特而言,在隐秘的独居生活中创造"人工天堂"便是他追求绝对自由的伟大实验;然而,孤注一掷的努力最终却换来一个荒诞至极的绝境:在既像鸦片一样诱人堕落又吸干人类炽烈的自由生命之血的现代社会中,他注定无法逃离沉重的肉身所预示着的人的局限性。从某种意义上说,颓废者越是试图挣脱社会与自然的束缚,就越是撕裂、摧毁了自身。"那么,我要么选择死亡,要么选择苦役了!"德泽森特的这一不无悲愤的告白,所表征的正是其作为"被诅咒"的末路英雄之最深的绝望。

自颓废派文学诞生以来,许多评论家,甚至包括颓废派作家本身,都面临着客观、准确地界定"颓废"一词的难题。在一般生活化的场景中,"颓废"往往被认为具有某种贬义色彩,这在很大程度上影响了人们对文学语境中"颓废"一词的理解。乔治·罗斯·瑞治在其颓废派文学论著《法国颓废派文学中的英雄》中特别关注了这一问题。他提道:"在试图给'颓废'这个令人难以琢磨的术语下定义时,其在语义学方面的复杂性便可见一斑。对大部分读者而言这个词,具有内涵的,而不具有外延的,指向特定的人、活动和观点的意义。"①

乔治·罗斯·瑞治的表述提示人们,在进入颓废派文学研究之前,需要暂时搁置对复杂多义的"颓废"概念的界定,清除附着在"颓废"一词上的污泥,以尽量中性的态度切入对它的解读。一个较为可靠的方法是回到文本本身,从文本入手,识别"颓废"的种种表征。就此而言,被称为"颓废派文学《圣经》"的《逆流》无疑是最典型的文本。基于此,笔者通过解读《逆流》中的颓废主人公德泽森特的种种"颓废"表征,冀望客观、深入地理解颓废派之"颓废"。

(本文作者:杨　希)

---

①　George Ross Ridge. *The Hero in Frech Decadent Literature*, Athens：University of Georgin Press,1961,p. 2.

21 世纪西方学界颓废派文学研究撮要

19 世纪中期以降,西方文坛风起云涌,诸种文学观念纷繁杂陈;颓废意识作为西方文学在世纪末的精神聚焦点,广泛渗透于英法等国的文学创作中。法国是颓废派文学的策源地,通常被称为浪漫主义作家的泰奥菲尔·戈蒂耶(Théophile Gautier)的作品中的颓废表达是颓废派文学的先声,象征主义文学的鼻祖波德莱尔是颓废派文学理论的主要建构者,而最初以自然主义者身份立于法国文坛的乔里-卡尔·于斯曼(Joris-Karl Huysmans)则是颓废派文学创作的集大成者——其被亚瑟·西蒙斯(Arthur Symons)称为"颓废派文学《圣经》"的长篇小说《逆流》(*A Rebours*)在 1884 年的出版,标志着 19 世纪西方颓废派文学创作的高潮已经到来。至 80 年代末,由于"颓废"一词在语义学意义上的模糊性与复杂性,也由于由此招致的对颓废派作家及作品的道德非难,一些作家和评论家倾向于以"象征"等术语替换"颓废"作为世纪末文学的聚焦点,文学中的颓废表达一直延续到世纪之交;伴随西方作家与现代世界的和解,19 世纪西方文学中广泛存在的"颓废意识"渐趋式微。

尽管在颓废派文学发生发展的 19 世纪,"颓废"一词因其语义学意义上的模糊性与悖论性等并未获得西方主流文学批评界的青睐,但其后一个多世纪的研究成果已然表明:20 世纪以降,颓废派文学研究开始逐渐摆脱其在西方文学研究领域的边缘身份,成为学术热议话题。

19 世纪后半期,以戈蒂耶①、保罗·布尔热(Paul Bourget)、亨利·哈维洛

---

① 1868 年,戈蒂耶在其为波德莱尔的诗集《恶之花》所作的序言中,试图重新阐释"颓废"风格。最早将"颓废风格"(style of Decadence)这一理论概念引入文学批评,并试图对这种风格进行界定的是法国的尼萨尔(Dteirt Nisard)。他认为,"颓废的"即是"现代的",而波德莱尔充满颓废意识的现代诗歌正恰如其分地表达了当下文明的危机。

克·艾利斯(Henry Havelock Ellis)、莱昂内尔·约翰逊(Lionel Johnson)、理查·勒·加里恩(Richard Le Gallienne),以及最负盛名的亚瑟·西蒙斯(Arthur Symons)①等为代表的西方颓废派作家及评论家对颓废派文学的关注与研究主要集中于两个层面:一是对"颓废"内涵的界定;二是对颓废派文学价值的讨论。

20 世纪上半期,西方学者对颓废派文学的研究热情渐趋上升,其在研究方法和研究视野等层面均有较为明显的进展。这一阶段的研究主要集中于三个层面:其一,进一步厘清"颓废"的内涵。与此前的研究相比,这一时期在研究方法上有了新的进展。除继承西蒙斯等人的研究策略,继续发掘"颓废"在风格、主题等层面展现出的典型特征以外,以考恩瑞德·W. 斯沃特(Koenraad W. Swart)②等为代表的一些学者致力于辨析不同语境下"颓废"一词的多样化内涵;以 C. E. M. 贾德(C. E. M. Joad)③为代表的学者则回溯并质疑不同语境下"颓废"的既有定义,指出这些褊狭的定义都未能包纳颓废的全部内涵,继而尝试从哲学层面为其寻求一个完整性的界定。其二,以乔治·罗斯·瑞治(George Ross Ridge)④、斯沃特等为代表的学者关注颓废意识、观念的衍生机制问题。其三,以 A. E. 卡特(A. E. Cater)⑤、斯沃特、瑞治等为代表的多位颓废派文学研究者普遍关注颓废派的文学史归属问题,并提出了一些新观点。

至 20 世纪后期,尤其是 80 年代以后,西方颓废派文学研究迅速升温,并在世纪之交引发研究热潮。这一阶段的成果鲜明地体现出研究视角的多元化和对以往研究方法的不断反思与精进。

纵览 21 世纪西方学界有关颓废派文学研究的最新成果,当可发现:在短短

---

① 西蒙斯既是 19 世纪末最引人注目的颓废派文学理论家之一,也是长期而持续地关注和反思颓废派问题的作家和评论家。1893 年,他发表了著名的《文学中的颓废派运动》(The Decades Movement in Literature)一文,试图对颓废派文学运动进行整体性的描述与界定,不过,时隔六年,他又出版了《文学中的象征主义运动》(The Symbolist Movement in Literature,1899)一书。书中,他修正了此前对颓废派文学运动的认知,以"象征"替代"颓废",用以描述于斯曼、魏尔伦等世纪末作家的创作倾向。

② 斯沃特的主要观点参见:Koenraad W. Swart. The Sense of Decadence in Nineteenth-Century France,The Hague,1964.

③ 贾德的主要观点参见:C. E. M. Joad. Decadencet A Philosophical Inquiry,New York:Philosophical Library,1949.

④ 瑞治的主要观点参见:George Ross Ridge. The Hero in French Decadent Literature,Athens:University of Georgia Press,1961.

⑤ 卡特的主要观点参见:A. E. Cater. The Idea of Decadence in French Literature:1830-1900,Toronto:University of Toronto Press,1958.

的十几年内,新世纪的颓废派文学研究不仅成果颇丰,而且在诸多方面展现出了崭新的气象。

一、继承与深入

1. 以鲁斯・利夫西(Ruth Livesey)的《英国的社会主义、性与唯美主义的文化,1880—1914》(*Socialism*,*Sex and the Culture of Aestheticismin Britain*,*1880-1914*,2007)和塔利亚・谢弗(Talia Schaffer)的《被遗忘的女性唯美主义者:晚期维多利亚英国的文学文化》(*The Forgotten Female Aesthetes*:*Literary Culture in Late—Victorian England*,2000)等为代表的论著继承了 20 世纪琳达・道林(Linda Dowling)的《维多利亚世纪末文学中的语言与颓废》(*Language and Decadence in the Victorian Fin de Siecle*,1986)①中的创新性视域,不再局限性地将颓废派文学运动解读为一场与政治无关的“为艺术而艺术”的艺术实验,而是侧重于发掘颓废(Decadence)与性别政治(sexual politics)间的隐秘关联。

2. 以瑞姬娜・加尼尔(Regenia Gagnier)、玛丽・格拉克(Mary Gluck)等为代表的学者延续了自 19 世纪以来作家、评论家对“颓废”概念之内涵的普遍关注与探索,但有新的阐发。

加尼尔在一定程度上肯定了 19 世纪评论家保罗・布尔热(Paul Bourget)、亨利・哈维洛克・艾利斯(Henry Havelock Ellis)等对“颓废”内涵的一般界定,将“颓废”问题解读为“个体与整体关系”的问题。其在论著《个人主义、颓废与全球化:关于部分与整体的关系,1895—1920》(*Individualism*,*Decadence*,*and Globalization*:*On the Relation of Partto Whole*,*1895-1920*,2009)中指出,这场运动的社会和政治层面为人们理解“颓废”问题提供了一种全新的视角。这一视角促使人们从先前认识到的唯我论转向一种有关共同体的伦理观点,也即是说,隶属整体的个体。在《颓废文学的全球性循环》(*The Global Circulation of the*

---

① 道林确立了认知颓废派文学的又一崭新视域——以一种非常政治化和情景化的视角解读颓废派的文学形式问题。

Literatures of Decadence,2013)中,加尼尔重申并深化了其先前的主要观点。她认为,现代化的力量瓦解了部分与整体的诸种关系,带来经济、社会、宗教、政治、伦理、性别等方面的传统的衰退。这一催生法国和英国的颓废派运动的因素,在英法之外的其他国家同样可能催生类似的文学策略。由此,文学中的颓废并不仅仅是一场发源于欧洲的文化运动,在众多国家和文化中,"颓废"会作为对社会变动或危机的回应而反复出现。① 格拉克则在《作为历史性神话和文化理论的颓废》("Decadence as Historical Myth and Cultural Theory",2014)一文中回溯了波德莱尔、尼采、布尔热、马克思·诺尔道(Max Nordau)等人对颓废内涵的不同界定,旗帜鲜明地提出自己的观点:"颓废并非一个历史性的事实,而是一种文化上的虚构(cultural myth)。"②

　　3. 以文森特·谢里(Vincent Sherry)的《现代主义与颓废的再造》(*Modernism and the Reinvention of Decadence*,2015)等为代表的著作继承 20 世纪末考恩瑞德·W. 斯沃特(Koenraad W. Swart)等学者对颓废与现代主义文学关系的发掘,进一步深化了对两者间承继关系的考察。以卡米拉·帕格利亚(Camille Paglia)的《性面具——艺术与颓废:从奈费尔提蒂到艾米莉·狄金森》(*Sexual Peronae:Art and Decadence from Nefertiti to Emily Dickinson*,2001)等为代表的论著则继承了此前学者对"颓废"意识的衍生机制等一般性问题的研究,视角独特,观点新颖。

二、反思与驳辩

　　除对既往研究成果的继承与深化外,20 世纪末就已展开的对既有学术观念与方法的反思与驳辩在新世纪亦渐成燎原之势。

　　以查尔斯·伯恩海默(Charles Bernheimer)、亚历克斯·穆雷(Alex Mur-

---

① 加尼尔就此问题展开的具体论述参见:Regenia Gagnier. "The Global Circulation of the Literatures of Decadence",*in Literature Compass*,Vol. 10,Issue 1,2013,pp. 70-81. 亦可参见:Regenia Gagnier. "The Global Circulation of the Literatures of Decadence",in Michael Saler ed. *The Fin-de—Siecle' World*,London and New York:Rouledge,2015,pp. 11-28.

② Mary Gluck,"Decadence as Historical Myth and Cultural Theory",in *European Review of History—Revue europe' enne d'histoire*,Vol. 21,No. 3,2014,pp. 349-361.

ray)、杰森·大卫·霍尔(Jason David Hall)、约瑟夫·布里斯托(Joseph Bris-
tow)、柯尔斯顿·麦克劳德(Kirsten MacLeod)等为代表的学者大致承袭了20
世纪末以理查德·吉尔曼(Richard Gillman)的《颓废:一个诨名的奇特活力》
(*Decadence:The Strange Life of an Epithet*,1979)、大卫·威尔(David Weir)
的《颓废与现代主义的生成》(*Decadence and the Making of Modernism*,1995)、
以及上文曾提及的道林的《维多利亚世纪末文学中的语言与颓废》等为代表的论
著中鲜明的"反思"思路,侧重于对既有研究方法、研究视角的大胆质疑,并在有
理有据的驳辩中将颓废派文学研究推向一个新的高度。

　　1.鉴于对颓废派基本问题认知现状的考察,以查尔斯·伯恩海默(Charles
Bernheimer)为代表的学者并不主张对"颓废"的内涵、衍生机制等一般性问题做
出迫切的解答。在《颓废的问题:世纪末欧洲艺术、文学、哲学与文化中的颓废观
念》(*Decadent Subjects:The Idea of Decadence in Art*,*Literature*,*Philosophy*,
and Culture of the Fin de Steele in Europe,2002)中,伯恩海默说:"'颓废'的含
义如此多面,以至于很难识别其清晰的轮廓;但是,某些极具挑衅性的、引人注目
的东西几乎是许多作品的共性。"①由此,作者指出,写作这本书的挑战在于清晰
地表达"有关颓废的那些极富争议性的方面"所呈现的具体情形,而并不把颓废
观念的衍生机制归结于任何一个特别的原动力——精神分析上的,历史上的,或
其他方面。出于这一基本理念,他尽量全面、公正地考察了19世纪哲学、历
史、文学、实证主义科学等视域下对颓废观念的不同认知情况。这种相对客观的
回溯性描述而非过于主观、随意的阐释,为当下的颓废派文学研究提供了更为可
信的参考。他对尼采哲学中的颓废观念、福楼拜小说《萨朗波》中的颓废的历史
态度、自然主义文学中的颓废等所做的广泛的考察和细致的阐释,对于人们全面
地了解19世纪的颓废观念,不无裨益。

　　2.基于对既往学者观点的不断反思与调整,也得益于结构主义、现象学等现
代理论方法的启发,以亚历克斯·穆雷(Alex Murray)、杰森·大卫·霍尔(Ja-
son David Hall)等为代表的学者比较客观和全面地揭示了当前颓废派文学研究

---

　　① T. Jefferson Kline,Naomi Schor,eds. *Decadent Subjects:The Idea of Decadence in Art Litera-*
ture,*Philosophy*,*and Culture of the Fin de Siecle in Europe*,Baltimore and London:The Johns Hopkins
University Press,2002, p. 3.

所面临的主要问题。

　　首先，有关颓废派文学的两种主导观点都存在明显问题：一种观点出自以加尼尔为代表的 21 世纪的颓废派研究者。这些学者继承了 19 世纪末评论家对颓废风格做出的"部分/整体"的类比。这种伦理化的类比在面对"将颓废理解为一种文学形式的范畴，并以此为基点勾勒颓废派诗学"之时，引发了一系列质疑与挑战。另一种观点认为，"颓废派运动是从叙事上的一致性到句法或词汇的解体的一场运动"。然而，若依此认知，便无法解释王尔德的《道林·格雷的画像》，因为"正如里德指出的那样，从主题上说，它是颓废派小说，但在形式上，它'近似于寓言或哲学短文'"①。

　　其次，一些错误倾向从 19 世纪末颓废派评论家艾利斯、西蒙斯等开始一直延续至今。不管是艾利斯对颓废风格做出的"部分与整体"的类比，还是西蒙斯所谓"疾病"（语言的精致的堕落）的隐喻，实际上是"把颓废视为是胜利的、虚无主义的绝唱，而不是一种精力充沛的、富有创造力的尝试。由此，部分/整体的类比和健康/疾病的隐喻对于理解颓废而言就将是富有暗示性的、误导性的。由此，在为颓废派文学提供一个更为微妙的、在形式上回应的价值评估时，就将降低'回归颓废时代文本'的重要性"②。

　　再次，试图用"颓废"这个词界定一批经常表现出迥异风格的作家，如王尔德、莱昂内尔·约翰逊、亚瑟·梅琴（Arthur Machen）等时，结论并不十分有效。

　　最后，对于 19 世纪后期以来一直争论不休的颓废派的文学史归属问题，现阶段比较通行的做法是将颓废派文学视为西方文学史的过渡阶段，认为"颓废是在现代主义宣称的真正的新奇性出现之前，对维多利亚文学的价值和形式的最初逃离与反抗"，由此将颓废派文学视为通向现代主义的过渡阶段。此种观点实际上继承了 1899 年西蒙斯对颓废派文学的基本认定；这种转型期的描述"将颓废解读为大胆的、激进的和现代的，忽略了我们在很多颓废派作家的作品中看到的一种怀旧的和普遍的倒退的趋势"③。

―――――――――――――――

① 　John R. Reed. *Decadent Style*,（Athens,OH：Ohio University Press,1985,p. 37.

② 　Jason David Hall,Alex Murray,eds.. *Decadent Poetics：Literature and Form at the British Fin de Siecle*,p. 4.

③ 　Jason David Hall,Alex Murray,eds.. *Decadent Poetics：Literature and Form at the British Fin de Siecle*,p. 5.

　　通过对以上主要问题的揭示,穆雷与霍尔等人指出,新世纪的颓废派文学研究应尽量避免被 19 世纪后期以来作家、评论家针对颓废派文学所做出的种种模糊不清的理论界定所局限,回归颓废派文学文本,在文本细读中重新解读颓废派文学的多重特征,并在此基础上探讨其文学史价值。

　　3. 以约瑟夫·布里斯托(Joseph Bristow)主编的论文集《世纪末诗歌:英语文学文化与 1890 年代》(*The Fin-de-Siècle Poem : English Literary Culture and the 1890s* , 2005)和柯尔斯顿·麦克劳德(Kirsten MacLeod)的论著《英国颓废派小说》(*Fictions of British Decadence* , 2006)等为代表的研究成果虽略早于《颓废派诗学》出版,但已明显体现出对研究现状的全面反思,并基于这种反思在研究方法和研究视角上做了有效的调整。

　　以《英国颓废派小说》为例。全书的主旨可大致概括为现状总结、文本细读与价值重估。麦克劳德认为,迄今为止,颓废派文学在西方学界仍然是一个经常受到忽略或误读的文学,这种现状与颓废派小说本身作为“从由情节驱动的三卷本维多利亚小说向内省的、分析式的现代主义小说转变的过渡时期”[①]的文学史地位并不相称。因此,在本书的引言部分,基于对颓废派文学关键问题的不同理解,新世纪的研究者或是继承并深化既往学者的研究理路与主要论断,或是对既有成果在研究方法、研究视角等方面显露出的主要问题进行深刻的反思与辩驳,调整当前的研究策略——在麦克劳德、布里斯托等学者的学术实践中,这种反思与调整已初见成效。

　　尽管迄今为止,对“颓废”一词的内涵,颓废派文学的主题、风格特征,颓废派文学的衍生机制,颓废派的文学史归属等问题远未盖棺定论,但研究者的不断探索与反思,已经给后来者提供了许多可资借鉴的重要线索。本身充满悖论性的颓废派问题正如古斯塔夫·莫罗(Gustave Moreau)笔下美杜莎的美一样,与生俱来地拥有神秘古奥、难以穷尽的魅力。

(本文作者:杨　希)

[①]　Kirsten MacLeod. *Fictions of British Decadence* , New York : Palgrave Macmillan, 2006, p. ix.

复杂而多义的"颓废"

——19 世纪西方文学中"颓废"内涵辨析

　　19 世纪末,当颓废意识广泛渗透于西方文学创作之中时,"颓废"一词在主流话语体系中仍普遍地隐含了伦理性的负面含义——很多时候它被用来描述艺术家的精神堕落与道德失范。然而,19 世纪西方文学中的"颓废"之内涵绝非如此粗浅和负面。当代西方批评家普遍认为,当"颓废"一词被用于描述某部文学作品时,并不具有否定性的内涵,它所标识的只是在 19 世纪潜滋暗长并终在世纪末构成颓废派文学运动的一种独特的文学现象。这一新的共识为我们回溯 19 世纪诸多西方作家与评论家围绕"颓废"概念所展开的严肃的理论探索提供了契机。

　　19 世纪西方文学中的"颓废"话语,最初发轫于 30 年代的戈蒂耶。50 年代之后——尤其是最后 20 年,颓废意识广泛渗透于英法等西方国家的文学创作之中。法国是颓废派文学的发源地,也是颓废派文学运动的主要阵地。1884 年,被亚瑟·西蒙斯(Arthur Symons)称为"颓废派文学《圣经》"的长篇小说《逆流》(*À Rebours*)出版,标志着 19 世纪西方颓废派文学创作的高潮已经到来。1886 年,安纳托尔·巴茹(Anatole Baju)创办了名为《颓废者》的文学杂志,并发表了一系列"颓废"宣言,标志着文学中的颓废现象已然发展成为一场世纪末文学运动。至 80 年代末,由于大众舆论对颓废派作家"不健康"的私生活与"病态"文学趣味的道德控诉,也由于一些作家、评论家——包括颓废派作家自身——对这一术语自身含义的不稳定性与悖论性的严肃反思,先前被用来描述于斯曼、魏尔伦等世

纪末作家的创作倾向的"颓废"一词逐渐被诸如"象征"等其他术语所取代。作为
19 世纪末西方文学的一个独特的精神聚焦点,"颓废"表达一直延续到世纪之交。
伴随西方作家与现代世界的和解,广泛弥漫于 19 世纪西方文学中的"颓废"意识
渐趋式微,逐渐演化为 20 世纪现代主义文学中的一股幽暗的潜流。

一

　　19 世纪初叶,敏锐地感知到时代文学中的颓废意识,并以批判性精神对其进
行严肃思考与细致描述的评论家当数法国的德西雷·尼萨尔(Désiré Nisard)。
他最早将"颓废风格"这一理论概念引入文学批评领域,并试图对其进行界定。
在《关于颓废时期拉丁诗人道德与批评的研究》(*Etudes de moeurs et de cri-
tiquessur les poètes latins de la décadence*,1834)一书中,尼萨尔指出,当下时代
的诗人与罗马时期的颓废诗人极为相似,都显示出"对阴影的探索,语词的精神,
同样精确也同样夸张,在这夸张之中还有同样的对于丑恶的喜好"[1]。尽管身为
古典主义代言人的尼萨尔写作此书的初衷是通过阐明"当下的浪漫派作家是如
何与罗马时期的拉丁诗人一样,沉迷于同样的颓废与粗俗之中的",从而达到含
蓄地攻击雨果与 19 世纪 30 年代的文学新倾向的目的;但是,相对于其针对浪漫
派的创作倾向所下的批判性结论而言,其后的研究者似乎更为重视他对"颓废风
格"的描述。总体来看,尼萨尔的颓废理论可以概括为如下两个方面。

　　其一,他认为,文学中的"颓废"并不是什么新的东西,不过是在不断轮回的
文学史中循环复现的一种文学风格,它通常出现于人类精神的衰竭与道德的衰
微状态之中。这种独特的"颓废"文学重视文本的表达形式(manner)而非其实质
性内容(substance),其文学描写抛却了所有道德或形而上的目的。

　　其二,他发现了文学颓废风格中的反理性特征以及随之而来的想象力之于
文学文本的统摄地位。对于颓废风格的这种高标想象而贬抑理性的倾向,尼萨
尔的文学立场在其针对法国浪漫派领袖雨果的评论中得到了清晰的展露。他认

---

①　Op. cit. 2nd ed. ,Paris(1849),II. p. 216. quoted form R. K. R. Thornton,"'Decadence' in Later
Nineteenth—Century England",quoted for Ian Fletchered. *Decadence and The 1890s*,London:Butler &
Tanner Ltd,1979,p. 18.

为,假如想象力不再服从理性的规束,它就将无视全部现实,无视事物的真实秩序(actual hierarchy),唯独关注细节。① 在他看来,这种过于强调细节,"为描写而描写,传达色彩及微妙之处(nuance)"②的颓废风格,必然导致文学作品中部分与整体之间传统的和谐关系的瓦解。

尼萨尔的颓废理论显然符合其作为新古典主义代言人的身份立场,因为尽管他以其文学批评的敏锐度觉察到了一种新的时代文学倾向并较为准确地把握了其主要特征,但他对这种缺乏道德明晰性的新文学毫无溢美之词。尼萨尔对颓废风格的描述是19世纪针对文学中的"颓废"问题进行严肃探讨的起点;通过将颓废风格与"部分与整体关系的瓦解"建立初步的关联,他的颓废理论启发了随后保罗·布尔热(Paul Bourget)、亨利·哈维洛克·艾利斯(Henry Havelock Ellis)等人对颓废风格之"碎片化"特征的进一步理解与阐释。

二

1857年,长期探究文学中的"颓废"话题的波德莱尔在其有关爱伦·坡的一篇评论文章中对"颓废"的内涵做了较为完整的界定。与尼萨尔从风格层面定义文学上的"颓废"不同,波德莱尔认为,文学中的"颓废"不仅塑造了独特的风格,而且开创了崭新的主题。经由对"颓废"意象之典型特征的生动描摹,波德莱尔表达了他对颓废风格的认知:

> "颓废文学(literature of decadence)"这个说法暗示了文学范围(scale)的存在——婴儿时期的文学,童年时期的文学,青年时期的文学,等等。我的意思是说这个术语假定了一个命定的、天意的过程,就像某种难以抗拒的指令一样;以我们履行了这个神秘的律令为理由去指责我们是完全不公正的……几个小时以前在其垂直白光的势力下压

---

① D. Nisard,Essais surl' écoleromantique,Paris:CalmanLévy,1891,p. 267. quoted from Matei Calinescu,*Five Faces of Modernism:Modernism,Avant—Garde,Decadence,Kitsch,Postmodernism*,Durham:Duke University Press,1987,p. 161.

② Ian Fletchered,*Decadence and The 1890s*,London:Butler & Tanner Ltd,1979,pp. 9-10.

倒一切的太阳,很快将会带着它那斑斓的色彩淹没西方的地平线。在
这个行将消逝的太阳的戏法(tricks)中,一些诗意的头脑将会发现新的
欢乐;他们将发现炫目的柱廊,熔化金属的瀑布,火的天堂,哀伤的壮
美,懊悔的狂喜,梦的全部魔法,鸦片的所有回忆。那时,落日对他们而
言将是控诉生命的灵魂之非凡寓言,带着思想和梦的高贵财富,穿越地
平线而降落。①

波德莱尔认为,颓废风格的呈现不过是顺应了一种命定的、自然的律令;也
即是说,这种风格呈现并非来自作家的主观臆造,而是源于作家对这种适于传达
当下时代之特定感受的表达方式的敏感捕捉。

继颓废风格的描述之后,波德莱尔以其天才的直觉和深邃的洞察力提炼出
一个普遍性的颓废主题:

我们对一切超越之物(all that lies beyond)以及生活所显示的一切
事物所产生的难以抑制的渴慕,是我们不朽性(immortality)之最生动
的证据。我们借助诗歌并透过诗歌,借助音乐并透过音乐,使得灵魂瞥见
坟墓那边的光辉;当一首精妙的诗歌使我们潸然垂泪时,那泪水不是为过
度狂喜而流,而是为一种深重的忧郁而流,为那从我们的神经、从我们那
被放逐为不完美(imperfection)的本性中升腾而起的申诉而流——它渴
望当自己仍然在这世上的时候,能即刻拥有一个显现的天堂。②

波德莱尔认为,他在爱伦·坡的反常(perversity)中所发现的"一种难以抑制
的精神上的渴慕"是贯穿于颓废文本之中的典型主题。在当时关注"颓废"话题
的作家与评论家多侧重于解读和评论颓废风格而相对忽略发掘颓废主题这一整
体格局之下,波德莱尔对"颓废"主题所做的简短而精确的概括可谓独树一帜,意

---

① Charles Baude laire,"Notes Nouvelles sur Edgar Poe"(1857),in *Oeuvres Complètes*,Paris:Galli-
mard,1976,vol. 2,pp. 319-320. quoted form Ellis Hanson,*Decadence and Catholicism*,Cambridge:Harvard
University Press,1997,pp. 3-4.

② Charles Baudelaire,"Notes Nouvelles sur Edgar Poe"(1857),in *Oeuvres Complètes*,Paris:Galli-
mard,1976,vol. 2,p. 334. quoted form Ellis Hanson,*Decadence and Catholicism*,p. 4.

义非凡。

凭借诗集《恶之花》中的《腐尸》篇等颓废诗歌为世纪末颓废派诗歌提供了文学范本的波德莱尔,从风格和主题等诸层面对文学中的"颓废"内涵所展开的理论探索,在其同胞好友戈蒂耶那里得到了进一步扩展与深化。1869 年,在为波德莱尔之新版《恶之花》所作的序言中,戈蒂耶对波德莱尔诗歌中的一些典型的"颓废"主题进行了辨识与阐发,同时也对"颓废"的风格特征做了更加细致入微的探讨:

> 《恶之花》的作者喜欢一种被不恰当地称为"颓废"的风格;这种风格不过是艺术发展到与成熟的文明同等程度的成熟的顶点——以此标示它们的荣耀即将没落时的表现形式。这是一种足智多谋的风格,复杂、机智,充满细微的描绘与精致的提炼,不断拓展语言的极限,从所有专业辞典中借来词汇,从各种调色板中调制色彩,从每种乐器中获取音符,竭力表达思想那难以言说的本质,以及最模糊不清和转瞬即逝的形式的轮廓,试图搜寻并解释神经症的幽微密语,公开承认其堕落与衰朽的激情,沉迷于精神错乱边缘的奇异幻觉。这种颓废风格是那个一直被要求表达一切的、已经被推至绝对限度的语言世界的最后努力。这种风格带来了有关语言的一种新观点——一种镶嵌着大理石花纹、散发着腐败的绿色气息的语言,如同晚期罗马帝国悬挂着的变质的肉,或拜占庭学派的精致复杂——当它开始分解时,就成了希腊艺术的最终形式。这种语言相当必要,却是毁灭性的,因为那些人类及其创造的以人工生活取代自然生活的文明由此创造了人类难以想象的渴念。①

与波德莱尔一样,戈蒂耶对"颓废风格"(le style de decadence)这个术语并不总感到满意。他认为,与先前的一些文学风格相比,波德莱尔诗歌中的这种"足智多谋、精细复杂、博学多识"的文学风格本身并不颓废,它恰恰是最适于表达古

---

① T. Gautier, *Introduction to C. Baudelaire*(1869),Les Fleurs de mal,Paris:Lévy,pp. 16-17;trans. C. Nissen. quoted form Marja Härmänmaa and Christopher Nissen,eds. ,*Decadence*,*Degeneration and the End*,Palgrave Macmillan,2014,p. 2.

老文明即将从成熟的巅峰走向衰败之时的现代生活之复杂性的一种文学模式。大卫·威尔(David Weir)在其论著《颓废与现代主义的生成》(*Decadence and the Making of Modernism*,1995)中对戈蒂耶观点的解读扼要而精准。他对戈蒂耶颓废风格理论的阐释可以概括为以下三个方面。①

其一,戈蒂耶所说的颓废风格在语言层面呈现为一种复杂、异质的文学与非文学词汇的奇特混合,它与罗马颓废(时期)的晚期拉丁语并无二致。

其二,戈蒂耶所说的"腐败/分解"的隐喻实际上是对尼萨尔、布尔热等人所说的颓废风格的"碎片化"特征的一种暗示,但其具体内涵却既与尼萨尔、布尔热等人所说的"碎片化"有所不同,也更为丰富:一方面,戈蒂耶并不像布尔热等人那样,从社会学意义上将颓废风格解释为瓦解/分解社会的标识,而是从心理学层面上认知颓废风格,将其解读为"能够传达那最不可言说的思想"的一种"心理学意义上的敏感(sensitive)";另一方面,戈蒂耶所描绘的"镶嵌着大理石花纹、散发着腐败的绿色气息"的语言象征性地产生于衰退状态,它所表达的是腐败/分解现象在言辞表述上的繁茂。

其三,"试图搜寻并解释神经症的幽微密语,公开承认其堕落与衰朽的激情,沉迷于精神错乱边缘的奇异幻觉……"从戈蒂耶的表述中不难看出,他发现了波德莱尔的颓废诗歌中对"疾病"的偏爱;不过,根据他的理解,这里的"疾病"所指示的并非是"疾病"或"罪恶"本身,而是"疾病的意识(the sense of illness)"。换句话说,"疾病"隐喻的运用不过是展露颓废风格的上述"心理学意义上的敏感"的一种有效的途径。

尤其值得注意的一点是,戈蒂耶对颓废风格的思考很大程度上依托于他对波德莱尔诗歌的浓厚兴趣。在发掘"颓废"风格的内涵的同时,他对波德莱尔诗歌中的颓废主题亦有颇为精辟的解读。他在波德莱尔的诗歌中发现了成熟文明的衰退与生物体的腐败与死亡等意象之间的关联性;成熟文明的衰退与"疾病"——尤其是神经症与歇斯底里等精神反常现象——之间的关联性;人工性的现代文明生活方式对原始、自然的生活方式的背离与对抗。戈蒂耶认为,波德莱

---

① David Weir. *Decadence and the Making of Modernism*,Amherst:University of Massachusetts Press,1995,p. 88.

尔对神秘罕见的语言表达模式的追求与他所要表现的这些崭新的现代主题具有
严格的对应性。

三

19 世纪末叶,致力于阐发文学中的"颓废"现象的作家及评论家包括:法国的
布尔热,英国的艾利斯、莱昂内尔·约翰逊(Lionel Johnson)、理查·勒·加里恩
(Richard Le Gallienne)以及最负盛名的西蒙斯等。需要指出的是,80 年代前后,
西方文学中的颓废表达已经逐渐发展成为一场文学运动,即我们通常所说的世
纪末颓废派运动。基于 19 世纪末相比之前数十年的这一独特地位,笔者将在继
续追溯诸种"颓废"内涵描述的同时,酌情考察这一时期围绕颓废派文学价值所
展开的讨论。

1.布尔热的"颓废"申辩

19 世纪末叶,针对主流话语对颓废派文学的诸多批评,一些作家、理论家与
评论家开始旗帜鲜明地为颓废派文学进行理论阐释与申辩。其中,无论是就当
时的声威还是后来的影响来说,法国理论家保罗·布尔热都是首先应该被提及
的人物。

在布尔热最负盛名的著作《当代心理学文集》(*Essais de psychologie contem
poraine*,1883—1885)第一卷中,有关波德莱尔的一篇评论文章的第二部分被命
名为"颓废的理论"(A theory of decadence)[①],《颓废的想象:1880—1900》(*The
Decadent Imagination:1880-1900*,Derek Coltman trans.,1981)一书的作者
让·皮埃罗(Jean Pierrot)将其称为"颓废审美的第一个真正的宣言"[②]。这个评
价恰如其分。这不仅是因为布尔热早于同时期大多数评论家,对文学中的"颓
废"特征进行了集中的谈论;更重要的是,面对当时主流评论对颓废派文学之病

---

①   西方学者在处理颓废派问题时,多次引用和借鉴布尔热的《颓废的理论》。对这部分内容的完整
英文翻译参见:New England Review,Vol. 32,No. 2,2009,pp. 98-101. 稍后本段中所涉及的部分加引号的
引文,均出自此文本,不再一一注释。

②   Jean Pierrot. *The Decadent Imagination:1880-1900*,Derek Coltmantrans.,Chicago:The Uni-
versity of Chicago Press,1981,p. 16.

态趣味的批判及对颓废派作家之"不道德"的私生活的指控,布尔热肯定并赞扬了波德莱尔欣然接受"颓废者"称号的行为,并首次为颓废派文学做了热情洋溢的抗辩。按照布尔热的观点,尽管这些颓废公民(the citizens of decadence)普遍在"建设伟大国家方面表现并不出色",但他们却是出众的灵魂艺术家,尽管"他们并不适应于私人或公众的'行动'",但他们却是高贵而孤独的思想者。"倘若他们不能为一种深刻的信仰而献身",那是因为"他们那超凡的理智使他们远离偏见",是因为"他们在审查了所有观念之后,已然领悟了最高的公正,将各种教义学说(doctrines)全部合法化,而排除了所有的狂热(fanaticisms)"的缘故。稍后,布尔热甚至号召当时的作家效仿波德莱尔,他说:"让我们沉浸在我们那奇异的理念与形式中,承受那无人造访的孤独之监禁吧!那些被我们吸引而来的才是我们真正的兄弟,为何要将我们那最为深层、奇特、私人的珍宝献给其他人呢?"

作为当时声名卓著的一位法国评论家、理论家兼作家,布尔热如此立场鲜明并大张旗鼓地对颓废派文学价值进行集中辩护,这对颓废派文学的发展与被众人接受可谓功不可没。

2.艾利斯与约翰逊等人的观点

1889年,艾利斯借助布尔热的颓废理论,首次将作为一场文学运动的"颓废"概念正式介绍到英国评论界。艾利斯说:

> 布尔热是在通常意义上使用颓废这个词的,以之标识一个社会达至其扩张与成熟的极限之时的文学模式。——用他自己的话说,"在这种社会境况中产生了过多不适于普通生活劳动的个体。社会好比有机体。……社会有机体无法逃离这条规律:一旦个体生命跃出界限,不再屈服于传统的人类福祉及遗传性的支配力,社会就将堕入颓废。一条相似的规律统治着我们称之为语言的那个有机体的发展与颓废。颓废的一种形态就是书的整体被分解为某一页的独立,页又被分解为句子的独立,而句子则让位于词的独立"。①

---

① Views and Reviews. *First Series*,1932,pp. 51-53. quoted from R. K. R. Thornton, *The Decadent Dilemma*,pp. 38-39.

在介绍了布尔热的观点之后,艾利斯对其谈到的颓废风格特征做了扼要的评论。他认为,布尔热所说的颓废风格,本质上是"一种无政府主义风格,在其中一切都让位于个体部分的发展"①。

从艾利斯对尔热颓废理论的介绍与解读中,可以发现,颓废的风格特征在这里被解读为部分与整体的关系,也即是瓦解或"碎片化"的一种发展趋向。与尼萨尔相比,在布尔热与艾利斯的观点中,这种"碎片化"被清晰地类比为社会有机体与个体生命之间的关系。19 世纪末,这一类比被尼采、西蒙斯等人广泛采用;而一个多世纪以后,瑞姬娜·加尼尔(Regenia Gagnier)在谈论颓废与全球化的关系时也沿用了它②。

需要指出的是,艾利斯对布尔热的评论并不全面。显然,他更重视对颓废风格的解读,颓废的主题特征在他心中还比较模糊。这与其说是他对布尔热观点的介绍,不如说是他借助布尔热的理论表述彰显自己在文学"颓废"话题中的立场。

紧随布尔热与艾利斯之后,1891 年,约翰逊将文学中的"颓废"视为一种"有点儿严肃"的而非"荒谬"的文学倾向:

> 在英语中,颓废以及由此形成的文学意味着:在这一时期里,激情、浪漫、悲剧、伤感,抑或其他形式的行为和情感,在进入文学之时,必定是被精炼了的和满怀好奇地深思熟虑了的。这是一个追思(after thought)的时代,也是一个反思(reflection)的时代。由此便产生了一种伟大的美德和一种伟大的邪恶——一种经常而细致地冥思生活中的情感和事件的美德,以及当思想开始思考它自身,或者当情感(emotions)与对情感的意识纠缠在一起时,所产生的一种过于精微(over-subtilty)、矫揉造作的邪恶。③

---

① Views and Reviews. *First Series*,1932,p. 52. quoted from R. K. R. Thornton,*The Decadent Dilemma*,p. 39.

② 加尼尔就此观点展开的具体论述参见:Regenia Gagnier. *Individualism,Decadence,and Globalization:On the Relation of Partto Whole*,1895-1920,Basingstoke:Palgrave Macmillan,2009.

③ The Century Guild Hobby Horse VI,p. 65. quoted from Ian Fletcher ed,*Decadence and the 1890s*,p. 20.

约翰逊对"颓废"的理解似乎更加文人化。与侧重于剖析"颓废"的形式特征的艾利斯相比,他的界定似乎更加全面。——他意识到了一种"被过度精炼了的"因而有时显得"过于精微、矫揉造作"的"颓废"的语言风格,同时也肯定了"满怀好奇地冥思生活"的"颓废"的主题特征。约翰逊的观点直接或间接地启发了随后西蒙斯等人对"颓废"内涵的认知与界定。

3.西蒙斯的"颓废"理念

长期关注颓废派问题的现代派诗人叶芝,在其对著名的英国作家兼评论家西蒙斯的一段评论中曾指出:

> 准确地说,他(西蒙斯,引者加)并不是一个"颓废者",相反,在反抗繁杂多面、非个人化、绚丽奢华,以及外向性等方面,他比他的多数同代人走得更远。这种反抗或许是我们时代最伟大的运动,其重要性甚至越出了文学的边界。①

叶芝对西蒙斯的上述评价,暗示着西蒙斯与世纪末颓废派文学的紧密关联。事实上,西蒙斯既是当时最引人注目的颓废派理论家之一,也是世纪末长期而持续地关注和反思颓废问题的作家和评论家。他的颓废理论一方面继承并深化了艾利斯、约翰逊等人对"颓废"内涵的界定,尤其是对颓废风格特征的描述,与此同时,又对当时以加里恩等为代表的作家与评论家对颓废派文学价值的质疑做出了正式的回应。1893 年,西蒙斯在《文学中的颓废派运动》("The Decadent Movement in Literature")一文中提出:

> 当今最具代表性的文学——已经在形式上下足功夫,并吸引着年轻一代——绝不是古典主义的,也与古典主义的老对手浪漫主义没有任何关系。巅峰之后无疑是颓废;它具有伟大时代结束之时的一切特征,这些特征我们在希腊、拉丁时代也发现过。——颓废:一种强烈的

---

① John P. Fraye, Madeline Marchaterre, eds.. *Early Articles and Review*, New York: Scribner, 2004, p. 335.

自我意识，一种在研究中焦躁不安的好奇心，一种过于细微的精炼，一种精神和道德上的反常（perversity）。倘若我们称之为古典的那类艺术的确是最高的艺术——其特征是完美的朴素、完美的理智（sanity）、完美的比例，那么当今最具代表性的文学——有趣而优美（beautiful）的小说——的最高特质，的确是一种全新、优美、有趣的疾病。①

西蒙斯对世纪末颓废派文学运动的如上定义，在当时的英、法、意等国引发了较大反响。通过将颓废派文学描述为一种"全新、优美、有趣的疾病"，西蒙斯将"颓废"的否定性含义转变为一种为人赞颂的含义。不过，值得一提的是，时隔六年，西蒙斯出版了著名的《文学中的象征主义运动》（*The Symbolist Movement in Literature*, 1899）。书中，西蒙斯修正了此前对颓废派文学运动的认知，以"象征"替代"颓废"，用以描述于斯曼、魏尔伦等世纪末作家的创作倾向。西蒙斯认为，"颓废"一词内涵的不确定性，使得文学中的"颓废"难以被精确地限定、理解和使用，并进而指出："只有当运用于风格以及精巧的语言变形时，颓废这个词才适得其所。"②

文森特·谢里（Vincent Sherry）在《现代主义与颓废的再造》（*Modernism and the Reinvention of Decadence*, 2015）中曾对西蒙斯前后术语的置换进行了评价。他说："这揭示出现代主义诗歌起源之时，'概念'在发展过程中呈现出的紧张状态，它指向批评传统中的规避与偏离倾向。"③尽管西蒙斯似乎否定了其先前对颓废派文学运动的表述，但时至今日，他仍被视为世纪末颓废派文学运动的重要倡导者与描述者，其《文学中的颓废派运动》一文中对颓废派文学的著名界定，至今仍被众多学者引用和借鉴。

---

①　Arthur Symons. "The Decadent Movernment in Literature," *Harper's New Monthly Magazine*, No. 11, 1839, pp. 858-859.

②　Arthur Symons. *The Symbolist Movement in Literature*, London: William Heinemann, 1899. 转引自柳杨编译：《花非花——象征主义诗学》，北京：旅游教育出版社，1991 年版，第 67—68 页。

③　Vincent Sherry. *Modernism and the Reinvention of Decadence*, New York: Cambridge University Press, 2015, p. 5.

四

同样是阐释颓废风格,1834 年的尼萨尔以之批判 19 世纪前期以雨果为代表的法国浪漫派诗人,而 1869 年的戈蒂耶却以之作为对波德莱尔现代诗歌的褒扬之词。他们在文学"颓废"话题上的相异立场,在 19 世纪并非特例,它显示出时代精神和文学追求在这一历史时期的内在张力与微妙变迁。

伴随 19 世纪西方颓废派文学的萌生与发展,与颓废派文学关系甚密的不少作家与评论家(当然,尼萨尔是个例外)致力于对文学"颓废"内涵的理解与阐发。尽管在具体的阐发中,诸种评论之间的差异十分明显,但总体看来,几乎在上述所有 19 世纪的评论中,文学中的"颓废"都被解读为古老文明即将从成熟走向衰败之时的一种精细复杂的文学模式。尼萨尔、布尔热和艾利斯等人均倾向于将"颓废"理解为一种在文明进程中循环复现的、以"碎片化"为主要特征的文学风格;这在很大程度上是一种社会—文化学的解读。应该指出的是,这种解读方式直接启发了 20 世纪以降西方颓废派文学研究中的政治视域。

另一个有趣的事实是,19 世纪的西方作家或评论家对颓废派文学价值的谈论都有些模棱两可。比如,约翰逊曾将颓废派文学肯定为一种"有点儿严肃"的而非"荒谬"的文学——"不去表述那显而易见并且贫瘠的事实,而是去阐释其内在的充实的力量;这远不是一件简单而微不足道的事"①;可后来他却又补充说——尽管这种文学形式可能犯了某种错误,但在这个时代也是可以被原谅的。

与约翰逊的这种总体肯定却又部分否定的阐释立场不同,加里恩则是总体否定部分肯定。他称颓废派文学是对"有生命力"的文学的一种偏离:

> 在所有伟大的文学中,无论主题大小,都被置于或近或远的相互关系中考虑,首先是在其与总体、无限的关系中考虑;在颓废派文学(decadent literature)中,关系和适当的比例被忽略。人们可能会说文

---

① The Century Guild Hobby Horse VI, p. 65. quoted from Ian Fletcher ed *Decadence and the 1890s*, London: Butler & Tanner Ltd, 1979, p. 20.

学上的颓废(literary decadence)存在于对与世隔绝的观察所做的华丽表述中。①

加里恩认为好的文学应该持续性地观照总体与无限,整体性地审视生活,而文学中的颓废风格却显示出对总体、无限以及生活本身的忽略,其对颓废派文学总体上的批判态度由此可见一斑。然而如果参阅 20 世纪初出版的加里恩的回忆录《90 年代的浪漫派》(*The Romantic '90s*,1926),人们不难发现——其对世纪末颓废派文学的评价却又似乎并不总是那么负面。

五

从上述诸种界定梳理与解读中,可以见出——迥异的评论风格实则彰显了 19 世纪西方评论家与理论家在"颓废"内涵认知上的不确定性。这种不确定性,在很大程度上是由"颓废"一词自身含义的不稳定性与悖论性招致的。由此,也就不难理解波德莱尔与戈蒂耶在处理"颓废"一词时展露出的矛盾心态,以及发生在西蒙斯身上的"术语置换"。

基于对 19 世纪诸种"颓废"内涵界定的追溯与反思,我们可以从以下两个层面对 19 世纪西方文学中的"颓废"现象做出扼要的界定。

其一,19 世纪西方文学中的"颓废",首先指向一种独特的美学选择,或者借用这一时期大多数评论家的表述,它不过是古老文明即将从成熟走向衰败之时的一种独特的文学模式。具体而言,文学中的"颓废"体现了 19 世纪的一些西方作家对当时与进步论相对立的"退化"观念的兴趣;只不过,进入文学语境之后,"退化"观念本身所裹挟的诸多社会—历史层面的伦理意蕴被剥离了,得以保留的仅仅是排除了道德或价值判断的一种运动趋向。也就是说,文学中的"颓废"所标示的是作家对"退化"这一运动趋向及其各种衍生物——如(与健康相对的)疾病、(与自然相对的)人工(性)以及(与生命相对的)死亡等——的广泛兴趣。

---

① Le Gallienne. *Retrospective Review*,Vol. I,pp. 24-25. quoted from Ian Fletcher ed *Decadence and the 1890s*,London:Butler & Tanner Ltd,1979,p. 112.

从这个意义上说,"颓废"指向一种美学上的选择。这种独特的美学选择,既标示了这些少数派作家对追求一致性、崇尚物质主义的布尔乔亚伦理准则的蔑视与隔绝,亦彰显了其对浪漫主义、现实主义、自然主义等文学表达方式的不同程度的反拨。

其二,关涉"退化"观念之"颓废"的美学选择,最终在文学创作层面带来了文学风格与文学主题的革新。

从文学风格上看,"颓废"造就了一种精致复杂、深思熟虑、博学多识的文学风格。它企图细微地解剖和展示处于各种偏离常规的精神状态之中的个体的审美体验,严肃地审视非常态下人的精神幻觉与神秘呓语。——戈蒂耶所说的"能够传达最不可表达的思想的一种心理学意义上的敏感"可以说是对文学中的颓废风格所做的最为精妙的解读。基于一种强烈的精神上的好奇,它从文学之外借来音乐、美术、技术等各类非文学词汇,以此满足其"表达一切"的愿望,由此便带来了世纪末颓废派文学对传统文学中部分与整体关系的忽视。总的来说,由"颓废"带来的文学风格的革新显示出对推崇理性与节制的古典主义文学风格的突破。

从文学主题上看,"颓废"催生了波德莱尔所说的"一种难以遏制的精神上的渴慕"这一普遍性主题。这一主题在具体的文学表达中主要借助由"退化"观念衍生而来的诸多意象或题材——如,处于衰退中的精疲力竭的古老文明、疾病(尤其是神经症、歇斯底里等精神上的反常情态)、性反常、蛇蝎女人、恋物癖、死亡等。值得注意的是,这种精神上的渴慕所昭示的是追求个体自由的个人主义精神。这一肇始于浪漫主义的鲜明的精神特质,在典型的颓废派文学主人公身上得到了最为极端的表达。

(本文作者:杨　希　蒋承勇)

廓清"颓废"的面目

——20 世纪以来英语世界颓废派文学研究之钩沉

迄今为止,本土学界的颓废派文学研究尚处于发微启蒙的初级阶段;相比较而言,英语世界学者对颓废派文学的研究已经历了漫长的发展演变过程,尤其是20 世纪以来,其对颓废派文学的学术兴趣与研究热情持续高涨,可谓成果累累。基于对颓废派文学研究现状的这一体察,本文将以时间为基本线索,重点把握 20世纪英语世界的颓废派文学研究之发展脉络及总体趋向,旨在为本土学界的颓废派文学研究提供基本的参照。

一、20 世纪初叶颓废派文学研究

20 世纪最初 30 年,英语世界学者对颓废派问题的关注与研究尚未打开新的局面,散见的论述大多是对 19 世纪末陈旧观念的总结或改写。① 尽管颓废派文学发源于法国,在法国、英国的成就最大,但 20 世纪初,对颓废派的研究成为意大利而非英法等国批评界的热点话题。众多意大利历史学家、文学评论家延续了自 19 世纪 80 年代以来维托利奥·皮卡(Vittorio Pica)、恩里斯·潘扎西(Enrico Panzacchi)等本国研究者对颓废派的研究热情,或热衷于对意大利颓废派代表邓南遮等作家的多重解读,或将视野延伸至整个欧洲,对"颓废是什么""颓废

---

① 例如,罗伯特·罗斯(Robert Ross)宣称"人们通常称之为衰退(decay)的那个东西,仅仅是一种风格上的发展",这一观点实际上是对 19 世纪末观点的重申。

从何而来"等关键问题展开深入探究。其中,成果卓著的当数贝奈戴托·克罗齐(Benedetto Croce)的《美学》(*Estetica*,1902),沃尔特·宾尼(Walter Binni)的《颓废的诗学》(*La poetica del decadentismo*,1936),以及安东尼奥·葛兰西(Antonio Gramsci)的《狱中笔记》(*Quaderni del carcere*,1975)。他们"从19世纪后半期芜杂的陈述中提炼颓废的种种表征,发掘颓废的多重含义",为深入理解颓废派文学打下了必要的基础。不过可惜的是,这时期意大利文学批评界的诸多成果多数未被及时介绍到英语世界。唯一例外的是马里奥·普拉兹(Mario Praz,1896—1982)于1930年出版的研究专著。在意大利面世3年后,此书即以《浪漫派的痛苦》(*The Romantic Agony*,1933)之名被介绍到英语世界,并多次再版。尽管在当时的意大利批评界,普拉兹对颓废派文学的解读并非最深入,亦非最全面,但单论对英语世界研究事实上的启发与推动,它无疑是影响最大的一本专题论著。

在《浪漫派的痛苦》中,普拉兹对颓废派文学的基本判定是:"性"是联结浪漫主义与颓废派的纽带。世纪末颓废派文学运动,是对浪漫主义至为典型的因素之一——性感知(erotic sensibility)——的延伸与发展。到19世纪80年代,伴随欧洲文化趣味的显著变化,具体到文学内部,浪漫主义的性倦怠逐渐让位给颓废派的性反常与性变态;但尽管如此,由于后者基本上是对前者特定主题的延续,因而在本质上仍隶属于前者,也即是说,颓废派文学是后期浪漫主义的一种表现形式。基于这一断定,普拉兹在谈到颓废派文学时,有时会特意称之为"颓废的浪漫主义",以明示其归属。

通过将颓废派与浪漫主义相关联,普拉兹实际上否认了颓废派文学在19世纪西方文学中的独立身份,仅仅将它视为后期浪漫主义的一种文学表达。尽管他意识到了颓废派文学在语言风格等层面上的崭新探索,但他似乎并不重视这一点,事实上也未就此展开深入探讨。不过,就当时颓废派文学的研究状况而言,普拉兹的研究视野相较于19世纪的研究而言,已经有了较为明显的进步。他不再囿于对颓废派文学内部特征的穷究,而是将颓废派文学置于整个19世纪文学的广阔视野下进行审视,发掘其与典型浪漫主义文学的关联。基于对颓废派文学与典型浪漫主义文学关系的基本把握,普拉兹对颓废派文学主题、审美趣味等方面进行了细致的理解和论述。其主要观点一定程度上主导了其后三四十年时间里英语世界学者界定颓废派文学的特征及其文学史地位的思路和方向。基于这部论著的重要性,以下对 20 世纪中叶研究成果的论述将一定程度上结合学者们对普拉兹观点的不同回应展开。

二、20 世纪中叶颓废派文学研究

20 世纪中叶,英语世界学者对颓废派文学的研究热情有所回升。这一阶段的研究主要集中于以下 3 个层面。

其一,对"颓废"概念的界定。与此前的研究相比,这一时期在研究方法上有了新的进展。除继承 19 世纪末西蒙斯等人的研究策略,继续发掘"颓废"概念的外延——主题、形式、语言等典型特征——以外,以 K. W. 斯沃特(K. W. Swart)等为代表的一些学者致力于辨析不同语境下"颓废"一词的多样化内涵;以 C. E. M. 贾德(C. E. M. Joad)为代表的学者则回溯并质疑不同语境下"颓废"的既有定义,继而尝试从哲学层面为其寻找一个完整性的界定;以乔治·罗斯·瑞治(George Ross Ridge)为代表的学者则试图从"颓废派试图表达的那个东西是什么"等问题出发,重新反思"颓废"的多重内涵。

其二,以瑞治、斯沃特等为代表的学者关注颓废意识的衍生机制问题。

其三,以 A. E. 卡特(A. E. Carter)、斯沃特、瑞治等为代表的多位颓废派文学研究者普遍关注颓废派的文学史归属问题,并提出了一些新观点。

1. 在其著作《颓废:一个哲学问题》(*Decadence*：*A Philosophical Inquiry*,1949)中,贾德回溯并批驳"颓废"含义的几种既有界定,并进一步假定和论证"颓废"一词的一般性哲学内涵。"放逐客体"乃贾德所下的"颓废"定义中的实质部分。他认为,由这一实质所引发的诸多同时发生的后果——审美、道德和宗教的主观主义、享乐主义、怀疑主义以及认为经验的价值在于它本身的认识论倾向——至少构成了颓废内涵的一部分。贾德哲学式分析的动机来源于其对"颓废"这个词词义晦涩性与多元性的反思。他在书中坦言,没有一个词"其含义能比'颓废'这个词更模糊,更难以定义……'颓废'这个词在用法上的多样性,既是其意图指示的那个概念本身所具有的模糊性所招致的结果,亦是造就这种模糊性的一个原因"①。

2.斯沃特的《19世纪法国的颓废意识》(*The Sense of Decadence in Nine-teenth-Century France*,1964)在颓废派文学研究领域起到了承前启后的作用。一方面,斯沃特吸纳20世纪30年代普拉兹对颓废派之文学史归属的认定,将颓废派运动视为浪漫主义文学发展的最后阶段;另一方面,受贾德反思不同语境中"颓废"一词的多元化内涵的开阔视角的启发,他将考察的范围延伸至人类文明的初创期,细致地区分了两种"颓废"——作为一种普遍存在的历史悲观主义观念的"颓废"②和19世纪西方文学中的"颓废"。③此外,斯沃特也试图阐释"颓废"意识的衍生机制,认为"颓废"意识的表达,一方面源于作家对社会、政治的悲观认知,另一方面源于其"为艺术而艺术"的信念。两者共同促进了早期浪漫主义的人道主义理想向颓废派之"严肃地审视衰败文化中的迷人特征"的转变。

除了对前辈研究视角与观点的继承与深化,斯沃特的研究还触及了当时颓废派文学研究中的一个新兴话题——现代主义文学中的"颓废"因子。他注意到"一战"前后文学中"颓废"意识的盛行,并指出,19世纪末颓废派文学中的"撒旦式的愉悦"之所以没有在新世纪的颓废作品中继续流行,其直接原因是:在战火纷飞的年代,当文明存在与否悬而未决之时,作家们不再有机会"享受培育堕落的奢侈生活"。

3.以A.E.卡特为代表的学者集中、细致地研究了19世纪颓废派的主要阵地法国文学中的颓废观念。在其论著《法国文学中的颓废观念》(*The Idea of Decadence in French Literature*, 1958)中,卡特以历史性研究的精微视角,全面而细致地考察了19世纪30年代至19世纪末法国文学中的颓废观念。特别值得注意的是,在有关颓废派的文学史归属问题上,卡特修正了普拉兹在《浪漫派的痛苦》中的观点,认为颓废派文学并非是对浪漫主义文学要素的简单继承与延伸,而是对浪漫主义文学的反思与突破。④卡特清晰地表达了他的观点,即:颓废

---

① C. E. M. Joad. *Decadence: A Philosophical Inquiry*, New York: Philosophical Library,1949,p. 55.

② Koenraad W. Swart. *The Sense of Decadence in Nineteenth-Century France*, The Hague,1964, pp. 2-3.

③ Koenraad W. Swart. *The Sense of Decadence in Nineteenth-Century France*, The Hague,1964, p. 77.

④ A. E. Carter. *The Idea of Decadence in French Literature: 1830-1900*. Toronto: U of Toronto P,1958,p. 4.

派文学是对浪漫主义"自然"观的否定与反叛;不过,颓废派文学的此种"反叛"完全不同于浪漫主义式的愤怒的抗议"行动",而是表现为一种冷漠的"选择",一种沉静的"态度"。此外,卡特也坦言了颓废派与浪漫主义间关系的复杂多维性,认为在对两者关系的理解中尚存在许多模棱两可的悖论性的节点。

4. 另有一些学者,对此前学者对颓废派诸关键问题——如"颓废"的内涵、"颓废"意识的衍生机制、颓废派文学的主题、审美趣味以及颓废派的文学史归属等——的解释有不同程度的回应。其中,瑞治的回应较为全面,观点新颖,贡献突出:首先,在颓废派的文学史归属问题上,他否定将颓废派看作对浪漫主义某一特定因素的简单延续的观点,亦不承认颓废派运动是一场发生在19世纪末的不起眼的小运动,而是认为,"颓废"意识乃19世纪末诸种文学的形而上的共同基础。① 其次,针对"颓废"意识的衍生机制问题,瑞治认为,"颓废"意味着"失去了至关重要的生命驱动力"。19世纪后期——尤其是最后20年,基于一种有关社会衰败的共同价值观,作家们在文学中表达其对衰败世界的理解,与此同时也形成了对他们自身角色的认知。② 再次,瑞治认为,单纯依靠对颓废派文学风格特征的描述,并不能真正理解"颓废"的内涵,"真正的问题并不在于颓废派作家如何表达自身……而在于他们试图表达出来的东西"③。颓废派作家"试图表达的那个东西"实际上是"由法国作家于1850年至1900年间提出的特殊世界观……此种文学或含蓄或明确地反映出对于社会、政治、道德衰退的普遍痴迷"④。另外,瑞治也简要论及颓废派文学中的纯审美化、纯形式化等倾向。⑤

除以上论述中涉及的著作之外,卡尔·柏森(Karl Beckson)主编的《1890年代的唯美主义者与颓废派》(*Aesthetes and Decadents of the 1890s*, 1966)、大卫·戴启思(David Daiches)的《一些维多利亚时期晚期的态度》(*Some Late Victorian Attitudes*, 1969)等,也是这一时期值得关注的作品。

上述30年的研究气象昭示,学者们在研究方法、研究视角等方面已经取得

---

① George Ross Ridge. *The Hero in French Decadent Literature*. Athens: U of Georgia P, 1961, p. 18.
② George Ross Ridge, *The Hero in French Decadent Literature*, Athens: U of Georgia P, 1961, p. 15.
③ George Ross Ridge. *The Hero in French Decadent Literature*, Athens: U of Georgia P, 1961, p. 21.
④ George Ross Ridge. *The Hero in French Decadent Literature*. Athens: U of Georgia P, 1961, p. 22.
⑤ George Ross Ridge. *The Hero in French Decadent Literature*, Athens: U of Georgia P, 1961, pp. 11-12.

明显进展。尤为值得一提的是,对"颓废"内涵的理解开始从 19 世纪末集中于文学范畴内部的文学化描述拓展到哲学视域中的整体性思辨分析和历史文化视野下的词义辨识,对颓废派之文学史归属的探讨则显示出对世纪初普拉兹基本观点的明显突破。这种良好的研究势头在 20 世纪末叶继续发展,逐渐将一度不温不火的颓废派文学研究推向英语世界的学术前沿。

三、20 世纪末叶颓废派文学研究

20 世纪末叶,尤其是 80 年代以后,英语世界的颓废派文学研究迅速升温。总体看来,这一时期颇受英语学界关注的研究成果主要包括:理查德·吉尔曼(Richard Gillman)的《颓废:一个诨名的奇特活力》(*Decadence: The Strange Life of an Epithet*, 1979),伊恩·弗莱彻(Ian Fletcher)主编的论文集《颓废与 1890 年代》(*Decadence and The 1890s*, 1979),让·皮埃罗(Jean Pierrot)的《颓废的想象:1880—1900》(*The Decadent Imagination: 1880-1900*, 1981),约翰·里德(John R. Reed)的《颓废的风格》(*Decadent Style*, 1985),琳达·道林(Linda Dowling)的《维多利亚世纪末文学中的语言与颓废》(*Language and Decadence in the Victorian Fin de Siècle*, 1986),芭芭拉·斯帕克曼(Barbara Spackman)的《颓废派谱系》(*Decadent Genealogies*, 1989),大卫·威尔(David Weir)的《颓废与现代主义的生成》(*Decadence and the Making of Modernism*, 1995),以及由里斯·康斯德伯尔(Liz Constable)、丹尼斯·德尼索夫(Dennis Denisoff)、马修·波多尔斯基(Matthew Potolsky)3 人主编的论文集《衰退的循环》(*Perennial Decay*, 1999)等。

1. 法国学者皮埃罗的颓废派论著 *L'Imaginaire Decadent*, 1880-1900[①] 于 1981 年由英国学者德里克·科尔特曼(Derek Coltman)以《颓废的想象》为译名介绍到英语世界,引起较大关注。皮埃罗认同瑞治等学者在有关颓废派文学价值问题上的基本观点,认为"颓废"意识是 19 世纪末法国诸种文学的"精神聚焦点",其形成很大程度上基于一种悲观主义历史观。以此为认知的起点,皮埃罗

---

① Mario Praz. *The Romantic Agony*, Tran. Angus Davidson, Oxford: Oxford UP,1951,p.1974.

从时间上将颓废派文学限定在 1880 年至 1900 年之间,集中阐释了颓废派文学的独特审美观①,并进一步阐明了其文学史价值:"通过一劳永逸地将艺术从它被预设的目的——对自然的忠实模仿被认作最高准则——中分解出来,颓废时期构成了古典美学与现代美学之间必不可少的分界线。"②

2. 以威尔、吉尔曼等为代表的学者提出了有关"颓废"内涵界定的新观点——暂时悬置对"颓废"一词的界定。以威尔的研究为例,在《颓废与现代主义的生成》中,他回溯了此前研究者对"颓废"概念的不同理解,并援引万·罗斯布鲁克(G. L. Van Roosbroeck)的话"要求(颓废)这个词有一个美学上的明确含义是多余而残酷的"③,以此引出自己的观点:"颓废"一词以其自身的多元性与悖论性而在一定程度上拒绝被定义。因此,研究者应暂时搁置其定义,着眼于研究其光怪陆离的复杂面相。基于这一基本立场,威尔将 19 世纪西方文学中一些通常被冠以浪漫主义、自然主义、唯美主义、现代主义等名号的文学文本置于"颓废"的视野下考察,试图阐明:"颓废"既是"19 世纪后半叶文学活动"的基础,亦是"帮助我们抵达文学现代性"的基石④。

3. 里德、道林等学者在颓废派文学风格等问题上的不同观点为研究者提供了新的启迪。里德认为,对颓废派文学风格的探讨不应局限于文学领域,而应着眼于 19 世纪末各种流行的文学艺术表达形式,包括文学、音乐、绘画等。他将对颓废派文学风格特征的考察"严格限定在美学层面上",认为这种崭新的风格是对传统美学风格的拒绝和反叛。道林等学者则对里德的纯粹美学的观点和立场提出了质疑和挑战,拒绝将颓废派语言风格局限地认定为一种纯粹的"为艺术而艺术"的试验,遂将政治的、历史的视角引入对颓废派文学形式等问题的研究中。道林认为,颓废派文学独特的语言风格,实质上是对 19 世纪末传统语言的深刻危机所做的一种积极回应,目的是"赋予已经被语言科学宣判死亡的文学语言以

---

① Pierrol Jean. *The Decadent Imagination*, 1880-1900. Tran. Derek Cotltmoon. Chicago:V of Chicago, 1981, p. 11.

② Pierrol Jean. *The Decadent Imagination*, 1880-1900. Tran. Derek Cotltmoon. Chicago:V of Chicago, 1981, p. 11.

③ G. L. Van Roosbroeck. *The Legend of the Decadents*, New York:Institut des Etudes Francaises, 1927, p. 14.

④ David Weir. *Decadence and the Making of Modernism*, Amherst:U of Massachusetts P, 1995, p. 21.

一种悖论性的生命力"①。道林有关颓废派语言风格实验的上述著名论断,受到不少学者的关注。

4.在已有的颓废派文学研究论著中,斯帕克曼的《颓废派谱系》可谓独树一帜,自成风格,其论述的核心是颓废派文学文本中的"病态修辞"。斯帕克曼对颓废派文学中的"病态修辞"的分析很大程度上基于他对"病态的身体制造病态的思想"②这一理论的赞同。他认为:"对生理疾病的描述或许是心理失衡的一种表现方式,一种对无意识领域的侵袭;它可能是引起对身体自身的关注的最有效的策略。"③斯帕克曼对卢卡奇、克罗齐等批评家对颓废派文学文本的政治化、伦理化或自然主义式的肤浅解读进行了有理有据的驳斥,以心理学、病理学分析展开对颓废派文学之"病态修辞"的分析,其独特的研究视角和研究方法,为颓废派文学研究展示了一种新的思路。

5.1999 年是新旧世纪的节点,也是颓废派文学研究的一个节点。论文集《衰退的循环》在这一年出版。艾米莉·安普特(Emily Apter)、查尔斯·伯恩海默(Charles Bernheimer)等多位学者通过对颓废派文学研究现状的总结与反思,指出了以詹姆斯·伊莱·亚当斯(James Eli Adams)的《花花公子与荒漠圣徒》(*Dandies and Desert Saints*,1995)等为代表的研究论著中体现出的对"颓废"内涵等问题的简单化处理倾向。在他们看来,颓废派文学中表现出的"病态、对人造物的狂热、异域情趣或性反常"④并不能涵纳"颓废"的全部要义,其内涵远比人们已知的更加复杂多元。因此,当前的研究重点是将颓废派问题重新放回到其发生发展的 19 世纪的历史语境下,继续发掘颓废派文学的其他未知特性。

由上可知,在 20 世纪末的研究中,对"颓废"内涵的辨识依然是一个重要问题,但也有一些学者开始意识到,对"颓废"一词的理解有赖于对颓废派作家及其文本本身等其他层面的具体考察,继而提出暂时悬置"颓废"的界定问题的建议。

---

①　Linda Dowling. *Language and Decadence in the Victorian Fin de Siècle*. Princeton:Princeton UP,1986,p. xv.

②　Barbara Spackman. *Decadent Genealogies:The Rhetoric of Sickness from Baudelaire to D'annunzio*, Ithaca and London:Corell UP,1989,p. vii.

③　Barbara Spackman. *Decadent Genealogies:The Rhetoric of Sickness from Baudelaire to D'annunzio*, Ithaca and London:Corell UP,1989,p. 106.

④　Liz Constable. Dennis Denisoff, and Matthew Potolsky, eds. , *Perennial Decay:On the Aesthetics and Politics of Decadence*, Philadelphia:U of Pennsylvania P, 1999,p. 2.

受世纪中叶卡特、瑞治等学者主要观点的启发,更多的研究者不再将文学"颓废"简单地看作后期浪漫主义的一种表现形式,也不再将其视为一场昙花一现的不起眼的世纪末文学运动,而是开始意识到文学"颓废"似乎是一种突破了文学运动或思潮界限的弥漫于 19 世纪末文坛的文学现象/意识。此外,由文学内部视角向历史—文化视角和文学与政治间关系的视角的拓展,是对世纪中叶视角多元化尝试的进一步发展。至此,英语世界的颓废派文学研究的方法和视角呈现出空前的丰富多元局面,最终在世纪之交引发颓废派文学研究热潮。

四、21 世纪颓废派文学研究

纵览 21 世纪英语世界颓废派文学研究的最新成果,当可发现:在短短的十几年内,新世纪的颓废派文学研究不仅成果颇丰,而且在诸多方面呈现出崭新的气象。新世纪的研究者或是继承和深化既往学者的研究理路与主要论断,或是对既有成果在研究方法、研究视角等方面显露出的主要问题进行深刻的反思与驳辩,调整既有研究策略,为颓废派文学研究打开了新的局面。

1.以鲁斯·利夫西(Ruth Livesey)的《英国的社会主义、性与唯美主义的文化,1880—1914》(*Socialism, Sex and the Culture of Aestheticism in Britain, 1880-1914*, 2007)和塔利亚·谢弗(Talia Schaffer)的《被遗忘的女性唯美主义者:晚期维多利亚英国的文学文化》(*The Forgotten Female Aesthetes: Literary Culture in Late-Victorian England*, 2000)等为代表的论著受道林①等学者创新性视域的启发,不再将颓废派运动限定为一场以"为艺术而艺术"理念为指导的世纪末文学先锋实验,而是重点探讨文学"颓废"内涵中所隐含的性政治意味。

2.以瑞姬娜·加尼尔(Regenia Gagnier)、玛丽·格拉克(Mary Gluck)等为代表的学者延续了 19 世纪以来作家、评论家对"颓废"内涵的探讨,但有新的阐发。加尼尔认为,现代化的力量引发了"部分与整体诸种关系"的瓦解,带来经济、社会、宗教、政治、伦理、性别等方面的传统的衰退。这一催生英法颓废派运

---

① 道林确立了认知颓废派文学的又一崭新视域——以一种政治化和情景化的视角解读颓废派的文学形式问题。

动的因素,同样可能在其他国家和地区催生出类似的文学策略。由此,颓废(Decadence)并不仅仅是一场发源于欧洲的文学乃至文化运动;作为对社会变动或危机的回应,这一现象将反复出现在众多国家和文化中。格拉克则旗帜鲜明地提出:"颓废并非是一种历史性事实,而是一种文化迷思。"①

3.以文森特·谢里(Vincent Sherry)的《现代主义与颓废的重塑》(*Modernism and the Reinvention of Decadence*,2015)等为代表的著作继承20世纪末斯沃特等学者对颓废与现代主义文学关系的发掘,进一步拓展了对两者间承继关系的考察。以卡米拉·帕格利亚(Camille Paglia)的《性面具——艺术与颓废:从奈费尔提蒂到艾米莉·狄金森》(*Sexual Peronae*:*Art and Decadence from Nefertiti to Emily Dickinson*,2001)等为代表的论著则继承了此前学者对"颓废"意识的衍生机制等一般性问题的研究,视角独特,观点新颖。

4.除了对既往研究成果的继承与深化,20世纪末就已展开的对既有学术观念与方法的反思与驳辩在新世纪亦渐成燎原之势。以查尔斯·伯恩海默(Charles Bernheimer)、亚历克斯·穆雷、杰森·大卫·霍尔等为代表的学者大致继承了20世纪末吉尔曼、威尔、道林等学者的"反思"思路,侧重于对既有研究方法、研究视角的大胆质疑,并在有理有据的驳辩中将颓废派文学研究推向新的高度。例如,得益于结构主义、现象学等现代理论方法的启发,亚历克斯·穆雷(Alex Murray)和杰森·大卫·霍尔(Jason David Hall)在其主编的论文集《颓废派诗学:世纪末英国的文学与形式》(*Decadent Poetics*:*Literature and Form at the British Fin de Siècle*,2013)中比较客观和全面地揭示了当前颓废派文学研究的瓶颈所在②,进而在研究范式、理论视域等方面为新世纪的研究者提供了重要的提示与参照。

此外,以约瑟夫·布里斯托(Joseph Bristow)主编的论文集《世纪末诗歌:英语文学文化与1890年代》(*The Fin-de-Siècle Poem*:*English Literary Culture and the 1890s*,2005)和柯尔斯顿·麦克劳德(Kirsten MacLeod)的论著《英国颓

---

① Mary Gluck. *Decadence as Historical Myth and Cultural Theory*,European Review of History—Revue europé enne d'histoire 21,3(2014),pp. 349-361.

② Jason David Hall,and Alex Murray,eds.. *Decadent Poetics*:*Literature and Form at the British Fin de Siècle*,New York:Palgrave Macmillan,2013,pp. 3-5.

废派小说》(*Fictions of British Decadence*, 2006)等为代表的研究成果虽略早于《颓废派诗学:世纪末英国的文学与形式》出版,但已明显体现出对研究现状的反思,并基于这种反思在研究方法和研究视角上做了有效的调整。例如,麦克劳德指出了当前颓废派研究中的两种常见的错误倾向:其一,在研究方法上,过度依赖和盲目遵从叶芝等人针对颓废派作家所做的诸种概括性论断,将颓废派作品中的颓废者形象与颓废派作家本人的真实形象进行简单粗暴的比附;其二,在研究视角上,将审察研究的范围框定于颓废派诗歌作品,对颓废派小说等的关注则甚为欠缺。基于如上反思,麦克劳德回到具体的颓废派小说文本,广泛而谨慎地考究了欧内斯特·道生(Ernest Dowson)、约翰·戴维森(John Davidson)、乔治·摩尔(George Moore)、亚瑟·梅琴等英国颓废派作家,同时也有意识地追溯和发掘那些以往很少受到研究者关注的不知名的作家在世纪末颓废派运动中所扮演的角色。

(本文作者:杨　希　蒋承勇)

"颓废"的三副面孔：
西方颓废派文学中国百年传播省思

颓废派文学是 19 世纪西方文学中的一种独特的文学现象,它广泛渗透于 19 世纪诸文学思潮(浪漫主义、自然主义、象征主义、唯美主义等)之中。颓废派文学的总体特征是:在文学观念上奉行艺术至上,厌恶布尔乔亚式的功利主义;在文体形式上喜好精致详尽、晦涩深奥的语言;在文学主题上迷恋反常、病态和人工的事物,渴望强烈的体验,追逐罕见的感觉,以此与倦怠或厌世的感觉搏斗。不同于可追溯至人类古代的历史悲观主义的"颓废",作为一个具有强烈先锋意识的诗学范畴,颓废派之"颓废"诞生于 19 世纪现代工业文明的开启时期,其发展与"现代性"的展开紧密相关。质言之,颓废派之审美现代性乃是对启蒙现代性的怀疑与不安、反思与矫正。

一、作为"文化反叛"的"颓废派"

新文化运动前后,改造旧文学、创造新文学的呼声振聋发聩,青年学人热情高涨,跃跃欲试。乘着思想解放的东风,也借着中国学人对新文学的精神饥渴,中国学界呈现出前所未有的宽松局面,各类西方文学思潮被介绍到中国。在此种时代背景下,颓废派文学首次进入中国。

对新文学、新文化、新时代的渴盼使得在政治—社会处境和思想—文化生活中久受压抑的五四一代学人血脉偾张。他们急于汲取西方的文学精粹,从而达成本土文学的进化与改良。怀着改造旧俗、改良社会的初衷,一部分学人在颓废派这种与本土传统文学审美殊异的西方文学中竭力搜寻积极的意味。

1921 年,田汉在《恶魔诗人波陀雷尔的百年祭》①中概要介绍"颓废派和象征主义先锋诗人"波德莱尔的行迹后,又发表了《恶魔诗人波陀雷尔的百年祭(续)》②,重点阐述了波德莱尔反自然、恶魔主义等创作倾向。他援引波德莱尔本人的相关论述来说明其"反自然"观念的逻辑:自然非但没有教给人们什么事情,反倒是强迫人类去睡、去饮、去食、去敌对外界;"我们刚由窘迫之境入奢侈快乐之境的时候就可以看到'自然'全系'一个罪恶的怂恿者'"。"'罪恶',本来是'自然的'。反之,如'德行'者是'人为的'(Artificial),是超自然的。""'恶'是'自然的',宿命的,不费丝毫的努力;而'善'事常为一种技巧的产物。"③以波德莱尔"反自然"这一创作上的最大的特质为出发点,田汉为其"恶魔主义"倾向辩护:"他的诗之毅然决然歌颂人世之丑恶者,盖以求善美而不可得,特以自弃的反语的调子出之耳。"④同年,仲密(周作人)在《三个文学家的纪念》⑤一文中谈论"颓废派的祖师"波德莱尔,认为其颓废的"恶魔主义"实则由现代人的悲哀所促成。他的貌似的颓废,只是猛烈的求生意志的表现,与东方式的泥醉的消遣生活绝不相同。1923 年 9 月,郁达夫发表长文《the yellow book 及其他》⑥,介绍颓废派核心杂志《黄面志》(1894—1897)和几位英国颓废派艺术家和作家⑦。虽然当时的郁达夫并未将《黄面志》杂志和这些英国艺术家、作家,与"颓废"和"颓废派"做任何的关联,但从其对群集于《黄面志》的这群青年作家的共性——反抗当时社会的已成状态,攻击英国国民的保守精神——的概括中可以发现,他尤为看重这些作家创作中积极的文化反叛精神。

在初版于 1924 年的《近代文学思潮》⑧第三章中,黄忏华参照西方学人巴阿

---

① 田汉:《恶魔诗人波陀雷尔的百年祭》,《少年中国》,1921 年第 3 卷第 4 期。
② 田汉:《恶魔诗人波陀雷尔的百年祭(续)》,《少年中国》,1921 年第 3 卷第 5 期。
③ 田汉:《恶魔诗人波陀雷尔的百年祭(续)》,《少年中国》,1921 年第 3 卷第 5 期。
④ 田汉:《恶魔诗人波陀雷尔的百年祭(续)》,《少年中国》,1921 年第 3 卷第 5 期。
⑤ 仲密:《三个文学家的纪念》,《民国日报·觉悟》,1921 年第 11 卷第 17 期。
⑥ 郁达夫:《the yellow book 及其他》,饶鸿竞、陈颂声、李伟江等编:《创造社资料》(上),福州:福建人民出版社,1985 年版,第 313—331 页。
⑦ 包括奥博利·比亚兹莱(Aubrey Beardsley)、欧内斯特·道生(Ernest Dowson)、约翰·大卫生(John Davidson)、亚瑟·西蒙斯(Arthur Symons)、里昂·约翰逊(Lionel Johnson)等。
⑧ 黄忏华编述:《近代文学思潮》,《民国丛书》编辑委员会编:《民国丛书》(第 1 编),上海:上海书店出版社,1989 年版,第 99—101 页。

尔的相关论述向国人扼要介绍了颓废派文艺"注重情调、着重人工、渴于神秘、追求异常"的诸多特质。如,谈到颓废派的人工化审美,作者认为莫泊桑的一句话很中肯:"自然是我们底敌人,所以我们不可不十足的和自然打战。什么缘故呢?自然不绝的想把我们还原到动物底缘故。地球上清洁的,美好的,可贵的,理想的,不是神造底,都是人们尤其是人们底脑髓造底。"①唐敬杲编纂的《新文化辞书》中的"Dècadents[颓废派]"词条②在介绍波德莱尔、马拉美、魏尔伦、兰波、于斯曼等颓废派作家以及颓废派艺术的鲜明特征时,也强调了其反传统理法规则的倾向。

　　在田汉等人撰文将颓废派文学推介到中国之时,厨川白村、本间久雄等日本学者针对颓废派的相关文学评论也被介绍到中国。在这些外来的阐释评论中,颓废派文学中的文化反叛,也是最为中国学人所关注的部分。如,在1924年由鲁迅翻译到中国的《苦闷的象征》中,作者厨川白村肯定"恶魔诗人"波德莱尔在诗集《恶之花》中对丑和恶的赞美,认为这不过是作家将人类生命中固有的那部分被压抑的恶魔性、罪恶性自由地表现出来而已。③汤鹤逸的《新浪漫主义文艺之勃兴》一文系根据日本生田长江、野上臼川等人合著的《近代文学十二讲》之第五讲编写而成。文中指出:"颓废派的艺术乃神经的艺术、情调的艺术。"颓废派的文体就是"进步到言语所能达到的最高点,也就是言语其物最后的努力"。享乐主义的态度在贪图官能刺激的心底"实藏着更深的失望的悲哀","实为想防止陷于死与绝望之悲哀,另求新生世界的努力,绝不能单视作卑怯,或宁认为非常的勇敢的态度",是一种"最沉痛的努力"。④沈端先于1928年将《欧洲近代文艺思潮论》⑤翻译到中国,其作者本间久雄对法国美学家苟育和托尔斯泰对颓废派艺术的否定不以为然,赞同雨果以及比利时诗人维尔哈伦等人所说的波德莱尔表达了"深刻的近代的悲哀"的见地;他尤其将波德莱尔称为"颓废派的先锋",称

　　① 黄忏华编述:《近代文学思潮》,《民国丛书》编辑委员会编:《民国丛书》(第1编),上海:上海书店出版社,1989年版,第100—101页。

　　② 唐敬杲编:《新文化辞书》,北京:商务印书馆,1923年版,第236—238页。

　　③ 厨川白村:《苦闷的象征》,鲁迅译,北京:北新书局,1930年版,第113页。

　　④ 汤鹤逸:《新浪漫主义文艺之勃兴》,晨报社编辑处编:《晨报六周纪念增刊》,北京:晨报社出版部,1924年版,第229—251页。

　　⑤ 本间久雄:《欧洲近代文艺思潮论》,沈端先译,上海:开明书店,1928年版。

其作品之"病态"主题是深刻的,绝不是可以从普通的思想感情的见地而加以非难的作品。特别需要指出的是,日本学者对颓废派文学的辩护,对五四前后中国学人对颓废派文学的接受起到了重要的引导和推动作用。

对颓废派文学"反自然""恶魔主义"等特质及其反叛精神的发掘,与五四一代学人反叛传统文化的精神立场一拍即合,这是这一时期西方颓废派文学在本土得到关注与肯定的主要原因。但与此相比,"颓废"内涵的本土化改造也许才是这一时期最值得玩味的传播现象。

以创造社成员郁达夫为例。郁达夫身上呈现出明显的"自我的分裂"。当他沉浸于"孤独自我"之中时,天才的艺术直觉使他倾慕于波德莱尔、王尔德、道生、西蒙斯等人的颓废创作,迷恋其作品中忧郁、唯美的情调;而当他从"孤独自我"游离到"社会自我"中时,民族危亡的社会—政治语境和救亡图存的现实责任意识就会大大减损他艺术上的鉴别力和创造力。从郁达夫在其评论文章和文学创作中所显露出的对"艺术至上"理念的疏离态度①不难见出,他对颓废派排斥现实的艺术主张一开始就持有明显的保留态度。因其天性的忧郁和艺术的直觉,郁达夫青睐西方颓废派作家的作品;但身为"在社会桎梏之下呻吟着的'时代儿'"②,启蒙与进步的思想、对新生活的渴盼以及文人的责任担当意识又使他并没有对"颓废"这等过度"暖饱""安逸"之后的"精微"话题产生多少严肃探究的兴趣。身为艺术家,他深谙颓废派作品中强烈的美学震撼力,因此,在具体的文学创作中,他也试图从颓废派作家那里汲取"颓废"之病态美的现代审美元素,比如现代人的苦恼、青年的忧郁症等,但其笔下"病态""忧郁"的"颓废"主人公始终"包含着对于世俗反抗的一种社会性的态度"③,其"忧郁—颓废"的心态,更多地来源于民族屈辱感、自卑感以及对时代氛围的恐惧感,因而其作品中"颓废"情绪所表征出来的那种内心的压抑和苦痛,唯有民族的振兴与时代的进步才能缓解,此种社会化的"颓废"与西方颓废派文学中的那个剥离了社会、民族意识,丧失了现实行动意愿,追求极端个人"自由体验"的艺术化的"颓废"只是表面相似,实则

---

① 饶鸿兢、陈颂声、李伟江等编:《创造社资料》(下),福州:福建人民出版社,1985年版,第725页。

② 饶鸿兢、陈颂声、李伟江等编:《创造社资料》(下),福州:福建人民出版社,1985年版,第725页。

③ 伊藤虎丸:《鲁迅、创造社与日本文学:中日近现代比较文学初探》,孙猛、徐江、李冬木等译,北京:北京大学出版社,1995年版,第173页。

大相径庭。

文学"颓废"与剥离艺术之一切社会功能的"艺术至上"的美学理念紧密相连。"艺术至上"的美学理念,乃颓废派作家笔下颓废之美的震撼效应得以达成的重要逻辑前提;而对"艺术至上"理念的疏离,既是郁达夫误读颓废派之"颓废"内涵的关键缘由,也是郁达夫难以复制震撼人心的现代"颓废"之美的主要原因。所以,在其代表作《沉沦》的序言中,郁达夫坦承自己的描写"失败了"①。

二、从肯定"文化反叛"到颓废批判

20 世纪 30 年代前后,很多人延续了五四一代的思路认同日本和西方学者的相关表述,肯定颓废派文学的"文化反叛"价值。比如,以费鉴照、章克标、方光焘等为代表的学者或多或少地意识到了颓废派怀疑和反抗科学主义、理性主义、物质主义的精神品格。费鉴照认为,颓废派之"颓废"是在"时代物质的压迫里"和"科学惊人的成就里"所表现出的"一种倦容与失望",是对"灼灼的理智主义"的裁制。② 章克标、方光焘赞赏以波德莱尔、魏尔伦、于斯曼、马拉美等为代表的世纪末"颓加荡"艺术家的"反科学""偏重技巧""恶魔主义"等创作倾向,认为"反科学"实为憎恶和反抗唯物论机械观的表现,"偏重技巧"不过是基于对自然科学之经验论和机械论的反抗而张大了排斥现实的虚构方法。③ 以《从颓废文学说到中国的危机》④为代表的文章则有限度、有选择性地汲取国外学者的观点,认同日本学者厨川白村在《出了象牙之塔》⑤中的主张——号召艺术家从"为艺术而艺术"的象牙塔走向日常生活和社会运动中去⑥,延续并发展了后期创造社的论调,号召 20 世纪的中国新文学家不做"多愁善病"、忧时伤世的颓废者,而要做新生活中的战士。

---

① 郁达夫:《沉沦·自序》,周海林:《创造社与日本文学》,周海屏、胡小波译,上海:上海社会科学院出版社,2016 年版,第 190 页。
② 费鉴照:《世纪末的英国艺术运动》,《文艺月刊》,1933 年第 4 卷第 5 期。
③ 章克标、方光焘:《文学入门》,上海:开明书店,1933 年版,第 75—82 页。
④ 钟协:《从颓废文学说到中国的危机》,《之江校刊》,1931 年第 26 期。1925 年由鲁迅译介到中国。
⑤ 1925 年由鲁迅译介到中国。
⑥ 厨川白村:《出了象牙之塔》,鲁迅译,北京:北新书局,1935 年版,第 205—216 页。

喧嚣热闹的引进推介之后，一些学人对此前本土对日本或西方学者观点的过度依赖有意识地展开反思，试图对颓废派文学做出相对独立的判断。在《颓废的诗人》一文中，金翼立足本土"文以载道"的传统文学观，将波德莱尔的"颓废"理解为因找不到出路而产生的一种消沉、苦闷、愤懑的情绪。与郁达夫在小说《沉沦》中对"颓废"内涵的本土化改造相类似，这种带有浓重现实意味的文学解读与西方19世纪"艺术至上"理念统摄下的"颓废"内涵有着明显差别。以高蹈的《十九世纪末欧洲文艺主潮：从"世纪末"思潮到新浪漫主义》（1935）为代表的文章则将现代汉语"颓废"一词的贬义与文艺上的"颓废"之内涵相混同，将文学"颓废"解读为文学"衰微"，认为世纪末"颓废之群""沉耽于物质生活深渊而不能振拔，不得不歌颂着丑恶以自解，与乎躲避现实的龌龊，而憧憬于无何有之乡，其根源都是不能战胜自然而持着消极态度的"①。不论是对颓废派之"反物质主义"的身份标识，还是其贬低自然的美感与价值、迷恋"恶之花"的"反自然"的美学先锋实验，抑或是其从浪漫主义作家手里继承而来的"艺术自由"理念，都越来越显示出其学理认知上的偏差。

上述评论渐趋见出本土文化之道统对西方颓废派文艺"无用之用"的否定倾向。与此相比，越来越多的左翼文人受到苏俄文论的影响，将颓废派文学斥为衰退、堕落的"反动"文学。

早在20世纪20年代后半期，以创造社成员对"革命文学"的宣扬为标志，本土文人对颓废派文学的批判就已显现。创造社成员将此类文学斥为"资产阶级情调"的"反动"文艺。譬如，何畏（何思敬）的《个人主义文艺的灭亡》②、黄药眠的《非个人主义的文学》③等文章均将颓废派等世纪末文学之标榜自我、崇尚个性斥为"徒殉一时之快感"（黄药眠语）的个人主义文学，认定个人主义的艺术只有灭亡一条路。从20世纪30年代初一直到新中国成立前夕，与文学范畴内较为冷静客观的学术阐释并行齐驱，对西方颓废派文学的批判始终不绝。

对颓废派文学的批判，与苏联马克思主义文艺观的输入有直接关系。普列

①　高蹈：《十九世纪末欧洲文艺主潮：从"世纪末"思潮到新浪漫主义》，《中山文化教育馆季刊》，1935年第2卷第4期。

②　何畏：《个人主义文艺的灭亡》，《创造月刊》，1926年第1卷第3期。

③　黄药眠：《非个人主义的文学》，《流沙》，1928年第1期。

汉诺夫在《艺术与社会生活》(1912)中把"为艺术而艺术"的文学称为资本主义没落时期的颓废主义文艺,指责颓废主义是反革命的懒汉,否定颓废派及其"为艺术而艺术"理念的价值。1934 年 8 月 17 日,日丹诺夫在第一次全苏作家代表大会上的讲话中全面否定"沉湎于神秘主义和僧侣主义,迷醉于色情文学和春宫画片",代表着"资产阶级文化衰颓和腐朽"的颓废主义。① 在评价西方颓废派文学的立场与尺度上,普列汉诺夫、日丹诺夫等人的如上表述乃是当时中国左翼文人的信条和指南。

　　"在这颓废派的总名称之下,实在是包括了所有的想逃避那冷酷虚空机械生活的一伙文艺家,这些人们的意识是被当时的剧烈的社会变动和顽强的社会阶级的对抗所分裂了的,他们的灵魂是可怜的破碎的灵魂;他们虽然是反自然主义的,可是绝对没有浪漫派文人那样活泼泼的朝气。他们只想藉酒精和肉感得以片刻的陶醉忘忧。"②茅盾 20 世纪 30 年代初在其《西洋文学通论》中的这番表述,算得上左翼文人对颓废派疾言厉色批判中的温柔声调。彼时,"从文学本体上看得少,从文学与社会的外部关系看得多"③,茅盾在文学批评中已有意识地运用马克思主义之阶级分析的方法,认为艺术应有明确而严肃的目的,服务于社会、民众与政治;在他看来,以颓废派为代表的西方世纪末文艺作为极度矛盾混乱的社会意识的表现,缺乏认真的态度,成了"失却了社会的意义"的"幻术"。④ 在《没落途中的各派反动文艺》⑤一文的第三部分"时代淘汰的颓废文艺"中,作者止愚更将悲观厌世的文学"颓废"视为慢性自杀。基于对"精忠义烈可歌可泣""能负起时代的任务"之文学的推崇,他指斥受西方颓废—唯美文学影响的中国作家郁达夫、张资平、滕固、叶灵凤、金满成等人的颓废情调,称其给了现代有为青年一剂"颓废剂"。不知何时,对作为"资产阶级反动文艺"的颓废派,人们开始谈"颓"色变,只能偶尔听到有人跳将出来替"毒草"做几声嘤嘤辩解。比如,戴望舒从法文直接选译"颓废派的先锋"波德莱尔《恶之花》的部分篇章,委婉地回应了认为波

---

　　① 日丹诺夫:《日丹诺夫论文学与艺术》,戈宝权、曹葆华、陈冰夷等译,北京:人民文学出版社,1959年版,第 7—8 页。

　　② 茅盾:《西洋文学通论》,北京:书目文献出版社,1985 年版,第 134 页。

　　③ 张大明编著:《西方文学思潮在现代中国的传播史》,成都:四川教育出版社,2001 年版,第 4 页。

　　④ 茅盾:《西洋文学通论》,北京:书目文献出版社,1985 年版,第 174 页。

　　⑤ 止愚:《没落途中的各派反动文艺》,《人民周报》,1934 年第 116 期。

德莱尔作品充满"毒素"的尖刻评论。① 枙敔则试图在自己翻译的《"恶之华"》所写的序言中一厢情愿地为波德莱尔摘掉"颓废派"的帽子:波德莱尔的旨趣与司汤达和梅里美一样,"不是颓废,而是代表现实主义,一种升华了的现实主义,或者说浪漫主义的现实主义"②。

1948年,苏联学者伏尔柯夫的《与资产阶级颓废艺术作斗争的高尔基》③一文由叶水夫翻译到中国。该文充斥着强烈的阶级义愤,主要攻击对象是深受西欧颓废派影响的俄罗斯文学中的颓废派,称其是"生活的奴隶","病态地在生活里面颠滚着,像苍蝇在蜘蛛网里一样,他们扰人地嗡嗡着,使人家意气消沉和发愁……",是"萎黄病"患者,是"堕落的被注定命运的剥削阶级的歌手"。文章热烈拥护列宁为反抗颓废派所拥护的伪善的"资产阶级自由"而提出的"文学党性"原则,赞赏高尔基符合党性原则的社会主义现实主义创作,认同高尔基在《个性的毁坏》一文中对颓废派"反人民性"和"对西欧资产阶级反动哲学和美学的依赖性"的指控和批判,肯定高尔基对颓废派所幻想的"自由"之本质——文字的贩卖,谎言、毁谤和谑笑圣物的自由——的揭示。伏尔柯夫的这篇长文新中国成立前后在学界和文坛的广泛传播,预示了此后30年本土西方颓废派文学研究逐渐成为学术禁区。

三、审美现代性的辨识

早在20世纪30年代,郁达夫就已初步意识到产业革命所引发的社会连锁效应与世纪末文学"颓废"倾向之间的逻辑性关联,不过他并未对此进行清晰的理论阐发与观点提炼。④ 20世纪80年代以降,在西方学者马泰·卡林内斯库的启发下,以李欧梵为代表的华人学者开始深入地辨识颓废与现代性的依存关系。改革开放40多年来,在美学视角下对颓废与现代性关系的辨识与阐发,使中国

① 戴望舒:《恶之花掇英》,上海:怀正文化社,1947年版。
② 枙敔:《"恶之华"》《小说月报》(上海1940),1943年第37期。
③ 伏尔柯夫:《与资产阶级颓废艺术作斗争的高尔基》,水夫译,罗果夫、戈宝权编:《高尔基研究年刊》,上海:时代书报出版社,1948年版,第40—46页。
④ 郁达夫:《怎样叫做世纪末文学思潮?》,傅东华编:《文学百题》,长沙:岳麓书社,1987年版,第84—86页。

的颓废派文学研究不断加强。

1993 年，华裔学者李欧梵在《今天》第 4 期发表《漫谈中国现代文学中的"颓废"》，文章借鉴了马泰·卡林内斯库等西方颓废派问题研究专家的观点，明确将中国现代文学中的"颓废"与中国的"现代性"历史进程联系起来，"我最关心的问题是颓废在中国现代文学史中所扮演的边缘角色，它虽然被史家针砭……但是我觉得它是和现代文学和历史中的关键问题——所谓'现代性'（Modernity）和因之而产生的现代文学和艺术——密不可分的"[①]。差不多同时，李欧梵在高利克编的《中国文学与欧洲语境》中刊发《颓废：中国现代文学视角相关的尝试性研究》(1994)一文，重申前文中的观点。1999 年，他又在《上海摩登》一书中化用卡林内斯库的相关论述，称"颓废"这个概念来自一个"反话语"，并进一步揭示了颓废派"美学现代性"的先锋精神和立场。针对颓废派艺术家对人群和现实的疏离及其反常的癖好，李欧梵将其解读为"在道德和美学上都有意识地、招摇地培养了一种自我间离风格，以此来对抗多数资产阶级自以为是的人性论和矫饰的庸俗主义"[②]。作为"与视角相关"的"尝试性研究"，李欧梵对中国现代语汇中将"颓废"当成一个"坏字眼"表示不满，开启了从学理维度和美学视角解读颓废派文学的大门。在颓废精神与现代性视野的观照下，李欧梵对一批中国现代作家如郁达夫[③]、施蛰存、刘呐鸥、穆时英、张爱玲等[④]的创作进行了重新审视与分析，开启了从文学颓废和现代性视角解读中国现代作家创作的新尝试。

在李欧梵于研究视角上"尝试"着开启现代文学研究中的"颓废"话题之后，现代文学中的"颓废"问题受到了学界重视，其中解志熙的著作《美的偏至：中国现代唯美—颓废主义文学思潮研究》(1997)令人印象深刻。基于对西方唯美—颓废主义文学思潮之"深刻复杂的生命情怀和人文情结"和"浓重的悲观虚无主义色彩"[⑤]

---

① 李欧梵：《漫谈中国现代文学中的"颓废"》，季进编：《中国现代文学与现代性十讲》，上海：复旦大学出版社，2002 年版，第 47 页。

② 李欧梵：《上海摩登》，毛尖译，杭州：浙江大学出版社，2017 年版，第 287 页。

③ 李欧梵：《中国现代作家的浪漫一代》，王宏志，李慧娆，张婉丽等译，北京：新星出版社，2010 年版，第 110—124 页。

④ 对施蛰存、刘呐鸥、穆时英、张爱玲等作家的重新审视，参见李欧梵：《上海摩登》，毛尖译，杭州：浙江大学出版社，2017 年版。

⑤ 解志熙：《美的偏至：中国现代唯美—颓废主义文学思潮研究》，上海：上海文艺出版社，1997 年版，第 67 页。

的体察,解志熙指出,"'五四'时期的作家们并没有很清楚、很准确的唯美—颓废主义概念","他们最欣赏的其实是唯美—颓废主义者的那种冲决一切传统道德罗网的反叛精神以及无条件地献身于美和艺术的漂亮姿态,却有意无意地忽略了唯美—颓废主义的深层基础———一种绝非美妙的人生观"。① 在对西方的"颓废"与中国化了的"颓废"做出内涵上的区分之后,解志熙从"颓废视角"重新审视中国现代文学史,发掘了一批此前很少被关注的作家与作品,颇有一种让人从既往的文学史框架中挣脱出来的力量。但遗憾的是,他虽承续了李欧梵重视颓废问题的"研究视角",却没能保持后者审视颓废问题的国际视野与学术维度。比如,对 20 世纪二三十年代本土文学颓废现象的阐释,他主要选取了西方颓废派作家对中国作家的影响这个维度,甚少关注到李欧梵所重点强调的颓废与现代性的关系这一深层逻辑;如此一来,作者就很容易将中国新文学中的"颓废"简单理解为一个特定阶段的特殊现象,而非现代性历史进程中的必然现象。稍后,肖同庆在其《世纪末思潮与中国现代文学》(2000)一书中,从"颓废"角度对五四新文学所进行的阐释,亦存在着大致相同的概念模糊问题——在他的表述中,"颓废"很大程度上被简单理解为一种与"世纪末"相关的"世纪病"。相比之下,论文《中国现代文学—文化中的颓废和都市——评李欧梵〈现代性的追求〉》②中对"颓废现代性"和"进步现代性"的辨识及其在本土现代作家创作中变异的阐发,对理解"颓废"的先锋意义和美学内涵或许更有助益。总体来说,李欧梵等人对中国现代文学中诸多经典作品之"颓废美"的阐发,反向矫正、促进了本土学者对西方颓废派文学的理解。

卡林内斯库的著作在新世纪之初被译成中文后,国内谈论"颓废"与现代性关系的文章骤然增多,但其中不少文章很大程度上是拼凑跟风之作。在同类文章中,《试论颓废的现代性》一文是颇为扎实的力作。在充分考证"颓废"概念之内涵的基础上,该文从尼采哲学及王尔德的美学入手,对"颓废"与现代性的关系做了颇有深度的阐发:"颓废"既是 19 世纪西方文学中的一个重要主题,也是一

---

① 解志熙:《美的偏至:中国现代唯美—颓废主义文学思潮研究》,上海:上海文艺出版社,1997 年版,第 66 页。

② 练暑生:《中国现代文学—文化中的颓废和城市:评李欧梵〈现代性的追求〉》,《文艺研究》,2005 年第 8 期,第 130—136 页。

种美学风格,同时还是先锋艺术家的一种生活姿态。① 类似的讨论使本土学界慢慢意识到:作为现代艺术的一个标志性特征,"颓废"与现代性注定存在着密不可分的关联——没有现代性历史进程的展开,就不会产生现代意义上的文学颓废内涵;而不理解颓废与现代性之间的如上逻辑关系,也就很难准确地理解西方颓废派文学。

2010 年 4 月,上海文艺出版社出版了《逆流》这部号称西方"颓废派文学《圣经》"的中译本,这为国内颓废派研究带来了新的契机。作为本土学界专事探讨 19 世纪西方颓废派文学的首次尝试,薛雯的《颓废主义文学研究》在 2012 年出版。围绕着"颓废"乃一种艺术化的精神这一核心观点,该书对 19 世纪西方颓废派主要作家作品进行了梳理和介绍,对"颓废"的内涵进行了辨析与阐发,这对进一步匡正国内学界视"颓废"为"消极""邪恶"的洪水猛兽这一历史认知与现实态度具有莫大的意义。另有一些研究者开始以《逆流》中塑造的颓废者典型为文本依据,从追求个人自由的角度来反思文学"颓废"的精神内涵。比如,马翔、蒋承勇的《人的自我确证与困惑:作为颓废主义"精神标本"的〈逆天〉》②从实践论美学出发,将颓废者的病态化症候解读为由于情感无法借助对象化而自由传达所导致的"自由感"的丧失;而杨希在《"颓废"的末路英雄:于斯曼〈逆流〉主人公形象辨析》③一文中则将颓废者定义为追求个人自由的理想主义的精神反叛者。

另外,陈慧的《论西方现代派的颓废性》一文虽多次引用卡林内斯库有关颓废与现代性关系的表述,但作者并没有把握其本意,而是曲解卡林内斯库有关现代派的二重性和双向性的论断,称"现代派的主要价值,在于它的叛逆性,即对现代资本主义社会及其文明采取厌弃、否定甚至抨击的态度;现代派的最大毛病,则在于它的颓废性,即散布现代资产阶级的颓废世界观、历史观、伦理观和美学观";现代派文学的主要价值在于"揭露并抨击资本主义社会丑恶的一面",而其"病态和颓废"的一面则是失去了美学理想而导致的对丑的偏爱和膜拜。④ 张器

---

① 陈瑞红、吕佩爱:《试论颓废的现代性》,《学术研究》,2007 年第 3 期,第 121—124 页。

② 马翔、蒋承勇:《人的自我确证与困惑:作为颓废主义"精神标本"的〈逆天〉》,《浙江社会科学》,2016 年第 2 期,第 114—119 页。

③ 杨希:《"颓废"的末路英雄:于斯曼〈逆流〉主人公形象辨析》,《东岳论丛》,2016 年第 10 期,第 187—192 页。

④ 陈慧:《论西方现代派的颓废性》,《文学评论》,1990 年第 6 期,第 13—30 页。

友、吴家荣、唐先田等人的《20世纪末中国文学颓废主义思潮》(2005)一书以马克思主义文艺观为根本指导,援引弗·梅林、卢那察尔斯基等马克思主义者批判颓废派文学的观点,称颓废派作家为"中小资产阶级世系",认定他们是一群"不满于社会的动荡和黑暗,但无力改变,看不清社会前景,陷入精神危机"的人。作者将颓废派作家的美学先锋姿态理解为因个人政治、社会理想的破灭而导致的精神危机和逆反心理,认为颓废派作家本身具有"不清晰"的政治立场、"不正确"的文学倾向(个人主义、形式主义等)等。

四、结语

不唯中国学者,自19世纪颓废派文学诞生伊始,西方学人很长时间里也面临着将颓废派文学之"颓废"的内涵从语义学的陷阱里打捞出来的难题。不管在东方还是西方,"颓废"似乎都不易挣脱"道德"的泥潭和"衰退"的陷阱。

作为在工业革命后遽然加速的现代性历史进程的产物,颓废派文学既是对这一历史进程的反映,更是对这一社会巨变的反映,既是对这一历史进程的艺术表现,更是对这一社会巨变的精神—心理补偿。可以说,没有西方现代性历史进程的展开,就不会诞生"颓废"这朵现代艺术奇葩。作为一种先锋的美学姿态和反叛的文学精神,颓废派代表了对启蒙现代性的怀疑与不安、反思与矫正。在西方文化的冲撞下刚刚开启启蒙现代性征程的五四学人意气风发、雄心满满,很少有人对这种标榜理性追求进步的现代性抱有怀疑和不安。在这种时代背景之下,时人很难理解致力于反思启蒙现代性之负面效应的颓废派之先锋精神和美学意味。

在20世纪的绝大部分时间,对"艺术至上"理念有意或无意的疏离,成为国人领略颓废派文学之自由艺术之境的另一个瓶颈。秉承强烈现实感的中国学人无论是从时代现实还是文学传统中,都很难切身地理解抑或接受"艺术至上"的主张。而由家国情怀所表征着的文学与政治、现实的密切关系,作为中国历朝历代的文学传统,使得文学"颓废"的美学内涵更难从社会—历史语境中的"衰退、堕落"等贬义评价中被准确地辨识出来。

改革开放是一个重要的时代节点,在开始与世界接轨的中国,现代工商业突飞猛进的发展孕育了若干国际大都市。虽时有徘徊,但 20 世纪 80 年代以后国家主义和民族主义观念较 20 世纪上半期已不可同日而语,个体主义精神在以上海为代表的现代大都市中获得了生长的空间。大都市中的现代人成为最先有可能体验到"颓废感"的人——时代境遇正成为人们重新理解"颓废"这一现代审美面相的重要契机。质言之,具有自由意识的孤独个体在现代中国大都市的出现,为中国学人在现代性的视域下把握"颓废美"的实质提供了契机。

(本文作者:杨　希)

文化渊源与文学价值：西方
颓废派文学再认识

关于颓废派之文学价值的争论，不唯由来已久，而且历久弥新。

19 世纪末，公众常常在内涵上将文学语境中的"颓废"与社会历史语境中的"颓废"混为一谈，将其斥为"退化、堕落"的低级文学趣味，甚至对颓废派作家发起道德谴责、人格羞辱和人身攻击①。这一时期，即便是那些对颓废派的先锋姿态与文学实验不无溢美之词的严肃评论家也往往不无谨慎地将其主要精力放在对文学"颓废"内涵的尝试性界定上，试图通过对文学"颓废"之审美内涵的界定，将文学"颓废"同社会历史领域中包含"退化、堕落"含义的"颓废"相区分，以此显露他们对颓废派文学价值的不同程度的肯定。

20 世纪，西方学界对颓废派文学价值的讨论在新世纪伊始的短暂寂寥之后不断升温，研究视角日趋丰富多元。迄今为止，在西方学界影响较大、较有代表性的研究思路可以粗略地划分为如下三类：其一，从审察思潮关系的角度入手。例如，以马里奥·普拉兹(Mario Praz)、A. E. 卡特(A. E. Carter)等为代表的学者

---

① 公众对颓废派的道德讨伐、人格羞辱与人身攻击，在著名的王尔德 1895 年审判案发生之时达至沸点。英国的文学圈子里弥漫着一种道德上的恐慌。公众对文学颓废的争议借由审判案的"东风"在通俗文化中迅速传播。例如，《国家观察者》(*National Observer*)发表了一篇重要文章，攻击王尔德是一个"淫秽下流的骗子"，将颓废派作品污蔑为"对于艺术意义的丑陋设想"。《每日电报》(*The Daily Telegraph*)写道："没有任何严厉的指责比王尔德在中央刑事法院受到的审判更能控诉这个时代一些已经被扭曲了的艺术趋向。"是时，"受到审判的并不仅仅是王尔德的同性恋行为，也并不仅仅是王尔德自己。一系列观念、道德、文学、审美以及它们之间的关系，都在接受审判——这是在这场审判前后，各种报纸上争相指明的一个事实"。(See Ian Fletcher, ed.. *Decadence and The 1890s*, London: Butler & Tanner Ltd, 1979, pp. 15-16.)

从审察文学内部承继关系的角度出发,或是将颓废派界定为"浪漫主义的必然结果与后期表现形态"①,或是将其视为对浪漫主义的反拨②。又如,以大卫·威尔(David Weir)等为代表的学者从探究颓废派与 19 世纪诸种文学思潮的关系出发,认为颓废派文学之"颓废"表达既是"19 世纪后半叶文学活动"的基础,亦是"帮助我们抵达文学现代性"的基石。③ 其二,从研究美学理念革新的角度入手。例如,以让·皮埃罗(Jean Pierrot)为代表的学者认为颓废派的先锋实验将艺术从它被预设的目的——对自然的忠实模仿被认作最高准则——中解脱出来,因而构成了"古典美学与现代美学之间必不可少的分界线"④。其三,从解读风格创新的角度入手。例如,以琳达·道林(Linda Dowling)等为代表的学者将"语言风格上的独创性"视为颓废派的重要贡献,认为其实质上是对 19 世纪末传统语言体系的深刻危机所做出的一种积极的回应,目的是"赋予已经被语言科学宣判死亡的文学语言以一种看似自相矛盾的生命力"⑤。

由于对"颓废"内涵的阐发以及对颓废派文学诸关键问题的理解至今仍争议重重,因而,对其文学价值的探讨便常常呈现出复杂多元的情形。本文拟从追溯颓废派文学生成的社会—文化渊源入手,重新发掘颓废派的文学价值,其核心观点是:18 世纪末以降,宗教领域的"世俗化"进程、知识领域的"内在化"转向以及社会领域的"工业化"转型,乃是西方颓废派文学得以生成的社会—文化渊源;由此三个面相,对颓废派所秉持的文学理念、文学趣味以及文学指归的认知当可得到深化和拓展。

---

① See Mario Praz. *The Romantic Agony*, tran. Angus Davidson, Oxford: Oxford University Press, 1951.

② 如卡特认为:"文明的邪恶与自然的美德成为一种崭新意识(sensibility)的一部分,我们称之为浪漫主义的;事实上,作为浪漫主义的重要部分,(这意味着)对浪漫主义发起的任何形式的反叛,都必定意味着反对原始的和自然的。而对颓废的狂热正是这样一种反抗。"(See A. E. Carter. *The Idea of Decadence in French Literature: 1830-1900*, Toronto: University of Toronto Press, 1958, p. 4.)

③ David Weir. *Decadence and the Making of Modernism*, Amherst: University of Massachusetts Press, 1995, p. 21.

④ Jean Pierrot. *The Decadent Imagination*, 1880-1900, tran. Derek Coltman. Chicago: The University of Chicago Press, 1981, p. 11.

⑤ Lindaow Dling. *Language and Decadence in the Victorian Fin de Siècle*, Princet on: Princet on University Press, 1986. xv.

一、颓废派与宗教领域的 "世俗化"

19世纪末,西方哲学家尼采的一句"上帝已死"震惊了整个西方思想界。事实上,消解基督教信仰在西方社会生活以及个体生活中的核心地位的历史进程早在18世纪末就已开启。这一在西方文化史上举足轻重的剧变,通常被称为宗教的"世俗化"。自此以后,传统宗教中的那个处于先验世界的上帝之权威逐渐陨落,传统的宗教信条和教义为人们——甚至是那些曾经无比虔诚的信徒——所怀疑和摒弃。

宗教"世俗化"进程的开启,意味着对旧秩序破败之后的新型宗教的寻求已然从以上帝为中心转向了以人为中心。自此,对人性本身的探索,尤其是对个体的内部世界中尚未被发现的那部分领域的探索便成为时代的必然要求。文学领域的颓废派很大程度上将这一时代要求视为其文学使命中的重要部分。——这也正是波德莱尔被视为颓废派先驱的原因。① 颓废派将探索自我内部世界的奥秘视为探索新型宗教的第一步。换句话说,他们认为,新的宗教秩序的重建需要以探究人性未知区域作为起点。

的确,颓废派通常被认为是对一群持有特定创作倾向与美学理念的作家群体的称谓,而非某种宗教派别的称号。然而,倘若人们对18世纪末以降西方社会中"文学家"身份的转型有所了解,当会发现——事实并非如此简单。在上帝权威陨落、哲学领域内的正统观念走向衰落的19世纪,文学家的地位曾一度被拔高到了前所未有的高度②,"诗人和小说家承担了以前属于教士的角色","为现

---

① 在被称为"颓废派文学《圣经》"的小说《逆流》中,作者于斯曼用了很大的篇幅描述颓废主人公德泽森特对波德莱尔作品的仰慕与迷恋。参见于斯曼:《逆流》,余中先译,上海:上海译文出版社,2016年版,第185—187页。

② 这很大程度上与康德以及后康德主义者对"想象"之于弥合阻碍人之自由实现的现象界与本体界之间的鸿沟的不可替代的关键作用的阐述密切相关。"想象"由此被视为一种如同弗里德里希·谢林所谓"神之造物"一样神圣的人的最高能力。由此,"艺术家成了某种先知,他以他的想象和直觉,超越了寻常男女,接触到更深、更真的实在"。(弗兰克·M.特纳:《从卢梭到尼采》,王玲译,北京:北京大学出版社,2017年版,第203页。)在此种时代历史境遇下,19世纪艺术家,尤其是那些主张艺术的本质是"创造"美而非"模仿"美、艺术的精确工具是"想象"而非"写实"的19世纪艺术家,如浪漫派、唯美派、颓废派、象征派,不再是传统意义上的文人作家,他们身兼文人作家与独具社会批判精神的知识分子的双重身份。这种发端于卢梭的双重身份意识在19世纪文学艺术界成为一个广泛存在的现象。

代世界提供了绝大多数价值观念"。① 由此,人们将看到,对"宗教"话题的关注以前所未有的深度和密度出现在 19 世纪诸"非现实主义"文学艺术流派中,而颓废派正是"非现实主义"文学潮流中最为先锋的一脉。典型的颓废主人公——如《逆流》中的德泽森特——往往是执着的精神探索者,他们将个人自由视为最高价值,在困厄的现实境遇中苦苦寻求精神突围的路径;正是由于这样的形象内涵,西方学者才将颓废主人公定义为"形而上的英雄"②。在宗教"世俗化"的历史进程中,文学领域的颓废派与包括卢梭、卡莱尔、康德、施莱尔马赫等在内的思想家、哲学家共同致力于在传统宗教体系即将土崩瓦解之时探求一种新型的宗教,以重建西方社会的精神秩序。对颓废派运动中大多数杰出的作家而言,宗教始终是其文学表达中绕不开的一个话题,是理解其作品内涵的一把神秘的钥匙。③

作为宗教"世俗化"进程中探索新型世俗宗教的一种努力,孔德的实证主义在 19 世纪欧洲思想界轰动一时,且影响深远。孔德将实证的方法论应用于考察和解释"物质世界和人类社会的一切方面",文学自然主义则很大程度上援引了孔德的主张作为其理论支撑,用科学—实证的方法剖析、解读个体的内心世界。实证主义乃自然主义文学创作的理论基石,而颓废派与自然主义文学——正如颓废派集大成者于斯曼与自然主义领袖左拉的决裂事件所暗示的那样——又有着直接而复杂的文学关联。因此,从实证主义出发,也许可以找到理解颓废派文学的新的入口。

笼统地说,颓废派对个体内在精神层面——尤其是充满神秘色彩的非理性层面——开创性的探索与描述可以视为对宗教"世俗化"历史进程中孔德实证主义观念的反驳。④ 颓废派作家承认自然主义在刻画人物形象的技巧方面比之浪

---

① 罗兰·斯特龙伯格:《西方现代思想史》,刘北成、赵国新译,北京:中央编译出版社,2005 年版,第354 页。

② See George Ross Ridge. *The Heroin French Decadent Literature*. Athens:University of Georgia Press,1961. pp. 49-50.

③ 波德莱尔、王尔德、于斯曼、道生、魏尔伦、维利耶·德·利尔-阿达姆(Villiers de l' Isle-Adam)、莱昂内尔·约翰逊、约翰·格雷等杰出的颓废派作家,都曾在其生命的晚期或临终时皈依天主教。这一耐人寻味的事实或可为人们提供某种新的启示。See Ellis Hanson. *Decadence and Catholicism*,Cambridge:Harvard University Press,1997.

④ 孔德在其《实证哲学教程》(*Cours de Philosophie Positive*)中所阐述的人类认识发展的"三阶段论",将人类认识的终极阶段称为"实证的阶段"。在这一阶段,"感官经验"将成为人类探索和认知世界的主要方式。换句话说,人们不再执着于解释现象世界背后的神秘莫测的先验世界,而仅仅关注现象本身。由此,他主张用实证的方法,或曰科学的方法,去解释可见的物质世界以及人类社会的种种现象。

漫主义有所突破,但同时认定在挖掘个体心灵奥秘方面左拉的所谓真实观及科学—实证方法将自然主义引向了歧途。在颓废派看来,想象而非科学—实证才是抵达人性深层奥秘的精确工具。他们所推崇的想象乃康德及后康德主义者之所谓"人的最高能力",它对于弥合"阻碍人之自由实现的现象界与本体界之间的鸿沟"起着不可替代的关键作用。因而,此种"想象"并非站在"真实"的对立面上;相反,它恰恰是对一种"内在的真实"而非"显而易见的可疑的'真实'"的深挖与传达。这也正是不少西方学者将爱伦·坡定义为与波德莱尔同等重要的颓废派文学理论先导的关键缘由。在以马拉美、于斯曼、维利耶·德·利尔-阿达姆(Villiers de I'Isle-Adam)、魏尔伦等为代表的法国颓废派①看来,坡以其伟大的想象力和精确的分析性思维达成了"在精神分析上的独创性,以及他对于存在于正常精神生活的边缘的所有情感和感受的重塑(recreation)"②。在坡的笔下,"想象力"成为"一种与宇宙一般法则的直觉性/本能的连通:它是一种介入到实践理性的观察中的纯粹理性的活动。基于这个事实,它站在所有扭曲现实(thereal)的对立面上:"假如它看起来与显而易见的真实(truth)相矛盾,那么这不过是为了用一种内在的真实(inner truth)替换它。"③

颓废派对自然主义文学所信赖的孔德实证主义之科学—实证方法的拒绝与反拨,代表了19世纪末文学领域内致力于打破科学崇拜、发掘洞悉人性深层奥秘之可靠途径——想象——的一种富有价值的努力。④ 由此,颓废派走上了一条与自然主义截然不同的文学道路。于斯曼声称:"没有人比自然主义者更不明白心灵了,尽管他们自诩以观察心灵为己任。"⑤在小说《在那边》(La-Bas)的开篇章节中,于斯曼借小说家迪尔塔(Durtal)之口,将自己的文学探索表述为"精神的自

---

① 从波德莱尔对爱伦·坡作品的关注与评论开始,活跃在颓废派运动的主阵地法国文坛的颓废派作家——如马拉美、于斯曼、维利耶·德·利尔-阿达姆、魏尔伦等——对爱伦·坡诗歌、散文、短篇故事等作品的翻译、评论与研究的热情一直持续到世纪之交。

② Jean Pierrot. *The Decadent Imagination*, 1880-1900. tran. Derek Coltman. Chicago:The University of Chicago Press,1981,p. 30.

③ 卡米尔·莫克莱尔(Camille Mauclair)语。Quoted in Jean Pierrot. *The Decadent Imagination*, 1880-1900, tran. Derek Coltman. Chicago:The University of Chicago Press,1981,p. 31.

④ 文学自然主义所信赖的孔德实证主义"代表了一种信念:科学能够为人们提供充足的真理,包括有关我们自身的真理以及有关我们所处的社会的真理"(Owen Chadwick. *The Secularization of the European Mindin the Nineteenth Century*, Cambridge:Cambridge University Press,1975,p. 233)。

⑤ 于斯曼:《逆流》,余中先译,上海:上海译文出版社,2016 年版,作者序言第 20 页。

然主义(a spiritualist Naturalism)"①,以之区别于左拉所秉持的褊狭的"心理的现实主义(psychological realism)"②。颓废派作家抛弃了为自然主义作家所运用的科学的视角与实证的方法论,转而以审美的眼光和自由的想象,发掘心灵深处的奥秘,以此拓展对人性的理解,探索重建西方精神秩序的可能。值得一提的是,颓废派的此种精神探索一定程度上发端于浪漫派。不过,两者间非常不同的一点是:典型的浪漫派崇尚自然,其精神探索因从自然中获取的某种原始、野蛮、健康的力量而显得较为积极;而颓废派的核心理念则是"反自然"。从自然的母体中挣脱出来,不再信任自然与现实,而仅仅诉诸自身。由此,怀疑主义的精神状态出现了,与之一同出现的则是对自我的迷恋。

二、颓废派与知识领域的"内在化"

颓废派的文学探索可以视为 19 世纪西方知识界的"内在化转向"③趋势在文学领域的一种具体呈现与必然后果。④ 美国学者弗兰克·M. 特纳将此种转向称为"伟大的内在化"(Great Internalisation)。"由于这种转向,人们就开始了各种各样对内在、潜藏现实的探索与表达,而不再注重外部的真理。"⑤转向自我的内部世界,为人性深层奥秘的探索开拓了道路,也为 19 世纪文学作品中大量心理分析的涌现做出了解释。

"内在化转向"意味着,在对人与人、人与社会、人与自然、人与上帝之间关系的审视与认知过程中所构建起来的那些价值评判与道德观念体系的权威性受到了前所未有的质疑与重构。具体到文学领域,则体现为对"什么是美"的认知从以"人与外部世界的种种关系"为出发点,转变为以"作为个体的人本身"为出发点,由以外部世界的种种"关系尺度"作为标准转向以个体内部世界的"人性尺度"为标准。由此,文学应该表现"真善美"的这一传统评判标准遭受质疑。正是

---

①　James Laver. *The First Decadent* , London:Faber & Faber Limited,1954,p. 112.
②　Ellis Hanson. *Decadence and Catholicism* ,Cambridge:Harvard University Press,1997,p. 5.
③　如哲学领域的主体化转向,心理学、病理学等领域的精神分析倾向。
④　"内在化转向"的效应在文学领域的最初呈现体现在浪漫派创作中的"主观性"上。
⑤　弗兰克·M. 特纳:《从卢梭到尼采》,王玲译,北京:北京大学出版社,2017 年版,第 71 页。

从这个意义上说,声言"美无关善恶"的"为艺术而艺术"理念在 19 世纪文学中的盛行,可以视为在知识领域被描述为"内在化转向"的这一时代趋势的必然后果;而从 F.施莱格尔、诺瓦利斯、戈蒂耶、济慈等浪漫派作家创作中所彰显出的"美无关善恶"的理念发展到颓废派先驱波德莱尔的"恶中掘美"理论,仅是一步之遥。

颓废派试图颠覆旧有的是非观,探索一种崭新的道德。贯通于典型的颓废派文学文本中的"震惊"与"反叛"策略,"震惊资产阶级(épater le bourgeois)"①的颓废派口号,以及王尔德、道生等颓废派作家所背负的"反道德"的污名,都是其执着于此种探索的有力证据。通过颠覆旧有的是非观,颓废派为进一步探究之前一直未曾被深入探索过的所谓"丑恶"的人性区域提供了可能,使人们能够以一种更为客观、理性②的方式探究人性深处的奥秘。

"内在化转向"还意味着从混乱、喧嚷、污浊的外部世界撤退的冲动。就文学领域而言,整个 19 世纪文学见证了此种撤退的进程,而颓废派的"撤退"无疑是诸种文学中最彻底的——这当然与其所秉持的悲观主义世界观不无关系。如同长期关注"颓废"问题的叶芝所言:"要是一个人真正的生活被偷走了,他就得到别的地方去找它。"③然而,即便如此,人们仍不能就此认定颓废派的"撤退"行动是一种完全自我的、对社会漠不关心的选择。恰恰相反,他可能是全神贯注于时代问题的。在先验问题被悬置、上帝权威遭受重创的 19 世纪,主观主义、享乐主义、神秘主义等观念的盛行,使人们容易丧失价值意识。"在这样的时期,那些站立在时代潮流之外的人可能保留了对价值的感知力。"与此同时,从现实生活中撤退,某种程度上使得这些作家得以与时代的道德偏见或情感氛围相隔离,从而"能够保留一种相对中立的、人道的视野"。"他在永恒的外表下审视一切,这使他能够如实地看待他所在的时代,在真正的意义层面上评估时代的争论与偏见。""这种相对隔离于时代感情的立场使他能够像中世纪时期教堂所能做的那样,给予受迫害者和受压制者以有效的帮助……这是一个合理而有效的撤退的

---

①   Matei Calinescu. *Five Faces of Modernity:Modernism,Avant-Garde,Decadence,Kitsch,Post-modernism*,Durham:Duke University Press,1987,p. 175. Quoted from David Weir. *Decadence and the Making of Modernism*,Amherst:University of Massachusetts Press,1995,p. 85.

②   与传统理性观念相对立的"新理性"。

③   转引自罗兰·斯特龙伯格:《西方现代思想史》,刘北成、赵国新译,北京:中央编译出版社,2004 年版,第 365 页。

目的……撤退可能是使一个人能够给予其同胞以帮助的最好方式。"①

就此而言,颓废派并非全然不关心现实生活。尽管到世纪末,作家头上的"文化英雄"和"精神领袖"的光环似已遭遇滑铁卢,然而,从卢梭那里开启的知识分子的社会批判传统,并未就此断裂。在被称为"颓废派文学《圣经》"的小说《逆流》中,于斯曼借由德泽森特对自己隐居地的选址,暗示了世纪末颓废派作家的时代边缘者身份与心理定位:"……看到自己隐居得已相当远,在河岸的高处,巴黎的波浪再也不会拍到他,同时又相当近,因为遥遥在望的首都能让他在孤独中定下心来。"②既与污浊的社会保持一定的距离,同时又密切关注其所处的时代与社会。与其他世纪末作家一样,颓废派也试图以己之力反思时代的弊病。重要的区别在于,与其文学老前辈浪漫主义不同,也与世纪末的其他文学派别有所区分,颓废派不是激进的社会行动派,而是阴郁的精神反思者与精神反叛者。其对时代的反思与批判并非体现在社会改良的层面,而是更多地体现在形而上的层面。某种意义上说,他们是康德哲学探索的后继者,"反观自心,从内在体验寻找通向实在的路径以及更深的理解……希望通过这种内在探索找到一种方法,来联结主体与客体、现象界与本体界、外在生活之现实与内在生命之现实"③,以此为当下时代的精神浪荡子寻求精神归宿。基于此,人们才更能理解颓废派小说集大成者于斯曼在其代表作《逆流》发表 20 年后所写的一篇序文里所说的话:"一句话,只把这种形式用作一个框框,以便将更为严肃的内容纳入其中。"④从这个意义上说,颓废派亦以其文学先锋实验创造了崭新的文学创作理念。

当然,在"内在化转向"的过程中,向自我的内部世界"撤退"的行动本身不可避免地会带来某种负面效应。人的精力总是要求以某种方式向外释放,以维持生命的某种平衡;倘若精神拒绝将生命的精力投向外部世界,那么,在一种受限的生命状态中,生命的精力只能被迫"撤回"到狭小幽暗的自我内部世界的小匣子里。此时,一种向生活复仇的愿望被"挤压"出来,其中同时深隐着对自我的惩罚、鞭笞,一种由愤懑的精神引发的自虐。无处投放的精力被困于自我的内部,

① See C. E. M. Joad. *Decadence:A Philosophical Inquiry*, New York:Philosophical Library,1949, pp. 400-401.

② 于斯曼:《逆流》,余中先译,上海:上海译文出版社,2016 年版,第 13 页。

③ 弗兰克·M. 特纳:《从卢梭到尼采》,王玲译,北京:北京大学出版社,2017 年版,第 191—192 页。

④ J. K. Huysmans. Preface,68,*A Rebours*, New York:Illustrated Editions,1931.

这种携带着某种不满与愤懑的精力在强度上必然是猛烈的,甚至是扭曲的、变态的。就此而言,性虐(尤其表现为受虐狂倾向)与嗜好毒品很大程度上可以视为自我惩罚的外部表征。经由种种"病态"的自我惩罚[①],精神的愤懑获得了某种释放,意志力得以短暂、激烈地爆发,成为其生命存续的救命稻草——尽管是极具毁灭性的孱弱无力的稻草。

三、颓废派与社会领域的"工业化"

与上述宗教领域的"世俗化"进程、知识领域的"内在化"转向几乎同时发生的社会—历史领域的工业革命,成为西方现代文明进程开启的标志性事件。工业革命在整个19世纪西方社会的迅速蔓延与推进,堪称对18世纪启蒙思想家之唯理主义思想、机械论宇宙观的极大肯定。在此种时代气氛下,掌握了19世纪——尤其是19世纪中期以后——欧洲社会文化领域话语权的资产阶级自信满满,并坚信理性法则的广泛传播和运用、科学的蓬勃发展,必将创造一个美满的人类社会。然而事实上,早在工业革命的初期,现代文明中的一个巨大悖论已然显现出来:一方面,"个体自由"思想深入人心;另一方面,"工业化"所带来的机械化、规模化、专门化、标准化的基本生产—生活方式趋向于抹杀人的创造力,贬低人性价值,导致自我意识的泯灭与个体价值的虚无。

"工业化"历史转型中的上述悖论为浪漫派文学中"忧郁"这一独特文学景观的出现做出了基本的解释:浪漫派文学创造出了无数"忧郁"的个体,这在之前的传统文学中是从未有过的文学景观。"忧郁"来源于"痛苦",而"痛苦"源于崇尚自由的个体在现代社会中"不自由""无价值"的生命体验。到19世纪中后期,伴随工业革命在西方世界如火如荼的发展态势,由"工业化"进程所开启的历史悖论之负面效应达到了白热化的程度。由此,"痛苦"的个体体验便由愤懑的"忧郁"式的痛苦激化为病态的"颓废"式的痛苦。颓废派作家在其文学创作中集中呈现和反思的核心,正是现代人的此种心理感受与生命体验。

以德泽森特为代表的颓废派作家笔下的典型颓废主人公常常表现出对上述

---

①　在此,"自我惩罚"的冲动本质上实为"对自我的迷恋"。

个体"颓废"体验的一种"精神—心理补偿式"的"病态"反叛。他们的种种反常行为常常体现为亚瑟·西蒙斯(Arthur Symons)①所谓"一种强烈的自我意识,一种在研究中焦躁不安的好奇心,一种过于细微的精炼,一种精神和道德上的反常"②。尤为值得注意的一点是,居于颓废主人公诸多病态的反常行为之核心的,正是其"反自然"的审美倾向。这种审美倾向中隐含着对人与自然关系的重新认定,在贬低自然价值的同时,确认了个体自由意志的崇高地位。如同用近乎苛刻的眼光挑选精致的艺术品装扮自己居所的德泽森特,这里体现的是压抑着的自由意志以一种有点神经质的方式得以释放——其对艺术品的迷恋毋宁说就是对其"自我"的崇拜。在这里,18 世纪末萌芽的对人类个体自由意志的肯定堪称达到了前所未有的顶峰。由此,我们可以说,颓废主人公的种种反自然的"颓废"行为从根本上说是"反颓废"的,因为现代人"颓废"感受的核心无疑是由个体自由意志的压抑带来的生命活力的湮灭,而颓废主人公的"颓废",其精神的内核始终是"一种强烈的自我意识",一种对被压抑的自由意志的伸张。而其反常和病态的生命状态,很大程度上只不过是由"向自我内部世界撤退"的行动所招致的一种负面效应。经由对颓废主人公形象的刻画,颓废派作家完成了其双重的使命:借对颓废主人公之"现代人"身份的刻画,颓废派作家将"对个体自由精神的压抑"这一工业文明进程中的负面效应具体、生动地展现出来;与此同时,借具有强烈自我意识的颓废主人公之"现代文化精英"的身份及其种种另类的精神实验,颓废派创造了文学意义上的崭新的"颓废"内涵,以之达成其"反颓废"的终极指归。颓废派作家的如上双重使命造就了具有双重身份的颓废主人公。这种双重身份使其区别于一般意义上的"颓废"的"现代人"而成为"反颓废"的"颓废英雄"。③

---

①　西蒙斯既是 19 世纪末最引人注目的颓废派理论家之一,也是世纪末长期而持续地关注和反思颓废问题的作家和评论家。杨希、蒋承勇:《复杂而多义的"颓废"——19 世纪西方文学中"颓废"内涵辨析》,《浙江社会科学》,2017 年第 3 期,第 119—120 页。(See Arthur Symons. "The Decadent Movement in Literature",in *Harper's new monthly Magazine*,No. 11,1893, pp. 858-859;See also Arthur Symons. *The Symbolist Movement in Literature*,London:William Heinemann,1899.)

②　Arthur Symons. "The Decadent Movement in Literature",in *Harper's new monthly Magazine*,No. 11,1893,pp. 858-859.

③　乔治·罗斯·瑞治(George Ross Ridge)在其经典颓废派论著《法国颓废派文学中的英雄形象》(*The Hero in French Decadent Literature*,1961)中追溯了颓废派文学作品中的主人公与浪漫主义英雄之间的亲缘关系,将其称为"颓废英雄";克里斯托弗·尼森(Christopher Nissen)等学者在论文集《颓废、退化与终结》(*Decadence,Degeneration,and the end*,2014)中也沿用了这一称谓。

典型的颓废派对工业文明的批判始终围绕"个人自由"的理想展开,"自由主义"信念实乃造就其精神气质的内核。从这个意义上讲,"文学中的颓废派,不过是浪漫主义的后期表现形态"①的这一基本论断不无道理。从这一理想信念出发,以波德莱尔、于斯曼、维利耶·德·利尔-阿达姆(Villiers de l'isle-Adam)、道生等为代表的典型的颓废派作家站在呵护现代人个体自由精神的角度和立场上,对伴随工业革命的快速进展所产生的所谓"进步"信念发起挑战。在他们看来,为布尔乔亚大众奉为圭臬的"进步"信仰,使现代人陷入物质主义、功利主义的泥潭,最终使自由的人沦为被操控的木偶。由此,他们以"个人自由"的名义,对此种虚假的"进步"观念表达了合乎逻辑的反抗。

与典型的浪漫派相比,颓废派对现代文明中的"进步"观念的反叛显得十分另类。这些从污浊的现代社会中撤回自我内部世界的颓废派,惯常采取一种审美意义上的、形而上的反叛,而非社会现实层面上的反叛。就此而言,其"反自然"的审美立场则是此种反叛的主要表达方式。"反自然"的审美立场中包含了对与布尔乔亚大众虚妄的"进步"信仰相关的世俗价值取向的全面拒斥。在典型的颓废派文学文本中,这种拒斥突出地体现为对与布尔乔亚式的"健康"相对立的"病态"事物的痴迷。布尔乔亚大众很大程度上是健康、自满、积极乐观的时代精神的代名词,而颓废派则反其道而行,"培养了对于一切通常被视为反自然的或退化的事物,以及性变态、神经疾病、犯罪和疾病的迷恋"②。对于颓废派而言,它们充满神秘的诱惑力和美学意味,并且,非常重要的一点是,它们非但绝不会受到那些个体意识淡薄的布尔乔亚庸众的珍视,反倒会被视为对其所信仰的所谓"进步"价值观的侮辱和挑衅。颓废派的此种反传统的文学策略如其所愿地在布尔乔亚大众群体中引发了"震惊"效应,他们遂被污蔑为"不健康的'异类'、当下流行的文化疾病的携带者"③。

对于工业革命以来现代人的种种"不自由"的生命体验与生存状态,颓废派将其产生的根源追溯到18世纪启蒙思想家所崇尚的理性法则和机械论宇

---

① See Mario Praz. *The Romantic Agony*, tran. Angus Davidson. Oxford:Oxford University Press, 1951.

② Ellis Hanson. *Decadence and Catholicism*,Cambridge:Harvard University Press,1997,p. 3.

③ William Greenslade P.. *Degeneration,Culture,and the Novel*, *1880-1940*, Cambridge University Press,1994,p. 21.

宙观。在典型的颓废派文本中,颓废派作家经由对"滥用大脑"这一现代人特征的描述,揭示了传统理性法则的某种缺陷和弊病所导致的现代人自由意志的销蚀与生命力的衰微。在不少颓废派作家看来,现代人经由一种机械式的理性思维训练而拥有的高度精练化了的思维和语言,是"滥用大脑"的一种常见后果。它导致现代人维持着一种冰冷的"智力生存"。此种"智力生存"无法使现代人脱离浅薄,因为其本质上不过是戴着"理性"面具的一种新的"无意识生存"模式,这种生存模式将消磨现代人的自由意志,使其沦为一种无生命的"机械反应装置"。在《西方的没落》中,斯宾格勒用厄运的发声描绘颓废大都市。其精辟论断与其说是"先见的预言",不如说是"事后的总结"。① 斯宾格勒对颓废派作品中所描述的现代人"滥用大脑"的如上负面效应做了精辟的理论化总结:

> 与其他动物一样,人类的进步(advance)同样建立在对生命律动的感知之上。从农夫式机智、天赋智力与本能直觉,发展到城市精神,再到如今大都市的智力(intelligence),人类文明无疑正趋向于持续的衰退。通过思维上的训练,智力替换了无意识生存。这种智力虽精妙绝伦,但却枯燥乏味、了无生气。②

"滥用大脑"的另一种典型后果是,过度复杂的大脑足以凭借其复杂精细的想象获知现实的外部经验,致使人们在付诸行动之前,已然通过一场头脑风暴洞悉了行动的过程与结果,由此失却了对外部世界的好奇,丧失了行动的欲望,继而陷入怠惰无力的生存状态。这暗示了"缺乏限制"的传统理性的肆意发展在个体身上彰显出的某种负面效应。颓废派感到,以唯理主义为基本原则建立的现代社会将使现代人退化为冰冷的"理性"机器,它使现代人经由思维上的训练成为一个聪明却无活力的怪物,最终在精疲力竭之后走向自我毁灭。就此而言,颓

---

① See George Ross Ridge. *The Hero in French Decadent Literature*, Athens:University of Georgia Press,1961,p. 69.

② Oswald Spengler. *Deline of the West*,Ⅱ , New York:Knopf,1957,pp. 102-103.

废派的探索一定程度上是对 18 世纪末卢梭①、康德、卡莱尔②、伯克③、柯勒律治④等人反思"理性"限度的继承。颓废派对作为现代文明之理论根基的唯理主义思想的反拨由此可见一斑。

（本文作者：蒋承勇　杨　希）

----

① 卢梭认为，现代科学、理性启蒙、文明礼仪将带来现代人的道德衰退，他认为古代斯巴达人的生活是人性化生存模式的典范，其依赖于一种先于理性的内在本能去生活。（See Jean-Jacques Rousseau. *Discourse on the Sciences and Arts in The Basic Political Writings*, trans., ed., Donald A. Cress. Indianapolis: Hackett Publishing Co., 1987, pp. 4-8.

② "卡莱尔宣称：'我根据我本身的经验宣布，世界不是机器！'"（转引自罗兰·斯特龙伯格：《西方现代思想史》，刘北成、赵国新译，北京：中央编译出版社，2004 年版，第 231 页。）

③ 伯克认为，理性不过是人性的"一部分，而且绝不是最大的部分"。（转引自罗兰·斯特龙伯格：《西方现代思想史》，刘北成、赵国新译，北京：中央编译出版社，2004 年版，第 231 页。）

④ 柯勒律治认为，纯粹的"算计能力"低于"创造性的素质"。（转引自罗兰·斯特龙伯格：《西方现代思想史》，刘北成、赵国新译，北京：中央编译出版社，2004 年版，第 231 页。）

西方颓废派文学中的"疾病"隐喻发微

　　19 世纪,奠基于科学技术发展与工业、社会革命的西方现代社会始终伴随着新旧价值体系的激烈碰撞。在文学领域,以"自由"为魂魄的浪漫主义在 18 世纪末 19 世纪初发起了对古典主义各式清规戒律的反叛,独立自主的自由文学理念得以生根发芽。蒙自由理念的感召,戈蒂耶、坡、波德莱尔等作家前赴后继致力于"为艺术而艺术"的文学理念与实践,要求文学摆脱一切外在的束缚和钳制。王尔德等人在 19 世纪末叶的大力阐发,使得"为艺术而艺术"理念在如下两个方面得到了进一步的生发:其一,拒绝对"自然"做乏味的现实主义式的复制,由此催生了"反自然"的先锋实验;其二,要求文学像科学一样,能够摆脱一切道德成见对它的捆绑和监视,无所忌惮地涉足肉眼可见的一切领域,从而达成彻底的文学自由。①

　　在上述"反自然"和"反道德"的观念引导下,崇尚自由的作家以前所未有的强度和深度挖掘被古典文学鄙夷和抛弃的那些幽暗隐蔽的人性话题,对各类偏离常规的"反常"的生命状态的兴趣因此应运而生。而 19 世纪工业革命加速推进所带来的物质主义对个体自由与精神价值的扭曲与剥蚀,亦反向刺激了在新的社会系统中持续边缘化的艺术家在失落与苦闷中对"反常"生命状态

---

　　① 世纪末颓废派作家如王尔德、西蒙斯、哈维洛克·艾利斯、勒·加里恩等都曾针对文学自由话题做过相关表述。后来叶芝在其《自传》(Autobiographies)里对这种艺术自由理念做了总结:"经过了许多嘲弄和迫害,科学已经赢得了探索一切肉眼可见的事物的权利,仅仅因为它闪过(passes)……如今,文学要求同样的权利,去探索一切从人们的眼前闪过的东西,仅仅因为它闪过。"(Yeats,Autobiographies,1955,p. 326,qtd. in "Decadence in Later Nineteenth—century England",in Decadence and the 1890s,edited by Ian Fletcher,Butler &. Tanner Ltd,1979,p. 27.)

的美学兴趣。① 19 世纪中叶以降,西方作家对各类"反常"话题的热情持续升温,而"疾病"则显而易见处于此种美学兴趣的中心。

与借助科学的客观视角审视、刻画病理学层面上的"疾病"的自然主义文学不同②,波德莱尔、于斯曼等颓废派作家很大程度上只是将对"疾病"的病理学审视作为某种叙述的背景和起点,而将更多精力用于发掘与彰显"疾病"在构筑新的美学理念和精神主题等方面的独特潜质和优势。由此,"疾病"就不唯成为颓废派作家反抗"不自由"之现代体验的美学利器,更成了颓废派文学之最引人注目的表征形式与最意味深长的文学隐喻。

一

对"疾病"的兴趣乃颓废派作家及其文本主人公的重要标识。典型的颓废派小说主人公,大都是病态的反常者。

"我称古典的为健康的,浪漫的为病态的。"③19 世纪伊始,一代文豪歌德便敏锐地察觉并描述了西方文学从古典主义向浪漫主义转变之时审美趣味的重大嬗变。歌德的表述中隐含了一个极具启发性的重要命题——古典主义文学假定健康与疾病之间存在一个清晰的界限,而这个界限伴随浪漫主义时代的开启而开始遭遇挑衅。夏多布里昂笔下的勒内成为第一个患有忧郁症的浪漫主义主人公形象,而后,众多罹患忧郁症的主人公形象涌现出来,成为浪漫派文学中的一大标志性景观。浪漫派作家极力推崇结核病人苍白、忧郁的面容,开始将患病本身视为美感的来源,认为大众的健康是平庸的,而疾病却是有趣的,是个性化与独特性的体现。很大程度上说,浪漫派对"疾病"的兴趣还停留在对患病者面容上所呈现出的有点文学化的忧郁美感的欣赏上,他们钟爱的是"忧郁"的神情和气质而非病理性的疾病(如结核病)本身。然而,从浪漫主义发展到世纪末颓废

---

　　①　此处仅追究文学内部理念发展方面的原因。当然,除此之外,19 世纪——尤其是后半叶——哲学、心理学、精神病理学等领域对人的无意识领域的广泛兴趣以及大众阅读"市场"的形成与蓬勃发展,也对 19 世纪作家创作中所体现出的"反常"趣味有不同程度的影响。
　　②　这与以左拉为代表的自然主义作家阵营所信仰的科学决定论的观念立场直接相关。
　　③　约翰·沃尔夫冈·冯·歌德:《谈话录》,杨武能译,石家庄:河北教育出版社,2015 年版,第 332 页。

派,人们将看到,颓废派直接站在了传统意义上的健康状态的反面,对以浪漫主义忧郁症为代表的有点儿文学化的疾病与医学意义上的生理性病症均表现出更大幅度的肯定与赞赏。这在很大程度上意味着,传统意义上的"疾病"与"健康"在此完成了明确而惊人的位置互换。"如果其他人都炫耀他们的健康身体,那么我们就想成为颓废的人。"①约埃尔·雷赫托宁(Joel Lehtonen)的小说《玛塔娜》(*Mataleena*,1905)中,由"精神病人的合唱"传达出的颓废宣言中的这一句充满挑衅意味的话道出了颓废派作家的心声,句中"颓废"的人即不健康的病人的代名词。浪漫派与颓废派对待"疾病"话题的态度的转变昭示着,颓废派不仅取消了在浪漫派作家那里变得模棱两可的"健康"与"疾病"之间的传统界限,而且进一步颠覆了传统的"健康—疾病"观,将为布尔乔亚所崇尚的"健康"等同于"平庸",以蔑视和挑衅的态度站在了"健康"的对立面,宣称"疾病"比"健康"更优越、更高级。在资产阶级势力如日中天、大众文化市场蓬勃发展的 19 世纪后半叶,反叛的姿态成为崇尚个人自由的先锋艺术家的共同选择,而颓废派作为世纪末文学浪潮中最为先锋的一支,其反叛的自觉自然毋庸置疑。

　　基于对颓废派之反叛的美学姿态的认知,人们便可对其作品中所描述的"疾病"有更明确的界定。在颓废派作家笔下,"疾病"常常缺乏明确的医学名称,它指的是最宽泛意义上的疾病②,与布尔乔亚价值观中标准化规范化的"健康"观念相对立。在布尔乔亚价值观里,疾病是被贬黜的异端、肮脏的秘密,而颓废派作家却将其视为可公开炫耀的资本和引以为傲的身份标识。由此,作为一个标志性的界限,"疾病"将颓废者无视规则界限的反常世界与标准化规范化的布尔乔亚常态世界相区别,对"疾病"的偏爱成为颓废派挑衅和颠覆布尔乔亚大众审美价值观的一个中心层面。通过这种直观的文学姿态的展露,"颓废"的一个重要的中心内涵——反叛——显现出来。

　　当然,颓废派偏爱"疾病"的美学姿态选择并非是偶然和任意的,其背后隐含着认识论方面的依据,这些依据昭示出颓废派对"健康—疾病"问题的严肃反思。

　　根据典型的颓废派观点,"疾病"是个性、善感、反思的标识,而"健康"则是群

---

①　Joel Lehtonen. *Mataleena*,SKS,1950,p. 88.
②　这里谈到的最宽泛意义上的"疾病"与"病态"一词的内涵基本一致。

体、混沌、社会陈规的标识。疾病的入侵使得在健康状态下趋于隐身的身体陡然出场,疾病借助病痛将主体意识从外部世界拉回自身。意识的触角集中于对病痛的感知,而病痛唤起主体意识对自身的怜悯和对外部世界的提防。此时,主体意识与外部世界的距离得以拉开,主体在一个时间段里不再是混沌嘈杂的大众群体中的一个不起眼的"分子",而是一个独立于外部世界的个体化存在。由是,自我前所未有地感受到自身的孤独,感受到自己的唯一性,而正是对这种唯一性与孤独感的自我辨识,成为个体意识反思的关键契机。这种个体化的反思意味着,处于疾病状态下的敏感的个体被赋予了一种"特权",使其能够一定程度上站在外部世界之外——而不是作为喧闹混沌的外部世界中的一分子——来进行反思。换言之,"疾病"召唤出了对自身唯一性、独特性价值的清晰意识,开启了对自我与外部世界的关系等问题的反思。由此,原本被贬黜的"病人"转而化被动为主动,完成了作为一个原本不值一提的渺小的个体对强大的外部社会群体性价值规范的颠覆。就此而言,"疾病"作为一种表征符号,隐喻着个体基于自身的严肃反思对规范化标准化的整体性价值的质疑和突破。此时,个体倾向于用从自身(代表个体)利益出发确立的生命价值取代从群体利益出发确立的社会整体性价值。颓废派特别重视颓废的这种隐喻意义或象征性意味①,这与其反布尔乔亚大众审美价值观的个人主义精英立场相一致。

偏爱"疾病"的美学姿态选择在认识论上的依据还体现在颓废派对"疾病"——包括精神性疾病和生理性病症——所具有的创造性潜质的思考和辨识上。对于颓废派作家来说,疾病对于一个内在健全的人而言,是旺盛的生命力与创造力的有力刺激源。在典型的颓废派小说中,颓废主人公的疾病——尤其是精神性症状——作为激发其精致复杂的颓废想象的契机与源泉,乃是其唯美主义生活的必要元素,而原本的"健康"状态反倒被贬低为一种竭力想要规避的迟钝、虚弱、无益的生命状态。

19世纪哲学家尼采因长期致力于对"颓废"问题的反思与阐述而被称为"颓

---

①　19世纪后半叶,尼采、布尔热、艾利斯等人曾对"颓废"的此种象征性意味做过相关阐述,参见: Henry Havelock Ellis. *Views and Reviews*, 1st ed. 1932, quoted in R. K. R. Thornton, *The Decadent Dilemma*, Edward Arnold Ltd. ,1983, pp. 38-39; Jacqueline Scott. "Nietzsche and Decadence: The Revaluation of Morality", *Continental Philosophy Review*, Vol. 31, No. 1, 1998, pp. 59-79;尼采:《瓦格纳事件·尼采反瓦格纳》,孙周兴译,北京:商务印书馆,2016年版。

废哲学家"，他对"疾病"之创造性价值的阐述颇具代表性。在他看来，为布尔乔亚大众所信仰的稳定的"健康"所遵循的是"自我保存的基本原理"①，它代表着充满观念交锋的思维活动的停滞以及价值的僵化，而"疾病"则是生命的一种催化剂。疾病的催化，激发生命的反思与重组，从而"主动赢取"一种完全不同于先前那个"被动获取"的天然的虚弱的健康更有益的"更高的健康"："事实上，对我所有的疾病和苦痛，我打从心底感激他们，因为这些疾病与苦痛给我许多可以逃避固定习性的后门。"②在此，"逃避固定习性"即是逃避思维的停滞与价值的僵化。"疾病本身可以是生命的一种兴奋剂：只不过，人们必须足够健康以消受这种兴奋剂！"③尽管"疾病"可以作为生命的兴奋剂，但尼采指出，只有那些"足够健康"的人，才有可能将疾病转化为生命的兴奋剂。尼采在此所说的"足够健康"的人即"内在健全"的人，特指那些能够主动"逃避固定习性"的生命力旺盛的强者而非遵循"自我保存的基本原理"的虚弱的庸众。由此，尼采不仅通过赞颂"疾病"的创造性价值，站在了布尔乔亚"健康"观的对立面，而且进一步将布尔乔亚庸众排除在享受"疾病"之兴奋剂作用的可能受益者之外。

在发掘"疾病"的创造性潜质方面，尼采、波德莱尔、邓南遮、于斯曼等人尤为重视"康复期（Convalescence）"这个概念。所谓康复期，是从疾病状态向一种更高级的健康状态转变的过程，而疾病无疑是经历此种转化过程的必要前提。邓南遮在其作品《欢乐》（*Il piacere*）中描绘过，只有在康复期才能获取的这种奇妙的重生体验："……康复的奇迹：治愈伤口、补充损耗、修复撕裂韧带（reweaves the broken woof）、修复受损组织、复原器官、更新血液、冲破爱眼的遮蔽（reknots the blindfold of love about the eyes）、修补梦想的王冠、重燃希望的火焰、张开想象的双翅。"④在颓废派作家看来，经历康复期的病人将经历身体机能的复苏和心灵被腾空的神秘过程，它是一种类似重生的体验，这种重生是朝向天真无邪的童

---

① Jacqueline Scott. "Nietzsche and Decadence：The Revaluation of Morality", *Continental Philosophy Review*，Vol. 31，No. 1，1998，p. 61.

② 弗里德里希·尼采：《快乐的科学》，余鸿荣译，北京：中国和平出版社，1986 年版，第 200 页。

③ 弗里德里希·尼采：《瓦格纳事件·尼采反瓦格纳》，孙周兴译，北京：商务印书馆，2016 年版，第 35 页。

④ Barbara Spackman. *Decadent Genealogies：The Rhetoric of Sickness from Baudelaire to D'Annunzio*，Corell UP，1989，pp. 70-71.

年状态的回归。对于经历过这种生命更新过程的病人来说,一切都像是新的,他重获的一种孩子式的好奇使他沉醉于眼前的一切,而这种沉醉的生命体验将是丰沛的创造力和想象力的源泉。

二

在颓废派作家笔下,疾病成为表达其审美理念的必要而有效的视角。颓废派作家借由疾病这一视角,将审美表达的场域从清醒理智的个体生命的常规状态转向感性迷醉的个体生命的反常状态,企图打破追求理智、平衡、规则、健康的古典主义审美的场域设定,在偏离常规、冲突、分裂的生命状态中发掘和表达崭新的美。由波德莱尔最先开启的这种反传统的颓废审美将引发本雅明所谓"震惊"效应,从而激发人们对"美"的反思,由此完成对古典主义审美权威的彻底颠覆。

病态的主人公乃 19 世纪西方颓废派文学最鲜明的标志。典型的颓废派作品主人公通常是一个偏离常规的病人,而罹患神经过敏、歇斯底里、疯狂等精神性症状则是其最为常见的身份特质。龚古尔兄弟笔下的热曼妮·拉瑟顿、福楼拜笔下的萨朗波、于斯曼笔下的德泽森特、王尔德笔下的莎乐美、约瑟芬·佩拉丹(Joséphin Péladan,1858—1918)笔下的克莱尔·拉尼娜(Claire La Nine)等,这些行为怪诞的颓废派文学主人公时常被一种神经质的癫狂所占据。在颓废派作品中涌现出的一系列病态的反常者中,出场频次最高的人物形象当数被于斯曼描述为"不朽的歇斯底里的女神,被诅咒的美丽"的莎乐美。福楼拜、马拉美、于斯曼、王尔德等颓废派作家都在这位最初来自《圣经》故事中的犹太公主身上获取过创作的灵感,其中,王尔德在其独幕剧《莎乐美》中塑造的莎乐美形象最深入人心。在这部剧中,王尔德通过对从性病态(性欲亢进、歇斯底里)发展到性变态(恋尸癖)的莎乐美形象的唯美主义式的呈现,将爱与残忍、美与死亡、性欲与疾病、甜蜜与恐怖等联系起来,斩断了古典主义审美的逻辑链条,创造了崭新的颓废审美。

在王尔德的这部剧中,莎乐美的精神状态以她与先知约翰的见面为分界线呈现为截然相反的两种场景。与先知约翰见面之前,莎乐美美丽贞洁,冷静理智,厌恶并躲避年老色衰的希律王对其美貌的觊觎;而见到约翰之后,一种不可遏制的疯狂情欲就泛滥开来,占据了莎乐美的身心。即便约翰断然拒绝她的求爱并不断地辱骂她,即便她身旁有自杀事件①正在发生,她也旁若无人、毫无知觉……此时,莎乐美的语言在简短急促的重复性的语句与大段高度凝练的象征主义独白之间震荡摇摆,这凸显了她自身情绪的不稳定和思维的不连贯,印证了其反常、病态的心理情状。她像着了魔,死死地盯着眼前的约翰,一心只要向他索求一个吻。"我要吻您的嘴"这句话在莎乐美口中接连重复了10次之多②,此时的她已经因情欲亢进而彻底陷入一种神经质的疯狂迷醉和歇斯底里的反常情绪中。在此,不可遏制的性欲作为催化剂,将莎乐美的病态特质激发出来。

　　求爱不成的莎乐美要求希律王下令砍下先知约翰的头,作为她为希律王跳舞的奖赏。莎乐美歇斯底里的狂乱状态再次出现:"我要约翰的头""约翰的头""给我约翰的头"③……此时的莎乐美表现出一种冰冷的残酷。当即将被砍头的先知约翰竟然没有因死亡的恐惧而叫喊出来时,她极其失望,于是催促刽子手"砍、砍……"④,从而为约翰拒绝叫喊出来而代偿性地给予他惩罚。而当约翰的头被放在银盘子上时,一系列由性虐狂和恋尸癖构成的荒谬恐怖的行为在莎乐美身上呈现出来:她不仅要亲吻他的嘴,还要用牙齿咬他,就像去咬一个成熟的水果……此时的莎乐美已完全丧失理智,堕入癫狂状态。剧本在莎乐美对着约翰的头颅所发的近千字的狂热表白中达到高潮,并以胆寒的希律王下令处死莎乐美作为结局。

　　王尔德塑造的病态的莎乐美形象是颓废派作家所偏爱的病态主人公形象中的一个典型。反常的"疾病"而非常态的"健康"与剧中美的展现关联起来。通过对这一形象的刻画,王尔德所偏爱的颓废审美得到了具象化的表达。剧中的莎乐美是个极具象征性意味的悖论体。圣洁与邪恶、美丽与残忍、性欲与疾病、爱情与死亡,这些在传统价值观念中水火不容的对立因素在同一个人物形象身上

---

　　① 倾慕莎乐美的年轻叙利亚军官因无力劝阻她的癫狂行为而在痛苦中举刀自裁,倒在她和约翰之间。

　　② 奥斯卡·王尔德:《莎乐美》,吴刚译,上海:上海译文出版社,2011年版,第94—96页。

　　③ 奥斯卡·王尔德:《莎乐美》,吴刚译,上海:上海译文出版社,2011年版,第129、131、133页。

　　④ 奥斯卡·王尔德:《莎乐美》,吴刚译,上海:上海译文出版社,2011年版,第134页。

得到了奇特的综合和统一。莎乐美形象之所以为众多颓废派作家所钟爱,其主要的缘由正在于此。他们所着迷的就是莎乐美身上所展现出来的这种悖论性的、神秘的美感。这种美感剥离了古典主义者对美的伦理意味的要求,而专注于美的形式。

颓废派的此种崭新的审美偏好意味着,它给人带来的不再是古典主义式的美的沉醉,而是通过赋予作品以令人战栗的崭新元素,使人在不安和震惊中感受到美的震撼,进而颠覆人们对美的认知。应该指明的是,对"震惊"这种崭新美学策略的发掘最早可追溯到世纪末颓废派文学的先驱波德莱尔的理论与创作中。波德莱尔将这种崭新的审美理念表述为"恶中掘美"。"恶",当从文学审美的角度而非伦理学的角度理解,指的是传统的古典主义审美的对立面,代表着平衡的瓦解、规则的打破、界限的丧失。正是波德莱尔在其作品——尤其是《恶之花》——中最先践行了这种震撼和颠覆,切断了"自然—美,死亡—恐怖,疾病—丑陋,性欲—生育"等等以往被奉为真理的种种信念,并对这些古老陈旧的观念进行了在当时堪称骇人听闻的崭新配置与重组。著名诗人 T. S. 艾略特曾将此种有预谋的"颠覆性"实验称为感觉的离解(dissociation of sensibility)。由波德莱尔最先开启的这种有预谋的颠覆性实验在以斯曼、马拉美、王尔德、斯温伯恩、道生、邓南遮等为代表的世纪末颓废派作家的创作中得到了更为集中、更为广泛而多元的展现。雨果曾在一封信中盛赞波德莱尔"创造了一种新奇的战栗"。正是这种使人战栗的、新奇的震惊效应,标志着西方文学现代审美的正式开启。

值得指出的是,颓废派这种以迷恋"疾病"为重要特征的颠覆性审美的创造,并非对传统审美的纯然否定和简单抛弃,而仅仅意味着对审美范围的丰富和延展——从单一化走向多元化,从专制走向民主,从规束走向自由。以波德莱尔为其审美理论先导的颓废派文学创作,摘下理性为人置办的各种看上去"健康"靓丽的面具,拂去理性倾覆在生命之上的诸多话语硬壳,使长久以来因被贬黜而屈居于阴暗角落备受屈辱的生命的"疾病"部分赤裸裸地呈现在自由的阳光下与真切的感觉中。

三

颓废者承袭了浪漫主义者"忧郁"的精神底色,但稍加对比又不难发现,颓废者的精神气质显然更加阴郁和病态。事实上,在颓废者悲观主义世界观的笼罩下,郁郁寡欢的"忧郁(melancholy)"已然发展为神经质的"怨怒(spleen)"。典型的浪漫主义者因其理想主义信念的支撑而维持了精神状态的某种平衡,而在阴郁的悲观主义氛围下,幽闭于颓废者生命内部的"怨怒"通常指向理想自我对当下自我的不满与愤恨,两种对抗性力量间的永恒对立与撕扯使个体陷入一种无休止的精神分裂和神经质的紧张中,最终导致自我的绝望。典型的颓废者大都"罹患一种精神分裂(schizophrenia),这种病症使其拒绝宽恕任何事物,妄图分裂(dissociates)一切:他的灵魂、性征(sexuality),还有他身体的健康。他感觉死亡正在腐蚀和分解他那千疮百孔的身体"。

波德莱尔曾将爱伦·坡称为"被诅咒的诗人"——迷恋一种弥尔顿式的撒旦,而反抗为布尔乔亚大众尊崇的那个上帝①。朱尔斯·巴比德·奥雷维利(Jules Barbey d'Aurevilly)②在阅读了《逆流》后曾评论说:"在这本书之后,留给作者的只有两种选择——或是站在枪口前,或是匍匐在十字架的脚下。"③波德莱尔在坡的反常性主题和语言中发现了"一种精神性的渴望";既是颓废派诗人也是颓废派主要评论家的西蒙斯在其著名的评论性文章《文学中的颓废派运动》("The Decadent Movement in Literature",1893)中说,颓废派的理想是"成为一种脱离肉体的声音,但却是人类灵魂的声音"④。如上种种描述中都隐含了对颓废派文学核心主旨的精准把握。不管是颓废派作家本身,还是其笔下的颓废主人公,都患上了一种"致死的疾病",而"怨怒"和"分裂"则是这种疾病的症候性表现。

---

① Maria João Pires. "Symbolism or Decadence?: England and the 1890s", *Universidade do Porto*, Faculdade de Letras,2001,p. 73.

② 朱尔斯·巴比德·奥雷维利(1808—1889),19 世纪法国小说家。

③ J. K. Huysmans. *À Rebours*[Against the Grain], Illustrated Editions Company,1931,p. 73.

④ Arthur Symons. "The Decadent Movement in Literature", *Harper's New Monthly Magazine*, Vol. 87,1893, p. 867.

　　从根本上说,这种疾病的关键症结在于个体对外部世界和自我内部世界的
双重绝望。在 19 世纪后半叶资产阶级掌握时代话语权、科学主义与进步信仰甚
嚣尘上、物质主义和消费主义粉墨登场、民族主义情绪高涨的时代大背景下,作
为个人主义者、怀疑论者的颓废者拒绝接受构成当代社会意识形态基础的一切
事物。此时,浪漫主义者的理想主义信念消失了,颓废者否认社会现实层面有任
何实现改良的可能(颓废者所认同的"改良"——如果真有的话——其核心是个
体自由感和价值感的实现)。在这种悲观主义世界观的指引下,丧失社会行动意
愿、意志消沉的颓废者从现实社会生活中主动撤离,退回到自我内部世界的小匣
子里,将艺术创造和欣赏作为其生活的全部内容和感知自由的唯一途径,将对个
体生命"自由感"的理想化追求作为激发其生存意志的唯一动力和价值感的唯一
来源。然而,作为极端敏感的感觉主体,颓废者所追求的是如流水般永恒流淌的
"自由感"。这种"自由感"从不逗留于任何一个现实的、确切的目标,它是"为享
受自身而是自身"的自由。以此种"自由感"为唯一追求的个体必将选择"在不满
足中,而不是在占有中得到快感"①,"在正常的快乐中人们享用客体,忘却自身,
然而在此种恼人的痒感中,人们享用的是欲望,即享用自身。在这种悬在半空
的、被他化作他自己的生活的生活,这种无休止的神经紧张,他再次赋予另一个
意义:这种生活代表谪落尘世的上帝的彻底的不满足感"②。颓废者所追求的这
种在不满足而非占有中"享用自身"的自由只能通过自我对自身的永恒否定来实
现,这种自由的野心带来理想自我对当下自我的持续性鞭笞,最终在一种白热化
的撕裂状态中导向自我的绝望。由此,在自我的内部世界里孤独地追求"自由
感"这根最后的求生稻草也被剥夺了。正是在这种同时失却了外部世界的行动
意愿和内部世界的生命动力的情形下,颓废者患上了致命的病症。

　　根据对颓废者追逐"自由感"这一精神实质的如上剖析,人们便不难理解颓
废者一系列"反自然"的艺术理念和实验的实质。颓废者的"反自然"的艺术理念
和实验是其为实现自由理想而精心设计的一场雄心勃勃的计划。在此,"反自
然"指的是"建立一种与自然世界的种种谬误、不公正和盲目机制直接对抗的人

①　让-保尔·萨特:《波德莱尔》,施康强译,北京:北京燕山出版社,2006 年版,第 146 页。
②　让-保尔·萨特:《波德莱尔》,施康强译,北京:北京燕山出版社,2006 年版,第 146 页。

类秩序"①,通过对代表着无法辩解的自然秩序的反叛,颓废者达成了对自身自由创造力的发挥与对自身独创性价值的确认。

典型的颓废者的"反自然"计划首先体现为对自然界动植物等的本然生命样态的反感和对凝结了人之自由意志的精致人造物的迷恋。在此,对人造物的迷恋无疑就是对自由意志本身的迷恋。波德莱尔曾说:"我不能容忍自由状态的水;我要求水在码头的几何形墙壁之间被囚禁,戴上枷锁。"②著名的颓废主人公德泽森特根据季节和天气,把鱼缸里的水"调成绿色或灰色、乳白色或银色这些真正的河流可能呈现出的颜色,并且乐在其中"③。无论是颓废派作家波德莱尔、于斯曼等对城市物质景观的迷恋,还是以德泽森特等为代表的颓废派作家笔下的颓废主人公对艺术品的痴迷和对人造景观的追求,本质上均为颓废者追求人之自由理想与独创性价值的体现。必须指出的是,颓废派的这场以啜饮自由为永恒追求的计划本身充满毁灭性意味。因为它不仅包含上述对自然界本然生命样态的厌恶,而且包含了对人类自身"天性"的极端逆反——"让自己不是自然天性,而是对他的'自然性'的永久的,恼怒的拒绝"④。由此,颓废者对自由感的痴迷同时又显现为一种对自我的惩罚。萨特曾如此分析颓废者波德莱尔对其自身天性的逆反:

> 他尤其厌恶在自己身上感到此一巨大的、软绵绵的繁殖力。然而自然本性待在那里,各种生理需要待在那里,"强迫"他予以满足……当他感到自然天性,大家共有的自然本性,如洪水般泛滥在他体内上升,他的肌肉就收缩、绷紧,他努力让脑袋探出水面……每当他在自己身上感到这些与他梦想的微妙安排大不相同的黏糊糊的波涛,波德莱尔便要生气;他尤其生气的是感到这个不可抗拒的、柔媚的力量要迫使他"与大家一样行事"。⑤

---

① 让-保尔·萨特:《波德莱尔》,施康强译,北京:北京燕山出版社,2006年版,第76页。
② 让-保尔·萨特:《波德莱尔》,施康强译,北京:北京燕山出版社,2006年版,第75—76页。
③ J.K.于斯曼:《逆天》,尹伟、戴巧译,上海:上海文艺出版社,2010年版,第18页。
④ 让-保尔·萨特:《波德莱尔》,施康强译,北京:北京燕山出版社,2006年版,第80页。
⑤ 让-保尔·萨特:《波德莱尔》,施康强译,北京:北京燕山出版社,2006年版,第79—80页。

对充满强迫意味的自然天性的逆反使得波德莱尔——如于斯曼等其他颓废者一样——赞扬与"繁殖力"相对立的"不育性",他甚至竭力消除自己精神上的"父性"。事实上,此种决绝的不留余地的逆反暗示了颓废者自身撕裂的事实及其强度。笔者以为,颓废者的"反自然"实验应理解为一种象征——无休止地追逐自由的那个自我想要"摆脱掉他所是的自我,以便成为他本人梦寐以求的自我"①。从这个意义上说,颓废者主动选择了萨特所谓"一个永远被撕裂的意识"②。对于颓废者的此种生存选择及其后果,克尔凯郭尔的哲学论述中似乎提供了一种相当贴切的解释。根据克尔凯郭尔的观点,人从根本上是一种精神性的存在,精神将人与动物做了本质上的区分。人之精神与肉体的二元性,决定了"人是一个有限与无限、暂时与永恒的综合、自由与必然的综合……"③,决定了人本身就是一种会分裂的存在。也正是因为人拥有这种分裂的可能,人的精神追求和信仰才成为可能。在此,克尔凯郭尔所说的"分裂"一词是对作为本质上是精神性存在的人的生命常态的中性化表述。就此而言,颓废者的"精神分裂"恰恰是其信仰"自由"的高贵身份的证明。但克尔凯郭尔的这一观点同时也暗示了一种毁灭性倾向发生的可能性。当个体持续地对当下所是的那个自我表现出不满足,孤注一掷地想要成为梦寐以求的不断更新的那个自我之时,他所想的便是永久地"摆脱开构造他的力量"④。这种野心必然使他处于一种无休止的精神紧张当中,处于自我与自我的持续的相互对抗与撕扯中。而基于人之二元性所注定的局限性,一旦此种对抗状态达至不可调和的极限,个体便将在一种不适、无力、屈辱的痛苦体验中堕入自我对自我的绝望,而此种绝望就是自我毁灭本身。

颓废派作家对颓废主人公以怨怒、精神分裂为主要症状的致命疾病的描摹,本质上正是为了实现对颓废派文学的理想——成为一种脱离肉体的声音,却是人类灵魂的声音——的隐喻性表达,而颓废者逆反的姿态及一系列反自然的先锋实验则是其追求无限自由之精神实质的外部表征。来自"疾病"的"恶之花",在19世纪上半期的浪漫主义革命中潜滋暗长、破土萌芽,而在19世纪中后期的

①   索伦·克尔凯郭尔:《致死的疾病》,张祥龙、王建军译,北京:中国工人出版社,1997年版,第17页。
②   让-保尔·萨特:《波德莱尔》,施康强译,北京:北京燕山出版社,2006年版,第55页。
③   索伦·克尔凯郭尔:《致死的疾病》,张祥龙、王建军译,北京:中国工人出版社,1997年版,第9页。
④   索伦·克尔凯郭尔:《致死的疾病》,张祥龙、王建军译,北京:中国工人出版社,1997年版,第17页。

颓废派文学大潮中茁壮成长、灿然开放。

颓废派作家以迷恋"疾病"的颓废者形象建构了颓废派文学最为鲜明独特的标识。他们通过确立"疾病"之于布尔乔亚式"健康"的优越地位,彰显其蔑视、疏离和反叛平庸化的布尔乔亚大众审美观与价值观的个人主义精英立场;他们在逾越常规的非理性生命状态中探索和创造崭新的美,带来了开启"反思"的"震惊"效应,由此彻底颠覆了古典主义的审美范式;他们将从浪漫派的"忧郁"发展而来的神经质的"怨怒"作为颓废主人公的情感底色,以精神分裂作为其常见的病理学症状,以"反自然"的行为与心理作为其唯美—颓废生活的特征,精确地描绘出以啜饮自由感为唯一生存理想的颓废者形象。在颓废派作家笔下,不仅"疾病"的丑陋在文学隐喻中得到诗化与美化,而且在传统视角下始终显得阴暗霉浊的"疾病"开始呈现出积极的意义或价值——"病"强化了敏感,"痛"开启了反思,人生因此获得丰富与完善。

自浪漫主义革命始,西方现代文学正是在对传统标准的不断偏离中得以确立和发展的。在日益自由、多元、包容的文化系统中,正是在对既定理性裁定的不断偏离或反叛中,美与丑、善与恶、真与假、健康与疾病的关系不断得到调整与修正。与"疾病"如影随形、密不可分的颓废派文学如何偏离了"健康"的古典传统? 它又是如何在日益复杂的隐喻编码过程中将"疾病"诗化? 毋庸置疑,作为一个意涵丰富的文学隐喻,"疾病"在颓废派文学中的审美价值与效应尚待更为深入的辨析与阐发。

(本文作者:杨　希　蒋承勇)

综合研究

"理论热"后理论的呼唤

——现当代西方文论中国接受之再反思

现当代西方文学理论在中国传播与接受的历史命运可谓时起时落,有时被热捧,有时又遭批评。在这种冷热交替的境遇中,它们已深深扎根于中国这块文化土壤里。近几年来,现当代西方文论在我国学界又一次受到批评,业内专家对它们近 30 年来在中国被接受过程中的得失特别是缺陷进行了深度反思与清理,其学术价值和现实意义是无可否认的。然而,以现当代西方文论流派之众多、思想之精深与庞杂,其许多内容仍可常说常新、为我所用,对其某些缺陷亦需再予深度批评。鉴于此,笔者在新近对现当代西方文论已有诸多反思文章的情况下,仍不揣冒昧撰写此文进行再度反思,以表达对"理论热"与理论失范、"理论热"与理论匮乏、"主观预设"与理论引领、"场外征用"与跨学科研究等问题的看法,试图在学理上进一步澄清学界某些含混不清、似是而非的认识。

一、"理论热"与理论失范

美国文学理论家韦勒克和沃伦曾经指出:"由于对文学批评的一些根本问题缺乏明确的认识,多数学者在遇到要对文学作品做实际分析和评价时,便会陷入一种令人吃惊的一筹莫展的境地。"①虽然韦勒克之批评所指不是中国学界,但我

---

① 勒内·韦勒克、奥斯汀·沃伦:《文学理论》,刘象愚、刑培明、陈圣生等译,南京:江苏教育出版社,2005 年版,第 328—334 页。

国学界也普遍存在此类现象。无论是在中国还是欧美,此现象存在的原因多多,其中之一是对理论的过度崇拜和理论运用的失度与失范。

"由于对文学批评的一些根本问题缺乏明确的认识"一语,可以用来泛指欧美国家的某些文学研究者对层出不穷、五花八门的文学理论十分热衷,而对文学文本阅读过于冷漠,甚至根本不去细读经典。文学批评脱离文本,批评家研读文本的能力低下,都与当时及后来一个时期欧美文学界的"理论热"有直接联系。

20世纪上半叶始,西方文学理论界各种新理论陆续登场、层出不穷,出现了这样一种趋势:一些理论家研究理论以文学为对象,谈的是文学理论,但其结论并不适用于文学,而是文学之外的各种学科,诸如文化学、哲学、人类学、语言学、历史学、政治学、心理学、社会学等,其书写方式已经远远超出文学而泛化为各学科"通吃"的"泛理论"。"由于20世纪30年代的经济大萧条和法西斯主义的崛起,欧洲和美国的文学与批评都从形式主义和人本主义转向了一种更加具有社会意识的方式。"[1]美国理论家乔纳森·卡勒在1997年出版的《文学理论:简明导读》中对此种理论的特点有过精辟的归纳:跨学科,分析性和思辨性,对习以为常的知识与观念有很强的批判性、反思性。[2] 他认为,这种文学理论已经不再是"关于文学性质的解释"或者"解释文学研究的方法"了,而"仅仅是思维和写作的一种载体,它的边界难以定"。[3] 卡勒的这个归纳主要是从德里达和福柯的学说中得出的。事实上,他们两人恰恰是当时理论界的代表和权威,在其影响下,欧美文学研究领域理论大行其道,可以说20世纪60年代到90年代是欧美文学研究界的"理论热"时期。

正是"理论热"时期理论所固有的根本弱点,即理论与文学及文本的脱节、文学理论对文学本身的叛离,导致了一段时间后人们对它们的不满与反思。从20世纪80年代开始初步质疑,到90年代出现普遍反思,其间有不少理论家发表了颇有见地的观点,表达了对文学理论的"非文学化""泛理论"和"理论过剩"倾向的不满。米切尔于1985年出版了《反抗理论》,对20世纪60年代以来的理论进

---

① M. A. R. 哈比布:《文学批评史——从柏拉图到现在》,阎嘉译,南京:南京大学出版社,2017年版,第518页。

② Culley J..*Literary Theory:A Very Short Introduction*,Oxford:Oxford University Press,1997.

③ Culley J..*Literary Theory:A Very Short Introduction*,Oxford:Oxford University Press,1997.

行了反思性梳理,其书名就昭示了对这些理论的反叛姿态。与之相仿,1986 年和 1989 年,保罗·曼德和卡维那的《抵制理论》和《理论的限度》相继问世,还有特里·伊格尔顿的《理论的意义》(1990)和《理论之后》(2003),瑞特的《理论的神话》(1994)以及博格斯的《挑战理论》(1997)等,都表达了对"理论热"时期理论的反思。于是,对理论的反思又成为"理论热"之后的一种流行理论,有学者称其为"后理论"①。

然而,这种反思在我国学界要晚得多,而且有趣的是,欧美学界对理论进行反思之时,正是我国学界对理论十分热衷之际。20 世纪 80 年代,适逢改革开放带来的思想大解放,我国文学理论与文学研究界挣脱长期以来"左"的思想束缚,对新理论和理论创新有一种强烈的渴望,于是,对现当代西方各种文学理论的吸纳可谓如饥似渴、饥不择食,将西方五花八门的新理论奉若佳肴。这在我国文学研究的历史上可以说是"理论亢奋"期,或者中国当代文学研究的"理论热"时期。"其时'老三论'、'新三论'以及发生认识论、精神分析批评、原型批评、人类学、语言学、现象学、阐释学、接受美学、阅读理论等理论模式备受追捧,成了人们争相效仿、占有的抢手货,搬用这些新方法来重解文学作品、变更文学理论套路的文章满天飞。"②当然,此种概括着重指出了"理论热"之不足,却并不等于说其效果都是消极的,也不意味着当时的理论与研究一事无成。不过也必须看到,在此种亢奋状态下取得的不少成果也确实有半生不熟之嫌,其主要特点是:重方法与观念的翻新和套用,轻理论与文本之切合;方法、观念与研究对象之间普遍呈"两张皮"现象。这些弊端之产生无疑与所引进的某些西方理论与生俱来的缺陷有关,但更与理论运用者们简单套用、牵强附会的使用方式有关。因此,此类研究看似创新,实则挪用模仿;"理论热"看似理论繁荣,实则理论贫乏。也许正因如此,20世纪 80 年代末"理论热"略趋降温。

今天看来,当时我国学界对"理论热"本身的思考是欠深入的,对其间存在的理论与文学及文本脱节等弊病的认识是肤浅的,因此几乎不曾出现有学理、有影响的反思性理论论著,也许那时根本来不及反思或者缺乏理论反思的自觉与能

---

① 余虹:《理论过剩与现代思想的命运》,《文艺研究》,2005 年第 11 期,第 11—17 页。
② 姚文放:《从文学理论到理论——晚近文学理论变局的深层机理探究》,《文学评论》,2009 年第 2 期,第 65—72 页。

力,因此,我国文学理论和文学批评界对西方理论的追踪总体上并没有停歇。

　　大约从 20 世纪 90 年代中期开始,伴随着全球化与信息化浪潮的逐步兴起,以文学的文化研究为主导,西方理论界的大量新理论又一次成为我国文学研究者追捧的对象,后现代主义、后殖民理论、新历史主义、文化帝国主义、东方主义、女性主义、生态主义、审美文化研究等成了新一波理论时尚。这些理论虽然不无新见和价值,但它们依然存在着理论与文学及文本脱节的弊端,理论更严重地转向了反本质主义的非文学化方向。美国当代理论家阿多诺就属于主张文学艺术非本质化的代表人物之一,他认为:"艺术之本质是不能界定的,即使是从艺术产生的源头,也难以找到支撑这种本质的根据。"①他倡导的是一种偏离文学理论研究的反本质主义理论。美国当代理论家乔纳森·卡勒也持此种观点,他认为,文学理论"已经不是一种关于文学研究的方法,而是太阳底下没有界限地评说天下万物的理论"②。美国电视批评理论家罗伯特·艾伦则从电视批评理论的新角度对当代和传统批评理论的特点进行了比较与归纳:"传统批评的任务在于确立作品的意义,区分文学与非文学,划分经典杰作的等级体系,当代批评审视已有的文学准则,扩大文学研究的范围,将非文学与关于文本的批评理论话语包括在内。"③当代西方文论家中持此类观点者也为数甚众。这一方面说明西方后理论时期的一些新理论并没有摆脱此前"理论热"时期的毛病,许多理论家依旧把文学作品作为佐证文学之外的理论思想与观念的材料,甚至有过之而无不及。面对蜂拥而至的新理论,我国学界对其产生的反应同 20 世纪 80 年代有类似之处,在心态与方法上依旧有饥不择食、生搬硬套之嫌。对此,不断有人提出批评与反思,其理论自觉和检讨之深度则大大超出了 80 年代,特别值得关注的是 21 世纪初以来的一些反思与评判。

　　2005 年,《文艺研究》于第 11 期开设了"当代文学批评中'理论过剩'现象"专栏,就我国文学理论界"对西方现代理论的复制、挪用"及"文学批评中大量的理论拼接"所导致的理论过剩、文本研究不力、文学经验不足现象进行了专题分析

---

① Adordno T. W.. *Aesthetic Theory*, trans. by Hullot-Kentor R., London:Continuum,2001.

② Culley J.. *Literary Theory:A Very Short Introduction*, Oxford:Oxford University Press,1997.

③ 罗伯特·C. 艾伦:《第二版序言——再说 TV》,罗伯特·C. 艾伦编:《重组话语频道》,麦永雄、柏敬泽等译,北京:中国社会科学出版社,2000 年版,第 28—29 页。

与评论①，文章认为我国文学界过度运用了西方文论，使文学批评脱离文学文本，文学理论脱离文学经验，从而导致理论过剩。当然其间也有质疑理论过剩观点的声音②，但总体上对20世纪90年代中期以来我国理论界盲目追捧和简单套用西方文论与方法的现象提出了批评。2008年，陆贵山先生在《外国文学评论》上发文全面论述了现当代西方文论的局限及其产生的原因，认为它"实质上是一种文化思想的退却和转移"，"缺乏富有说服力的思想和学说"。③ 同年，刘意青教授发表《当文学遭遇了理论——以近30年我国外国文学教学与研究为例》一文，对改革开放30年来我国外国文学研究中过度运用西方理论，一味强调文学研究的理论框架，从而导致外国文学研究脱离文学与文本分析的现象提出了尖锐的批评。她认为，"在我国过去30多年的外国文学教学中，特别是研究生课程中，强调用理论驾驭文学文本已经成为不争的事实"④，而且这种现象"胜过西方"，特别是美国。她还指出："强调论文必须具备理论框架的恶果除了误导学生重理论轻文本、生吞活剥地搬用理论，还见于给学生造成不必要的身心压力……这样就造成了浮夸、狂妄和不实事求是的学风，与我们教授外国文学，培养有人文学识和境界的人才的大目标背道而驰。"她强烈呼吁：外国文学研究要摆脱理论喧宾夺主而回归文本解读。她的批评所指固然主要是外国文学研究领域，但尖锐中不乏真知灼见，同时对文学研究和评论中盲目套用理论造成浮夸与浮躁风气的批判，也可谓一针见血、掷地有声。当然，从事外国文学研究（西方文学研究）的学者如此严厉乃至不无愤慨地批评与抵制西方文论和文学研究中理论的运用，是耐人寻味和格外发人深省的。

2009年姚文放在《文学评论》上发文称，我国文学研究界于世纪之交出现了文学研究向理论研究的转向："事到如今，我国文学理论向'理论'转型已经是一个不争的事实，而且，转型的速度还不慢。我们对于近三年《文学评论》杂志'文艺理论'栏目刊登的论文作了统计，结果显示，这些论文与文学的关联度已经相

① 陈剑澜：《主持人语》，《文艺研究》，2005年第11期，第4页。
② 王逢振：《"理论过剩"说质疑》，《文艺研究》，2005年第11期，第18—23页。
③ 陆贵山：《现当代西方文论的魅力与局限》，《外国文学评论》，2008年第2期，第5—14页。
④ 刘意青：《当文学遭遇了理论——以近30年我国外国文学教学与研究为例》，《解放军艺术学院学报》，2008年第4期，第12—15页。

当薄弱。"①不仅如此，"这种理论盛行、文学告退的局面再次出现在20世纪90年代以后"，"结果事情就变成这样：不是理论观念依据理论而得到阐释，不是理论操作必须在创作和作品中检验其有效性，而是创作和作品必须在理论框架中取得合法性。更有甚者，有的理论家对于文学现象的分析和评价并不建立在对于作品的认真阅读之上，只是仅凭某种印象、感觉、传闻或舆论，就能主题先行式地指点江山、大发高论"。② 由此姚文放认为，经过20世纪80年代和90年代两次理论新潮的轮番激荡，国内文学理论的观念、方法、路径、模式已经刷新和重建，呈现出与旧时迥然不同的格局，但也带来了新问题，那就是文学理论与文学渐行渐远、愈见疏离，最终成为各自为政、各行其是的不同的知识领域，文学理论走向了理论。③ 他还认为，"近年的'理论'又被'后理论'所取代"，所谓后理论，"是'理论'退潮之后出现的一种未完成的新格局"，是对"理论热"时期理论的反思，"是对在'理论'中遭到缺失的文学理论的呼唤"。④ 姚文放的论文对现当代西方文论非文学化特征的评判是精准的，对世纪之交我国文学理论和研究界"理论热"的批评与反思是有力度和深度的。

2012年，一直注重文本阅读并在理论与文本研究上都做出了有效探索的孙绍振在《中国社会科学》上撰文，近乎严厉地批评现当代西方文论与文本脱节的缺陷。他认为，西方文论内部"深藏着一些隐患。首先是观念的超验倾向与文学的经验性之间发生了矛盾；其次，因其逻辑上偏重演绎、忽视经验归纳，这种观念的消极性未能像自然科学理论那样保持'必要的张力'而加剧；最后，由于对这些局限缺乏自觉认识，导致20世纪后期出现西方文论否定文学存在的危机"⑤。他认为，"对文学文本解读的低效或无效，正威胁着文学理论的合法性"，"西方文论之于中国文学研究的局限性、低效或无效逐渐暴露出来，且有愈演愈烈之势"。⑥

---

① 姚文放：《从文学理论到理论——晚近文学理论变局的深层机理探究》，《文学评论》，2009年第2期，第67页。
② 姚文放：《从文学理论到理论——晚近文学理论变局的深层机理探究》，《文学评论》，2009年第2期，第67页。
③ 姚文放：《从文学理论到理论——晚近文学理论变局的深层机理探究》，《文学评论》，2009年第2期，第67页。
④ 姚文放：《从文学理论到理论——晚近文学理论变局的深层机理探究》，《文学评论》，2009年第2期，第65页。
⑤ 孙绍振：《文论危机与文学文本的有效解读》，《中国社会科学》，2012年第5期，第169页。
⑥ 孙绍振：《文论危机与文学文本的有效解读》，《中国社会科学》，2012年第5期，第168页。

孙绍振快人快语式的批评是颇有见地的。2014 年,朱立元发表在《文艺研究》上的论文着重对西方后现代主义文论在我国产生的消极影响进行了反思性批判。他认为这些理论"对宏大叙事的彻底否定将导致消解文艺学、美学的唯物史观根基;其反本质主义思想被过度解读和利用,容易走入彻底消解本质的陷阱;它对非理性主义的强化,诱发了国内文艺与文论的感官主义消极倾向;它具有反人道主义、人本主义的倾向,不利于文艺创作和理论的发展"①。朱立元对西方后现代主义文论之消极影响的分析是到位的,批评尖锐而有深度。

总体而言,上述学者从不同角度对现当代西方文论的缺陷以及 21 世纪初以来我国文学研究领域理论与文学和文本脱节现象进行了评判与反思。相比于 20 世纪末"理论热"时期,这些反思显得更为自觉、理性,因而也更有理论深度。

应该说,最能体现这种自觉、理性和深度的是张江。他通过《强制阐释论》《理论中心论——从没有文学的"文学理论"说起》等一系列论文和著作,对现代西方文论的主要缺陷及其对我国的消极影响进行了全面、系统的分析。他认为,"强制阐释"是当代西方文论的基本特征和根本缺陷之一,各种生发于文学场外的理论或科学原理纷纷被调入文学阐释话语中,或以前置的立场裁定文本意义和价值,或以非逻辑论证和反序认识方式强行阐释经典文本,或以词语贴附和硬性镶嵌的方式重构文本,它们从根本上抹杀了文学理论及其批评的本体特征,使文论偏离了文学。② 不仅如此,"强制阐释"还诱导文学研究远离了作家、作品和读者,滑向了"理论中心","其基本标志是,放弃文学本来的对象;理论生成理论;理论对实践进行强制阐释,实践服从理论;理论成为文学存在的全部根据"。③ 在深度剖析西方现当代文论之主要缺陷的基础上,张江进而尖锐地指出了中国文学理论和批评中"对外来理论的生硬'套用',理论与实践处于倒置状态"④等弊端。他认为,在西方文论的传播过程中,我们因为理解上的偏差、机械呆板的套用,乃至以讹传讹的恶性循环,极度放大了西方文论的本体性缺陷,因而造成了不良影响,阻碍了我国文学理论和文学批评的建设与发展。他的一系列论文和

---

① 朱立元:《对西方后现代主义文论消极影响的反思性批判》,《文艺研究》,2014 年第 1 期,第 39 页。
② 张江:《强制阐释论》,《文学评论》,2014 年第 6 期,第 6—18 页。
③ 张江:《作者能不能死:当代西方文论考辨》,北京:中国社会科学出版社,2017 年版,第 136 页。
④ 张江:《作者能不能死:当代西方文论考辨》,北京:中国社会科学出版社,2017 年版,第 49 页。

著作清晰而理性地指出了现当代西方文论的根本缺陷及其在我国文学理论与研究领域产生的负面影响,对我国的文学理论和实践都有重要的学术价值,标示着我国文学界后理论时期理论研究的大幅度推进。这与欧美文学界的后理论时期在时间、背景和内涵上都不尽相同,但两者在对理论与文学及文本脱节等关键性问题的反思上却有相似之处,都对理论偏离乃至脱离文学而异化为非文学的现象进行了否定性批判。

二、"理论热"与理论匮乏

然而,无论20世纪80年代以及世纪之交我国文学理论与文学研究领域的"理论热"有多少弊病以及理论失范的程度有多严重,我们都不会否定如下两个基本事实:第一,"理论热"根源于特殊时期文学理论工作者和文学批评及研究者对理论和方法创新的渴望与追寻,从出发点和动机上看其主导面无疑是积极健康的,这给当时我国的文学理论与文学研究及批评注入了思想活力,营造了理论创新的热烈氛围,相当程度上打破了长期以来我国文学理论和研究、批评领域思维简单僵化、方法陈旧单一、理论建树缺乏的局面。第二,"理论热"在我国文学界虽然有种种不足甚至负面效应,但理论和文学研究者对西方各种新理论、新方法的实验性探索与应用,开启了文学理论革旧图新、文学批评与文学研究在方法和观念上多元化的新局面、新境界;许多理论和文学研究者的努力追求也取得了不少理论与研究的新成果,留下的不仅仅是理论泡沫和学术垃圾。

在此,笔者暂不具体列举"理论热"和西方文论给我国学术研究带来的成效与成果,却要提出另一值得思考的问题:对于"理论热"时期学界对现当代西方文学理论的简单化接纳和盲目套用以及由此产生的一些负面影响,我们不应把责任完全归于西方理论本身的缺陷,还应寻找理论追随者和运用者自身的原因。是否可以这么说:"理论热"期间我国文学理论和文学研究之所以存在一些弊端和失范,其深层原因之一是一些研究者自身理论的贫乏和理论运用能力的不足,因而此种"理论热"的表象背后掩盖的是理论运用者自身理论之虚与弱。如果此推论成立的话,那么原因何在?

从理论源头上看,现当代中国的文学批评、文学研究的理论不少是外来的。

当然,中国也有自己的传统文学理论,比如中国古代文论,但它与西方文论显然属于两种不同的文化与艺术价值体系。姑且不表两者之优劣,就今天的理论现状来看,我们当下的文学理论话语体系虽然也继承并蕴含了中国传统文论的基因和元素,但从基本话语方式、知识谱系和理论构架上看,主要是来自西方文论,而不是中国古代文论的主体延展。五四时期我们接纳了西方五花八门的文学理论和文艺思潮,先是浪漫主义的盛行,继而是现实主义的主导,随后是自然主义、唯美主义、意象派、象征主义、表现主义、未来主义、意识流等蜂拥而至。1949 年以后苏联文学理论改造了五四以来已然初步形成的文学理论与批评话语系统,再到 20 世纪 80 年代和世纪之交理论热对西方文论的进一步吸纳,进而形成了我国文学研究理论的当今现状。① 由此观之,近百年来我国的文学研究事业几乎是在西方理论的影响下成长起来的。虽然不能说这个过程中完全没有我们自己在汲取他人长处后的理论创新和发展,但总体上看,我们的文学理论和文学批评是缺少理论原创性的,所以,有学者指认这种文学理论与文学批评存在"失语症",认为我国"没有真正属于自己的理论。我们很长时间内有关于'文论失语'的呼吁,却一直也未能解决'失语'的症状"②。应该说,这种批评是有一定见地的,因为这种症状确实表征了我国文学研究与文学理论体状之虚而非盛。

从"理论热"的心理动因上看,理论饥渴是理论主体长期理论"缺水"甚至"脱水"造成的,为了"解渴"而急切地寻找"水源",这是一种生理性本能反应,有其正当性、合理性与必然性;至于发现新"水源"之后的"渴不择水",虽然也发自本能并有其必然性,但难免导致行为上的"暴饮"甚至"误饮",于是,积极合理的动机所导致的结果却有可能事与愿违。这也和一个大病初愈的人不宜立即大量进补相仿,一个缺乏基本理论素养的熏陶、理论根基尚嫌肤浅的文学研究者与理论工作者,难以接纳、承受并消化铺天盖地的精深而庞杂的理论补品和食粮。概而言之,理论上的先期积淀不足既容易使自己被丰富多彩的理论迷惑,导致"饥不择食""渴不择水",也可能出现理论运用时一知半解状态下的生搬硬套、简单比附。从理论主体角度看,这与其说是理论运用的不娴熟造成的,毋宁说是自身理论的

---

① 曹顺庆:《文论失语症与文化病态》,《文艺争鸣》,1996 年第 2 期,第 50—58 页。
② 曹顺庆:《文论失语症与文化病态》,《文艺争鸣》,1996 年第 2 期,第 53 页。

贫血或者不成熟造成的,也就是理论匮乏。也许正因如此,"失语症"才长期得不到也很难得到有效医治,并且也难以在短期内改变我国文学理论与文学研究界的这种现状。这就提示我们:剖析和批判现当代西方文论的缺陷,反思、批评我国"理论热"之狂躁、肤浅以及种种失范是必要的,但在理论主体身上寻找先天与后天的原因和不足也是不可或缺甚至是更重要的,因为这有助于理论主体的自我"调治"与"修复"。由此又警示我们:理论是重要的和必不可少的,不能因为曾经的"理论热"之误而因噎废食,轻视理论提升、理论应用和理论建设。

三、"主观预设"与理论引领

笔者所言的理论之于我们的必不可少,主要不是说现当代西方文学理论对我们的绝对必要性与重要性(当然谁都清楚我们不能也不会因其有某些缺陷而拒之于门外),而是指我们的文学研究和批评之实践离不开一种自足而成熟的理论之支撑、指导与引领。实际上,近年来我国学界对现当代西方文学理论之批评所针对的核心问题是:从理论到理论、理论与文学研究及批评脱节;"文学理论取代文学,使文学沦为理论的仆从"①,用文学材料去佐证非文学理论而又自称"文学理论"的理论,抽空了文学理论本原性的文学与审美内涵而异化为非文学的理论。这些也是我国"理论热"期间文学理论和文学研究中不同程度存在的弊病。有鉴于此,我们需要理论创新,形成自己新的、成熟的文学理论话语体系,以引领和指导文学研究与文学批评。

事实上,要纠正理论与文学及文本脱节等弊病,并非仅仅通过号召文学批评与研究者们回到文本,多啃读经典作品就可大功告成的,因为有效的文本解读和阐释需要以适当、适度而又丰富、成熟的理论为指导;国内的"理论热"即便是消退了(事实上不可能绝对消退),我们的文学界也不可能顷刻间自发地生成天然适合自我需要的文学理论。因此,如果我国文学界在"理论热"消退后真的进入了后理论阶段,那么,这不应该是一个理论空白或旧理论循环的时代,而应是追

---

① 张隆溪:《过度阐释与文学研究的未来——读张江〈强制阐释论〉》,《文学评论》,2017年第4期,第18页。

求理论创新与发展、繁荣的时代。就此而论，一段时间以来我国文学理论界在对现代西方文论及"理论热"的批评过程中，虽然已提出许多很有见地的建设性观点，预示了理论创新时代的到来，但就目前理论建树和学科构建的实际现状而言，无疑仅仅处于起步阶段而已。而且，需要格外警惕的是：当我们对"理论热"及西方理论的不足之处给出了富有价值和积极意义的批评时，是否在有意无意、自觉不自觉中让一些研究者萌生了抵制理论的潜在心理冲动呢？或者说，某些批评者实际上业已表现出对理论的不屑，并提出肤浅而毫无学理依据的所谓"批评"呢？若此，就不免有讳疾忌医甚至麻木不仁之嫌了。

现当代西方文学理论存在着主观预设的弊病："从现成理论出发"，"前定模式，前定结论，文本以至文学的实践沦为证明理论的材料，批评变成对文本和文学作符合理论目的的注脚"。① 因此，简单套用某种理论和方法，我们的文学研究与文学评论就有可能闹出非驴非马、文不对题的学术笑话。不过，文学研究与文学批评不同于纯粹的理论研究。理论研究是一种认识性活动，其目的是将经验归纳中所涉猎的非系统的知识，遵照对象物的内部关系和联系，给出合逻辑的概括与抽象，使之成为系统的有机整体，并将其提升为一种普遍性真理。与之不同，文学研究、文学批评与文学评论是一种实践性活动，其目的是将普遍性真理（也即理论）运用于客观对象物（也即文本及各种文学现象），并在对象物中得到合规律的阐发，其方法不是演绎归纳和思辨性的，而是分析性和阐释性的。我们在借鉴西方文论展开文学研究与文学评论时，不能简单地把这种理论研究的演绎推理和思辨的方法直接套用到文学批评与文学研究中来，从而混淆理论研究和文学批评及文学鉴赏之间的区别，遗憾的是我们不少人这么做了却又反过来埋怨理论本身。对文学研究与文学批评来说，在文学文本的解读与阐释过程中运用和渗透某种理论与观念，体现阐释主体和评论主体对研究对象某种审美的和人文的价值判断，是合情合理、合乎文学研究与评论之规律和规范的，与理论过剩、主观预设、泛理论等弊病不可混为一谈。

我们要理性而清醒地看到现当代西方文论的确存在先天不足，并且要看到它与我国文学和文化传统难免会存在水土不服的状况，因此不能简单直接地予

---

① 张江：《强制阐释论》，《文学评论》，2014 年第 6 期，第 8 页。

以套用,但我们也不能因此放弃对其合理成分的学习、研究与借鉴,尤其是不能因此而忽略经典阅读、文学批评和研究中必不可少的理论与方法的应用和创新,忘记我们责无旁贷的理论原创与理论建设的历史责任。特别需要指出的是,我们反对文学研究用理论证明理论的主观预设式批评和评论,倡导立足文本,从文本出发解读、阐释与研究文学,着力纠正脱节之弊,并不意味着文学研究、文学批评和文本解读不需要理论的指导与引领。

一段时间以来学界反复呼吁"经典重估""经典重读"和"回归经典",这一方面是因为时代的变迁要求我们重新审视传统经典,另一方面可能也是因为"理论热"造成了研究者对传统经典文本的普遍忽视、漠视甚至拒绝,不愿意从文本解读出发展开文学研究与文学评论。后一种情形的背后显然有理论、观念与方法上的问题需要纠偏。说到"经典重估",我们大概首先会想到为什么重估、重估的标准是什么。重估意味着对既有的经典体系进行重新评判和评价,进而对这个体系予以当下的调整。那么评判和评价的标准是什么呢?标准就是在既往对经典评判的人文、审美等价值原则基础上融入新的价值内涵的理论系统,其中包含了新与旧两部分内容。如若完全以传统的旧价值评判标准去解读经典,那么就不存在什么重估了;反之,完全用新标准(暂且不说是不是存在这种纯粹的新标准),就意味着对传统经典体系的彻底颠覆与否定,这是不应该也不可能的。要很好地融合新与旧的价值标准对经典进行有效的解读和评价,就要求解读者与评论者拥有比较完善的文本解读与评判研究的能力和水平,也就是要具备比较成熟而丰厚的文学理论素养,这是作为文学专业工作者不可或缺的前提条件,否则就会出现前述韦勒克和沃伦所说的,许多研究者在解读作品时"对文学批评的一些根本问题缺乏明确的认识",从而陷入一筹莫展或就理论说理论的窘境,或者满足于文本解读的肤浅与平庸,观念陈旧且缺乏学理性,却自诩为文学研究、文学评论。即使对一般的读者,也应该倡导或引导其有意识地提高文学鉴赏的基本理论素养,以实现经典阅读的有效性。

显而易见,要完成准确而有深度的对经典文本的解读、评论与研究,并不是解读者和研究者主观上努力追求并在实践中做到从文本出发、反复阅读经典文本就能奏效的。文学批评与文学研究是一个从理论到实践再到理论的辩证升华过程,没有先期的理论获得、积淀和储备是万万难以实现专业化有效阅读与阐释的,也就谈不上文学研究和对经典的重估。西方及我国学界在"理论热"中出现的理论与文学及文本脱节的现象,一方面是因为这种理论本身存在缺陷,有非文学化之谬误,另一方面也是理论运用者自己生硬套用理论,强制、外加地去套读文学文本造成的,是研究者理论与能力匮乏的表现之一。后一种情况则需要文学研究者加强理论学习,提高对理论的领悟、理解与应用能力,而不是由此否定和抛弃理论本身。就像文学理论应该而且必须是关于文学的理论一样(虽然它也可以借鉴其他学科的知识、理论与方法研究文学,但它的建构不能脱离文学文本和文学实践经验),文学研究与文学批评也万万不可脱离理论。其理由很简单,因为文学理论是对文学文本和文学史现象以及作家创作实践经验的分析、归纳和演绎、抽象,理论研究本身不仅具有学术的和历史的价值,更有反哺和服务文学创作和文学研究与批评实践之功能。文学研究与文学批评者"通过批评性文字,把自己对文本的经验表述出来,同时也以影响文本的生产和文本的接受为目的"①。不仅如此,对学术研究意义上的宽泛和广义的文学批评或文学评论而言,其研究设计与书写方式必须是学理的、规范的和有理论深度的,其研究成果必须有理论价值和学术史意义。这种文学研究或文学批评也是一种理论性思维,由于其研究对象是艺术产品,因此,这种思维活动具有逻辑思维和艺术思维的双重特征。如果仅仅是简单的个人经验和常识指导下对文本的评说与解读,那么,即使这种解读密切结合了文本,解读者的理解也依然很可能是肤浅的和缺乏学理依据的;即使这种解读后的评说与分析有可能让一般的读者或听众有所启发,但因难以切入审美的或人文的深层,也就无法上升到文学史和理论层面,于是也就谈不上文学研究和文学批评。虽然我们并不能要求任何文本解读都必须合乎学理,具有理论深度和学术价值,但对专业的文学研究和文学批评工作者来说,却必须有这样的要求。何况我国文学研究亟须建设具有中国特色、中国气派的学科体系和话语体系,某一学科的各个分支的研究者都必须通过理论与实践的结合,博采跨学科研究的成果和方法,使自己逐步走向成熟而不是依旧停留于理论匮乏状态,如此,我们的文学理论才能在国际学术领域发出中国声音,我们的文学评论才可能展现中国气派,也只有这样,我们才不会在未来可能的新

---

① 高建平:《从当下实践出发建立文学研究的中国话语》,《中国社会科学》,2015 年第 3 期,第 130 页。

"理论热"中重蹈理论"脱水"、研究脱节之覆辙。

由此而论,在"理论热"消退后的后理论阶段,我们的文学研究者和理论工作者应该冷静地对待理论问题,包括我们给予了诸多批评的有先天缺陷的西方现代文学理论,不能忽略我们的文学理论建设与文学研究创新对理论本身的迫切需要;我们不能因为曾经"理论热"的弊病而忽视理论引领对专业化文学研究和文学批评的必要性与重要性,不能忘记即便是业余的文学阅读也需要文学和美学理论素养的提高,需要专业工作者对他们进行适度的引领与指导。

总之,"理论热"可以降温或消退乃至没有,泛理论、理论过度现象也应该得到纠正,进而回归文学、回归文本,但理论和理论引领不可或缺。

四、回归文学与"场外征用"

我们倡导回归文学、回归文本,是不是我们的文学理论研究回归了文学实践(作家)、文学作品(文本)和文学史事实(史实),新的理论就万事大吉了呢? 我们的文学批评是不是运用由此而生的"清纯理论"(暂且不论其存在的可能性)就可一帆风顺、所向披靡了呢? 答案是否定的。

归纳言之,西方文学理论的演进有 4 个重要阶段为学界所公认:作者中心阶段、文本中心阶段、读者中心阶段、理论中心阶段。4 个阶段标志着西方文论发展的 4 个重要历史时期。毫无疑问,其中任何一个时期的代表性理论都有其长处、建树和缺点,但任何一种理论都不足以成为当今与未来的理论霸主。因为历史是不可复制和重复的,只能携带着过去的自我印记去刷新和重塑自我,创造新的历史。我们倡导理论建构与文学研究回归文学、回归文本,并不意味着我们应该回到形式主义和阐释学的文本中心时代。事实上,我们愿景中的未来新理论、新方法的产生并不像西方后理论时期某些学者所说的那样,"理论热"过后,只要文学研究回归文学、回归文本细读,就大功告成了[①];也不像我国学者孙绍振所说的那样,"把西方(文论)大师当作质疑的对手",创立"文学文本解读学"[②],就可以

---

① 拉曼・塞尔登、彼得・威德森、彼得・布鲁克:《当代文学理论导读》,刘象愚译,北京:北京大学出版社,2006 年版,第 328—334 页。

② 孙绍振:《文学文本解读学》,北京:北京大学出版社,2015 年版,第 97 页。

"战胜"西方文论大师了。倒是像欧美后理论时期的代表伊格尔顿在《理论之后》中所言,"假如有读者看到此书的名字,就以为'理论时代'已经过去了,我们可以就此放松自己,重新回到'理论时代'之前的单纯岁月了,那么这些读者就要失望了"①,因为实际上我们已经回不到过去了。正如张江所说,"我们倡导的文本细读,并不以狭隘的文本观为基础","文本在文学理论建构中只是依托,而不是全部;文本细读也只是所有理论建构行为的第一步,而不是终点"。②

因此,回归文学与文本无疑是必要的,但文学理论的创新之"鹰"不可能也不应该仅仅盘旋在文学这一小块土地上寻寻觅觅。对文学研究和文学批评来说,我们不仅要记取"理论热"时期理论的那种简单挪用模仿、概念狂轰滥炸、方法生搬硬套等经验教训,还应该在重新梳理现当代西方文论的基础上,去其糟粕、取其精华、细嚼慢咽、消化吸收,融合本民族优秀的文论传统,形成新理论。就此而论,现当代西方文论依然是我们当下和未来文学理论创新与建设的重要思想资源,非常重要的一点是:如何在将现当代西方文论深度理解、合理吸收的基础上形成自己的新理论并予以恰当运用。从这个意义上说,神话原型批评、接受美学理论、心理分析批评、形式主义方法、结构主义理论、叙事学理论、文化学批评、新历史主义等都不能说毫无用处。在这方面,上述提及的孙绍振的理论与实践是一个很好的证明。虽然他对西方文论进行批评时似乎有情感化的过激,但实际上他并没有简单地排斥它们。他的《文学解读基础》《文学文本解读学》③等大量的学术成果,就是在综合了形式主义、结构主义、接受美学等西方理论尤其是文本细读理论的基础上,不无原创性地形成了一种崭新的文学批评理论和方法。他的成果既是对西方文论的扬弃式运用,也是对它们的原创性超越。还比如20世纪80年代我国文学批评新方法论的倡导者之一傅修延,且不说他的《文学批评方法论基础》④一书对我国文学研究产生过多大的积极影响,就其本人的研究实践来说,仅就他在文学研究中对西方叙事学理论长期的探索与运用后所取得的丰硕成果,便足以说明他已经由西方叙事学走向

---

① Eagleton T.. *After Theory*,New York:Basic Books,2003,p. 1.
② 张江:《作者能不能死:当代西方文论考辨》,北京:中国社会科学出版社,2017年版,第51—52页。
③ 孙绍振:《文学解读基础》,福州:福建教育出版社,2017年版;孙绍振:《文学文本解读学》,北京:北京大学出版社,2015年版。
④ 傅修延、夏汉宁:《文学批评方法论基础》,南昌:江西人民出版社,1986年版。

了中国叙事学①。孙绍振和傅修延的研究都是学术研究上理论和文本融合、理论指导文学研究与文学批评的成功例子。国内这样的例子应该是为数甚众的,这也说明对西方文论的借鉴是我们的文学研究与文学批评自我创新的"源头活水"之一。

至于文学与其他学科的关系,几十年来,跨学科研究一直是国内外学界倡导的学术研究的创新之路,这与西方文论缺陷之一的场外征用不可相提并论。场外征用指的是将非文学的各种理论或原理调入文学阐释话语,用作文学理论与批评的基本方式和方法,它改变了当代西方文论的基本走向。② 场外征用这种方法无疑会把文学理论与文学批评引入误区。但如果我们不是重蹈场外征用的覆辙,把其他学科的理论与方法生搬硬套于文学文本的解读和文学研究,把本该生动活泼的文学批评弄成貌似精细化实则机械化的技术操作,那么,对文学进行文化学、历史学、政治学、社会学、心理学、生态学、经济学等跨学科、多学科、多元、多层次的研究,对文学研究与批评不仅是允许的和必要的,而且研究的创新也许就寓于其中了。文学理论研究者和文学批评者"需要接通一些其他的学科,可以借鉴哲学、历史、心理学、人类学、社会学等方面的知识,完成理论的建构;但是,他们研究的中心却依然是文学"③。这种研究其实就是韦勒克和沃伦提出的"文学外部研究"。"文学是人学",而人是马克思说的"一切社会关系的总和";通过文学去研究一切社会关系中的人,在文学中研究人的一切社会关系,都是文学研究与批评的题中应有之义。重要的是,新理论、新方法如何才能呼之欲出?毫无疑问,在综合其他学科知识、理论与方法的基础上革新我们的文学理论,展开比较文学方法指导下的跨学科文学研究和文学批评,显然也是我们理论与方法创新的路径之一。

其实,对现当代西方文论进行全面梳理与评价,并对其场外征用之弊提出批评的张江,并没有否认文学跨学科研究的重要性,更没有将其简单地等同于场外征用。他认为:"当代西方文论中的某些思潮流派,直接'征用'其他学科的现成

① 傅修延:《从西方叙事学到中国叙事学》,《中国比较文学》,2014年第4期,第1—24页;傅修延:《先秦叙事研究——关于中国叙事传统的形成》,北京:东方出版社,1999年版;傅修延:《中国叙事学》,北京:北京大学出版社,2015年版。

② 张江:《作者能不能死:当代西方文论考辨》,北京:中国社会科学出版社,2017年版。

③ 高建平:《从当下实践出发建立文学研究的中国话语》,《中国社会科学》,2015年第3期,第132页。

理论,不但不能证明文学理论可以越过文学实践,反而暴露了其自身存在的致命缺陷。我们提出这样的论断,并不意味着文学理论要打造学科壁垒。在当下的学术研究中,无论是自然科学还是人文社会科学,学科间的碰撞和融合已成为重要趋势,在相当程度上推动了学术研究的进步。"①因此,我们应该拒斥场外征用,但文学的跨学科研究无疑应该大力提倡。对此,我们同样不能因噎废食,由于"理论热"时期犯了场外征用之错,就忽视甚至否定跨学科研究,随意诟病跨学科知识、理论和方法在文学理论建构与文学批评中的运用。这种画地为牢式的自我封闭思维也是万万要不得的。

总之,本文所说的理论的呼唤,所呼唤的不可能是过往的任何一种理论的重复,也不是囿圄于文学场内的纯粹之文学理论,更不是场外征用式的无边际、反文学本质的所谓理论,而是囊括古今中外文学的和非文学的理论之优良传统的开放式文学理论,它是民族的也是世界的。我们呼唤的是有中国特色的文学理论及其引领下的有中国气派的文学批评与文学评论。我们不可能寄希望于它明天就整个地出现和成熟,但我们应该进行这种探索、创新和建设的努力。也许这就是一种文化自信。

(本文作者:蒋承勇)

---

① 张江:《作者能不能死》,北京:中国社会科学出版社,2017 年版,第 48 页。

明日黄花　其香依然

——19世纪西方文学思潮研究的历史境遇

19世纪以降,西方文学的发展与演进大多是在与传统的激烈冲突中以文学"思潮""运动"的形式展开的,因此,研究最近200年的西方文学史,如果不重视对文学思潮的研究,势必会失却对其宏观把握而失之偏颇。在西方,文学思潮研究历来是屯集研究力量最多的文学史研究的主战场,其研究成果亦可谓车载斗量、汗牛充栋。与此相比,国内这方面的研究历史与现状则十足堪忧。我们认为,对有"承先启后"作用的19世纪西方文学思潮做深入、全面的反思性研究,不唯有助于达成对19世纪西方文学准确的理解,而且对准确把握20世纪现代主义、后现代主义思潮亦有重大裨益。

一

20世纪初叶,19世纪西方文学思潮经由日本和西欧两个途径被介绍引进到中国,对本土文坛产生巨大冲击。西方文学思潮在中国的传播,乃新文化运动得以展开的重要动力源泉之一,并直接催生了五四新文学革命。浪漫主义、现实主义、自然主义、象征主义等西方诸思潮同时在中国文坛缤纷绽放;一时间的热闹纷繁过后,主体"选择"的问题很快便摆到了本土学界与文坛面前。由是,崇奉浪漫主义的"创造社"、信奉古典主义的"学衡派"、认同现实主义的"文学研究会"等开始混战。以"浪漫主义首领"郭沫若在1925年突然倒戈,全面批判浪漫主义并皈依"写实主义"为标志,20 年代中后期,"写实主义"/"现实主义"在中国学界与文坛的独尊地位逐渐确立。

1949 年以后,中国在文艺政策与文学理论方面全方位追随苏联。西方浪漫主义、自然主义、象征主义、唯美主义、颓废派等文学观念或文学倾向持续遭到严厉批判;与此同时,昔日的"写实主义",在理论形态上亦演变成为"社会主义现实主义"或与"革命浪漫主义"结合在一起的"革命现实主义"。是时,本土评论界对现实主义和自然主义做出了严格区分,在价值判断上,革命导师恩格斯的观点成为主流观点。

改革开放之后,"现实主义至上论"在持续的论争中趋于瓦解;对浪漫主义、自然主义、象征主义以及唯美主义、颓废派文学的研究与评价慢慢地开始复归学术常态。但旧的"现实主义至上论"尚未远去,新的理论泡沫又开始肆虐。20 世纪 90 年代以来,现代主义、后现代主义等文学观念以及解构主义、"后殖民主义"等文化观念风起云涌,一时间成为新的学术风尚。这在很大程度上,延宕乃至阻断了学界对 19 世纪西方诸文学思潮研究的深入。

为什么浪漫主义、自然主义等西方文学思潮,明明在 20 世纪初同时进入中国,且当时本土学界与文坛也张开双臂在一派喧嚣声中欢迎它们的到来,可最终它们都没能真正在中国生根结果?

20 世纪初,中国正处于从千年专制统治向现代社会迈进的十字路口,颠覆传统文化、传播现代观念从而改造国民性的启蒙任务十分迫切。五四一代觉醒的知识分子无法回避的这一历史使命,决定了他们在面对一股脑儿涌入的西方文化文学思潮观念时,本能地会率先选取接受文化层面的启蒙主义与文学层面的"写实主义"。只有写实,才能揭穿千年"瞒"与"骗"的文化黑幕,而后才有达成"启蒙"的可能。质言之,本土根深蒂固的传统实用主义文学观与急于达成"启蒙""救亡"的使命担当,在特定的社会情势下一拍即合,使得五四一代中国学人很快就在学理层面屏蔽了浪漫主义、自然主义、象征主义、唯美主义以及颓废派文学的观念与倾向。所以,被学界冠以"浪漫主义"头衔的郭沫若在《创造十年》中做总结时才会说:"文学研究会和创造社并没有什么根本的不同,所谓人生派与艺术派都只是斗争上使用的幌子。"20 世纪 20 年代力倡自然主义的茅盾曾明确强调自己提倡的"不是人生观的自然主义,而是文学的自然主义","是自然派技术上的长处"。被称为"现实主义"魁首的鲁迅则说得更为明确："说到'为什么'做小说罢,我仍抱着十多年前的'启蒙主义',以为必须是'为人生',而且要改良这人生。"

基于启蒙救亡的历史使命与本民族文学传统的双重制约,五四一代文人作家在面对浪漫主义、自然主义等现代西方思潮观念时,往往很难接受其内里所涵纳的时代文化精神及其所衍生出来的现代艺术神韵,而最终选取—接受的大都是外在技术层面的技巧手法。郑伯奇在谈到本土的所谓浪漫主义文学时称,西方浪漫主义那种悠闲的、自由的、追怀古代的情致,在我们的作家中是少有的。因为我们面临的时代背景不同。"我们所有的只是民族危亡,社会崩溃的苦痛自觉和反抗争斗的精神。我们只有喊叫,只有哀愁,只有呻吟,只有冷嘲热骂。所以我们新文学运动的初期,不产生与西洋各国19世纪(相类)的浪漫主义,而是20世纪的中国特有的抒情主义。"

19世纪西方诸文学思潮在中国经历了一段短暂的喧嚣之后,逐步被政治上激进的意识形态所裹挟,直至在"文革"时期走向极端化的"革命浪漫主义"与"革命现实主义"。纵观100多年19世纪西方诸文学思潮在中国的传播与接受过程,我们发现:本土学界对浪漫主义、自然主义等19世纪西方文学思潮在学理认知上始终存在系统的重大误判或误读,对它的价值认识严重不足,较之西方学界,我们对它的研究也严重滞后。

二

在西方,文学思潮在很大程度上可以说是现代化进程启动之后才有的文学景观。随着市场化、民主化现代社会的全面到来与加速推进,19世纪的西方文学发展愈来愈呈现出"思潮"递进的"运动"形态。因此,对19世纪西方文学思潮的研究也就合乎逻辑地成为西方学界的焦点,最近100多年来,这种研究总体上有如下突出特点。

首先,浪漫主义、自然主义、象征主义等西方文学思潮均是以激烈的"反传统""先锋"姿态确立自身的历史地位的,这意味着任何一个思潮在其展开的历史过程中总是处于前有堵截后有追兵的逻辑链条上。拿浪漫主义来说,在19世纪初叶其确立自身的过程中,它遭遇到了被其颠覆的古典主义的顽强抵抗(欧那尼之战堪称经典案例),稍后它又受到自然主义与象征主义几乎同时对他所发起的攻击。思潮之争的核心在于观念之争,不同思潮之间观念上质疑、驳难、攻讦,便汇成了大量文学思潮研究中不得不注意的第一批具有特殊属性的学术文献,如自然主义文学领袖左拉在《戏剧中的自然主义》《实验小说论》等长篇论文中对浪漫主义的批判与攻击,就不仅是研究自然主义的重要文献,同时也是研究浪漫主义的重要文献。

其次,19世纪西方诸文学思潮观念上激烈的"反传统"姿态与艺术上诸多突破成规的"先锋性""实验",决定了其在较长的历史时间区段上,都要遭受与传统关系更为密切的学界人士的质疑与否定。拿左拉来说,在其诸多今天看来已是经典的自然主义小说发表很长时间之后,在其领导的法国自然主义文学运动已经蔓延到很多国家之后,人们依然可以发现正统学界的权威人士在著作或论文中对他的否定与攻击,如学院派批评家布吕纳介(Brunetière Ferdinand,1849—1906)、勒梅特尔(Lemaitre,Jules,1853—1914)以及文学史家朗松(Lanson,Gustave,1854—1924)均一直对其持全然否定或基本否定的态度。

再次,100多年来,除信奉马克思主义的文学批评家(从梅林、弗雷维勒一直到后来的卢卡契与苏俄的卢那察尔斯基等)延续了对浪漫主义、自然主义、象征主义(巴尔扎克式现实主义除外的几乎所有文学思潮)几乎是前后一贯的否定态度,西方学界对19世纪西方诸文学思潮的研究普遍经历了理论范式的转换及其所带来的价值评判的转变。以自然主义研究为例,19世纪末20世纪初,学者们更多采用的是社会历史批评或文化/道德批评的立场,因而对自然主义持否定态度的较多。但20世纪中后期,随着自然主义研究的深入,越来越多的学者采用符号学、语言学、神话学、精神分析以及比较文学等新的批评理论或方法,从神话、象征和隐喻等新的角度研究左拉等自然主义作家的作品,例如罗杰·里波尔(Roger Ripoll)的《左拉作品中的现实与神话》(1981)、克洛德·塞梭(Claude Seassau)的《埃米尔·左拉:象征的现实主义》(1989)、伊夫·谢弗勒尔(Yves Chevrel)的《论自然主义》等。应该指出的是,当代这种学术含量甚高的评论,基本上都是肯定左拉等自然主义作家的艺术成就,对自然主义文学思潮及其历史地位同样予以积极、正面的评价。

最后,纵观100多年来西方学人的19世纪西方文学思潮研究,当可发现浪漫主义研究在19世纪西方诸文学思潮研究中始终处于中心地位。这种状况,与浪漫主义在西方文学史上的地位是相匹配的。作为向主导西方文学2000多年的"模仿说"发起第一波冲击的文学运动,作为开启了西方现代文学的文学思潮,浪漫主义文学革命的历史地位堪与社会经济领域的工业革命、社会政治领域的法国大革命以及社会文化领域的康德哲学革命相媲美。相形之下,现实主义的研究则显得平淡、沉寂、落寞许多;而这种状况又与国内的研究状况构成了鲜明的对比与巨大的反差。

三

西方学界对19世纪文学思潮的研究成果不仅汗牛充栋,而且,相关代表性的成果在理念与方法上都值得我们学习与借鉴。

美国洛夫乔伊(A. O. Lovejoy)的《观念史论文集》(*Essays in the History of Ideas*,1948),是作者不同时间发表的论文结集,各篇文章的研究方向不同,但在方法以及具体观点上有一定相关性,材料以18世纪的居多,大都旨在澄清学界此前的错误认识。如,他详细列举了"自然"一词的多种含义,讨论新古典主义者在何种意义上使用这个词,并比较了自然神论和新古典主义之间对"自然"理解与使用上的相似性。自然神论通常被认为是17、18世纪的宗教激进主义或进步主义,抛弃了所有权威和传统的反叛,而新古典主义被认为是美学保守主义或复古主义的一种派别;但洛夫乔伊指出:两者与观念的一般背景间的共同关联被忽略了。因此,他详细分析了两者在"观念结"上诸要素的同一,包括均变论、理性主义的个人主义、理性主义的反智主义、对普遍同意(consesus gentium)的诉求、世界主义、对激赏和独创性的反感、尚古论等。

洛夫乔伊概要指出了18世纪的美学规范:规律性、一致性、整体和谐、清晰可辨的均衡以及构思的一目了然等成了更高级的审美价值,而异于常规、不对称、变化多端、出人意料则受到贬抑。洛夫乔伊的一个重点论题是考察浪漫主义的起源和含义。他探讨了F. 施勒格尔所首先使用的Romantisch一词的意义,指出F. 施勒格尔的确受莎士比亚戏剧艺术的启发提出了浪漫艺术的概念,并用其指代他心目中现代诗的特征或趋势。因此浪漫诗从一开始即指一种独特的现代味，体现着一种与古人的眼光相异的审美价值。另一篇文章讨论了席勒对 F. 施勒格尔浪漫主义观念的影响，认为前者是德国浪漫主义的精神鼻祖，并重点分析了其思想从古典时期向浪漫时期的转化。在受到席勒影响的 F. 施勒格尔看来，现代艺术是一种无限的艺术(Kunst des Unendlichen)，而古代艺术是一种有限的艺术(Kunst der Begrenzung)。两相比较，无限具有优越性，不存在什么客观的美学原理以及普遍有效的标准。但洛夫乔伊同时也指出，"无限"这一概念的内涵在席勒和 F. 施勒格尔两人那里并不完全一致。"无限"这一基本概念的暧昧不明是浪漫主义发展为多变、彼此矛盾的形式的主要原因，也是 Romantic 这一术语具有如此多歧义的原因。在接下来的一篇文章《诸种浪漫主义的区别》中，洛夫乔伊详细探讨了各种内涵不同的浪漫主义，并列举出诸多有代表性的关于浪漫主义起源和含义的观点。他重点分析了 3 种浪漫主义或者说浪漫主义发展的 3 个阶段，首先是自然主义和尚古主义，其次是基督教的伦理倾向，最后是自然主义与反自然主义的浪漫主义间的裂隙跨越了国界。这三者之间有着重大的对立。

　　洛夫乔伊是所谓"观念史研究"的倡导者，他考察同样的 Idea(观念)在不同思想领域、不同历史时期的不同存在和影响，提出了 Idea-Complex(观念结)的概念。基于此，他强调后来的阐释者应注意同一个 Idea(观念)内在的矛盾，不能只简单地选择流行的或前后一致的观念。同时，洛夫乔伊指出，像卢梭这样杰出的作者，其文本中最具特性的东西往往就是观念的多样性，且常是不相谐和的多样性，——这既是因为其思想体现了不同来源的思想传统，更是因为思想者本身内在的丰富与矛盾。洛夫乔伊提倡在观念史研究中应打破学科分野，各领域之间必须联合融通，比如要研究达尔文之前进化观念的总体发展，就需要了解许多不同领域的情况。

　　韦勒克曾指出，洛夫乔伊研究方法的核心是考察语义沿革，但他不同意其对浪漫主义的分析，而是认为浪漫主义思想形成了一个严密连贯的整体。关于浪漫主义是否存在内在的统一性，M. 艾布拉姆斯和 M. 巴特勒在其讨论浪漫主义的专著中均有涉猎，前者的观点与韦勒克相近，而后者则明显赞同洛夫乔伊。洛夫乔伊提出的关于 19 世纪西方文学的诸多具体观点，如从尚古到崇尚进步、古典与现代的观念差异等也颇值得借鉴。

《模仿论：西方文学中现实的再现》(*Mimesis：The Representation of Reality in Western Literature*,1953) 是德国著名学者埃里希·奥尔巴赫 (Erich Auer-bach) 的经典之作,在西方学界有着广泛的影响,并被译为多种文字在许多国家出版。全书凡 20 章,以"西方文学中的现实主义描写"为经,以"文体分用/文体混用"的批评理论为纬,以重要文学经典文本的细致分析为基本方法,以点带面地勾勒了西方文学 3000 多年(从荷马到普鲁斯特与詹姆斯·乔伊斯等)的演变历程,堪称一部别出心裁的西方现实主义文学发展史。

《模仿论》不是一部简洁枯燥的文学史。从体例上看,奥尔巴赫先是摘抄一段原文文本,竖立论述的靶子,再以深厚的语文学和细读的功夫以点带面辐射出去,与同时期的或历代文本进行比较,往往能得出让人为之惊叹的观点。他总是有能力毫不扭捏造作地从单个文本开始,加以清新饱满的详细解释,避免做出大而无当的或任意独断的联系,而是在一个若隐若现的景象上编织出丰富的图案。他依次重新认识和解释作品,并且,以他平易的方式,演示一个粗糙的现实进入语言和新的生命的转变过程。

在这个过程中,奥尔巴赫似乎是一位对"主义"术语了无兴趣的人,他不去下定义,也不去定规则。虽说《模仿论》描述的是以"模仿说"为内核的西方现实主义传统,但书中奥尔巴赫并没详细或是精确地界定什么是现实主义。在他的表述中,从荷马到现代主义的普鲁斯特和詹姆斯·乔伊斯,——更不用说 19 世纪后期的自然主义者左拉,这些经典作家似乎都是现实主义者;而西方文学的发展,很大程度上只不过是作家体察和再现生活世界的视角、手法有所不同。他总是回到文本,回到作家用来表现现实的风格手段。

对奥尔巴赫来说,现实主义的现代叙事模式发端于 19 世纪法国的司汤达和巴尔扎克,他们两人都"以当时的政治和社会状况为小说的背景"。在他看来,司汤达和巴尔扎克的现实主义要高过雨果和福楼拜。同时他高度评价左拉"是为数很少的几位能研究出自己时代的问题的作家","我们越能拉远了看他那个时代和那个时代的问题,那左拉的声望就越大——越变越大的原因是左拉是最后一位伟大的法国现实主义者了"。

奥尔巴赫的《模仿论》旨在颠覆西方古典文学"文体分用"的美学原则(其从

高级到低级依次为:崇高的悲剧文体、中等的讽刺文体、低级的喜剧文体),在其笔下西方现实主义文学的传统和脉络里,"文体混用"乃突出特点。很大程度上,他就是沿着这一线索从荷马开始循着西方文学发展史一路剖析,直至 20 世纪的乔伊斯和普鲁斯特那里。

韦勒克、伊格尔顿、萨义德等当代诸多著名学者对《模仿论》均大加赞赏,称其为"最伟大的学术著作之一"。该书对我们的最大启发在于:(1)现实主义乃西方的伟大文学传统,所以现实主义并不是一个有着"时期性"规定的文学思潮概念,而是一个"无边"的"常数概念";(2)作为"常数"概念,现实主义的核心内核乃肇始于柏拉图与亚里士多德的"模仿说"。关于"常数"的说法,对我国的现实主义文学研究,是很有启迪意义的。

关于自然主义文学思潮的研究,不能不提到伊夫·谢弗莱尔(Yves Chevrel),他是 20 世纪法国著名文学理论家、比较文学专家、自然主义文学研究的领军人物。20 世纪 80 年代,其著作《论自然主义》(*Le Naturalisme*)的出版,乃西方自然主义文学思潮研究领域的一件大事。

谢弗莱尔在该著的第一章中首先分析了环绕在"自然主义"这个术语周围的诸多重要问题和种种歧义:在"超历史性(transhistorical)"的用法之外,它还有历史性(historical)的用法,即将自然主义视为对现实主义的延续(通常的方法),或者视为一种独特的文学主体(a distinct body of literature)。谢弗莱尔选择了第二种方法,他强调自然主义时期——他将这一时期限定在龚古尔的《杰米尼·拉赛朵》(1864)的序言到契诃夫的《樱桃园》(1904)之间——的独创性和现代性。他概述了埃米尔·左拉在自然主义发展中的杰出地位及其以达尔文学说为核心的科学思想背景。在这种分析中,谢弗莱尔运用的方法是经验主义的,而非历史性的;他避免给出一个先验的定义,而是力求识别大量自然主义文本中的共同主题和具体表现,从中揭示它们的本质特征。

该著最核心、最重要的部分在于对自然主义诗学(the poetics of naturalism)的讨论。在此后的章节中,谢弗莱尔对自然主义的探讨集中在如下几个重要问题上:自然主义者的世界观——拒绝超验的神话,而将悲剧带入人类的社会存在体验和日常生活中;社会主题的认识论基础——以经验主义的雄心打破现实的神秘性,去证实它,理解它,解释它;自然主义文本对传统文学秩序的颠覆,即侵蚀传统的一般性的区分和等级——小说获得了"研究"或"分析"这样的副标题，"审美结构"的观念遭受存在的危机；自然主义文本与历史的关系；自然主义对病理学和反常者的喜爱，它的"分裂/分解/瓦解（disintegration）"和"混乱（confusion）"的主题，以及它对语言和类型（非文学的）的态度。

在《论自然主义》一书中，谢弗莱尔提出了很多关键性问题，也解决了很多关键性问题。在所使用的方法上他完全与他的学术前辈们分道扬镳——他拒绝给予自然主义以一个先验的定义，转而寻求清晰连贯的"主题"要素及其在文本中的具体表现。并且，作为一个比较文学专家，他采用一种开阔的国际视野，研究诸如作为一个整体的西方文学的广阔背景下的分期问题。但这本书中最有价值的东西，或许是它所采取的方法论上的折中主义，这是它对诸多难懂的问题——尤其是比较文学史、文学的诗学、文学中的叙事学、文体论、接受理论、社会学批评等——所提供的诸多重要资源。

作为一部对自然主义进行整体性解读的论著，《论自然主义》以其系统性和深度将西方自然主义研究向前大大推进了一步。它看待自然主义的全新视角从整体上将自然主义文学研究导向一个新的境界，随后的自然主义研究在某种程度上都受到该书的重大影响。

今天，西方20世纪诸种被冠以"先锋"桂冠的文学思潮和流派亦已成为过去，我们感到"先锋"们"创新"的努力显然也未必都是成功的，尤其是，"创新"并未如他们自己所说的那样能与传统割裂，相反，他们谁也没有断绝与传统的"血缘"关系，随着时间的推移，越可以证明这一点。而且，这种联系，更直接的恰恰是他们当初最使劲要"抛弃"，甚至恨不得连根拔去的19世纪文学传统。正因如此，19世纪文学思潮的当下意义也愈显重要，它们虽是明日黄花，却其香依然！

（本文作者：蒋承勇）

"经典重估"与"理论重构"

一、经典何以要"重估"

　　"经典重估""经典重读""回归经典",是近年来我国学界的强烈呼声,也是国际学界的呼声。文学经典不是一成不变的,而是随着时代的变迁、文化的变更、审美趣味的变化而不断调整、流动的;所以,每个时代都有重估经典的必要,每个时代都有自己的经典系统,这几乎是一个常识。对于专业工作者来说,必须在认识到这一点的基础上,探究引发经典流动和调整的深层原因,以期准确把脉经典与时代及社会之关系,以便重新评判经典。当今关于"重估""回归"与"重读"经典的持续不断的呼声,其原因显然与历史上任何时候都不尽相同,因为在这前所未有的瞬息万变的全球化、信息化时代,文学经典正遭遇极具挑战性的环境条件。

　　首先,稍远一点看,自20世纪90年代以降,经济的全球化和文化的信息化、大众化,把文学逼入了"边缘"状态,使之失去了先前曾有的轰动与辉煌,美国著名文学评论家J.希利斯·米勒则宣告了文学时代的"终结","文学研究的时代已经过去"①。米勒的预言虽然今天看来有些危言耸听或者言过其实,但也警示人们去关注文学衰退与沉落的趋势与事实。文学的这种命运使文学经典的地位和价值有所下降,其中释放的应该不是人类文明发展的正能量。因此无论是从文学研究、文化传承还是文化创新建设的角度看,都需要我们回到经典,重估经典

---

　　① J.希利斯·米勒:《全球化时代文学研究还会继续存在吗?》,《文学评论》,2001年第1期,第131—139页。

的价值,用经典来滋养今人之心灵。

其次,移动互联网改变了人类的生存方式,特别明显的是改变了人们的阅读方式。短平快的网络阅读尤其是移动网络阅读,使碎片化的浅阅读模式挤掉了整一性的深度阅读模式,"屏读"取代了"纸读"——虽然"纸读"并未消失,"屏读"也未必完全没有经典的阅读——但经典阅读的淡出和边缘化却是客观存在的事实,并时不时地引发"有识之士"对网络阅读的批评甚至抵制。经典何以能挣脱不可抗拒的移动网络施加的边缘化"宿命"?

再次,从文学教育和文学研究的现状看,经典阅读的有效性在下降。在文学教育中,学生乃至教师不读经典或者极少读经典,已不是个别和近期才出现的现象。就如韦勒克和沃伦早就指出过的那样,"由于对文学批评的一些根本问题缺乏明确的认识,多数学者在遇到要对文学作品做实际分析和评价时,便会陷入一种令人吃惊的一筹莫展的境地"①。当然,这不能说仅仅是中国高校的教师和研究者存在的现象,因为韦勒克的批评所指不是中国的文学界,但就我国而言,问题的严重性在于这种现象至今依然呈恶性循环之势。这不正是文学研究和文学教育的实践所昭示的又一种"经典缺失"吗?

如何提高文学经典阅读与(学术)阐释的有效性?其间需要怎样的理念与方法?如何处理文学经典的研究与追踪理论新潮的关系?显然,无论是对大众阅读、国民教育还是文学教学和文学研究来说,"重估经典"在我们这个时代都显得十分重要。

二、"理论热"后"理论"何为

上述提及的韦勒克和沃伦对经典阅读有效性的批评,大约发生在 20 世纪上半期,因此,从时间上看,与本文所说的我国近阶段发出的"经典重估"之呼声的时间相差了约 60 年,两者似乎有点互不相干。不过,就其批评的指称对象来说,却是基本一致的。韦勒克说的"由于对文学批评的一些根本问题缺乏明确的认

---

①　勒内·韦勒克、奥斯汀·沃伦:《文学理论》,刘象愚、刑培明、陈圣生等译,南京:江苏教育出版社,2005 年版,第 155—156 页。

识",部分是指当时美国等欧美国家文学研究者对层出不穷、五花八门的文学理论十分热衷,而对文学文本也就是文学经典本身的阅读十分冷漠,甚至根本不去细读经典文本,因此,文学评论与研究脱离文本,批评家对文本研读的能力低下,理论与文学及文本出现"脱节"现象。

与之相仿,20世纪八九十年代,我国文学研究领域大量接纳西方现当代文论,从而出现了两度"理论热",其间也出现了文学研究中理论与文学及文本"脱节"的现象。对此,批评者众。特别是近几年来,批评的声音更为强烈,而且更为自觉、理性和有力度,体现了对"理论"及其应用问题的深度反思,这种"深度"特别集中地体现在我国学者张江通过《强制阐释论》《理论中心论》等一系列论文与著作对西方现代文论所做的全面、系统的分析与评判。他指出,"强制阐释"抹杀了文学理论及其批评的本体特征,导引文论偏离了文学①,其结果是使文学研究远离了作家、作品和读者,滑向了"理论中心"。"理论中心"的"基本标志是,放弃文学本来的对象;理论生成理论;理论对实践进行强制阐释,实践服从理论;理论成为文学存在的全部根据"②。受这种西方"理论"的影响,我国文学研究领域也存在着理论与文学及文本"脱节"的弊端。张江的一系列论述以及所提出的新观点,对我国文学理论建设与文学研究有拨乱反正的作用。

不过,要纠正理论与文学及文本"脱节"的弊病,并非通过号召文学批评与研究者回到文本多啃读经典作品就大功告成的,因为有效的文本解读与阐释是需要适当、适度而又丰富的理论为指导的;"理论热"即便消退了,我们的文学研究界也不可能顷刻间自发地生成天然适合于自我需要的文学理论。因此,如果我国文学界在"理论热"过后真的进入了"后理论"阶段③,那么,这个阶段不是理论的空白阶段,而是理论创新与创造的时代。"经典重估"的呼吁中,就包含着对理论指导的急切期盼。

需要警觉的是,在我们对"理论热"以及西方理论的不足之处给出了富有价值与意义的批评的同时,是否在有意无意、自觉不自觉中让一些研究者萌生了抵制理论的潜在欲望和心理冲动呢? 或者说,某些批评者实际上已经表现出对理

---

① 张江:《强制阐释论》,《文学评论》,2014年第6期,第5—18页。
② 张江:《作者能不能死:当代西方文论考辨》,北京:中国社会科学出版社,2017年版,第136页。
③ 张江:《作者能不能死:当代西方文论考辨》,北京:中国社会科学出版社,2017年版,第136页。

论的不屑、抛弃和肤浅而毫无学理依据的所谓"批评"呢？若此，就不免有讳疾忌医之嫌了。

　　西方现代文论确实存在"强制阐释"及"理论中心"之弊，"走上了一条理论为主、理论至上的道路"，如果我们把这种"理论"直接而生硬地用之于文学批评与研究，就有可能闹出非驴非马、文不对题的笑话。但是，文学的文本解读与文学批评不同于纯粹的理论研究。理论研究是一种认识性活动，其目的是将经验归纳中所涉猎的非系统的知识，按照对象物的内部关系和联系予以合逻辑的概括、抽象，使之成为系统的有机整体，并将其提升为一种普遍性真理。与之不同，文学批评与文学评论是一种实践性活动，其目的是将普遍性真理(也即理论)用之于客观对象物(也即文本及各种文学现象)，并在对象物中得以合规律地阐发，其方法不是演绎、归纳和思辨，而是分析和阐释。我们在借鉴西方文论展开文学评论时，不能简单地把这种理论研究的演绎推理、理论思辨的方法直接套用到文学批评与评论中来，从而混淆理论研究和文学批评及文学鉴赏之间的差别(遗憾的是我们不少人这么做了却又反过来埋怨理论本身)。由此而论，在文学文本的解读与阐释过程中，运用和渗透某种理论与观念，体现阐释主体和评论主体对研究所持的某种审美的和人文的价值判断，是合情合理、合乎文学研究与评论之规律与规范的，与"强制阐释""理论中心"之弊是不可同日而语的两回事。

　　我们理性而清醒地看到现代西方文论的确存在先天不足，并且要看到它与我国文学与文化传统还有些水土不服，但是，我们不能由此便忽视许多外来理论运用者在研究实践中存在的理论素养不足、文本解读能力低下的客观现象，进而忽略经典阅读、文学批评与研究中必不可少的理论运用以及我们责无旁贷的理论原创与建设的历史责任。特别需要指出，我们反对文学研究从"理论"到"理论"的"场外阐释"，而要从文本出发，着力纠正前述的"脱节"现象，这并不意味着文学批评、经典解读不需要理论的指导与引领。

　　说到"经典重估"，我们大概首先会想到为什么"重估"、重估的"标准"是什么。"重估"意味着对既有的经典体系进行重新评判和评价，进而对这个体系做出当下的调整。那么评判和评价的标准是什么呢？"标准"就是在既往对经典评判的人文、审美等价值标准基础上又融入了新的价值内涵的理论系统，其中包含了"新"与"旧"两部分内容。如若完全以传统的"旧"价值评判标准去解读经典，那么就不存在什么"重估"了;反之,完全用"新"标准——暂且不说是不是存在这种纯粹的新标准——就意味着对传统经典体系的彻底颠覆与否定,这是不应该的也是不可能的。要很好地融合"新"与"旧"的价值标准对经典进行有效的评价与解读,就要求评论者与解读者拥有比较完善的文本解读与评判研究的能力与水平,也就是要具备比较成熟而丰厚的文学理论素养,这是作为文学专业工作者所不可或缺的前提条件,否则就会出现前述引用的韦勒克和沃伦所说的,许多研究者在解读作品时"对文学批评的一些根本问题缺乏明确的认识",从而陷入"一筹莫展"或者就"理论"而"理论"的窘境。至于一般的读者,也必须在具备了基本的文学鉴赏素养后才能实现对文学经典基本有效的业余性阅读与欣赏。

显而易见,要完成对经典文本准确而有深度的解读与研究,并不是解读者和研究者主观上努力追求并在实践中做到"从文本出发""反复阅读"就能奏效的。文学批评与文学研究是一个从理论到实践再到理论的辩证升华过程,没有先期的理论获得、积淀与储藏是万万难以实现专业化有效阅读与阐释的,也就谈不上文学研究和对经典的"重估"。现代西方文论以及我国学界在"理论热"中出现的理论与文学及文本"脱节"的现象,一方面是因为这种"理论"本身存在"强制阐释"的弊端,本身是非文学的,另一方面也是"理论"运用者自己生硬地套用"理论",强制地、外加地去"套读"文学文本所造成的。这后一种情况在我国学界是比较普遍地存在的,这是研究者理论与能力匮乏的表现,需要的是加强理论学习,提高对理论领悟、理解与应用的能力,而不是由此否定与抛弃理论本身。

从这个意义上说,在"重估经典"适逢"理论热"消退后的"后理论"阶段,要求文学研究者冷静地对待理论——包括我们给了了诸多批评的有先天缺陷的西方现代文学理论,不能忽略我们的文学理论建设与文学研究创新对理论的需要。我们既需要对本民族理论传统的继承,又永远需要他民族之理论的"源头活水",尤其是:我们不能忽视"理论引领"对"经典重估"和专业化文学研究的必要性和重要性。

三、理论经典与理论创新

我国"理论热"中崇拜的主要是 20 世纪以来的西方文学理论,而对此前的西方传统文学理论却相当"冷漠",这种"冷热不均"的现象本身就值得反思。今天,当我们强调理论建设需要重视本民族的理论传统的继承,也要汲取他民族理论之"源头活水"时,意味着对中外文学理论优秀传统都必须予以高度重视,这才是"理论热"后对理论思考和建设应该抱有的冷静、理性的态度,才能在理论重构中实现理论创新,形成真正具有中国气派的文学理论体系。因此,对20世纪以前的西方文学理论的重新审视和在此基础上的包容与接纳,是理论创新题中应有之义。其实,我们倡导的"经典重估",不应该仅仅理解为对经典文学作品的重读和重估,同时应该包括对重大文学史现象和文学理论经典的重估,因为理论和创作是文学实践的两个方面并共同构成了文学史上的重大文学史现象。历史上的文学理论既基于文学创作实践,也指导和服务于文学创作,因此要准确"重估"经典,离开了彼时的重大文学史现象和文学理论经典的参照是不可想象的。从这个角度看,"理论热"时期表现出来的对西方传统理论和现当代理论的一冷一热,这本身也是一种价值判断和取向上的谬误,是某种程度上的对他民族理论的"偏食":一方面过于重视并吸纳了现代西方文学理论而忽略了西方传统文学理论,把后者视为"过时";另一方面,由于对西方传统理论的理解长期停留在20世纪80年代以前的水平,对其接纳也停留于一知半解、残缺不全的基础上,这是又一种意义上的"偏食"。比如说,对西方19世纪现实主义和自然主义的文学理论,大多数学者都会认为对它们已经有了足够的理解、研究和借鉴,关于西方现实主义和自然主义文学理论,我们无须再多予关注和研究。事实果真如此吗?

在当代中国的文学理论与文学史表述中,自然主义始终是与现实主义"捆绑"在一起的。人们或者说它是"现实主义的极端化",或者说它是"现实主义的发展",或者说它是"现实主义的堕落",等等,不一而足。无独有偶,只要对自然主义文学的理论文献稍加检索,人们便很容易发现当时左拉们也是将自然主义与现实主义这两个术语"捆绑"在一起来使用的。通常的情形是,自然主义与现实主义两个术语作为同位语"并置"使用,例如:在爱德蒙·德·龚古尔写于1879年的《〈臧加诺兄弟〉序》中,便有"决定现实主义、自然主义和文学上如实研究的胜利的伟大战役,并不在……"①这样的表述;在另外的情形中,人们则干脆直接

---

① 爱德蒙·德·龚古尔:《〈臧加诺兄弟〉序》,朱雯等编:《文学中的自然主义》,上海:上海文艺出版社,1992年版,第299页。

用现实主义指称自然主义。

上面已经谈到,自然主义文学运动是举着反对浪漫主义的旗帜而占领文坛的。基于当时文坛的情势与格局,左拉等人在理论领域反对浪漫主义、确立自然主义的斗争,除从文学外部大力借助当代哲学及科学的最新成果来为自己的合理性进行论证外,还在文学内部从传统文学那里掘取资源来为自己辩护。而2000多年以来基本始终占主导地位的西方文学传统,便是由亚里士多德"模仿说"(后来又常常被人们唤为"再现说")奠基的"写实"传统,对此西方文学史家常以"模仿现实主义"名之。① 这正是左拉等自然主义作家将自然主义和现实主义两个术语"捆绑"在一起使用的缘由。这种混用,虽然造成了"自然主义"与"现实主义"两个概念的混乱(估计左拉在当时肯定会为这种"混乱"而感到高兴),但在特定的历史情境中,却并非不可理解和不可接受的。就此而言,当初左拉们与当今国内学界对现实主义与自然主义的两种"捆绑",显然有共通之处——都是拿现实主义来界定自然主义;两者之间存在一种历史的联系也未可知——前者的"捆绑"或许为后者的"捆绑"提供了启发与口实? 但这两种"捆绑"显然又有巨大不同:非但历史语境不同,而且价值判断尤其不同。在这两种不同的"捆绑"用法中,自然主义与现实主义两个术语的内涵与外延迥然有别。

左拉等人是将自然主义与"模仿现实主义""捆绑"在一起的,而我们则是将自然主义与高尔基命名的"批判现实主义"或恩格斯所界定的那种"现实主义""捆绑"在一起的。左拉那里的现实主义是"模仿现实主义";作为西方文学传统的代名词,"模仿现实主义"所指称的是2000多年来西方文坛上占主导地位的那种笼而统之的"写实"精神,因而是一个在西方文学史上具有普遍意义的"常数"。作为一个"常数"概念,左拉所说的"现实主义",其内涵和外延都非常之大,甚至大致等同于"传统西方文学"的概念。正因为如此,在某些西方批评家那里才有了"无边的现实主义"这样的说法。而在国内学人的笔下,"现实主义"非但指称一个具体的文学思潮(声称确立于1830年但迄今一直没有给出截止时间的文学主潮),而且指一种具体的创作方法(由恩格斯命名的、以唯物主义为哲学基础

---

① 利里安·R.弗斯、彼特·N.斯克爱英等:《自然主义》,任庆平译,北京:昆仑出版社,1989年版,第5页。

的、进步乃至是"至上"的、显然不同于一般"模仿现实主义"的创作方法)。不同于左拉等自然主义作家之基于文学运动的策略选择,中国文学界对自然主义与现实主义两个术语的"捆绑",其出发点有着明显的社会—政治意识形态背景。国人的表述在文学和诗学层面上都对自然主义和现实主义做出了明确的区分,并循着意识形态价值判断的思维逻辑重新人为地设定了现实主义和自然主义的内涵与外延。

在主要由左拉提供的自然主义文学理论文献中,其将自然主义扩大化、常态化的论述有时候甚至真的到了"无边"的程度:

> 自然主义会把我们重新带到我们民族戏剧的本原上去。人们在高乃依的悲剧和莫里哀的喜剧中,恰恰可以发现我所需要的对人物心理与行为的连续分析。①

> 甚至在18世纪的时候,在狄德罗和梅西埃那里,自然主义戏剧的基础就已经确凿无疑地被建立起来了。②

> 在我看来,当人类写下第一行文字,自然主义就已经开始存在了……自然主义的根系一直伸展到远古时代,而其血脉则一直流淌在既往的一连串时代之中。③

这从侧面再次表明,左拉用作为"常数"的现实主义来指称自然主义只是出于一种"运动"的策略,并非表明自然主义真的等同于作为"常数"的现实主义。否则,我们就只好也将他所提到的古典主义与启蒙主义都当成自然主义了。正如人们常常因为自然主义对浪漫主义的攻击,而忽略其对浪漫主义的继承与发展,人们也常常甚至更常常因为自然主义对"模仿现实主义"的攀附,而混淆其与"模仿现实主义"的本质区别。其实,新文学在选择以"运动"的方式为自己争取

① Emile Zola. "Naturalism in the Theatre", in George J. Becker(ed.), *Documents of Modern Literary Realism*, Princeton, New Jersey: Princeton University Press, 1963, p. 225.

② Jason David Hall, Alex Murray, eds.. *Decadent Poetics: Literature and Form at the British Fin de Siecle*, pp. 210-211.

③ Jason David Hall, Alex Murray, eds.. *Decadent Poetics: Literature and Form at the British Fin de Siecle*, pp. 198-199.

合法文坛地位的时候,不管是"攻击"还是"攀附",都只不过是行动的策略,而根本目的则只是获得自身新质的确立。事实上,在反对古典主义的斗争中,浪漫主义也曾返身向西方的文学传统寻求支援,我们是否由此也可以得出浪漫主义等同于"模仿现实主义"的结论呢? 显然不能,因为浪漫主义已经在对古典主义的革命反叛中确立了自己的"新质"。虽然为了给自身存在的合法性提供确凿的辩护曾将自然主义的外延拓展得非常宽阔,但在要害关键处,左拉与龚古尔兄弟等人都不忘强调:"自然主义形式的成功,其实并不在于模仿前人的文学手法,而在于将本世纪的科学方法运用在一切题材中。"[①]"本世纪的文学推进力非自然主义莫属。当下,这股力量正日益强大,犹如汹涌的大潮席卷一切,没有任何力量能够阻挡。小说和戏剧更是首当其冲,几被连根拔起。"[②]这种表述无疑是在告诉人们,自然主义是一种有了自己"新质"的、不同于"常数""模仿现实主义"的现代文学形态。

"写实"乃西方文学的悠久传统,但这一传统却并非一块晶莹剔透的模板。如果对以《荷马史诗》为端点的希腊古典叙事传统与以《圣经》为端点的希伯来叙事传统稍加考察比较,当可发现:所谓"写实"的西方文学传统,原来在其形成之初便有着不同的叙事形态。不管是在理论观念层面还是在具体的创作实践当中,西方文学中的所谓"写实",并非一成不变,而是恒处于不断生成的动态历史过程之中。具体来说,这不但涉及不同时代人们对"写实"之"实"的内涵有着不同的理解,而且相应地对"写实"之"写"的如何措置也总有着迥异的诉求。就前者而言,所谓的"实"是指什么?——是亚里士多德之"实存"意义上的生活现实? 还是柏拉图之"理式"意义上的本质真实? 抑或是苏格拉底之"自然"意义上的精神现实? 这在古代希腊就是一个争讼不一的问题。《诗学》之后,亚里士多德"实存"意义上的"现实说"虽然逐渐成为长时间占主导地位的观点,但究竟是怎样的"实存"又到底是谁家的"现实"却依然还是难以定论——是客观的、对象性的现实? 还是主客体融会的、现象学意义上的现实? 抑或是主观的、心理学意义上的现实? 在用那种体现着写实传统的"模仿现实主义"为新兴的自然主义张目的时

---

① 左拉:《论小说》,朱雯等编:《文学中的自然主义》,上海:上海文艺出版社,1992年版,第251页。

② Emile Zola. "Naturalism in the Theatre", in George J. Becker(ed.), *Documents of Modern Literary Realism*, Princeton, New Jersey: Princeton University Press, 1963, p. 219.

候,左拉显然意识到了如上的那一堆问题。所以,在将自然主义的本原追溯到远古的"第一行文字"的同时,左拉又说:"在当下,我承认荷马是一位自然主义的诗人;但毫无疑问,我们这些自然主义者已远不是他那种意义上的自然主义者。毕竟,当今的时代与荷马所处的时代相隔实在是过于遥远了。拒绝承认这一点,意味着一下子抹掉历史,意味着对人类精神持续的发展进化视而不见,只能导致绝对论。"①

为自然主义文学运动提供理论支持的实证主义美学家泰纳认为,艺术家"要以他特有的方法认识现实。一个真正的创作者感到必须照他理解的那样去描绘事物"②。由此,他反对那种直接照搬生活的、摄影式的"再现",反对将艺术与对生活的"反映"相提并论。他一再声称刻板的"模仿"绝不是艺术的目的,因为浇铸品虽可以制作出精确的形体,却永远不是雕塑;无论如何惊心动魄的刑事案件的庭审记录都不可能是真正的喜剧。泰纳的这种论断,后来在左拉那里形成了一个公式:艺术乃是通过艺术家的气质显现出来的现实。"对当今的自然主义者而言,一部作品永远只是透过某种气质所见出的自然的一角。"③而且左拉认为,要阻断形而上学观念对世界的遮蔽,便只有"悬置"所有既定观念体系,转过头来纵身跃进自然的怀抱,即"把人重新放回到自然中去"④,"如实地感受自然,如实地表现自然"⑤。由此出发,自然主义作家普遍强调"体验"的直接性与强烈性,主张经由"体验"这个载体让生活本身"进入"文本,而不是接受观念的统摄以文本"再现"生活,达成了对传统"模仿/再现"式"现实主义"的革命性改造。即便不去考究在文学—文化领域各种纷繁的语言学、叙事学理论的不断翻新,仅仅凭借对具体文学文本征象的揣摩,人们也很容易发现西方现代叙事模式转换的大致轮廓。例如:就"叙事"的题材对象而言,从既往偏重宏大的社会—历史生活转向偏

---

① Jason David Hall, Alex Murray, eds.. *Decadent Poetics*: *Literature and Form at the British Fin de Siecle*, p. 198.

② 诺维科夫:《泰纳的"植物学美学"》,朱雯等编:《文学中的自然主义》,上海:上海文艺出版社,1992 年版,第 68 页。

③ Emile Zola. "Naturalism in the Theatre", in George J. Becker(ed.), *Documents of Modern Literary Realism*, Princeton, New Jersey: Princeton University Press, 1963, p. 198.

④ Jason David Hall, Alex Murray, eds.. *Decadent Poetics*: *Literature and Form at the British Fin de Siecle*, p. 225.

⑤ 左拉:《论小说》,柳鸣九选编:《法国自然主义作品选》,天津:天津人民出版社,1987 年版,第 778 页。

重琐细的个体—心理状态;就叙事的结构形态而言,从既往倚重线性历史时间转向侧重瞬时心理空间;就叙事的目的取向而言,从既往旨在传播真理揭示本质转向希冀呈现现象探求真相;就作者展开叙事的视角而言,从既往主要诉诸"类主体"的全知全能转向主要诉诸"个体主体"的有限观感;就作者叙事过程中的立场姿态而言,从既往"确信""确定"的主观介入转向"或然""或许"的客观中立……

种种事实表明,如果依然用过去那种要么"再现"要么"表现"这样的二元对立思维模式去"重估经典",去面对已然变化了的西方现代文学,依然用既往那种僵化、静止的"写实"理念来阐释已然变化了的西方现代叙事文本,那么,我们势必既很难真正"重估"西方传统文学经典,也难以理喻自己所面对的新的文学对象,从而陷入左拉所说的那种"绝对论"。不仅如此,除对 19 世纪现实主义与自然主义理论与创作的理解与接纳上需要破除这种"依然"的顽固与偏执之外,在对待浪漫主义、唯美主义、象征主义、颓废主义等 20 世纪以前其他重大文学史现象和理论经典方面,照样也需要这种"破除"。反之,如果依然坚持这种"顽固"与"偏执",那么我们的"重估经典"是以偏概全的,"重构"和"创新"文学理论也可能成为漂亮的空话甚至美丽的谎言。

所以,对 20 世纪以前西方传统文学的重大文学史现象以及理论经典的"重估",是我们所说的"经典重估"题中应有之义,在此基础上吸纳其合理成分,对全面理解西方文论、重构并创新我们自己的文学理论,形成具有中国气派的文学理论学科体系来说,是不可或缺的,也是意义深远的。

（本文作者:蒋承勇）

"世界文学" 不是文学的 "世界主义"

20 世纪 90 年代以来,"世界文学""世界主义"成了中外学界尤其是欧美学界较为热门的话题,这与全球化浪潮的演进有直接关系。"世界文学"并不是一个新鲜话题,对其基本内涵学界也有一定共识,但在新语境下它却被不断重新阐释并赋予新的含义。① 在"网络化—全球化"背景下,文学一方面濒于"边缘化"的处境,另一方面,受一种过于狭隘的"世界主义"文化理论的影响,在一些研究者视野中,"世界文学"几乎成了西方少数经济大国和综合实力强国之文学,因而文学的民族性、本土化遭到了挤压。正如美国著名比较文学学者大卫·达莫若什(David Damroch)在《世界文学有多少美国成分?》一文中所指出的,"世界文学正在快速地变化为美国集团资本主义的怪兽"②。国内学者对此也提出了警示:"世界文学"口号的背后隐藏了"前所未有的文化单一性"企图,"强势文化对其他文化及其传统明显具有强迫性、颠覆性与取代性"③;"世界文学"成了"'世界上占支

---

①　世纪之交,国际学界围绕"世界文学"的概念展开了深入而持久的讨论,可谓见仁见智,新见纷呈。其中比较有影响的理论家与著作有: David Damrosch. *What is World Literature?* ,Princeton: Princeton University Press,2003; Christopher Prendergast (ed.). *Debating World Literature* ,London: Verso,2004; Pascale Casanova. *The World Republic of Letters* ,trans. by M. B. Debevoise,Cambridge,Mass. and London: Harvard University Press,2004; Emily Apter. *The Translation Zone: A New Comparative Literature* ,Princeton: Princeton University Press, 2006; Mads Rosendahl Thomsen. *Mapping World Literature: International Canonization and Transnational Literatures* ,New York: Contiuum,2008; David Damrosch (ed.). *World Literature in Theory* , Chichester,West Sussex: Wiley-Blackwell, 2014; Alexander Becroft. *An Ecology of World Literature: From Antiquity to the Present Day* ,London: Verso,2015。

②　大卫·达莫若什:《世界文学有多少美国成分?》,张建主编:《全球化时代的世界文学与中国:"当代世界文学与中国"国际学术研讨会论文集》,北京:中国社会科学出版社,2010 年版,第 139、143 页。

③　陈众议:《当前外国文学的若干问题》,《外国文学动态研究》,2015 年第 1 期,第 127—134 页。

配地位的国家的文学'，或'世界主要国家的文学'"①。在这种语境下，"世界文学"几乎成了文学上的"世界主义"之代名词，这是值得我们关注的现象。

如果"世界文学"仅仅是这种"世界主义"所期许的整一化的少数资本强国之文学的话，那么，以文学的他者性、异质性为存在与研究前提的比较文学也就毫无立锥之地，"消亡"便是其必然归宿，若此，它也许就是全球化和"世界主义"酿就的文学领域的牺牲品。人类文学的发展果真会如此吗？这是亟待深究与澄清的重要问题。对此，我以为，回顾"世界文学"术语与观念产生及传播的历史，特别是重温马克思、恩格斯和歌德等关于"世界文学"的重要论断，对于我们正确把握全球化势头日显强劲的时代的文学与文化发展趋势，探究文学研究的新观念、新方法，无疑具有重要学术价值和现实意义。

一、何谓 "世界文学的时代"

在我国学界，一说到"世界文学"，人们往往首先会想到歌德，因为，虽然歌德并不是第一个使用"世界文学"这一术语的人②，但他关于"世界文学"之论断的影响，却大大超过了前人。因此，究竟谁先使用这个术语已显得无关紧要，我们在讨论这一问题时，有必要首先分析歌德对"世界文学"的理解。

1827 年，歌德在与秘书爱克曼谈话时提到了"世界文学"（Weltliteratur）一词："每个人都应该对自己说，诗的才能并不那样稀罕，任何人都不应该因为自己写过一首好诗就觉得自己了不起。不过说句实在话，我们德国人如果不跳开周围环境的小圈子朝外面看一看，我们就会陷入上面说的那种学究气的昏头昏脑。所以我喜欢环视四周的外国民族情况，我也劝每个人都这么办。民族文学在现代算不了很大的一回事，世界文学的时代已快来临了。"③当时，歌德是在阅读了中国的传奇小说《风月好逑传》等作品之后，说出上述这番长期以来被学者们广为引用的著名论断的。在歌德一生的文学评论言说中，他曾经 20 多次提到"世

---

①　高照成：《"世界文学"：一个乌托邦式文学愿景》，《外国文学动态研究》，2016 年第 6 期，第 14—23 页。

②　根据德国学者海因里希·迪德林等人的考证，早在 1810 年，克里斯托弗·马丁·魏兰就已经率先使用了"世界文学"这一术语，更早一些时候，哲学家赫尔德也使用了"世界的文学"这样的说法。

③　爱克曼：《歌德谈话录》，朱光潜译，北京：人民文学出版社，1978 年版，第 113—114 页。

界文学"这一术语。

总体而言,歌德对"世界文学的时代"的展望,是基于国与国之间封闭、隔阂的日渐被破除,从而使不同民族、国家和地区间的文化与文学交流不断成为可能而言的,其前提是诸多具有文化差异性的民族文学的存在。因此,歌德说的"世界文学的时代"的人类文学,并不是消解了民族特性与差异性的文学之大一统,而是带有不同文明与文化印记的多元化、多民族文学同生共存的联合体,是一个减少了原有的封闭与隔阂后形成的多民族异质文学的多元统一。正是在这意义上,歌德又说:"我愈来愈深信,诗是人类的共同财产。"①因为优秀的文学作品可以超越民族文化价值和审美趣味的局限,为异民族的读者所接受,为异质文化背景下的文学创作提供借鉴,从而促进异质文化与文学的交流。歌德说:"我们所说的世界文学是指,充满朝气并努力奋进的文学家们彼此间十分了解,并且由于爱好和集体感而觉得自己的活动应具有社会性质。"②"我们想只重复这么一句:这并不是说,各个民族应该思想一致;而是说,各个民族应当相互了解,彼此理解,即使不能相互喜爱也至少能彼此容忍。"③这里,歌德认为不仅仅是个体的作家在"彼此间十分了解"的基础上保持了各自独特的创作个性,而且异民族、异质文化背景下的文学也是在"彼此理解""彼此容忍"——实际上是包容——的基础上,保持了自己独特性的同时又以其超越民族与文化的优秀个性而开放于世界文学之大花园。就当时的歌德来说,他不仅展望和预言"世界文学正在形成",尤其期待"德意志人在这方面能够也应该发挥出最大的作用,并且将在这一伟大的共同事业中扮演美好的角色"④。他还相信:"在未来的世界文学中,将为我们德国人保留一个光荣的席位。"⑤此处,"共同事业""扮演美好的角色"和"保留一个光荣的席位",都意味着"世界文学的时代"的"世界文学"是一个由不同民族之文

---

① 爱克曼:《歌德谈话录》,朱光潜译,北京:人民文学出版社,1978年版,第113页。

② 歌德:《歌德文集》(第10卷),范大灿、安书祉、黄燎宇等译,北京:人民文学出版社,1999年版,第410页。

③ Goethes Briefe,Hrsg. von Karl Robert Mandelkow,Bd. 4,Muenchen:Verlag C. H. Beck 1976 Bd. 4,S,pp. 591-592.

④ 歌德:《歌德文集》(第10卷),范大灿、安书祉、黄燎宇等译,北京:人民文学出版社,1999年版,第410页。

⑤ 高照成:《"世界文学":一个乌托邦式文学愿景》,《外国文学动态研究》,2016年第6期,第14—23页。

学经典组成的文学共同体,而在这个共同体里,歌德以自己已有的成就以及他对德国民族文学的信心,期待德国人创造的文学经典将会独树一帜、光彩夺目,进而拥有"光荣的席位"。对此,丁国旗的分析是精当的:"各民族的文学'经典'不过是'世界文学'属下的一个个'范本',正是这些无数个'范本'向我们展现了'世界文学'所应该具有的存在方式。"①今天看来,不仅歌德已经成为世界文学领域的经典作家,而且德国文学已然是世界文学大花园里一朵鲜艳的奇葩,为世界文学的存在"范式"提供了经典的样本。歌德的"世界文学的时代",展望的是生发于诸多异民族、异质文化的文学经典众声合唱的世界文学大家庭,那显然不是同质化、一体化、整一性的文学存在形态;歌德"世界文学设想的中心意义,首先意味着文学的国际交流和互相接受"②。

二、何谓"世界的文学"

在我国学界,比歌德"世界文学的时代"的概念更有影响力和指导意义的"世界文学"观念,来自马克思、恩格斯关于"世界的文学"的论断。对此,我国学界的同人已颇为了然,但是,在"网络化—全球化"的当下重提"世界文学"的话题,我们有必要重温并细辨其精义。

马克思、恩格斯在《共产党宣言》中指出:"资产阶级,由于开拓了世界市场,使一切国家的生产和消费都成为世界性的了。……古老的民族工业被消灭了,并且每天都还在被消灭。它们被新的工业排挤掉了,新的工业的建立已经成为一切文明民族的生命攸关的问题;这些工业所加工的,已经不是本地的原料,而是来自极其遥远的地区的原料;它们的产品不仅供本国消费,而且同时供世界各地消费。旧的、靠本国产品来满足的需要,被新的、要靠极其遥远的国家和地带的产品来满足的需要所替代了。过去那种地方的和民族的自给自足和闭关自守状态,被各民族的各方面的互相往来和各方面的互相依赖所代替了。物质的生产如此,精神的生产也是如此。各民族的精神产品成了公共的财产。民族的片

---

①　丁国旗:《祈向"本原"——对歌德"世界文学"的一种解读》,《文学评论》,2010 年第 4 期,第 70—75 页。

②　方维规:《何谓世界文学?》,《文艺研究》,2017 年第 1 期,第 5—18 页。

面性和局限性日益成为不可能,于是由许多种民族的和地方的文学形成了一种世界的文学。"①马克思、恩格斯生活的19世纪,资本主义生产的世界性成为一种客观存在。他们上述的论断,一方面指出了19世纪欧洲资本主义物质、经济的世界性发展总特征,指出了带有国际性质的经济运行方式使各民族、各地区和各国家的生产和消费已纳入了世界性大格局之中,于是,那种封闭的、孤立的、自给自足的宗法制和田园牧歌式的经济体制、生存方式乃至生活方式,逐步走向了边缘乃至消亡的状态;另一方面也指出了特定时代人的社会生活和精神生活方式是受这个时代的物质生产方式制约的,不仅物质生产,而且包括政治、法律、哲学、宗教、文学和艺术等社会意识形态在内,都受资本主义世界性生产的影响,这些社会意识形态乃至所隶属的一切思想、思潮和观念,都是从它们所赖以存在的社会历史条件中产生出来的。资本主义生产的世界性扩张与征服,不仅存在于商品交换涉及的领域,而且涉及精神、文化领域。这意味着文学艺术作为一种社会意识形态,也会在物质、经济的世界性扩张与征服中趋于世界化。虽然,人类精神的生产有自身的规律,物质生产和精神生产存在着不平衡性,但是,精神生产不可抗拒、不同程度地要受制于物质生产之大趋势的影响。正因为如此,马克思、恩格斯指出,在资本主义开拓了"世界市场"的背景下,不同民族、国家和地区的文学在经济和物质生产方式国际化强势的推动下,将形成"世界的文学",于是"各民族的精神产品成了公共的财产"②。

值得仔细辨析的是,马克思、恩格斯讲的"世界的文学",是在"许多种民族的和地方的文学"③的基础上形成的,换句话说,"许多种民族的和地方的文学"的独立存在与互补融合,是"世界的文学"产生与形成的前提。因此,在马克思、恩格斯的"世界文学"观念中,民族文学与世界文学是一种相互依存的共生关系;"世界文学"是基于文化相异的多民族文学各自保持相对独立性基础上的多元统一之文学共同体,是民族性与人类性(世界性)的辩证统一,而不是大一统、整一性的人类总体文学。这与别林斯基的观点不谋而合。别林斯基说:"只有那种既是民族性的同时又是一般人类的文学,才是真正的民族性的;只有那种既是一般的

① 《马克思恩格斯文集》(第2卷),北京:人民出版社,2009年版,第35页。
② 《马克思恩格斯文集》(第2卷),北京:人民出版社,2009年版,第35页。
③ 《马克思恩格斯文集》(第2卷),北京:人民出版社,2009年版,第35页。

人类的同时又是民族性的文学,才是真正人类的。"①也正如美国当代著名比较文学专家大卫·达莫若什所言,世界文学是"在本民族文化以外传播的文学作品"②,或如美国文学理论家弗雷泽(Matthias Freise)所言,世界文学的"核心问题是普适性与地方性的关系……世界文学的理解首先是从差异性开始的"③。这些学者和理论家的论断,都从不同时代的不同立场和角度说明:世界文学不是整一化的人类文学统一体,而是诸多国家和民族文学的多元融合体。虽然国内外关于"世界文学"的理解迄今仍然是众说纷纭,但上述关于"世界文学"的基本内涵是不同时期、不同国家的文学研究者们已达成的一种基本共识,其中,马克思、恩格斯的论断无疑更具前瞻性和普遍指导意义。

至于马克思、恩格斯所说的"民族的片面性和局限性日益成为不可能",从文化交流与影响的角度看,这种"片面性"和"局限性"之"成为不可能",不等于各民族文化差异性、独特性的消失,而主要是指在不同质的文化与文学彼此取长补短基础上的优化发展与演变,使既有民族性又有人类性的元素得以在交流中弘扬;也就是说,"成为不可能"或者在交流中"消失"的,是各民族文化中惰性和狭隘意义上的"片面性"和"局限性"元素,而不是足以彰显其独特性、优质性意义上的特色与优势元素。因此,从总体趋势看,在人类文学朝着世界文学方向发展的同时,或者说在"世界的文学"形成的同时,民族文学的个性、特色与优势会不同程度地得以保留抑或彰显而不是销蚀。不仅如此,不同的文学与文化并不存在优劣之分,而只有特色之别,有包容性与互鉴性,其生存与发展并不像自然界那样遵循自然选择的"丛林原则"。即使是面对物竞天择的自然界,人类也有责任保护和捍卫自然物种的多样性存在,"当前,有关环境恶化的全球化最可怕的问题或许是世界范围内的生物多样性的破坏",而"人们如何看待他们的自然环境在很大程度上取决于其文化背景"。④ 因此,站在人道的高度看,人类必须维持自然生态的良性循环与发展,其间体现的是生态伦理观念。与之相仿,站在人类文学与文化存在之多样性、多元化之必然前提看,各民族文学的特色与优势也更须得

① 别林斯基:《别林斯基选集》(第3卷),满涛译,上海:上海译文出版社,1980年版,第187页。

② David Damrosch. *What is World Literature?* ,Princeton:Princeton University Press,2003.

③ Matthias Freise. "Four Perspectives on World Literature:Reader Producer,Text,and System". (见第二届"思想与方法"国际高端对话暨学术论坛会议文集,北京师范大学文学院,2015年10月16—17日)。

④ 曼弗雷德·B.斯蒂格:《全球化面面观》,丁兆国译,南京:译林出版社,2013年版,第77、73页。

到有效尊重与保护,使其有各自生存、延续与发展的空间,其间体现的是人类文化命运共同体意义上的文化伦理观念。由是,人类文明也就不一定必然表现为"文明的冲突",而是互补、融合、共存,世界文学也就有了多元共存的文化伦理前提。正如杜威·佛克马(Douwe W. Fokkema)所言,"世界文学的概念本身预设了一种人类拥有共同的禀赋与能力这一普适性观念"①。

三、"世界文学"是遥不可及的"乌托邦"?

在此,需要特别指出的是,以往学界对马克思、恩格斯"世界文学"观的理解,一般只认为那是他们对人类文学发展趋势的预测与展望,"世界文学"仅仅是一种永远在路上的"预言"而已,实际上是无法实现和实证的,甚至是一种遥不可及的"乌托邦"。② 其实,我认为,从 19 世纪欧洲和西方文学发展的历史事实看,马克思、恩格斯的这种展望和预言,在很大程度上已经得以实现和验证,因而这种理论有其科学性和普遍真理性。在此,我们不妨以 19 世纪浪漫主义和现实主义两大文学思潮的演变为例略做阐述。

浪漫主义与现实主义是 19 世纪欧洲文学中最波澜壮阔的文学思潮,也是欧洲近代文学的两座高峰。就欧洲文学或西方文学而言,"文学思潮"通常都是蔓延于多个国家、民族和地区的,同时,它必然也是在特定历史时期某种社会—文化思潮影响下形成的具有大致相同的美学倾向、创作方法、艺术追求和广泛影响的文学潮流。更具体地说,凝结为哲学、世界观的特定社会文化思潮(其核心是关于人的观念),乃文学思潮产生发展的深层文化逻辑("文学是人学");完整、独特的诗学系统,乃文学思潮的理论表达;流派、社团的大量涌现,并往往以运动的形式推进文学的发展,乃文学思潮在作家生态层面的现象显现;新的文本实验和技巧创新,乃文学思潮推进文学创作发展的最终成果展示。笔者如此细致地解说"文学思潮",意在强调:19 世纪欧洲和西方的"文学思潮"通常是在跨国阈限下

---

① Douwe Fokkema. "World Literature", in *Encyclopedia of Globalization*, edited by Roland Robertson and Jan Aart Scholte, New York and London: Routledge, 2007, p. 1291.

② 高照成:《"世界文学":一个乌托邦式文学愿景》,《外国文学动态研究》,2016 年第 6 期,第 14—23 页。

蔓延的——它们每每由欧洲扩展到美洲乃至东方国家——其内涵既丰富又复杂，只有认识到这一点，我们才可能深度理解 19 世纪西方浪漫主义和现实主义两大思潮所拥有的跨文化、跨民族、跨语种的"世界性"效应及其"世界文学"之特征与意义。事实上，浪漫主义和现实主义两大文学思潮就是在世界性、国际化的欧洲资本主义社会历史背景下产生的；或者说，正是 19 世纪前后欧洲资本主义物质生产方式的世界性、国际化大趋势，催生了这两大文学思潮并促其流行、蔓延于欧美的大部分国家和地区。在那时的交通与传播媒介条件下，这样的流行与盛行已经足够"世界性"和"国际化"了。因此，这两大文学思潮实际上就是"世界性""国际化"思潮，其间生成和拥有的文学实际上就是相对的、某种程度的"世界的文学"或者"世界文学"范式。由此而论，著名丹麦文学史家勃兰兑斯的六卷本皇皇巨著《十九世纪文学主流》，完全可以说是对上述两大"国际化""世界性"文学思潮的开拓性、总结性的比较研究。这部巨著既是特定时期的断代"欧洲文学史"著作，也是一种类型的"世界文学史"著作，其主要研究理念与方法属于"比较文学"，因此，它也是比较文学的经典之作。

不仅如此，事实上 19 世纪欧洲和西方文学思潮的流变，远远超出了欧洲和"西方"国家之地理范畴。随着 19 世纪欧洲资本主义物质生产方式的世界性展开，特别是各民族间文化交流、国际交往的普遍展开，其与东方国家和民族之间的文学交流也开始蓬勃发展起来了，并且主要是西方文学向东方国家和民族的传播。当时和稍晚一些时候，国门逐步打开后的中国也深受西方文学思潮的影响，近现代中国文坛上回荡着浪漫主义、现实主义等文学思潮的高亢之声。日本文学则受其影响更早、更大。如此说来，浪漫主义和现实主义文学思潮之世界文学属性与特征是显而易见的，它们的产生、发展与流变，起码称得上宽泛意义上的"世界文学"存在范式，而笔者则更愿意称其为名副其实的早期的"世界文学"。如果有人认为如此界定"世界文学"，其涵盖面还太狭窄，因而不能称为"世界文学"的话，那么笔者要说，在一定意义上，"世界文学"之涵盖面是永远无法穷尽的，尤其是，"世界文学"之根本内涵不是数量意义上的民族文学的叠加与汇总，而是其超民族、跨文化、国际性的影响力以及跨时空的经典性意义。19 世纪欧洲浪漫主义与现实主义文学思潮不正是因为具有了这种影响力和经典性才至今拥有不衰的世界意义吗？

再换一个角度,我们从研究方法上看,马克思、恩格斯在后来的著作中论及19 世纪浪漫主义和现实主义文学的时候,其眼光和视界显然也是国际化、世界性的,并不限于单个的民族和国家。比如,马克思、恩格斯曾经研究和讨论过的 19世纪欧洲作家就多达几十位,其中包括法国的夏多布里昂、雨果、乔治·桑、欧仁·苏、巴尔扎克、左拉、莫泊桑,英国的瓦尔特·司各特、骚塞、拜伦、雪莱、托马斯·卡莱尔、艾略特、狄更斯、萨克雷、哈克奈斯,德国的阿伦特、卡尔·倍克、海涅、弗莱里格拉特、敏娜·考茨基、卡尔·济贝尔、贝尔塔、卡·维尔特,俄国的普希金、赫尔岑、屠格涅夫、莱蒙托夫、车尔尼雪夫斯基、杜勃罗留波夫、谢德林,挪威的易卜生,等等。此处,分国别详细列举这些作家,意在说明马克思、恩格斯是在"世界文学""比较文学"的视野和语境中研究 19 世纪文学的,他们的这种研究方法和学术理念,同其研究资本主义以及人类社会的发展规律一样是世界性的和全人类的。他们对 19 世纪欧洲文学思潮和作家作品的阐释,实质上就是对资本主义特定历史阶段的"世界文学"的研究和分析;他们由此总结归纳所得出的文学理论,显然属于人类"总体文学"或者"世界文学"的范畴。尤其是,他们关于19 世纪现实主义文学的精辟论断,无可否认地具有世界性、人类性意义。他们认为:优秀的文学作品必须有现实关怀和历史呈现,进而拥有真实性品格和社会认识价值;要塑造"典型环境中的典型性格";要遵守"细节真实"原则;等等。这些理论生发于对 19 世纪欧洲各国现实主义文学的研究,不仅其研究对象具有国际性,而且研究成果的适用范围更具世界性、人类性和历史超越性,对世界文学产生了深远的、不可磨灭的影响。如果说文学也有"世界市场"的话,那么,马克思、恩格斯从 19 世纪欧洲文学,尤其是现实主义文学思潮中归纳提炼出来的文学原理,无疑是可以在世界的和人类的文学"世界市场"中流通的优秀精神文化产品。好在,与物质商品的流通不同,文学理论的世界性传播与"流通"几乎不需要有形的"世界市场",马克思、恩格斯的上述关于现实主义文学的经典理论,亦早已不胫而走、广为传播,并产生了深远而广泛的世界性、国际性影响。

由此而论,在 19 世纪,马克思、恩格斯以及歌德所说的"世界文学",实际上已不仅仅是一种永远在路上的"预言",也不是遥不可及的"乌托邦"愿景,而是已产生和形成的"世界文学"实体存在,或者说是一种可供遵循和参照的"世界文学"经典范式。当然,即使是在 19 世纪,这种"世界文学"经典存在范式,也不仅仅限于欧洲现实主义与浪漫主义文学。如前所述,事实上歌德就是在阅读了中国文学经典之后提出"世界文学"论断的,这意味着中国和东方国家文学经典之国际性影响与传播早已存在。限于篇幅,此不赘述。

另外,在上述所说的"世界文学"发展过程中,即便是同一种文学思潮范围内的各民族文学,除了具有某一种文学思潮所共有的文化与审美以及创作方法、技巧的相似性之外,仍然保留了各民族、国家和地区之文学的独特性和差异性。比如,就浪漫主义文学思潮来说,它首先出现在德国,继之蔓延于法国、英国、俄国、美国乃至东方国家,但是,浪漫主义文学在不同的国家和区域的流行,其特征是同中有异、精彩纷呈的。德国浪漫派留恋中世纪,表现出超验的、形而上的和宗教的特征;法国浪漫派既有宗教情结,又追求自由精神和异国情调;英国浪漫派迷恋大自然,寄情于湖光山色,对现代文明表现出超常的不满与反叛;俄国浪漫派则受西欧浪漫派的影响,表现出对落后封闭的俄国农奴制社会的反抗性;美国的浪漫派则与追寻"美国梦"紧密联系,热衷于歌颂人的力量与人性的自由,表达新兴美利坚民族的自豪感。现实主义的文学思潮在欧美和东方各国产生世界性影响,也同样呈现出千姿百态的多元风格。这说明,在世界文学的发展过程中,民族的、国家的文学之独特性不会被销蚀,而是在互补交流中各显风采,并由此汇成蔚为壮观、多姿多彩的世界文学新格局、新态势。

尤其需要强调的是,就 19 世纪文学思潮的发展演变来看,"世界的文学"的出现也好,"世界文学的时代"之到来也罢,都不仅没有导致民族的和不同质的文学的消失,也没有出现一体化、同质化、整一性的大一统人类文学,而且孕育了一种额外的产品:借着 19 世纪欧洲文学的"世界性"发展,一种研究文学的新方法——"比较文学"应运而生。没有文化的差异性和他者性,就没有可比性;而有了民族的与文化的差异性的存在,就有了异质文学的存在,文学研究者也就可以在"世界文学"的大花园中采集不同的样本,通过跨文化、跨民族的比较研究,去追寻异质文学存在与发展的奥秘,并深化对人类文学规律的研究。因此,正是"世界文学"的出现与形成,激活了文学研究者对民族文学和文化差异性认识的自觉,文学研究者的比较意识也由此空前凸显,比较文学也就应运而生。由此我们似乎也从一个独特的角度证明了为什么"比较文学"兴起于 19 世纪的欧洲——因为"比较文学"天然地需要以跨民族、跨文化和异质性、他者性为存在的前提条件,比较文学是天然地依存于世界文学的。如此说来,勃兰兑斯可以说是19世纪比较文学领域最有成就的实践者之一。

那么,当人类社会进入了21世纪的"网络化—全球化"时代,物质的、经济的和技术的全球化愈演愈烈,文化交流也快速而深度地展开,"世界文学"又将呈何种形态?它会走向文学的"世界主义"吗?

四、"网络化—全球化"意味着文化"一体化"?

网络助推全球化,我们正处在"网络化—全球化"时代。不管从哪个角度看,全球化都已插上网络技术的翅膀,其进程越来越快,成为一种难以抗拒的世界潮流,人类的生存已然处在快速全球化的"高速列车"中。然而,全球化在人的不同生存领域,其趋势和影响是不尽相同的,尤其是在文化领域更有其复杂性,因此,简单地认定文化也将走向普遍意义上的"全球化",无疑过于武断和不正确。

当今时代的全球化,首先是在经济领域出现的。从这一层面看,全球化的过程是全球"市场化"的过程;"市场化"的过程又往往是经济规则一体化的过程。"进入(20世纪)80年代以来,世界资本主义经历了一番结构性的调整和发展。在以高科技和信息技术为龙头的当代科学技术上升到一个新的台阶之后;商业资本的跨国运作,大型金融财团、企业集团和经贸集团的不断兼并,尤其是信息高速公路的开通,不仅使得经济、金融、科技的'全球化'在物质技术层面成为可能,而且的确很大程度上变成了一种社会现实。越来越多的国家加入到一个联系越来越密切的世界经济体系之中,国际货币基金组织、世界贸易组织等世界性经贸联合体实行统一的政策目标,各国的税收政策、就业政策等逐步统一化,技术、金融、会计报表、国民统计、环境保护等,也都实行相对的标准。"①这说明,全球化时代的人类经济生活,追求的是经济活动规则的一体化与统一性。由于"全球化"的概念主要或者首先来自经济领域,而经济领域的"全球化"又以一体化或统一性为追求目标和基本特征,因而,在这种意义上,"全球化"这一概念与生俱来就与"一体化"相关联,或者说它一开始就隐含着"一体化"的意义。

---

① 盛宁:《世纪末·"全球化"·文化操守》,《外国文学评论》,2000年第1期,第1—15页。

在网络信息技术快速发展的 21 世纪,伴随经济全球化而来的是金融全球化、科技全球化、传媒全球化,由此又必然产生人类价值观念的震荡与重构,这就是文化层面的全球化趋势。经济的全球化必然会带来思想文化领域的变革,这是历史发展的规律。然而,文化的演变虽然受经济的制约,但它的变革方式与发展方向则因其自身的独特性而不至于像经济等物质、技术形态那样呈一体化特征。因此,笼统地讲文化的全球化传播也必然像经济全球化那样趋于"一体化"是不恰当的,文化上的全球化"趋势"并不是各民族文化的整一化、同质化。在经济大浪潮的冲击下,西方经济强国(主要是美国)的文化价值理念不同程度地渗透到经济弱国的社会文化机体中,使其本土文化在吸收外来文化因素后产生变革与重构。从单向渗透的角度看,这是经济强国的文化向经济弱国的文化输入乃至文化扩张,是后者向前者的趋同。然而,文化发展规律之不同于经济发展规律的独特性在于:不同种类、不同质的文化形态的价值与性质并不完全取决于它所依存的经济形态的价值;文化的价值标准不像经济的物质的价值标准那样具有普适性,相反,它具有相对性。因此,在经济全球化的过程中,不同的文化形态在互渗互补的同时,依然呈现多元共存的态势,文化的独立性、互补性与多元性是辩证统一的。在经济全球化的过程中,经济弱国的文化价值观念同样也可能反向渗透到经济强国的文化机体之中,这是文化互渗或文化全球化"趋势"的另一层含义。正如美国社会学家罗兰·罗伯逊所言,在文化上,"全球文化的流动经常会给地方文化注入活力。因此,地方差异性和特色并非完全被西方同质性的消费主义力量所淹没,它们在创造璀璨的独特文化方面仍发挥着重要作用",因此,全球化不仅不会导致世界文化的同质化,反之会促进文化上的"全球地方化"。① 所以,在谈论经济全球化背景下的文化发展演变趋势时,我既不赞同任何一种文化形态以"超文化"的姿态,凌驾于其他异质文化的价值体系之上并力图取代一切,谋求"世界主义"的大一统,也不赞同狭隘的文化相对主义、民族主义和保守主义。我认为,文化上的全球化"趋势"——仅仅是"趋势"而已——既不能抹杀异质文化的个性,也不能制造异质文化之间的彼此隔绝,而应当在不同文化形态保持独特个性的同时,对其他文化形态持开放认同的态度,使不同质的文

---

① 转引自曼弗雷德·B.斯蒂格:《全球化面面观》,丁兆国译,南京:译林出版社,2013 年版,第 62 页。

化形态在对话、交流、认同的过程中,在互渗互补与本土化的互动过程中,既关注与重构人类文化的普适性价值理念,体现对人类自身的终极关怀,又尊重并重构各种异质文化的个性,从而创造一种普适性与相对性辩证统一、富有生命力而又丰富多彩的世界文化,而不是像"世界主义"论者所倡导的"强国文化"的独霸。所以,文化上的"全球化",或者文化上的世界化、国际化,强调和追求的都是一种包含了相对性的普适文化,是一种既包容了不同文化形态,又以人类普遍的、永恒的价值作为理想的人类新文化,是一种多元共存、和而不同的"文化共同体"。

因此,我认为,21世纪经济、物质、技术领域的全球化,并不至于导致同等意义上的文化的同质化、一体化,而是文化的互渗互补与本土化、地方化的双向互动;换句话说,"网络化—全球化"并不至于使世界走向文化上的"世界主义",而是普适性与多元化的辩证统一。"世界上'一体化'的内容可以是经济的、科技的、物质的,但永远不可能是文学的或文化的。"①这种历史发展趋势,同样符合马克思、恩格斯关于物质生产方式与精神生产方式发展的不平衡性规律。所以,在严格的意义上,或者从物质生产与精神生产不平衡性规律看,"全球化"可能导致的"一体化"主要表现在经济领域,而文化上的全球化、世界性"趋势"则终究是文化领域和而不同的多元共存。这种文化发展趋势恰恰为"网络化—全球化"时代的比较文学及其跨文化研究提供了存在与发展的有利前提,也为"世界文学"的发展、壮大奠定了文化基础。由是,比较文学"消亡"论便是无稽之谈。

五、"比较文学"抗拒"世界主义"?

在网络化与经济全球化的过程中,人类文化无可避免地也将走向变革与重构;文学作为文化的一部分,也必将面临变革与重构的境遇,文学的研究也势必遭遇理论、观念与方法之变革与创新的考验。现实的情形是,20世纪90年代以降,经济的全球化和文化的信息化、大众化,把文学逼入了"边缘化"状态,使之失去了先前的轰动与辉煌,美国著名文学理论家J.希利斯·米勒曾经提出文学时

① 丁国旗:《祈向"本原"——对歌德"世界文学"的一种解读》,《文学评论》,2010年第4期,第70—75页。

代的"终结"之说:"新的电信时代正在通过改变文学存在的前提和共生因素(concomitants)而把它引向终结。"①相应地,他认为:"文学研究的时代已经过去了。再也不会出现这样一个时代——为了文学自身的目的,撇开理论的或者政治方面的思考而单纯地去研究文学。那样做不合时宜。"②今天看来,米勒的预言显然言过其实,不过,它也让人们更加关注文学的衰退与沉落以及文学研究的危机与窘迫的事实,文学工作者显然有必要正视文学的这种现实或趋势,在"网络化—全球化"境遇中,谋求文学研究在理论与方法上的革新。其实,米勒的"文学研究成为过去"也许仅仅是指传统的文学研究方法"成为过去",而不是所有的文学研究。那么,我们不妨从这种被"成为过去"的危机意识、忧患意识出发,努力寻求与拓展文学研究的新理念、新方法,使文学研究尽可能摆脱"传统"的束缚。

既然经济上的全球化不等于文化上的"一体化",而是和而不同的多元共存,那么,全球化趋势下的"世界文学"也必然是多元共存状态下的共同体,而不是大一统的文学上的"世界主义";既然全球化时代的人类文学是非同质性、非同一性和他者性的多民族文学同生共存的"世界文学"共同体,那么,"世界文学"的研究不仅需要而且也必然地隐含着一种跨文化、跨文明的和比较的视界与眼光,以及异质的审美与价值评判,于是,比较文学天然地与"世界文学"有依存关系——没有文学的他者性、非同一性、不可通约性和多元性,就没有比较文学及其跨文化研究。显然,比较文学及其跨文化研究自然地拥有存在的必然性和生命的活力,也是更新文学研究观念与方法的重要途径。

文学的研究应该跳出本土文化的阈限,进而拥有世界的、全球的眼光,这样的呼声如果说以前一直就有,而且不少研究者早已付诸实践,那么,在"网络化—全球化"境遇中,文学研究者对全球意识与世界眼光则更应有一种主动、自觉与深度领悟,比较文学及其跨文化研究方法也就更值得文学研究者去重视、运用与拓展。比较文学本身就是站在"世界文学"的基点上对文学进行跨民族、跨文化、跨学科的研究,它与生俱来拥有一种世界的、全球的和人类的眼光与视野,因此,

---

① J.希利斯·米勒:《全球化时代文学研究还会继续存在吗?》,《文学评论》,2001 年第 1 期,第131—139 页。

② J.希利斯·米勒:《全球化时代文学研究还会继续存在吗?》,《文学评论》,2001 年第 1 期,第131—139 页。

它天然地拒斥文学的"一体化"与"世界主义",或者说,比较文学及其跨文化研究本能地抗拒"强势文化对其他文化及其传统"的"强迫性、颠覆性与取代性",拒斥"经济大国"和"综合实力强国"之文学"一元化"企图及其他民族文学的强势挤压与取代。正如美国耶鲁大学比较文学教授理查德·布劳德海德所言:"比较文学中获得的任何有趣的东西都来自外域思想的交流基于一种真正的开放式的、多边的理解之上,我们将拥有即将到来的交流的最珍贵的变体:如果我们愿意像坚持我们自己的概念是优秀的一样承认外国概念的力量的话,如果我们像乐于教授别人一样地愿意去学习的话。"①因此,在全球化境遇中,比较文学及其跨文化研究方法在文学研究中无疑拥有显著的功用和活力,它成全的是多元共存的世界文学,却断然不可能去成全"一体化"的文学的"世界主义",而是对文学"世界主义"的抗拒。

不仅如此,在全球化的境遇中,比较文学对文化的变革与重构,对促进异质文化间的交流、对话和认同,对推动民族文化的互补与质异文化的本土化,均有特殊的、积极的作用。因为比较文学之本质属性是文学的跨文化研究,这种研究至少在两种异质文化的文学之间展开,因此它可以通过对异质文化背景下的民族文学的研究,促进异质文化之间的理解、对话与交流、认同。所以,比较文学不仅以异质文化视野为研究的前提,而且以促进异质文化之间的互认、互补为终极目的,它有助于异质文化间的交流,使之在互认的基础上达到互渗互补、同生共存,使人类文化处于普适性与多元化的良性生长状态,而不是助长不同文化间的互相倾轧、恶性排斥。就此而论,比较文学必然抗拒文化上的"世界主义"。

也许,正是由于比较文学及其跨文化研究把文学研究置于人类文化的大背景、大视野下,既促进各民族文化的交流与互补,又促进着"世界文学"的发展与壮大,因而它自然也有可能为文学摆脱"边缘化"助一臂之力。不仅如此,在"网络化—全球化"境遇中,虽然有人担心甚至预言"文学研究的时代已经成为过去",但笔者上文的论说亦已说明:"网络化—全球化"促进了文学的交流互补因而也促进了世界文学的繁荣,而在世界文学母体里孕育、成长,并在其"生机"中

---

① 理查德·布劳德海德:《比较文学的全球化》,王宁编:《全球化与文化:西方与中国》,北京:北京大学出版社,2002年版,第235页。

凸显其作用与功能的比较文学及其跨文化研究,无疑为文学研究者拓宽了视野,使新观念、新方法、新思路与新途径的形成成为可能,从而使我们的文学研究获得一种顺应文化变革与重构的机遇。正是在这种意义上,通过比较文学及其跨文化研究方法的推广、张扬与卓有成效的实践,我们不仅可以避免并扼制文学的"世界主义"倾向,而且可以推进世界文学走向一种"人类审美共同体"之更高境界。"将各国对待世界文学的方式进行比较研究,我们也可以更好地构建世界文学传统。我们可以避免过分强调几个文学大国……也可以避免向外随意地输出美国式多元主义。"①

至于"人类审美共同体"的具体内涵和构建途径,那将是笔者另一有待展开的论题,此不赘述。但是,简而言之,它无疑是一种经历了"网络化—全球化"浪潮之洗礼,摆脱了"世界主义""西方中心主义"以及经济与文化强国的强势性支配与控制,文学与文化的民族化、本土化得以保护与包容,各民族的传统文化和信仰相对调和、相得益彰、多元共存、和而不同的新的世界文学境界。就此而论,"世界文学"以"各民族文学都很繁荣,都创造经典,彼此不断学习,平等、相互依赖而又共同进步的文学盛世为目标"②。在这样的"人类审美共同体"里,中国文学和中国的文学研究者定然有自己的声音和"光荣的席位"——正如歌德当年对德国人和德国文学的期许与展望一样。对此,今天中国的文学工作者无疑应该有这种文化自信和能力自信。

最后,我将继续引用大卫·达莫若什的话来结束本文:"如果我们更多地关注世界文学在不同的地方是如何以多样性的方式构建的,那么全球的世界文学研究就会受益匪浅,我们的学术和我们研究的文学也将具有全球视角。"③

（本文作者：蒋承勇）

---

① 大卫·达莫若什:《世界文学有多少美国成分?》,张建主编:《全球化时代的世界文学与中国:"当代世界文学与中国"国际学术研讨会论文集》,北京:中国社会科学出版社,2010 年版,第 139—143 页。

② 丁国旗:《祈向"本原"——对歌德"世界文学"的一种解读》,《文学评论》,2010 年第 4 期,第 70—75 页。

③ 大卫·达莫若什:《世界文学有多少美国成分?》,张建主编:《全球化时代的世界文学与中国:"当代世界文学与中国"国际学术研讨会论文集》,北京:中国社会科学出版社,2010 年版,第 143 页。

跨文化视野与文学世界主义

——蒋承勇教授访谈录

张叉(以下简称张)：您是国内著名大学的著名学者指导的世界文学专业硕士、比较文学与世界文学专业博士，毕业后长期从事世界文学、外国文学、比较文学的教学与研究工作，积累了丰富的教学经验，推出了丰富的研究成果。世界文学、外国文学、比较文学在我国高校专业设置中的大致情况是怎样的？

蒋承勇(以下简称蒋)：在我国高等教育体系中，外国文学是中国语言文学系本科生的一门专业基础课，它指的是除中国文学之外的世界文学，在中国语言文学的特定学科语境中，它也一直被称为"世界文学"。而且，在 20 世纪八九十年代，我国部分高校的中文系就设有"世界文学"的硕士点，如上海师范大学等高校就在 80 年代中期开始被国务院学位委员会批准为全国极少数几个拥有文学硕士学位授权单位之一。我本人就是 80 年代后期在该校文学研究所获得世界文学专业硕士学位的，师从著名法国文学专家、翻译家郑克鲁先生。至于比较文学，主要是改革开放后陆续在我国高校的中国语言文学系为本科生开设的一门选修课，以后在不同高校也逐步成为专业课，并发展为具有硕士和博士学位授予权的专业，比如北京大学和四川大学等就是我国最早被国务院学位委员会批准为拥有比较文学博士学位授予权的高校。从学科设置的角度看，世界文学(外国文学)和比较文学原本是同属于中国语言文学(汉语言文学)的两个二级学科。1997 年经国务院学位委员会批准，比较文学和世界文学两者合并，在中国语言文学一级学科下新设为二级学科——"比较文学与世界文学"。我本人于 2002 年在四川大学获比较文学与世界文学专业博士学位，师从著名比较文学专家、文学批评家曹顺庆先生。我从走上大学讲台开始就从事外国文学的教学与研究工作,之后也讲授过比较文学概论之类的课程。而且,我在杭州大学(今浙江大学)中文系读本科期间(1978—1982)就选修了当时新兴的"比较文学"课,授课老师是原本从事俄罗斯文学研究的陈元恺先生。事实上新时期我国较早从事比较文学教学与研究工作的学者,基本上是从外国文学、现当代文学、文学理论等专业转过来的,比如乐黛云先生是从中国现代文学转向比较文学的,曹顺庆先生是从中国古典文论转向比较文学的,等等。这在某种程度上决定了我国当代比较文学学科发展跨专业、跨学科的特点。

张:您刚才结合自己的学习、工作经历勾勒了世界文学、外国文学、比较文学在我国高校的专业设置情况,脉络非常清晰。能否请您进一步就世界文学、外国文学与比较文学的关系谈谈看法?

蒋:从我国比较文学与世界文学学科发展的历史看,"比较文学"同"世界文学"之间还真有一些说不清道不明的关系。对人们耳熟能详却又众说纷纭的"世界文学"概念,我在此无意于从纯粹学术研究的角度多做阐发,仅从学科设置的角度谈一些粗浅的看法。

时至今日,学界依然有人对中国语言文学中的"世界文学"有不同看法。如上所述,中国语言文学所属二级学科中的"世界文学",习惯上指除中国文学之外的外国文学,这是一种基于中国语言文学一级学科语境与学科逻辑的狭义之概念。有人认为这个"世界文学"概念是错误的,因为,排除了中国文学的"世界文学"不能称为世界文学,而只能称"外国文学",进而认为,这是中国人对自己文化传统的"不自信"和"自我否定"。这里,如果离开中国语言文学这个特定的学科语境,那么此种质疑似乎不无道理。不过,我们不妨稍稍深入地想一想:中国学者怎么会不知道世界文学应该包括中国文学呢? 这是基本的常识,他们怎么可能犯如此低级的错误呢? 其实,在"中国语言文学"学科语境下谈"世界文学",完全可以直指不包括中国文学在内的外国文学。因为,中国文学在中文系是当然的专业基础课,在母语文学之外再开设外国文学,要求中文系学生在母语文学的学习之外,还必须拓宽范围学习外国文学,使其形成世界文学的国际视野和知识结构。于是,此种语境下的"世界文学"暗含了中国文学,或者说是以中国文学为参照系的人类总体文学;这一"世界文学"概念是在比较文学理念意义上包含了中外文学关系比照之内涵的人类文学之集合体,其间不存在根本意义上的中国文学的"缺位",自然也谈不上中国学者的"不自信"和"自我否定"。如果我们把这种语境下的"世界文学"称为狭义的世界文学的话,那么,离开这个语境,把中国文学也直接纳入其间,此种"世界文学"则是一个广义的概念。这两个概念完全可以在不同的语境中分别地、交替地使用,事实上我国学界几十年来正是在这样使用的,这是一种分类、分语境意义上的差异化使用,没有谁对谁错的问题。

张: 如何在"世界文学史"之类的教材编写中正确处理世界文学史同外国文学与中国文学之间的关系?

蒋: 如果有学者要编写包含了中国文学的"世界文学史"之类的教材或文学史著作,作为一种学术探索当然未尝不可;但为了教学操作以及中国读者的阅读方便起见,用"世界文学"指称外国文学,将不包括中国文学的"世界文学史"教材用之于已经接触、学习甚至熟谙中国文学的学生,有其必要性、合理性和可操作性,因而也是无可厚非的。就好比编写外国文学史或者世界文学史时,可以把东西方文学融为一体,也可以东西方分开叙述,两种不同体例各有其优长和实际需要,不存在哪一种体例绝对正确的问题。应该说,通过不同理念和体例的文学史之探索性编写,提供不同的学术成果和学术经验,倒是有助于学科建设和学术发展。

张: "比较文学与世界文学"和"比较文学与外国文学",哪一个更适合作为一个二级学科的指称?

蒋: "世界文学"在根本上是指多民族、分国别意义上的人类文学的总称,是一个"复数"的概念;它同时也可以指称有学科语境前提与逻辑内涵的除中国文学之外的"外国文学",也即与中国文学有对应和比照关系的"国外文学",它并没有与中国文学决然割裂。作为一个二级学科,用"比较文学与世界文学"而不是用"比较文学与外国文学"来指称,恰恰可以更好地强调中国文学的世界性存在与意义,突出中国文学的世界性因素,凸显民族主体意识和自我意识,同时也强化中国文学研究者的世界性追求。就此而论,"中国语言文学"一级学科下的"世界文学",其研究对象、内容和范围可以是中国文学基点审视下的世界各民族、各国家和地区的文学及相互关系,其最高宗旨是辨析跨民族、跨文化文学之间的异同与特色,探索人类文学发展的基本规律。

张：那么您又如何看待比较文学同跨文化、跨学科研究之间的关系？

蒋："比较文学"之本质属性是文学的跨文化、跨学科研究。比较文学的研究可以增进不同文化背景下的文学的互相理解与交流，促进异质文化环境中文学的发展，进而拓展与深化我们对人类总体文学的理解与把握。尤其是，比较文学可以通过对异质文化背景下的文学的比较研究，促进异质文化之间的互相理解、对话与交流及认同。因此，比较文学不仅以异质文化视野为研究的前提，而且以异质文化的互认、互补为终极目的，它有助于异质文化间的交流，使之在互认的基础上达到互补共存，使人类文学与文化处于普适性与多元化的良性生存状态。比较文学的这种本质属性，决定了它与世界文学的关系是一种天然耦合：比较文学之跨文化研究的结果必然具有超文化、超民族的世界性意义；世界文学的研究必然离不开跨文化、跨民族的比较以及比较基础上的归纳和演绎，进而辨析、阐发异质文学的差异性、同一性和人类文学之可通约性。因此，跨文化比较研究是世界文学研究的核心理念与方法；或者说，任何跨民族、跨文化的世界文学（外国文学）研究，都离不开"比较"的理念与方法，因而其本身也就是"比较文学"，或者说是比较文学理论的实践——虽然它不一定专门地去探讨与阐发比较文学的原理性问题。比如说，我对西方文学人文传统和"人"的母题的研究，就是跨文化、跨学科的比较文学的实践性研究，其实这本身就是比较文学。我把西方文学作为一个整体，从古希腊—罗马文化与希伯来—基督教文化之异质互补的角度，去梳理西方文学中"人"的母题与人文传统的演变，深度阐释西方文学中绵延不断而又千姿百态的人学内涵，揭示不同民族、不同时代西方文学人文意蕴和审美内涵的同中之异、异中之同，这既是完全意义上的比较文学研究，同时也是纯粹意义上的世界文学研究。

张：西方文学思潮研究也可以看成比较文学研究吗？

蒋：关于西方文学思潮的研究，看起来似乎就是外国文学研究，其实也是比较文学研究。文学思潮与流派的更迭，使文学大花园在花开花落中永葆着生命的活力。但是，文学艺术之生命力的恒久不衰，并不仅仅来源于创新与变革，同时还来源于传统的继承与延续。新的文学思潮与流派有创新的一面，但其中总是蕴藉着深层的、相对稳定的和原始形态的传统的基因。就欧洲文学或西方文学而言，"文学思潮"通常都是蔓延于多个国家、民族和地区的，同时，它必然也是在特定历史时期某种社会—文化思潮影响下形成的具有大致相同的美学倾向、创作方法、艺术追求和广泛影响的文学潮流。由此而论,著名丹麦文学史家勃兰兑斯的六卷本皇皇巨著《十九世纪文学主流》,可以说是对上述两大"国际化""世界性"文学思潮的开拓性、总结性比较研究,这部巨著既是特定时期的断代"欧洲文学史"著作,也是一种类型的"世界文学史"著作,其主要研究理念与方法属于"比较文学",因此它也是比较文学的经典之作。在这个意义上讲,我和我的团队成员正在进行的国家社科基金重大项目"19世纪西方文学思潮研究"(项目编号15ZDB086),从反思的角度重新阐释众多文学思潮,既是西方文学史和理论问题研究,也是比较文学研究。而比较文学学科领域就应该倡导文学思潮研究。

张:在国务院2017年新公布的学科分类中,"外国语言文学"一级学科下增设了"比较文学与跨文化研究"二级学科,这同20年前"中国语言文学"一级学科下设置"比较文学与世界文学"二级学科形成呼应。您对此有什么看法,这对我国的比较文学与世界文学的学科发展有什么意义?

蒋:我觉得在"外国语言文学"一级学科下新设二级学科"比较文学与跨文化研究",是一件好事,有助于我国比较文学学科领域的壮大与发展。它与"中国语言文学"一级学科下的"比较文学与世界文学"相比,在字面上的差别是"世界文学"与"跨文化研究"。显而易见,这意味着它们都必须研究比较文学的基本原理,尤其要以比较文学的理论与方法展开国别文学研究;比较文学是它们共同的学科基础,而世界文学与跨文化研究是它们不同的追求目标和研究范围及途径。

我国以往的"外国语言文学"一级学科设置中没有比较文学方向的二级学科,而且,就文学专业而言,二级学科是以国别文学为研究方向来设置的,因此,进行国别文学以及国别基础上的作家作品的教学与研究天经地义,甚至已经成为一种十分自觉的习惯与规范。当然,像"英美文学"或者"英语文学"这样的划分也属于"跨国别"范畴,其间不能说没有"比较"与"跨越"的意识与内容,但那都不是理念与方法之自觉意义上的跨文化比较研究,而且同语种而不同国家之文学的研究,不是异质文化意义上的"比较"研究,缺乏世界文学和人类总体文学的宽度、高度与深度,在本质上不属于比较文学范畴,那只不过是同语种而不同国家文学的研究。事实上,通常我国高校的外国语学院极少开设比较文学课程,极少开设"外国文学史"这样潜在地蕴含比较思维与意识的跨文化通史类文学课程,似乎这样的课程开设仅仅是中文系的事情。照理说,外国语言文学学科的人才培养与学术研究更应该强调跨文化比较与国际化思维,更应该开设世界文学或人类总体文学性质的通史类文学课程。然而,事实上我国高校中这样的课程却只是或主要是在被冠以国别名称的"中国语言文学系"设为专业基础课,比较文学长期以来也主要在中文系开设。在此情形下,久而久之,语种与国别常常成了外国语学院的外国文学研究者之间不可逾越的壁垒,成为该学科领域展开比较研究和跨文化阐释的直接障碍,从而也制约了研究者的学术视野,致使许多研究成果缺乏普适性、理论性与跨领域影响力及借鉴意义。这样的研究成果对我国文学的繁荣与发展、对学科建设和文化建设难以做出更大贡献。

张:要做好比较文学跨文化研究工作需要具备什么基本能力?

蒋:跨文化研究意味着研究者要具备多语种能力,这是人所共知的大难题。不过,多语种之"多",对任何一个人来说,都既有其客观能力上的不可穷尽性和不可企及性——没有人可以完全精通世界上的所有语言,甚至较为重要的许多种语言;但又有其相对的可企及性——少数人还是有可能熟悉乃至精通几国语言的。不过我在此特别要表达的是:直接阅读原著与原文资料无疑是十分重要和不可或缺的,但是,在语种掌握之"多"客观上无法穷尽和企及的情况下,翻译资料的合理运用显然是一种不可或缺和十分重要的弥补或者替代,尤其是在网络化时代,否则就势必落入画地为牢的自我封闭之中。试问:从事学术研究的人,谁又离得开翻译读物和翻译文献的运用呢? 非原文资料不读的学者事实上存在吗? 换句话说,是否有必要坚持非原文资料不读呢? 实际的情形是,由于英语是一种国际通用性最高的语言,因此在世界范围内,大量的所谓"小语种"的代表性文献资料通常都有英译文本,那么,通过对英文文本的阅读得以了解多语种文献资料进而开展跨文化比较研究,对当今中国的大多数学者来说是行之有效甚至不可或缺的——当然也包括阅读译成中文的大量资料。美国学者理查德·莫尔敦(Richard Moulton)早在 20 世纪初就撰文强调了翻译文学对整个文学研究的重要性与不可或缺性,并指出通过英文而不是希腊文阅读荷马史诗也未尝不可。我国学者郑振铎也在 20 世纪 20 年代撰文指出:一个人即使是万能的,也无法通过原文阅读通晓全部的世界文学作品,更遑论研究,但是,借助于好的译本,可以弥补这一缺憾。其实,任何文学翻译的"走失"都在所难免,而且,由于读者自身的文化心理期待和阅读理解水平的差异,哪一个原文阅读者的阅读没有"走失"呢? 就像文化传播中的"误读"是正常的一样,文学与文献翻译以及通常的原文阅读中的"走失"也是正常和必然的。当然,对于资料性文献的阅读,"走失"的成分总体上会少得多,因而其阅读对研究的价值也更高。所以,在肯定和强调研究者要运用"第一手资料"的同时,不能否认"二手资料"(翻译资料)阅读、运用的必要性与合理性,否则,这个世界上还有"翻译事业"存在的必要与价值吗?

还需特别强调,跨文化研究不仅仅是指研究对象、研究内容和研究结果的"跨文化",更重要的是指研究者在研究时的跨文化视野、意识、知识储备、背景参照等,概而言之是指一种方法论和理念。研究者一旦在一定程度上跳出了偏于一隅的国别、民族局限而获得理念、角度的变换,也就意味着其研究方法的创新成为可能乃至事实。这正是我特别要表达的"比较文学与跨文化研究"具有超越其二级学科设定价值而对外国文学研究乃至整个一级学科拥有的方法论意义。在外国文学研究领域中融入比较文学的跨文化比较研究意识与理念,无疑意味着其研究方法的变换与更新。当然,中国文学领域的研究也同样如此。

张:您刚才谈的跨文化研究,主要是指不同文化背景的国别文学之间的比较研究,而且还提及了文学的跨学科研究。您怎么看待文学的跨学科研究?

蒋:就我个人的学术生涯来说,在相当长的一段时间里,我曾侧重于从文学与文化的关系去研究西方文学,但这又显然不是致力于对西方文化史的专门阐释,言说文化在于言说文学。因为我觉得,文学本身属于文化的一部分,因而文学中自然包含了文化的特性和因素。文化因素一方面始终处于变化之中,另一方面又保持某种相对稳定的形态。文化的这种稳定性体现其继承性和延续性,为文化的进一步发展提供了初始的前提与基础,人类文化的过去、现在和未来由此连成了一体。显然,文化学的眼光与方法有助于我们对西方文学的人文传统做深度把握,使西方文学的研究达到文化人类学的高度。西方文化重视个体,我常说,就西方文化和西方文学来说,如果不能逮住"人"这一红线或母题,也无法找到进入西方文化殿堂的钥匙。对人的自我生命之价值与意义的探究,是西方文化的传统,也是西方文学演变的深层动因。这种文化传统决定了西方文学自始至终回荡着人对自我灵魂的拷问之声,贯穿着深沉、深邃而强烈的人文精神和生命意识,西方文学也因此显示出人性意蕴和文化内涵的深度。正是在这种意义上,"文化—文学—人"是血脉相连、浑然天成的三位一体,通过文化研究文学就有可能触及文学之人性深处。

张: 从文学与文化的关系去研究西方文学,的确是非常好的路子,您的分析让人豁然开朗。不过,我也注意到,目前国内学术界有一种"泛文化"现象,能否请您结合自己的研究实践,谈谈如何在文学与文化关系的研究中处理好两者的边界关系从而使自己的研究不至于脱离文学而泛化为"文化研究"?

蒋: 确实,从文学与文化的关系去研究西方文学,这样的研究虽则宏大开阔,但实际操作过程把握的难度较大,弄得不好会让人感到空泛而脱离文学研究本身。因此,一定要把握文学研究与文化研究的边界,坚持把文化作为文学研究的切入口和参照背景,视其为文学生成的土壤,把文学、文本、作家及作品作为研究和阐发的根本,始终不离开文学研究的本体。在我的代表作之一《西方文学"人"的母题研究》中,对西方文学史上任何一个重大文学思潮和文学现象的阐释,都不离开作家和作品。比如对浪漫主义文学思潮,我紧紧抓住这一时期"自由主义"文化思潮去阐发其本质特征。我紧扣"个人自由"及其释放出的人之本体性孤独,经由对德国浪漫派中的两个经典作家诺瓦利斯和霍夫曼作品的分析,探讨了浪漫主义文学中的"世纪病"和"颓废"的症候;紧扣政治自由的观念,以最具代表性的浪漫派诗人拜伦为个案,探讨了浪漫主义文学中的"恶魔派"诗人及其激进的社会反叛;紧扣信仰自由的观念,经由对法国浪漫派鼻祖夏多布里昂作品的分析,探讨了浪漫主义文学中浓厚的宗教倾向及"中世纪情怀";紧扣人性自由的观念,经由对湖畔派诗人威廉·华兹华斯的分析,探讨了浪漫主义文学中强烈的反工业文明及"返归自然"倾向;紧扣情感自由的观念,经由对乔治·桑、梅里美等人作品的分析,探讨了浪漫主义文学中的婚恋观及两性道德之新建构;等等。的确,没有哪个时代的作家像浪漫派一样如此亢奋激越地关注"自由"问题,也没有哪个时代的诗人写下那么多火热激昂的"自由"颂歌,这正应了维克多·雨果的名言:"浪漫主义,其真正的意义不过是文学上的自由主义而已。"由于自由主义在西方乃是一种既强大悠久又错综深沉的文化传统,因此,以自由主义为核心文化底蕴的浪漫主义所提出的"自由"概念或范式亦必定是多元的、开放的,即"自由"在浪漫主义文学中客观上必然会呈现为极其丰富乃至是悖谬的文化—文学景观。简言之,自由主义这一文化视角,有助于我的论述突破"浪漫主义即表现理想"这一传统观点之抽象浮泛,而且也使我避免了对具体作家作品的阐释常见的那种"程式化""简单化"的陋习。其中,我对拜伦的研究就突破了国内多少年来的旧观念,从拜伦文化人格上的非道德化倾向,阐发其浪漫主义式的反文明特质,指出其通过"拜伦式英雄"形象表达了对西方传统文明之价值体系的整体性怀疑与反叛,把个性自由与解放的个人主义思潮推向了新阶段;拜伦倡导一种新文化价值观念,这种价值观念与尼采的"超人哲学"有精神联系。这种研究有文化的视点与高度及深度,又完全是作家和文学本身的研究。

张:您刚才关于"文学—文化—人"三位一体的说法很有见地,这已触及文学与人学、文学与人性的问题了,您能否就此做进一步阐释?

蒋:我认为,文学自诞生以来,就以人为核心,其本质是展示人的生存状况,其最高宗旨是维护和实现人的自由与解放;文学不仅表现人的不自由和争自由的外在行动,也表现丧失自由所致的内心痛苦与焦虑。既然西方文学演变的深层动因是西方人对自我生命之价值与意义的持续不断的探究,那么,从西方文化土壤里生长出来的西方文学,必然潜藏着人性之深层意蕴。因此,从西方文化的大背景入手研究西方文学,就有可能触及其完全不同于中国文学和东方文学的那种独特秉性。西方文学以人为核心、以人为线索展示人性的各个方面,可以说,一部西方文学史就是西方社会中人的精神发展史,也是西方文学人文传统的演变史。因此,对西方文学的研究如果不能扣住"人"这一红线或母题,就无法精准地把握其精髓。

张:我国学术界对西方文学中的人、人性、人道主义的研究状况是怎样的?

蒋:由于历史的原因,我国学术界对西方文学中的人、人性、人道主义的研究在较长时期内缺乏实质性的深入。钱谷融先生发表于 1957 年的《文学是"人学"》一文很有创意,当时在我国文坛引起轩然大波,他也因此受到了政治冲击。这个信号告诉人们:文学与人性的问题曾经是一个有风险的研究课题。这也许是我国学界对西方文学中人性问题缺乏实质性深入研究的重要历史原因吧。

张:请您简要介绍一下您在西方文学人学领域的研究情况好吗?

蒋:我是从 20 世纪 90 年代开始研究西方文学人学问题的。我选择以西方文化为参照、以"人"为切入点透析西方文学中人文传统的历史嬗变,致力于追寻西方文学演变的深层动因,力求在研究方法上实现新突破,尤其是力求拓展和深化文学与人性之关系研究这一具有重大理论意义的文学史课题,更全面、准确地把握西方文学的本质特征,从而纠正长期以来我们对西方文学在"人"的根本性问题上的偏见,构建西方文学人文观念演变的基本框架。我曾经在《中国社会科学》《外国文学评论》《外国文学研究》《文艺研究》等刊物上发表了一系列论文,并形成《西方文学"人"的母题研究》《西方文学两希传统的文化阐释》《人性探微——蒋承勇教授谈西方文学人文传统》等著作。我至今依然认为,这一研究与探索是具有重要的学术价值和现实意义的。

张:1827 年 1 月 31 日,歌德在同爱克曼的谈话中提出"世界文学"(weltliteratur)的概念:"民族文学在现代算不了很大的一回事,世界文学的时代已快来临了。"歌德的观点引起了世界学术界长期的讨论。有学者认为,歌德"世界文学的时代"的人类文学是消解了民族特性与差异性的文学大一统。您如何评价?

蒋:总体而言,歌德对"世界文学的时代"的展望,是基于国与国之间封闭、隔阂的日渐被破除,从而使不同民族、国家和地区间的文化与文学交流不断成为可能而言的,其前提是诸多具有文化差异性的民族文学的存在。因此,歌德说的"世界文学的时代"的人类文学,并不是消解了民族特性与差异性的文学之大一统,而是带有不同文明与文化印记的多元化、多民族文学同生共存的联合体,是一个减少了原有的封闭与隔阂后形成的多民族异质文学的多元统一。优秀的文学作品可以超越民族文化价值和审美趣味的局限,为异民族的读者所接受,为异质文化背景下的文学创作提供借鉴,从而促进异质文化与文学的交流。

张:1848 年 2 月 24 日,马克思和恩格斯在伦敦出版的《共产党宣言》中提出"世界的文学"(world literature)的概念:"民族的片面性和局限性日益成为不可能,于是由许多种民族的和地方的文学形成了一种世界的文学。"您如何理解马克思、恩格斯的"世界的文学"同民族文学的关系?

蒋:马克思、恩格斯讲的"世界的文学",是在"许多种民族的和地方的文学"的基础上形成的,换句话说,"许多种民族的和地方的文学"的独立存在与互补融合,是"世界的文学"产生与形成的前提。因此,在马克思、恩格斯的"世界文学"观念中,民族文学与世界文学是一种相互依存的共生关系;"世界文学"是在文化相异的多民族文学各自保持相对独立性基础上的多元统一之文学共同体,是民族性与人类性(世界性)的辩证统一,而不是大一统、整一性的人类总体文学。

张:过去的学术界普遍认为,马克思、恩格斯的"世界的文学"是他们对人类文学发展趋势的预测和展望,是一种永远无法兑现的"预言",是一种遥不可及的"乌托邦"。您对此有何看法?

蒋:从 19 世纪欧洲和西方文学发展的历史事实看,马克思、恩格斯的这种展望和预言,在很大程度上已经得以实现和验证,因而这种理论有其科学性和普遍真理性。在此,我们不妨以 19 世纪浪漫主义和现实主义两大文学思潮的演变为例略做阐述。浪漫主义与现实主义是 19 世纪欧洲文学中最波澜壮阔的文学思潮,也是欧洲近代文学的两座高峰。凝结为哲学、世界观的特定社会文化思潮(其核心是关于人的观念),乃文学思潮产生发展的深层文化逻辑("文学是人学");完整、独特的诗学系统,乃文学思潮的理论表达;流派、社团的大量涌现,并往往以运动的形式推进文学的发展,乃文学思潮在作家生态层面的现象显现;新的文本实验和技巧创新,乃文学思潮推进文学创作发展的最终成果展示。我如此细致地解说"文学思潮",意在强调:19 世纪欧洲和西方的"文学思潮"通常是在跨国阈限下蔓延的——它们每每由欧洲扩展到美洲乃至东方国家——其内涵既丰富又复杂,只有认识到这一点,我们才可能深度理解 19 世纪西方浪漫主义和现实主义两大思潮所拥有的跨文化、跨民族、跨语种的"世界性"效应及其"世界文学"之特征与意义。事实上,浪漫主义和现实主义两大文学思潮就是在世界性、国际化的欧洲资本主义社会历史背景下产生的;或者说,正是 19 世纪前后欧洲资本主义物质生产方式的世界性、国际化大趋势,催生了这两大文学思潮并促其流行、蔓延于欧美的大部分国家和地区。在那时的交通与传播媒介条件下,这样的流行与盛行已经足够"世界性"和"国际化"了。因此,这两大文学思潮实际上就是"世界性""国际化"思潮,其间生成和拥有的文学实际上就是相对的、某种程度的"世界的文学"或者"世界文学"范式。事实上 19 世纪欧洲和西方文学思潮的流变,远远超出了欧洲和"西方"国家之地理范畴。随着 19 世纪欧洲资本主义物质生产方式的世界性展开,特别是各民族间文化交流、国际交往的普遍展开,与东方国家和民族之间的文学交流也开始蓬勃发展起来了,主要是西方文学向东方国家和民族的传播。当时和稍晚一些时候,国门逐步打开后的中国也深受西方文学思潮影响,近现代中国文坛上回荡着浪漫主义、现实主义等文学思潮的高亢之声。日本文学则受其影响更早更大。如此说来,浪漫主义和现实主义文学思潮之世界文学属性与特征是显而易见的,它们的产生、发展与流变起码称得上是宽泛意义上的"世界文学"存在范式,而我则更愿意称其为名副其实的早期的"世界文学"。如果有人认为如此界定"世界文学",其涵盖面还太狭窄,因而不能称之为"世界文学"的话,那么在一定意义上,"世界文学"之涵盖面是永远无法穷尽的,其根本内涵不是数量意义上的民族文学的叠加与汇总,而是其超民族、跨文化、国际性的影响力以及跨时空的经典性意义。19世纪欧洲浪漫主义与现实主义文学思潮正是因为具有了这种影响力和经典性才拥有至今不衰的世界意义。

张:20世纪90年代以来,"世界主义"(Cosmopolitanism)成了世界尤其是欧美学术界较为热门的话题。您怎样认识比较文学同世界主义的关系?

蒋:在探讨比较文学同世界主义的关系之前,我想先谈谈什么是世界主义。在网络信息化的21世纪,伴随经济全球化而来的是金融全球化、科技全球化、传媒全球化,由此又必然产生人类价值观念的震荡与重构,这就是文化层面的全球化趋势,或称文化上的"世界主义"。比较文学本身就是站在"世界文学"的基点上对文学进行跨民族、跨文化、跨学科的研究,它与生俱来拥有一种世界的、全球的和人类的眼光与视野,因此,它天然拒斥文学的"一体化"与"世界主义",或者说,比较文学及其跨文化研究本能地抗拒"强势文化对其他文化及其传统"的"强迫性、颠覆性与取代性",拒斥"经济大国"和"综合实力强国"之文学"一元化"企图及其对他民族文学的强势挤压与取代。因此,在全球化境遇中,比较文学及其跨文化研究方法在文学研究中无疑拥有显著的功用和活力,它成全的是多元共存的世界文学,却断然不可能去成全"一体化"的文学的"世界主义",而是对文学"世界主义"的抗拒。

张:蒋教授,您拨冗接受我采访,详细解答了我的提问,非常感激。

蒋:不客气,其实是很好的学术交流。谈得不妥之处,请你和读者批评。谢谢你!

（本文作者:张　叉）

人文交流"深度"说

——以 19 世纪西方文学思潮之中国传播为例①

中外人文交流是中国本土文化走出去和域外文化引进来的双向传播活动。中华民族的伟大复兴不仅意味着中华文化的复兴并走出去,也意味着域外文化引进来,以促进本土文化的繁荣与复兴。

2019 年是五四新文化运动爆发 100 周年。西方文学与文化在我国的广为传播与接受,是五四新文化运动产生的重要外在根由。从域外文化的本土化传播与接受角度看,西方文学与文化是中华文化现代化转型的催化剂,五四文化革新是"引进来"意义上的人文交流经典范例。在"全球化—网络化"的当今时代,域外文化在我国本土化传播的广度与速度无疑会远超五四时期,但其传播之深度未必尽如人意。其实,就人文交流的深度而言,五四新文化运动迄今百年来域外文化的本土化传播依然存在可探讨之处。有鉴于此,本文以 19 世纪西方文学思潮之本土传播与接受为例,讨论中外人文交流的深度与深化问题。

一、接受的选择性与传播的非均衡性

20 世纪初叶,19 世纪西方文学思潮经由日本和西欧两个途径介绍、引进到中国,对中国本土文坛产生巨大冲击。西方文学思潮在中国的传播,直接催生了

---

① 特以此文纪念五四新文化运动爆发 100 周年。

实际上,五四新文化运动时期文艺复兴人文主义、17 世纪古典主义、18 世纪启蒙主义和 20 世纪初的现代主义等西方文学思潮也与 19 世纪文学思潮共时性地在我国传播,但本文为论述之便,集中谈 19 世纪西方文学思潮的传播与接受情况。

五四新文学革命。其间,浪漫主义、现实主义、自然主义、唯美主义、颓废主义、象征主义等西方思潮同时在中国传播,文坛出现了本土化文学思潮流派缤纷绽放的新气象。一个时期内,崇奉浪漫主义的"创造社"、信奉古典主义的"学衡派"、认同现实主义的"文学研究会"等各自为政、互相论战。随后,由于社会情势的变化,不同倾向的文学派别开始转向、整合。以"浪漫主义首领"郭沫若在1925年转向批判浪漫主义并皈依"写实主义"为标志,20年代中后期,"写实主义"/现实主义确立了在中国学界与文坛的独尊地位。

1949年以后,我国在文艺政策与文学理论方面全方位追随苏联,致使西方浪漫主义、自然主义、象征主义、唯美主义、颓废主义等文学观念或文学倾向持续遭到严厉批判。与此同时,昔日的"写实主义"和"浪漫主义"也在理论形态上演变成为"社会主义现实主义"与"革命浪漫主义",或两者结合为"革命现实主义与革命浪漫主义"。是时,本土评论界对现实主义和自然主义做出了严格区分,现实主义的价值远远高于自然主义。人们或者说自然主义是"现实主义的极端化",或者说它是"现实主义的发展",或者说它是"现实主义的堕落",等等。尽管自然主义在19世纪的欧洲文坛上曾经是影响力巨大的文学思潮,但在当时我国文学理论界,自然主义不仅微不足道,而且其价值必须用现实主义的尺度来衡量。在此种话语环境下,现实主义的"至上"与"独尊"近乎登峰造极,其"写实"观念与"批判"精神便是衡量其他任何"主义"之文学的标尺和试金石。

改革开放后,"现实主义至上论"在持续的论争中趋于瓦解;浪漫主义、自然主义、象征主义、唯美主义以及颓废主义文学的传播与接受有了新的转机,对其研究与评价慢慢得以展开。但是,旧的"现实主义至上论"尚未远去,20世纪西方新的理论思潮又开始广泛传播。20世纪90年代以来,现代主义、后现代主义等文学观念以及解构主义、后殖民主义等文化观念在本土风起云涌,一时间成为新的学术风尚。这在很大程度上延宕乃至阻断了学界对19世纪西方诸文学思潮在本土传播、接受与研究的深度展开。

为什么浪漫主义、现实主义、自然主义等西方文学思潮在20世纪初同时进入中国,可最终有的生根开花结果,而有的灰飞烟灭或昙花一现呢?其主要根由是文化交流中的选择性接受造成了传播的非均衡性。何种文学思潮在中国本土更具传播力,并不完全取决于该思潮本身之特质,还取决于(甚至更取决于)接受主体的文化—审美心理结构之特性;也就是说,接受主体对思潮流派的喜好和接纳是选择性的。就本民族整体的选择性接受而言,传统的文化—审美心理和特定时期的社会需要,总体性地制约了特定时期我国文学与文化界对西方文学思潮的选择性接受与传播。

20世纪初,中国正处于从千年专制统治向现代社会迈进的十字路口,颠覆传统文化、传播现代观念从而改造国民性的启蒙任务十分迫切。五四一代觉醒了的文人知识分子无法回避此种历史使命,这就决定了他们在面对大量涌入的西方文化—文学思潮时,本能地会选择性地优先接受文化层面的启蒙主义和文学层面的"写实主义"。因为只有写实,才能揭穿千年传统封建文化黑幕,而后才有达成"启蒙"的当下需求。质言之,本土根深蒂固的传统实用主义文学观与急于达成"启蒙""救亡"的使命担当,在特定的社会情势下一拍即合,使得五四这代中国学人很快就在学理层面屏蔽了浪漫主义、自然主义、象征主义、唯美主义以及颓废主义文学的观念与倾向。所以,被学界冠以"浪漫主义"头衔的郭沫若在《创造十年》中做总结时才会说:"文学研究会和创造社并没有什么根本的不同,所谓人生派与艺术派都只是斗争上使用的幌子。"①20世纪20年代曾经力倡自然主义的茅盾明确强调自己提倡的"不是人生观的自然主义,而是文学的自然主义"②。被称为"现实主义领袖"的鲁迅则说得更为明确:"说到'为什么'做小说罢,我仍抱着十多年前的'启蒙主义',以为必须是'为人生',而且要改良这人生。我深恶先前的称小说为'闲书',而且将'为艺术的艺术',看作不过是'消闲'的新式的别号。所以我的取材,多采自病态社会的不幸的人们中,意思是揭出病苦,引起疗救的注意。"③

基于启蒙救亡的历史使命与本民族文学传统的双重制约,五四这代文人作家在面对浪漫主义、自然主义等西方文学思潮观念时,往往很难接受其内里所涵纳的时代文化精神及其所衍生出来的现代艺术神韵,而最终选取并接受的大都是外在技术层面的技巧手法。被称为"中国自然主义领袖"的茅盾曾明确强调自

---

① 郭沫若:《郭沫若全集》(文学编第十二卷),北京:人民文学出版社,1992年版,第140页。
② 茅盾:《茅盾文集》(第18卷),北京:人民文学出版社,1991年版,第206页。
③ 鲁迅:《鲁迅全集》(第4卷),北京:人民出版社,1998年版,第512页。

己提倡自然主义仅仅是接纳"自然派技术上的长处"①。而郑伯奇在谈到本土的所谓浪漫主义文学时则称："西方浪漫主义那种悠闲的、自由的、追怀古代的情致,在我们的作家是少有的。因为我们面临的时代背景不同,我们所有的只是民族危亡,社会崩溃的苦痛自觉和反抗争斗的精神。我们只有喊叫,只有哀愁,只有呻吟,只有冷嘲热骂。所以我们新文学运动的初期,不产生与西洋各国 19 世纪(相类)的浪漫主义,而是 20 世纪的中国特有的抒情主义。"②

笔者以为,纵观五四以来 19 世纪西方文学思潮在中国的传播与接受的历史,本土学界对其选择性接受虽有历史之必然性、文化传播之合理性和历史性价值,但就这些文学思潮本身来说,我们对其本原性特质和价值的发掘明显不足,尤其是还存在着学理认知上的诸多误区,它们在我国的传播也自然是非均衡性的。

二、认知误区与问题举隅

迄今为止,我国学界对 19 世纪西方文学思潮的传播与接受、认识与把握的偏颇甚多,其表现也是多方面的,兹举数例略做说明。

(一)浪漫主义是法国大革命的产物?

翻开我国现有的外国文学史教科书,几乎无一不认为浪漫主义是法国大革命的产物,其"自由"观念吸纳、传承于启蒙运动之"自由、平等、博爱"的指导思想。虽然这样说有一定的合理性,但问题远没有那么简单。笔者特别要指出的是:浪漫主义不仅是对启蒙主义的继承,更是对启蒙主义的反叛。

与启蒙运动标准化、简单化的机械论相反,浪漫主义的基本特征是生成性、多样性的有机论,即欣赏并追求独特与个别而不是普遍与一般。浪漫派反启蒙主义的思想立场使其在"平等"与"自由"两个选项中更强调"自由"。启蒙学派曾以理性的怀疑精神与批判精神消解了官方神学的文化专制,但最终却因丧失了对自身的质疑与批判又建立了唯理主义的话语霸权。浪漫派反对理性主义,因

---

① 茅盾:《茅盾文集》(第 18 卷),北京:人民文学出版社,1991 年版,第 206 页。

② 郑伯奇:《郑伯奇文集》(第 1 卷),西安:陕西人民出版社,1998 年版,第 95—96 页。

为在他们看来只有感性生命才是自由最实在可靠的载体与源泉,而经由理性对必然性认识所达成的自由在本质上却是对自由的取消。

启蒙主义倡导一元论的、抽象的群体自由,且往往从社会公正、群体秩序、政治正义的层面将自由归诸以平等、民主为主题的社会政治运动,因而在本质上是一种倾向于革命的哲学;浪漫主义则更关注活生生的个体的人之自由,尤其是精神自由,且将这种自由本身界定为终极价值。康德声称作为主体的个人是自由的,个人永远是目的而不是工具,个人的创造精神能动地为自然界立法;在让艺术成为独立领域这一点上,康德美学为浪漫派开启了大门。[1] 作为现代性的第一次自我批判,浪漫主义反对工业文明;在其拯救被机器喧嚣所淹没了的人之内在灵性的悲壮努力中,被束缚在整体中成为"零件"或"断片"的人之自由得以开敞。浪漫派蔑视以快乐主义"幸福追求"为目标之粗鄙平庸的物质主义伦理,指斥从洛克到边沁的功利主义价值观以及人与人之间冷冰冰的金钱关系。对工业文明和城市文明的否定,使浪漫派作家倾向于到大自然或远古异域中寻求灵魂的宁静和自由。

此外,对法国大革命以集体狂热扼杀个人自由的反思,强化了个体自由在浪漫派价值观中的核心地位;法国大革命既是启蒙理念正面价值的总释放,也是其负面效应的大暴露。因此,认定浪漫主义是法国大革命的直接产物未免失之于武断。18世纪后期英国感伤主义、德国狂飙运动以及法国卢梭等人的创作早已在文学内部透出了浪漫主义自由精神突破古典主义理性戒律的先声。但是,法国大革命所招致的对启蒙主义之政治理性的反思与清算,直接导致了19世纪初叶的自由主义文化风潮,这对浪漫主义文学思潮的集聚和勃兴无疑起到了关键作用。因此,浪漫主义与启蒙思想、法国大革命的关系不是简单的线性的传承、影响与被影响的关系。

(二)自然主义背离了现实主义原则?

自然主义文学在我国一直不受重视,对其理解失之表面化甚至庸俗化。以左拉为代表的自然主义文学追求"摄影般的客观真实","背离"或者"背叛"了现

---

[1]   康德:《实践理性批判》,韩水法译,北京:商务印书馆,2003年版,第95页。

实主义的"写实"传统,甚至是对现实主义的"反动",这似乎是长期以来人所共知的"公论"。作为自然主义文学的领袖和主要理论家,左拉在西方文学史上的经典地位早已成为历史事实。这一事实提示我们,左拉在文学"真实"问题上的见解不可能像以往国内学界的某些"理解"那样简单。

在左拉看来,现代作家最重要的品质便是"真实感"。"当今,小说家最高的品格就是真实感。""什么也不能代替真实感,不论是精工修饰的文体、遒劲的笔触,还是最值得称道的尝试。你要去描绘生活,首先就请如实地认识它,然后再传达出它的准确印象。如果这印象离奇古怪,如果这幅图画没有立体感,如果这作品流于漫画的夸张,那么,不论它是雄伟的还是凡俗的,都不免是一部流产的作品,注定会很快被人遗忘。它不是广泛建立在真实之上,就没有任何存在的理由。"①左拉所谓的"真实感"是什么呢?——"真实感就是如实地感受自然,如实地表现自然。"——这是在哲学层面对所有人都成立的一个命题。这个命题意味着"如实感受着的自然"是(唯一)真实的自然,也就是自然的真实;这就是说,"真实"即"真实感",或者至少"真实"来自"真实感"。因此,文学作品不是对现实的照相式再现,而是对现实的一种装饰的"感受","对当今的自然主义者而言,一部作品永远只是透过某种气质所见出的自然的一角"②。正因为如此,左拉才将"真实感"标举为现代小说家最高的品格。

左拉"真实感就是如实地感受自然,如实地表现自然"这一命题的后半句,即在"如实地感受自然"的基础上"如实地表现自然",显然不是针对所有人而是针对作家(艺术家)提出的一个命题。这个命题意味着作家(艺术家)不仅要"如实地感受自然",而且必须将由此得到的"真实感"也即"真实"本身用语言如实地"表现"出来,即在文本中达成一种可以与他人分享的"艺术真实"。左拉谈到了"艺术真实"的鉴定标准,即一个作家能否"如实地表现自然"的标准:"所有过分细致而矫揉造作的笔调,所有形式的精华,都比不上一个位置准确的词。"③"在这个世界上,没有比一个写得好的句子更为真实的了。"④直接为自然主义提供哲

① 柳鸣九编:《法国自然主义作品选》,天津:天津人民出版社,1987年版,第778页。

② G. Becker（ed.）. *Documents of Modern Literary Realism*,Princeton,N. J. :Princet on University Press,1963,p. 198.

③ 朱雯等编选:《文学中的自然主义》,上海:上海文艺出版社,1992年版,第252页。

④ 左拉:《左拉文学书简》,吴岳添译,合肥:安徽文艺出版社,1995年版,第113页。

学—美学理论支持的泰纳也说："堪与想象力、天才相比的,是词汇的丰富和语言上不断的、大胆而又几乎总是成功的创新。"①法国另一位重要的自然主义作家莫泊桑则说得更加清楚："写真实就是要根据事物的普遍逻辑给人关于'真实'的完整的意象,而不是把层出不穷的混杂事实拘泥地照写下来。"②龚古尔兄弟也异口同声地说："小说应力求达到的理想是:通过艺术给人造成一种最真实的人世真相之感。"③

既然"真实"即"真实感",那也就不再存在什么绝对的"真实",而只能有相对的"真实"。对此,左拉等自然主义作家曾经给出大量论述:"在一部艺术作品中,准确的真实是不可能达到的。……存在的东西都有扭曲。"④"既然在我们每个人的思想和器官里面都有着我们自己的真实,那再去相信什么绝对的真实,是多么幼稚的事情啊!我们的眼睛、我们的耳朵、我们的鼻子和我们的趣味各个不同,这意味着世界上有多少人就有多少真实。"⑤可见,从根本上说,左拉反复强调的"真实感",就是要求文本应该给出关于生活"真实"的完整、鲜明的意象。经由"真实感"中的"感",生活真实就被赋予了一种胡塞尔现象学意义上的"现象真实"的性质,而非等待着认识主体去认识的、与认识主体相对的"对象"的真实。质言之,左拉高调标举的"真实感"乃是主、客体融会的产物;它所要求的"真实",显然并不是那种绝对的"摄影般的客观真实",也并非是一种简单的主观真实,而是一种排除了"前见"的、在主体与现象世界的遭遇交合中"被给予"的、为我独有的感觉体验。

总体来看,左拉在"真实"问题上的见解无疑有其深刻之处,但这种深刻在我国学界却至今远没有获得充分的发掘、认识和评价。恰恰是这种不同于传统现实主义所强调的模仿、再现式"真实"理念,达成了自然主义对传统现实主义在传承基础上的超越。自然主义是一种有自己"新质"的文学形态,而不是所谓的对现实主义的"背离""背叛"乃至"反动",其承先启后的历史意义与价值是显而易见的。因此笔者认为:对左拉在"真实"问题上所持观点的种种误解,直接造成了

①　朱雯等编选:《文学中的自然主义》,上海:上海文艺出版社,1992年版,第334页。
②　柳鸣九编:《法国自然主义作品选》,天津:天津人民出版社,1987年版,第800页。
③　朱雯等编选:《文学中的自然主义》,上海:上海文艺出版社,1992年版,第316页。
④　朱雯等编选:《文学中的自然主义》,上海:上海文艺出版社,1992年版,第270页。
⑤　莫泊桑:《漂亮朋友》,王振孙译,上海:上海译文出版社,1993年版,第405—406页。

人们对自然主义文学思想的轻视,——这种令人遗憾的轻视,既是诸多不应有之误解一直延续到今天的原因,也是阻断我们深入、准确地理解、阐释自然主义文学思潮的重要屏障。因此,从人文交流的角度看,自然主义文学在我国的传播与接受也还相当肤浅。

(三)文学史是断裂的碎片还是绵延的河流

对文学的"传统—继承—创新"的关系问题的回答,直接关涉到文学史观乃至一般历史观的科学与否。毋庸讳言,国内学界在文学史乃至一般历史撰写中,长期存在着不科学倾向:一味强调"斗争"而看不到"扬弃",于是,持续的历史就只能被描述为碎裂的断片——20世纪现代主义与19世纪自然主义是断裂的,19世纪现实主义与浪漫主义是断裂的,浪漫主义与自然主义是断裂的,自然主义与象征主义是断裂的……"断裂"的描述被进行得相当彻底,绵延而完整的文学史变成了支离破碎的残片。基于此,修复"断裂"的文学史叙述,重建19世纪西方文学及其与20世纪西方现代主义文学关系的整体视域,显然是一个重要的学术课题。而对19世纪西方文学深层之内在"人学"逻辑线路的发掘与对19世纪西方文学表层之唯美主义"审美现代性"弥散流播的整合,乃是完成这样的学术设想所择取的最重要的学术视角与路径。

若要用一句话来概括19世纪西方文学思潮深层的逻辑,或许就是——"个人之灵魂的沉吟与血液的低语"。从浪漫派笔下"自由意志"爆棚的"反叛英雄"到自然主义作家笔下被内、外"环境"因素所决定的"沉重的肉身",19世纪西方文学思潮的演进内在地贯穿着一条鲜明的"人学"逻辑链条。[①] 笼统来说,这种内在逻辑可以从时代的哲学、神学、科学、政治学、社会学等角度给出阐释。如,经由康德之"哲学革命"现代人之"主体性"原则的确立以及19世纪初叶现代自由主义思潮的兴起之于浪漫主义的形成,实证哲学对传统形而上学的颠覆以及达尔文进化论对神学世界观的挑战之于自然主义的发端,人类学、生理学、病理学等学科的最新进展之于自然主义、颓废派文学的题材选择,等等。从浪漫主义到自然主义,前者对"个人自由意志"的关注与后者对"沉重肉身"的强调,看上去有点

---

① 蒋承勇:《西方文学"人"的母题研究》,上海:华东师范大学出版社,2017年版。

南辕北辙,但底下却潜藏着一条将两者紧紧铰接在一起的"人学"红线——"个体/个人的确立"与"灵肉一元论"的形成。所以,英国著名文学史家福克纳指出:"现代人对于世界的理解以及世界上人与人的关系已经不同于以往;……这种变化必定会记录在文学表现的层次上,文学表现需要一套新的形式来体现这种变化。"①

发端于浪漫主义的唯美主义,只是在19世纪西方特定历史语境中应时而生的一种一般意义上的文学观念形态。这种文学观念形态因为是"一般意义上的",所以其牵涉面必然很广。就此而言,我们可以将19世纪中叶以降的几乎所有反传统的"先锋"作家——不管是自然主义者,还是象征主义者,还是后来的超现实主义者、表现主义者……都称为广义上的唯美主义者。"唯美主义"这个概念的无所不包,本身就已经意味着它实际上只是一个"中空的"概念——一个缺乏具体的作家团体、独特的技巧方法、独立的诗学系统、确定的哲学根底支撑并能对其实存给出明确界定的概念,一个从纯粹美学概念演化出的具有普遍意义的文学理论概念。所有的唯美主义者——即使那些最著名的、激进的唯美主义人物也不例外——都有其自身具体的归属,戈蒂耶是浪漫主义者,福楼拜是自然主义者,波德莱尔是象征主义者……而王尔德则是公认的颓废派代表人物。拓展开来看,"象征主义、唯美主义……它们有时候以各种组合统摄于'颓废'的标签下"②,更有甚者,颓废主义与浪漫主义、自然主义、象征主义、唯美主义都有关联。

再者,人们常常将达尔文与弗洛伊德视为现代西方文化发展过程中两个紧密相连的界碑,却又常常有意无意地忽略两个界碑之间在诸多科学进展中所自然达成的细部连接。由是,本来紧紧相连的两个历史时期,在很多人的想象与表述当中便被人为地割裂了开来。从1859年进化论的发表,到1900年标志着精神分析理论诞生的《释梦》面世,其中不仅有"人学"观念逻辑框架上的相因相袭,更有人类学、生理学、神经病理学、心理学等相关学科的大量具体成果作为连接两者的通道。如果承认达尔文已经预示着弗洛伊德的出现,现代心理学离不开

---

① 福克纳:《现代主义》,付礼军译,北京:昆仑出版社,1983年版,第61页。
② M. A. R. Habib. *Literary Criticism from Plato to the Present*:*An Introduction*,Wiley-Blackwell,2011,p. 175.

生理学,那么,当然我们也就可以说:没有自然主义,就不会有现代主义,——在叙事文学领域,尤其如此。不仅如此,其实自然主义也联结着过去时代的文学,正如左拉所说:"在我看来,当人类写下第一行文字,自然主义就已经开始存在了……自然主义的根系一直伸展到远古时代,而其血脉则一直流淌在既往的一连串时代之中。"①

总之,西方诸多文学思潮之间在外表的"断裂"式差异中存在着人文—审美的深度关联,由此它们构成了血脉相连的文学史有机整体,而不是破碎的"残片"。

当然,我国学界对 19 世纪西方文学思潮在学理认知上的误区与误读,远远不止以上三方面。比如,归纳言之:西方文学史上真正反浪漫派的是现实主义还是自然主义?现实主义与浪漫主义就没有传承关系吗?自然主义与象征主义是如何互相粘连并催生现代主义的?唯美主义"是生活模仿艺术,而不是艺术模仿生活"的理论果真是十分荒谬的吗?颓废主义之"颓废"有何审美的与伦理的合理性?……诸多问题,皆有待深入探讨与阐释,其间既有学术研究的空间留白,也预设了人文交流与传播深度发展的潜在必要与可能。

三、深化传播与研究的价值及意义

历史的脚步总是不断走向未来的,然而人文交流的选择却往往不仅关注当下和未来的"新",甚至更关注过去与传统之"旧",因为"旧"是"新"之"根"与"源",而且,从文化精神流转之弥散性意义上看,人文交流与传播是没有时空界限的,我们不可能只注视当下而不放眼传统的历史长河。就本文论述的 19 世纪文学思潮而言,虽然其在我国的传播与接受某种程度上已成为过去,但如前所述,这种传播与接受尚有待深化。深度理解与把握 19 世纪西方文学思潮,不唯有助于我们追踪西方文学与文化之本原,深度体悟其人文与美学内蕴,也有助于中外人文交流的深度推进,具有重要的学术价值和现实意义。

———————————

① G. Becker ed.. *Documents of Modern Literary Realism*, *Princeton*, N. J.; Princeton University Press,1963,pp. 198-199.

(一)深化对马克思主义文艺理论和文化理论的理解

众所周知,马克思、恩格斯对西方文学所做出的批评、阐释与引用,大量是基于 19 世纪西方文学的,可以说,马克思、恩格斯文论的实证基础主要是与之同时代的 19 世纪西方文学。据不完全统计,马克思、恩格斯曾深入研究和讨论过几十位 19 世纪的欧洲作家,其中包括法国的夏多布里昂、雨果、乔治·桑、欧仁·苏、巴尔扎克、左拉、莫泊桑,英国的瓦尔特·司各特、骚塞、拜伦、雪莱、托马斯·卡莱尔、艾略特、狄更斯、萨克雷、哈克奈斯,德国的阿伦特、卡尔·倍克、海涅、弗莱里格拉特、敏娜·考茨基、卡尔·济贝尔、贝尔塔·卡·维尔特,俄国的普希金、赫尔岑、屠格涅夫、莱蒙托夫、车尔尼雪夫斯基、杜勃罗留波夫、谢德林,以及挪威的易卜生,等等。这说明马克思、恩格斯的文学史观和文艺思想与 19 世纪西方文学有着密切关系。[①] 他们对 19 世纪欧洲文学思潮和作家作品进行阐释与研究后总结归纳出的文学理论,尤其是他们关于 19 世纪现实主义文学的精辟论断,无可否认地具有历史意义和当下意义。就此论之,反思 19 世纪西方文学思潮及其在我国接受和传播的历史现状,有助于我们对马克思主义文艺理论与文化理论的深度理解与把握。

(二)修补文学思潮研究的"短板"

在西方学界,文学思潮研究历来是屯集研究力量最多的文学史研究的主战场,这方面的研究成果可谓车载斗量、汗牛充栋。与之相比,我国对西方文学思潮研究的历史与现状则相对薄弱:西方文论研究与西方文学研究两条线脱节,文论研究者往往过度沉溺于观念的推演,文学研究者则大都习惯于以点为面,就作家谈作家,就作品论作品;而近几年受西方影响方兴未艾的文化研究,又大都停留于观念翻新的泡沫状态,"空战"者众,沉下来解决问题的少之又少。从文化——文学传播与接受的角度出发,并以当代学术眼光去发掘尚未被我们理解和发现的 19 世纪西方文学思潮演变与发展的内在奥秘,达成对既有历史事实的穿透性理解,堪称修补本土学界文学思潮研究"短板"的一次探索性尝试,亦不失为一种

---

① 蒋承勇:《"世界文学"不是文学的"世界主义"》,《文学评论》,2018 年第 3 期,第 23—31 页。

深度意义上的人文交流和域外文化接受——因为文学思潮所承载的人文内涵是极为丰富的。

(三)为"重写文学史"提供真正有效的学术资源

曾几何时,"重写文学史"的喧嚣早已归入沉寂;但如何突破文学史写作中的"瓶颈",却依然是摆在我们面前十分紧迫的重大课题。我国各种集体操作出来的外国文学史教科书,大都呈现为作家列传和作品介绍,对西方文学的历史展开,既缺乏生动真实的描述,又缺乏有说服力的深度阐释;同时,用有问题的文学史观所推演出来的观念去简单武断地阐释、评说作家和作品,也是这种文学史教科书的常见做法。此等情形长期、普遍的存在,可以用文学(史)研究中文学思潮研究这一综合性层面的缺席来解释,而这也许正是重写西方文学史长期难以获得突破的"瓶颈"。在当下浮躁到可以"自燃"的时代文化氛围和学术氛围中,实实在在、脚踏实地、切实有效的西方文学思潮研究,乃是矗立在依然对文学研究持有一份真诚和热情的学人面前的一个既带有总体性又带有突破性的重大学术工程。毫无疑问,这一艰巨工程的推进,对提升国内西方文学史的研究水平、加强比较文学与世界文学学科建设、促进中西人文的深度交流,均有重大的现实意义。

(四)立足本土,推进中国特色文学与文化理论建设

如本文开头所说,与我国"现代化"历史进程相伴随的中国新文学100多年的历史展开,很大程度上乃是本土文学与西方文学不断冲撞—对接的过程。总体来看,不管是现代文学中的"文学研究会"与"创造社",还是当代文学中的"新写实"与"朦胧诗",中国新文学对西方文学的接受或西方文学对中国新文学的影响,首先当数19世纪西方诸多文学思潮。而且,从我国改革开放40年来20世纪西方现代主义、后现代主义等众多思潮流派在本土传播与接受的实际效果看,这些思潮流派所运载的理论与观念同我国传统的文化—审美心理结构的契合度不高,而19世纪西方文学思潮所蕴含的人文与美学资源则与之有更高的契合度,也更合乎当下社会文化建设的需要,对深化中国新文学(现代文学与当代文学)的研究,对推进中国特色的文学与文化理论建设皆有重要价值。

四、结语

在五四新文化运动爆发 100 周年和改革开放 40 周年到来之际,讨论中外人文交流的"深度"问题,显得格外有历史的与当下的意义。从人文交流角度看,20世纪我国的这两次"开放"不仅仅是域外文化的大规模引进,也是本土文化逐步走向世界的过程。其间,本土文化经过现代化转型后拥有了现代性与国际性双重内质,也焕发出了生机与活力。可见,人文交流与传播是双向的;文化的生命力植根于交流与互动之中。因此,在"全球化—网络化"时代,我们必须顺势而为,在总结经验教训的基础上加快人文交流进度,尤其要促进交流的深度。这种"深度"的实现,很重要的途径是梳理以往域外文化传播与接受的历史,反思其间的成败得失,以更客观、本真、包容的态度接纳不同历史时期的域外优秀文化资源。文化传播与接受过程中主体选择的倾向性是不可避免的;五四时期、改革开放时期基于其时特殊的、特定的文化与社会需求,选择性地重点接纳在当时看来"有价值"的域外文学与文化思潮,有其历史的必然性与合理性。但是,当时的需要不等于今天和未来的需要,过去的评判标准也未必适用于当下,这就需要我们更新观念、拓宽视野、转化评判标准。站在复兴民族文化——实际上经过百余年人文交流的实践和积累,本土民族文化已经焕发生机并开始复兴——的当今时代,我们对域外文化的接受视野与期待视野应该更加宏大、宽阔,对域外文化的接受更须有海纳百川的气度。就此而论,我们有必要也应该以本真的眼光对已经在本土传播的域外文化资源进行现代学理意义上的深入梳理、研究、阐释,进而使其再传播,以增进中外人文交流的深度。其实,这本身就是民族文化繁荣与复兴的一种标志。

(本文作者:蒋承勇)

英国小说演变的多角度考察

——从 18 世纪到当代

　　英国现代小说的成形与成熟始于 18 世纪,那是伴随着英国近现代史的步伐走过来的,或者说是伴随着英国社会的现代化步伐走过来的,是现代文化发展变革的历史产物。而在此之前,从文艺复兴至 17 世纪是英国小说的发端阶段或雏形期,其内在文本模式从古老的叙事方式中逐步成熟起来[①],经历了从韵文叙事文学向散文叙事文学的转型。雏形期英国小说的基本特点是:小说创作多取材于《圣经》、神话故事和民间传说,有的也取材于具有现实意义的历史题材,而直接取材于现实生活的则较少,因此,现代小说意义上的那种现实性或真实性还显得比较弱。作为叙事文学,此时的英国小说通常以一个人物为中心直线式展开情节,故事较单一,结构较简单;在人物形象的塑造上,此时作品中的形象都比较夸张,明显具有传奇文学的虚构性,现实感和性格完整性不强的特点。这些都说明,17 世纪及其以前的英国小说尚未脱离英雄史诗与传奇的母本,艺术上不够成熟,处于雏形状态。本文从市民阶层的兴起与大众读者的壮大、印刷技术与传播媒介的革新、科学技术的突破与科学理念的渗透等宽泛的文化因素出发,考察、辨析英国现代小说的成形、崛起与繁荣及其审美品格之嬗变的外部原因及互动关系。

---

　　① 　Richard Kroll. *The English Novel*, *The English novel*, *V. 1: 1700 to Fielding*, 1998, pp. 4-5.

一、市民阶层的兴起与"市民大众的史诗"

用英国著名小说理论家伊恩·瓦特的话讲：在 18 世纪，古老的叙事文学发展成了现代意义上的"小说"。① 所谓现代意义上的"小说"，除了叙事艺术、表现技巧上的"现代化"之外，很重要的一点是小说文本所表现的内容贴近日常生活，更富真实感，能够为更多的普通民众所接受。

小说要从十六七世纪被冷落于诗歌与戏剧一旁的边缘状态走出来，进而昂首崛起于诗歌与戏剧之前，首先需要拥有读者大众。18 世纪的欧洲，既是"自由思想开始形成"②的世纪，也是"现代世界"逐步产生的世纪，尤其在工业化、城市化处于领先地位的英国，文学所面对的新大众是市民阶层。市民阶层作为新兴的阶级，有自己独特的世俗化价值观念和大众化审美趣味，他们在文学接受的期待视野上趋于通俗化，而小说恰恰与这种大众价值观念和审美趣味相契合，"因为小说的文本内容总是带世俗化倾向，小说的接受范围也带有大众化的特征，这两点都集中体现于市民生活之中"③。这个时期，小说是"影响英国国民生活的最重要的艺术"④。所以，黑格尔称小说是"近代市民大众的史诗"⑤。"从 1774 年后，很多失去版权保护的书大量印刷、销售，书价下降，低收入的人也买得起书了，读者群就迅速扩大。"⑥从 18 世纪中叶开始，小说在英国已经成为一种独立的文学形式普遍地在民众中流行，小说写作的队伍也日渐壮大，"到了 1750 年，小说的文化意义已十分重大，有力地影响——在某些方面甚至可以说是决定——任何一个对小说创作感兴趣的人（不论是男是女）的职业选择"⑦。就小说家来

---

① Ian Watt. *The Rise of the Novel：Studies in Defoe*，Rechardson and Fielding，London：Chatto and Windus，1963，p. 70.

② Isaiah berlin ed. . *The Age of Enlightenment：The Eighteenth Century Philosophers*，New York：Siget Classics，1956，p. 29.

③ 徐岱：《小说形态学》，杭州：杭州大学出版社，1992 年版，第 91 页。

④ Q. D. Leavis. "The Englishness of the English Novel"，*Higher Education Quarterly*，Vol. 35，No. 2，1982，p. 354.

⑤ 黑格尔：《美学》，朱光潜译，北京：商务印书馆，1981 年版，第 167 页。

⑥ 戴联斌：《从书籍史到阅读史》，北京：新星出版社，2017 年版，第 133 页。

⑦ J. Paul Hunter. "The Novel and Social/Cultural History"，in *The Cambridge Companion to the Eighteenth Century Novel*，John Richetti ed. Cambridge：Cambridge University Press，1996，p. 28.

说,他们往往都认为自己创作的小说文本具有现实性和真实性,并希望通过小说
"创作一部历史足以体现自己权威的历史著作,从而获得他在从事其他社会活动
所无法企及的声誉"①。可见,英国小说在 18 世纪之所以能够"成形"和"崛起",
很大程度上得益于社会的发展和市民阶层的兴起,同时也因为小说这种文学样
式应和了市民大众的精神文化需求。在这个意义上,社会的发展和市民大众的
精神文化需求成就了小说的发展与成型,并影响着这一时期小说的艺术风格与
审美品格——现实性或真实性。

　　18 世纪英国文坛上最令人注目的是现实主义小说。"现实主义"一词含义丰
富,在不同时期拥有不同的艺术与人文内涵,而这里主要指当时英国小说普遍反
映现实生活、描写普通市民、表达作家对生活的真实感受的那种真实感和现实
感。这种小说"既反映已经发生了的事又力图促成事情的发生,它既包含了再
现,又意味着修饰"②,从而有别于十六七世纪雏形期小说及传奇故事,它完全以
一种新的面貌与姿态出现在读者面前。

　　丹尼尔·笛福被英国小说批评家伊恩·瓦特誉为"我们的第一位小说家"③,
是英国最先出现的 18 世纪现实主义小说家。笛福的自传体小说《鲁滨孙漂流
记》是他对小说真实性的一个实践范本,而他所说的"真实性"则集中在个人生活
体验的真实性上,由此又强调了小说文本与生活现实的一致性。这部作品既标
志着 18 世纪英国现实主义小说的诞生,也标志着现代意义上的英国小说的形
成。笛福之后的理查逊则用书信体小说表达人的真实感受,把关注的焦点从笛
福式的小说文本世界与外在生活的对位,转向了文本世界与人的情感心理的对
位,成功地将心理分析与情感描写引进小说,从而引领了英国现实主义小说的主
观心理真实之路。英国 18 世纪现实主义小说由亨利·菲尔丁推向了高峰,他的
"喜剧性散文史诗"以幽默讽刺的手法广泛地描写了 18 世纪英国万花筒一般的
社会生活,在人性开掘的真实性、深刻性和故事叙述的曲折性、复杂性方面做出

---

① Williaan Ray. *Story and History：Narrative Authority and Social Identity in the Eitghteenth-century French and English Novel*,Cambridge Mass：Basil Blackwell,1990,p. 233.

② J. Paul Hunter. "The Novel and Social/Cultural History",in *The Cambridge Companion to the Eighteenth Century Novel*,John Richetti ed. Cambridge：Cambridge University Press,1996,p. 30.

③ Ian Watt. *The Rise of the Novel：Studies in Defoe,Rechardson and Fielding*,London：Chatto and Windus,1963,p. 80.

了有益的探索与贡献,从而拓展了 18 世纪英国现实主义小说的内涵。

除了现实主义小说外,为 18 世纪英国小说的"崛起"与"成形"做出贡献的还有感伤主义小说和哥特式小说。劳伦斯·斯特恩是英国感伤主义小说的代表。他的《感伤的旅行》特别擅长于抒发主观的感情和心理分析,把小说的叙述对象从外部转向了人的内心世界和心理真实。因此,这种心理"感伤"不仅从另一种审美角度应和了现实主义小说的现实感和真实感,而且从心理真实的层面投合了市民大众的阅读趣味。

哥特式小说兴起于 18 世纪中后期的英国,代表作家是霍勒斯·沃尔波尔。如果说从笛福到菲尔丁的现实主义小说注重日常生活真实的描写,斯特恩的感伤主义小说注重内心世界的描写,那么,哥特式小说则注重从超现实的角度叙述离奇变幻的故事,给人提供一种新的观察事物的视角,让事物以一种全新的面目展示在读者眼前,从而满足了市民大众对小说趣味多元化的审美心理需求。

总之,在市民阶层形成、大众阅读兴起的社会历史与文化背景下,以现实主义小说、感伤主义小说和哥特式小说为主的多种小说品种,共同促成了 18 世纪英国小说的"崛起"与"成形",使小说这一文学体裁更趋完善。概而言之,成形期的英国小说有以下共同特征:第一,"真实"成为小说创作的重要理念,因而,小说成了文学家反映生活、表现生活真实感受的重要手段与方式,阅读小说也成了普通民众观察生活和宣泄情感的重要渠道,成了文化传播的重要媒介。第二,以虚构的方式描写当下生活中的普通人,而非以往的传说人物或神话人物,而且,开始重视人物性格的刻画和复杂人性的揭示,对人的心理情感分析在小说中占有一定的位置。第三,作家们对故事叙述的技巧更为重视也更成熟,小说的情节显得曲折、生动,因此,小说的可读性、娱乐性增强,但叙述方式上仍然与流浪汉小说较近,中心人物主要为推进情节服务,故事情节以单线发展为主。因此,从叙事技巧的角度看,18 世纪英国小说处在"故事小说阶段"或"生活故事化的展示阶段"。① 18 世纪英国小说的这种形式和审美特征,都应和了特定时期读者大众的阅读与审美趣味,这反过来也促进了具有特定审美特征之小说的成形。

---

① 刘建军:《西方长篇小说结构模式论》,长春:东北师范大学出版社,1994 年版,第 78 页。

二、传播媒介变革与"小说的世纪"

　　无论哪位作家,其文学创作要得到世人的熟知和认可,都离不开作品的传播。文学经典的生成与传播需要媒介的承载,而媒介是十分宽泛的,不同时期的传播方式不尽相同。从古代的口口相传到文字的抄写流传,再到印刷品的出现,乃至现在的电子网络媒介,媒介与传播方式的变化无疑关乎文学艺术发展方式与速度。如果说莎士比亚的成名是仰仗于当时为上至女王下至广大市民所喜爱的舞台戏剧这一表演性传播方式,因而成为那个时代文学艺术的弄潮儿,那么19世纪作家的成功,则与当时印刷技术革新后出版业和报刊传媒的快速发展息息相关。

　　现代报纸是印刷技术革新的产物,它对小说的传播与繁荣起到了重要作用。现代报纸是指有固定名称、面向公众,定期、连续发行的,以刊载新闻和评论为主,通常散页印刷,不装订、没有封面的纸质出版物。报纸的诞生最早要追溯到中国战国时期(也有人说是西汉时期),当时的人们把官府用以抄发皇帝谕旨和臣僚奏议等文件及有关政治情况的刊物,称为"邸报"。11世纪左右(中国北宋时期)中国毕昇发明了活字印刷,并流传到欧洲,大大增加了印刷品的数量,也丰富了印刷品的种类。欧洲最早开始使用印刷术印报大约是在1450年,那时的报纸并非天天出版,只是在有新的消息时才临时刊印。1609年,德国人索恩出版了《艾维苏事务报》,每周出版一次,这是世界上最早定期出版的报纸。不久,报纸便在欧洲流行起来,消息报道的来源一般都依赖于联系广泛的商人。1650年,德国人蒂莫特里茨出版了日报,虽然只坚持发行了3个月左右,但这是世界上第一份日报。

　　十七八世纪,欧洲各国的资产阶级革命如火如荼,以报道新闻事件为宗旨的报纸也由此在欧洲各国相继发行,并被越来越多的人所喜爱和接受。工业革命促进了社会生产力飞速发展,从而将报业带入一个新时期——以普通民众为读者对象的时期。相对于封建社会时期的贵族化、小众化,资产阶级革命时期的报刊具有了大众化倾向。报纸售价低廉,内容也日渐迎合下层民众的口味,使得读者范围不断扩大。当然,这一时期的"大众化"只是初具形态。19世纪下半叶到

20世纪初,报纸真正实现了从"小众"到"大众"的质的飞跃,报纸的发行量直线上升,由过去的几万份增加到十几万份、几十万份乃至上百万份;读者的范围也不断扩大,由过去的政界、工商界等上层人士到中下层人士,它宣告了"大众传媒"时代的到来。从英国的情况来看,1476年威廉·卡克斯顿在威斯敏斯特建立了第一家印刷厂,从此印刷术被正式引入英国。之后的100多年,英国各地陆续出现了一些不定期新闻印刷品,内容通常是对某些重大事件进行报道。18世纪50年代,英国出版物大约有100种,到了18世纪90年代,每年的平均数量急剧增长到370种左右;19世纪20年代,又增加到500种,到19世纪50年代则有2600百种。① 其时,"连载的通俗小说几乎成为19世纪一些发达国家的普遍现象,在法国便有欧仁·苏、雨果和大仲马等迷住一代读者的小说作者"②。报纸业从"小众"到"大众"的民间化之路,恰恰是小说从贵族走向民众之路。文学阅读,尤其是小说阅读,在报纸连载这种新的小说发布方式的推动下,迅速成为普通大众的基本文化生活方式。报纸在新时代对小说的传播、繁荣与经典的"淘洗"起到了媒介作用。

　　19世纪初印刷技术的革新,有力促进了英国图书市场的发展;与传统的精致高价的出版物相比,市场上出现了一种廉价的定期再版丛书方式的印刷品。这种丛书大量印刷,每册只卖6便士。小说以定期连载方式出现在这些廉价的小册子上,不同层次的人都可以买到并阅读,这使小说的阅读人数显著扩大,促进了小说的发展。"英国的十九世纪上半叶,是小说的黄金时期,小说数量之多达到空前。根据一种统计,一八二〇年出版新小说二十六种,一八五〇年增至一百种,而到一八六四年竟增至三百种了。另一种统计,数字更加惊人:一八〇〇年以前最高产量为四十种,一八二二年增至六百种,而到世纪中期竟达二千六百种之多。"③图书出版方式的更新,促进了图书市场的发展。"十八世纪以来,小说传统的出版形式是三卷本,定价一个半吉尼,属奢侈品;普通市民可望不可即。十九世纪初,租赁小说的图书馆在城市广泛设立,对普及小说起了重要作用。""十

---

① 雷蒙·威廉斯:《出版业和大众文化:历史的透视》,陆扬、王毅选编:《大众文化研究》,上海:上海三联书店,2001年版,第109—110页。
② 朱虹:《市场上的作家——另一个狄更斯》,《外国文学评论》,1989年第4期,第89—96页。
③ 朱虹:《市场上的作家——另一个狄更斯》,《外国文学评论》,1989年第4期,第89—96页。

九世纪小说的兴盛与过去有所不同。这时形成了现代意义上的图书市场。作家（生产者）—出版者—读者（买主）都是这个市场上的不同环节。"①

　　总之，印刷技术的更新，加速了新闻报刊业、图书出版业和图书市场的发展，同时促进了小说产量的剧增，也促进了小说阅读的普及和读者群体结构的变化。这意味着小说作为一种文学形式进一步走向了大众。"小说对于维多利亚时代就如戏剧对于伊丽莎白时代和电视对于今日一样重要。"②毫无疑问，19世纪的英国小说是借助于报刊与出版的大众传媒新渠道得以传播与繁荣的；19世纪现实主义小说是在新传播媒介里"淘洗"出来的。

　　在此，我们以查尔斯·狄更斯为例，考察传播媒介对小说繁荣所起的决定性作用。狄更斯是在当时的新传播媒介里成长起来的英国19世纪小说家代表，是他把英国小说推向了繁荣之巅。

　　早期的狄更斯是以借助报纸创作合乎大众口味的连载小说的"写手"面目出现于文坛的。他15岁踏入社会，第一份给他带来收入的工作是在一家律师事务所做小伙计。20岁时狄更斯成为下议院的采访记者，正式进入了报界，从此与报纸结下不解之缘。他长期从事记者和编辑的工作，先后为《议会之镜报》《真实太阳报》《时世晨报》《时世晚报》等报纸工作。1846年1月21日他创办《每日新闻》，自任主编，出版17期后请辞；1850年他创办杂志《家常话》；1859年又创办《一年四季》。不仅如此，他的文学作品大量都是以报纸杂志的分期连载方式与读者见面的。其成名作《匹克威克外传》就是首先在报纸上连载的，受欢迎的程度可以说开创了小说出版史上的奇迹。

　　连载小说要具有可读性，要用生动曲折的故事把读者日复一日地吸引住。"狄更斯的小说通常分章回，按月连载。所以，一想到正在等候的排字工人，他会有一种急迫感，也许从来没有过在此种条件下写作的小说家。"③这种写作状态颇似我们今天的某些网络文学写手。狄更斯在创作《匹克威克外传》之初，"不知道如何写下去，更不知如何结尾。他没有拟订任何提纲，对于自己的人物成竹在

　　①　朱虹：《市场上的作家——另一个狄更斯》，《外国文学评论》，1989年第4期，第89—96页。
　　②　戴维·罗伯兹：《英国史·1688年至今》，鲁光恒译，广州：中山大学出版社，1990年版，第293页。
　　③　Boris Ford. *The Pelican Guide to English Literature：From Dickens to Hardy*，London：Penguin Books，1958，p.217.

胸,他把他们推入社会,并跟随着他们"①。随着狄更斯名声日盛,拥有的读者愈来愈多,他在创作中也就愈为读者所左右,千方百计地想使自己的小说不让那些如饥似渴般翘首以待的读者们失望。"由于广大读者日益增多,就需要将作品简单到人人能读的程度才能满足这样一大批读者。……读者太广泛的作者也许很想为最差的读者创作。尤其是狄更斯,他爱名誉,又需要物质上获得成功。"②狄更斯常常将读者当"上帝",自己则竭尽"仆人"之责。为了让读者能继续看他的连载小说,"他随时可以变更小说的线索,以迎合读者的趣味"③。他"常常根据读者的意见、要求来改变创作计划,把人物写得合乎读者的胃口,使一度让读者兴趣下降的连载小说重新吊起他们的胃口"④。为了吸引住当时在狄更斯看来拥有远大前途的中产阶级读者,"他的作品虽然着力描写了下层社会,但常常为了迎合中产阶级的阅读趣味,描写一些不无天真的化敌为友的故事"⑤。狄更斯总是一边忙于写小说,一边关注读者对他的小说的趣味动向。所以,"人们很难确定到底是他被读者牵着鼻子走,还是他牵着读者的鼻子走"⑥。狄更斯的创作与读者之间这种"息息相关""休戚与共"的关系,既很好地发挥并开掘了他想象的天赋和编故事的才能,也促成了他小说的故事性、趣味性和娱乐性。狄更斯小说创作对读者的高度依赖和自觉迎合,满足了读者的阅读趣味和娱乐需求;读者的阅读趣味和娱乐期待也反过来激励了狄更斯对故事性的刻意追求。所以,"故事"成全了"娱乐","娱乐"也成就了"故事",成就了作家和出版商,其间的因果关系,实在是一种说不清的循环链。"十九世纪上半叶由连载小说开路,通俗小说打开市场,进入极盛时期,而狄更斯则是它的无冕之王。"⑦很大程度上可以说,是报纸杂志的连载以及出版业、出版商成就了狄更斯。其实,在当时,与此相仿的并不仅仅狄更斯一人。

正是随着报纸、杂志和图书出版等传播媒介的新发展,英国19世纪上半叶

---

①　安·莫洛亚:《狄更斯评传》,王人力译,上海:上海译文出版社,1986年版,第20页。
②　安·莫洛亚:《狄更斯评传》,王人力译,上海:上海译文出版社,1986年版,第22页。
③　安·莫洛亚:《狄更斯评传》,王人力译,上海:上海译文出版社,1986年版,第78页。
④　安·莫洛亚:《狄更斯评传》,王人力译,上海:上海译文出版社,1986年版,第78页。
⑤　Lyn Pykett. *Charles Dickens*,Houndmill,Basingstoke,Hampshire:Palgrave,2002,p.5.
⑥　W. Blair. *The History of the World Literature*,Whitefish:Kessinger Publishing,2012,p.221.
⑦　朱虹:《市场上的作家——另一个狄更斯》,《外国文学评论》,1989年第4期,第89—96页。

成了盛产小说的年代,长篇小说以空前多的数量问世,读小说成了民众的主要娱乐方式。虽然诗歌创作在 19 世纪的欧洲依然势头不减,但小说成了人们更青睐的读物。正如英国作家安东尼·特罗洛普所说,19 世纪的英国"变成了一个惯于读小说的民族。平时近乎人手一册,上至国家首相,下至厨房的女佣都在看小说"①。读小说成了 19 世纪英国一道亮丽的文化风景线。经过 18 世纪小说家们的"助跑",到了 19 世纪,英国的小说就"腾空而起",成了叱咤文坛的雄鹰。因此,从文学与文化发展史的角度看,19 世纪的英国文坛可谓是"小说的世纪",也即英国小说的繁荣期。

三、科学理念渗透与"真实性"审美品格之嬗变

与整个欧洲小说相仿,英国小说是随着社会现代化的历史而发展的,也可以说是现代化的产物,而自然科学则是现代化的骄子。小说这种文学样式的发展演进,是以现代化进程中的人对周围世界和自身认识兴趣的增进为推动力的,这种"兴趣"包含着一种源于求知、求真的好奇心,其间,不乏科学理念的渗透。也就是说,到了 19 世纪,小说读者在好奇心驱使下的娱乐性阅读中,求知、求真的心理在有力地攀升。从审美品格的角度看,这个时期的小说比以往任何时候都更关注现实,"小说与社会之间的关系显得格外密切"②。其实,此前人们对即使是作为小说之前身的叙事文学——神话、史诗和传奇——的阅读心理,那"'好奇心'也从来不曾完全脱离过'好真心'的约束控制"③。因为,事实上神话、史诗和传奇"记载的故事,当然并非全是事实,但很难说是虚构,它是虚假的故事与以讹传讹的事迹相混淆在一起,装点成实有其事"④。人们即使是在阅读传奇这种被认为十分虚假的文学作品时,也一定程度地怀着"信以为真"的心理去看待其中的人与事的。而随着人类文化的不断演进,人们对叙事文学的阅读趣味从关心

---

① Robin Gilmour. *The Novel in the Victorian Age*, A Modern Introduction, London: Edward Arnold, 1986, p. 1, 4.

② Robin Gilmour. *The Novel in the Victorian Age*, A Modern Introduction, London: Edward Arnold, 1986, p. 1, 4.

③ 徐岱:《小说形态学》,杭州:杭州大学出版社,1992 年版,第 93 页。

④ 坪内逍遥:《小说神髓》,转引自徐岱:《小说形态学》,杭州:杭州大学出版社,1992 年版,第 93 页。

遥远时代的传说转到身边琐事和自我本身，传奇之类的叙事文学也就演变成了小说，"真实"的理念也就得到了强化。到了19世纪，自然科学的快速发展拓宽了人们的视野，增强了欧洲人认识自然、改造自然、征服自然的自信心与乐观精神，在19世纪这个"科学的世纪"（也即"科学崇拜的世纪"），自然科学的求真、求知理念强有力地渗透到小说美学之中。在西方人的文化观念中，19世纪是一个自然科学取代了上帝的时代，是一个理性崇拜的时代，是西方理性主义文化发展到了高峰的时代。此时，人们更坚定了3个信念：人是理性的动物；人凭借科学与理性可以把握自然的规律与世界的秩序；人可以征服自然、改造社会。对自然科学的崇拜，使人们对科学的理解不仅仅限于科学本身，而是用科学的方法去研究一切问题，包括人类社会。英国科学史家丹皮尔曾指出：

> 在十九世纪的上半期，科学就已经开始影响人类的其他活动与哲学了。排除情感的科学研究方法，把观察、逻辑推理与实验有效地结合起来的科学方法，在其他学科中，也极合用。到十九世纪的中叶，人们就开始认识到这种趋势。①

科学的这种影响在19世纪的欧洲形成了与其他世纪明显不同的普遍风气：任何其他学科，唯有运用自然科学的方法才令人信服。正如赫尔姆霍茨所说："绝对地无条件地尊重事实，抱着忠诚的态度来搜集事实，对表面现象表示相当的怀疑，在一切情况下都努力探讨因果关系并假定其存在，这一切都是本世纪与以前几个世纪不同的地方。"②不仅如此，19世纪的许多人还借助理性思维和科学方法，建立一门科学并相应有一整套严密的概念、定理、范式予以支持，这被认为是一种非常荣耀的事，为此，人们称这是一个"思想体系的时代"③。恩格斯也对当时的这种现实深有感触地说："在当时人们是动不动就要建立体系的，谁不建立体系就不配生活在十九世纪。"④不管是在理论观念层面还是在具体的创作

---

① W. C. 丹皮尔：《科学史及其与哲学和宗教的关系》，李珩译，桂林：广西师范大学出版社，2001年版，第262页。
② Helmholtz. *Popular Lecture on Scientific Subjects*, Eng. trans. E. Atkinson, London, 1873, p. 33.
③ 阿金：《思想体系的时代》，王国良译，北京：光明日报出版社，1989年版，第2页。
④ 《马克思恩格斯选集》（第4卷），北京：人民出版社，1972年版，第212页。

实践当中,西方文学中的所谓"写实",并非一成不变,而是处于不断生成的动态历史过程之中的。① 正是上述这种区别于以前世纪的精神文化风气,影响着文学的发展。于是,无论是小说家还是读者,对小说文本都有了比 18 世纪更强的"真实性"要求,尤其是作家,常常把小说创作看成对现实社会的研究、实验、解剖与评判,把自己创作的小说文本之内容作为"历史"和"事实"去追求。因而,此时许多作家的创作,对小说文本故事"虚构"的技巧和水平的高低,在于其内容的逼真程度。这种小说理念影响到了这一时代读者的阅读心理,那就是:强烈的好奇心运载着强烈的求真心,从而迎来了一种不同于 18 世纪现实主义小说的"批判现实主义"小说。我以为,自然科学理念的渗透,通过读者和作家两种渠道,影响了 19 世纪英国小说文本的真实性审美品格。

如上所述,一方面迎合读者大众故事性、娱乐性的审美期待,另一方面更是顾及其"求真"的心理企求,狄更斯的小说也就不至于一味地流于纯娱乐化而成为低层次的通俗小说;追求真实性,描写广阔的社会生活画面,富有道德责任感和社会责任感,使狄更斯小说具备了文学经典的品位。但是,与法国巴尔扎克、福楼拜等小说家相比,狄更斯的现实主义明显具有主观性和情感性特征。他注重人物形象的塑造,对人性的发掘有深度,他笔下的人物性格单纯而不单薄,个性鲜明,栩栩如生。威廉·梅克皮斯·萨克雷没有描写狄更斯那样广阔的生活场景,而是描写如他自己所说的"家常的琐碎",但他的小说在自然、平实中塑造了真实的人物,描写了富有真实感的故事。为了使作品富有真实感与感染力,他运用独具特色的叙述策略,有意模糊小说叙述者、作品人物与读者三者之间的界限,形成了自己的叙述风格。勃朗特姐妹在英国 19 世纪小说画卷中闪烁着奇特的光彩,在当时就拥有广泛的读者。特别是夏洛蒂·勃朗特的《简·爱》和艾米莉·勃朗特的《呼啸山庄》无论在形象塑造上还是在故事叙述的技巧上,都称得上英国小说乃至欧洲小说史上具有真实性品格的现实主义小说杰作。托马斯·哈代是 19 世纪英国继狄更斯之后最伟大的小说家,他为 19 世纪中后期的英国小说撑起了半壁江山。他的创作继承维多利亚时期小说的现实主义精神,又昭

---

① Erich Auerbach. *Mimesis*：*The Representation of Reality in Western Literature*，Princeton and Oxford：Princeton University Press，2003，pp. 3-23.

示着现代小说新的思想和艺术特征,他把严肃而深邃的哲思渗透到传统的现实主义小说形式中。

综观 19 世纪的英国现实主义小说可见,在"真实性"理念指导下,作家对现实生活的反映广阔而全面,小说除具有娱乐与审美作用外,社会认识与道德评判功能达到了空前的高度。

20 世纪是英国小说的创新、变革时期,"变革"的根本是真实观,而这与科学理念的进一步渗透直接相关。如前所述,从"传奇"到"小说"的演变,真实观就是对"小说"这一文体具有质的规定性的核心概念;从最初雏形期的小说到 19 世纪成熟期的小说,真实观内涵的变化也是小说演进发展的重要标志。19 世纪现实主义小说家在自然科学的实证性理念的影响下,对小说之真实性的追求达到了空前的高度,而当"真实地反映生活"成为小说创作的一种固定规则时,对之怀疑与超越的企图就悄然在作家中萌生了。而且,如同 19 世纪小说真实观受当时科学与文化之影响而成为一种审美品格一样,20 世纪科学的新发展则促使作家对19 世纪之真实观不满与反叛,并追求一种新的"真实"的审美品格。

在西方文化史上,从亚里士多德以来,科学的目的都是在寻找客观的规律和秩序,以逻辑的、实证的方式求证一个稳定的、可以认识与把握的世界。因此,人们相信,"世界中的一切现象都被先验地认为是某种原因的结果,而这些原因都有其自身的法则。秩序建立在原因结果的基础之上。不能找到原因的结果超出了科学的范围,就是违反逻辑的。不能被原因和结果这一法则解释的现象都是偶然,偶然无疑也与科学的目的形成对立"①。正是基于这种机械宇宙观,19 世纪欧洲人面对世界时才有了那种自信与乐观。他们认为,"人运用科学手段——如望远镜和数学计算——和理性思辨,就能够认识这个世界中的任何一条固定的法则,找到任何一种现象内部的根本原因"②。这种宇宙观也支撑起了 19 世纪现实主义小说家对小说真实性追求的坚定信念。然而,20 世纪科学的新发展摧毁了机械宇宙观的"幻想"。爱因斯坦的相对论告诉人们:在貌似稳定的世界和宇宙里,一切都是不牢靠的;许多现象的产生并没有固定的原因和必然的规律;

---

① 易丹:《断裂的世纪——论西方现代文学精神》,成都:四川大学出版社,1992 年版,第 55 页。
② 易丹:《断裂的世纪——论西方现代文学精神》,成都:四川大学出版社,1992 年版,第 55 页。

传统逻辑的、实证的认识方法并不一定能把握人们面对的世界。与此同时,现代心理学和哲学打破了传统的思维模式,开阔了人的视野,把人们的目光从客观物理世界转向主观心理世界。人们发现,理性所认识和把握的外在世界并不是真实的世界,而无序的直觉才是唯一的真实。因为,人们所面对的外部世界并不是稳定不变的,一切都没有绝对性标准,只有人的内在感觉才是最真实的。克罗奇认为,只有心灵世界才是唯一真实的存在。柏格森认为,人的生命的冲动是一种不能截止的"绵延",它不断变化、活动、创造,而自我的生命冲动是时间绵延的根本动力,人的内在感觉则是时间的衡量标准,自我的感觉顺序就是时间的绵延。弗洛伊德则进一步把目光投向人的心灵深处,认为无意识是一个无限广阔的世界。萨特则赋予人的心灵意识最高最真之意义,认为外部世界是"自在的存在",人的意识是"自为的存在"。"自在的存在"是一片混沌,是一个巨大的"虚无",没有原因,没有目的,没有必然性,永远是"不透明的""昏暗的""非逻辑的""没有意义"的东西;而"自为的存在"才是真实的,"自在的存在"只能依附于"自为的存在",为"自为的存在"设立对象才能有意义。20 世纪科学的发展及其所带来的宇宙观的变化,深深影响了文学。

现代主义作为 20 世纪的"先锋文学",其首要特征就是反传统、图变革、求创新。在英国的文坛上,现代主义倾向的小说家就是新宇宙观的接受者和拥护者,因此,他们不再重视"如眼所见"的外部生活世界,而是关注心灵世界对外部世界的主观感受,注重表现一种形而上的存在,一种感觉的、心理的真实;而心理的、主观的存在和行为是一种无序的、破碎的印象的集合过程,因此,要客观、准确地反映这种心理行为和心理真实,传统的狄更斯式的故事叙述已难以奏效,于是,在表现手法与技巧上也必须标新立异、另辟蹊径。英国的现代主义小说就以一种崭新的面目雄踞文坛,开创了 20 世纪英国小说的新局面。这里,不同的真实观是英国现代主义小说与 19 世纪现实主义小说的最根本的差异。

英国现代主义小说的产生是以表现主观真实的心理小说的出现为主要标志的。这种现代特征的心理小说最先从 19 世纪末的亨利·詹姆斯的创作开始。詹姆斯坚持 19 世纪现实主义小说的真实性原则,但他认为,真正真实的不是外部的、表象的生活,而是人的内心生活。他在《小说艺术》中指出:"一部小说成功与否,取决于它在何种程度上揭示了此心灵与他心灵的差异。"①他的小说关注的是人对生活的真实体验与感悟。所以,詹姆斯被批评家称为"细微意识的史学家"(the historian of consciousness),也有的称他为"心理现实主义"作家。可见,詹姆斯是沿着"心理真实"的方向开辟现代主义小说之先河的。到了 20 世纪初,这种"心理真实"小说在弗洛伊德精神分析理论的影响下得到了进一步的发展,有代表性的是两种流向。一种是以 D·H·劳伦斯为代表的以揭示性心理为主的心理探索小说,另一种是以乔伊斯和伍尔芙为代表的意识流小说。

劳伦斯的小说在结构形态及对社会的批判意义上,仍具有传统现实主义小说特征,但是,更为重要的是,他的"独特的审美意识及其深入探索人类心灵的黑暗王国的心理小说使其成为一名出类拔萃而又与众不同的现代主义者"②。就劳伦斯来说,这里的"黑暗王国的心理"主要是指人的性心理,性心理几乎是他的小说的中心题材。他企图通过性心理的描写来揭示工业文明时代人的自然本性;他把性的和谐作为对现代工业文明时代的人的拯救,把性与爱的和谐看成人性的回归。正是在这种追求中,劳伦斯拓展了小说表现的领域,体现了小说揭示人性的深度,引领了英国小说的一种新取向。

真正把英国心理小说推向高峰的是乔伊斯和伍尔芙。詹姆斯·乔伊斯是英国现代主义小说的杰出代表,他毕生致力于小说艺术的变革与创新。他的创作具有鲜明的实验性,这种实验性的最集中、最突出的表现是:他把小说描写的焦点集聚在人的意识上,把笔触深入人的精神活动的底层——潜意识,表现那飘忽混乱的思绪与感觉,生动逼真地展示自然和非逻辑状态的心理活动的过程。在乔伊斯看来,小说家如果能够把描写的焦点集聚于人物的精神世界,以理性的手法表现非理性状态的精神世界,就能真实地反映生活,揭示生活的本质。这显然是意识流作家所拥有的现代意义上的真实观。乔伊斯的意识流小说有力地推进了英国小说的艺术变革,也推动着整个西方现代小说的巨大变革。弗吉尼亚·伍尔芙也是一位实验小说家、意识流小说的倡导者和杰出的现代主义代表。她与乔伊斯几乎同时倡导与实践意识流小说,但又有自己独特的追求与贡献。她

---

① Henry James. *The Art of Fiction*, The Norton Anthology of American Literature, p. 430.
② 李维屏:《英国小说艺术史》,上海:上海外语教育出版社,2003 年版,第 224 页。

像乔伊斯一样关注人物的精神世界,揭示人的真实的精神—心理的感受,但她又格外重视表现人的精神世界的技巧与形式,因此,她的小说在心理时间、叙述方法、结构布局等方面为意识流小说和现代小说做出了新的探索,在形式上与传统小说拉开了更大的距离,从而表现了她对小说形式的创新与变革。

第二次世界大战以后,英国小说出现了一次新的转折,即现代主义小说发展成了后现代主义小说。后现代主义小说既是现代主义小说的延续,又是对现代主义小说的超越与反叛。后现代主义小说家否定了小说文本能通过语言来反映生活真实(包括心理真实),而认为小说文本只能用语言构筑一个虚构的无意义的世界,无真实性可言。后现代主义小说家对"真实"的这种颠覆性理解,无疑同后结构主义哲学影响有关。后结构主义试图用解构主义的理论推翻结构主义,有明显的怀疑主义和虚无主义倾向。它要瓦解几千年来的西方传统哲学观念,否定一切终极永恒的东西,否定整体性、确定性、目的论之类的概念,拒绝一切试图重设深度模式的哲学和重设中心的企图,主张无限制的开放性、多元性和相对性。关于文学,它否定作品在它们使用的语言范围内可能确定自己的结构、整体性和含义。后结构主义的这种哲学思想对英国后现代主义小说有直接影响,因而,在后现代主义小说家看来,小说是作家凭想象力虚构出来的语言文本,既然是"虚构",就无法反映真实,"真实"与"虚构"是互相对立的。在此,"真实"被"虚构"取代,可见后现代主义小说在"解构"了小说自它产生以来一直追求与恪守的"真实"这一根本性原则之后,回归到了"虚构"。于是,文学史上从传奇到小说的发展历程就成了"虚构→真实→虚构"的历史循环。显然这不是历史的重复,而在很大程度上是一种否定之否定。因为,后现代主义小说的"虚构"与传奇文学的虚构有不同的内涵。后现代主义小说的"虚构"实质是要模糊小说文本内容之真实与虚构的界限,是"事实与虚构的交混"(the fusion of act and fiction),达到一种以假乱真、真假难辨的效果。当然,正是这种真假难辨之效果,消解了小说接受过程中的真实感。正是由于真实性之被颠覆,后现代主义小说的叙事方法、结构特点、语言风格、表现技巧等,都出现了实验性的变革,在艺术形式上不无"极端形式主义"倾向,这在一定程度上消解了既有的小说概念,所以这种小说又具有"反小说"特征。但不管怎么说,后现代主义小说的这种实验与探索,丰富了小说的内涵,推进了小说的变革与创新。

英国后现代主义小说的主要代表有塞缪尔·贝克特、劳伦斯·达雷尔、约翰·福尔斯和 B. S. 约翰逊等,他们超越既往的小说创作规范,自由地进行着小说艺术的实验,使英国小说在情节、结构、人物、语言等方面都发生了革命性变化。概括地说,"贝克特创造性地发展了一种能容纳'混乱'和'荒诞'小说,达雷尔热衷于构筑他按照平等关系发展的'重奏'小说,福尔斯别出心裁地推出事实与虚构混为一体的'超小说',而 B. S. 约翰逊则毫无顾忌地将小说形式的革新推向了极端"①。

总之,20 世纪英国小说在真实观问题上,既存在着认识论哲学基础上的客观真实性(即传统现实主义倾向的外部真实)和主观真实性(即现代主义倾向的心理真实)理念,又存在着本体论哲学基础上的非真实性(即后现代主义倾向的"虚构")理念,因此,小说文本既有力求真实反映日常现实生活,具有深刻认识价值与社会批判意义的现实主义形态,又有展示主观心理世界、追求形而上的深度意义的现代主义形态,还有试图用新的语言体系构建一个虚构世界,追求文本结构的无序性、非逻辑性和意义的不确定性的后现代主义形态,不同形态的小说普遍具有内倾性特征,关注对人的精神—心理世界的展示。较之 19 世纪现实主义小说,20 世纪现实主义倾向的小说加强了对人的心理的描述,现代主义倾向的小说力图在理性原则规约下展示人的自然状态的精神—心理世界,后现代主义倾向的小说则力图在小说文本中展示一种荒诞的精神—心理体验。

(本文作者:蒋承勇)

---

① 李维屏:《英国小说艺术史》,上海:上海外语教育出版社,2003 年版,第 328 页。

跨学科互涉与文学研究方法创新

　　追求跨学科研究和构建新的学科体系是当下与未来一个时期我国人文社会科学界的学术新趋向。不可否认,精于某学科或专业的深度研究,无疑可以成就一个学者,但是画地为牢的学科壁垒,也确实会成为学术创新的藩篱。在当下我国学界致力于构建新的学科体系、学术体系、话语体系的努力中,迫切需要打破原有学科、专业的壁垒和界限,通过跨学科互涉实现各学科研究在宏观理论和微观方法上的创新。这不仅有助于我国人文社会科学学科体系、学术体系和话语体系的重构,也有助于每一研究者个体观念与方法的创新。近期以来,我国中外文学研究领域普遍对跨学科研究热衷,表现了对文学研究理念、方法和视野拓展的强烈愿望。虽然,文学领域的跨学科研究并不是什么新事物,但是,处在"网络化—全球化"的新时代,其理论和实践中存在的问题仍有待深入探讨与研究,并做出文学研究方法创新之展望。

一、文学研究的"双重理路"与"单一性"偏颇

　　"文学"作为一个词语,在我国古已有之,但它与现代意义上的"文学"概念在内涵上差之甚远。现代意义上的"文学"观念初步形成于 20 世纪初叶,不过,此时我国刚刚开始出现的中国文学史著作,其"文学"的概念也都具有相当的宽泛性,所包括的内容大多十分庞杂。比如,当时京师大学堂的教师林传甲的《中国文学史》(1904),把"经""史""子""集"的所有内容都包括在"文学"之内。这完全

不是现代意义上"文学"的概念。另外,从日本留学回来的来裕恂于1905年出版了《中国文学史》(上、中、下三卷),该著作把小学、经学、子学、玄学、理学、心学以及释道,甚至天文、医学、算学都作为文学史的论述范围。稍晚,东吴大学黄人写的《中国文学史》(1909)提出了比较贴近现代之"文学"概念,他是从西方"literature"(文学)的概念出发来梳理中国文学史的。黄人对"文学"做了广义与狭义之分,广义的"文学"属于书籍一类,"记录叙述写本典籍等皆属之"①。他认为狭义的"文学""以文学为特别之著作,而必表示其特质,从此以往解释,则文学之作物当可垂教云。即以醒其思想感情与想象,及娱乐思想感情与想象为目的者也"。他还列出了衡量"文学"的6条标准:"文学者虽亦因乎垂教而以娱人为目的。文学者当使读者能解。文学者当为表现之技巧。文学者摹写感情。文学者有关于历史科学之事实。文学以发挥不朽之美为职分。"②黄人这种狭义的"文学",接近于我国现代的"文学"观念,所以,他以此种文学观念写就的这部《中国文学史》,被我国有的学者列为"国人自撰的首部《中国文学史》"③。虽然学界对黄人的这部著作是否属于我国"首部《中国文学史》"还存在着不同看法,但是,它在我国现代文学观念形成的历史进程中,无疑起到开辟先河之作用。20世纪30年代,在当时影响颇广的章克标编著的《开明文学词典》(1930)中,关于"文学"的表述有广义、狭义之分,这种对"文学"概念的广义与狭义的区分,着实推进了作为艺术和审美意义上的"文学"观念的形成与确定,尤其是关于文学的狭义的概念,与之前黄人的文学观念比较接近。直到1935年出版的钱基博的《现代中国文学史》,明确把文学称为"美的文学"④,并且以这种"美的文学"的观念去梳理文学史。另外还有刘经庵的《中国纯文学史》。总之20世纪30年代中期,我国学界基本确立了现代意义上的"文学"的概念。

对"文学"观念的理解,直接影响着对学术体制中关于文学研究之"学科"的界定。"美的文学"虽然从概念的角度大致上区分了文学与史学、哲学、宗教等相关学科的区别,但是,从文学研究的实践看,在当时我国的学界,学科性的文学研

---

① 转引自朱首献:《文学的人学维度》,杭州:浙江大学出版社,2007年版,第170页。
② 转引自朱首献:《文学的人学维度》,杭州:浙江大学出版社,2007年版,第171页。
③ 孙景尧:《首部〈中国文学史〉中的比较研究》,《复旦大学学报》,1990年第6期,第85页。
④ 转引自朱首献:《文学的人学维度》,杭州:浙江大学出版社,2007年版,第173页。

究却并没有因此聚焦于"审美性"这一"质点"展开,相反,其重点却落在了文学之外的相关学科上。在五四之前,一方面我国传统的文学研究都属于随感和评点式散论,缺乏理论的深度和体系性,因此,诸如此类的诗论、文论、词论都算不上现代学科和学术意义上的"文学研究",而总体上不过是古代文人对自我阅读经验的感悟性表达——其实古希腊时期关于"诗学"的表述也大致属于此类性质;另一方面,其"研究"和"评说"的内容多为文体学、文章学和版本学方面的议论、评述或者考据,而较少做社会历史和文化思想方面系统而深度的阐发。但是,到了五四以后,在西学的影响下,中国文学研究开始了现代化的转型。这种转型的标志,一方面表现在西方式"文学"与美学思想主导下对文学的艺术技巧与审美价值的研究,另一方面也是更重要的表现是对文学之社会历史价值和思想文化内涵的阐释。在此仅列举两个比较典型的代表——梁启超与王国维。

与众多囿于诗论、词论、文论和小说评点的我国传统"文学研究"不同,梁启超的《饮冰室诗话》表现出了崭新的观念、视野、格局与气度。他在陆续发表于1902年至1907年《新民丛刊》上的《饮冰室诗话》中提倡"诗界革命",其间虽然倡导诗歌的新意境、新句法,但更强调诗歌之思想内容的"革命"。诗之"革命者,当革其精神,非革其形式。吾党近好言诗界革命,虽然,若以堆积满纸新名词为革命,是又满洲政府维新变法之类也。能以旧风格含新意境,斯可以举革命之实矣"[①]。在梁启超看来,诗歌只要能够"旧瓶装新酒",在思想内容上呼应社会与时代风潮之需要,便是体现"革命"之实了。这也足见他对文学之思想内容和社会功能之偏好。不唯如此,更甚者,乃其"小说界革命"之号召。1902年,梁启超在《论小说与群治之关系》中,高度肯定小说这种原本比诗歌之地位要低的文学体裁在表现政治内容、服务社会变革中的重要性。他认为,"欲新一国之民,不可不新一国之小说。故欲新道德,必新小说;欲新宗教,必新小说;欲新政治,必新小说;欲新风俗,必新小说;欲新学艺,必新小说;乃至欲新人心,欲新人格,必新小说"[②]。由于处在特定的社会历史境遇之中,出于对文学开启民智、改造社会的殷切期待,梁启超在该文中显然夸大了小说之社会功能,其间他对文学之社会历史

---

① 梁启超:《饮冰室诗话》,北京:人民文学出版社,1959年版,第51页。
② 梁启超:《饮冰室诗话》,北京:人民文学出版社,1959年版,第207页。

和思想文化之作用的偏好进一步坦露无遗。不过,正是他的这种不无矫枉过正的文学研究新观念,在当时和后来的文学研究中影响重大而深远——使文学研究强调文学的社会功能成为一种风气和时尚。梁启超的这种不无激进的文学"革命"思想的形成,其实得益于他对"西学"的接受。这是他们这一代学者思想演变之共同原因之一。

值得注意的是,同样是在西学影响下开一代文学研究之风气的现代著名学人王国维,走的却是另外一条路。与梁启超等人抬高与扩大文学的社会功能的观点不同,王国维等人对中国文学的研究更偏重于文体与审美。王国维接纳了西方哲学和美学的观念,摆脱中国传统之阐释、评析文学的观念与方法,在中国古典文学的研究上取得了别开生面的新成果。王国维发表于 1904 年的《〈红楼梦〉评论》,以叔本华的生命哲学理论分析小说表现的人生欲望,认为《红楼梦》的美学价值在于表现了人生的悲剧,而且是空前有别于中国传统文学的"彻头彻尾的悲剧"①,这种悲剧是"非个人之性质,而乃人类全体之性质也"②。王国维通过对具体作品的分析,阐释其间的哲理与审美意蕴,使文学研究上升到了审美的境界与高度。此外,在 1908 年完成的《人间词话》中,王国维提出了"境界说"、"写境"与"造境"、"有我之境"与"无我之境"等独到的见解,这基本上是从审美的角度展开文学研究的。在此:

> 王国维不是停留在一般作家作品分析的水平上来评价作家作品的优劣,而从文学应有的审美特征来阐发境界说,将境界说推延到对诗、词、小说和戏曲等文学体裁的理论把握上。文学的各种体裁尽管千变万化,但都应该具备文学所必须具备的条件和性质……这种对文学的理解,已突破传统的原道、征圣、宗经式的论文秩序,直接从对象入手,从对象的特征归纳中进行理论提取。③

---

① 王国维:《静庵文集》,沈阳:辽宁教育出版社,1997 年版,第 73 页。
② 王国维:《静庵文集》,沈阳:辽宁教育出版社,1997 年版,第 81 页。
③ 王铁仙、王文英主编:《二十世纪中国社会科学》(文学卷),上海:上海人民出版社,2005 年版,第 8 页。

　　从艺术之审美的角度研究文学,是王国维等一批学人开启的我国文学研究的另一现代性风格。王国维式的美学与艺术研究和梁启超式的社会与历史研究,总体上代表了五四新文化运动前后开启的我国文学研究的两种学术理路。

　　上述的归纳,无疑显得有些粗疏,因为,在实际的文学研究之学术发展和具体的研究实践中,这两种研究方法和学术理路不可能是泾渭分明或者决然割裂的,而是彼此包含、互相依存的。不过,从五四过后一直到 20 世纪 70 年代末,由于众所周知的社会历史的特殊情况和现实需要,我国文学研究领域长时期内比较充分和普遍地张扬了梁启超式的重视文学社会功能研究之传统,致力于文学作品中蕴含的思想文化内涵的阐发,并要求文学创作“内容为王”,为现实斗争服务,甚至为某一时期的政治服务。可以说,正是特定的社会历史文化语境促成了这种特定的文学研究模式,也是这种特殊的社会历史文化语境,有意无意中扼制或者轻视了文学“审美的”研究,某些历史时期还比梁启超时期有过之而无不及地进一步扩大了文学的社会功能,乃至不恰当地夸大了文学的政治功能,并因此也抬高了文学学科在其他相关学科中的地位,阐释文学之思想政治内容的“社会学”研究,成了文学研究的主导方向。从文学的跨学科研究角度看,我国现当代的文学研究历史上片面地强调文学之思想政治内容及其社会功能的现象,其实是单一性地、简单化地偏向于社会学、政治学和历史学学科,这种学术理路上的“单一性”偏颇的存在是不争的历史事实,我们无须避讳。其实也正是这种学术偏颇的存在,使我国相当长时期内文学研究的观念、方法、理论和手段总体显得机械、简单甚至僵化,这便是引发我国改革开放新时期(20 世纪 80 年代)文学界的“方法论热”的重要原因。

二、“方法论热”与文学跨学科研究

　　基于对较长时期内文学研究之观念、方法、理论和手段方面的机械、简单甚至僵化现象的不满,20 世纪 80 年代,我国文学研究领域表现出了强烈的求变求新之愿望,寻求文学研究之理论、观念和方法创新的“方法论热”持续升温。正是这个“方法论热”,很大程度地摆脱了文学研究简单化、机械化和极左思想的束缚,开创了别开生面的活跃和开放的文学研究新局面。事实上,为了寻求文学研究的新理论、新观念、新方法,跨学科研究正好成了当时"方法论热"所追求的重要途径。系统论、控制论、信息论等自然科学(哲学)方法运用于文学研究,改变了文学研究思维的单向性、简单化现象;心理学与文学的结合,使文艺心理学研究兴起,作家作品的评论与阐释令人耳目一新;美学研究出现一股热潮,美学与文学的结合使文学的"审美性"研究和"美的文学"的研究成为可能并取得成果。如此等等,不一而足。从文学跨学科研究的角度看,新时期文学研究的"方法论热"所取得的成效大致可归纳为如下几个方面。

第一,文学研究方法由单一的社会学研究拓展为多元、多层次趋向,美学、心理学、伦理学、人类学、历史学、政治学、社会学等纷纷涉足文学研究,打破了文学社会学研究方法一家独大的僵化局面,同时也使人们对文学之本质、文学之功能的认识得以重大改观,文学也就不再被认为是简单地为政治服务的"工具",文学研究也就在人文社会科学之多学科视域中展开了跨学科研究。当然,此时的研究者尚普遍缺乏学科自主性和学科间性意义上的跨学科研究的意识,通常是浅层的外在学科知识与方法借用于文学研究,明显有简单化和"夹生"之嫌。

第二,文学研究除与其他人文社会科学之间展开跨学科互动之外,自然科学在文学研究中的运用也是一种别具新意的学术现象,这是自然科学奔向人文社会科学的潮流在新时期的一种表征,文学研究也因此展现出更大跨度的跨学科互动研究。这主要表现在两大方面。首先是系统科学理论中的系统论、控制论、信息论(简称"三论")在文学研究中的运用。严格说来,"三论"属于自然科学的范畴(当然也可以说是哲学方法论或自然辩证法范畴)。运用系统论来研究和梳理复杂的事物,就是系统研究方法,实际上也就是一种辩证综合的方法。用系统方法(或称系统论的批评方法)展开文学研究:从研究对象所处的内部与外部的辩证关系中,从其结构与功能入手,多角度、多层次和综合地考察一部作品、一个典型形象或一种文学现象的本质及其运动过程。这种研究拓展了文学研究的思维,对研究对象的把握更系统而全面,很大程度上纠正了长时间里我国文学研究各执一端的简单化、机械化的片面现象。其次是普通数学、模糊数学、生态学、量子力学、统计学等具体自然科学的方法在文学研究中的渗透。比如模糊数学在文学研究中的运用,对深化本身具有模糊性、复杂性的文学现象,起到了重要的推进作用。

第三,比较文学研究的崛起。比较文学生发于19世纪的欧洲,但它在我国兴起得较晚。五四以后我国一些学者开创性地展开过比较文学研究,只是后来未曾被我国学界重视从而显得沉寂。正是在 20 世纪 80 年代"方法论热"的过程中,比较文学也作为一种文学研究的新方法、新学科应运而兴并蓬勃发展。进入 21 世纪以来,我国比较文学学科的发展势头更加迅捷,比较文学的"中国学派"和"中国声音"在国际学界崭露头角,如曹顺庆的比较文学变异学。尤为可喜的是,比较文学不仅作为一个学科在持续发展中渐趋成熟,而且,其方法论的意义和价值也在整个文学研究领域广为渗透。几十年来,比较文学视域下的文学跨学科研究也取得了令人瞩目的成就。众所周知,比较文学除强调跨民族、跨文化的研究之外,跨学科研究也是其题中应有之义,强调对文学进行历史学、政治学、经济学、伦理学、社会学、心理学、生态学等跨学科、多学科、多元、多层次的研究,是比较文学的本质属性之一,或者说,跨学科研究就是比较文学的重要范畴。在比较文学快速发展的态势中,跨学科研究则进一步走出比较文学本身的学科视域,成为整个文学研究领域共同关注和普遍实践的方法。文学地理学研究、文学伦理学研究、文学生态学研究、文学心理学研究、文学人类学研究、文学文化学研究等,都是文学研究界普遍关注的跨学科研究课题,推动着整个文学研究的出新与出彩。尤其是其中的文学伦理学研究,在国际学术界有了较大的影响。总之,比较文学在我国的兴起和蓬勃发展,有力地促进了文学的跨文化研究,同时也有效地拓宽了我国文学研究的创新之路。

三、跨学科研究与文学"非本质主义"

当然,我们在看到几十年来文学的跨学科研究取得了十分骄人的成绩的同时,也要看到,在研究实践中,有的研究者过度运用非文学学科的理论与方法来研究文学,导致了文学研究的"异化"和文学本身的"边缘化"。所谓的"过度运用",类似于我国学者指出的西方文论中存在的"强制阐释"现象,指的是非文学的各种理论、知识或方法运用于文学评论与研究,文学文本和文学现象成了论证某种非文学之理论的材料,从而丧失了文学研究的自我立场,文学研究被"异化"后蜕变为非文学的研究。实际上,这种所谓的跨学科研究把文学研究引入了"非本质主义"的误区。

从国际学界的情况看,大约从20世纪90年代中期开始,伴随着全球化与信息化的浪潮,以文学的文化学研究为主导,西方理论界出现了大量文化研究理论,如后现代主义、后殖民理论、新历史主义、文化帝国主义、东方主义、女性主义、生态主义审美文化研究等,一时间它们成了理论时尚,堪称一种"理论热"或新的"方法论热"。这些理论虽然不无新见与价值,但是,它们明显存在着理论与文学/文本"脱节"的弊端,有"非本质主义"的倾向。美国当代理论家 T. W. 阿多诺就属于主张文学艺术非本质化的代表人物之一,他认为:"艺术之本质是不能界定的,即使是从艺术产生的源头,也难以找到支撑这种本质的根据。"[1]他倡导的是一种偏离文学研究的"非质主义"理论。美国当代理论家乔纳森·卡勒也持此种观点,他认为,文学理论"已经不是一种关于文学研究的方法,而是太阳底下没有界限地评说天下万物的著作"[2]。美国电视批评理论家罗伯特·艾伦则从电视批评理论的新角度对当代与传统批评理论的特点做了比较与归纳:"传统批评的任务在于确立作品的意义,区分文学与非文学、划分经典杰作的等级体系,当代批评审视已有的文学准则,扩大文学研究的范围,将非文学与关于文本的批评理论话语包括在内。"[3]当代西方文化理论家中持此类观点者也为数甚众。站在文学研究的角度看,这确实表现了现当代文化理论存在的"过度运用""非本质主义"的缺陷,一些理论家把文学作品作为佐证文学之外的理论、思想与观念的材料,理论研究背离文学本身。

从我国文学研究的实际情况看,20世纪80年代"方法论热"中初露头角的文学文化研究,后来在西方当代文化研究理论的影响下,于20世纪90年代至21世纪初成为我国文学研究领域的又一波"方法论热",或者说,文学的文化研究可以视为我国20世纪80年代"方法论热"后文学跨学科研究之追求在新的历史时期的延续和新发展。但是,这种泛理论的文学文化研究一方面深化了文学的跨文化研究,把文学研究提升到更高的理论与学术境界,但另一方面也明显存在着"喧宾夺主"现象,把文学的研究"蜕变"成了非文学、泛文化的研究。在这种情况

---

① 　T. W. Adordno. *Aesthetic Theory*, Translated by Robert Hullot-Kentor, Continuum, 1997, p. 2.

② 　Jonathan Culler. *Literary Theory: A Very Short Introduction*, Oxford UP, 1997, p. 6.

③ 　罗伯特·艾伦编:《重组话语频道》,麦永雄、柏敬泽等译,北京:中国社会科学出版社,2000年版,第29页。

下,文学和文学研究本身走向了"边缘化"和"异化"的尴尬境地。除此之外,比较低级的"泛文化""泛理论"研究则表现方式虽然五花八门,但基本一致的是牵强地把某种文化理论套用到研究对象上,生硬地"阐释"出某种文化结论,这种"强制阐释"的结果自然也消解了文学本身,文学的研究却被文化理论的过度演绎消解了文学文本的阐释。在外国文学研究领域中,用文化理论或把泛文化理论套用到具体作家作品和文学现象的研究比比皆是,这种研究常常在远离文学本身的不知所云中给人一头雾水之感,就像有的学者指出的那样,"强调论文必须具备理论(其实是指文学之外的理论,引者注)框架的恶果除了误导学生重理论轻文本、生吞活剥地搬用理论外,还给学生造成不必要的身心压力……这样就造成了浮夸、狂妄和不实事求是的学风"①。所以他们强烈地呼吁:外国文学研究要摆脱宏大的文化理论"喧宾夺主"而回归文本解读,回归文学研究本身。从跨学科研究演变而来的文学的文化研究何以会消解、淡出了文学本身,进而走向非文学研究和反本质主义的歧途呢?

如果说,20世纪80年代我国"方法论热"期间的文学跨学科研究通常是致力于文学之外的某一学科的知识与方法对具体的文学现象展开研究的话,那么,90年代的文学文化研究则通常以多学科知识和方法相融合的多元"文化"理论去阐释文学。因为,"'文化学'首先是一个集合性概念,它用来指称所有致力于描述和分析文化结构和文化现象的科学"。也就是说,"文化学是一个巨大的框架,它包含了大多数以往的方法流派和问题"②,它"用'文化'这一更精确的表述来代替英美和法语区使用的概念'人文科学'(humanities 或者 sciences humaines)"③。甚至还可以说,文化包含了我们之前所说的所有人文社会科学,因此,在这种语境下,用以前人文社会科学中某一学科的方法研究文学的现象,也可以称为"文学的文化研究"。文学的文化研究既属于跨学科,又是消弭了学科间性后的多学科一体化研究形态。在这种意义上,当代文化理论对文学研究的入驻,"那种长期统治文学学术界的精

① 刘意青:《当文学遭遇了理论——以近30年我国外国文学教学与研究为例》,《解放军艺术学院学报》,2018年第4期,第14页。
② 贝内迪克特·耶辛、拉尔夫·克南:《文学学导论》,王建、徐畅译,北京:北京大学出版社,2016年版,第307页。
③ 贝内迪克特·耶辛、拉尔夫·克南:《文学学导论》,王建、徐畅译,北京:北京大学出版社,2016年版,第308页。

英化的审美主义价值立场逐渐被学者们放弃,代之以一种'生活论'的态度来审视文学现象,文化研究普及之后,在文学研究领域曾经占据过主导性立场的精英主义、总体革命论、人类解放论、审美救世论等渐渐地失去了号召力,而在微观政治学意义上的解构性批判和话语分析却吸引着大多数学者的目光"①。正因为如此,当代文化理论驱使下的文学研究,其结果是文学之本质和边界隐匿后的泛文化或者泛文学研究,文学及文学研究本身也就遭遇了被消解和隐退的尴尬。

那么,在"网络化—全球化"时代,文学研究如何摆脱这种"尴尬"进而得以进行方法的创新呢?

四、学科间性与文学研究的"本质主义"

如前所述,诉诸情感与想象的文字才是"文学"(黄人),即"美的文学"(钱基博),但文学又源于"兴观群怨"(孔子),文学必须"寓教于乐"(贺拉斯),所以,关于文学的研究,自然会演化为社会历史的和艺术审美的双重学术理路。上文提及的以梁启超与王国维为代表的"社会的"和"审美的"文学研究的两种学术理路和解读模式,可谓是对文学之社会学研究和美学研究的极端化代表性归纳。然而,在西方学术和学科体系形成与发展过程中,"美学"原本不属于文学的范畴,也就是说,美学作为独立的学科,一开始并不属于文学研究的学科领域。"美学"(aesthetics)也称为"审美学",aesthetics一词的希腊语原义为"感觉"(aesthesis),属于感性认识的范畴,后来逐步被理性所规设,却一直拥有感性本质,因此它与情感和想象的文学有质的联系。美学无疑包括了对文学以及和文学相关的经验形式的研究,但是美学不能同文学相混淆,就像"美学不应同艺术相混淆"一样。所以,当我们以"美的文学"和文学"审美性"来界定文学学科之质的规定性时,并不意味着美学与文学在学科上是一种合流的或同一的关系,而是两者互有关涉又各自有其学术边界的相对独立的关系,彼此间存在着一定的学科间性,也即学科之质的差异性。

---

① 冯黎明:《文学研究的学科自主性与知识学依据问题》,《湖北大学学报》(哲学社会科学版),2012年第2期,第42页。

　　事实上,在西方的文学研究发展史中,美学入驻文学的研究不过是近代——美学学科出现后的 18 世纪——以来的事情。早在古希腊时期,作为文学之主体的诗,主要被看作拥有道德价值而非审美价值的一种艺术门类,所以,古希腊人视诗人为"立法者",尊他们为人生的导师。不过,柏拉图对此表示怀疑,其根由是诗有感性的、娱乐的也即与审美相关的效用,而这恰恰是诗之"不道德"和"伤风败俗"之属性。亚里士多德则从正面,也即从道德与哲学层面为诗人和诗辩护,认为诗是对现实的模仿。也就是说,诗人模仿的现实具有真实性和普遍性,比历史更具有真理和哲学的价值,因而不仅具有认识价值,还有道德教育的严肃性。即使是古罗马时期的贺拉斯倡导"寓教于乐",也主要强调文学的道德教育作用。直到 17 世纪古典主义和 18 世纪的启蒙文学,也依然侧重于文学的道德训谕和社会认识价值。虽然 16 世纪的弗朗西斯科·达·赫兰达、18 世纪的查尔斯·巴托等人用"美的艺术"①之类观念研究文学,但是都未曾脱离文学"模仿—认识—教育"的主流模式,与非功利性、游戏和娱乐、艺术自律意义上的审美本质论研究有根本性差异。也就是说,在 19 世纪以前的西方文学史和文学批评史上,文学的美学阐释也一直未能成为文学研究之自主性存在的规范性依据。

　　西方文学中文学之寓教于乐和社会认识价值观念的动摇,审美性阐释成为文学研究自主性的学理依据,是 19 世纪的事情。18 世纪末 19 世纪初浪漫主义文学思潮兴起,浪漫派在文学本体论上把文学创作看成作家内心真实情感的自然流露,强调文学的非功利性。浪漫派的这种观念植根于康德的美学思想。

　　　　康德美学在本体论意义上将艺术与知识、伦理、宗教、政治等分解开来,形成了人类文明的一个独立的场域。最重要之点在于,康德美学使人们意识到文学艺术中蕴含着一种独特的意义,即审美意义,因此文学研究作为对文学现象产生的活动,其核心任务即在于解读审美意义。审美既然以先验性而独立于政治宗教伦理之外,那么文学研究这种审美意义阐释的活动也就获得了自主性的学理品格。②

---

　　①　符·塔达基维奇:《西方美学概念史》,褚朔维译,北京:学苑出版社,1990 年版,第 27—28 页。
　　②　冯黎明:《文学研究的学科自主性与知识学依据问题》,《湖北大学学报》(哲学社会科学版),2012年第 2 期,第 36 页。

可见,康德的美学在 19 世纪的西方学界为文学以审美性为依据的自主自律研究提供了学理依据,但是,从学科门类的角度看,文学和美学依然是两种相对独立的学科——虽然互相的学科间隙并不很大,但其学科间性相比于文学与政治、哲学、历史、宗教等更为密切,更具"亲缘关系"。显然,当康德的美学概念达成了文学审美阐释之于文学研究的自主性与自律性,并标示了文学与美学的学科区分和学科间性关系的同时,也标示了文学与政治宗教伦理等不同学科的区分和学科间性关系。在这种意义上,文学研究作为一门学科,除"审美性"的本质属性之外,与其他人文学科乃至整个社会科学之间都存在着学科间性,因而各学科都存在着与文学展开跨学科研究互涉与对话的学理依据,这是文学研究的又一本质特征。因为文学描写的内容——人和人的生活——可谓是千姿百态、无所不包,有人的精神—情感世界的生活,也有人所赖以生存的社会和自然的方方面面。

就现实主义形态的文学而言:

> 现实主义作家与 19 世纪中后期其他人类似,他们也寻求专业知识和专业权威。跟科学家一样,现实主义作家为他们作品中的客观性而感到自豪。跟民族志学者、人类学家和语言学家一样,现实主义作家把自己视为社会这些方面的学生,很快这些方面就会被冠以"文化"这一总称,包括礼仪与习俗、信仰与价值、家庭与亲属关系,以及各种言论。跟心理学家一样,现实主义作家探讨个体思维的内在机制以及人类思维与外部世界的关系。跟社会学家一样,现实主义作家寻找社会如何改变以及适应这种改变的模式。①

其实,也不仅仅是现实主义形态的作家会有如此明显的跨学科追求,由文学表现的对象所决定,其他文学形态的作家的创作也都不同程度地需要以综合的学科知识做支撑。受文学本身的知识包含的统摄性所决定,文学研究无可避免

---

① Phillip J. Barrish. *The Cambridge Introduction to American Literary Realism*,Cambridge UP,2011,p. 3.

地也关涉除审美性之外的与人相关的各种人文学科乃至社会科学,文学研究就其研究对象和研究内容的统摄性而言,就无可避免地决定了这种研究本身的多学科性,也就是文学研究的跨学科性和学科间性。有鉴于此,文学研究强调"审美性"抑或"文学性"的本质特性以有别于其他人文社会科学的研究是有必要的,但是仅此一点是不够的,在另外的角度和意义上,强调文学研究的学科间性和跨学科之本质属性比强调审美性更重要,因为离开了跨学科互涉与对话的文学研究,不仅背离了文学与生俱来的生活内容和学科知识的统摄性,而且会导致文学研究的路越走越窄,导致又一种意义上的文学"非本质主义"倾向。

当然,如果过分偏狭于某一两个学科而排斥其他,那么文学研究的道路照样会越走越窄,这方面的经验教训就发生在我国现当代文学研究的发展过程中,尤其是 20 世纪 50 年代至 70 年代。而新时期(80 年代)的"方法论热"正是在这种背景下产生的,其根本宗旨是拓宽文学研究的视域、拓展文学研究的领域、更新文学研究的理念与方法。正是在这种意义上我们认为,追求文学的跨学科研究是新时期"方法论热"的题中应有之义。即便是 90 年代文学的"文化研究热",虽然文化理论类似于一个容纳了所有人文社会科学的总框架,但是它依然与文学存在着因"审美性"带来的学科间性,文化文本和文学文本之间毕竟有质的差异性。因此,文学之文化研究的对象虽然可以有多重选择,在"文化理论"的内部也可以有多方面的(政治的、经济的、伦理的、语言的乃至科学的等)侧重,但也依然因其间拥有的"审美性"而与其研究对象有学科差异因而有学科间性。所以,所有的文学文化研究都必须认清并把持这种"差异",在学科"间性"的间隙之间展开多学科对话与互涉,进而对文学文本或文学现象做出独特的阐释。在这种意义上,用任何一种文学之外的学科——包括文化理论和自然科学——对文学进行研究和阐发,都是有意义的和必要的。也因为如此,我们批评文学研究中用当代西方文化理论过度阐释文学文本的弊病,并不因此意味着排斥文学的跨学科研究,排斥现当代西方文化理论资源在文学研究中的借用;尤其是对比较文学的跨学科研究,则无疑应该在更高更宽阔的视野上予以大力提倡,并将其拓展为整个文学研究领域方法论创新的重要渠道。若此,只要我们不是把其他学科的理论与方法生搬硬套于文学文本的解读和文学研究,把本该生动活泼的文学批评弄成貌似精细化而实则机械化的"技术"操作,那么,对文学进行文化、历史、政治、社会、心理、生态、经济等跨学科、多学科、多元、多层次的研究,不仅对文学研究与批评是允许的和必要的,而且文学研究的创新也很大程度上就寓于其中了。

总之,在"网络化—全球化"的时代,要寻求文学研究的创新进而摆脱其一度面临的种种"尴尬",一方面需要在跨学科理念引领下更广泛地接纳和借鉴政治学、历史学、哲学、伦理学、心理学、人类学、经济学、社会学等多学科的知识与方法,动态地完善作为"学科"的文学研究的主体性构架,并且这种研究的核心对象和知识生产依然属于文学范畴,拥有审美意义上的"文学性"。另一方面,虽然要保证文学研究原本的"文学性",但是这种研究也不是囿于文学审美主义的固有原则,以唯一的"审美性"作为学科自主的学理依据,坚守所谓的文学"本质主义",却无视与其他学科之间存在的学科间性的客观事实,拒斥与文学之外的众多学科展开互渗与对话,致使走向另一种"单一性"偏狭的文学研究。事实上,在笔者看来,如果一定要从学科自主性角度谈文学研究的学科本质属性,那么,文学研究的本质属性除"审美性"意义上的"文学性"之外,还包括学科知识的包容性与统摄性。因为,文学本身具有与生俱来的对人类活动和知识蕴含的无所不包的统摄性,所以文学研究即便是在现代学术体制中学科分工愈加细致完善的条件下,也依旧天然地、不可避免地具有学科内涵的包容性、知识生产的综合性和研究方法的丰富多样性。就此而论,无论是中国文学研究还是外国文学研究,都不仅始终离不开学科间性基础上的跨学科互涉,而且这种跨学科乃至"超学科"研究的不断提升、拓展与深化,又永远是整个文学研究的观念与方法创新方面的必由之路。

（本文作者：蒋承勇）

威廉斯诗学中的 "本地" 修辞

"一战"结束之后,威廉斯(W. C. Williams)提出了一种新的诗学:"本地诗学"(localist poetics)。人们一直在解释这种本地诗学的动机,主流的观点认为它的目的是美国国家意识。瓦格纳(L. W. Wagner)曾指出本地诗学涉及身份认同,具体来说,威廉斯想把"美国生活、美国人"当作他的艺术材料。[①] 无独有偶,怀特(Eric B. White)也把本地诗学纳入"本地现代主义"的框架中,认为威廉斯想"将美国人与他们自己的传统的力量和纯粹性联系起来"[②]。这些看法并无不妥,威廉斯本人也曾多次表明自己寻求美国表达。但是,这些解释只着眼于国家意识形态的角度,缺乏内在的视角。本文提出一种新的心理学的解释,即威廉斯的本地诗学还具有修辞策略的作用。威廉斯受到庞德经营的意象主义的巨大影响,他为这种影响以及随后他的主体意识的丧失感到苦恼,本地诗学是威廉斯抵制庞德(包括艾略特)影响的自卫机制。

一、威廉斯的本地诗学

威廉斯 1920 年曾创办过一个刊物《接触》(Contact),这个名称极好地概括了他的本地诗学:直接地接触本地。诗人通过这种方式就能得到他生活于其中的

---

① L. W. Wagner. "Introduction", *Interviews with William Carlos Williams*, ed. L. W. Wagner, New York: New Directions, 1976, pp. x-xi.

② Eric B. White. *Transatlantic Avant—Gardes: Little Magazines and Localist Modernism*, Edinburgh: Edinburgh University Press, 2013, p. 61.

客观世界的某些色彩,而这些色彩"是写作的唯一的真实性"①。威廉斯认为,情感也好,思想也好,都产生于本地。在他眼里,人除了情感外,别无他物。情感的基础不是别的,而是情感(感官)所附着的现实世界。诗人、艺术家从本地性中得到直接的、即时的情感。与此相反,科学家远离了它,他发现的情感是"固定的",这样,科学家得到的东西就是"一个谎言"。② 如果将寻找真实的情感看作是人存在的宗教,那么艺术创作在威廉斯那里就有了终极意义。艺术创作不是工作,不是技巧,而是艺术家"抓住"他的情感的唯一方式。艺术家通过写作不断确定他的真实存在。套用笛卡儿(René Descartes)的话来说,我写作故我在。这种思想在下面一句话中表达得很清楚:"我必须写作……它是我的抵抗;我的爱情之歌。"③

真实的情感自然要求新鲜的语言。像科学家的旧情感一样,旧语言也是不真实的东西。威廉斯说:"我打击旧语言,并不是夸夸其谈,而是因为我必须如此。"④根据本地诗学,真实的语言很好理解,这是作家具体生活环境中的语言。这种语言一方面体现为日常生活中的口语、方言,另一方面还体现着新的词汇。威廉斯强调诗人要坚持"词语与产生它的地方的必要联系"⑤。

威廉斯的本地诗学还强调原创性。脱离本地的接触,将会取消时间和空间的属性,也就是说它必然会导致抽象。威廉斯多次明言反对艺术上的形而上学。这种艺术上的形而上学不是原创的艺术,而是模糊的、模仿的艺术。诗人呼吁"逃离粗糙的象征主义,取消牵强的联想"⑥。威廉斯后来提出的"客体主义"诗学其实是本地诗学的延续,它们都肯定事物和环境自身的价值,反对主观的联想、虚构。在原创性问题上,威廉斯对爱伦·坡的解释更有代表性。他称赞坡"从来没有超自然的神秘",不像其他的诗人一样创作"没有现实感的古怪之物"。⑦ 威廉斯还表明原创性依赖的是本地性,坡的成功就是因为有本地性"施加在他原创

①　W. C. Williams. *Selected Essays*, New York：New Directions,1969,p. 32.(以后引用,在正文中随文标注页码。)

②　W. C. Williams. "Notes from a Talk on Poetry", *Poetry*, Vol. 14, No. 4,1919,p. 214.

③　W. C. Williams. "Notes from a Talk on Poetry", *Poetry*, Vol. 14, No. 4,1919,p. 213.

④　W. C. Williams. "Notes from a Talk on Poetry", *Poetry*, Vol. 14, No. 4,1919,p. 215.

⑤　W. C. Williams. *A Recognizable Image：William Carlos Williams on Art and Artist*, New York：New Directions,1978,p. 65.

⑥　W. C. Williams. *Spring and All*, New York：New Directions,2011,p. 22.

⑦　W. C. Williams. *In the American Grain*, New York：New Directions,2009,p. 222.

的驱动力上"①。

缺乏本地特征的创作,在诗歌形式上不仅模仿旧的语言,而且模仿自由诗。威廉斯对自由诗的态度比较复杂,总的来看,他希望诗人通过接触本地找到符合那种语言的形式。换句话说,诗人的自由诗应该是适应美国语言的自由诗,这样,这种自由诗就成为"反映周围世界的新形式"②。但当时的自由诗似乎问题重重,因为它的自由并不是本地性的,而是有着"抽象的自由观念",所以他呼吁给自由诗设置适当的约束。后来,他参考科学上的相对论,寻找到一种称作"可变音尺"(variable foot)的节奏单元,用它来建造自由诗。

本地诗学概括地说,就是强调鲜活、真实的艺术特质。这种艺术特质并非只是纯粹美学的开拓。如果从更大的历史视野来看,威廉斯的本地诗学明显表现出20世纪早期美国文学的一种方向,杰普森(Edgar Jepson)在他的文章中将这种方向命名为"西部流派"。自19世纪后期以来,西部意识成为寻求美国表达的最重要的途径。独立战争后,虽然美国获得了自主权,但是美国在文化上一直依附于英国及其背后的欧洲。门肯(H. L. Mencken)曾指出,在18世纪,不但大多数英国人瞧不起美国文学,就连美国作家自己也没有文化自信,而是不断模仿、跟随英国文学,好像美国作家"更多地生活在英国,而非在他们自己的国家"③。这种态势在"一战"时期也没有真正改观,比威廉斯出生晚一个时代的马尔科姆·考利(Malcolm Cowley)对此忧心忡忡,他指出整整一代美国作家所受的教育都是去本地化的,是"消灭我们在泥土中的那一点根",直至成为"无家可归的公民"。④

面对这种困局,一些有识之士开始面向西部。历史学家特纳(Frederick. J. Turner)早在1893年就指出,美国西部的边疆在美国历史上具有非常重要的地位。向西部边疆的拓展,在特纳眼中不再仅仅是经济冒险,它"意味着不断摆脱欧洲影响的运动,不断地在美国的边境线上加强美国的独立性"⑤。美国在"一

---

①　W. C. Williams. *In the American Grain*,New York：New Directions,2009,p. 219.

②　W. C. Williams. *The Selected Letters of William Carlos Williams*,New York：New Directions,1957,p. 129.

③　H. L. Mencken. *The American Language*,New York：Alfred A Knopf,1963,p. 74.

④　马尔科姆·考利:《流放者归来》,张承谟译,重庆:重庆出版社,2006年版,第25页。

⑤　Frederick Jackson Turner. "The Significance of the Frontierin American History",*Proceedings of the State Historical Society of Wisconsin*,No. 41,1893,p. 82.

战"之前,综合国力就已经超越了英国。因为英国的文艺界遭受到战争的巨大伤害,这让一些美国作家看到了机会。杰普森鼓励诗人"走到西部",认为西部流派的诗人"植根于本国的土壤",他们的作品是"美国生活的一部分"。杰普森同时呼吁美国作家"放下他们对封建欧洲文艺的顽固关注"①。西部不但给美国文学的国家意识提供精神支持,它也带来一个重要的工具:美国语言。广袤的西部肯定语言的多元与融合,因而一种新的、不同于英国英语的语言,就成为美国表达的有力手段。从历史上看,美国人经历了对自己语言的不自信阶段,认为那是不纯的、被污染的语言。1820 年,一些美国人曾主动组织了一个叫作"语言与美文美国科学院"的机构,该机构的主要目的就是以英国英语为标准,纯化美国语言。这种状况到了 19 世纪末期仍然方兴未艾,不少学校用英式英语来"纠正"美国孩子的发音。马克・吐温置疑这种做法,曾经表示美国的环境,以及向西部扩散的人口,已经给语言带来很大的改变,马克・吐温坚信美国语言已经是不同的语言了。② 到了 20 世纪 20 年代,奥本海姆(J. Oppenheim)继承了这种观念,他认为美国语言是多种语言的混合,是本地的产物,奥本海姆倡导诗人们像惠特曼那样"用美国语言来写作"③。

　　威廉斯正是在这种美国意识高涨的背景下提出他的本地诗学的。他的诗学响应了西部意识的呼唤,成为美国国家文学建构的先驱。威廉斯确实有强烈的国家意识,比如,他主张美国艺术应该是"美国式的","因为我们是美国人"。④ 像奥本海姆一样,他也鄙视模仿英国的殖民地式文学,一方面他批评朗费罗"通过模仿、复制来得到美国文学",另一方面肯定爱伦・坡除去一切"殖民地的模仿"。⑤ 就本地诗学来看,威廉斯对原创性的注重,其实是强调自出机杼,反对一味模仿欧洲文学。他对真实情感和鲜活语言的强调,也是西部意识的正常要求。正是在这个意义上,威廉斯一直被美国学界视为美国本土主义的代表诗人。

---

①　Edgar Jepson. "The Western School", *The Little Review*, Vol. 5, No. 5, 1918, p. 4.

②　Mark Twain. *The Stolen White Elephant*, ETC, London: Chatto & Windus, Piccadilly, 1890, p. 251.

③　James Oppenheim. "Poetry: Our First National Art", *Dial*, Vol. 68, No. 2, 1920, p. 240.

④　W. C. Williams. *A Recognizable Image*: *William Carlos Williams on Art and Artist*, New York: New Directions, 1978, p. 65.

⑤　W. C. Williams. *In the American Grain*, New York: New Directions, 1978, p. 219.

二、"别太把我的理论当回事"

　　美国国家意识给理解威廉斯的本地诗学提供了一个厚重的历史基础。他的诗学是文化对抗的一种产物,具体来说,西部意识与欧洲意识的对抗,本土主义与世界主义的抉择,势必让威廉斯走上一条新的现代主义的道路。在威廉斯看来,欧洲意识下的旧路是象征主义的,它超越时间和空间,是经验的抽象。而西部意识的新路看上去像是现实主义的,它接触本地,利用即时的经验。根据这个区别,庞德、艾略特就代表着一种象征主义的旧路线,威廉斯必然要与他们分道扬镳。

　　庞德自己肯定会拒绝象征主义的标签。他的意象主义本身就强调直接处理诗歌的题材,注重精确的表达,反对含糊不清。甚至庞德本人也明确说"意象主义不是象征主义",因为象征主义的象征具有"固定的价值",而意象主义的形象却是变化的,就像代数中的符号一样。① 但是,庞德的这句话像是不打自招,正好暴露自己确实是象征主义的。首先,真正的象征并没有固定的象征的含义,它的含义是变化的。象征主义的理论家莫克尔(Albert Mockel)曾经指出,象征与讽喻(allégorie)不同,讽喻是一种"习惯性的符号",它的含义是确定的,而象征是变化的,在象征的形式中思想和感受可以"自然产生出来"。② 庞德鄙视的象征其实是象征主义者反对的讽喻,他所肯定的形象正好符合象征主义的概念。莫克尔像波德莱尔一样,肯定感应说,他认为"在自然中,所有的符号都是象征性的"③。这句话也在庞德的《一个意象主义者的几个戒条》中得到回应。庞德说:"自然中的事物永远是充分的象征。"④在更早的文章中,庞德还指出:"我相信合适的、完美的象征是自然的事物。"⑤这些事实表明,庞德算得上一位真正的象征主义者,

---

① Ezra Pound. "Vorticism",Gaudier-Brzeska,ed. Ezra Pound,New York:New Directions,1970,p. 84.

② Albert Mockel. *Esthétique du Symbolisme*,Bruxelles:Palaisdes académies,1962,p. 87。莫克尔是比利时象征主义理论家和诗人,他的这本《象征主义的美学》的主体内容,初版于1895年,当时的书名是《谈文学》。

③ Albert Mockel. *Esthétique du Symbolisme*,p. 86. Ezra Pound,"A Few Don'ts by an Imagist",Poetry,Vol. 1,No. 6,1913,p. 201.

④ Ezra Pound. "Prologomena",*Poetry Review*,Vol. 1,No. 2,1912,p. 73.

⑤ Ezra Pound. "Prologomena",*Poetry Review*,Vol. 1,No. 2,1912,p. 73.

他与马拉美的不同,在于他用一种印象的象征代替了马拉美的梦幻的象征。其实不管意象主义也好,旋涡主义也罢,庞德都强调用一种主观的形象来替换眼前的景象。艾略特给这种形象取了一个更富象征主义的名字:"客观对应物"(objective correlative)。艾略特将外在的事物、事件看作是情感的"方程式",主要利用它们来直接引发或传达情感。从艾略特的学诗经历来看,他是法国象征主义诗人拉弗格(Jules Laforgue)的徒弟,他视拉弗格为诗歌导师,说他是"第一位教会我怎么说话的人",他还披露波德莱尔也教会他如何将现实内容与幻想结合起来。①

本地诗学的反抽象、反象征主义的立场,解释了威廉斯在"一战"之后为什么不断批评庞德和艾略特。威廉斯指责艾略特的诗是"魏尔伦、波德莱尔、梅特林克另一种方式的老调重弹、重复"(第21页)。艾略特的诗不仅是象征主义的,而且是象征主义的模仿,因而就更可恶了。②威廉斯还明确批评艾略特是一个"守旧派","抛弃了美国",还认为艾略特"背叛了自己所信仰的东西:他向后看,我向前看"。威廉斯也没有放过庞德,他多次指出庞德使用的不是美国语言,采用的形式是旧形式,还讥讽庞德"匆忙跑到了欧洲",抛弃了美国本地经验(第35页)。

就威廉斯对早期现代主义的反思来看,它对庞德和艾略特的批评似乎是可信的、合理的。但任何一种诗学都有它的复杂的动机。本地诗学不但具有文学风格的动机、意识形态的动机,还具有诗学斗争的动机。威廉斯对庞德、艾略特的批评,就是这种诗学斗争的动机的显现。本地诗学具有复杂的动机,因而它是否有时代价值,是否合理,这个问题并不重要,因为这可能只是单纯某种动机下的思考。就本地诗学本身而言,更重要的问题是它是否具有统一性,是否真正把本地意识摆在最根本的位置上。这个问题可以从两个方面来看:第一,威廉斯的诗学是不是真的反对抽象和象征主义;第二,本地诗学是否能实现基于美国西部意识的文学现代主义。

从第一个方面来看,本地诗学有自相矛盾的地方。威廉斯对抽象和象征主义深恶痛绝,但是这有时似乎是一种说辞,他的诗学中弥漫着浓郁的抽象气息。

---

①   T. S. Eliot. *To Criticize the Critic and Other Writings*, Lincoln: University of Nebraska Press, 1991, p. 126.

②   W. C. Williams. "On T. S. Eliot", in *Interviews with William Carlos Williams*, ed. Linda Welshimer Wagner, New York: New Directions, 1976, pp. 63-64.

这位《春天及一切》的作者,在序言中抨击艺术上的现实主义,肯定"艺术的抽象",认为二者中间存在着"断裂"。他还主张真正的艺术家不是重造自然,而是"创造出一个新的事物、一出戏剧、一个舞蹈,它不是与自然接近的镜子"①。这种说法与他反抽象的立场很难调和。他的情感说是建立在接触本地的基础上的,但这种情感与休姆(T. E. Hulme)的印象主义的抽象非常接近。威廉斯曾举过树的例子:在艺术家的眼里,树是不存在的,人们获得的认识"是眼前的事物的色彩和形状产生的印象"②。威廉斯的话用佛学中的唯识学解释,可能看得更清。树是不存在的,就好比是识外无境;获得的是印象,就好比是人的相分。如果唯是一心,没有外境,那么作者又谈何接触本地? 时间和空间就都是妄想了。虽然威廉斯的认识还不同于唯识学,但是必须注意他的唯识的倾向。这种倾向是否定本地的,他所说的情感因此具有主观的、抽象的性质。威廉斯还指出,如果艺术家将那种印象传达出来,它就肯定了自己的存在,就变成了"先知和通灵人(seer)"③。这里所用的术语非常特别,通灵人在兰波那里,指的是对未知的超自然世界的探求。不论威廉斯怎样使用这个词,他所说的通灵人绝对不是生活在"现实"世界的人,而是掌握了某种象征的形式的人。

傅浩曾经指出,威廉斯诗中的形象是内心创造出的,他的诗不是现实主义的,而是表现主义的。④ 这与阿尔铁里(Charles Altieri)的认识不谋而合,后者认为威廉斯对抽象具有"基本的兴趣"⑤。如果将印象主义本身视作对现实的抽象,威廉斯与庞德、艾略特的不同,在于庞德和艾略特是象征的印象主义,他们往往用一个内在的意象来替换眼前的事物,而威廉斯则是一种立体主义的印象主义,他是用多重主观的印象来替换眼前的事物。虽然在小的方向上有别,但是在大的抽象上却如出一辙。威廉斯自称反对形而上学,他的本地诗学及在这种诗学

---

① W. C. Williams. *Spring and All*, New York: New Directions, 2011, p. 92.

② W. C. Williams. *A Recognizable Image: William Carlos Williams on Art and Artist*, New York: New Directions, 1978, p. 72.

③ W. C. Williams. *A Recognizable Image: William Carlos Williams on Art and Artist*, New York: New Directions, 1978, p. 72.

④ 傅浩:《物外无意:威廉·卡洛斯·威廉斯风景诗管窥》,《外国文学评论》,2016 年第 3 期,第 170—175 页。

⑤ Charles Altieri. *Painterly Abstraction in Modernist American Poetry*, Cambridge: Cambridge University Press, 1989, p. 13.

下产生的诗作,却是一种新的形而上学。

本地诗学与威廉斯的美国主义的宗旨也不乏矛盾。本地主义(localism)与美国主义(Americanism)是两个不同的术语。杜威曾经撰文区别过美国主义和本地主义。在他看来,美国主义是将美国看作一个统一体,它具有普遍性,是地方性的抽象,而本地主义"只是人,只是在家,只是他们生活的地方",本地主义必须重视人的生活习惯,因为生活习惯是"性格与社会环境相互作用的产物"[①]。真正的本地主义既然要接触本地的社会环境,自然要摆脱国家意识,因为国家意识会让诗人离开本地,进入一个抽象的地域之中。另外,本地主义理解的"此地"是相对于人的,"此地"并不是固定的一个地方,而是人的生活环境。人的活动会带来环境的变化,但是只要人一直保持着他与环境的联系,他就一直能获得本地意识。威廉斯一方面像杜威一样,将本地看作人的感官直接联系的世界,是具体情感的对应物,但另一方面,这种本地不断地受到意识形态的纠缠,用来指涉抽象的美国。在威廉斯那里,本地往往是固定的。凡是离开美国、前往欧洲的诗人,都被他认为脱离了本地,就都无法获得直接的生活经验。威廉斯为这些远离美国的人感到可惜,因为他们忘了"他们承载的本国的本地接触的经验是他们唯一具有的东西"(第 35 页)。威廉斯也直接批评庞德,认为他身上具有的美国本地经验,最多可以让他在欧洲立身 2 年,但是很遗憾"他待了 15 年",这就可以解释为什么庞德后来的诗与早期的(这里指 1909 年出版的《人物》)相比,没有了"狂野而纯朴的热情"(第 35 页)。且不说被威廉斯称赞的具有美国本土气息的《人物》多被评论家视作庞德不成熟的作品,威廉斯否认庞德在伦敦能够接触本地,但如果以人为中心,则凡是人所践履之处,即是本地,即可接触直接经验,庞德、艾略特又何尝有脱离本地之病?对于威廉斯狭窄的本地观他自己并非没有意识到,他曾设问道,"有人会说,人们处处可以看、触、闻",但他对这个问题的回答,显得没有说服力。他认为人们个人的感觉容易与日常经验的回忆、认识搅和在一起,也就是说本地的体验需要直觉的能力,而非理性的能力。他没有回答为什么伦敦就无法让庞德行使直觉的能力。

威廉斯对自由诗的批评也有夸大之处,威廉斯指责庞德和艾略特的诗具有

[①]   John Dewey. "Americanism and Localism", *Dial*, Vol. 68, No. 6, 1920, pp. 684—687.

旧的秩序,不满他们的诗背后有英诗诗律的框架。这种立场把威廉斯打扮成全新的创造者。庞德一直思考用音乐的节拍来代替旧的音律单元,他在 1917 年之后为自由诗寻找到了稳定节拍的诗体形式,艾略特称赞庞德精通的这种诗体是"自由与规则的不断对立"①。这句话也是威廉斯一生探索的"可变音尺"的灵魂,威廉斯在晚年指出他的原则是"将自由和规则的对立元素结合起来"②,不会有人相信这种精神与庞德和艾略特的有何龃龉。

　　作为当事人,庞德对威廉斯的回应是值得注意的。"你是个说谎的人。"庞德在 1920 年的一封信中这样不满地说。随后庞德表明自己一直都在为"真实的事物"努力,像一个"黑鬼"一样流汗,为的是"打破旧事物的统治"。③ 庞德想怎样维护自己这不重要,重要的是庞德质疑了本地诗学的新价值,它似乎只是威廉斯对"地方的美化"。威廉斯曾在 1928 年给朱可夫斯基(L. Zukofsky)的信中说:"别太把我的理论当回事。"④这话颇耐人寻味。威廉斯主张抛弃欧洲抽象的诗风,但是在抽象上毫不逊色;要求接触本地,却又容许国家主义更改本地主义的精神;反对庞德和艾略特的道路,然而很多他反对的也正是他自己支持的。这些虚虚实实的倾向造就了一种非常含混的诗学,以至于有批评家在困惑之余,居然相信威廉斯的诗学是多种相对立的主义的妥协。这一切不由得让人们追问:所谓的本地诗学,到底是一种统一的艺术理念,还是一种批评策略,一种具有复杂动机的修辞?

三、影响的焦虑

　　不少批评家把威廉斯的本地诗学太当真了。他们将本地诗学看作对早期现代主义的调整,看作早期现代主义向晚期现代主义的过渡。⑤ 这种本地诗学确实

---

　　① T. S. Eliot. *To Criticize the Critic and Other Writings*, Lincoln: University of Nebraska Press, 1991, p. 172.

　　② W. C. Williams. "Free Verse", in *Princeton Encyclopedia of Poetry and Poetics*, ed. Alex Preminger, Princeton: Princeton University Press, 1974, p. 289.

　　③ Ezra Pound. *Selected Letters: 1907-1941*, New York: NewDirections, 1971, p. 156.

　　④ W. C. Williams. *The Selected Letters of William Carlos Williams*, New York: New Directions, 1957, p. 94.

　　⑤ Avery Slater. "Technology and the Rise of the Vernacular Object in William Carlos Williams' *Spring and All*", *William Carlos Williams Review*, Vol. 33, No. 1-2, 2016, p. 194.

重要,但对于威廉斯来说,恐怕它还有深层的用意:用来抵制庞德的影响。鉴于艾略特一度是庞德影响的接受者,也是庞德的文学盟友,因而抵制艾略特其实也是抵制庞德。

在宾夕法尼亚大学学习期间认识庞德后,威廉斯曾认为庞德给他带来巨大的转变,使他从公元前迈进公元后。庞德处理事物直接的方式、精简的诗风、意象的营造,都让威廉斯得到很重要的启发。尤其是意象,威廉斯承认庞德的意象理论对他有强烈的吸引力。庞德不仅使威廉斯迅速掌握诗歌先锋观念,而且大力提携他,把他的一首诗也收入1914年版的《意象主义诗选》中,等于吸收威廉斯为意象主义诗人。而威廉斯自然也投桃报李,甘愿"尽可能地支持他,辅佐他"①。傅浩曾经指出:"威廉斯毕生都没有离弃意象主义,而是沿着意象主义的方向发展到了极致。"②这里把意象主义换成庞德,并无不可。

但是,威廉斯却有强烈的自尊心和艺术上的主体意识,这也是真诗人的共性。他坦言自己"头脑顽固","不容易被别人的观点带走",还表明自己和庞德共事的时候,自己是个听者,但"总是避开庞德所说的任何东西"。③ 他还表示他曾经扔掉了一首像是模仿庞德的诗,因为自己仇恨模仿。威廉斯越刻意解释,越表明他很在意庞德的影响,也极力想抵制这种影响。布鲁姆认为,文学影响在强者诗人(strong poets)那里会产生忧郁症。庞德和艾略特不仅是他文学上的朋友,而且他们早得大名,在威廉斯的心中自然不自然地就被视为一个参照,或者诗歌上的前驱。因而庞德和艾略特每一次诗歌上的成功,在有强烈自尊的威廉斯眼里,就像是对威廉斯的一次羞辱,并催促他更进一步地偏离庞德的影响。虽然威廉斯不可能把他隐秘的心理和盘托出,但是他的许多文章透露了心声。当杰普森称赞艾略特的诗富有本地特色,体现了最优美的美国精神时,这位本地诗学的维护者表达了不屑之情。他还激动地怒斥庞德是个"诗歌上的法官和有权势的人","是美国诗的最大敌人"。(第21—24页)这种俄狄浦斯情结的宣泄与其说是在仇恨庞德,还不如说是在释放威廉斯作为被影响者内心的巨大压抑力量。

---

①　Walter Sutton. "A Visit with William Carlos Williams", in *Interviews with William Carlos Williams*, New York: New Directions, 1976, p. 52.

②　傅浩:《威廉·卡洛斯·威廉斯诗选》,上海:上海译文出版社,2015年版,第11页。

③　W. C. Williams. *I Wanted to Write a Poem*, New York: New Directions, 1978, p. 5.

布鲁姆在他的书中提出 6 种"修正比",其中第四种方法是"魔鬼化"(dae-monization)。它是对前驱诗中的崇高元素的反对,借以贬低前驱。威廉斯的做法在动机上与这种魔鬼化的修正比类似,但是方式上不同。他采用本地诗学作为一种批评策略,一方面通过确立本地诗学的真实、鲜活等价值,让自己与这种价值联系起来,另一方面,他用这些价值来否定庞德和艾略特。这不属于布鲁姆的任何一种修正比,它与粗暴的诗学革命的唯一区别,在于它试图掌握话语的力量。因而威廉斯的抵抗是一场操纵的"司法审判",而本地诗学则是他审判的法典。本地诗学具有美学价值,而美国国家主义具有意识形态上的力量,威廉斯看似矛盾的诗学其实在情感上并不矛盾,它们都是审判的工具。根据本地诗学,移居国外与本地的对立、抽象与真实的二元对立就顺理成章了。

为什么威廉斯选择的是本地诗学而不是别的什么诗学呢?这里面至少有 3 个原因。首先威廉斯很早就注意本地经验,他后来的客体主义诗学也确实有些建树。其次,这顺应"一战"之后的意识形态,容易将威廉斯与庞德的个人竞争,转变为集体的斗争,并获取更多美国读者的同情,这从他 1921 年把他主编的《接触》杂志称为"第一份真正有代表性的美国艺术杂志"就可看出端倪。因此,威廉斯对庞德的抵制,便成为美国去欧洲化、争取国家认同的抗争的缩影。第三个更为重要的原因,是本地诗学很好地回避了威廉斯对法国诗学知识的欠缺。与庞德、艾略特相比,威廉斯不但作为影响接受者而内心痛苦,同时他也作为一个民间诗人承受着精英诗人的压力。威廉斯不像庞德、艾略特那样是文学、哲学专业出身,他的主业是医生。他对法国象征主义诗学知之甚少,曾表明法国诗人对他没有什么影响,也承认自己的文学教育只限于中学阶段,没有艾略特博学。相反,庞德和艾略特却对许多法国资源如数家珍,这一点难免让威廉斯相形见绌。选择本地诗学以对抗从巴黎、伦敦向外辐射的跨大西洋文学现代主义,其实也含有民间诗歌立场向精英诗歌立场的挑战。

拥有了本地诗学这个话语武器,威廉斯开始指责艾略特"老调重弹",批评庞德是一个"古典主义者",是个"学究",还嘲笑庞德使用的老式的英国语言,讥讽艾略特回到了抑扬格五音步中。他选取的这些攻击点都在本地诗学的打击范围之内。当人们回过头来看时,会发现威廉斯的这种选择是很讲究分寸的,他批评的往往只是边缘的问题,很少触及他们诗学的真正核心:意象。庞德和艾略特将意象视作诗篇的核心,法国象征主义也不例外。威廉斯的本地诗学,包括客体主义诗学,并未背离意象主义。威廉斯避重就轻地将他的打击目标放到次要的、个人风格的元素上,这与其说是在妖魔化两位诗人,还不如说反而增加了威廉斯所受影响的纯度。

被批评家广泛赞赏的美国意识并不像批评家们所说的那样完全是个目的,它很多时候只是威廉斯的工具。作为移居国外的国际诗人,庞德和艾略特"背叛"美国本土是再清楚不过的事实。威廉斯一方面觉得自己"也遭到了抛弃",因而"反应激烈",①另一方面通过国家意识的权力话语,对两位诗人形成了围攻之势。他在《艺术的美国精神》("The American Spirit in Art")一文中影射庞德和艾略特"背对着我们",还讽刺他们"采用了最容易的方式",即与"陈旧的、成熟的、有回报的"欧洲文学结盟,放弃了美国本地文学的"巨大机会"。② 这种将诗学话语与意识形态捆绑在一起的做法,用意很明显,它告诉人们庞德和艾略特是文学上的投机分子,真正从美国土壤中生长的花朵才配得上读者们的掌声。

在矮化国际的、精英的先锋诗人的同时,威廉斯也努力将自己打扮成一个本地诗歌的英雄。他声称本地色彩是他写下的最有价值的东西。作为本地诗学的倡导者,当威廉斯使用"我们"这个复数名词来提出一些诗学原则时,他的本地诗人的形象也会获得加分。"我们寻找的仅仅是接触我们面对的此地的状况。"③在这句话中,一个有自信的、并不孤独的主体产生了,这是不是就是威廉斯希望获得的一个新的强者诗人的形象、一个集体的身份? 怀特指出,威廉斯和庞德之间存在着非个体的对个体的、社会的对个人主义的分化。④ 需要看到,这种分化很大程度上是一种想象,是威廉斯作为一个偏离前驱诗人的身份虚构。通过本地诗学的修辞,威廉斯似乎成功地获得了一个自卫的机制,他也实现了对文学国际主义和精英立场的丑化,使一个本地的、真实的神话诞生。但是本地诗学真正发

① W. C. Williams. "On T. S. Eliot",New York：New Directions,1978,p. 64.

② W. C. Williams. A Recognizable Image：William Carlos Williams on Art and Artist,New York：New Directions,1978,p. 216.

③ W. C. Williams. A Recognizable Image：William Carlos Williams on Art and Artist,New York：New Directions,1978,p. 66.

④ Eric B. White. Transatlantic Avant-Gardes：Little Magazines and Localist Modernism,New York：New Directions,1978,p. 61.

挥的作用,并不限于诗学本身和国家意识形态层面,它更多的是一剂止痛药,用来安抚威廉斯的不安和痛苦。威廉斯用本地诗学层层包裹着内心深处对庞德和艾略特的焦虑,包裹着一种对抽象和意象的执着,这种真实的焦虑只是积淀下来,并未消失。到了 20 世纪 40 年代,随着长诗《佩特森》(*Paterson*)的出版,威廉斯找到了"事物之外别无思想"的诗歌理念,也找到自己中意的诗歌形式。这一时期他真正摆脱了庞德的影响,也放下了 20 世纪 20 年代的抽象诗风。自信的威廉斯可以淡然面对庞德和艾略特了。这也就解释了为什么后来他时不时承认艾略特,并改口称以前的"敌人"庞德为"语言的大师""天才"。当威廉斯不再忌讳庞德对他的影响的时候,他说:"我从他那儿拿的比我给他的多得多。任何跟随他的人都是这样。"①

(本文作者:李国辉)

---

① W. C. Williams. *The Selected Letters of William Carlos Williams*, New York: New Directions, 1957, p. 220.

后　记

　　本书是国家社科基金重大招标项目"19 世纪西方文学思潮研究"阶段性成果。本书主要内容已经以论文形式陆续在《浙江社会科学》、《中国比较文学》、《清华大学学报》(哲学社会科学版)、《河南大学学报》(社会科学版)、《外国文学研究》、《外国文学》、《浙江师范大学学报》(社会科学版)、《英美文学研究论丛》、《关东学刊》、《中国社会科学》、《外语教学与研究》、《英语研究》、《浙江工商大学学报》、《文学跨学科研究》(*Interdisciplinary Studies of Literature*)、《文艺研究》、《学术研究》、《浙江学刊》、《文艺理论研究》、《社会科学战线》、《外国文学评论》、《广东外语外贸大学学报》、《台州学院学报》、《法国研究》、《文艺理论研究》、《东岳论丛》、《中外文论》、《当代外国文学》、《浙江大学学报》(人文社会科学版)、《文学评论》、《山东外语教学》、《东吴学术》、《国外文学》等刊物上发表,多篇论文被《新华文摘》《中国社会科学文摘》《人大复印报刊资料》《社会科学文摘》摘编转载,在此一并感谢!